守望千年

高 瞻 —— 著

团结出版社

UNITY PRESS

图书在版编目（ＣＩＰ）数据

守望千年 / 高瞻著 . -- 北京：团结出版社，2023.5
（新视点文集）
ISBN 978-7-5126-9393-7

Ⅰ . ①守… Ⅱ . ①高… Ⅲ . ①诗集－中国－当代②诗
歌评论－中国－当代－文集 Ⅳ . ① I227 ② I207.22-53

中国版本图书馆 CIP 数据核字（2022）第 072109 号

出　　版：团结出版社
　　　　　（北京市东城区东皇城根南街 84 号　邮编：100006）
电　话：（010）65228880　65244790（出版社）
　　　　　（010）65238766　85113874　65133603（发行部）
　　　　　（010）65133603（邮购）
网　　址：http://www.tjpress.com
E－mai：zb65244790@vip.163.com
　　　　　tjcbsfxb@163.com（发行部邮购）
经　　销：全国新华书店
印　　装：三河市华东印刷有限公司

开　本：145mm×210mm　　　32 开
印　张：61.125
字　数：1265 千字
版　次：2023 年 5 月　　第 1 版
印　次：2023 年 9 月　　第 1 次印刷

书　号：978-7-5126-9393-7
总定价：400.00 元（全七册）

目 录

一、守望一年：节气布山

二、太阳正在升起（十年诗选 [2004—2014]）

三、郁江往事（近年诗选 [2015—2020]）

四、你说他说（相关评论）

守望千年

目　录

一、守望一年：节气布山

雨水十四行组诗

立 春

春天到来，一切难忘。桃花开在南山
月亮跃出水面。一叶小舟，缓缓归航
江南在一片水声中回过神来
潮起又潮落。朵朵笑声是白云朵朵

站立在苍茫草原中，问自己是一朵桃花吗
夭夭之华是青春和梦想在闪光吗
雨水难忘，码头渡江之人，旧情缠绵
欲行又止啊　而草垛依旧潮湿，归人无期

走在理想与现实之间，谁又能看见
南山巅峰上日夜紧守的汗与泪。风在笑
旗在飘　扬起的桨帆　千里之路
千里之绿色　从脚下跨过

掌声是后来的，绿水是现实的，种子破土而出
春色如潮，生命如磬不舍昼夜，此起彼伏

雨　水

轻风向南，雨成水。春满三月
桃花红透江水绿
月亮圆遍。马蹄声碎、橹声急
人面荷花等候一支江南夜曲
过尽归人也散尽过客

归心向南，温成暖。梦飞千里
酒成歌后枕雨眠
咫尺天涯，垂柳池中、扁舟失
前度刘郎梦见今朝郁江春晓
摇醒前尘也唤醒后世

只是蓝天碧水中的沙洲
只是天荒地老里的火种
只是漂泊在故土上的心
一错再错　再难拾起

惊 蛰

桃始华，仓庚鸣，鹰化为鸠
在悄悄细雨三千尺的图画中，春心萌动
于无声处，婉转吴语昵侬
烟波荡漾，每一圈水波都是一处伏笔

再醉也无非是一坛三十年的女儿红吧
微睁困眼看满园春色，且歌且舞
就算前面是不周山吧，我也决心越过
坚持的心知道　狂热下的冷与寂

轮回的经书把邂逅打开，花朵开始痛苦的
生长。你把黑夜打开，酒就是
一页一页浸泡光阴的企盼
愈喝愈浓，愈浓愈兴奋　愈痴迷

因为血液环走在幸福的美丽中
苍老对它来说，不过是一声姗姗来迟的春雷

春　分

山岗站在高高的故乡上，阳光轻轻敲打
笙歌坐拥昨日之梦　悠长且清唱
这一春的雨水都是故国或故人
野草又生江南　心是微醺的尺八红萧
心是潇潇楼头细雨　江湖相忘

渔舟低吟在一叶之中　江山依旧
而地偏而心远而陶潜不在今日之楼阑
秋水闲庭信步　秋收是一种传说
我有春风与明月
笑是甜的。无关风与月

醉里挑灯　我惜墨如金
青山无限桃花乱红
我且歌且行
任心漂浮在飞鸿出没之间

清　明

是人都要回去的。清明
人生的最后一片土地
而今春无雨，而桃花已逝
遥指之间，月影横斜五更天

不用煽情。唯有怀念
去春的雨水，故国的花园
还有近将百岁的祖辈
他们在生命之门前含笑微度

不用悲伤。唯有前行
干裂的心，滴水之情
大爱铺起啊江山依然秀美
只积跬步才能争朝夕

是的，相信春总在秋之前
相信步履仍在步履中

谷　雨

这一天是谷雨，中国第二次为地震遇难同胞降半旗，举国哀
悼！愿生者前行，逝者安息

——题记

谷雨来临。悲伤的春天，请放慢你的脚步
播种开始。坚强的泪水，请你再加快脚步
慢些，再慢些，不要吵醒雪域高原上遇难者的亡灵
快些，再快些！只为了泥土下那些逐渐微弱的呼吸

谷雨谷雨，播种春天带来生命带来民族伟大力的凝聚
玉树玉树，我们和你在一起全国人民都和你站在一起
断垣残瓦掩埋不了永不放弃的一线生机

万众一心，风雪中高高飘扬着春的气息
余震阵阵，玉树啊玉树不管风雪或冰雹我们都奔向你
布谷声声，兄弟姐妹啊无论千里万里我们都要找到你
三江水流尽内心悲痛之泪，但玉树不哭
但春天不哭！因为这神奇的家园必将坚强地崛起

一声声谷雨，一声声玉树！

缓缓下降的虽是旗帜，无限上升的却是民族之力

立　夏

谁在期待去年的雨水重回
酒阑后的病容　谁在天黑之前
捧一卷诗经徘徊　一棵树貌似漠不关心
树下开满了去春的油菜花
而心欲雨而雨却在云中终不成泪

而天欲雨。钟声四起，谁又看到
一叶扁舟上谁把青春来追
一阳正举　这一个夏季
想来也是千里万里
这一季的雨水　又如何洗却人间是非

而天欲雨，心却在心之外，雨还在雨之中
既然播种了就会发芽也会开花
骄阳正起　酷暑因之而真正开始
生命亦因之而更加青翠

小　满

天一生水。蓝的梦以及绿的风
阳光开始，江南的跫音开始，小小的
满起来

欧翔沙洲。哭的脸以及笑的泪
树叶成长，雨巷之后温馨成长，慢慢的
近起来
鱼游浅底。经年的雨水去岁的幽香
云朵飘逸，布山今夜雨打飘逸，渐渐的
飘起来

鸟鸣新枝。远的守以及近的望
尘土流溢，奔流之后远去桃花圆月消磨，淡淡的
亮起来

岁月必将吹洗一切尘埃　在路上
我们的心必如花怒放

芒　种

螳螂生，鵙始鸣，反舌无声

　　　　　　　　　　　　——本节气候

让我把麦子收起来让我把稻子种起来，贾宝玉
一块石头诞生　自由的空气开始弥漫　黄梅时节
因之风雷攒动
我独坐江南北岸　一盏清茶　一卷诗经
是泽草所生　是心底之无限云意

谁都知道你正在茁壮成长　快得让青春飞扬
布山城下有黄花遍地一马平川
谁又知道你在哪里　顺江而下
二百里红尘　无从开始亦无所谓结束

暗香浮动　当年相约冷烟湿雪梅花
醉中醒来都是风吹草动
有没有看见生命中的苏州少女
已扬帆起航　像一颗朝露　向你而来

有没有看见斜阳万里有没有预见桃花惊鸿
又有没有雪浪翻天、流水归家？

夏　至

鹿角解，蜩始鸣，半夏生。

　　　　　　　　　　——本节气候

放大的黑夜是白驹疾跑过长日
狂热的背后寒意始生　荔枝映红鹿角
熟透的还有十里荷花　布山城上
北回归线以一孔窥人间方圆

莫问醉也醒。一言百世　天地浩然
无论如何夜卧早起，终归是无厌于日
终归使志无怒使华英成秀使气得泄
仿佛自己就在世外　溪流堪比星光

仿佛所爱在心。无关风月无关眷恋
默然对一樽明月终于知道　花开从来悄无声息
纵使企盼成珠，纵然一日千里无难
又该如何面对几许西风吹古今

而今夜风平浪静　雨在千里之外
而幽人瘦竹　曾经猝然不惊谁记？

小　暑

让我回到炊烟袅袅的村庄　荷锄耕作
汗滴禾下土。让泉水飞奔　古井晨汲
一弯新月紧握手中　叮当着醉去
就这样，直到三伏之小暑不经意来临

蛙鸣一浪高过一浪　似村头来路起伏
谁能掩饰　大榕树下淡淡星光的燃烧
风吹池荷　山歌粗犷　没有丝毫哀怨
没有飞翔　一如田埂上疯长的青草

你也没有看到它在飞翔。就让山泉回到清涧
让我回到龙河之畔让满山的童年在时光的纸背后
安静下来。记住十岁第一次出远门记住十九岁的钢与铁
还有那些在岁月深处暗布出口的相思江水

顺着这地下河一路漂来　站在小暑之门
我猛然发现　出口就在故乡之边　龙河之上

大　暑

这一夜　暴风来临　郁江有所风吹草动
我知道　千里之外　你正倚窗听雨
身边有荷有琴有书页翻动
唯独举杯之声　滑落我心

三伏三伏　依次而来的阳光无比震撼
往年也是如此　高山绿水无一依傍
内心的炙热　白云之上　有雨降落
长剑倚天　所有的梦快不过一匹马车

所有的雨都乘虚而入　又蜿蜒曲折
所有的花朵甚至所有的种子
都在这一夜　打窗飞溅　而我独把盏
所有的烟火昭示　所有的琴声穿越

万物萌生于这一夜
当西伯利亚的风暴如期而至

立 秋

当黄土成了岗岭，秋风在地底涌动
亲人九十三，回到了泥土中，相隔三十里
山野虫鸣，萤火引路，送行的人们
用泪水滋润。缓慢移动着远去的音容

当岗岭接纳了亲人，秋风在清晨哭泣
亲人八十八，随之而去。一片黄土啊
你怎么可以，在昨夜今晨，接走两人？
沸腾的炉火、熄灭的生命，秋已来临

当我面对蓝天碧水，当我彻夜不眠
当南山的不老松又长了一叶新芽
所有的意义在泪水中重新审视
所有的恩怨又能否从此释怀？

当我坐在寂静里聆听秋之私语
隆隆马蹄却带不来一滴雨水。夏仍继续

处 暑

先人站在七月十四日，双手合十。有风自西北来
我们喃喃自语："鹰乃祭鸟，天地始肃，禾乃登"
逝者已矣。冥冥中一片灯火，十万朵黄花
逝者有知，且试一杯新茶，赏一池荷花

笔底微澜。水波不惊。而台风已经登临
而秋雨在地层汹涌。江边或岸上
坐看日落云起，笔底之一树，就一树
开始金黄，开始随遇开始心安

江南之夜，遥想当年，仍是白云一片黄花十万
依依杨柳之尘缘，仍是短暂仍是转瞬即逝
那些远去的必将远去，那些被阳光照亮的
必将焕发月之光，新绿层出不穷，世路亦因之无穷尽

村庄的转角处，人生的大道上，或将痛苦或已欢笑
一朵黄花静静降落，不知是刹那，不知是永恒

白 露

光阴一寸一寸地慢过它自己，慢到微凉之酒，露从今夜白
白了江枫也亮了渔火，布山城外，昨日之花红
今日一点一点地黄。黄花没有我之醉意也无雪域之白。
只是传说鸿雁要来，玄鸟已归，群鸟开始养羞

如果风消失于地底，我用什么来等待淋漓秋雨？
如果地底已无火焰上升，谁又能追逐一场日出？
究竟还有什么可以在我手边逃走
江南烟雨如梦初醒，映日荷花正红

有人在遥远的江边且歌且舞
"蒹葭苍苍，白露为霜"
布山城内，千尺桃花今对酒，对心中之山水
步向南却作西北望，铺垫的过程如此悠长

有人在梦中叫你的名字，白云高于理想
也快过一片海水之上的扁舟

秋　分

放一只月亮在心中，今夜始，雨打荷花
起舞看江南　你我平分黑夜与白日
拿起或放下都是春暖花开
都是花落碧云天　人走黄花地

"雷始收声"，万物隐于后面，封藏之中
"蛰虫培户"。信步莲塘，我有千言不出口
沿着布山转过二十四峰，岁月徘徊，"水始涸"
曾经的心动，了无波澜

由来今生今世，去年的月亮交给了雨水
相去明月明年，不知今夜是江北江南
厚厚黄土正等着一场淅沥秋雨
远方之远，不在西窗之烛不在一杯清茶

在楼顶，今夜我就是一只月亮，荷塘夜雨的月亮
江南的水声和着马蹄，从来不曾睡去

寒　露

秋天深了，鸿雁来宾，而谁是去迎接它的或者等待它呢
一场秋雨迟迟不至，在河边，雀入大水为蛤
而山野与田边，到处菊有黄华
寂寞山城　酒倦后空旷的思念归客

碧绿青草年复一年看着我流离失所　它不笑也无语
耽于幻想　迷失于一片竹林或盛唐的歌声
而风啊它在收藏在土地深处日复一日地涌动
就像这颗心，它在努力向上，接近白云与蓝天

接近另一个隐秘的世界。它有太多的思想要贯穿
而人总是比黄花要瘦要苦要痛
当大地也开始失声当黎明就要来临
在风中收割的人啊，是否也突然战栗一下

毕竟秋天真的深了，麦田上的守望者啊
你是否看到，渴望之水，已然成露

注："鸿雁来宾，雀入大水为蛤，菊有黄华"为本节气特征。

霜　降

白霜始降，"豺乃祭兽"，大道在九月十六日转弯
皎洁如月。心事沉入地底，草木黄落
多年的守候开始归根。无论你的笑无论
你的好，侧身之间，如慕如泣

如江南舞动荷叶田田，如碧水潺潺
燥动之心如白露，在下沉的过程中凝结
十万匹马车坐想春风，雨巷如烟伫立
风随秋来，空无一伞

一碗淡酒看尽红男绿女，一叶黄花走过
岁月姹紫嫣红。梦中山水总是无限依偎
有没有唐风宋韵，有没有秦砖汉瓦
有没有宝马香车

而沉思是一扇刘郎的门，在蛰虫咸俯之际
巫山沧海，一样是桃花笑一样是秋风吹

注：本节气特征是"豺乃祭兽，草木黄落，蛰虫咸俯"。

立　冬

一场醉酒醒来之后就立冬了
神情明媚的十月初二，水始冰，地始冻。而万物收藏
我的心是否似窗外阳光，也看见雉入大水为蜃
也看到水鸟在蓝天上长久的飞翔？

从此早卧晚起，等候日光。让树木生长
让春天回到盛唐。游走在隔山隔水的下午
默数残荷霜露与秋风秋雨，若有私意
若有已得。从此去寒就暖，再无深谋远虑

从此藏德不止，一任暮云收尽一任银汉无声
"荷塘影里灯初上，水调谁唱？"
这秋收的脚步如此安稳，前方必定清静
想必也是坐等樽前　醉卧他乡

想必在一场冬雨来临之时，天涯也成过道
只是记得酒醒漂泊，记得归时，记得花如雪

注：本节气节候为"水始冰，地始冻，雉入大水为蜃"。

小　雪

他们说，冬是小雪是文火是午夜泡茶是虹藏不见
他们说琴声悠扬不要惊醒杨柳岸不要说与春风知
他们说啊，冬在千杯不醉中他们说待看千尺舞霜风
而江南，没有细雨没有瘦马残雪
只有浪迹大声唱江东

天气腾地气降闭塞而成冬。独坐一隅
看年年花落听岁岁潭水等何时梦回布山桥
修竹如今成往事，江山一笑，十年醉翁
一江孤舟江湖泪，穷巷凄凉无家客
不怨羲峨只待蛙声飘野云

也该是让石头说话也该是让书生回家从此暮鼓朝钟
从此鹤瘦花红

注：本节气为"虹藏不见，天气上腾，地气下降，闭塞而成冬"。

大　雪

鹖旦不鸣，虎始交，荔挺生

——本节气候

江上风吹无限浪，冷雨在梦中落下。大雪飘飞中一阳涌动
而夜半潮来，对酒思家，谁又能感受到
十一月初二的瞬间沉寂？
这一刻是气定是安详是溺水三千之一瓢

是水清是石瘦是悬崖上初生之新绿
大雪让岁月安静让山川沉睡让归人卧吹箫管
让苍天看尽还家路上如幡旗之野云飘飘
一样的黄土载养万物一样的溪水百转无穷

大雪，有无如何相生高下如何相倾？
生而不有何为善何为恶？我也要飞
当我还看不到你洁白的颜容，我也想要有一双翅膀
在篁竹之悄怆幽邃下，飞回童年阳光下的蓝空

如潭中空游之鱼飞回心中的感动
如近岸之水声　飞向明日的花红

　　（附记：大雪当日，一兄弟父亲猝然离世，余从百里外匆忙赶回，唏嘘不已。今日终于平静下来，得以完成此作。）

冬　至

蚯蚓结，麋角解，水泉动

——本节气候

像一位美丽的母亲，阳光终藏，生命从此滋生养长
十一月十五日　清脆爆竹响了九九八十一下
在江南，我潜伏于高楼之上，守护精心
守护善良的土地与仁慈的嘘寒问暖

像一首呢喃的吴歌，倾听一阳始生之子夜
谁来点燃一点浩然气谁在舞动千里快哉风
像灯火南来像一匹马低回云野
相顾无言，看尽山城寂寞洗尽江湖险恶

像一位隐秘的农人，袖手在万斛泉源边默数月降日升
虚其心实其腹　受想行识　不歌唱风也不赞美雨
唯倚窗前绿竹静观自在　不恨亦不喜
像一张皎洁的白纸　可以梦还可以想

像沸腾的热血一样不生不灭都周而复始
像安静的湖水一般不增不减总不起波澜

小 寒

雁北向　鹊始巢　雉始雊

——本节气候

多么美丽的名字，小寒，动人的邂逅从天而降
满满的月亮　时光走过风沙驿站　一片叶子安静
蓑衣叫醒细雨　满满的山河休养生息
一个季节像一片竹林　溪流丁当中　琴声悠然而起

情节因之而趋向简单　薄薄的照见
多么温暖的梦境　江水因之精致　而殷勤离歌唱响
而百年南山不老　踏遍天涯聚散都是早行人
灯火荧荧　江南笑语依然有无中

佳人何处　满满的马蹄从此打住
一些细节上升一段青春下沉
多么动人的故事　小寒　书写的章节从此神闲气定
从此带着潇潇北风　吹过山岗云野去

从此酒阑人散万象明灭从此孤舟夜渡

夜寒手冷又一年

大 寒

鸡始乳　鸷鸟厉疾　水泽腹坚

——本节气候

心中的温暖缓缓回归，田园、村庄以及亲人
他们在冰雪覆盖里在漫漫企盼中向我挥手
年纪渐长，激情像严冬向本真靠拢
像一面湖水，趋向平静与平凡

这才是生之真谛，这才是命之诗篇
尘世越来越冷，日子必将越来越暖
静候一片月色　感恩或者修行
万众匆匆的跫音因此更富音色

让狂热的心再平和一点让青春留下来
让风华像春草一样茂盛让人生像树木一样生长
让云朵自由飘荡让日光永远照耀
我们逐渐远离苦难是因为我们生生不息的前行

生之为生是因为我们不断地省视认识自己
思想连续的得以传承大我故而谓死之不死

梦与生存

——关于雨水十四行

高　瞻

　　"辗转布山二十年，分明非梦亦非烟。"说起来惭愧，时光进入2000年后，我的写作明显的少起来，以至于有人怀疑我已经退出江湖。其实我一直在坚持写作，特别是诗歌，一直都没有放弃，心底一直对这语言之大美矢志不渝。

　　以前年少狂妄，不知天高地厚。到后面虚长几岁，多读两本书后，才发现自己在文学面前根本一无是处。单说古典功底，就可怜到可说是无，更别说其他了。

　　正是基于这样的认识，我决心放慢写作的速度。恶补古典文学，我深知，唯如此才能把自己当初的诗歌理想实现，这个理想是对古典诗词的纵的继承，对西方自由诗的横的移植。说到底，是要坚持意境的营造，坚持语言的韵律之美。

　　但2000年后，我发现，口水诗已经横行天下。于是，我选择沉默。在理想与现实中，在古典与现代中，我痛苦得如同年少失恋。我自己写自己的诗，自己在探索或者不懈前行。有趣的是，正是这段时间，我迷恋上了博大精深的中医，随着阅读中医古文的增加，特别是对《内经》和《伤寒论》的学习，我恍然大悟，天人合一才是人生天地间最大的真谛。去年春，在雨水这个节气当天，写了一首《雨水十四行》，当时突发奇想，为什么不就用十四行写一组节气诗呢？于是，便有了这一组花了一年时间写出来的诗歌。它没有什么主题，更多的只是节气当天我的一些感想，可以说是自己一年来的心灵纪录。当然，我也试图在里面把节气特征以及跟人体生命有关的一些融合进去，但毕竟眼高手低，仅作探索罢了。在这里特意说明一下，此组诗几乎都是在所处节令当日写成，除个别几首是补记或修改外。

7月31日，在潘大林作品研讨会上，采访了中国作协副主席陈建功，我问到诗歌的出路问题，陈建功是这样回答的："当一种流行到了极致之后，总会有人站出来打倒它的。"

我相信会有人不断地站出来打倒口水诗。但我仍然痛苦着。

痛苦出诗人，诚然。

记于布山

二、太阳正在升起

十年诗选 [2004—2014]

在快乐的日子里

我一根烟一根烟烧焦这个日子
远离你的名字

远离岁末流风的撼动
远离你的小屋你的梅花你的午夜你的歌吟

但我再也回不去了
回不去你的纯白的眼里
回不去你纯白的歌子和凝视我无力结束孤旅

一如这个日子
一气一气地逃离既定的归期

1989.12.19　于陆中校园

守　望

那些朝秋而去的雨浸湿了江南
二十四桥的明月如一枝睡莲
落过，又开着
二十四桥的梦啊　踏着雪泥
不计东西也不分
南北

而江枫掠过渔火而你守着江南
路已长，人如飞鸿不留痕迹
此生此夜任凭一盏烛火
照亮明月明年

而你依然守着一江烟雨
守着万里河山的一片荷田
九尺深的水在风中飞翔
像兴高采烈的马
拉着我
独自奔跑在大路上

2007.7.6　1：31

布山之夜

〔按：布山是哪里？布山是贵港的古名。秦王朝在贵港最早设立桂林郡，所以最早叫桂林的地方其实是贵港，后来改设布山郡，管辖地方很广，广东的一些地方和湖南的一些地方都属于布山郡治下，岁月流逝，慢慢形成岭南独特的布山文化。〕

布山的夜　我拿了它
它是心中的一杯酒
我喝了它　它是布山的花

紫水泛舟　谁来爱她
波光闪闪　渔火连着万家
她呀　住在南山下
圆圆的月　照着莲城的夜

北山又西山　东湖又荷花
秋深的情话　初升的朝霞
总是想着她
她呀她
沉醉在千年的夜

2007.10.10

彻夜不眠

彻夜不眠只为了去春相许的等候
张开手闭上眼心里满了也不见你来扫
看大雪落江南看月光洒小桥
曾经深爱又如何多情总被无情恼
无情也被多情笑

叶落了花开了世事总如江水滔滔
我的梦我的泪都因为你的好
云卷了云舒了人情都懒得去推敲
彻夜不眠又如何
路也遥遥水也迢迢
青山还好少年已老

·

2007.7.7　11：56　贵港

梦仍是一样

是不是经过太多才懂得人生的过错
年少时的天真如今都没见过
是不是梦境都只能在空中漂泊
到了春天它的面目已被现实看破

夜已到三更我还在经受折磨
神不守舍没有真的自我
想一想当年我们还能谈笑自若
到如今只能守着回忆数数儿歌

梦总是这样容易蹉跎
没有人真的想把它说破
人生就这样坎坎坷坷
不要在乎别人怎样笑我
梦仍是一样
在心中唱歌梦仍是一样
不管是风是雨还是趟不过的河

2007.7.31　3：48

凌晨春分

江南下着细雨　千里之外
江南也正下着细雨
已经春分了　冷的痛　痛的心
也已经春分了

我且狂歌狂舞在凌晨在春分过去的一刻
我赶着但赶不上三分钟的速度
江南之内
雨正下着
心是一枝桃花在水声中轻声细语

一杯酒啊抵挡不了春分的到来
一杯酒啊　它只能说
你又在哪里呢

总有一种春分不用轻诉细雨
总有一阵细雨不用落在春分
我又看江南
返乡的路上
千里万里

都在脚下
在心中

　　2007.3.22　1：14　于贵港　睡眠日春分即将过去之时

江南梦

那些深秋的雨朝江南飘来
那些江南的梦正赶向十里扬州
扬州有夜半的水声啊
水声中无眠的是那吹箫的人

而月色就是在这时候浸润上来的
千年的书生一卷经书已发黄
红袖在千里之外
梦中笑声如一缕清香
相遇如可爱的荷
无穷碧绿
无从承受

那些爱雨的人早已睡去
那些做梦的人啊
却都早已醒来

2007.7.5　0：32

阳光照耀八月

八月的山地高出心脏，河流多么的汹涌
在八月，我是一个被月亮照亮的人
高处的月光比阳光柔软
柔软的月光比八月更加让人心醉

河流汹涌　血液澎湃　八月已经高出心脏
车水马龙　心神不宁　我已经高出八月
没有一棵树可以遮蔽心中的渴望
没有一片瓦可以覆盖脚下的奔波
高处的热风多么美丽
它看到森林也看到城市
它甚至看到每一片温柔的叶子

理想仍然　生命继续　奔波的渴望
无从说起　也一样无法说起
在八月，我无法改变别人
只能改变自己

2009.8.2　14：57　贵港

半夜三更

佛说你守到半夜三更干什么
莲花如月　缥缈在二百里外

我说我不守到三更我能干什么？
黎明拂晓　枯坐一晚花月如潮

我愿是最后一颗星星
看着太阳升起
我愿是最后一片马蹄
静候主人散去
我愿是那最后的苍老啊
看着最美丽的容颜
在时光的流逝中
在我的手里滑落

还有
还有那一阵阵声情并茂的
春江花月夜

2009.10.30　2：03　郁江马路边

秋之歌

总有一种牵挂叫做感伤，每当秋天来临
总有一种感伤叫做无奈，每当明月升起
我用一首诗的速度，又能否到达？

诗酒总是一种安慰，因为寂寞在心
繁华总是前世姻缘，因为孤独不再
半夜我以梦的形式，又能否到达？

秋水梦回，我因之而伫江而立
风生水起，这一晚的雨
不知开始

也无从结束

2009.11.1　3：36

太阳正在升起

月亮正在老去　太阳正在升起
一生二二生三三生万物如斯
因此千言万语总归于一
因此满纸秋思　我只说给一个人听
于我而言，一是一切

渡船有意远去　只有秋风在摇呀摇
秋雨无意近来　正如烈酒在浇呀浇

但是它浇不熄我心中不停上升的火焰
我看到银字如笙调我看见心事如香在烧
我看到尘世一再重临的痛苦
看到江枫渔火中不断闪现的光亮这光亮
一如内心微乎其微的幸福
一如遥远的笑靥　任它风也飘飘雨也潇潇

太阳知晓这一切照耀这一切
因此它在凌晨不断地升起
就像内心的花朵不停地绽放
就像万事万物总归于一

就像千里万里的你

于我而言，你就是一
唯一的一

2009.11.5　0：59　贵港

如果风还在

那么它是不会说我已经跨越万里海洋
那么它只会静静地倚在窗口
作片刻的休整
那么它不会说曾因醉酒不会说只因情多
如果风在
历史的预言会是我的笑脸

那么它会跟我说你多么傻啊
你一个站着不累吗
你会看得到风生水起吗
你会永远无怨无悔吗

七尺红箫江南夜雪
千里泛舟世外桃源
酒微醺　剑出鞘
仰天大唱长安歌

它说如果风还在
如果我还在

达达的马蹄声

酒醒在江南

2009.12.20　1：03　布山江畔

横 山

在山川之间日夜奔走　阳光以及夜晚
我在一眼小小的井中看见了童年
梦想月亮　心怀纯洁
而一根谷穗　承载着村庄不老之炊烟
天多么蓝
人多么渺小

都市似锦　异乡总是如此的冷与凄寂
机缘与际会擦肩而过
窗台上的一根绿色
随风飘摇
因为雨在千里之外
因为山在家乡中

因为梦魇侵袭
因为血脉相连
因为横山
横山啊

横山

2009.12.27　12：44　布山江畔

注：我故乡所在乡镇叫做横山乡，隶属广西玉林市陆川县。

革命或守夜

洗个脸，泡杯茶，掌灯伏笔，年末继续革命
总结一年来温文尔雅或诗酒人生
颂诗或守夜　坚守于是格外动人
革命吧不在革命中睡着就在革命中醒来
心中呐喊几经浮沉

而它看不见青春暴风骤雨般天摇地动
而它毫不示弱　它不停地敲打我停滞的涌动
今夜它又以千钧之力重重敲打我
它在风的另一头说：春草啊早点重生吧
现在是冬之严寒　不是水之湄不是
初相遇

没有心比天高没有没有海比水蓝
师道如斯　中秋把酒　刹那潮汐
柳永小小的酒杯盛不下今朝小小的
伤离别

当酒已微醺，我们都不可能面朝大海，但我们
依然可以祝福所有的人春暖花开

算尽它世路无穷
却仍是行藏在我
白云生处仍有一叶扁舟
无声无息

但人生由此无法转头
二百里风尘周而复始
而风光之千里万里
仅需无穷的坚守或
不尽的守夜

2009.12.31　02：41　布山之湄

老虎来了

登烟堤看尽寒流高柳　但冬去而春又来
临百花羡慕江南潭水　而春来老虎又来
河山大地慷慨淋漓　浣花人依然清远
激荡讴歌之深情处鱼虫花鸟
行到水穷时又犹能奔走否?
而故土清冽而风云满田
追思秦淮逝水又如何让一朵花留住

乾天坤地。我坚信,凡心必有所寄
昨日之缚柴编竹乃羲画之爻
今天之大睡或大醒必天龙之义
虽先秦两汉诸子百家只是我寻常交往
而不离不弃地面朝大海　我又如何能够
春暖花开?

布山下一弯新月　渐行渐远
而文章如尘世千古无一同
而古柏半生而风烟掩抑

而江南春早,而老虎已来

幸福郁江水，静静岸边流
如果非老虎而不能识真豪杰
那么谁又来定义醉与醒之间的
真谛

用一张薄薄的纸　能否引领乡音前行
粗犷的九洲江啊　何时带着我重回童年
那一山烟雨那一碗清茶
总是我悄悄不断的梦话

而尘世姻缘已进而老虎已来
千山万水之中
它依稀仍是去春那一只

2010.1.1　23：12　布山江畔虎年之初

暮春十四行

一开始我总以为这是春天
但桃花不开但春雨不来
久扣之门啊也不开
心如干土　日渐干涸

再次之我认为是环境之错
因而气候变暖沙尘日甚
遥远的海岸线啊
也因之日益增长

而今啊风云莫测我终于知道
春天只在心里
而多少年是一个轮回
只有自己知道

虽说心如长城般喊坚强
但脸上之泪却似春雨籁籁而下

2010.4.14　1：15　布山

按：苏轼有诗云"草长江南莺乱飞，年来事事与心违"。初读时以为诗人什么什么啦。而今事至自己才深有体会。人生在世啊。不堪承受故有感之。

记 梦

为了这一个梦
我准备了多少夜晚
远离了故土
重来的不仅仅是
韶光与记忆

谁将载我上舟
多雨的往事
一株杉树独立
一株杉树　笔直的
入梦

谁把我从树上拽了下来
望穿了秋水却空无一人
谁的身影
夜夜如一株杉树　笔直的
入梦来

　　　　　1992.8.30　桂林相思江边初稿　2010.5.16 再改

烟雨荷花

要历尽多少磨难
才有今天的风雅
要走过多少岁月
才能如此繁华
这穆然之风，悠然之想
千年万年我守候着她

舞动了多少唐风
才见到世纪朝霞
唱响了多少宋韵
才超越秦砖汉瓦
那雨巷如烟，江风似火
千里万里我终于追寻到她

宝马雕车香露下
雨打荷花人如画
家家雨，处处蛙
莲塘自古人人夸

2010.10.25　1：25　布山

重阳雨

这是楼头细雨，这是凄清征途
谁在高山之巅临风把酒
点点看破重重江湖
谁在千里之外独立茱萸
狂舞一樽黄菊深秋

俯仰之际，我看见你在天边
有没有一掬清流
浣洗多年相隔的容颜
有没有星星点灯
照亮茫茫脚下不尽黄土

反复之间，是谁在合十祝福
谁在重九里呢喃
谁在经年的画卷中眷念
酒阑时谁在眼前
一枝黄花未吐
有无红粉相扶？

梦中的画境一直从未走远

从此应是花红柳绿

天涯应是从此改变

2011 年重阳初稿，2011.10.14 再改

兴安风雅颂十四行（组诗）

风：灵渠

一统的风度，体现在这样一个精致灵动的细节
逝者如斯乎？始皇只是默默地俯视脚下的灵渠
千年过去，当年的长城阿房宫当年的雄才武略
已经过去
一个时代的辉煌如此的静寂

我百里兼程来到这里，我心知
我只是作为一滴水来此汇集
在大小天秤面前，在历史的交汇点
自己甚至连一滴水也不是
秦人的聪慧让今人只能聊以解读继而仰然太息

灵渠最终是一条船，一千年前，
风水最终由此改变
南越人至今不明白：究竟是有风才有水
还是有水才有风

史记很安详　史记从不记水只记风

铁蹄声声始皇一路向南　历史凄美得
让人不忍向前一步

国风长此不绝，枕着灵渠向海归去。
兴安兴安，多么富丽的名字
永远兴国安邦　永远兴旺安宁

雅：水街

依山傍水，左青龙右白虎，
滔滔战略构成婉约江南实属无意
短暂的烽火远离　让征人思乡让良将
安息此地有城还有水
杨柳纤纤胜似胡杨

傍水而行，怀想秦时朗朗明月，我多想
将历史停止在水边，看湘漓三七分流，
我多想筑庐而居　梦想田园菊韵红袖添香
梦想浪子归乡

肯定会有女子如春江花月夜悠远绵长
肯定会有夜晚安静似七里秦堤
此地有水还有山
恍若宋唐

此地有梦还有幻
雅致兴安浮动暗香

颂：猫儿山

红色的三江之源老山界见证奇迹
这是渗透进祖国的血液
这是大国转折的印记
这是华南之巅高高飘扬的旗帜

猫儿在此回头风与水在此汇集
一千七百米丈量革命的毅力
一千七百米播种不屈的种子
巍巍河山回荡当年粗重的鼻息

有冲锋的号角有叮咛的爱意
有春之温馨有夏之炎热有秋之酷闷有冬之寒冽
无论是过草山爬雪地无论是步步为营血染湘漓
我们最终来到了这里

由此向潇湘由此向北
关山千重五岭逶迤
河山万里一支队伍从此挺进

一个大国从此崛起

2011.11.27　1：50~21：43　布山之北

［2011年10月，参加十月杂志社组织的在广西桂林兴安举行的十月诗会，有感而作。］

蓝天几许追白云

三朵落花追着一米阳光　告诉流水天正蓝　不要急
流水凝视白云说东坡走了海子来了　清照还在小舟上
天空东边有柳西边有梅
而驿站有人采薇么　空谷是否生长一株还魂草？

时光与落日的酒令　如梦百年　或一个清晨
气候似清似新　白发渔樵诉说马炮争雄
雨水浸润的去年　你在沙洲上浅笑
多年的坚守　故乡小民的生活如常

胜负总是你来我往　沉默或许是蓝天白云
一缕惠的风　吹你往竹林　送我入茶香
经年的书卷　说唐说宋还有戴望舒
而一朵落花的速度　总是要比一米阳光快

而你还在纳兰的小令里来来回回
把酒当歌　如一个酒醉的清晨

　　　2011.12.6　22：30～2011.12.7　02：15　布山之北

秋雨十四行

当所有的青春都化为了秋日的艳阳
当所有的创痛都抚平了炎夏的忧伤
那些梦中不再相遇的故事啊　你可记得
秋风是谁的犁杖秋雨是我的泪光

当深夜又迎来黎明当醉酒成了故乡
当所有鸟语滋润当所有花朵洋溢芳香
当所有的秋歌响起
却没有人问起我　哪里才能放声歌唱

没有人知道千里也不过咫尺之望
没有人明了擦肩而过却依偎身旁
没有人再在深夜来回吟哦——
"你来与不来，我都在今生守望"

就像这台风中的秋雨一样惆怅
就像那远了又近的春的方向

2013.8.19　04：36

秋之十四行

谁在月下斑驳的柴门前拍打
谁在荒村踱步走过千年黄沙
谁在清晨用颤抖的乡音嗫嗫地问你问她
那些朝秋而去的雨
就像你渐行渐远的跫音　总也不敢停下

谁在春风小院沉醉万里朝霞
谁在灯火钱塘等待一碗清茶
谁在陌巷隐居谁高唱铁板铜牙
那些朝秋而来的雨
滴也滴不完　总像昨日桃花

谁在踏雪寻梅谁一辈子以梦为马
谁望见家山万里谁听到儿时童话
那些愈走愈远的风霜
那些愈来愈近的天涯

2013.9.14　1：46　布山之北

活在凡世

——悼东荡子

秋风是一杯过夜的酒
起风了，还在心头灼热
秋雨无声　一如春雷响动
活在凡世　经夏历冬
阳光照着凌晨幸福的时光

多么想有一幅春风杨柳图
多么想在青草尽处尽享霞光
小径柴扉　海水浪花
活在孤单的凡世
更加热闹的是孤单的内心

我说活在热闹的世间
你说活在诗的凡世
而当一枝竹子终于拔节长高
为何尘世却阻止了你
凡间的步履？

尘土飞扬万籁无声
活在孤独的尘世

活在热闹的内心
这一刻是空空的回响

（东荡子不是我的朋友，因为我与他无缘一面。但东荡子却是
我的朋友，因为诗歌。这两天看了大多的博文，思想甚多，终
于忍不住，写诗一首以志悼念。）

2013.10.17　2：43　布山之北

秋雨来临

梦游人，当月光隐去，当南风吹凉，秋雨已来临
带着遥远的呢喃带着沙洲上水鸟的
飞翔。就像多年前你在云贵路上
你的心留在了广西。而潜伏的风暴是你梦中不可遏止的
渴望。没有丝毫夸张没有任何声响

夜游人，当秋雨来临，当湖水燃烧，我打马来到广场
三千年终于抵达　鱼雁来回穿梭
布山在这一刻开始停留　驿站的仆仆风尘
旅人的莞然一笑，岁月邂逅的心跳
风是甜的雨是香的　砰砰砰砰砰砰
……情不自禁又情不自已

梦游人啊！这冰与火的夜晚你如何入眠？
在长吁短叹的酒杯中在明灭的烟雾里
在长长的梦短短的对视中
你可曾发现夜游人的步履你可曾听到风声里
吹来的微香？
你可曾梦到夜游人正在悄悄近来的长发
飘袂的裙裾飞花的红唇

你可曾听到她颜容姣好的清唱？

梦游人，当月华不期而遇当你再次来到岸边
秋雨已来临。就像你的梦，无限流连的幸福
不可言说。就像这秋雨
早已来临　她在两列火车的交汇处滴着
一滴二滴三滴
滴滴都是一个红袖的盛唐

2009.10.23　14 ː 00　布山江畔

柳沙幸福：时光或是石头

今夜我已不能再读柳如是或陈圆圆
暖冬继续，而我已坐成残荷
青春在半夜和我打照面
上山坡　进电梯　路边一棵树又一棵树寂静着
时光在回忆中幸福　一路狂奔　柳沙或是石头
点点波光倒映着白沙大桥
我不在民族广场而柳沙是否你辗转不眠的脸？

一而再地，窗外树们一棵又一棵地安静着
凌晨的光如此微弱
为何我的心是如此空空地跳
而三点的鸟儿枕着你的梦入睡
它听不见我说我爱你

而历史是都多么惊人的巧合
当阳光来临　当一元复始却行色匆匆
我已站成一颗石头
它无情地回应：没有沧海就不成桑田
大石头也无非是望夫石或阿诗玛

而我就是这无非的石头啊
而这唯一的石头啊　在鸟语花香中
在风吹雨打在如履薄冰中　你是否像以前一样
脆弱得终于落地？

徘徊在两台电话机间　这唯一的大石头啊
是否还在脆弱的坚强？
就像很久很久以前的故事
没有了梦一般的童话
千年前的新娘说：你拿什么来娶我

而石头终于落地。而地下地上　坚持
再坚持半岛仍是如此荒凉与凄清
貌似安静却千尺波澜

于是我忍不住问石头：为何脆弱得缘在幻灭？
石头貌似平静地惊问：缘何爱坚固地在疾生？

2009.12.7～12.17　布山江畔

春天之酒

一抹江水把春天染绿

欧翔浅底。波澜不惊

我来到春天的夜

江水与我照面而过

我就在你对面

炯然为心无旁骛

无意于人来人往

而你欢笑

而你喜形于色

而你滔滔不绝

如我手中越来越多的酒

如窗外越来越茂盛的花开

那些溢于言表又掷地有声的

响动

徒劳无功

醴茶啊美酒，我用心的酌和热

把夜晚灌醉

而你就在我身边

而春天依然年轻

而江水依旧低回
如果风回到一年前的速度

我将击鼓我将高歌
我将目中无人与你同醉
而今夜只是咫尺
而翻手无云而覆手无雨
陌路得形同熟人

为了出海，月亮在江面上转了一个弯
一口叹息将青春变苦
因此尘世开始明智与慎小
一次感伤的照面
无可奈何的心知肚明
一次又一次
在梦中相逢
而春风吹呀吹
谁又知道冷风已来临
而春雨还是敲打濒临破碎的心痛
我已不知今夜之月是否明日之骄阳

抑或雨水之感伤

而春风还是在吹呀吹
勃勃生机不屈地昭示：
不管千里或万里
你必将心有所属

2010.3.3　晚初稿3.5～6　改于布山

时光之舞

雨水把时间一点一点停留，青草熟睡在竹园
谁也吵不醒她。无论是心爱的人还是安宁或者梦想
夜夜日日，她不得而知。她头枕郁江
去向远方，远方有溪流九曲还有庄园百年绕着山坡

这远方之远，我曾经到过，甚至不愿返程
没落掩盖不了桃源风景，空气湿润安逸让凡心浮动
这远方之近，我从未到达，总是一再出发
不需赋予意义不需寻找理由，她是蓝田之玉是桃李之华

青草又把雨水一棵一棵挥舞民谣细腻而辽阔
她突然沉默，没有去年或前年的妩媚逸致
一路狂奔随物赋形，时光就是一块石头
有火山有岩浆有高山也有流水
还有逐渐远去又慢慢近来的蓝天白云
她千辛万苦她珠圆玉润
不是一日两日　而是千年万年

2012.6.16　15：28　布山

月上郁江头

那人住在郁江尾，去国经年又月圆
期间有绿草丛生，杂树横陈
当是时，百里风尘，一如夜船吹笛
而巫山烟雨渐渐没入神话

而秉烛夜游春园酒宴以梦为马
都是三月烟霞都是明月如霜照见人如画
暂且把酒话月夜
暂且梦中开花

而当梦中酒醒或是面壁一盏红茶
回首总咨嗟
徘徊在郁江桥头
青灯黄卷心乱如麻

任凭是云光晓雾任凭是乘风破浪
终不敌当初金戈铁马

2012.12.27　02：56　于布山之北

雨水十四行之故园

那些不曾远去的岁月正在慢慢老去

那些如痴似醉的日子已成雨和水

那些日益追紧的渴望与焦心

都风化成一张白纸

甚或是一杯白开水

喝与不喝都无所谓

我原是故园中的一片羽毛

漂泊只是一个过程

千山万水又千辛万苦

十万春风吹我不眠

一片乡愁又抱我入梦

那些老去的岁月正在慢慢近来

那些无家可归的日子

就像龙河水在故园的土地上

日复一日　平静得不行

2010.3.11　17：09　布山客栈

映日荷花

——致贵港

一枝小小的莲叶映照布山千年如画
布山千年眷恋着一朵映日荷花
从头道　桂林郡　自古繁华
在江头　在船尾　有没有看见古渡口那个
欲走还留的她

不知上溯塞北还是来自南沙
不知旗袍玉立还是身笼碧纱
不知姻缘因何而起
不知莲塘何日种下

只是啊　没有人看见她
她呀她
不知疲倦地
顺着江枫渔火而来呀

不要说大江东去铁板铜牙
不要说浩然喟叹山光池月
不要说容若换盏风雨之夜
不要说易安寻寻觅觅

她呀她
孕育了千年
她呀她
百年又过
今要回家

一弯郁水造就盛世光华
她呀她
美如一朵荷花
宛若神话

2014.07.03　04：50　于布山

月光照耀

月光在南山上游荡　他看见一棵莘草无眠
他看见风吹酒阑他看到海在山这边
背灯和月　一些白云浮出水面而
另一些春光却沉入经年的海底
静数秋天

静待秋天，彻夜东风已消瘦　而人在眼前
而人似往年！梦里花开一如双飞燕
夜雨做成秋——谁在一声水调中低唱
姻缘啊早已不知春深浅
只是散也轻寒　聚更轻寒

而月光在南山照耀而月光从不知疲倦
他看不到谁在以梦为马谁在往复回环
他看不见深巷里拾花的人
看不到静静的秋天，是否又在酝酿一次悲欢之宴
是否还在上演下一出天上人间？

而今夜　谁又会是这长箫伴月光无眠
又会是谁　千山万水地伴着我

默默无言地等待太阳升起
谁又会记得
多少风浪过去多少雨消雪残
谁又会明了他就算海枯石烂
还会风度翩翩还会坚守布山？

2014.08.08　03：13—4：24　布山

搬运千里万里的故乡

像是绿叶浮在群山上　也像星辰对大海
念念且不忘　如今花愈鲜　夜正浓
信使走又来　在隐秘的风中缘觉
用八尺红绡　搬运千万里的故乡

独有自在到处能安却不能旗鼓更张
梦中疾走醒后仍奔命才知风华无恙
船将渡　酒已酣　而你无法说服
一次次的生死穿越　屈辱和守望

少年和往事亦不过漏掉的指光
有下游也有驿站　再次飞翔吧
风欲来　爱已至　万家灯火里
远归的人们又谋划着下一次的前行

心内的春灯

轮回有果报　苦海也有边缘
这一年的烟火　守望人间
盛大的　乃是它经年的风尘
盛大的　还有它隐忍的内心

而雨水零星　万物休息
不拘小节地在立春潜伏
我迈出坚实的步履本想自在飞翔
身体却转身向南，怀揣一页心经

要用万千苦　修成百样菩提
要用一点光　续递灯火万盏
让黑夜的逆行者　找到星辰
是时候了　春天已策马而来
放下卑微与笑声　脱身群山
与一朵莲花为伴　自救疾行

哭罗汉

一闭上眼，就见到你在笑
白云驮着山河　自宁潭至玉林
又过桂林　转鬱州　来邕州
浪花却在白州起舞　一朵又
一朵　高过内心无尽的泪水

诸神啊　请接这孩子回家吧
让他远离这尘世　远离曾经的
烂醉如泥①　远离曾经深陷的苦
无法摆脱的痛
让他在善良的烟火中
再一次粉饰生涯②

毕竟　他在人间飞舞了近半世纪
毕竟　这花终于开了　你看

注释：
①《烂醉如泥》为罗汉的小说散文集。
②《粉饰生涯》为罗汉的美食散文集。

他结果的样子多美啊

2021.7.27　13：58　于布山之北

宽窄巷子三叠

一叠：莲花飞升有声

此窄为无这宽是有　相生为道　我掀开深秋里的
月光　叩问凡尘万千苦厄　由此去往青城山
到都江堰最终抵达大足石刻的漫漫佛龛

而莲花有声　井边的人间烟火　让人顿起搬运岁月
的念头　铸剑为犁的刹那　就是菩萨飞升的瞬间
这向上的姿势　恍若太阳神鸟　被阳光触摸点亮

观音低眉　慈爱众生　巷子和万物一样
留有余地　人类与佛陀从此相距无间　满怀的喜爱
与敬仰　传移模写尽千年少城的温润与悲悯

二叠：把江河放在心中

有时候，想起宽窄巷的日夜
我就把都江堰的莲花放在心中
浣洗，朝拜，或者
闭关，抑或随物赋形
而不论一日三餐

有时候，我也把锦江之涛声带到高山
告诉他，大慈寺、文殊院，亦可阳关
三叠　因为　烽燧之下
还有什么是不能浊酒高歌的呢

三叠：尘世问法

这一夜宽窄巷里　风雪出没　梅花初绽
这一夜井巷子内　梵音缓急　细节柔软
这一夜的人世　把丰美山河搬进了巷子

也曾过青城临都江渡岷江
也曾立马长江痛饮一季剑南烧春
也曾为化繁为简　问法顿悟　长跪趺坐

长顺街上　沙尘四起　月夜突围
巴蜀一朵明月般汹涌的莲花
终于要结果　让尘世验证
隐忍又沸腾的自己

大容山走笔

封禅的源头山

山河跌跌撞撞前行　不断奔跑　微醺却不醉
在岭南遗世又独立　无奈跌坐为大容山脉
由是　南流江与北流统统皈依门下

然则　大地茫茫　潮涌桂东南第一峰
时光不断地虚度　这封禅的岭南西岳①
哪怕是秋月春风　也没能一睹你真容

疲于奔命乃是众生的日常　而山真在高
但你却从不与鬼门关相提并论
你只顾在浔郁平原点灯　内化中原后

又到欝州说法　直到千年后我再次
来此　汗水已淹没花汛　转徙江湖

注释：
①南汉高祖刘龑于公元 917 年在今广州称帝，同中原一样封禅，把大容山封为"南方西岳"。

漂沦无声又日夜憔悴　在大容山

神啊　你为我不断搬运人世的失落
哪怕众山沉默不语　我也知道
再往上　就能看到你的灯塔了

莲花瀑布

下沉百十米，才看到这大地的一汪泪水
这么小又这么急，可爱得完全出乎意料

好像是我前世欠下的快意恩仇
好像是佛说慈悲啊而厄运刚过

而我深信，这是大容山的一滴泪
无声诉说，马纵深山　甚或是你

深夜的声声琵琶　从来往的乡音
转轴为一盏盏夜行星　昭示黎明

小莲池

把云彩收拢　把冷泉凝绝　把前世的莲花
暗合为一座无名教堂　勾魂的小莲池啊
也因此找到了流水的去向

无数次　听从内心的指引　去往他乡
我深知　原乡已老　以身相许的边疆
已化为可可托海的声声呼唤①

注释：
①在小莲池，同伴老乡江舟引吭高歌一曲《可可托海的牧羊人》。

老死他乡及萝村

瞧，这些说北流地老话的人　这么悠闲
靠着那些老死他乡的先辈们　这么悠闲

他们来自浙江或他乡　真正原因未明
但萝村负阴抱阳　网络风水　故曰民乐

进士举人贡生秀才京官六品以上地方官无数
东南亚荔枝王依然不老　支撑起芸芸众生

白墙黛瓦　在陈柱故居　明清的白水岭
背枕大容山　藏风聚气　东进而西收

恰如吴歌侬语般天人合一　内心坚韧
又若万千水网　宽恕远走他乡的青春

三、郁江往事

近年诗选 ［ 2015—2020 ］

春分 · 车过西江东

是日晴好花浓　车过西江南车过西江西
车又过西江东　一路花红
去年纤柔小手
一片红彤

是日湖水高涨夹雨带风
人面桃花　绿竹看尽苍松
北山苍苍　西江茫茫
你是一片春暖你是照向春分的
一枝芙蓉
来也从容
去也匆匆

是日，心有灵犀一点通
当是时，故事如期展开
却苦无主人公
都说是去年崔护
都说是前度刘郎
春风小院都是梦
只有醉人花红
只有往事千盅

风吹雨落

不需要细节。十年风吹雨落　南山已不是
你我的南山
今晚一阵碎雨　终于敲醒那些
恰似江湖上辗转天明的梦
而谁又知道　水之上
究竟你是帆　还是我是浆

"时光容易把人抛"
"秋娘渡与泰娘娇"
西山小道，一丛疏竹
由是连连呓语

甚至，不需要语言
不需要酒。以及花朵
一盏烛光中的对视
一片春江花月夜般的
喃喃私语
所有人都知道
这是春天
这是江南二三月的渡口

只是啊，已无法归家洗客袍
任它红了樱桃任它绿了芭蕉

今夜
只有风吹雨落
今夜
只有
星河漂泊

清明之如梦令

一湖月光飘零　十万梨花已放
江水吹来你的气息
一如往年
宛若吴歌　浅吟低唱

而我要如何殷勤地踏取春阳
而我要怎样无助地看尽韶光
桃枝一叶带雨
寒潮中
花在风前低昂

笛声已依约　白鸟已成行
十里春风在花海中荡漾
三更独自把盏
凄然北望
谁能赠我同心栀子
以冀报君百结丁香？

深夜听到花开的声音

带着一片春愁，布山无从睡去。今夜贵港有雾
雾出东方　而东方雨浸山崩
无从归去

我是要从多年前的渡口启程呢
还是搭乘今晚醉酒后的梦乡？

没有人知道，梦想在青春中的飞扬
你也不知道，多年后
已无银字与心字奏响
更无风从心起
雨从瓦落

夏至又来，诗与酒还在路上
那些齐声高吟春江花月夜的日子
那些从早到晚的关怀的句子
那些有夜雨化成秋那些远去的列车
还有
溪头荷花绽放的
一朵

小小的莲蓬

在今夜　诗与酒，酒和歌，歌与泪
都一样无从看见
一样无法
拥有

夏至：此生此夜不长好

夏至连着清风吹起满天纸鸢
阳光拂动一川平绿
南窗一抹茉莉花开
照见遥远的北窗疏竹
故事向前　弱水三千
而人物却节节向后
故人此刻　是否忆起
今朝新酒已熟？

所有的夏季风都将面向南而归
所有的春水所有的月亮
仍踌躇在思湾古渡
经年的诗篇似客心在浣洗流水
经冬复历春
南山一棵不老松
是十点钟的晨光
是十年前的春阳

世事来来往往恍若一场大梦
青春不敢散场　白鸟成行

人生路上几多击箸歌曲
悠然西山　看尽秋凉琴筑

今夜，所有的你都如期而至
所有的月光次第响起

烛光摇曳中
酒杯举起
明知必须向前
却控制不住
不断后退的步履

春天，九洲江

这么多春风　带走了青春　汗水　热血和爱
这么多雨水　安放雄浑的岭南　心中的悲鸣
这么多燕子　不见了乡绅　稻草和牛羊
这么多庙社　一年一次灯火　祭拜家族的荣光
这么多江河　遇见了剑客　酒鬼和夜归人
这么多桃花　再一次　把航程　次第吹响

桃　花

那些桃枝桃叶　那些春风江南　东家蝴蝶
那些雨水如铁　内心忘却
那些先生犁杖　姑娘红装
那些目击　那些悲悯与朝拜
广南西路　站着一朵桃花　昭告天下
梦见一根芦苇或羌笛　嫣然

一笑　在南方以远　一个人殷勤　沧桑
一个人盛开在风前　桃花低昂
一个人找到了前世的栀子　姻缘的机密
他拾起少年　泪水　诗篇和故人

以及来世　那一刻　江水广阔　星辰百转
千回　那一刻　皇天已打开
七七四十九天的喊叫与拍打
今生的丁香　仍把后土关上

大　海

佛陀无悔　老虎吃了我
农夫也无辜　蛇吃了我

观音低首　苍生守着我
后土来回　粮食等着我

诗经点灯　桃花在舞蹈
莲花弘法　故园在过河

岭南双掌合十　面朝
大海　始终笑而不语

在这苍凉的大地上　岭南目光慈悲
像一轮明月　看着我

深　夜

在深夜　遇见一本自己喜欢的书
从此不再仓皇不已　打坐　入定
用一枝莲花　安放自己的神明

接着　看见一段心醉的风景
开始人生初次或再次的远行

继而　邂逅一亩稻田地盛开
从此劈柴　耕地　劳作不停

在这苍凉的深夜里　打开一页自己的诗经
学会微笑　走在路上　找到这一生爱的人

梦中的童谣

雨斜斜　过家家
东山下　大红花
锡斗叮当　牵牛过江
江子曲曲　火烧屋
哎呀　谁家姑娘骑白马

杨柳树　发新芽
三五夜　想着她
白马跳过河
龙眼荔枝娶老婆
哎呀　原来是位老大妈

清　晨

在这世上　我把黑夜过成了白日
一杯清茶　或者　三两浊酒　都是
内心的太息

在这世上　农村遇到了城市
一种热烈　恍若隔世
人们趋之若鹜

在这世上　诗歌也不爱自己
就算桃之夭夭　就算当窗理云鬓
都不是史记

在这沸腾的人世　如果我日渐
孤僻　那就算桃花春汛
清晨将至　也依然热泪满地

郁江往事

活在史上　秦岭以远　春天生下了
江南这位公主　儿子则叫齐鲁

在此之前　王爷的灵渠　由皇上来开凿

住在海边　天空降下了五匹羊
校尉霸气冲天蹄铁蓝关　校尉近观东海
一泓倒影中看见江南宛若凤凰　校尉自此
封山铸钱　自称我赵为王

走在水稻的节气里　犁耙笔锋一转
开出两朵鲜花　从此
菩萨与佃户　很像兄弟

在农历吉日　我从渤海湾逃离　前来
认亲　青草与雁阵恭迎　燕子带路
来到了广南东路毗邻　在这里
郁江带着落日　被雨淋湿　在这里
神仙喝茶　道士耕地　我找到了
世间的善　却无法隐忍
内心无以匹敌的热血往事

自古明月富足

七百只灯笼穿州过省　燕子用春天这只翅膀
构筑故乡　更远的海面　杏花已黄
姑苏引来了凤凰　在岭南
谁吹响雨水这一抹　湖光
谁就能在方寸内　把心托付给
皇土苍天之上

观音端坐庙堂　她悲悯的目光
正在叠山理水　更在凿池构庐
在清明之前　要让子民回家
让竹子谦卑　瓦当发芽

这也无非人生一次写意的　靠山取形
但绝不是　悲慨叩问　自古明月富足
二分扬州　泰伯奔吴　何尝又不是生命的
一场　居安思危

留园留题

江南痴绝　杜甫盘桓　犹如一只黄鹂　声声
唱彻西洲　但半墙明月　面对杏花留园
依然手忙脚乱

尽管久困科场　对雪月风花不屑一顾　我刀砍
斧劈　山河尽头　水乡开阔　唐宋仍酷爱驰马

塞北　这笔断意连的泼墨　从白到黑
谁又敢任由　一生　就此嬗变

江山千里图

北风南渐　从春分入清明　菩萨带来了观音
古榕与稻叶　饭稻羹鱼　一隅相安
战马风骨倔强　补天西北　鼎盛
一时　十万扬州隐而不止　平稳着
彼此的呼吸

这是生死攸关的依赖　四海南奔
前程并不见得似锦　依然重门八袭　少了
一些剑气　多了几许箫心

将士一世躬耕　书生久困沙场　孤舟上的低声
高吟　从写意到抨击须弥　多少死不甘心
当傍晚捧上满天星辰　当燕子归息　多少
桃花春汛　正在洗心　革命

东坡西湖记

这一抹烟雨迷人　比如岭南之南
这一列夕阳凄厉　比如古道荷花
这一籍故国苍凉　比如眉山以远

那一天　夫子打马而来　脚印铮铮
那一天　春草推波　秋月助澜
那一天的菩萨　突然在西湖上出现

心中的黄猄
——忆年前与杨军等兄长探望莫社光老师

二十年前　五谷丰美　这位汉子　满目慈祥　偾张血性
——在山西　一件老白干　我撂倒一席

十年前　灯笼还红　这位尊长　勃勃兴趣　举杯欲止
——莫急　莫急　我喝过你的白兰地

三年前　天空疲惫　这位老者　来回踱步　絮叨不已
——我养了只犬　没了老伴　笔耕已息

春节前　阳光涌动　这个患者　记不起人
把儿子认作兄弟　在养老中心
想不起走失的自己　却笑谈昨日
跑马山上猎得一头黄猄

人世的哀凉　在他看来
从没有光辉的败北　仿佛生命不息
定当冲锋不止　这才是一生的宿命

河山四处之贺州行

秀　水

天地不仁，状元老去，带着廿六位进士
在富川，如果一座村落　可以传承
走南闯北　那么　庭院中的荷花
超度过多少草鞋　踉跄　膜拜和
不屈的心灵

岁月不仁，江山衍脉，石鼓传佳话
重檐小院转再过　秀水的
尽头　我策马以流水的速度
浣洗明月的心　姗姗来迟

然则　我踩下的每一声马蹄　都必将
踏成命运里难解的心经

潇贺古道

我听到大队的骆驼　带来苜蓿和经书
我看到连绵的旌旗　倒映湘水漓水

天山以远　五岭之内　一个鲜衣怒马的
少年　一个南来北往的时代

一个青铜的帝国　遵循着五尺驰道的
刻度　有油茶　更有桑蚕

以及景德镇　以及风雨桥下日渐
稀少的流水　我用一个上午　由广西

出湖南　一碗米酒中的节度使
岑山上的废碟　风烟止息后的　不忍离去

福　溪

在泉水中打马　在泉水的深处
遇见她　白衣似雪　隐忍如铁

之上　五马归槽　守土成仁
百柱成庙　万法归宗　谁又能以此质押自己？

于是，在溪水中种花，在光阴慢的
青山下，洒扫内心，不让它乱如麻

这步步生莲的漫山遍野
这恒河沙数的古道繁华

这深山浅黛　这谁也不敢抄袭的
普天下弘法　仍然热烈　无法冷却

黄　姚

有一个千年的梦想　在夜晚　在灯火
辉煌的江南　山与水　心安与故乡

有一轮不老的明月　在昭平　在问道
岭南的贺州　酒与友　千里闻茶香

有一场深刻的吟唱　在初秋　在渔樵
五更的黄姚　醉与醒　又结泪千行

　　　　　　　　　2019.08.25　0：40　布山

朝觐圣堂山

如果顶天立地的迎客松还在矗立　如果高山云海仙踪
如果世外桃源还没走出梦魇　那么　十年无缘终能成行
以一颗诗心　我和老盘会心一笑　走　登圣堂山去

来宾来宾来者上宾　我只是诗经中卑微的一个句子
和着雨水　上山采薇或伐檀　赤脚踏遍圣堂山
丈量内心隐忍的每一步距离　1979米石板路的秘密

半山又见佛光　恒海沙数　转眼又睹真容
不知是人围山转　还是雾追风走　脚酸了
腿麻了只知道雨干了又湿　或只为想见一代宗师

今日的腿抽筋和痛　都不在话下　一路顺风
和就此别过　都是缘分的说辞　不变的是
一直在路上　这才是一生不变的宿命

　　　　　　　　　2019.6.28　02：26　布山

金秀圣堂山

这座山闭起眼睛　任雨水从县城跑到峰顶
这条路带着热情　不怕风劲　双脚泥泞
这天梯踏过安静　五百万年鬼斧神工　轻轻听

这群人决意崎岖　雨驰风急　苦领未知前程
这族人蹚河过海　荒野迷途　过黑暗是黎明
这高度绝非迎客　生命中的果与因　神启星引

2019.7.7　01：31　布山

我希望每朵花都能结果（组诗）

瞬间的断裂

我知道这是瞬间的断裂　因为命运无形
我知道这是风烟流水　因为群山在游离
我知道这是月亮　为了聆听苍生在夏日中
最凄楚的一段唱词　再一次走下人间

这一泓清泉　今生已无以为报
这一杯美酒　来世当以身相许
这一满满的爱与恨呀　必将万人空巷
必将万物自在　恍若是一场春风拂面

我知道风在来的路上　所有虚无与
沉醉　一朵莲花在雨声中觉醒
我知道　这绝不是瞬间的断裂
因为河山仍在崛起　秀美清静

我知道　少年的南山已远　坐在凌晨
期待　回忆　都是瞬间的断裂
我知道一个人的身份　无关彼此

此去今日　都是岁月的虎视与闲谈

都是清秀且又青涩的青出于蓝
都是再也无法预见的情何以堪

2020.7.8　布山之北

希望人世的每朵花都能结果

这一夜风雪出没　梅花初绽
这一夜风吹草动　细节柔软
这一夜泪水交加　茶亦可道
这一夜的人世　花朵如潮　山河丰美

也曾过五岭临珠江渡潇湘
也曾横刀江湖痛饮他一春
也曾对一株抽穗的水稻驻足不前
也曾为一场洪水彻夜挑灯　合掌不眠

市井于是沙尘四起　剑侠云集
新丰街上　月夜突围　一声马蹄擂响
唐朝的一朵海水般汹涌的鲜花
终于要结果　让尘世验证
隐忍又沸腾的自己

　　　　　　　2020.7.8　15：45　布山之北

苍茫辞

而立的是　那支苍茫的东湖之笛　胜过流岚
而立的是　万只疾速慢行的过山虎　内心破绽百出
而立的是　喊叫一夜的群山　无家可归
而立的是　无数内心的荒芜　孤苦的救赎
以及颠沛游离的歌声　梦里光辉的败北

是时候用手无寸铁去死去活来
是时候用悲悯一本正经地胡说
是时候保持一朵花的姿态　无宠辱也不惊
是时候了　这而立的月光
让泪水再一次　背井离乡

2020.7.11　23：25　布山之北

荷之书
——致太史公

A.痛饮：遗世独立

当是时，击鼓心间，方言乡音
若关关雎鸠　若三百诗经
不惧双脚泥泞　沿途寂静
摘一颗自在放任的星辰
纵步深夜醉于五岭盆地
听见荷花一片又一遍地指引

这是始皇之荷燕赵之荷
这是国士之荷苍生之荷
悲悯且不羁　也或离经
叛道也或痛饮一晚　沉于淤泥水底
但一直走心入耳一直遗世独立

然则，谁的心中不曾繁花似锦
谁又不是负俗之累而立功名
世那万顷仰首　三千素面
谁不曾感慨啸歌　笑傲江湖
谁不是斩将搴旗　恩仇快意

又何曾怨过相见日浅　何曾聆听
太史公千年不息的悲鸣？

B.散聚：奋不顾身地嫣然一笑

曾经绿兮衣兮　登堂且入室
曾经把酒言欢　仍不尽人意
曾经上险峰下幽谷驻足云端啊
曾经世事难料曾经出万死不顾
一生之计　曾经游离尘世
为五斗米而作牛马走
如今万物散又聚
可否纵一苇以航之

让这一身骨骼奋不顾身地
踏遍山河　从此不遑论魏晋
让花朵隐约让非常之功
静待非常之人　让月亮
潜入缤纷的人世　悄然低首　寄天下以嫣然
一笑　恍若热泪满地

C.隐忍：一池荷花低回

在覃塘在贵港，这些步步生莲的男女
因三千荷花盛开，低回留之不能去矣

隐忍的是　人能弘道，无如荷何
隐忍的是　万家灯火，心知其意
隐忍的是　面有菜色，筑庐默行
隐忍的是　积善累功，修仁仗义
隐忍的是　欲愤发其所为天下雄
此中真意，实难为俗人言也
悠哉游哉的荷塘啊
荡漾一地星光
千里万里的追寻
虽不能至，然心向往之

D.侠客：然诺拂衣去

倘若空室蓬户，褐衣疏食
倘若不念旧恶，求仁得仁
倘若轻去就，同生死
倘若言有信行必果诺必诚
倘若乡曲间巷与匹夫布衣
开满藻井　像一枝莲花傲世
存亡死生如斯

那么，低垂的尘世就是一盏
灯台　人心因而轻生重义
一册汉简里　太多不合时宜
太多从俗沉浮太多今非昨是
那么，疾速慢行的典籍啊
你看不见　醉侠与剑客

然诺拂衣去　从不露痕迹
而采莲的人　已不期而至

E.花开：谨守世间的秘密

恒河不断虚掩　世间捧出良田
当菩萨把山门轻轻关上
总有人选择离开
总有人执意留下

当云霞缠身　当山门开启
当内心的火焰不断暗示
采莲的人　守住佛龛　就像
一次经年的诵念　横贯东西

思来者述往事　潜于苍茫大地
活下去　全力扎根尘世
守护一生清静　任烛光摇曳
就算是诗经的模糊雨滴
就算是心经的泪流不止
也要还世间一个通途
从此虚心实腹　谨守世间的秘密

2020.8.15凌晨至8.18凌晨于布山

不衣锦也返乡

——庚子清明记

一

更多的时候，春天用烈酒和鲜花
来遮掩一个少年凄凉的内心　那些
似锦的田野　斧头闪光　犁耙锃亮
柴火又正旺　炊烟中的呼儿喊女声
漫山遍野

我记得这些农事　顺天而为　又赤脚
奔跑　只为抢一份养育　如果谷子发芽如果
洪水不期而至　客家人的水烟筒就会
跟着月光　一直响到深夜

二

致敬墙角那一辆廿八寸单车
曾经　它带着我的梦想　从沙土路
踩向布山之北　就算
泥屋颓圮　农田危急
瓦房深处　仍有我一段羞涩的秘密

致敬衣架上这一顶旧军帽

顺着春水　拂去它经年的征尘
当一个少年热血沸腾当书生
变成士兵　就像爱情盛开
就像水遇到了泥

致敬身边的父母大人
面朝黄土背朝天三十余年
一朝深居城市又三十来载
仍每年四季催唤返乡　我深知
这是粗茶淡饭后的血浓于水
但绝不是衣锦还乡

致敬这一座屹立三百年的祠堂
曾经书声琅琅　曾经我在这里
度过小学时光　而今却张灯结彩
梵音袅袅　在这里
我找到了家族的血脉
却迷失了自己的方向

三

春天也不过是毫无保留的活色生香
不过是一声声过往不歇的如期山歌

那些清贫的节拍　那些亘古不变的
中古音　又何尝不是客家人迁徙的印记

其实，每条江河都藏着一个太阳
每一次春风都将过往唤醒
桑麻　云朵　学堂　以及心中
闪烁的凤凰

然则，我更愿意相信
春天就是一条会开花的河

庚子清明，众神沉睡，我扛着一座村庄
走向坛城，走向年少，梦想再次策马江南
赤足踏遍五岭　在接近李白的地方
把悲鸣的长剑安放

开悟

唯有泪水才能点燃心中的烛光　五百年来面壁破壁

繁而不乱　这么多渔父　市井以及弘法和生死勃兴

谁来对应　谁在反哺铁骨

铮铮的江南三绝　承载工笔和重彩

如果不是高出意外　如果不是意在笔先

这么多渔父　芥子　拙政　浣云　又怎会

月明水云寒

其实，这都不是秀美　只是虎头　但铁定是

命定的情怀　宛若天开

四、你说他说

相关评论

高小军同志二三事

罗　汉

　　这不是一个诗歌评论的题目，本人也决不是想写一篇诗歌评论。读过中文系的人都知道，品读具体的作品，离不开对作者的了解和分析。而现在的诗歌评论已成套路，说几句好话，引几句原诗，不痛不痒地指出一些小毛病，活脱就像在批评领导不够爱惜身体。想来，评论的人往往对作者也并不熟悉，受托于人情，也就只能从技术角度按行规来说两句。不过，我对《雨水十四行》的作者倒是很熟悉，犯不着抢评论家的饭碗。

　　组诗《雨水十四行》的作者高瞻先生，原叫高小军。少年习诗后，大约有些志向，从军时改为高瞻。从高小军改为高瞻，一个乡村少年迈出了走向诗人的第一步。高小军同志开始写诗的时候，文坛空前繁荣，校园文学风起云涌，很多少年天才横空出世。这些少年天才，虽然很多人彼此看不起一些同类，但同时又常常佩服一些同类。像动物发了情一样，但凡赏识上一个人，就投书谋求结交，交朋友成为当年的一大盛景。这类事情，高小军肯定干过，但肯定坚持不了多久——我和他近乎于这样认识的，但也没见过他有几个这样得来的朋友。

　　1992年桂林的那个冰凉初春，高小军拿着我们一位共同的老师的信，来到了我工作的工厂门口，我们就这样认识了，此前只通过一次电话。其时他正在陆军服役，我则毕业没多久，在一个效益很差的军工厂听差。我们如同被媒人引见的相亲对象，一起逛了半天街，吃了饭，下午时我把他送到火车站旁的公交站上，等候回部队的专线车。临上车前，老高突然塞给我十元钱。我愣了一愣，也收下了。当时我的日子很不好过，这个军工厂转产不成，几乎发不出工资。工厂和一个大学在一个院内，大学的学生靠家里养，总能按时吃饭；我在军工厂里工作，吃饭很有些问题。

初见面时，老高竖着一颗锃亮的光头，非常刺眼。我以为部队都要剃光头，也没细问。几天后，接到他的信说，一时冲动剃了个光头，春风吹来，痒得要命。我见信非常佩服，剃个光头也和春风扯上了，真是诗人呀！我写小说，老高写诗，虽然有鸡不同鸭讲的古训，但我们一鸡一鸭却讲得极为火热。后来，老高有空就溜出市里找我喝酒，我也是逮着机会就跑到部队冒充家属探亲。有一次在我宿舍喝酒，在电炉上弄了几个菜，打酒时考虑到酒钱有限，买了几斤白酒，几瓶啤酒，还有一瓶葡萄酒，喝杂酒求速醉，免得不够量。结果，后来把几种酒倒一起喝，两个都没醉，大眼瞪小小眼，反正杂货店的门是叫不开的了。

都说当兵苦，可实话说，老高当得不怎么苦。新兵训练分到部队没多久，他就因为能写两笔文章，从连队到团政治处当了文书。当文书是很有好处的，别的兵是一个班挤一间营房，吹号了就要乖乖睡觉。老高自己一间，还配了书桌、书柜之类，想什么时候睡就什么时候睡，早上还不用出操。别的兵累死立不了功，老高写几篇破文章居然得了个三等功。吃饭到机关食堂打，连饭带菜一大盆，极不省油，汪汪亮着，我顶多只能吃半份。既然大家都是穷人，除了去军人服务社点过两次小炒外，我们几乎就是吃食堂的饭，我跟老高常常捧着个大饭盆，蹲在球场边，边看着兵们在撒野，边往嘴里扒饭，活像两个老农民。饭后，弄酒回来干喝，谈文学，谈可数的几个我们认得的人。

坦率地说，我并非天生的文学爱好者，只是写过几篇小说，凑巧有人叫好，来了些雄心，但对文坛还是不熟的。老高讲起来则头头是道，唬得我一惊一咋的。往往是酒越喝到后面，酒劲上来得就越多，常常折腾到三四点钟睡不了，老高就起床翻东西给我看。印象很深的是，他有几本剪报本，厚厚的，他发表过的东西都认真地剪下来贴到上面。我一看到《解放军文艺》、《星星诗刊》之类的大牌刊物，眼就晕了，人家老高可是已经打向全国了呐！还有一个，老高书柜里放着一大摞信封，上面尽皆已填上报刊编辑部的地址。老高得意地跟我说，写出诗来后，抽到哪个信封就寄哪里，中榜不少。我不由得竖起拇指，"高！"

后来，我实在熬不住军工厂那清寒的日子，恰好老家玉林一家报纸招聘，我办了停薪留职，投奔而去，日子立马好转多了。到了冬天，老高也转业回来，没事干，住着找机会。住过朋友租来准备做生意的门店的阁楼，后来生意不成退了，老高又以四十块钱的月租，租了一个单位大院里的一小间违章建筑，这一小间只能摆下一只床，煮饭要在门口生炉子，条件比部队差多了。老高在玉林找到的唯一机会，是到文联去帮编一份文学小报。报纸编得不错，但文联没钱，每月只能给他三百块。自己做的话，吃饭勉强应付，酒是别想了。那时候我刚好不时有些应酬，常把他拉去，喝酒、唱歌、吹大牛、泡小妞。有时也能穷开心一下，但谁都知道，七尺男儿，这样过的不是日子。混了有大半年，恰好玉林和贵港分设，贵港成了地级市，贵港日报社于是到处招兵买马，老高立马奔过去。他母亲是贵港人，前几年已搬到贵港落户，父母、兄弟、妹妹们都已在贵港，老高回去算是适得其所，还是一个很体面的单位。

以前，他在报社当副刊编辑，可以玩玩文学——他编的副刊确实很见水平，在贵港这个近乎农村的新城里，让人耳目一新，我曾听很多贵港文人争论副刊上的东西——关键是能够足不出户，从文之余，可以呼朋唤友，吃吃喝喝。我看这家伙总有点呆头呆脑，但他却极能团结一帮人，既有职务不低的官员，也有钱囊颇丰的商人。我每次去贵港，他总能通过这班朋友，先安排我住上档次不低的宾馆，然后来一大帮喝酒，招待的颇让人感动。而我呢，惭愧，他来南宁的话，只能我自己掏钱请他吃饭。

现在他当记者，而且负责平南县片区的采访，离贵港一百多公里。经常被派去平南采访，让他痛苦不堪，常常喝醉了酒，三更半夜拿宾馆的电话打给我，要谈人生理想。这时我就大概知道，老高一是到了平南了，二是喝得不少了，三是可以借机把憋在心里的郁闷渲泻一下了。有次我到贵港开会，本来有不少饭局，老高硬拉我到他家去吃一顿。他家房子不小，但有点乱，到处丢满书，女儿在吵喳喳，老高一边哄孩子一边手忙脚乱地弄饭，很快摆上桌来，哥儿俩喝将起来。

一时都有些感慨，我们都人过中年了，也折腾过不少了，还想着什么呢？这么多年，老高的日子也不全是凉开水，醉后骑摩托车摔跤，住了不短时间的医院。和人合伙做过 DM 杂志生意，算起来毛利都很大，两年后却背了一屁股债，投入太大，坚持又无望，最后还是做鸟兽散。还积极地参加当地的文学活动，当了作协和理论家协会的领导，自己约稿、编辑、设计排版，找印刷厂，出版作协的会刊。业余生活也过得不赖，经济条件稍好后，迷上了电脑，第一次装机配置就非常高，比我办公室专用来设计的还好，让人眼热，而且玩得很深入，连平面设计、图像处理都玩得很溜。这几年，突然对中医来了兴趣，买了不少医书回去，经常搜罗一些偏方，放到自己博客上，还常打电话来和我探讨医术。有几年春节，老高就拖家带口到南宁小舅子家拜年，还拉我到夜市一起喝啤酒吃烧烤，小舅子、小姨子、丈母娘几大家，轰轰烈烈，看得我直奇怪，老高的生活，很丰富嘛！最能看出他对贵港生活留恋的是，每次来南宁，他都想急着早点回去。

这一顿酒没喝到十二点，我们确实不年轻了。我要回宾馆，老高还有家务。顺便说一句，老高做菜相当的不错，而且是我们家乡口味，我们经常作些交流。高夫人既贤惠又能干，开着个小服装店，估计生意可观，去年又在一个高档社区换了套大房子，老高乘机换了部好电脑。只是做生意就不太能兼顾家务，老高这点很主动，一般乱到不能落脚的时候，他会在家中清出一条路来。

本文并非高瞻传，只是写写高小军同志的一些经历。一个诗人是多么不容易啊，他先要过日子，才有命写诗；然而又要能保持一颗诗心，才能写好诗。老高为了能过好日子，从当兵谋出路开始，到当个记者到处跑，奔波大半生，挖了不少心思，并没因此而发达，他本性不是能钻营的人。正因为如此，他在生命深处还保留着可贵的诗意，就像道家讲的胎元，一点元神尚且把持住，今天写的《雨水二十四行》可堪一读。我们知道，现在很多人写的诗实质上不是诗，是名和利；我认为，老高写的诗是诗，虽然也可能带来名和利，但毕竟是诗人心里流淌出来的甘泉，而不是工匠手下的器件。

回忆高小军的旧事，那个在乡村学校里就执笔写诗，写了不少信结交文友，衣袂曾披上一层军旅气韵，一堆填好的信封随意抓一个就投稿，认认真真做剪报本的少年诗人，一个连住都没地方，靠三百块钱谋生，不断寻找改变生活机会，日子渐渐好转，沉浸在生活里面的中年人，都是老高的形象。关键是，不管是一个什么样的角色，他一直对诗歌孜孜以求，笔一直没停过；更关键的是，不管以什么角色面世，他的诗歌依然不受生活的影响，还是那么清纯，从奇峰镇军营旁的小河，一进流淌到今天。那时候，他有一句诗，我至今记得："忍不住失声呢喃／三年了，我没有见过故乡"。其实，故乡一直在他心中。《雨水二十四行》陆陆续续写了一年多，都在他的博客先登出来。这些诗，骨子里和他少年时的诗一脉相承。并不是说没有进步，而是在精神内核和遣词造句上保持着一种执着的不变。这不是应景而写的诗，也不受诗坛"发展""进步"的时风影响，而是一种源于古典精神，穿透时空的诗歌。这是诗歌，是可以朗诵和歌唱的诗歌。

我们一位共同的朋友、小说家沈东子曾跟我开玩笑说，高瞻是个很纯情的人。按我的理解，这是一个浪漫的人，一个有着赤子之心的人，一个有着古典情怀和修养的人，一个历经生活磨练的凡夫俗子。唯有这样，人到中年还能写出好诗来。

2012.10　于南宁

成长是白云在上升
——读高瞻组诗《雨水十四行》

盘妙彬

　　我一直在高瞻的博客上关注其诗歌创作，每有新作帖出，必先读为快——"砍伐"。眼前诗人这组历时一年写就的《雨水十四行组诗》(二十四首)，让人"豁然开朗，别有洞天"。于我阅读有限，运用十四行形式写中国节气的诗歌乏见新意，然高瞻这组诗歌却是时、事、情、境相互叠加、渗透、交融，字里行间弥漫古典气息，不经意一种高度便自然出来了。二十四节气之于南山、明月、渡口、荷花、青灯、书卷、淡茶、浓酒以及碧水沙洲、故乡秋收等等在其笔下气韵自成、诗意迷蒙、风生水起、气象升腾。这二十四首诗歌里，每一首都不可以分开或肢解去读，实则是诗中之气韵不可分割，然而细细品读，又见字句黄金遍地，纯度极高，似是随意却不随便。

　　其实，进入新世纪以来，高瞻对诗歌创作有了自觉。对，是自觉。正如其所言："进入2000年后，我的写作明显的少起来，我决心放慢写作的速度，恶补古典文学。我深知，唯如此才能把自己当初的诗歌理想实现，这个理想是对古典诗词的纵的继承，对西方自由诗的横的移植。说到底，是要坚持意境的营造，坚持语言的韵律之美。"高瞻对自身和当代诗歌创作发展的自省，使其心中躁气渐去，书气和才气慢慢生成，下笔的文字便是自觉。

大步前进是十年修炼得来的。之于彼此了解，出于耿直品性，我对其诗歌的"砍伐"从不"曲折与委婉"。他之前的诗歌，尽管抒情不乏大气，真情足以动人，语言可以歌之，但就其年龄来说，无不烙下单薄的影子。这组雨水十四行，多多少少叠加了诗人步入中年、阅历沧桑、省察觉悟之后的个人智慧。里面有亲人离世的忧伤，有对青春追忆的眷恋，有对美好未来追求的执着精神，有对自然与人冥冥中相通相应的感悟，尽管他在创作后记中说是节气当天的感想，其实也是诗人逐渐走向成熟、在成长的路上留下的印记，对世间万物有了更趋于本质的认识。

"雷始收声"，万物隐于后面，封藏之中"蛰虫培户"，信步莲塘，我有千言不出口

沿着布山转过二十四峰，岁月徘徊，"水始涸"曾经的心动，了无波澜

——《雨水十四行之秋分》

文字自如，转折之中了无痕迹，当是心性自如，沧桑已无波澜。

我以为"诗到语言为止"是真知，没有语言之美就没有"风、雅、颂"。这里说的语言之美是与诗歌内核、意境相交融的本质、本色之美，而非虚浮之华丽。作为中国人，五千年的诗歌传承不可以也决不会因为当今各类亚文化的泛起而缺失，总有人在坚守那些内容、意境、语言交融的古典之美。在我看

来，高瞻就是这样一个锲而不舍的人。他一直在身体力行地探索，把古典美的与现代社会的形实融合起来，仅就这一点，就让人仿佛看到一个在爬梯子上天空的影子，他在接近白云的过程中，不管步履快还是慢，都是诗人醒悟的前行，更是值得期待的。

生活中的高瞻不是这样子，你完全看不出他有哪一点像诗人，喝酒豪爽、身宽体胖，对人义气，恍若一老板坐在你面前。但是进入他的诗歌之后，你就会发现，这那像现实中的他呢？这么多愁善感，这么感时忧世，这么沧桑省悟。他在诗作中向人们展现出来的对纯洁情感的渴望，对古典生活之诗意追求，对回归大自然农林耕作的梦想，都一如高攀龙在《可楼记》中所言："吾于山有穆然之思焉，于水有悠然之意焉，可以披风之爽，可以负日之暄，可以宾日之来而钱其往，悠哉！游哉！可以卒岁矣。"

人生是无止境的。艺术的追求就是一个攀爬天空的过程，有些人上来了，有些人下去了，而更多的人，就像高瞻一样，正在接近白云的过程中。

在他的第一本诗集《心醉南方》中，我曾经说过，"高瞻的作品越来越显个性，潜质越掘越广阔，词句和诗境正展现一片崭新天地，是有别于他人的，是他自己的。他正在成为'这一个'。""高瞻的诗歌也无处不重现中国古典诗词之韵律。韵是迷人的，让人流连和梦想拥有，一个人如此，一件物如此，一首诗更是如此。……也喜欢高瞻诗歌中恰到好处的韵律和词句间不经意就展露的新天地，这是内心的，与灵魂相通的。"

如今，他在沉寂（这个沉寂是指他几乎只管写而不投稿）

十年之久，突然向诗坛抛出这组诗，是耶非耶，自有评说。我只相信，一个正在接近白云的人，心中的高度正在或已经脱离那些大众的山头，自然而然地上升。这种写作的感悟和自觉，在当下的诗坛是高瞻找到了心中的白云，成长是白云在上升。

在时代的反向上

——论高瞻的诗歌写作

荣光启

荣光启，男，1973年生于安徽省枞阳县。1995年7月毕业于安徽师范大学中文系。1997年5月通过硕士论文答辩后留广西师范大学中文系任教。1999年春至2000年春，曾在桂湘黔交界的广西龙胜各族自治县支援少数民族教育一年。2002年9月至2005年7月，就读于首都师范大学文学院文艺学专业，获文学博士学位。毕业后由广西师范大学中文系调入武汉大学文学院，2007年被聘为副教授。中国现代文学学会会员。主要从事新诗研究、当代汉语诗歌批评，近年关注"基督信仰与'五四'以来的中国知识分子"等问题。

这是一个飞速变化的时代，一切看起来好像在"前进"。当我这样说"时代"，其实是指特定意识形态中的时间和历史。在这样一种意识形态中，时间被看成是从一个起点一往无前奔向一个美好的未来，历史则是螺旋式的无限上升直至推论中的天国。在这样一个时代，人的生活状态无时不被一种价值观评判：你的思想和你的灵魂也应当是顺应时间和历史，也随之发生不断地改变，只有不断地改变，你的生命才会变得更好。

在各种意识形态中，文学以其审美的方式抗拒着"时代"大部分人所追逐的思想，在历史和时间的进程中，文学往往以静止甚至"倒退"、反向的方式显示了自身的价值。在诗歌界，"70后"、"80后"，年轻的诗人层出不穷，诗坛成为"江湖"，帮派林立，各人尽显花招，玩新奇、怪异、惊悚、哗众取宠之能事，将现代的艺术理解为一味求"新"的极端现代主义。在这样一些以求"新"为手段来达到读者和业界关注的诗歌写作，看起来是与时代的变化多端保持了一致，但在艺术上的"美"上面，在"好"的诗歌应当是于语言、形式和经验之间追求一种微妙的平衡方面，却显得捉襟见肘。这个时代的诗歌许多作品，看起来"新"鲜怪异，却失掉了"美"与"好"。

从这个意义上说，摆在我们面前的诗人高瞻新出的诗集《心醉南方》，看起来是古典意境和优雅言辞的集合，在写作风格上显得相当保守，其实乃是诗人刻意的坚持，就像诗人自己所说的，他在坚持诗歌写作的一种"根"："我发现现在所谓'80年代'的诗人中，有许多人是完全西化了，把传统完全的抛弃，走上了另外一条反叛的道路。可以肯定的说，这种现象只是暂时的，因为他没有了自己的根。"[1]在另一篇短文里，诗人这样道出自己对诗歌写作的见解："在中国仅有七十余年的新诗写作背景下，我认为应该坚定不移的理念还是——诗的

注释：

[1]高瞻：《诗歌是自己心中的一盏灯》，见诗集《心醉南方》，第193页，北京：中国文联出版社，2004。

灵魂是爱，爱来自心灵。爱人类，爱所有正义的、真、善、美的事物和生命。……可能的诗歌写作就是这样：把你骨子里坚硬如铁的你本身要说的东西，写出来。"[1]

从这些言语我们可以看出，诗人坚持的是诗歌要写的是生命中的一种真性情，一种不得不说的感动。诗歌的方式不仅是求"新"，也应当有"诗意"，我们不能忘掉汉语的特性和中国传统诗词的独特手法（直至今日，我想很多人都不能不承认一首古诗往往给我们的感动远远多于现代诗，古诗的美学机制中一定有它独特的东西）。在对诗歌写作的看法上，我觉得高瞻走在与追新求变的"时代"相反的反向上。他以一种古典主义的"保守"姿态建构了一个自己的家园，他不盲目追逐时代的审美趣味，坚持自己的内心，在自己的家园里锤炼诗艺、品味内心，这个家园便是想像中的"南方"或曰"南方以南"，在这个家园面前诗人也展现出一个生活在城市的小职员、一个少小即有诗名的南方才子对着失去的时光频频回眸的自我形象：

……
南方以南，河流看见
最初的故乡

那是生下十万个太阳的地方星辰涌动，照着月亮的宝藏

注释：
①高瞻：《可能的诗歌写作》，见诗集《心醉南方》，第90—91页。

……

（《南方以南之二》）

……

为静坐片刻而面壁十年　为磨砺自己纯朴的双眼　伴一盏孤灯看尽万家灯火南方以南
我是一片雨声
在落花的过程中沉醉
……

（《南方以南之四》）

必需指出的是，诗人如此沉醉的"南方"并非他所居住的城市或曾经生活过的乡村，而是一种想像性的精神地域，这一地域才是诗人真正的"家园"，诗人多次"重温家园"，对"家园"的"重温"是诗人写作的动力，诗人的生命也在现代性的时间链条上完成了一次反向的运作，回到自己记忆和想像的中心，在这一想像的家园里体味生命中的爱与感伤、痛与消失：

我们常常在这个时刻听到鸟啼站在田埂上发酵的少年
盛开在空巢上的野百合走出去很远很远了
这声音还那么清脆离家已好久
风儿带来乡村的尘土、阳光沉落又升起
智者起合的唇迂回平缓
我们就常常在这故乡的氛围中坐立不安。激动地逡巡

......

（《重温家园》）

　　我觉得在坚持诗歌的抒情性和对语词、形式本身的重视上，高瞻是一个非常自觉的诗人。他近年来这些以"南方"为主题的抒情诗，无论是语言的形象性和形式的意味感，都有一种灵动、纯美的气质。在语词的想像性和主体情感的哀伤、喜悦之间，诗人寻找着一种平衡，这种平衡有时竭力靠向宁静、悠远，呈现出中国古典诗词的境界；有时这种平衡又靠向浪漫主义的华美辞章，显现出一个生命内在的动荡不安和激情的炽烈、想像的蓬勃。读高瞻的诗，我往往觉得这是一种纯粹的抒情诗。高瞻从小至今，其实一直在这种对"家园"的回望中、对一种失去而不能复得的时光的缅怀、期待中、对生命的某种当代状态的赞叹、歌吟中写一种纯粹的诗歌。尽管他生活有所变化，身份有所改变，但我认为他的"纯粹"没有改变。这个意义上，我不认为高瞻在部队写了在他生命中较为成熟的诗作就可以将他视为军旅诗人、战士诗人。你看他那首刊于《解放军文艺》的《父亲》：

　　英雄的名字埋在战争年代冷月照它　骄阳照它
　　荷锄的老人在一个中午发现了你的尸骨
　　此刻海就在前方鲜花已离开彼岸
　　......

　　这个"父亲"完全已超出了一个军人"英雄"的形象，对这个英雄的缅怀我们可以想起许多逝去的人、崇敬的人、悲剧的人，甚至是我们自己。诗人的情感与想像也脱离军旅诗歌慷慨、恢宏、平面的通常特征，发现了"父亲"的尸骨，诗人在这里并没有立即抒写自己的情感，而是将情感转化在身外的事物、想像的情境当中，在发现尸骨和"此刻海在前方"、"鲜花离开彼岸"之间有一种情感与想像的距离，使诗的境界一下子辽阔、深远了许多。

特定的生活可以提供特定的生活场景，但诗歌不是对这种场景的直接消费。诗的对象是人的普遍的情愫，在个人的抒写中感动世界。高瞻的军旅生涯的诗作其实做到了在想像的情境中超越了军旅的地面，他往往能将在军旅生涯中萌生的写作冲动上升到人的某种普遍意义上的情感经验：

……勇士们纷纷翻身上马的姿势那是一辈子也读不完的蛩音

女人们　走上苍苍绿苔的南楼为了这一生的许愿
她们满含美丽的忧伤
翠绿的树就长在她们身上　想象的边地就摊开她们身上
勇士啊　你该如何地全力以赴来完成这一爱的历程？
(《燕歌行》)

在这首借用古代边塞诗名目的诗作中，古典的意境虽然被部分复原，但更多的改变也触目惊心。诗人将战士的背景由遥远的王朝置换为深爱自己的女人，伫立风雨中绝望的女人，诗人将战争的涵义转换为我们如何能在家国之间权衡，是完成一场轰轰烈烈的爱还是打一场尸骨遍野的胜战？古老的战争被转换为更古老的人类主题："我们该如何全力以赴来完成爱这一更艰难的旅程"。至少在我个人的阅读中，我觉得高瞻的诗人生涯可以不用标榜他曾经的部队生活，这是一个以抒情为生命和诗歌的本质的诗人，写的是纯粹的诗篇，可以说，这是一个纯粹的诗人而不是一个可以被贴以诸如"军旅诗人"之类的标签的诗人。

高瞻16岁即以诗名获得师友举荐，可以少年得志。看他少年的诗篇确实透露出不凡的才气，他的青春季节确实是诗的季节，当很多孩子为国家意识形态和中国家庭的传统期望压得喘不过气来根本无暇关注自我的生命状态时，高瞻此时较为早熟，悸动的心开始企图在言词中辨明自己，写下了朦胧、优美的诗篇：

知道这时的天空热烈又神秘知道这样的诗篇没有归期　知道十六岁只在途中呵

知道远帆还有一千次的哭泣

所有的潇洒所有的沉重所有的空灵所有的眺望一如你无法抛开的心事

繁花乱叶般拂上你的眼际

……

十六岁的天空，在别人的眼中是花季，而在年少的高瞻那里，已是"青春诗季"。尽管这诗可能还很稚嫩。年轻的诗人完成了生命中的一次成长、写作上的一次转换。"山梁底下"的"穷小子"因着诗歌，成为不再"贫穷"的人。(《山梁底下》)他开始以诗歌来辨析、抒写自己的生活，"一生看着别人的笑容／听不到自己的哭声／一生走走停停停停走走／一生的黑夜一生的阳光／那些在沙漠上的水草／水草旁边的骨头……"(《一生》)可贵的是，这个人的一生坚持"诗的灵魂是爱"，忠实于心灵的真、善、美的反向，诗歌只抒写"美好的事物"，更可贵的是，这写"优美的事物"的诗，在技艺、境界、经验的深度上，并不比一些以各种叙述方法戏剧化的标榜人的罪与恶存在着就是合理的、就是值得珍视的值得玩味的诗作显得单薄、平面化，虽然它很纯净，但并不就此显得简单：

深秋的上午

我坐在来风的窗内

习惯地翻动一些　陈年的粮食

把它注入精神深处

平静的海面

水流逐渐温暖

可谁在船上

喃喃细语着美丽的忧伤

许多无法点燃的寒夜

从道路的尽头从身体的四周

弥漫过来

清脆的哨音富有质感地

覆盖真实的日子
阳光柔和的房内
我蜷缩在雨声中
看看风想想那白濛濛草原
以及最不易度过的季节
听凭语言以外的声音
一如逆风的海面圣桑的舞蹈
疯狂地轻轻走过
(《美好的事物》)

在这首写回忆的诗中，诗人对回忆这种生命状态的把握和抒写极为恰到好处。以"习惯地翻动一些 / 陈年的粮食"这一情景来代替回忆，实在精妙，谁能否认我们生命中最宝贵的粮食不是那些散落的回忆呢？而回忆一旦复活，我们生命中那"平静的海面"，那深处的水流，一定会"逐渐温暖"。想起那些远去的人，就有无数晦暗的时间、美丽而忧伤的时间，"从道路的今天从 / 身体的四周 / 弥漫过来"，回忆叫人激动，可是因着一切美好的都是稍纵即逝的，晦暗的时间、感伤的声音又会将一切覆盖，我们重又回到一无所有的境地中，"清脆的哨音 / 富有质感地 / 覆盖真实的日子"。这种感觉很具体也很真实。回忆似乎就是一种真实的虚幻，虚幻的真实，诗人尽量在真实和虚幻之间寻求平衡，靠着语词和语词生成的意象、意境来将回忆慢慢拉近又慢慢推远。可以说，多年来，随着阅历的增加和对写作自觉意识的增长，高瞻的诗也变得越来越成熟。就我个人而言，出来《南方以南》系列之外，我尤为喜欢《心

醉南方》诗集里的那"两只老虎":

秋天，老虎老虎

一开始，我看到你
你就坐在春天的草地上你的身后
是满天蓝色的月光
仿佛一场江南飘飞的细雨仿佛我就要走近的秋天

雨在往后的日子里　下到半夜下到十月的早晨
我的夜歌因你而醉我的诗行因此迷惘雨越下越大
你越来越近
你还坐在绿草地上我看到你
我看到十万颗星辰织就的一只老虎一只秋天的老虎
悄悄雄踞江南

而你就是这只老虎
在蓝色的月光下将我照耀老虎，老虎，十月的老虎走过千
山万水来到我身旁

雨越下越大夜越来越深天色微明
仿佛我也坐在绿草地上　十万只老虎带走我的春光老虎老虎
内心的老虎心灵的王

老　虎
老虎，我在深夜喊着你喊着老虎喊着江南

喊着就要来的春天一片蓝的天

随着我到处飘飞深的月

深的盼

花朵在二十楼盛开十月的清晨

转身远走的步伐如此零碎我看不到荷塘画影

我看到十万滴水蚀进心头

而老虎是一滴水

潺潺不断

咆哮在我的血管一声比一声大　一声比一生深

　　在前一首诗中，从"你就坐在春天的草地上"看，"老虎"
的意象似乎也可以作为爱情的来临来解读，但从诗作的整体
看，"老虎"还是应当作为"秋天"的隐喻性说法来理解更为
贴切。这也看出这首诗的丰富性。"老虎"和"秋天"在"金
黄"、灿烂的基础上获得了想像性的联结。秋天的来临在作者
心中的震颤也和老虎的威严获得了一致。这也许是诗人在一
个明朗的夜晚看见天空中的"十万颗星辰"产生的想像，那斑
斓的夜空正是一只雄踞江南的老虎。这阔大深邃的夜空，这
清澈辽远的时间，在诗人心中引起巨大的激动，诗人为这伟
大的时空所折服，"十万只老虎带走我的春光 / 老虎老虎 / 内
心的老虎 / 心灵的王"。诗人写这些"美好的事物"，不仅是写，
更是对这些美好事物的崇敬，他将自己融入这些事物当中。
这首诗其实是内心的一种瞬间感动，它是宇宙、时间、空间

这些宏伟事物引起的，但诗人却以精妙、非常具体质感、极为容易引起视觉、触觉、震慑的意象把握住了这一存在中的感觉。此诗显示出诗人在语言中把握内心和想像世界的一种能力。

而第二首似乎是前首的补充和对照。在第一首里，抒写的对象是阔大的夜空、秋天的来临，主体的内心、血液里的感动与激情为秋天所占据。而第二首，诗人要表现的对象的重点似乎就是血液里的感动与激情，"老虎"在这里成为在诗人的血液里咆哮的事物，这无疑是激动的诗人自身的形象。两首诗相比，在对"老虎"与自我的抒写当中，前首"老虎"是主要对象，后一首则是诗人自身。在诗人的内心深处，在令人激动的事物面前，血液里流淌着老虎，血管里滚动着咆哮，这是一个表明宁静内心充满激情的诗人形象。我觉得这两首诗很好地表达了诗人对于存在的态度和诗人灵魂的内在状况。同时，在诗艺上，语词的运用显得朴素一些，不象其它很多抒情诗那样铺张；在意象、意境的塑造，虽然依旧有华美的倾向，但相对而言还是比较内敛，有一种在平静中爆发，于无声处听惊雷之感。这"两只老虎"是一个完整的整体，呈现出一个在时间里行走、驻足的诗人高瞻形象。

"雨水点亮我的夜晚／八月的贵港在落雨／雨打荷花／雨水落在你美丽的夜晚／那时你住在水塘边／你幸福地享受了这一切……"（《雨打荷花》）"……贵港一座多么美丽／又真实的花园／八月的云高过往日的水……"（《月光萨克斯》）贵港，这个历史上曾经爆发太平天国起义的地方，这个大片农田大片荷花的城市，对于这座高瞻一再为之歌吟的这座南方城市，以现代化的标准，目前还不算发达，但这并不仿碍我们对她的热爱。现代性意义的"发展"不能是评价一切事物的标尺。在时间中，我个人认为"美"与"好"是永恒的，并不是时代的审美标准告诉我们什么是美我们才知道欣赏，并不是时代的价值标准告诉我们什么是好的我们才知道如何做一个人。我们这个时代所告诉我们的不尽然都是好的，在诗歌的审美和写作上，同样也有太多时尚的东西。我看到诗人高瞻真的不为"时代"所动，坚持着自己的内心和写作方式，他长久的"心醉南方"成为一种坚守的姿态。在另外的意义上，坚守也许意味着另一种寻求。

[本文写作于2004年底，是对高瞻诗集《心醉南方》的一个评价。——编者注]

前行在传统与现代之间
——高瞻访谈

钟世华

钟世华，1983年出生，广西合浦人，广西师范学院助理研究员，《当代文坛》编委，广西作协会员，主持完成广西区教育厅社科项目1项、参与完成广西区哲学社会科学"十一五规划"项目1项，参与省部级课题3项。

钟世华：最近读了一些关于您的评论及相关资料，才知道您从16岁就开始写诗了。因为您的低调，所以现在有不少人对您不是非常了解。能否先谈谈您的创作之路？可以分成几个阶段？

高瞻：至少可以分为四个阶段吧，第一阶段就是开始接触诗歌到当兵前这一段时间，约有四年时间，那时正是海子诗歌开始流传的时候。当然，我最先接触的是唐诗宋词，之后接触的最多的还是台湾现代诗，比如郑愁予、纪弦、余光中、洛夫、痖弦等。台湾新诗所传递的横的移植与纵的继承，对我的影响至今。可以说，那四年，是青春发声期，属于为赋新词强说愁的时代，是属于李清照、李后主、柳永和纳兰性德的婉约派的。

第二个阶段是进入部队后的三年，那三年，诗风大变，由婉约转为豪放。或许是环境的改变和军营的阳刚之气使然吧。总之，那几年写的诗非常有风格。

第三个阶段是部队回来后的 1995 年到 2010 年，这么漫长的时间内，诗风以豪放居多，期间也曾专注于歌词体诗歌的写作。可以说，这是一个积累的过程。2004 年出版第一本诗集后，就很少在外面发表诗歌了。当然，写作是自己的事情，我总是不断地写。但在写作之余，非常有意识地加强了对古典文学的恶补。背一些经典古文，如不断地背苏轼的诗词。这十多年，苏轼对我的影响越来越大。

第四个阶段就是开始写作雨水十四行组诗之后到现在。感觉自己正在探索一条路子。或许是一条非常简单的乡村小道。但相对于目前来说，正如荣光启所言，这无疑是反时代而行之。

钟世华：您刚提到"苏轼对我的影响越来越大"。您觉得苏轼从哪些方面影响过您？

高瞻：苏轼对我的影响来自于两个方面，第一方面当然是他积极的为人处世的人生态度，他的豪放以及他的乐观精神，无论他身处何种不利环境，他都能豁达对待，这在一般人是不可想象的事情。其次是他的诗文，他豪放时可以持铁板高歌大江东去，柔情时又可令人肝肠寸断。他的《自评文》虽不足百字，却涵盖了他一生的作文主张，自以为是万世师表。细心的读者会发现，雨水十四行组诗中，我就化用了很多他的诗句或意境。

钟世华：您觉得军旅诗人，或者说有过当兵经历的诗人与其他诗人有什么不同的地方？

高瞻：军旅是许多人一辈子后悔没去的地方，以我来看，他真的会改变一个人，让你变得阳刚起来，变得成熟起来，经历过战争的人更加，不仅能笑对生与死，而且对战友这一词的理解也更深更真。军旅诗人都有其豪放的一面，为国担当，这样的责任，不到军营或许很难理解。

钟世华：您阅读了很多台湾现代诗。在您看来，台湾现代诗最主要的品质是什么？郑愁予、纪弦、余光中、洛夫、痖弦等诗人，您觉得他们的共同点在哪里？

高瞻：对中国古典文化的传承，把中国方块字之美运用到现代诗上，造就了非凡之美，大家熟知的郑愁予的《错误》："我打江南走过 / 那等在季节里的容颜如莲花的开落"、"那达达的马蹄声是美丽的错误 / 我不是归人，是个过客……"，简直就是一首婉约古词的经典之作，白话诗的传承至此，终有结果。之后是海子。共同点，就是对文字意境的营造，对诗句间言语的连结把握，对平仄音的把控，语句与语句之间的对仗，对整体语感的渲染等，都是对古典诗词的延续，只是形式上做了改变，或许这些归纳不够精准，但确是我个人印象。如余光中的诗《乡愁》就是把中国诗词的韵律之美发挥得淋漓尽致。

钟世华："年轻时，受唐宋诗词的熏陶太深，我老是想把格律诗的精粹和现代诗结合起来，走一条既有横向移植也有纵向继承即传统与现代兼得的路"。您在这条路上走，是不是感觉很纠结？您的诗作现在解决传统与现代的矛盾了吗？还是一直徘徊在现代与传统之间？

高瞻：一开始，我所处的时代是朦胧诗的时代，之后是席慕容、汪国真，之后是海子，再之后又是时下的"口水"诗。

其实一开始我只是先在思想上有"传承与移植"这样的意识，也在用韵上作不断的完善，但还谈不上结合。这条路是条不归路，因为古人太经典了，无论我们如何努力，都难以超越唐宋。但可能也正因为此，恰恰是值得有人为之付出的时候。新诗毕竟偏离了传统太久了——近百年来，我们学西方只学到形式，却把自己的精髓丢了，这无论如何是让人不愿意看到的残酷现实。

在这条路上，遇到的诱惑太多，走过的歧路也不少，自己也跟着他们的路子走过，但最终发现那不是自己要走的路。现在也不敢说自己解决了传统与现代的矛盾，毕竟是眼高手低啊。当然更多是前行在传统与现代之间，或者说，向前迈了非常微小的一步。

钟世华：写诗过程中，您面临过语言的难题吗？如有，您是如何解决的？

高瞻：遇到过。有时已经感觉到自己对某一事物的有如神助的灵感，可是语言就是接不上来。一般来说，遇到这种情况，写不下的时候，我就停止。然后到某一有感觉的时候，再写。再写的时候或许会用上原来写作时的一两句，而且往往这一两句就成为整首诗的主旨。

钟世华：对什么事物比较敏感？

高瞻：感情。

钟世华：具体点……

高瞻：一个诗人，他肯定是个激情四射且多愁善感的人。很多时候，我是处在季节变换的过程中，万事万物的发展触动自己的诗心。比如到了春天写春天的盼望，到了秋天写秋天的伤感。这或许也是之后写作《雨水十四行》的原点。人是发展的，不是一成不变的，因为他正在成长、成熟、思考，对社会不断加深认识。写作雨水十四行时我刚好迷恋上中医，那天人合一人的思维，那用周易作为基础的精准，都让我感到古典文化的无比伟大，且让自己对万物的观念有了颠覆性的理解。因此，从第一首《雨水》开始，我就确定了用一年的时间，在二十四节气当日写作。这是个纪录的过程，也是个实践的过程。简言之，对季节时序的变换很敏感吧。

钟世华：当代以二十四节气为题来写组诗的，有不少诗人。那您觉得《雨水十四行》的创新点在哪里？

高瞻：没有因循节令而作，而是加入了自己对时序变化的体验，加入了对古典文化的体悟，加入了内经对生命生生不息的思考吧。

钟世华：您是怎么看待诗歌的声音问题的？

高瞻：是指音韵吧。我认为一首好的诗歌，它的词语之间达成的默契必须是能给人以阅读的愉悦的，诗且歌之，诗歌诗歌，诗是能用来歌唱的。既然如此，它的语言必须在平仄上、在动词与名词的搭配中有所富丽，在长与短中有所配合，包括对偶、押韵等。我认为，今天的分行新诗，更像以前的词，长短句。用韵是必须的，意境也是必须的，歌唱更是必须的，它的韵律必须打动心灵，它的词句必须胜于音乐。

钟世华：那您为何采用十四行体呢？

高瞻：具体说，在写作这组诗前，我已经用十四行写作了许多首诗，组诗的第一首《雨水》也是十四行的。后来我也发现，限定在十四行内，可以控制自己一泻千里的情感，让情感得以在精练的句子中得以表达，所以就决定了这么一种十四句的形式。真正意义上来说，它不是西方诗歌所言的十四行，因为西方诗歌的十四行有自己的规定。

钟世华：生于斯长于斯。您一直生活在南方，地域性写作问题，您是如何看待的？

高瞻：很少考虑地域这个问题。或许正因为你所说生于斯长于斯吧，也或许因为自己至今的人生轨迹都没有离开过广西的缘故。可以想见的是，一方水土养一方人，江南的诗人很难感受塞北的苍茫，雪国的诗人也很难体悟南方的如水吴歌。

钟世华：南方以南一直是您构建的心灵家园，是您的理想国。

高瞻：南方以南它不是一个确指，你说得对，是自我构建的心灵家园，是自己的理想国度。长期以来，人们向往自然和谐的田园生活，但为了生活，我们不得不从贫穷的农村走出来到都市讨生活，扩张自己的理想。但最终是要叶落归根，回归田园。对我来说，有几亩地属于自己的话，可以挖池塘，可以种植青菜，可以养花弄草，这种对古典生活的诗意追求，对回归大自然农林耕作的梦想，都一如高攀龙在《可楼记》中所言："吾于山有穆然之思焉，于水有悠然之意焉，可以披风之爽，可以负日之暄，可以宾日之来而钱其往，悠哉！游哉！可以卒岁矣。"

钟世华：看来您是一位追求精神至上的诗人。不过我觉得追求是追求，真正做起来还是有很大的难度的。在俗世生活中，我们有太多的"放不下"了。

高瞻：事实上，现代生活几乎不可能再有那样的田园生活了。就算真正拥有那几亩地，可能真实的生活也要大打折扣。你说得对，我们都有太多的放不下。对于一个理想的角度，我们永远在路上。

钟世华：在当下喧嚣浮躁的社会，能坚守住自己的诗歌立场已经很不容易了。

高瞻：人生总有自己的目的，有自己的做人底线。尽管"俗世是洪流，什么都冲走"，至少我们还坚信春天花会开。

钟世华：在诗歌写作中，您一直坚守的"根"的是什么？

高瞻：在二十多年的诗歌写作中，我一直坚守住语言这条博大精深的根。或许会得到语言至上的非议，但我认为，如果连语言都没弄好，诗歌创作又从何谈起？

钟世华：贵港，贵在有港。您一直生活在荷城，也写过不少关于荷城的诗，能谈谈荷城吗？

高瞻：贵港在秦朝时就设置桂林郡，所以最早叫桂林的地方应该就是贵港。贵港地理位置优越，这里不仅有广西最大的浔郁平原，成为广西的鱼米之乡，更因其地理位置就在粤桂的几何中心点上，近年来打造黄金水道的成绩可圈可点。贵港旧八景中有"莲塘夜雨"，指贵县下街北有银塘，夏日荷叶遮天蔽日，入夜，水汽凝聚成珠随荷叶倾泻，其声"沙沙"然如雨打莲漪，人皆谓之银塘夜雨。其景点就在现东湖上，苏轼当年贬谪时经过东湖，还题有"东湖"两字。城区内还曾有几十张莲塘，从留存下来的地名即可看出，如十三塘、石羊塘等，"荷城"之名即由此而来。荷城业已成为我生活的小城，小城自有小城的慢生活，也有小城的不如意事，但自己终究在此经历近二十年荷风雨韵，我越来越爱这座小城，愿意终老于此。

在大地的和声中加入心灵的歌唱

——高瞻《雨水十四行》读后

刘起伦

刘起伦，1964年2月生于湖南祁东。现为解放军某部大校。1988年开始业余文学创作，已发表诗歌300余首及中、短篇小说、散文若干。作品入选《新中国50年诗选》《散文诗十年精品选》《60年中国青春诗歌经典》及诗歌年鉴等。曾获《诗刊》《解放军文艺》《创世纪》等刊诗歌奖。参加过诗刊社第16届"青春诗会"。

1

我特意选在甲午年雨水节这天，开始阅读高瞻兄的大型组诗《雨水十四行》，其用意并不难揣测：我是想在同样的时节，尽可能地感受他写作时的初衷、心境、情景，进入他悉心创造出来的诗歌世界。从高瞻发给我邮件（他的诗歌和他关于这组《雨水十四行》自述）知道，他正是在2010年的今天，写下了第一首以农历节日为题的十四行诗《雨水》，然后在整整一年时间里，雨水滋润着高瞻盎然诗意，渐次生发扩展成24首全部农历节日的十四行组诗。我认为，有时追求一种颇为相互认同的诗人兄弟之间、或者作者与读者之间、倾诉者与倾听者之间的某种耦合或最佳的切入点，不是矫情而是必要。我想，我的目的是达到或至少部分达到了。

我不是诗评家，不可能借助一套理论和批评的程式来解读高瞻其人和这组佳构，我只是按照自己的方式写下我阅读作品后不揣浅陋和盘托出的感受，虽然零碎但却真切；以及我对于诗人高瞻兄弟般的认知，或有夸张但却真诚，这是我必须加以说明的。

2

高瞻对待诗歌是虔敬的。诚如他自己所说，当他发现知识积累不够厚实特别是古典文学功底尚浅时（这是诗人过谦，同时也是清醒。如今多少写分行文字的人认识不到这一点！），于是"决心放慢写作的速度。"并花大量时间精力"恶补古典文学。"是啊，在诗歌尚未形成新的完整的旋律时，一个诚实的诗人能做的就是等待和坚持。宛如一位民乐手，小心翼翼又充满喜爱之情地捧着心爱的竹笛，等候乐队的召唤。高瞻在经过十年苦读和准备，终于让心中的旋律越来越清晰，越来越强烈地冲出自己胸腔。

看得出来，自诗人第一本诗集《心醉南方》（如果我没记错的话，这本诗集是 2001 年出版。）出版之后，对中国优秀古典文学和传统文化追根溯源和潜心钻研，已在诗人身上产生了更加广泛、更加积极、也更加直接的影响。开启了诗人新的创作之门。

"天人合一才是人生天地间最大的真谛。"（高瞻语）我认为，这是贯穿于《雨水十四行》整组诗中一个秘而不宣的问题。当我用心去体会时，便不难感悟到，当一个人摒弃了狭隘自私的个性，打破世俗生活强给自己的种种限制，用心灵给大地、大自然以甘之如饴的博爱时，一定能生发出一种可靠力量来完成他想要完成的本色歌唱或自由表达。诗人高瞻做到了。

3

对具体的诗句貌似权威的解读是批论家的特权。我读别人诗作喜好整体感觉和把握。但我还是在阅读这组《雨水十四行》后，不得不把我特别偏爱的诗句从中抽离出来，做一次寻章摘句的蠢事。

你看，"桃花开在南山／月亮跃出水面。"（《立春》）；"归心向南，温成暖。梦飞千里／酒成歌后枕雨眠／咫尺天涯。"（《雨水》）；"野草又生江南。心是微醺的尺八红萧／心是潇潇楼头细雨。江湖相忘"、"青山无限桃花乱红／我且歌且行／任心漂浮在飞鸿出没之间"（《春分》）；"身边有荷有琴有书页翻动／唯独举杯之声，滑落我心"（《大暑》）；"十万匹马车坐想春风，雨巷如烟伫立／风随秋来，空无一伞"（《霜降》）等等，何其典雅，何其风骚，我每每读到这般佳妙处，忍不住击节再三，由衷折服，然后掩卷沉思，这是怎么写出来的呢？而这样的诗句在《雨水十四行》数不胜数，俯拾皆是。

更有一些直击人心的诗行，不可不拿出来共赏。"因为血液环走在幸福的美丽中／苍老对它来说，不过是一声姗姗来迟的春雷"（《惊蛰》）；"万物萌生于这一夜／当西伯利亚的风暴如期而至"（《大暑》）；"所有的意义在泪水中重新审视／所有的恩怨又能否从此释怀？"（《立秋》）；"如果风消失于地底，我用什么来等待淋漓秋雨？／如果地底已无火焰上升，谁又能追逐一场日出？"(《白露》)；"让苍天看尽还家路上如幡旗之野云飘飘 / 一样的黄土载养万物一样的溪水百转无穷"(《大雪》)；"从此酒阑人散万象明灭从此孤舟夜渡 / 夜寒手冷又一年"(《小寒》)等等，诗人高瞻思接千载，神通万里，且歌且行，妙手天成；我则读之咏之，咀之嚼之，齿颊生津，满口余香。

4

有人说，好诗不是写出来的，是从心里流出来的。此话我十分认同。有时，我会更极端地认为有些好诗它本身就存在于大地之上自然之中，就看一个人是否有福，心灵在某一刻能否与之契合。譬如，中国自古以来的农历节日就是大自然的杰作，它在某一刻深深打动了高瞻，作为诗人的高瞻，同样因此而迸发出遏制不住的激情。

至于高瞻为何采用了十四行体这种西方诗歌创造出来的形式，高瞻的夫子自道没加说明。他只是告诉我们："唯如此才能把自己当初的诗歌理想实现，这个理想是对古典诗词的纵的继承，对西方自由诗的横的移植。"，我不去询问，我宁愿给自己留点想象空间和猜测，哪怕这可能存有某种无伤大雅的误解——他在为我们提供一种诗学和生活的更加紧密结合的范例？或者说，他用这组好诗来告诉我们，一切好的艺术都可以率真地存在于任何形式之中，比如中国的茅台酒装在任何容器里都不改茅台的本质和味道。当然，这还可理解为一种限制、一种训练。

高瞻"要坚持意境的营造，坚持语言的韵律之美。"而这两个目的——读过这组诗歌的朋友会和我得出相同的结论——显然是达到了。因此，我想说，高瞻在这组《雨水十四行》中，首首意境俱佳之外，对于音律的把握尤其令人称道。随便从中单挑出一首，都是极其优美的江南小调，如果让读古书的老先生来唱读，必定委婉动听。如果再谱上慢曲，让蔡琴这般有丰厚人生阅历的女中音咏唱之，窃以为，更会产生今夕何夕、梦耶醒耶、夺人心魄、醉而忘归的效果。

而如果说，高瞻的这组《雨水十四行》只过分最求语言的典雅唯美和音律的婉转悦耳那又是有失公允的。在这组诗中，既有对于时间和存在以及大地上的万物的深邃洞察和独特体验，也有自己人生之况味和历练，还有难得的清醒和坚定；既见真情，又具智慧；感性时时流露，而哲理处处可见。譬如在《清明》这首作品中，诗人无限感慨地叹道："清明／人生的最后一片土地。"如果诗人仅仅停留在时光易逝人生短暂的伤感上，我们读后虽心有戚戚，还是觉得有什么堵在胸口，好在诗人在结句时给了我们为之振奋的诗行："相信春总在秋之前／相信步履仍在步履中"。同样令人振奋的诗行还有，譬如"岁月必将吹洗一切尘埃。在路上／我们的心必如花怒放"（《小满》）。

令我欣喜的是，在读高瞻这组佳构时，我会不由自主地联想起自己创作于九十年代中期的长诗《一年：漫游与还乡》，在这首作品中，也饱含着我对于时间、生命、死亡以及尘世之爱的思考和追问。或许，这也是自己与高瞻更能心灵相通的地方。

惟其如此，我也可以开诚布公地说，在所有我能够读到的关于时令节气的诗歌中，我认为高瞻的《雨水十四行》是最为精彩、最为丰硕、最为典雅、最能带给我读诗的愉悦的。是的，一个用心灵的歌唱加入到大地的和声中的人，他的发音必定能引起同样热爱大地热爱心灵之人的共鸣。

5

诗歌文本之外，我还想表达的，高瞻兄是个性情男儿，对待朋友至诚至信！在对如此优美的作品品读之后，我不得不费点笔墨说说我与他之间的友谊和诗缘。

我是2000年被组织派到贵港代职的。当我一接触到单位给我订阅的《贵港日报》时，为副刊有那么高的品味，感到很是惊讶！于是不由自主地向其投稿。高瞻说，他第一次读到我的诗时也很惊讶，眼睛一亮，他不相信我所在的部队有人能写出这样的诗，莫不是抄袭之作？为慎重起见，他还是通过信封地址联系到我单位的宣传干事，确认了我的诗人身份，他异常兴奋，立即来单位见我，不由分说地拉着我到贵港市喝酒，并请来了当地的杨军、徐强等作家诗人。后来我知道了，高瞻本人就当过兵，也在《解放军文艺》等大刊发表过作品。

整整一年的代职时间，我俨然成为了他们中的一份子，常能参与贵港文学界的活动和文友们的聚会。这年5月，我参加了诗刊社的第十六届"青春诗会"，当我广东从肇庆回到贵港后，高瞻立即组织了接风宴，不久在《贵港日报》用整整一个大版面给我做了一个专辑，配了照片、诗作、随笔和他对我的访谈。这个专辑在当地引起了较大的反响，很快贵港电视台来人要给我录制一个专题节目，被我婉言谢绝了。也就是在这一年里，贵港文联出了一本《山色苍茫——贵港市文学作品选（1991——2000）》的文集，我的五首诗歌被高瞻编辑进去。

回到长沙后，因停笔达十年之久，我和高瞻联系渐疏，2011年，我重新回归文学创作，开了博客，高瞻一下就找到我了。去年，贵港文联再度编辑出版新世纪文学选，高兄又将我这个"贵港人"的一组作品忝列其中。我也有感于我们间的相知之谊，写了首十四行诗《秋风穿透我沉寂而敞开的灵魂——给高瞻》献给他，此作发表于《伊犁河》2013年第6期。我想，我和高瞻兄的友谊随着时间的推移，会经久而弥新！

2014.2.19—20　长沙

YOU YI CI
TING DAO
HUO CHE JIAO LE

聂泓——著

又一次听到火车叫了

团结出版社
UNITY PRESS

图书在版编目（ＣＩＰ）数据

　　又一次听到火车叫了 / 聂泓著 . -- 北京 : 团结出版
社，2023.5
　　（新视点文集）
　　ISBN 978-7-5126-9393-7

　　Ⅰ.①又… Ⅱ.①聂… Ⅲ.①诗集－中国－当代
Ⅳ.① I227

　　中国版本图书馆 CIP 数据核字（2022）第 072108 号

出　　版：团结出版社
　　　　　（北京市东城区东皇城根南街 84 号　邮编：100006）
电　　话：（010）65228880　65244790（出版社）
　　　　　（010）65238766　85113874　65133603（发行部）
　　　　　（010）65133603（邮购）
网　　址：http://www.tjpress.com
E－mai：zb65244790@vip.163.com
　　　　　tjcbsfxb@163.com（发行部邮购）
经　　销：全国新华书店
印　　装：三河市华东印刷有限公司

开　　本：145mm×210mm　　32 开
印　　张：61.125
字　　数：1265 千字
版　　次：2023 年 5 月　　第 1 版
印　　次：2023 年 9 月　　第 1 次印刷

书　　号：978-7-5126-9393-7
总定价：400.00 元（全七册）

目　录

第一辑　白云之爱

第二辑　另一种交流

第三辑　城南

第五辑　又一次听到火车叫了

第一辑　白云之爱

白云之爱

我爱白云
就像他乡的少年，在月光下
打开洁白的羽毛

独自一人爬上山顶
对它赞美，或者倾诉
告诉它我知道的一切

人世的荣耀与罪恶
粗暴和软弱
我微尘般的欢乐，痛苦中
的虚伪；虚伪中的痛苦
对着一朵白云忏悔
像孩子弄脏了双手一样难过

对着白云
说出我的爱，像她那样白
那样没有负担

对着白云说爱

像音乐伴随流浪的歌手
孤独爱上遥远的诗人

我 爱

我写诗，我爱
像泉水流过石头
风吹过田野那样自然

不是山上的雾
为你制造一所无法触摸的天堂
不会用深水般的面孔
为你推演明天的幸福和灾难
也不是你，迷路的灯

我欢笑，或流泪
真实地生活
并为生活奉献真实
我用安静覆盖忧愁
就像在寒冷的夜晚
盖上一床无声的棉被

我需要工作
也需要休息
就像饿了需要吃饭

吃饭是为了不饿
米饭一样明净、朴实

我写诗，我爱
就像理发、沐浴
剪掉多余的指甲；穿上
吸汗、透气，多棉的衣服

祖国，您好！

一场雪停了
透明的事物还结着冰

通往远方的路
在早餐店门口停下

好心的店家告诉我
要用温水解冻

玻璃上的冰碎了
用这个世界最小的声音

水洗的柏油路又宽敞又平整
就像我内心的速度

我要去见一个人
只有她能说出我的幸福

时光之声

1

在春天的早晨读诗
一定要读出声来
让一河的浮冰，随水远去
让时光发芽
好日子破土而出

2

找一棵树坐下
就这样，轻易地躲开众人

午后的风
在旷野里走来走去
它翻了翻书，又翻翻我
最后走向了别处

我低头看书
身后的树
突然，松开了它的影子

3

秋天的傍晚。落日浑圆
天空缓缓抬起他的头

收割后的田野多么空旷
只有风，一遍遍吹过我的头发

4

对着一场大雪阅读
身边要有一炉火

在阅读中感受孤独
在孤独中品尝明亮与辽阔

书翻过一页，雪又加了一层
一切在无声中加厚

书，轻轻合上
世界已是白茫茫一片

魔术与生活

魔术是这样
把假藏起来
把真的拿给你看
而生活却常常相反

我们在学会欺骗的同时
也在教会别人如何去欺骗
困扰在自己建造的房子里
苦恼、绝望；怨天尤人

魔术，是一门公开的艺术
生活是一个敞开的秘密
一样的让人感到神秘和惊奇
我们从魔术中找到一无所获的快乐
又从生活里获得满载而归的虚无

面对魔术中的生活
生活中的魔术
我一边大笑，一边流着眼泪

我鼾声如雷，却什么也不曾听见

在拥挤的城市
生活给了我一把无形的卷尺
在人群中，反复丈量人际关系

累，却不知道为什么累
就像一个人，用拳攻击空气
黑夜太短，盖不住我的睡眠
白天太长，像失眠者的灯

多么希望是这样度过未来的每一天
吃三碗米饭，流二两热汗
让一天的劳作轻松地找到他想要的夜晚
我鼾声如雷，却什么也不曾听见

月亮之上

桂花香了，月儿圆了
抬头望去，一只白色的兔子
迎面跑来

爱是那样虚无
又如此真实，仿佛身边之人
他乡之玉

每当这样的时刻
我都会敞开胸怀，轻轻地许愿
让皎洁的月光植入我心

我有一所洁净的房子
亲爱的，进来吧
月亮之上，再无相思

雨　声

在 V2 咖啡厅
相视而坐
服务员走过来细声询问
需要些什么
我们笑了笑
只点了一下午的时光
和窗外正在落下的雨声

有一首好诗还没有读到

历经两次地震
依然活在人世的阿坝老人
对着这个世界说：活着真好
我活着，却无法领会其奥妙

就像我每天坚持读诗
却不知道为了什么
每天活着，总觉得
有一首好诗还没有读到

蝶 儿

1
没长出翅膀之前
不知道自己是谁

2
飞来飞去的样子
就是你快乐的样子
睡了的时候
把爱和梦放在一朵花上

3
一直在想
是写下她的美呢
还是写下她的飞翔
就在我一再犹豫的那一刻
一只蝴蝶从窗前飞过

七夕，对着一只打火机发呆

没有说是用来抽烟的
吸烟时才觉得它合适
有时放在不抽烟的地方
好像是一种多余

七夕，对着一只打火机发呆
除了想抽烟
还能点燃什么

颜如玉

书，读到深夜
睡意伸出手来
拍了一下我的肩

一盏灯
被谁挑了一下
瞌睡因温暖而明亮

这样的夜里
你，被我想了一下
变得更加遥远

我爱的人，一直在忙着别的事情

在人群中居住久了
从来不敢放大自己
更不敢模仿天空

一旦模仿成功
就有天大的脾气
电闪雷鸣都是爱

为了爱你
我为一年准备了四季
为一生，准备了一辈子

值得庆幸的是
我爱的人
一直在忙着别的事情

比 喻

亲了
还想亲
这不熄的轻柔
有一天
会要了我的命

我如此爱她
她总是挣脱我
像烟

想你，像画画

想你
像画画
不像一张纸那么薄
那样白

也不像一首诗
那样浪漫
适合朗诵

想你的时候
先画一头秀发
再画好看的睫毛和眼睛

不想往下画了
再画，就剩下
雷同的身体

不说爱情好吗

喜马拉雅山太高
太过孤单
海上风浪太大
我的木船造好，还要一百年

不想再等，去乡下吧
建一座房子，窗户可以多
木门只有一扇
不说爱情好吗

你离开的日子
把所有的灯都点亮
你归来的夜晚，我不会开灯

亲爱的，门是开着的
我要你摸着黑进来
这样的夜晚，一切都假装睡了

新年，你好

朝霞还在山那边
朋友们祝福的话语
在微信里闪烁
光在大声朗读

早起的鸭子
在池塘里欢呼
轻风对流水说了些什么
大地，渐渐露出它的远方

制造玻璃的人

把汗熬成水
把夜熬成黎明
等候，是慢慢结晶的过程

在一块玻璃内俯身
他是一个劳动者
在黎明里抬起头来
他是一位诗人

两者都那样好
一颗心亮了
世界才如此透明

桃花灼灼

你在的时候
空气好得不够用
我把整理好的东西
再整理一遍

你不在的时候
光线太强
室内的我一览无余

桌上一本书
空白之处
忽见桃林

致 A

你在的时候
我的心眼很小
小得只能穿过你的头发

你离开的日子
我的心一再辽阔
仿佛身后多余的天空

致白玉兰

你的白裙是白云做的吗
从哪里来？要往哪儿去
五月的绿一点点加深
你迎着风，走向我
充满离去的意义

亲爱的，你不在这里

你走动，空气就飘了起来
云在动，好像有什么在飘
我知道这不是爱

人群之中
回头看你，不知你在何处
天空蓝得像打了蜡

亲爱的，你不在这里
草木茂盛，是我的梦境
天边，有几颗失眠的星星

那个早晨

一整夜，一棵桂花树
用花搭一架梯子

天气越来越凉
梯子越搭越高

风从高处吹来
树枝在低处摇曳

你睡得那么深
在梦里遇见了什么

那个早晨
你醒来的样子，好香

望

在默诵中，向我走来
那个夏天的心跳，是金黄色的
如今的路，已修成月光的颜色
好多的事物，在后半夜老去
黎明的田野上，两根旧电线还在
黑黑的，像两根氧化的时光

快　递

我喜欢的书
由快递配送
仿佛远方有人上了高铁

快递员
在门外叫我的名字
鸟儿从树林里探出脑袋
我与这世界
有一种说不出的亲近

也有这样的时候
快递的日子一推再推
夏日的风赶着海水
像一个迟迟不能抵达的约会

在那些冗长的日子里
因牵挂想起一些人
朋友们散居各地
做着自己喜欢的事

今天的快递还没有来

而我想起了你

看桃花

九曲回肠，山道多弯
沿途的村庄已变得无法相认
路是新路，村是新村
从九塘上天堂，下龙溪经波丰过金桥
我们像一群回归的鸟，在乡村的上空久久盘旋

春风送爽，故人指路，山坡上的桃花一如三月的新娘
来的人依然那么多，兴奋的气味和花香交合在一起
有人开始脱衣，有人摆好了姿势，春天的景色
随手一拍，就成了永恒；有人继续往里走，向三月深处走去
我不喜欢拍照，不是我不爱春天；桃花如镜照出我的中年
把美景留给那些姣好的面容吧
我喜欢静，树也静下来

地上已有落英，像欢愉的爆竹，留存婚后的余庆
对着一片桃林，我要说的是：多结桃子吧
让美好的事物都有美好的结果，让甜蜜的嘴唇得到甜蜜的馈赠
在春天，三月之末，仿佛人在船尾。我不停地回头
那片渐行渐远的桃林里，有多少美好的眷恋，就有多少流水的诗篇

在花果山上

从金桥街头的十字路口，南行数里就是花果山
人间三月，每一个毛孔都开出了花
山茶树婷婷而立，美好的景色成就了美好的愿望
今天的阳光特别的好，好到让人想撒娇
看看那些女同事吧；不是把嘴伸向花蕊
就是把脸映向花丛：红，粉红，洁白，金黄都好看
天空是一个巨大的摄像机，拍下她们的欢乐
也拍下我的静。不是我有意要保持安静
一个中年男人也有他舒展不开的生活，每一座山头
都开满花朵，我愿意是安静的风，淡淡的云，清澈的水
不离开，也不停留；就这样看着好日子开出花一样的心情
不要问及我的欢愉。站在三月深处
忽然想起一个叫梅的女子；她天使一样到来，又飞鸟一样离开
此刻，我的静，正在加深一朵花的洁白

第二辑　另一种交流

另一种交流

两盆非洲茉莉
来我家已经三年

三年来
我们没有
说过一句话

也许是言语不通
也许是还没有
想好要说的话

也许我活着
她绿着
就是最好的表达

诗

不是没有
是有像无一样存在
夜里，常常看见满天星星
却不能把它捧在手里
太多的事物，我看到的一切
想送给你的，都不是我的

习惯沉默，像地里的种子
诗歌的语言也有漫长的黑夜
那写不出来的部分，要请你原谅
像一个哑巴；那嘹亮的喉咙
充满渴望的阻力

检 查

从百里之外赶来
火急火燎说出我的病
拿出县人民医院拍下的片子

市里的医生
开出一长串单子
再检查一遍

结果出来后
只有一千五百元的交费单
是多出来的

存　在

下午，一个人坐在办公室
远处，有人在说话
忽明忽暗，像一个不熄的秘密

我不知道他们在说什么
声音是一种连接
让我知道他们的存在

整个下午，我一直在听
声音越来越小，越来越暗
直到暮色展开，如一张旧报纸

出 院

喉咙里那块白斑
恶性还是良性
还在检验中

我表面平静
内心失眠
摘除的肿瘤
像一盏去向不明的灯

出院前的下午
主治医师告诉我
结果出来了；是良性的
灯亮了

又说：不能再吸烟
我听见打火机响了一下
又熄了

后遗症

从医院回来
遵照医嘱，我试着戒烟
并开始偷偷吸烟
偷偷出去，偷偷回来
偷偷做梦，偷偷醒来
在世上——
养成偷偷活着的习惯

卡

网络真好
想看的都能看到
网络有时不好
看什么都卡

愤怒上来
拳头卡住了
身体开放了
爱卡住了
天气太热，想洗个澡
水卡住了

关掉网络，脱衣上床
翻来覆去无法入睡
睡眠也卡住了

星期天，带儿子逛超市

在超市
儿子看上了一件夹克
我决定给他买下来

经过一番讨价还价
最后成交：一百七十八元
没有足够的零钱，付款时
少了她三元

在大门存放处取东西
儿子不见了
我急忙赶回超市

站在买衣服的地方
老板娘红着脸
你儿子给了那三元钱

我的脸更红
那是儿子的零用钱
一周五元

一见如故

我并不惊讶
这样的不期而遇
就像在他乡看见了
浪迹多年的自己

隐　瞒

黑夜隐瞒了一段情史
草丛隐瞒了一条蛇的去向
河水隐瞒了石头

她们一天一个发型
隐瞒了太多的想法
这个夏天隐瞒了一场雨
天空隐瞒了它的漏洞

白头偕老

有一天
我突然对她说
要是我们的头发不白
怎么办

她笑着说
哪有那么好的事

中元节

黄昏后
母亲开始张罗
把煮好的冬瓜，丝瓜
鸡鸭鱼肉端上桌
斟好酒

按辈分大小
请他们依次入座
喝酒，用餐
收拾好碗筷
换上茶和水果

客人和主人都很哀伤
说话的声音
几乎听不见

烧完纸钱后
母亲抬起头
风中的树木动了
知道客人已经走远

才撩起裙角
擦去眼角的泪水

在故乡小站

晨光拆开天空的信笺
高铁是一件崭新的快递
有人被送向远方，有人被远方带回

在故乡小站
我们戴着口罩，以简洁的行装
表达热汗交织的内心

高铁出站的那一刻
沿途的草木突然变得激动起来
这在我心里始终是个秘密

现在是七月，车厢里
凉爽舒适。我闭目假寐
谁也看不出我的澎湃和焦虑

梳 头

阳光好的时候
她就来到院子里梳头
一遍又一遍
直到人们一一散去

阳光好的时候
她就坐在院子里梳头
一遍又一遍
直到太阳落下
夜幕降临

有一天
她没有来
阳光在院子里空转
天总是黑不下来

路 过

月光下
一群孩子
在做老虎吃羊的游戏

我路过时
一只羊被老虎抓住
他们抱成一团
笑做一堆
羊和老虎都很开心

我也很高兴
当我看到老虎开始做羊
羊扮成了老虎
我觉得世界特别美好

只是风在吹

下车的时候
风瞟了她一眼
就开走了

这样的日子
什么事也没有
只有风，吹乱了我的头发

水的空白

从云南回来的两个女人
在后座上回忆泼水节

那一天人山人海
男人们提着水枪
年轻女人的尖叫喷了我一身

她们泼没泼到，我不好意思去问
离开后，留下一段水的空白

漫无目的的时光

上午下雨
我没有沉下去
翻了几页书
又把它放回原处

下午阳光明媚
心情不在岸上
去阳台上伸了几个懒腰

白花花的时间
从我的两胁
漏出，生出无限凉意

阵　雨

不知何故，下得那样急
甚至来不及收起晾在外面的衣服
我忽然不说话的样子，像遗弃了一个世界

茶在沸水里浮沉，冒出滚烫的香气
书架上的书排列得那么整齐
仿佛一切停止了转动

隔着玻璃往外看，雨中世界
烟雾迷蒙，如幻似真。一位曼妙的女子
越来越近，越来越近，像心就要来到心上

雨，突然停了
黄昏变得明亮，只有风在吹
只有湿漉漉的松林和我，陷入了寂静

向一颗含笑树致歉

新视点文集

五年了，你茂密的绿
仿佛我暗暗的静和欢喜
每一次来到窗前，对生活
都有一种说不出的信任

有时，风摇动你
我就卸下一些心中的块垒
就像你，不经意间丢下几片枯叶
你从未朗朗地笑过，更不会狂笑
用微笑的颜色述说
绿，可以永恒

去年的冬天
有人挖走了你脚下的泥土
灌进厚厚的水泥
你没有想到，我如此爱你
却选择了沉默

你悲伤，难过，绝望
就像抽不出新芽，开不出花

你举起枯枝，落下大片叶子
用残存的绿，说出美
死亡的样子

雪

在一片喊声中走远
又在一个宁静的傍晚回来
仿佛一只白色的猫
世界并没有因为它的白
而减轻它的危险

下午的阳光照在脸上

下午的阳光照在脸上
像喝醉了酒
几个民工
蹲在桂花树下吃饭
见有人来
抬起头冲着我笑
他们的笑，被风吹过来
有淡淡的香气

马杜桥的雨

下雨的时候
我在马杜桥

马杜桥的人
不认识我
不能说
马杜桥是异乡

我认得
马杜桥的雨
是谷雨

原谅我

如果我是一味药
在你喊痛的时候到来
还请你原谅
我一直无法做到
让自己甜蜜

孤 独

在夜里
亮起一盏灯
我在明处
整个世界都在暗处

我打开一本书
那么多的文字明明醒着
却假装睡了

距 离

多么好的同事
我们有着相同的肤色
一样的口音

在电影院门前的空地上
我递给他一支烟。一转身
他把烟扔在了地上

一支烟
一整天躺在那里
不知如何是好

午　后

杯中的茶水已浓至酒红
没有人敲门
手机和电话都不说话
窗外的树叶动了
告诉我，门外有风

出门在外的雨

不知道什么时候开始下的
天亮才听到，雨打在窗外的香樟树上
让一个出门在外的人，渐渐有了香味

家乡的香樟树，到处都是
那些田野上劳动的母亲，把孩子背在背上
或搂在怀里，都有很香的梦

雨中的香樟树
和我，隔着一块厚厚的玻璃
几次想喊她进来，都被拒绝

雨越下越大，风也很焦急
母亲不肯进城来住，窗户关好了没有
失眠的夜里，是否一个人对着父亲的画像流泪

立 秋

好多国家和地区都缺水
雨还没有下

也有比这更急的事
上午去了一趟医院
什么都衰竭了的婶娘住在东面二楼
患尿毒症的堂弟躺在西边五楼
一只眼的堂哥像只旱地鼠跑来跑去

下午，我坐在书房里一言不发
风扇转过来，又扭过去

躲在门里的人

园艺工举起喷药的龙头
虫子纷纷落下
躲在门里的人往外看
看风，往哪个方向吹

泡人参

眼泪如线
倒了杯口就断了
仿佛到了哭泣的尽头

坐下来
看看它，又看看我
再看看那杯滚烫的开水

一根参，泡在高温里
一杯水，渐渐地
有了人，一生的味道

寻人启事

向一首诗里走去
冬夜，听见一个女孩在哭
她的发夹掉在了路上

我沿路去找：两手空空回来
已是中年

在冬天的夜里醒来

晚饭后，给远在乡下的母亲打电话
母亲说：一切都好。门前的老樟树在风中摇晃
凌晨三点醒来：不是我失眠
是梦见自己睡得太好

我的想法很轻

四月的最后几日
想写几首诗

接连几天都这样
天黑得很快
我的想法很轻

但我不能因为
我的想法
去惊动别人

记一次诗歌会议

像一棵绿色的树
散发出一番好意的浓荫
简洁的言辞，谦逊的风

间或也有掌声
手心里放飞的鸽子
传来遥远森林的回音

中途休息，人影憧憧
有人拍照合影，我在找人
我问过几个人，他们一脸茫然

我怀疑是在做梦，或误入梦境
一边回到自己的座位，一边安慰自己
在人多的地方找人，应该都很陌生

第三辑　城　南

城　南

火车搬家了
在城南三里的地方
突然改名叫高铁

高铁的速度
超出了一座城市的想象
刚想打个电话
已是异乡

在路上想起某人
沿途的风景满风声
孤独的人开始想家

此时，只要一个站台
便是家乡
黄昏落日浑圆

绵延曲折的公路上
昔日那些挑箩卖担的人
正押着满满一车年货

摇摇晃晃向县城开来
像喝醉了酒

去花屋

什么也不用带
鸟语、花香、绿水、青山都准备好了
把心情放松，顺着五月的风来

二十多公里的路，有草长莺飞相伴
有辽阔的天空相随。车开快一点
路就缩短一点，沿途的风景还在沿途

生活不可能直来直去，其中要拐两次弯
从 322 国道转 S286，再拐一次就是花屋了
我喜欢这样简单的拐弯，山上的泉水
绕过屋后，又到村前

诗 人

像一幅画
伸手就能摸到
画里的人
披一身雾
像从梦里来
在这个冬天的早晨
一首诗的彼岸

晨　读

扯一张毛毯盖在腿上
以这样的方式
安慰冬天

密密麻麻的文字里
一场雪还没有来
只有寒冷的消息

我没有大声朗读
不必告诉每一个人
我只是想起了父亲
用力劈柴的声音

夜 宴

友人来湖南
脚步轻得像风
还是惊动了长沙的夜

"食如意"小酒馆
是主人精心挑选的地方
今晚的月亮，照着桌上的酒水

握手、问好；喝酒、吃菜
从庸常的生活入手
轻轻地打开真诚和友谊

酒喝高了，夜又深了一层
我们小声谈论诗歌。头上的灯光
一次又一次原谅我们的迟迟不归

门外的风像位好心人
一再催促我们；我们一再坚持
还是被吹散了

离开时。小酒馆还在那里
城市的灯火整夜不熄
天上有几颗不眠的星星

一杯水的宁静

夜里的一杯水
透着光

好像一直就在那里
又像是今夜倒出的心情
想不起和正在想着的事情
一样的美好

窗外有风
今夜，月光走过草地
像一只远去的猫

那个长长的下午

向日葵已经平静
棉花的蕾，长出青色的梦

天边的薰衣草
被风一吹
送来遥远的香气

有人开始做饭
有人在树下絮语
你在河边洗衣，背对天空

落日浑圆，大地辽阔
你一直没有转过身来

在春天，想起你

昔日的草木长出新叶
我有些着急
但没有告诉任何人

他们只是说，你睡了
睡眠是美好的
因为睡眠能从梦中醒来
如果死亡也是睡眠
你只是做了一个
长一点的梦

今天阳光很好
流水远去的样子
是我静默的忧伤
春天是天下人的春天
我不敢声张

起风了
满山的树木在动
我依然无法确定
哪一片叶子是你在摇晃

多么静的一天

抽完一支烟
一支烟的满足
与一支烟失去联络

风从窗外吹来
风吹我却不知道我的存在
我看不到时间
因为时间正在离开
水在远处流流向更远处
所以那么慢

多么静的一天
不用绞尽脑汁去想
如何让自己过得幸福
一个人走在路上
你越想脚下的路就越长
可以看看两旁的风景

思考令人不适
就像一个肥胖的人爬坡或上楼

越急越是加重你的喘息
为幸福一词瘦身
如果你还是静不下来
就看我如何把一支烟抽完

冬

静止的车顶上
树枝上
无人想起的屋脊上
一定是雪下了一下
就停了

雪无法连成一片
久久不肯化去
在这个冬天的早晨
它们白得有些突然

昨夜
历经了怎样的寒冷
抽空了多少激烈的疼痛
才变得如此轻和静

这些雪
在无人知晓的夜里
终于白了
就像黎明前有人离世

突然停止了喊叫

我抬头看天
天空阴沉不语
似乎还有更多的雪没有落下来

又是一年

昨天的那场雪
在一片喊声中
落向了别处

雪没有来
雨也不来
时光没有了声音
太阳挂在云的后面

母亲靠窗坐着
有一句没一句地说着过去的事
儿子心不在焉地翻着课本

微信上
有人发文字
有人发图片
像那些凉不干的衣服

一年的冬天
就剩最后几日

我看了一眼桌上的请柬

今年最后一场婚宴

人在旅途

像一封无人接收的信
云海茫茫查无此人

我反复想象天堂
北戴河山川秀丽
海水茫茫优美动听
我无法带走你的辽阔
就像你留不住我的乡音

家中的事
就像阳台上晾晒的衣服
那一滴滴水声
一遍遍催促我的归期

车过华北

小麦金黄，玉米新翠
低低的村庄平和无声
一望无际的辽阔
让整个华北平原失去了边界

几次想写下她
因车速太快
沿途的风景起伏不定
我怕一下笔就写成海

高铁穿过华北
我一边掐算归程，一边想
一个人要怎样的有福
才配得上这么大的家园

临行的风

凌晨四点
月季花和梦开得正艳
草木茂盛完好无缺

一个人悄悄起来
去院子里走走

树上的鸟群欢呼
不知道今天我要走

只有风，不停地吹来
如此多情

在海上

坐上飞艇
海水蓝得像乌托邦
越往深处越真实
海浪一下低，一下高
像一架倒伏的梯子

在海边

1
沙子是干净的
波涛是干净的
时光落下来
也是干净的

早晨去海边走走
朝霞中的双月湾像一幅油画
几点白帆在地平线上起伏

海，在一片金光里
堆积浪花
仿佛彼岸之梦

2
在海边
如果不盯着浪看
就不会焦急

在海边

如果不是想家
月亮高过头顶
也不会落下伤感的雨

在海边
如果不是那些环卫工
一次又一次弯下腰
天空就不会那么高，那么蓝

3
后面的波浪
赶着前面的波浪朝岸边走来
落日的沙滩上，堆满时光的黄金

我见过大海

看到的是水
打上来却是鱼

生活真的和海一样
往来于人群
到处都是撒网的声音

大星山

在海边站得久了
就站成了一个人

看天看海
看往来人群

因沉默不语高出地面
用草深林密藏匿星辰

在高铁上

雨，停了
在靠窗的座位坐下
积压的雨水呈线状从玻璃上流下

车在走，满天的云也在走
玻璃上的雨水，被风一吹
就成了水珠，水珠在高速奔跑中
长出了长长的尾巴

多么像一群蝌蚪呀
多么像地球上的人群啊
云一样集结
水一样流去

七月的早晨

1
太阳还没有出来
院子里的草木轻轻摇晃
早起的我已感到有光

儿子睡得安稳
三室一厅宽敞明亮
远方，从窗口看见我

2
推开南面的窗
远山衔着远山
醒来的梦还在远行

我的梦有南方水稻的颜色
太阳卸下成吨的光线
在七月无尽的田野上

3
只有早起的人

才会得到这份凉爽
此时，天蓝得你爬不上去

远处，山峦上的晨雾
像一个人的诗与远方
一切都在路上

近处的人群
仿佛移动的鼠标
生活，在光点开的地方

早餐店

疫情过后
市府路拐弯的地方
多了一家早餐店

没有招牌，没有帮手
开店的中年男子也不吆喝
低头煮着茶叶蛋，摆上豆浆、麻元和包子

食品不多，柜台简洁
客人要什么，他就装上什么
连同他的微笑与沉默

每天从这儿经过
我都会买一份简单的早餐
喜欢这儿，好像找到了另一个我

双休日，客人稀少
路边的樱花和玉兰开过之后
特别的落寞

下午是一条远去的船

阳光已经很疲惫了
我决定把所有的静
当做清福来享

一滴水连着一片海
几十年不见的同学
突然上门来访

相见时还是那么热情
却无法掩饰声音里的沧桑
回忆像一副旧肠子

抬头望去，夕阳西下
群山静伏，额上的皱纹泛出水声
下午是一条远去的船

那么慢

秋天那么慢
一辆陷入时光泥泞的马车
一生的时光那么慢
一剂慢性毒药

风吹走茂盛的草木
好多的事物失去了联络
风把一座城市吹得又凉又硬
人群像石板里的鱼
从夜里溜出来
吐着黑夜的气泡

永昌大道旁
一位老人坐在冰冷的石礅上
无力抬起的头垂向一边
像一地累坏了的星光
这是谁的父亲
用颤抖的双手努力打开手里的橘子
像在挑一盏灯
他剥得那么慢，吃得那么慢

我不知道

这吃一瓣少一瓣的岁月

在一个老人的嘴里是怎样一种酸楚

路过老人身旁

我染上了这个秋天所有的凉意

寺庙在深山里打坐

生活是一位得道高僧

我是他手里的木鱼

不停地敲打，让我的听力如此紧张

年味三章

1

从乡下祭祖归来
下午的阳光流淌成溪
我在楼下洗车

邻居们从身旁经过
提着大包小包的年货
像在赶赴最后一班列车

夜色降临
饭菜的香味像蒸汽机
从二楼的窗口喷出来

大地轻轻启动
向新的一年开去

2

太阳收取光线
女人，在收衣
站在黄昏的码头，我看见

地球缓缓靠近，朝这边开来

3
敲门声越来越近
打开窗户住外看
春天已在路上

群山在远处走动
比山更远的地方
是一群蝴蝶的翅膀

早晨的风

空气从井水里升起
为我们准备了一天的呼吸
风把落叶搂上路肩
被早起的环卫工用拖车带走
我舒展双臂呵出一夜的睡眠
天空越来越远

小区门前，年轻的爷爷
拉着穿红衣服的孙女
上了第一趟班车
早餐店的老板娘站在门前张望
油条和包子摆在柜台

那个晨跑的女子
飘着一头秀发
一路扭动春天才有的身段
好像所有的宠爱
在昨夜那场雨水里
得到了满意的答复

烟灰缸

玻璃做的器皿
透明得像一个婴儿

时光是我手里点燃的烟
把烟灰放进去
把烟蒂放进去
把我染上的陋习放进去

倒掉烟灰，烟蒂
用水清洗
时光还在，玻璃明亮
一如初心

星期五下午

在大楼后门的楼梯口
快递员把书交给我
"天天买书看呀。"
像一个温馨的责备
"明天的书
下周一给你。"
我不敢回头去看
好像整个县城都在原谅我

广　场

老百姓叫他——政府广场
政府叫他——人民广场
一个名字因称呼不同
有了体温

有一个广场多好
女人们被音乐抬起
一副柔软如梦的样子
男人们低头绕着圈走
一辈子走不出女人的夜晚

红　豆

不知是谁提起了红豆
这被遗忘的青春之痒

整个下午
一直坐着
不看书不说话
只是想

想着，想着
她就红了
不是不敢往深处想
也不是害怕有毒
时光之袋空无一物

想着，想着
天就黑了
回头看时
夜里的灯火竟老去了许多

象　征

一把钥匙丢了
也许在，也许不在
一把钥匙丢了
而生活急需打开

钥匙不见了，我们反复找寻
因为深信她在，在这个世上
某个地方，被我们遗忘

把一只橘捧在手里

多皱的皮肤，松弛的表情
在漫长的回忆中
青春飞扬的树落光了叶子
风吹过园林，发出一阵空响
抬头朝窗外望去
近处的黄昏已漫过玻璃

病已结成了石头

夜里……
嫂子从百里以外打来话
描述母亲的病情：痛得打滚

母亲的胆结石又发了
我火急火燎：快带她去医院
没有哪一家外地医院允许她病
甚至没有一粒药能接纳她的痛

夜色迷茫。母亲躺在车上
我的心在路上

县城的灯亮着
妇幼保健医院晃动着忙碌的身影
照片、化验；打点滴
药液顺着乡路又一次找到了母亲

天亮了
母亲早早起来梳洗干净
去对面的店里吃了碗米粉

回来时有说有笑
好像什么都已忘记
我熬了一夜：脸色阴沉
像这个世界落下的病根

读　诗

上午有风
窗外的树叶轻微地晃动
一切都很安全
我在读一个叫王红公的诗人
写下的一首诗

他用一副旧扑克牌哄小女儿开心
看到死去多年的父亲
正从艾尔克哈特市醉酒回来
那个上午有风
没有别的事情发生

我突然觉得口渴
伸手去抓杯子，刚好摸到了一个人的空虚
一匹消失的马，和一个一闪而过的女人

看 云

看书累了
抬起头来
这是九月的一个上午
天蓝得很完整

天上有云
开始是几朵；渐渐多了
堆在一起又慢慢散开
可以打几床棉被，做几件衣服
想起这些，一切就有了温度
仿佛这是一年中最后的季节
而冬天远得可以省略

整个上午我都在看她
偶尔也看看别处
南方的秋天树叶还是绿的
一些细微的风钻进树丛
弄出些许声响
这并不影响我看到的感动

明 天

绿树绕屋不肯离去
这不是我的房子，可以一整天待在这里
有一份工作，清晨赶来上班
傍晚下班回去；认真做好每一件事

秋天的鸟，得到枝头最红的果子
看见白云飘向故乡，蓝天无边无际
低头想起吃柚子的事

山水依着大地，房子有人出入
我有房门的钥匙，将在秋天里退休
钥匙放在收发室，等待新人来取

在冬季

有人播种青菜
有人点下萝卜
来不及种下的只有等待

兄弟从远处打来电话
有事从这儿经过
我们来不及见面
只是经过

并不是所有的温度
都需要烤火
需要穿上厚厚的衣服

温暖那么复杂
又如此简单
就像冬日的田野上
有人经过

今夜有雨

夜里散步
走着，走着
就下雨了

雨不大
街旁的灯光结满了水珠
三三两两的人躲进了屋檐

巴掌大的县城
抬头就是熟人
除了躲雨
真的没什么事

在同一个屋檐下
有人说：写首诗吧
在灵感还没有到来之前
我只能这样写
在我居住的地方
今夜有雨，正在落下

聊天记录

小女儿找了个对象
男的比她大两岁，大一岁加 10 万
没有。拉倒

一个胖得近乎发烧的中年女人
正在与女收银员聊天
早上的超市有些冷清和寂寞

挑了 10 元 1 斤的葱油饼
离开时，地上的树影
像一群抱头鼠窜的人

坐在水库大堤上

他们在想什么呢
把天空再推远一点
宇宙再拓宽一点
我没这么想

时光朝前走
如果再退后一点
就可以走进回忆，避开一场秋风
我没有这么做

整个下午
我看见风吹过水面
一脸的皱纹

今天不是我当值

中秋已过
日子还在假期中

来单位遇上同事
才知道
今天不是我当值

值班的同事
守着电话
我打开一本书

离开时
电话一直没响
书也没有合上

再回首

窗外下着雨
我在雨声中读书
不知道过了多久
雨，渐渐停了

同事们都下班了
多么安静的时刻
我还有兴趣
读完剩下的半部

家里来电话了
离开时
忍不住回头看了一眼
时光在这座楼里
蓄满了水声

秋夜逸事

1
九点以后
音响搬走了。人群离去
广场四周的草木和灯光
还在风中唱歌

2
夜深了，一树桂花
独一无二的香味
告诉我，岁月的存在并非虚无

3
人们陆续睡去
而街灯亮着。我的县城
有一种失眠的幸福

敲 门

嘭嘭嘭……
急促的声音不知响了多久
像在努力撬起一块沉重又打滑的石头
在欲醒未醒之间我努力辨认
确定有人在敲门

"外面路滑，请你把车挪开以免划伤。"
我寻找钥匙，开门出去
昨夜下了一场雪，敲门人已经走远
结冰的路上，留下两道清晰的车辙

我还是坚持把车挪开
让出一条更宽的路

寂静，欢喜

雪在下
在下
持续下

雪落下来
世界停止了喧嚣
灵魂停止了坠落

鸟儿停止了飞翔
芦苇停止了思考
炉火温暖，明亮，不说话

词，沉默不语
只有句子在延伸，一首诗白了
无际，无涯……

从孤独开始的地方

面对一窗雪花
世界，小而灵动
火炉无声，温暖
如一夜情话

雪落向哪里
哪里就白了
大地上最高的建筑
最先白头

雪，下着下着
就停了
不要问我是否明白

雪花飞舞的夜里，适合读诗
银装素裹的大地上，一行脚印
正翻山越岭朝我走来

岁 末

燕虎、雄起、杨震、宁乔
穿过午后的阳光
从百里之外赶来

风在岁月里老去
桌上的水果多么新鲜；瓜子，花生
咬出秋天的香味

只一会，就走
车来车往，思念不需要太宽的衣服
电话那头，平安回返的消息
像一只鸟，停落在城市的树上

把屋子和心情再理一遍
洗净的杯盘结满水珠
相聚的情绪久久不干

黄昏里，我望着
窗外那棵树
光秃秃的枝条里
似乎藏着更好的消息

傍　晚

两点零七分上车
三点过九到站
高铁像一匹闪电
被另一群人骑走

从省城回到洪桥镇
熟悉的味道，就像傍晚
散淡的时光里
落下的碎银

在天门山

这里就是天门了
只有幸福才看得见
这里就是天堂了
只有爱才进得来
在天门山，我想牵着你的手
成为你最矮的天空，最高的爱

第六日

上帝还在造物

我已获许休息

手捧《勃洛克抒情诗选》

就像大地捧着一场阴郁天气

一个渴望爱的人

在挣扎中渐渐失去力气

多情是一种病

一条泥泞的路通向春天的黄昏

一轮满月在草场上升起

黑夜永照；远处有几盏跳闪的灯火

仿佛害怕相见，更怕不见的你

琴声穿过泪水滴落嘴唇

曙光凝视我们的眼睛

天就要亮了；塞弗尔特如是说

"每天都有极其美好的事物在终结

每天都有极其美好的事物在开始"

在春天

这个上午
写诗，或写与诗无关的稿子
都有二月的风吹在脸上

整个上午坐在那里
窗外的绿有如宫殿
春天不是我的却被我拥有
我不知道我还要什么

今天是二月的最后一天
如果必须要走，除了三月
我没有更好的地方可去

人间草木之蓬蘽

三月，朋友发来微信
这熟悉的果实
多年以来，不曾叫出她的名字

这燃烧的
乳头般多汁的乡野之果
房前屋后，随处可见
像同一个村里的人

妇女们喜欢扎堆，围住我
你吃过我的奶，还记得吗
又在一阵哄笑里散去

那酸酸甜甜的味道
离家后，渐渐淡忘
又能瞬间想起
有一种遗忘，非常熟悉

今天，我用"形色"辨析
才知道它叫蓬蘽

这一再被我叫错的名字
仿佛长夜划过的一根火柴
那么明亮，又那么容易让人忘记

在湖南菜馆

一桌子的菜
半是清淡口味
半是咸辣习惯
第一次觉得山东和湖南
挨得这么近

几个在外创业的老乡
请我们吃饭
也许是许久不见
心情温暖，话语茂盛

家乡的油菜花草籽花已经开遍
我们殷勤地劝酒劝菜
在这天蓝水蓝的日子
说起那个好人的春天

酢浆草

早晨和黄昏那么好
那是我的童年
一年中，初夏来临

白天太宽，像一张舒适的床
满地都是绿的铺垫
我们躺在一起
柔软的草上，可以一整天
什么事也不会发生

大人们在远处劳作
溪水穿过田野，去了更远的地方
没有人知道一群孩子的秘密

把鲜嫩的草放进嘴里
那酸眯眯的味道
至今分不出男女

含笑树

我一直在打听她的名字
挺拔，又亭亭玉立
让我相信这世上
有些事物可以永恒

我见过她开花的样子
冬天来了，反而绿得更加沉醉
仿佛历经生死的美人
再也无法老去

午 后

迷迷糊糊睡去
雨在半梦半醒之间落下
醒来时还在下

这是五月的一个午后
外面阳光干燥
风无所事事吹过树梢

窗玻璃上一只蝴蝶
不知道我已醒来
还在用那双好看的翅膀
向我发来密集的雨声

我丢失的诗集，你无法赔

就算你拿来一本新的
也不是我双手捧过的那本
就算我捧在了手里，也不是我等待过的

干旱的夏夜里，月亮总是又胖又亮
父亲翻过的田里，有我等待的阴影
等待的幸福很小，像蜷缩在屋檐的小猫

我知道，只有等到父亲回来
月亮才会离开，翻过的水田才会插上新秧
十月才会重返金黄，冬天的水井才会冒出热气

父亲光着膀子，替豆秧除草为麦苗松土
母亲会站到水田里，替新长的稻秧分行
溪水从屋后流过，一晃就不见了

没有这样的等待，就不要说赔我一本新的
每一次快递到来，我都要跑下三楼
这么多年，我一直在等，在寻找

每一次跑下三楼，都有一首诗在消失
每一次捧着新书回来，都不是我自己

雨，一会就停了

要暗，就再暗一点
让周遭的事物隐去
让我的孤独凸现

雨要落，就落吧
现在是夏天
雨，一会就停了
我想你会明白我的心意

下雨天

这样很好。七月的草木
大地的绿色琴房；莎、莎、莎
邻家有女临窗，望着雨丝出神

田野里的鸭子昂着头，对着天空叫嚷
这无韵之声，为谁歌唱

鸟儿穿过雨幕收拢了翅膀
人在旅途，想起了什么

回家的人收起雨伞；不要惊了这一场雨
让泉水在寂静中涌出，带来白花花的思想

夜　色

一辆叫不出名的新车
向十字路口开来。车是咖啡色地
加深了这个黄昏的表情

车开得很慢，华灯初上
开车的男子侧过头来
那种笑，城里的木匠做不出来
夜很静，又努力张扬

今天是农历六月初六
日子成双成对。我抬头看天
月亮在天空里飘荡，像一片孤帆

幽蓝之夜

十点以后，人群散去
夜色中，草木隐姓埋名
一弯新月爬上西楼
此时，除了风在动
其他的都在沉默

如此幽蓝之夜
我想把母亲接来，不要等到八月
月儿圆了，我在城里
母亲还在乡下

那么蓝

不知道是一下子
还是一点点
黄昏后，天蓝了

空气在街头流动
人们陆续回家
我望着天空，左右为难

白天远去，黑夜扑水而来
一个想家的人
突然消失在无人的码头

仰望星空

星光之上还有什么
希望没有止境
向更高更黑的夜空飞去

我去过海边
一张网上，有水珠的战栗
也有欲望的腥味
海风一吹，传得很远很远

那里的渔民
清晨出海，傍晚归来
把渔网晾在木桩上
打鱼的人告诉我
希望有鱼，不只是打捞

要绕开产卵的季节和开花的地方
让开一条路
不多的言辞，像一首诗
我看见更多的鱼朝我游来

渔村里的人
总是在恰到好处的时光里
喝酒，跳舞，大声地说话
直到月光移动一棵树影将她们遮住

在海边，仰望天空
几颗星星漫游天边
仿佛古老民族的永恒者

和聂沛《相遇十四行》，但不十四行

——给聂沛

"走得足够远，你就会遇上自己。"
这个夏天，我与大卫·米切尔相隔千里万里
如果你有足够的耐心，如果你还年轻
你看，早晨的太阳多么好，阳光那么近

一些人已经远逝，一些人还在人世
地球不停地转动，给你黑夜的睡眠
也给你醒来的清晨，兄弟要好好活着
从深水般的句子走出来，写一首透明的诗
爱那些通俗易懂的人

七月天气炎热，正是安静的时刻
打开门窗，让风进来
学会与自己和解，与自己来一次开诚布公的谈心
当然，我们都有保持沉默的权力
如果你觉得累了，就出来看看门外的香樟树
或坐在树下，把身子靠在树影里
此时你睡了，或假装睡了，好心的风会送来凉意

人世攘攘，把相遇交给相遇的人

一切交由自然，人死后不必回到尘世
有风无风的日子，当活着的人们偶尔谈起
那个人，就是那个人，正是百年后的自己

斯卡布罗集市的黄昏

阳光白得像一面镜子
仿佛走失多年的人
留下的遗产

车载送来清晰的吉他谣曲
那个下午像极了这个下午
车在潇湘路上走得很慢

前面是一辆大卡车
车上装着新挖的旧土
我认得那泥土的颜色

黄昏一直跟着我
像条失忆的狗
天黑以后，不知去向

别人不会那么想

诗歌不能给我想要的
能给我跳出不想要的生活

一辆车停在树影里
空档跳到了休息的位置

车不能长久停在那里
就像我不能逃离人群

别人不会那么想
夜里的梦那样潮湿

星星隔着千里万里
怎么想也没有用

天上有一轮明月
我们常常望着一盏街灯出神

天堂里有没有车来车往

路过"云界"。年轻的修理工
天使一样敲打扭曲的部分
正午的山城发出空旷的回响

潇湘路上
车来车往，隔着玻璃擦肩而过
时光倏忽，人世疏离

端午节到了。父亲，想家就回来吧
坐高铁，不要怕贵，不要害怕旅途寂寞
人世交流几近无语，不一会就到

在一个叫祁东的小站下车
不要张望，别人不认识你
我会来接；那个个子不高
久居县城，沉默不语的中年人，就是我

一个人的黄昏

六月的黄昏能看得见远山
我翻过的书又合上

白天那些后悔的事
加速了太阳的下沉

天黑以后
寂寞夜色一样温暖
又天空一样凉

苹果红了

需要一个干爽的秋日
一个干净的黄昏
此时，站在风里是幸福的

想起那些爱过的
我又是甜蜜的
如果非要我说出幸福的样子

就请抬头看看我
此时，阳光是水做的
风，是寂静的

在枝头站得太久
幸福又是寂寞的
分享我的幸福
我依然无法说出你的幸福
只有那采摘和接受抚摸的愉悦是真实的

不能承受的五月之轻

在玉合山下散步
天空蓝得像海

缕缕白云像遗落岸边的纱
天边有一颗星星

像我反复阅读的某位诗人
那孤独的光芒一直在沉思

想起自己平庸的一生
五月的风吹来，像一只纸做的蝴蝶

五月，你好

五月的风你好
风吹动树叶
一如亲人别来无恙

五月的阳光你好
阳光照着我
也照在别的事物身上

五月，你好
今天是星期六
时间安静，万物疯长

杏花村

回乡下老家
要经过后南桥、马鞍桥、双桥、茶山坳
父亲每次进城，天未亮就走
掌灯时分才回来。父亲不在了
母亲一直不肯进城来住

每次回家，我都把车开得快一些
全程都是水泥路，用不着多想
母亲站在村头喊一声，我就到家了
沿途的风景在变，有人把乡下的楼房建成套间
有人修别墅，有人建小院，前有花坛，后有果园
清晨或黄昏，孩子们衣着干净，时尚
像我的孩子

清明时节，不一定要下雨
有人远远地赶回来，替祖先的坟培上新土，烧一堆纸钱
沿途的村庄，米酒的香味被风一吹，远远的，就能嗅到

正和楼

三月的风，像一群儿女的手
阳光铺在草地上，丝绸一样闪光
六百亩校园，四面八方舒展
东面的湿地公园；一座木桥浮在湖上

昨夜，下过一场新雨
园内草木茵茵漫过视线
西边是年轻的球场与跑道
每一次奔跑，都有第一抹晨光来接

风吹来，南面的大门一直敞开
一眼也望不到边的绿草地
仿佛空中牧场；放牧着成群的露珠和白云
玉合与鼎山，有如天空的一面斜坡

人间的春天似乎有脚；花也艳丽草也精神
一切都有了去处；儿子初中毕业就要来这里
站在正和楼前，我像另一座楼

信息图书大楼

南门广场上高高耸立的
我敢说没有哪一双乳房如此年轻
那琳琅满目的典籍，这凝固的奶汁
有如清冽的山泉

知识的华贵有如风中的雪莲穿过尘世的街道
真理的保存拒绝防腐剂
你看，三月的树木又长出新叶

空气清新的早晨，辽远的天空里有你无尽的遐思
而我将老去。晨风吹着一个父亲的幸福
那无法言喻的青春与永恒
任凭时光流逝；始终高出这个尘世

致知楼

十六米高的建筑
被天空抱住的部分
有你无法想象的高度

知识的认知从尘埃开始
这条陡峭的路
有园丁的执灯和搀扶

路要自己去走
可以给你免费的花香，清新的风
足够的阳光和美丽的梦

不要怕流汗，老师和学生的汗水流到一起
就是一条奔腾的河；而朗朗的读书声里
梦的两岸开满花朵

致知楼
一条没有穷尽的路
有你用不完的高耸与辽阔

第四辑　故乡的云

故乡的云

1
那个秋天
母亲背着一捆冬茅草从山上下来
像一片翻卷的云

2
傍晚
抽旱烟的父亲
抬头，把心里的云
吐向天空

3
写下"浩荡"一词
故乡就不见了
那无边无际的蓝
像父亲离开的那个秋天

4
秋后的田野
枫叶红了

晚霞也红了
好多人的故乡
都喝醉了

5
天上有多少云
地上就有多少个村庄
风吹云动的日子
就是游子想家的时候

6
乌云
这个故乡的逆子
从贫穷的春天里出走
在夏天的雷声里
哭着回来

7
冬天
有人在山上砍树
硬邦邦的声音
像在砍一朵冻僵的云

星星那么远

星星，那么远
那是我的童年

一直住在这个小镇
为什么说，我的童年
远在天边呢

仅仅一个比喻
他们说，时光像流水
水就远得看不见了

杏 花

在一本书里反复读到
读多了，就觉得她像一个人
并在虚无中生下暗喜
不死的甜，和绵长的忧伤

村头的那间酿酒房
一棵高大的柞子树下
她初夏一样闪现
她不叫杏花，却杏花一样
清香四溢

在读诗的日子里
即使读到最绝望的一首
也有一句是明亮的
"牧童遥指杏花村"
我一直以为是她的家

登玉合山

在临顶不到 100 米的地方
停下来，一个人静静
看阳光从树缝中照进来
把风当作贴心人

也许山顶有更好的风景
有意想不到的荣耀和惊喜
可我还是忍不住回头，回望山下的城市
此时，所有的怀念和畅想成了一个人的电影

喜欢这样的遗憾
山川秀美，好多地方还没有去
绿水青山，而我只是来过
席地而坐，听听鸟鸣，吹吹风就走

这样的早晨，让我感激
山在山上，云在天空。下山的人
还在下山的途中。园里的枇杷已经熟透
五月的苹果还那样青涩

有风吹来就好

有人开始往回走
通往山顶的路
不会因此改变方向

一天的心情才刚刚开始
五月的玉合山
就有了五月的样子

人间草木
已经很茂盛了
不需要太多的赞美

有风吹来就好。风吹散一天的浮云
也吹干我额上的汗水。下山时
一切变得明朗起来

鸟儿飞走的日子

五月，点下的黄豆和南瓜发芽了
阿伟娶媳妇的消息来得又快又突兀
像一只陌生的鸟，飞进田野

一年后，阿伟带阿宝去广州打工
阿宝不见了。有人说，阿宝跟别的男人走了
有人说，她回到了缅甸

门前树叶飘零
收割后的田野一片寂静
偶尔有人提起阿宝，在鸟儿飞走以后

亲 人

爷爷的饭量
比饥饿大
替富人抬轿
跌倒在一碗饭的幻觉里

那一年，他坐在苦楝树下
因为饿，拒绝再次醒来
死亡，散发出米饭的气息

中元节到了
母亲煮了一桌子的菜
嘱咐我把那些死去的先人喊回来
我对着爷爷的名字，多喊了几声

来　世

说到来世
就像说起一个人的下午
西天的云霞多么瑰丽
像一幅失传已久的彩绘

我熟知的白天与黑夜
像一双反复穿过的鞋

来世，那虚妄的真实
就像死后的那场茫茫大雪
在身后留下大量的空白

多年以后，
一个人，被人们再次想起
他的名字，就像那遥远的秋天里
跳闪的蓝

乡下的事

母亲从乡下来
说起乡下的事

夏天，开挖土机的
老王开着开着就中暑了
包圣村的老杜上前抢救
救着救着就不行了
老杜倒霉呀，赔了三万元

秋天，李大娘
到周家的田里捡稻穗
猝死在稻田里
外出打工的儿女赶回来
硬要周家赔了一万元

冬天，上言堂的刘某
从农贸市场骑摩托回来
随路把赶集的陈大娘带回家
陈大娘到家后突然死去
刘某敌不过，赔了五万元

母亲说完这些事

好久没有说话

我也不知道说什么好

碧　桃

广场的东头有几棵桃树
三月开花，娇艳欲滴
有人驻足，有人拍照

桃花在枝头微笑，不结果
也不说话，开完就落下

蝴蝶草

从泥土里探出头来
仿佛看见自己的来生
在风中，不知试了多少次
想飞，却飞不起来
多么像蝴蝶，这个词

母亲节

母亲老了
性格还和年轻时一样
逢人说话
就竹筒倒豆子

父亲在的时候
提醒过她多少回
可是母亲常常里外不分
把邻里当家人
把陌生人当亲戚

母亲的活法
让儿子们尴尬
儿媳们生气
母亲有时也发脾气
就像风起，掉下几片叶子
就像隔夜的草木
全然不记得昨天的事

母亲八十九了

还在坚持自己的错误
今天是母亲节
我一直在想，等到人人
足够坦诚的那一天
我们是否可以出来说说
这个世界的种种不对

夜 雨

把红薯挖出来
把收割后的豆子地翻过来
然后种上麦子

总是掐算好了似的
干完活天就黑了
我们开始往回走

同来时一样
二哥在前我在后
一路无语

山风把两旁的树叶刮得哗哗直响
我们不约而同看了看天
或许，二哥心里也有这样一个想法
希望夜里有一场雨

夜里，真的下雨了
躺在床上，听雨打着树叶
二哥接连翻了几个身
雨，也没有停

那一年

那一年
父亲决定添置一些新家具
木匠来自松木塘
饭桌上，他突然对我父亲说
让你儿子跟我学艺吧
学会了做我的上门女婿
父亲只是笑，一股劲地劝酒
当时我的脸红了一下，这事就过去了
但我依然记得那刚刨过的木头
又香又软的味道
一个我从未见面的女人
应该长着刨木花一样的卷发

好客的父母

大队书记
把工作队领进来
好客的父母
每次都很热情

有客的日子
家里的生活有了细微的变化
一锅红薯里多出了一碗米饭
一碗咸菜添了几块腊肉
陪客是父亲一个人的事
我们躲在厨房围着母亲转

每一次都是父亲先动筷子
把客人往那几块腊肉上引
父亲只夹小许咸菜
有时什么也没夹着
只是空嚼

那一年
听说工作组要把二哥

招到矿上去挖煤
母亲笑了，笑得香喷喷的
像咬了一口别人家的腊肉

碗　底

三月，母亲给刚孵出的小鸡
涂上红墨水；父亲赶集回来
带回一套新碗

錾碗人有一套不碎的手艺
三月有一场新雨
叮叮当当的敲打声，溪水一样透明

那时，我们还小
不懂得人世的艰辛，贫穷的含义
那时，每只碗里都刻着父亲的名字

残　阳

夜，死一般寂静
只有剧烈的咳嗽证明他
还活着

灶膛的灰，冷了
一天的太阳沉下去

这个打了一辈光棍的男人
习惯晚饭提前
把年老的血咳在夜里

清明，清明

十七年了，有时晴，有时雨
每次上完坟回来，坐在母亲身边
都不知道说什么好

遇见故乡的人
总是低着头。雨从天上来
满山的草木流出泪水
我的痛像一间漏雨的老屋

母亲越来越老了，孤独落满了灰尘
有时接进城，有时送回乡下
这么多年，我和母亲心照不宣，左右为难

乡下的楼房修好了，路也修好了
能留住人的村庄却越来越少。城池繁华，总是太吵
车来人往，行色匆匆，在一片交易声中
捏在手心里的好，真不知道往哪儿放

天晴的日子，不敢与太阳对视
站在父亲坟前，想起世上最绝情的那句话
人死不能复生；常常有一种回天乏术的绝望

雨

如果不是广场上传来歌声
我以为人们都回家了

雨打在窗外的含笑树上
天色暗合，树叶闪亮
让我想起一个人

雨中插秧
我和父亲披一块尼龙纸
风吹着我们
我们只做一件事：插秧

没事的时候
就等雨来
我和父亲坐在同一条板凳上

雨有时落在房前
有时落在屋后
不管怎样下
都会落到我和父亲身上

雨落下就成了过去的事
如果不是广场上传来歌声
我也不会想起下雨的事

怀 念

父母健在
兄弟们没有分开
一家人生活在一个灶台

我们劳动
种下庄稼
也种下满腹牢骚和怨怼
土地只收下汗水
长出粮食

夏天太热
冬天太冷
秋天的收成
总是填不饱春天的饥荒
日子那么短
一生那么长

风吹青苗壮
风吹新麦香
风吹树叶落

也吹稻谷黄
父亲傍晚归来
母亲生起炊烟

那时，我们生活在一起
溪水从屋后流过
没发出任何声响

端午，想起父亲

父亲背着我
去县城画了张像
一直没有拿出来

把父亲的画像捧在手里时
父亲已离开了这个人世
确实画得不像
苍老、失血、模糊……

我见过那个年代
街角巷尾，那些民间画匠
一个个来历不明，心怀绝技
拒绝祛斑、描眉、涂抹彩色
直接画出来世风雨
今生沧桑……

老旱烟

舅父又高又大
站在村里像一座埃菲尔铁塔
与人争辩时常常发出狮子的吼声
每次开会都是因为他嗓门大
最后不欢而散

高大的舅父会雕刻、会染布、能印花
曾经在密林里与一只金钱豹徒手格斗
当过砖厂老板，回家种过西瓜
喜欢一个人干，拒绝与人合作
像异教徒一样活着

无妻无儿无牵挂
一个人在外闯荡，从不说孤独
如果不是外婆天天念叨
这个世界好像已经把他忘掉
外婆去世后，他也老了
像一头年老的狮子

舅父爱抽那种很烈的旱烟

几里外能把人呛得喘不过气来
他抽烟的样子，像一位西方老人
浓密的胡须，鹰一样的双眼，坚毅的脸
好像从来没有输给这个世界

那个夏天的早晨，他走得那样轻松
像一台旧风扇突然停止了旋转
我没有哭，也没有悲伤
他走后，世界还是那么吵

每次回家：走进他住过的老屋
黄昏里坐过的阶沿，就觉得特别的空
空得好像喉咙里有什么东西喷不出来

玫瑰，玫瑰，玫瑰

上午的时光突然变亮
像我慌乱的心跳
同事们说起情人节
身上还穿着厚厚的棉衣

雨，刚刚停下
常青树上的叶子还滴着水
今年的玫瑰又涨价了
花店老板喜笑颜开

玫瑰迎风打开像一种想象
原野上，一辆旧火车在爬坡
仿佛有人在喊
那瞬间枯萎的名字

三月里

三月的村庄
每家每户都要酿一锅新酒
农忙的时节
让前来帮工的人喝上一壶

乡下的米酒
从不隐瞒自己的技艺
房前屋后，毫无遮挡地
张扬酒的香味

酿酒的人没有秘密
他们的生活从来就没有获得过专利
路过的人都可以过来喝上几口
唯一的秘密是酿酒的人
可以从柴火的笑声里
推断出来客的日期

他们不会说
只是一副很高兴的样子
这时水温上来了

阳光从院子里溢了出来

这样的日子
年轻的母亲会用阳光和水
替孩子们痛痛快快地洗一个澡
沐浴后的孩子，光着身子
像剥了壳的太阳，又白又胖
仿佛世界初日

风，不要对着我吹

风，不要对着我吹
我要不了这么大的幸福
让风吹向原野吧
六月的禾苗已经怀孕
孩子的手里牵着风筝
劳作的一天的人们需要休息

风，不要对着我吹
欠下的钱我早已还清
别人欠下的我没有去催
我没有向任何人告密
也没有一封带给远方的信
风啊，请不要对着我吹

风，不要对着我吹
我的情人是跳动的火苗
是花攥在手里的一缕香气
我的父亲已经去世
母亲还生活在那个山村

风，不要对着我吹
我真的没有恶意
也没有飘起来的野心
在春天没有说出的话
已经让我后悔
六月的绿让我满怀歉意
风，不要对着我吹
再吹，我的头发就要白了

一只鸟在窗外鸣叫

一只鸟在窗外鸣叫
它不是叫给我听的
也不是我事前得到了消息

这是七月的一个早晨
一天的时光，试卷一样摊开
我想起了什么，又该怎样去回答

人间最美好的事
莫过于紫薇花开了。我拍个图片给你
你问我，这是什么花

就像现在
在你还没有醒来之前
我听到了人间第一声鸟鸣

二　哥

夏天的正午
阳光有多烈
树荫就有多浓

二哥放牛回来
在树下给牛磨角
我认为二哥很牛

几十年过去了
未见过二哥打架
六十多岁了
还在修铁路卖苦力
每次来电话都向我诉苦
说在外面被人欺负

每一次，都有什么在往外冲
好像有一头牛
被二哥磨尖双角的那一头

惊 蛰

昨夜，梦里的雷声
由远而近，在我的窗户上
扔出闪电

风在在原野上奔走
雨水在狂欢，树
在舞蹈

我在睡中，滑向深睡
黑夜，是一只布袋
醒来的人，没有深渊

早上起来，睡意未尽
灶台上的水烧开，我伸手去提
手被烫了一下

在抬头的那一刻
看见窗外
一只熟悉的鸟向我飞来

正是稻香谷黄时

像一本旧相册
现在，我拍下他
就像翻开我手里的记忆

也曾在大地上躬下腰身
打下粮食和梦
在泥一身水一身的夜里
向往城里的生活

九月的田野上
阳光金子般倾泻下来
打稻机隆隆的响声
仿佛年轻有力的心脏
岁月的滚筒带着尖利的牙齿
给我们金黄的谷粒
也给我们衰老的稻草

收割的季节到了
孩子们放学回来
带来风；他们到达村口时
锅里的饭菜已飘出香气

遥远的夜

白河在远处移动
风在树叶上休息
一天的灰尘正在下沉

这是多年前的夜晚
娘在井边洗衣
父亲把石灰过滤成水

那个夜晚
劳累一天的人们已经入睡
田里的庄稼正接受露水的滋润

那个夜晚
天上的月光穿过云层
似乎要走好远的路

秋　天

一想起秋天
就有无数的叶子落下去
一想起父母
就有无数的泪水爬上来

但我不敢放声大哭
父亲已逝去多年
母亲正在一张空床边打盹

我想出门走走
让风来处理我纠结的心情
风只是吹凉了我的身体
却不给我答案

月上中秋

村庄变了
楼房高了，路平坦了
彩电、冰箱、燃气灶、自来水
还有老人和孩子
这些事物大部分时间是凉的

中秋到了
老人们又一次来到村头
收割后的田野再无遮拦之物
一条水泥路明晃晃的
像泄漏的月光

娘也在其中
在看不见的地方
大半年的工钱还捏在包工头手里
二哥来过电话了
正在高速公路上砌一面护坡

大头钉的回忆

灰扑扑的土砖房
怎么也扫不完的灰
春天的阴雨连着寒夜
我们从集市上买回明星画
用大头钉钉在墙上
那时道路泥泞，屋檐上结着冰柱
夜里的风一遍遍吹着纸糊的窗牖
吹着发烫的身体
白天，明星们在墙上对着我们笑
夜里，大头钉在头上闪着光
后来，有人进了县城，有人走得更远
有人在村里建起了高高的楼房
没有人再买过明星画
后来，回忆有了自己的名字
我们叫它：图钉

大约在冬季

清早起来
屋背上，田野上，山坡上结霜了
十个手指，冻得像插在竹筒里的红筷子
开饭的时候到了，院子里的人聚在一起
碗里的红薯冒着烫嘴的热气
那时的人言语不多，衣衫单薄；太阳很红

与风有关

风大，摇晃
风小，摇曳
也有这样的时候，无风的日子
真不知道把自己往哪儿放

有时，你一个眼神
风就来了，水面的波纹蛛网一样
也有夜深的时候还没有睡去
感觉不到风；抽出的烟没地方去
直往眼里灌

人多的地方，风急
有时吹动云，有时吹来雨
语言能开出鲜花，也长出荆棘
有时，一个词语就是一个冰窟窿
很多人在一起，突然变得沉默
一定是树上的叶子都落光了

睡前书

把手伸向奥维德的《变形记》
外国的神名字那么长，那么陌生
向左移向米切尔的《飘》
发现上下册变成了下下册
此时，一定有一个人和我一样苦笑
打开乔伊斯的《尤利西斯》
一抬头就看见勃克·穆利根出现在楼梯口
手里托着一钵冒泡的肥皂水
每次都这样，从来没有耐心把它读完
最后挑了一本薄薄的诗集走进卧室
上床后，又换成了罗素的《西方哲学史》
夜里的白炽灯，像位哲人
一眼就看出我的困顿，是的
现在我只要一个好好的睡眠

夜幕降临

下午的阳光
一地金黄
风在山后的小路上徘徊

也是这样的时节
我与二哥挑着鲜鱼
翻山越岭去找买主
肩上的担子脚下的路
让西沉的太阳倍感疲惫

真的，走不动了
火车"呜"的一声
往南开去……
天色渐暗
再往前走一点
就是春节

西边的太阳就要落山了

我望着对门那个院子
那个夏天的人们去了哪里
西边的太阳就要落山了

我望着一望无际的田野
劳作的父亲还没有回来
西边的太阳就要落山了

我望着东边的桃林
去年的人面去了哪里
西边的太阳就要落山了

我望着门前的沟渠
水声已消失多年
西边的太阳就要落山了

我望着城里的天空
天上的云彩那么美丽
地上的人群多么拥挤
西边的太阳就要落山了

我望着乡下的母亲
村庄、孩子和老人
远方的儿女还没有回来
西边的太阳就要落山了

我望着回乡的路
城里的高楼密密麻麻挡住了视线
外出打工的老哥哥还在路上
西边的太阳就要落山了

我望着远来的风
网上的儿子反穿青春沉迷于游戏
反锁的房门还没有开
西边的太阳就要落山了

第五辑　又一次听到火车叫了

南岳之秋

南岳的秋天
绿加深了绿的颜色
天空趁机变蓝，空气变薄
风，轻松地解放了自己

秋天来南岳
是件很惬意的事
即使头一回来也不会迷路
顺着诵经声一直往上走
在祝融峰上有可能采到云朵
捉住夜里溜出来的星星

林中野兔穿过
獐与麂腾挪犹如闪电
初次的相遇都这样
听到扑朴的声响
不必惊慌
那是熟睡的松果掉到了地上
风吹不动，鸟鸣不醒
一副人世安稳的样子

秋天的南岳
也有让你百思不解的事
从紫盖峰上下来的水
走着走着，突然会飞
低处的流水依然那样执着
用自己反复冲洗怀里的石头
像是从磨镜台学来的手艺

太阳出来，就是我想你的样子

仿佛就在眼前
依然是遥不可及
你笑起来的样子
一如满天朝霞

想你，是件美妙的事
好像一个人走远
又从远处归来

看阳光穿透云雾
想着你在，而不是消失
就像太阳出来
一天就这么开始

登 高

夜里往祝融峰走去
风摇动一山的草木
也摇曳山上的路

天空黑得像一个人的梦境
沿途的帐篷里
是一些叽叽嘎嘎的学生
她们在这里筑巢
多少让人有点担心

一直往上走
风越吹越凉越吹越辽阔
几盏路灯
被吹得有点薄了

祝融峰上山门紧闭
而神仙内心灯火通明
我不敢妄自猜测

夜宿祝融峰

只是为了看一场日出
迎取人生又一个早晨

寻找黄菊花

秋天，南岳的路是婉转形的
乘车，向西北角方向行进
隔着车窗玻璃，我不知道
是怎样一种心情

贵妃凰山谷的菊花已开成阳光的样子
村庄的房子是新的，新得有几分洋气
老人们在门前晒着太阳；间或地几声鸟鸣
伴着悠长的乡音，又亮又脆

菊花中的女子
衣袂飘飞，体态轻盈
仿佛记忆中的蝴蝶穿过梦境
我沉默不语，像一个理屈词穷的人

想起八十多岁的母亲
一直生活在乡下
她黄金般的内心
有菊花一样的辛辣和苦味
也曾有过清香四溢的美丽和青春

可我母亲不姓黄
也不叫菊花

在藏经殿

有人拜佛祈福
有人捐献功德
在藏经殿门前留一张合影

秋天，被风吹过的地方
开出的花；各有各的香味
枝头的果子红了；是苦是甜我没有去问

白云飘向山顶
石头滚落悬崖
藏经阁的经书我来不及细读

整座南岳像一个明亮的比喻
一山的草木都在诉说
那看不见的生死轮回与因果关系

印象南岳

越往上走越冷
不得不带上人间的棉衣
风把树吹弯
也能把人吹矮

有时雾出来拦住去路
此时正好累了
干脆停下来

上山的路又高又陡
要躲避雨雪天气
也要注意脚下的悬崖

上天堂
下人间一样的艰辛

回头看时
佛在天上，我在人间
南岳已转身回山

南岳的蓝

天蓝
水蓝
蓝色的树上
挂着蓝色的鸟鸣

通向山顶的路
蜿蜒曲折
而行进中的盘旋
给我们带来眩晕的蓝
仿佛一种原始的力

下山途中
我们在林间高声喧哗
好像有意要惊动什么
而山谷传来的回音
还是蓝

祝融峰上看日出

为了看日出
我们必须先接受黑暗

凌晨三点的风
反复揪住我的头发
提醒我不要睡去

倏忽之间，云开雾散
好像是谁按下了光明的开关

在福严寺，听大岳法师讲签

斋饭过后
禅房的茶水和炭火已普度到一个温度
俗人和高僧围坐，攀谈明天的运程。
上上签。"当然是好签。"
中签。"也是。"
下下签呢？大岳法师接着说
"比如前方在修路，那里立了个牌子"
来和去，天地辽阔；满山的草木都在风中

初　见

灰白的头发，灰白的衣服
像由来已久的相识
你的笑容从未见过

大堂上的暖空气静静地吹
谈起诗歌，就像春回大地
门外的北风嚼着时光的枯草
心与心相见，竟如此华丽

画屏上红梅热情似火
几只迎春鸟站立枝头
像一架静候的客机

叶宏奇、王威、冷燕虎和我
——握手，问好
初次相见，没有言外之意

从现代文学馆出来的齐老师

一顶鸭舌帽压住了你的头
一副白玻璃眼镜压住了你的脸
唱歌的时候，你的身子突然暴长三尺
仿佛身体里的骨头集体站了起来
眼下是冬天，即使穿上厚厚的衣服
你也显得特别的瘦，不说话时
只剩下一身，沉默的骨头

致一棵千年银杏树

风吹过，霜打过，雪压过
被雷电击中过……

天上的云彩不是你的
山下的房屋也不是

鸟在你头上做窝
虫儿来吃你的叶子

你是银杏
把根深深地扎进大地

这世上，没有别的名字
让你活得更久

一只蓝色的蝴蝶

有蝴蝶的日子，山水动了
有你的人群，时光慢了
你扇动翅膀
带来暖色的空气和风

你越飞越高，越飞越远
在有雾的早上出现，又在有雾的早晨消失
远方有一片天空晴了；你发来消息
在某个小镇，或者山村

像一片初雪

你，白色的夹克
像一片初雪
你是北方天空的孩子

在南岳的山中移动
身上的牛仔裤一下子蓝了
这意想不到的蓝

让这个冬天的一片雪花
成为远方的来客

祝融峰上有雾

山中有雾
雾中有山
我从本地来
如在异域现身

千米高峰之上
好多的人
走着走着就不见了
不是被仙人邀请
就是被雾卷走

那一天
雾跟我们玩了一场游戏
下午五点
走散的人群陆续回来
脸上多了一份神秘

下山的时候
我们同乘一台车
大家有说有笑
谁也不提雾中的事

紫玉兰

乍暖还寒的天气，紫玉兰开了
赤裸裸，粉嘟嘟；顾不得叶子还没有长好
一树花朵，像一幅热烈的油画

三月的一个午后
你坐在紫玉兰树下看花
我看看远处的阳光，又看看你

不知什么时候
那个下午，竟成了过往
美好的事物注定是一段念想
花也知道；你的存在
只是我生活里一个比喻

你走后，紫玉兰在三月凋落
樱花盛开的日子，我只是来这里坐坐
在长满新叶的玉兰树下

樱 花

樱花盛妍，人间四月
天似穹庐，远山静伏。近处的草木
散发出，雨后的凉爽与晶莹

站在树下小憩，或穿行于樱花之间
清风徐来，轻柔有如素手
让人有一种远离尘嚣之轻
又有一种靠近人世之暖

我眼里的樱花
从来就不是一个陌生的女子
今天你没有来，阳光像一面虚拟的镜子
远处的樱花，从山腰一直开到山顶
像你，踮起脚尖喊我的名字

游湘潭盘龙千鸟湖

近处，是两只鸳鸯
像一双好看的毛线鞋
穿在我温暖的想象里
导游说是野鸭
我不相信

投入湖中的石头
溅起一些语言的水花
我的想法像水；固执、温柔
完美无缺

远处，一只白天鹅
仿佛天上遗落的白鞋
让人想起完美的爱情
至今还打着赤脚

正是玉兰花香时

雨后的庭院，明亮，干净
天上的云彩有微凉的感觉
清晨出来散步，带着零的心情
接受五月的辽阔

也许人世间的事，原本就该这样
把房屋建在低处，让山峦静默如初
道路四通八达，让口渴的人
顺着河流，找到他的好邻居
人间是一间宽敞的房子，让亲人进来
让爱住进爱情，让美好一词完好无损

玉兰花里住着天堂般的少年
花儿并蒂，飞鸟成双结对
寂静的香，飘出人间仙境的味道

不羡慕树上的传说
我爱头上的天空，脚下的土地
只想在一张安静的书桌上，放上一杯清水
再插上一支玫瑰

月光曲

看到的是光
落下来却是水
流水似的女人
瀑布般的爱

太阳从你脸上升起
照亮每一个清晨
夜晚没有高楼
只有一轮高高的月亮

为了看你一眼
我不得不
把整个天空照得如同白昼

南湖夜色

入夜以后
树上的灯光变得轻柔
仿佛一树情话，整夜不熄

沿着湖堤漫步
满天的星光在天上闪耀
其中一颗，似乎懂我
我想一下，她就亮一些

这样的回应，就像风起
我知道，你也没有睡
此时，湖水拍打着堤岸
让我渐渐地有了感觉
像爱找到了爱的枕头

神游铁山水库

6.2 万亩乡愁
6.35 亿立方的梦
叶落无声，湖水明净
秋天，万物都在相思

147 座岛屿
每一座都是你的梦里水乡
3 条小河，1268 条冲叉
是我想你的理由

月白风清的夜晚
最怕一个人湖上泛舟
你不在身边的日子
平静的水面静静地起皱

大雪封山的时候
我一再抬高水温
那热气蒸腾的爱
与烟山雾海的幻境
成为这个冬天

一道瑰丽的风景

春天，我会涨潮
320公里的湖岸线，也拦不住
溢洪道，一条情感狂奔的路
通向你，春暖花开的原野

在相思山上

夜深以后
绵延十余里的山峰已经入睡
有高有低，像我梦里的起伏

相思峰，我最嘹亮的一句梦话
早上，去公园走走
登上梦中的高峰

好想在这里建一个发射基地
夜里放飞星星，白日
发射玫瑰

刘备洞

三支人马离场
这里多了一个洞
昨天的遗憾
成了今日的风景

京广铁路，京珠高速，三荷机场
去武陵，回荆州都快
一部《三国》反复播放
填补饭后之余的空闲

丝茅泉涌，瀑布不竭
石刻和鞋印还在
路是新路，人是新人

风过洞口
依稀听到：长江之水
从时光隧道传来的回音

其实不想走

城是小城，家是小家
在一个地方住得久了
生活就成了小小的恋人

十里县城
常去的地方不过二三里
鼎山、玉合山四季常青
广场上歌声绵延不断

再往南走一点就是黄花公园了
人多的地方我很少去
喜欢那里的人都是本地居民

亲爱的，车还没来
云还没动，就开始想你了
爱情是一粒含在嘴里舍不得融化的糖

回头看看鼎山，玉合山
南边的公园，头上的天空那么小
抬头低头之间，是你一头秀发的脸

动车就要开了
我有两张票，一张是离开
一张是归来。每一次都这样
为了爱，我把家乡和远方
离别与思念，装进同一只口袋

美 德

提前半小时进站
戴上口罩，不喧哗

高铁一闪而过
如同梦穿越现实的原野

下车，寻找出口
在空旷的地方，扯下口罩
点上一支烟

天地辽阔
一再原谅我，吞下焦油
吐出烟雾

洞庭之我

落霞携孤鹜远飞
秋水共长天永恒

有一种莫名的焦虑
我无法确定

湖上往来的船只
远山一带的森林
没有人能告诉我

洞庭湖有 2600 平方公里的现实
也有 800 里形容的弦外之音
而我只能从有限的水上漂过

午后游洞庭
傍晚上岸，涛声昼夜不熄
还在默诵那篇烟波浩渺的散文

诗意洞庭

一白衣女子
飘然而至
双手捧着一捧果皮
用一张白色纸巾包好

果皮箱在哪
丢湖里吧
女子执意不肯
扬起的笑
仿佛水洗的浪花
雨后的白云

谁家的女子
如此美丽
眼前的一幕
久久不熄

傍晚
霞光褪尽
飞鸟归林

整个洞庭湖
还在回味

散　步

2020 年，11 月 6 日
荣湖酒店门外的夜色
有一种
初来乍到的凉意

我们去空气更新鲜
灯光更明亮的地方吧
两位本地女子的热情
吹出盛情难却的风

不假思索的跟随
让这个夜晚更加轻柔
走着，走着
路，就到了尽头

我突然想起
这是今年秋天
最后一个夜晚

在黄沙街镇

跟我说话的副镇长是位年轻人
五十栋新楼在听
归来荷塘月色，出门旭日东升
喜欢这样地早出晚归

早上吃过水饺
阳光晒在身上暖烘烘的
谁也不提立冬的事
立冬只是日历上的一个路牌
从新墙河来黄沙街镇
仿佛穿过前人的记忆

走进一家小院
楼上楼下两层，千余平方米
摆放着新时代的家私
南北窗户明亮，有风
空气里多负氧离子，喝多了会醉

奶奶在门口招待客人
爷爷在后院给果树整枝

儿子和儿媳去了工地
孙儿趴在茶几上做着星期天的作业

日子被富足的喜悦与宁静笼罩
我看到了，但没有说
出来时，桂花树和香樟
被金色的阳光染上花粉，像另一种欣喜
安静的香气，来自幸福的女人

屋顶咖啡色，或天蓝色
像常年生长的梦；脚下的路
铺着特色社会主义的沥青

临别时，村庄动了动，风也依依不舍
十一月的阳光，是自己的阳光
照亮黄沙街镇的山水，也照着
我的家乡

洞庭春

4000 亩茶园还在漫延
坐在山岗上，仿佛置身万顷碧波
洞庭湖的水从黄土地里走来
同我一起，晒着冬日的暖阳

山坡上，结实的中年妇女
高举锄头，收获秋后的红薯
蓝天把天空收拾明净
几朵白云，在那里缓缓移动
仿佛天外来客

粉墙，碧瓦；村舍，池塘
风物如诗，静默生长
我也不说话，摘几片嫩叶放在嘴里
当我轻轻地嚼，就像咬开了春天的核
唇齿生风，满口流香

离别是痛苦的，我只能假装
其实我的想法很美；把你接来
在此采茶牧云；有时看书，有时看你

参观新墙河抗日纪念馆

走进纪念馆
看见 1938 年的铁蹄、刺刀挑着硝烟
无辜的白骨，坍塌的房屋，破碎的山河
成群的英雄和猛士，冒着枪林弹雨出去
提着敌人的头颅回来；来不及回来的
在战火中开成了花

意志，是埋葬敌人的最好武器
灵魂，杜鹃花一样洒满山河
一座纪念馆，一首壮美的诗
一群无畏的人，一个民族的屋脊

从回忆和缅怀里抬起头来
沿着风景秀丽的麻布山走
走着，走着，就走进了今天
团结，友爱，四同
阳光下，这规划中的美好
摆脱了阴影的桎梏

夜宿张谷英古宅大院

入夜以后，顺着溪流
你会找到这里，找到水里的灯光

有风从街巷吹过
有人喝茶聊天，有人卡拉 OK
几个顽皮的小孩坐在门墩上玩游戏
一会就不见了，仿佛天上倏忽的星星

最温暖的是孝廉家风传承馆
一群不老的孩子
抱着诗歌，抱住词语里的春天
在梦与远方之间，忘我地歌唱

大院整夜敞开，灯火熄灭之后
卧室的门轻轻地合上。风在树梢上行走
群山模糊了界限。张谷英古宅大院
在无边的夜色里，像一个露天秘密

如果不是我想你

五月的风为何吹得这样急
麦浪起伏，像一种暗示
我依然想象不出你现在的样子

这样的日子
什么都在动，飞鸟在风中盘旋
流云躲进了雨幕，我该去哪里找你
远行的行囊还没有打好
园里的樱花飘落如絮

没有人看出我要走
五月的风一遍遍吹我
只有雨水如鼓，相思如雾

又一次听到火车叫了

土砖房拆除，新房盖成高楼
门前的道路硬化，摸上平整的水泥
纸糊的窗换成铝合金，装上玻璃

可以抵挡凛冽的风，厚厚的雪，暴降的雨
阳光直接进屋，照在母亲身上
父亲不在了，母亲已满头白发
我不在身边的日子，母亲坐着坐着
就睡了；阳光温暖，是她最孝顺的儿女

心情好的时候，天气也好
春日明丽，秋阳舒爽，村庄像一个睡眠充足的年轻人
母亲在路上走，没有目的，只是看看
道路平整，像我中年的双手
我一次次热泪盈眶地相信；人间的恩情
与闲淡的时光一起长寿

又一次听到火车叫了
那些南来北往的人，心里的想法五颜六色
身后是荒芜的田野，空空的村庄

池塘边的柚子树，一年四季郁郁葱葱
秋天，树上的果子就要熟了，又一次想起
天上的飞鸟，地上的孩子，路上的行人

冬天，大片的树木落下叶子，它绿着
因为绿变得孤独，因为孤独陷入沉默
因为沉默，听得见夜里星星的叹息
无人采摘的果子落向大地，坠入池塘的声响

昨夜的风刮了一夜，母亲睡得好吗
不要在电话那头站得太久，太多的问候令人麻木
从县城南行六里又六里，现在我要回去
你也来吧，为那棵柚子树松松土，浇浇水
让隔墙的春天听见；树下人声鼎沸，锅里热气腾腾

XIN LING DE
HU HUAN

心灵的
呼唤

白 土——

著

团结出版社
UNITY PRESS

图书在版编目（ＣＩＰ）数据

心灵的呼唤 / 白土著 . -- 北京 : 团结出版社，
2023.5
　（新视点文集）
　ISBN 978-7-5126-9393-7

　Ⅰ . ①心… Ⅱ . ①白… Ⅲ . ①诗集－中国－当代
Ⅳ . ① I227

中国版本图书馆 CIP 数据核字（2022）第 072106 号

出　版：团结出版社
　　　　（北京市东城区东皇城根南街 84 号　邮编：100006）
电　话：（010）65228880　65244790（出版社）
　　　　（010）65238766　85113874　65133603（发行部）
　　　　（010）65133603（邮购）
网　址：http://www.tjpress.com
E－mai：zb65244790@vip.163.com
　　　　tjcbsfxb@163.com（发行部邮购）
经　销：全国新华书店
印　装：三河市华东印刷有限公司

开　本：145mm×210mm　　　32 开
印　张：61.125
字　数：1265 千字
版　次：2023 年 5 月　　第 1 版
印　次：2023 年 9 月　　第 1 次印刷

书　号：978-7-5126-9393-7
总定价：400.00 元（全七册）

目　录

◎情　怀

新视点文集

◎往　事

◎呼　唤

新视点文集

情 怀

一次次地寻求
一次次的失败
在无助的路上奔跑
总想寻找
一种心灵的慰藉

致朋友

昨天的风
带着悔恨
已悄然离去
昨天的太阳
把喜悦
珍藏在岁月里

岁月里
有春夏秋冬
朋友
是让悔恨的风吹来
还是让希望的太阳升起

1991.11.20

被遗忘的稻穗

在田埂上
有一蔸禾
低垂着头
金灿灿的

早已不是
收割的季节
等待它的
是寒风，细雨
它将带着失望
跌落在寂寞的田间里

1991.11.22

我的鱼，我的白鹭

到河边去
河边有我的希望
鱼儿在水中嬉戏
白鹭在沙滩上行走
我多么渴望
抓到一条鱼
我多么渴望
捉到一只可爱的白鹭

经过无数次的努力
终因没有捕猎的工具
一条鱼也没有抓到
一只白鹭也没有捉到

1991.11.25

梦中生日

不知道走过了多长的路
也不知道翻过了多少个的山头
不知道，不知道我的童年
消失在哪一个脚印
不知道，不知道我的少年
又消失在哪一个山头

不知道岁月流过了多久
天地间
多了一个三十岁的我

三十岁的我
回首往事
恰似江河中
一朵小小的浪花

1991.12.21

我与诗

我们相识
已有十年
这个时候
不知道
你会不会给我希望

这个时候
我向你表白
我的心中
始终燃烧着一团火焰

假如
你说
还要等待
我也不会放弃
对你的追求

1992.1.25

雨中的伞

撑起
一个宁静的世界
外面的世界
多么纷扰
让我们珍惜
这宁静的世界
把悄悄地话儿
说够

1992.3.5

生之短

在这一个时间里
有许多的鲜花
绽放
可惜
我还没有
——弄清
弄明白
哪一朵
花好
哪一朵花
值得我爱
却都早已凋谢了

1992.3.17

春 耕

早已不是冬季
却还有一股寒意

在田野里
一声吆喝
把犁辕上的灰尘
震落
一双轻快的脚步
把希望一路
点播

1992.4.1

护堤石

你虽然蒙上一层泥垢

失去了光彩

但

心中的信念

一样纯洁

一样执着

一年

十年

甚至上百年

护住脆弱的心灵

1992.4.15

航标灯（一）

难言的苦涩
只有江水知道
可惜
江水毫无表情地流去

难言的悲伤
在心中
已有许多年
可惜
擦身而过的风雨
并不知道

1992.4.17

航标灯（二）

不知奉献了多少
只有风霜雪雨知道
默默期待着什么
只有潮涨潮落的回答

白天
以一颗坦荡的胸怀
告诉人们路在何方
黑夜
以一颗炽热的心怀
照亮着夜归的人

2001.4.13

端午节

小时候
就有一条龙舟
在我心灵的河面上
划着

在悠悠的长河中
从不曾有过停息

潮落
没有寻着
潮涨
没有寻着

只好
留到明年
明年的这个时候

1992.6.6

致老师

在方格里
总有
你写不完的语言
记不清
擦了多少次
写了多少回
只有
头上
银白色的粉尘
知道

1992.9.8

稻 浪

风
像一双粗糙的手
把一个黄色的面团
搓揉

再不为希望
担心
收割的日子
不会太长

1992.10.3

信

别把那一扇
紧闭的门
掀开
那里面
有我绯红的脸
过了那座山
或者过了那条河
至少也要让我转过身去
你再去轻轻开启

千万不要大声叫喊
如果你愿意的话
让我们默默地
把爱的摇篮
编织

1993.2.25

追　求

走
无须告诉沙滩
要把我们的脚印
留下

走
无须嘱咐沙滩
记下我们的欢乐
我们的忧愁

走
向着太阳走
让自己去告诉后人吧
无论在什么地方
无论在什么时候

我们
从未停止过前进
从未放弃过追求

1993.5.16

李子树

还来不及卸下冬装
枝条上早已挂满了嫩叶
一片片嫩叶
送来了久违的笑容

昨日的丰收
已不是今天的骄傲
光溜溜的枝条上
什么也没有留下

没有什么可怕
希望总是挂满枝头
偶尔有寒风和冰雹
希望也不会破灭

2003.3.4

人生咏歌

落花知时节，泥土盼春归。
丛林草木深，路绝人烟少。
漫步孩时路，不见人语声。
凉风拂我脸，已是泪涟涟。

红日照青苔，青苔留我影。
抬头问苍穹，人生有几何？
吱的一声响，飞起一只鸟。
盘旋几分钟，没入彩云里。

2004.12.8

咏长沙

一峰立江边，观看满城色
江水日夜流，浪花似佳音
沙滩飞白鹭，彩虹阻路程
色泽极目远，音波传千里

夜晚观星河，星河满是星；
星河落星城，星城不夜天。
火龙任驰骋，点燃路边灯。

行人悠闲在，商店笑语声。
月光临高楼，高楼似云梯。
不敢高声语，恐惊天上人。
风光如此好，须是晴天日。

2005.2.7

人 生

一个多雨的季节
一个多情的春天
去湿润干裂的大地
去播下希望的种子

我们期待着希望
我们期待着收获
我们也曾失败过
我们也曾彷徨过
面对人生
我们从无放弃过

2006.2.28

一个纯洁的世界

来吧
来吧
飘舞的白雪
你用洁白的身躯
埋葬尘世中的一切
留给我们的
是一个纯洁的世界

虽然寒冷
我们颤抖着
但我们充满了激情
去拥抱一个美好的明天

2006.2.28

建造者

江水阔

桥如虹

一任双手揽风流

影无踪

荒凉地

立高楼

万家灯火人已去

人难留

2006.11.8

泉　水

泉水流

泉水长

一流流到灶池旁

盛一碗

喝一口

暖心房

2006.11.17

情　结

雨茫茫
雾蒙蒙
心内暗彷徨
路途在何方？

花已谢
情已落
只有淅淅雨
远处相思啼

2006.11.22

秋 叶

拾起一片秋叶
滴落一串相思泪
昨夜的风
昨夜的雨
将我的心儿揉碎
心儿痛
心儿碎

拾起一片秋叶
滴落一串相思泪
昨夜的风
昨夜的雨
将我的心儿揉碎
情已去
情已落

2006.11.2

雪

你悄悄地来
又悄悄地走
没留下什么
什么也没有留下

你悄悄地来
又悄悄地走
没留下什么
什么也没有留下

只有湿润的大地
只有流淌着的水

2007.1.12

汗 水

栽下的树苗
不一定都是
郁郁葱葱
撒下的种子
不一定都是
硕果累累

有枯死的树苗
有干瘪的果实
只要是真情付出
就无怨无悔

2007.1.16

母 校

祖先们砌筑的文字塔
我一步、一步地攀登
似乎很近了
我却总也到不了
最后的终点

一道、一道的方程式
犹如冲刺的跑道
我奔跑着
却总也看不到
最后的终止线

2007.1.22

人世间

云遮日
雨遮日
阴晴圆缺
古难全

生茫茫
死茫茫
悲欢离合
情难忘

月光流
流星坠
苍穹不老
人难留

古难全

情难忘
人难留

2007.2.7

幼儿园

一棵棵幼苗
用温暖的双手
培植
用呵护的汗水
浇灌

看不见
收获的季节
看不见
硕果累累的时候
不要埋怨
门前的桂花树
也一样飘香

2007.2.10

参天大树

我也是一棵参天大树
生长在寂寞的山岗上
没有鲜花的陪伴
只有爬满的荆棘

风
不知道吹过了多少年
我在风中坚定着我的信念
一年，两年……
有如我身上的年轮

雨
不知道飘过了多少年
我在雨中始终执着地追求
一年，两年……
有如我葱绿的枝叶

2007.4.1

山 花

开在山岗上的花朵
没有人去欣赏
也没有人去采撷
在风中摇曳
在阳光中哀薇
一年又一年
在不知不觉中绽放
在不知不觉中飘落

没有人知道它的鲜艳
也没有人知道它的名字
它仍然执着
一样地装扮山林
它的芬芳
弥漫了山岗

2007.5.6

相信明天

上高山
莫道前途多荆棘
红日峰上过
溪水山下流

踏波浪
莫道前途多险滩
日似江水流
浪花水上留

2007.5.14

无 言

日头出
日头落
从东走到西
多少汗
多少泪
尽在不言光辉里

明月升
明月落
从东走到西
多少情
多少爱
尽在逝去月光中

2007.5.14

伙 伴

朋友
我们有很多年未曾见面
是否
还记得我们当初的情谊

花落还有花开时
星辰的消失
还有东边的日出
难道
我们就没有握手的时候

朋友
我们有很多年未曾见面
是否
还记得我们当初的情谊

人世间
没有我们跨不过的坎坷

没有我们越不过沟壑
难道
我们从此就没有理解的问候

2007.5.22

一片真情

我总想对你表白
话到嘴边
又无从说起
只有两行滴落的眼泪

那山，那水
我多么熟悉
你的关爱
时常在我脑海中涌现

愿南来的风送来祥云
北去的风从此消失
在祥和的彩云里
让我们再续情缘

2007.6.1

明天会怎样

要不了多久
我们将步入年老
鬓角
将披满银霜

生命有如流星
流星的坠落
天边
还会留下一道彩虹

人
如果没有太多
太多的回忆
就不会有一道亮丽的风景

2007.6.10

小 河

悠悠
悠悠
没有烦恼
没有忧愁
自由自在地
流淌

来自于山巅
来自于山脚
没有尊卑
没有大小

汇入大河
汇入大海
同唱一首
永不落的歌

2008.3.28

溪　流

山涧一溪流
流了多少年
落叶水上漂
风从水上过

流过小草旁
小草无言语
流过石头旁
石头无言语

日复一日
年复一年
一任向前流

2008.10.16

路

一步、二步
……、……
从春走到夏
从秋走到冬
有谁能记得
走过的路程
又有谁能算出
一生中走过的路
纵横交错
永远没有一尽头

在风雨中行走
在酷暑中行走
在冰天雪地中行走
也曾摔过跟头
但心中的信念

却从未改变
征途上留下的脚印
永远向前

2008.10.20

你是一颗星，我是一颗星

你是一颗星，我是一颗星
相隔几千年
悬挂在苍穹
同怀一个理想
照亮在夜空

你是一颗星，我是一颗星
你在东，我在西
相隔几万里
同耀一方土
同耀一方人

你是一颗星，我是一颗星
你伟大，我渺小
融融的月光里
有你也有我

2008.11.7

左右为难

我有很多的话
想对你说
又羞于启口
用书信
又恐时间太久
用手机
在旷野里
又怕风儿传得太远
用电话
又怕你按免提

2008.11.18

铜官窑^①（一）

要说芬芳
没有一点芬芳
却能香飘千万里

要说美丽
没有一点美丽
历史却把它珍藏

一片片的瓦砾
引来无数的蜂蝶
在那里
飞来飞去

2008.11.22

注：①位于望城区铜官镇。

铜官窑（二）

很久

很久

盼了很久

也等了很久

涛声

湮没了远去的岁月

海水

淹没了远古的思念

只有那

江边的一龙窑火①

燃烧了很久，很久

从不曾停息

2015.6.10

注：①窑的形状像龙一样，俗称龙窑。

铜官窑（三）

哪一滴水，是湘江的水
哪一滴水，是南洋的水
哪一滴水，是那时的水
哪一滴水，是昨日的水
只知道
湘江岸边
有一个古老的铜官

哪一块地是那时的地
哪一棵树是那时的树
哪一条路是那时的路
哪一片沙滩是那时的沙滩
只知道
江面上有一艘船
在徐徐启航

2016.4.1

攀 登

我今生
如果没有登上峰顶
我也不会后悔
征途上
至少也留下我的足迹
那一行行的脚印
滴落了我许多的汗水

如果
我在半山腰
不幸夭折
请你不要悲伤
拾起
我探路的拐杖
继续攀登
我留下的脚印

至少
还可以做你的向导

2008.12.2

菊　花

四五级北风
呼呼地吹
旷野的黄菊
怎经得起
这北风的蹂躏
怎经得起
这风霜的侵袭

风越来越大
霜越来越重
花瓣
你不要落
花蕊
你不要摇

我用我温暖的双手
捧起你娇嫩的花朵

2008.12.4

遗 憾

我不想留下
太多，太多的遗憾
正如
春天里飘下的黄叶
夏天里干枯的幼苗
秋天里干瘪的果实
冬天里拆断的树枝

又有什么办法呢？
要落下的还是会落下
我不能阻挡春风
要枯了的还是会枯竭
我不能阻挡炎炎的太阳
要瘪了的还是会干瘪
我不能阻挡万物的生长

要衰落的还是会衰落
我不能阻挡季节的变换

我只想不留下
太多，太多的遗憾

2008.12.4

网

让我们撒一张无形的网
把天下酸甜苦辣
一一分拣

我们收网
小心翼翼地拉住
让眼泪随水流走
让痛苦从网中消失
让哀愁随风飘散
让笑容留住
让欢乐停留
让希望不在虚有

2008.12.10

枯 叶

我的头上飘落着
一片枯叶
在风中慢慢地坠落
最后还是落到
这尘世纷扰的大地上

我的心微微颤抖
我也不是从一片嫩叶
在滚滚而来的红尘中
染变成一片苍绿
直到枯黄
最后离开留恋的枝头

2008.12.20

相　册

一生没能走出相册
从童年到暮年
走过了几十年
仅隔了几页

童年的笑容
没有改变
只不过是
春夏秋冬
隔了变换的季节
白天黑夜
隔了几个时辰
我们已变了模样

还有多少不愿

还有多少不舍
都在吹来的风中

2008.12.22

春 鸟

开花时节
嫩叶上枝头
唯见春风吹

独上枝头
放开歌喉
摇落满春晖

2009.3.1

春风，春雨

新视点文集

春风，你在吹
春雨，你在飘
是谁把嫩叶送上枝头
是你，春风和春雨

春风，你在吹
春雨，你在飘
是谁把鸟语花香洒向寰宇
是你，春风和春雨

春风，你在吹
春雨，你在飘
是谁把希望一路歌唱
是你，春风和春雨

2009.3.30

莫负春光

春天有多远
看枝繁叶茂
鸟语花香
春天有多久
看收割的季节
硕果累累的时候

我们沐浴着春光
我们在春风里荡漾
我们在春晖里翱翔

莫负春光
莫负春光

2009.4.1

沙滩（一）

时间的波浪
一次又一次的轻吻
淹没了童年的贝壳
却难抹平岁月的坎坷

那一道道的吻痕
仿佛是岁月的脚步
待到涨潮时
一切又归于平静
只有
天空中
飞翔的一群白鹭

2009.4.2

沙滩（二）

我挣扎了很久
也困惑了很久
没有人知道
也没有人理解
只有南来北去的水
带走我许多的哀愁

我知道
当远去的水
带走我无数次的期盼
给我的时间
不是很多
那飘来的白雪
又将我覆盖
但我感到很欣慰

至少
我不会影响船舶的航行

2015.9.3

如　果

如果把我看成是一朵花朵
我会像鲜花一样盛开
如果把我看成是一棵幼苗
我会像大树一样蓬勃生长
如果把我看成是一条江河
我会像大海一样汹涌澎湃
如果把我看成是一只鸟
我会像雄鹰一样展翅飞翔

也许我没有鲜花的娇艳
也许我不会成为参天大树
也许我没有大海的壮阔
也许我没有雄鹰的翅膀

也许我什么也不是
我也不后悔

我会像一棵小草
在溪流旁
小径边生长

2009.5.12

黄 莺

飞上枝头
叫三声
谁识我是黄莺

弹却羽毛
飘落空中
归向何处

一声哀怨
落入
心灵最深处

2009.5.18

我是一片小小的树叶

我是一片小小的树叶
总想把蓝天来装扮
我也知道
在这绿色的世界里
少了我这一片
也无关紧要

也许
我会像枯叶一样飘落
也许
我在树林的深处
长久地停留
我也无悔
我曾经将生命绽放
在天空中摇曳了
一段难忘的时光

2009.6.1

心中总有那么多的不舍

走
还是不走
心中总有那么多的不舍
总想把时光留住
却又无从抓到手
只有秋来的白霜
还有冬来的冰凌

走
还是不走
心中总有那么多的不舍
总想把希望留住
却又无从抓到手
只有迷茫的天空
飘来飘去的白云

2009.7.26

路 灯

不知道
有多少个夜晚
你睁着一双疲惫的眼睛
把世界看得清清楚楚
或喜
或悲
尽收眼底

你不善于言语
也不善于表达
风说你无情
雨说你无语
只有
飘来的白雪
似乎留恋你
与你握手道别

2009.8.12

绿 叶

其实
你很辛劳
把绿色给了蓝天
给了大地
自己却在一天天中
褪色
直到枯竭

其实
你也不用后悔
离开枝头
在风中
经过长途的跋涉
情归故土

2009.8.14

寄

昨天
已成往昔
今天已是烟尘弥漫
明天
又是梦的希望
愿生活的每一天
多一些快乐
少一些忧伤

去年
已成为历史
今年
正在满负行走
明年
在憧憬中走来
愿人生的路上

多一些宽畅
少一些曲折

2009.11.18

月亮岛①

你是

一艘搁浅很多年的小船

任风雨来吹打

任岁月来侵扰

你又像一轮弯月

镶嵌在江中

任江风来呼唤

任江水来轻抚

一年又一年

江风习习

江水流淌

唯独

不见你的佳期

你啊

是否

注：①位于望城区白沙洲湘江中的一个小岛。

在等待
在等待
潮涨的时候
起航
又是何年？
又是何时？

2009.12.18

春

春
　　春
　　　　春
春在哪里
春在树梢上
春在染绿的枝头上

春
　　春
　　　　春
春在哪里
春在江河上
春在鸣笛的船舶上

春
　　春
　　　　春
春在哪里
春在熙熙攘攘的人流中
春在每一个人的脚步里

2010.4.12

一条看不见的路

路
是一条艰难的路
没有鲜花
没有掌声

路
是一条漫长的路
只有太多的彷徨
还有太多的迷惘

2010.4.27

足 迹

沙滩
对河流说
我只能留住
你的足迹
却不能阻挡
你前进的步伐

你轻轻地一吻
珍藏在我的心中
一年
十年
百年
千百年
甚至更长久

2010.10.13

散　步

我的手心里
捏着一片树叶
是淡黄色的
在这
飘零的季节

我知道
叶落归根
能有多少情归故土
又有多少在空中曼舞
不知
飘向何方

我呢
是空中曼舞的那片

还是飘落在地上的那片
还是停留在枝头上的那片

2010.10.30

黄　叶

你已被秋伤过
我怎好开车
从你身上碾过
我不想看到
粉碎的你

我有心
将你保留
无奈
已是深秋
我有心
将你保留
无奈
已是深秋

2014.11.7

启 航

我想
登上峰之巅
又怕
飓风吹来
跌入山谷

我想
跃上江之头
又怕
波涛汹涌
掉入江里

人啊
不可能无所求
看那
旭日东升

奔腾的河流

人啊

不可能无所求
看那
旭日东升
奔腾的河流

2015.1.1

希 望

新视点文集

我在春风
春雨里
撒下很多的花籽
我希望
希望
在不久的日子里
看到
你绽放的花蕾
你飘香的花朵

我不知道
到那个时候
是否
还陪伴在你的身旁
是否

还闻到你的花香

2015.4.1

我是一粒小小的砂

我是一粒小小的砂
没有人瞧得起我
总是被踩在脚下
我无怨，我无悔
泥泞的路上有了我
才不会跌倒

我是一粒小小的砂
没有人瞧得起我
总是被泥浆包裹
我无怨，我无悔
高楼大厦里有我
我感到很幸运
也很满足

2015.8.6

相信自己

世界
没有我
一样光彩
多一个我
会更加精彩
因为
我付出我的所有
不懈的努力与追求
会给世界留下一个奇迹

江河
没有我
一样宽阔
多一个我
会更加辽阔

因为
我有海洋的梦想
不懈的努力与追求
会给江河留下一朵耀眼的浪花

2016.1.1

越想越心痛

越想越心痛
越想越无奈
时间不会倒流
人生不会重来
失去的已无法挽回
只留下无尽的伤愁

越想越心痛
越想越无奈
时间如果倒流
人生如果重来
我一定会好好珍惜
我一定会大胆去追求

越想越心痛
越想越无奈

失去的已无法挽回
只留下无尽的伤愁

2016.1.6

生 活

有谁能告诉我
昨天
留下什么
等到以后
值得回忆

今天
做些什么
别等到以后
留下后悔

明天
憧憬是否变成现实
太阳是否光芒四射

只有
时间不停地走
四季不停地轮回

2016.1.8

鲜 花

鲜花
开在深山中
无人知道
开在大路旁
淹没在嘈杂的人流中
只有
在繁华的街道旁
才会有人去观赏

如果
我是一朵鲜花
我愿开在
无人知道的深山中

2016.1.10

还有多少可以重来

还有什么放不下
还有多少伤藏在心头
我们要学会面对
我们要学会坦然
相信明天的日子
没有那风雪
没有那暴雨
只有那春暖花开的季节
还有那个艳阳天

还有多少可以重来
还有多少可以重拾的岁月
我们要力争上游
我们要赶在前头
不管前面的风云多么变幻

不管前面的道路多么坎坷
我们满怀希望
迎接明天的朝阳

2016.1.22

珍 惜

总是到了失去
才知道可惜
当初
要不是那么固执
事情不会那么糟糕

许多年后
彼此还是各奔东西
风要是真心传递我的话语
朋友
我希望我们再聚首
雨能真心慰藉我的心灵
朋友
让泪水冲走我们的一切

2016.1.23

雪，你很忙

你从遥远的地方
走来
像久别的游子
回到梦魂牵绕的故乡
还来不及倾诉思念
稍做片刻的停留
卸下冬装
又去追赶春天的脚步
踏上春暖花开的征途
去唤醒沉睡的大地
去唤醒沉睡的江河

2016.2.7

寄 语

我想抓住一缕风
让我的诗
长上翅膀
飞遍神州的每一个角落

风
我又怎么能抓得住
耳听到风声
却又无可奈何

我想追上那飘来的白云
让我的诗
在阳光下放出光彩

那匆匆而过的白云

我又怎么能追得上
只有
那阳光仍然如旧

2016.3.9

拍下你美丽的身影

我想让你美丽的身影
长久地保留
在这大好的春光里
我双手合十
为你默默地祈祷
别让
狂风把你的芬芳卷走
别让
暴雨把你的花瓣带走
别让
冰雹把你的花蕊击伤
你的鲜艳
是我的期盼
你的花期
是我的祈求

2016.3.31

命 运

人不知道命运
会是怎样的安排
赤条条地来
靠着一双手
在地球上耕耘
只求得到一份回报
不要求得到太多
只需满足

有时候
付出的太多
得到的却是太少
无须去埋怨
希望明天会更好
眼泪不是人生的结果

擦干眼泪继续前行
才是辉煌的人生

2016.4.2

一朵小花

我是一朵娇嫩的花朵
经不起你的蹂躏
我虽不是参天大树
我仍然衬托着春光

我的芬芳
虽然不够浓郁
我的花瓣
会随风飘落

我很满足
在生命的长河里
有我绽放的一瞬间

2016.4.3

玩泥巴①

我想
捏一个你
捏一个我
不被岁月的沧桑洗刷
不被尘世的灰尘湮没
捏一个你
我还真能够
因为你的美丽
已深深烙印在我的心底
捏一个我
我还真无从下手
捏了几个
都不满意

2016.4.3

注：①一种白色的泥土，做陶瓷用。

草 绳

一圈，两圈……
把你缠绕
我对你有说不完的话语
白天，黑夜

一圈，两圈……
把你缠绕
我对你一往情深
毫无保留
呵护你的每一天

一圈，两圈……
把你缠绕
你的枝繁叶茂
是我最大的希望

一圈，两圈……
把你缠绕
当你在风中挺立
我将离去

在泥土中
我默默祈祷
希望你向蓝天
传递我的祝福

2016.4.8

愿 意

如果
我是一园花朵
你是一只蜜蜂
我会让你在我的花丛中
飞来飞去
去酿造天底下
最好的蜂蜜

如果
我是一只蜜蜂
你是一园花朵
我会不知疲倦
在你的花丛中
飞来飞去
去酿造天底下

最好的蜂蜜

只要是最好
只要是需要

我是什么
我都愿意

2016.5.25

夜 宵

一杯清茶
重复着昨天的故事
一声叹息
湮没在流淌的江水中
一轮明月
把人影拉得很长，很长
可惜找不到当初的我

只有满天的星星
我数了很多年
总没有数清

一杯清茶
重复着昨天的故事
一声叹息

湮没在流淌的江水中
一轮明月
把人影拉得很长，很长
可惜找不到当初的我

只有杯中的酒
我饮了很多年
都没有饮尽那份无奈

2016.9.1

一缕风，一片雨

我是一缕风
徐徐吹来
围绕在你的身旁
将在你的心头
作永久的停留

我是一片雨
从高空飘来
落在你的身上
这是我长久的依恋

如果
我是一缕轻柔的风
我不希望在风中
听到哭泣的声音

如果
我是一片小小的雨
我不希望飘落的雨水中
有苦涩的泪水

2016.9.10

夕 阳

去岁重阳
今又重阳
弹指一挥间
看遍夕阳

问苍茫大地
云卷云舒
飘了多少年

只有
潮起潮落的涛声
只有
那悠悠而去的秋风

2017.10.27

残 叶

我不想玷污大地
在天空中
我会随着风儿
飘到无人知道的角落

偶尔
不小心落在路旁
我也会随着卷来的风
飘向远方

如果能够停留
我会停留在枝头上
待到春花烂漫的季节
我会淹没在一片绿色中
这是我的祈盼

也是我的心愿

2017.12.13

返程车票

不管你走多远
在海角
在天涯
只要你心中有一个家
都会有一个期盼
都会有一张返程的车票

不管你走多久
三年
五年
只要你心中有一个家
都会有一个期盼
都会有一张返程的车票

唯独人生的旅途
没有那张返程的车票

童年
暮年
每一个驿站

都没有返程的车票
只有无尽的回忆

2018.3.5

割不断的情愁

岁月
能冲淡一切
唯独思念
渐行渐浓
思念中
今生不能拥有你
是我唯一的遗憾

很多的事
很多的人
错过了时间
错过了缘分
一切都不能挽回
唯有青丝变白发
割不断的情愁

2018.3.12

花 蕾

在这花的季节
我多么希望
我多么希望
有一种花蕾
不需要瞬间的绽放
不需要唏嘘的衰微

鲜花
我多么喜爱
但经不起风吹雨打
花蕾
在风雨中摇曳
在我心中长久地保留

我多么希望
有一种花蕾

在我心中长久地保留

不需要瞬间的绽放

不需要唏嘘的衰微
不需要瞬间的绽放
不需要唏嘘的衰微

2018.4.12

那一片浪花

那一片浪花

像鲜花一样

绚丽多姿

没有花蕾

没有花瓣

只有

大大小小的花朵

生生不息

一片接一片

顺流而下

我多么希望

浪花不要消失

漂在江面上

漂向大海

2018.6.3

一　生

爬
我已经是
气喘吁吁
仰望峰顶
我今生恐怕
只是梦想
也许
在山腰中停留

回头
望着
我走过的路程
那一行行的脚印
很深，很深
都是负重前行
拾阶而上

没有鲜花
只有荆棘
稍不留心

伤痕累累

然而
我不后悔
虽然
我付出了很多
不是硕果累累
却
不枉我此生

2018.7.8

不后悔

如果我是一条河
如果我没有流到大海
就干涸了
我也不后悔
在我生命的旅途中
我奔腾向前

如果我是一颗流星
如果我来不及照亮夜空
就消失了
我也不后悔
在茫茫的夜空中
我留下过痕迹

2018.7.22

无名草，无名花

我的身躯不够伟大
非常矮小
紧挨着大地
匍匐地生长
我虽不能
撑起一片绿荫
但我能够
将裸露的泥土
装扮一片绿色

我的花朵不够娇艳
非常渺小
我的花蕾
在风雨中
摇曳
我虽不能引来蜂蝶

但我能够
在一片绿色的海洋中
亮起一道亮丽的风景

2018.7.28

人生，没有如果

如果，时光能够倒流
我会在时光中漫游
沐浴着每一刻每一秒的时光
不会让时光从我身边溜走

如果，人生能够重来
我会在人生的旅途上尽情地奔跑
留下每一程每一步的脚印
不会让脚印在我生命中消失

人生，没有如果
一切都是枉然
只有日出日落
还是那样的重复着
一年又一年

2018.8.6

老　了

黄昏
很好
疲惫的人群
追赶着暮色
孤单的鸟儿
在天空中徘徊
我无奈地望着天空

希望月光从我的头顶垂直下来
不要从我旁边照射过来
那样的话
我留下佝偻的身影
会污染了
路边正生长的青草

2018.9.29

放　弃

太阳
被狂风暴雨袭击
阳光不能照射
只能放弃

月亮
被黑云遮住
月光不能照亮
只能放弃

岁月
被分分秒秒带走
时间不能留住
只能放弃

人儿啊

被无情的风霜侵蚀
留不住美丽的容颜
只能放弃

我心中的花蕾
何时能够绽放
还要等到多久
是否一样要放弃？

2018.9.30

谁也阻挡不了

没有人能阻挡河流
人可以在河流上漂流

没有人能阻挡日出
人可以在阳光下沐浴

没有人能阻挡时间
人可以在时间里遨游

没有人能阻挡飘雪
人可以在雪花中玩耍

我多么希望
有一样东西
我们能够阻挡
那就是生命

永远年轻

2018.10.1

等 你

数不清
那一堆黄叶中
哪一片黄叶
留下的眼泪最多

无情的风霜
掠走了
我的青春年少
只留下
佝偻的身躯

记不清
有多少次在梦中
把你等候
梦醒时
已湿了枕头

想把你挽留
一切都在
虚幻中

2018.10.31

我是一块白土

一次次的寻求
一次次的失败
在无助的路上奔跑
总想寻找一种心灵的慰藉
累了，倦了
没有一双温暖的双手
年年月月
月月年年
只有在山间等候

一次次的渴望
一次次的呐喊
在不倔的路上奔跑
有太多的凄风苦雨
有太多的无情风霜
我的信念坚如磐石

相信总有那么一天
被发现

2018.11.8

伤心的季节，伤心的人

总以为
在这寒冷的冬天
并不可怕
用自己强壮的身躯
可以抵御这寒冷的侵袭
还可以
蜷缩在温暖的被窝里
还可以
在炉火边烤火取暖
还可以
开着空调哼着小调儿
人一旦
心冷了，心碎了
在这无望的冬天
在这飘雪的时候
还是会

感觉到
很冷
很冷

2018.12.8

往 事

尘封的思念
被古老的枝条
撩拨
吹来的晚风
飘来童年的欢声

我的童年

我行走在
青石板铺成的小路上
那上面
依旧长着绿色的青苔

很多年了
我不曾忘记
记忆的河湾中
有一个沙滩
沙滩上，有一群白鹭
正低着头
寻觅着食物
突然，一个浪涛袭来
白鹭被惊飞

童年如白鹭

白鹭如童年
白鹭飞走了
不会再来

1991.1.22

花　泪①

送我一枝花，问花生何方？
根须留红色，知是在南方；
南方多红土，是我故乡地。

它日来商店，已是风中泣。
千人来观赏，无人来问及。
今日赠君手，君来问身世。

只有晚来香，回报君来问。
望君能惜之，栽我一贫瘠。

2005.1.5

注：①为牟取暴利，农村有些人大量挖掘樟树送往城市，很多得
不到及时的栽植而被枯死。

海　啸①

海啸掠生命，生命不堪击。
十五天文字，惊破世纪星。

挥泪送亲人，留下孤一人。
满目凄凉景，何处是人家。

唯愿宇宙宁，地球保太平。

2005.1.8

注：①印尼地震引起的海啸。十五不是最后的数据，指15万人。

小　路

我记得
去外婆家
要穿过一片树林
要淌过一条小河

那条小路
走过我的童年
走过我的少年
走过我的风风雨雨

不知道
在什么时候
我们一家人
再也没有穿过
那片树林
再也没有淌过

那条小河

如今

慈祥的外婆
早已离我而去

那条小路不见了
那片树林不见了
那条小河不见了

2006.11.16

车　祸

一棵大树
轰然倒下
一个可以停泊的港湾
起风了
船在风中飘摇着

诵经的道士
忙个不停
哼着只有
他自己知道的曲儿

一身孝服的少妇
一只手牵着小女孩
另一只手抱着小男孩
很木然地
跪在湿润的大地上

2007.1.12

老 屋

你是生命的摇篮
能遮挡风
能遮挡雨
能遮挡冰雹

人间的欢乐
在这里延伸
人间的悲伤
在这里演绎
有鲜花绽放的季节
也有飘雪的时候

人间的酸甜苦辣
人间的悲欢离合
一部交响乐
在这里演奏

声音是那么悠长
又是那么清晰

2007.1.15

黄 昏

尘封的思念
被古老的枝条
撩拨
吹来的晚风
飘来童年的欢声

广袤的的苍穹
珍藏着我童年
忘记了
箢箕里的柴禾
忘记了
竹篮里的猪草

树上的鸟窝
可否
还珍藏着童年的笑容

溜光的山洞
可否
还保留着童年的足迹

潺潺的溪水

还是那样的明净

那样地流淌着

只不过

再也

看不见那干渴的嘴唇

还有

那一双双脏兮兮的小手

潺潺的溪水

还是那样地流淌

有的豪情满怀

奔向大海

有的眷念着山窝

沉迷于山塘

潺潺的溪水

在晚风中
流淌
流淌

2007.1.21

风中哭泣

是谁在哭泣
在风中
在雨中
凄凄惨惨
我的恋人

我的心在颤抖
我的心在流泪
我的愧疚
在风中
在雨中
萌芽

2007.1.22

纸扎店

太阳从东边

滑落到西边

射出的光辉

很无奈

也很苍茫

仿佛像一位老人的眼睛

依恋着葱绿的山峰

吹来的晚风

带着长长的叹息

一个个圆圆的花圈

在风中颤抖着

一个个的生命

将在这里

划上句号

2007.2.10

一本相册

宛如
一条永远走不完的路
一首永不落的歌

仿佛
幼稚的脸上
还飘着纯香的奶汁
还留着童年不愿照相
脸上挂满的泪珠
还留着少年没来及换掉
留有污渍的衣裳

宛如
一条永不停歇的河流
一盏永不灭的灯
爸爸妈妈的怀中

有我和我的兄弟姐妹
我和我妻的怀中
有我们的儿女

2007.4.1

水漂漂

不知道为什么
掷出的石片
没有水漂
就下沉了
是生疏
还是年老

童年的时候
掷出的石片
很远，很远
溅起的水漂漂
很多，很多
常常拍着一双小手
跳起来欢呼

同一个河边

同样是一个黄昏
只不过是时间
相隔了四十年

2007.5.10

饭 店

大碟，小碟
都是美味
高杯，矮杯
都是名酒
你一杯
我一杯
互助氛围

墙角上方的电视机里
正播放着一则新闻
六岁的女孩
靠贩卖烧饼
养活着病重的母亲

2007.6.20

哀 乐

曲不成曲
调不成调
只有滴落的眼泪
是一个个悲泣的音符

争来争去
有谁能把红尘
看过明白
名和利
又有谁能够放弃

到头来
两手空空
青山作伴
一炷清香
随风飘荡

2007.7.10

伤心的季节

在这伤心的季节里
我流着眼泪
却又无能为力去改变

在这雾蒙的早晨
我看不见前进的道路
我只能徘徊在冰冷的候车室
我只能在喧闹的车站焦急地等待

在这霜降的日子里
天底下是一片寒冷的白色
我全身颤抖着
用尽我所有的能量
呵护着我的双手

在这伤心的季节

我流着眼泪

却又无能为力去改变
祈盼着那个温暖的太阳
早一点升起

2007.12.21

悼英雄

轻轻地弹

轻轻地唱

水面上

漂浮着一朵英雄的浪花

流向远方

流向远方

轻轻地弹

轻轻地唱

风中

吹落一串串的眼泪

飘向远方

飘向远方

轻轻地弹

轻轻地唱

2007.12.23

铜官·靖港^①

五百米

横亘着湘江

如隔着苍穹

烦扰的渡轮

在心中徜徉

呼唤的秒钟

在江面上流淌

渴望的那个希望

动也不动

停泊在那里

2007.12.30

注：①铜官、靖港均为地名，在望城区境内。

长途车

一头连着家乡
一头连着他乡
为了明天
为了囊中不再羞涩
背起行囊
远走他乡

为了一个心中的美好
心中充满了满腹的惆怅
思乡的火焰
像酷暑的太阳
炙烤着满是伤痕的心房
沧桑的岁月爬满了脸庞
唯独
改变不了沉淀的乡音

2008.1.13

一对老人

我们到哪里去
我们什么地方也去不了
我们只能看看西落的太阳
看风中飘来的落叶

我们到哪里去
我们什么地方也去不了
我们只能看看北去的船只
听风中的涛声越来越远

我们到哪里去
我们什么地方也去不了
我们只能手牵着手
走完夕阳下的路

2009.8.12

地 震①

又来了
一样的疼痛
一样的揪心裂肺
亲爱的兄弟、姐妹

失去了家园
是痛苦的煎熬
一声声呼唤
带着泪水
把地球湿透

2010.4.28

注：①四川玉树地震。

雷高公路的一幕

你们
低头细语
不知道
说些什么
我一句
也听不懂
我真
羡慕你们

有时候我在想
不知道
你们有没有吵闹过
应该有
狂风
吹来的时候
不知道

你们有没有悲伤过
应该有
大雨

落下的时候

我看到
最多的
还是
你们在说着悄悄话

2014.10.20

古镇·铜官

一篇《离骚》
回响在吴楚桥的上空
从此
留下一个难忘的情结
关云长的长髯
在云母寺飘逸
飘摇中的戏台
悬挂着英烈①的头颅
回龙潭的江水
拍打着岸边的瓦砾
回荡在在梦中
凹凸的石板路

留下了岁月的坎坷
古老的房屋
在风雨中

注：①郭亮烈士。

摇晃了许多年
难掩岁月的沧桑
只有那龙窑的火
依旧是熊熊燃烧
一条江水
静静地流淌
流向远方

2016.10.31

高铁上

一个人出差
没遇到一个熟人
坐在高铁上
感到很是寂寞
眼睛不由自主地
望着车窗外

错落的山峰
低洼的稻田
散乱的房屋
杂乱的树木
都一闪而过

没留下深刻的印象

唯有很多处
开着黄色花朵的油菜
深留在脑海中
还不时地涌现

我总是在想
要是把这些油菜花
连成一片
那该有多好啊
那该是一幅美丽的图画
那该是一道亮丽的风景

2017.3.23

呼　唤

你高悬在天空
有什么难言的苦衷
要向我诉说
洒下的月光
是不是你痛苦的语言

我们是一棵小草

我们虽然是一棵小草
开出的花朵
在花一样的世界
多么矮小

我们不会悲伤
既然
宇宙给了我们的生命
只要我们的血液还在流淌
就让我们的生命放出光彩

1992.3.5

致耕牛

耕牛
你无需去埋怨
肥沃的田野
你不去耕耘
哪有金灿灿的秋天

耕牛
你无需去悲伤
没有你肩上的重担
哪有飘香的季节

1992.4.15

月 亮

你高悬在天空
有什么难言的苦衷
要向我诉说
洒下的月光
是不是你痛苦的语言

你高悬在天空
怎知我满腹的惆怅
除了蚊帐、被单
和可恶的苍蝇
我一无所有

我身上
有你痛苦的月光
你月光里
有我滚烫的泪水

1992.6.13

三十岁

生命的长河
已流淌了三十年
无风，却有夜来的冰霜
无雨，却有瞬间的闪电

生命之蜡烛啊
还能燃烧多久
当年的梦想
还有没有
你又在哪里？

1993.11.20

雨

天空
飘着
一串串的雨丝
心儿
早已被揉碎
希望的太阳
几时有
温暖
这颗冰冷的心

2006.2.25

太 阳

风儿
胡乱地吹
雨儿
不停地下
可知
一颗心儿
已是满腹的惆怅

日历
在一天一天地撕
时间
在一分一秒地流
可知
一颗心儿
已是万分的疲惫

久违的太阳
几时有
温暖我的心
温暖我的全身

2006.2.27

呐　喊

不要闪电
不要雷鸣
我早已胆战心惊
你的闪电
将我的眼睛灼伤
你的雷鸣
将我的双耳震聋
你的来临
我无法去躲藏

如果
我作一次彻底的牺牲
你的闪电
是否更炽烈
你的雷鸣
是否更猛烈

将我心中的郁结
崩裂

2006.4.25

稻　草

孤零零
孤零零
仰望蓝天
叹息着生命的短暂
还是眷念着春天的绿色

昨日的稻谷飘香
早已离去
你是在等待
还是对春天的祈求

秋天很快就要过去
冬天即将来临
将被大雪覆盖
将被化作春天的泥土
是生命的终结

还是生命的延续？

2006.11.22

罢　了

别说了
别说了
心已碎
泪已干
只留下
布满忧伤的躯干

别说了
别说了
怨也罢
恨也罢
只留下
无休止的期盼

罢了
　　罢了
　　　　罢了

2006.11.22

冬 季

夏天把热量都掠去
留下苍白无力的冬天
风，也像迷失了方向
一个劲地从西伯利亚吹来
温度的指针
像得了摆子一样
不停地下滑
红彤彤的太阳
早已不知躲到
哪里去了

在田野上
一只不知名的鸟儿
在那里寻觅着食物
偶尔，在它的旁边
有一蔸、两蔸

绿色的稻草
在风中摇曳

2006.12.11

迷 茫

天空飘着雪
我的心也跟着下雪
一片迷茫

蔬菜不见了
裸露的稻田
不见了
一只不知名的鸟儿
在那里飞来飞去

2007.1.5

烦扰的藤条

一根根的藤条
爬满了我的全身
捆住了我的手和脚
爬来的蚂蚁
烦扰着我的心灵

我多么希望
冬天的风啊
冬天的雪
更猛烈些
吹走烦扰的蚂蚁
冻死缠绕在我身上的藤条

然而，飘落的
仅仅是一片黄叶
明年，还是会

生长出很多的嫩叶来

2007.1.22

江中的一艘船

树林不见了
房屋不见了
码头不见了
一切的一切
都没有了
都被大雾吞没了

只有
水撞击着船
船在水面上漂浮着
浑浊的水
载着一个彷徨
何处是我的方向?
何处是我的归途?

2007.1.24

叹 息

一声
长长的叹息
摒弃我心中的烦忧
可谁知
旧愁未去
新愁又来了

2007.1.26

多一些

有谁能告诉我
风是什么颜色
雨是什么味道
只知道
夏天吹来的风
凉爽

冬天吹来的风
寒冷

久旱后的雨
甘霖

狂风暴雨

灾难

我愿人世间

多一些凉爽的风
多一些甘霖的雨

2007.2.5

忧 郁

天
开始放晴了
我的心情
也慢慢地好起来
我的烦忧
从我的毛细孔里
往外渗露
但，不知道
烦忧会不会
从另外的一个地方
又爬入我的体内

2007.2.5

郁　闷

太阳
是我的心情
乌云
是我的忧郁
雨水
是我的眼泪
雷鸣
是我的呐喊

2007.2.8

春 寒

一夜雨
一夜泪
枝头花
枝头叶
落多少

风呼呼
泪悄悄
夜漫漫
何时到天明?

2007.3.4

什么也不想说

那扇紧闭的门
那颗沮丧的心
什么时候能开启
什么时候能有
感情的潮水从那里涌来

落日的晚霞
把长空敲打
黑雾从遥远的地方袭来
顷刻间
什么也看不见
一片沉寂
什么也不想说
什么也来不及说

2007.3.8

泪　痕

春风寒
悲伤泪
任凭流泪到天明
更添风和雨

高墙深
铁窗苦
黄莲入口无言语
那堪我回首

2007.3.22

吻一吻我的面颊

请你

吻一吻

我布满忧伤的面颊

偶尔

有几颗滴落的泪珠

带有几分苦涩

吹来的风

无法带走我脸上的愁容

天边的晚霞

带着悲伤映在我的脸上

无奈的天空

又落下帷幕

2007.4.8

泪　舞

我们来跳个舞吧
一、二、三、四
我们的脚步开始错乱
我们的脑海一片空白
过了今夜
明天我们又各奔东西
忘却忧伤
让我们的脚步更轻盈

我们来跳个舞吧
一、二、三、四
我们的脚步开始错乱
我们的泪眼一片朦胧
过了今夜
明天我们又各奔东西
忘却忧伤

让我们的脚步更轻盈

2007.4.26

荒芜的农田

多少年了
听不到
那声熟悉的吆喝声
宽大的心房
听不到
那跳动的旋律
只留下
那破败的田埂

那绿油油的容颜
那金灿灿的稻谷
早已湮没在
都市的霓虹灯里

蓬乱的野草
长了一年又一年

越长越密
越长越高

2007.5.6

鸟儿飞

鸟儿在天空中飞翔
可知道东西南北
从哪里来
又去何方
风轻轻地吹
带走我的烦忧
与鸟儿一起飞

炽热的太阳
烘干我这湿漉漉的心
化作一缕轻风
与鸟儿一起飞向远方

2007.5.20

逝水流年

长空夜，星星不亮，明月难圆，梦难全，何处有皎洁？

问苍生，明月几时有，日出在何时，落花流水，流过多少年？

来匆匆，去匆匆，人生代代无穷已。何人初见月，明月何年初照人。不变的是星空，不变的是滚滚而来的红尘。

2007.5.28

不曾忘却

记忆的小船
多想
在无风的港湾
停泊

一轮弯弯的月亮
透过厚厚的云层
洒下柔弱的月光
蓝蓝的湖面上
荡着一艘轻悠的小船
载着一个已是疲惫的我

捧起淡淡的江水
抚平我脸上的皱纹

2007.5.28

又一天

风
轻轻地吹
吹过山岗
带走一片枯叶
是今年
还是去年

山岗上
留下的踪迹
是今年
还是去年

没有人知道
也没有人去弄个明白
时间
像江水一样地流淌

只有分秒
把它的里程留下

2007.7.2

明　白

世上事
说不清道不明白
问芸芸众生
谁能探个明白
谁能不失风流

问花絮
花絮随风去
不知落何方
只有芬芳留

2007.7.22

伤　逝

路漫漫
雨濛濛
天边一片苍凉色
奈何天
奈何地

无情雨
伤心泪
滴落身边树枝叶
但愿
春风归来时
希望的树儿长嫩叶

2007.12.22

理发店

掉落的不是头发
是岁月的艰辛
任凭你怎样打扮
俊俏的面容
难掩眼角的沧桑

一抹金色的晚霞
照着墙角的悲伤
夹杂着白色的黑发
在吹来的晚风中
无奈地飞扬
　　　飞扬

2007.12.30

曲终人散

来吧
朋友
让我们跳一支舞吧
茶杯飘着清香
昏暗的灯光
在不停地闪烁

来吧
朋友
让我们尽情地跳吧
忘记忧愁
享受这一刻的欢乐

曲没有终
人没有散

2008.1.11

一个少年的我，一个中年的我

桥那头
站着一个少年的我
桥这头
站着一个中年的我

白云里
藏着一个少年的梦想
天空中
飞翔着一个少年的翅膀
水中
倒映着一个疲惫的我
大地
站立着一个艰难的我

问
匆匆而过的风

梦想的归宿在哪里

问
飘落的黄叶
是不是折断的一双翅膀

2008.11.12

那方土

楼房砌得再高
一旦夷为平地
也就是一堆瓦砾

房屋装饰得再美丽
一旦被摧毁
也就是支离破碎

只有那方土
不曾被挖掘
才会留下
一个难忘的情结

2008.11.14

风轻轻地吹

风轻轻地吹
把旷野的忧愁
带给我
如泣如诉
是不是飘落的黄叶
还是凋零的花朵

风轻轻地吹
把旷野的歌声
带给我
如歌如舞
是不是涌动的春雷
还是漫舞的春晖

2009.2.20

是 否

我爱鲜花
花瓣
是否为我铺路

我爱浪花
水珠
是否为我沐浴

我爱蓝天
祥云
是否为我导航

我爱小鸟
鸟儿
是否为我一路歌唱

我爱森林
绿叶
是否在我生命中长久地摇曳

2009.2.26

东　风

料得年年东风无力
更盼东风

虽然没有鲜花绽放
我们仍然感觉到
东风吹过

看
那山，涌起一阵绿波
那水，荡起一层涟漪

可惜
我感觉不到

2009.3.2

寄 托

我总想寻找
一种希望
让我的忧郁
离我而去
让我活得潇洒

在春天里
鲜花盛开的时候
我怕鲜花
染上我的忧郁
随风飘向天空

在夏天里
渗出的汗水
我怕滴落的汗珠

融入我的忧郁
湿润了大地

在秋天里

飘落的树叶
徒增我的无奈
不但
没有让我的忧郁离去
反而
增加了我的负担

在冬天里
飘飘洒洒的白雪
能有多久
能有多深
是否
将我的忧郁埋藏

2009.3.6

百灵鸟

春来了
心中的嫩叶
还没有生长
心中的花蕾
还没有盛开
孤独的百灵鸟
又飞走了

在这多雨的季节
愿一只快乐的百灵鸟
衔来一片橄榄叶
在我心灵的枝头上
作长久地停留

2009.3.28

难

才下心头
又上心头
恨也不是
爱也不是
总是
一个蹉跎

烦了昨天
又烦今天
明天又将如何
抬头望苍穹
一片迷茫

2009.3.30

留下什么

雨啊
你可以落
从我的头上落下
可否带走我的眼泪

水啊
你可以流
从我的脚下流走
可否带走我的烦忧

风啊
你可以吹
从我的身上吹过
可否带走我的所有

我赤条条地来

我将赤条条地走
我来时
将尘世的红烛点燃

我离去
像风中滴落的烛泪

2009.4.10

方　向

水往何处流
情归何处
落叶像浮萍
漂来漂去

人儿啊
怎能够随波逐流
淹没江河

看
江中的船儿
正驶向远方

2009.4.13

为什么

风儿啊
是否
把我的哀愁带走
太阳啊
是否
把我的心儿照亮
为什么
天空中
没有我希望的彩虹飘过
为什么
枝头上
没有我希望的喜鹊飞来
空留
蓝色的天空
伸展的枝条

2009.4.16

十　年

十年
像一条长长路
我已是满怀疲惫

十年
像一条长长的河
我已是精疲力竭

十年
像一根长长的荆棘
我已是伤痕累累

十年
像一张无形的网
我已是支离破碎

2009.4.16

等 待

还等待什么
一切还是依旧
风
曾经吹过
却什么也没有带来
雨
曾经飘过
却什么也没有留下
雷
曾经响过
却什么也没有改变

2009.4.19

谁在呼唤

我走过很多、很长的路
从来没有这条路的漫长
从来没有这条路的艰辛

我曾经想过放弃
心中却又不舍
不知道是什么原因
还是负重地前行

心中的信念
泻落成一行行的脚印
心中始终
有一个声音在呼唤
向前！
向前！！

2009.4.20

向谁说

风
又不能传话
雨
又不能传情
只有
天空中
飘忽的落叶

我的心在微微颤抖
生命
是如此的脆弱
是如此的短暂

2009.4.20

人体模型

你总是面无表情
没有人注意你
你总是冷若冰霜
没有人把你放在心头
一年四季
你总是穿着一件
不知冷暖的衣裳
要说你美丽
你也不知道

2009.5.2

伤心泪

千呼唤，万呼唤
均不应
一意孤行
冲破樊篱
芬芳独自开

谁知晓，谁同怜
春风逝去秋花残
白雪飘飘香魂尽

谁相拥，谁想留
满园均是伤心泪
伤心泪
伤心泪

2009.5.28

跋　涉

一步脚
一程路
走过风和雨
走过艰难与困苦
多少汗
多少泪
滴落
身后成灰尘

一步脚
一程路
跨过冰和霜
跨过悲哀与忧伤
多少痛
多少伤
留在

梦中成回忆

2009.6.7

求　索

抬头望日出哟
山还是那么高
何日能飞上山之巅
沐浴第一缕晨风
沐浴第一缕阳光

抬头望明月哟
云层还是那么厚
还是那么黑
何时明月照我心头
照亮我漫漫的长夜

2009.6.28

X 十 y 是什么

一个人一生中
不知道有多少个无奈
总有千千万万

前方
总是一片迷惘
脚下
总是布满荆棘

心与愿
总是付出的太多
收获的
总是太少

X 十 y
不知道是一次方程

还是二次方程
总没有一个解数

2009.7.10

希望总飘零

为什么
抽刀断水水更流
为什么
借酒消愁愁更愁
情思难托
泪水似水流

为什么
春花秋月不常有
为什么
瑞雪飘飘难长留
希望总飘零
笑容难启口

2009.7.22

风

风
你从哪里来
是否带来新的消息
轻抚我的脸庞
为我拭去脸上的泪水

风
你从哪里来
是否带来新的希望
希望的种子
是否在我的心中发芽
再不受风吹雨打

2009.8.6

忙忙碌碌

波浪声声
心欲碎
江上扬热泪
冷风无情吹

东西奔波
不停留
路上踪迹多
风沙漫天来

2009.8.29

似曾相识

莫道苍穹无情由
只恨河水不倒流
今夕是何年
何年是今夕

走了多少人
来了多少人
花开花落多少回
谁曾记得

2009.9.1

夜漫漫

音乐响起来了
我拿起麦克风
不知道唱什么歌
因为
在我的心中
充满了忧伤

夜漫漫
路漫漫
不知道
前方在哪里
一片迷惘

2009.12.29

往 日

我一生中走来
有很多的忧愁
也有很多的无奈

我驾一叶轻舟
在忧愁的湖面上荡漾
总是
无力摆脱这苦涩的湖水

我骑着一部已旧摩托
在迷茫的路上奔跑
总是
无法摆脱这无奈的思绪

2010.12.24

孤 雁

我是一只孤雁
在茫茫的天空中
任我的翅膀飞翔
总也
找不到我的归途

我是一只孤雁
在茫茫的大海里
任我的翅膀飞翔
总也
找不到我的同伴

我在天空中哭泣
谁听我的呻吟
我在大海里呐喊
谁听我的声音

我在天空中哭泣

谁听我的呻吟
我在大海里呐喊
谁听我的声音

2014.10.3

氢气球

我想飞得
更高
更远
只可惜
一根细小的线
把我拽住
只是儿童手中的玩具

幼稚的心灵
不知道
更高
还有多高
更远
还有多远

只有

我知道

更高
更远
才是我的梦想

2015.10.14

山中有一朵花

山中有一朵花
开了
谢了
谢了
开了
不知道
何年
才能香飘千万里

山中有一朵花
开了
谢了
谢了
开了
白云飘走
雨水流过

不知道
何年
才有短暂的停留

山中有一朵花
开了
谢了
谢了
开了
有很多年了
只有
我知道

2015.12.19

什么样的风，什么样的花

什么样的风吹来

温暖胸怀

什么样的风吹来

痛彻心扉

在困难的时候

伸出援助的手

温暖胸怀

在无助的时候

雪上加霜

痛彻心扉

什么样的鲜花

鲜艳夺目

芬芳扑鼻

什么样的鲜花

暗然失色

没有一点香味

开在山岗上的鲜花

鲜艳夺目

芬芳扑鼻
摆在花店里的鲜花
暗然失色
没有一点香味

2016.2.19

电　脑

你能装下
所有的语言
唯独情感
你没有

让人泪流满面的话语
没有一句
是出自你的内心

故事的开头和结束
你永远不会明白
也不会知道

2016.9.22

会流泪的心田

会流泪的心田
偏又种上
会流泪的种子
等到春发芽
无需去灌溉
只等那伤心的风一吹
泪珠成雨落

会流泪的种子
偏又遇上
会流泪的心田
每一次的颤抖
都会开花结果
流了今宵又是明朝

泪珠成雨落

流了今宵又是明朝

2016.11.24

无尽的伤愁

时间总是匆匆
去了白天
又是黑夜
不曾有过停留
今天一个唏嘘
明天又是一个唏嘘
今生不能登上山头
只能留下一个嗟跎

岁月匆匆
别了今宵
又是明朝
不曾有过停留
今宵一声长叹
明朝又是一声长叹
叹白了一头黑发

只留下无尽的伤愁

2017.3.23

垂 柳

我抬头
诉说我的从前
一根根枝条
成就我的今天

我低头
默默无闻
书写我的历史
问吹来的风
问落下的雨
一年又一年

漫舞的白絮
请你告诉我
将飞向何方
漫舞的白絮

请你告诉我
将飞向何方
飞向何方

2018.5.24

谁解我情怀

谁说落花流水无情

谁说白雪飘飘无意

谁解我情怀

谁暖我心房

没有花朵的远去

哪有金黄的硕果

没有潺潺的流水

哪有波澜壮阔的江河

谁说日月星辰无情

谁说风雨无意

谁解我情怀

谁暖我心房

没有日出日落

哪有匆匆的岁月

没有星星的闪烁

哪有明亮的夜空

没有风雨的兼程

哪有壮丽的山河

谁解我情怀
谁暖我心房
谁解我情怀
谁暖我心房

2018.8.20

错 过

错过了时间
错过了收获的季节
一切又无法挽回

在这错过的时间里
在这错过的季节里
开着一朵朵的小黄花
结着一个不起眼的西瓜

我不知道
在以后的岁月里
还能不能生长
我不知道
还能不能等到
瓜熟蒂落的那一天

2018.9.5

伤心的风

有一股风
吹来
很冷
这个时候
希望太阳早一点出来
温暖全身
那样
才会感觉到舒畅

有一种风
吹来
不单是很冷
还会是心寒
眼睛盈满了泪水
给心灵留下伤痛
留下永久的伤痕

2018.10.31

红尘里的诗

你是一堆篝火

在旷野里

燃烧

在风中

飘忽不定

似乎要熄灭

你又顽强地

燃烧起来

你弱小的光芒

也能照亮一片空间

偶尔的"劈啪"声

是你痛苦的重生

希望你的火焰

在一声声的"劈啪"声中

不要熄灭

希望你的火焰

越来越旺！

2019.3.18

思　念

还记得么
我们曾经在那片树林中走过
那一片树林留下我们的足迹
可惜，可惜它已经远去

叶的思念

是大地
这个故乡
把我的梦时常牵动
梦的归宿
是深深的眷恋

是金秋
这个时候
把我的思念撩拨
我的归途
是思念的故乡

人们啊，不要嫌弃
我的归宿
我的归途
在故乡

1990.11.17

又相见

还记得么
我们曾在那片树林中走过
那一片树林留下我们的足迹
可惜，可惜它已经远去

还记得么
我们曾在那片灯光下漫步
那一片灯光留下我们的倩影
可惜，可惜它已经消失

是否
你的梦里常有我的笑容
是否
你的梦里常有我的身影

1990.12.14

相逢在八中[1]

我们相逢，相逢在八中
枯树又逢春
西落的太阳又东升
泊岸的船舶
又重新启航

我们相逢，相逢在八中
让我们尽情地跳吧
我们的胸膛
又多一份拼搏的希望
让生活的旋律
跟着我们的步伐走

1992.3.3

注：①现长沙职业技术学院。

分别（一）

说一声再见
你的胸前
已泛起一道水帘

我怎好
我怎好
再举起手
看见你敞开的河水

1992.3.3

分别（二）

一个滚烫的声音
把那扇
心灵的门
掀开
那挥起的手
弄出连绵的
雨滴

1993.3.21

清明节（一）

远山有我一个
割不断的情结

那葱绿的青松
是我常青的记忆

那飘来的白云
是我真挚的语言

那一堆红色的泥土
是我长久的思念

1992.3.5

清明节（二）

这烟雾
可否是我的思念
久久地
久久地
还不肯离去

1993.4.3

别　了

别了
用石板铺成的小路
童年的脚步声
在滴答、滴答的音韵中
消失了

别了
用石板铺成的小路
悠闲的雀儿们
衔来了青苔

别了
用石板铺成的小路
幽幽的山林
遮住了火热的太阳

别了
用石板铺成的小路

1992.5.20

离　别

载着我友谊的船
渐渐地远去
泛起的波浪
是我涟漪的思念
飘扬的浪花
是我苦涩的眼泪

无语的天空
替我
送你—朋友
一路平安

1993.4.3

大　姐

一年一度中秋节
最是亲人牵挂时
兄弟姐妹同赏月
月光如昼人如泪

几回相逢几回问
大姐何时同赏月
隔山隔水隔情谊?
可知远方弟相问

2006.10.6

思念到永远

片片黄叶
片片思念
不愿离去
久久地萦绕
思念春的希望
思念夏的火热
思念秋的收获

留下的伤痕
飘落的相思
一年又一年
思念到永远

2006.12.3

回　家

车在飞驰
心在飞奔
地上的编织袋
装满了一个个的思念
在颠簸的车上跳动着
眼睛望着窗外
心里在想着什么？

一张褪了色的被子
扎得牢牢的
里面藏着春、夏、秋、冬
藏着那份孤独、寂寞
一张爬满风霜的脸
始终露着笑容
一双粗糙的手
在不停地掰着指头

数着回家的路程

2007.1.28

牵 挂

儿女
带走父母的牵挂
路有多远
就有多长

年年月月
月月年年

2007.3.12

油菜花

轻轻
轻轻
轻轻地
将你拨开
怕碰落了你的笑容
为的是
留一张金灿灿的相片

在春风里
在阳光里
我和你将一起珍藏

2007.3.28

赠 花

多情总被无情恼

菊花残

香魂了

空留花瓣洒满地

春天来

秋风急

新花开

旧枝托

一年一度相思季

2008.2.20

酒　瓶

用一个个的音符酿造
谱写出一首首怀乡曲
饮得越多
乡愁也越多

2008.4.1

思　念

思念
像一艘船
停泊在心灵的港湾
随着波浪的起伏
荡漾出
一首首乡韵来

2009.5.2

稻花香

又见稻花香
不见初来人
香飘千万里
寄与他乡人

他乡有稻谷
也有稻花香
风中稻花香
请在两地香

2009.7.23

你

你是我心中思念的一根琴弦
让时光的秒针弹奏
有如淅淅沥沥的春雨
又像狂风暴雨的夏季
从遥远的地方走来
又向很远的地方走去
想忘又难以忘记
想见又隔千山万水

山会改变颜色
水会变得浑浊
唯独你是我心中
一本厚厚的相册
无论走到哪里
无论有多么长时间

永远都不会发黄

2009.7.30

梦中雪

一年的冬季快要结束了
还不见一片雪花飘来

只有
在寒冷的夜晚
在梦中
白色的绒花飞舞
想抓也抓不到
想留也留不住
只记得
小时候
雪很深
也很大

2010.1.25

过　年

总有一种心情放不下
总有一份牵挂在远方
团圆的路
是那么漫长
而又是那么的遥远

总有一种思念难以忘怀
总有一串泪水噙满眼眶
回家的日子
约了一年
又一年

2010.2.18

深 秋

问君
能有多少伤愁
别离恨
总是在枝头

长空依然日月辉
总是寒意在心头
年来年去
只有轮回的依恋

2010.11.24

杨 柳

一种思念
想放下
却总也放不下
总是悬在空中
日日夜夜

一种牵挂
想忘记
却总也忘不了
总是悬在心头
年年岁岁

2014.8.28

家

家
是我们停泊的港湾
无论走到哪里
都走不出对家的思念
那份思念
是那么永远
而又是那么悠长

亲人
是我们一生的牵挂
无论身在何方
都走不出对亲人的牵挂
那份牵挂
是那么永远
而又是那么悠长

无论走到哪里
无论身在何方
家是我们的思念
亲人是我们的牵挂

2016.2.10

那份亲情

太阳
还是那个太阳
还是那样温暖
月亮
还是那个月亮
还是那样纯洁
只有
那份亲情
随着沧桑的岁月
慢慢地淡忘了

房屋
还是那个房屋
还是那样遮风挡雨
溪水
还是那个溪水

还是那样地流淌
只有
那份温馨

消失在远去的
脚步声中

不要等到失去了
才知道珍惜
不要等到后悔
才知道已无法挽回

2017.10.12

难回首

在无人的地方
我多想唱一首
怀念的歌曲

天空中
飘着纷绕的细雨
说再见
亲人已离去
说重逢
没有重逢的日子

风雨中的老屋
是那样的沉寂
一切依旧
唯独
没有那熟悉的身影了

永远
永远

2017.12.14

团圆的时候

十五的月亮
十六圆
人走了
就等不到
团圆的那一天
只有思念
留在那树梢上
会不停地生长

记得去年的这个时候
一家人围坐在那圆桌旁
规划着今年的中秋
怎样度过
谁曾想
如今已是阴阳两隔
再也没有重逢的那一天

月
有阴晴圆缺
人

有悲欢离合
只有那思念
没有圆缺
只有那思念
没有离合
直到永远

2018.9.24

四 句 诗

鸟语花香

百鸟重开宴
树木已盛装
枝头对山歌
震落花多少

1984.2.13

追　忆

满目青山在
不见儿时路
片片红泥土
尽在不言中

1999.11.18

问 天

天空黑云重
雷声催雨急
纸屑满天飞
未听雨来声

2004.1.14

游黑麇峰①

多年不见雪
常在梦中飞
今日登高山
只见雪来追

2004.2.3

注：①望城区境内最高的山。

悲　叹

泥沙沉江底
悲叹命如此
不及水长流
汇入太平洋

2004.8.15

观　花

又是遍地黄花开
去年花开人无心
今日有心摘一朵
正值人好花正浓

2004.10.30

晨

红日挂天边
江水起涟漪
百舸竞争流
人间又一天

2004.12.18

困　惑

白雪纷纷扬
湿我好衣裳
借问漫舞雪
归途在何方？

2004.12.22

一夜雪

天公不作美
一夜悄无声
原先纵横路
如今一平垠

2004.12.28

悼友人

惊闻友人朝西去
今朝一别霜如雪
独守新坟独掉泪
明日只有风来歇

2004.12.28

旧时人

青山小径仍然在
不见当年旧时人
梦里相随总关情
山河依旧人难留

2005.2.13

风和雨

蒙蒙细雨托春思
春雨绵绵润物苏
一年一度春风至
更喜人间风和雨

2005.2.13

哭　泣

又见江水涨
谁在岸边泣
萋萋小青草
没入水中央

2005.2.16

无　奈

风中一把伞
遮我头上雨
衣裳还好否？
湿了裤脚边

2005.2.27

亲 人

望断归乡路
满目思乡愁
亲人似何年
总是在梦中

2005.11.10

痴 呆

笑我痴，笑我呆
痴呆本是同根来
有时痴，有时呆
换我一生真情来

2006.1.1

小 草

青青两边草
慰藉我心灵
青松坡上立
小草匍匐长

2006.3.9

扫落叶

一夜辛酸泪
溅落满树叶
落叶粘红泥
愁煞伤悲人

2006.4.18

孤　鹭

望断江南岸
一群白鹭飞
展翅入行列
没入彩云端

2006.9.28

日　出

远处一个球
含羞躲山峰
大雾锁深秋
分秒把它轰

2006.11.4

泪　别

已是千般泪
欲语不肯休
何须一长笛
两地思悠悠

2006.11.8

无　眠

山也眠，地也眠
唯独人难眠
睡也不是，坐也不是
思绪恨难平

2006.11.16

秋　天

秋风凉，秋风急
秋雨蔓如丝
树叶黄，树叶落
树叶长相思

2006.11.16

心　痛

窗外雨声咽
人儿对天眠
衣裳人最湿
只有伤心人

2007.3.22

落　雪

天空鸟飞绝
带来绒毛雪
关山路阻隔
只有人不歇

2008.2.1

握　手

吾居江边日
君居落日西
同饮一江水
何时一携手

2008.2.2

竹 笋

苍翠林中立
不及尘土根
默默在耕耘
春来随物生

2009.8.10

山中野花

寂寞开无主
当春乃满枝
年年有新枝
花瓣落满地

2009.8.10

花　逝

又见菊花香
秋风无情伤
枝繁叶正茂
去日不多时

2009.9.28

相　思

又见明月升
不见故人归
两地遥相望
明月寄相思

2009.10.2

登衡山

登上衡山顶
才知路途险
更喜风和雨
景色雾中显

2016.5.10

八月桂花开

花香扑鼻来
不见花蕾开
花朵缀满枝
引来游人猜

2018.10.12

ZHAN LI ZAI MEI LI
DE YUAN FANG

站立在美丽的远方

金果——著

团结出版社
UNITY PRESS

图书在版编目（ＣＩＰ）数据

站立在美丽的远方 / 金果著 . -- 北京：团结出版
社，2023.5
（新视点文集）
ISBN 978-7-5126-9393-7

Ⅰ . ①站… Ⅱ . ①金… Ⅲ . ①散文集－中国－当代
Ⅳ . ① I267

中国版本图书馆 CIP 数据核字（2022）第 072103 号

出　　版：团结出版社
　　　　　（北京市东城区东皇城根南街 84 号　邮编：100006）
电　　话：（010）65228880　65244790（出版社）
　　　　　（010）65238766　85113874　65133603（发行部）
　　　　　（010）65133603（邮购）
网　　址：http://www.tjpress.com
E-mai：zb65244790@vip.163.com
　　　　　tjcbsfxb@163.com（发行部邮购）
经　　销：全国新华书店
印　　装：三河市华东印刷有限公司

开　　本：145mm×210mm　　32 开
印　　张：61.125
字　　数：1265 千字
版　　次：2023 年 5 月　　第 1 版
印　　次：2023 年 9 月　　第 1 次印刷

书　　号：978-7-5126-9393-7
总定价：400.00 元（全七册）
　　　　　（版权所属，盗版必究）

午后那抹静静的阳光
——金果自传散文集《站立在美丽的远方》代序

潘大林

20世纪80年代初期，于现代中国而言，真是一个狂飙突进的年代！人们所有压抑着的苦闷、不满、抗争和才华，就像地下积聚了很久的岩浆，突然找到一个突破口，猛然间铺天盖地喷发出来，在碧空中炸开无数绚丽的花朵，成就了无数传奇。

中国的改革开放是这样开始的，中国的当代文学创作也是这样开始的。1983年12月，《广西文学》和《金田》杂志召开了玉林作者笔会，会期长达8天，参加笔会的有中国作家协会广西分会的吴三才和杨克，有《广西文学》编辑李弦，有来自玉林地区8个县市的数十位作者。玉林是当时广西文学创作的重镇，来会者一共50多人，其中有广西农民作家三杰的黄飞卿、莫之椟和钟场莆，有玉林当地活跃着的中青年作者，可谓囊括了玉林的一时才俊。当时全国上下正在清除精神污染，会议的主旨虽说要清除精神污染，但大家热情高涨，似乎没怎么受清污之类观念的影响，反而充分肯定了玉林地区的文学创作成绩，肯定了《金田》杂志在繁荣当地创作的突出贡献。

从那次笔会开始，我认识了金果和一批青年作者，当时我在《金田》杂志忝列编辑之职，参加会议青年组活动，此前曾刊发过许多人的作品，但与金果等人还是第一次见面。在大会上，吴三才、李竑等同志先后讲课，让我们这些初出茅庐的愣头青开始认识到社会进程的艰难和文学的复杂多面。

其实，我和金果接触并不多，她那娴静朴实的外表之下，似乎隐藏着深沉的生活历练，但不轻易表露出来。此后，她在《金田》上发表了一些作品，我们还有过一些接触，只是一直没有更多的深谈。直到多年之后，她从南宁给我电话，想请我为她的一本书写序，当时我已调到贵港报社工作，终日应付于各种繁心之事，没敢贸然答应。

日前，金果将出新书，再次请我作序，她把书稿提前发了过来。阅读之下，她的过往逐一展现在我眼前，让我看到了一个青春女子的成长历程。15岁至30岁，一段多么美好的年华啊，就像田里的一把秧苗，扎根、散叶、分蘖、开花、结穗，头上的烈日风雨，根本不能阻挡她热烈的生长，她终于长成了自己想要的样子！

原来，金果是个不认命的倔强女子，她因为家庭成分是地主，尽管父亲是战争年代走来的老革命，但她在青春期里，仍然无法一开始就如愿以偿。她要读高中、要参加篮球队、要参加文艺队、要入团、要学开拖拉机等等正当的愿望，都被一只无形的手生硬地挡住了。最后，只是由于她出众的才华、不屈的个性和顽强的争取，难题才又一一化解，使她成了那个年代里的佼佼者。特别幸运的是，她在那错误的年代里，都碰到了对的人，她发自内心地感激他们："这世间事，一切都可以理喻。一个怎样的时代，就有怎样的人和事，无法挣扎，无法抑制，也不能超脱。但是，在时代潮流的河床里，也会有些人和事，逆着时代河道的夹缝里奔腾流淌。伯乐就是如此。"（——《遇到伯乐》）

她的多才多艺，并非源于自藏诸艺的书香门第，而是源于她自己的喜欢和好学。她为了学小提琴，领到第一个月的工资41元，就不惜全部拿出来，还倒贴进一元钱，骑单车到40公里外的玉林城，买回了那把自己心仪已久的小提琴，尽管那时她根本还不懂得拉琴，但她有决心有毅力去学好它。

即使是婚姻这样的人生大事，她也能独具慧眼，不顾别人异样的目光，选择了自己的心中所爱，义无反顾，勇往直前，将幸福留给自己，把谜样的猜测留给别人。

从金果身上，我们看到了20世纪五六十年代人的整整一代人生。作为同样上过两年制农村初、高中、也曾因出身被拒入团、参加过学校文艺队、参加过学农劳动、拥有过青春文学梦的我，与金果有太多相似的地方了，读完她的书稿，我再也无法拒绝为她作序。即使她的书不是文学的鸿篇巨制、珠玉文章，但作为同一时代的印记，她在自己退休之年将成长的心路历程和盘托出，展现在午后静静的阳光之下，任人观赏，给后人以思考、启迪和力量……

2021.2.26

目 录

二、迈向社会

三、站立在远方

四、最美的感动

后　记

一、步入青春

遇到伯乐

初中毕业的我，成为生产队里不大不小的社员，每天和村里的社员一起参加集体生产劳动。孤独的心，渺茫无助，在无可奈何中沉闷、压抑地徘徊。

学制本应该是三年的初中，实行"学制要缩短，教育要革命"的制度后，二年就结束了。在经济文化闭塞的山村里，"文革"的十年内乱，同样蔓延在这个落后边区的角落，那些来自成分论观念的阶级意识，让我头上地主的这个帽子越来越重，幼小的心灵承受着不应有的精神压抑和灾难。

父亲从不对我说他的故乡，10岁那年，做教师的父母被迫离开他们热爱的讲台回到这个山村，我认识了我的祖籍所在地：金城村。被下放的人哪里来就哪里去，这是父亲的故乡，也属于我的故乡，我看到的是那样陌生的环境，村庄到处都是被损坏了的房子，破坏性的破墙烂瓦，原来坚固的石灰沙墙楼房被叫作地主屋的清代建筑，被拆得七零八落，土崩瓦解，具有古文化遗产价值的清代构造的炮楼和祖宗祠堂已被"破四旧"的人砸得遍体鳞伤，屋顶上美丽的雕刻已被砸碎得永不复存。我的父母双方家庭都是地主成分，我的出身是黑上加黑。

这是父亲的故乡，但父亲在这里却没有了家，父亲拿着一次性30元的回乡补贴，靠着一堵坚固的大楼残墙，搭建了一间小小的泥头房，房屋一面是因坚固而不被拆倒的老墙头，一面是新切的泥墙，父亲、母亲、我和姐姐一家四口就窝居住在这间小房子里，房子很矮，一米七个头的父亲每天出入门口都要低头弯腰，父亲帮我和姐姐建造的闺房很特别，小得只能放一张床，因墙矮不够高，门口不够大，父亲干脆把门口搞成圆的，不安装门，像个花园景观门，父亲欣赏着他的杰作，对我和姐姐说，这是一个小花园，花园里盛开了两朵小金花。我和姐姐也非常喜欢房间这个小圆门，常坐在圆门上看书、做针线活，我在这个环境里度过了我的花季雨季。

那时上高中、上大学不用考试，是由贫下中农推荐，条件首先就是贫下中农的子女，每年推荐去读高中的名额，全大队只得一两个。出身成分为地主的我，想读高中，那是癞哈蟆想吃天鹅肉，想都不敢想的美梦。

我每天出集体工，生产队里实行工分制，年终按照工分多少来分配粮食。大人每天出三节工，一节工记4个工分，满勤一天得12个工分。而我，出一节工只给我1个工分，全天出满勤也只给我记3个工分，我辛辛苦苦干一天，不如别人干三分之一天，那种带有欺压性质的明显的同工不同酬的劳动分配让我义愤填膺，艰苦的田间劳动每天折磨着我，我觉得我虽然小，但干的活不比别人少，干的时间也不比别人短，这纯粹的剥削对我何等的不公平。那时父母亲的遭遇虽然也承受着许多的打击，但父亲对我和姐姐的教育是特别严厉的，刻意要锻炼我和姐姐，强调我和姐姐一定要坚持参加集体劳动，不得偷懒。而我却不甘现状，不甘心就此开始劳动，我想读书，但也逼于无奈。

　　尽管这样，我不想被那些说我是地主阶级的人说我闲话，不愿做被唾弃的人，我要用我的意志撑起瘦弱的躯体，每天坚持参加劳动，插秧、运田、收割、打谷、锄地、挑大粪、捡狗屎、种木薯、拔花生等农活，样样都会干，我觉得有的时候我干活的手脚比大人还灵活，干的活还比大人多，比如收割，我瘦瘦的腰一弯，镰刀飞舞，一下子就割到了田头，把大人们远远地甩到了后面。有时生产队为了促进生产速度赶上季节，不得不实行按件计工，我最喜欢这样的按件计工分的方式，这样就能消除同工不同酬的不公平现象，可以干多得多干少得少，我不用每天可怜巴巴的只拿3个工分。那年春耕大忙按件计工插秧，我还获得全队第一名，成为被表扬的插秧能手。

　　没能亲眼所见，人们不敢相信我么这瘦弱的女孩干活这么厉害。就是土生土长在农村的像我一样年龄的孩子，也没能坚持出集体工，比如村里的美群，她与我同年龄，但她从来不参加生产队劳动，天天赖在家。我是有过幸福的童年的人，要说娇生惯养，应该是我而不是美群呢。美群却说："累一天，才得个3分工，谁跟你去傻？"

　　真的我就是那么傻。我发育缓慢，骨感的身材像一条缺乏肥料的木苗，瘦瘦长长的手脚没有圆润的肌肉，营养严重不良，15岁了还迟迟不来月经。

　　那年夏天，我在劳动中来了月经的初潮，被吓得头青脸变，急忙回家告诉母亲，母亲安慰我说不要害怕，这是女孩子青春发育的正常现象。母亲教我处理，那时候用的是黄黄厚厚的草纸，村里人叫复纸。母亲从架床顶上找出一本书递给我，那是一本《妇女青春期生理卫生常识》，这是我姐姐看过的很旧了的书，母亲说："好好看看这本书，女孩子生理期，要按照卫生常识保养好自己，这几天你暂时不要参加重体力的劳动，在家好好休息。"母亲说着帮我煮了碗鸡蛋姜汤。

开始还觉得挺好玩，身体没什么特别的异样，我草草地浏览了一下那本书，母亲在我旁边唠叨着，女孩子来月经了，意味着步入了青春时期，青春是人生宝贵的新的转折和起点，你要更懂得去好好珍惜，爱护自己，让妈放心。

我居然就不让母亲放心。我吃了鸡蛋姜汤就不顾妈妈的吩咐，趁妈不注意就偷偷溜去生产队劳动。那天的劳动正好是捞塘泥、挑塘泥，社员们趟在水塘里没过膝盖的水，捞起沉淀在塘底里的污泥，挑到高处晒场晒干，待晒干以后打碎用来做肥料。我一直在暗暗对自己说我不是地主女，我是劳动人民，我要不怕苦不怕累，坚持劳动。

夏天的天气是那么的闷热，火辣辣的太阳晒得人们大汗淋漓，劳动的人背上衣服被大汗渗得湿漉漉的。我吃力地挑着塘泥，压在肩上担子的重量，远远超出了我自己身体的重量，我走起路来摇摇晃晃，光着的脚板死死地扣着湿滑而又泥泞的地板，走上水塘的岸上，用尽吃奶力跨上岸坝的时候，我憋得满脸通红，瘦瘦的脖子和肩膀青筋爆发，下面那团厚厚的复纸磨得我疼痛难忍。叔婶们看到我那么吃力，都向我投来怜惜的目光说："你这孩子怎么能挑这么重啊？"我心想，我就要让你们看见，我是多么的吃苦耐劳，我不怕累，我不是地主。

一天挑塘泥下来，累得够呛，好心的叔婶把我挑塘泥那个辛苦的样子告诉我母亲，母亲气得又是疼又是骂，说我不要命啦？怎么不爱惜自己摧残自己呢？

"不听老人言，吃亏在眼前，"真的就出事了，我的经血本来要三到五天的，结果，只来了一天就停止了，果然重体力劳动后就开始肚子不舒服，神经上的紧张加剧下腹一阵阵的闷痛，全身发冷，我把一叠厚厚的月经纸拉下，母亲我在的肚子捂上一个热水瓶。我不听话，我在母亲面前害怕而歉疚，流下了眼泪，母亲疼爱地轻抚我的头，耐心对我讲，不是不让你去劳动，月经来潮时劳动宜轻不宜重，宜干不宜湿，这不，不宜的事你全摊上了，而且你又是初潮，更应该注意。后来我认真地阅读了那本《妇女青春期生理卫生常识》，才知道，月经不调的原因和繁重的劳动、精神压抑有密切的关系。

姐姐知道了这事就说我真是大笨蛋："这事情你为什么要去告诉妈妈啊？我月经来半年妈都不知道，我早早就为自己准备好了需要的东西，一旦需要就用上了。我还去教别的女孩呢，不像你，什么都不懂！"

姐姐的话直戳我酸溜溜的心，在那无知识且受压抑的环境下，自卑内向的我真的比不上活泼开朗的姐姐，姐姐在村里有一帮闺蜜一样的姐妹，白天劳动时裤头带一样粘在一起，晚上也有一帮姑娘扎堆着同眠共枕，这个那个聊个不停，私密的话儿无所不说。

而我，孤独迟熟的脑子不会在枕头底下发掘出美好和快乐。我深为自己的贫乏与无知感到羞耻，这种感觉来自于少年的无奈劳作和萌动着无知青春生命的疲惫，我渴望读书，我想象着自己有朝一日如绚烂的烟花噼里啪啦升起在这山村田野的上空。

　　那是秋季即将开学的前夕，我正在坡上参加生产队的挖木薯劳动，我接到大队小学赵善清老师的通知，她叫我明天去塘岸公社高中参加目测，当时我不知道什么叫作"目测"？但说到去高中，塘岸高中是我神往着的地方，那是一个知识的殿堂，全公社的最高学府，一年才招两班学生。去"目测"？我心里琢磨着其中的奥妙，去目测，这是去干什么的呢？

　　母亲高兴地告诉我，是因为这届高中新生要挑选文艺宣传队员，招不够名额，是赵善清老师向招生小组极力推荐了我。目测就是看你人长得怎样？审视你们相貌特征、胖瘦、身高等是否符合要求。母亲和我都很高兴我能有这个机会，若能招选读上高中，真的是莫大荣幸。

　　塘岸高中就在塘岸圩镇的西南面的黄泥山坡上，山坡上种满了柠檬桉，在两排新建平房的教室里。我来到指定的教室。当我踏进教室，看见里面有四五个老师，坐在围成半圆的桌子前面。老师们看见我进来，几双眼睛齐刷刷地对着我，我顿时紧张起来，中间那个稍高大一点的老师，脸上轮廓圆润饱满，有点像佛相，他眼神里充满着善意，看着我说："你是果？"

　　我怯生生地对他点点头："是，我是果。"

　　只见老师们的脸上都露出了笑容，一个老师左右看看身边的同事说："哦！她就是金老师的女儿。"

　　"我说呢，长得这么像。"

　　"果，你妈妈罗老师现在好吗？代我问她好！"一个女老师说。

　　"我妈？我妈她很好！"我受宠若惊，原来她们都认识我的父母。我紧张的情绪开始慢慢放松了下来。

那个佛相老师问我："你会跳舞吗？"

我有点慌了，我说："我跳过舞，初中时跳，但很久没跳过。"

"你能跳段舞给我看吗？"

其实我根本就记不得怎么跳舞了，经过长长一年的体力劳动，我都已经麻木于应付那些繁重的劳作。但我还是大着胆子跳起了在初中时获过奖的《扑蝶舞》，跳得手脚生硬，感觉我在打谷、挑泥。

跳完之后我就尴尬地站在那里，听几位老师凑在一起小声地说话。

"长得高高瘦瘦，苗条的身段比例倒也蛮合适，小蛮的腰，长长的手和腿，五官也不差，大眼睛，国字脸，稍稍宽厚的唇微微上翘，有个性。"

"可惜就是地主成分，恐怕政审通不过。"

"这样我们是招不够人的。"

"如果是人才，可以破格录取。"

"是啊，县文工团也有这样的先例。"

"她不是应届生，是社青。"

老师们的议论我听得清清楚楚，我心里纳闷，这样被叫作"目测"了吗？但我最敏感的一句话，就是说我是地主成分。我被严重的沮丧感笼罩住，在脑子的恍惚中，还意识到我原来不是应届初中生，我属于一个社会青年。我的读书梦，仍然因地主成分被砸得粉碎，悲怆感从心底里骤然而升，带着沉重的心情陷入了人生的迷茫之中。

喜讯是赵老师带给我的，赵老师兴奋地把我拉住："果，好消息，你被破格录取啦！你已成为今年新一届的高中生！"赵老师有一双圆圆的娃娃脸，见到她我就感到可亲又可爱。我双手捧着入学通知书，激动的泪花蒙住了双眼。

后来才知道，我能读上高中，多亏了赵老师的推荐，在政审不过的关键时刻，赵老师跟公社教育组领导说："果思想积极上进，爱唱爱跳，是个有文艺细胞的孩子。"就这样，我有幸被录取了，我是这届招生中唯一的出身地主成分的学生，也是唯一的一个没有经大队贫下中农推荐的高中生。

赵老师是我父母的同事，我自小她看着我长大，在老师下乡搞宣传时，我母亲艰难地牵着我和姐姐一同下乡，徒步村村寨寨，赵老师伸出了援助的手，她曾背着我走过了很多路，跋山涉水，不言劳苦。赵老师教过我语文，教过我唱歌，教过我跳舞。赵老师出身贫农，根红苗壮，但她从不小看人，不鄙视我们是地主成分。我参加工作后，赵老师还是我的入党介绍人。我想，赵老师是我遇到了那位叫"伯乐"的人。我不是千里马，但是在一片浮躁中有人看见了我的真诚。

在无限的感恩中领悟，这世间事，一切都可以理喻。一个怎样的时代，就有怎样的人和事，无法挣扎，无法抑制，也不能超脱。但是，在时代潮流的河床里，也会有些人和事，逆着时代河道的夹缝里奔腾流淌。伯乐就是如此。

果 2020.2.17

踏上征程

挑着沉重的行囊，我踏上了读高中追梦的征程，步行在去塘岸镇的山路上，挑着的一担行李有：半袋大米、衣物、蚊帐、被子、席子，木桶，矮板凳（集中用）和长板凳（上课用）、铁铲（劳动工具）等生活用品，最后三件是学校入学通知书上强调必须要带的。由于学校从原来一届2个班扩招到4个班，教室上课的凳子不够，需要自带一条长板凳，开门办学每周需要劳动课。

沿途经过山坡上的梨树林、大榕树，石山群和辽阔的旱坡地，这是村里人去镇上的必经之路。从村里到镇高中的距离约有八九公里路。一路景色奇特，左边是连绵起伏的泥土群山，右边却是客斯特地貌的石灰岩尖头石山，石头山上长着永远长不大的杂树木，有一座石山的形状像头大狮子，人们称它为狮子山。石山被大队的副业队用炸药炸开，采石山石烧石灰。远远看狮子山，就像黑色的狮子肚皮被翻开了一个口，白色灰质的石头露出来，副业队每天都在炸石，村里人赶集路经这石山坳时，总会遇到有副业队的人拦路，说暂时不让路人通过，马上就要点炮炸石头了，等到轰隆的炮声响起，石头随着火药味飞又起落下，确认安全了，才放人通行。我路过这山坳时，幸好没有遇到放石炮，远远也闻见钢钎铁捶打石"叮叮当"的声音在山谷里回响。

虽已是秋天，南方还是很炎热，秋风和着阳光如一双柔软而温和的手，轻轻抚摸我脸。我怀着无限的憧憬，仿佛这条山路是一条理想的通途，想想自己能读上高中是那样的幸福，一个大队高中生每届也只能得两个入学的指标，且要大队的贫下中农推荐是贫下中农的子女，而我不是贫下中农的子女，是幸运的通过特殊的途径破格入学的，这样的机会值得我好好去珍惜。

担子越来越重，虽然是秋高气爽，但我的头上已是满头大汗，担子上那条长板凳无论怎么搞，都不服从绑架，时不时打撞着我迈开的腿，那把劳动工具，也不听使唤掉落了好几次，我摇摇晃晃，跌跌撞撞的，停下整理了好几次，后来我干脆弃了扁担，用铁铲做扁担，幸好有过劳动的锻炼，咬牙坚持把担子挑到了学校。

这是一所新建才4年的乡镇高中学校，位于镇附近的一个黄泥山顶上，建校基地是将等腰三角形般的黄泥山锯掉了山头，变成了等腰梯形，在推平了头的山上建了简陋的校舍，学校没有围墙也没有校门，进入学校可以四通八达，而通往圩镇那条路便成为学校的正大门，可以骑车出入，学校的房子全是平房，四排砖瓦房面对面，围成打麻将的方阵，两排房子是教室，两排房子是宿舍。房子周围四边还堆积有一些被推松了的黄泥土，未来得及清理，连操场也都是黄土地，房子的墙是用石灰批过的，可能是因为下雨时黄泥水飞溅的污染，房屋的墙根部分都略略显得染上了黄泥色，学校给人的感觉是黄泥的天地。

我刚到学校新生报到处，就有高二的同学接待指导，注册，安顿住宿，到饭堂总务处交大米换饭票。一个高二的女同学很热情，她让我在校门墙上专栏贴出的两张红榜上，找到自己的名字，那是新生的名单和分班的明细，我找到自己的名字，知道我被分配在一班。高中实行2年学制，原来全校只有两个年级，一个年级有两个班，我们这一届扩大了招生，这届的新生就有4个班。

分班安排住宿。接待我的那个女生指引我把行李挑到教室后边的女生宿舍。每间宿舍里有8张上下铺的木架床，床板上用白粉笔写着同学的名字，宿舍里有个同学正在铺床，她见我到来，高兴地笑脸迎过来就主动奔接过我的行李：

"来来来，正好我的床铺好了！"她热情地帮我提桶，哼着歌到处找安放的位置。

我在床板上找到了我名字说："我在这呢。"

"啊，你就是果子？哈哈，正好你是我的上铺，我叫高芳。"她笑得满脸春风。

"哦，高芳，你好！"我也向她致以友好的微笑。

高芳身材矮小，两把头发翘在耳躲两边，五官很好看，淡淡的眉毛下是一双圆圆的眼睛，很深的双眼皮，小巧的鼻子，薄薄的嘴唇，显示出特别清秀，她用机灵活泼的动作，一边收拾一边还哼着关牧村的歌："打起手鼓唱起歌，我骑着马儿翻山坡……"本来是女中音的调被她唱高了八度，嗓音清脆得如黄莺。

听到她唱歌，我的心情不觉也愉悦起来。

高芳仰视望着我，突然跑到我的身旁，用她的手平放在她的头顶上跟我比划着高低，她大声惊叫起来："哇哗，你好高！"说完就一串银铃的笑声灌进我的耳朵。

"你好漂亮！"我被她逗了，也快乐地找出她的优点。

高芳动手帮我铺好了床，就和我一起去饭堂总务处交大米，她带来的大米比我的少一半，说她家离学校很近大概有两三公里，她计划只有中午在学校开饭，晚上申请外膳，回家吃，这样可以照顾她的弟弟妹妹，帮家里做点家务。

高芳是个勤快的人，她硬要抢着帮我拿大米，把她自己轻的换给我拿，我对她的热情很感激，让我感到学校里同学的友爱和温暖。高芳后来成为我要好的同学。

学校饭堂总务处落在半山腰的几间小房子里，我们把大米扛到总务室，总务处的主任鼻梁上耷拉着一副眼镜，他习惯性地拎过我们手上的一袋大米，顺手的往磅秤上一丢，用一个指头去敲着磅秤的秤砣，确认重量后，叫我们自己把大米倒到大缸去，他在算盘上噼里啪啦了几下，把将兑换的饭票发给我们，每张饭票连柴火费和菜钱要交1角钱。

学校的厨房建在山脚下，校舍与厨房一高一底，相隔着陡坡，陡坡是一片树林，从校舍通往厨房的路十分陡峭，是在山的坡度上直通通地开出来的，落差大得差不多要竖起来，站在山顶的校舍上远远俯视，厨房那几间屋子就像掉落在山脚里的几个小方盒，学校没有自来水，大概是因为水源的原因而选择在离校舍800米山脚下建厨房。厨房山脚那边的山与校舍所居住的山截然不同，那里不再是黄泥土，而是属喀斯特地貌的那种石头山，石头山里有岩洞，岩洞壁上长有洁白的各种形状的钟乳石，洞里乳石"叮咚"的长年滴水，清澈的泉水从暗河源源不断的往外流，清泉水孕育着四周的稻田，山间郁郁葱葱。

从厨房爬上宿舍就等于登了一次山，我看见从厨房到宿舍之间经过的桉树林里，被踩出很多条小路，那是很多同学为了绕近道或避免走落差太大的坡路，踩出的许多弯弯曲曲的小路。小路上的草被踩没了，露出黄坭，条条小路就像编织在桉树林根底下一张橘黄的网。

陆续有很多同学来报到，我和高芳因为来得早，就在周边逛逛，正好遇到一个高二的同学，是高芳的同乡，她们认识，同乡同学提着一桶衣服，说衣服在家里来不及洗就带来学校，她去要龙泉岩洗衣服，我和高芳闲着也没事，就跟着同乡同学去龙泉岩。

这是学校旁石山边的一个龙泉岩水洞口，绕过女生宿舍的背后，就看见紧挨着一片像极桂林一样风景秀丽的石山，龙泉岩水洞口就在石山后面。同乡同学介绍说："上两届的女同学都喜欢到这里来，不去井边洗衣服，而是三五成群绕着山路来到石山脚边的龙泉岩水洞里去洗，那是上两届同学发现的新大陆。岩洞的泉水很清爽，冬暖夏凉。大家在泉水里尽情欢快地洗衣服，就是一件小小的汗衫也都要搓几十次洗得干干净净，真是太爽了。"冬天泉水升腾起暖暖的烟雾，水是暖的，洗衣服可以站在石块上边，不冷，夏天岩洞太阳晒不着，很凉快，洗衣服时干脆卷起裤腿把双脚泡在泉水里，那种凉爽的感觉真是舒心极了，洗完衣服还可以打半桶水提回宿舍留着明天早上洗脸漱口。女生宿舍的锑桶里，常常是装着水的，这样随时用水方便。同乡同学说得神采飞扬，我和高芳也感受到了感染，此刻也尽情地享受着这大自然带来的清爽。

同乡同学还介绍说："你们来了就知道啦，我们是要自己种菜，自产自给的，你们看黄泥坡上都种满了各种各样的青菜，这是学校分配给各个班里的菜地，每班负责一片地，劳动课时种菜、淋水、挑粪施肥，摘下青菜交给学校饭堂，每天由各班负责供应青菜，这样轮着供应，我们师生每天伙食吃的菜，都是靠自己的双手种出来的，每餐菜钱只需交3分钱。"

我看到一垄垄的黄土地里，真的种有很多青菜，这大概是上学期同学们种的，青菜经过了一个暑假没有人打理也没人摘，成片菜叶都老了黄了，菜心菜梗飙得高高的长出了菜花，只有顶上还有的嫩芽可以吃。

没有围墙的学校，整个都是在山坡、黄土、石山、泉水、树林和菜园的交织中的自然和生态的环境里，到处都是同学们活动的空间，山坡上，树林旁，草丛里，到处都可以成为活动场所。

晚上，全宿舍里的8个同学都到齐全了，宿舍里8个装衣物的木箱，箱子各种各样，都充满着乡土的气息。同学们都来自农村，公社里的各个大队，有的同学来到学校，要走30或50多公里的路程，有的还是第一次走出大山，如深山里的小鸟飞向了蓝天，大家在互相认识中变成叽叽喳喳的一笼小鸟。

我们都是幸运儿，比起那些早早就失学了的孩子更是无比的幸福。

就从今天，开始了新的学期，我踏上了梦寐以求的高中阶段学习的征程，我期待着明天的上课，我在憧憬中进入了梦乡。

上课第一天

　　早晨，迎着曙光的校园沉浸在一片鸟鸣声中，同学们踏着早操的铃声，像小鸟一样快乐飞快地到操场集合。高二同学的队伍排得整整齐齐，班与班之间的队列分明，而我们新生的队伍如一片散沙。体育老师一边吹响口哨一边跑过来，举起拳头喊道："向右看！请新一班、二班、三班…迅速依次排列。"随着高音喇叭传来广播体操的口令和音乐节奏，新生同学们迅速站好了班队，在手忙脚乱中做起了广播操。这时我尴尬地站在队伍里，从初中毕业离开学校参加集体生产劳动一年之久，我已把第六套人民广播体操忘记得一干二净，幸好开学第一天新生有点混乱，早操我就跟着同学们从头混到结束。

　　在教室找好了座位，我和同桌英坤坐的长板凳，正好是我从家里扛来的那张。教室里同学们坐的板凳，都是各自带来的各种各样的凳子，高高低低，参差不齐。英坤同学也是山里来的，她的家乡比我的家更偏远，她有山里女孩腼腆的特征，一身山里的气息，也许是青山绿水的养育，她身材五官长得很标志，皮肤白静得细细嫩嫩。高芳坐在左边和我们不一个组，她在那边向我扬起了笑脸，示意她坐在那边，我也高兴地向高芳招招手。

班主任杨朝帜老师，中等身材，头发略有点天然卷曲，是名牌大学中文系毕生的高才生，他是个有教学经验的优秀教师，这个镇高中的设立时，他就从县城中学受任来到这所学校。杨老师几乎是踏着上课预备铃声来到教室的，他站到了讲台的那一刻，铃声骤然而止。看见杨老师进来，同学们个个表现出安静、严肃，一副渴望的表情望着杨老师，杨老师用随和而慈祥的目光扫了教室一圈，微笑地打开文件夹，开始点名。杨老师每点到一个同学，都有礼貌地向被点到的同学投去含笑的目光，让我感到他是那样的温和、亲切。

杨老师先向我们讲述了教学的大好形势和学校的建设情况，学校的教育方向是实行开门办学，这所学校是公社城镇范围内、有史以来设立的唯一一所中学，新设立的学校前三届只招两个班，因今年扩大招生至4个班，学校的桌子和凳子都不够用，感谢从家里提供桌凳的同学们，为学校解决了困难，等学校订购的新桌椅到了，学校会把你们家里的凳子归还给你们。杨老师表扬带来凳子的同学，我也是其中的一员，我非常高兴，满怀激情挪了挪身子，让自己坐得更端正以聆听杨老师的讲话。

杨老师说，新学期的开始，同学们从初中阶段步入到高中，要有适应过程，对自己的要求要更高了，祝同学们在新的学习里更上一层楼。我听得满心喜悦，以为接下来等待已久的激动时刻就要到来，那就是我深深期盼着的发课本时刻。

谁知杨老师话锋一转说："我们同学要树立愚公移山、发扬一不怕苦二不怕死的革命精神。我们的新学校还不够完善，需要我们同学的共同努力。现在，我们的教室后面有堆黄土山，需要我们去搬走，学校要在那里开辟一个新的操场，请问大家有没有信心？"

"有！"同学们异口同声地回答，响应了起来，杨老师号召大家十分钟内回宿舍拿出工具去劳动。"嗖"的一声，同学们齐刷刷的迅速站起争先恐后地跑回宿舍，我也随着大流回宿舍拿到了我的铁铲。

全班来自各乡村的少男少女拿着工具，叽叽喳喳地汇集在教室后面黄土山地里，在杨老师的带领下开始劳动。那堆黄土像一座山，屹立在教室和桉树林的中间，我们要把山据平，开辟出一个操场。同学们都是来自农村，都有过劳动经验，大家干得也很起劲。高芳向我走过来，她要跟我和英坤组合成一小组，英坤铲泥到泥箕，我和高芳抬泥去填桉林那边的沟壑。一班人干得热火朝天。

下午劳动前，先在教室集合，在杨老师的指导和提议下，班里选举产生了班干部，由5人为核心的班干部：班长，副班长，劳动委员，生活委员，文体委员。我被同学们信任，被选举为文体委员，我认为高芳担任文体委员比我更合适，她能唱能跳也比我活泼，但由不得我提议，杨老师的定音锤已下，选完班干部，剩下两节课继续去挖山。这时劳动场地里不止我们班，其他两个班也在一起劳动，锄土的、搬土的好一个热火朝天的劳动场面，集体劳动也让大家都觉得很快乐。开学的第一天，打开了劳动的序幕。我心想，可能等那黄土山包搬走，就会发课本了。

尽管是初秋，天气还是很炎热，同学们早已是汗流浃背，杨老师告诉我们，学校饭堂开放热水洗澡的时间是下午第三节课以后，大家可以休息一下，准备去洗澡。

高芳是外膳生，下了课就赶回家去了，我和英坤赶紧抢时间去饭堂排队等水洗澡。劳动了一天，全身有酸痛的感觉，手也起泡了，身上的衣服全是汗酸味。

学校的生活条件比较差。6个班的学生大约有100多名女生，浴室只有6间，洗澡的热水是厨房蒸饭蒸笼下面的水池里的滚水。学校把热水排水管道管理得特别严，从滚水池里放热水出来的地方安装着一个铁门，一条胶管从厨房墙内水池里打个洞伸出来，接水的龙头终日用锁头锁着，由专人负责管理，不到时间不得开放，平时谁都不能接热水。

这时，只见同学们像打仗一样抢先去等热水，女生们一边抱着用浴巾包卷着的干净的衣服，一边拿着桶，像冲锋陷阵一样从四面八方奔下山，穿越在那片树林不同的小路上，争先恐后地越过陡坡往山底下的厨房奔去。等我和英坤赶到热水龙头前，那个铁门还没有打开，但已经在门口排队的锑桶、木桶已排成了一条长龙。由于各班同学都劳动，急着要洗澡的女生很多，我第一次见到这样壮观的等水长龙。

管理水龙头的是一位饭堂工人，当她"咣当"的一声打开铁门的时候，等水队伍也跟着"轰轰"的骚动了起来，原来在地上排队的桶也迅速被同学们拿了起来，管理员像紧握冲锋枪的姿势双手握着热水管，对着一个桶，"哗哗"的放给半桶热水，热水在桶里冒起了一团滚烫的热气，接到热水的同学就去旁边的水井里根据需要再加上一半凉水。

人多洗澡房少，一个洗澡房门口有五六桶洗澡水在排队，待前面五六个同学洗完出来，轮到自己进洗澡房时，水已经凉了。在大热天里是无所谓的，但一旦在生理期就不能洗太凉的水了。

我可怜巴巴地等候着，前面排了五桶水，站在洗澡房旁等待里面洗澡的同学出来，我被那种等待的时间煎熬着，那种守候的心情最糟糕，仿佛这是苦涩难耐的时光，劳动之后是多么想爽快地洗个澡，我呆呆地抱着换洗的衣服，焦急地聆听洗澡房里面"哗啦哗啦"的水声，几个洗澡间的洗澡水从我面前的水沟里流过，流向山间井边的水塘里，水塘里长满了浮萍，浮萍因肥料很足，长得很粗壮，绿油油的一片。

这时我的肚子饿得咕咕叫，排着队又不敢去领饭，时间都消耗在排队上了。高二的同学可有应付这样拥挤的经验了，她们学会了掌握这样时间的窍门，避免洗澡的高峰，先吃饭，再看人多少的情况去洗澡，这样能充分利用时间，不像我们这样傻傻的排队。

这时我听见学校广播室的广播开始了，声音从挂在教室檐梁上的高音喇叭里传来，先是一段音乐，然后就是今天各班劳动的通讯报道，报道同学们在老师的带领下，不怕苦不怕累，劳动铸造了同学们的坚强的意志，报道也表扬了我们班。喇叭传出的声音让我振奋，播音员是高二的同学，播送的文章也是同学们采写的，学校的通讯报道搞得相当活跃。在这样的活跃气氛下，我感觉很新鲜，劳动的疲惫也就在聆听广播中烟消云散了。

在女生宿舍门前的晾衣场上，我遇见了郑容，她是我姐姐小学的同学，也算是我的童年伙伴，多年不见，在这里相遇十分高兴，我们嘻嘻哈哈的大惊小怪："你怎么也在这里？"

郑容说她已经是高二了，我们就兴奋的一起聊聊，我像遇到了知音，我忙问郑容："今天上课怎么不见发课本呢？"郑容"唉"了一声，跟我说开了："我们去年入学时，也是开学了一个月之后，学校才发下几本课本，《语文》《数学》《物理》《英语》等，但很少上课，有的课本根本就没有翻过，现在都读高二了，打开那些课本还闻见浓浓的墨印芳香，我们没有什么学习压力，每周也有上课，但一个学期都没有考过一次试，更没有考大学的奋斗目标，不是同学们没有上进心，而是教学体制是开门办学走出校门，有上进心的同学都逐步在这种环境中消磨了求学的意志。学习文化课程虽然不作为主要任务，但学校的课堂纪律、思想教育抓得可严了，学校实行军事化管理，早操、上课、劳动，作息时间都特别严格。我们常用上课时间到附近的生产队里帮忙割禾、插秧、挑泥、高温堆肥、兴修水利、农田改造。有时也挑着行李去很远的地方开山劈岭，造田造地。最大的压力就是干活累得要命。"

听了郑容的一番话，理想离我是那么遥远。上课第一天就这样过去了，但我还是渴望着，期待着明天发课本。

同学高芳的家

开学第一天认识的高芳同学，后来就成了我的好朋友，下午5点，劳动课提前结束了，学校开饭时间没到，洗澡热水开放的时间也未到，有点空余时间，高芳手搭着我的肩膀看着我说："不如你也一起到我家去？"对高芳热情的邀请，我故意作思考状，其实我满心的高兴，高芳是学校批准了的，属于特殊照顾的半外膳生，午饭在学校吃，下午放学后回家吃晚餐，她每天都能回家对我是个诱惑，能有机会到高芳家去玩玩也是开心的事情，我很干脆地说："好啊！我去。"

高芳性格活泼，能歌善舞，乐意助人，我们同班，又一同参加学校的文艺队，我们彼此之间情同手足，无话不说，因她晚餐外膳，课余时间我们难得有机会在一起，现在我们能在一起是那样的高兴，我们两人就勾肩搭背地走出了校门。高芳放学后回家总是来去匆匆，她辛辛苦苦的跑来跑去是为了省下一些在学校的饭钱，在学校吃一餐干饭的米，在家里能做两餐粥了。高芳每天下午五点钟下了最后一节课后就步行3公里回家，她家在塘岸镇紧挨着的一个村庄，离塘岸镇很近。

穿过塘岸圩镇的半条街，拐进一条长长的小巷，走出小巷，便是一片田野，走完一段田埂路，便到了一个叫高屋队的村庄。

高芳告诉我，这是一个大村庄，村里的人全都姓高。过了一片农舍，我看到村里各种各样高高矮矮参差不齐的泥砖土瓦房，除了瓦房还有一些简易的牛栏和猪栏，屋前屋后竹木茂盛。

高芳家就在村后的稻田边，门口不远处是一片田野。我们走在田野上，看见一轮深秋嫣红的夕阳挂在田野的斜上空，西边的天空慢慢聚集了一片片红霞，晚红霞在我们村里有个土名叫火烧云。我们仰望着红彤彤的火烧云兴奋不已，高芳对着天边唱起她常挂在嘴边的那首歌："打起手鼓唱起歌，我骑着马儿翻山坡……"快乐的节奏挑逗起我的喜悦，她一边唱还一边跳，两腿迈开前弓后箭的步伐，两手做出打手鼓的动作，我看见她的两条羊角小辫子也像打小手鼓拨浪起来。我喜欢能歌善舞、时常快乐的高芳，喜欢她发起这种欢乐的氛围。我也跟高芳跳了两圈，一路蹦一路跳。

红霞欲下沉的闪闪烁烁的金光照在一个农家院子里，这就是高芳的家，一栋两房一厅外加一间厨房的泥砖瓦房和猪栏围成的院子，猪栏里养有一头猪，院子里晒满了稻草，入到大厅堂，我就看到厅堂中间挂在墙上的一幅毛主席像。屋里陈设非常简洁，打扫得干干净净，摆得也整整齐齐。高芳招呼我在厅堂里坐，她却忙着去干活，我自己一个人坐得也不安定，也跟着出去帮干活。

高芳先是把晒在院子里面的稻草收拢成一捆捆，我帮着把稻草抱到厨房的柴堆里，高芳看见水缸没水了，就又忙着去水井挑水，放在厨房门口的露天大水缸肚子大大的，能装七八担水，但高芳只挑了一担水后，就以娴熟的姿势动手做饭。

"今晚煮红薯饭，"高芳似乎是用很得意的表情告诉我的，很快就从屋里捧出一箕子红薯，我们一起坐在厨房门口的石凳上，用小镰刀刨掉红薯皮，红薯皮是红的，红薯心是黄的，红薯有些生虫，要挖掉虫蛀的部分，然后切成小块，洗干净，红薯和米一起放进一个很大的铁锅里，加水，开始烧饭。泥土灶台巨大，上面架着两个超大的铁镬，煮饭是用小一点的铁镬。高芳将一小抓稻草绕缠成一小髻，送进肚子大大的泥土灶里点燃，然后大把稻草放进灶里，利火的稻草瞬间跳起熊熊的火苗，烟囱里冒出一串浓浓的炊烟，飘向田野那边。

高芳做事很麻利，有煮大锅饭的经验，放水、放米，烧柴火的火候都掌握熟练恰到好处，很快就飘出米饭以及红薯甜丝丝的香气。

高芳把刚才刨出的红薯皮拿去猪栏喂猪，又拿下挂在厨房门口墙钉上的一篮青菜，高芳说这是她妈妈清晨去菜园摘回来的空心菜。妈妈早上6点就起床干活，煮两大锅粥，一锅早餐，留一锅中餐。家里爸爸妈妈连兄弟姐妹正好10个人。

我坐在石凳上帮择空心菜。秋天的空心菜早已经过了季节，有点老了。村里人习惯叫空心菜的别名——雍菜，老人说："10月的雍菜芽，硬过牛肉巴。"我按在我家里择空心菜的习惯，那个菜头老一点的部分，是丢掉不要的，我按我的做法丢掉了许多老菜头，摘出嫩芽的一小部分，这样下来，一篮空心菜几乎被我丢了一半。高芳问我，这些都不要啦？我说这是老的菜头呢，高芳也认可的哦了一声。

傍晚，当田野那边烧起的红云渐渐遁去，变成了一片昏黄的灰黑的云，高妈妈从农田干活回来了，她卷起裤腿、戴着的竹笠已摘下斜挂在背后，见来了客人，满脸倦容的脸露出了洁白的牙齿，她一笑，面若春花，让人喜悦，从她身上能看到高芳的影子，高芳是她妈妈的翻版，母女一样长得标志而清秀。我眼前突然一亮，看见一个美丽的画面，高妈妈那姿势在黄昏的映衬下，犹如在舞台上跳斗笠舞，她苗条的身材，穿着的堂装斜开襟上衣，卷起的裤腿，斜背的斗笠，多么美啊，我不觉惊叹：

"哇，高芳，你看你妈多么美啊，多么像我们正在排练的斗笠舞！"

"去你的！"高芳笑了笑撞了我一下："我妈才不理你这些什么舞蹈不舞蹈呢！她每天劳动累都累不过来。"

高妈妈一边放下工具一边大声说话，声音大得跟她美丽动人的模样很不相符，让我这个不速之客有几分害怕，她一张嘴，我就提心吊胆起来。高妈妈一眼就看到我丢在石凳旁边地上的那堆空心菜头，一副心痛的样子大声叫道："死咯，死咯，谁把这些菜都丢了？"

我一听，慌了神，赶忙说："是我。"高芳也赶忙跑过来帮我解围说这菜都是老了的，吃不得了。

"谁说吃不得？你什么时候学得嘴巴这么叼？"高妈妈一把将搁在旁边的菜篮揪过来，动作威猛，一股脑儿地把空心菜头统统捡起来拿去倒进水桶，连同我择下的嫩菜芽混在一起，去水缸瓢水洗干净，一边唠叨说："这个菜不能丢啊！你不吃，你的弟弟妹妹们要吃，家里人就是一篮牙齿，每天都要一大篮青菜，种的菜都不够一家大大小小这篮牙齿吃呢。"

我站在旁边看着高妈妈大声地唠唠叨叨，仿佛是在骂我，我局促不安地站在那里，不知道该做点什么，我看着高芳帮妈妈烧火，高妈妈麻利地用菜刀在砧板上不轻不重地拍了一个大蒜头，去掉蒜衣，挑出蒜米，连同空心菜一起放下大锅，炒菜声音"嚓嚓"的响，长柄锅铲将铁锅铲得叮叮哨哨，两碟绿油油的空心菜很快就上了桌。

掌灯时分，高爸爸也从地里回来了，我看见高爸爸一副干活人铁骨的身材，皮肤虽然被阳光晒得黝黑，但更加彰显了强壮的体魄。高芳的姐姐毕业后也是因为长得漂亮、有文艺才华被镇供销合作社招去做亦工亦农性质的工作，活跃在社会的文艺活动上。这时，一家大小都到齐了。

晚餐，把挨在墙边的矮圆桌拉出来，餐桌就在火灶旁边，一家人坐着矮凳围着圆桌，显得很拥挤。高爸爸打开饭锅盖，看到一锅红薯饭就喃喃地说："不是说煮红薯粥的吗？怎么煮红薯干饭了？"

高妈妈在一旁压低嗓门说："阿芳的同学来了！"

我默默地听着，内心不由产生了许多内疚和感动，我心里明白，在生活贫穷，粮食紧缺的时候，有限的大米，是完全不够的，煮粥和煮饭有很大的区别，大米不够可以多加两瓢水煮粥或者加点杂粮能顶饥饿。高芳家今晚计划本来是煮粥的，她专门为我煮饭，打破了家里的计划，她的情谊我终生难忘。

我第一次吃上红薯饭，黄心的红薯粉而软，渗入米饭里，黄白相间，有点像南瓜饭，红薯饭甜甜的、香喷喷。饭桌上除了那两碟空心菜就再也没有别的菜了，看到一家人的筷子不断交错地往那菜盆里夹，我不敢把筷子伸过去，生怕他们不够吃。高妈妈大概没有发现我的局促不安，她时不时就热情又大声地笑着对我说："同学吃，吃，不客气！""同学，有菜吃饱饭哦!"我感动地:"嗯!嗯!"但我还是不敢去挟那盘空心菜,我觉得哪怕是挟一箸,也是摊薄了他们的份量,幸好红薯饭甜甜的好吃不用菜。

放下筷子,我们返学校的时间也就到了。

高芳和我匆匆走出家门,这时天色渐渐变黑了,站在她家的屋边,她指着坐落在田野那边的一个农户院落说:"果子,你看到前边那院子的房屋了吗?"我顺着她手指的方向,在暮色中看到了田那边竹林深处农家院里的房子说:"看到了。那是什么地方?"

"走!"高芳拉着我转身向学校走去,一路上,高芳跟我讲了关于她和那个院落里的人的故事:她有个男同学叫坤,家就在她家隔壁姓刘的村庄,和高屋村挨着,只隔几块田,但在不同生产队。她和坤从一年级到初中都是同班同学,也算青梅竹马,两小无猜。坤的父亲是村里有名的剈猪佬,每天都去帮农户家杀猪。市场的生猪实行买一调一,就是必须先把一头猪卖给国家,剩下的才分个人杀了去市场卖,那时家家户户都养有一头或两头猪,坤的父亲生意可好了,三村六峒的人都请他去剈猪,得排着队等他去剈呢。他每天天不亮就要出发,上门去杀猪,6点钟前就可以把猪杀好,开成两边,接着就用自行车拉猪肉去镇上肉行去卖,帮杀猪也负责帮把猪肉卖完。两边猪肉摆在市场那个木板肉台上,等待顾客,一斤或两斤、一块两块的卖,卖完一头猪一般要一天时间。虽然很辛苦,但有工钱,有时还能带猪肉回家。在村里,坤的家是属于富裕人家,有肉吃,有经济来源,是让很多人羡慕的有钱人家。高芳的家很贫穷,很久也吃不上一次肉。从高考读小学时开始,只要坤他爸拿了猪肉回来，坤都要往高芳家里送。高芳家里没钱买肉，能吃上一餐猪肉，全靠坤家里送。这样一来，双方父母好像达成一种默契，大家都心知肚明，他们是要对亲家的。坤的家就在刚才我看到的那房子里。

"如果我同意，你说这样好吗？"高芳信任地问我。

"这样就算是相好了啦？"我奇怪地问："是娃娃亲吗？"我想起旧社会的那种"父母之命，媒妁之言"的婚姻模式。

"我家吃了人家送的那么多猪肉，如果我不同意，能说得过去吗？"高芳反问我，她把我当知心朋友，一心一意跟我聊，徘徊不定，是想听听我的意见。

我实在不懂怎样回答她的问题，觉得有点复杂和深奥，这样的事，对于我好像特别遥远，我还没有涉及这方面的思考，我的思想还没有成熟到那种程度，但我还是以知心朋友的身份给她一个主意："别管他，以后再说，先读书，大家的年龄都还小，你暂时少去见那个人。"

"可是，他就在4班。"高芳神秘地说。

"他，你说坤也在我们高中吗？"

"是啊，他同我们一届，只不过我们是1班，他是在4班。以前大家都玩得很好，没有什么顾虑，可现在家里父母说了要对亲家，不知为什么，我见到他心就跳得发慌，有点害怕。你说我怎么办？"

"这……"我不知该说什么好，我岔开了话题："如果他爸不是杀猪佬呢？"

"这跟他爸没关系，关键是坤他真的是对我好。"

"如果他爸不是杀猪佬，他还能有猪肉拿给你吗？没有了猪肉，他还能对你好吗？"我不知哪来这样的见解。高芳陷入了沉思。但她时不时地表现出一往情深的表情。

　　我对爱情是那样的青涩无知，迟钝得连高芳的痴心我都看不出来。活泼开朗的高芳主动把她内心深处悄悄地藏着的、让她困惑而且酸酸涩涩的秘密告诉了我，那是闺蜜才有的待遇呢。高芳一再嘱咐我，这事只有我知道，千万不要对外人说。我对天发誓，我保证对谁都不说。高芳说知道我是一个比较内向的、值得信赖的人，深信我不会八卦出去。

　　这时天色已黑，我和高芳几乎是踏着晚自修的铃声回到学校的。我深深体会到她外膳的时间是那样的紧张，我问高芳，你晚上就不能不回去吗？高芳说不行啊，家里弟妹多，大米不够吃，晚餐回去吃，可以省下一点米，家里早晚基本是喝粥，如果我每天在学校吃两餐饭，我对不起爸妈和兄弟姐妹。听着高芳的话，我不觉对她肃然起敬。

校园歌声嘹亮

　　校园歌声嘹亮，首先是从我们班里飞出的歌声。这与我有关。开学第一周我被同学们选举为班干部，担任班里的文体委员。班干部由班长、副班长、生活委员、文体委员、劳动委员组成。杨老师在宣布班委委员的名单时，向每个班干部投去信任的目光。而我内心充满了自愧。文体委员应该是一个活泼而又有朝气的角色，能带领全班同学开展文艺活动，还要有才气，会唱歌，勇敢的像个老师的样子组织同学们活动，教同学们唱歌，而我是一个胆小怕事的人，说话声音小得像蚂蚁，不敢在众人面前多说一句话，我担心这个文体委员我胜任不了。

　　周六晚回家，我迫不及待地把这件事告诉了当老师的父母，说出了我内心的不安和顾虑。父母知道我被选为班干部很是高兴，他们太了解我这个胆小怕事的孩子，我10岁时母亲给我2毛钱去买面包，我在食品店柜台前站了半天不敢说话，最终又把2毛钱拿了回来，这事后来常被父母拿来调侃我。

　　母亲积极向上的精神感染了我。母亲给我引导和鼓励，让了我战胜胆小的自己，母亲给了我定下两个努力：一是努力克服一切困难，改掉胆小怕事的毛病，所有胜利的第一条件，就是战胜自己；二是努力充实知识，提高自己，母亲鼓励我学唱歌，提高识谱能力，唱歌要注意准确的节拍，自己唱会了才能去教别人。要大胆锻炼，对自己充满信心，勇敢地担起文体委员这个担子。母亲耐心地指导我，班干部就要很好地协助班主任做好工作，文体委员要肩负起文体活动的责任，开展班里的文体活动，活跃班里的气氛。母亲一边说还一边行动起来，亲自帮我用大纸张抄歌、抄歌谱，用红墨水，抄歌词用黑墨水，抄得清清楚楚整整齐齐。母亲为我抄好的第一张歌报是当时最流行的电影《青松岭》插曲《沿着社会主义大道奔前方》，歌谱抄好后，母亲就一句一句地教我唱，先熟练唱谱，再唱歌词，我很快就学会了唱这首歌。

第二天周日下午去学校，母亲让我把抄好的歌带去学校，晚自修前，我把歌报贴在教室黑板旁边的墙上。自修课前，有同学陆续到了教室，同学们看到黑板头上醒目的歌报，都感觉清新了眼目，晚自修的预备钟声敲响了，我勇敢地站上讲台，拿起教鞭就教同学唱了起来。刚开始上讲台真是十分的紧张，全班同学的眼睛都齐刷刷地望过来，我紧张得身发冷汗，嘴皮发麻，连说话的声音也在颤抖，但我一直在心里记住母亲的话，不要气馁，要勇敢、坚持！我暗暗下决心："战胜自己！战胜自己！"

歌声就这样响起来了，我用教鞭指引着歌谱，我一句，同学们一句，《沿着社会主义大道奔前方》的歌声就在校院里响起。很多同学都看过电影《青松岭》，高音喇叭也常播放这首歌，歌的旋律同学们都很熟悉，只是不知道歌词，现在看到了歌词，也就敢大胆的开口，唱两遍下来就顺溜多了，歌声那种热烈的情绪，充满了自豪感、抒发着信念与美好的情怀，同学们唱得很认真，很快就会唱了，同学们越唱越起劲，歌声响彻校园。

第二天周一，早操的集中时间，校长在全校师生面前表扬了我们班文体活动搞得活跃，嘹亮的歌声浓厚了整个校园的气氛，在全校带了一个好头，是各班学习的榜样，号召全校都要向1班学习，各班所有的文体委员都充分地调动起来，发挥作用。

结果在我们班的带动下，有好几班都跟上来了，预备钟一响，在上课前的十几分钟时间，全校掀起了唱歌的热潮，构筑了一个活泼生机、充满活跃的气氛的校园。那时提倡军事化管理，预备钟一响，同学们就整齐地坐在教室，此后各班陆续响起洪亮的歌声，但仍有一些班没有歌声，班里死气沉沉。

老师、同学们的表扬增强了我的自信心，我教同学唱歌的积极性更高了，我开始自己抄歌报，在一个星期里，我居然教会了同学们3首歌。一个学期过去，班里同学会唱了很多歌。人们班得到了学校的表扬，我记得我教同学们唱的歌有电影《草原英雄小姐妹》插曲《草原上升起不落的太阳》，电影《海岛女民兵》的插曲《渔家姑娘在海边》，电影《青松岭》插曲《沿着社会主义大道奔前方》等等歌曲。

高芳特别爱唱歌，我们同在学校文艺队，她歌唱得比我好，性格比我活泼，本来文体委员应该由她来当是最合适不过的。

有一天，高芳被杨老师叫去，我以为发生了什么事。等高芳从杨老师那里回来，我看见她那张笑盈盈的脸变得难过，我急忙迎上前问高芳，她略带惆怅地告诉我，我们要分手了，我急忙问你这是怎么啦？原来学校要把高芳从我们1班调到4班去。因为4班的文体气氛活跃不起来，一个学期过去了，4班都没有出现过歌声，班里选不出能教唱歌的文体委员，而我们1班人才济济，除了我，还有高芳。接着杨老师就来到班里宣布，根据需要，学校要将高芳调到4班去担任文体委员。高芳要服从学校决定，现在收拾好你的学习用品，明天要到4班去上课啦！同学们听后，致以一片鼓励的掌声。班里很多同学都舍不得高芳，特别是我，我与高芳结下了深深的友情，除了同学情，还有姐妹情。对于高芳，我真是难舍难分。

这天放晚学后，我特地用我的饭票，请高芳留在学校吃饭，不用回家外膳，在路上奔波，我们也难得有机会聊聊。

晚饭后，我和高芳手拉手在校园那片树林里散步，正好到了学校广播室广播的时间，我们听到了高音喇叭里广播报道《歌声飞扬，各班的榜样》。我和高芳高兴地驻足聆听，广播报道的内容是我们班浓厚的文娱气氛，让校园歌声嘹亮。高芳喜出望外地拍拍我的肩膀说："哇，听到了吧！祝贺你！这都是你的功劳！"我也把高芳的手紧紧地攥了一下说："那你，也要加油！到了4班，把班里的歌声也嘹亮起来！"

"好！我们一起努力！"我和高芳把手臂做成加油状。明天高芳就要去4班了，我们漫步在树林里，沉默了一会儿，晚风吹来一阵清爽，这也算是我在为高芳送行了。

这时，高芳突然说："不好，他就在4班！"

"谁？"

"坤。"

"是哦！这么巧！"

坤是高芳家里默认了，定了亲的对象，这是一个秘密，学校就只有我知道。我说你们两个在一个班，你们俩的事千万不要泄露啊，一定要保密！保密！如果事情暴露出去就会惨遭批斗，我和高芳伸出小手指拉钩："拉钩！拉钩！一百年不许变！"此刻，我们如共同在心里收藏好一份机密的文件。

我们从树林走到教师宿舍前，看见杨老师在门口给他的单车上链油，我们走过去跟杨老师诉说我们的依依不舍，杨老师也深深理解我们的同学情深。杨老师安慰我们说："感情都能理解，分别的难过是暂时的，慢慢就会淡去，你们两位同学挑起文体委员的重任，今后虽然不同班，还同在一所学校里，你们还同在学校文艺队，每天见面，你们两个好同学，在各自的班都要好好发挥自己的特长，把班级的工作搞好。刚才我听到广播了，我们班成为学校的标杆，高芳你也要好好向果子学习。"

杨老师这一提示启发了高芳。告别了杨老师，高芳拉着我奔向教室，她在讲台的书桌里翻，将我历来抄写的大字报歌纸全都收集了去，她要把我们班唱过的歌统统拿去教 4 班同学。有同学看见了就说高芳："你吃里扒外啊？这是我们班的财产"。高芳就嘻嘻嘻地笑说："我们是姐妹不分家啊，哪能分得那么清楚的呢！"

望着高芳把我教唱过的一沓歌谱拿走，真有点心痛，那是我锻炼自己、战胜自己的见证。文体委员的勇敢担当让我得到了锻炼，现在高芳也带着我的歌谱去 4 班教唱、传播，我又取得了大大收获的感觉。我握着高芳的手依依不舍，如同送别将去执行作战任务的战友，我说："加油！4 班才是你的用武之地！我们一起，让校园的歌声更加嘹亮！"

盗书风波

我放在教室书桌柜桶里的3本书不翼而飞。那是父亲买给我的一套《中学生作文选集》，一共有3册，分别为《笔下的景》《笔下的物》《笔下的人》。这套书我十分喜爱，常常在课外时间贪婪地阅读。

我翻遍了书柜，也没找到，真的不见了，最后在书柜里翻出一张字条，字条叠成条状后又折成一个"又"，展开一看，上面写着：

"亲爱的书，为了便于增长知识，暂时把你的1、2、3册书盗阅。"

下面有日期但没有署名。

我顿感奇怪，书被偷了，当然是一件大事，我展开字条，大呼小叫："谁偷了我的书啊？"班里的同学们闻声围过来，很多同学是见过我这套书的，有的同学也借阅过，但很快就归还了。现在同学们都说没有看见我的书，我把那张纸条让大家看。大家也就很感兴趣地把眼睛凑过来看八卦，似乎发现了什么神秘的案情，七嘴八舌地分析起来，大家都在猜这是谁的字呢？特别是刘班长，他抢过我手中的字条，翻过来翻过去，认真地琢磨，最后他似乎找出了什么破绽，很有把握地说："看这字迹，是个男同学的字，但不像是我们班同学地字。"他好像对全班同学的字迹已都了如指掌，他肯定地说："这是一个男生的字，是谁呢？我们坚决帮你一查到底！"刘班长脸上露出一副坚决的表情。

男生宿舍就在我们教室的横头上，而且离我们班的教室是最近，每天吃饭时间都有一些男生捧着饭盅到教室里吃饭，有同学有很坏的习惯，一边吃一边翻人家的书桌，我的书柜也被人翻过。

书被偷了，鲁迅在《孔乙己》中的一句话："读书人窃书不能算偷，"这不是天大的讽刺吗？"窃书不能算偷"还有什么道理呢？人人都知道，"窃"即是"偷"，"偷"即是"窃"，这一点连孔乙己自己心里也是承认的，要不，他为何听到别人说他要"涨红了脸，额上的青筋条条绽出"呢？人们觉得孔乙己的争辩非常可笑：别管你如何措辞，偷的事实终归在那儿摆着，抵赖不掉。这套书我还没有看完，我把它当宝贝的，到底落在谁的手上？我越想心里越纳闷，更可恶的是写什么无名字条，怎么搞得那么神秘？

想不到这件事引起了一场极大的风波，顷刻间在校园里闹得满城风雨。大家互相传着谣言，说学校里有学生谈恋爱，写情书，充满了地、封、资、修的流毒，情书写什么亲爱的，全是地主、资产阶级的思想情调。作为一个革命青年，要有革命的雄心壮志和英雄气概，不要被资产阶级思想冲昏了头脑。这首先是从我们教室黑板上开始的，不知是哪个学生在我们班的黑板上写了一行字："警惕！地下恋爱已风生水起！"

当时学校有铁的纪律，强调不准谈恋爱，男女生的生活区域分得很清楚，男女生不能走在一起，就是早上在操场做广播操时也要分清男女的界线。但人是血肉之躯，有七情六欲，掩藏在道德唾骂声中的爱情会在青春萌芽里暗暗的生长，同学们对这种谣言特别感兴趣。我听到这些风波声，在思想上也抱着批判的态度，痛恨这种资产阶级腐朽的思想，可万万没有想到，这谣言落到了我的头上。

这晚，班主任杨老师让我晚饭后到他宿舍一趟。杨老师的宿舍在去饭堂的路上，去那里要经过山坡的树林旁，那一排教师宿舍在树林的后面。我穿过树林，远远看见杨老师蹲在他的宿舍门口擦单车。他的28寸上海凤凰牌自行车已经很旧，但保养得极好，黑色车架油漆擦得锃亮，就是链条有油污的部分也都很干净。杨老师每周都要骑着这辆自行车赶二三十几公里的路回农村老家，家里有妻子和孩子。杨老师见我到来，招呼我坐在他旁边的小矮凳上，这大概是他刚才坐过的小凳，腾出来给我坐。杨老师说："你坐，我们聊聊吧！"他一边擦单车一边和我聊。在平时我们几个班干，也喜欢在晚饭后、晚自修之前那段空余时间，到杨老师那里去汇报班里的情况，杨老师很喜欢我们到他那里谈心，聊聊班上的学习、劳动情况。有什么好人好事，或有同学闹不团结的事等等，杨老师是个很贴心的班主任，也是一个很有涵养的人，杨老师先是问我的学习、劳动，有什么困难，后就聊到了最近学校出现了一个不良的苗头，他严肃地说："现在，有一股封、资、修思想侵蚀着学生的思想，你可要保持清醒的头脑，一定要批判、杜绝这种苗头的出现，你一定要认真斗私批修，我听说你最近有谈恋爱，写情书，是吗？"我的头轰的一声，天啊！我还蒙在鼓里呢，原来这些天的谣言风波和议论纷纷，说的是我。我急忙向杨老师分辩说："不是这样的，我没有，我没有谈恋爱。连我自己也不知道我跟谁谈恋爱。杨老师我向你保证！我没有写什么情书，真的，杨老师我真的不骗你！"杨老师看见我急得语无伦次，一副诚实的样子，便说："没有就好，你要注意你的自己的行为，你是班干部，要有带头作用，在抵制封、资、修方面你要树立起榜样。"杨老师的话语重心长，哪怕我有点委屈也能感觉到他的善意和慈祥。他抬腕看看表，就让我赶快去上自修，正好这时晚自修的钟声敲响。

我不知道自己是怎样走出的那片树林，我想起了那张该死的字条，一定是那张字条惹的祸，可恨的字条！我赶回教室，急忙一股脑儿地在书桌的柜桶里翻动，想找出那张字条，但翻遍所有的东西，字条却找不见了。

我好冤，我想哭，我在痛苦中熬到了晚自修课的结束。下自修回到宿舍，高芳爬到我的上铺与我同床共枕，她也知道了我的冤枉事，她像闺密那样分担着我的忧伤："你的事情我最清楚，绝对是被人陷害的，怕他们干吗？你行得正站得正，只管他们说去！"我们呢呢喃喃说了很多悄悄话，最后高芳还是担心她和坤的事被放到现在这场风波里批斗，她叫我千万不能泄露出去，我向她保证，我要誓死保卫着你，绝对为你保密，我们就在呢呢喃喃中睡去。

第二天一早，学校教导处主任把我叫去办公室，主任一副瘦瘦的铁骨身材，下巴上长了颗痣，痣上有一撮毛，主任说话没有杨老师那种内心的循循善诱，而是语速像机关枪充满了火药味，他像审犯人一样怒目圆睁，我刚在他面前坐下，他就

"嘭"的一声，一个巴掌把半张纸拍在桌面上："你看看，这是什么？小小年纪谈恋爱，你才几岁？"我望着他那吓人的模样，再一看那张纸条，我瞬间头脑懵懂，内心发慌，腿脚发软，那张可恨的字条怎么会落在主任的手中？我很害怕，但我还是要争辩说："这不是我写的……"还没等我说完，主任尖利的语词已刺了过来：

"不是你写的，就是他写的，这可证明你们有密切的来往，群众的眼睛是雪亮的，你不要以为你暗中干的事，群众就不知道！还抵赖，学校容不下这种资产阶级思想，回去好好写检讨，写好交给你们班主任。现在正在开展斗私批修的群众运动，你不能无动于衷，一个出身不好的青年，更应该与家庭划清界限，要坚决把这个思想铲除，扼杀在萌芽状态……"像密密麻麻的机关枪火药味不断的扫射过来，噎得我浑身发颤脖子发胀，我无法申辩。我头重脚轻地走出主任办公室。

如窦娥的冤情无处申冤，我就是周身嘴巴也说不清楚。我无辜的心被一把飞来的剑深深击伤，所有的意识以及命运，被这种所谓的和家庭划清界限所支配，它把我积极上进的一面抛在一边，批判资产阶级思想犹如奔腾的江水，裹挟着我一刻不休，滔滔流入汪洋的大海。

傍晚，主任匆匆地来到女生宿舍，我一见到他心就发慌，他果真是来找我的。但他不是为那件事来，而是一反早上对我的态度，他看着我，眼神散发着和蔼的光，他对我说："针对现在学生中出现的封、资、修思想，学校临时决定在这周开展一次演讲比赛，主题是《一个人的青春应该怎样度过》，每班选1位演讲代表，你曾荣获全校演讲第一名，你们班就由你上台演讲，给你一个悔过的机会，你明天必须写好演讲稿，你必须端正态度，就看你的了。"

临时决定？是不是针对我啊？好吧，写就写，这演讲主题稿我写，但这检讨书我坚决不写。我暗下决心，哪怕多么冤屈，也要在这个关键的时刻做一个内心强大的人，于是，我埋头写稿，积极去完成这个任务。

上台演讲比赛的一共有8个同学，我讲的时间最短，我的演讲稿只有800字。我没有喊斗私批修的口号，也没有狠狠批判封资修的思想，我不忘记我渴望上高中那时的初心，我满腔热情，倾注着所有的情感，我呐喊着要承载青春沸腾的热血，去好好学文化，学好本领，做一个对社会建设有用的人，我没有看演讲稿，声情并茂、放开喉咙如歌唱那样展示着我的远大理想和追求。我演讲也没有脱离"一个人的青春应该怎样度过"的主题。

这是我第二次在全校师生面前亮相演讲，我曾在第一次演讲比赛中荣获第一名。这次虽不是比赛，但我觉得我讲得比上次比赛获一等奖还要深入动听。看着坐在操场上军事化纪律管理的班级队伍，一排排整齐的黑压压的人，全场鸦雀无声，同学们目不转睛，全神贯注地倾听，仿佛生怕听漏了一个字，我无所谓这500多人的目光，我的演讲发出洪亮的嗓音，字字充满着青春的理想追求。当我演讲结束时，掌声如雷。有人激动，有人感慨，有同学们称我为塘岸高中一粒演讲的种子。

原先我心里恨主任在故意整治我，后来我转变了态度，我十分感谢主任，感恩他给我这次表现的机会，演讲后我的检讨书也不再追缴了。封资修恋爱风波已在我头上平息，但学校在继续打压这样的苗头，封资修恋爱风波谣言很快就又转到了另一个班里去。

又有什么流言蜚语能抵挡得了一个有青春远大理想抱负的人、在众人面前留下美好印象和声誉呢？

我开始暗暗寻找那个盗书人。我想，找到他，一定要狠狠记他两个耳光！

现在我跟年轻人讲起这些事，年轻人就会笑，不相信，真有那么严重啊？哪怕真的在学校谈个恋爱什么的，也不会被说成"封资修"吧？是啊，倘若他们不关心那个年代的历史，他们和我们的代沟是那样的深深不可逾越。

播音小组长

　　学校持续着几年来的光荣传统，是由各班同学积极投稿的、活跃校内气氛的广播节目播音活动。高中第一学期开学时，上一届播音的同学毕业了，由高一的同学接上，学校重新挑选6名同学担任播音室的播音员，我光荣地成为其中一员。

　　学校播音员三男三女，男女搭配分为3个小组，每小组每周负责两天，完成阅稿、组稿、播音任务。每个广播小组是由高二的同学任组长，以老带新，让有经验的高二的学生传、帮、带。事情就有这么巧，我的播音小组长，是高二的岩，他是我的童年小伙伴。

　　学校负责广播室的播音指导是杨朝帜老师，他是我的班主任，杨老师召集重新组合的播音员开会时，我和岩在广播室见面，大家都还认得出来，已有七八年不见，他还是那个瘦瘦的样子，大家心照不宣地对视笑了笑。我想起小时候被他欺负的情景，我们童年的往事，很多细节又是那样记忆犹新。岩的父母和我父母在同一所学校里任教，我们从小在一个书声琅琅、充满春风和阳光的校园里成长。童年的记忆中，岩是属于拿起木棍就喊打仗，到处喊冲锋的那一类野蛮男孩，他哥更是喜欢模仿解放军打仗，兄弟俩常常围着我那从部队转业回来的父亲转，跟着屁股要我父亲讲解放军打仗的故事，讲中国人民志愿军在朝鲜战斗的故事，杨根思、邱少云等英雄事迹早已在他们小小的心灵升腾。英雄勇敢杀敌的故事时常让他们模仿打仗的场面，而我则是他们兄弟俩的"敌人"，拿着木棍当枪指着我叫"缴枪不杀"，我有时会反抗与他们拼，我越反抗他们杀敌就越勇敢，直到把我弄哭。在我们童年的战争史里，最终都是我哭着鼻子向父母告状而获胜，岩和他哥哥就常遭到他们父母的审问，被他们母亲教训一番之后，他们就跑来我面前做鬼脸，还把牙齿咬得咯咯响，报复！我们的童年就在这么幼稚、无知、快乐中度过。后来"文化大革命"开始了，我们分别跟随父母下放回乡，再也没有见过面。真是太巧了，怎么就这么有缘分？偏偏就安排我跟岩一个播音小组。

杨老师对我们要求很严格，他强调，作为一名光荣的播音员，应该具备的几大条件：思想上进，学习优秀，写作成绩好，遵守纪律。学校播音时间是上午早操前三十分钟，晚饭后三十分钟，除按时播音外，还负责组稿、编辑，将同学们投来的稿件编辑整理。轮到值班的播音员，需要提前半个钟起床，到学校广播室做准备工作。学校广播室就在老师办公室里，播音设备相当简陋，只有一张桌子，一个公放机，一个座式话筒，两个高高挂在操场上的高音喇叭。

由岩带着我开始练习播音，他是组长，还是熟人，童年老朋友，他摆开组长的架势，学着杨老师的模样对我严格管理，他对我播音照稿念或声音过小忍无可忍，我常常被他叫停。每每这个时候他都气愤地直截了当地说不行，恨铁不成钢。你怎么是这个样子的播音？我刚练习啊！我委屈地觉得他对我的要求有点儿肆无忌惮，他那顽劣的样子不亚于当年的模样。当我轻声细语嗓音格外小的时候，岩就重重地说："请你不要那么斯文好不好？"当我紧张得喉咙那些声音老在喉结里驻足打转，岩就学舌："叽叽喳喳，你这是小鸡叫吗？"我努力改进了，他就会眉开眼笑说："温柔，好听，如一缕春风。"面对岩的调侃我哭笑不得，我在心里暗暗地努力，和这样优秀的人搭档，尽量不给毛病他挖。

天朦朦亮，晨风送来学校周边树林里鸟儿的歌声，起床的钟声还没有打响，我和岩按时来到老师办公室，从投稿箱里取下稿件，阅稿、编辑，打开公放机，我们掐好时间，当起床钟声打响后，在同学们一片忙乱的洗漱中，开始了新一天的广播："塘岸高中广播室，现在开始播音！"。开场白我和岩一人一句，然后就分别一人播一则报道内容。各班同学都踊跃的投稿，稿件都别多的时候选稿的工作量也大，为了鼓励投稿的同学，如果不是很差的稿件，都要精简修改播送出去。岩的学习成绩很优秀，他指导我怎样选稿。杨老师有时也早早起床来巡察我们的工作。

早操时间一到，广播室的播音就必须结束，这时体育老师过来，高音喇叭就转为播放广播操的音乐。同学们开始做广播操，我就赶着回到学校文艺队去参加节目排练。这样紧凑的安排，晚饭后，我们又忙着准备晚自修课之前的一次播音时间。

有播音任务的每天早晨，岩都比我先到播音室，他早早就打开办公室的门窗，打开灯，打开播放机，还认真地阅读稿件。其实我并没有迟到，但我每次都在责备自己，我暗暗下决心，下次一定要比他先到。轮到我们播音时，我天不亮就起床，在宿舍里蹑手蹑脚生怕打扰同学，当我赶到播音室时，岩已在灯火通明的播音室里阅读稿件了，我心里酸溜溜的，心里骂道："臭小子，怎么又是你早？"

在没有电视的年代，广播是人们生活中重要的信息和传播媒体，平时人们除了偶尔看上一部电影之外，最好的娱乐，就是听讲广播节目，听新闻。当广播播音员的充满磁性的声音从喇叭里传出，是那样的吸引着我。但我却做梦也没有想到，我又有幸成为一名公社广播站的业余播音员，那是比学校广播室更高层次的工作。

面向全公社人民群众播送新闻节目的公社广播站播音室，是重要的宣传机构。当时农村有线广播是以县为中心，由公社广播站连接村村寨寨布置有线广播线路，全公社村村寨寨安装上了有线广播的喇叭，喇叭就挂在厅堂或屋檐上，公社广播站的播音家喻户晓。

根据公社广播站的需要，学校的6名播音员选拔到公社，成为公社广播站的播音员，公社广播站没有专职的播音员，我们每组播音员每周去一次公社广播站播音录音，去录音就不用上课或劳动。

广播站在公社政府办公大院里的一间木阁楼的二楼，有一条木走廊和木楼梯。广播站有一个专职工作人员负责收集来自全公社各大队通讯员寄来的新闻稿件，由广播站专职人员审稿、组稿、编辑，选出要播送的稿件，待我们播音员到了，马上熟悉稿件，预读几遍，读顺，然后录音。

广播站的播音要比在校园内的播音有更高的要求，录音室那些专业设器材也比学校的设备先进得多，录音室有隔音板，器材齐全，录音时我们还要戴上耳机。播音不但层次高，涉及面广，要求严格，在语言表达上也要熟练，不能有半点的失误。

公社广播站距离学校大约有3公里，每次去公社广播站录音，我和岩都要步行前往，在路上，岩对我一路的训话，说是给我提前打预防针，我被他训成一个小绵羊，乖乖地接受他的"教导"，我也为自己鼓劲，加油！我意识到广播对于广大听众来说是多么的重要，播音员的工作又是那样庄严、有意义。我不想让组长失望，除了虚心学习，我还暗暗锻炼自己，把播音水平提高，根据词语的表达，突破语言关，寻找情绪感觉。我不断苦练，一有空就拿报纸来朗诵，提高视读能力，还在收音机里听广播，模仿专业播音员带着感情色彩的播音，我对自己充满了信心。

公社广播站的站长是一个有学问有修养的人，态度十分和蔼可亲，他采写的新闻稿件很多上过省级报纸，我们每次去录音，站长都十分热情地叫我们坐，给我们倒水，还指导我们播音的知识。站长耐心地教我们播音的技巧，放松情绪，看准字眼，呼吸均匀，语速不紧不慢，控制好吐气，抑扬顿挫，声情并茂，让通过扩音器输送出去的声音自如流畅，让听众听得舒服清楚。站长说我们要在思想上提高认识，广播宣传就是党的喉舌，是战斗的武器，是一项重要的任务，一定要认真负责，认真对待，不得有任何差不错。幸好在公社录音不像在校园播音直接输送，而是先录好音，再编辑好，在当天或第二天才播放出去，广播站节目除播送新闻外，还有其他音乐节目、农业知识、故事连播等节目。我们播音的内容非常丰富，我在播音期间也增长了许多知识。

有一次，有句话词语我怎么也读不顺："政治工作是一切经济工作的生命线"，我当时真的不懂"政治""经济"是什么意思，读得十分拗口，偏偏这句必须我读，我反复录音了几次都被返工，播音机操作员都有点不耐烦了。岩生气地瞪大眼望着我，恨铁不成钢，叫吼道："这句话有这么难吗？去那边读十遍！"我一听挺吓人，就紧张起来，越紧张心越急，念词也打结，急得哭了起来。最后，在站长的耐心指导下，很不容易才完成了录音任务。

这次录音后的周末，我在黄昏来临的时候从学校回到了家，到家时正好晚上7点，村里的有线广播响了起来，有几个叔伯拿着小板凳坐在喇叭底下，一边抽着水烟筒，一边认真听广播。看来他们都是忠实的听众，在公社广播站的新闻联播时间，播放了我和岩的交错播音，我听到了我反复读了无数次才正确的那一句话。我即刻驻足仔细倾听，我听见自己的声音通过有线电波传送出来，声音是那样的浑厚，张弛有度，语调是那样的好听，我抬头看着挂在屋檐上那一个像黑盘一样的喇叭碟，里面传出我的声音不再是柔弱的风，而是有模有样的，清脆又有磁性，我高兴而激动，心情无比愉悦。

高中一年级很快就过去了，我的播音组长岩也将高中毕业了，在他毕业前夕，我们搭档去公社广播站录最后一次音时，岩不知从哪里弄来一辆凤凰牌28寸自行车。那个年代有辆自行骑是何等的威风，岩骑着车故意重重地打着铃当，他飞车绕到我的面前突然刹住，两腿叉地命令我："上！"我看看车后凳犹豫了一下，因为那时只要有哪个女同学坐过男同学的车尾凳，很快就会有绯闻。我正担心着，岩大吼："你快点好不好！"我二话不说便跳坐上了自行车后座凳。岩得意地两脚一撑离地，自行车轮飞转，向公社广播站奔去。

结束了和岩搭档的最后一次录音，走下公社广播站那木阁楼，我们不约而同地抬头，留恋地望着二楼那间播音室，各自都有内心的活动，这时岩回过头来，他在我面前晃了一下拳头："你！要继续革命！"犹如语重心长、任重道远的嘱托，尽管一如从前的顽皮还不变，但我看到他的目光充满了真诚！

自行车飞速行驶在回学校的路上，想想岩说的"继续革命"，我心里有无限感慨，不管下学期学校的广播室是否继续，不管公社广播站是否再需要我们，我都已从播音的训练中，练就了胆量、素质和能力。我也从心底里感谢岩对我的苛刻，他给我的激励不仅仅体现在学习上，还有磨练了我的意志和毅力。我坐在自行车后凳，看到岩在我前面迎着金灿灿的阳光蹬车，在轻风吹拂下像个展翅的鸟儿，向前！向前！

2020.3.1

站立在美好的远方

陈老师是我高中时期的文艺老师。他大约 40 岁，长着一副演员的脸和运动员的身材，陈老师才华洋溢，特别是在文学艺术方面有超人的才华，他不但会写小说、诗歌，还会编剧本、写歌词、谱曲，还弹得一手好钢琴。陈老师是一个对美、音乐、舞蹈、写作深为热爱的人，学校前三届文艺队演出的节目都是陈老师自编自演的，在县里教育系统文艺会演上，获得了多项奖励。

在高中新生入学的第二周，学校篮球队和文艺队开始正常活动，这两个队的队员不用参加学校的早操，早操时间一到，篮球队去练球，文艺队去排练。平时除了上课，除了全校性外出学工学农大规模的劳动外，文艺队员不用参加平时的劳动，学校去劳动时我们就留校排练。篮球队和文艺队是学校的两张名片，学校不是以学习成绩成名，而是以文体活动出色，因比赛获第一而誉满全县。那时代是开门办学，乡镇高中学制才两年，学校管理实行军事化，思想及组织纪律抓得特别严格。

新成立的文艺队 20 多人，男女同学各一半，有一半是高二的老队员，一半是我们高一的新队员。陈老师对文艺队员的管理也实行军事化，要求严格，首先就是学校的早操钟声一响，我们必须在排练场所集合站好队伍。文艺队集合的场地在简陋的教室后面，那是开学时同学们用劳动课开辟出来的新操场。等山坡铲平整，去掉浮土，铺上了石碴，盖掉黄泥土，把地面泥土踩踏结实便成为一个操场。操场旁边有一大片树林，我们的排练场就像大自然的舞台。排练场地对着陈老师的泥砖瓦房宿舍门口，文艺队集中排练的时候，老师就从他的房间里扛出一台脚踏风琴，把它置放在山坡的树林旁。

文艺队排练和演出没有现代先进的音响设备，没有录音带播放，一把笛子，一把二胡，一台风琴即兴演奏。

清晨，我们开始练声，同学们争抢着去陈老师房间抬脚踏风琴。我们站成两排，高二的老队员们告诉我，陈老师对艺术的要求严格又严肃，你做不好，老师会骂你，上一届许多女队员就被骂哭了。我倒对陈老师有一种神秘感，骂能让人成长，我羡慕他的才华，敬佩着他善良的严厉。

陈老师面对我们，一边弹风琴，一边教我们练声：挺胸收腹，气沉丹田，放松身心。我们集体跟着琴声唱嘛嘛咪、咪咪嘛，从低八度唱到高八度。我们几个新队员说是唱其实是从喉头里叫喊，我们的声音，惊吓了树林中的小鸟，一群鸟随着我们的异口同声扑腾起飞，越过我们的头顶，又停留在平瓦房教室的屋顶上。这样的场景我很喜欢，特别是那钢琴声让我振奋，我在读小学到初中时，也跳舞、唱歌，但从来没有这么专业地练过声。听到我们几个新队员不规范的发音，陈老师摇了摇头，他离开风琴，向我们走来，他一边用两手逐个按着队员们的腰腹，一边提示身体气流的运行，还指点我们的脸颊，教我们张颚、发音的部位，告诉我们气要从肚子里出。再重新"嘛嘛咪，咪咪嘛"地唱时，我们也挺有悟性，陈老师没有再摇头。

练唱结束后，几个来自山村的新队员，就凑在一起叽叽喳喳，说陈老师为什么要按我们的腰？拍我们的脸？高二的老队员就告诉我们一个秘密，说陈老师有一种"特异功能"。他能读懂女孩子的眼睛，谁要是在生理期，他就能从你的眼睛里看出来，在练劈叉之类舞蹈基本功时，陈老师会关照叫你暂时站着旁观，不用你劈叉。我们瞪大眼睛，真有这种特异功能啊？几个新队员面面相觑，心也在咚咚地跳，仿佛自己的秘密被陈老师窥探得一清二楚。有人说，我们就不把眼睛给老师看，大家也就笑成了一团。

事实证明，陈老师并没有"特异功能"，有一次我正处于"非常时期"，为了安全，把卫生纸垫得厚厚的，走起路来像个企鹅。但陈老师根本就没发现，他要求我们反复练习样板戏《红色娘子军》"常青指路"片段中吴琼花的高难抬腿动作，我的腿老是抬不高，他一点关照的意思都没有，我反复抬腿，紧张得腿发软心发慌，差点趴下。陈老师却严厉地批评我不刻苦，急得我想哭。我悄悄地跟女队员们说，大家都说可能陈老师没有注意看我的眼睛，要不为什么这样折腾人？几个队员也证实说陈老师的"特异功能"根本不灵。同学们练舞累趴的时候就想骂一下人，对陈老师不满的时候就暗地里取他名字的谐音骂他叫"神经病"。

南方的雨季雨水特别多，动不动便下起一场大雨来，下雨的时候，同学们没法做早操，文艺队也得停止排练，回到班里去参加劳动，那时全校都是住宿生，饭堂每餐吃的青菜都是同学们自己种的，我和班里的同学一起去菜地里摘菜，给青菜施肥。雨天给人带来坏心情，校园里到处都是黄泥，黄泥被雨水一淋，便和成了黄泥浆，下雨的时候整个校园一片泥泞，黄泥把鞋底粘得越来越厚，教室宿舍里面处处都是黄泥的脚印。哪怕很小心地走路，也会把裤脚弄脏，整个校园都是黄色泥泞的世界。

早晨，当一道道金色的阳光冲破树林，普照在山头的时候，天空也晴朗了起来，我们还没来得及打听是否要排练，便闻见陈老师的脚踏风琴声在树林里飘荡，我们急忙朝琴声走去。陈老师看见还有一些队员没到齐，脸色就沉了下来，他对着我们吼："以后不用逐个通知，不管学校那边做不做早操，凡闻到我的琴声在操场上响起，就是要集中排练！"自这以后，陈老师的琴声几乎成了我们排练集合的号角。我特别喜欢琴声，从那时起我就开始对排练有一种特别的向往。

将放寒假的时候，春节也快到了。这时文艺队也已经排练好了足可以举办一台晚会的文艺节目。我们首先在学校里向全体师生汇报演出，接着就开展文艺下乡活动，由陈老师带队下乡巡回演出，全公社有十几个大队都要走一遍。陈老师带领我们踏着自行车，驮着道具，跋山涉水，走遍了全镇山村的村村寨寨，我们常常是一身泥巴，白天赶路，晚上演出，下乡演出一轮就是半个多月。十六七岁风华正茂的我们从不叫苦，山村群众赞扬的目光和热烈的掌声就是我们满满的收获。

当校园周围山坡树林上的知了声阵阵齐鸣的时，高中第一学年的暑假将要到来了。学校接到县里教育局的通知，学校文艺队要在放暑假前参加一次全县教育系统的文艺会演，每个中学要选送三个节目，要求其中要有样板戏，有自编自演的语言节目，有歌舞三种类型。

我们开始了紧锣密鼓的排练。学校预报上去参加汇演的节目有舞蹈，歌舞剧《红色娘子军》中的《我编斗笠送红军》，还有陈老师自己编的快板《农有福和摸嗦六》等。

《我编斗笠送红军》这舞蹈有点芭蕾舞的高难动作要求，我们手捧斗笠，力求动作整齐，斗笠高低一致。陈老师指导我们跳这舞，付出了很多的精力。别看陈老师个高体魁，但一旦进入舞蹈，他就拥有了出彩的神奇，风度、神韵都有着无穷的力量，他的身体会说话，如山花烂漫，如小鸟飞翔；他的眼神里有时湖水深蓝，有时白云飘荡；他的肢体动作和面部表情是那样的生动和丰富。我们动作做到位时，他不停地点名夸奖："好！好！你很好！就这样保持！保持住！"谁动作不到位时就立刻呵斥："你木头啊，把手抬高，抬高！腿蹦直，大方点，伸出去！"

我们练熟了动作，陈老师就定下了更高的目标要求：表情、姿势、动作整齐划一。我们10个同学踏着琴声一起起舞，陈老师不用看琴键就可以准确的弹奏，他一边弹琴一边用目光盯着我们叫喊，不放过我们任何一个微细的错误："抬头！笑！表情！表情！注意眼神！眼神跟着手的方向！"陈老师的声音越来越大："请注意！向上！看齐！"当舞蹈到了高潮部分，陈老师似乎使出了全身的劲儿弹唱："红区风光好，军民一家亲，万泉河水清又清，军民团结向前进！注意！心中要有画面感！眼睛里要发出光芒，大家想象着美好的远方，往前看——"

我们随着陈老师的琴声和手势，感受着激越的音乐和旋律，一遍一遍地舞。衣服湿透了，腰腿酸痛了，辛苦并快乐着，朦胧又迷人。我看到陈老师那副严肃认真的脸，虽然累，但内心却是由衷的服从与敬仰。

陈老师的琴弹得很好，在我们排练的时候，有时他会突然埋头，激情昂扬地弹别的曲目。每每这个时候，我都被他优美的琴声吸引，琴声一起，我便停止正在进行的舞蹈动作，我全身的神经都被调动起来，去聆听那一串串飘扬在林中的音乐韵律，情绪也跟着乐曲的起伏心潮澎湃。这时候我便想入非非，多么希望自己也会弹琴，也在这山坡的林间通过我的十个指头飘扬出一串串美妙的音符，可是，我连琴都没有摸过。

陈老师弹完了一曲，发现我们都停止了排练，脸色就突然变得严厉起来，他站起来呵斥我们道："谁叫你们停下了？"吼叫声让大家在慌乱中急忙列好了队，乐队那边也迅速响起，"万泉河水，清又清，我编斗笠送红军"的歌声也飘起，大家认真地从头跳起。

有一次我鬼使神差地跑到脚踏风琴前，满心欢喜地摸了摸琴键，之后就壮起胆子，学着陈老师的样子，踩着踏板，抬起两手腕，十只指头按了下去，一阵有气无力的乱七八糟的和弦音让陈老师调过头来直着我："你搞什么名堂？"我吐吐舌头缩着脖子赶快回到队列里来。陈老师挥动着粗壮的手臂叫乐队，停！乐队的声音骤然而止。陈老师开始操着特大的嗓音对我们训话："你们以为自己跳得很好了吗？你们自己派个代表出来看看！你们这舞蹈的动作有多么乱？你们10个人，我要看到的是一个动作，而不是10个动作！会演时间马上就到了，你们不要给我丢脸啊！我宣布，今天不练好，不准吃饭！再有，以后不经我同意，任何人不准动我的琴！"话音刚落，队员们的目光都齐刷刷地落在我脸上。我可怜巴巴，耳根阵阵发热，心也慌张了起来，我长这么大，第一次当众受批评，我无地自容，真想逃到树林那边去。

那天，我的情绪低落到了极点，但对陈老师的批评没有耿耿于怀，心中的不乐也随着时间而消失了，我仍然不忘初心对陈老师的琴技痴迷。

陈老师也有极其和蔼的时候。不排练的时候，我们这群女文艺队员成群结队去他的宿舍，叽叽喳喳地很不规矩地在他的书柜里东翻西翻。我提出要看他写的小说，陈老师一点不烦我，他把发表在报纸杂志的小说从书架上找出来让我阅读，耐心地告诉我每篇是以什么为写作背景的，我很喜欢听陈老师谈写作。

队员们把陈老师的影集翻出来欣赏，那本影集的黑白照片让大家大开眼界，我们看到陈老师大学时代的照片是那么的帅气，各种姿势洋溢着青春的阳光，有一张戴鸭舌帽的头像，一副电影明星的模样，还有我们的师母是超级的大美女，当我们知道师母也姓陈，同学们便玩笑审问陈老师，你们夫妻是否是兄妹啊？陈老师就"嘿嘿"的笑。影集里还有他们的两个儿子穿着开裆裤的照片，大家把照片搞得乱七八糟，有个同学指着陈老师小儿子开裆裤下露出来的小鸡鸡示众，大家就哈哈大笑，陈老师笑着瞪眼说："鬼丫头！"这种活泼轻松的气氛跟排练时就是天壤之别。这个时候我总是保持矜持和内心的平静，不掺和其中，我专心阅读陈老师写的小说，越发对陈老师的才艺产生无限的敬佩和崇拜。

　　学校最自由的一点空间就是晚饭后到晚自修前之间的那段时间，吃完晚饭洗完澡，女生们把湿漉漉的衣服往晾衣绳上一搭，便有了一阵空闲。我们晾衣没有衣架，女生宿舍门前有一片笔直的柠檬桉树，树干白净而光洁，同学们用长麻绳一头绑住这棵树，另一头又绑住一棵，衣服就晾在绳子上，长长短短，高高低低的麻绳在树林间像手牵着手，形成了许多不规则的图形。傍晚，树林里到处都晾满了衣服，滴滴答答，衣服的水把黄泥地淋得湿漉漉的。远看，赤橙黄绿青紫，似节日的彩旗。

　　陈老师的宿舍就在晾衣场的对面，隔着我们文艺队排练的操场和一片树林，陈老师的房间门口与女生宿舍遥遥相对。每当我晾衣服的时候，陈老师的琴声便美美地注入了我的耳朵，琴声犹如一块磁铁吸引着我，我常站在晾衣场里向陈老师的房间的方向望去。

　　有一天琴声又从陈老师的房间穿过树林传来，陈老师在弹一首我熟悉的歌，那是电影《海岛女民兵》中的插曲《渔家姑娘在海边》，我会唱，歌词是："大海边哟，榕树下哟，风吹榕树沙沙响，鱼家姑娘在海边哟，织呀织渔网。大海边哟，沙滩上哟，风吹大海起波浪，鱼家姑娘在海边哟，练呀练刀枪……"。我轻轻地跟着琴声哼起歌来，我多么羡慕飒爽英姿的女民兵啊，还有那大海遥远而令人神往的地方，我听着听着便深深的陶醉了，随着音乐在我耳边响荡，我飘飘欲仙地想象着，瞬间眼前那片黄土地操场变成了大海和沙滩，我变成了海岛女民兵在海边站岗放哨，我的思绪随着悠扬的琴声飞向远方……

陈老师的琴声在我心中一飘就过了几十年。

在一次高中同学聚会里，我从外地应邀回到了故乡。聚会期间，我很高兴见到了学校文艺队的舞伴们，相比一般同学关系，文艺队员之间有着深深的情结，我们一同排练，一同在大自然的舞台演出，一同跋山涉水为山区送去慰问。久别相逢，无限感慨，大家已都到了甲子之年，但大家保持着当年的文艺爱好，风采犹存。她们个个意气风发，神采飞扬，在县城里组织了老年歌舞团，歌颂和弘扬传统文化精神，送文艺下乡，慰问劳动建设者，为公益活动义务演出。这次同学聚会还专门准备了一台节目，更让我惊喜的是，她们请来了陈老师，我和陈老师双手紧紧相握，眼里闪动着激动而又感慨的泪光……

现在我眼前的陈老师已是八十多岁，他双鬓雪白，身体略胖，曾经饱满的脸颊已是沟壑纵横，但浑身的文艺气质和当年的神韵犹在。虽然他耳朵已丧失了听力，但我们还可以用表情和手势作简单的交流，看到陈老师，时光倒转，昨日重现，不由想起在高中文艺队里难忘的琴声、排练、舞姿、舞台。

我多么想告诉陈老师，我现在也拥有了一台自己的钢琴，而且还会娴熟的弹奏；我也发表了许多小说和诗歌；我也有利用你当年教我的基本功，参加单位和社团的文艺团体活动，发挥着正能量，我也从你那里得到了前进的力量，这种力量跨越并贯穿了我的人生。然而，在这一片欢腾的气氛中，我找不到能表达萦绕在心头的感情的相宜的语言。我陪陈老师坐在舞台下，聚精会神地看舞台上同学们的舞蹈，陈老师专注地看着，微笑着，他显然听不清是什么音乐，但脸上流露出一种获得的满足，眼前这群在芳华正茂时期被他手把手教过舞蹈的学生，也许正勾起他的许多记忆。四十多年了啊！大家经历着不同的风雨，有的同学在命运中走散，有些同学也许从此再也不会相见，眼下我们能在茫茫人海中再度相聚，是多么的幸运和珍贵。

　　《欢聚一堂》舞蹈的丝绸在舞台上翻飞，我看着看着，瞬间泪光闪耀，她们立腿、旁腰、挺胸、抬头，那些舞姿、神韵，散发着陈老师当年的能量。这优美的肢体动作，我是那样的熟悉，那样的刻骨铭心：向前，姿势向上，眼神！远方！是啊！我们一直站立在陈老师当年让我们想象中美好的远方……

2020.6

留下期待

不用说，陈老师是生气了，而且是很难平息的大脾气。陈老师领着学校文艺队，参加县里教育系统组织的高中文艺会演结束了，没有一个节目获奖。舞蹈《编个斗笠送红军》在演出的时候居然有个舞伴的假辫子掉了下来，自编自演的小戏剧，也因主角说漏了一段台词而乱了阵。同学们都用功排练了，排练时都把握得好好的，可是到了演出就打了这么大的折扣。看着别的学校上台领奖，我们的心酸溜溜的，我们学校文艺队怀着极不愉快的情绪，灰溜溜地从县城回到了学校。

还有一个星期就要放暑假了，此时学校正准备搞一次大规模的校外劳动，全校师生到生产队去帮忙搞高温堆肥，要与农民同吃同住同劳动，一去就是一个星期，校舍里收拾行李的同学正在一阵忙乱。

在从县城回来的路上，陈老师一句话也不说。出发去县城时，我们的自行车队一路歌声一路笑，大家踩着自行车还你追我赶，气氛十分快乐活跃。两种情景天差地别，陈老师不说话，同学们也不敢吭声。

回到学校后，陈老师的脸一直板着，他的表情让人一看就知道心里窝着火呢，仿佛就要点燃一堆炮，时刻都有骂人的可能。我们寒凉的心也无比的沉重，谁也不敢讲一句话。

第二天早晨，文艺队集中，操场上没有脚踏风琴声，是陈老师吹哨通知集合的。集合不是练声也不是排练，同学们都知道今天要听陈老师发火训话。个高体魁的陈老师像一棵挺拔的松树一直站着，他阴沉着脸，但没发火。他大概是在极力地压抑着，一反平时呵斥我们的严肃态度，变得出奇的平静，文质彬彬、慢条斯理，他的声音不大也不小，和他脸部表情极不相符："这次文艺会演，我好像已经尽了努力，但你们呢？你们自己问问自己？自从这所中学建立以来，我就担任学校的文艺老师，连今年已是第四年了，过去的三年，学校参加县里的文艺会演，我们学校没有一次不拿下双奖项，一是舞蹈，二是自编自演的节目，每年如此，获得了三连冠，我们塘岸高中的文艺节目是全县出了名的，很棒！人人都知晓，这是在全县教育系统中公认了的。而今年，却惨败了，我们的声誉就栽倒消失在我们这一届文艺队员的手上。你们知道什么叫作台上一分钟，台下十年功吗？那就是在舞台上表演的时间往往只有短短的一分钟，但为了这一分钟的表演时间，要付出十年的艰辛努力！明摆着，你们练习的时间很短，我不怪你们，只怪我在成绩面前骄傲了。"陈老师并没有骂我们，可是陈老师的话如透凉的箭串着伤感直抵我们的心间。这时便听见有队员开始轻轻地啜泣，是为学校失去荣誉而伤心，大家的心情跟陈老师一样难过，我们心里也在深刻的检讨，觉得对不起陈老师，对不起学校，就连在背地里骂陈老师为"神经病"也觉得是千该万死的行为。

夏天早晨的太阳，穿过树林照耀在操场上，晒得大家满头大汗。要是平时，队员们都会躲避太阳退到荫凉的树阴底下，但这天我们谁也不敢去躲太阳，和陈老师一起站着晒太阳，火辣辣的阳光照得我们的脸刺痛。陈老师停顿了许久不说话，他反剪着手在我们面前踱来踱去，似乎是在寻找什么词语来骂大家。

我们就这么站着，突然，陈老师声音突然变大，如扩音器放到了最大的功率说："我宣布！这学期的文艺队，散队！你们回到各自的班里去，参加班里的劳动，队伍今天下午就要出发了，解散！"我们两排队伍迟迟没有动静，好像多站一会儿就能让陈老师心情愉悦起来。以前若学校去劳动，陈老师都是护着把我们，不让我们去劳动，把我们留下来排练。现在被陈老师赶去劳动，我们傻乎乎地你看看我、我看看你，发了一会呆之后才在一片议论声中离开了操场。说到去劳动，大家心里有说不出的滋味，那时候的劳动，真是要吃大苦耐大劳的。而我们这群跳舞的文艺队员，都是手无缚鸡之力的人，劳动对于我们来说确实是一件要咬紧牙关的事。

我难以形容此刻的心情，我悻悻地一边走一边偷偷地瞄了一眼陈老师，就在此一刻，陈老师正好在盯着我，我不寒而栗，发慌得周身紧缩起来，陈老师突然指着我说："你！"又指向高芳："你！你们两个留下来！"我的心咚咚直跳，以为我和高芳做错了什么事，演出时掉辫子的不是我们俩。陈老师却对我们和蔼地说："你们俩来完成一个任务，不用去劳动，留在学校，负责把所有的舞台布幕、舞蹈服装，统统给我洗干净、晾干，分类叠好交给我。还有，把所有的道具、锣鼓镲整理好。"我一听，悬起的心才恢复了平静。高芳高兴得跳了起来，她双手搭着我的肩头，哈哈大笑，我们不用去搞高温堆肥。我们高兴地接受了陈老师的任务，我虽没有表现出高芳那种兴奋的表情，但我默默地开心，暗地里直呼陈老师万岁！

我和高芳来到陈老师的房间，陈老师的房间本来就很小，用衣柜和书柜隔成两部分，里面是整齐的卧室，外面就像凌乱的仓库，墙边码着一组纸箱，纸箱里装着红红绿绿的各种民族舞蹈服装，一张玫瑰红平面绒舞台布幕堆在地上，房屋角落里堆搁着一大堆锣鼓镲和各式各样的演出道具，这里面有之前老三界的文艺队员演出的服装，也有我们这一届新置的舞蹈服，藏族的、壮族的、朝鲜族的、蒙古族的等等，这些服装大概历来没有清洗过，因我们下乡演出的舞台大多是泥地，舞服裤腿上沾满了泥尘和黄土，衣服的领口上粘有化妆品的各种颜色……加上舞台布幕以及各种道具够我们两人清洗整理一周。

我和高芳把服装分门别类，把要洗的第一批服装用箩筐装好。在搬纸箱时，我眼睛突然一亮，因为我看到了那架令我心神向往的脚踏风琴。我手痒痒就要去按那琴键，可是有琴盖把琴盖得严严实实，还有像舞台布幕那样的红绒布罩着，我要去掀开布幕，高芳见我又对那琴产生兴趣，便说：“快走吧，等会‘神经病’回来了你就挨揍了！”我赶快缩手，我还记得上次排练时我按捺不住内心的喜欢摸了琴，被陈老师呵斥得无地自容的情景，赶快和高芳扛着第一批舞服匆匆走出陈老师的房间。

我们把舞服装在箩筐里扛到学校围墙边的石山脚下，那里有个龙岩泉。高高的石山挡住了升得老高的太阳，龙岩泉处在一片阴凉当中，泉水清澈得见底，我们把舞服全部倒到石岩水最浅的泉潭里泡着，刚开始舞服浮在水面打转转，慢慢吸透了水后便沉下水底，舞服这时开始脱色，红红绿绿的舞服在水里慢慢渗出一缕缕五颜六色的飘带，彩色的水由浓变淡，悠然地扩散再慢慢地飘走，带着色彩的泉水淌过一块平大的石头，然后垂直冲到下面山涧的小溪，小溪流向远远的农田。我卷起裤腿，连塑料凉鞋都没有脱就跳进水里，使劲搓着舞服。

洗舞服也并不轻松，不用劳动的说法完全是一个错误，洗舞服怎么不是劳动呢？其实这弯着腰的洗衣服也很辛苦，一下间觉得挺累的。高芳这时就哼起了《洗衣歌》：

"哎……是谁帮咱们翻了身呃？呀拉索是谁帮咱们得解放呃？……"

我听到歌声开始兴奋起来，也高兴地接着唱："是亲人解放军，是救星共产党。"

"呀拉羊卓若呀羊卓若桑……"，我和高芳欢快地唱着，歌声和着泉水叮咚流向远方，腰酸背痛的感觉一下间就消失了。

我们扛着一大筐洗好的舞服在女生宿舍的晾衣场上晾了起来，一边晾还一边没完没了地哼着《洗衣歌》。这时，陈老师匆匆地走过来，他把眼睛瞪得圆圆鼓鼓的，盯着我们晾在绳上的舞服，顿时劈头盖脸就骂起来："你们是猪啊？这么蠢！闯祸了是不是？我一下子忘了交代，果然就如此的糟糕！"我和高芳被陈老师这么一吼，《洗衣歌》被吓得骤然而止，不知发生了什么事，只见陈老师用手撩起一件舞服大怒地吼起来："你们自己看看，自己看看！这样的舞服还能上舞台吗？你们两个是木头啊？看啊！"我和高芳把眼睛凑近舞服仔细看了看，都傻了眼，只见舞服都有不同程度的染色，白花边不成白花边，本来是上下颜色分明的民族舞服被染得一塌糊涂。"你们怎么就这样笨，这样笨啊？把好事做成坏事！服装还能上舞台？你们要负不可饶恕的责任！"我的心里一阵难过，问题真的很严重，我急得直想哭，我说陈老师："不可饶恕那该怎么办啊？"陈老师此时温和了些说："怎么办？洗下一批时注意了，不要泡水，特别不能混在一起泡，湿一下过一下水就及时拧干，一件一件分开。记住了？"我和高芳连连"嗯嗯"地点头。我们觉得自己做错了事，惭愧自责，心情也变得沉重而委屈，我们怎么就没有想到衣服会脱色呢。

夏日的阳光还是那样的火辣，每天清洗干净的舞服很快就散发着太阳的味道，我和高芳把晒干的舞服和布幕整齐的叠好，放在宿舍的架床上。去劳动的同学也陆续地、一批批地回来了。很快就要放假了，高二的同学也就毕业了，我们高一的生涯也将在这两天结束，同学们在收拾着行李，宿舍一下了变得到处一片狼藉，报纸杂物满地都是，山里的同学把蚊帐竹丢弃，木鞋木桶也不要了，因为山里不缺这些东西，不想把这些东西辛苦的挑回家。

我正在晾衣场收舞服时，高二的同学郑容向我走过来，她一下子就把我抱住，啜泣起来，郑容是我姐姐小时候的好同学，我们一起长大，她对我特别友好，也像大姐姐一样关照我。郑容的两行泪水很快就流下来了，郑容伤感地说毕业了就要各奔东西，舍不得大家，以后很难见面了。她把一张海军在军舰站岗的油画送给我，那年代毕业纪念礼物时兴送油画，油画内容有计划生育的、军民鱼水情的、劳动的各个场面的。毕业了的同学互相送油画，回到家里就都把油画贴得满屋都是，上面都写着送给战友毕业留念，那时喜欢称同学为战友。我看见郑容她们班里的女同学都在难舍难分的哭，两年的同学情，现在要分离，真的依依不舍，我也被感染了，我不知怎样感谢郑容的友情，面对她的眼泪，我的泪水也在眼角里转动起来，我也紧抱着郑容，一阵失落感顷刻间涌上心头，难言的心绪和恋恋不舍顿时侵蚀着全身。我想，明年我也要毕业，我的心里便滋生了对青春逐渐逝去的惆怅。

　　我和高芳把所有洗干净的舞服送到陈老师那里去，叠得整整齐齐放回"仓库"。还认真地给"仓库"清理了一次卫生。完成了陈老师分配的任务，终于听到陈老师满意地说："你们辛苦了！"我和高芳高兴地对视而笑。我们正愉快地走出陈老师的房间时，陈老师却把我叫住，他让高芳先走。

　　我在陈老师的房间门口打住了脚步，心里"咯噔"一下，我回头望着陈老师，不知我又犯了什么错？很不自然地站着。只见陈老师在专心致志地擦着他的脚踏风琴，很久不说话。我的心忐忑不安，是不是那天我想摸琴被他看见了，幸好我被高芳管住了，要不后果不堪设想，或者是刚才我们搞卫生时把灰尘搞到了琴上了？站了很久，还是不见出声，是不是陈老师忘记了我的存在？还是我耳朵听漏了风，老师根本没有叫我留下？只见陈老师慢条斯理地掀开琴盖，才望向我，他向我招招手，示意我过去，这时他慈祥得像个疼爱自己的孩子父亲，他说："你不是想玩玩琴吗？你现在可以过来弹弹。"我瞬间有被受宠若惊的感觉，但我的心在打颤，慌忙说："不不不我不会弹。"不知怎的，以前梦寐以求的事，现在终于可以实现梦想去摸摸琴了，我却又变得那么的冷静而退缩，还那么不识抬举。

陈老师见我如此不自然，就又把琴擦了擦盖好，叫我在板凳上坐下，他自己仍坐在琴凳上，开始言归正传。陈老师说："学校这一届文艺队的大半骨干，基本都是高二的同学，现在他们毕业了。按照学校的计划，下学期，不再成立学校文艺队和篮球队，学校招新生会招收一个班，把文艺队和篮球队都归一个班管理，叫作文体班。你在文艺队里也算是一个文艺骨干，你是你们班里的文体委员，带动班里的同学唱歌，搞得班里很活跃，我们老师都看在眼里。现在我征求你的意见，你是否愿意调到下学期新招收的文体班里去，文体班更专业化，不像文艺队只有业余时间训练，这样你可以更好地发挥你的专长。不过在文体班学习，你只能得一年的时间，你与文体班的新生不同，你必须按两年的学制毕业。"陈老师说得语重心长，我听后懵了，我突然觉得自己没有什么主心骨，这个本来由我自己决定的事我自己也做不了主，我支支吾吾，说不出所以然，陈老师见我这个样子笑了笑说："你现在不回答我也可以，这个暑假老师集中学习，我和你爸是同一个学习小组的，我们在假期一起编剧本，酝酿文艺节目。金老师编的快板节目很受欢迎，我们已经连续三年合作编剧了，到那时我再征求你爸的意见，到时再定吧。"

"不！我现在就定！"我不知哪来的勇气，突然来了个果断的决定，我对陈老师坚决地说："不用征求我爸的意见，我现在就决定，我不去文体班！"陈老师笑着向我无奈地点点头："好吧，你这丫头，挺有主见的嘛！"

我不去文体班的理由是我想学文化课，我不想把学习文化知识的时光花在跳舞演出上，我来读高中就是要学到文化知识，一年级都过去了，似乎什么都没有学到，再去文体班跳舞，那真是事与愿违。

我决定不去文体班，后来高芳去了，我以为这样就能静下心来专心学文化知识，谁知高二的整个学年，大多也都是在劳动中度过。学校组织去工厂学工，去玉林罐头厂成品车间帮装罐头；到农村学农，参加生产队的夏收夏种，去修水库、去锄紫胶带、去高温堆肥，就这样在一场场的劳动中"完成"了高二的学业。

我的花季，十六十七岁的美好时光，伴随着跳舞和劳动，夹带着青春的欢乐和艰苦的劳动，一闪而过，留下了些许遗憾。也许是人们所说的，留下遗憾，才会有奔头！我一直期待应验这句话。

入团志愿

　　我是那样的执着，高中两年期间向共青团组织递交过五次入团申请书，最终仍然是带着遗憾离开了学校，踏上了毕业回家的归途。一次次的打击无疑给我青春心灵造成了莫大的悲伤。如此的经历在我脑海扎下了难忘而深刻的记忆。

　　学校团委书记是一个比我大不了几岁的女青年，身材宽扁，一副圆圆而又红扑扑的脸，留着一头齐耳短发，绑起的一撮头发常常有意偏到左边的耳朵上，这发型倒有点像村姑。但穿着打扮却是相当的吸引人，粉红色和浅绿色的两件的确良上衣轮流着穿，那是当时最高档最时髦的穿着。的确良布料光滑，揉不皱，不掉色，比棉布料高贵，女同学们对她的穿着羡慕得要死。而我对她的羡慕不是那两件的确良衣服，而是羡慕她是团委书记，她可以让一批批的同学举起右手宣誓，光荣地加入中国共产主义青年团，同学们都亲切地叫她曹书记。

　　在高中，我向曹书记递交五次入团申请书。每一次申请书报上团委后，我等待的心情期待而又沮丧，我见到曹书记，心里就"咯噔"一下紧张起来。我想尽办法在她面前让自己表现得更出色，特别是她到学校文艺队里看我们排练时，我常常讨好她，我把舞跳得特别认真，她像热心的观众一样给我们报以热烈的掌声，有时候她还兴致勃勃的汇入我们地队伍，亮相几个舞蹈动作，我就噼里啪啦地为她鼓掌，说她舞姿棒极了。她很高兴。对于我的入团问题，曹书记常对我说，其实你的思想表现、学习各方面都很好，但还差一点点，需继续努力。我入团政审不过关的内情，她知道，但她不说，她向我投来同情、友善和鼓励的目光，我看她的眼睛如秋水，向我照耀着满天的光明。

　　我默默地努力，心甘情愿地经受着一次次的考验，严格要求自己炼一颗红心，我在班里担任文体委员认真负责，节日晚会的舞台上有我翩跹的身影，普通话、诗歌朗诵、演讲比赛上有我激昂的声音，学校墙报比赛的刊栏上登有我踊跃投稿的文章，我严守纪律，勤奋好学，劳动积极，每个学期都被学校评为优秀班干部，但是团组织的大门就是无情地向我紧闭着，好像组织对我的考验特别严厉，要求我的表现比一般人都要严格。

　　当我第四次递交入团申请书之后，曹书记忍不住告诉了我："很可惜，其实你的表现都很好，就是有一项政审不过关！"我压抑不住心中的委屈，大胆地问曹书记："我差的这一项到底是什么啊？"曹书记可爱的脸孔浮现出严肃的态度说："你是一个非常优秀的同学，可惜家庭出身是地主，就这一点，卡住了"。我终于明白了，入团志愿，被我的家庭出身一票否定，我默默地承受着那些附加在我身上的意识形态的符号给我带来的痛苦。

　　追溯家史，我的地主成分是这么得来的，我的始祖金延秀，由乙科选任广东东莞县令，任期满后来北流访亲，当时正值吴三桂造反。金延秀奉令在郁林（现在的玉林）率领兵团剿匪，因剿匪有功绩，政府奖其土地，开垦二厢潘山、横石岩一带荒田，蒙恩豁免差役只交正赋，智慧勤劳的金延秀蒙恩经营家园，从此男耕女织，嘉业兴旺。族中有个大才子叫金熙坊，是清代著名的大学问家，平生著书立说学述甚为丰富，著作《易卦类象》《洪范图说》精深玄微，他写的《春秋属比录》《粤璞》二部著作，进呈清政府存国家书库，因此蒙恩加赠国子监学正。咸丰七年，容匪范亚音攻陷北流城，在八年收复县城和十年解城围之战中，文武双全的金熙坊率团助剿浴血奋战，立下功绩，因此保举为训导，文官官职，在清朝之位阶约品官，职能训导辅佐地方知府，并获荐为岁贡。我的祖父承传着清末兴旺的家业，勤劳智慧经营着一个大家庭。我的父亲16岁参加中国人民解放军，在解放战争中参加过淮海战役、渡江战役、解放上海的战役，后又随中国人民志愿军参加抗美援朝出国作战。

我的家庭成分地主就这么沿着悠悠的历史一路走来。我上小学的时候正是"文革"时期，父亲因家庭成分地主被批斗，那样的遭遇就像铁笼般禁锢着我的童年，我每天眼里含泪，胆战心惊，这到底是为什么，一大堆疑问伴随着成长。

从我懂事起，我就以地主的身份出现在众人面前，小学、初中、高中，一直在履历表格在家庭成分那个栏目里填上"地主"。我戴着地主的帽子，如头上顶着黑墨滚滚的乌云，随时有雷鸣电闪瓢泼大雨倾注全身。那时学校的作文题材似乎总是有关家史的，同学们在痛说苦难家史的时候我遭冷眼旁待，好像我是班上唯一没有涕泪纷飞苦难家史的人物。老师盯着我宣布："没有苦难家史的同学，就写你家是怎样剥削贫下中农的，几十双剑一样的眼神直指着我，同学们在窃窃私语但却句句入耳，同学们作文开头整齐划一地写着："不忘阶级苦，牢记血泪仇！"而我作文开头的第一句总是："我出生在一个地主的家庭……"

但尽管是这样，青春的激情仍然在我的热血里沸腾，追求上进的思想不会在成分论的白眼里缺乏奋进，我努力学习、积极劳动。我篮球打得很棒，但不让我加入校篮球队，因为地主成分，强行附加在我身上那些意识形态的符号，让正处青春期的我失去了应有的权利和政治生命，我变得那样的孤独和自卑，内心又暗暗隐藏着压抑不住的愤怒。

后来"出生不由己，道路由个人选择"这句话激励着我芳华路上抬头、自信、披荆斩棘。

1979 年，国家取消了成分论制度，终于有一天，父亲带着一副欣慰的表情告诉我："以后填写表格，'家庭成分'那个栏目，不用填'地主'，应该填写'革命家庭'，此刻我的泪水奔腾而出，哽咽无语，那些委屈，无法以泪洗去。"

成分论的时代已过去。地主、富农、中农、贫农，这些意识形态的概念，据说是苏联的"舶来品"，我的家族只是这一场场暴风骤雨中的一个家庭，对我一样身份的人们来说，这段经历何尝不是一段不愿掀开的伤痛。在伤痕文学迅速兴起的时候，我也和许许多多家庭出身不好、受压抑的青年一样，在观看电影《被爱情遗忘的角落》时失声痛哭。

思想上掺杂着苦闷地失落我高中毕业了。回乡后，大队团委书记动员我参加青年业余文艺宣传队，我看到那里聚集着一团朝气蓬勃的、阳光的年轻人，他们都是共青团员。我有点自卑地说："我不是团员，我有资格参加吗？"团委书记拍着胸膛向我保证："这没问题，团组织马上吸收你入团！"我有点心灰意冷，不想再提交入团申请书，谁知第二天大队团委书记就通知我去参加入团宣誓仪式。本来消极了的态度，又被深深的激化。苦苦的追求，虽然姗姗来迟，但我把它视为政治生命的新生，青年团的先锋又在我心中点燃了青春的火焰，这团火焰照耀着我的人生，一路走来，从不熄灭，以蓬勃向上的精神一路往前。直至后来，我又光荣地加入了中国共产党。

2020.4.10

难忘的小山村

开门办学的教育方式把我推向了一个浪尖，无知的我，也得迎刃而上，懵懵懂懂当上了高温堆肥的技术员。那是高二的下学期，我被学校单独分配到塘岸公社独竹大队一个叫马尾冲的生产队，响应号召去发动生产队社员开展大搞高温堆肥运动，全校师生都对接了生产队，一个同学负责一个生产队，对落实这项工作，我心里承受着巨大的压力和不安。

秋收过后，各大队的生产队要开展大规模的积肥的运动。学校全面停课，师生们浩浩荡荡地奔赴村村寨寨，分散到各生产队去发动群众开展专项行动，这一去，同学们就要到生产队里和贫下中农"三同"（同吃、同住、同劳动）历时二十天。

出发前，公社农业所技术人员为同学们上了高温堆肥的技术课，堆肥的技术就是把乡村废弃的稻草，菜园烂菜叶，植物废弃物、芭蕉树、树叶，纸和粪便等可以降解的废弃物，用泥土堆起来，在微生物作用下，发生生物化学反应而降解形成一种类似腐殖质土壤的物质。这不但是农作物生产的好肥料，还能改良土壤，深入做好高温积肥工作，是为来年粮食丰收打下基础。学校让每个同学都成为高温堆肥的技术员，走出校门，推广这农业系统最新推出的技术。

元旦那天，我随着师生浩浩荡荡的队伍出发，我和几个同学拎着简单的行李，从塘岸镇坐一个同学的自行车到了独竹大队，同学们在大队各自领到任务之后，我自己一个人步行去我负责的那个村庄。从独竹大队到马尾冲生产队要走十几公里的北宝线三级公路，到前不着村后不着店的三级路段岔口之后再往山里走大约两公里。

马尾冲生产队因有个马尾冲水库而得名，村庄在山腰里，像被挟在深山的沟沟。村民根据山沟沟的地势筑堤储水，修建了一个水库。水库沿着山沟深深长长的地型，形状像一条马尾，因而被命名为马尾冲。沿着水库边弯弯曲曲走进一条蜿蜒的山路，一直到水库的最尽头，里面有一个小山庄，称为马尾冲生产队。

没有伙伴，单独行动，对于我这个胆小怕事涉世未深的学生来说，真是有点不知所措，心藏胆怯。一路都在琢磨着到了生产队该怎么去跟队长说话，让队长听我这个名不副实的技术员推广高温堆肥，还要带领全生产队的社员投入堆肥运动，一直走到马尾冲村，我还没琢磨出什么头绪来。

村庄坐落在山窝里的水库旁，远远看去泥土瓦民房像洒在山旮旯的小盒子，散落在山间。村庄里有两个姓，一半姓黄，另一半姓陈，我拿着学校让大队出具的介绍信，找到村里的队长。队长姓陈，是个饱经风霜的高个子，我小心翼翼地向陈队长报到，我说话的声音很小，加上有点胆怯，连自己都感觉声音只发在喉头结。我说我是塘岸高中新闻报道班的学生，被分派到我们马尾冲生产队和社员们一起搞高温堆肥。为了和队长拉近距离，我在路上就准备好，称马尾冲为我们马尾冲。陈队长接过介绍信连看都没看一眼就装进了口袋，他看了看我这个黄毛丫头，目光有点不屑一顾，他欲言又止，嘴巴蠕动了很久才说话："哦，你来啦！"好像他早就知道我要来，他叫身边那个小伙子说："米豆，带她到三叔家去，让她跟玉娇姐住。"陈队长这才对我笑了笑，这一笑让我略感到有一丝温暖："你跟米豆去吧，安排你住到高一点的屋。"

　　我拿着行李跟着那个叫米豆的男孩，沿着泥土路走上二十几级很陡的台阶，到了一个小庭院，庭院五间泥土瓦房屋，旁边矮小一点的那间是厨房，中厅堂门口的门头上，钉着一块小长方形的木牌匾，上面四个醒目的红字"光荣之家"。哇，我内心掀起一阵喜悦，我意识到，这户人家是有人在部队参军，是军属户，心里不觉对这户人家肃然起敬起来。泥土瓦屋虽然很土，但很整洁，里里外外都打扫得干干净净，就是空气有点浑浊臭味，可能是对面猪栏那边传来的猪粪味道。一个叫玉娇的女孩闻声从屋里蹦出来接待了我，她大约十六七岁，跟我一样的年纪，穿着一身蓝布衣服，笑嘻嘻地说："来来来，昨天大伯就跟我说了，说有个高中生要来。"那时候的高中生就像现在的博士生那么稀少，人们说到高中生这个词，总好像有几分的敬佩，在人们眼里高中生是很具文化素养的人。玉娇见到我又高兴又热情地接待了我，一副山里孩子的纯与野，她把我手上拎着的行李抢过去，蹦跳着带我到她的房间，兴冲冲地把我的行李放在她的床上。我看见房间的墙上挂着一个玻璃相框，很大的镜框里面就只框着两张照片，显得空空荡荡，两张黑白照片是穿军装的兵哥哥的，一张大约是3寸的全身照，另一张1寸的半身照。兵哥哥身材不高，年轻而朝气蓬勃，20来岁的样子，模样挺严肃，好像是拍照让他紧张的。

"那是我哥。"玉娇见我看照片，就主动向我介绍说，我看见她的脸上充满了自豪，也就跟着她开心，羡慕地说："你有个当兵的哥哥真幸福！"我一边说一边打开玉娇房间后面的木窗，这时清爽的空气和大山的味道马上冲进了房间，室内的空气也清新自然了起来。我透过窗户可看到远方翠绿的群山，屋前边的芒草和松树，我置身大山的身边，很满意住在这里，一切都有新鲜感，按学校的计划和安排，我要在这里和玉娇家人同吃同住同劳动二十天。

这山冲里的村庄大概是被"皇帝"遗忘的地方，全公社都在轰轰烈烈、热火朝天地搞高温堆肥运动，而这个马尾冲生产队却没见有什么动静。我的任务就是做技术员，队长不安排社员去堆肥，我的工作无从下手，我怯生生地去跟陈队长商量："上面号召要在这秋冬期间开展高温堆肥行动，积极推广应用高温堆肥，我们生产队也要跟上啦！"

队长向我投来鄙夷不屑的目光，他漫不经心地说，他不信这些，管他们那些人叫作"吃饱了没屎拉"，搞什么高温堆肥啊？他们马尾冲生产队50户人家，生产队里养有十几头牛和十几头猪，家家户户都养猪、养鸡、养狗，山里的田地不多，他们每天积攒下来的农家肥都用不完，他们不用做那些劳民伤财的什么高温堆肥的事！

听了队长的话，我有点委屈，也想哭，想想也是，人家是积累了一辈子丰富农耕经验的人，由得我这个涉世未深的孩子来指挥他们做这做那的吗？我鼻子一酸，眼泪直流，陈队长见我这个样子，顿时觉得有点得罪了我，连忙安慰我说："别这样，我是个大老粗，说话有不妥的地方请多原谅，但我说话实在，你不要计较。你说的高温堆肥呢，我知道了，昨天去大队开会，说每个生产队分配个高中生指导我们各个生产队，我以为我们这个偏僻山冲没有人来呢，想不到来了你这女娃娃，走了这么远的路来到我们山冲，真是为难你了。"听到这点安慰的话，我止住了委屈的泪，说没关系，我们是来锻炼一颗红心的，我们学校有任务，要发动社员搞高温堆肥。陈队长一听我又说高温堆肥，就有点不耐烦了："你又来了，我都说高温堆肥我们就没有必要做，你既然来了，你就跟着我们一起劳动就是了。"我心里仍然为说服不了队长而难过。

就这样我一直在委屈中老老实实地跟着马尾冲生产队的人参加集体劳动，集体劳动由队长安排，每天出工时，队长就在他的家门口对着山冲吹几声哨子，之后就对着空旷大声喊："出工啰！"村里的人称队长安排工作叫做队长喊工，有时候队长喊工也安排男女有别的工种。队长喊工时，洪亮的声音在整个山谷里回荡。

这天队长喊工挖南山坳的木薯，玉娇知道我要跟她们一起去挖木薯，就很高兴地给我找工具，她给我一把丁字锄。丁字锄柄很短，铁铸的锄头一头长而大，一头尖而小，很沉，我拿着丁字锄生怕碰到脚。第一天参加劳动，我随社员们上到南山坳，南山坳在水库最尽头的山腰，那里一层层一行行，梯田式的地垄种着木薯，木薯的树干有半人高，树上的叶细细长长有深深的丫，木薯深秋初冬后就发黄落叶，只剩下树木的枝梗，山上的泥土黝黑黝黑的，松软而有肥，埋在地下的木薯都把泥土撑裂了。男社员们力气很大，他们负责把泥土刨开，女社员负责把一根根木薯砍下收集装进箩筐里。我在家也挖过木薯，但木薯是种在松软的坡地上而不是在山上，挖木薯用的工具也不一样。我笨重地用丁字锄头锄着地，吃力地扬起锄头，米豆看见了便主动跑过来接过我的锄头，叫我去干轻一点的活。后来我才知道米豆是生产队里的记分员，职责是为参加集体生产劳动的社员记工分，年后按工分来分配粮食。米豆是村里有文化的初中毕业生，显然他是在关照我，我很感谢他。

在劳动时，有个姑娘总爱来缠着我，她主动来配合我把木薯装筐里。她也是我和玉娇一样的年纪，五官长得相当漂亮，一对大眼睛炯炯有神，身材均匀，两条辫子垂在肩头上，她主动跟我搭话，还教我木薯怎么拿，才能避免木薯的汁液沾到衣服上。木薯汁液沾到衣服上很快就结成黄色的痂，洗不干净了。玉娇告诉我，她姓黄，叫黄娟，称她阿娟就可以了。阿娟看着我友好地咧嘴笑笑，十分友好，她一笑脸颊上就出现两个酒窝。娟的右眼眉毛里长有一颗黄豆大的黑痣，听人说眼眉有痣叫草中藏珠，很有福气的人才有，有这颗痣的人就一生幸福。

我和玉娇、阿娟因年龄的相仿，很快就熟识了，大家也能聊到一块。我说你们这么小就天天劳动，累不累啊？玉娇和阿娟就很无奈地说，没办法啊，初中毕业就在家天天干活了。我想起我自己也曾经是这样的境遇，如果我不读这两年高中，也跟她们一样要参加生产队里的劳动。我也不敢多说这个话题。玉娇偷偷告诉我，娟跟她在部队的哥哥好，娟是她未过门的嫂子。后来她又偷偷跟我补充了一句说："这事你知道就行，不要去问娟。"

晚上收工回来，天色已晚，袅袅炊烟从家家户户升起，炊烟一下子和山间里的云雾绕缠在一起，而后又飘到水库那边的山头，和水库水烟接成一片。我在玉娇家"三同"，玉娇家吃的很简单，一家人围着一桌，中间只有一个菜，不是萝卜干就是青菜，一餐下来就是这么单调而清淡，很少有别的菜。玉娇父母是一对老实的农民，大儿子去当兵了，玉娇还有一个弟一个妹。最小的妹14岁也不读书了。很多时候没有米饭吃，晚上喝粥，由于油水少，每天总觉得肚子空空的，有时睡到半夜肚子就饿得咕咕直叫。

　　有一天，队长喊工，去稻田里烧稻草。秋收过后晒在田里的稻草一部分留来堆结稻秆栏，将稻草堆结成一垛垛的，作为生产队养的牛冬天里的粮食，牛是生产队集体养的，属于集体的财产。存够牛的粮食，其余的一部分稻草就在田地里就地烧掉。山冲里的田都很小，社员们将稻草均匀地铺在泥土上，点燃一把火，稻草迅速燃起，火苗就像一条火龙迅速地在田里行走，发出"嗞嗞嗞"的声音。一些小青蛙和虫子在火光中纷纷逃生，满田金黄的稻草很快变成一片黑色的灰烬。陈队长让大家安全地站在风头的反方向，看着稻秆烧完，又去烧另一块田的稻草。这时陈队长来到我面前看着我说："你看，这稻草灰不就是肥料了吗？这样一烧，就均匀地撒在地上，连杂草根也烧死了，田里的害虫也逃不掉，我们再将田地犁转深耕冬晒，这不比你的高温堆肥要好得多吗？这是我们山冲里特有的做法，其他生产队不行，他们要把稻草留下来做柴火烧饭。我们在山里，柴火多的是，不用烧稻草做饭，稻草除了喂牛，就是做肥料，你懂了吧？我知道我们山里的田怎么耕，我们的农家肥已经足够，肥料的事我有分寸，稻田的肥不需要太多，肥多了稻苗反而早伏，不长稻谷，造成粮食减产。"我望着陈队长那张像田地一样黑得发亮的脸庞，觉得他是那样的有主见、有自信、有担当，他是一个好队长，承传着他们祖祖辈辈的农耕经验。

一天晚饭后，天下了场很大的雨，山洪在的山沟里咆哮，山村里的人雨天都睡得早。雨停时，人也睡了，山野变得越发的漆黑而沉静。突然听见村里一阵骚动，人声嘈杂，有的人还"啊啊"的喊："冲啊！"我心生害怕，忙爬起床出门看，只见电筒光、煤油灯、气灯在四面八方闪动，很多村民拿着木桶、粪箕、捞箕、网筛往水库那边奔去，玉娇的父母也出去了，我问玉娇这是什么情况？玉娇说昨晚下大雨，水库涨水了，这个时候会有成群成群的水库小虾浮出水面，现在大家去捞虾，原来如此，我悬着的心才放了下来。

过了许久，只见玉娇爸提着一桶东西回来了，与其说是虾，不如说是一桶垃圾，只见玉娇爸把虾倒到一个大盘里，冲满水，用水浮掉里面草根之类的杂物，在暗淡的煤油灯光下我看见了小虾在蹦蹦跳，小虾实在太小，像火柴头那么大，玉娇爸很娴熟地洗淘掉虾里的垃圾，露出一堆纯净的小虾，用捞箕捞起，小虾在捞箕里像一团透明冰清玉洁的肉肉。玉娇爸把虾放到锅头里煎炒，我跟随玉娇也赶紧去帮烧火，小虾在锅里蹦跳了几下就像换了新衣裳，一下子从灰色变成了红彤彤的模样。玉娇妈提着煤油灯去菜地割了韭菜，把韭菜洗干净切成段，和姜、蒜一起放下锅里，把煎香的小虾倒入锅一起焖，一下间香喷喷的气味弥漫着整个屋子，这香气诱惑得大家口水直流。玉娇把她的弟妹都叫起来吃夜宵，我好奇地问："现在就吃吗？不留到明天了？"玉娇说："等什么啊，现在吃！我们肚子都伸出手来了呢。"

我和玉娇一家人喜气洋洋地围着桌子，一人一碗虾，高兴地吃了起来，又香又甜又鲜美，真是绝美的美味佳肴啊！谁也没有说话，只听见大家的嘴巴在吧嗒吧嗒的响，体内不知有多少天没有补充涉入过动物蛋白质，吃虾也不怕小虾的须须扎嘴，大口大口地嚼着，感受着它不断填充到肚子里，满足感流露在大家的脸上，犹如吃上一顿美美的肉。我这是第一次半夜里起床吃东西。这时隔壁家也不断传来拍姜蓉的砧板响，刀声砧板声振动着宁静的夜，大概这山村里的所有人家，都跟玉娇家做着同样的事，大家只有在饱食一顿水库里捞来的小虾后，才安心地去睡觉。

下半夜，整个村庄的灯纷纷熄灭，山村的夜又重归宁静。

天刚蒙蒙亮，忽然一阵撕心裂肺的哭喊声让我从梦中惊醒，不知发生了什么事，我和玉娇起床走出门口张望，哭声来自水库那个方向，过了一阵，只见玉娇爸从水库那边低着头回来了，他沉痛地告诉我们，黄家四婶的儿子强仔昨晚掉水库里淹死了，才十二岁。这个噩耗犹如一个噩梦，绕缠着整个小山村。原来昨晚大家去捞虾后都撤了回来，睡觉后强仔又瞒着家里大人去水库捞虾，可能因天黑失足，不小心掉水库里淹死了，玉娇爸刚才是去帮捞尸体的。

这时，天色才渐渐发亮，村里变得沉闷而悲怆，除了四婶的哭喊声，似乎就没有别的声音。原来在平时的清晨里，牵牛、挑水、挑粪的繁忙气氛不见了，这天也不见陈队长喊工，只见他家家户户去通知，今后各家各户不得私自去水库捞虾。整个村庄都为强仔的死而沉痛的哀悼。

晚上生产队开会学习，文化室是生产队开会的地方，说是文化室，其实看不到多少有关文化的东西，只见墙上用红漆画了一个毛主席头像，下面写了一段毛主席语录。室内空空的，有几张粗糙的台凳，台凳大概是村里人自己做的，很多保持着原始木头的形状。

文化室在集体牛栏的旁边，空气中弥漫着牛粪的味道，牛粪的臭味并不恶心，牛吃的是草，它的粪便带有中草药的味道。在村里，牛粪是最好的农家肥，不但是农田粮食生产的可靠保障，还是村民们日常的生活用品，冬天用晒干的牛粪燃烧烤火取暖，用新的牛粪去糊泥砖墙上的洞，牛粪糊在竹织的箩筐里，避免谷粒掉进缝隙里，牛粪是农家宝，村民们已习惯了这牛粪的味道，我也不得不融入其中。

来开会的人不多，只有20多个人，有的家庭甚至没有代表参加，队长早早就到了，只见他低着头，沉着脸，我想队长是为强仔的事才这么一反常态，他见我进来，就急忙从衣袋里拿出一张报纸递给我说："你给大家念念。"一张大报纸被队长叠成语录本那么大，我接过报纸层层打开，是一张《人民日报》，当我展开报纸一看，泪水一下间夺眶而出，一股悲痛瞬间涌上心头，我眼睛模糊地看着报纸顶端横标的那两行墨黑的大字："中国人民伟大的无产阶级革命家，杰出的共产主义战士周恩来同志永垂不朽！"标题下面就是周总理的遗像，这一整版报纸都是向全国人民发出的周恩来总理逝世的讣告。我哽咽得说不出话，无法用我本来就细小的声音去读报纸。队长见我这个状态，小心翼翼地把我手上的报纸拿回来，转给了米豆，叫米豆念。

我在悲痛中聆听米豆在念周总理的生平，泪水止不住哗哗地流，村民们听着听着，个个神情木讷，目光呆滞，大家都沉浸在悲痛中。玉娇爸突然哭出了声，他一边哭一边走到墙边毛主席头像下面跪下不停地磕头，嘴里喃喃地念着："祝福毛主席万寿无疆！"男人的哭声特别让人感到震撼，更增加了悲痛的气氛，大家都无法承受这突然而来的噩耗，在场的许多人也跟着一起啜泣起来，整个文化室哭声一片。深深为失去敬爱的人民的好总理而悲痛欲绝。

那晚，我久久不能入睡。除了和人民共同体的悲伤外，我对敬爱的周总理还有特殊的敬仰和感受。我家庭出身被定为地主，从此便觉得自己低人一等，我变得那样的孤独和自卑。后来是周恩来总理亲切的谆谆教导鼓舞了我。"出生不由己，道路可选择"，这句话激励着多少知识青年卸下思想的包袱，我也从中得到了莫大的安慰，激励着我在芳华路上抬头、自信、披荆斩棘。

那晚在生产队里读到《人民日报》时，已是总理逝世后的第三天，我们是那么迟才知道周总理逝世的噩耗，一切又是那样的令人难忘。

二十天的高温堆肥技术员生涯，就这样过去了，我以学校伙食的标准给玉娇爸交了伙食费，我要返回学校集中汇报。

我负责的这个村队没有搞高温堆肥，我不知道回去怎样交差。将返校的那天晚上，黄娟过来找我，她要我去她家坐坐，我说我怕狗让玉娇陪我一起去，娟忙说不用，怕狗的话等下送我回来，说着就拉着我走了。娟的家很近，从玉娇家门口就能看到娟的家，经过两棵芭蕉树就到，听见晚上有人走动，狗果真汪汪地叫了起来。

娟的家比玉娇家更简陋，她让我到她的房间来，有点神神秘秘地跟我说，她觉我人很好，很够朋友，有空想去我家玩玩，她让我写个地址给她，她说长这么大只去过一次北流街。娟说这些话时漂亮的脸上充满了憧憬，我说好啊！要去我家得等我学校放寒假以后，要不我不在家，她说那就等到你放假的时候再去。娟一再交代，要去我家玩的事不要告诉任何人，更不能跟玉娇说，我答应了她。

回到学校，害怕的心放了下来，开心的是根本没有人去问谁发动群众搞了多少高温堆肥。回到学校，才知道也有同学像我一样遇到了不听我们指挥的队长，有的同学早早就回到学校了，没像我那么老老实实、傻呼呼地跟人家去劳动，足足待够二十天。

学校放寒假，我刚回到家两天，家里就来了不速之客，我一看是黄娟，我早已把她说要来我家玩的事忘记得一干二净，我以为她说说而已，但她真的来了，她从马尾冲来到我家，路确实遥远又曲折，交通不便，七岔八拐有三四十公里，不知道她是怎么找到我家的。既然来了客，我也很高兴，父母也是很好客的人，好饭菜热情的招待了她，谁知她一住下来就不走了，春节将到，她住得也挺安心，一天在家呆着，深冬的天气特别冷，她感冒咳嗽得很利害，我见她穿得单薄，便让她穿我的衣服，我带她去大队卫生室看病。我父母私下问我，这人是什么意思，不会一直在我们家住到过年吧？我说不知道，又不好意思对她下驱逐令。只好等过两天再说。

就在这天的深更半夜，一阵急促的敲门声把我们一家人敲醒，父亲忙起床出门询问到底发生了什么事？敲门的人是大队的民兵营长，他语气凶凶地问："你家是不是收藏了一个叫黄娟的人？"我听见后也赶快出门去看情况，我看到民兵营长还背有一支枪，吓得我直发抖，我颤抖地说："是的，她在我这里。"民兵营长说："她是军人的妻子，刚才独竹大队民兵营长打电话过来，人家军人从部队回来过春节，找不见未婚妻，就追查到我们大队来了，有人说就藏在你们家，你们不把人交出来，你们就是破坏军婚，破坏军婚要去劳改的，知道不知道？"我被吓得直发抖，赶紧说："好的，天亮叫她马上回去。"

民兵营长走后，我火冒三丈，我回到房间正准备跟黄娟算账，谁知道她已在床上哭得一塌糊涂，娟听见了民兵营长的话，她哭着向我诉说了原委："陈泽，就是玉娇的哥哥，他去参军填表时，在未婚妻栏里填上了我的名字，在公社武装部里备了案，当时我不懂事，他去参军我很羡慕，觉得他是个很了不起的人，问我是否愿意跟他做朋友，谁知朋友就是未婚妻了，只是说可以做他的朋友，又没有去办理结婚登记。我们山村里都很穷，我不想在那个山沟里过一辈子，在那个地方，我们屋头对屋尾这么近，我知道他春节回来，真的不想见到他，我来这里就是为了躲他。"听娟这么一说，我一切都明白了，陈泽是玉娇去参军的哥哥，我是见过他的照片的。我父亲也过来劝说娟："无论怎样，明天你必须回去，不同意这门婚事可以好好的面谈，不能这样躲避，你来这里，家人都不知道，让家里担心。"

第二天，我用自行车送娟到塘岸圩坐乡村班车。还有三天就要过年，这事差点把我吓哭，如果不是人家找上门来，娟可能要在我家过年的，娟算是逃婚吗？军婚？这事让我心里纳闷想不通。

高中毕业的三年后，我在北流街上的裁缝摊上遇见了娟，我拿花布料去裁制衣服，跟裁缝师傅讲价时，我一眼就认出了娟，看到她右眼眉毛里的痣，确定是她，我惊讶地叫："娟！"她马上也认出我了，大家很高兴更有一股亲切的感觉。她一边帮我量尺寸，一边给我讲述后来的故事。

娟说她回到马尾冲后，知道陈泽已经结束三年兵役退伍回家，陈家看见她回去，就给她家送来了聘礼，她坚决不接收，她哭闹着跟她父母说，谁收彩礼谁嫁过去，父母无奈就把彩礼送回陈家，陈家人非常的气愤，觉得这大大丢了他们家的面子，就去大队搬来民兵营长做救兵，可当民兵营长带来一群人来到她家时，她已经半夜出逃了，她逃到北流街，后来嫁给了街上的一个青年，街上有铺面，这个裁缝摊铺面就是她家的，婚后她生了个儿子。

我看见娟更漂亮了，一副少妇水灵灵的丰韵。娟说她从马尾冲的家里逃出来后，就没有回去过，生怕回去有人惹事。她做裁缝挣来一些钱，偷偷托人带给父母，弟弟来看过她。听说陈泽因为村里穷，部队退伍后在家劳动，至今还没找到老婆。娟不敢回娘家。

在我开拖拉机的那段时间，有时也跑北宝线，路过马尾冲水库入山村的那个岔路口时，我总会有意识地放慢车速。尽管看不到那个小山村，但我还是会往水库深处瞭望，那是我曾经劳动生活过的地方，山冲里的人和事至今仍历历在目，那是忘不掉的记忆，犹如看过的一部难忘的电影。

2020.5

二、迈向社会

母亲的精神

　　母亲的精神和风貌，沉淀在血脉深处，构筑起一个人的三观。母亲的精神，一直在我心中。

　　当母亲在如豆的煤油灯下用缝纫机缝补衣服，瘦小的身影被灯光照在墙上，陡出高大的形象，我知道，她又是在为她的一个承诺而忙着赶工。不是为自己，而是为他人。

　　我10岁的时候，母亲得了癌症，那时正值"文化大革命"，那是一个教师不上课，学生不学习，只讲闹革命的年代。作为人民教师的父母，被迫下放回乡，曾经的成分论使我家黑上加黑，我的父母家庭出身都是地主，要回乡接受贫下中农的再教育。在经济和文化一样贫穷的乡村生活的日子里，瘦小体弱多病的母亲，既要顽强地与病魔做斗争，又要带病参加集体生产劳动，在那样的环境和贫穷落后的山村里，母亲却用她的文化知识和无私助人的乐观精神，点燃她生命中应有的光和热。

　　母亲本是一个大家闺秀，小时候读过私塾，新中国成立后又读了高中，她知识丰富，爱好广泛，心灵手巧，性格开朗、待人热情，活泼乐观，不但能歌善舞，还写得一手好书法，钢笔字和毛笔字都让人惊叹不已。村里人都乐意接近我母亲，许多人都喜欢与母亲做知心朋友。

母亲被下放回乡村里劳动，外婆家的人听到母亲生病心如刀割，小姨便伸出援助的手，送了母亲一台缝纫机，目的是让母亲做点缝纫针线活赚点生活费，避免一些田间劳作。母亲的缝纫机是专门为乡亲们服务的。缝纫机进乡村，让村里的人大开眼界，让他们第一次知道这个世上有一种叫缝纫机的机器，能改变几千年来妇女的手工缝制缓慢而艰苦的操作，缝纫机针线是那样整齐笔直，缝合接口是那样的牢固，省时快速而又结实，这着实让村里妇女们满心的喜欢。姑娘们像一群山林的喜鹊栖息在我家，叽叽喳喳、跃跃欲试，希望母亲为她们缝或补一件衣服，母亲就有求必应，热情接待，从不拒绝。这样家里就常堆积着一堆花布料和新新旧旧的衣服，因白天忙于田间劳动，缝缝补补这些活儿，只能积攒到晚上在油灯下去完成。

整个村庄就只我母亲有一台缝纫机，当乡村笼罩上夜色，家里的缝纫机就开始不停地转，"哒哒哒"的响，母亲在煤油灯下，帮乡亲们或缝缝补补或做新衣裳，"受人之托，忠人之事"经常挂在母亲嘴边，因此她常常在夜间把接受了别人委托的事，全心全意地去做好。村里的人无一不对母亲的助人为乐的精神肃然起敬和钦佩。那时代纯朴的村民没有华丽的言语，只是在村里流传着一句话："谁使不听罗老师，那人就是很衰的人。"母亲的热情、轻性、无私，在村里无人不知无人不晓。

我和姐姐心疼母亲的劳累，叫母亲不要赶工，先好好休息，母亲说："已经说好明天要给人家了，答应别人的事情，就要忠于别人的委托。"得到帮助的村民都连连感谢，当时村里就有一句土话叫："一个唔该（谢谢）使死人。"但母亲乐意做的事，我们都阻挡不了她。人们看在眼里，也感恩在心里，看到母亲既陪精力又贴煤油钱，就有人提议说罗老师这么辛苦应该收点钱，但在母亲脑子里是绝没有收费这个概念的，她就是乐意为乡亲们做义务劳动。

母亲的毛笔字写得很棒，钢笔字更刚劲有力，人们都说母亲的钢笔字像男人那样有力量。母亲在村里代人写信也是出了名的，谁家里有儿子去参军的，去支柳修铁路的，远嫁他乡的，有谁需要写信，母亲都热情帮忙。有的村里人没文化，找人帮写好了信，还不懂怎么寄出去。有一次，母亲帮一个叫老吴的妇女写信给她去修铁路的儿子写信，想不到老吴不问清楚就匆匆跑到镇上寄信，没有信封就把信投到邮筒里去。母亲知道这事也就责怪自己没能帮忙帮到底。为了更好地为乡亲们服务，母亲叫父亲买回很多信封和邮票放在家里，免费供有需要的人使用，当时8分钱一张邮票，加上信纸信封，是一笔不小的开支，但母亲从不计较。她帮写好信也顺便帮写好信封地址，用饭米粘好封口粘好邮票才放心。那个时代，信是村里人联系远方亲情的唯一方式，当他们收到远方的回信时，是多么的欣喜，她们又兴冲冲地把信拿来给母亲，让母亲念信给她们听，母亲在村里如点亮了一盏灯，照亮一些人的心田。

村里有一个老青年叫木林，因家景贫困，父亲早逝，母亲又患了精神病，年纪很大了都娶不上老婆。一个冬天，木林不知从哪里领回一个姑娘，看样子只有十八九岁，听别人说姑娘是木林从别人手里买来的，是买来做老婆的。姑娘姓何，村里人叫她小何，她来到我们这个人生地不熟的地方很是无奈，说的是湖南方言，大家都听不懂她说什么，她也听不懂我们的土白话。木林也很难跟她沟通交流，生怕她不安心嫁给自己而逃跑，每天不得不放弃田间活，在家守着她。后来木林把我母亲请去，让我母亲用普通话跟小何沟通，母亲耐心地跟小何谈心，小何看到我母亲一副和谐可亲的脸，加上语言听得懂，才慢慢和我母亲说出自己被人拐买的遭遇。小何家在湖南和广西交界的山区，三个月前，听人说帮找婆家被骗，几经曲折不知被人转了多少手，没有文化，不知道来到了什么地方，也不知道自己离家乡有多远，身上没有一分钱，走投无路，只好任别人摆布，精神到了崩溃的边缘。她只知道自己又被卖到这里来了。母亲了解到小何不想再受折腾了，真的就想从此嫁出去，过安安静静的日子，母亲就耐心地劝说，说木林是个勤劳老实的人，会对她好的，母亲真的就撮合成了这桩婚姻。从此木林结束了做光棍的日子，母亲也热心帮小何写信找娘家，从小何的口述中估计出大概的行政区域和地址，寄出去很多信，也收到很多退信。后来功夫不负有心人，终于联系上了小何的哥哥。小何每次收到大哥的来信，都高兴地拿信到我家，让母亲把信念给她听。小何第二个孩子出生的那年，在我母亲的帮助下，夫妻双双带着孩子高兴地回了一趟娘家。

在我们的邻村，有一个因逃荒与家人失散了的妇女叫朱七婶，她听说母亲给人写信能联系到亲人。朱七婶便步行几公里，来找母亲，她泪流满脸地讲了她的逃荒遭遇和思亲的痛苦，希望我母亲能写信帮她找到亲人，母亲对她的遭遇十分同情，想尽一切办法帮忙。从朱七婶口述的点点线索：在广东与家人失散，依稀记得有个姐姐叫什么名字。母亲决定试一试。一封封为朱七婶寻找亲人的信从母亲的手中寄出，信寄到广东信宜等地。功夫不负有心人，终于有一天，朱七婶收到了一封广东的来信，那是姐姐的儿子虾仔写来的，她高兴地跑来让母亲给她读信，在信中知道她的姐姐还健在，朱七婶万分激动，热泪盈眶。和亲人联系上了，这样一来，信件频频，朱七婶便成为我家的常客，她家离我家大约有两公里，她不辞劳苦的来来回回，让母亲帮她写信、读信、写信、读信，很多时候饭点到时，母亲都留她吃饭，看到她困难，还帮她陪上邮票信封钱。朱七婶逃荒到这里，因生活所逼嫁给比他大20岁的朱七叔。又有什么更能比孤苦伶仃的时候找到亲人更激动的呢？母亲为自己能帮助到别人也很高兴。母亲写的信文采很好，很能感动人。在母亲的联络下，有一天，朱七婶姐妹终于团聚了，那是一个秋天，朱七婶的姐姐在她儿子虾仔的陪同下，从广东来到朱七婶的家，70多岁的姐妹俩拥抱一起，悲喜交集，互诉愁肠，老泪纵横。朱七婶特地带姐姐和外甥上门感谢我母亲，母亲也为她们姐妹团聚而高兴得流下了眼泪。

我们南方生产水稻，村里人很少有见过小麦，人们把面条当作上敬品，吃面条那是一桩奢侈的事情，面条是乡村里的稀罕食品，到谁家里做客能吃上面条，那叫很有面子了。那时我家里不久可得到一些面条，一是我父亲教书有粮簿，有时可以用粮本买，二是母亲在城里工作的亲戚救济一些粮票，可以在粮所买三到五斤面条。母亲每次得到面条都十分高兴，她更高兴和人分享，面条买回了自己舍不得吃，看到家景困难的隔壁六叔婆给一扎，看到哪个大婶生病了也送上一扎，看到谁家儿媳妇坐月子母亲也很高兴给人家送去一扎面条，这样家里所剩无几，赶上谁家儿子要相亲，接待上客要有面子，到我家借面条，母亲依然会很热心地把最后一扎面条毫无吝啬地给人家。

说是借面条，其实也都是刘备借荆州有去没回头的，母亲干脆就说给，不用还。我们常常是买回面条自己都不吃上。母亲助人为乐在村里出了名，我和姐姐在母亲身上总结出一条歇后语叫："妈妈的面条"，意思是东西全部分享完，自己不得吃。我和姐姐平时有什么好吃的东西大家互相分享时就说，不要"妈妈的面条"哦！吩咐对方留点自己吃。这个歇后语一直应用在我和姐姐的生活中，几十年来，很多时候自然就会脱口而出。

母亲爱美，对生活充满了热爱，尽管她所处的政治环境，批判的什么封资修，她将自己设计镶嵌花边的衣服做得美丽得体，无论什么时候都穿着得洁洁净净，整整齐齐，漂漂亮亮，她给我们姐妹做的衣服也与众不同，招来很多羡慕的目光。

在深冬里或是雨天里不干农活的时候，我家就会聚集很多人，姑娘们打毛衣不会棒针织花的，不懂裁衣的，做花衣裳的，补旧衣服的，还有妇女月经不调的咨询经期保健常识的，孕妇请教计算预产期的，都聚过来，家里就像开会一样，人挤满了小屋。母亲不忘她老师的职业，克服着因病导致讲话吃力的困难，逢问必答，看到大家都高兴，母亲疲惫的脸上也露出了笑容。母亲还给大家讲故事，教大家唱歌跳舞。那时在我心目中的母亲真是了不起，我觉得母亲懂的事情真多。

后来母亲得到落实政策又走上了教师的岗位，她继续行走在"黑发积霜织日月，粉笔无言写春秋"的岁月。母亲生病从不间断工作，她一边教学一边顽强地与病魔做斗争，坚持了18年。

母亲去世在秋天，那是国庆节的前夕，她正在积极地为学校出墙报，用毛笔抄写好庆祝国庆板报的文字内容，画好了图画，但还未来得及贴出专栏。母亲在停止呼吸的那一刻，还在伏案批改学生的作业，她手上紧紧握着笔。这支笔是父亲轻轻地掰开母亲的手才能取下来的。我的母亲，就是以这样的方式和姿势去了美丽的地方。

母亲离开了我们，痛彻的心扉，不仅仅是感伤、悲痛、怀念和哀思，在这些人类共同的情感之后，我又是那样真正地理解和醒悟，母亲能够带给我的一切：爱与温度、细腻的感知、博大的胸襟、坚韧、思考、关怀、挣脱、飞翔、匍匐、虔诚、敬畏、欢愉，包括我在文章里陈述表达的小事等，都有着彻悟的生命味道。

马尔克斯就这样说过："人的一生要死两次，一次是停止呼吸，一次是最后叫得出他名字的人去世。"如此说来，我母亲至今仍活着。

母亲的精神一直影响着我，它伴随着我的童年、青春，直至现在。母亲那种积极、向上、乐观、热心的风貌也一直存活于我的记忆深处。

2020.5.9·母亲节

铁姑娘的那个年代

　　17岁那年高中毕业，青春葱郁的我，成为"铁姑娘"——女拖拉机手。女机手的时代，为女性打破了传统的标签，姑娘们用妇女的力量，驾驶着铁牛，将大众的刻板印象改写。

　　那是20世纪70年代末，适逢农村在"农业的根本出路在于机械化"的发展阶段，各县各公社纷纷采购拖拉机。在"妇女能顶半边天"的口号声中，妇联主任在农村工作会议上郑重提出，希望培养一批女机手。我便有幸成为县里第一代女拖拉机手，为农业生产驾驶铁牛耕田犁地，被光荣地誉为"铁姑娘"。

　　那时的农村耕作，是集体化的生产劳动，春耕、秋收、冬种等农活，几乎都是全公社统一行动。17岁高中毕业的我，作为回乡知识青年，投入了集体生产劳动。那年春天，政府号召全公社的春插，必须在清明前完成，田头宣传的喇叭喊着奋战15天完成春插任务，田野的高音喇叭唱着激昂的歌。那天，我正在田里插秧，大队的文书来到插秧工地，他高高瘦瘦的，站在田头，用两手合拢做喇叭筒对着我喊：

　　"果子，大队通知你，明天到大队农机站报到，去学开拖拉机。"

文书这一喊，整条田垌里的人都听见了！大家立刻直起腰，放停手上的活，张大嘴巴，齐刷刷地向我投来既质疑又羡慕的目光。我手捧着秧苗站在水田中，不敢相信自己的耳朵。我丢下秧苗跑到田塍站在文书的面前，确认是喊我。文书又重复了一次："你明天到农机站报到！"我心里"嘣"的一下惊喜地跳得厉害，这天降的喜讯，让我惊讶不已又暗暗高兴。

拖拉机手，多么光荣的称号，又是多么的令人羡慕和尊重，全大队几百个农民只能挑选出一两个人，我能选上是多么的荣幸啊！那时我国正在使用的第三套人民币，一元券上那个红色版面的图案，就是中国第一位女拖拉机手梁军，多么英姿飒爽啊！她代表着老一代的劳动妇女，传递着正能量。幸福与自豪感如田间的小溪潺潺流在我心头。

新买回来的中型拖拉机，就停放在大队部的门前，这是全大队社员的财富，是集体的财产，拖拉机的机头上还挂着一朵绸缎大红花，就像刚娶回来的新媳妇羞答答地站着。喜看它的架势，真就如一头巨大的铁牛，前面两个小小的导向轮和后面两个高高的驱动轮，成了很大的反差，有点头小身大。大轮似乎有我一样高，车身挡泥板喷着墨绿的漆，如传统解放牌汽车的颜色。当时汽车在国内少之又少，有汽车也都是国家的财产，更没有现在的私家车。当时司机是一个让人羡慕的技术职业，在人们心目中，看见个司机，就如孩子眼里看见了奥托曼那样神奇、敬仰。

大队买回拖拉机啦！这个特大喜讯让村里人奔走相告。村里只有极少的人见过汽车，像这样既能跑公路又能耕田犁地的车很多人都没见过，村里的人为了亲眼看见这头大铁牛，走了几公里路到大队部凑热闹呢。

为了这台中型拖拉机，加上另外2台手扶拖拉机，大队专门成立了农机站，站长是大队副业队抽调的覃大哥。同我一起到大队农机站报到的另一个女拖拉机手叫阿芬，大队安排我和阿芬负责驾驶这台中型拖拉机。覃站长告诉我们，这是柳州生产的丰收37型中型拖拉机，它的操作档位就像解放牌汽车的档位一样。站长刚从农机学校学了3天回来，对这台拖拉机的知识知道一点皮毛，但我也对他崇拜得五体投地。

我们大队所处的区域大多是喀斯特地貌，有70%水田，30%旱田，在水田旱田之间的坡地里，偶有屹立着头顶尖尖的石山，像从地里冒出的黑铁塔，山脚边的周围，是古老的梨树园。春天，正是坡上梨花盛开的时节，梨花一树一树散发着清淡的幽香，白茫茫的一枝枝一簇簇映衬了山坡。

我和阿芬带着行李，坐在这台中型拖拉机上，由站长开着送我们到公社农机学校去报到。我们将要封闭学习培训3个月。站长手脚生硬地开着拖拉机，挂着一档，像个蜗牛，一路歪歪扭扭地开了十几公里。

公社新建的农机学校位于塘岸镇的东面的山坡上，学校门口是一个很陡的斜坡。在开学动员大会上，公社农机站站长脸挂喜悦，兴奋地说："上一批男手扶拖拉机手的学习培训，要去到北流县里的农机学校学习。还是你们半边天福气大，能在我们公社自己的家门口，接受拖拉机驾驶的学习培训。你们是我们县第一代光荣的女拖拉机手，也是这个农机学校第一批新学员，经过3个月的培训学习以后，你们就是一支出色的铁姑娘战斗队！你们将驾驶铁牛，发挥妇女能顶半边天的作用，为贫下中农服务，为抓革命促生产作出贡献！"掌声如雷，站长热情的致辞，让我们兴奋不已。

这群铁姑娘，是清一色的"三八"班，全班来自6个大队选送的女青年共有12人。有的大队还没有购买回拖拉机，我大队带来的拖拉机成为学员培训的教练车之一。

学校很简陋，一个教练场，一间教室，一栋宿舍，一个饭堂，幸好农机学校和公社农机修理厂连在一起，旁边一排修理车间和学校形成围墙的大院。

上课第一天，高大威武的李教官往讲台上一站，他两手反剪在背后挺胸收腹，严肃地说："女将们，大家好！按拖拉机行驶员教学内容和要求，本来培训学习的时间应该是6个月，现在，为了赶出人才，把时间压缩了一半，你们只有3个月的学习时间。时间紧任务重，你们是能干的半边天，必须服从指挥，严肃纪律，集中精力地学习，在这3个月里，没有假日，无特殊情况不得请假，无论是谁只要踏出这农机学校门口半步，都必须向我请假，否则，退学！"教官说话声音分贝越来越高，铿锵有力，我们面面相觑。

40多岁的李教官是临时从县农机学校里抽调来的老师，听说他是个超级优秀的教练官，对待工作严肃认真。他真的就像个军官，身材魁梧，体魄壮实，腰间皮带上挂着一大串钥匙，仿佛是一支驳壳枪，威武的雄风感染着所有人。我们很快就做好了严阵以待的思想武装。

各大队百里挑一的优秀人才，都是有文化的高中生或初中毕业生，唯独我大队的阿芬，小学未毕业。这给她的学习带来很大的困难。开始学理论常识时，几乎是每天考一试，这真是给她很大的压力，她认识的字不多，字也写得很艰难，看她着急的样子，我义不容辞地暗暗帮助她，在考试时，我写得特别快，拼命地写完自己的，又帮阿芬写。阿芬很感谢我，生活上她也主动关照我，帮我洗衣服、提洗澡水之类。阿芬虽然文化低，但她出奇的聪明，她只要听了教官讲过的知识，都记得，对机械常识那些生硬的词，她都能复述得出来，只是写不出来。她操作驾驶技术也出奇的好。我总结出原因，她主要是有一个豹子胆，什么都是敢字当头，那时还没有开始学驾驶，连档位都不知道怎么挂，她就能跨上拖拉机"轰隆轰隆"地开着满操场跑，她还可以把车开得前轮翘起，像飞车那样把李教官吓得脸色苍白。李教官说："我的天！这家伙可能油门和刹车混合踩。"李教官咆哮着指责批评阿芬说，这种大胆鲁莽，再不收敛会出事的。我为阿芬捏一把汗。

紧张的一周过去了。一天，大队文书突然来到农机学校，他不管我们正在上课，闯入教室，和李教官咕嘟了一下之后，来到我的桌前，他脸色不温也不火，语音不轻也不重地对我说：

"你，赶快扛行李回去吧，你不得学开拖拉机了，请你马上离开农机学校！"

我头脑"轰"的一声作响，不知发生了什么事？我问文书："这是为什么啊？"心顷刻就像坠了一块巨石。文书阴着脸说："回去再说吧！"

我尴尬而难受，脚步沉重地回到宿舍，收拾着行李，文书也来帮我拿剩下的我腾不出手来拿的东西，"铁姑娘"们在背后叽叽喳喳议论，不知发生了什么事。

我像脚上拖着万斤的重物，悻悻地踏出农机学校的大门，文书跟在后面，我像被文书押送的一个犯人。阿芬追出来，圆圆的脸蛋露出难过而疑惑的表情，她用同情而友好的目光送我，我们都很难过，但什么也没说，两行泪水模糊了我的眼睛。

回到大队才知道，原来是有贫下中农到大队告状了。因为我家庭出身地主，一些人对我能去学开拖拉机产生了妒忌，说拖拉机是全大队贫下中农的财产，地主不能代表贫下中农去开车，拖拉机应该让贫下中农去开！我还了解到，让我去学习开拖拉机的是大队支书的主张，一个大队里党支部书记是最大的权威，很多事都是他说了算，现在支书去县城开会了，其他在家的几个大队干部就自作主张做出这个决定，他们要撤了我，换贫农出身的人去学开拖拉机。

难过的心情困惑着我，不开拖拉机就不开，不用拿地主成分欺压我，这么多年来，就这个地主成分出身，破碎了我无数个梦，这让我练就了许多无所谓的心态，习惯了那些笼罩在命运之上的被压抑着的政治气氛。

我又回到生产队春插的劳动中，早春寒仍然围困在秧田，我还是像一只怕冷的小猫紧缩着全身的肌肉，咬住牙关坚强地下水田插秧。我对人们在我背后的各种议论和猜疑感到无所谓，我没做错事。说真的，机械这东西，不是我的最爱，开拖拉机的职业实在与我孤独、文静的性格格格不入。想想这些，内心慢慢就平静下来了。

3天之后，大队文书又来到我插秧的田头，他一脸无可奈何的样子叫我上田头来，用双手卷成喇叭状在我的耳根说：

"命令你，马上收拾行李，回到农机学校继续学习培训。"

我先是一头雾水，后就有一种被人牵着鼻子走的感觉浮上心头，我说："我不去！"

文书见我对他不理不睬的样子，着急了，他说："是支书要你去的，支书开会一回来，骂了他们一通。"文书脸上满是诡异的表情。

"最迟明天，你要去哦！"文书又交代了一次，在泥泞的田埂上转身走了。你当我是木偶啊？我瞪大眼，看着文书的背影，觉得他像条哈巴狗。

我嘴上虽说不去，但心里有种暗暗胜利的喜悦。有支书的撑腰，我应释怀一切自卑，越是这样越不能有心灵的堕落，要积极，不放弃！我决定重振精神，决定回到铁姑娘战斗队里去。

大队到公社农机学校的路程大约有15公里，我骑着自行车，又拉上行李，顿时觉得这条山路是条康庄大道，我越过路边的座座石山，内心竟像爆发着无法抵御、不可言传的力量，我要让他们看在眼里，我是众多女孩子中最优秀的一员。我踏自行车的脚步轻飘如柳。

当我回到学校，铁姑娘们涌过来友好地把我团团围住，我的起落风波，她们都知道了，大家七嘴八舌地为我愤愤不平：

"贫下中农有什么了不起？"

"妒忌，害人！不得好死！"

"谁说你是地主？地主还比他先进得多呢！"

"让姑奶奶们去揍他一顿！"

平时一脸严肃的李教官，这时对我也特别的温柔，他把这几天的机械常识测试的试卷拿给我，让我看着书抄一遍，他说：

"你最棒，这几天的课，你要迎头赶上！不懂的就尽管问我。"

"是，教官！"我对李教官充满了感激，我知道他有最可贵的敬业精神，他要把铁姑娘战斗队打造成钢，他不会落下我一个人。

阿芬更是高兴，她接过我的行李，积极地帮我铺床，串蚊帐，连洗漱的用具都摆得整整齐齐。在我离开的这几天里，她的理论笔试都不及格。在我补课的同时，我也鼓励她多多练习写字。

我又和铁姑娘们一起投入紧张的学习。李教官把我们的课程排得满满的，常挂在李教官嘴边的话就是："只要你是从这个农机学校出去的人，就必须是知识牢固、技术过硬的人。"他把课程排得紧紧张张，严格要求每一项操作技术，机械常识、交通常识、交通规则、公路运输、农机耕作应用、拖拉机故障分析、修理概论都要背得滚瓜烂熟。柴油发动机运转的原理以及主要四大系统：油路、气路、水路、电路的分布等等，睁着眼、闭着眼你都要说得出来。李教官在修理课上大手一挥，就摆开了架势，无论什么时候看到他都是血气方刚、精神抖擞的样子，处处都体现着他对职业的无限热爱。

有时李教官也表现出对我们恨铁不成钢，谁要是有了差错，他就铿锵重复那些不知强调了多少次的话："你们必须牢牢记住，你们是公社的铁姑娘战斗队，我的任务是要把你们锻炼成钢，打造成一支技术精湛、本领过硬、公路可以运输、下地可以犁田耙地的战斗队伍，无论拖拉机是在山坡上，水田里，还是在马路边，一旦出了故障，你们地上一趴，车底一钻，就能解决修理问题。再有就是安全行驶，万里行驶无事故，这样一支过硬的队伍，来不得半点的马虎。"教官说这些话时总是"咬牙切齿"，牙齿在嘴里咯咯响。

在机械修理课上，我们学着李教官，挥舞着工具游刃有余。工具箱一摊：扳手，套筒，十字螺丝批，一字螺丝批，铁嵌，千斤顶，就像医生上了手术台，我们的维修工具就如医生的手术刀，要做到工具飞舞，使用娴熟，心中有数！一看螺纹就懂是几毫米规格，一看螺母，就知道应该拿多大的套筒去拧，拧上多少斤力才牢固。

李教官讲他师傅的故事。李教官的师傅在新中国成立前就是汽车司机。他18岁开始跟师傅学修车，师傅答应收他为学徒，但想学开车要先为师傅提工具箱3年，师傅修车时他只能在旁边帮递扳手递工具，连车都不得碰一下。李教官说，现在你们这班铁姑娘真幸福。一边说一边示范："在维修之前，先要懂得故障分析，到底是什么毛病？眼看机体，耳听声音，鼻闻气味，从发动机排气管里排出的烟，去分析故障，冒白烟是油路进水，冒排蓝烟是烧了机油，排黑烟是活塞环积碳过多，不同的冒烟有不同的故障……"

最耗体力的训练还在后头，换轮胎！巨大的后轮，人一样高，用两条铁棍两手分开托撬起大轮胎，中间用自己的头去顶着，与手上两条铁棍形成三角形，头手同时用力把轮胎一撬一顶，轮胎就稳稳地套上去了。这个换轮胎过程，要求必须自己一个人完成，动作配合不好，巨大的轮胎会砸到自己的身上。

李教官的严格要求让我们用出全身的解数。我们就像即将上战场的战士，更像将要去执行任务的铿锵玫瑰女特工队，艰难的磨炼造就了我们坚强的意志。这个经历让我终生难忘。

3个月的培训时间很快就过去了，接下来就是各种考试。笔试机械常识，机耕常识、交通规则、实际操作、车技倒桩、公路调头、公路运输。考修理试是在规定时间内独立操作，题目是把一台完整的发动机所有的零配件全部拆散，再组装回来，最后起动，能正常发动运转得起来，这才算合格。这是一道最大的难关。十几个姑娘，都通这了考试。阿芬通过努力也有了很大的进步，笔试基本可以自己写了，就是很多字的笔画总都是少胳膊缺腿的，因其他实体操作科目成绩很好，李教官就不再去计较她笔试的成绩。

当铁姑娘们手捧着一本鲜红的胶套小本本——《中华人民共和国机动车驾驶证》时，看着里面贴着自己的照片，都激动得哭了起来。大家相拥在一起，扎堆爬到拖拉机驾驶室上欢呼雀跃，只可惜当时没有照相机把这镜头拍下来。

毕业的喜悦挂满在我和阿芬的脸上，我们兴冲冲地开着铁牛从农机学校回来。离别3个月，坡上的黄梨已经成熟了，金灿灿黄澄澄的沙梨果实挂满了枝头。坡上的梨树林已有100多年的历史，在经济闭塞物质不流通的年代，能尝到村里的大黄梨子，着实是一种幸福。阿芬看到黄梨就由衷的兴奋，她迫不及待地要回家摘黄梨！

夏收夏种的季节随我们农机学校毕业之际紧接而来。我和阿芬二话不说，卷起裤腿即刻投入了耕田犁地的战斗。我们用学来的技术把拖拉机的巨大后轮拆下，换上防滑轮和犁耙，日夜兼程，耙田犁地。

在计划经济年代，土地是集体的，全大队有几千亩水田，分为10个生产队。铁牛的出现，开始了机械化动力的新阶段，实现了一直以来耙田犁地依靠人力畜力到机械的转变。大队的一台中型拖拉机，加上另外两台手扶拖拉机，成为全大队夏收夏种的主力。

我和阿芬驾驶着铁牛穿越在山间和田野之中。拖拉机的爬行防滑轮有两串镰刀形的耙齿，一耙过去，就可以有6行的土翻转打碎。村民们看见铁牛耙田犁地的高效率，脸上呈现出喜气洋洋的笑容。一些小屁孩更是屁颠屁颠地跟在铁牛的屁股后面跑，一边追一边嘴吧喊个不停。

换上防滑轮的拖拉机开起来特别颠簸，摇摇晃晃，若神经稍有些衰弱的人坐上都会目眩神摇。防滑轮上有很多像爪一样的棒槌，它能抓稳拖拉机的每一个脚步，机车走过的路，深深的两行痕迹一路印在后面，有的本来好好的路，被撵过后路面都遭一些损坏。有的田没有大的路，拖拉机开不进去，大队就号召村民们特地为拖拉机修筑道路，称为机耕路。

开始下地耙田，阿芬的大胆子得到了充分发挥，高的田坎她都敢驾驶铁牛冲上去，有时打滑的轮在空转，搞得泥浆水满天飞，她就在驾驶室里兴奋得哈哈大笑，而我总要叫她小心谨慎，注意安全。

由于赶季节，各个生产队都派代表来等铁牛，排队接铁牛到他们各自的队去耙田。有的生产队因没有及时排上队，为这事队与队之间还打起架来。我和阿芬看在眼里急在心上，只想生出三头六臂，不负铁姑娘的战斗精神，两个人替换着操作，日夜加班加点，连吃饭都在田头，常常连续耕田到通宵。

夏天田野的夜晚，蛙声、虫鸣、鹧鸪、鹌鸪，一片欢唱。圆圆的月亮从山那边升起，倒照在水田里，拖拉机开过去，水中的月亮笑被揉成碎片。我们在月亮的陪伴下耙田度过了许多不眠之夜。当月亮也下山了，田野昆虫停止鸣叫，夜空静悄悄的时候，整个田垌就听到我们的铁牛"突突突"的声音，犹如唱着田野的歌谣。有时眼困了，扒在方向盘上闭一下眼，铁牛从田地这头走到那头，睡着时拖拉机撞到了田塍，"嘣"就被撞醒，摇摇头醒醒神把拖拉机掉了头继续干。

我们每天身上都是裹满了泥浆，由于机车常出现这样那样的故障，常常要修车，我们的双手什么时候都是黑麻麻的沾着机油污渍。

铁姑娘的意志就这样磨炼成长的，心怀一个红心壮志，就是为贫下中农服务。一个春耕下来，我和阿芬驾驶着铁牛走遍了全大队的10个生产队，为农忙季节缓解了长期以来人力畜力耕作的紧张。在村里，说到我和阿芬无人不知无人不晓，大家都羡慕着，向我们投来赞扬的目光，称铁姑娘干得顶呱呱。

在农忙季赶节的时分，村民们对拖拉机寄予了新的希望和信赖，村里就有人开始担心，要是这两个铁姑娘都出嫁了怎么办？村里的人就把我和阿芬这两个机手当成了肥水，肥水不能流到外人田，两个姑娘如果出嫁远走高飞了，对大队是一个重大的损失。很快就流传着这样不成文的规定：凡是大队培养出来的女副业人员，包括合作医疗的医生、拖拉机手、电工、民办教师等，一律不得外嫁他乡，要嫁就得嫁给本大队的青年，肥水不流外人田。这不是有先例了吗？大队的女赤脚医生德清，她是先和大队的青年办理结婚登记，才被送去卫生学校学习的。

我问阿芬是不是有这样的规定？阿芬说是的，文书也说是。我说什么臭规定？文书是阿芬的叔叔，文书的话最有权威，这话应该就是真的了。又有传说大队支书为什么不选贫下中农去学开中拖，偏要选我这个地主出身的人去开中拖，就因为看上我，要我当他的儿媳妇。这些传闻，让我满腔怒火。我从拖拉机上跳下来，卷起的裤腿满是泥巴都没顾及，气冲冲地跑到大队部，"嘭"的一声推开支书办公室的门，大声喊道：

"是这样的吗？"

支书被我搞得莫名其妙，一张黝黑的国字脸朝我看过来："什么事？"

"有人说我们机手嫁人非得嫁本大队？是吗？"

支书是一个稍有文化的乡村干部，从我气冲冲的样子，他大概也知道我兴师问罪的由来。他坐在那里不动，厚厚的嘴唇先是蠕动了片刻，五个指头像弹钢琴一样不停地敲着桌面，憨厚的表情看看我："听谁说的？"

"她们都在说，文书也说是！"

支书低头沉默了一下，突然手一挥："是不是，我说了算！耙你的田去！"

这是什么回答啊？我愤愤地走出支书办公室。我本来就胆子小，见到大队干部都很害怕，想和谁说句话，心都要提前颤抖半天，而今天我不知哪来这么大的胆量，在支书面前耍脾气。我才18岁，还没到谈婚论嫁的时候，但我嫁谁你们管得着吗？干吗要让你们牵着鼻子走啊？

我走回到拖拉机耙田的工地，见阿芬接着在耙田。我便坐在田塍上细细琢磨刚才支书的话。"我说了算！"是什么意思呢？

秋季悄悄来临，还有一个月就是水稻的收割时节。一秆秆原来昂首冲天的稻穗，由于谷粒的饱满开始慢慢低下了头，变成一勾小镰刀。一垌垌一片片的稻田，正在慢慢由青渐变成黄。绿橙色的稻田衬托着远方喀斯特地貌的山峰景色，形成一幅美丽的画卷。

这个时节的间隙是农闲阶段，拖拉机开始跑公路运输，为大队储备运回化肥、农药、氨水、石灰。我和阿芬早出晚归，早上到大队农机站做好出车前的准备工作，首先是加油，从又圆又大的铁皮油桶里抽出柴油加满油箱。再就是加水，检查水箱里的水是否达到水位标准，不够水就要提着水桶到田边的池塘里打水。晚上开车回来停放到农机站里。拖拉机运输中我印象最深的是运氨水，厚而大的氨水袋像拖卡那么大，装满一袋氨水在运输路途中摇摇晃晃，在崎岖的路上倒来倒去，上坡时氨水往后倒，下坡时氨水往前冲，把不紧方向盘的话，随时都有翻车的可能。我和阿芬运氨水时都提心吊胆。

阿芬是个很勤快的人，平时出车都来得很早，那些准备工作也抢着去做。可最近阿芬常常一副魂不守舍的样子，一个人发呆。后来我才知道她在谈恋爱，对象是大队部里的电工春林。春林是支书的侄子，负责全大队电灯电线的维护，她常常和春林躲在合作医疗卫生室那边聊天，聊得皇帝不知回朝，出车时间到了要我去催促她。我发育迟钝，情商更是缓慢未光顾我的思维，当时我不知道那种聊天就叫谈恋爱，多年以后我才明白他们为什么那么黏糊糊的依依不舍。

公路运输需要把拖拉机的防滑轮卸下，换装上巨大的轮毂和橡胶轮胎，人一样高的轮要我们两个姑娘吃力地拆下又安装。当初为了考试，在李教官的指导下用尽吃奶力去撬轮胎，现在的力气就松懈下来了，我对阿芬说："叫你那个春林来帮下忙啊？"

阿芬脸红了，她知道我已发觉了他们的秘密，干脆就公开了，阿芬的一声令下，果然春林就气喘吁吁地跑来，爱情的力量把大轮胎撬了起来！从此他俩不再偷偷摸摸，春林就常常围着我们转，从帮装轮胎发展到加油、加水，每天帮我们把拖拉机洗擦得干干净净。

大队有个副业队伍，为集体搞创收，购买拖拉机的钱和养拖拉机的钱，也都是副业队挣来的。副业队里有个孵鸭房，十几个有孵化技术的人，集中在一个大厂房孵化室里孵鸭苗。材料是用炒热了适温的谷子和小麦，放在竹子编织的围着棉胎的孵化囤里，把鸭蛋放在里面用温热的谷麦覆盖着，一排排的孵化囤齐胸高，阿芬和春林常常躲在里面接吻拥抱。春林还时不时地为阿芬弄得几个头照蛋（被挑出来的孵不出鸭苗的蛋），能弄到头照蛋是要走后门的，因春林管电，孵化房的灯啊线路啊，得要春林去救急，这就是很好的后门关系。头照蛋是最好的菜，只孵了一周就被在灯光影下挑出来，没有授精的蛋，既新鲜又不散黄。至于二照三照挑出来的蛋就没有那么好了，那简直是很臭的坏蛋，但困难时期煎炒着吃，也是香喷喷的好东西啊。春林送给阿芬的都是上等好蛋，我也跟着沾光。

孵小鸭苗的过程，从收购回来鸭蛋孵化到鸭苗出来，大约需要三个多星期，二十多天。我们一般看不到孵化出来的小鸭，最多就是看到小鸭在蛋壳上啄穿个小孔。这个时候订购鸭苗的人会来把这些即将诞生的小家伙拉走，或是村里送鸭苗上门，鸭苗蛋到家，黄绒绒可爱的鸭子就会破壳而出。

这天，一个特别紧急而又艰巨的任务落到我和阿芬的头上，那就是一批出口越南的鸭苗需要及时送货，原来请来运输这批鸭苗的汽车在路上出了车祸，不能来运输这批鸭苗了。情况紧急，鸭苗必须在小鸭破壳出生的前五天送到南宁火车站，再从南宁火车站上火车送往越南，算好了时间的，不能拖延，鸭苗到了越南的时候应该是小鸭子破壳而出的时候。

宋支书决定，发挥铁牛和铁姑娘的作用，让拖拉机充当汽车执行这次任务把这批鸭苗送到南宁。支书不放心我们两个姑娘，特别派了农机站覃站长跟车同行。

接到任务时已是下午五点，做好准备就要连夜出发，我和阿芬草草收拾上换洗的衣服，匆匆做好出车前的准备，检查轮胎、拖卡等各个性能，带了两个铁皮桶装足够的柴油。

鸭苗用簸筐一筐筐地叠起装上了拖卡，超出了1米高，按规定拖卡载重不能超两吨半，我们常常是超重运输，幸好这鸭苗不重，也不算超高。

支书和副业主任用期待的目光看着我和阿芬，犹如儿行千里，一次又一次的嘱咐、交代，既要开好车又要保护好鸭苗，鸭苗是集体的财产，不能有半点损失。副业办主任为我们安排好行程时间和行车线路图，因为是运鸭苗，要避免太阳晒坏鸭苗，拖拉机只能在夜间行驶，晚上7点出发，按拖拉机30多公里的时速，到达黎塘时正好天亮。白天必须在黎塘停下来找阴凉通风的地方泊车，等待天黑，第二天晚上6点从黎塘出发往南宁，到了南宁正好天亮。那时大队发出了电报，会有人在南宁火车站货台等候我们。这场面就如壮士出征那样，支书身边一群人，千嘱万咐，目送我们踏上征程。

阿芬开拖拉机驶出大队时，我觉得引擎的声音特别大，"突突突"撞击着我不踏实的心，缥缈着没有底气。说实话这是我第一次蜗牛式的长途行驶，我们路况不熟，但又必须开夜车，就像肩挑着千斤的重担，集体的财产要好好保护。我想到了龙梅和玉容草原英雄小姐妹，想到了许多许多。驾驶室里坐着的覃站长对于我们来说也不是定心丸，他没有考得驾驶证，也不会修车，万一车坏了，万一我和阿芬都开累了，万一眼困了，覃站长都不顶用，他最大的作用就是在夜间壮我们的胆。我真有几分的害怕，而阿芬却是充满了喜悦和自豪，她的胆量让我得到几分的镇定。

从大队到玉林是一段坑坑洼洼的泥路，天色渐渐从灰色变成了黑幕，拖拉机两盏大灯把黑夜烧穿成两个窟窿，两道光柱在黑暗里直射前方。30米以内的路，灯光所到之处，招引了四周的飞蛾迅速追光过来，光柱里清楚地看到飞蛾翩舞和扬起的尘土。

第一站经过玉林，上了324国道后，路况开始好了点，这时的覃站长已经在驾驶室坐不住了，他爬到后面拖卡跟鸭苗一起睡觉了。四周一片漆黑，拖拉机在324国道上缓慢行驶，时有大货车会车而过或超车而去，那时的交通不发达，路况也不好，但治安让人放心。我和阿芬轮换着开车。阿芬是个很单纯的人，顾虑少，胆子大，她没有我那么多的想法，她的勤劳热心让我们十分友好，情如姐妹，拖拉机把我们的命运连在了一起，我们像许多女孩子一样经常有同床共枕的习惯，分享彼此的秘密、欢乐、欲望、耻辱、梦想。但我们又与众不同，那就是两人的天地是在这驾驶室里，阿芬说她与春林的事家里不同意，这让她挺郁闷的。我说不同意就拉倒，本大队有什么好呢？我坚决不嫁在本大队！我们就这样一路聊着心事、聊着前程。

我们真的就如规划的时间到达了黎塘，找到阴凉地方泊好车，我和阿芬困得在驾驶室倒头就睡，连肚子饿也顾不及去找东西吃。覃站长在拖卡上睡足了觉，他说有个战友在黎塘工作，要去找他的战友。当夜幕降临时，站长给我们带来吃的，有面包和香蕉。我们继续连夜又出发。

当鸭苗平安地送到了南宁火车站货台，移交了鸭苗，我的心如释重负。第一次到南宁，多么想逛下街啊，可我们只是从火车站到朝阳广场走了一圈就匆匆返程了。南宁长成什么样子也没有看清楚，最大的新奇就是火车站到朝阳广场十字路口上那些红绿灯，在农机学校学习交通规则时背得滚瓜烂熟红绿交通灯，现在是第一次遇见。

从南宁开拖拉机凯旋回到大队时，我们口唇干裂、蓬头垢脸、浑身尘埃、四肢僵硬，下了拖拉机两手也如抓方向盘的姿势，走路也恍惚如摇，歪歪斜斜。我和阿芬即时成为大队的新闻人物。南宁，在村里人心目中不知是个多么遥远的地方，去南宁回来了，而且是开着拖拉机去的，大家都面面相觑，偌大的大队又有几个人去过南宁的呢？这两个铁姑娘真是太了不起了！

支书和副业主任以及很多人都围过来，都称赞我们是英雄铁姑娘，保护了鸭苗，按计划及时送货到南宁，让大队副业队生产的鸭苗，集体财产不受损失，这是出口越南的产品，我们更是为祖国争了光！我们真的就像草原英雄小姐妹那样成了英雄。

支书张开他那宽厚的嘴唇说："你们，真不愧为新时代的铁姑娘！"

支书这简单的表扬一字千金，听后只觉得所有的疲倦都在消失。我用疲惫的眼神看着支书，觉得他铜鼓色的脸散发出舒心的表情，想起我们出发南宁时那个情景，一个操劳几百村民的大队干部形象如一棵松树那样站在山冈。

为迎接秋收后的犁田翻晒过冬，我们对拖拉机进行了一次保养。我和阿芬换机油、换机油隔、拆拆洗洗，搞得满身黑乎乎的油腻。这时阿芬开始偷偷为春林编织爱情信物，当时女孩流行用白线球钩针，钩织假衣领，假衣领套在男孩的衣领上，围着脖子，白白的一圈，很好看。阿芬是马大哈，手工编织活儿更不是她的强项，勾织不是错了花纹就是漏针。她不得不求教我这个编织能手。结果两双机油污渍的手把编织出来的白线球衣领弄得如柏油池里捞出来的布条，我们放声哈哈大笑。

深秋，犁田冬晒，拖拉机的两组液压犁头刀一次就翻起了6行土壤。犁田冬晒时节没有夏收夏种那样的繁忙，不用开夜工，也没有像夏天耙田时一身的泥水。

在一次过田塍的时候，因田坎很高，需要几个助手来帮搭好桥，拖拉机才能开上去。我去找生产队队长派人，但阿芬未等我们人到，就鲁莽地把拖拉机硬硬开上一个高坎，结果拖拉机翻车掉进一个烂泥潭。她倒没事，可这一吨多重的铁牛陷到泥潭里是多么的悲惨！大队调动了十几个青壮年力量，用木桩撬，又是抬又是拉，搞了一天才把拖拉机抬上来，十几条好汉个个弄得成泥牛。拖拉机被这么折腾，犁耙的液压升降系统失灵了，不能犁田了。

支书闻讯赶到现场。拖拉机如他的心肝宝贝，他看见刚从泥潭里撬起的铁牛浑身泥浆如泪流满脸，机体像被绑架一样架满了粗大的木桩，心如刀割。他心急火燎，发怒地盯着阿芬吼道："集体财产你就这么不爱护吗？今后你不要再闯这种祸！"吼爆的音量响彻田野。在场的人都盯着阿芬，气氛变得有点窒息，阿芬满脸的内疚。

不久，阿芬真的就闯祸了。在一次为公社收购站运输黄麻到北流的路上，阿芬因强行超车，撞倒了一个逆向骑自行车的人。那天阿芬开车，我坐在驾驶室正惊讶地指责她干嘛要强行超车的行为，便听到拖卡后面先是"蓬"的响，后就是一声惨叫。停下车后我们又害怕又着急，幸好学过交通肇事处理知识，勇敢处理了事件。将伤员送往县医院后，我陪阿芬蹲了半天的交通肇事处理站做口供笔录、学交通条例、等待处理结果，又去医院陪了两天伤病员，等受害者家属从50多公里外的村里赶来。这次事故95%为驾驶员的责任，大队为受伤者付了一笔巨大的医疗费和各种损失。为这我和阿芬都内疚又难过。

拖拉机最后一次跑运输，是在一个多雨的夏天。我和阿芬空车去广东罗定拉化肥，大约160公里的路途。当拖拉机行驶到容县六旺附近的山路正在爬坡时，引擎声音突然异常起来，排气管冒着浓墨的黑烟，机体发出"嘡嘡"的撞击声。看见情况不妙，我赶快靠边停车，只见拖拉机主体缸体底部流出了机油。铁铸造的缸体也裂了，彻底的坏了，这是一个不可能在路边趴进车底就能修理的重大故障。

在前不着村后不到店的山路，我们两个姑娘急得快要哭了。我让阿芬守候在机旁，自己步行十几里路到附近的公社找电话，通知大队。当我找到电话，讲清楚我们所在的路段，回到拖拉机旁时，天色已黑。要等大队派救助的车来到，应该也差不多到天亮了。

我和阿芬两人孤苦无助，坐在驾驶室里当山大王。夏天的闷热使人不适，我们顷刻成了蚊子的美食。一群群蚊子从黑沉沉的夜空蜂拥袭击过来，我们手脚飞舞的防护，差点没把人变疯。接着就是雷鸣电闪，雷声从低低的云层中间轰响着，瓢泼大雨从山头那边遮天盖地地砸过来，蚊子撤退了，雨点却砸打着我们的身体，半开窗的拖拉机驾驶室，我们两人紧紧地蜷缩成一团。

拖拉机被维修厂的拯救拖车拖着回去，损坏的程度是公社农机修理厂也解决不了的大问题，必须送进县里的农械厂进行大修。后来才知道故障是因为活塞曲轴链杆螺丝钉脱落导致活塞敲缸体，机体烂了一个窟窿。维修车间主任说，烂成这样，是不会修得那么快的，不用在这里看，回去等吧。我把大队部的有线电话编号留下，回到大队苦苦等候维修的消息。

一个月过去了，没有消息，我和阿芬急不可待地骑自行车去到县农机械厂询问情况。修理车间主任告诉我们，已经很努力多方联系了，但还是没什么希望，这拖拉机恐怕再也修不好了，发动机缸体烂成这样，更换一个新的缸体，需要很多钱，不如买台新的。

这话重重地击在我本来就难过的心，集体财产就这样惨重地损失了。我走到修理车间，看见我们的拖拉机像分尸解体 fff 地摊在那里，地上积着一片墨黑的机油，铁铸造的缸体趴在地上……想起我们一起奋战的日日夜夜，为集体生产解放了人力畜力的铁牛，如今像个百病缠身的老人，这时，我的泪夺眶而出……

屈指一数，我们驾驶铁牛的生涯已有 4 个年头，在公社农机学校培训班的 12 名铁姑娘们，都历经战天斗地炼红心，高举铁牛精神的旗帜，驾驶拖拉机为农业生产服务发挥了积极的作用。几年过去，姑娘们也都各奔前程。阿芬和春林分了手，她通过亲戚介绍远嫁给了海南岛一个国营农场的工人，她在农场继续做着铁姑娘，每天开拖拉机为农场运输橡胶水。

而我，也告别了乡村，告别了大队。我要去读书，趁着青春热血的沸腾，我要奔向另一个前程，开始迎接新一轮生活的洗礼！

铁姑娘的那个年代，记录着社会主义建设、农村集体土地制度的时代。随着八十年代初农村逐步落实家庭承包责任制，作为集体经济财产的中型拖拉机也逐步退出了历史舞台。"铁姑娘"的光荣称号，已不再是代表个人，而是代表着千千万万的妇女同胞的劳动形象。铁姑娘的精神一直鼓舞着我，那段经历给我留下许多难忘的回忆，多少往事历历在目，多少感慨泪流满面……

2020.2.16·春

"赤脚医生"的蹉跎岁月

当我看到医务人员冲锋在前抢救生命，先进的医疗技术遏制新冠肺炎病毒的时候，一段青春的记忆常常在我脑海里翻滚。

我也当过"医生"，经历了20世纪80年代初的农村合作医疗。那时为解救农村缺医少药的燃眉之急，救死扶伤的点点滴滴仍然历历在目。

我本来是大队的中型拖拉机手，因拖拉机如一头病牛瘫痪在县农业机械厂的修理车间里，一年半载耙不了田犁不了地，我这个"铁姑娘"已无用武之地。这时大队合作医疗卫生室，正在全大队挑选人才，去接任合作医疗卫生室司药员的工作，当时的司药员是民间的老中医，因年纪过大身体久佳需要退休。大队最后决定由我去接任。

我被这个决定吓得半傻。这是个开不得玩笑的工作，这么重大的责任，未经正式医疗训练，真的让人忐忑，另外，让我不能接受的是，那个司药员是农村合作医疗为群众提供24小时服务的角色，必须寸步不离坚守岗位，迎接等候随时随地抱病而来的人，配药、发药、发针剂，这工作会缚住我的手脚，我能有这样默守的意志吗？我是一个活跃而青春荡漾的女孩啊！

大队支书看出了我的心思和顾虑，他语重心长地鼓励我说："你是回乡知识青年，要充分发挥积极带头作用，更重要的是你有文化、有知识、有责任心而且你勤劳、善良、热情，你就是最好的人选，相信你会热心为贫下中农服务！"

支书的一席话让我热血沸腾，我想我不是要把春青热血洒向广阔天地吗？这就是机会，我决定用一颗赤诚红心为人民大众、为贫下中农服务，不辜负支书和群众的期望。

就这样，我到合作医疗室去报到的第一天，就接受物品移交，大队并没有安排我去进修学习，原任司药员赵医生开始把整个药房交给了我，大队派来会计和一名助手，由赵医生和我在场，对药房里的所有中药、西药、针剂等物品进行了一次大盘点。中药 100 多种类，每类从斗柜里倒出来过称，西药开过瓶的一粒粒地数，这个工作进行了 3 天，在盘点过程中，赵医生认真负责地教我辨认中药，分门别类地记药名、药价、药性、作用，我专心地记，认真地学。当会计把盘点好的中西药品、数目、价格、物品等库存的所有东西结算清楚，将药房钥匙交给我的时候，我心里就有点忐忑不安，甚至有点害怕，我如接过一座即将攀登的知识高峰，又如接过了一副超负荷的担子，更如接过了广大群众的重重托付。

从那开始，村民们便亲切的称呼我为"医生"，为了不辜负这个光荣而充满信任的称号，我发挥积极的智慧和才智，一切从零开始，虚心学习。

大队合作医疗卫生室有两名医生。一位是"文革"前的名牌医专专科毕业的金医生，他有丰富的医疗经验，论资排辈，我叫他叔，他排行二，我称他为二叔。另一位是大队专门为合作医疗选送去卫生学校培养出来的，纯正的"赤脚医生"出身的梁医生，她虽是只进修了一年半的"赤脚医生"，但经自己的刻苦学习，医术也不错。两个医生都熟悉中医和西医，他们既是医生又是护士，看病、打针、输液、针灸、拔火罐、接生等样样能干。我的主要任务是配合着两个医生，医生开好处方后马上发药。

起初，金医生为了我早日胜任，耐心地手把手教我，他看了病开好处方，立马就跑到药房来在旁边指导我配药，待我配好，他又检查了一遍，才放心发药，后来我慢慢熟悉了，他就放手让我独立完成工作。

药房是一个空间高大的泥土砖瓦房，一半放西药架，另一半放中药斗柜，中央有个窗口对着门诊厅堂，我的办公桌就在窗口，在大厅看了病的顺便就着窗口取药。我的工作比医生的要多得多，我既是会计又是出纳，又是司药员。收费，数目日清月结，中药方、西药方的捡药、配药、发药，帮助医生定期用高压锅消毒纱布包、注射器，针头，钳子。缺药了还负责去镇上医药站购进药品。医生可以两人轮流值班，而我，却要24小时守候在药房。

在这期间我看了很多医学书，梁医生把她赤脚医生进修培训的课本给我，我刻苦学习，看书背书，一边看一边抄有关说明书。我发挥年轻人有斗志、肯吃苦的优势，对上百种西药名称，包括它的化学名、商品名，它的适应症、用量、用法、副反应等反复背诵记忆在心，同时把常用的中药药名、药性、配伍及禁忌、用途、用量、煎煮方法等，也一一熟记，还对中药常用的几十条汤头歌诀背得滚瓜烂熟，攻克了常用中、西药的重重难关。不仅如此，我又潜心于药价和处方的处理，记背药价，一剂西药或一服中药的价格现场的快速计算，一分一厘一毫的加减乘除，特别是中药价，真是要出动全身所有的神经去聚精会神地计算，稍有其中一味中药价算错，整个处方又得重新算，我的算盘技术就是在那时锻炼出来的。我能把医生开的几服中药做到一抓准、一称准、一算准，很快就从窗口递到患者的手上。晚上还要复核盘点金额，数目平行，一分不差，一厘不误。那时合作医疗的经费是由大队的财务拨款，村民看病，大队即时在药价里报销50%，大队财务每季度来查账一次，我没有过差错。

小小的一个山村卫生室随时有求必应，我们没有白天黑夜和节日假日的概念，唯有随叫随到，时有深更半夜急诊，发热、肚痛、拉肚子、外伤、骨伤、被狗咬、被蛇咬等等的需要急救的病人。

金医生的医术高明，胆子也大，什么都敢治，他也有出诊的时候，哪家的孩子掉塘里溺水了，他闻讯背起药箱就奔跑而至，他沉着镇定地提起小孩的双腿倒立甩打、放趴地下压背至吐水，然后人工呼吸，直至孩子得救。梁医生的出诊就是去帮孕妇检查胎音，接生、帮新生儿洗药浴，帮产妇康复等。那时农村产妇都不去医院，产房就是自己家里的床，产妇生产时由乡村接生员上门接生，不管黑天白日，24小时随叫随到，那时赤脚医生从不讲报酬，合作医疗也不收费。

金医生是固定住在卫生室的值班医生，而我家离大队卫生室大约有1公里，自从当了这个司药员，晚上睡觉就不得安宁。经常有村民半夜三更到卫生室急诊，看了病要取药，陪同的人就要跑到我家叫我，当梦中听到屋后一阵凶猛的狗叫，一道电筒光从我的窗口掠过，我就知道有急病人，我马上一个辘轳爬起床。去发药时是有人陪着去的，发了药回来却是自己走在一段黑暗里，穿过那几棵高大的荔枝树和一片竹林，狗叫声让人心惊胆战，我的行动和电筒光惊怒了狗群，凶猛的狗，两眼放射着两支红蓝式的电光向我扑来，我害怕得直哭。但我想到是为贫下中农服务，心情便坦荡下来，为这些害怕我还写过一首诗壮自己的胆，为人民服务的思想战胜一切。诗很长，摘取其中四句："犬吼汪汪惊心弦，电光道道划窗前。深更抱病求医急，独夜苦奔心相连。"

没有任何怨言，我常常在这样的深夜里被叫醒，脑袋还未清醒就匆匆赶到卫生室执药发药，看着病人打了针，和医生一起等待急诊的病人渐渐好转，才离去。

后来为方便病人，我干脆就搬到卫生室去住，在卫生室住宿的那些夜晚，不知战胜了多少害怕心理，卫生室是几间高大的泥土瓦房，周边无民舍，在黑夜里变得那样空空洞洞的可怕，虽然金医生就在隔两间房那边，但我一个姑娘在寂静孤独的黑夜里越想越害怕，我的床头随时放着手电筒和长柄大刀，这时候我是多么希望有病人半夜来急诊。

金医生和梁医生的医术都得到了村民的信赖，许多周围非本大队的人也前来看病，甚至偏远山区的患者都慕名而来，诊室常常热闹非凡，特别是流行感冒季节，男女老少挤满诊所，有的一家就来三四个发烧的孩子，几个孩子一起打针，哭声连天，这时我就忙得不可开交。我们大队所处的山区是北流、陆川、玉林三县交界的三角地带，说着各地的方言，因不是本大队的村民不得享受合作医疗50%的报销，要收全额的药费和诊费，收费时我还必须问清楚病人是哪个生产队的，这样我就又学会了那一带三村六垌的方言、白话、土话、客家话、玉林话等我都说得十分顺溜。

我亲眼看见农民患者的苦不堪言，农民对赤脚医生的救助感激不尽，我是多么希望自己拥有能为农民解除疾病痛苦的一技之长啊！通过努力，我也略懂一点医术病理，我开始学习打针注射，学习开一些简单的处方。半年下来，我就掌握了普通的伤风、咳嗽、拉肚子的中、西药处方，还掌握了普通的肌肉注射和常见的外伤包扎处理。有时候有病人来到卫生室，遇到两个医生正好不在，他们也很信任我让我给他们开一点药，我见是一些常见病，也就大胆的处理。那时用得最多的西药就是四环素和土霉素，这些药现在早已停止使用了，但那时确实很奏效。当他们亲切地称我为医生，当我看到我为病人解除了痛苦，我内心也得到莫大的安慰，金医生对我的进步也有高度的评价，赞扬我可以算是个"赤脚医生"。虽然不怎么名副其实，但我为我曾经那样闪光过而感到自豪。

而今，"赤脚医生"已成为历史。但在那个贫穷落后的年代，他们满足了农民患者就近就医的需求，那"一根银针治百病，一颗红心暖千家"的时代，跟今天发达的医疗条件和水平相比，可谓简陋之极，"赤脚医生"们没有洁白的工作服，没有先进的医疗设备，常常是两脚泥巴，一身粗布衣裳。但，"赤脚医生"依然是那时代为农村老百姓服务的天使，"赤脚医生"用朴素实用的治疗，付出一颗最真、最纯、最热的为人民服务之心，满足了当时农民最起码的医护需要。

而我，也曾在这个特殊的"赤脚医生"时代里发挥过作用，这一段激情岁月是那样令我难忘，它记载着我那段青春的时光，那样值得我去珍惜。

2020.3

她吟唱着生命的歌

乡村接生员二叔婆闲时偶尔也来卫生室坐坐,那时我在山村合作医疗做司药,她不是来看病,而是来问我是否有一种中草药,得到的回答基本都是没有,但她照样一来就问。后来变成我一见她踏进门口,不用她开口,我就直对她说没有你要的那种草药。二叔婆从不买我们合作医疗的任何中、西药,她平时为产妇接生、给新生儿洗药浴常用的中草药,都是她自己到山坡野外去采摘的,她想找的是一种能去产妇产后风的草药叫"月见草",这种草周边山野夏天少有生长,冬天就很难找到了。产后中风又叫"月子病",有些产妇在月子期间不注意,受寒气的侵袭,引起肢体和关节的酸痛麻木。谁要是得了产后风,二叔婆就会不辞劳苦地采回很多草药,送上门让产妇熬水泡澡。所以她隔三岔五就来问问是否有"月见草"。

二叔婆给我最深的印象就是常穿一件唐装斜襟衫,她没有一根黑的头发,头发浓密且为银白色闪闪发亮,她理了个齐耳短发,刘海两边的一缕发常挂在耳朵后面,一撮整齐的发梢贴在耳根弯向脸颊,弯得像镰刀、像月亮,很美。

我认识接生二叔婆的时候她已60多岁,但显得格外的精神,相对村里的同龄人来说,她显得年轻漂亮,脸上皱纹很少，肤色白白嫩嫩，唇红齿白，人们都说这是因为她是乡村职业接生婆，常常能喝到产妇的鸡汤和甜酒，滋补了身体。

我看见二叔婆几次来家里为母亲做产前检查。我的妹妹出生时，也是二叔婆接生的。那是一个四月天，气温乍暖还寒，我的妹妹是在那间泥砖小瓦房里出生的，是二叔婆接她来到这个世界。

那天，太阳刚下山，接生二叔婆就来到我家，勤劳的母亲早已把小屋打扫得干干净净在家待产，当二叔婆出现在我家小小的土砖瓦房里，我的心一下子就紧张了起来，意识到母亲今晚要生产了。这一天终于到来了。二叔婆的接生工具很简单，就一个小小的红十字药箱。不知道为什么，看到那个红十字，我心里就有点害怕。父亲在很远的山村教书，一时回不来，我和姐姐就帮做一些力所能及的事情，二叔婆吩咐我和姐姐去帮烧一锅开水，待接生时消毒用。

晚饭后，母亲开始一阵阵的肚子疼，开始的阵痛还可以忍受，母亲一声不哼，但到了后来，阵痛加剧，母亲不得不用轻轻呻吟来解除痛苦，这时夜色越来越浓，村里的深夜，天黑得伸手不见五指，在一盏煤油灯下，二叔婆陪伴在母亲身边，帮母亲检查胎音，为母亲轻轻地按摩穴位，到了半夜，母亲的痛苦更加难忍，撕心裂肺的喊声几乎要冲破小屋，我的心焦急万分，随着母亲阵阵痛苦的喊声慌张起来，只见二叔婆冷静得如一点事都没有，她坐在母亲床前，和母亲说笑或说些与生产无关的话，我从侧面看着她那挂在耳后的银发贴在脸上，白发在如豆的灯光下一闪一闪，她是那样的自信和镇定，她用一个像竹筒一样的听筒为母亲检查，观察宫口扩张和宫缩强度的情况，凭她的经验，说估计还要到黎明才能生产。正好隔壁六叔婆过来，关心地询问母亲是否有什么要帮忙的，母亲说一切都准备好了，母亲对我和姐姐说："妈的喊声吵得你们睡不着觉，你们姐妹俩到六叔婆家去搭铺睡吧！"母亲知道明天是塘岸圩日，我和姐姐要随学校文艺宣传队到镇上的舞台去演出。二叔婆也说没有什么要帮忙的了，你们去吧。我看到母亲只有二叔婆一个人伴随，有点不放心，但我和姐姐还是跟了撑着煤油灯的六叔婆走出小屋，路过走廊和一小片芭蕉林。六叔婆的是个寡妇，有两个刚成年的儿子，我和姐姐从家里的小屋来到六叔婆的屋，六叔婆的屋就没有我们家干净整洁，她在屋里养了两只鹅，鹅还很小，装在笋筐里，灰灰的绒毛，笋筐旁边有一蓝春菜，随时喂鹅，小屋一股鹅粪腥味，装小鹅笋筐里湿答答的有半筐鹅粪。六叔婆的老式木床三面有围栏一年四季都挂着黑黑的蚊帐，我和姐姐躺在床上，眼困得上下眼皮不断打架，就是提心吊胆地睡不着，母亲痛苦的叫喊声隐约闻见，这让我心跳得紧紧更加忐忑不安，时不时紧张而又担心地问六叔婆："我妈妈这样痛会不会痛死掉?"六叔婆没文化，不怎么会说些让我和姐姐放心的话，也不会安慰我们，她只是说："你们傻啊，生孩子嘛，就是要这样子喊的。"六叔婆叫我们去睡，但她自己也不睡，她隔三岔五地去喂她的鹅，鹅一边"鹅鹅鹅"的叫，一边窸窸窣窣的吃春菜，声音很大，六叔婆拿着一抓春菜，送到笋筐边，两只鹅申出长长的脖子在抢吃，吃撑了的鹅从胃到脖子都是胀鼓鼓的，六叔婆说鹅越吃得撑就越快长大，我想不通六叔婆为什么有这么多精神不睡觉，让鹅快快长大，这大概是她半夜不睡觉喂鹅的原因。

那晚我就是那样提心吊胆地到天明，六叔婆天刚亮就去厨房煮粥，村里人的习惯是早上熬一大锅粥管一天的饭，从早吃到晚，煮一锅粥要很长时间，我和姐姐不等六叔婆回房间叫，我们就迫不及待地跑回家扑在母亲的床前，只见乏力的母亲躺着，脸上露出平安和安慰的信息，二叔婆抱着襁褓中的妹妹，准备喂婴儿开口茶，母亲叫我去厨房拿个匙羹给二叔婆，未等我拿匙羹来，二叔婆却在用她的食指撩着茶水，去洗妹妹的嘴巴，刚刚来到这个世界的妹妹，幼嫩而红润的舌头在抵制着粗糙的手指，淡淡的茶水从小嘴溢出。二叔婆告诉我，这叫婴儿开口茶，是用勾藤、竹叶、虫退、甘草一起煮的，山村里的孩子都这样，一出生就用开口茶洗小嘴巴，除去嘴里的黏液，再喂上一点点，可以排除胎毒。看到母亲的平安和妹妹红扑扑的小脸，我悬起的心也就放了下来。这时六叔婆过来为母亲煮鸡蛋甜酒。二叔婆在母亲的身旁安顿好妹妹，吃了一碗甜酒，看到母子平安就告辞了，她跟我和姐姐一同出门，我们去学校，她回家。

我和二叔婆分手时，看见她的一个衣角被血迹染红了，她在笑，她也是整夜无眠的，但此时此刻的她无论身心多么的疲惫也都已经一扫而光。望着二叔婆背着药箱远去的背影，她的形象一直深刻在我的脑海。

妹妹出生那年我12岁。8年过去了，我来到大队合作医疗卫生室工作之后，更深地了解到二叔婆在这个乡村所做的一切。在这方圆几十里、三村六峒里无人不知、无人不晓，她热情大方、平易近人、办事稳重，受人信赖和爱戴，谁家有孕妈妈的事要干，她把满头白发一扬，马上出发，干脆利索。二叔婆只上过初中没有受过专业医生的教育，她的接生技术是年轻时婆婆传授给她的。几十年来练就了一手接生技术，她就像一个妇女儿童的保护神，走家串户。她为产妇计算预产期百分之百准确，接生出世的孩子经她的双手一捧她就能报出这孩子的体重有几斤几两。村里村外的孕妇都听从她的指导，孕妈们整个孕期都让她看胎位、听胎音、产前检查，有孕妇胎位不正的，二叔婆就毫不犹豫地跪在地上翘起臀部教练正胎位的动作，每天跪3次。最土而原始的正胎位办法就是把一斤黄豆撒在地上，然后弯下腰把黄豆一粒一粒地捡起来。二叔婆要求孕妇不能在家娇生惯养，都要下田劳动，消除焦虑，这样生产孩子才顺顺利利，方圆几里的产妇没听说过有产后忧郁症的。二叔婆对村里谁家的媳妇怀孕几个月需要去检查，哪家的媳妇预产期在哪月哪日她都心中有数，预产期一到，她会准确地守候在产妇的家。产妇和家人看到二叔婆来了，心里就如吃了定心丸踏实起来。二叔婆一边陪孕妇待产，一边用客家话唱着她婆婆教给她的《十月怀胎歌》：

正月怀胎似雾水，

二月怀胎似花形，

三月怀胎分男女，

四月怀胎身健全。

儿在娘身，口内想腥酸。

父见娘辛苦，请医又许愿。

五月怀胎成筋骨，

六月怀胎毛发生。

儿在娘胎肚，饥饱在娘身，

日夜吸娘血，何日得分娩，

手颤脚软为儿苦，娘亲日夜又辛苦。

七月怀胎双手软，

八月怀胎双脚肿。

儿在娘胎八个月，三饥两饱痛娘身。

九月怀胎儿身转，

十月怀胎儿降生，

娘生儿时痛揪心，

儿大日后谢娘恩！

《十月怀胎歌》唱出了胎儿在母腹的成长过程和妈妈十月怀胎的辛苦，唱得感人至深。产妇听了二叔婆的歌，紧张的情绪就变成了自在和轻松，从中产生自信心，顺利完成分娩。经二叔婆接生的孩子有几百个，很多经她接生的孩子长大成家又做了父母，还是二叔婆去接的生，村里孩子们传承着不忘娘恩的美德。二叔婆在村里人的心里是半边仙，觉得她说的每一句话都能到最贴心的地方。

助人为乐让二叔婆闲不住。除了接生外，遇事也总是随叫随到，谁要是坐月子不注意中了月风病，她就会亲自上山采、河边摘，带回来一把中草药送上门去。得了月子病的妇女用二叔婆的中草药熬水洗澡，月风病真的就解除了。

月子病，是产褥期不注意保健而出现的肢体关节酸楚疼痛、麻木、畏寒恶风、关节不利，甚至关节肿痛的一种产后风，要是二叔婆得知谁患了产后风的消息，她就比谁都急，她会马上上山采药，用她采回来的中药熬水让病人泡澡，经几次泡澡，病痛的症状很快就能缓解。

为这，二叔婆在接生的时候，总要千嘱万咐产妇在月子里要注意保暖，哪怕是六月天，也要包头巾，避免受寒，更不可吹冷风，避免冷水洗手、洗衣服等，注意休息，多吃鸡汤和姜汤，禁食生冷寒凉的东西。二叔婆在宣传产后保健知识的同时，常挂在嘴边的一句话就是："不听老人言，吃亏在眼前。"

二叔婆对她接生出世的孩子也非常疼爱，关心他们的成长，月中的孩子她常去看望，看着长大了的孩子满心的欢喜，常常在口袋里摸出几颗糖啦花生啦给孩子们吃，谁家的孩子生黄疸、长胎毒，二叔婆接到消息马上就赶去，为孩子带上去黄疸、除胎毒的中草药，孩子用了她给的草药熬水洗了澡，果真就药到病除。长到几岁的孩子，她还得去看看，摸摸这个孩子的头，看看那个孩子的手掌，哪家孩子不爱吃饭，她就知道是犯了疳积，二话不说就打开随身背的保健箱拿出针来给孩子挑疳积，有需要的还送上一点自己研制的去疳积的药散，吩咐用这药粉蒸塘角鱼给孩子当菜吃，这土办法也真灵，孩子很快胃口大开，吃饭正常了。二叔婆在串村时如遇见哪个娃娃在妈妈怀里哭闹不肯睡觉，惹得妈妈生气不耐烦，她就会把孩子接过来抱在怀里，疼爱地说不要骂孩子，孩子要慢慢哄。二叔婆一边耐心地摇孩子一边唱客家儿歌："摇摇帅（睡），摇摇帅（睡），摇太（大）阿妹好做队（伴）。摇摇愁，摇摇愁，摇太（大）阿妹好撑（望）牛。"客家歌谣音律悠扬，韵味缠绵，催婴儿入眠，唱着唱着孩子就睡着了。

二叔婆在接生中也常遇到产妇难产，新生儿休克的事，她积累了丰富的经验，能用她的技术沉着应对，让产妇和新生儿脱离危险。接生几十年来，也偶有难产的，二叔婆判断她无法解决了，吩咐马上将产妇抬到公社卫生院急救。

听人说二叔婆年轻时候还做了一件又傻又让人瞠目结舌的事：村里有个妇女几度怀孕不成功，几次怀孕到四五个月胎儿便流产，之后就一直怀不上孩子，她苦苦哀求二叔婆想办法帮助她调理身体再度怀上孩子，心地善良的二叔婆见过千千万万家庭喜抱子孙的快乐，却看不得没做成母亲的女人的绝望和痛苦。她胸口一拍："别伤心，我给你送一个孩子。"二叔婆没有食言。第二年，二叔婆生了她的第三个孩子，她真的是把自己的孩子送给了那个盼望做妈妈的妇女！让这人家感动得泪流满脸，感恩不尽。她给了孩子人家，担心孩子没奶吃，还常上门给孩子喂奶。她到别的人家去出诊，看见哪家的孩子奶水不够，她就用自己的奶奶孩子。这些事在村里被传为佳话，村里人都称她为众人干妈。二叔婆如同一缕阳光，照亮着村里的人家。

我最后一次见到二叔婆的时候，是她来到合作医疗室发药的窗口，她要买一包婴儿的开口茶，这是她第一次在卫生室买药，我把婴儿开口茶搭配的勾藤、竹叶、虫退、甘草执齐全，包好，递给她。她手脚颤抖着照价给我付款了两毛钱后却没有马上离去的意思。这时她已经70多岁，样子与十几年前为我母亲接生时判若两人，粗而白的头发变得稀稀拉拉的，不再是齐耳短发，而是留长盘着一个小小的发髻在后脑勺。她年迈了已经不能再去为产妇接生，而且那时村里的孕妇都不放心在家里生产了，都要到镇里的卫生院生孩子。

二叔婆这次来合作医疗卫生室买婴儿开口茶，是醉翁之意不在酒，她的目的是来给我说媒的，她语音有点颤抖地跟我说，经她手接生的一个男孩子，28岁了，还没有对象，看我很合适，问我是否愿意嫁过去，如果愿意，选个日子去他家睇门口，村里人把去男家相亲叫作"睇门口"。

我望着二叔婆满是皱纹的脸，心里不觉暗暗好笑，笑她在乱点鸳鸯谱，但我又从她那和谒蔼可亲的样子，看到了她有能够包容万事万物的一个很强大的心胸，这个年纪了，还为她亲手接生的一个孩子的婚事操心。到老了，还那仁慈，乐于助人的仍然初心不变，我虽然对她的说媒蛮不高兴，但也从内心里钦佩她的热心。我用善良的谎言骗了她一会儿，我说我已经有对象了，二叔婆听了呵呵地笑，她说："我都说呢，你这么靓的妹子，肯定看上门口了。"我见她有点失落地转身离开，连婴儿开口茶也忘了拿，我赶忙拿起婴儿开口茶追出去。从此以后，我就再也没有见到二叔婆。

二叔婆做乡村接生员长达50年，一个弱弱的女人，在每一个鲜活生命诞生的背后承担着不为常人所知的酸甜苦辣，她常被胎儿羊水洗脸，胎粪污染，血迹染红衣服，为产妇端大小便。没有人称她为白衣天使，但她为村民献出一颗白衣天使的心和职责，她没有穿过漂亮的白大褂，她没有固定的产房工作场所，而是走家串户，送医上门，迎接新生命的诞生，她身边没有助产士，就简单的一个药箱，孤身一人，走在村村寨寨之间的山路上，但她却是产妇艰难痛苦时刻的最亲密伙伴，她以无私的爱与责任，在乡村肩负起一个时代的使命，当乡村的早晨又闻见新生儿的第一声啼哭，那正是清晨的第一缕阳光，迎接着生命的魅力。

像二叔婆这样一位乡村接生员，像母亲一样的伟大与无私。尽管现在科学的发展，妇产医院专家及技术越来越先进，但在那农村缺医少药的时代，乡村接生员最最接近爱和生命的本质，生命是一首歌，她用一生的奉献去吟唱。

2020.3.8

青年突击队

——人最宝贵的东西是生命。生命对于我们只有一次。一个人的生命应该这样度过，当他回首往事，他不因虚度年华而悔恨，也不因过去碌碌无为而羞耻。

——保尔·柯察金（奥斯特洛夫斯基）

集合着风华正茂！无畏！勇敢！向前冲锋！用奋进的青春姿态，凝聚着朝气勃勃的一团力量，担当起一个特殊任务和使命，这就是"青年突击队"。毫不后悔，我曾经是一名青年突击队员！

那年夏天，我们列着整齐的队伍，聚集在青年突击队队旗下宣誓，当青年突击队长刘强从公社书记手中接过"青年突击队队旗"的时候，我们的目光齐刷刷的仰望过去，鲜红的队旗闪耀着光芒，我们双手的拳自然地紧握着，胸膛也毫不自主地挺了起来，刘队长洪亮的声音说：让我们一起举起右手，宣誓！

我们心潮彭拜，在队旗下高声朗诵："我们是光荣的青年突击队员，我们决心继承革命的优良传统，自力更生，艰苦奋斗，发奋图强，团结拼搏，开拓前进。造福人民！

下定决心，不怕牺牲，排除万难，去争取胜利，奋战30天，开垦万亩橡胶带基地先锋行动，为祖国建设事业奉献青春！"我们朗诵的声音以排山倒海般的姿态，铿锵有力，响彻云霄。

青年突击队的任务，是响应祖国的号召，大力发展种植橡胶树。实施这一决策的背景，是我国的橡胶进口被封锁，橡胶产品成为我国社会主义建设的短缺物资，随着社会的发展，橡胶产品在交通、工业矿山、农林水利、军事国防、土木建筑、电气通讯、医疗卫生等行业发展中十分重要。国富民强不依赖进口，自力更生，保证橡胶生产资源，支援各行各业建设。我们公社规划在六和崇山峻岭一带的山区，开发万亩橡胶园。青年突击队就是在这样的号召下组建，为开垦万亩橡胶园林地的前期工作，肩负先锋行动的使命。

出发前的培训是粗略地了解和学习橡胶种植的基本知识，株距、行距，严格的标准。按规划种下的橡胶树要有满山遍野的景象，排排行行，整齐划一，株距2.5米，行距10–12米，坡地2.5×10米，林地开垦，林段踏勘，规划、选基线、定标、修筑梯式田基，挖植穴。上山踩点，开辟线路，规划、划地、砍树、割野草、铲草皮，标树坎位置，石灰水划圈标志等一系列的工作，严格按橡胶种植常识的要求，做好先行工作，为大规模的民工挖植树穴做好前期工作。这是公社范围内的第一个橡胶园，精准做好，要作为全公社橡胶园发展的示范点，我们也算是第一个吃螃蟹的人。

青年突击队的队员是从全公社17个大队里抽调的知识青年，加上领队和技术站的人员一共30多人。我是刚刚高中毕业，从塘岸镇高中背起行囊回到家的当天，收到了大队的通知，来到公社报到时，才发现大半队员都是我们这一届的同学，大家见面，惊讶而兴奋，十七八岁的我们，阳光又有活力，哪怕是一笑一说一个脚步，都充满着青春的活力。

在刘强队长的指引下，30多人浩浩荡荡的自行车队伍向山里出发，我们带着简单的铺盖，有的两人一辆自行车，有的一人一辆车驮着行李。同学黄锋在前面撑着队旗，弯弯曲曲的崎岖山路上，我们宛如一列穿越山间的队伍，让人振奋。我们的心情特别舒畅。

山风吹拂，群山青苍，风景绿秀，封山育林带来的草木密茂，翠苍碧绿，那是用直升机播种的松树，满山满岭，万里松林，我们陶醉在这铺天盖地的绿色之中。公社林业专干说，松林只能是美化山岭，保护水土，成不了经济作物，山区松林要逐步从种松林向种植经济作物转变，开发橡胶园就是一个宏伟的壮举。

在一个叫六和冲的小山村里扎下营，我们行李来不及放下，就急忙去制造热火朝天的气氛，贴标语、拉横标。

"为有牺牲多壮志，敢教日月换新天！"

"奋战60天，种植万亩橡胶园，造福人民！"

"自力更生，发奋图强！"

"下定决心，不怕牺牲，排除万难，去争取胜利！"

大红标语挂在村口，挂在树上，挂在土墙上，大家七手八脚地在村里打造了热火朝天的气氛。村里一群孩子围着我们看热闹。

村里有二十几户人家，突击队借用生产队的文化室为男队员宿舍。30多个队员里，有 5 个女队员，借住在文化室旁边的一个农户里。

安顿好后，刘强队长召集大家开会，先是学习毛主席语录"三大纪律八项注意"，这是中国人民解放军的优良传统和准则，高中时代住校的生活、学习的军事化管理也在这里延续着。刘队长是公社的团委书记，他比我们年长好几岁，有丰富的工作经验，队长的父母是南下干部，北方人长得个高体魁，浓眉大眼，头发又黑有浓，说话声音洪亮，北方腔调像专业的播音员。我特别喜欢听队长说话，队长是个高才生，知识丰富，乐观豁达，他特别喜爱朗诵，他的口头禅就是："有没搞错啊？"在学习"三大纪律八项注意"时，他特别强调"不拿群众一针一线""不损坏庄家"的纪律，刘队长说，我们就当自己是解放军，住在老陌姓的家里，要有铁的纪律，谁也不得违反纪律，队长的语气饱满而有力，在我们心里回荡，我们都是一群优秀的青年，把一切纪律都牢牢记住。

刘队长安排后勤工作。文化室旁边是生产队集体养猪的猪栏，半刨开的走廊是生产队煮猪潲的地方，突击队借用来做厨房，这里成为我们的饭堂。安排后勤炊事的问题，刘队长把目光落到我们女队员身上："你们，女队员是最合适的炊事员。"我们 5 名女同胞女：我、秋萍、春梅、黄秋和英芬，个个都有点目瞪口呆，心里都很不情愿做煮饭的人，春梅伸了伸舌头，黄秋做着鬼脸望着我，我们 5 人很快就凑在一块，商量着表决心："我们是青年突击队员，要上山参加战斗，不能待在家里做饭，来这里做个'火头军'算什么青年突击队员啊？我们坚决要求上'战场'！"

刘队长浓眉大眼一瞪，朝着我们说："有没搞错啊？三大纪律刚学完，就违背了？就这么定了，一切行动听指挥！煮饭是项艰巨的任务，为大家做好后勤也是革命工作嘛！"最后我们还是乖乖听从了队长的安排，轮流做炊事员，每人做6天，正好轮一个月，5名女队员人人都有为青年突击队煮饭的机会。突击队里的伙食有专职的刘六叔主管，伙食开支，采购，买菜买米等。

秋萍自告奋勇先做第一轮炊事员。万事开头难，冲锋在前的秋萍撸起袖子就去清洗大铁锅。这时黄锋也撸起袖子号召男队员：我们一起干！大家既分工又合作，七手八脚，把生产队集体养猪煮猪潲的大铁镬头洗干净，几个男队员去拾柴火，到山边砍了几大捆干柴枝，水缸的水也挑得满满的，黄秋和英芬也把饭盅餐具洗得干干净净。

三十多人的饭，可想而知，这个炊事员也真的是一个既辛苦又考验技巧的活儿。20多斤米，要将一镬柴火饭煮熟透，不干不烂，不夹生，不糊，吃起来可口香喷喷，得要有超级的技巧。

在大龙眼树下的露天水泥预制板台上，看到秋萍下厨的架势，摆开了阵容，我这个不懂煮大锅饭的人，在暗暗偷师，给秋萍打下手。

秋萍不是我们的同届同学，她是大队里的团支部书记，也是她们大队的铁姑娘突击队的队长，她来到公社的青年突击队里显得格外的活泼可爱、阳光灿烂、精神饱满。她圆圆的脸蛋，扎着两条羊角辫子，说话声音特别清脆，看她麻利地干活，真的很佩服，我在心里暗暗下决心，自己一定要加油。

　　等我们把一切安顿好，秋萍已把我们的晚餐做好，一个瓦饭盅就是我们的餐具，每人一盅饭，饭菜一起，圆圆大大的饭盅，下面装的是米饭，饭上面铺着菜，公社分配给突击队员的伙食每人每餐6两米，几片切得薄薄的半肥瘦猪肉，素菜是冬瓜或草瓜薯之类，没有什么油水。秋萍还为我们做了汤水，说是汤，不如说是洗锅水，大锅里面漂浮着几条冬瓜丝。大家吃得香喷喷的。饭后，我和秋萍把大镬头洗干净，倒水下去，为大家烧洗澡水，一团人洗澡，就靠那个大镬锅一轮一轮地烧，柴火映得我们的脸通红。在突击队里吃到的第一餐饭，是秋萍大厨做的，大家就对秋萍有了极深的印象，因她是大队里铁姑娘战斗队的队长，大家都喜欢地称她为"铁姑娘"。

　　我是在这次青年突击队里才学会煮大锅饭的，是铁姑娘手把手教我的，要用柴火煮好大锅饭，要整锅饭都熟透，饭香可口，可是一个绝活儿。秋萍的绝招技术是先把米淘好，用大锅烧开水后，才把米分层次倒入锅里，20斤米，得分三次，先放第一层，待水烧起泡，再放第二层，待水起泡，然后再放第三层，最后一层柴火要烧猛，让蒸汽升起来后，立即减火，稍微停顿后，再加一把火，让锅冒大汽，水和米在锅中煮沸，轻轻翻拌一次以防粘锅，然后灭掉柴火，让火炭慢慢烤，一直把饭闷到熟透。还有一个技巧就是怎样把柴火烧旺，把控火的大小也很重要，如果不会烧火，火烟滚滚扑就会向你，熏得你眼泪直流，咽喉发呛。

　　第一天向荒山进军，我们登临山之巅，正好阳光灿烂，面对满目奇异的景色，我们兴奋不已。刘队长边走边感慨朗诵：

"啊！我们体现着青春之火，不畏风雨；青年之字典，无'困难'之字，青年之口头，无'障碍'之语。"

我们跟着刘队长前进。开垦，没有机器，一切都是用人力拼搏，我们用铁锄、铁铲、柴刀，我们犹如披上铁甲，转身成为战士，冲锋陷阵！山上没有路，我们在蓬松的芒萁草丛里用柴刀砍出一条路，同学刘坤拿着长柄柴刀在前面开路，我们踏着劈开的路前进。由于封山育林，山上的杂草、灌木丛生，非常茂盛，特别蕨类植物芒萁、芒草和扫杆草，在无人可到的地方，长密密麻麻、紫绿苍苍。山草长得齐腰高，我们要用皮尺丈量，划出橡胶带，铲除这些人头高的芒萁杂草，草根像网一样结实，用很大的力气掀开才露出泥土，再用石灰水圈好植穴标志。

刘队长爬到了一个山冈，他笔直地站在山顶上，宛如一棵挺拔的青松，他看着从山脚下面一直延伸到山顶的足迹，那是我们刚刚踩出的一条路，他不由兴奋地、中气十足地朗诵起来："希望本无所谓有，无所谓无的。这正如地上的路，其实地上本没有路，走的人多了，也便成了路——"我一听就知道这句话出自鲁迅的《故乡》，我也回过头来看着我们队伍走出的路，心里也就有着无限的感慨，是啊，事在人为，路是人走出来的，长满野草的地方，因有多人路过，踩一踩就出了一条路，只要敢为天下先，敢于披荆斩棘，追求，奋斗、实践，就会有充满希望光明的大道。

第一天，我们带着白天的疲惫，难以进入梦乡。我的双手因用铁铲起了水泡，水泡穿破了，痛得利害。由于没有做好防护，手上脸上被芒草割出了，一条条伤痕，有的浅有的深，深的伤痕渗出了殷红的鲜血，我们都成了大花脸。晚上，我躺在床上，伤痕隐隐约约火辣辣又痛又痒。想起芒草，我想起小学时候学过的一篇课文《锯子是怎样发明的》，叙述了我国古代木工始祖鲁班，从芒草上生长的齿牙得到启发，发明了锯子，锯子的发明改变了原来用斧头的伐木的状态，将人从原始繁重的劳动中解放了出来，劳动效率成倍提高，想着想着，仿佛我的脸和手臂就是被砍伐的木头，越想越痛，但我咬着牙尽量让自己快点睡着，我要以饱满的、最先进的身心状态，坚强地勇敢面对艰苦，克服困难，我不能在大家面前表现出怕苦怕累的懦弱。

南方的八月是那么的炎热，太阳火辣辣的晒得我们眼冒金星，热浪一股股地向我们袭来，我们被汗水湿透了衣服。野草丛生的山上长满了宝，山花和野果遍地都是，我们小时候爱吃的野番桃、酸咪咪、龙葵、捻子果等等，那是很好吃的美味野果，见到这些山花和野果我就很高兴，手痒痒想出去摘，但没有机会，劳动着前行着，我们按勘测轨道标好的线路挖好植穴，不断地往山的远处延伸。刘队长一边擦汗一边用他的北京腔播音："热吧！我们迎接热浪的到来！再热得猛烈一点吧！我们选择这个地方种植橡胶就是因为这里有火一样的热情。"

刘队长还跟我们科普说，橡胶是一种热带雨林的树种，喜欢生长在气温高而且雨量较为多的热带地区。一年的平均气温在20度以上是最合适的。通常情况下在18度以上就可以正常的生长，如果气温降到了15度以下就会停止生长。与其说队长在朗诵，不如说是在向我们科普，橡胶生长知识是出发前学习过的，但我们都背不出来，刘队长的乐观精神感染着我们，都觉得这炎热算什么啊？热不掉我们蓬勃的青春力量，热不掉我们担当使命的红心壮志。

一天，气色晴朗，蓝蓝的天空飘着白云，我们来到山顶，如仰头高望，思维定会长着翅膀，追随着那一朵朵白云款款而去。这时，山峦绿野的热烈与沉着，把太阳的热情吸纳，灿烂的阳光为这山冈镀上了黄金。刘队长和黄锋在前面开路，刘队长无限感慨地仰望天空，他按捺不住一边挥动手臂一边朗诵起毛主席诗词《清平乐·六盘山》：

天高云淡，

望断南飞雁。

不到长城非好汉，

屈指行程二万。

六盘山上高峰，

红旗漫卷西风……

字正腔圆的朗诵正吸引着大家，突然听见"呀"的一声，大家朝队长那边望去，个高体魁的队长瞬间不见人影了，大家慌了，从高高的芒萁草丛中艰难地奔过去，只见草丛里露出队长一头浓黑的头发，拨开芒萁，出现一个洞穴，队长掉到洞里去了，那是一个埋死人的棺材洞穴，村里的人过世了，土葬，三年后把骨头挖起来，留下一个棺材的洞穴，由于洞穴内土壤更加肥沃，洞下面长出的芒萁草特别茂盛，比其他地方的草高出半截。大家七手八脚把队长从洞穴里拔了出来。刘队长上到地面时，手里还紧紧攥住那把长柄柴刀，他哈哈大笑说："有没有搞错啊？埋葬的不该是我吧？"庆幸他没有受伤，朗诵诗词的兴致还未尽，他把手上的柴刀举向天空，大声地继续朗诵："不到长城非好汉……今日长缨在手，何时缚住苍龙。"

队长逗得大家都笑了起来。大家异口同声地对着前面的山冈喊："不到长城非好汉"，那喊声穿越群山，久久在山谷里回荡，这一喊更沸腾起我们的青春热血，更坚定了对这次突击的任务不达到预定目标誓不罢休的气概，毛主席的这首诗词正结合我们眼前的实景宕开，表现出了我们内心的情怀和志向。

我们游动性的工地越来越广，开垦的目标方向逐步到六和水库的侧面，山冲的水库被群山团团围着，水库大坝堤拦着山间的水，灌溉着这一方农田。水库水被日光照得泛白，在高山上远远看水库的形状，像一个蛰伏在山中的白鹭。远山紫薇薇，近山青苍苍，辽阔的大好河山，每次上高山，都很兴奋。

工地越来越远，这天从村营地到工地要翻过两座山走几里山路，我们扛着工具，从水库打水搅拌石灰水，从水坝下挑上山，要爬很陡的山，刘队长带领我们唱毛主席语录歌《下定决心》。为了按时完成任务，突击队这天开始早出晚归，中午干脆不回去吃饭，早上五点就起床煮好饭菜用饭盅装好，各自带到工地，干到下午5点多才下山。我们越干越有经验，开始分成三人一组，一组负责一行挖植穴，沿着测量好的方向线路铲草、挖土、标记，从这个山坳翻越到那个山头坳，为了能按时完成任务，谁都不愿落后，哪怕累得全身散了架，也不叫苦叫累。当队长吹哨收工，大家从各个线路聚集一起下山，一路歌声一路笑回到村庄。

这天，我们沿着山路绕过水库，闻见水坝下渠道叮咚的流水声，这时，我们还可闻见鸟语，鸟儿一边鼓翅在水库水面薄雾之中，一边在无忧无虑的山野纵情歌唱。秋萍挑着石灰水从水库坝堤往陡立的山上走，眼看就要到目的地，因路太陡，脚底打滑，她打了一个跟头连人带桶滚下300多米下的山沟里，我们是看着秋萍滚下去的，滚到山底时一下子就不见人了，着实把我们吓坏，我和黄锋赶紧沿着秋萍滚出来的那条草路爬下山去，一边走一边喊"铁姑娘！铁姑娘！"当我们在山脚下的沟壑里发现了秋萍，她四脚朝天躺在高高的芒萁丛中，只见她满身满头都沾满了白白的石灰液，她坐起来摇了摇头，定了定方向，抬头看见我和黄锋，自己就哈哈大笑："原来我还活着啊。"她这样乐观的一笑让我们提着的心放了下来！我和黄锋忙对着山上正在着急的人喊道："平安无事！找到了！铁姑娘找到了！"

这时队长也急忙从山上赶下来，他看着沟壑里的秋萍大声嚷嚷道："有没有搞错啊？你什么时候学会耍杂技了？都快吓死我们啦！"秋萍掉下去的地方有个高坎，队长和黄锋两人搭着人梯，把秋萍从沟里拉上来。不幸中的万幸，秋萍虽然没有大伤，但也有许多小伤，她的脸上脖子上手脚都不同程度地被草、树枝划破，有的皮肤还渗出了血。但秋萍一点都不在乎，她拍打掉身上的草屑和泥土就迫不及待地往山上爬，我们一起找回了飞散在远处的石灰桶，但是背在她身上的那盅午餐饭不知道飞到哪里了。

同伴们看见秋萍平安地从山沟里回来，都异常兴奋，大家先是报以热烈的鼓掌，后就不自主地欢呼起来，一边欢呼还一边喊："下定决心，不怕牺牲，排除万难，去争取胜利！"声音响彻山冈、回荡在远处的水库峡谷。顿时，我们青春的温热气息在这团体，宽大、幽静、绿色、和谐的大山里升腾。

秋萍以她的独特魅力，毫无顾忌地跟男队员们谈笑风生，她永远是青春活力四射的人，她向关心她的大家挥了挥手说她没事，大家快点干活。秋萍轻伤不下火线，抓起铁锄就开始干活。在秋萍弯腰铲草皮时，她军绿色裤子的裤裆里红了一大片，那是鲜血，是黄锋先看的，黄锋忙告诉我："天啊！不好了！铁姑娘受伤了！"我忙跑过去，一看也傻了眼，鲜血从秋萍的裤腿里流出来，我急忙说："不行，你不要干活了！"我迅速抢掉秋萍的工具，要看她的伤口，让她赶快到一边休息。

秋萍却一把挡开我，她向我使了个眼色，小声说："是历史使命"。我心领意会，这是我们女同胞的暗语。但黄锋还是在高声嚷嚷："不行！不行！这么严重的伤，快点回去！"秋萍瞪起眼睛举起铁锄做出要去敲黄锋脑袋的姿势，呵斥道：

"谁叫你乱嚷嚷？不许叫！"

我也对黄锋说："没事，有我在，我保护，你就放心吧！"

中午大家拿出带来的午饭坐在草地上吃起了午餐，而秋萍的午饭滚飞到山沟里大概在喂蚂蚁了，我把我的午饭和秋萍一起分享。这时，男队员们都显出了应该有的绅士风度，都争着把自己的菜饭分摊一点给我们，我和秋萍怎么推辞也都挡不住，还是一股脑门地给我们摊饭菜，搞得我们的菜饭超多吃得撑撑的，那都是因为大家关心着秋萍。

黄锋和几个队员在周边摘了很多捻子果回来慰劳大家，正是捻子果成熟的时节，紫色的果圆而肥，长满了捻子树，黄锋把摘得的捻子果装在他的草帽碗里，大家就去抢来品尝，享受饭后果的快乐，果很甜美，还有一股从草帽里带出来的汗酸味，有人一把抓过黄锋的草帽看了看，黄油油的汗腻，"哇，这么恶心！"气愤地将草帽抛向天空，大家哄笑一通之后就又开始了劳动。

收工回到营地后，几个女同胞都帮秋萍擦伤口，我帮她用针挑出扎在她腿上、手臂上的草刺，她这么滚下山去，皮肤上多处被柴根、毛刺扎伤，有的柴根、毛刺断在肉里，一碰就刺痛，肉中刺是最痛归心的，我为秋萍流下了眼泪，可她一声都不哼，咬着牙，叫我大胆挑。我平时上山打柴也常遭柴头刺，是刺在脚底，平时赤脚走路多了，脚底皮会厚，自己可以把刺挑出来，皮厚，不痛。秋萍这是被刺在又白又嫩的手脚皮肤上，我拿着一根细细的针，仿佛我是一个外科医生，眼发蒙手发抖。秋萍的坚强让我从内心深感钦佩。

晚上，刘队长要组织大家开总结会，因天气太热，会场就干脆设在门口的大龙眼树根底下。会上，刘队长表扬了秋萍，秋萍跌伤，伤口鲜血直流，坚持不下火线，这种一不怕苦，二不怕死的精神值得大家学习。大家不觉对秋萍肃然起敬。刘队长在会上还重要强调，提醒大家，今后上山一定要注意安全，注意踩稳脚步，除了安全，还要防范，山上有蛇、鼠等动物会伤害我们，大家要注意保护好自己，遇到困难要发扬团结友爱精神，队长又用朗诵的腔调学习了一段毛主席语录："一切革命队伍的人都要互相关心，互相爱护，互相帮助。"

散会时，大家都关心地过来问候秋萍，有的还劝秋萍快点去镇上卫生院包扎伤口，有的人因秋萍的不听劝告而生气。其实秋萍那天正好是来了例假,她被滚到山沟,受伤在脸和手脚,裤子是被经血弄脏的。这个事情是个不可告人的秘密,只有我们女同胞知道。

秋萍告诉我,女性并不只有"柔弱"这一个代名词,女性也可以如磐石一般坚毅,像男人一样肩上扛起重任。她就是这样拼命地劳动,热情和敢于担当的倔强性格,她真是名副其实的"铁姑娘",秋萍的身上散发着青春奋发不息的正能量,我从中受到激励和熏陶,她的精神令我们深思,我知道钢铁般的意志不是天生就有,而是在工作中克服困难,在冲锋陷阵中磨炼出来的坚韧、勇往直前。

我们的林地、林段踏勘开垦已延伸到了北山,这天,天刚刚下过一场大雨,山上烟雾蒙蒙,放眼群山,宛若一幅奇妙的山水画,近处如碧,远处如黛,烟雾在山之脊梁随心所欲地飘逸,给天地间描绘着跌宕起伏的曲线。我们跟着前面踩点开辟的线路穿过松林,开进了灌木片区,在灌木丛中热火朝天地干着活,前面的人突然吼了起来:"马蜂!快卧倒!快卧倒!"我们一群人不知道发生了什么事?张望过去,只见成千上万只马蜂黑黑黄黄的一大团,从灌木丛中飞拥而起,一下间扩散成一大片,如轰炸机迅速向我们袭来,倾刻间马蜂团在我们头顶像敌军的飞机"嗡嗡"地作响,马蜂团盘旋在我们头上,对准我们的脸部、头部、颈部猛进攻,我们惊慌成一团,尖叫着乱跑,刘队长大声喊:"大家不要跑,卧倒!快趴下!"

我们听从命令急忙扒下,双手抱住头一动不敢动伏在地上,只觉得马蜂在背脊上隔着衣服向我们猛蜇,我们忍着痛,任由马蜂的猛烈进攻。过了几分钟,马蜂才陆续散去。轰炸机

"嗡嗡"作响的声音渐渐往它们的营房方向消去，蜂皇带着它的千军万马回到了它们大大的蜂巢，原来是一个比大簸箕还大的马蜂窝被我们开垦捅破了。我们慢慢恢复了平静，抬起头爬起身，忽然感到阵阵刺痛侵蚀全身，我们被马蜂蜇得周身发痛胀，起红肿包，我换下的衣服上还挂着许多马蜂的针，这个遭遇让我终身难忘。

回到营地，我们一团人都被马蜂不同程度的蜇伤，满头满脸、背上、臂上都红肿了起来，全身到处火辣辣的刺痛，个个像个猪头，大家你看看我，我看看你，又想哭又想笑。

这天是轮到春梅留守做炊事员，她为我们煮好的晚饭都已凉了，春梅看到我们被马蜂蜇成个这样，主动为我们挑水洗澡，从营地到水井有800米的距离，春梅就这样为大家一圈圈地、一轮轮地、一担担水地挑着，黄锋看到春梅这样劳累有点心疼，他顾不上自己被蜂蜇红肿的肩膀，抢过春梅水桶就帮忙挑水。其实黄锋伤得最厉害的是他的左眼，肿得已经影响视线看不清楚了，他只有一只眼看路，大家也就七手八脚，帮忙着挑水、烧洗澡水。

村里的农伯五叔看见我们个个头青脸肿，知道我们捅了马蜂窝，忙拿出家里的治疗蜂伤的秘方，他把药酒分给我们擦患处，我们的房东大妈还为我们采摘来许多芭蕉叶，帮我们把绿油油的、大大的芭蕉叶铺在床上，让我们贴着背睡在芭蕉叶上，芭蕉叶有清凉去毒的功能。

夜晚，月光从高空撒下来，在我们营地前，龙眼树下溢满白花花的银光，透过浓密的树叶，反射出柔和、温暖、迷蒙的气氛，黄锋坐在树下的水泥预制板上，春梅在帮他细心地用药酒擦眼周边的肿块，黄锋先是不好意思，春梅说："你自己看不见，药酒掉眼里怎么办？"黄锋只好依着让春梅小心地擦，这一擦却擦出了爱情的火花，后来他们真的成为一对，大家喜悦地戏说我们青年突击队，突击出了爱情的种子，我们的青年突击队后继有人了。通过突击队的劳动，我们都觉得黄锋是个勤奋勇敢，事事冲锋在前的好青年。这时队长也出来发话了，他笑着对春梅说："你眼光那么犀利啊，我们突击队人才济济，有几十个帅小子，你挑选了最优秀的黄锋！'马蜂'蜇人好厉害的啊，你千万要小心啊！"听着队长的话大家就快乐地笑开了。黄锋和春梅还没有达到当时要求的晚婚年龄，黄锋看着月亮对天发誓，等到合法结婚年龄，就把春梅娶回家，我们大家都为他俩高兴和祝福！

第二天，五叔问清楚马蜂巢的位置，带上火和两个农伯一起，把那个马蜂巢烧了。五叔他们穿上厚厚的粗布衣，用黑布包着脑袋，点燃半湿不干的柴火，一股滚滚的浓烟向马蜂巢熏去。五叔说马蜂的最大弱点就是怕烟熏，果然，马蜂被浓烟熏得慌忙向四面八方逃蹿，蜂皇也抛弃了它们严防死守的营房落荒而逃。

五叔把大簸箕一样大又厚的蜂窝从灌木中取下，圆圆的一饼，五叔说他也是第一次见到这么大的蜂窝，里面的蜂蛹很多，挑出一大盘肥肥的幼蛹，这可是一道最美的下酒菜。晚上，五叔把煎得又香又脆的蜂蛹给我们分享，我们美美地品尝着野味，油寡的肚子，总算补充了点蛋白质，晚餐吃得心情十分美丽，经过这样的开心，蜂伤也好像好了许多。

那时候油水缺乏，每餐吃半斤米饭都不觉得饱，总觉得肚子空空的，连晚上睡觉也饿得肚子呱呱叫。特别是男队员干活力气大消耗也大，我们几个女队员每餐都尽量少装点饭，让出一点给需要的男队员。

后来有几个男队员因吃了蜂蛹得到启发，他们商量着要去抓鱼。在田里，泥沟里摸到一些小小的菩萨鱼、走水飙和泥秋鱼之类的野味回来，为大家改善伙食，也大大地解了饥饿的馋。后来刘队长就说这样摸鱼，耽误工作，影响任务的完成，再说生产队夏收夏种刚插下的秧苗，摸鱼踩到田里去也会破坏庄稼，禁止了摸鱼活动，害得几个摸鱼能手每天手痒痒的。

转眼我们的战斗成果就出现在留下我们足迹的山山岭岭，远远看去，甚是壮观，我们开垦标注的痕迹，排排行行，满山遍野。我们的先锋行动按时完成了任务。浩浩荡荡的民工大队伍将向这里进军，山岭上将红旗飘动，锣鼓激昂，沸腾的工地将万众一心，在我们深挖橡胶树种植穴带，种上橡胶树。

历经一个月的奋战，我们这个团体是集体冲锋的团体，那是在困难面前秉承初心，使命面前怀揣理想，坚守理想信念，道义抉择坚守信念，危难关头挺身而出的团体。而我在这个团体里见证了青年突击队的风采，也感受到了青年突击队的力量，无畏、勇敢、青春、向上的精神让我难以忘怀。

我们摩擦着手上的厚茧，回首望着那片群山，不久的将来，这里就是满山满岭的橡胶园，我们所踏过的群山，蓬蓬勃勃的山野很快就将换上新装。我想象橡胶树的绿，不单是物理的色彩，它也是生命的色彩，是大地母亲衣衫的颜色，是凝定在大地上的青春，生生不息的青春。

我们完成了开垦先锋的使命！当我们收拾行李，离开这大家依依不舍的、曾经战斗过的地方，队长的朗诵把我们青春无悔的感情升华到了更高的思想内涵：

　　啊！我们把力量贡献给大山

　　啊！我们把青春才华贡献给祖国的建设

　　我们用青春的激情谱写人生的精彩

　　我们用奉献去诠释生命的壮丽

　　啊！这就是青春无悔的青年突击队！

　　……

　　"青年时代的锻炼比黄金还贵重"。我们曾用青春的激情谱写人生了精彩，我自豪人生旅程有此一站经受了锻炼。我听着刘队长那充满激情豪迈的朗诵，心里也感慨地说：壮哉，青年突击队！

　　立足今天，回首往事，几十年过去了，我仍感谢曾经在过的青年突击队团体，我仿佛还能听到青年突击队宣读的誓词，它时时唤起我前行的觉醒，在岗位上发挥着青春无悔的力量。一路走来，那勇往直前的铿锵呐喊，仍在时代的脉流中久久回响，而我们曾经在一起战斗，凝聚着的那种精神，在各自事业的路上，又恰好印证了先锋的、充满激情活力的、闪光的风貌和奋勇向前、敢打敢拼、顽强战斗意志的誓言。

2020.10

怀念写信的日子

青春时期的许些岁月，是等信的岁月。

"天涯地角有穷时，只有相思无尽处！"思念的表达，语言到不了的地方，文字可以到达，思念无形，写在信上的文字可以有形。写信将语言传递到远方。

小时候，我对信就有很深的感情，那是"文革"的时期，我跟随母亲下放回农村，亲人们的信件也雪片一样跟随母亲飞到乡村，特别是外婆、大舅、小舅、大姨妈、小姨妈等亲人的信件从香港、昆明、南宁、北海等地纷纷寄到山村里来，体弱多病的母亲在农村劳动，牵动着大家的心，亲人们的问候、关怀和温暖，丰富着那段不平凡的日子，伴随我们度过在山村生活、劳动的那个年代。

母亲的喜悦也是我的喜悦，母亲每收到一封信都无比的兴奋和感动。很多时候，信就是一个好消息，北海外婆以及大姨小姨的信，有时候会在信封里偷偷夹寄上一斤或几两的全国通用粮票，别小看那几两粮票，那真的是一个大大的救济，雪中送炭，母亲用粮票去公社粮所买面条、面粉、小麦、大豆等短缺食品。

计划经济时期，穿衣服是由国家分配布票，凭票买布，想多穿一件衣服，没有布票想都不用想。平时母亲穿的衣服常常是补丁叠补丁，省下些布票，也偶尔寄给小姨和姨妈，让她们去添新衣裳，添了新衣裳就会把旧衣裳寄给我们。有时候小姨在信里说，即将有一包衣物寄给我们，母亲便在感激和兴奋中等待包裹。村里人没有见过包裹，看见母亲领包裹回来都觉好新奇。

信件里传递着感情，母亲生病，兄弟姐妹们在信里及时了解情况，兄弟姐妹天各一方，在通信联系中传达无微不至的关心和问候，这样亲情更加深厚了，想念亲人的时候，也常在信里夹寄上一张黑白相片。村里的人羡慕母亲有这么情深的亲戚和兄弟姐妹。

母亲的王公（叔叔）在香港，他和我外公是亲兄弟，五公也常和母亲通信，那时香港还是英国殖民地，我对外面的世界充满了神秘和好奇。五公从香港寄来的信，信封很特别，多是白色的，规格也较大，封口都是横着打开的，像个钱包，很美，邮票全是英国女皇的头像，邮戳是彩色的条形码也很特别，母亲把这些信封和邮票都珍藏在一个皮箱里。

五公知道母亲生病，生活困难，常给母亲寄钱，当时是用港币拆人民币，叫外汇，母亲每年都会收到一次或两次《中国邮政银行外汇取款通知单》，每次有100元人民币，当时是一笔相当大的钱，用于母亲治病。外汇单是要去银行才能领取，由港币拆成人民币，除了领钱，还会领到一份"外汇券"，国家鼓励外汇，可以凭这些券到玉林华侨商店买凤凰牌自行车、中华牙膏、建国肥皂等紧缺物资。这也是因为母亲勤写信，如果没有通信和沟通，亲人间难有联络感情的桥梁，如果没有通信，就没有这些充满亲情和大爱的故事。

母亲写得一手好字，钢笔字像男人那样刚劲有力，她回信的速度很快，文笔流畅，语言感情丰富，得到亲人们的恩赐无不千恩万谢。有时候母亲也有意让我读信，教我写信。从写信的格式、称呼、内容、署名、日期。都很仔细的教我，特别是给外婆的信，母亲故意让我写，我小时候是外婆带大的，从小跟外婆和小姨在北海住了一段时间，跟外婆和小姨的感情特别深，母亲教育我要尊敬长辈，常写信常问候，外婆的来信也很高兴提及我，在信里专门给我写了一页，看见外婆写给我的信，我特别的兴奋。

我就是这样从母亲那里认识了信的使命，它在我生活和感情世界里是不可缺少的一部分。直到青春年代，我有了同学、朋友、情人，我们难用写信维系着友谊和感情，在没有电话，没有网络的年代，我们的联系方式就是写信。

在我情窦初开的时候，有了一次自己人生中真正意义上的初恋，天各一方、月共一轮，我们积极向上，谈学习、谈生活、谈理想、谈前途，心里充满了阳光。我认真地读信、写信，用吸满深蓝墨水的钢笔一笔一画，道尽千言万语，一字一句抒发心中的感情，真诚地向对方交代最近的生活、工作和学习。来信像雪花一样飘到我的心里，有时来信很长，密密麻麻，像写小说，多的十页，少的也有三、四页。那时乡村邮递员几天才来一次，每次寄一封信，收的信就被积累成沓，乡邮每来一次我就一下子收到四五封信，我每次捧着一大堆信心里美美的。每每读着这些充满鼓励的信，我都要激动好几天。我也及时地回信，但我写的信几乎都很短，我到乡镇去寄信，邮局门前那个邮筒的绿色曾是我最开心的颜色，刚把信投进邮筒，就又开始漫长的等信的日子。寄出一封信等回信，一等就是半个月，如果没空及时回信，那就要等待更久。

等信的岁月，是那样的虔诚。那份专心和期盼，现在想起来，也会感动很长一段时间。

最后我们虽然没能走到一起，但我知道他仍保留着我写给他的一大堆信件，那是一叠遗憾多年的梦，保存了所有的伤心和快乐，也把我那段青春的故事刻骨铭心地装入岁月的箱箧。存放至今的信件，可以说是时代感情思想的战利品，是那么的珍贵，夸张地说真就成了一笔人生的财富。

用钢笔写字，已是久违了的感觉，随着生活水平越来越高，网络通信的不断发展，惜日那种写信、盼望、等待、喜悦的心情已不再有，那些亲笔信也许不会再让人念及，家信和笔迹也会逐步被时代所抛弃。

现如今，网上微信上的留言、问候、祝福，粘贴了群发，连个称呼都没有，我总觉得欠缺了点什么？每每这样，我就特别怀念那些写信的日子，它不仅是一个思念、一种等待、一份牵挂、一份祝福，也是一种传统的、礼仪的、文明的、美丽的，不可复制的写信的文化时代。

2020.7

三、站立在远方

阳光路上

　　岩突然从天而降，他总是以那么独特的方式出现。那年他高中毕业与我在公社广播站录完最后一次录音之后分手，又隔了多年，毕业后没有任何的联系，在忙碌的日子里，也连同大多数同学一样，我几乎忘记了他的存在。

　　岩如天外来客出现在我的面前，他带来几个同学到我工作的大队合作医疗卫生室，我惊奇不已。与以前不同，他鼻梁上已架上一副深度的近视眼镜，瘦而苍癯的脸上还是那样露着和蔼而淡淡的笑，偏瘦的身材给人几分骨感，俏皮的样儿还残留着童年的模样。

　　我从药房里跑出来和岩握手，他"哎哟呵"的夸张地看着我，似乎要搜索多年不见后我的变化，同时高兴地说："很久不见了啊！"我也被他突然而来的喜悦高兴地笑着说："是什么风把你吹来啊？"他笑笑说："沙梨风啊！"

　　我们聊起了高中时代分别后的事，我才知道他是在全国恢复高考制度之后的第二年考上了大学，现在正在大学深造，已是医科大三年级的学生。

　　我和岩一起在童年的美好时光里泡大，小时候我被他打哭过多少遍已记不清楚，高中时期我们一起被选为学校广播室和公社广播站播音员，同在一个播音小组，在播音录音时，他的严厉让我哭过鼻子。高中毕业后我们各奔东西，谁也没有理睬过谁。

我毕业回乡后开了三年拖拉机，在广阔天地里炼红心，为贫下中农服务，错过了考大学的机会，我后又继续扎根农村，在大队合作医疗所当半个"赤脚医生"。

"呵呵，听说你在这里，我们来看你啦！"岩特别地强调他的来意，高兴地在他的同学面前尽显一副我们是老相识的模样。然后就很有兴趣地围绕着合作医疗卫生室、诊室、药房转了一圈，激情满怀地对我说：

"好啊，这么巧，你的工作跟我学的一样！"

"哪有啊！你们是正规军，我们是乡村的土八路。"我笑着说。

"不管怎么样，我们都是同行嘛！都是为人民服务，你是先行者，而我正是学徒呢。"

岩说这些话拉近了我们的距离，我兴冲冲地说："好啊，欢迎各位医科大领导来乡村卫生室传经指导。"大家的气氛也就融洽起来。

岩嘴巴说是来看我，那是谎言，我知道他来此地的最大目的，就是让我带他们去梨园里摘沙梨。

正是夏天，生产队里坡上梨园一串串的黄梨成熟了，果子飘香，这是摘梨果的季节。村里有远近闻名的百年古老黄梨树林，在经济闭塞的年代，村里的黄梨是当时少有的名贵的水果。能在这个时候去果园摘梨，是一般人少有的待遇。

在全国恢复高考制度之后，考上大学的第一、二批大学生是在鲜花和红榜簇拥之下，兴奋而高傲地走进高等学府的，他们是天娇学子，哪怕再谦逊的人巴都带有几分的傲气和自豪。这几个大学生，在本来就不宽畅的诊所里高傲地逛来逛去，塞满了卫生室，也带来了一旋春风，播撒着青春的阳光。来的五六个人，我就认识岩，他们中间有的是岩的医科大学同学，还有个是同学的女朋友。

对高中同学加童年小伙伴的到来，我这个主人当然不能怠慢，必须使出全部的热情招待大家，更不能让岩丢脸，我乐意而高兴地带他们上山坡果园去摘梨。我向值班医生请了假，把药房的钥匙也交给金医生，让他兼顾一下我药房的工作。

我骑起自行车，领着岩他们的自行车队，一路谈笑风生，奔往山坡梨园。正好生产队的社员在摘果，通过我的关系，大家在梨树园快乐的玩耍，男的爬上树摘梨，那同学的女朋友穿着一条漂亮的白底红碎花裙子爬不了树，就在树根下抬头看枝头上一串串梨果，大呼小叫说这串好看，那串又熟又大。大家都为能亲临其境，零距离接触树上的沙梨果，感到特别兴奋，他们一边摘一边吃，尝到刚从树上摘下的、新鲜的、甜甜的黄梨，快乐而满足。

家乡生产黄梨是远近闻名了的，当时本地就流传着一句话："塘岸沙梨，隆盛荔枝。"让黄梨成为区域地标。从村里一直到白坳岭顶的旱坡地里，一片茫茫的沙梨树，春天盛开满树白色的梨花，夏天收获。又圆又大的黄梨，黄梨熟透了的时候橙黄橙黄的发亮，散发出蜜香，黄沙梨具有丰富的营养价值，含铁量很高，不但能补钙，还有清热解毒、润肺止咳的功能，是盛夏期间最佳的美味水果。在经济闭塞、物流不通的年代，水果成了奢侈品，能直接从树上摘下熟透了的梨果立马放到嘴巴，也是当时最奢侈的待遇感受。

岩和同学们回去时，我让他们人人都带上了几斤黄梨，他们满意而归。岩对我为他们提供了这次摘梨的热情招待和方便，特别感谢。

一个星期之后，岩的一封热情洋溢的信从省城飞来，我高兴地阅读岩的信，才知道他也把家乡的黄沙梨带到了省城，好像有别样的感情，我一遍遍地反复读信，几乎能把一封信的内容都能背下来：

"亲爱的童年小伙伴——果：

分手瞬间又是一个星期，这次相见激起了我对许多童年往事的追忆和怀念，现在的你，已不再是孩提时爱哭鼻子的你了，你已是一名让许多人信赖的有实践经验的"赤脚医生"，而我，还在理论阶段的道路上……让我们互相学习，共同努力，携手奔向实现为人民服务的共同理想……"

心里涌上一股暖流，童年小伙伴的称呼是那样的亲切，那样的充满远古的磁性，但与过去的记忆不同的是，童年的模样已随时光消逝，现在的我们是谈理想谈追求，怀着一股青春梦想的新一代年轻人。

从此以后，岩的信，如满天飞雪，让我应接不暇，他几乎是每天一封，那时候的乡村邮递员送信时间不规律，常常是几天才来一次，邮递员每来一次，我就会成批地收到五六封来信。岩的每封信都是白色的信封，如一扎白鸽羽毛，厚厚长长，因内容过多，涨鼓的信封时常被撑破，每次捧着一堆像白鸽羽毛的书信，我心里就像住着一个小兔子，扑通扑通地跳着去阅读，急盼着早点知道他又在说什么。

岩的信闪亮出初心聚合，行云流水，一行行的亮词，写得也特别认真而耐心，信不管有多长，字体总是从头到尾一笔一画的很端正，从来没有过马虎，连信封上写地址、名字、寄信人的字，都书写得端端正正，让人看了有工整、规矩和坚韧感，使之对他肃然起敬。

读着岩的信，如一缕春风吹来了花开，他很有鼓动性地跟我谈学习、谈专业、谈理想、谈人生，长篇大论，激人奋进，他犹如一个上进青年的形象屹立在我眼前，那是我青春渺茫时期最需要的一缕缕春风和阳光，他所聊的一切，让我佩服、认同，我的思想逐步掉进了他思想的大染缸，让我不得不为自己的前途和事业定下了许多的设想和抱负，逐步坚定了为理想青春而奋斗的目标。

第二年暑假，岩趁学校放假来看我，他风风火火，兴冲冲地从他的背包里掏出好几本书，那股劲儿如带来了一声春雷，带着80年代初新时期的暴雨，风驰电掣，犹如朱自清先生在三十年代写下的《春》一样："盼望着，盼望着，东风来了，春天的脚步近了。一切都像刚睡醒的样子，欣欣然张开了眼。山朗润起来了，水涨起来了，太阳的脸红起来了。"岩给我说了许多振奋人心的信息：80年代中国进入了一个崭新的时代，文学的春天，这是一个烟火与诗情迸发的年代，岩说：千千万万的文学青年在文学道路上奔腾卷起了大潮，思想自由，百花争艳，最近涌现了一大批作家、诗人和学者，激情、浪漫、理想主义，成为知识分子及普众心中的乌托邦。

看得出岩特别喜欢文学，他有作家梦，他跟我讲鲁迅，鲁迅是怎样弃医从文的时代背景，讲到激动时，他更是表现出一种奢望的理想，他说必要的时候，他也有可能要弃医从文。我觉得他的思想特别深奥，我听得晕晕乎乎、浑浑噩噩，但也随波逐浪地在他形势演讲的大海里遨游。岩也有跟我谈一些医学上的东西，他给我传授医学理论知识，那是他刚从书本里学的，我听得深深浅浅、糊里糊涂。

其实岩的目的，就是想鼓励我走文学创作的道路，他讲着外面的形势，让在闭塞山区里活着的我，憧憬着外面美好的世界，岩讲着讲着就回到了我的现状，要走出山村，追求自己的理想。我被他满腔的情怀所感化，年轻、真诚、单纯的我们，正在规划着一条文学创作之路。

从那时开始，岩充当了我的老师，他一边在大学学他的功课，一边对我不太扎实的文化基础进行辅导。我们的通信更多了，他给我寄来一本两个砖头厚的《辞海》，让我不要放过模棱两可的字，字一定要写正确，不会的字就要查《辞海》，他还耐心细致地把我写给他的信里的错别字挑出来，让我改正，错一罚十，强调我每天必读的书。看他的架势，非要拯救我这个在他眼里没什么出息的人不可，在恨铁不成钢中，期望我们比翼双飞。

岩偷看我的日记，我每天写日记，或一段，或一两句，记录着工作、学习、思想和感情。我用日记本的习惯只写正面，不喜欢在反面上写。岩背着我，在我的每一篇日记的背面里写满了评语，评语的字比我的正版日记的字数还多得多，密密麻麻，有的还顺着我未表达完的思想继续写下去。他像一个老师批改作业，从我的日记里挑出很多病句和错别字！还用遥遥几千字来点评，敏捷的思维和丰富的词语让我羡慕和佩服。

岩说："感觉你有文学才华，你必须在文学道路上寻求出路，文学是我的爱好，也是你的爱好，就这么定啊！"

岩所有的话，成为我在青春萌芽时期最激扬、最符合理想前途的启蒙，我是多么的需要。我渴望着走一条合适我人生的道路，岩给我带来的是阳光、清流、细雨、微风、诗意、远方。我毫无疑义地完全接受了岩对我的人生规划。

我开始有空就阅读，看长篇小说，家里有很多书，那是母亲看过之后转给我的书。我人生看的第一部长篇小说是《欧洋海之歌》，再就是《林海雪原》(后改编为革命样板戏《智取威虎山》)，《青春之歌》，后来又看了《水浒传》。在那一个个挑灯夜读的乡村夜晚，伴随着月光，撒落了我多少文学理想追求和向往的美梦。

后来的日子，信件仍如纷飞的雪花，岩把在省城里的所见所闻，无一不在信里第一时间告诉我，告诉我校园的同学是那样的勤奋。《年青的朋友来相会》《明天会更好》《我们的明天比蜜甜》是当时最鼓励青年的励志歌曲，在校园里流行，岩把歌寄给我。有一个学期他被安排在留学生宿舍和外国留学生一同住宿，他又兴奋地告诉我那些外国留学生的生活习惯和风趣的见闻，让我倍感新鲜，那时他观看了轰动一时的电影《少林寺》，李连杰的功夫让他和同学们振奋不已，他说电影是多么的激动，心潮澎湃，看他的信，我仿佛也看到了他的神采飞扬，感受到了中国功夫的利害！他兴奋的心情也感染着我。

岩为我铺了一条色彩斑斓、撒满阳光的路，这条路明光光、亮堂堂，我义无反顾地奋力在这条路上奔跑，再也没有什么能比理想和抱负更有力量。

2020.2.5

站立在美丽的远方　三、站立在远方

苦涩的初恋

　　我以为相爱的人会一直到永远，但此刻，我和岩应该永远不再有交集。我和岩彻底的分手了。我们各奔东西，生活在两个不同的世界里。尽管，虽然，我们当初是恋人，长达6年，但现实就是这样，总令你欲哭无泪、哭笑交加，满怀的豪情壮志，满胸热情勾勒的诗意和远方，在现实面前一文不值。

　　我一边泪水如瀑一边哈哈醉笑："你算什么东西啊？几张纸、几个字就打发我了啊？去他娘的青春，去她娘的狗屁爱情……"我笑完又倒在闺蜜的怀里号啕大哭，过后便甩了之前的阴霾，逃离现场，我到玉林火车站坐上绿皮火车远去，逃脱一身痛苦的折腾，爽朗的该干嘛就干嘛，或许，你会落寞遗憾，我仰天嘲笑你的鼠目寸光。

　　那年，我和岩保持了一年友谊的书信来往，这段青春的互动开启了我人生中真正意义上的初恋。

　　岩的一封不同寻常的来信，那是他在学校看了一部日本电影《远山的呼唤》后激动而写的信，他在信里表现出对我的爱恋和思念。他被电影感染，他说他也何尝不在心灵深处呼唤着我这个远方的爱人，他一边看电影一边想念我，晚上躲在被窝里蒙头美美地想，甜甜地想，想起我的笑容，想起我的一切，所有隐藏在心里已久的情话和思念，都在这封信里统统地说了出来。医学院大学三年级的他在想入非非，上课不听课，不是写小说就是给我写情书。

岩能写，给我的信也像在写小说，长篇大论，来来往往，把我们的思想和心灵拉得越来越近，他的呼唤引起了我的共鸣，掀起了和他在一起的许多美好的回忆，我读着他的信感动得热泪滂沱，我舍不得把这封信放到拖斗里，我把它放在枕头底下，每晚枕着它入睡。

我们的爱情建立在书信来往之上，在爱的动力下，我更加想向他靠拢，我一边工作一边阅读，我要跟他一样，写小说。根据我的阅历、视野、思维、感情，离作家的要求差得十万八千里，但我相信只要有岩，有爱情，没有什么不可能。

岩的文学梦已到了走火入魔的地步，他写了很多小说，但都还没有达到发表的水平，心中仍有很多构思都没法去成文。他爱上我之后，就把他未能实现的文学梦寄托在我的身上，他希望我成为作家，他强调说，你必须走文学的路，除此别无选择，岩对我走文学道路充满了热心，给予我精神和鼓励。我们讨论写小说的信源源不断，岩给我寄字典、寄书。在他的启蒙下我读读写写。艰难地前进！爱和理想一样懵懂，在爱和文学的道路上，我常常没有明确的目标，不知道从何着手。

因为我们双方的父母太熟悉，从小在父母任教的校园里看着我们长大，谁也没有想到我和岩的感情会迸发出火花，然而，我们双方父母的观念是不在同一个频道上，我们的恋爱也在甜蜜苦涩中遭到许多的打击和干扰。

岩的父母有很深的世俗观念，岩也是鼠目寸光看不到我的前途，因我母亲生病，我要在家照顾母亲不能远行，在事业选择的问题迟迟没有落实。

我在一家厂里当工人的时候。岩为了让我们的关系发展下去，也很想挽回我们摇摇欲坠的爱，写信一再要求我常到他家里坐坐，和他父母聊聊，好让他父母接受我。我觉得这样是给我难堪，让我勇敢地在不认可我的两个长辈面前献殷勤，我内心是不太情愿的。但我还是听了岩的话，我硬着头皮壮着胆子登了岩的家门，这个门小时候经常登，可以随心所欲在岩的家窜来窜去，而现在登门就不一样了，那是另一种的目的和情怀。岩的家在一所中学的教师宿舍，他父母我热情地接待了我，但我不知道该跟他们说些什么。我跟他们说我的来意是给岩还书，其实那本书是我的，这只是一种借口，我把书放在桌子上，交代待岩从省城回来记得交给他，之后我就沉默着，无比难堪地坐下去。正巧在岩的家遇到了一个刚毕业分配到学校的青年老师，民族大学中文系毕业的，叫丽，一个女孩子的名字。他也来这里做客，人长得挺帅，但皮肤挺黑，说是他们的老乡，年轻人在事业的起点上遇到老乡前辈难免要相聚沟通。

幸好丽在其中打破了我的局促不安，我和丽礼貌上聊了几句，他却很有兴趣摆开跟我聊的架势，我草草地应付着。可过几天之后，我就收到丽的来信，热情洋溢的语言，把我比喻为中国古代四大美女"落雁沉鱼闭月羞花"，大概他把中文系所学过的形容美女的词都用上了，来表达对我的爱慕之情。他一直追杀，带着丘比特之箭来到我工作的瓷厂，旁若无人地在我宿舍的楼梯底下吹起了口琴，他的口琴吹得也挺不错，一吹就是半天，重复吹得最多的就是那首舒伯特《小夜曲》，正好我的楼底是厂里饭堂的必经之路，引得饭点去打饭的工人好奇驻足，互相询问这人是谁？后来厂里的人都知道这个勇敢的人是来向我求爱的，害得我很羞耻，心里也很不是滋味。厂里的人都说我眼界怎么这么高，这么个有学历有工作的大学生都瞧不起。而我的心，却是深爱着岩。

因工厂离县城有十几公里，来一次也不容易，我不得不请丽在厂饭堂吃饭，我们有点尴尬地面对面地坐在饭堂的饭桌上吃饭，我有礼貌地跟丽说我还是深爱着岩的，不能接受他的爱。丽却说："你们的事情我已经弄明白，你们已经散伙了呢，你也不是把岩的书都退还了吗？强拗的瓜不甜，何必呢？丽的话让我扎心的难受。"

丽离去后我写了一封信给他，表明了我的态度，我还是爱着岩。后果来丽也给了我一封长信，为他的举动深表歉意，从丽的来信中我才知道，是岩的父母把我介绍给丽，鼓励他勇敢地向我求爱，这件事让我深感我和岩的爱情危机。岩的父母开始用行动把我和岩拆散。

父亲对我找对象的要求的第一条就是不抽烟。而岩的指头已被烟熏得发黄。这时，不知谁点来了鸳鸯谱，动员我母亲叫我去相亲。学校有个老师的孩子，也是我们童年小伙伴叫崇，在高中时同在文艺队，毕业回乡后也是当过拖拉机手，我开的是中型拖拉机，他开的是手扶拖拉机。我父母说："真合适，你们有三大共同点，一是喜欢文艺，二是同拖拉机手，三是同学知根知底，志同道合。"双方父母都很高兴，这时崇参军在部队，是海军。他给我写了很多信，还给我寄来一件海军服，那时很多女孩喜欢穿男式军装，我真心的喜欢，但我还是把军装寄还给他。那年国庆节，崇从部队回来探亲，家里杀鸡杀鸭邀请我们全家去做客，这样当地传统的相亲排场，我对父母说我不去，父母说你才是主角不去就没有意义了，但谁也动摇不了我，最后害得人家准备了一桌丰盛的午餐都没有客人到，觉得很没有面子。我知道父母为这事惭愧、内疚，觉得对不起同事，我理解父母，我的心再也容不下别人。那时候我特别想岩，我想向他诉说这一切，我在房间里哇哇大哭。女儿最终还是父母的心头肉，也顺了我，后来就不再提这事。

我和岩的爱，就在这样的环境下历经风吹浪打，我们爱的小舟在风浪里摇摇欲坠。岩大学的第五个学年要到医院里实习，岩被分配到桂东南的一家人民医院实习。

我的心烦透了，不知如何去寻找安慰，我特别想跟岩诉说，千里迢迢到岩实习的医院去找岩。我的到来，岩也特地向科室请了假，岩带我去街上吃炖品。我们面对面坐了很久，相视无言，一盅乌鸡炖汤捞了几个钟，岩先是不作声，后来说了很多让我坚强啦意志啦之类的话，我意识到了什么，两眼泪汪汪，我知道在岩的心里，没有像我始终坚定地守着那份爱，对来自父母的反对，他没有抗争，对我选择了放弃，他分手的决心已定，他把爱情当儿戏。最终是我怀着一丝希望而来，岩却一句安慰的话都没有。我赶了100多公里路回到瓷厂。没几天就收到岩的信，信里没有原来亲密的称呼，内容是一篇贝多芬的《命运交响曲》，是怎样在失恋的情况下创作出来的。

我知道岩的用意。我可以坚强，但我不能没有泪，我要用泪水洗刷他留给我的忧伤，我要放声大哭，可我没有泪，我哭在心里，我痛苦，我忧伤，我连续三天，望着工友帮我从饭堂打回来的饭，一口都吃不下，我目光凝望着对面的墙壁，心里感到一种空虚和冰凉。

我与岩最后一次见面，是岩毕业分配了工作回到某医院之后，他又给我写信，要求我去见他。我请了假，根据他提供的地址到医院找他，他已经不是从前的岩，看到他忧心忡忡，说话时时表现出对我的不满，那种观点，那种感觉已经是心离形散！以前他对我的信心和热心已烟消云散，越来越表现出一种没有责任、没有担当的软弱。在这同时，他的心完全被权势所俘虏，暴露了他的爱面子和强烈的虚荣心，更多的还有那种世俗做作的虚伪，他需要有权势的人帮助他的事业。我忍受不了他这样的虚伪。

分手，岩对我的感情犹如暴风骤雨突然停止，我们之间没有推心置腹的长谈，更没有任何的解释，没有挥手告别，没有相互的祝福，更没有我一直希望看到的安慰。万念俱灰，分道扬镳，各走各的路！

我被我深深爱着的人亵渎了感情，当初是岩苦苦地讨好我，等我爱的萌芽在春风中吹绿，他又亲手将茂盛的枝叶埋葬于潇潇的寒冬。结束吧！长达6年的初恋。我想大声哭泣，可我没有眼泪，或许我今生今世再也不会有眼泪。

被刀子割过，疼痛是那么清晰。就在这个时候，母亲不幸辞世，经受了精神和感情上的双重打击，伤痛的心把我整个躯体掏成空空荡荡的洞。我有留恋，但我也有倔强的立场，我要逃离，远离那些曾让我受伤的地方。

我调整好了心态，毅然踏上了去省城的列车，随着列车的晃动，我的心也在不平静的跳动，我要去遥远的地方，借此时间来治疗伤痛。我要将胸口里最柔软的地方，放在时间里，只有时间，才能够治愈。

学习成为我精神上有所的寄托，伤痛就在他乡中渐渐地淡化，心情也逐步好起来了。一番经历过后，也理解了人生的苦涩，特定的人出现，那是为了给我的人生增加多彩的阅历；特定的事，也让我变得特别坚强。不为该离开的人离开而感伤，更不为不相干的人坎坷而落泪，不为无关紧要的事发生而烦恼，这，大概才是真正忘掉了，在快活的日子里，那些痛苦往事早已失去了发酵、沸腾、喷发、爆裂的热力。

只是在夜半时分，月光如春风拂面，偶尔也会想起岩，但此时沉寂如海、沉默如铁、如枯死的大漠，冥冥之中什么都已改变。苦涩的爱，那是一方无瑕的净土，尽管那些事有时真的不愿去想，可那里又有此生最美丽的眷恋，这种眷恋与生活无关，与风月无关，与爱情无关，唯与青春记忆有关。

2020.2.12

我的第一个笔友

在青年文学创作学习班上,我认识了一个女孩叫颜,她带着一股青春的气息,神采飞扬地出现在我眼前。

我第一次去县文化馆参加县里举办的文学创作学习班,去报到的那天,我在西门口大街上往县文化馆的方向走,我觉得身后有人跟着,我直行她直行,我拐弯她拐弯,跟我保持着1米的距离,当我跨步走进文化馆的大门,她也跟着跨入了大门,我好生奇怪地站停,回头看她,只见她高兴地拍手,笑着跳了起来!"哈哈!我们都是一起的。"她笑得那么美那么天真,露出洁白整齐的牙齿,她说:"你知道吗?我从西门口就看见你了,我见你肩上的挎包,好漂亮。原来你也是来文化馆的?"我下意识地看了看自己挎在肩膀的包包,皮革单肩,夹扣,米黄色,小巧精致,我向她也点头微笑,她喜欢地走近我身边,用手轻轻摸着我的挎包。"真漂亮,你是来开文学创作会的吧?"我说:"是啊,你也是?""那真好,我们是一同来学习的,我叫颜。""我叫果"。我们就这样认识了。

颜五官立体而清秀,脸蛋圆润而光滑,模样漂亮而有气质,一头浓浓的黑发有意地往头顶高处隆,这发型衬托她可爱的脸蛋极好看,合适而巧妙地拔起了她的身高,她穿着一条微微有点喇叭的直筒裤，一件粉色的确定上衣，一看就知道是个爱美而又十分会打扮的女孩。

我也是个很热心的人，我说："如果你喜欢这包包，可以叫我姐姐在南宁帮你买。"颜高兴说："好啊！好啊！我也要这种颜色。"女孩子见面相识熟悉的方式就这么简单而奇特，跟爱美有关，爱美，拉近了我们的距离。

学习班里就只有我和颜是女学员，也都是第一次来参加这样的文学创作学习班，那时负责组织学习班的是卢岱荣老师，我和颜如文学路上的雏燕，正拍打着稚嫩的翅膀。

八十年代初，是对文学执着追求情怀的年代。在那个开放包容、思想自由、百花争艳的文学创作大潮中，迎来了文学百花齐放的春天。县文联、文化馆正是为培养新一代的文学青年而组织文学创作爱好者学习，听课，采风等活动。我和颜是在县级文学杂志上投过稿的文学爱好者，能到县城参加文学创作培训班是何等的幸福和自豪。在学习班里，我们认识了前一辈的卢岱荣老师和卢三叔老师。

我和颜形影不离，因我长得比她高大，她便像小鸟依人那样挨着我，听课挨坐在一起，吃饭挨在一桌，同床共枕就更不用说了。颜年纪比我小，她性格开朗，活泼可爱，待人热情，平易近人，走进会场时，她常热情地抢着帮我提包，开饭时也抢着帮我打饭。颜又是一个健谈的女孩，下课后就叽叽喳喳跟我说个不停，和她在一起，更显得我不善言辞，我多数是在默默地听颜滔滔不绝，她说她高中时期的快乐时光，她是学校的文艺干将，演过李铁梅，唱过《红灯记》，看看她真的就有点像样板戏里的李铁梅，有气质、美丽、可爱。她在吃饭的时候也说个不停，当听众的我也时不时打断她的话，不是要跟她讨论问题，而是叫她快点吃，那时是分餐制，一人一碟菜一盘饭，她只顾说话，我的饭菜都吃完了，她还有很多菜饭，还有很多小说题材要说，颜的宏图大略让我听得一愣一愣的，原来她是这么有目标有计划的人，我与她相比真是相影见绌。

三天的学习培训，我和颜的学习笔记写得满满的，在安排分组讨论时，会议秘书每人发一张纸，让大家报新一年的创作计划，当我愣在一边不知计划怎么写时，颜早已胸有成竹，一股劲儿地写了很多创作计划：小说、散文、诗歌，有禾田的、藕塘的、有山风、有雨水，各种色彩的构想，让我惊讶，嘴巴和眼睛瞪成了 O 型，相形之下我是一个多么无目标无计划的人。

学习班结束那天，颜把我的笔记本拿过去，在我笔记本的扉页上写了几句诗送给我："同是农家女，来自南北方。交流好经验，……"颜只写了前三句，她就把笔记本推回给我，她哈哈地笑，说是让我来完成最后一句，我发觉颜的精灵，她有可能写卡顿了或想考考我的水平，我看着她笑笑，思考了一下，跟着补写上后面一句："友谊吐芬芳"！与颜前面三句成了一首完整的打油诗：

"同是农家女，来自南北方。交流好经验，友谊吐芬芳！"哇！真是太棒了，颜高兴得拍手跳起来，我们就开始自我陶醉地在饭堂里朗读着自己的杰作，哈哈地笑，饭堂里的人早已吃好走光了，就只剩下我俩笑成一团。

我和颜成了闺蜜，学习结束了，颜和我依依不舍，我们互相留下地址，颜在我的笔记本上写上她的通讯地址：地球中国广西北流县民乐公社莲塘大队第九生产队颜屋村。字体像男生刚劲有力圆鼓隆咚，我就笑，看来地球人、外星人都能找到你了，颜说这是让你能顺利找到，我也按她的思路夸张地把地址写得更长一点：宇宙地球亚洲中国玉林北流……。颜调皮地说，哇！你的地址更厉害，我要先飞到宇宙再到地球然后逐级你，我以为她是开玩笑呢，谁不知她真的跟着地址找我了。

那是学习班结束的一个星期后的一个多雨的日子，颜从民乐坐大巴车到北流，再从北流坐公交车到塘岸，又从塘岸步行十几公里到我家，一路问了几个人就顺利到达。颜的到来我喜出望外，母亲见朋友来访，高兴地拿出她的秦琴弹了起来，一边弹还一边唱："朋友来了有好酒，若是那豺狼来了，迎接他的有猎枪！"我和颜闻见歌声，情绪就马上满怀满腔，即刻跟着母亲的琴声唱起了《我的祖国》。两个爱好相投的人凑在一起之后，就有了许多动听的故事。

就这样，我和颜作为文青，携手卷进了追随文学理想大潮，我们执着地追求梦想，一起走过那青春激荡的年代。

然而，文学的路，又是一种持久的事业，考验的不仅仅是读书的多少，还需要有思考，沉得下，坐得住，有毅力，一句两句豪言壮语谁都会说，空头支票谁都可以开，但最终，它要归结为热爱的情怀、平和的心态、激情的文字和持久的韧性，我们一直用这种韧性在写作道路上体验人生，学习，奋进！

我工作在这个城市，颜工作在另一个城市，我们相隔很远，但我们生活上互相关怀，我生孩子的时候，颜可以放下工作来照顾我，陪伴我度过那艰难的痛苦时光，而那时她也正在怀孕。我的孩子没人带，她可以把帮她带孩子的保姆先让给我。我们一起谈文学创作，学习上互相帮助，写作上互相鼓励。我们忙碌着的时候可以久久不联系，我们见面的时候也可痛快的聊个通宵，我们一起娱乐的时候放声高歌，始终保持着青春那份激情。

　　一路走来，历经了漫长而艰辛的岁月，我和颜的作家梦已梦想成真。除此之外，我们甚至一同以出色的工作成就获得"三八红旗手"标兵和先进奖励，我们的作品常常在报纸杂志上同框或背靠背，更让人意外而兴奋的是，在一次同题内容的征文比赛中，我和颜双双荣获一等奖。当我和颜在领奖台上拿着奖状相拥抱的时候，摄影师"咔嚓"的一声为我们这对好姐妹的相拥定格了。

　　而今，我和颜仍继续抒写着生活的美好和艰辛，心灵始终真诚地感受光明和黑暗、温暖和寒冷，用生动细腻的笔触记录每一次心灵的悸动，动情地倾诉对生活对自然的感悟。

2020.4.6

大成殿义结金兰姐妹

那个夏天，我们姐妹仨首次相聚，因文学爱好走到一起。

我从塘岸骑红棉牌自行车走十几公里到县城，穿过北流街往北十里，爬过民乐岭丫，在岭顶的店铺一角钱喝了一碗柠檬茶，又走了十多公里到民乐镇，再走约一公里按颜写的地址找到颜所在的村庄。按照我们在信里约好的时间，颜正在村口接我，见面时拥抱欢喜雀跃。

颜蹦蹦跳跳领着我往家走，远远看见颜妈妈正在田塍晒禾秆，颜像雀儿一样用客家方言高兴地对妈妈喊："阿婶，我带来了个阿姐！"颜妈妈抬起头向我们看来，慈祥的脸满是汗水，她高兴地笑了起来，热情地向我打招呼。我和颜二话不说，马上动手帮忙妈妈收晒干了的禾秆，把铺散在田塍上的稻草收拢压缩成一捆捆的，然后搬到柴房去，叠成一道草墙，做烧饭用的储备柴火。

颜的家如同那个年代农村普遍民房一样，简单的泥砖瓦房，厅堂和住房略高一点，厨房就相对的矮小。进屋看见地面上铺了水泥，干爽整洁，墙体上刷了石灰。

来到颜的闺房，入门后在我首先映入眼帘的就是衣柜和床，床上叠得整整齐齐的衣物占了大半张床，大热天还有一张棉被，我好奇地笑着问："都摆床上？不放到衣柜里？"

颜没有回答我，只是拉着我来到衣柜前打开衣柜门让我看："喏！我的宝贝。"哇！柜子里全是书，上架下架，满满的整个衣柜，各种各样古今中外的名著，小说、散文、诗歌、创作理论等等，还珍藏着她小学、初中、高中的课本，真像一个小小的图书馆。我一边观赏一边啧啧称赞，你这是个人图书馆啊！真让我大开眼界！颜跟我说，这里很多是她爸爸从香港带回来的文学书籍，大哥看完后就交给她了。

后来我还知道颜爱书如命，如痴如醉，谁借了她的钱可以不还，但要是借了她的书不还，她就要追债一样去追杀回来。因此她设立了一个本子，记录谁借了书，书名、时间，记得清清楚楚。颜神采飞扬地和我谈那些书，谈看书的快乐，因迷书而不知白天黑夜。她最大的梦想就是当作家，说白了，一个目标，她就是要写小说，写散文，还要写诗歌，她从她爸那里听到了很多的故事，有很多的话要倾诉，要用文字记录下来，她要在文学道路上努力攀登，走一条自己喜欢的路。颜已在县级刊物《勾漏》上发表了一篇散文《春》，大约有千余字，抒发着对改革开放、对科学春天的赞美和自己美好的理想。我对颜羡慕不已，看到她满衣柜的书，更是无比的钦佩，深感自己和她存在着差距，望尘莫及的呢。

这时颜妈妈走进来，她换了刚才劳动被汗水湿透了的衣服，整洁的衣衫显得特别清爽，她笑微微地用客家话对我说："我屋七妹的阿姐，真有心来我屋玩，我欢喜这个阿姐！"甜甜的话让人一听就有亲切感，一下子打破了我平时去同学家做客害怕家长的心态。颜妈妈慈爱而亲昵地拉起我的手，笑呵呵地往我的手里塞了一包东西，说着一些我听不懂的话，笑着就去煮饭去了！我打开手掌一看，我掌心里抓着一个红纸包，红纸包着的十几个硬币，颜说，这是妈妈给你的利是，客家的习俗，见面礼，是妈妈对你一片美好的祝愿，你要收下。我紧紧地抓住手上的硬币，如同已经把祝福抓在了手上，感觉颜妈妈是那样的善良可亲和温暖，这个颜妹妹又是那样给予我幸福和亲情。

颜妈妈为欢迎我的到来还杀了一个自家养的鸭，这在当时农村，是极大的高规格的盛宴招待了，这让我感动不已。颜妈妈的炒鸭飘香在我的心田。

吃了午饭，颜说要带我去民乐圩认识一位朋友，她叫玲，也热爱文学，写文章可厉害了，她在民乐供销社百货大楼做售货员。颜的家在民乐圩边，到圩镇不到一公里。我和颜拉着手，嘴里时不时地哼着《走在乡间小路上》，走在刚刚夏收割了水稻田野的小路上。

颜一路滔滔不绝说与玲的事，经常一起读书，去文化站，看电影，逛街一起到处疯玩，有时候玩得太晚了就会在玲的宿舍里共挤一床过夜，天亮了才赶回家。

在供销社的百货大楼里，一个专门卖针织品的柜台前，我见到了正在上班的玲，玲穿着一件白底蓝点的衣服，站在柜台里面，柜台很高，她个子小，只露出一个头，一头短发胡乱竖起来，一张未成熟的脸，学生的模样，简直就是一个童工。后来我才知道她才17岁。玲正在忙着接待一个农民伯伯在挑选白线内衣背心，我和颜就站在旁边等待。农伯走后，我们相视而笑，颜向玲介绍了我，说我是她的姐姐，玲对我的到来非常高兴，肉嘟嘟的脸上露出纯朴的微笑，一个热爱文学的女孩子，很羞涩，她不知该对我们说点什么，只是一直憨笑，但从她的笑我领略着一种友好的默契。我们仨就这样历史性地聚到了一起。

玲下班后带我和颜回到她的宿舍，在那个不足10平方米的小天地里，我们打开了话匣。在玲的房间最吸引我的是一个当时流行又时尚的黑色录放机，这之前我在的海堂舅舅那里见过这玩意儿，他从香港带回来的，舅舅用录放机播放邓丽君的歌曲给我听，要不我真的很老土不懂那个黑匣子是什么东西呢。玲在学英语，她用录放机播放着英语录音磁带，跟着念单词，哇，好先进，迎着改革开放的大潮，有一台录放机学英语，是那个年代最时尚最奢侈的事，我对玲非常羡慕且刮目相看。

我们熟悉起来，无所不谈，越来越觉得我们总能在许多地方达成一致，窝在房子里谈写作，分享阅读感想，看书，看小说。有时候玲也用她的录放机播放当时流行的歌曲，苏联民歌《红河谷》《莫斯科郊外的晚上》是大家都喜欢的，我们还跟着录放机合唱苏小明的《军港之夜》，殷秀梅唱的《党啊，亲爱的妈妈》，遇到高音处就拼命地叫。玲用录放机录下我们的歌声，播放出来让我们兴奋不已。

我们的快乐再就是大声朗读舒婷的诗歌《致橡树》，我们那时都是懵懂的年龄，还没有涉及爱情，但诗中以橡树为对象托物言志的意味，表达了爱情的热烈、诚挚和坚贞，在一定程度上感染了我们，启蒙着我们认识爱情的理想和信念。

我们视最高级的娱乐活动就是看电影，我们坐在民乐圩的露天影场的草坪上看，又跑到北流电影院去看。中国女排第一次获得世界冠军后有一部纪录女排的纪录片《拼搏》，中国女排，是我们的巾帼英雄，我们看到每一个狠狠的扣球都非常爽，高兴得在草地上跳起来，纪录片看了一次又一次，女排的拼搏精神鼓舞着我们，铁榔头成为我们学习奋斗拼搏的榜样。

玉林《金田》编辑部有位编辑叫李芳新，是北流人，她在《金田》刊物上发表了小说《深深的河湾》，她是我们心目中的女作家，偶像级人物，我们对她羡慕崇拜得五体投地，在一次县文联举办的文学创作学习班上，我们如愿见到了李芳新老师，还认识了潘大林老师，县文联主席卢嘉兴（大家都称他为三叔），在学习班上提到了莫之栎、钟扬莆、陀梦庚等文学前辈。这一次学习班，就我们仨是女的，前辈老师们看到我们三个稚嫩的女孩，都给予我们很多的鼓励和肯定，活动同时也认识了李小冰、宁绍旗、廖毅、陈皮、张向明等一群充满文学激情的文友，使我们对文学理想的追求更加炽烈。强烈的求知欲好像一团火在胸腔里熊熊燃烧。

有一天中午，我们饭后散步在县文化馆旁的孔庙大成殿，三人虔诚地对着大成殿中堂的孔子像顶礼膜拜，烧香合掌结拜为姐妹，我是老大，颜是老二，玲是老三，我们按照《三国演义》里的故事，戏称我们为桃园三结义，老大即刘备，老二即关羽，老三即张飞。我们仨祭告天地，结为姐妹，携手并肩前行，互相帮助，共图大事，共同努力实现文学梦想。

晚上三姐妹放弃了学习班的晚餐，到街上食品公司的"人民饭店"里举行"桃园三结义"仪式，我们坐在饭厅里的一张大圆桌旁，点了一碟芋苗酸和啤酒，我们用粗糙的大碗喝酒，干杯，啤酒下芋苗酸还成为我们日后的佳话。我们酒下定出宏伟的目标计划和向往。从此，我们结下了密切的友情和亲情，同甘苦，共患难，姐妹情谊越来越深厚。就从那一刻起，我们之间的称谓就成了老大、老二、老三。

那一年，我们三姐妹在写作上都获得了很好的成绩，三姐妹的文章同刊登载。第二年，我的诗歌《瓷器之歌》获玉林地区新诗三等奖，老二的小说《情思》得到了县文联的肯定，北流中学老师、评论家陈兆惠为《情思》写了评论《深文委婉，余味曲包》；老三的小说《走向老磨屋》荣获玉林地区《金田》文学笔耕奖，这篇小说发表时，同时还刊发了三位知名评论家对该小说的评论文章。我们三姐妹俨然成了本地的文学新秀。

我们怒放着青春的花朵，尽管我们知道我们的路还很远很远，但是有文学相伴，梦想的潮水在胸中激荡澎湃，我们的每一天都无比兴奋。

回想往事，我们虽然还不能成为伟大的作家，但至少我们培养了一种持之以恒的态度，一种被文学滋润着的、有着无限成长空间的超脱眼界，一种独特的思考方式和生活方式，且不断地努力前行；且还有一群那样的朋友，时不时相视而笑。

热爱文学的人生真的很好。我们孔庙大成殿里义结的金兰之交，铁三塔永远磐石不移，一直到现在。

2020.4.11

青春趣味横生

共同爱好把我们连在一起，我和老二老三在北流孔庙大成殿义结金兰三姐妹之后，常常形影不离。当时全县的业余女作者似乎就我们三人，被文友们称为文青三姐妹，我们有文学爱好者的意志，在崎岖的路上攀登，用坚韧的毅力勤奋学习，阅读、写作，但又像所有的青年人一样贪玩。因老二老三在民乐，民乐镇便成为我们的聚集的据点，有事没事我就往民乐镇跑，我和老二在老三的闺房里一住就是几天，我们经常躺在一张床上同床共枕，畅谈理想，分享彼此的秘密，说说梦想，晒各自的趣事、欢乐、欲望，无所不谈。

我是姐妹中的老大，可爱的老二老三常常闹出一些有趣的事，她们既尊重我又和我同声同气，也跟着我爱憎分明，她两知道我喜欢一个人，八字没有一撇，就在人家的面前死皮赖脸地直呼姐夫，搞得人家很不好意思。有一次我们三人勾肩搭背从县文化馆里出来，我看见有个青年人正往这边走来，急忙掉头就跑，老二老三不知道发生了什么事，也拼命跟着我猛跑，我们绕过文化馆，迂回到大成殿，确认那个人没有跟上才停下来，老二老三问我到底什么情况？我说那个人向我求爱，我要躲开，他不是让我眼前一亮的人！老二老三就哈哈大笑，也跟着我一起讨厌那个人，可谓同仇敌忾。

很多时候我们连洗澡都不想分开，在老三工作的供销社宿舍，洗澡是要到集体浴室去洗的，我们常常三人一同挤进一间浴室里洗澡，那情景惊呆了周围的人，人们不敢相信在那间又小又简陋的浴室里，能放进三个锑桶挤进三个人。有一次有人在排队洗澡，看见我们三个像耍魔术一样，一个，二个，三个，从一浴室里排队走出来，惊讶得张大成 O 型的嘴巴合不回来！都说怎么可能啊？你们三个在里面怎么洗啊？是啊，我们就这样洗啊！

玉林人骑自行车超级棒，用自行车拉东西的那种技术就像耍杂技成为中国一绝，我们三人骑自行车也有两下子，我在高中时参加自行车慢车比赛还获得过第一名呢。三人在一起玩，交通工具不成问题，我们的车技也不愧为玉林人，超级的厉害，我骑着 28 寸红棉牌自行车，把老二老三都搭上，车头三角架上坐着老二，我紧抱老二溜单边车抬起飞腿上车踩稳后，老三紧追车尾，飞身坐上后凳两手攀在我的后背，一辆车串起三个人，从民乐圩骑车飞到北流，在北流街西门口串到东门口，很是威风，要下车的时候，我双脚往地上一撑，自行车稳稳地就停了下来，老二便从我的腋窝中钻下车，老三也跟着跳下车，三个人稳稳当当就站好了。

有一次在玉林街的南江百货大楼前面的路口，我们还是如此的架势自行车拉着一串人，不幸被警察逮住了，街边立有交通安全告示牌，街上自行车不准搭人，我们不但搭人，还严重超载，老二老三看到交警就扯着我的衫尾，害怕地躲在我的背后不敢说话，我老大就有老大的担当，壮着胆子像母鸡保护小鸡那样护着她们，我盯着严肃得吓人的交警和他辩论，我说我们没有危险也没有造成什么伤害，我们认错改正就是了，但交警还是不饶人，最后还是被罚款5元钱，这5元钱在当时等于要了我们的命。花钱买教训啊。这事以后，老二常常拿我和交警的申辩当笑柄，说我被逮住还要狡辩。我说也不是为了给大家省5元钱吗？

说来也巧，后来我调到玉林自行车厂在厂办公室负责宣传工作，遇到一男青年到厂财务科向出纳小陈求爱，我一眼就认出那个小子，尽管他穿着便服，我问他是交警大队的吗？他说你怎么知道？我说我自行车街上搭人你罚过我5元钱，他说记得有这事，我们就哈哈大笑，财务科小陈说快把5元钱还回来，并介绍说我是厂办公室的，我说是啊交警你来我们厂求爱，首先就要过得了厂办室这一关，戏说取乐一番，交警就请我们一起去街上吃了牛腩粉。

夜聚景苏楼成为我们一生最难忘的事。老二老三从民乐调到北流工作后，我们相聚的居点就转移到了北流街，北流街城区南门外圭江河畔的江滨公园里有个景苏楼，是北流人民为了纪念宋代大文学家苏东坡二次经过留迹北流而建造的建筑物，景，"敬"仰之意。景苏楼坐东向北，建筑为硬山式青瓦盖顶，楼内设船厅、花厅，墙壁镶苏东坡檥筏图、苏东坡檥筏处和梅花图碑刻。花厅两边走廊砖柱刻着"世为清白事，时到蔚蓝天"篆字对联。大门为月亮园门，上方灰雕"景苏楼"三大字。清乾隆年间，时人在楼前建得月亭，上挂"坡仙檥筏"匾额，有因"景仰苏东坡"而得名，我们非常喜欢这个地方。景苏楼便成为我们三人夜间聚集的好去处。

当夜色来临，我们便踏着月光，来到景苏楼亭子里玩乐、聊天、谈写作、说去游大海。乘着秋月将光撒落满地，我们就毫无顾忌地放声大唱，《党啊，亲爱的妈妈》《红河谷》《年轻的朋友来相会》《希望的田野上》《我们的生活充满阳光》八十年代青年人最喜爱的歌都唱了过一遍，引来周围许多听众，我们三人算老三的歌唱得比较接近专业腔调，有人以为老三是歌舞团的，第二天晚上又到景苏楼说要听我们唱歌，哇哇，还有回头客，直让我们暗暗偷笑。

景苏楼楼阁内有郁林州牧唐尔琨集联，东坡的手迹书画30多件，属北流博物馆管辖，老三有个同学叫蔡永坚是博物馆的职工，她在景苏楼里有一间宿舍，我们三人便成为蔡永坚同学的常客，我们一坐下就聊得忘乎所以。有一次有外省的出土文物来北流巡展，其中有个木乃伊，安置在景苏楼，很多人都害怕木乃伊，晚上不敢去景苏楼玩，我们确实也很害怕，但为了聊天，也不怕了，木乃伊在景苏楼巡展10天，晚上很多人都怕木乃伊不敢去景苏楼了，那里出奇的冷清，而我们照样壮着胆子夜聚景苏楼。

有次我们景苏楼聊天到深夜，冷空气突然降临，北风呼啸气温下降，我们穿着单薄的衣服，三人必须要回到对面电影公司的招待所，冷得不敢出门，后来拿着蔡永坚的一张毛巾被三人卷成一团便了出门，走在黑暗的大街上，正好遇到巡夜的警察，发现对面游来一团不明真相的圆锥体大物，觉得有情况，马上警惕起来，警察跨步上前掀开我们的毛巾被，看到我们三个抱成一团冷成一堆，不觉大笑起来，我们发现巡警已穿上了棉衣，而我们都穿着柔姿裙。

有年夏季，县文联组织文学作者团队到北海、围洲岛采风，我们三姐妹有幸在北海酒店同往。老二老三是第一次看见到大海，我们坐在快艇的船头上兴奋地抒发对大海的深情，面对蔚蓝壮阔的大海，大家陶醉地朗读中学时期语文课本里高尔基的《海燕》，当念到那句"海燕像黑色的闪电高傲地飞翔"的时候，我的太阳帽被海风吹上了半空，大家的反应都很快大笑着把"黑色的闪电"念成"白色的闪电"。

　　在围洲岛上，我们看到码头有一艘小木船就无比的兴奋，三人手拉着手爬上小船，像偷渡的模样摇摇晃晃划着船，被岸上的人偷拍了一张挺美的留影。在北海一家酒店的客房里，我们谁也不愿单独住一间房，也不愿单独睡一张床，最后想出一个办法，将房间里的两张单人床挪到一起合并起来，变成一张大床，三人排排睡在一起。老三还天真地说："怎么睡？按顺序，一、二、三。"老二说："不行，我们要老大睡中间。"我就由老二的安排睡中间，这个拼床的杰作让我们笑了好久，排排睡给了我们更好的聊天机会，我们谈文学创作的设想，谈初见大海的感受，谈大海的深奥，谈采风中的所见所闻，兴奋得一个夜晚都没有睡觉。

　　第二天退房，酒店服务员看见一片混乱的房间，瞪大眼睛将我们扫射一遍，我们不觉害怕起来，赶紧把床铺扛回原来的位置。

　　青春既如歌、又如盛开的鲜花，在追随时代的强音中不甘平庸与寂静，我们的青春又是那样趣味横生，在情意浓浓中一起走过青涩的岁月。有许多趣事又是那样值得回味无穷。

2020.4.10

梦随音乐飞

在我的人生事业中，真正意义上领国家的工资，是从我在北流瓷厂当工人开始的。

北流是全国日用陶瓷四大产区之一，陶瓷厂是赫赫有名的自治区级国有企业，年产日用陶瓷超过18亿件，90%以上产品出口欧美、东亚、东南亚等80多个国家和地区，那些年，北流瓷厂是自治区级的国有企业。我有幸光荣地成为瓷厂的一名工人。

我领到当工人的第一个月的工资，总共41元钱，这对我来说是一笔巨款了，我高兴至极，拿着这4张10元面值的"大团结"，那是我国第三套人民币最大的面值，端详着工农兵和各族民族的形象，是那样的激动，这是我走向社会参加劳动以来拿到最多的钱，以往在生产队挣的工分，开拖拉机每月只得3元钱的补贴，在大队合作医疗所每月得5元钱的补贴，现在一个月就得41元，我是那么的高兴，这工资里有喜悦和激动，充满了人生的意义，我要把这第一个月的工资好好地利用和享受，我想这些钱，我要用在最开心最需要的地方。

就是这个月的工资，成就了我的一个梦想。我的梦是音乐梦。我早早就看中了玉林南江百货大楼文具柜台里的一个小提琴，只因价格非常贵昂，连做梦都不敢梦自己能拥有一把小提琴。现在我手上的工资，完全可以实现这个美好的梦想，我只盼望着休息日的快点到来。

正好星期天不用加班，我兴冲冲地专程从瓷厂直奔玉林，北流瓷厂地址在离县城11公里处的三官口镇，我骑自行车跑了40多公里到玉林，迫不及待直奔南江百货大楼二楼的文具柜台。我两眼放着光芒，盯着挂在那里的一把小提琴，里三层外三层从口袋里掏出那沓钱，捏在手里，兴致勃勃地招呼服务员过来，买下那把小提琴，价格42元，毫不犹豫地付了全部的工资还另外补上了1元。我高兴地抱着如葫芦型小皮箱的琴盒，如抱着一个心爱的宝贝和梦想。

在北海的外婆家，我是外婆家的常客，每次去北海看望外婆，我带着一个乡下少女的羞涩、寡言和拘谨，不敢多说一句话，但每当看见表哥在拉小提琴，我就活泼起来，围着表哥转，高兴地美滋滋地看表哥拉小提琴，姿势是那样美，琴声是那样迷人。常听到表哥演奏的曲有《梁祝》《花儿与少年》和《草原之夜》，琴声那种魅力让人难以抗拒，优美的旋律吸引着我，琴声的美丽使我感受到了无比的喜悦，那时候开始，我就对小提琴情有独钟，它让我陶醉，让我在美妙的琴声中享受着音乐的乐趣。

表哥的小提琴，对我来说是那么的神奇，几根弦在弓的摩擦下发出美妙的声音。我想去摸摸表哥的小提琴，更想去拉一拉，但表哥爱琴如命，他高傲地不和我说话，旁若无人地站着拉琴，一拉就是几个钟，拉完了立刻就把琴放进琴盒里，不让我碰他的琴，生怕我损坏了他的心肝宝贝。我只能可怜巴巴地站在旁边看，我看表哥拉琴时的优美姿势和动作，我在想入非非，心也随着音乐飞了起来。

表哥是歌舞团的小提琴手，为歌舞剧奏乐，我阿姨带我去剧院看过他的表演，我有幸看过他们的大型歌舞剧《渔岛之子》，相当的震撼，这让我对表哥羡慕得要死！就这样，我心里渐渐埋下了买琴学音乐的欲望和理想，心里暗暗下决心，我要学拉小提琴，一定要实现我的音乐梦想！

我抱着一个崭新的小提琴回到了厂宿舍，迫不及待地打开琴盒，自己默默地欣赏着它的美丽，漂亮的琴盒里面是黄色的绸缎面料，色泽黄亮，木质霭色的小提琴如八宝的葫芦躺着，看起来很美让人喜欢，室友看见了笑我，花几十元钱买这个东西回来，真是神经啊！我也为自己的痴痴而笑笑。我把小提琴放置在床上，晚上跟我一起睡觉，白天去上班时用被子把它盖住，生怕它跑掉。

这时我才知道音乐梦光是拥有一把琴，那是远远不够，拿起了琴才深深地领会到学琴是多么需要安静的环境，时间、毅力、耐性和态度，毅力就意味着所有的负出，又是多么的艰辛。

我模仿着表哥的动作和姿势，持琴、运弓，可怎么也摸不着找不到那美妙的音在什么地方，拉得声音很难听，室友说我是在炒田螺，这让我急得想哭。我到北流街新华书店买了一本《小提琴基础练习》，照着书里指导练习指法和弓法的基本功。

在厂里，实在没有练琴的环境，连个休闲的场地都没有，厂里除了车间厂房，就是密密麻麻的职工宿舍和密密麻麻的人，一间集体宿舍里住着五六个人，根本就没有练琴的立足之地，加上工厂是上三班倒，上夜班的人过的是美国时间，时时都有工人在白天睡觉，我实在没有练琴的时间和机会。

在女工宿舍对面的男宿舍，有个叫凌启的工友，他从小就学拉小提琴，拉得非常棒，我虚心向他请教，拜他为师，但他总是抽不出时间来教我，他家在县城的街上，距离厂有11公里，他在厂里的床铺只是个摆设，基本不在厂里住宿，他每天坐厂车赶来赶去，晚上从厂里到街上，早上又从街上到厂里，我几乎很难有机会见到师傅，偶有时候遇到他，就抓住他不放，让他教我一下，他也只能指导一点点，又去赶厂车回北流街。就这样我只有自己摸索着练习，真是有点乱弹琴的感觉。

厂里的很多工人，在那个刚刚结束了十年内乱，正处于徘徊阶段，总是把音乐放在漫不经心的位置，而我把音乐看得那样美好，我在学琴时他们不是不喜欢，就是说吵喳喳的，或许说我把琴拉得像噪音。但我想象着我有朝一日有表哥那样的琴技。

我每天下班后，手就痒痒的想练琴，但又怕琴声打扰别人休息，不敢练。后来手痒痒想练琴的时候，我就把琴带出厂门，绕过厂房的围墙，走过一条小路，穿过一片竹林，来到工厂旁的圭江河边去练琴。那是一个安静的地方，但去一次不容易。我站在河边的竹林里，练《北风吹》，练《花儿与少年》，琴声穿过江堤落在河面，撒在荡漾的江水波中，我在这安静的环境里，让那些美妙的音符从琴弦上缓缓地流淌。由于是摸索，我苦涩的练习和极不流畅的琴声，时而高亢激昂，像河水拍打着河堤，时而委婉低沉，如缓缓流趟的江水，时而清脆薄亮，像徐徐的清风拂过翠绿的竹林，我内心的向往，如绷紧的琴弦，演奏着梦想的潮汐……

有时我也把琴带上宿舍的楼顶，工人集体宿舍6层楼的楼顶上，那是无人上去的天面，楼顶天面是正方形的水泥隔热板，很多都松动脱落翘起来，一块块像荒乱的废圩，我爬到上面去练琴，我认为琴声是向上飘的，这样可以不影响别人休息。有时为了赶在早上上班之前，上楼顶练琴，我得比别人早起，天不亮就起床的我，蹑手蹑脚地拿着小提琴爬上黑暗的楼梯。黎明前的四周静悄悄，我让小提琴沉默的线，发出声音，沉浸在黑暗中，也有不可捉摸的愉悦，我在楼顶高处远看黎明前圭江的江水，江水渐渐泛白时，天也很快就亮了。我的目光穿过布满渔火的圭江上游，闯过布满萤光的芦苇岸边。

冬天里，我也徘徊在寒风凛冽的厂门口，或在围墙清幽的江边，在厂外堆放废瓷产品的废堆场上，练习小提琴……

我想尽一切办法去练琴，有一次，通过别人介绍，去北流县城拜师，找到一个姓傅的老师。傅老师是一个绝对专业的小提琴手，向他学琴，他首先要求最基础的训练，熟识五线谱。没有五线谱基础的我，提到那些"豆芽"，实在胆怯。但我还是克服了重重困难，按傅老师的指导，每天记五线谱，在眼前打开手掌，把五根指头看成是五条线，认识五线谱在线上、线间的音符，复杂的符号真有点记得满头雾水麻麻乱，傅老师只答应给我免费上一节课，浅浅地学到了一点五线谱知识，后来还是没有章法的乱弹琴。

能持之以恒，坚持自学下去是多么需要坚忍，那时我真正体会到，练琴需要的是心静、时间、毅力、耐性、认真的态度，只要你有兴趣练琴，就要纳入这些德行！我就是在这种业余时间少，受到各种限制，求师难的环境下，把自己置身于超然的境界，去追求我的梦想。

学音乐要付出很多，别看那些音乐艺术家演奏得精彩缤纷，奥妙无穷，其中所付出的时间和精力是我们无法想象的。常言说，音乐家没有快乐的童年，从小就开始练琴，每天练几个甚至十几个小时，花费了去玩快乐的时光。而我，在这种环境下半路出家的自己摸索练习，又是一种独特的感受。

柴可夫斯基说："音乐是上天给人类最伟大的礼物。"我喜欢这个礼物，我虽然拉不出什么好听的曲子，但上天给我的礼物让我获得了一种精神。在精神上我放飞着一个音乐的梦想。在练琴中磨炼出来的毅力和恒心，有追求有目标，内心就会有一股非常强大的力量，它会一直陪着我走，越过坎坎坷坷的路，磨炼着我一生的意志。

多年以后，我在这个基础上，又学了钢琴、二胡、古筝、葫芦丝等乐器，与学小提琴不同的是，我得到了很好的基础教育，我身边有许多专业的老师，在老师们热心的指导下，学习进步也很快，我参加过乐团的合奏，在舞台演出的过程中收获着无比的快乐。我感谢自己青春时代对音乐梦的追求，学小提琴的经历，托起了我梦寐以求的音乐梦想。

我把用参加工作第一个月的工资买来的小提琴，视为心肝宝贝，几十年过去了，从农村包围城市，从土瓦房到小区套间，从小城市迁移到首府城市，经过无数次搬家，身外之物都舍得丢，唯独这把小提琴，一直珍藏在家中，有兴趣时还来一个小曲。

2020.4.15

鼓励的力量

在我的生命里，有一位尊敬的老师。他是我失恋时，唯一一个可以倾诉的人。

不知有多少个不眠之夜，伤心和痛苦在失眠中度过，那年，我被一段初恋的感情深深劈伤，失恋的痛苦绕缠着我，不敢告诉父母，不敢告诉姐妹和亲朋好友，忧伤的泪水带着苦涩只顾往肚里吞。天塌了下来，头顶的阳光变成一团乌云，前途、理想、思绪一下间变得那么失落与渺茫。

然而，就在这时，有那么一个老师给予我力量。他鼓励我振作起来，这个鼓励可以给我抹掉泪水，让我在青春最渺茫的时刻予以我坚强的意志。

那是在一次县文学创作学习班上，县文联主席在课堂上，隆重地介绍了一位文学爱好者何老师，就在我们的邻县，何老师因家庭出身地主，"文革"受牵连，不能实现上学的梦想，但他求学若渴，持之以恒，在逆境中坚持自学，战胜生活的困迫，在迎来新时代科学文化春天的时候，抓住大好时光，利用工作的业余时间坚持学习文化，不断在文学道路上攀登，写小说，写诗歌，成绩相当显著，特别是他创作的诗歌别具特色，当地文联正准备为他的作品召开专题讨论会。我听着听着就不觉对何老师产生了敬佩，他的出身，命运、遭遇又是那样与我有相同之处，我对何老师有了极大的兴趣，好奇心的驱使，我非要见他不可。我怀着一颗敬仰的心，从北流骑自行车30公里，到何老师家登门拜访。

当我这个不速之客出现在何老师家门时，我进行了自我介绍，何老师热情地接待了我。何老师的生活过得十分拮据，他有4个孩子都在读小学，有个70多岁的老母亲，妻子没有工作，一家7口人全靠他一个人做木工的工资收入维持生活。在这种环境下，何老师不屈服命运，不畏艰难，哪怕生活多么困迫，也不放弃写作和学习，了解到这些，我更佩服何老师坚韧不拔的意志和毅力。

我在何老师的书房里坐下，何老师知道我的来意，态度十分谦逊，但讲到学习，他就特别健谈，滔滔不绝。当他知道我，也是受"文革"牵连的一员之后，我们的话更加投机了，我们从现实不公平的遭遇，谈到求学的渴望，从不屈服命运捉弄，谈到写作，谈到刚刚实行的高等教育自学考试制度，决心把被耽误的学习时间夺回来，何老师的话很多都说到我的心里。

通过畅谈，觉得何老师真是一个可以值得信赖的良师益友，我把我的感情遭遇毫无保留地跟他倾诉，何老师很同情我的遭遇，见我那么伤心，不能自拔，也替我难过，说着说着他还为我伤心地掉下了泪水，后来他像个心理医生，给予我正确的开导。

"我希望你振作起来，不要因为失恋了就丧失生活的勇气，人生的挫折多着呢，感情断了，就忘了它，要是希望断了，那才是人生的最大不幸。"何老师说，他不可能给我一百万元的财富，但他也许能给一百万的精神财富。他从他的书架上抽出一本《莎士比亚戏剧集》让我在爱情的失落中鉴赏体味人间尚有悲与喜的存在，但悲和喜都存在着美学的意义，也许这次失恋对你有帮助，可以使你更坚强。说得很深奥，失恋了还应该感谢失恋，那时我无法理解，但我感动地接过《莎士比亚戏剧集》，书本很旧，纸张已经发黄。

何老师让我在一个月内清洗创伤，逐步摆脱感情的痛苦，逐渐走出不必要的烦恼，正确对待和处理恋爱受挫不快乐的思想情绪，更不要被已远逝的感情羁绊而丧失了意志，愉快地走向新的生活。何老师还给我来了一句鼓励的笑话，他说你长得这么漂亮，前途美好了，爱情自然来。他让我破涕为笑。

何老师见我对文学有感兴趣，便鼓励我走文学创作的道路，我的基础很差，以前跟岩在一起时热血沸腾的夸夸其谈，早已烟消云散，我对文学创作这条道路没有多大的信心，何老师说我能行，对我加以积极的鼓励，他让我定下目标，在有计划地学习的同时，也不妨试着写点文学习作，这样也可以学以致用，作品的成功就会收获快乐，何老师知道我也在准备参加全国高等教育自学汉语言文学专业的考试，这么巧，他也正在参加这个专业的考试，我们的话题更投机了。

这次对何老师的拜访，也奠定了我人生的一个转折，我回到瓷厂后，烧掉了有关伤害感情的所有信件，我逐渐从失恋的痛苦中走了出来，开始了我全新的生活。

当一个人获得了勉励，人生便有了目标，平淡而漫长的岁月变得丰富多彩，生活充满着美好和魅力。好一段时间，我心情轻松，每天都快乐的、出奇的发奋。我常常收到何老师的信和书，在物欲横流的年代，再说起学习、写作、理想、信念、崇高这样的字眼，已经使一些人觉得痴气、傻气，不识时务，可是何老师不，他对我依然要天天说学习，他的每一封信都给我点燃了理想的火焰，这些火焰成为我精神领域里一片青青的松柏和鲜艳的花朵，我把何老师的鼓励视为明净高洁的思想，就像美丽的鲜花散发着古典而美丽的芳香。这样的理想境界，一直伴随着我。

自学是一条艰难的路，加上初中和高中都在劳动中度过，细细盘点自己肚子里没有几滴墨水，按照大学课程的计划，用业余时间自学大学课程，每科成绩顺利过关的话也需要四五年，路漫漫又长长，人家脱产专职学习都有挂科，而我这样用业余时间自学，必须有坚强的意志和毅力，在这学习的几年时间里，我更多的得到何老师的鼓励。

"喷泉之所以漂亮是因为她有了压力；瀑布之所以壮观是因为她没有了退路；水之所以能穿石是因为永远在坚持。"何老师在信里把这句话送给我，我把它当成滋养心灵、努力的精神食粮，补充能量，奋力奔跑。

在何老师的鼓励下，我开始学写诗，那是我第一次写诗，何老师认真地指导我。我的处女诗《自学夜读》是当时思想的真实写照，充满了理想追求和坚忍的意志，得到何老师的表扬，说我的诗写得很有个性：

自学夜读

拧亮台灯，拧亮一束金色的希冀

翻开自修大学的课本，翻开我的春季
我曾像一只乱飞乱扑腾的小鸟
埋怨大地没赐给我凌云的丹桂

当知识如春天的繁花在阳光里竞放
我终于从蜜蜂身上看到了勤奋

莫说自学像"──"号一样狭小难行
我正举起"？"号的镰刀披荆斩棘

为了明天不再羞愧，我在荒芜的地里耕耘
也许大汗流落到秋季的果实又小又涩，可我不再哀怨

在伏案疾书的夜半和沉吟默想的黎明
我捡起缕缕的知识串起一簇绿色的希冀

这首诗一直作为我自己的座右铭，我把它抄在我的日记本里，当我在学习上遇到困难的时候，我就打开日记本，一次又一次的读，到后来，我都不用再看日记本，随口都可以把诗朗读出来。想不到这首诗多年以后，被收集到优秀诗歌选的册子上。

何老师看到我的进步万分的高兴，他说我这首诗歌是来自我最熟悉最真实的生活体验，文学来自生活高于生活，生活是文学创作的源泉，何老师让我留心观察身边的事，鼓励我从身边的最熟悉的生活写起，于是，我留心观察工作中熟悉的陶瓷生产的整个过程，从瓷厂陶瓷的生产过程中总结出人生的哲理，

我尝试着写了一首诗，题为《瓷器之歌》，诗歌寄给何老师修改，很快就发表在《玉林大众报》(现在的玉林日报)，更想不到的是，这首诗歌在玉林地区新诗比赛评选中荣获了三等奖。

诗歌再现陶瓷生产从泥团到精美瓷器的形成，暗喻，一个人奋斗的经历，是对积极向上和意志磨炼的赞美：

……

我是一名陶瓷工人，开动辗磨的滚轮

将沾满云母和草屑的泥团，变身重塑，成为

女孩子细腻的感情，刀锋滚压成型的痛苦

洗礼在烈火中，变成艺术的长河，流进春天

……

何老师对《瓷器之歌》诗作的获奖致以衷心的祝贺，收获的喜悦鼓舞着我，我深深体会到学习和创作带来的快乐！这首诗融进了我在学习道路上，用坚强的意志披荆斩棘、青春理想在心中熊熊燃烧的感情。

鼓励对一个人是多么的重要，一个小小的鼓励可以让我受用一辈子。美国心理学家詹姆斯有句名言："人性最深刻的原则就是希望别人对自己加以鼓励，这样不仅让自己有进取之心，更重要的是能产生不断超越与突破的动力。"自古以来，十有八九的成功者，奋发努力的背后，必有数倍的鼓励。

当别人说你行的时候，那一刻，你自己真的感觉自己就是很不错的一个人，那种向上的感觉真的很重要，它时刻激励着你，提醒着你要不断往前走，遇到困难不要气馁，一切都会闯过去的，每当我战胜了困难之后，我知道我又向前迈了一步，我又更有自信了。日子就这样不断地循环着，绝对是一种良性的循环，那些年，我就这样在何老师的鼓励下，一步一步地往前走，一直坚信滴水可以穿石，这种耐性，让你的积累达到一定的量的时候，灵感将会不断的涌现，我相信我的梦想一定能实现，后来，我和何老师都圆了大学毕业的梦想，真的追回了被耽误的、失去的时光。

我知道何老师他现在仍退而不休，一直坚持写作，发表的作品不少获奖，还积极参与社会工作，他拥有一颗年轻的心，永远都不会落伍，这种精神仍是一种鼓舞的力量。

很多年以后，网上流传的一段话，我用这段话作为此文的结尾。

"倘若有一个人，敌过了时间与空间、浮夸与名利、自私与怯懦，依然留在你身边，与你一同大笑、一起哭泣……这样的朋友，万望珍重。"

2021.1

用女排精神磨砺心志

文化站赵站长神采飞扬地告诉我，中国女排在美国洛杉矶参加洛杉矶奥运会获得世界冠军，昨晚在圩镇半夜观看女排夺取冠军比赛，兴奋得一夜未睡。赵站长描述了当时的情景：半夜，圩镇沸腾起来，凡家里有电视机的都打开，小小的黑白电视机围满了左邻右舍。为了让更多的人看到女排比赛，赵站长干脆把文化站仅有的一台20寸黑白电视机搬到街上，满街的人也就围过来看电视转播女排在美国洛杉矶夺冠比赛，大家看得十分兴奋，随着每一次扣球得分，都欢呼雀跃起来。当哨声响起，宣布比赛结束，中国女排以3：0战胜美国女排获得奥运会冠军时，全圩镇的人都沸腾起来，顿时便炮齐鸣，灿烂的烧烟花飞射，燃爆夜空，整条街道都是欢呼庆祝的人，卖烟花爆竹的店铺连夜开门把库存的烟花鞭炮全部售空，有人嫌放炮烧烟花都不够热闹，拿起锣鼓镲出来敲打，没有锣鼓镲的，就干脆敲起铁锅、饭盘，能敲的都敲，大家又蹦又跳，整条街热闹非凡，成为史无前例不夜天圩镇。我也为中国女排自豪，为我是中国人感到自豪。

十分遗憾没能看到女排夺取冠军的比赛情景，庆幸反映中国女排世界杯夺冠的电影纪录片《拼搏》，很快在全国上映，我在电影幕上目睹了女排在场上拼搏的风采，女排在平时的训练中，经常大汗淋漓，克服种种困难，磨炼了坚强的毅志。纪录片播放女排世界杯夺冠的那个时刻，全场沸腾，全中国沸腾，全世界中华儿女沸腾。

女排向世人展示的、所蕴含永不言败的精神，正是我所需要的精神，它激励着我在追求梦想的道路上奋勇前行。

在我生活和感情上最受挫的时候，女排精神鼓励了我，我用女排精神来磨砺自己的心志，不畏艰难、自强不息、永不放弃、奋勇拼搏。那些年，母亲得到了落实政策，恢复了非农户口，恢复了工作，我也跟随母亲离开了农村，加入了浩浩荡荡的知识青年上山下乡回城大军，我成为在家等待工作的待业青年。

由于"文革"的耽误，我和成千上万青年一样曾经是想学无门。全国恢复高考制度后，也恢复了知识的价值，公正公平的人才选拔，人们对文凭都持着一种仰望的态度。而我由于在农村开拖拉机，在合作医疗为人民服务，错过了高考的机会，一段时间我求学不成，就业不成，感到前途渺茫，精神十分沮丧。就在这时，为鼓励青年学习，国家承认学历的各种渠道的函授、电大，夜大机构纷纷开设，特别是开设了全国高等教育自学考试，我在女排奋勇拼搏、不畏艰难、自强不息的精神中取得了力量的榜样，决心走自学道路，我去高等教育自学考试办公室报了名，我选择了《汉语言文学专业》，定下了四年学习的奋斗目标计划。

我摸着砖头一样厚的大学课本，开始在自学道路上艰难跋涉。这时，为了照顾生病的母亲，我在母亲工作的学校做代课老师，白天工作，晚上挑灯夜读，望着一堆高深莫测的课本，我像蚂蚁啃骨头，由于基础差，知识浅薄，没有辅导老师，我连一个学习最基本的哲学辩证原理都很费解，学习上遇到很多困难。这时母亲的病情加重，有时候还要陪着母亲去梧州、玉林、博白等地求医。我一边照顾母亲，一边工作，一边学习，一直没有正确的学习方法，心也专不下来，事倍功半，第一学期考试，三门功课的考试成绩只得一门及格。《外国文学》那些又长又拗口的作者姓名和主人翁名字，那些很容易混淆的十六、十七世纪的时代背景，我无法弄清楚准确无误的填在答卷上。单科及格的那门分数也只有 62 分，我向躺在病床上的母亲汇报，我惭愧地说我考砸了，我把考试成绩通知单给母亲看，以为母亲会责备我，但母却微笑着拿过我的成绩单看了看，高兴地说，祝贺你，你已经是十二分之一的大学毕业生啦！继续加油！母亲为我攥起她那瘦弱的拳头，我感激母亲对我的鼓励。

不久，我最敬爱的母亲去世了，母亲是鼓励我发奋学习的精神支柱，她在病中一直教育我勤奋学习。我悔恨当初没有听母亲的劝告，放弃开拖拉机去复习参加高考。现在母亲离我而去，我悲痛的心绝望至极。就在这个时候，我又遭受另一个感情打击，长达 6 年相爱的人，因我没有文凭而分道扬镳。失去亲人和失恋，双重的痛楚，使我精神上受到严重的打击，我不知道该如何是好。

是女排精神唤我振作起来，女排坚韧不拔，自强不息，勤学苦练，无所畏惧，顽强拼搏的精神鼓励着我，我从女排精神得到巨大的力量。在精神痛苦中学会坚强，我把女排"铁榔头"郎平腾空跳起扣球优美动作的彩色画报贴在床头，看到扣球，女排精神就在我眼前闪闪发光。

有一天，我在《广西日报》上看见一则广告，广告内容是广西大学全国高等教育自学考试辅导面授班招生，我的眼前一亮，这样的辅导班让我激动，我多么希望有这样一个机会，得到教授面对面的辅导学习，而在我所在的山区小镇是没有这样条件的，南宁是广西的首府，那里闪着各种光环的高等学府深深地吸引着我。求学，是我必须要走的路，能有老师辅导，让我心潮澎湃，我要想尽办法，上广西大学。

我决定开始我的逐梦之旅，我辞去了学校代课老师的工作。此时，正值迎来改革开放的春天，南宁的公司像雨后春笋拔地而起，这让我心存一片希望，我还了解到，高等教育自学考试学习档案可以跟随工作迁移，这样的消息更坚定了信心。当时母亲的不幸离去后，本来父亲十分需要我留在身边，但我还是告别了孤独的父亲，带着理想踏上了征程。当在玉林火车站看到绿皮火车慢慢地蠕动，车轮"铿锵铿锵"地响起驰向远方，我心中既被理想鼓舞着，也充满了内疚和惆怅，此刻我意识到，我理想的路漫漫。

南宁，一个全新的环境，我把它当作医治一切的地方，我让心灵接受洗涤，我把失去母亲的病苦慢慢淡化，我把感情的创作尽快治愈。我投靠在南宁工作的姐姐，姐姐和姐夫收留了我，亲人给了我许多的方便。我到南宁的一家公司应聘，一边做公司职员，一边学习。

我很快按照《广西日报》的指导去广西大学报了名，我为自己定下目标，三到四年内，我要拿下大学文凭。我又把"女排铁榔头"的扣球动作的彩色作画报贴在了床头，每天拿出女排拼搏的精神状态，抛掉内心的一切痛苦，忘记不该再念及的人和事，一切重新开始。

我首先报了《外国文学》和《中国古代文学》两门课的面授班，白天要在公司里兼职上班，解决了生活费和学习费的问题，面授辅导班只好报晚修和周末的班。我每天骑着自行车风风火火地跑遍南宁的多个地方，从姐姐家的中绕路跑到东葛路的公司上班，晚上回家吃了饭马上又骑自行车去广西大学上课，我还在广西图书馆办了借书证，一有空余时间，就往跑图书馆里跑，借学习辅助书籍，在阅览室坐下来学习，一坐就是半天。我就这么骑着自行车东南西北的跑，每天早出晚归，大约要跑二三十公里的路，当挎着书包坐到了广西大学的阶梯教室里听课的时候，我是那样的高兴和快乐。我看到来听课的人是那样的多，同学们来自各个行业，有的还来不及换下工作服就匆匆赶来听课。特别高兴的是听到了大学教授的课，在学外国文学课的时候，我们还能在广西大学教学电影院里观看电影，我第一次在广西大学欣赏到了外国电影，如《红与黑》《呼啸山庄》《堂吉诃德》等，看电影可以更浓缩、更好地去理解作品的时代背景，更好了解作品主人翁的人物形象和人物性格，从而理解作品的主题思想。

随着快乐的学习，我的心胸变得豁达开朗，很快就把母亲离世带来的悲伤以及失恋的痛苦，从体外到心内一层层的剥落开去。我开始把学到的知识应用在工作实践中，我开始业余创作，在公司编写公司简报。在工作和学习的冲突上遇到不少困难，我时刻都让女排精神永驻心间，刻苦钻研，勇攀高峰，坚持到底。

这时女排郎平扣球的英姿被画成漫画印到面值8分钱的邮票上，每当我收到信看到印有郎平照片的邮票，我都小心翼翼地把邮票从信封上剪下来，把它夹在钱包里，压在书桌的台玻下，以此来鼓励自己拼搏、自强不息。

只身八十年代初的首府城市，率先感受着改革开放春风的吹拂，人们思想解放，消除各种束缚，城市的灯红酒绿充满了诱惑，各种娱乐场所，歌舞厅纷纷营业，无论是机关青年还是社会青年，都快乐地跳起了交谊舞。晚上，歌舞厅霓虹灯闪烁五颜六色的光芒、邓丽君迷人的歌曲诱惑着躁动的心，我曾经被那欢乐的场面深深吸引，我多么想和朋友一起去喝一杯香槟酒，跳一场交谊舞，但我还是用毅力控制着自己，我曾经一次次拒绝朋友、同事的邀请。当暮色降临，人们高兴走进歌舞厅跳起交谊舞，随着快乐旋律蹦起迪斯科的时候，我默默地远离娱乐场所，或挎起书包赶去广西大学上课，或回到家挑灯夜读。

我在拼搏中学习，课程一科科攻破，我自行车的车轮不停地转，在这所城市里从东到西，从西到东，穿梭着，往返着……坚持着，坚持着，风雨不改。后来姐姐把我用过的那辆永久牌26寸自行车囤积起来做纪念，取名称为"英雄车"。

四年过去了，我胜利地完成了学业，顺利地通过了每个学期的考试，汉语言文学专业的十二门功课，没有一门挂科，除了在老家第一次考得62分外，其余门门成绩优秀，四年的奋斗，我终于获得了大学毕业文凭。我成为全国高等教育自学考试的第一批毕业生，我把学历档案转回我所在的县，全县第一批毕业生只有 6 名，而我是 6 名毕业生中唯一一个女生，这在当时来说是那样地值得光荣和自豪。县教育局隆重地专门为我们 6 名毕业生组织召开了座谈会，在教育局门口张贴出了大红光荣榜，同时下达文件表彰了我们自学成才的 6 名毕业生。根据当时尊重知识、尊重人才的政策下，我们 6 名首届毕业生很快就落实了正式的工作，并顺利地转为国家干部。

在自学这条崎岖的山路上，我磨砺了心志。是女排的精神鼓励着我，只要心中潜藏着美好的精神，就要不懈地追求，坚韧不拔，锲而不舍。

2021.1.22

宝贵的来信

　　突然收到高中时代班主任杨朝炽老师的来信，着实让我有点意外。20年过去了，杨老师始终放不下当年的一些问题，向我解释，使我从中感悟到老师的职业责任职业品格。

　　读着信，一石激起千重浪，激起了高中时代那段往事的回忆：高中时代，杨老师对我恨铁不成钢，高一第一个学期他就鼓励我代表班里参加全校的故事宣讲比赛。在当时批林批孔的运动中，倡导儒家思想，讲儒家故事，杨老师为了我能代表全班参加学校的比赛，精心选了《卧薪尝胆》的演讲内容，并用复写纸抄写两份，指导我抓紧背诵熟读。我却鬼使神差，把杨老师精心选好的演讲稿放一边，自己去选择故事题材，我从父亲那里要来一个经典历史故事——《西门豹治邺》。故事大体内容是：

　　西门豹是战国时期魏国人，是著名的政治家、水利家，曾立下赫赫功勋。西门豹管理邺（今河南安阳市北，河北临漳县西）他初到那个地方时，看到这里人烟稀少，田地荒芜萧条，一片冷清，百业待兴。调查后了解到那里的官绅和巫婆勾结在一起危害百姓，于是立志改善现状，惩治地方恶霸势力，颁布律令，禁止巫风，他便设计趁着河伯娶妻的机会破除迷信，并亲自率人勘测水源，发动百姓大力兴修水利，使邺地重新又繁荣起来。

我觉得这故事太符合当时的形势，破除迷信，战天斗地，兴修水利的时代背景。我也用复写纸抄写两份，一份放书桌一份放口袋，随时背诵。杨老师指导我演讲《卧薪尝胆》要求做到演讲脱稿，要抓紧背熟，认真理解故事内容，除了字词的标准读音，还要带着感情色彩，千万不能念错。我将这方法用来背诵《西门豹治邺》，我熟读内容，感情朗读，设计演讲过程的表情，在西门豹揭穿巫婆给河神娶亲的骗局时，把西门豹说的一些话如："把新娘领来让我看看"，"你去告诉河神，新娘长得不漂亮"，"巫婆怎么还没回来啊？"还有官绅苦苦求饶之类的句子，做到有声有色和演讲的趣味性，我对着梳妆的小镜子练表情，杨老师浑然不知道我暗地里做的大动作。他不止一次地督促我要刻苦训练，由于《西门豹治邺》故事里那些词语读起来比较拗口，我就一字一词，认真去读懂哼熟。

这是我人生第一次演讲。当我站在学校操场的演讲台上，面对几百名师生齐刷刷向我看来的目光，真的有几分的忐忑，我尽量让自己镇定下来，我开始是低着头走出学生席，再就是抬头挺胸走上讲台。介绍了自己和演讲的题目后，我抑制住心里的害怕，我看了一眼坐在老师席上的杨老师，只见他歪着脑袋在看我，但并没有因我演讲的题材不对路有所反应，他微笑着向我投来鼓励的目光。我的演讲以故事生动有趣吸引着全场，当我演讲到西门豹说这个新娘不漂亮，让巫婆去告诉河神，说着西门豹把巫婆投下波涛汹涌的漳河，巫婆在河里扑腾了几下，把官绅吓得面如土色这些片段，全场出现了几次笑声和掌声。

我演讲结束走下讲台，全体师生的掌声如雷，在各班的选手中，我是唯一一个脱稿演讲的同学，原来我是不被看好的选手，但我像一匹"黑马"，出人意料地获得了演讲第一名。在回到自己的座位的途中，不断有同学竖起大拇指。在宣布名次我获第一名的时候，我们班欢呼一片，杨老师为我祝贺，也为班里祝贺。我以为杨老师会责备我不用他的演讲稿，但杨老师却只字不提，只见他满脸的高兴，在他的心目中，我这块铁看上去发出了一丝丝的火光。

高一的第二个学期，教学体制上来了一个改革，向各班分派专业，各个班以所学的专业命名，我所在的班被命名为"新闻报道专业班"，从此我们停止学习课本里的所有知识，在杨老师的指导下开始学写新闻报道，杨老师上课时拿的课本变成了一张《人民日报》，从新闻报道写作组成的三要素说起：标题、导语、主体、结语和背景。

我对这样的专业班有点不同的看法，我们是十五六岁的高中生，是怀揣着梦想上学，该学习的文化知识都没学好，怎么就写起新闻报道来呢？我有点叛逆的心理向杨老师提意见，杨老师给我讲了开门办学方向的大道理，办学方向就是把我们培养成又红又专的人，我们既然被定为新闻报道专业班，就应该好好地学新闻。但我还为学不到文化知识和杨老师较真，杨老师不回答我的问题。在这时代的大潮里，不随波逐浪又能怎样呢？

为了便于同学们学习新闻报道的采写，杨老师动员大家踊跃订阅报纸，订《广西日报》或《人民日报》都可以，因是自愿的，出于经济的原因，踊跃订阅报纸的同学少之又少，全班只有刘黎同学订了一份《人民日报》，而我不知是什么鬼使神差，我没有去订报纸，却订了一份文学杂志《广西文艺》(现在的《广西文学》)。杨老师对我这一偏向的举动有点无语，恨铁不成钢的心又在杨老师的胸中燃起，他对我语重心长地说，这本杂志是纯文学作品，作为课外读物是可以辅助作用，但对我们现阶段学习写新闻报道起不到主导作用，还是订报纸比较好，我希望你能端正学习态度。我渴望学习文化知识，不明白为什么被说成是不端正学习态度了？后来我还是一直没有订阅报纸。

在一次学校开展写"新儿歌"的活动中，发动同学人人参与写"新儿歌"，全班 50 名同学就只有我一个人了交稿。杨老师便对我这块铁又有了一丝希望，他鼓励我多练笔，还指导我那首儿歌的内容还可以扩展，鼓励我继续写下去。

学习了新闻写作的理论，就该去实践了，杨老师给同学布置的作业，星期天回到自己的家乡生产队去深入采访，写一篇农业生产发展的通讯报道。写得好的，由杨老师推荐到学校的广播室采用，更好的报送到公社广播站甚至推送去县一级广播站，写得更好的甚至推送到《广西日报》去，如果稿件被采用了，就是我们开门办学的教学成果。同学们写的稿子如能得到公社广播站采用，那就了不起的了。为了不失新闻报道的时效性，同学们写好稿就半夜赶路，赶来学校，那个周末正遇大雨，班里好几个同学披着雨衣顶风冒雨，从大山里步行几十公里赶来学校交稿。这一次新闻通讯采写活动成绩很大，很多稿件被公社广播站采用，还有两篇稿上了县一级广播站。

这学期结束，我们新闻报道班被学校评为优秀班级。杨老师高兴正浓的时候我却提问了一个问题："我们读高中，就这样一个学期写两篇新闻报道就可以的吗？"杨老师对我提的问题大概有点头痛，他一直没有回答我的问题。我就这样懵懂的高中毕业了。

此去经年，光阴似水。几十年过去，高中阶段的许多人和事，包括老师和同学，随着时光的流逝，也渐渐在记忆中模糊以至消失。

然而，二十多年后的一天，我突然收到杨老师写给我的一封信。杨老师在信中回答了我高中时期提问的问题。

金果同学：

你好，祝贺你的《倾心细语》大作出版！我很高兴，这几天一有空就贪婪地阅读，越读越有韵味，看着眼前的作品，又把我的思绪引回到20世纪70年代，在塘岸高中默默耕耘中，你们是如此勤奋好学，严守纪律，每个学期都被评为先进班级，你给我的印象是如此深刻：节日晚会的舞台上，有你翩跹的身影，普通话诗歌朗诵演讲比赛上有你激昂的娇声，墙报比赛的刊栏上贴有你文笔流畅的文章…这一切还历历如在眼前。可是时间像流水般过去，当年还带有一些稚气的小姑娘，经过辛勤的学习，努力的拼搏，积极发挥自身的专长，今天已成为文学战线上初露头角的尖兵，真是可喜可贺啊！

20世纪六七十年代是一个历史倒退的年代，"文化大革命"给中国造成的损失是无法估计的，特别是给知识分子带来的灾难真是罄竹难书，我和你父亲也和千千万万出身不好的知识分子一样遭受了残酷的折磨，现在回想起来还是不寒而栗，但阴霾过后是明媚的春天。

在教学方面搞"开门办学"、"贫下中农管理学校"把很多宝贵的时间都消耗在劳动中去了。"学制要缩短，"把高中阶段压缩为二年，本来这时间就很少了，可是又把这些渴望知识的青年引到农村去"接受贫下中农的再教育"——劳动，正如你作品中《记忆中的花季》一文所揭示的一样，致使广大青年学生未能学到高中阶段应掌握的知识和技能，即使是一个踌躇满志，全心全意为教好学生而辛勤工作的教育工作者，也无法发挥他的教学才能。这是时代的限制。但是检查起来，主观努力还是不够，像你这样有文学才能的学生，得不到应有的专业栽培，今天想起来深感内疚。令人欣喜的是，你的勤奋，弥补了我本应传授的而又无法传授的知识，使你在文学战线上有所建树。

时间像流水，我在三尺讲坛上忙忙碌碌不觉又过了几十年，现在退下来了，……

……

现在，一扫"文化大革命"时期的清贫和种种悲凉的思想负担，你的事业正在一步步走向辉煌，一朵朵的金花盛开，一串串的果实挂满枝头。我们深信未来的金花将会结出累累的硕果！

祝愿你生活过得更幸福安康！草草数言，聊表寸心。

顺颂撰安

杨朝炽

杨老师的信，如一石激起千重浪，激起了高中时代那段记忆，那段如梦幻般属于我的那段纯真而迷茫的故事。透过字里行间，也深深理解到那个时代老师的心境，是如此的无奈和压抑。很感动在那个环境下，杨老师能容得下我那些单纯无知的叛逆。更让我感动的是，杨老师桃李满天下，几十年来他教过的学生数不胜数，但仍对他曾经教过的一个学生挂念在心，为了解开我二十多年前的疑问，专门为我写信，这信，闪耀着教师敬业职责的精神，是多么的难能可贵，我如获至宝，一直珍藏着杨老师的信。

2020.2.27

四、最美的感动

园丁生涯

　　做教师的父母，衷心的热爱着他们自己的事业，把职业视为开心的园丁，父母也一心一意希望我成为一名人民教师。可我偏偏就不争气或生不逢时，高中毕业后我在社会大学里当过拖拉机手，当过农村赤脚医生，当过瓷器厂工人，这诸多的活儿与教师职业毫无沾边。

　　我在北流瓷厂当工人的时候，在编级车间做编级工，为陶瓷产品出厂做最后的质量编定等级。那年代能当上工人是极大的荣幸，八十年代初期的改革开放春风吹遍神州大地，陶瓷产品出口订单也与日俱增，在热火朝天的气氛中感受劳动的光荣。我们赶工，常加班点，半个月或一个月回不了一次家，工厂离家三四十公里，骑自行车需要半天的时间，我又为无法照顾妈妈感到内疚。

　　后来，我还是依依不舍地离开了劳动气息沸腾的工厂。母亲患的是绝症，但她以积极而乐观的态度面对生活和人生，她顽强地和病魔做斗争，她把坚持工作，在教师的岗位发挥着应有的余热当作最大的精神支柱，尽管已坚持了十八年，但无情的疾病，把她的身体折磨得越来越脆弱，为了更好地照顾母亲，教育组把母亲调到和父亲同一所学校。而这所学校，正好是我原来读高中时的塘岸公社高中，全国恢复高考制度后，由原来的高级中学改制成为初级中学，父亲在这所中学里任教导主任，父亲的工作忙，而这时的母亲，是十分需要我在身边多加照顾，要我陪她上医院，还远到梧州、柳州、博白等地求医，去看访以前为母亲做手术，放射治疗的医生。对我的回来，妈妈是那样的高兴，她常视一家人能在一起为天伦之乐，她常在工作之余唱歌弹琴，母亲弹琴弹得很好，一边弹还一边哼唱。母亲乐观的精神一直是人们赞佩的。

父母常常是以校为家，在哪所学校任教，哪所学校就是家，我从小跟着父母的调动，把好几所学校当家，除了被下放回农村那几年间断外，基本都住学校里。现在回到家，犹如回到了故地，这个校园是我曾经就读的塘岸高中，这里是我的母校，留有我青春的记忆和难忘的往事。我默默地在校园里漫步，观察着熟悉的环境，教室、校舍、球场、一山、一树、一切都没有改变，要说改变就是那片树林的树木已长高长大了许多，我们当年生活、学习、劳动，文艺排练的情景历历在目，我和父母住在了当年教师的那排宿舍，班主任杨老师住过的房间就在旁边，一切是那样的清晰记得。

我刚回来，学校就把我逮住了，校长这时正在为聘请代课老师而烦恼，校长极力推荐我，我考虑我的重要任务是照顾母亲，但母亲鼓励我应聘，母亲说她没事，我在学校工作既能照顾家里，又不在家闲着，这不是两全其美的事吗？一个年轻人要有自己的事业，我当老师也实现了父母给予我的期望，我乐意地接受了。

我开始了短暂的园丁生涯，我的教师性质是公办代课老师，教初中二年级语文兼班主任，还兼两个班的音乐课。当原来这个班的班主任陈老师挺着大肚子把班里学生的花名册、课本、教案本等东西移交给我之后，她就放心地回家待产了。我如接过一个接力棒继续奔跑。

刘校长领着我去我将要接手的初二（一）班，与同学们见面，刘校长将我介绍我给同学们时，有点推介式地宣传了我，特别强调我是县城里有名的初出茅庐的作家，在文艺刊物上发表过多篇小说，最近还以优秀作者的身份应邀参加了玉林地区文艺创工作会议。我和刘校长站在讲台上，全班50名同学齐刷刷地把目光投向我，他们都是山村里可爱的孩子，纯朴、清澈，闪动着渴望的大眼睛，我内心觉得惭愧至极，刘校长介绍的这点经历实在是浅薄得微不足道，不足可以说明我能成为一个优秀教师值得孩子们的信赖，但同学们还是给我致以热烈的掌声，崇拜的表情流露在一张张纯真的脸上。

这已是初中二年级的第三个学期。全国恢复高考制度以后，乡镇的中学已从原来的两年学制恢复为三年，真正进入提高教学质量的时代。乡镇学校的特点就是学校没有专门的老师办公室，老师们备课和批改作业都在自己的房间里，我能有更多和母亲在一起工作的机会。

这时母亲的身体已是很虚弱，讲话有点吃力，吞咽困难，每餐要精心制作一些流质的膳食。学校不想让母亲再上课，让她管理图书馆，但母亲说等这个学期结束了再变动，而学生们也喜欢听我母亲的课，母亲就这样坚持着工作。为了母亲补充营养，我每天精心为母亲熬粥，做容易吞咽的菜，烧柴火的土灶，熬烂一锅粥需很长时间，母亲不让我在厨房花太多时间，说菜和粥混在一起煮省事，要把更多的精力放在学习上，她自己也不放过一刻能给我传授教学的机会。母亲用她瘦弱的手，紧紧地握着我的无知，似乎要把我被耽误的青春快速的补回来。我备课时，母亲耐心的辅导，她说给同学们上课时你必须有引人入胜的语言，不打无准备之仗，要精心备好课，讲好每一节课是老师的修养，让学生在明白易懂中提高知识。我印象最深就是课本里有朱自清的《背影》，鲁迅的《一件小事》，按照教案里的计划，同学们作业作文题也是这个样的题目，在引导同学们写作文的备课中，母亲给我讲了故事，在那段时间里，母亲对我的影响是那样的深远，每当我胸有成竹地讲完一课又一课，当我能在课堂上和同学们泰然自若，谈笑风生，当每学生们静静地听我讲典故，当段考、期考，班里的成绩名列年级前面的时候，我衷心地感谢母亲对我工作的启蒙和谆谆教导，没有母亲的执着和鼓励，我怎么能获得这样的成绩，母亲看到我在教学路上的成长也就高兴地笑，母亲高兴的时候就哼歌弹她喜爱的秦琴。

那年秋天，是国庆节前一天的上午，我下了课，正抱着教材和课本往宿舍走，只见父亲在房间门口洗抹布，父亲见我回来就堵住门口，不让我进去，爸说："你不要进去"。我闻到父亲说话的声音在颤抖，我心里一震，马上想到母亲，我说"妈妈怎么啦？"我拨开父亲不顾一切地冲进了房间，父亲忙跟着我后面说："果儿，你不要害怕，你妈她……"我的头瞬间轰隆作响，手里的课本和教案本哗啦的掉落地上，只见妈妈就坐在她床前办公的书桌上，伏案，手握着笔批改作业的姿势，一动不动，整个空间就定格在那里，我不顾一切地跑过去搂住妈妈，只见妈妈一张苍白而蜡黄的脸，父亲拿毛巾为妈妈抹去流在脖上血迹。我高喊着："爸，赶快送妈去医院！"爸悲伤地告诉我："你妈她走了……"。我的泪水奔腾的夺眶而出……

学校总务处通知镇卫生院，几个人将妈妈的遗体送到医院的太平间里去。我的脑袋天旋转，慌乱中我呐喊："妈妈……"我喊着、追赶着、踉跄地奔过去。妈妈这个语语在我心里是那样的沉重，重过万水千山，重得让我喊不出声来，我一边抽泣喃喃地说："妈妈你一定有很多话想跟我说，我就是去上了一节课的时间不是吗？怎么就成为我们最后的一面，我们还约定好的，过了国庆陪你去梧州看医生，为了工作，你把去梧州看医生的事推迟了。"

太晚了啊？早知道说去就去，不要等，如果你这一刻是在医院，你一定没事的，不是吗？我们已写信约好当年你在那里放射治疗的医院，我们要找医生复查。我真的很后悔，妈妈你一定是等我陪你去看医生等了很久了，不知怎么我竟然就不及时地陪你去看医生呢？或者是不是你辅导我工作太操劳了？我知道你这些日子总是撑着的，你已经撑了18年了，就不能多撑几天，前天你还对我叮咛，让我一定要报考编制内的公办老师，你这就不管我了，你就这样离开了你热爱的讲台……

母亲是土葬的，在那个松木岭的山脊上，松柏在秋风的阳光下闪耀成一缕缕的金丝，山坡上橙黄的金樱子在灌木丛中摇动，各种色彩的野花秋菊交织在杂草丛中，一切都是初秋该有的样子。入殓的时候，母亲手上的笔还紧紧地握着，是父亲用心掰，才掰开，掰下来的是一支蘸墨水钢笔，爸说这笔就放在你妈的棺材里吧！这是妈妈唯一的陪葬品。

含着眼泪整理妈妈的房间，有一沓墙报纸，那是妈妈为学校出版国庆墙报准备好的资料，墙报的报头画已画好，是一幅乡村的新景象，文章内容已用毛笔抄写好，这是前两天我看见妈妈在忙着干的工作，专栏还没有来得及贴出去，因为过几天才到国庆节。望着这些未贴出去的墙报，怎不令人悲伤，母亲伏案工作的背影，时不时在我眼前出现，案上的灯犹如一支蜡烛，在守着一寸寸矮下来的光。我忍受着与母亲离别的痛苦，和同学们一起贴出母亲精心设计抄写的国庆墙报。

　　而我，却没有实现母亲寄予的愿望，我没有成为一名人民教师。代课期满后，我拒绝了继续代课的聘请，我离开了学校，离开了家，我去闯荡，过了一段颠沛流离的日子，那年我24岁，我在异乡怀念母亲的时候，就对着家乡那片夜空仰望，在心里为母亲写下许多的诗行：

那颗星星

有时啊！我盯着夜空

那里也有一个美丽的花园

一颗星星如温柔的眼睛

照看园里的花朵，宁静的长空

你就伏在如豆的星光下

星光映照一个瘦弱的身影

有时啊，我凝望夜空

悄悄的不敢高声张扬

生怕惊动那颗星星

在你居住的蔚蓝星球里

书声依旧，如豆的灯光依旧
那握笔伏案*飞向星河的姿势多么美呀

我总是在，那无数的星辰中
一眼就认出，那颗星星，就是您，母亲

我不配做园丁，母亲才配。我越来越觉得和母亲相处的最后的日子是如此的珍贵，那是我生命中最富有的时光，她的精神，点燃了我昂扬的生命力和意志力。

在人生中总会有那样的一个人，如烟花一样，在你的生命里盛放，但你无法挽留，留不住，因为她注定只能陪你一段，风烟俱净，却在很多时候必然想起，心痛到泪眼模糊。我知道，母亲虽然已经走远，无处寻觅或一生不再相见，但曾经美好的一段短暂的园丁生涯却已深深镌刻在我的生命里，不是忘掉或怀念那么简单。

---

*注释：母亲在去世的那一刻，还握笔伏案批改学生的作业。

父亲的故事（五题）

父亲"出嫁"

母亲去世后，我也离开了孤独的父亲，我去践行人生的一趟旅行，颠沛流离的在外，我投奔在南宁工作的姐姐家，苦苦地追求着自己的梦想。我城里边工作边学习，父女相隔万水千山，我成为父亲的一份牵挂，父亲常常在夜半三更，独坐空房给我写信，父亲也成为我的牵挂，每当读着父亲来自家乡信，我心酸的泪水就止不住地涌出。我忽然感觉到，父亲是那样的孤独，他在遥远的乡镇，寂寞定是条无形的虫，将父亲的心侵蚀成空空荡荡的洞，在父亲心里埋藏着那些滂沱凄美却不为外人道的情感在信中渐渐透露。我突然醒悟，母亲患病近二十年之久，父亲不离不弃，边工作边照顾母亲，好长一段时期的精力，都耗在事业和家庭上。母亲永远地离开了我们，一去不复返，而活着的人要好好地活着。50多岁的父亲将步入老年时期，在夕阳西下的路上，孤独行走的时候，需要有人知冷暖。

我鼓励父亲给外婆写了一封长信，和外婆聊聊我们想为父亲找老伴的想法。父亲是极尊重外婆的，因为怕外婆伤心，母亲去世五个多月之后我们才把噩耗告诉外婆。那时外婆正在为失去女儿而痛苦的煎熬着，我们以为这件事会遭到外婆的反对，然而外婆是个通情达理的人，虽然看了父亲的信她伤心地哭了许久，但最终还是支持了父亲的再娶。

这样让父亲娶后妈，成为我和姐姐心中酝酿的大事。那时候择偶的一种方式特别流行在报纸上刊登征婚启事。父亲的征婚启事刚在报上闪亮登场，应征的信件雪片般向父亲发出丘比特之箭，父亲选择的意向还是不忘初心，非要选择有教师的职务不可。在诸多的应征信中，我们选种了一个在南宁某中学工作的阿姨，经过多次的通信，大家都把她当为最佳的选手。

阿姨是一所中学的员工，体质虽有点弱但脸上总是带着微笑。她与父亲在报上相识通信期间，我和姐姐得到消息后就开展了"地下活动"，姐姐和姐夫是南宁某中学的老师，同一系统更有条件通过学校的老师去了解一下阿姨的情况，姐姐和姐夫多次去阿姨所在的学校做"密探"。把她的人品、为人了解得清清楚楚，当姐姐风尘仆仆地回到我面前，就像凯旋的战士，嘴也乐得合不拢。我说姐姐你乐成这个样子是不是拾到了金？姐姐说比拾到金还要重要的东西就是遇到了好人，她说她已经"调查"清楚了，我们的选手阿姨是一位全校教师公认的好同志，知情识理，勤劳善良，热情大方，在单位里年年获先进。我们赶紧将这些消息告诉老父亲。

父亲在远离这座城市200多公里外的县城中学。我兴高采烈地拿来纸和笔，我与姐姐分头写信，姐姐写给老父亲，告诉父亲说那个"阿姨"是最佳选手，选她做老伴没错。我的任务则写信给未来的继母，我用尽所有美好的词语，替父亲求爱，恳切希望她能成为父亲的终身伴侣，还表了一下决心，我们一定能和她的孩子和睦相处，真情实意，甜言蜜语，无不令人感动。在我和姐姐的撮合下，阿姨和父亲便有了更多的书信来往，一个在大城市工作的女子看上一个乡镇对象，这里面就有我们姐妹努力的功劳。

然而这个选手在南宁工作，父亲却在边远的县城乡镇学校工作，距离万水千山，分居两地，有点像天仙配哦。两人能否能够结合，真有点遥不可及。我们为父亲着急。

当时正遇上国家出台了1949年以前参加革命的人员，可以提前离职休养的政策，因父亲在解放战争和抗美援朝出国作战时身负重伤留下弹片，符合提前离休的条件。战争留下的伤痛也常折磨着父亲的身体，父亲决定提前离休，他在学校办理了提前离休手续，获组织部批准之后，就背起了行囊当上了"乘龙快婿"。那天，是阿姨骑着一架三轮自行车到南宁火车站迎的亲。

那年八月，父亲就这样在我们的关注下"出嫁"了。父亲两手空空，从乡镇的学校上门到南宁继母的家安居，属上门女婿。继母的家也是在校园的老师宿舍楼里，父亲"出嫁"上门那天，我们姐妹三人得到继母的邀请，一齐到她的家吃团圆饭。现在想想，继母一下子能容纳父亲，倘若没有爱也需要具备一颗善良和包容的心。

我们姐妹三人怯生生地跟在父亲的后面，在继母窄小的屋子里很不自然地排成队，在不足60平方米的套房的小小客厅里，扭扭捏捏，仿佛"出嫁"的不是父亲而是我们。"坐呀坐呀！别客气！"继母麻利地围上围裙，乐呵呵地张罗着，叫大姐做大姑娘，叫我做二姑娘，叫妹妹做三姑娘。我们用五根指头盖着嘴巴痴痴地笑，觉得这样称呼很好玩。父亲毕竟是解放战争、抗美援朝过来的军人，很大胆地一一介绍我们的名字。继母乐呵呵地笑道："哟！苹、果、桔。都是些好听的名字，给我写信的是你这个果子吧？"继母刷刷我的鼻子，也刷去了我当时的局促，我顿时觉得继母既开朗又慈祥。

吃饭的时候，我们的筷子迟迟不敢探进菜盘里，继母沿着弧形一个个地夹菜："吃吧吃吧！以后两家合成一家过，还有什么不好意思的？"这句话听得我们的心里乐开花，父亲开始说笑话，姐姐开始赞继母做的菜好可口，我与继母的女儿开始讲起了时装流行的趋势，这种气氛是意料不到的。这个特殊的家庭就在这样的气氛中结合了，看到父亲和继母布满皱纹的脸露出高兴和幸福的笑容，我心里默默地为父亲祝福。

现实生活中一些父母再婚备受双方孩子的反对，或因各种原因产生矛盾和家庭纠纷，导致老年人心理上的压力。然而父亲的再婚至今已有三十多年，一路走来与继母生活在一起是那样融合，两人互敬互爱，互相体贴，互知冷暖，身心健康，相互伴随，无怨无悔。我们姐妹和继母的孩子们各有各的事业，不为父亲的孤独、寂寞而担心。

无悔的选择

自从父亲再婚来到南宁后，和继母在学校过着平淡的日子。50多岁的父亲虽然在秋凉时弹伤作痛，但平时还是有工作的能力，继母安排父亲在学校做门卫，父亲毫不犹豫地去上岗，父亲一点不觉得这工作不好，他认为在学校里当门卫，也算是一名光荣的园丁。而我看到父亲，堂堂一个学校教导主任去当门卫，晚上还要在学校大门那个小间里值夜，我的心里就耿耿伤痛，我想，我要想办法，改变父亲这样的执着。

我因参加一个全国性的会议，认识了一个石家庄的部队转业到工商系统的战斗英雄支兴华，他在部队是个德高望重的老首长，因在作战中左脚脚趾被炸弹炸掉了，持有"二等残疾"证，我与他聊聊，说我父亲的故事，父亲原来也是持有"三等甲级残疾"，后来他觉得身体还行，不需要国家照顾，便把残疾证退回给民政部门，这已是二十多年前的事了。支兴华听后大力赞扬父亲大公无私的精神，但他又对我说：大公无私归大公无私，退回证件这有点不对吧？在军人的眼里，唯有出生入死过的人，才会把荣誉看得比生命还重要。我建议你有必要让你父亲去把残疾证申报补回来。他很认真地命令我说，散会后你回去要及时做的第一件事就是准备材料，给你父亲补领残废证，这个是完全可以办到的，国家曾经有过这方面的政策，可以补办。作为军人，特别是残废军人，大家都致以同情和理解，持有"残废证"，不是指望有什么津贴，而是一种慰藉，革命军人在枪林弹雨中出生入死，连命都不要，那点微薄的补贴还去计较吗？关键是社会对自己的肯定和安慰。支兴华还给我指了路，告诉我回去后应该准备什么材料，该找那个部门，都在纸上给我一一列好清单。并说他在部和地方民政局熟识了些人，关系很好，如果我自己办不通，关键时刻一定替我们找找人，没有理由办不通的事情。我听了支老的话，很高兴，信心十足为父亲补办回"三等甲级残疾"证。

会议结束我回南宁，就迫不及待地把这个消息告诉了父亲，把石家庄那个战斗英雄所提及的持有"残疾证"的实际意义及内涵都一一跟父亲说了，希望父亲抓紧时间打报告，写材料，并准备好最有力的证明依据，特别是找出医院拍摄的肺部有四颗弹片的 X 光照片。我决定为父亲办好这件事。出乎我的意料，父亲无动于衷，他听了我的陈述后平静地笑了笑，说："退了就退，都有国家的养老金领，有吃有穿，还要那么多荣誉干什么？我是离休干部，政府已给了我不少的照顾，还一味去苛求政府办这办那的，这样我活得也不舒服。"

父亲的一席话，让我心里苦苦作笑，满腔的热情被父亲几句平静的话冷却了下来。我说："老爸你这个老革命真是'迂腐'得可爱。"

面对我这些调皮的语言，父亲的脸沉了下来，他告诉我，在抗美援朝的战场上，他所在的那个连队伤亡很大，战争是无情的，在硝烟弥漫、枪林弹雨之下，能生存下来的真是寥寥无几。现在他十分怀念并肩战斗过的战友，近两年，他在全国性的老年报纸杂志上多次刊登"寻找战友启事,"每登出一次启事，父亲都在苦苦地等待，而每次的等待都给父亲带来无限的失落。终于有一天，一个好消息从沈阳飞来，那是一封回信，这封信在父亲的手中如一束希望之光。然而，这一希望瞬间便变成一种悲伤，信是一个年轻人写来的，阅信后才知道是父亲所在部队时的指导员的儿子寄来的，指导员与父亲是好朋友，这个年轻人告诉我父亲，他的父亲（指导员）在两年前已与世长辞了，再也听不见他的亲密战友在远方的呼唤。父亲说到这里，语声有点哽咽了，父亲心里十分难过，情绪也因指导员的去世而低落。"我的好战友先我而去了！"父亲面带愁容自言自语地说。看到父亲的悲叹，我的眼圈也红了，我理解父亲那种悲郁的心情，我默默地领会了父亲向我诉说的用意，也渐渐地为自己狭隘的思想而惭愧。

我不再说父亲傻，也不再要求父亲写报告搞材料补领"残疾证"。至于父亲去不去做门卫，我也不再去干预他，像我父亲那辈人，有他们独特的存在方式和尊严，在思想观念和认识上，也有他们独特的见解。道路属于自己，由他们自己去选择，一个人在社会上处于什么样的位置，该怎样去定位，他们理解得比我们深，比我们广，比我们要透彻。父辈人的思想，根本就不可能用当今社会上的一些趋利性的思想去衡量，我也不应拿我们的思想与父辈人去强求统一。

父亲的医疗费可以享受100%的国家报销，但他为国家节省钱是我们家里出了名的"铁公鸡"，他从来不乱花钱，你也别想享受他的待遇，有时候去药店买药，继母叫他顺便帮带点感冒药回来，他说不，不能说顺便，你必须另外支付。有时我去看父亲，继母一见到我就向我告状说："你爸这个老革命，叫他帮报点药费都不报，你看人家，家有离休干部，全家人都享受，我从来没得沾过你爸半点光！"我对继母说："是啊！你把他当老革命就对啦！"

父亲转业后，选择了教师的职业，在县城、乡镇、山村等小学、中学任教过。一些人对父亲选择教师职业很不理解，说像父亲这样的经历和资格，如果在别的什么部门，早就提拔做什么官了，来到教育战线，只能当个老师，什么级别也不是，工资比同等离休人员少一半。每当这时，父亲也只是默默地听着别人为自己的愤愤不平，他不想发表任何意见。在父亲的心里，默默地工作，默默地生活，过着平淡和平的岁月，那就是他的所求和幸福。

在 30 多年教学生涯的风风雨雨里，肺部的四块弹片给父亲带来了不少麻烦，阴天下雨时胸部疼痛难忍，秋天干燥时咳嗽不止，但父亲从没有间断过工作。尽管"文化大革命"时受过沉重的打击，生活上也遭受过不少挫折，但父亲仍然是兢兢业业，为党和人民的教育事业忠心耿耿，父亲对自己的选择，终生无悔。

望着满头白发，举止安详的父亲，我心中不觉昭然若揭，当一个人对生活的索求降到最低的限度，他的人格犹如高山流水，显出其清澈和崇高。

"杨根思连"的战士

父亲从来不跟我提及他的过去。直到母亲去世后。我跟父亲的交流多了，我才发现父亲肚子里的故事，如一座金矿那么丰富，我陆陆续续从父亲口中挖出很许些金矿般的故事。

父亲这一生，经历岁月的淘洗，对许多事看得越来越淡，但他永远不会忘记抗美援朝那场战争，中国人民志愿军为世界和平、保家卫国，付出了鲜血乃至生命的奉献。在朝鲜战场的那些岁月，最值得父亲感到光荣和自豪的是，父亲所在连队的连长是特级战斗英雄杨根思。

父亲 16 岁参军，参加过渡江战役，解放上海等大大小小的战斗 60 多次。1950 年 11 月 9 日，父亲跟随中国人民意愿军部队，雄赳赳气昂昂跨过鸭绿江，奔赴朝鲜战场，父亲说起杨根思连里的故事，仍是记忆犹新。

中国人民志愿军在进行出国前准备时，部战前动员的宣誓大会上，战士们个个上台振臂表决心，几乎每个战士表决心的口号，都用上了"保护和平，保卫祖国，打败美帝野心狼！"

这句口号，当时 26 团 5 连的指导员麻扶摇，根据战士们决心书里的口号，总结归纳编成歌词，初稿歌曲名定为《打败美帝野心狼》，后来更改为《中国人民志愿军战歌》，战士们一路高唱着这首歌跨过鸭绿江。

朝鲜战场生活环境非常艰难恶劣，志愿军到朝鲜已进入深冬，连队扎营在道理咸坑道的黄草岭，那时气温零下二十度，到处白茫茫，冰天雪地，连队供给战士们的防寒用品有军大衣、卫生裤、棉靴、棉帽，但没有棉被，连队只给战士每人发三斤棉花，一个被套，一个针线包，在营地扎营后，人人动手自己缝棉被，将被套翻过来，把三斤棉花均匀地铺在被套上，用针线缝固定，再把被套翻过去就成了棉被，三斤棉花单薄的棉被成为夜间防寒的宝贝。到了 6 月 1 日，战士们把棉花拆下来交还连队，到 10 月份又把棉花发给战士缝棉被。

冬天，战士们三个月洗不上一次澡，集体行动的洗澡，是战士们用钢钎撬开地下凝结的冰块，放进一个高大的铁皮桶里烧成热水，一班人轮流跳进铁皮桶里洗，一桶水洗一班战士，前面几个还好，轮完全班 10 个战士，水就越来越脏，但战友们都没有怨言，能洗上一次澡已经是很奢侈的事了。

在朝鲜战场，战士们吃的粗糙粮食，是靠自己椿米，用一根大木挖成一条槽，倒谷子下去，用木棒椿米，椿一锅米要撞够 15000 次，糙米才勉强可以吃。有一次因断了粮，又冷又饿，等后方支前粮食来时，全部是马铃薯，战士们一连吃了一个星期的马铃薯，没有盐油，肚子越发感到饿，司号员小陈一餐能吃下一脸盆的马铃薯。在战场，水和粮是何等的宝贵。

在战斗英雄杨根思连长的带领下，战友们英勇杀敌。父亲对我讲述他身边亲密战友的故事：父亲有三个亲密战友，他们分别是：黎明清、郭雄、赖永辉，三个战友和父亲，因都是南方人，成为四个亲密伙伴，他们团结友爱，生活上互相帮助，行军作战互相鼓舞斗志，但残酷的战争让4个伙伴遭受的伤亡惨不忍睹。战友黎明清是一个生龙活虎的小伙子，在一次运动行军作战出发前，分配每个战士半斤炒黄豆和一壶水作为两天的伙食，黎明清自告奋勇，四个伙伴的粮和水他都抢着背在他身上，说他有力气。在部队急行军到死鹰岭的时候，遭遇敌人飞机袭击，战士们被限制在一条峡谷地带，天上"嗖嗖"的子弹乱飞，突然"轰"的一声，黎明清伏卧的地方遭遇炸弹，他背在身上的水和粮被炸飞，刹那间，父亲几乎被吓傻了，一摊血迹，一具尸体，军人的本能告诉父亲，他亲密战友的鲜血，洒在了朝鲜死鹰岭的阵地上。父亲和战友们不敢多想，快速紧追部队，剩下的三伙伴熬过了两天没水没粮和失去战友的悲痛。战友郭雄，是个老实憨厚可爱的小伙子，因一次伏卧战，双手被严重冻伤，导致手掌血管坏死，没有好的医疗条件，最终只好截肢锯掉了两个手掌。战友赖永辉，是在四个伙伴中年纪稍大一点，大家都称他为老赖，在一次战斗中，老赖被敌人炸弹炸掉了右手的食指，老赖忍着疼痛坚持不下火线，在对敌人实施分割围歼中，他用中指扣机枪，冲锋在前，英勇杀敌，最后与敌人同归于尽，光荣牺牲。

更悲壮的是，连长杨根思就是在这次阻击美军南逃任务战斗中光荣牺牲，时年28岁。杨根思被授誉为中国人民志愿军第一位特等功臣和特级战斗英雄。后来父亲所在的连队被命名为"杨根思连"，这是我军唯一一个以英雄名字来命名的连队。

曾经多少次，父亲说起他连长的牺牲，说起他战友的牺牲，说战场上的那情那景，都泪流满面，父亲说他常梦见牺牲的连长和战友们的身影，十分悲痛，那是中国人民志愿军在抗美援朝鲜战场中成千上万英烈的缩影，他们为了世界和平，保家卫国牺牲在异国他乡，献出了年轻宝贵的生命。父亲在作战中也屡受弹伤，有一次胸部中弹，全身血肉模糊，是战友们用缴获美国佬所得的急救包帮父亲包扎胸部的。虽然伤情危险，但命保住了，相对于牺牲了的战友来说，父亲觉得自己还能回到祖国的怀抱那是多么的幸运和幸福。

1952年12月，抗美援朝志愿军凯旋，部队在山东学习，休整，检查身体，根据父亲的伤势，父亲被鉴定为"三等甲级残疾"，有关部门给父亲颁发《三等甲级军人残疾证》，倔强的父亲听说他是残疾军人，死都不服气，父亲说他还活得好好的，还能工作，没有残疾，他把《三等甲级军人残疾证》硬硬地退了回去。有人说父亲真傻，持残疾证可以享受国家供给的粮、肉和紧缺物资，父亲笑说他幸福着呢，国家搞建设正是困难时期，怎么能给国家添麻烦呢？

父亲转业后选择了教师的职业，中学课文里有著名作家魏巍在朝鲜战场采风写的《谁是最可爱的人》，父亲为学生上这课时兴奋地唱起了《中国人民志愿军战歌》。父亲有个搪瓷口盅，上面印有"赠给最可爱的人"的红字，那是中国人民赴朝慰问团赠送给志愿军的慰问品，口盅是杨根思连长亲手发给他的，父亲把这口盅带进课堂，他指着几处脱了白瓷露出黑疤的地方，少一块白瓷就是一个战斗故事，学生听得入迷，课后还围着父亲要继续讲朝鲜打仗的故事。星期天父亲说带几个学生到学校附近一户军属家做义工帮插田，号召谁去谁报名，结果全班同学都去了。

身上弹伤常常捉弄着父亲，他的胸部就如天气预报，遇阴雨变化或台风来临，胸部就作痛，逢秋凉干燥的天气，就干咳不止，经医院 X 光检查，父亲胸部有四粒金属弹片，在 X 光片上，可看见父亲的肺叶有四个 0.2cm×0.3cm 长宽的金属光点。其中有一粒弹片镶嵌在肺叶里随着呼吸运动而运动，医生考虑动手术会有生命危险，弹片只能和父亲的生命同在，离休干部每年体检磁共振项目，父亲因身体的弹片不能做这个项目。

《英雄儿女》这部反映抗美援朝战斗的电影，父亲看过 20 遍也不过瘾，巴金去过朝鲜战场采访，写了小说《团圆》，父亲告诉我电影《英雄儿女》就是由著名作家巴金创作的中篇小说《团圆》改编拍摄而成，在抗美援朝期间，巴金在抗美援朝战斗战火纷飞期间去过朝鲜体验生活，父亲在朝鲜战场上曾干过像电影主人翁王芳那样战地宣传员，自编自演快板节目，为前线鼓劲。当时父亲知道巴金在朝鲜采访。父亲说他的战友老赖就像电影里的战斗英雄王成，我曾到电视台为父亲点播《英雄儿女》这部电影，后来我干脆买回 DVD 碟和碟机让他随时看，看了电影父亲就感慨万千：今天的和平幸福，是在曾经的战争中，用鲜血和牺牲换来的呀！

国家给的养老金，父亲已感到非常的满足和幸福，每个月父亲都是自己亲自去银行领取养老金，他的取款密码从来不告诉过任何人，我担心，随着年龄的增长，父亲会不会忘记密码呢？

有天，父亲笑着告诉我：我有一条幸福的钥匙，钥匙一开，幸福生活之花就瞬间绽开。我不解，父亲神秘地说，养老金取款卡的密码，是跨过鸭绿江奔赴朝鲜战场那天，50年11月09日，也就是501109，我瞬间明白了，父亲这一生，什么事情都可以忘记，唯独这一组数字，深深地刻在他的心里，成为他的一把幸福的钥匙。

惦记着的"恋人"

父亲有个愿望在心中蕴藏已，他要在有生之年，见到他心底深处惦记着的"恋人"。父亲日夜盼望相见的、暗恋已久的"人"，是在湖南岳阳市的岳阳楼。

父亲随时随地可以把范仲淹的《岳阳楼记》背诵得滚瓜烂熟，他从教三十多年，为学生上语文课，课本中的《岳阳楼记》，他是那样怀着无比赞赏的感情给学生讲解，分析时代背景、对迁客骚人登楼时或喜或悲的览物之情，把那"不以物喜，不以己悲"的博大胸怀和"先天下之忧而忧，后天下之乐而乐"的政治抱负，以及爱国爱民的情怀讲得那样动、感人。父亲在课堂上对课文背诵如流，学校也曾将父亲这节课选为示范教学的公开课。然而，直到离休，父亲从来也没有亲眼见过岳阳楼，这便成为父亲的一块心病，他像思念"恋人"一样惦挂着岳阳楼。如果此生不能相见，乃是父亲一生最大的憾事。

父亲又是一个老实巴交的人，年老出不了远门，又怕麻烦家人，更不愿打扰年轻人。就这样，去看望岳阳楼的事一直闷在心里，岳阳楼对父亲来说，如同一个暗暗隐忍在心底的、又难以相见的"恋人"。随着时间流逝，这个愿望便逐步转化为遥不可及的梦想。

直到我和大明结婚之后，我把父亲留恋岳阳楼的事透露了出来，大明是我们家公认的中国好女婿，他决定实现父亲的梦想。此时父亲已是 86 高龄，行动不太方便，耳朵还有点背不好交流，大明决定请假陪父亲进行这次远行。

在朋友才哥的联系和帮助下，开始了陪同父亲去约见"恋人"的旅程。我们坐火车，几经转折从南宁到达了岳阳市。想到就要看到岳阳楼了，父亲是那样的高兴，他一路很开心，显得格外精神，我们先到酒店安顿好住宿，便从酒店出发去岳阳楼景区，父亲是以庄重的姿态出现的，他穿戴整齐，挺胸收腹，步伐矫健，时不时还双手正了正他头上那顶军帽。

登岳阳楼的门票每张 80 元，当我们买了票时，才知道当地旅游有个规定，谁要是背诵得出范仲淹的《岳阳楼记》，就可以免费登楼观看，按这样规定，父亲可以享受免费资格。我很高兴要去为父亲退票，但父亲制止我说：票买了就买了，历史文物的保护允许收点钱的。在父亲的心里，来看岳阳楼，除了亲临现场、观其貌，更多的还是超越了单纯的观楼看山水的狭境，而是把高远的境界扩大到纵观爱国情怀的理想上，就如他跟学生概括《岳阳楼记》的主题思想那样具有深远的意义，他兴冲冲地抢过他那张门票。

父亲在岳阳楼门前静静地站了一会，满心喜悦的昂首观看，端详着它的模样，脸上露出了微笑，那种神态，真的就像见到了他日夜想念的"情人"。他从门口一直到三楼都在侧耳聆听讲解决员的讲解，仔细地观看岳阳楼楠木的"通天柱"，楼台上的每一个檐角。

在楼亭的三楼上，父亲依在木质的窗口上，远眺天水一色的洞庭湖，浮想联翩，他一边喃喃地哼读着《岳阳楼记》，对照文章中的每一句描写，从景观中感受着那气势非凡，衔远山，吞长江，宽阔无边，浩浩荡荡，横无际涯，湖光山色的景象，感慨万千。父亲在窗口停留的时间特长，久久不愿意离去。我和大明特地为他在岳阳楼上拍了许多照片。

晚上，才哥的亲家宴请我们，很荣幸席中人员还有一名岳阳市的副市长，当他了解到父亲是解放军曾参加了渡江战役，现在是专程为观岳阳楼、观长江而来，他很感动。我们顺便聊到了父亲能背诵《岳阳楼记》，副市长很感兴趣，马上亲切地坐到父亲身边，要亲自听听父亲背诵《岳阳楼记》。

父亲兴趣正浓，他把胸膛挺得笔直，清了一下嗓门就毫不犹豫地背诵了起来，当他带着浓浓的感情色彩，一字不漏地把《岳阳楼记》背诵完时，副市长是那样兴奋地拍手称好，同时无比感慨天下间还有这么一个老革命为岳阳市而来，为岳阳楼而歌，对岳阳是如此的热爱，无不为之感动，他激动地说，这是岳阳市人民的荣幸和骄傲，他马上让他的秘书去用他私人的钱，准备了一个封包，当场为父亲奖励了3000元现金，他深重地握着父亲的手说："我代表岳阳市人民对您老人家表示深切的敬意和奖励"。面对这份厚重而特殊的奖金，父亲不肯收下，副市长风趣地说："老人家你一定要收下，这是奖给你的，也算我们岳阳市人民退回你今天登岳阳楼的门票吧，这奖金绝对不是公款，请你老放心收下。副市长温暖的大手，和父亲的手紧紧相握了许久。"

这次旅程回来，父亲心满意足，他终于见到了惦记在心中几十年的"恋人"，圆了一份心愿。这辈子，父亲始终以平淡的心态生活着，无所奢求，再没有什么让他感到遗憾的事情。

2020 年 12 月

为了那份约定

浣江五月平堤流，邑人相将浮彩舟。

在父亲最深的心底，一直装着一份寻人启事。是谁，让父亲在享受天伦之乐之时，还时时牵挂？又是谁，让 16 岁就参军参加过大大小小战役 60 多次的老父亲佳节不忘故人？我知道父亲离休后一直在找他的战友，常在报纸登些寻人小广告，但有一个人他找了 70 多年。有一年春节我们一家人相聚吃团圆之后，父亲又在灯下伏案写下一份《寻人启事》交给了我，让我去登报，父亲在我迷惑的眼神中，终于讲起那个那个悠远的埋藏在心底的人和故事。

青山隐隐水迢迢，秋尽江南草未凋。

1949 年 5 月 12 日，中国人民解放军第三野战军主力胜利渡过长江后，对国民党军重兵据守的上海市发起攻坚战，解放上海战役打响！

在突破外围的激烈战斗中父亲身负重伤，胸部和双腿都中弹，幸好遇上支前民工，他们用担架将父亲从枪林弹雨中救了出来，在战地急救所简单包扎之后，父亲便被送往上海浦东周浦航头镇灵官桥旁边的农户家养伤。房东名叫庄正，庄正年龄和父亲相仿，是一个青年学生。在 30 多个疗伤的日日夜夜里，庄正时刻陪伴在父亲身边：洗伤口、换药、熬鸡汤……常常让父亲泪湿了干、干了又湿。

也许是年龄相仿，大家都有文化，庄正和父亲有很多的共同语言，短短的 30 天养伤期间，两人的情谊越来越深，越来越厚。最终结下了深厚的友谊。父亲伤愈重返部队那天，两人依依不舍，紧紧相拥。庄正在村口送别父亲，送了一程又一程，最后两人约定，等全国解放了，两人要相聚一起庆祝！

1950 年 10 月，父亲参加了中国人民志愿军，随部队跨过鸭绿江出国奔赴朝鲜战场，参加了抗美援朝的战斗。在朝鲜近 3 年的异国他乡期间，父亲与庄正中断了联系。

1953 年 7 月，抗美援朝胜利结束，转业回到北流中学图书馆工作，父亲回国后第一个要找的人就是庄正，结果让父亲失望的是，无法找到，他与庄正失去了联系，一封又一封信被退了回来。后来父亲通过当时在上海浦东养伤时认识的在庄家旁小卖部的伙计那里，打听打听到庄正已离开了上海，他响应祖国的号召，支援西部建设，到了甘肃石门油田，当时油田正在组建，不知道庄正在哪个部门，父亲就冒昧地写了一封信到油田指挥部寻找庄正，让父亲喜出望外的是，终于有了消息，几经周折，收到了庄正的来信，父亲是那样的高兴。

身在祖国南疆的父亲与在西部的庄正保持书信来往，庄正知道父亲喜欢集邮，还邮寄过很多集邮杂志和集邮册给父亲，知道父亲喜欢唱歌，庄正把他订阅的月刊《人民歌声》专门寄给父亲。然而因为工作的关系，两人的"相聚一起庆祝"的约定，迟迟不能实现。后来因各种原因，1955 年父亲与庄正再次失去了联系。

那一个为全国解放"相聚一起庆祝"的约定，就这样一直牵挂在父亲的心头。

悠悠岁月的流逝，时光无声无息，盼见的执着，在父亲心里划破一波波涟漪。"上海战役"在父亲身上烙下的疤痕如今隐约可见，疤痕不仅见证战争的残酷，更见证老区人民的情深义重，是他们挽救了父亲的生命。久经战斗考验的父亲随着年纪的增加，很多人和事逐渐淡忘，唯独这个好朋友庄正令父亲念念不忘。父亲想了很多办法寻找庄正，哪怕有一丁点的线索都不放过，后来父亲想到沈阳的一个姓刘的老战友，希望能从他那里得到庄正的消息，信发出去后，如石沉大海，好长一段时间都没有音信，一年后等来的却是老战友的女婿写来的复信，说沈阳战友一年前已去世……

人生不相见，动如参与商。

父亲心里充满了深深的无奈！然而，父亲心底那种军人的坚定和不服输、不妥协、不到最后一步坚决不放弃的劲头上来了，他不能忘怀这个患难之交的好朋友！他不能忘怀，老区人民情深义重的救命之恩，他不能忘怀庄正为他养伤的恩情。

父亲离休后，曾经在《老年知音》杂志上刊登寻找朋友庄正的寻人启事，没有音信。每年必定刊登一次寻人启事，没有音信，想尽办法联络，没有音信。

父亲一年年的老了，当父亲又一次把写好的《寻人启事》郑重地交给我，我意识到我手里捧着的不是一份一般的《寻人启事》，那是一份父亲的牵系和情谊，父亲要拨开人海茫茫，实现他们的约定，怎能忍心余生守着遗憾在心啊！

情难断，为水流去若分离，实为断肠情连理。

几十年的深厚情谊和残酷的失联，我理解父亲的牵挂与期盼，多么渴望能帮助父亲找到他青年时代的朋友、实现他们的约定啊。

我突然感觉到，这不是一份一般的寻人启事，而是一份深藏在父亲心底几十年的思念。我没有按照父亲的要求去报纸登一小块广告，而是写成一篇散文，题为《父亲的寻人岁月》，当地的报纸、杂志、微刊同时发表了这篇文章。

意想不到这篇文章如一石激起千层浪，感动了很多好人，更是惊动了央视《等着我》节目组的记者导演。

好多人纷纷向我建议，到中央电视台《等着我》节目试试看，中央电视台综合频道（CCTV–1）《等着我》是全国唯一一档国家力量公益寻人节目，电视台与公安部、民政部、全国妇联等国家部委机关合作，助力亲人团聚、战友重逢、恩人相见，聚焦中国人最真实的寻人需求。我为父亲加强了联系。

通过央视《等着我》节目和相关部门的力量，父亲的恩人终于找到了。在中国共产党建党100周年纪念之际，91岁的父亲去了北京，登上中央电视台《等着我》节目的舞台上，见到了他盼相聚盼了70多年的恩人的女儿。遗憾的是庄正叔叔已在两年前去世。父亲端详着庄正叔叔的照片，百感交集，见到庄正叔叔的女儿，父亲又是那样的高兴，也得到了很大的安慰。

感谢中央电视台《等着我》节目的帮助，让埋藏在父亲心底深处的那一份寻人启事和那份约定，得到了圆满的结局。

最美的感动，值得用一生去守候

阿华为我牵来的一条红线，约我周末去相亲，她不止一次说，你再这样坚守孤独，小心嫁不出去。

那年我被初恋的感情深深劈伤，我对阿华不掩饰我已经被一场轰轰烈烈的爱情折腾得要死，对爱情已经很久没有做过梦了，一切早已麻木，至于相亲的事更无用心，我叫阿华暂且打住，但阿华把我的推辞当耳边风，强硬说，周末，定了。

那天厂门口直达室的值班师傅叫我，说电话有请，我从二楼步梯冲下门口直班室，抓起搁在桌上的有线电话，马上听到了阿华在电话里传来银铃般的笑声说，明天记得啊！我们都约好了。

那时我在自行车厂的厂办室负责宣传工作，默默地干活，平淡地活着，内心没有任何的向往和奢望。我是一只被爱情暴风骤雨击得惊惶失措的小鸟，疼痛还残留在我的整个身心。

阿华看到我萎靡不振的样子，眨着她漂亮的大眼睛，扬起长长睫毛，疼爱有加地拍着我的肩膀："我理解你失恋的病苦，但疗伤不需要这么久吧？天下间就他一个男人吗？"

这话直戳我的心窝，也觉得痛快，现在这地球上最懂我的人，只有阿华了，她在我爱情的天塌下来的时候，用闺蜜那份担当，挺身而出分担着我的痛苦，无论在什么时候，她都是一位内心的聆听者，能听得下我唠唠叨叨、啰啰唆唆、密密麻麻的失恋的诉说。她总是耐心地听完之后作出最后的总结："天下间就他一个男人吗？好男人多的是！"

这下阿华就真的帮我挑选来了一个好男人！

阿华原来是我的同事，我是厂办室，她是厂办工会干事，是我的同龄人，我们的话很投机，常常促膝而谈，无话不说，有时候我们连衣服都交换来穿，阿华已结婚有一个3岁的女儿。后来她调离工厂到机关工作。大明是阿华的上司。阿华不断在我的耳边唠唠叨叨大明是如何的一个好男人，非要撮合不可。

想想也是，失恋疗伤这么久，也应该画上一个句号了，告别过去，面向未来。但阿华说的大明，是有过婚史的，我一下子无法接受。

"大明真的是一个很好的男人。"阿华分辨着坚持她的看法，只要人好，守护着你，能伴随你一生，给你幸福，这就够了，还要去挑三贴心，有时候她的预言也真的很灵验呢。

五月的风告别了所有的寒冷，一股淡淡的热浪向大地袭来，初夏的太阳照射在大街上，霞光映红天边。我和阿华走在林荫大道上，周末的街道繁华喧嚣。阿华牵着我的手，我感到她手里传递过来一股友爱的温暖和幸福。

"你像极了大媒婆！"我突然感慨地对着阿华叫嚷，阿华就"哈哈哈"的银铃般响起。那个年代，由媒人带着去相亲的方式是完全可以接受。我那段初恋不是日久生情而是被追杀生情，雪片般的情信追杀传递着今生的爱情故事，而现今阿华拉牵着我迈向爱情的新生，我要振作精神不辜负闺密的一片热心。

在大明家的客厅里坐下，阿华故意去厨房帮忙，大明的母亲在张罗一桌好菜。一见到大明，我就想起他像极了一部武打片的明星，是谁呢？一下间想不起来了。大明高而偏瘦，皮肤黝黑而结实，说话风趣而幽默，普通话音里偶尔夹带着客家话的口音。大明说这是刚新搬进来的家，单位的宿舍。毕竟是见过场面的人，对客人的招呼，说话谈吐的分寸都很有把握，且谈吐简洁不啰唆。大明先是关心我的工作，问了下我的情况，然后就直奔主题，给我讲了他的一段婚姻爱情故事：

妻子叫月，半年前去世，死于心脏病。大明和月同在一个县，因工作关系认识，两人相爱互相通信，在那提倡晚婚的年代，各自都为事业而努力奋斗。几年后正想讨论婚事的时候，月被选为工农兵大学生，县里选送她去读大学，大明为了支持月，决定先不谈婚事，让月安心去读大学，在月读大学的四年间，他们鸿雁传书谈学习谈思想。大明就这样又苦苦等了几年。月毕业后分配在一所学校当老师。而大明也当上了公社领导！两人为事业变成了大龄青年，在他们决定要结婚的时候，有一个好心的同学告诉大明，月确实是个好姑娘，但她身体健康让人担忧，据说她有妇科病和心脏病，每月来例假都死去活来，黑色血块一块一块的不正常，有这样的病恐怕命不长。大明听到这个消息内心很痛苦，在这之前也陆续知道月的一些有关身体健康方面的事情，但没有这么严重。明和月已经经历了长达6年的恋爱，大家都在苦苦的等待，盼望着相结合的那一天到来，怎能忍心丢下不管啊！大明内心在痛苦和矛盾之中，这时又有好心人来说："你现在是一个有职务有地位的人，想选什么样的姑娘都有，只要消息一发出，保准会有一连人排队来相亲。"家里有病人会毁掉一个家，这样惨痛教训谁都明白。大明的思想斗争在激烈之中，是啊，在这个终身大事上，他完全可以做出新的抉择，但既然相爱，怎忍心撒手不管，如此经过反复的思考，最后他做出的决定，因为他是大男人，就要有担当，无论怎样也要把月娶回家，就因为她有病才需要爱护，伴随在她的身边关爱她照顾她。就这样，大明和月结了婚，新事新办，没有婚礼，一对相爱的人默默地相守在一起，无须大张旗鼓。

果然，疾病总是无情的向月袭来，几经住院，身体仍是越来越差，后来因怀孕吃不下东西，身体虚弱，大明劝她终止怀孕，孩子要不要都没关系，以月的身体健康为重，但月为了爱，她决意要生下孩子，结果只怀孕7个月便早产生下了孩子了。生了孩子以后就不断地在医院里出出进进，每年住院的时间都多过在家的时间。大明在这种情况下更是潜心地关照月，一边工作，一边照顾月，在孩子4岁那年，月的症状更是糟糕，一病不起，到了最后的日子，肝硬化、肝腹水，大明不离不弃，一直在医院陪伴月度过了最后的时刻。

月去世了，丢下一个四岁的女儿。因大明工作忙，孩子需要上幼儿园，十分需要重新组建一个家，寻找一个支持大明工作的、继续把孩子培养成长的、通情达理的妻子。

通过一桩故事，透视了大明明晰的心帘，我被感动了，那是一个传奇的爱情故事，这是我失恋之后获得的最美的感动。我看到了一种爱的责任，大明对爱情自始至终的执着和坚持，这爱的胸怀与我那失恋的那个人的胸怀，简直就是天壤之别。阿华说的好男人直让我诧异、感动。

在大明家吃了午饭，相亲见面活动就算结束了，阿华和我在离开大明的家之前，又跟大明单独咕嘟了一下，我知道是在说我。

这以后，阿华的大眼睛常常向我闪耀着疑问的火光，追问："意下如何？好男人不要错过啊！"阿华又透露说："大明说喜欢你，大明的情况就明摆着，你也了解了，只要合适，无须太多的考验和等待。"

这段时间我和大明没有见过面，信却一共写了15封，大家的信都很长，写心得，写体会，还写一些过去的事情。但在抉择上，我表现出不温也不火的态度。

六个月之后，我毫不犹豫地把手伸给了大明。

朋友对我这一伟大的壮举吃惊不已，怎么可以啊！哪怕人再好，你一个姑娘家去做别人的后妈，值得吗？再加上他娶了你，明摆着的，就是想让你帮管家帮带孩子，这样你哪有幸福可言？你要考虑清楚，不要在这时候做个迷途羔羊。

十分感谢朋友们的好意，我也开始也对自己这突如其来的决定感到诧异，但我相信历经风雨后的我已趋向成熟，在激烈的思想斗争之后，我不再瞻前顾后，不再犹豫不决。

大明对爱的执着，对事情的担当，对亲人的责任，深深地打动了我的心，这样的男人值得去信赖，去珍惜，去帮助。至于大明这人怎样，他给我讲的那些情和爱，他所做的一切事情，就如在我的四周筑起了安全的围墙。而我经过了一场失败的恋爱之后，也有更深的醒悟，我看重有责任有担当的人，人品好对我来说是第一位，自己风风雨雨这么多年，也该有实实在在的爱情和婚姻，通往幸福之路是没有障碍的，很多时候唯一需要的就是勇气，我要用勇气走一条认定对的路。

大明刚刚搬了新家，搬到单位的宿舍，老式建筑，套间室内一条走廊上有三个大房间，房子没有任何装饰装修，室内陈设朴素而简陋，以前与前妻生活的家具已都舍弃，没几件家具，几个房间空空如也，大明的房间只有一床一柜一书桌。

大明一直在等待我的决定，他对我的到来喜出望外，高兴地说：

"看来我这几个月没有白等！你的眼光也是雪亮的嘛！"大明很幽默，听得出他的话中有话，对我的到来，他的一颗心也放了下了，正好他要出差去省城开会。他高兴地叫来女儿小宁，让小宁叫我妈妈。我端下身微笑地向朝我扑来的小宁，张开双手把她抱在怀里。

四岁的女儿穿着一件粉红色的连衣裙，由于早产，在母体里营养不良，个子长得比同龄孩子要小，但很精灵古怪，梳着一撮小毛发，像个可爱的芭比娃娃，她是那样的乖巧可爱，知道我是她的新妈妈，就高兴地紧紧抱住我，亲我的脸，粘着我不停地撒娇，晚上要跟我睡，她快乐地爬到床上一边唱一边跳，把在幼儿园小班，中班里学过的儿童歌舞统统唱了一遍跳了一遍，制造了一屋的欢乐，她还小，母亲的离去大概没有在她的心里留下太多的伤痕。我从心里喜欢这个小女儿。

大明让我过来，是因为他马上要出公差，到省城开会一周，他放心不下年近70的母亲和小女儿，通过这段时间的通信，大家都有了更深的了解，他可以放心地把整个家都交给我，照顾母亲，送女儿上幼儿园。

大明把一串房门钥匙交给我的时候，深情地望着我，感动地说，这段时间就委屈你啦！家里老少都要你照顾。等我开会回来，我们再去办理结婚登记手续。大明的眼眼里充满了信任和寄托。

我接过钥匙，如接过一件沉重的礼物，此刻的心，仿佛就被一条绳子缚住了，我要演一个人生大转折的角色，一个妻子，一个母亲，这两个角色都不是演员的扮演，而是现实生活的真实，我的内心充满了激动与不安。

我父亲就在大明去开会的省城，我委托大明趁机去看望我的父亲，也顺便向父亲大人报告，让他见见这个未来的女婿，父亲选择女婿条件的第一条就是不抽烟，大明符合；第二条是人品好，大明符合。父亲在省城一个中学里居住，我写了一封信让大明带上。

目送大明出发后，我的眼泪汪汪地流下来，悲喜交织。真不知道自己的这番选择是对还是错。一个姑娘踏进了这个家门，就开始承担着家务，照顾老少，还要做起母亲的角色，一切是那样的仓促，来不及思考，没有一点准备，需要鼓起周身的胆量和勇气，来应付承受这个角色的转换。

初秋的月亮在空中散着银白的光，月光的一切透着淡淡的神秘。母亲和女儿都睡了，在这宁静的夜里，我独坐静思，我除了守护爱，还守护着一种责任和承诺，为了大明的嘱托，我不去想我怎么会来到这里。我坐在大明简陋的书桌前，我打开抽屉，发现一沓方格稿纸，第一页上写满了字，是一信，是一封大明写给我父亲的信，只写了一个开头，大概是因为工作忙而又没有顾得及写完。我偷看了信："尊敬的父亲，从果子那里知道你从小就参加革命……很高兴我们有幸成为一家人，我和果子就要组建家庭了，我有一个当农民的父亲，还有一个老工人的父亲，现在，我又多了一个老革命的父亲，我是一个幸福的人，我将好好珍惜和孝敬、爱护我的三个父亲……"读着读着，我感动的泪水流出来了。老革命是我的父亲，老农民父亲是明的爸爸，老工人父亲是大明亡妻的爸爸，一个退休工人，大明一直把他当亲生父亲来照顾。文字如其人，大明那种对亲情的爱和责任，明世理的为人处事，处理诸多社会关系的融合和大度，这是难能可贵的胸怀。

阿华开始为我张罗布置新房，大明简陋的套间里的诸多窗口，光秃秃的，居然连一块窗帘都没有。阿华和我一起去南江百货大楼买窗帘布，她边走边说："我敢保证，你选择大明是明智的。"好像过于自信和远见。我笑笑说："等我两口子吵架了，你就等着我找你去算账啊"。阿华哈哈哈的清脆银铃声响起："有没搞错，我不包你一辈子啊！"我说："谁叫你是媒婆。"我们在说笑的快乐中地来到了窗帘的柜台。

我和大明是选择国庆节那天结的婚，我们举办了简单的婚礼。后来有个参加婚礼的同学告诉我，他说在婚礼上从头到尾，你和大明手都是十指相扣着的，我开心的大笑，我也记得是那样的。是啊！总有那么一刻，一种坚定信念会抓住一个人的心，就像信心十足的脚步，对一个人的抉择稳定地迈开，我将和大明牵起手，一起漫步人生路，走向平凡的生活，走向幸福的远方。我想，风雨过后是彩虹，我会得到真爱并实现自己的梦想。

失恋之后很多年，没有人能打动过我的心，有好几个曾经的求爱者，也戏说我"你挑来挑去会挑到个烂灯盏"。好朋友们都知道我现在那么坚定地步入了婚姻的殿堂，她们打趣道，你嫁的人是什么风格的？是梧桐还是白杨？是江河或是大海？我说是高山，他像高山一样质朴、睿智、厚重和沉稳，在我的眼里他就像高山那么博大和坚韧，他是我生命的依靠，她给了我最美的感动，值得我用一生去守候。

2020.2.1

仁心居家园

　　国庆过后，是秋收的时节，在静空万里、秋高气爽的气候里，大明带我回他的老家，这次行程，是我新婚后的重要计划，第一次回婆家，丑媳妇总是要见公婆的。我怀着期待的心情，跟大明回故乡。

　　婆家在一个平原地区，是个四面田野包围着的村庄，周围一片茫茫的稻田，透过田垌远眺，可及遥远的龙头山，那是桂东南地区平顶山最高的山脉，群山连绵起伏沿着北环路一直延伸几十里，山脉2000米海拔处，最高峰为平天山，平天山上有奇峰侠碧，松柏、灌木，还有高山茶园，形成平天山原始国家森林公园，森林公园是贵港市方圆70公里内唯一的山岳型的自然风景，婆家就是在这遥遥山脉群的环抱之中。

　　这一带地域土地贫瘠，旱地半是黄土壤夹带着石灰石，新中国成立前大部分土地难以种庄稼，因缺水无法栽种水稻。新中国成立后政府修建了水利，稻田才得到水的灌溉，农民的经济作物可以因地制宜，种甘蔗、玉米，红薯，大部分水田都能种水稻，农民生活有了很大的改善。

　　计划经济时期，这一带大多属于国有西江农场的生产队，农场工人根据国家计划种甘蔗、剑麻、木薯等作物。

从玉林城里到家120多公里，路经贵港，那时的二级公路是最好的马路，一辆上海牌桑塔纳轿车行驶时间达3个多小时，因交通不便，大明在外工作，平时很少有机会回老家。

正值秋收时节，一路辽阔的土地是望不到边的甘蔗林，榨糖的甘蔗是铁骨的品种，长得又高又瘦，如一条条站哨的铁棒，在地里顶端冲天的叶子，还是绿油油的，甘蔗到了收割季节，不时看到有中型拖拉机到田头装甘蔗，运输到贵港糖厂。贵港糖厂是广西东南部的省级国有企业，是全国闻名的蔗糖生产基地。在贵港城西的西江大河，是历史悠久的大西南地区入海港口的黄金水路道，贵港糖厂拥有日榨万吨的制糖厂，大型造纸、酒精，轻质碳酸钙厂等，带动了这一带的蔗田的兴旺。

大明告诉我他故乡叫仁心村，从公路岔到乡道，走了很长的田野乡村小道，我看到辽阔的稻田，从稻田里穿过仁心村，终于到了大明的家。

这是一个被竹林围起来的农庄院子。车可以开进院子里停放在家门口，四间泥土砖瓦房在院子中间，只见公公坐在一棵大龙眼树下编织竹篮，两个小侄儿在旁边玩耍，构成一幅很美的乡村风貌图画。

公公先是看见我们的车，他放下手中的编织活迎了出来，只见他高兴地笑不说话，我看见他个小瘦弱的身材如甘蔗那样骨杆有质感，一看就是一个庄稼能手。婆婆闻我们回来，赶快从厨房迎接出来，她腰系围裙手戴袖套，开朗地直笑，她用客家方言说话，张罗着我们，我也用半生不熟的客家话回应她，婆婆见我也讲客家话，也就拉近了我们的距离，她更是高兴地笑:"你也知讲捱话啊!"脸上黝黑的肤色显示着一个饱经风霜能干的人。她对我客套几句,就又匆匆回到厨房忙来忙去。婆婆就是一个勤劳善良的人,我和婆婆是见过面的,那是我和大明相亲时,后来她见我能帮大明顾家了就迫不及待地赶回来,她舍不得她养的鸡、种的菜和庄稼,要淋水施肥,婆婆说她去玉林了,菜和庄稼也都没着落了。

四间泥砖土瓦房排列成一排,两房一厅,旁边一间是厨房,厨房间矮小一点,大明弟和弟媳妇住一间,公公婆婆住一间,中间大堂属于客厅不住人。大明参加工作后,家里就没有他的房间,我们这次回来住的地方,被安排在婆婆临时腾出来的房间,而公公婆婆则需要临时般到厅堂去住。

大明热情地带着我,把行李拿到婆婆的房间里,从强烈日光下突然回到屋里,眼前一片漆黑,房间没有窗,只有一条拳头大的窗缝,尽管一道光从窗缝外面射进来,但屋内还是黑麻麻的,大明拉着我的手,叫我小心门槛,我摸索着前进,大明叫我先闭上眼30秒后再张开,静下神来后,等一会儿,果真就看得清楚室内了。

我在光线不足的空间中看到婆婆的房间是那样的简陋,它的组合就是一张床和两个木箱,房间里还要腾出一条通道从厅堂通过旁边的厨房,一家人去厨房从这里走过,因房间连着厨房,婆婆的房间遭到长年的柴火烟熏,被子和蚊帐等物品都是黑麻麻的。大明说我们今晚就将就着住这里。我说,好吧!我高兴地接受,既然嫁给了大明,我能接受一切的安排。我打趣地说,我们离厨房最近,晚上可以去厨房偷吃。大明就笑开了。

因我们旅途耽误了时间,安顿下来,吃午饭时间就差不多到了下午2点。婆婆做的客家菜香喷喷的好吃，客家菜的特点就是肉切得大大的，酿的手工菜居多，大大圆圆的，比如：酿豆腐，酿莲藕，酿菜包，里面的馅就有猪肉，虾米，香菇，葱花，糯米等，大明说这最上等的客家菜，特点就是酿，意味着包罗万象，更多的寓意是一家人的包容和团圆，这饮食文化也真丰富，这样好的寓意让我吃得更香。婆婆不停地给我夹菜，让我应接不暇，我想我应该是自家人而不是客人，我连连说不客气让我自己来，但还是碗里堆菜如山，让我领略到客家人的热情。

我第一次在大明家尝到了玉米粥，这是婆家每天必吃的主粮，玉米粥是用黄澄澄的玉米粉煮成糊状，看样子像儿时母亲给我烫的鸡蛋粥，但玉米粥没有鸡蛋粥好吃，吃玉米粥初次吃起来有点青草的味儿，刚开始有点不习惯，多吃几碗，就习惯了它散发出的清香，大明大概是这样的玉米粥喂养大的，家里一日三餐都是吃玉米粥，我就入乡随俗，尽量适应吃这样的玉米粥。

饭后，大明和我十指相扣，在庭院里游览。这一个单家独屋的农家院子，就只有公公婆婆一户人家，周边1公里以内没有农户人家，好像显得有点冷僻荒凉，但我觉得挺好的，院子里的竹林密茂，近乎原生态的自然环境，让人有一种超脱世俗的感觉，来到这里，远离了都市那种压抑、浮躁与喧嚣转而被豁朗、平实和宁静所替代，尤其是那稻田的泥味和园里野草温馨，原生态而清幽的环境，着实使人舒心、宁静。

这单家独屋的农家院子，面积大概有七八亩地，院子的来历也有一段悲凄的历史，那是大明的爷爷逃荒，从广东梅县到福建，又从福建来到这里时的落脚点，原来是很荒凉的地方，靠去地主家打长工攒到点钱后就把这块地买下，搭建了间茅草房在这里安居，因爷爷在地主家勤劳、诚实、忠厚，取得了地主家里大家闺秀的喜欢，她不嫌贫穷下嫁到了这个家，在这里生男育女，勤劳持家到今天。大明的父母也是个持家能手，母亲种菜养鸡，父亲在每年在园子里不断的种树木，才有这个树林茂盛的景象，大明说的故事充满了传奇，听得我入了迷。顿觉这个院子的房子、树木、围栏，无处不珍藏着祖辈生命奋斗留下的纪念。

我跟着大明在大园里转，感受这四周的葱郁，满院的竹木里有我认识的果树："芒果、柠檬、荔枝、龙眼、蟠桃。"来到蟠桃树下，我仰头看见树上稀稀拉拉有几个果，大明就踮起脚摘下一个绿油油的蟠桃果放到我嘴里，我深深地咬了一口，硬硬的苦涩，我皱着眉头假装好吃。大明见我这个样子说，不成熟的果青涩不好吃就吐了吧，我还是伸长脖子吞咽了下去。

大明像个优秀的导游，带我来到屋后的园林，这里树木品种之多，碧玉如洗的绿，我感受到浓浓的负氧离子，养眼、净肺、安神，静静的观赏，瞬间耳聪目明，头脑清醒。大明把周边围院子的竹木品种介绍了一番。大竹，主要是给院子充当围墙，枝叶茂盛的大竹，有籁的枝梗错纵交织，如一张张铁丝网围栏成屏障，成为整个庭院安全的围墙。春天，大竹的笋尖肥肥嫩嫩，是可以挖来做菜；成熟的一根大竹，头部可以用来做扁担等农具，尾部可用于编织各种家具用品、篱笆等。另外，有一种竹的品种是青竹，也叫单竹，青竹不长籁也不长枝丫，一根根笔直的生长，这品种竹用做编织比较好，竹篾很柔软便于编织。公公是编织能手，会编织各种日用品，家里所有的用具如：菜篮子、蒸笼、箩筐、簸箕、粪箕、捞箕、鱼篓等，都是公公用竹篾编织出来的。竹，还是很利火的柴，家里煮饭、烧水的主要柴火也是院子里的竹梗、枝叶。

竹林里群鸟繁多，叽叽喳喳地让我感受只身在原始生态的森林里。大明可以叫出多种鸟的名字：麻雀、黄莺、翠柳、斑鸠、白鹭、布谷鸟、猫头鹰等，每天东方太阳还没有升起，院子里就百鸟争鸣，整个院子如奏起了交响乐曲。院子里鸟儿之多，大明说在暴风雨骤时，有些鸟来不及躲避，被刮伤倒在地上，困难时期，公公婆婆还把鸟儿拾回来，煮上一锅美味的鸟粥。

走进竹林深处，是一片空旷的草地，因属石灰岩地质，不能种植物，但地上也顽强地生长出各种草，大明告诉我，有些草可吃，也可以入中药，他一边说一边找出几种有药用价值的草拔出来举到我面前说：这白花菜可以吃，这个叫老鼠耳，有清热解毒的功能，这个是鱼腥草，可止咳平喘，车前草治尿路感染，雷公根可治喉咙嘶哑，这些在中药铺都有，平时如有需要，我们都不用去药店，就来这里采，我接过大明递过来的一把长叶子、圆叶子、根根藤藤的草，不觉对他肃然起敬。

"你就像百科全书啊！怎么知道得这么多呢？"

"是啊，这院子就是一部百科全书啊！"大明有点自豪地说。

这也让我增长了知识，我很高兴观赏了这个美丽的家园，我问大明："这一片村庄叫仁心村，你这个家园叫仁心居好了。"大明反应得特快，他说："好啊！就按你说的，叫仁心居。仁心，仁爱之心，心地仁慈，太妙了!"大明向我竖起了大拇指。

后来这个原本无名的家园就从那天开始取名为"仁心居"。多年以后，大明找来一块石头置于门前，刻上"仁心居"三个字。

在这美丽的院子里，要说美中不足，就是洗澡。晚饭后洗澡，那恐怕是很多人都没有过的经历。晚饭后洗了锅、盘、碗、筷之后，就用煮菜的铁锅烧一锅热水，用木桶舀两勺上100度的热水，然后到水缸加上几勺冷水，一桶还残留着煮菜油水味道的洗澡水，提到屋后面的粪坑茅屋里洗澡，衣服放在挂角落的一个竹篮里，茅屋比房间更黑麻，基本没有透光的窗口，里面是一堆草木灰和柴灰盖着的大粪，有点味道。南方的秋天仍然很炎热，茅屋里的蚊子又黑又大，成群结队的翻飞嗡嗡作响，为了防止蚊子的袭击，我闭住气拼命地浇着水，以最快的速度从那里逃出来。

想想大明一家是贫苦农民出身，生活得真的不容易，特别是公公婆婆那一代的生活，我要入乡随俗，我不会因这点美中不足而嫌弃，因爱而牵手，因共同生活而贴近心的距离，我不能表现出任何一点小资的态度。

晚上，大明搞好了床铺，撑起他祖母手工纺织的苎麻蚊帐。按习俗，我们新婚要在老家住三天。睡在婆婆的床上，我久久不能入睡眠。大明说可能是生地方难以入睡，我说不是，是因为我太喜欢这个家园，我是兴奋才睡不着的，大明就陪我聊天。

大明和我讲述了他祖辈的苦难家史，祖父从小逃荒从福建来到这里，三代贫困没能有钱上学，父母都是没有文化的人，大明上学时多亏祖母，祖母就是那个地主家的大家闺秀，卖掉了她的寿木棺材才凑够学费继续学业。我同情地听着，眼泪蒙住了眼睛，我搂住大明说："祖父那辈人贫穷，没关系，父母没有文化，没关系，那已经成为历史，现在，就从我们这一代开始好起来，我们要提高家庭的人口素质和文化，就从我们开始，你祖父因逃荒散失了根没有家谱，就让我来帮你重新整理写家谱。"大明被我的话感动得热泪盈眶，那是因为我的心已深深地融入了他的家庭，爱他所爱，想他所想，我们的心灵距离也就越来越近。

我也跟大明叙述了我的童年，我是在父母教书的学校里幸福地长大的，父母给了我很好的教育。母亲注重我的学习，父亲却刻意要培养我的勤劳，父亲让我从小就劳动锻炼，8岁就上山打柴，也有说不完的艰辛故事。我提到小时候最喜欢的事，那就是荡秋千，校园操场里有个秋千，儿时坐在秋千藤凳上荡来荡去，就如鸟儿飞翔的感觉。可惜当时校园操场里只有一个秋千，总被大一点的孩子霸占着，我常常被欺负得哭鼻子，有时候本应是我先到荡秋千，而大孩子们一到，就霸道地把我赶走，那时我多么希望自己拥有一架秋千啊！在秋千上乘风破浪起飞那种快乐，成为我童年奢华的追求。大明说你这个童年的愿望由我来实现，大明这句话也哄得我飘飘然，我做着秋千梦慢慢进入梦乡。

清晨，我是被百鸟歌唱的热闹唤醒的，我跟寻着鸟声跑到屋外，喜出望外地看着鸟儿在枝头欢唱，叽叽喳喳的音乐大合唱，听起来真是舒心极了。我近距离看到了绿色羽毛的翠柳和从我前面"唰"地低飞而过的白鹭，我第一次这么近距离接触这么多鸟，我张开手兴奋在林子里转着圈圈，舒坦地呼吸，在这样一个原生态环境的院子里，我如身临梦中的仙境。

　　这个普通的农家庭院成为我心中的桃花源，它带着祖辈的勤劳与智慧，缔造了绚丽多彩的乡土文化，我想我会更多的回到这里来，看望公公、婆婆，参加劳动，把这院子装饰修理，让它成为更美丽的"仁心居"，成为永久农耕文化的精神家园。

2020.2.5

实现童年的梦想

　　我原以为梦想就是不能实现的事情，仅是一种向往，是遥不可及的奢望。而幸福有时就是这样简单的从天而降，大明让我童年的一个梦想得到了实现。

　　那是一个繁花盛开的春天，透过万物复苏的时节，我第二次回到婆家"仁心居"，在院子里呼吸着春日清新的空气，享受着阳光与青草，天地间融合荡漾的气息。婆家的生活环境的最大改善，就是独立建了一个洗澡间，洗澡不用去茅坑洗了。院子门前打了一口水井，安装了水泵，抽水，把井水抽上屋顶水池，生活用上了自来水，不用挑水，水井是请地质专业队来钻打的，井深有四十多米，据说下面还有地下暗河，地下河水抽上来冬暖夏凉，抽上的水有时也能看到小鱼蹦跳起来，天旱时还可以抽水灌溉农田，这对于挑了一辈子水的农家人来说，真的是一个大喜事。我捧起来自地下暗河抽上来的清爽的水来洗脸，不觉心旷神怡。

　　大明是个勤劳的人，继承了他父亲的爱好，喜欢种树，每年春天都要在园子里种上几株树，园子里的树木各种品种堆杂着生长。这天，我们一回到家，大明就开始劳动，清理大院垃圾，修剪树枝木叶，把一些可以充当盆景的树木修剪得有模有样。

大明把我叫到树林里问我："你最喜欢哪棵树？"

我随便指着眼前的一棵搞大的树说："橡皮树。"

院内围墙边有一棵高大的橡皮树，长得像一把大阳伞，遮盖了一大片烈日，橡皮树的树干粗壮，根须很多，已长成一木成林的规模，若有一枝树须探下到地面，逐步就可以生长成一根树干，橡皮树高大的树干屹立在那里，如一根根铁塔的柱子，我喜欢橡皮树叶的墨绿，比巴掌还大的叶子，叶质肥厚浓绿、细腻而光滑，好像很脆口的感觉。橡皮树是很好的空气净化器。

我随意对大明说，喜欢橡皮树，却见大明在汽车后备厢拿出一堆的铁艺、护栏、木板、铁链等搬到橡皮树下，一股脑门的装拼起来。我不知道他要做什么，我回厨房帮婆婆做饭去了。等我从屋里出来叫他吃饭时，一架秋千魔术般从天而降出现在我的眼前，吊在高大的橡皮树下，我惊诧不已，"哇！啊！"地惊喜怪叫了起来！望着秋千，双人座的椅，铁艺的框架，木板的座位，两条铁链垂直攀吊起在橡皮树上，将秋千挂在半空，我看看秋千，又盯着大明说：

"哈，你真会变魔术么？"

大明笑微微地观察着我高兴的表情，我的每一个反应表情他都不放过，得意地对我指着秋千说：

"喏！送你的礼物！"

"哇！我太幸福啦！"我被这突然而来的浪漫奇迹感动着，想不到大明把我童年的梦想记在心里，因那次我们在闲聊中不经意说，我童年的梦想就是拥有一架秋千，他一年多来为我默默地准备，暗暗为我设计，实现了我童年自己拥有一架秋千的梦想。大明是真心让我高兴，也证明他对我的爱，我又想起阿华说的，大明是个好男人，有点应验了。

"来，试试看"。大明把我扶到秋千上坐下，他站在我后面轻轻地荡起来。他一边摇一边说："你嫁给我，我没有给过你爸一分礼金，也没有送你任何礼物，什么金戒指、金项链一样都没有，而你也从来没有向我提出任何的要求，你更不像有些女孩子那样把婚姻当成一种索求，提出高昂的条件，强调买这买那的奢侈品。你在生活上没有太多的物质追求，你的品行也是我最欣赏的，这个秋千，圆了你童年的美梦，你有空就回来荡秋千，你就当这个秋千是我送你的结婚金戒指吧！"大明说得娓娓动听。

我哈哈大笑顺着大明的浪漫说："好啊，我郑重的双手接过你这上百斤重的金戒指。"我万分的感激，此刻在我的心里，这架秋千的价值顶得上一万个金戒指。

我闭上眼睛，静静地感受着幸福，什么都不用说，随着秋千荡漾，感受着幸福的并蒂花灿烂地盛开。幸福就是这样简单，不需要拥有豪华和富贵就获得了满足，但简单的事情真的要用心去做，真诚地为对方做点可以做的事，取悦你所爱的人，也温馨着一个家。

春天的阳光柔和地照耀在大院里，阳光透过橡皮树墨绿的叶子缝隙，斑斑点点闪着金色的星光，撒落在我飘荡的身上，我如同插上梦的翅膀，飞翔在春风里。

2020.2.5

一份特殊的礼物

父亲在我简易的婚礼上，痛快地喝了一大碗烧酒，出乎我意料，在我印象中，父亲已经很久滴酒不进了，今天喝那么多，父亲说，高兴！我心想父亲的高兴一定是我30岁了，终于嫁出去了。在那个年代30岁的年龄在一些人的眼里是没人要的老姑娘了。父亲在餐桌上高兴地把他碗里的酒喝完，招手让我过去，脸上泛着慈爱的微笑。

父亲这么一招手一微笑，我眼前晃过了一段童年的往事，父亲对我的教育特别注重在爱劳动、自立、自强上，父亲让我从小做家务、挑水、煮饭、种菜、上山打柴、捡狗粪，我记得父亲动员我和姐姐上山打柴之前给我们讲了个故事：从前，有一个父亲看到他的儿子好吃懒做，不珍惜劳动果实。父亲便刻意要改变儿子，于是，叫儿子上山去打柴，天不亮就出发了。从来没有上山打过柴的儿子，什么也不会做，但父亲没有帮他的忙，只是站在旁边看，从打柴到捆绑柴，挑下山，再挑到市上去买，父亲一路跟着。直到天黑，儿子好不容易把柴卖掉，换得两枚铜钱。儿子回到家就累得摊倒在地上，父亲问儿子："苦不苦?"儿子有气无力地说："苦!"父亲问："铜钱呢?""在这里"儿子里三层外三层从衣袋里找出铜钱，如心爱的一件万价宝，放在自己的掌心里，父亲从儿子掌心拿起铜钱随手一扔，扔进了烧得正旺的火灶里。儿子见状哭喊着不顾一切地扑过去，把火打灭，然后拼命地在火堆里找他的铜钱。故事很生动而有教育意义。父亲讲完故事后也学着故事里的父亲锻炼他的两个女儿。那年姐姐8岁，我7岁，每天拿着柴刀，挑起粪箕，赤着小脚上山去打柴，父亲比故事里的父亲更狠心地锻炼我们，父亲一次都没有陪我们上山。我和姐姐打柴时被柴头刺伤脚，被黄蜂蜇，被大蛇吓，连人带柴滚下山，砍伤手鲜血直流等等，父亲从不关心打柴的过程，他要的是结果，每次我们挑柴回来，父亲就高兴地拿称来称，看有多少斤，然后表扬一下。父亲让我们姐妹俩每天每人到山上打一担柴，供应给学校里的教师饭堂，饭堂每月就免了我们全家四口人的柴火费，我们乖乖听父亲的话，每天上山去打柴，这样坚持了一个学期。我和姐姐的勤劳表现让父亲满意而慰藉，那时他招手让我们到跟前，疼爱地搂着我们姐妹俩，脸上泛着慈爱的微笑。二十多年后的今天，父亲这一招手一微笑是那么相似，童年往事在我脑海里一晃而过……

　　我和大明牵着手来到父亲的跟前，父亲神秘的样子从衣袋里摸出一个信封。说实话，在我新婚的大喜日子里，我满以为父亲给我的是个大红包，谁不知父亲给我的却是一封信，他说本来是上个月我30周岁生日时写给我的生日礼物，来不及寄给我，在今天这个大喜的日子里，既是国庆又是家庆，就算是给我的结婚礼物了。我双手接过父亲的礼物。这礼物说是信，不如说是一首叙事诗，我只字不漏不改把它抄在这里：

果儿:

你有许多可以自歌自慰的经历，特为你作诗一首，奈何为父拙笨，无法尽写纸上，还有不少词语用得不当，值你生日纪念之际，权作思你之怀。你若写自传什么的，可作引玉之砖。

深夜独坐空房，看看写写，以度时光，有时还能驱赶睡意。报载，如退休后停止用脑，则记忆、思维衰退更快。

赠果儿
"跃进"次年值仲秋
纪念抗战胜倭寇
婴啼一声离母体
生年日月记得牢

浮夸路线万民愁
"卫星"四起传"捷报"
粮少肉缺难慈母
瓜菜白粥哺嗷嗷。

父母命运不逢时，
形势殃及两幼儿。
外婆心痛如刀割，
精心养育不愿离。

事实面前难服人，
中央决策扭乾坤。

物质渐丰民欢颜，
姐妹从此偎双亲。

援越抗美掀高潮，
跟随父母去宣传。
翻山越岭过溪涧，
姐妹饱览大自然。

凤凰飞转去玉林，
四人一车乐纷纷。
果女疲倦乱伸脚，
趾骨刮伤痛归心。

面临上学脚面伤，
出人意料女坚强。
每次换药牙紧咬，
从不哭喊爹和娘。

姐妹分校去上课，
爸妈本部教学生。
傍晚享尽天伦乐，
散步绿荫大操场。

幸福之花刚含蕾
黑云压城城欲摧。

“史无前例”冤魂众，
爸妈受害女受累。

爸爸靠边妈患病，
祸不单行确无情。
遍地皆是莫须有，
现实扼杀小心灵。

多少忠良含冤死，
多少冤魂无处伸，
多少家庭被拆散，
多少罪恶乱乾坤。

离离野草烧不死，
微微春风吹又生，
石缝长出千年松，
逆境求生靠坚强。

八岁上山去打柴，
十岁田里来插秧，
姐妹二人相互勉，
勤劳节俭欢亲娘。

高中入学靠推荐，
“另册”之家更无缘。

学校为求文体生，
破例录取入校门。

袋中锥子往外钻，
文娱委员被当选。
一周教会三首歌，
同窗称赞导师欢。

头角初露美名扬，
各种兼职肩上挑
新闻报道兼广播，
工地唱歌把舞跳。

战天斗地学大寨，
村村垌垌贯彻快。
修路造田制堆肥，
科学荒芜文化埋。

挂名毕业回乡转，
学驾"铁牛"跑得欢。
合作医疗干司药，
日月流水年复年。

三中全会响春雷，
文化科学神风吹。

立志自学奋拼搏，
虚度时光要追回。

多少清晨朗读逝，
多少午夜格子爬，
多少讥讽与白眼，
多少秋冬与春夏。

冰冻三尺知久寒，
文凭到手慰艰辛。
学无止境满招损，
快马加鞭前程登。

一年一度九月三，
艰辛坎坷记心间。
脚踩崎岖荆棘路，
笑踏人生途中难。

父亲 × 年九月三日

　　父亲没有儿子，他喜欢称呼我为"果儿"。我是抗日战争胜利纪念日出生的，日本鬼子宣布投降，亦是世界反法西斯胜利纪念日，具有极大的纪念意义，父亲为我取名为"果"，意义之一是八年全面抗战有了战果，意义之二我是秋天出生，父母对我充满着期望，人生有辉煌的成果。

从我呱呱落地到而立之年，风里来雨里去，在各种环境中的成长经历，遭遇、拼搏、奋斗和感慨，父亲用心为我从头到尾概括出来。我在亲人们向我新婚举杯祝福声中，读着父亲的诗行，思想感情随着父亲的思路感慨万千，深深理解父亲的用意和鼓舞，感恩父亲这份特殊的礼物，那是对我三十而立的期望和寄语，我意识到今后的路还长，正如父亲所说的"脚踩崎岖荆棘路，笑踏人生途中难"，生活的脚印深深浅浅，还将伴随着我一路迈步的人生。

祖母的美德

我和大明结婚，新房没有购置一件家具，大明也没有送我什么戒指项链的东西，但我得到了一件珍贵的礼物。那是一张大明祖母纯手工纺织的苎麻蚊帐。

尽管是农家纯手工传统家纺的土布织物，但祖母纺织得十分标准、精致、漂亮，麻纱细腻均匀，而且有丝样的光泽和洁白。苎麻料轻盈、透气、防腐、吸汗，从古至今都被视为时尚的布料，深受人们的喜爱，苎麻还被世界誉为"中国草"。祖母的礼物，是一件稀罕而珍贵的纺织文化瑰宝，我十分喜欢。

祖母是壮家人，壮族人民典型的勤劳、善良、锐气和韧劲的性格都在她的身上体现。她织一张蚊帐用了3年时间，早早就为纺织做着准备。祖母亲自种苎麻，积攒麻纱，加工、搓纱、纺纱、纺织。这是一个漫长的劳作生产过程。

婆婆告诉我，苎麻春天种，夏天收，长得好的苎麻有一公尺高，木质骨梗，到了夏秋之间，苎麻开出小白花的时候才能收割。在当时原始采苎麻加工处理相当复杂，工序多而繁琐。从地里把苎麻拔回来，一根根地剥削苎麻的皮层，绑成一扎扎放到池塘里泡上一周或半个月，等苎麻的皮被水泡腐烂，然后捞起来细心脱胶，洗掉腐烂了的胶质皮屑和桔梗，剩下的部分便是苎麻纤维线，将纤维线晒干后用棒槌槌打柔软，然后剥削成一丝丝，再将一根根的丝接搏，搭配均匀搓成丝线，手工搓麻线时，把麻线放在自己裸露的大腿上，用手搓、搅、转，一节接上一节，搓出长长的线，再用纺纱机纺成麻纱，然后用土木的织布机一梭梭地织布。

织一张苎麻蚊帐，要积攒好几年的工夫，要完成这个纺织工程得需要付出大量的劳动、精力和耐心。在那个家纺机织的时代，纺织活不是一般人都能干，而是要聪明勤劳、心灵手巧的人才能编织出这样的纺织品。由于苎麻的加工比较麻烦，苎麻与丝绸价格同样昂贵。可见，祖母送的礼物是何等的昂贵。

我在大明的老家度过三天的新婚假期，幸福地享受祖母这张苎麻蚊帐。后来我把苎麻蚊帐当成珍宝收藏起来，同时也收藏了祖母的传奇故事。

祖母叫王三妹，出生在一个壮族家庭，她本是有钱人家的大家闺秀，却不畏贫穷嫁给了贫穷的人。大明的祖父木生1937年走日本鬼从福建逃荒到广西，在走投无路，举目无亲，饥不饱腹的艰难生活中，被逼到桂平一个姓王的地主家当佣工。祖父是个诚实肯干的青年，他勤劳勇敢，不怕苦不怕累，活儿干得样样出色，得到雇主东家的信任。更可贵的是因为勤劳、诚实，使他在东家结下了姻缘，雇主家的深闺小姐王三妹喜欢上了他，王三妹不嫌弃木生家清贫如洗，毅然嫁给了木生，王三妹跟心上人回到仁心村，在临时搭建的茅草房里成婚，从此夫妻男耕女织，过着贫苦的日子。第二年祖母生下明的父亲。

祖母在闺中接受过诗、书、礼的教育，由于家境贫穷，她的儿女得不到上学读书的机会，但她对孙子的教育特别严格，大明在小时候就得到她的教育，不听话的时候，还被祖母用烟头烫嘴角，至今大明的嘴角上都依稀看到被烟头烫伤的疤痕。

　　一个富家大闺秀下嫁苦命长工仔，生活的贫苦、艰辛是难以想象，但祖母从不屈服命运，在她生了一男两女之后，祖父木生不幸去世，祖母30岁就守寡。娘家人都为她的凄惨处境着急，劝她赶快离开那贫困的家，找一个生活好过的人家嫁出去，但祖母始终不忘初心，坚守着她的家，靠自己勤劳的双手养大三个孩子，一直守寡了60多年。祖母对爱的追求，勤劳持家，守节贞操，自尊、自立、自爱的精神得到村里人的赞美和尊敬。

　　在贫穷的年代，祖母又是那样不惜负出，支持孙子上学读书。那年大明考上了初中，因家贫穷，无法交学费，只好辍学。70多岁的祖母看在眼里急在心上，为了让明继续学业，她毅然卖掉了自己的寿木棺材，得到50元钱让大明及时交上学费。村里的风俗习惯是寿命到了60岁以后，就可以为自己买回一副棺材囤在家里，意味着添福添寿，棺材越能囤久就越能长命百岁。70高龄的祖母把自己的寿木棺材当金当宝，可是为了孙子能继续上学，她宁可舍弃自己福寿，她可以忍痛割爱，也不能让孙子失学，这是多么慈爱而伟大的女性啊！

　　七十年代末的一个夏天，祖母去世，终年89岁。祖母去世时大明正在北京参加全国发展农业机械化的工作会议，不能为他敬爱的祖母送行。大明在北京遥望家乡，对祖母寄予深深的哀思。祖母为大明卖棺供读，那是世间最伟大的力量，在大明的心里，祖母是他一切的光荣和骄傲。

我也被祖母的一生所感动，心里一直珍藏着祖母这一生的传奇故事，很多时候，我也对祖母也充满了怀念，可惜我没有福气见到祖母。我真想目睹一下祖母的长相，我打听完所有的亲戚，奢求一张祖母王三妹的照片，可结果是那样的令人失望。

每逢清明时节，我和大明都按照壮家传统习俗，带上一篮祭品去龙头山拜祭祖母，我一次又一次读着墓前的碑文，激动万千写下诗行：

祭拜祖母
我未曾听过你的声音
却闻见回荡在山谷里动听的风铃
我未曾见过你的相貌
却认定你就是山冈上盛开的花朵
我未曾得过你言传身教的叮咛
却领略到了你对子孙诗书的礼教
你的身影，是高挂在龙头山脉耸立的剑锋
你的灵魂，是一地隐藏在深山里的净土
葱郁中陡坡弯弯的山道
绵延不断涧水绕石的溪流
挤满了往昔感人的故事
被岁月搁落在群山里的记忆

清明时节，拾起澎湃的心潮
我伫立在山坳上那一丘肃穆的墓地

斑驳碑文的诗句敲打着心灵

捧在怀里客家祭拜的贡品

是一篮深深的思念

我总是在雨夜中聆听祖传的典故

你出身富家闺秀不厌贫穷

任性下嫁平民苦命长工仔

你崇尚孔礼家风施严教

你守寡忠贞不二严节操

贫困中卖掉棺木供读育子孙

没有什么能够阻挡血流里的倔强

你充满传奇色彩的一生

刻骨铭心装入我岁月的箱箧

我将心的笔尖拭擦闪亮

让跃动翻滚沉淀下来的构思

寄托春天里一幕波澜的怀念

　　终于有一天，在大明的大姑（祖母的女儿）的遗物里发现了祖母的一张一寸半身黑白照片。祖母的照片对我来说真是如获至宝，我久久地端详着祖母，她穿着自己纺织缝制的粗布衣，款式是民国时期旗袍式斜襟衫领扣，头上戴着一个圆式黑帽子，我欣赏着祖母的容貌，具有典型壮族人的相貌特征，一双大耳朵，美丽的模样，圆润的苹果肌，慈祥的表情流露着一丝倔强，看样子照片是祖母 50 多岁时期。大明把照片放大用镜框保存。

　　尽管现在已是很少使用蚊帐，但我还是加倍爱惜祖母亲手纺织的这张苎麻蚊帐，几经搬家，很多东西都可以割舍，唯独祖母亲手纺织的这张苎麻蚊帐，我一直将它放在我衣柜的重要位置，它不但寄托着祖母的希望，还带着祖母的体温和气息，散发着祖母的爱和磁场。

我嫁入这个家，是那样的幸运，祖母在我心中是一个圣洁而伟大的壮家女性，而我，作为壮家的媳妇，也应该把壮家人勤劳、善良、勇敢、顽强不朽的精神和美德更好地承传。

2020.2.3·春节于仁心居

后　记

铭心的记忆和不败的美丽

2020年春节回老家过年，突如其来的新冠病毒疫情肆虐大地，我在乡村里抱着家国情怀，坚守原地抗疫，等待春暖花开。在这期间，心是紧揪着的，我在网上关注疫情，阅读抗疫一线感人事迹报道的同时，我积极参与抗疫诗的创作活动，在坚守抗疫的日子里，调整心态、练琴、阅读、思考，回忆过往，于是，便有了这个集子。

我把15岁少年时期青春萌动到三十而立成熟稳重的真实故事记录下来。在恍然如梦的岁月中，青春是人生最宝贵的阶段，那些都是永远回不去的时光，但我的记忆可以回去。

我的青春正值20世纪70年代末、80年代初，在时代环境的影响下，有生活、工作、思想的沉闷压抑，更有芳华散发出来的热情在理想中燃烧。那个年代，一切事情从十年内乱中苏醒，从混沌迷茫回归人性，更是迎来改革开放、百花齐放的春天，在被长期封闭形成的文化饥渴中，我渴望知识，追求时代精神。历经的曲折、丰富的过往，在各种懵懂与困惑，遭遇与抗争，失望与希望，在坚毅与微笑之间，我一直保持着对善良与美好的坚持。

我的青春年华和成千上万的青年一样有着共性，但又与众不同，在那个家庭出身成分论的年代，面对的是更多无法猜测的日子，比常人更富戏剧性，使之我本来就倔强的个性更是充满了执着和激情。我渴望进步，但其间历经曲折，经受各种考验。尽管如此，追求梦想始终不变，我曾在青年突击队里奋战，当过中型拖拉机手，当过农村合作医疗赤脚医生，当过农民，当过工人，当过老师，当过公务员，在历经风雨磨难中奋进前行，无处不散发着青春一样的激情。

在写作的路上，我一直对文字抱有一种莫名的敬畏，因为它就像是一只手在搀扶着我不断地往前迈进。从开始的步履蹒跚到健步行走，其中的磕磕碰碰，跌跌撞撞，一路的甜酸苦辣都是我生活的调味剂。文字是我心灵的捕手，它让我的灵魂得到净化和回归到安宁的状态，在坚毅与微笑之间，在失望与希望之间，更是让我变得聪明和睿智。

在写下这些文字的过程中，得到潘大林老师的热心鼓励，我把《铁姑娘的那个年代》通过微信发送给潘老师指正，同时也透露出对自己这些文字缺乏信心，认为那个难忘的集体经济时代已经过时，但潘大林老师却对我说："女拖拉机手真实地反映了那个时代的生活，正因为过时，才有必要展现给今天的年轻一代认识那个时代。"潘老师的话，鼓舞了我出版这个集子的信心。我继续把青春往事来一个梳理，就像梳理自己凌乱的头发，让它干干净净，柔柔顺顺，清清爽爽，让自己的心灵更加明澈。

从抗疫开始，不到一年的时间，我用叙事性散文的形式真实地记录青春所走过的路，再现青春的痕迹，理想追求、生活学习、遭遇挫折、苦闷和压抑、爱情和友情，父母和老师的教育等等。每篇内容既独立成篇，又具连贯性，把源于青春的经历和诸多往事，连接成一条链，伴随一路走来的青春在梦中飞翔。

写着这些文字，愈发怀念起那些青春的日子，我用这些文字来柔软、抚慰、滋润心灵。重回青春的记忆，也是我对人生起点的真诚，对这个世界怀着巨大的热爱去珍视生命中的微光。

当我用最大的真诚写下这些青春痕迹，更深地体会到人生和社会是一部大书，值得我用心去感知冷暖，用文字去表达爱憎，用灵魂去吟唱幸福和痛苦，那些过往，那些感动，那些温暖，那些饱蘸真情的文字，必将定格成刻骨铭心的记忆和永恒不败的美丽！

金 果

于 2021 年 2 月

SHANG QING JIANG

上清江

余海燕———

著

△ 团结出版社
UNITY PRESS

图书在版编目（ＣＩＰ）数据

上清江 / 余海燕著 . -- 北京：团结出版社，2023.5
（新视点文集）
ISBN 978-7-5126-9393-7

Ⅰ.①上… Ⅱ.①余… Ⅲ.①诗集－中国－当代
Ⅳ.① I227

中国版本图书馆 CIP 数据核字（2022）第 072107 号

出　　版：团结出版社
　　　　　（北京市东城区东皇城根南街 84 号　邮编：100006）
电　　话：（010）65228880　65244790（出版社）
　　　　　（010）65238766　85113874　65133603（发行部）
　　　　　（010）65133603（邮购）
网　　址：http://www.tjpress.com
E-mai：zb65244790@vip.163.com
　　　　　tjcbsfxb@163.com（发行部邮购）
经　　销：全国新华书店
印　　装：三河市华东印刷有限公司

开　　本：145mm×210mm　　　32 开
印　　张：61.125
字　　数：1265 千字
版　　次：2023 年 5 月　　　第 1 版
印　　次：2023 年 9 月　　　第 1 次印刷

书　　号：978-7-5126-9393-7
总定价：400.00 元（全七册）

目
录

河流上的春天

一条河流上漂浮的静物，是一片杨树林
河堤下，找不到归乡的人
只有牛羊与肥美的草原
一艘停泊的船只倾斜着
一半在岸上，一半在水里
随时有滑进河流的危险
两只浆在木船上，胡乱依靠着
它们日渐风化的木质，拥有干裂的皱纹
已寻不到曾经握住它们，糙裂的手
这在远景中，有被遗弃的迹象
或许，等早春的风吹过，河流丰腴时
木船将被隐藏到岸的另一边
只有杨树林，在齐膝的河水里
慢慢长满绿叶，慢慢在时光里
吮吸丰沛的乳汁与爱情

皮影串联

被光撑开的幕布里
一群牛皮的影子唱着牛皮的戏
它们着彩衣
骨骼清秀，被绳串联
唯一没被串联的唱音
常被隔离着，栅栏中的光，光阴中的尘土
从另一个世界出发
劝学、警世、求官、发财
都在这咿呀声里
遁世、开眼、明光、串联

乔口香烛铺

一个梦见香烛的人
抬头望天，望黑黢黢的夜空里
那丝袅袅上升的香雾
香烛在古巷成条、晾晒
点燃时却不知是何朝代

"朝有千人作揖，夜有万盏明灯"中的灯
应该就是烛火摇曳时的微光
被倒映在四面围城的水面上
才显得那么多，那么亮吧？

杜甫是被这烛火吸引
才使凄恻的心稍感温暖
而从杜甫码头上岸入住杜甫客栈的吗？

那些守望百寿牌坊的老人
他们制过香，后来又被香供着
现在三贤祠中的香烛
可以肯定的是：绝不是乔口人所制

铜官窑

004

新视点文集

窑神黑着脸，手提铜钱
被人烧香叩拜，他底座的柴窜出焰火
围在他身边的人唱着大戏

女子投入火中时，窑神红着脸
他愧疚于对时间的把握
愧对于女子的献身，他只好将火焰往上拔了拔
拔出了"女儿红"，拔出了旷世之恋
比如"君生我未生"，比如"我生君已老"

火焰越拔越高
已经拔到了龙的尾部
龙伏在山坡，被锲子钉住
当火熄灭于尾部时，锲子已自然熔化

龙腹中的物品从湘江流出
从枝蔓般的血管中流出
现身于世界的桌面上
用来插花、煮水，过一种俗世的生活

书堂山

稻香泉与洗笔泉的命名
得益于两个完整的故事
现在，在食物充裕的今天
我们可以对稻香泉忽略不计

隐蔽的角落里
那块被疯子撬去她钟情字迹的石刻上
有些斑驳的苔痕
这是盘坐于碑刻前的老者
用三天时间来计算一生的距离
这种距离即将拥有颠覆性
面对这重要时刻
老者是严肃且谨慎的

他曾在一场战乱中失语
背负刀伤与离情
辗转逃离中，他用手中唯一的武器
扫出了一片高地，现在他在此冥想、结缘

让每一个前来叩拜的人

在拜台前握住他曾用过的笔，沾上泉水

写下五谷丰登，写下六畜兴旺

桥头驿

青竹桥的失踪缘于一次事件
它与流沙河曾拥有隐秘的恋情
后来河流挪直身子，对桥不屑一顾
桥在孤寂中被风抹去痕迹

马踏在麻石古道上的蹄印
朝着中原的方向开满花朵
深浅不一的车辙里，称出了货物的重量
称出了历史的沧桑与厚度

马号岭圈养的马在饮马湖中喝水时
需要与流沙河来次深情对视
它们像流水的兵一样总是被替换
在望官楼上瞭望的驿丞
偶尔也瞭望到了红色的信笺

下马石鼓起腰身
卑微地蹬伏在驿馆前
看驿卒在风中张开的身子
越来越近，越来越拥有匆匆的行色

半边街

半边街被火烧之前的地名
已经遗失于戏台开唱的混乱中
乌舡子将芦江的水面挤压成墨色
比天空中的鸟类更多，更有夜的韵致
它们全睁开了眼睛
有烈焰般的色彩倒映于水面

芦花盛开，金光万丈时
法海蹲于水跳，饭钵在他手中滑脱
逆流而上，密印寺是钵子漂泊的终点
令少男少女生厌的法海
在此修行念佛，收妖除魔

半边街是在法海离去后
被火烧的，当然这已无法考证
现在，街面上的麻石，江边的拴船石
以及沿江隐没于内的水草
都被雨水淋湿
它们无法在这燥热的秋天里
生起另一场火，一场令芦江开出芦花的火来

惜字塔

将你的倾情刻入我的骨肉
背负你，立于尘世
听风吹过山脊
看花笑遍田野
泉水至九峰来时
稍一转身，映入身前
谁从镜子中奔涌出一汪河水

背负你的我，已在尘世中石化
中渠河的河水，是你的血液
石檐上的鸟类，轻启鸟喙
涎下幸福，唱出福音

觉华塔即景

夕阳铺满大地时
时光倒退如潮
谁成为其中的影子
用花朵、枝叶与这个世界相爱

此处日子空阔，夜色弥漫
隔着河流的塔在灰色晚景里
瘦成一棵被众生普度的松树
这雾状的尖尖的顶子上
是天空的空，是自然的空

现在，你只能在远处观望
即算你走近它，也无法抵达它的内部
（谁用锁把住了朝圣的心？）
这无以言明
无以在这退却的时光里
将眼光投向更深远的远中

2017.09.04

紫云宫水纹

光明刚刚开始
树的阴影
在鸟鸣声中渐渐扩散
微凉的早晨
有一团幸福的光晕
从叶隙中投下

从此路过的人越走越远
光阴越走越远
界碑在此
谁雕琢了螺旋的云梯
借此进入水漾的紫云宫

英雄的位置

纵身河流是有迹象的
与血有关，与对峙有关
当时，鸟群遮蔽了天空
箭镞将它拔开一块白
天空收拢自己的羽毛
将光投射在被打捞的
原则之上
谁在彷徨，与生命作无谓的挣扎
这些黑雪般的颗粒
没有讨价还价的余地
只有不可战胜的英雄的位置
这略带讥讽的场景
却没人敢面带不屑
他打盹时，风又拂过
日子多么细碎，有白银的质地
有哗啦啦的声音从叶隙间投入

2017.09.03

东山寺见闻

悬挂头颅的住所
听说被毁两次，重建一次
现在又期望重建

一切都即将复原
血性！或其他别的！

我见过那张黑白照片上的亭子
是我希望见到的最初模样
他是一个女人的男人，充满温情

他从亭子的梁柱间
取下头颅
安装于自己的躯体
他穿上针线
缝合好所有伤口

正如他曾期待的
将伤痕累累的祖国缝合

2017.09.04

六家村古井

古镇后街，嵌有并置三方砚台
我发现时正值午后
阳光将它们身体里的墨水照亮

在古镇闲逛时，砚台在我心中尚属古井
我甚至伏低身子，捧喝泉水
泉水被古砖圈住，有温润的青苔
在其上滋生，现在的砖色
已由砖红转为墨绿
呈暗色调，有旧时光爬行

古井由村名命名
将它的照片置于欧阳询字帖旁
（有人惊叹，这砚台中的水写字，
就是不一般呀！）
现在，古井已成为我心中的砚台
每日从中蘸水写字

2017.09.05

菜花黄

我在揣测你的来处，不过一夜
被山风吹起的那张渗白床单，漂荡到远处后
云层就开始厚实起来，而地底下的那些花
密密集集的，在茶亭的山野里
肆无忌惮地摇晃着酒醉的身子

被铁线串起来的春风，久久地定妆在山坳中
泉水从九峰来，叮叮当当地洒满了沟壑
田垄上的孩子，像极了菜花黄
摇摇晃晃地在菜花里握住春天
握住远山远景，握住江山美人

塔立在高处，与母性的她依存在历史中
他有怪癖，需吸收她根茎上的奶水
方能滋润胡须和发丝，方能将捣大神的孩子
顺过气来，如今他在菜花黄里
像一个皇帝，后宫三千都向他卑微地露出笑脸

灌浆的声音

九峰山下，满溪的泉水
可以一饮而尽
水浇过的禾苗，稻穗内的浆
可以一饮而尽
千盏花灯吹唱的小调，咿咿呀呀
可以一饮而尽
饮不尽的是秋风，是稻香
是黄金屋内的小矮人
它洁净着身子，拉扯着筋骨
在九峰山下，席卷领土，迅速成王

2014.12.2

攀援而行的风

此刻，风雨沿湘江攀援而行
码头只留在印象里，不知被何人于何时撤走
它们在时光中需要被取代
需要在风和雨中一点点退去
一点点隐没于浪中
万千陶器曾是它们的宠儿
有多少个浪翻腾而过，就有多少次俯身拥吻
我需要将陶器掂在手尖
从肚腹中掏出一些物质
这些物质有肥厚的叶片
有纤毫毕现的绒毛
它们被江水撑大
这煮开的江水包罗万象
今夜我离不开它们
今夜我有它们才能丰富一场去往异国的幻想
如果勿里岛下有我的一块陶瓷片
如果瓷片上恰好写着了我的相思词
如果相思词上寄满了我的相思意
我相信你定会顺水逆流，返回原地
这码头，还有你的青丝缠绵在水底

2019.11.17

晒 羞

高岭上的羞女的
因冬日的来临而老去
又因春日的光顾而重生
她一次次地成为老女人
将自己翻晒
她的一生旧如古陶
却如此美丽
绿釉如裙裾，向江边肆意延展
他奉上桃枝时，枝叶上有隐忍的花骨朵
需要等到来年
方能绣出花开的盛宴
此刻她慵懒又煽情
伸出双臂，拥抱青山
脚踩江水时云帆点点
浪濯白了天空
羞女被江神诱惑
她的细枝末节被旧陶之片钉住
无法起身去往那广阔之地

谁的局处下陷
有神的旨意在
她谁也不见

2019.11.19

视线外的某些物质渴望被剥离

那些山林里滑行的雀
总想进入一座城堡
它打着"保家卫国"的口号
这令人戏谑的成分里
有画满雀斑儿的翅膀吗
其实
只要看得更上或更下一点
那些残骸就会顺着你的目光被剥离

退出春光

你扭转着旧腰身，在一段潮湿的文字中醒转
天空还不够明亮，鸟鸣声依然
大自然中的事物惺惺作态，在土墙下扯长脖子
用京剧中的对白期盼唱醒世界
花还是昨日香，总有几个好友相约田垄上
踩紫红的草籽，金黄的油菜
享百万个春光，你眷恋的旧时日
还在藤架下那竹编的躺椅中
一个人的静应有一整个军队来奏响
指挥棒在意念中，不需要多余的虫鸣鸟叫
现在你瞌睡、冥想，退出春光

梦有重镜，天有星空

火红炉膛里，有隔夜的薯香

空气啦啦地凉了
在院子里
它们总有自己的理由
去展开一些爱莫能助的表情

现在，空气凉它的
我有炉火中的炭，温我余生

走路有轻音，猫有友情
丝草被我弄灭
五天后，它们茂盛地从水中冒出头来

一切有叠影，海燕有无数翅膀入画
实在是梦有重镜，天有星空

2017.12.15

藏有密码的葫芦被售卖

葫芦是有替身的
那些蹑手蹑脚地山猫也唤不全它的名字
整个山岗、田野、高塝
藤蔓铺展它理想的触角

葫芦眼里没有春天
它在房梁上被火化，张望下一个季节
勒出细细口子的颈，仿佛注满忧伤

葫芦串响成铃铛，黑脸汉子猫着腰兜售
它幸福地出卖给人类，破译大山的"灵均"

2016.03.22

芋头披着猴皮，唤醒春天

芋头在山岗里，有一百支队伍
全部埋伏于暗处，它们受村主任调遣
随时可以杀出来，看一看这个世界
村主任有点懒，背着锄头在村子里晃来晃去
晃来晃去
他一会看日出，一会看晚霞
豆角长了他摘下，辣椒熟了他剪开
就是对披着猴皮的芋头视而不见
芋头集体失语，它们可以埋伏一整个冬天
只等待村主任一声令下，这声将令
将整座大山唤醒，春！哗然就来了

2016.03.23

兰的幽情有一条小径

南山被千足虫挟持
风藏住年前的承诺，察看一条幽径
香风吹颂，万物朝拜
吸满了溪水的阳光无限饱满

蝈蝈们去看山时，"马陆"荡着秋千
用一根绳子缠出千个金线圈
兰开在南边的净坛里
用舒展的耳朵，倾听了寻幽的小径

2016.3.25

四照花

四照花开在谕旨里
对称的理想上各据一只山蜂
仙姑揽镜，吹动花的针尖里
那碎裂的风声……

寺院前额上，贴着满满的花
朝拜者登上左边的电信塔
将虔诚均匀地注入虚妄中
用一只蜂亲近花朵的时间
亲近佛祖的面颊

2016.4.4

三月黄

半个天空铺满三月黄
它先我而来
另一半是水中涌动的山峰
它们之间的色彩充满戏剧性
而压住三月黄漫延之势的
是高空中的一座塔
而我那天正好着白衣，看黄花

风沙很浅，贴住表皮
往岩石里灌浆才能保住叶子的语言
生存是一件艰难的事
九头佛在，视线所及之处皆为众生

2016.4.30

敞开与隐蔽

1

没有人清楚，低下来时能倾听多少声音
那些孩子，和着他们儿童时的玩劣
奔跑在大地上的声音，像一群马
奔跑在草原，那撅蹄子的响声
使他们更为接近，而大地此时敞开着
吞吐着日出与日落，吞吐着雨露与星辰

2

还有什么能比大地更加卑微
他身上涨出的思想，比风更有速度
比麦子更加饱满，比牛羊更加丰腴
但他始终卑微着，像一个谦逊的智者
垂下头颅，在他闭目沉思的过程
麦子又长了一季，成长中数过的麦粒
那么多，多得令人防不胜防
多得你屏住呼吸再一次醉倒在大地上

3

为什么你我的距离那么近

近得大地都发出战栗的声音
海天一色时，你能明白那幸福的晕眩吗？
就在此时，我还在观察
天边的那一抹云忽然就降下雨来
它洗刷了大地与天空
将所有的透明呈现于一片黛色之上
"翻手为云，覆手为雨"的季节即将过去
你将沉静下来，像一只小兔眼中的澄明
只有碧色，送你远行

4
远行时，只有大地与你相伴
他辽阔起伏的身子裹着你的印迹
那么长，那么远，你会在某个黑夜降临时
起身为我打开天窗吗？
其实，只要将你脚下的土地一点点打开
我就会浇灌雨水，并化装成一粒种子
与你相爱，此时，种子是幸福的
它发芽、开花的速度一定很快
你就等着吧，看它如何开成一朵妙曼的花

5

无人能读懂，他们都是围观者
只看到表象，当你给我黄色的肌肤
我却还在为自己涂脂抹粉时
我就知道永远也无法脱离深处的恐惧
当潮水一波波袭来，你在远处唤我
一笔一画的爱，会有印迹吗？
爱的土地这么近，我差点就要俯下身去

6

细雨蒙面时，我缩进了你的怀抱
此刻，世界那么大，而我那么小
像一粒种子，在土地中迸裂发芽的口子
那些爱与幸福就从口子中跳出来
蹦蹦跳跳的散了一地
细节其实只是一种构想，就像零碎的铁
敲击成完整的部件一样，忽然就想起了
江边的杨柳与搏击的浪花，它们还会站在那里
像个孩子般地等着我吗？

7

一直以来，我想歌颂你
可找不到进入的方式
你那么静静地躺在世界之上
我观察你的眼神已变换了七道色彩
四季轮回，这个春天我已经收藏
只等明年，再放飞它的思绪
有很多时候，我只想坐在一片柳叶之上
用身体吹响它的哨声

8

歌声永远只在远处停顿
再远一点，就只有枯黄的稻茬
伫立在你的脚下，我不明白
为什么你离大地那么近
却已无法吸吮属于你的养分，这些大自然中的万物
不是我想要表达的主题，我只想站在大地的中心
介入春天的隐语中某些隐秘的句子

9

春雨绵绵的季节，你在灰色天宇中
寻找着隐秘的彩虹，鱼儿在湖中
划出的那道亮色，绿了整个湖面
此时谁在融入这个季节，将青春沦陷于背部
只要你目睹了整个情节，是否会在水的深处
温柔地唤我一声

10

你在幸福的私处，阅读一片竹叶下坠过程
坠落！站在大地的高处往下俯视，甚至坠落
是一种幸福，还有什么能令你更加敞开？
你接受着春天种子的侵入，它们的芽
马上就要从你肌肤中冒出来，或许
农夫的犁辗过去时，血泪就是滋养它们之物
如果，你还不够爱
就请你迅速抽身，让所有的种子自由地糜烂吧！

11

有时真想叹息一声，去揭开那些隐秘的存在

可大地始终静默，不出一语
他只悄悄将身体绞了又绞，绞出浓烈汁液来
像酒或爱情，有着令人着魔的毒
无法不接受自然的慷慨
毒汁的分布令你均衡地享受着他的爱
似微风穿过你肋骨时的啸音
与竹林的涛声此起彼伏，多么美妙

12
涛声此起彼伏，大地此时比我更小
我站在世界的巨人之上，歌颂你
很明白这些都是幻影，只有枕于夜色之中时
这些才会活过来，在离你十尺的距离上演一场话剧
话剧中的某些对白说：看海去吧
看海的日子还很远，大地在馈赠某些礼物的同时
又使人远离某物，你起身吧
还要走很久远，你才能到达他身边

13
起身与到达，启动你的唇形

真的会吻合某些难以言说的秘密？
大地被雨水淋湿，他的身子在水淋淋中
像一个水鬼，承受着难以承受之重
当用目光击穿深处的魂灵时
你喟叹的声息似乎还在叶上悬挂
而我，真的就是那颗水珠
随着风的气息即将流入你怀抱？

14

泪水成河时已进入初夏
我真不想此时走进你设的迷局
回旋的水流烫伤双脚时
我还能抽身回到春暖花开的时节吗？
栀子花白了大地的腰部
她像一些细小的纽扣
扣住了所有联想与细节
我真不明白　那些细节是否都已风化

15

大地在轻微哭泣，哭泣的是身上部件的散落？

当剥离已成事实，绝望就会如风中落叶
不停地出现于视线之野
有时，真想逃离某些毫不相关的事物
去寻找田野中从幼时培育而成的情意
那些风与波浪在此时涌动成风景
而你成为风景中的某个人物
在隐秘的呓语中疯长
所有的一切已倒退，你又一次回到成长之点

16
阳光像河，泄入整片整片稻田
此时，并不是青黄不接的时节
大地沉默地接受村人赋予他的权利
他像一个正等待上肩的汉子
等待着村人将种子撒入骨缝之间
刻着皱褶的老者脸上
对大地有着吹弹不破的敬畏
他在每一次流下汗水之时
都扬起一片蒲公英的花絮

17

那顶草帽并没有改变位置

它还在大地之上，在恣意流淌的汗水之上

妈妈拐角的步姿里，有一小片影子

在随着时间的流逝而移动位置

而我的大地，他多像失去妈妈的孩子

有一种冷峻的沉默在暗色中散发

其实，在这种日复一日

内心深处的敲击中，孩子完成了人生洗礼

他躲藏起来的位置不过是又一次迸发激情的藏地

18

稻草人在田地里劳作

风吹衣袖的姿势多像一个专业的农民

他面对大地，用一种孤傲的气势

扫视他的子民

他用手中的权杖指点着江山

企图赶走不合作的小小侵略者

那些"叽叽喳喳"的活跃分子

是挥之不去的小精灵

总在不恰当的时机降临人间

19

总在低处生活的稻草人
无法逼视这种深刻的痛，偶尔的停歇
只为了回头看看，那些纹理深处的质变
是否有大地在滋养，在调和
麦浪波光涌动，稻草人即将被淹没
它骨质中的情感像土地一样流失
像流沙一样被倒置
缓一缓吧，那些难以打开的岁月

20

再一次在针尖麦芒上缓一缓吧
那些旧时光如一袭香云纱做就的旗袍
静静地散发植物的香氛
时光愈逝去，那些沉甸起来的物质
就愈发鲜明起来
我多么想走近旧时光，走近大地的深处
去拔紫芹菜和黄花草

将那些露珠一样的小黄花统统拢进怀抱

21

拢进怀抱的总是捉摸不定
只一会儿就像变幻的水珠，滑落在地
田坎上的稻草人
只有你才是空心的甜人儿
总站在我指挥的方向，向一群鸟儿撒泼
稻穗一寸寸地长，它在开花时节就弥留香味
到今天再次开放，此起彼伏的香味哦
嵌入农夫深深的皱纹里
那一道道皱褶，就如叠起的花
一朵叠着一朵，一朵比一朵深刻

22

总是在关键的时刻神游天地
面对大地的漠视，你能否知晓
她开裂的秘密，他定能掌握
一个女子的花心，像一朵蜜
像一条涌动的河流

更像一个稻草人，找不到肉质的纹理

23

风忽然失去涌动的勇气
在六月，在正午的阳光里
在秘而不宣的网中
在沉闷的炽热里，什么都略显苍白无力
只有稻谷高昂着头颅，在田野中静寂着
大地在亲近稻子的过程中
越来越深沉、干涸、开裂
他期待雨水，期待微风
期待一切可以期待的滋润

24

在期待中，稻子倒伏下去
倒伏在农民的手中，倒伏在谷桶里
倒伏在抹着黛色牛屎的禾场上
倒伏在六月正午里的稻子，做了一场梦
梦中，他裂开牙口，微笑着向正午的阳光致意
向一切助他成长的事物致意

最后，他向稻草人致意：稻草人
我愿住到你的内心，成为你的血肉
成为你向世人宣战的武器！

25

在稻子倒伏的时刻
金银花成为梦中的公主，伸出花冠
她从来不像你有恼人的疑惑
她在质问自己是何种季节产物时？
拥有的那种暧昧色泽和香味
是午夜毒药
在暧昧中，她提醒你
心中那个醒目的标志
是从上个季节开始蔓延
你不知道，你会从她长长的发丝
与手挽的蝴蝶结中
窥视出大地柔顺的一刻
这有点不可思议
则又是顺理成章的缓行

26

越接近宋家桥，就越陷越深
那些接踵而来的事物包围着一个走近娘家的女子
她头戴一簇金银花，有如花似玉的步伐
空气中的香氛从烟海中弥漫时
她甩出一串串水墨的影子
这是大地深处的图画，处于质问的中心
碑地在后山，她倒退到杂草丛生的童年时代
总是在清晨，拨开水淋淋的茅草
去揪下黄花的瘦身子，丢进奶奶的呵斥中
时光太早，小女孩还在梦中就掀起浓墨重彩
窥视了一段只属于宋家桥的影像

27

当她走进宋家桥时，宋家桥还在沉睡
她生怕惊醒了那个梦中的女孩
轻悄悄地走到桥上，看到了倒影中的女孩
正在小溪中戏水，女孩很胆怯
她张皇的神态被鱼儿穿过
鱼儿摆动时，将一波水汶撩到她眉心

时光将她掳走，三十年后才放回原地
眉心的痣已扩展，她还是当年的她吗？

28

逝去的还在逝去，稻浪依旧在大地上起伏
就如退不下的波浪，总是如期而至
那些阳光如一颗颗稻子，失去盛夏的炽烈
在禾场上耷拉着脑袋，禾锹掀动它们的身子
发出一种类似森林边缘细叶落地的"沙沙"声
现在，变成女人的女孩行走在这里
那些捧在记忆中的事物再一次倒映在金银花上
散发出一种陈旧的腐败气味

29

事物还在倒映，触手可及的是些什么
露水和草尖，它们是否有不同的命运
是否能在大地上长出各自的美来
就着山地上的风，它们妖娆着……
如果，将一种心情放逐
那些流光溢彩的生活是否会就此暗淡

风的叹词总是忽远忽近
偶尔幽怨地站立山头，写下昨日往事

30

夜越近，那些山地上的风
就像一团团暗影，在无声地侵袭
它们逐渐软下来，软下来
从过往的时光中穿过
带着儿时的孤寂与沉重
在金银花的暗香中，在祖母微耸的坟地里
忧郁地放松骨节，放软身子
祖母站起来，用断裂的手指向我
声嘶力竭：为何你不靠近
靠近我你就胜利了一半
那些白日的战利品就归了你吧

31

诗人在写到祖母时凉风从指尖刺入
山洪暴发时她在何处流浪
难道她与大地的缘分只存在于狭小岩缝里

臆想总是一晃而过
诗人手握指尖退避到无人之处
在众山之中，诗人如此渺小

32
真不想在此刻提到一些嬗变的事物
祖母带着遗憾离开人世时
她怎么也不会想到
诗人将带着手稿来此焚化
周围的暗影在顷刻间直立
随风拥挤，拂开尘世间的繁华
那些站在高处的人
是否会在今天，跳向海的深处
演绎一场让人无法忽视的故事

33
宋家桥的一切都在倒退
它的情绪就如藤蔓一般交缠纠结
诗人回到这里时，窥视了一段内心独白
是风和枝叶以及金银花发出的低沉声音

它们垂下头来，偶尔涨红着脸颊
向诗人示好，向诗人倾诉
一种无法向旁人倾诉的隐秘

34
诗人永远无法逃离自己的故乡
即算在异地，乡言俚语也会在梦中出现
这就是她再一次回归故乡的缘由
在秋天，她投奔大地，投奔故乡
投奔宋家桥下的一片水域
水面上倒映出她的一片影子
它们可曾记否，她儿时曾与它们嬉戏
而此时，宋家桥已改变了模样
再也不是记忆中那清瘦的样子
而水也流向远方，流向诗人想要去的国度

35
水在流动时，其实就是流失
故乡的水在流失
诗人手心的脉络像一场噩梦

也在凄恻地流向远方
这似乎是一种牵引，一种向心力的暗示
如果能回到从前，诗人愿像媚娘所说的一样
用我所有的江山来换取青春
这是一种博弈，用所有的强大
来换取一种无物的状态
而当换取后，再面临一次选择时
诗人还会踩着稚嫩的脚步朝前吗

36

雨水已将泥土洗净，乡村再也不是原来模样
她清爽的身子从雨水中起身，像极了浴后村姑
昨日已成昨日，昨日的村姑沐浴着昨日的晨辉
今日还是今日，它们在幻变中
体验着一种疼痛，一种过程
体验着一种疼痛的过程
水流过时擦伤她身子
血淋淋的过往需要绿叶包裹
才会暂时在宁静中休憩
那些休戚相关的事物真会在诗人来临时

做出使万人称颂的正确选择吗？

37

事物瞬息万变，存放在大地上的物体
已经变异，光华涌动时
若选择的只是夹缝中的叹息
那所有的一切都将成为过眼烟云
诗人没有叹息
诗人回到稻谷中时，头戴草帽
她看到谷粒即将脱壳，芒刺在背的感觉
使她像一个顽皮的孩子坐立不安
她对黄金的一切充满愧疚
若没有写下今秋与黄叶
没下写下谷物与农具，那些谷芒
定会在阳光中射向她即将滴下的汗水

38

还是该回到一个点，起点或终点
顺时针或逆时钟
要保存的继续保存

该流失地顺着汗水流失
当悟到大自然总会在某一刻欺骗内心时
人就会在坦然中上路，坦然地将种子植入大地
坦然地摘取来年的桂冠
阳光植入时那一抹温暖
一定像极了你微笑时，那一池浮萍揉皱的心思

39

大地实在卑微极了，阳光还不曾植入
他就被果实压垮双肩
被泥石流扫荡村庄，被心中的怒火烧毁屋脊
这是个成熟的季节，也是掠夺的季节
在这个季节里，大地呻吟着
偶尔在沉默的夜色中
咀嚼风肆虐时　你的微笑

40

大地卑微时，依旧是个思想者
拥有所有思想者的怪诞
他皱巴巴的凶模样，真像一个坏脾气的老头

有时他在夜雨滴到天明时，悄然打落梧桐
有时他掀开被衣，露出他断裂的肋骨
这些细节，不忍卒读
只有诗人　悄然将他的被衣掩上
抽身来到时间之外

41
其实，她从没做过选择
只是顺应时间之势，将指针拨正
或者将祖母的旧衣披上，再一次回忆梦境
祖母的手臂已脱臼，祖母在梦中沉默
这种冷冷的场，扼制了一个女人的语言系统
从此，她乖张、失语
有神经质的求爱倾向
她在每个夜晚来临时去投奔爱
投奔一种空无一物的臆想

42
当一种心灵体验越来越频繁时
人们都骂她是疯子，是贱货

她旋转得太快，像高空的摩天轮
在快速晃动，她听不到与她有关的任何事物
这种闭塞并不是暂时的
那些得到欢愉的隐形人
在几秒钟后都遁去

43

她醒后记忆并非空白
她有海苔般青绿的疼，在肌肤上拱动
走动时，附身的魔咒像一阵风贴近
又像密语，总在暗处埋伏
如果蜷缩在一片叶中
会带来清凉　那过去的阵痛
必将清理的无影无痕

44

现在，她重新起身
做一些与前世今生无益的事
那些十面埋伏的魔咒
已风消云散，已风淡云轻

她默念与此有关的句子
将水注入一株睡草的过往
促使它快速苏醒、发芽、生根
开出淡紫的花

湘江之神——娥皇女英

1. 相思成泪

在每一个难眠的夜晚

那些骨头里开出的花朵

在寂寞中灿烂

河流与湘江的联系

就如一座城与一座城的故事

总有一些黑色的魅惑

一些难以启齿的深层的石头边缘上的苔藓

在光中暗绿着颜色

它们衬托的不仅仅是沉入河流的故事

不仅仅是鱼儿吐出水泡的声音

那些翻掌为云，覆手为雨的季节

泛滥成灾后再也无法复原

而河流中的暗色水藻

在每一次路过后总也无法

停止它们的律动

我们没有孩子

孩子在故事中流失

而我们的爱情却在一次次破产后升温

我们不要那盛行的风情
不要那没有粮食与粮仓的房子
我们只有土地、种子与农具
我们只有刀耕、火种与牛马

这令人激动的红色河流
它在每一次前进中都带动一次漩涡
"二妃往寻，泪染青竹，竹上生斑"
当风鼓吹着湘江边的嫩竹
泪雨侵染着它们低头俯视的灵魂
泪痕就在肢体上
刻下透视它们灵魂深处的敬畏
血泪与思念
都在同一片土地肆意搜索
它们心中的影子
土地一片血红
火红的相思澎湃了水的中心
疼痛将肌肤烧灼
湘夫人的血泪
渗入土地的深处

湘妃竹，湘夫人
心思是竹上绿叶
一丛丛，一丛丛跳跃着
娥皇女英拂袖的风姿
摒弃了所有心酸的痴情
怨女的心思在风声扫过石头时细诉着
一曲欲罢不能的调子
琶音在此刻只有怨怼
只有河流的孩子抚慰流经的小舟
只有我们的爱人在其中痛哭
历史的源头上
留下斑驳陆离的痕迹
是娥皇女英依竹遥望湘江中的爱人
肝肠寸断在九嶷山上

疼痛堆成的山拳曲着
血泪合成的水在每一步路途中击打裙裾
江水阻隔的日子使疼痛加剧
相隔天涯，却难忘于江湖
难道所有命中注定的情节

会在此时上演？
凄风苦雨呜咽着
成为这情景的唯一伴奏

更为动人的莫过于生死之恋
它在撑起心中那片纯真的天空时
愈合了相思之疾
死在生死之隔时是一个多么美丽的动词
它牵动着天堂那头的寂寞之线

你的双翅我们在此刻为你沾上
你的天使为你张开眼睛
你的情依旧满满的，满满的
在湘江的激流中穿越时空
娥皇女英
你们在腾空一跃时
已成为千古绝唱中
那最令人荡气回肠的一曲
情苦与情死
相差一个字的距离

缩短了生命与距离后的疼痛

河面上的影子有暗色的情调
流动的叶子拉响唢呐的喉音
你躲藏在影子的深处把水声搅动
这种如琴声中流泄的音符
洗涤了整个灵魂
它让深夜的虫子无法归家
无法在夜里迅速找到鼻息相闻的另一半身体
它们在醉意中观察到
水波中荡漾着一张浮雕般的面孔
这是人民心中的"湘江之神"
此刻，别了世间的凡尘俗事
此刻，抽掉腰间的金缕丝带
翅膀在折断后又重新缝接
一切不曾远去
一切都在眼前
眸子里幻现的发丝
缕缕有着光的质地
湘夫人，湘之神

所有的传说没有另外的意义
所有的情节总是在风云突变时转身

2. 父定终身

"尧有女，长曰娥皇，
次曰女英，姐妹同嫁帝舜为妻。"
当阴谋与爱情
诡谲地结合为一体
那纸婚书
就成为我们三位一体的命运
江河中的水神一节节升起
在水跳上载歌载舞
它们眼中露出嘉许的神色
或许是对我们成婚指令的默许
水岸的枝柳相连相牵
在路上，我们目光依依
妻妾的争论不是要说的主题

我们的命运被签到了一起后
从此，情、爱、生活

紧密相依

父亲的爱，它该用什么符号来表述

当他坐拥江山时，他妻妾成群、儿女遍地

顾此失彼的不仅仅是儿女情长

登山巅，极目远望滔滔江水

若想将这江山无限制的扩展

那些水神

是他无法掌控的一部分

祭祀时，将女儿裹上美丽的外衣

平放在蒲坂的河床之上

当"湘江之神"横跨过河堤

欣喜地领取上帝赠予他的礼物时

那些花儿在瞬间伸出缠足的女儿香

天是蓝蓝的天

江是青青的水

你舞动双臂在江边竹跳上浣纱

我展开歌喉唱醒枝上的小鸟

我们的夫君

弹上一曲"高山流水"

我们的快乐醒了，累了，再醒来

"舜父顽，母嚣，弟劣，

曾多次欲置舜城死地"

快乐激怒了老父亲

嫉妒贴上兄弟的面孔

它阻隔了亲情

它阻隔了时光

它背离了父子

它背离了手足

所有的一切都被嫉妒打散

被雷雨击打得支离破碎

时光见证了我们的爱情

时光更使我们姐妹情深

我们牵起时光的手

将所有的暗箭躲避在风中

在雨里

我们在江边共同展翅

共同抗击不可知的险流

这险象环生的情节

多像不可预知的天象

在江的漩涡处等着我们的陷落

白浪翻天，浪涛拍岸
我们高高地站在风口浪尖上
击打生命的河流
弱肉强食的世界里
我们用智慧转一转身
就得以周全
幸福就这样平静
幸福就这样流淌
我们在百花的摇曳中生活
我们在百鸟的鸣啭中生活
我们在蝴蝶的颤动中生活
我们在清晨的露珠中生活
我们在我们的幸福中生活

3. 幸福易逝

"舜崩，二妃啼，
以涕挥竹，竹尽斑。"
幸福总是来之不易
幸福也易在指尖上流逝
当幸福在时光的背离下骤然而去时

曾经的那些阳光不再温暖

那些水露不再沁凉

我们的夫君被流放

一步三回头哦

泪洒肝肠

我们追随着你的影子

跑遍天涯

噩梦总是发生在深夜

雷雨总是击打在天边

你的噩耗托鸟儿传来消息

江水向前推涌

奔流着狠狠哭泣

我们看清了它的心思

懂得它与我们一样，万般不舍

历史仍旧向前不曾停歇

只有我们扶竹哀歌

只有我们痛哭流涕

湘江的涛声淹没了我们的声音

也淹没了我们的身体

我们在江水中沉浮

我们在历史中沉浮
爱与恨，转眼间
沉入了历史的长河

湘江之神——禹

当鼓钟敲响，梵音穿越大地之子
这种湘音，是神的召唤
是美丽的母亲河——湘江
她身体内的驿动
她身体中的乳汁
聚集了湖湘的精英
所有爱的河流呵！都汇聚于此
江河有不同的色彩
她呈现出自己的幸福

河流一节节走向远方
远方有很远
她的中间长出很多神具
像一些长出骨头的桥梁
一节节长出来，一节节伸向远方
它们从桥墩中露出一双双眼睛
像河神监督着大地的风调雨顺
禹是水中辛苦的神
他登上马登湖察看着水势
将堵截的河坝——疏通

他手握划水剑和开山斧
剑给洪水找到出路
斧给大山找到处所
劈波斩浪，移山倒海
所有淤塞的河道畅通无阻
河流从此像一片流动的云
逶迤向东而去
它的气势从骨子里涨出来
溢出河道，遍布水域的每一个分子

禹是大山里长出的儿子
却熟知水性
像熟知自己孩子一样
他将平了它们的个性
使它们像女人一样温顺
像战士一样接受他的调遣
这条水域之子
从此不再咆哮如雷
从此不再枉吞性命
它逶迤向前

顺着支流缓解着主河的压力
大江的美丽呵
从此在禹的手中显现
是他，摒弃了大江的恶
在历史的长河中
凸显着大河对子民的善意
它灌溉了良田
禾苗因此而更加茁壮
它养育了子民
子民因此而更加聪慧健康
更加繁衍不息

站在历史的最高处
我俯视着我们的母亲河
它温良谦恭一如我们的老母亲
它的支流湍湍向前，日夜不休
如母亲的爱，时刻在前方闪闪烁烁
禹，是你改变了我们的母亲河
是你将它暴躁的肋骨抽走
只剩下爱的河流

你治水的事迹遍布大江南北

人们对你交口称颂

你三过家门而不入

治水的事业使你如怀揣令箭

火烧火燎

子民的利益重于天啊

你如何能在这危急的时刻独享安逸的家

你伸出的手阻止了洪水的泛滥成灾

搬走了阻碍水流前进的大山

你的勤劳是优秀的品质

你的大爱——在湘江河畔久久流传

将　息

谁将底部照见
冬天照常清瘦
没有人会在此时，安全过往春天
都说寒鸦止于来路
你抬眼时，一切将息
风尘仆仆的日子
红尘滚滚的人间
昨夜烟火将息，将息……

爱与梅雨时节的约会

大树下，叶子中的空隙
被雨丝密密地填满
这个温情的孩子过于感伤

比如，萝卜又到了该拔光的季节
春光却还是那么遥远
梯子在屋檐下哭丧着脸时
稻田里的鸭子还是那么嘴红

大约爱，与梅雨时节有个约会
它不许我与阳光接触
不许我穿花裙子，招摇过市

2015.03.02

旧事物

时光刚好
谁在抚摸旧事物中醒来
那么多暮色
像一杯酒
从天空倾倒出琥珀色的光

窗口望过去会有月牙的白
你在那片光里
远远地忧伤

皱纹打碎了面颊
有什么是不可言尽的

林荫遥遥
这无尽之途上
那些细小动物
纷乱奔跑的声音
有精灵的纯粹与爱的卑微

现在，时光刚好，暮色永沉

2018.08.20

中秋夜，都是美的

明月高悬
这静物的美
移动都是缓慢的
凝视之处
如内心充盈
那冷峻的月光

冷
因其遥远，灰白的光隐藏
如若相拥
灼伤之处
有月亮的伤痕

伤痕是美的
这淡化不了的痕迹有无数你的影子
影子也是美的
如月光，如中秋夜
如杯中的淡酒
所折射出你月白的影子

中秋夜，都是美的
影子低伏，明月高悬

国家血管——致高速公路

这一切有来有去
像一张密织的网
布在祖国的疆域上
蜘蛛像一个布道者
清理着所有入侵的异物分子
比如说，那些滚落的山石
又或者大雨洗刷而下的流沙
还有很多不明之物被它们吞入肚腹

这是国家血管
每时承载着运送的作用
来来去去
可以去往心脏
也可去往末端
每一根血管
都有不同的风景
将祖国的大江南北
将祖国的山川河流
将祖国的高山平原
将祖国的草原雪域
尽收眼底

流水不腐的身子

有一具流水不腐的身子
在春光里，泄露私情
十二个情人像约定俗成的季节
列队为她奉上爱、食物、香水和皮囊
爱没有肌理
她躺在春光里，想抚摸既得的爱时
却感受不到流蜜的爱的疯狂

重构情节之隐喻

在一个器皿有充盈空间时
复数的它们爬行于它的内壁
它们黏附于脚下的土地
带有陶或瓷的元素中，它们习惯了瞻仰
像一只只匍匐于地的蚂蚁
在异常的温度或假日里
它们像变异的怪物，在不断地膨胀
并呈 N 次立方的速度扩展部队
这令有限的空间倍增压力
即算是改善风的流速也无济于事
现在，尝试着重构
有新的情节和词汇
即算是言不达意，也费尽了心力
它们就是这样容易被眼前的事物蒙蔽
它们是稚嫩与新鲜的，但掰开羽翼也会有血液流出
这是很矛盾的重构
在整场情景剧中
它们并没有重要的地位
它们无法执行自己拥有的权利
它们只能在这光滑的器皿中，一次次滑入底部

蚁王无法找到自己的位置
它或者在洞穴中正傻傻地守着明天的粮食
它的子民们仍在行走的过程寻找出路
陶瓷像玻璃过于光滑
裂纹中仍藏匿着一条小道，供它们隐喻

油菜花开

剩下的都是天空，她期待他的赎身
时间定在午夜，有一些弦乐会变化形体
如丝绸从肤质的底处拢上来，柔顺地爱
那些油菜花般的女子，他会闻见你深夜的灵氛
有光怪陆离的倒影与风声，有追踪的迹象与爪痕
有狐狸的媚惑与光华，这是细微的辨别与嗅闻

田垄里升上来的凉气化为露水，洒在
你金黄的身上，你缩着肩提起飘逸的裙裾
一口气在山野里肆意奔走，仿佛瞬间
山野就开始流光溢彩，你的子女遍布其间
可你越来越凉，越来越软，像一个女子
摒弃了最初的温度，只为寻觅那份柔情

油菜花开了这么多年，你依旧清凉地只剩下
古老的誓言，每撕一片弱质的花瓣
时间就倒退一个钟点，直到约定的时刻光临
这样将来自星星的你请来，为他们定在此刻
他若不来，就不许你将心中的意念撤离
期待将永无期限地驻足在山风里，一个世纪一个世纪地飘荡

靠近一个人的悲欢

她试图靠近一个人的悲欢
用一些形而上的
略带孩子气的把戏
制造相逢的情节
眉眼上雾气多情地卷翘
像个傻孩子掰开忧郁的指尖
在那个被纸贴成薄饼的墙上
只有呼吸贴着呼吸
只有情怀包容着情怀
只有她从枝节里冒出来的神经末梢
在战栗　带着啸音穿过唇齿
在冷冷的波光上掠过
衰败与堕落　耻于问询一切
今夜　她愿成为神话
在夜里
逼近一个人的悲欢

无法掩饰的毒

劳改营外的阳光
与大片的罂粟花相得益彰
它们互相将对方的美映衬
这妖艳的美
将一个国度腐蚀
它们在敌人的眼皮底下泛滥成灾
但它们一直在做着转移视线的事
妄想在严峻考验下
令事物起死回生
这都是令人可笑的存在
没有一项违背民生的法令
会如罂粟疯长
即算它暂时会有医治毒瘤的效果
也不过是一种毒
不能因为它对自己的过于掩饰
而视若无睹其毒性

黑夜活在当下

黑夜活在当下，无法静谧
它的周围，布满黑雪
这是被泥水玷污的腐败分子
有着内置的黑与浮肿
这种浮肿，在某种条件下
渐渐分离出多种形态
如果你足够清醒
你会发现
当下是个潮涌的时代
被人们翻来覆去地提起的
或许是其中的某一种
这种形态是黑雪分离出来的
绝不会有你所想象的最初的纯净
车辙像个无赖
一遍遍地碾压从空中降落的雪
遍地开花的汁液
无所不在的漫骂
这灵魂的下三烂
还需要多久，才会剥开你紫酱色的硬壳

另一次借口

无辜的伤口正裂开口子
一张充满忧郁的唇
没有期限地忧郁着
它还没有弄明白
那些摆出来的过道上
狭窄的暗夜不过是
唇的另一次借口
唇在借口下啜泣
它矛盾得像回旋的风
用摸不着的无形之物
撞击有形之物
而梯级正在上升
爱情正在上升
无用之物正在上升……

雪地里的阳光

只有一处泉，一滴水
裸露在雪包裹的世界之外
一滴水是透明之水，温暖之水
当你融入它时
冰冻的时光
就从缝隙间流走了

伸出你的手臂
在缭绕的雾气中拍出水花
一朵、二朵、三朵……
雪花与水花激起的灿烂
是一首组合的歌
更是一些温柔的孩子
包围在你周围
柔柔的、密密的抚摸你的魂灵

砾石、榛树、风以及远处的山
都瘦瘦的，瑟缩着身子
只有拥抱你的水
是如此丰腴，如此阳光

那些东张西望的灰雀儿
带着满身的疲惫与饥饿
带着眉头上的寒霜
扑棱棱地射过来
踮着脚儿站在池塘边望向你时
是在羡慕你的好时光吗？

它们可曾知道
编织在你身体中的暖
一刻也不曾离去
这些简单而轻率的摆动
像极了那金秋的阳光

与节日有关的联想

你很静，你在远处
夜在高空中很静
我在静中守着一片虚空
此时会有呼吸的气息
与相守的脉络
它比河流清晰　有块状的色泽
它爬过你脏器时　你会惊厥
你愿意再重复一次相守
像儿时守候火炉
让梅花片片烙上心印
你再倾倒出一只金甲虫
虫子的背后有几只骷髅
你沿着臆测的主线将找到一袋金子
这不是主要的
在这个晚上，围着火炉的你们
在遭遇种种磨难后
揭晓的将是秘而不宣的宝藏

兽的崛起

一个患有抑郁症的兽

埋首于雾霾中

他无精打采时

像一个流浪千年的汉字

破烂的衣裳与隐藏的洞口

及洞口中的浓液

吸引了无数旁观者

他们议论纷纷

指指点点，像一群食蚁

在等着瓜分一块肥美的食物

兽并不具备反抗精神

在这个世界里他没有兽的品质

他的低眉敛首简直令人质疑

兽们的和美都是一种表象

现在我们必须合理地分配

并赋予他们神性的美

给他们的种族上叠加光圈

让他们顺畅地呼吸，幸福地延续

某一种隐为人知的生活与激情

回忆是一张温馨的床

回忆是一张温馨的床，盛满秘密的性事
熟土豆待在角落里，热气从身体中冒出
你眼中有句子溜出，唱腔是美丽的毒
侵袭了爱着你的女子，她的黑发在你怀中
她的心事在你心中，现在她坐着站着
都有一种无所事事的淡漠，这可爱的表象
隐在溪水深处，鱼在游泳过程中
一直回忆、想象，并爱恋溪水的怀抱

今夜的你是幸福的

你并没有离开
你在星空中俯视着群山与大海
你有放牧的羊群与猎场
你有美丽的姐姐与玉兔
今夜的雨隔开了天上的你
今夜的你没有病痛与折磨
今夜的你是幸福的

虽然今夜你背转了身
只留下淅沥的泪水
虽然今夜你闭上了眼
只留下幸福的诗篇
今夜你的脸不再苍白
今夜你在雨水中重生

今夜的你是幸福的
今夜你的女人因你的幸福而颤抖

龙河源头

河与森林的并行，并不是一种对峙
它们更多的时候是相向，是倾慕
是一对人儿相互扎入对方的身体
轮齿咬合，契约依然

都亭山下，冷水溪边
龙河流往的方向，圈住的古镇
都与石柱有关，与石柱的耻骨有关
藤子沟、牛栏口，龙河的眼泪
深积了一湾又一湾的滂沱

曲子悠扬，生活婉转
居民在龙河的源头捣衣、做饭
他们在密林深处
耕千秋盛业，搭万代炊烟

万仞崖馆

墓穴的风化
拥有一种极速的表达
如微尘坠地之瞬间

谁的前世
在为自己凿洞
这量身打造的藏身之处
在万丈崖壁中
断了红尘念想

"人死蛇蜕皮"是无法考证的
在这些峭壁上，人自我进入墓穴
在光照中将灵魂炙烤
这无法转身的空间里
谁在生生世世地繁殖后代

那些横伸过来的阴影、枝丫
偶尔发声于戏曲中的旁白
仿佛不需要墓穴的主人首肯
在千百年后，已撤退于人间

群羊下山

奔涌这个词已过于干涩
它没沾上春风与草露
就在这片山地里销声匿迹了

现在的群羊是从地底里冒出来的
比奔涌的流速更慢
它们顶着角在时间的流逝里
艰涩地钻出来
那些草皮破出口子
翻卷出绿叶，它们的口粮就在身边
随意一叼，满满的一口

这些鲜叶与金棘子
将整个天空都映红了
灿烂地延伸至云外

我想，如果坐在这里
群羊下山时，天空已暗
隐没在这里的事物，谁会了然于心

千野草原

草尚未长满，草原的辽阔尚在天边
谁的念相比草更疯狂
在下午的阳光里
铺满了整个眸动的星子

草原里的牛羊，在动态与静态之中
展示着一种慵懒的光芒
这些挖出来的羊宝宝
碾过草原，现世人间

骑过千匹马，踏过万亩草场
这人间还有谁
在这雄风四起的欢歌中
留下静默的泪水

路过夏尔希里

上
清
江

那些弯曲的山，是我的
它们的弧度，被深处拱出来的花草所装饰
只一瞬间，如被点着的火
滚满了整个高原
阳光是第三者
目睹了粉蝶与金盏花的绵绵情意

这场生死之交，吻遍了高山的背脊
马的残骸与铁线莲紧密相连
在想象的另一面
有光的跃动
孩子的呼哨声在背光处
如虫子汹涌
有一种白花花的感动

尚未进驻的"死亡之谷"
有吹响的马号，有悬挂的鹿角
谁在与我们对视，又风一样消失

此起彼伏的山线

是没完没了的春雨
间或夹杂着冰雹
我们被袭击，车窗外
烟雨迷蒙，树梅红着脸
用新的方式与外来者对接

玫瑰及其他

是谁在目睹死亡？
是肿胀的天空或开裂的大地？
它们都是玫瑰中的一种
只在某一刻开放

或许是静夜，花开得最糜烂的时候
才能闻到最沁人心脾的香
为这些抱怨的都是一群疯子
傻笑着张望天空中那朵云

这只不过是大自然的规律
灿烂地开放时才会懂得
刺在成长时期就已尾随在身侧
就像挥之不去的蛆虫

贴满全身的刺，当你拔去时
却留下空洞，让意想的事物中
少了一个对手，隔着一定的距离
看着它，又长了一寸

时间如闪电

指针是有刻度的
每每在落寞的时刻疯长
这些死物，像拥有血肉一样
懂得呼吸，懂得守望你离去后
越描越虚的影子
现在，时间如闪电
红楼梦里，桂花清淡

清 流

一

谁在悄悄私语，用耳朵传递耳朵
用衣角牵住衣角
用矛用铧用犁互相遏制
这是一个集体
有蚂蚁的路线
这是联系紧密的心
在相互跳动
这是黑色的，这是影子
这是纸片，这是迁徙的情景剧
这是凉薄的命运
这是迁细的方舟，在悄然抵达
谁在罗子国的上方造田蓄水织锦
谁在锦帕下安睡
汨水与罗江如此相爱
他们誓为一体
谁又在水中生生不息
这些男人与女人
坐等日夜，享受幸福

二

家国毁灭前

你有万水千山可以赏读

可现在，只能默于一方水土

写诗、吟诵

在高高的竹台上远眺

厮杀声从汨罗江镜面上涌现

其中的影子凶残、奢血、错乱

谁在指挥一场战争

用臣民作赌注

将江山挥霍

汨罗江上

你有热泪，你有诗篇

你有爱恨情仇

你有女嬃相伴

你有病，圈住你日渐衰老的身躯

可圈不住你疯长的家国情怀

谁的影子被水淹没

有月亮光从激流中托起
这是神，是爱，是天光
是忠良，是坦途，是一叶方舟
送往的静夜

三

徘徊复徘徊
吟诵复吟诵
谁被放逐，顺流而下
每片风景，都是烟尘滚滚
每个夜晚，都是燎火烧天
谁在仰头对《天问》
谁手持笔墨写《招魂》
古罗城内，三闾大夫写《九歌》
祭祠自己的英魂
南阳庙中，屈原遗世独立
著《离骚》而述抱负
汨罗江畔，他的衣袂被水浸透
鱼儿集聚，绣上吻痕
江内水草倒伏

爱意顺水流波

四

白马同行时
先生尚在人间
风云突变后
可见乌云滚滚，白浪滔天
汨罗江上水倒流，积雪融化
江上舟楫来往
女婴望爷归来

彩线缠住供品
太阳的光芒击溃恶龙凶畜
撑起里衣的篙子撑不起家国安危
却撑起了怀念英魂的心

如今坟前有诗稿
心中有大夫
粽子抛江水
端阳竞龙舟

谁饮了酒

谁又辞了杯

谁在这自由的水乡游走

谁又将三牲果品供奉

三闾大夫呀！白马与您巡游后

风已平，浪已静

太阳上了坡

京城，时光盏

神在人间留下遗腹子
它们异化为巢、立方、声音的漩涡
下午，香山公园的耳朵
从人流的裂缝里
把我听成行走的琴弓

时间是使者，盈满了花香
孩子们衔着彩霞
诵读乌鸫留在
花楸树上的心经

春光退场后，万物寂静

圆明园：致垮了的一代

兽在粉饰下立起骨架
它的记忆需要复苏
路过时，鸟雀在云层中压住羽翅

而丁香扑面时，我们已立于高处
审视被重新定义的王国

那些垮了的一代
被重塑金身
长亭里，瞭望星空

梅花：致伟人的一生

风与云都跑远了
想起自己的一生
梅花就张开阔大的耳郭
假装倾听昆虫的理想

活着的人渐渐在死去
死去的人活成太平洋

梅花的视线内仅有三贴爱情帮
第一贴化为泪水
第二贴藏于袖内
第三贴沾在眉梢

生命的成长

如今，坐在洞开的时间里
想起你进入我生命时，滑腻腻的样子
你婴儿般的面孔从那时起
已成为标签，贴入我的心口
你快速地进入角色
比我更懂得如何借助风力
在这个时代，迅速成长
你像一个大人
装模作样地训斥你的母亲
我像一个看着自己孩子高飞的老鹰
满足地掩住笑脸
在过往的时光中
孤寂与沉重，会像一道伤口
裂出浓郁黏稠的命运
你剥离它们，又完美地黏合
像一个胜利者，站在高处
如今，你坐在考场
只是再一次创造一件作品
火候的掌控与风有关
我只能退后，冷静地察看气向
并准确地向你报上数字

我的祖国

我的祖国一路前行
前行的路上披荆斩棘
他的信仰还与从前一样
所有的一切未曾改变
坚毅与隐忍
是随行的掐不断的牵连

我的祖国还是六十年前的祖国
她从丑者变为美人
又从美人化身为观音
她是璀璨的莲花
正兀立在人民的心上
我的祖国从此深入人心
无可改变的是人民的爱恋

无根的人

谁站立在船头，像一粒尘埃
灰衣的下襟飘拂起来
将面孔遮住
只有眼睛
被海洋反射出金色的光芒

这种重新曝光的效果
永远高于海面
却又在暗流下急涌
看不出与事物相违背的地方

无根的人在事物中钻进钻出
随意性达到了极限
他喊一嗓子："大海"
云就涌进了船舱

相赴鹊桥会

芙蓉颇具国色天香的气韵
七夕节里，它们正密谋一件盛事
如何将自身开得荼蘼
如何在这个节日里
靠近酝酿已久的幸福

芙蓉倾国倾城
却足足迟开了一月
若开在七月
想必会成为他的王国

芙蓉还在枝叶间
缩着肩，等待盛开的时节
她若开在七月
叶子必定还很新鲜
花径有迹可循　热情迅速漫延

芙蓉盛开后有层层叠叠的花瓣
如灼火的情怀
若心事敞开，在这个节日里

何不将躲藏在枝叶间的花骨朵折下
像折下一段史实
折下一个朝代
更像折下自己的余生
相赴鹊桥会

巫水笔记

一

每天清晨，男人擦枪点火
坐在大地上
勾渔网，磨铁叉
村寨里的某些日常事件
在树杈上打钩
在竹林中仰望就完结的事件中
不包括冲火药，打码子，做弓弩
这都是男人引逗女人的药引

兽皮挂在春风中
兽皮在女人眼里猎猎生风
她透过男人的铁
体察到阔大的世界
铳声响起来时，世界很小很小
铳声震动小木船
男人在巫水河中战栗
他们设宴、欢呼，将巫神赶至火中
门胞将兽头四爪供奉，门煞尝着干巴
他们在树叶中溃烂、交欢，用盐巴掩饰伤口

在后来的回忆中
似乎有一队人马沿河流出发
着黑衣，留长发
他们化身为剪纸，从丰腴至干瘪
不过一刻钟的厚度
时间停顿，他们都已转身

二

节日的广场上，有铜鼓手赶走鸟兽
姑娘们将手举过头顶
石头与火药是圣物，让它们燃烧
鸟类在迁徙过程中搬走粮食

庄稼一年比一年好，诸城没有战火
只有铜鼓敲响

猫与地鼠杂交，世界和平
丰收一年比一年好

胜利者高举旗帜

用兽头作饰物，用鸟羽遍插森林
在同一时间内，你的掌声，你的祝贺
不如弓弩与火枪划过空气的声音

姑娘的爱是长裙的皱褶，有叠加
偶尔又有直白的诉说
这个胆大包天的人，将你抛在天空
你闭上眼，别开喧嚣与火把
暂离人世

三

彩狗衔来高王头颅，公主以身相许
这个幽静的时刻，如此幸福
它们被木槌敲打，被刻刀雕出六男六女
从此密传瑶家十二姓

十二间空房子种上老根
十二间空房子洒上花籽

羚羊化为半兽，从森林中苏醒

它因无知而触怒众人，现伏身为鼓
羊鼓上的河流密布
羊鼓上的巫水河顺着裂开的鼓皮
向水草茂盛的方向逆流
姑娘们将手拍打在羊鼓上
震颤的鼓音令河流击碎成万片浪花

浪花飞舞，河流不逝
早到的你被献上鸡冠
你们在群山中失踪，被声流击中
即算是一千次踏平山岗
一万次献上爱，却终究集体沉默于此次事件中

四

花瑶的姑娘身着桃花图
蟋蟀与蝈蝈在各自的领地度假
生出一大群孩子
山岭上，有茅草搭建的房子

孩子们从小就知道拿禾锄，扶犁耕

开垦岩土，扮家族的救世主

一到冬天，他们就休眠
在雪地里留下虫卵
在春天，他们戴上银饰
夏天除去伪装，秋天送上种子

邵水为它们送行
落叶为它们裹住肚腹
孩子们有爱有恨，吠叫不停
谁在大地上绘出图案
风一吹就会隐形，草一长就绿了半寸

五
"挂袋子"的客人路过溪水冲
他品"瓜箪酒"，击长鼓，吹芦笙
躲在地窖里的门煞，酿红薯酒
套绣花鞋，她穿针引线时
男人在房梁上摘下一串串干玉米
剥米，辗粉，裹窝头

挑货郎，卖金粉
门槛下十二道符咒
房梁上秘藏经书
木格窗台的背景里
照见遥远的天光
今夜它将栖在爱人的嘴唇

黑暗已照上女人的头顶
她眼睛里的火光是爱的火光
她的玻璃球里藏着猫爪
她的土灶里还埋着余温

六

你要来河流一趟，与你的心上人
让她做一只蚂蚁
你成为蜂王
这样你们才能在一苇叶上
逆着河流的方向度往山脊

叶脉是有分歧的

总是躲在山脊的木屋内争吵不休
而兰开在通风处，它们在腐叶里茁壮成长
母亲与兰的花苞一样
有透明的质地与爱的光洋

倘若天空里藏有一只圆满的耳郭
那倾听的将是一枚鲜艳的唇
吻上阔大的山岗

七

鸟巢高高悬挂
树桩上有幼鸟在巢口探头
老鸟飞来飞去，窃窃私语
密谋的事件已然败露

旗幡飘扬在人间十丈之外
路过的都在此仰望
面上仿若带血的旗幡
冲杀的号子早已织进经纬
如今村里人丁兴旺，五谷丰登

八

竹竿上挑着蓝靛布
它们的身上长满树影
影子蓝蓝的，爱情蓝蓝的
布坯躺在大地上呻吟
有爱欲之火在肚腹滚动
这白色的土坯布，尚不清楚自己染色多深

风一招展，它们就缠上林木的耻骨
鸟类在上面繁殖，吞吐液体
做各种伸展运动
它们是有同情心的物种
其爪子有时会胖乎乎地留下印迹
有时又如惊鸿一瞥的秋波
浅浅的攸忽而过

男人站在暗影里，光着膀子
他用手中的木棍撬动蓝色河流
头巾下的汗液
滚进深蓝的海

刺痛是暂时的，他停下手中的圆

流了一个世纪的河已然凝滞
带有藻泥的色泽
他们是 20 世纪的长寿人
没有齿与腭骨
并且隐藏性器
他们只愿与神对话，与土为邻
带走全部的信仰与器皿

2015.11.25

剥离最后一层血肉

剥离最后一层血肉
躺在竹筏上飘流
光芒从水面浮出
浮出玲珑剔透的镜像
乌黑堆涌层层波澜
浣纱濯足　虚如一根纱
一根探出头来的水草

弯曲　舒展
这些奇妙的语言
动荡在水波深处
迷醉了争先恐后的鱼
遥遥相对
在难以企及的国度

唱不尽的歌声

你在圈养之地　植麦芒　种稻尖

看青山绿水从手心扩散

蚂蚁从四方奔跑　结集　排长条的队

黑压压的在陕南的一隅引颈企盼

雨水就这样洒落　润干涸的唇

吐故纳新　醒过来的是所有的臣民

你坐拥半壁山河　运筹帷幄

看尽天下绿意盎然的植物

雾湿眉睫　你颤抖的看你翻开的双手上

沾染的文字和唱不尽的歌声

桃花流水的日子

现在，我想写下来
为你写一首首诗
将我看见的桃花流水的日子
描述它们轻绽的细节
我只是路过，我将它们永存
我踩踏过一条小河
它因无人命名而清澈见底
曾想邀请你为它命名
要是你愿意，我累了也安心
在冬日的暖阳下，用丝巾圈起满满的风
看它招展在柳枝旁，灿烂着脸
尽心尽意地撒撒娇
谁都有风一样裸露的心情
扎起红丝带，你就是爱的国王与皇后
在这个下午，你化妆成另一个人
接受了卑躬屈膝的风的礼遇和欢情

东方红，太阳升

窗外微露晨曦时

我还在等待红日的升起

其实这只是需要一个过程

一个自然的自转的过程

就像太阳的升起与伟人的降生一样

在遵循着常态的规律

120 只和平鸽被放飞后

它们拂绿了祖国与村庄

拂火了梦想与希望

曾今，在一个婴儿尚未形成知觉时

乡村弥漫的肃穆气息

使她只收缩在母亲的怀里

张望傍晚那仅余的一抹夕阳

现在，她在心中默唱"东方红，太阳升"

并守候着太阳再一次从东方升起

声 讨

不能将每一位神都当神对待
你的神或许就是践踏我的敌人
只因为你的树立而使他高大
而我的神是值得感念的人
他的威仪被全国人民参拜
在我参拜我的神时
你却将我的敌人摆上至高无上的位置
这无疑是触犯众怒的一种方式
这样的结果是清晰的
违逆民众的结局
就如同你四面楚歌
在丛林中被声讨
从泥沼中需拔地而起一样
应处于两难的境地
而你故意逆势而为
证明你的不再乎在挑起一个事端
并藐视着我的权威
你在参拜你的神后
即将成为一个被颠覆的任人唾弃的鬼

角 色

夜中的灯火已经熄灭

你淹没于黑暗中

有车轮声滚滚而来

像一波波海浪侵袭悬崖

它们在侵袭着忧郁的心室

现在有站立于杂木树上的呜咽

在整个冬天低沉地鸣响

它掩盖不了室内的谈话声

这是与某国元首有关的话题

就像个毛孩子在一个巴掌大的地域里

正经地扮演着皇帝的角色

手起刀落

只需要一个命令

就会有无数人执行

夜黑了大地没有天明

角色互换后不过是重新进入另一场景

患有抑郁症的兽

一个患有抑郁症的兽
埋首于雾霾中
他无精打采时
像一个流浪千年的汉子
破烂的衣裳与隐藏的洞口
及洞口中的浓液
吸引了无数旁观者
它们议论纷纷
指指点点，像一群食蚁
在等着瓜分一块肥美的食物
兽并不具备反抗精神
在这个世界里他没有兽的品质
他的低眉敛首简直令人质疑
兽们的和美都是一种表象
现在我们必须合理地分配
并赋予他们神性的美
给他们的种族叠加光圈
让他们顺畅地呼吸，幸福地延续
某一种隐为人知的生活与激情

与此无关

她是个臆想症者
怀揣爱情
在这需要速度的冬日
在这扩张的忧郁中
在这"反腐"的国度里
宠辱不惊
她怀揣爱情
妄想葬身于北方冰层
在某些腐质滋生时
寻找出打击报复的要素
令其命中主题
将念头掐灭于萌芽状态
她怀揣爱情　思恋疯长
想象冷空气的袭击与此无关
她仅有爱情
在此冬日　迅速老去

流水不腐的身子

有一具流水不腐的身子
在春光里，泄露私情
十二个情人像约定俗成的季节
列队为她奉上爱、食物、香水和皮囊
爱没有肌理
她躺在春光里，想抚摸既得的爱时
却感受不到流蜜的爱的疯狂

玉兰花开败在夜色中

玉兰花在夜色里涨满肉色的小刺
扎醒每一朵呼吸的眼睛
她以为，这一切都是秘密的
不可言说的美丽罪证

而白天，姑娘在小伙子眼里
开得比玉兰花更白
更有香气，薄薄的脸蛋
羞惭地笑着

谁也没有发现
睫毛低垂下来时
阳光照亮的那片阴影

合拢的气息
伸展的爱情
现在，不需要天梯
玉兰花开败在情人的眼中

雪的形状

雪的形状是欢乐
每片有透明的心
积在一起厚厚的
风吹动静物
有流畅的线条穿越雪地
桥、石磴、鹊儿的吻
都有痕迹
有隐藏的心性
它们踏马出征时
我在此处，遥望安稳现世
飞雪压境，车辙通往远方
虫子与光的触须同时安眠

圆明园：致居所

鱼儿躺在白云间流泪
水草成为它们的房子
总是被异类分子拆迁
在煎灼的过程中
永远在树梢蓄住势头的水
是弱质的，没有反抗的力量
时间是慢针
嘀嘀哒哒地响了一个半世纪
如今，燕子在天空咳了半宿
蝙蝠就慢慢合拢了翅膀

逝

镏金的火环
拔出沉陷在岁月中的淤血
生命绽开成一朵朵绛紫的梅
你的眼睛在霎那间
失明　听说是炉香
熏黑了光
你说　这世界太阴沉
淤血凝聚得太晦暗
而梅花开得太艳丽
化身为烛是一曲凄美的旋律
你挑断了那根通向天堂的琴弦
琴音毅然而逝
坠毁了轮回几世的情缘

2003.08.19

蝶　花

你将缎扇埋葬

以古墓的形式出走

后人在你的经历中形成风格

打马扬尘　烈火以云的兴奋奔腾

钢铸的剑尖舞成一朵不凋的蝶花

扇骨已腐朽、糜烂

如落羽的翅膀

缎扇以沾蝶的鲜血而活

以蝶的姿态栩栩如生

年复一年

破茧而出的仍是那份入骨的相思

2003.09.29

落 花

一夜间　落英的幻象沾满路人的梦境
纷纷扬扬中　可记起了幼时的意气风发
在展开心雨的一节节文字里
过滤了多少痛苦的章节
这本该是美丽的诗行
诗人在这里却无法隐藏心事
如水的眩晕里　灵魂渐渐扩散
仿佛来自天空悲悯的云团
撕不破那片钢缠的纠结
掩饰不了那如鳞的目光
飘然离开窒息的尘嚣
飘然隐没于霉菌密布的坟墓
病菌的滋生　是无法臆想的速度
你躲在哭泣的坟墓中颤抖
料想世事在怀中究竟是什么模样
揣测来年的枝头可否有红粉滴露
是否又得用自身来缅怀春天
究竟眷恋能裁剪什么样的舞衣

身披黑色要武装什么样的心念

你已揉身成泥　远去　远去

2003.09.29

莲 花

醉卧在莲台前

用枝丫点染面孔

等那些心跳的人

顶礼膜拜片片润色

湖水初涨的片刻

你将翅膀展开

遮掩娇羞时涂抹的脂粉

在天地之间书写着人

黑色的木鱼慵懒着

挤进缝的光

在堆砌的经文里寻找一段隐情

你无视它们的晦暗

犹如石头的沉闷

碾过灵魂的表象

碾出圣洁的光茫

2003.09.29

朱槿花

寺里长着四十九棵朱槿

一坛黄金　深埋在变种的花下

从左数到右　数不到异色的基因

有人在四十九棵树下死亡

刀剑削不去朱槿的从容

逼人的红霞盛放在来年的春天

从右数到左　异色的基因在树下诱惑

有人在四十九棵树下生长

竹筐中装不下三百六十五片叶子

你守不了第二个春天

而流水终于在这个春天丧失它的本性

让我知道四十九棵朱槿的轮回

2003.09.29

暗夜（1）

起风了，看不见星光的夜
你猫着腰，在那条绵长的巷子，转悠
月亮是把夜晚的刀，出鞘的霎那
你某处的稳私，早被它雕刻成白骨
猫头鹰在枯枝的尽头，扯着嗓子鬼叫
你拼凑所有虚假的词汇，用霜的白
——掠过肌肤
那种彻骨的凉，那种乏力的软
还有鹰射出的幽蓝的光
全成了你背脊上裂开的伤
从此，你得了惊心病
在梦中，醒成一条虫
张着惶惑的眼，吞食口角的涎

2003.10.12

暗夜（2）

你用手遥指那座桥头，你试图跨越
跨越海面的水草，去成就海妖的生命

月下的你用心凝听，海妖的歌声，她的自白
亮晢晢的如刀子般划过夜空，划开听者的耳膜
是她痛悔一生的句子，如结晶
把心铺满，在反刍时沉闷闷地钻心
野如捣鼓
晚上三更，钟鸣随约而起
的确，她如怀春的女子，在
刀光闪闪的海面，翩舞鸿飞

你说，你就要，这血舔的快感
用自身沉湎于海妖的生命
又是一段未了情，飘浮于海面

2003.10.12

冻 花

现今的岁月疯长冻花

是时光太冷？心事太沉？

如果你熟悉那段心事

必能辨认花瓣背上的甲骨文

你背负如岩的甲壳

爬行在初秋的夜晚

酒流过你的仪表

你用它来装潢脆弱

所有一切在此时轰然下塌

在此时被人们抒写或消解

你知道冻花的秉性

它开在　寒风吹响钟孔的低鸣中

你将所有的疑问　和着泥土与花草

——捣碎成浆　从新排列成词

2003.10.12

春节，与亲朋好友聚会偶感

从闪亮的肩头，接近

从一片绿叶跳转至另一片绿叶

滚烫的空气流转

温热着每一根纤维

无数携刻着年轮的手拉扯着我的眼睛

闪光的晶体在睫毛上招摇

我抛弃了一路上沉重的伪装

用自身的赤裸

围绕冬夜的弯月作一番长谈

跳动的星星从火膛子里蹦出

我们践踏着它们，无所顾忌

摘枝丫，摘一切能燃成火苗的样本

在通宵达旦的光里

醉着将花蕊描上浓彩

2004.02.02

你的父亲

父亲吻着你的肌肤

离开了他刻着坚硬的枕头

拎着如潮水的旅行包，从左脚迈过右脚

在远离你三步之外

学着将青丝缠手

将你儿时的笑语藏于肋骨之中

眼里有着悠扬的琴音

随着鱼的节拍而晃动

在黑白之中沉没了一大片心情

燃烟吸火，第三根指头焦黄

黑慢慢变得抽象，他无时不在行走

踩踏出明晃晃的日头

云就这样飞过风的头顶

他看到了两点火光，透着黎明的晨彩

2004.02.05

远行人

　　你背着旅行包，背着儿女情长在外流浪了一个世纪，却找
不到一块属于自己的瓦砾。

——题

你是影子的仇敌

追着在戈壁行走

磨破的牛仔　随地支起帐篷

寻根簪子　刺破天顶

将满天星光洒落梦中

儿女在梦中筑鼎

情人手饰鲜花

一抹微笑嵌在镜中

父母是圈地为牢的固土

手搭帽檐　死守桔园

而你背负尘埃

爬行在世界的边缘

这个满身虫虱的远行人

立足云峰　极目远眺

只有一片片漂渺的雾海

2004.02.20

投 入

开成一朵朵　灿烂的狂热
猜不出从哪根枝上萌芽

你没日没夜　计算
将一片片空茫的大地
铺满锃亮的玉盘　从此
心尖上塞满　日益滋长的
浪潮　翻腾而炽热

你敏锐地捕捉
却记不起脚是从哪个阶梯迈出
风又是从哪个方向
拥至你怀中　急急的铺展

你眼睛始终睁着
来不及入眠　来不及
将生活调制
我的埃玛　你仇恨的怒火
即将撤出　幻成一片淡淡的蓝

2004.03.11

假　日

和弦　颤动中惊醒节日
一目十行　将生活翻了个遍
枯枝　乱草　停泊在深处的隐秘
伸展　接受火光的蹂躏

响了又停　福音如期而至
陷阱　填满一颗颗七彩包装的石子
你用蜜纸沾糖　溶入水
溶入一个空白的下午

我卑微得只能面壁而立
看皱折收束　灿烂如一朵迦昙波
面对我呲牙咧嘴
将折射的影子　一一返回

求你饶恕我逃奔的背影
当冰雪消释前　必定
赶回极地

2004.03.11

面　壁

阵咳声声　你捻珠面壁
脱掉佛袍　用手撒裂寸寸肌肤
青灯下的女子
整整激昂了二十年

将碎片赋与羽翼　将巢禾赋与唇舌
你是天上地下的女子
独自跨越太阳
跨越浩渺的星球　反复作战

将渴望化作烈酒　倾满杯盏
所有一起行走的人
记住欲望　记住它的糜烂
还有如芒刺在心的腹语

你的脚印在壁前已锈逗
撕烂的佛袍躺倒在地
无情的嘲笑　密封了二十年的腹语

2004.03.11

空

退缩　在玫瑰旺盛的花园
你嗅到了令你呕吐的
鲜花的血液　交织的生命的红

你紧紧护卫你的身体
逃离那座石砌的坟墓
重叠的暗处的影子
以及一个女人狂笑中的预言

你将自己画在空中
追逐飘零的叶片
天马行空的状态
与一片叶子的恋情
整整维系了十个指节

你虚弱如一张白纸
被橡皮擦了又擦
却磨不出半点渣滓

2004.03.11

送　你

用双手揉搓面粉
小心的层层覆盖
雪从指尖滑落时
凉了整片松林

我看见你露出来的眸子
熠熠生辉　像蒙着的
一层水雾　即将渗透
甚至柔情也跃跃若试
虽然我看得出石块的生硬
在某个地方稍作停留

从昨日起就陪你
在这氧气缺乏的地方
看满山的白玉兰
做无数次僵硬的动作

冷从叶梗中出走
游弋于整个山岗
啸叫从空洞中溢出

婉转的与耳鼓
整整纠缠了一个冬季

2004.03.11

黑

一张傩面具
在诡异的气体里
喧嚷　天一抹就黑了
那块流失了水分的树皮
耷拉着脑袋　双眼无神

一匹布　被眸子
裁剪得支离破碎
你用指甲深深埋入
记得那场灾难
用无数次腾空完成

九个月　整整九个月
你将爱你的人包裹栅栏
拒绝黑色浸淫她的指尖
那个梦游人却在异地
捡回你的骨骸　中间
有一根绳索穿过眼睛

2004.03.12

城市的歌声（组诗）

1. 扬起的尘

从黑色的污水中　挣扎

这个带着腥臭的城市

让肌肤沾染海水　沾染鳞片

鱼市一片喧嚷　海风越来越重

压迫得无法喘气

接近窒息时　摸到一双眸子

里面倒影重叠　光芒四射

悄然尾随　带着重生的希望

将水狠狠的搓洗街道

搓洗皮屑脱落的斑痕

2. 淡蓝的光

拖着虚弱的身子　穿过一个个站台

这是城市的一道风景

你将自己出卖了　整整一百零一次竹签

你透过淡蓝的光　微弱的啸叫

音在胸腔内堵塞　化不成光晕

绣着淡水的和服桎梏灵魂

石灰粉刷你羞红的面孔

从河边的倒影中接过丝帕
触摸那片微温的质地
从此　悸动处一直泛潮

3. 剪影
方格子里　剪影是一片安详的叶片
木梳斜斜的插入你的发髻
鸟儿低鸣的呼声　往壳里挤压

你将丝帕掖入饰带
怀揣那份温潮冥想
啜饮鳞片浸泡的酒液　色彩的光斑
将泪腺紧紧密封　摘一朵桃花别在襟前
映红眉目
守十八年的密语

4. 瞬间
在海边濯发

沙子柔媚的挤眉弄眼
找到同谋　找到裹刺的花瓣

失身的草席上　抬眼看到
手心的温潮泛滥了整个庙宇
哑语在空洞的眼中回荡

找回失弃在岩壁上
那块绣满花瓣雨
沾染雷雨情节的丝帕
在呓语中　潮起潮落

2004.03.16

黑夜的女儿

你在黑中穿过，惊悸于回廊里的那片琴音

　　　　　　　　　　　　——题

一片羽毛　　飘过回廊
丝绒收拢皱折　　壁炉透着暗光
将裙裾扬起　　美人鱼
晨光微露前　　默然不语

在孔雀兰前顶礼膜拜
和弦四起　　倒退
惊诧于各种面孔的重叠

那声颤音　　困扰梦
回廊拐角　　迷漫
黑玫瑰的气息
半闭的壁橱是通向死亡的阶梯

你是心嵌奥帕尔的女人

在黑中铺展
用万种颜色收束光芒

2004.03.20

环保遗留的影子

一夜间，三轮车停止了轰鸣
世界安静极了
人们的呼吸也好像
由此而甜蜜了许多
女人抱着粮食
来回走了三公里的路
她感觉到无比地沮丧
不难想象，以后每天
都不缺少这样的镜头
酸肿的胳膊与沉重的步伐
如果，她走近一丝灰尘
灰尘亲昵她，并教她一些定义
由此而说明必须步行的困惑
即使明天绿色出租车风起云涌
多得像臭水沟边的蚊蝇
而行人仍对十四万的价格止步不前
城市沉睡在沅水旁
女人沉思着
不过二天时间，土豆和西红柿

被搬上了餐桌

成为她无法摆脱的心瘾

2004.04.10

字 丐

你攀过古代的墙
分割成几何，肆虐的风
盘膝，斑驳的额头
被书写成蝇头小字

滚珠、滚轮、木板
你握笔的姿势
苍白的风景
在肌肤上掠成疙瘩

挺直脊梁
卑微的接受怜悯
那些云层中赏雾的人
将硬币弃置圆圈
背转身，在潮湿的缝中交头接耳

2004.04.19

桃源之行捡拾的片断

1. 合叶草

你指着合页草说："瞧，多么亲密，

日晒雨淋也紧紧相拥"

它们保持沉默，沉浸在

彼此身体里，渺视恶劣天气

我硬下心肠，连根拔除

它们仍旧紧紧相依，指节嵌入骨头

我颤粟着手指，活生生剥离

它们鲜血淋漓，忍着痛苦不吱一声

　　　2004.04.21　桃源见一奇草，问之不名，自取合叶

2. 抓住桃花的尾巴

隐入桃源，抓住桃花的尾巴

时光猛地一拽　陷满山红泥

花瓣染醉了心扉

欢快的影子在竹节上张扬

在秦人古洞钻进钻出

一次次吞咽世外桃源

我几乎是其中的一块岩石
岩石上的苔藓　被湿腻的空气鼓舞
石阶跳跃了起来　裂开宽大的嘴
开心地引领步伐　述说古老的秦朝

迷惑的光在森林中奔走相告
古洞凸显出来　在显像中踩遍了桃红

2004.04.21　秦人古洞

3. 藏骨于桃源

关于你们的对话
我装作漠不关心
只上去摸摸衣袖　扯扯胡须
攀爬上去亲亲嘴脸
仿佛眼珠眨动
视线粘上我的影子
看我在绿中雀跃
在水草中打捞渊明的句子
顺便问问渔翁　可有回径？
草帽赶着声音　坠落深渊

我嬉戏于船头　衣袂飘飘

执五子钉入荷塘

世世藏骨于桃源

2004.04.21　见陶渊明石像有感

4. 竹林

笋叶脱落

你节节拔高

小鸟在枝头踏出无数印痕

青翠了整个春天

你热情的招朋引友，里外合围

一丛丛在山上铺开筵席

修个草庐结缘

抬头看天　看日头

扑朔的光猛追过来

化开在桃花裙上

我展一张笑脸　引一泓秦水

绕你几绕　再从膝头绕上树梢

2004.04.21　桃源竹林

乡村夜晚

蒲叶扇响风声

紧贴阴影翕动黑翎

在竹梢上行云流水　不绝于耳

青色裙裾笼罩山岗

歌声在静谧中倾唱

将水分割成月牙　衔着珠钻

奔走于每个思想者的眼幕

将明丽涂满面颊

破土而出的青草气味

在眼前氤氲

放松每根发丝　沾上露珠

数一颗颗黑跳至白

又从白化身为流动的词藻

你从中起身　爬上云端

2004.05.09

泼墨的夜里疯走

忙碌的是什么
它们一直被人们掖着，藏着
并且不甘寂寞的
像后街一只藏头露尾的哈巴狗
在泼墨的夜里疯走

它们凿壁偷光阅读残文
它们是刺进爱人骨髓的尖刺
它们利用探索火星的激越
给爆破原子弹留下火引
给前进的道路埋下一个个隐患

它们打碎陶罐，拼成崎形的积木
它们自娱自乐，对着影子起舞
践踏着奶酪，人们在旋风中恶心
记住，它们是欺骗的蜗牛
只能在黑暗中享受黑暗

2004.05.09

云中月

裙衩开了
开成一朵桃红
在水里泅渡　将媚惑的脸
藏在海草经脉处
咬月色　织一片片云帛

金丝一线线
在胸前落尘　於塞
隔着山川与你
戴红花　引绣针
挑一朵眉梢
画弯欢乐的眼

并着玫瑰吐花蕊
用晶蓝拔乱水声
流一池碎钻
阴影衬托那片白
你是白中嬉戏的水珠

2004.05.12

爱情，我将你圈养在口袋里

爱情，我将你圈养在口袋里
当你从紧闭的门中进来
从薄壁的狭缝中进来
侵略一切能侵略的东西
那时，我将对你失去观望的态度
我讨厌你将我脑中一切能移动位置的思想本末倒置
将我流动的灵泉搅得浑浊
将心灵的平静动荡得不安与恐惧

我只能用薄薄的纸张来穿透你
看你忧郁的挣扎
像看着完美的作品在指尖焚烧
我将大笑
此时，我才得意于自己的胜利
像窗棂张开的大嘴呲着獠牙

爱情是圈养在口袋中的兔子，
我不时饲以青草
兔子的柔弱与我的坚强在攀爬着同一座梯子
间距是每一个小栖的场所

有甘露与鲜花

也有荆棘与牵绊

险遇沼泽时

爱情变成了扣住我的绳索。

2004.05.22

掬一捧黄金的流沙

掬一捧黄金的流沙
缓缓移动虚无的桥

森林里的树丫伸向流云
伐木工人摧毁了一片房屋
架起了桔色的火把
小矮人在黄菊中舞蹈
你骑马越过荆棘
趋赴彩色的盛宴
女主人在篝火上张开怀抱

掬一捧黄金的流沙
看身体复苏于流泉
邀空中潮腻的石头
将每一片浪花踏响

2004.05.28

六一节（赠子璇）

我愿意与你做个游戏
看你用顽皮的笑脸隐藏风
在光中揉了满身的泥淖
抖落腹蛇强加给你的风暴

丢弃纸张带来的空白
与蝴蝶结伴画一圈弧线
我愿作一回线的结局
被拽着奔跑于球场

最后我们互换角色
体会身体在密密的长草
七彩的狐狸又换了身衣
我心尖尖上都开满了你的甜

2004.06.01

启示一张张

1. 启示一张张

山川　漫过一洼又一洼的水

带上白　将整个庙堂掩盖

启示一张张　转过了多少腹地

你是流浪的孩子　从泥泞中起身

环顾风干的树叶　没有昨天

那个日子挂在枝桠　呻吟

一日碾过一日

2. 看花朵分身

平分那片苍白的花瓣

从阵阵裂帛声中　沉下

浪潮中的泡沫

你无法分身　无法将日子拾捡

横过山脊的只是鬼魅

你痛哭流涕的扯破脸颊

看养分逐步丧失

空气中漂过血腥的气味

3. 疼的夜行人

芦苇拦了一夜的路　你在山中穿行
怀表断在昨日　泪珠也断在苇杆上
染得锈迹斑斑　日头照顾不过来
分不清哪块地与哪块地的分界线

你只是疼的夜行人　丢失了青丝缠的结
头巾飘扬在风中　找不出
任何一个与之相关联的绳头

2004

春 恋

我忽然把自己想像成飞
像鸟，或像其他
这种天马行空的状态
将持续在一粒种子萌芽的时刻
有一种彻底的快意
春天拥上来，解禁一座城堡

让漫天雪花裸着身子飞舞
它们也臆想到快乐
臆想到与春天的一场恋情
是如此刻骨

2005.01

铺天盖地

冷浸过来，迅捷侵袭一张张面孔
山脊掩没于一团团惨白中
人们被围困
四肢艰难地左右伸展

风漫过洼地，漫过压抑的枝叶
以及白色的水
这个冬季，我忽然颤栗
把自己幻想成流动的云
与天空并驾齐驱
变成灰色，含着沙
在碑上急书
"坠！坠！"

2005.01

忍冬开了

亲爱，忍冬开了
在这腊月的深冬
你粉红的脸庞在我眼前晃动
笑靥如花，冰菱压不住娇艳
你脚踩磐石，搭上云梯

亲爱，你凌波而上
在苇草深处的渡船
用情思编织绝唱
波澜不惊，旋涡只能助兴
你是踏歌而舞的精灵

亲爱，青梅煮酒
你喝下一番热烈，一番执着
你出走域外
携回满山红果
你映红海面，是生命中交炽的色彩

2005.02.05　晚

一片叶飘过

今晚　有一片叶飘过
血红　卷曲
它悸动的经脉在彩霞中
弄痛了我的眼泪

一片叶飘落的过程非常简单
或许它会翻几个身
勉强折腾几下　以显示它的壮烈
它的无奈和悲哀

而今晚　我只能眼看着它划过
却无力承接它柔弱的一生

2005.06.13

坐在炎热的时间背面

坐在炎热的时间背面
数那些水滴石穿的日子
一万年　还是更长久
几乎记不清知了在
门洞中闭合了多少次
它们利用清唱的喉咙
淹没耳朵　以获慰藉

不信任的时候
几乎落泪　几乎用翅膀掠走青叶
你胡须打结　扭曲
而我逃离　遁形
为你绣上最后一幅泼墨的珍品
弃置绕指的绢线

2005.08.15

此时此刻

此时此刻　我手抚肚腹
轻唱歌谣
揣测你的降临　你的模样
你唱和的伊呀　你吮吸的小指

你总是这般出乎意料
蹦跳着来到怀中
让人无法拒绝你的柔软

你跳街舞　扮鬼脸
我将你一页一页拴入书签

2005.08.22

一声鸟鸣坠毁在青菜地里（祭伯父）

我默默的靠近一声鸟鸣
听它尖锐的惨叫坠毁在青菜地里
而你如菜叶　枯干而萎缩
沾满的粪便　就是你终生的毒素
大雨也洗刷不掉渗透的根深蒂固

你糜烂的肺部展开　其中的小道幽暗
印着你年轻时的脚步
脚步欢快　唱着小调
一个编着辫子的姑娘与你一同踏上归途
即便是如今　在头顶乌云的大树下
你也红着嘴唇唱歌　拉竖琴

你拒绝泪水
拒绝任何与直立无关的字眼
哪怕病入膏肓时
眼神依然闪烁倔强的光芒
你拥被而坐　驱逐病菌
单手改写人生的诗章

你素白的绢布缠绵额上
渐渐模糊的意识停滞于门外
你乘仙乐而去
快慰地听一声鸟鸣坠毁在青菜地里

2006.06.23

红土地的光（组诗）

1. 秘密之地

木棉开在海洋的浪巅上，略呈血色印子
一顷递上一顷，烈马奔腾在森林中
而裙裾如浪花翻腾，纤手一层层折叠
将土地裁剪，铺展成秀女的模样

风从秘密之地摊开，从炮火的硝烟中
寻找话题，你踮脚跑上山岗
不屑一顾这些神秘的占卜
红土地是你唯一的筹码
你紧握土地，扑倒在乱坟岗中

2. 簇拥的焰火

你是焰火中燃烧的植物，骄傲的昂着头颅
眼珠在火中闪着绿色的光芒
如奥帕尔一样明艳，如雀羽
将所有的山庄一一点燃

你将手中的皮鞭抽得天响
将思绪引向神的灵魂深处，祷告只是表象的点

连不成彩线，织不成梦幻之衣

3. 风之絮语

你跪倒在拖地的长丝绒中
风之秘语遍布各个角落，眉宇扬起
面具在惊惧的眼中慢慢消亡，炽情隐退
可怜的孩子，在花尖中萎缩

将花瓶碎裂在玛利亚的慈悲中
偷听秘语的人在黑处暗笑，张狂

4. 从指尖上逃逸

从指尖上逃逸，于坟墓中糜烂
身躯裹上一层层咒语
你在大厅里飘来荡去
黑色的影子缠裹笑声
缠裹脱水的肉体
你将绸缎抽丝镂空成各种模样
手中的泪水就这样化了
空留盐分反复腌制

5. 没有人愿意掠夺

没有人愿意掠夺这座封锁的城堡

略成暗色调子的首饰——褪下

你空着身子舞蹈　将头颅探出

欣赏红色的木棉排着队伍

昂首阔步的跨过

流言蜚语此时风起云涌

笼罩了整片红色的土地

6. 爱情的封锁线

当炮声四起熊熊的焰火在空中呈花开的姿势

你躲藏在袖袍下倾听着坚定的气息

在马鞭声中将战争丢弃

那些爱情　封锁的爱情

慢慢呈现在红土地的上空飘满旗帜

7. 弃置的荒芜

头顶雀羽在丛林中紧密的爱

在硝烟中吐十八年的秘语

那些被你弃置的荒芜
慢慢在指尖变幻成招展的山茱萸
疯长的鸭舌草遮蔽不了爱情
你就在这些植物中沉湎迷茫
数滑过的日子和心尖上的甜

8. 距离有多远

你跳上马　扬厚厚的尘
听风带来秘而不宣的声音
距离拉得有多远
你害怕转身时的灰暗的天空
捂紧皮囊　你迅捷逃逸
空留下一些玫瑰的清香在白云上飘扬

2006.07.16

盖 章

一张薄纸
我跑了三个地方
去盖章
居委会的大妈说
到你身份证上的地址去盖章
办公室的大姐板着脸
趾高气扬的
你的住址在外地
我们不能给你盖
后来找了一个朋友
章一下
盖了二个
这张薄纸
终于生效

2006.08.09

对　峙

立于壁前　冷冷的对峙
无法预测古与今　极端中的润泽
别让影子将你扩张
你的颜色来自于亘古
笔尖理顺发丝　明与暗的剔透
粉色的花丝啊　别无缘无故的剥离
你的肌理　你膨胀的蓓蕾

你踏歌而来　阳光悬浮于木雕之上
拾起掉落的岩石　擦然火种
你的背影刹那间惨白而光润
沉默的转身　看墙上的画轴缓缓升腾
又慢慢展平　你欺身而上
掠下惊鸿的丽影　抚平裙褶
在腰际贴上桃红

2006.09.14

假若我说有爱情

洞穴里
深藏着黄金　黄金
它跳跃着一步步走来　闪闪发光
哦　闪闪发光
它就是我可亲的爱人　爱人
在深山老林里长成
它披着长发　戴翠绿的小珠儿
在草地上边走边停

假若我说有爱情　爱情
这蛊惑人心的神！

啊　不要边走边停
我就要住了进去　住了进去
眼中的木房子　烟囱
棉制的窗帘上印着小人儿
她鼓着小尖嘴儿吹着气　吹着气
从阁楼上飘下来
像醉酒的仙女　像云彩

啊　不要边走边停
假若我说有爱情

2007.07.13

183　上清江

叩 问

没有打开　只能一步步叩问
忽然我有点语无伦次的想交待清楚
那些蚂蚁　是的
我想说的就是蚂蚁
它们在搬家　一点一点
从一个地方至另一个地方
没有人休息　更没有人偷懒
它们从此至彼　运送着粮食
它们从水泥钢筋的狭缝中穿行
它们不怕狂风从高空袭卷
更不怕暴雨血洗它们的山庄
它们只是无怨无悔的
重建山庄
运送粮食

2007.09.30

八月香

边走边停

我寻觅着芳踪

黄色的小火焰跳跃着

在枝丫上吐鸟语，吐花香

在这林子中

这清晨的寒气里

我终于触碰了八月香

它在指尖碎成淡黄

一片一片

踩着悠缓的步伐

毫无声息地向四面八方突围

它如此静谧

像蜜月中的恋人

幽香而甜蜜

它低垂着满目的娇羞

闭合着所有的眉目

等待我吻遍轻颤的睫毛

我用细雨裹住蜜香

*丝丝*裹入　*丝丝*缠绵

它如顽皮的孩子

闪跳着一串串银铃的句子
将自己打开在八月的空气中

2007.09.30

10月4日的风吹断日子

10月4日的风在阳光中捂住眼泪
悄悄的呜咽　唱悼文
你将身子矮下一寸又一寸
将所有的句子和着烈酒缓慢的吞下
你被自己固定　转不过身来
绳索的勒痕还在　刀尖的破空声还在
你却只留下影子中的空白部分
留下一片水渍吞噬灵魂

吹断的日子像断层一样横隔在尘埃之下
挤压着你轻薄的身子
干净的阳光下　你掐断一株小草
毫不犹豫　用自虐的方式
鲜血沿着草茎　汩汩地涌动
穿过诗行的缝隙　穿过狭窄的人墙
汇流成小河　这种触目的惊心
遍染大地的每一根血管

2007.10.09

今日状态

今晚空气有点凝固

月贴在玻璃窗上

光向四方发散

让我不知所措

我剪下影子

比如梧桐、榆树以及玉兰的叶

贴进我的剪纸簿中

它们是一些古老的记忆

一点点被挖掘

猫头鹰在树影中

身体进入一种悬挂的状态

枯枝穿过它的身体

像被烧烤的鱼

徒劳的瞪着一双鱼泡眼

2007.11.18

望城之夜

现在，这夜纳入我旗下
这风　这星
这动荡不安的湘水
属于我
像多年密友
从上游帆船般滚入眼中
有蜜汁的巢
被包装　被隐蔽

夜色中
它们是小矮人　一色黑衣黑褂
悬在天空
公主　在近处　执棉花糖
私语从岩缝中提取
有着灌浆的甜
而它们
从不在故事中坐等天黑
只在天黑时撒满星星

2008.08.22

突如其来的光芒

甘草、麦冬、枸杞

以及一些埋伏在深山中

又被人捡拾起的竹叶草

它们干得多么透彻

这些庸懒的孩子

躺在老式药柜的抽屉里

惬意地舒展着

它们的温床被主人整齐地排列

百格阑栅总是将你的目光

分割成无数发散的诗意

使你在帐房椅上闭目暇思时

那些诗意就会如突如其来的光芒

生生将你击败

2008.11.02

洗笔泉之光

洗笔泉就在笔架山
我向往的历史就在池水里
但我无法经过
无法将笔浸入池中
让过去那么近　近在眼前
一小簇的绿中

绿使我向他们无限亲近
它的颜色　与绿同步
光像很细很细的小石子
颠覆着水面上的一切
我站在远处看着笔架山腰
贴满沾染书香的柔软

阴刻的字迹没有反光
它深深钻入岩石的内部
时间并没给予它风化的权利
除了我，没人能听到它的声音
那些细微的声音在对岸的夜里
像一些倒影般微弱

在这个没光的日子里
经由它内部穿过
搜索黑暗降临时它身上的光
那些孩子似的光
在先生背后，闪闪烁烁

2009.05.19

拥有情节的悬疑

他在一个节目中获得巨奖
连他自己都有点怀疑
回答的问题与一个难民的生活
相差甚远
这奖金来历不明
令他获得了一个得奖不应得到的罪与罚
他用一个个场景来回答问题其实质所在
像一个流浪汉穿梭于每个城市
每个城市的故事不需要改写
就能放映成电影
屏幕上有血泪和坚贞
也有背叛与爱情
他始终如一地向某一事物靠拢
这令他热血沸腾、激情澎拜
像一颗种子，始终处于膨胀的状态
只待一滴雨水或一捧土肥
就能催发他的春情
他的每一天都在厚积薄发
布景上的污点需要清洗时
他无所顾忌地拔掉杂草

这有点风马牛不相及
但在紧要关头
他总是能做出正确选择
连他自己都怀疑的事物
已无需摆证，所有障碍物撤走时
巨奖像捧过来的礼物
而此时，她在别处
用手中的枪射中了自己的灵魂

2013.10.05

失语·寡欢·爱

风与月亮挟裹着热风
停顿在夜晚时
会成为乡村的死穴
小姑娘捂着耳朵逃离炮竹趋赶
不小心被关在木门之外
时光瞬间凝滞
她与符师趋赶的鬼同在
门内吟诵的符音缭绕
病中的奶奶呻吟着喝下符水
她在门外紧缩着小小的脏器
符师破舌取血的场景
成为她幼年的鬼魅挥之不去
从此她失语、寡欢、独行
并一次次模拟与爱有关的情节

2014.01.03

幸福的狐狸精

狐狸在成精前
其实是弱势群体
需要靠狡黠来取胜
用一些险招
并将她的狐媚发挥到极致
这就是外相与内相的结合
即聪慧与美艳的并存
人总是容易被外在印象吸引
再进入内心
狐狸不得不在丛林法则下
丧失应有的立场
向人倾倒
向人跪拜
然后向人袭击
因为她已成精
人对其抱有宽容态度
受痛了也会感到莫名幸福
这是人自甘下贱的表象
比如此时的我

特意将狐狸精制作饰品
戴在手腕上膜拜

2014.01.03

替 代

现在，她守在窗外
她的存在与缺席
对我而言没有直接联系
有时我会想她
那不过是一瞬间的雨声
挟裹着雪花与冰雹
在冬天里
一寸寸地将天矮下来
将夜里的黑摆上祭坛
将枯枝替代香烛
躲在木门后的风筝
沾染尘土
睥睨着无所顾忌的孩子
他们抽着鼻涕　怀揣温暖
将手中的纸牌扇了又扇
阔大的袖子蓄满了风势
将人生扇得风生水起
将四季扇得春暖花开。

2014.01.11

绿叶植物的独幕剧

一切有气味的物体

都有过犹不及的品质

被人鄙视与妄弃

而牠是一头公羊

拥有灵敏的嗅觉与最直观的感受

在异动时牠会奋起

像一头牻公羊善于捕捉先机

当一个国家不断旋转

如抽烟机的叶片

只有在处于断电时才会暂定片刻

而国家无法断电

需有源源不断的能源支撑

这个终日饱食光和泉水培育的

变异种子的公羊

在透明双手掐巴下

时刻处于紧张状态

像患了前列腺炎

不时尿湿身子

牠无奈地抬高前腿

打量腥臊的液体沾附于腿毛的窘迫

这令牠极度愤怒
牠不停地食用各种不同类型的食物
来证明自己足够强大
如国外的番杏或本地的莴苣
这些食物的特征必须鲜嫩可口
还得从未进入市场
带有泥土的芬芳与潮湿
作为牠出生为一条公羊开始
这并非难办的事情
牠踏足的土地到处是新鲜的食品
也有带刺的绿叶植物
从小具有反抗精神
不屑于落入喷着臊气鼻息的公羊口中
这株绿叶植物一直对供它养分的大地耿耿于怀
因为大地的软弱令它差点落入羊口
在它老去的过程中常常回忆起
一个国家与一头羊的关系
这令它筋疲力尽
仅剩余它的植物纤维还有咀嚼的价值

2014.01.13

沦 陷

沦陷的村庄是简单的
它的爱是简单的
它用直白的方式奉上爱
姑娘的心是简单的
姑娘的河流向着谁
谁是简单的
集体的沦陷是简单的
简单的村庄在沦陷

2014.01.14

静默成城

有灵魂之音从雨水中攀爬出来
沿屋檐流下喜悦与悲情
谁守着的那树、那灯
还在远方，被夜淹没
一同被淹没的有脚下发软的泥土
和泥土中渗出的汁液
步入花园是你的影
她亦步亦趋
随心意的流速
占据最佳方位
听梅香四溢，听花姿初展
她们的私语如此清晰
在夜里，你的静默成为城
困守着奔突的小兽

2015.02.20

春花依恋旧景

拉近眼前的一切，见证时光、冷风、竹里馆的雨

据说雨打梧桐时，她在檐下轻敲窗楣

长袖中隐匿着卷起的册页与含羞的凄清

据说小鹿爱恋时，会昂起头颅

口衔玉石跪于心上人前

"雨水"这个节点，小鹿的姿势多么优雅

它带动隐形之物，将梅花奉献于人间

她专为品花而来，品到的却是满地落泥

十指尖尖，拈不起梅花朵朵

香盈满袖，只是传说中的奇情

这个春天，过早来临，她劫取了部分花儿的盛开

又播下花的芳魂，在这个夜里

冷雨怀念冰霜，春花依恋旧景

而她在怀里，掏出温热的丝帕

叠成娟花，别于枝上，弄假成真

2015.02.21

生死场

女人的生死场

被摁在土坑上的禾草里

男人是无力的

对女人的生死有与生俱来的仇恨

炕头至炕尾

似乎有一个世纪的距离

用来重新审定某些要义

横在血光中的女人

已无需申张婚前的条约

她早已成为父权下的送葬品

为着幻想中的爱

用肉体浸着血

篱笆下追着哨声去爱的时候

就已埋下隐患的种子

竹篮丢失只是其中一个事件

女人的任性被一个嘴巴掴回

她为事件的结局

扛住的生死场中

将没有旁人的参与

2015.03.16

爱的枷锁

老樟下的坟墓
醒着
用触角
感知身边的细枝末节
而它每一次翻身
都惊醒不远处的老人
他像一个狂燥症者
用秘密武器
向每一个活物开战
并以爱的名义扼杀了
虫鸣鸟．花开叶落

2015.08.12

爱如流水

我想揭露自己的伤痕

我想悄悄走进雾

让湿润一遍遍贴近心

让心贴近你

让爱走向玫瑰

让玫瑰开败在一所小房子里

我想离你更近些

近得能坐在风声里

触摸滚滚而来的白云

白云像流水，从天际洒下情丝

爱如流水，没有足音

2015.09.07

月的光华

一切处于静止状态
仙人掌、兰草、绿萝
用各种姿态相对于各自的位置
我静静看着它们
看爱涌上来，漫过它们的足迹
漫过年华中最美丽的部分
看夜带出来的馨香
有无数叶片伸向月的光华
月是暗藏的影子，仅凭臆想
组合出奔涌的思念
有沙画般的壮阔与宏伟
有山雾般的变幻与灵动
爱行走其间，悄无声息

2015.09.12

卑微的迁徙

梦中的慎重很有必要
让他退位于某个事件之中
爱真实呈现
柔软的潮水忽然袭击唇齿
现在，天空了无痕迹
心中一片荒原
这心思渐冷，心花凋残的
我低于流水之身的爱
像一场卑微的迁徙
在风的流速里
无限贴近
梦里年华

2015.09.14

天山之子

在每一步行走中
我抓住比大地更为坚挺的山痕
枯藤垂下时
谁在时间之外　默然
它们比手臂更为粗壮　更为有力
在瞬间抓住你的心
像牵引万物般
向山顶集聚
水从天上来时
佛坐于其中　带笑
手执净瓶
走过时　你素然于心
像一个大山之子
缓爬于挪溪腹内
从崖壁旁　贴身而过
这一线之悬后
是豁然开朗的敞开
这无限的敞开
无限的奔腾
像颤栗的声音

延绵在天山之外

如今　只有宋词陪你远行

2015.11.12

玉兰花开败在夜色中

玉兰花在夜色里涨满香气
她趁人类闭上眼的时候
偷偷与月牙亲吻
她以为　这一切都是秘密的
不可言说的美丽罪证

而白天　姑娘在小伙子的眼里
开得比玉兰花更白
更有香气　她薄薄的脸蛋
在花丛中　羞惭地笑着

谁也没有发现
她睫毛低垂下来时
阳光照亮的那片阴影

现在　不需要天梯
玉兰花开败在情人的眼中
凑上来吧！只需一丝光芒

那些爱　那些与爱有关的句子

就会从花瓣跃入苍穹

2016.03.21

赛里木湖

必须俯下身子
才能触摸云层
高山、蓝天及蓝天之外的星辰
这湖面太阔
太想容下整个天空
为了这一天，你沉寂了几亿年
浑身鳞光的你
鱼的身子跳跃
龙的精神渐长
赛里木湖
我一路追随，一路迁涉
从青草蔓蔓，追逐到荒草凄凄
从水波灵动，追逐到冰雪封天
从一袭少女，追逐到白发挑染
赛里木湖
你以千种风情
万顷之姿与我相恋
踏过这草场

摊软在湖心的我
从此不愿抽身

2017.07.20

行至赛里木湖

从高处看你，从低处看你
从四面八方看你
谁以包围之势令你窘迫难安
那些摇一摇驼铃的哈族姑娘
着绣衣，戴花帽
眼神中挑染波涛
指尖上布满兰香

我踏歌而来
与你的两次情缘
都被雪山充当背景
音乐是湖的声音
从心底旋转而来
那随形而至的风
绕过蓝花，绕过绿草
从山的背面带来雪的干爽

2017.07.20

在铜官古街的片刻

风从窑口刮过
守窑的人手持利器
姑娘持百种心情立于窑外
风从街口刮过
所有人探头向外
所有人从此路过

路过的我，如同无数次来过
无数次来过，如同我第一次细察
新奇与感动，新颖与变幻
这赤足的灵魂，这激荡的火
这容易变形的怪东西
经由手，幻化
遇水而毁，遇火而器
脱胎换骨而成艺术
五行集合而成圣物

2017.09.06

春天的风吹草动

春天的风吹草动

从黎明时即已开始前行

它们匍伏着

偶尔又纵跃起身子

有彩蝶将风扇动

柔和的声音

触动着每一根神经

走过时

她用温柔的眼神与你对视

深处的泪光一直存在

某些事物需要选择性忽略

光斑的附着令她更为生动

还有爱和一些道不明的情愫

这些都是她的附加值

听说蜂闻风而至时

会用它的携粉足带走爱的甘甜

这都只是传说

现在你坐在这里

捧着她的花萼
体验共生的时刻

2019.04.02

父 亲

有无数条甬道在张望
父亲老去的那个晚上
是被抽去血肉的婴儿

有多少光荣的历史
就有多少失去人性耻辱的点

曾经我以为，有爱有恨才是他的过往
现在，我坐在风口处
看他的肩骨撑不起一件棉服

谁那么瘦，眼窝深陷，颧骨突起
瘦到风一吹就再也找不到自己的种子
三国中的人物需要攒劲回忆
才能想到自己的热血英雄

父亲手捧三国时
我同样坐在风口处张望
那时的父亲有一张宋江的侧脸
像一个好汉一样活着

2020.08.06

蜂儿采蜜　树儿酿果

露珠在叶上颤动时
有无数隐秘的光束
它们从四面八方奔来
簇拥着这一小小的　若即若离的
有翅膀的　令人怜惜的

星子是微寒的
内里的光谁能看见？

披爱的人在门外轻叩
他们将光收拢
握于掌心
松开　松开
密集的掌纹上
复刻了无数的爱
每一个都是小人儿的呼声
爱　爱……

拢来　拢来……
爱　爱……

这些精灵般的
这些被呵护的
这些用魂灵之光笼罩世界的
我们　拢来
我们　爱
我们　扇动羽翼
我们　趋散夜的黑

现在　这暖光将你我
圈在同一座花房里
有蜂儿采蜜
有树儿酿果
谁都是喜洋洋的
谁都在做着丰收的事儿

2022.01.05

喜鹊从立春的鸣声中涌出

喜鹊从立春的鸣声中涌出
有吟咏、欢乐、原野与风光
老樟的枝丫间又建起新巢
是春风带来？
或是从四面八方拂来的极光？

越是仔细去读一本书
一个人或一段历史
这些光就会凝聚起来
越来越亮，越来越慢，越来越有一种沉静
这是世间的物
世间的美
世间的乡俗
所笼罩的情意

它们会带来爱与光芒
它们会让一位老人沉侵在事件中
思索一些过往的
入迷的
色彩丰富的

没有什么不是闪电
偏偏经历都是雷霆
谁在记忆里深陷？
谁又在吟咏中扩张？
在城里，只有献上千百个风光
才是最好的礼品

2022.02.06

喜鹊与银杏之间的隐喻

银杏有两根并列的躯干
它们和善的样子
很符合喜鹊的审美
每天清早
这对鸟夫妻叼来枯枝
在树的顶子上忙碌着

雪花沾染翅翼,那是扇动的浪花
风雨鼓动欢鸣,那是起伏的强音
谁没有激动的时候?

它们从早到晚都在思考
这根枯枝与那根枯枝之间的隐秘关系
这种灵性是在一瞬间建立的
从墙角到屋檐
从窗台到亮瓦
每一个细节,都由它们仔细绘图
美丽呈现

它们要在这里嗅春天的气息

逛花海商场
摘秋天的果实

傍晚，它们在孩子面前秀恩爱时
有一片叶从鹅黄到嫩绿
慢慢舒展，慢慢张扬

2022.02.13

XIANG SHUI AN

湘水岸

佘利娥——著

团结出版社

图书在版编目（ＣＩＰ）数据

湘水岸 / 佘利娥著 . -- 北京 : 团结出版社 , 2023.5
（新视点文集）
ISBN 978-7-5126-9393-7

Ⅰ . ①湘… Ⅱ . ①佘… Ⅲ . ①散文集—中国—当代
Ⅳ . ① I267

中国版本图书馆 CIP 数据核字（2022）第 072104 号

出　版：团结出版社
　　　　（北京市东城区东皇城根南街 84 号　邮编：100006）
电　话：（010）65228880　65244790（出版社）
　　　　（010）65238766　85113874　65133603（发行部）
　　　　（010）65133603（邮购）
网　址：http://www.tjpress.com
E-mai：zb65244790@vip.163.com
　　　　tjcbsfxb@163.com（发行部邮购）
经　销：全国新华书店
印　装：三河市华东印刷有限公司

开　本：145mm×210mm　　　32 开
印　张：61.125
字　数：1265 千字
版　次：2023 年 5 月　　第 1 版
印　次：2023 年 9 月　　第 1 次印刷

书　号：978-7-5126-9393-7
总定价：400.00 元（全七册）

◎序一

荐阅：想请你喝杯豆子芝麻茶

任彧婵

"我想出书。"她说。

我眼皮都没抬一下，继续刷着手机，漫不经心地回应道，"好呀!"

……

过了一阵子，她又在念叨："我每天都写，一年之后应该就能出书了吧!"

我说："加油!"

再过了一阵子，她交给我一叠厚厚的书稿，说："你帮我看看，改改，提提意见!"

……

终于，这本书面世了。

佘利娥女士实现了自己人生的梦想之一。

拿到书稿之前，我很少特地去看佘利娥女士写的东西，我只知道佘女士一直爱写，一直想出书，一直是语文老师。

等我开了公众号以后，佘女士跑来关注我，看我的文章，我怪不好意思的：年轻人整的玩意儿，长辈过来起啥劲儿啊!

佘女士不管，给我打赏，不亦乐乎。我的第一个读者是佘女士，我之所以坚持写作，离不开佘女士的启蒙教育。没错，佘女士是我的妈妈。

妈妈是语文老师，我读一年级时她便鼓励我写日记，不会的字用拼音代替。上三年级前的那个暑假，妈妈开始教我写作文，她总是精力无限，把爱睡懒觉的我从床上扒拉下来，提溜着还未洗漱的我去逛老家的菜园子，我生着起床气，嘴巴翘上天，不情不愿地走出家门……那可真是印象深刻的一个暑假，一畦菜，一只蝴蝶，一片树叶，都是我的写作素材。对生活细致的观察和感悟，是从那个暑假发芽的。

妈妈不是一个温婉可人的淑女，我们的生活教不来她温婉可人；她也不是诗情画意的文艺女子，她总在张罗着家中的一大摊子事儿，琢磨着她教的一大群学生，她永远乐观坚强，斗志昂扬。

写作，不仅仅是"写几个字"。它代表着一种思考问题的方式和对待生活的方式。观察不敏锐，眼光不独特，感受力欠缺的人难写出东西来。你看到，注意到，想到，才会有记下来的基础，这就是写作者。妈妈算不得人情练达，但她有她的生活智慧。

青春叛逆的懵懂年岁里，我也曾和妈妈一度交恶。可随着年纪渐长，越来越能够理解她。也许是一个成长中的女人对另一个成长中的女人的理解，我在成长的同时，妈妈也没有放弃进取，即使尝过了人生的辛酸苦辣，她仍然保持着一份对生活的热忱期待。

很高兴看到聪明勤奋的妈妈完成自己出书的梦想。不惧年龄，不自我设限，不放弃自己的可能性，这不是人人都可以做到的，妈妈做到了。这也极大地鼓励了我，我想妈妈的学生们也将受此鼓励。作为妈妈这代人所受的教育，似乎并不习惯于去追求自我，实现自身的价值。她们这一代女性，更加普遍的讲求奉献：相夫教子，为孩子牺牲，为家庭付出。年轻时候的她们很少想"我要怎么样"，更多的觉得"大家都这样"。好在妈妈的家庭环境还算开明，未受封建陋习影响，让妈妈也成了一个思想开明的独立女性。她没有做过什么轰轰烈烈的大事，她只是万家灯火中的一盏，但作为一名教师的她，却也是学生眼中的明灯一盏。

在家乡望城，喝茶爱喝豆子芝麻茶，本地的茶水里加点姜和盐，撒上炒得香喷喷的豆子芝麻。要是半下午时节肚子饿，晚饭又还没熟，喝上这么一杯垫一垫，熨帖得不得了。

那样的熨帖就像妈妈的文章，她所记录的，是豆子芝麻般的生活小事；她的文字，也如同豆子芝麻茶一般香甜可口，温暖朴实。

妈妈在写作上花的时间不少，要说勤奋，我不如妈妈。工作忙，还要操持家务，照顾老人，写作只能作为业余爱好。作为业余爱好的作品产生于每个等饭熟、等洗衣机洗好衣服、等上课铃响的空隙当中，五分钟十分钟的空档，妈妈用手机随时记录自己的想法和感悟，工作日的晚上，周末，或者寒暑假，妈妈才会有大块的时间用于看书、写作。好在她是一个语文老师，看书、写作和工作并非割裂存在，可以相互补益。

大概也正是因为如此，妈妈的文章中记录的那些事都颇有画面感，在读她的文章之前，我很难想象，日常的琐碎之中竟然有那么多温暖美好的细节，对生活、对家乡竟然可以倾注那么多的情感。也许这是我们这一代人的"先天不足"，我们成长于中国经济腾飞的新时代，我们的注意力总被不断涌现的新事物所吸引，我们纵情享乐、娱乐至终，节奏快得几乎看不清现实，以至于那些生活上的细节时常被忽略，那些对家乡的情结往往被一种对大城市的向往和渴望所取代。

这代际之间的代沟实实在在地存在着，而文字在一定程度上却能弥合这样的代沟。妈妈的童年经历、田间地头的草根艺术家、外公外婆年轻时候的事、父母在我这个年纪的事……多么的神奇，从字里行间，我看到上一代人的人生历程，跟当下是这样的不同。从前我只能从自己的角度看待这些长辈、这些我熟悉的人和事，而通过文字，我开始站在妈妈的角度去看待这些事情，那些伴随着社会发展一去不回的时间和地点，突然多了一种浪漫的色彩。

我们怀念美好的过去，我们憧憬更好的未来。

愿这杯豆子芝麻茶是你的那杯茶。

重拾文学梦想

邓建华

　　余利娥爱文学，属于"醒得早，起得迟"那种。

　　20世纪80年代，文学"当得饭"，多少人疯狂奔跑在那条充满魅惑的路上。青春年少的她，也不例外。看名著，读经典，追大家……没日没夜制作"豆腐块"，怯生生找寻报刊地址，瞧着旁边没人，将一叠信函扔进缄默的邮筒，邮筒里响起"嘭"的一声，心里却是"嘭嘭嘭"擂鼓。尽管，这些投稿大多石沉大海，偶尔，也会有些惊喜。《女子文学》《中语参》《长沙晚报》《全国中学语文写作导报》《望城报》《静安时报》《全国青少年百科知识报》等报刊，时不时发她一些小文字。她就会拿着自己带油墨味的文字使劲嗅，嗅出冰心的味道，嗅出丁玲的味道。

　　生活比文学精彩，生活也比文学磨人。业余文学创作好比马拉松，跑着跑着有人一不留神就冲到了最前面，跟着跟着有人一不小心就跟丢了。余利娥的文学梦，也经不起生活镜子的照射。她是名光荣的人民教师，她珍惜这份伟大而神圣的职业和荣光。下了班，还在备课、家访、改题、阅卷，一连串的事务填补业余时间；她是个很孝顺的女儿，是日渐老去父母的依靠，做饭、洗衣、熬药、聊天，有时候还要当老人的心理医师，让"怕老"的父母适应黄昏的寂寞时光；她是个称职的母亲，她感恩上帝给她一个乖巧的女儿，学语、游戏、散步、交谈，她要把握每一个温馨的细节，让孩子开开心心朗笑在阳光下。她是一个丈夫的妻子，她是一个团队的成员，她是一群姐妹的知己……她要做的事太多了。文学终究"当不得饭"的现实，将文学梦中的她拽醒。这个小女子，也就从文学"马拉松"队伍里"跟丢了"。

一晃几十年，快得连"日月如梭""白驹过隙"这样的词都不足以形容。望城这片神奇热土上发生的各种各样的新鲜事，让人叹服不已。比如文学"马拉松"：一些人"跟丢了"，却有一群人"不离不弃"，更多的人陆续加入，队伍只增不减。他们中，有的加入了省市作协、中国作协，有的出版了专著，有的成了获奖专业户，甚至连鲁迅文学奖都让望城人给捧回来了。

此时的佘利娥，工作渐入佳境，家庭趋于平和。老母亲心安理得安享晚年，乖女儿一帆风顺考取国家公职人员。属于她的业余时间陡然增多。多出来的时间该去哪，麻将？瑜伽？广场舞？出国游？其实，这些都是一个"奔五"女子的不错选择。可是，这个"跟丢了"队伍的写作者，毅然决然又回到了业余文学创作的"马拉松"行列里，依然带着少女时代的狂热，开始她没完没了地耕耘。找资料、拜老师、读毛院、写长文，不亦乐乎。

我仔细翻阅她整理出来的习作集，有些感叹：带着岁月的印记，佘利娥以一个成熟女性的视角，打量身边的凡人小事、万千变化，她的文字平添了许多理性的思考。阅读体会、人际交往、休闲感悟、家长里短，都能够幻化成笔底的云彩。丰富多彩的生活，给了她太多的"料"，她用心尽力，揣摩、研制，试图在自己的作品里，存盘喜怒哀乐，回放五光十色，展现人间美好。她写了很多，近年来在《长沙晚报》《大视野》《年轻人》《爱你》《新湖南》等报刊媒体也发表了不少。她特别想出版一本自己的作品集。

我劝她放慢节奏，因为文学这个事是急不得的。况且，某一位大人物说过：过于勤奋，有时候也容易将人逼入平庸。她笑道：再不抓紧，就老了，再"跟丢了"就没有办法跟上了。

这个，倒是真的。网络上有一个观点，我比较认同，说在中国，许多女人容易过早放弃：放弃事业，放弃梦想，甚至放弃自己。那么，眼前这位重拾文笔勤奋笔耕的女子，就是一个不想放弃的人，是不是值得尊重？不管她最终能够到达哪个层面的境界，哪个层级的辉煌，光就这种不服输、敢搏杀的架势，就该为此叫声"好"！

（邓建华，中国作家协会会员，长沙市望城区人大常委会副主任）

我与文学

佘利娥

梦的萌芽

其实，在我那部纪传文学《惊生绝妍》里，已更加翔实地记录了我与文学结缘的心路历程，这里只截取其中的一个侧面。

——题记

我童年的读书时光是在我家祖先的大祠堂里度过的。我家祖先的祠堂很大，新中国成立后，祠堂就送给大队部做了小学至高中的村办学校。

后来新校舍落成，祠堂要被全部拆掉。大人们将祠堂里所有的教学用具什么的，陆陆续续转移到了新校舍。

那个年代，新建校舍大多是泥土路，有的要道用了石板铺地。大雨倾下，满园皆尽烂泥浆，学校新，泥土松，只要下雨，干泥巴和水，践成泥浆，尽管校园焕然新貌，可到处泥泞不堪，显得邋遢样子。天气干燥时，地面厚厚一层灰，下课了，学生们游戏追跑，灰尘扬起，教室里，教室外全是黄尘漫天。老师抓几个上课了还在追跑不停的学生，交给他们一个漆了桐油的大木桶，叫他们到学校厨房去找师傅打来半桶井水洒在地面上。

夏天，薄云笼日，蝉聒树梢，天气似乎蛮好。中午，太阳缩进翻滚而来的云团里，突然狂风掀翻树枝，压向一边，树叶的反面朝天，风力很大；风如同一把巨铲，将新学校四合院里长方形前坪地上半寸厚的灰尘铲起，扬上空中，落叶纷飞，新校园又成了飞灰的王国，扬尘的海洋。全校师生一齐蒙鼻子，关窗子，躲在弥漫着粉墙石灰油漆味的新教室里。教室的门框上方玻璃窗与墙壁上的窗子玻璃都是透明的，透过窗玻璃，大家发呆地看着窗外大雨欲来风满园的雄壮景象，可那时说不出怎样来形容眼前的一切，如果上了中学，读过《岳阳楼记》，或许会想到描写洞庭湖"淫雨霏霏，连月不开"时的境界……此刻多想有一方时光久远泥地板结的净土，自然开始怀想起那个祠堂校园里的清整干净，却从来都不会想象水泥铺地景象。后来见到的学校有了水泥地面，那都是学校再搞装修时铺上去的。

等学校将祠堂该搬的东西全部搬完，拆祠堂的事情也不用学校去管。当祠堂搬空了，我最后一次进祠堂去看它尚未拆的部分，里面已是狼藉不堪。天池里那棵桂花树不知被谁用什么东西将它的枝丫与主干弄得一塌糊涂，失落之心于我幼小心头油然而生。曾经桂花为这里吐芳送香，净化了祠堂里每个角落的空气，给校园增添过无限优雅与沁人心脾的馨香，如今祠堂要拆了，就这样摧残着这棵桂花树。

我无能为力去帮助这棵古老而身形娇小的桂花树：它的树干大约只有两米高，最长枝干伸展开，从树枝尖到主干距离不到两米，比起那些长在宽阔环境的参天大桂，这棵桂花树显得很小，然而它可是古老而状貌年轻的一棵树。祠堂是滋养它的天地，祠堂要拆了，它也只能随祠堂的消失而安歇它的芬芳。我在心底里默念这棵桂花树，它曾经给我带来欢乐，带来吉祥，带来芳香；同时我也在这祠堂前两进即将轰然推倒的祠堂里，再次看看它残损了的容颜，即便是残损了的模样，我仍然觉得它亲切，仍然一点也不嫌弃它。

当年幼小的我，只是有一种依依不舍的留恋，也不会说什么大道。如今回想起来，也可以理解那时幼嫩的心灵，藏着说不清，道不明的复杂滋味。现在想想：它毕竟是我家祖先用劳动、智慧和血汗建造起来的一座家族丰碑式的建筑，这里是我家根之所在。我的依恋，源自我那时明白了它是我家的祠堂。

毕竟是小孩，只要时间过去了，一切事情又归于平静，不会去过于伤感与纠结。新的天地又是一番新景象，亦可以带来不一样的生活。搬进了新学校，新学期也开学了，来新建的学校报到，感觉新校区好敞亮。本以学校规格建的校舍，门窗似乎比原来祠堂里的多了不少，教室里每个角落都是透亮的，从校门进去没有台阶，只有一条用麻石砌成的门槛，门槛正中间有个石墩，那是为门底下端挡门缝用的。进校门，要到东边那一片教室去，横过学校内坪，约走三四十米就到了。校园里没有天池，也没有暗房，这里建的每一片教室都是平房。我来到西边教室的北头倒数第二间，教室靠讲台一头的隔壁就是教师办公室。这一年，我上五年级，是新学校里的高年级学生。

新接手的语文老师的课，显然引进了深刻的思想内容，没有了那种纯粹的读念方式，一篇普通文章，从他的讲授中，能够看到画面，领略到蕴含在文字里的哲理与思想，让我感受到了语文不是字词句章的简单传授：他好像有一种再让人想象，再让人创造的感觉，让你真正走进文章里面去，与作者进行心灵交流，进行无声对话，透过字字句句，你仿佛真正明白他每个字里行间蕴含的意义。我学习语文的心智终于被打开了，看到任何优秀的篇章，优美的文字，我懂得了去咀嚼，主动去体味，去欣赏，不需要老师面面俱到地去引领，我会自然而然地感知它的内含……是的，语文课应该就是这个味道，这才是语文的魅力，这也才是文学的引领。从此我真正对语文产生了浓厚的兴趣。

我知道，我的童年时代，那时的环境让多少人失去了认真领略经典文学的机会。经典文学的文字里包蕴着丰富的内涵，有文化底蕴才是传道、授业、解惑的底气。可原来苍白的课堂，让我对学习一度迷茫，毫无感觉，迷迷糊糊地度过一天又一天。当真正置身于传授知识的课堂，才感受到课堂原来有多美。无论是这位老师讲还是我们之间的互动，师生都融入课堂之中，都一起感受文字表述的文学美，文字里流淌的意蕴，文字里包藏的深刻思想和含义。

记得那是上鲁迅先生《一件小事》的一堂语文课，不用翻阅资料，我永远记得《一件小事》是1919年鲁迅创作的短篇小说，收录于小说集《呐喊》中，正是那节语文课，让鲁迅的名字印在了我的心中。即便现时读这篇很短很短的《一件小事》，会让我清晰地看到鲁迅先生那种热爱人民，严于律己，勇于自我批评的精神，它深深地感动了我，并永远深深铭刻在我的心中，成了鼓舞我在人生道路上前进的动力。

我的语文老师用很深沉的语气，舒缓自如地讲述《一件小事》的梗概，他不像以前我的语文课堂，几乎没有给我留下什么印象，我连三四年级语文学过什么，一点都不记得了。那一段读书时光，只有数学经常满分，段考、期考综合成绩优异。而这位高年级的语文老师所教鲁迅先生的《一件小事》，他授课时，似乎在讲着自己亲身经历的故事，好像把我们带到故事的真实现场，亲身感受到了故事里那个黑暗的时代；车夫撞到人，又并没有其他人看见，而且冒着被人讹诈的危险情况下，还去帮助那位老人，至如今，我耳边仿佛还能听到老师将故事娓娓道来的声音：我从乡下跑进城里，一转眼已经六年了。其间耳闻目睹的所谓国家大事，算起来也很不少；但在我心里，都不留什么痕迹，倘要我寻出这些事的影响来说，便只是增长了我的坏脾气——老实说，便是教我一天比一天的看不起人。但有一件小事，却于我有意义，将我从坏脾气里拖开，使我至今忘记不得。……《一件小事》的内容，我还记得很清楚，人力车夫这个普通劳动者的形象，一直定格在我的脑海里，几十年来，他成了我人生道路上的一支引领标杆，是我的语文老师将这个看起来很平凡的故事化作了教育的神力。再后来，我写了一篇题为《一件小事》的作文，语文老师将我的作文几乎画满了圈圈点点波浪线，眉批尾批，填满了那篇作文纸的空格。我写的那《一件小事》，是我亲身经历的一件事，我写得很有真情实感，也恰当运用了有文采的辞藻，娓娓流畅，故事主题是体现助人为乐的精神。在那个年代，作为不到十一岁的我，可能算是写出了一篇成功力作。我也相信我语文老师的眼光，就他对鲁迅作品的教学，可以看出他是很有文学功底的人。我写的《一件小事》被我的语文老师用他特别漂亮的粉笔书法抄写，刊登在了校级板报上。校级板报就在校门口，进门的巷道两边各有一块黑板，来往学校的任何人都得从那儿走过。

那时，我那篇《一件小事》的读者不下千人。

从此，我的文学梦就在这《一件小事》里萌芽了，它如同在我家大祠堂学校里闻到的桂花香一样让人迷醉。

目 录

序

一、湘水美岸

二、家乡时光

五、温馨亲情

后　记

一、湘水美岸

乔乡春行

　　迎着春风，一路行走，我来到了一望无垠的旷野。这种感觉，在古老的《诗经》里，在孔子的弟子颜回郊游里，也在我的梦乡里……

　　这个春天，我再次出户外，沿湘江岸边畅游。农历三月初三前后的"风抱"，真有点磨人，先是闷热，一口口热气扑面而来，让人顿时感觉呼吸阻塞，寒一阵热一阵；空气里的湿，让房子的墙壁挂着了"汗珠"，懂自然节气的人们说，这是"现天气，是现三月三这个节气的天气"。我家乡有"三月三的风抱，前三后四"之说，也就是讲天气将会发生很大的变化。在三月初三的前三天，有强对流天气发生，狂风暴雨大作；后四天里也会出现这样的天，就是三月初三的前三后四，以风雨阴天为主。而正儿八经的三月初三这天，天气大多放晴。民间有曰："三月三，九月九，无事莫在江边走"。无事莫在江边走，就是说江边风很大，不能走江边，怕风太大，把人刮到江里去了。但三月初三后，我还是走了江边——望城的湘江西岸，乔口的柳林江边。

　　沿着湘江西岸，来到了家乡望城乔口。闻说乔口的柳林江边很美，在疫情防控稍微好转的农历二月中旬，伟芝姐欣然告诉我，春到柳林江，那里的河滩头，有渔舟，有垂钓者，有风筝放飞的顽童们，有淡淡草紫花初萌……我不假思索地答应了伟芝姐姐的出游之邀。在家关了个多月，城里已不知季节变化，家的窗口里，我只看到了窗台下的玫瑰和茶花开了又凋谢，凋谢又开放，却不知远郊外美丽的春天正在绽放婀娜多姿的色彩。"伟姐姐，还有谁一起去？""疫情尚未解封，还能约谁呀？就我们姐妹俩呗。"难得伟姐姐有如此悠然闲情的时候，恰好还遇上我也有空，我满心欢喜，却不能喜形如色，怕被伟姐姐察觉，留下"好玩"的印象。我仅淡然地说："好吧，我们一起去看看窗外的春天。"

当打开车门的一刹那，我立马敛住自己那狂放的笑意，因为我看到伟姐姐车里还坐着她的作家先生。伟姐姐说她做了老半天工作，要她先生和我们一起出游。她邀先生出来，除了一同感受春暖花开，主要是想让他帮我们留住我们和春天的合影。我向伟姐姐扮个鬼脸，接坨的伟姐姐回应我一脸匿笑。

站在柳林江边，看春阳下江面粼粼微波，垂钓者全神贯注，眼睛直勾勾地盯着水面上的浮标，还有一处水面，那里有一溜长长的鱼壕，静静地卧在江滩边的水里，滩头岸上装壕大哥身边摆些渔具，蓝色塑料水桶里，有半桶小鱼仔，密集的小鱼头一张一翕。

转身看对面那滩头，一抹淡淡的紫色映入眼帘。"我们去那边看看，那里的紫色，是草紫花开了。"我们抄近路走，踮起脚尖，走在一条通往对面滩头的河卵石铺成的石路上，深一脚浅一脚，鞋子都浸了水，我们的心却向往着那里的一片紫色，不顾一切地朝前迈步。

走近滩头，大片淡淡的紫却不见了，印证了"草色遥看近却无"的视觉感观。浅紫色的小花零零星星地开放，这里一丛，那儿一束。

"我想拍出一片淡紫色，你把相机贴近草紫花，你把镜头对准一朵花，我躺在花海里，拍出来的效果就会是人躺于一片淡淡的紫色之中。"伟姐姐教我这样拍。我将相机放低，和草紫花贴近，镜头里，一朵紫色紫云英正迎风摇曳，在这朵紫色的前方，美人躺在淡紫色的花海里，白衣红裙，一长溜秀发飘逸地涂抹于大片淡紫的色彩里，那典型东方优雅脸部轮廓，与这一片淡紫色浑然天成，"花海美人图"，我的脑海里便自然地蹦出这个词语。

我被伟姐姐摆拍的图画创意折服，在伟姐姐和她先生面前，原本有点腼腆的我，已被伟姐姐那种情致感染，我放松拘束，对着伟姐姐的镜头，或是伟姐姐的作家先生的镜头，也开始轻松自然地将自己装进一个个图画里。

在河滩的埂地，那里阳光明媚，与湛蓝的天空融为一体。伟姐姐和她先生走过滩头，来到埂上，面对那一片晴阳，他们俩相互调笑，如同一对相识如初的恋人，伴着阳光，正悄悄地在那儿说着只有他们俩才能听得懂的情话。伟姐姐的先生在草紫花周围搜寻，他伸手掐一枝花径，准备将一枝淡紫色的紫云英插到伟姐姐头上，伟姐姐俏皮地推开了她先生的手，她先生迅速地把花径别进了伟姐姐头顶的一束发髻，旋即起身逃脱，这一组"温馨恋人"图被我在他们的背后连续摁下相机抓拍，镜头留住了那些撩人的笑。

又一月过去，一群喜爱春天的人们相约，迎着料峭春寒，拨开江边大风，我们又来到了柳林江边。

我迅疾跑至上次和伟姐姐一起游玩的河滩边，可那片紫色不见了，河滩头被水淹没了，和伟姐姐一起拍照的几个滩头，都成了汪洋水面。

江风很大，风像是一口一口地往身上吐，从颈项灌进去，钻到全身各处；风梭梭瑟瑟，吹乱满头发丝，还是没能阻挡住我们出行春日里的雅兴。

迎着江风，我们瞭望远方，缥缈的江雾，弥漫着柳林江的神韵，让乔口散发出一层神秘色彩。我脑海里浮现千年前的场景：周瑜携小乔率水军从洞庭入乔口这段江面，当时正值周瑜与小乔新婚宴尔，他们流连于此，度过美丽新婚时光，这条江便取名为"乔江"，而所经之地处乔江与湘江交汇口，人们便把江水交汇口流域命名"乔口"。美丽的传说，让乔口更有了厚重的文化底蕴。

甑皮洲也是乔口的特色景地，甑皮洲的油菜花开得热烈。二月里，我去过家乡的茶亭看油菜花，如果说那里的油菜花黄得灿烂，那么甑皮洲的油菜花黄得浓郁。翻过一座堤岸，走一道斜坡，眼前一道水流将堤岸和甑皮洲隔开，我以为只能在洲边眺望那一洲浓郁的黄与葱葱的绿，大家没有善罢甘休，一条水道并没有阻挡住我们走访甑皮洲的欲望，我和大家继续前行，找到了一条河卵石铺成的路，卵石路是架起通往甑皮洲的"桥"，河卵石没有掩盖住水面，有些路段，水流漫过石子路，从这边淌到那边，水默默地流淌，听不到流水声。我们踏着卵石，踩着一段段被水浸没的路，终于踏上了乔口的甑皮洲。传说甑皮洲的水路曾经被洪水淹没，为了甑皮洲不受水灾，有人用一只瓢皮牢牢捂住了水口，阻止了一场水灾。为了纪念用瓢皮救灾的这件事，人们便把这个洲取名为"瓢皮洲"。故事带着神奇色彩，便已将这个地方蒙上一层神秘感，也让这个洲染上一层文化色泽。

来到乔口的团湖，一眼望不到到边的绿色，让这个春天显得格外生机盎然。团湖里的绿草，绿得纯粹，绿得发亮，绿得让人感觉满眼全是旺盛的生命在颤动。我们扒开一溜草丛，走进齐腰深的绿色里，如同置身于一片浓绿的海洋。借助绿草茵茵的大背景，我们尽情拍着靓丽的彩照。绿色是生命的原生色彩，看到绿色，我们会觉得生命将会无限绵延漫长，我们感受到了生命绿意的盎然勃发。我们在深深的草海里优雅漫舞，留下一个个最美的闪光瞬间。

如果有人要问乔口的美在哪里，我会说它在淡淡的春天里，它在乔口的水，洲，湖里，一览无遗。

古镇里一抹绚丽色彩

有一次，我看到我的一位朋友抓拍到了那位"走过半边街的女人"。

经常听家乡人说起靖港古镇一个神秘女人的故事。现实中这个女人是守候家乡靖港古镇的一尊菩萨，一尊神，确也是靖港古镇的魂。

是的，她是作家描画古镇色彩的一尊女神，是画家笔下的古镇之魂，是人们心灵深处认可能坚守一方净土的崇拜图腾。靖港半边街的这个女人，她在追寻着她心目中最理想的男人，在靖港古桥边，青石板街，巷子口，湘江西岸……她天天寻找，天天日出而寻，日落而望，日暮而归。她在靖港街头来回走过了半个多世纪，至今，她的模样依然俏丽若脱，已然成了去过靖港古镇的人们口里说道，笔下研究的历史"资料"。

用这尊坚守着故乡永不褪色的"雕塑神"般的女人，来表现古镇的风土人情，这是独特的立意。画家也为之折服，也想用这个人物，定格自己画面的主题，然而却抓不到那女子的定格点，她不会因为你画家对她有一丝崇拜，而乖乖"就范"；对她毕恭毕敬的画家，在她面前，却常常被她不屑一顾地"甩了", 她没时间跟你耗费这些, 她要去追寻她心目中的那位永远的"白马王子"。

她在靖港街头, 由年轻时的美貌如花, 到中年的风韵犹存, 直至老年还这般"风姿绰约", 如今俨然成了靖港街头的一抹"靓丽风景"。

到靖港看古镇的人们, 走在街上, 寻找靖港古街里的特色小吃, 特色古玩, 特色文化, 人们也不免将目光四处张望, 张望熙熙攘攘的人群中, 会否突然冒出那个经常穿越半边街的神秘女人。

靖港古镇今日的热闹繁华, 招徕五湖四海的人们。走过七十年的靖港古镇, 如今迎接前来古镇的人们, 去寻找历史遗迹, 去探寻靖港古今的多少逸闻趣事。

有的人去过靖港一次, 两次, 三次, 甚至多次, 没一次遇到这个古镇里的神秘女子。其实, 她已经七十多岁了。之所以说她女子, 不是我们故意调侃她, 戏说她, 也不是因为它失去常人的那份理性, 而是我们不能用对老人的那种眼光, 去抹杀她心中的那份坚守, 因为, 她一直活在她失去理智时的那一刻, 从来没有因为自然界的时间流逝, 而改变她心中对美和爱的追求。从年龄上讲, 她应该七十多岁了, 可从她"俏丽多姿"的打扮上看, 我们还不能把她划归老年人行列去看她。现在的她, 已然是靖港古镇七十年来变迁的见证者, 也是靖港古镇半个多世纪以来恒久不变的一道风景线。

文学家捕捉她的神态举止, 捕捉她历经生活沧桑后的内心世界, 然而, 也只是写出看着她走过半边街, 在码头张望, 在来来往往人群中搜寻的印象和模样。

湘江，由北向南，由南北往，一艘艘货轮载着人们所需的物资，载着希望，来回航行在湘江江面上，有时停靠于靖港古镇码头，女人便跑到码头边上，去寻找归来船只上有没有那个她日夜想着的人。还是没有找到，偶尔也有一个和他心上人儿相像的，她便雀跃般迎上去，而当她看到那人一幅冷漠的面孔，对她的到来毫无反应，她便知趣地退后三步，再仔细端详着这个人，直到看得清清楚楚，确认他不是自己的心上人，于是才默默地，缓缓地回到码头的岸上那棵陪她望江的江边树。她靠着这棵在江岸边饱经沧桑的树，这棵树的树干已由嫩青绿色，变成黑褐色，树干上的皮，也已由溜光嫩滑，变得皱皱巴巴，随着岁月流逝，树已褪去风华茂盛的姿态，显出年岁已老的姿容。而女人，在等待她心上的白马王子，一直保留着失去理智时的那一刻的记忆，永恒定格在那一刻。

在她心里，她还是那个年轻美貌时的女子，时间没有消磨她的意志，也没有改变她的坚守，尽管岁月将她脸上纵横刻印，沟壑条条，也阻挡不住她寻寻觅觅，觅觅寻寻。在历史的码头，虽寻他"过尽千帆皆不是，斜晖脉脉水悠悠"，她却没有断肠船码头。在她的内心世界，她可能常常看到"那人正在灯火阑珊处"。每当来到码头，她在心里与自己心爱的白马王子说着世人看不到，更听不到的悄悄情话呢。

古镇依旧，神秘女子依然。那些古镇上的旧物旧建筑旧习俗，烘托出一片祥和的家乡风貌。走进古镇，让人不禁觉得自己走在了陈旧的时光隧道。古镇的各种旧装潢，旧店铺，旧小吃……一切旧有的南国特色，在家乡古镇，都能寻找到它们的遗迹。来到家乡这座古镇，你会撇开尘世因繁华带来的快节奏的压抑感，在古镇这片温情的天地里，去寻一片宁静，生一份悠然。

再找一幽静处，拿出手机，点开阅读器，翻开页面，找到作家笔下《走过半边街的女人》，捧读着本土作家这种纯家乡味道，家乡特色语言描述：那种浓郁的芝麻豆子茶香；那种小花片蹦脆的声响；那种糯米甜酒越过几条街巷飘然而来的醇酿酒味；那种腌菜坛子里袅袅升腾的土菜酸味；那种铁匠铺里劲力锤出的古镇节奏爵士乐音……在文字里跳动，在眼前古镇世界里演绎。

不得不叹服是，本土作家写这个古镇，犹如历数家珍，古镇古老的特色，留存着古老的记忆，数得如同长沙 rap 念出的一连串文字，欢乐爽快。"走过半边街的女人"是这个古镇上神像般的画面，让每个看到她的人，都不由自主地驻足打量。我的一位朋友，她在游家乡靖港古镇时，惊遇那个打扮"一生绝艳"的女人，她把照片发给我看。我还没有看到过这位走过半边街的女人，我只在本土作家的文字里"遇见"过她，在作家文字里领略过她的神采和风姿，就将她定格在了脑海里。

我去靖港古镇好几次。记得有一次是那年的五一，我到哥哥嫂子家中度假，哥哥嫂子提议利用假日，去游一次家乡古镇——靖港。其实，当时我还觉得靖港就在家乡，况且去过几次，去游也只不过是打发假日时光。

哥哥却非常认真地做好准备，驱车去游古镇靖港。当年去古镇，我印象最深的是人多，古镇确实比多年前显得繁华很多。街头游客熙熙攘攘，把整个古镇装扮得如同盛世唐朝的长安街，古朴典雅的建筑风格，让人觉得穿越了时空，回到古代繁盛古街道，只是现代人的着装，才让人知道自己并非古人。

可惜，当时我没有读到《走过半边街的女人》。从时间上推算，那年我和哥哥他们去古镇游玩，作家的文章早已经横空出世。如果先阅《走过半边街的女人》，再游靖港古镇，那感觉会截然不同的。

古镇，走过半边街的女人，浓郁的古色古香风格，坚守原汁原味的原始朴实，保留一抹绚丽的色彩，这就是我家乡的古镇靖港。

家乡的麻潭山

　　沿湘水顺流而下，逆流而上，途经大江东岸。东岸之北端，有一小镇，其名为丁字湾镇。小镇之北尽头，右拐，进入一麻石铺路之小巷，沿小巷步行约七百米，至一小山脚下。

　　伫立山脚，仰望此山，一眼便能望至山巅，尤见此山并不甚高。据山下人曰：此山约二百八十八米。山边尽现石之裸露，走近而视，此皆尽花岗岩石。花岗岩，又称麻石。观石之色泽，呈深浅灰相间，其形为麻麻点点，因之而得名麻石。此山因其孕育麻石，便谓其称：麻潭山。其实，到底麻塘山，或是麻潭山，或是麻潭山，吾一人不得定夺，可早已见过此几种写法，而见其最多之写法，便是第三种"麻潭山"。

　　麻潭山之山体因富含麻石，故取名一"麻"字，潭，却因本义：一为水深之处，二为：深之含义，麻潭，故有深深蕴含麻石之意，是故引申富产麻石，如此之释，似颇有道理。

　　麻潭山，并非山之多高，亦非山之多大，却能名闻遐迩，其实因麻石而声名远播。

　　麻潭山之麻石，乃中南地区优质天然麻石集地。据资料：花岗岩储量丰富，早已被列为中国十大石材基地之一。麻石，其书名曰：花岗岩，亦名黑云母，长石，此乃地层深处之岩浆上升后凝成酸性岩。资料显示：其英文名称来自拉丁语，意为"粒状"。麻潭山之麻石，因其颗粒浅白色，结构耐温、耐磨、耐腐蚀。同时，据科学测定，其抗压度每平方厘米达二千零四十公斤，乃极其高级建筑材料。天安门广场、武汉长江大桥、黄鹤楼、岳阳楼等地，均留下其坚不可摧之身姿。公元1958年，修建北京人民大会堂时，因需大量使用此麻潭山之麻石，因之从麻石之乡调去石工匠八百余名。

麻潭山之麻石开采史，应上溯至西汉。据我国一些古寺碑塔之取样分析，所用石料多取材于此。据记：近年来这种石料，因其质地优良而远销欧亚等诸多国家。

此山之所以如此备受青睐，非山之高大，实是因其山中之石。山石输出，装扮人们生活，带予人们富足，为此其名扬天下。

是必有言：山不在高，有石则名。麻石坚韧，一如人之涵养。人之内涵，在于其善，人之善心、善行、善言，乃人之德，人之德必由修性而成。正如麻潭山之石，其坚，其硬，其韧，无不得之于其千百年之修炼，得天地自然之浩然之气，修养天成。而人之浩然正气，凛然之慨，亦来自其自然之气之无穷修炼。古人云：人之处世，殊应深造道德，此乃处世之态，入世之法，并非同流合污。是有"和其光，同其尘"之心灵；于他人应有宽恕之量，于谤语则有忍辱之量，于忠言却有虚受之量，于事物而有容纳之量。

"木秀于林，风必摧之"，故需"和光同尘"。《晋书·宣帝纪论》："和光同尘，与时舒卷；戢鳞潜翼，思属风云。"而于《道德经》其曰：知者弗言，言者弗知。塞其兑，闭其门；挫其锐，解其纷；和其光，同其尘，是谓玄同。故不可得而亲，亦不可得而疏；不可得而利，亦不可得而害；不可得而贵，亦不可得而贱；故为天下贵。即：有智慧之人不会夸夸其谈，夸夸其谈之人没有智慧；堵塞沟通知识之穴窍，关闭传递知识之门窗；锉掉自己之锋芒，解脱自己之纷扰；蕴藏自己之光彩，混同自己于尘世之中；此乃曰高深微妙之玄同。故既不可跟他人亲近，也不可跟他人疏远；既不可使之获利，亦不可使之受害；既不可使之尊贵，亦不可使之卑贱，故此，即为天下人之所重视。

似同于麻石之内涵，吾便感悟如此。麻石无言，竟如此受之于崇，受之于敬，受之于用，默默奉献，不问收获。此之博大襟怀，岂亚于人之圣贤。

由是观之，家乡之麻潭山，山体虽小，其意蕴之博大，源于盛藏麻石之精神，之精魂。

书堂山记

过麻潭山，沿北行走七八里，便至一小镇。小镇中间道路原为一乡级公路，公路车水马龙，流动量大，吸引商贾前来开店摆摊。路之两旁由最初几家靠近去书堂学府十字路口处商店密集，至如今，道路南北东西皆汇聚众多商铺，即成集镇。

集镇人流穿梭，颇为热闹繁华之景。如今此处之美盛，源于近小镇处有小山，山中有一洗笔泉，为唐大书法家欧阳询练字之洗笔之泉池，堪为名胜古迹之地，开发其已名闻遐迩。

二十多年前，吾外祖母八十寿辰，吾辈子孙前往祝寿。表哥哥弟姐妹汇聚家居书堂山脚下不远处之南竹山。南竹山乃吾外祖母家住地，属书堂山脚之延伸地，距书堂山不足两华里。

午宴后，深居大都市之表弟，甚喜乡村美景，独自四处走走看看。径直走至书堂山脚。是年，表弟于山中游，因其从一史料中得之此山有一洗笔泉，出于好奇，只身山中窥探。其时，书堂山只原生态之景，除狩猎打柴等乡民，稀有人以游乐至此山中。未如表弟之人闲暇无事，寄情山水。表弟于书堂山探寻归来，喜乐溢于言表，语于人曰：吾只身至书堂山脚，登爬上山，于幽静处，遇一小池，小池水流清澈见底。吾我从史书中早已了解，书堂山有洗笔泉，本以为洗笔泉乃颇大一池，近观之，方知仅一极小池潭而已，一点也不显眼之处之小水池，但因小池水由山上涓涓款款流下，注入其中，池水满而外溢，致小池之水永保清澈。当年欧阳翁临池洗笔，一趟便能将满池清泉染黑……表弟兴致勃然，侃侃道说书堂山游之所见。

闻表弟之书堂山所见，乃第一次对此山洗笔泉之最初印象，并已拨动吾亲游此山之兴趣。

一日，应邀，前往攀爬书堂山，并一观欧阳翁之洗笔泉。

沿一盘山小径，入青松翠灌之中，甚觉神清气爽。继续前行，至一小水池边，池口径约一米，泉流自上沿石壁往小池里轻轻小泻，伴山林鸟儿鸣声，此已营造清幽泉流，鸟欢人静之妙境。环顾小池，忽见靠山体之高处一面石壁，墨绿青苔覆盖，因长年流水潺潺，水洗致石壁青苔剥落残散斑驳，青苔隐约三个石刻字印，仔细辨认许久，终于辨明为"洗笔泉"三字，此乃传说之书法大家欧公之洗笔池竟在此处。"洗笔泉"三字依稀，几乎没入青苔，却仍可分辨，此字体属阴文隶书，笔力遒劲，相传为欧阳询手迹。"楷圣"欧阳询，因就此练习书法，每练完字，必临池洗笔，常年如此，池水虽流淌更换，不及欧公洗笔之勤，池水终染成墨黑。勤练之，亦从书写悟其形，悟其道，故其书法独具特色，其书法亦已名闻天下，令洗笔之处，天下闻名。据《长沙府志·书堂山》之记：长沙北之五十里，山不甚高，而林峦攒秀。唐欧阳询父子读书处，今尚有洗笔池、读书台于寺侧。据资料：欧阳家族自何日始于书堂山定居，暂无确切定论，然欧阳询之晚年隐居故里，于书堂山读书教子，以终天年，唐贞观十五年将躯体托与青山，尚有史可考。由此确信，书堂山因欧阳翁之书法大名而名噪八方。

趋步入"洗笔泉"处，停于此，遐想翩翩，眼前仿佛见欧公当年洗笔临池之情景：只见欧公书写完最后一字之末笔，右手抓着墨笔缓缓起身，伸展双手，又扭身捶背，侧步转身，移开座椅，轻步走至山中小径，至半山腰处，遂见那小池，至池边，驻步，临于池边，弓身俯面，右手握笔，左手替右手拢袖，笔尖黑墨探于小池清泉中，黑墨如云雾般于水中弥漫散去，由深墨色渐渐变淡，淡至与清泉融洽合一，小池水顿生青淡墨色。正如曾有人语云：洗笔泉所洗之笔，可谓名闻天下一支笔！

欧阳询一生，于书堂山练就天下之书法，一池清泉，滋润其书法艺术和生命。于书堂青山，或练字，或闲游，或极目，登山观山色，练字宁心静，洗笔舒身姿，读书致柔情。书堂山之景，尽收其目，与山相伴，共此一生，心性于艺术，繁衍其壮美人生！

至洗笔泉处，仅至山之半腰，继续拾级而上，一路观览山景，亦有几处摆摊设点，招揽游人。近处观之，皆贩卖欧阳询书法著作，亦有与欧阳询书法相关之娱乐玩具等，摊贩小卖，为古朴山色增添不少现代人文气息，亦为欧阳公书法艺术注入更丰盈之色彩。继续向前，向上攀走，不觉已至山巅。"无限风光在险峰"，至山之顶端，立足于此，一如豁然开朗，山顶坪地，仿欧公当年居住房舍，以唐之隐居山林之士之建筑遗风，建造几间木制茅舍，将欧阳公及家人之青铜雕塑于茅舍各房散布，其雕塑各具神态，栩栩如生，仿若身临其境，亦若置身于当年欧公住处，与欧公及家人一聚，叙谈欧体书法艺术，海阔畅聊，惬意盈余。

夕阳西下，禽鸟鸣乐，山间暮色将至。游此山中，走走停停，不觉已度过好几时许。山巅雾气腾腾，似有催人下山出山之意，虽未尽游玩之兴，实因天色确晚，只可下山返归。

一江两岸望乡情

一江两岸隔，东西望乡情。

湘江，犹如一把水刀，将望城切划成东西两隔。东边部分小，西边部分大。家乡人们称湘江东边部分为河东，将湘江西边部分为河西。

我家住在河东。同是望城家乡一方热土，河东与河西，因为湘江之隔，方音和风俗却有些许不同。

以前我总会傻想：为什么只是一江之隔，竟然会划出家乡的这么些不同。小时候，我有点听不惯河西腔，我觉得河西腔嗲声嗲气，不管大人小孩，称呼爸爸妈妈时，那语气语调，很是娇柔柔的，还亲昵，亲昵得如蜜膏一样，甜透心底。不像河东人，小时候称呼父亲喊声爸爸，人长大了，爸爸就变成伢老子，母亲变成嗯妈，有的还称妈妈为娘老子，有的干脆不称父母的任何称呼，直接改称某几嗲，某几娭毑。对父母称呼的改变，似乎成了大多数河东人长大的标志。而我和哥哥却没有对父母改称呼，尤其是哥哥，高考考出家乡，在城里读了几年书，学校毕业分到家乡河西工作，就扎根在了河西，河西风俗浸染了哥哥一身河西味，年过半百的他，在母亲面前，从来都是称母亲为妈妈，他这样保持着这种对母亲的称呼，我感觉哥哥在我妈面前一直是个孩子。这种母子关系，应该算是很正常的。就这点，我改变了对河西腔的印象，变得喜欢起来。

我老家邻居有婆媳两个，都是河西嫁过来的，她们说话，做事风格与我们不同，她们快言快语，朗朗爽爽，干什么都有一股子劲。我听大人们说：河西人勤快，做事利索，不像我们河东人，一天到晚悠哉游哉，懒懒式子。我们老家，哪户人家娶个河西妹子做老婆，家里会增添一份强大的力量，那人家也会显得活力四射，激情澎湃。

记得老家屋后的那媳妇，她是河西回龙洲嫁过来的，我称她辉姐。她嗓门特别好，每天早晨，天刚蒙蒙亮就起床了，只听她在家里大声唱着京腔京调，湖南花鼓戏唱腔更是圆韵，也是她的拿手好戏，民歌《山丹丹开花红艳艳》《信天游》《映山红》……凡是腔高调足的高音又抒情的歌，她都爱唱。那时，我正上初中，每天要早起上学，小时候上学，早起似乎是孩子们最不情愿的事情，我更是如此。所幸的是，每天早晨我都能听邻居媳那清脆美甜的歌声，我便从睡梦中醒来。歌声有时激越，有时悠扬，有时缥缈，有时浑圆，与自然界虫虫鸟唱和鸣，交织成一首趣意十足的晨曲，令每位聆听人精神也为之抖擞。聆听这晨曲，我一骨碌从床上翻身起来。起床后做的一切事情，都会伴着辉姐的歌声戏曲，愉快地做完。然后又听她高声逗起被她歌声唤醒的各种家禽家畜，知道她已正在给家里的鸡鸭鹅猪牛狗们准备食料。

我想他们家的家禽家畜肯定都很快活，天天都能听辉姐唱歌，它们一边吃食啄食，一边听它们的主人歌唱，心情该有多欢乐。有时，那公鸡一声声"喔~喔~"，也似乎是在有意与辉姐的歌声附和。

听到邻居家那美妙的晨曲，我一个早晨也在愉悦中度过。精神饱满地背上书包，踏着晨曦踩着露珠，蹦蹦跳跳去上学。爸妈跟在后面的叮咛嘱咐声渐渐从耳边越失越远，最终消失在遥远的上空，飘飘散去。

家乡美歌

金嗓唱过三十年，年逾六旬声音甜。有一天，回娘家在堂哥哥家吃饭，我又遇到了娘家村里的河西姐姐。

河西姐姐就是我儿时常称的金辉姐。金辉姐现已六旬有多，岁月已在她头上洒满白霜，在她脸上刻出印痕。而她那琅琅笑声却仍能灿烂成一片湛蓝天空，有她在场，我们一群人都会被她开朗的话语，爽朗的语声感染成快乐天使。这位河西姐姐，被儿时记忆定格了她的模样，她的歌喉，她的能干，在我的印象里，一直有一种难以让岁月抹掉的崇拜。

每每回娘家，我都想得到一个偶然的遇见，和她聊上几句，会唤醒我对儿时的许多美好回忆。这次终于又坐在一起聊了较长时间，我们一起回忆那过去的事情……

金辉姐嗓音一点都没有变老，我问她保护嗓音的秘诀，她说没有秘诀，只是还喜欢唱歌唱戏，每天早晨起床就唱，一边捡拾家务，一边唱着歌曲戏曲，一个早晨，可以唱好几首歌好几曲戏的片段，唱到嗓子累了才停歌。就这样的一种习惯，唱了三十多年。

三十多年，这位老家的河西姐姐，用她的金嗓门，唱着她脑子里一直装着的那些经典京剧湘剧民歌，她用歌声，表达她对生活的热爱，她用歌声传达着她对生活的满足，她用歌声唱出她心中的那份美好的追求。

她现在虽说年岁已是花甲，可那声音仍然还是那么清脆，那么年轻，那么甜美，说话时，还是那种快言快语，面带微笑，她到哪里，哪里的气氛就活跃开了。

这次见到金辉姐，我要她唱一段我小时候常听她唱的花鼓戏《小姑贤》，她听我要她唱花鼓戏，笑着说：现在不在你面前唱了，太献丑了。我问她为什么现在唱给我听就是现丑，她说：你现在有知识有文化有见识，还听我这样乡巴佬婆婆唱花鼓戏，不是在你面前现丑还是什么。

我听河西姐姐现在这么想，心里有点感觉生分。人与人之间随着接触越来越少，心理隔膜不免悄无声息地产生。我有点不适应这种生分感。何时竟成了这种感觉？不行，我不能让老家人之间就这么生分，我要像儿时一样，喜欢他们的粗茶，他们的木凳，他们那带着泥土气息的家常饭菜，伴着禾草烧熟的红薯土豆芋头，那种浓得让人直流口水的香味，至今难以从记忆里抹去。

每次回老家，我会要我的邻居叔婶们做这些东西吃，他们听说我想吃这些土不拉儿的农家土产，都高兴得一个劲地做，做好了，邀一群邻居们围拢来，一起吃着烧红薯，烧土豆，烧芋头，还有柴火炒豆子，豆子爆出一层黄中间着几点黑的熟豆子，还有柴火炸出香喷喷的芝麻，熟豆子和熟芝麻和拌一起，我们大把大把地抓着干吃，邻居婶婶用滚烫的开水，泡一壶老姜盐茶来，再往茶里放一把芝麻豆子，喝着老家这种香味十足的姜盐芝麻豆子茶，会感觉身心变得激情有劲，浑身充满力量。

这时，再和一曲河西姐姐圆润动听的花鼓戏唱腔，那种老家味道是最让人惬意回味的，我好怀念这种美丽的感觉。

荷花妙笔

回老家，走过马路，漫过荷塘，不禁驻足，一观夏荷。

曾念一妙龄女子，赏荷后笔下生辉，记得她写荷佳句迭起，信手可得，诗意可柔，浪漫沁心。

拂晓，碧塘初醒，清澈的水面上，淡淡的薄雾，轻烟围绕，朵朵荷花，风姿绰约，恍若仙子临尘……

年年荷花开，岁岁莲藕情。轻叩季节的门扉，沿着诗意的气息，漫步在荷塘边。一池清水，一汪碧叶，粉嫩的荷花，娉娉婷婷，情意绵绵，片片素瓣，缱绻相惜花开。不曾留心，无须刻意，只是轻轻地瞧上了一眼，便不觉满心欢喜，让这六月的温婉时光在指尖捻成了最美的清韵。

盈盈一涧水，脉脉涟漪悠。双眸隔着天涯依然痴痴地遥望。夏日的荷塘，水波涟涟，荷叶田田，荷香澹澹，藕花尽展。幽幽莲语，曳曳莲影，似真若幻，一片生机盎然。舞一曲红尘深处的邂逅，吟一首前世今生的顾盼。

立于荷塘草岸，眉心相望，眸动念转。一瞬间，幽香中饱满谧意的荷花舒润着缕缕惬意的嫣红，叩动了心弦。一低头的羞涩，一举手的婀娜，如一阕清词，让人一诵再诵，流连忘返。

朵朵娉婷，一幅晕散的绿荷，踏我履者是荷，拨田田之间，亭亭临风者是我。内心的本真，倾心相遇，凝眸不语，莞尔如初。幽幽的荷香，沁人心脾，染泽了灵魂深处的脉脉温情。浅喜深爱的悸动，相逢恨晚的怅然，眷眷心语，一指痴缠，跋山涉水，抵达了有你的彼岸。

一份入骨的相吸，莞尔的回眸，越尽尘烟，随着心灵的颤动，湮没了浮华与喧嚣。……

仿佛一幅画卷，填满了家乡四溢的清香。四十年前，家乡这一片土地，耕种禾苗，耕种冬麦，耕种着父老乡亲的满心希望。

春耕播种，农田水汪。农民推着犁耙，赶着耕牛，翻转一堆一堆黑色的污泥，水和泥在犁耙中，相互渗透，渗透着种子的根基。

家乡父老，面朝泥土背朝天，一年又一年，生活在希望田野。

七八十年代，有一首老歌：我们的理想，在希望的田野上，……翻转的泥土，在春暖花开季节，父老乡亲背着一袋又一袋禾苗种子，来到空旷的垸子那一片田野。他们放下肩上的麻袋，手叉腰间，凝望眼前这片广阔的热土，他们或许在展望，展望又一年丰收的景象。

弯下腰，解开紧扎的麻袋口子，一股稻谷种子浸泡后特有的气息扑鼻而来。稻种在播撒前，总是要经过选种、浸泡再播种。农民们站水田污泥里，用手抓出麻袋里稻种，一爪爪播撒到被耕牛犁翻好的田泥里。

一块块长方形的播种田，被萌发出分毫小芽的种子遍满一片片，待到几天，十几天，几十天后，这里就是一片绿色秧苗。四十年前，家乡父老是这样，一年又一年，播种种子收获着希望。

有一年，我又回到这一片土地。正值春耕季节，还是要翻转这污泥，没有耕牛，不见了那弯头犁耙，只有一架机器在这片旷野上轰轰嘹亮地鸣唱。

四十年，一个时代的分水岭。耕牛歇息，铁牛犁田。"啪啪啪"，伴着袅袅青烟，耕田机在这片广阔的水田来回穿梭。在那一年，我同样站在这里，我看到耕牛背着犁耙，艰难跋涉在污水黑泥里，拖着一条长长的，带着泥浆黑水的尾巴，甩去占满尾臀嗅嗅的满身牛虻，不时发出"嗯啊"的呼喊，耕牛在农民耕犁的前面，匍匐前行。那时，我站在那里，观看犁田，我并没有带着悠闲，我在等待，我等待我的姐妹一同回家，我一直驻足田头，看耕耘的牛在田间劳作。在牛鞭驱使前行的耕牛，前脚迈进一步，后脚跟进前行，步履维艰，不能停歇。我似乎闻听得到它在喘着急促的粗气，却不能慢下脚步。如此卖力前行，农民的收成仍然没有让生活过得富足。

而后来，我又立足于这方土地，看到耕田机器快速犁动，一片水田一部铁犁，不到一个小时，铁犁几乎跑遍每丘水田。机器翻转的耕地，水面平整。播种机来了，谷子均匀地洒在微微浸润了水的泥土上。

秧苗蓬勃生长，插秧机只一天时间，这一大片水田，全都覆盖一层浅淡的绿色。原来，这个四十年的改变，让人不能不惊诧于它如此让人省力，省心，省时，它给了家乡的生活涂上一抹绚丽的彩色画面。

村里男女老少，都脱掉天天要为农田献身"戎装"，不再如过去那样，追赶日头，追赶节气，却是为了不让季节错过而会减少产量。日出而作日落而归，少了份悠闲，多的只有岁月匆忙。如今，这一方水土，不仅有禾田稻穗，更有了一片田田采莲荷。

那一位妙龄少女，清晨步入莲塘边，看荷赏荷，优美诗话的"荷塘赋"，妙语连珠。岁月袅娜酣畅，净化出一女孩玉立亭亭，站在美丽的荷塘边，吟荷咏荷。

乡村的女孩，美丽姿容，落脱得如出水荷花，灿烂优雅。纤纤玉指，托起那一朵带着露珠的莲荷，娇容多姿地摆弄各种姿态。清风徐来，缕缕荷香如缥缈悠扬的曼舞轻歌，远远地看着这位乡村女子婀娜身影，不想接近惊扰。身后那辆奔驰也是她的吧，纯白色，透着华贵的银光，与少女的粉色蝉丝大摆裙相得益彰。这是个凡间女子？却如仙女般从天边飘来，轻盈洒落于这方美丽的荷塘宝地。

不由间记起古人赏荷的诗句，其中记忆更深的是出自两汉的《江南》："江南可采莲，莲叶何田田，鱼戏莲叶间。鱼戏莲叶东，鱼戏莲叶西，鱼戏莲叶南，鱼戏莲叶北。"

江南又到了适宜采莲的季节了，莲叶浮出水面，挨挨挤挤，重重叠叠，迎风招展。在茂密如盖的荷叶下面，欢快的鱼儿在不停地嬉戏玩耍。一会儿在这儿，一会儿又忽然游到了那儿，说不清究竟是在东边，还是在西边，还是在南边，还是在北边。正如古人的诗句里，描画出江南荷田美丽动人的图景。眼前，美丽的画面，不正像是那诗里描画的情景吗？美丽的女子，是这幅画面更美的一景。

女孩似乎陶醉于荷花池。我想远远地辨识伫立我家乡这块土的女子，我想看看她是不是我认识的人。我忍不住去靠近她。当我走近她身边时，她突然好似从那遥远的遐想中唤回现实，见到我，她居然惊异地喊一声："是老师您啊！"我被她突如其来惊讶震惊一下，便马上回神，认出她是我二十多年前教过的学生小谭。按时间推算，她应该过了而立之年，然而她却一点都不像一位有过婚姻和孩子的女子，模样如同少女曼妙袅娜如仙。她家就住本村一座青山旁边，她父母因一连生了两个女孩，还想生个男孩，东藏西躲，终于不知在哪个旮旯福地，诞下了第三胎，还是女孩。与计划生育政策对立，让家里一时陷入困境。困难并没有阻碍她父母勤劳的双手，他们靠着这片土地，在上级政府扶持下，一步步踏上小康之路。

　　记得这女子还在读中学时，我不止一次协同学校团委捐款资助她。她家老三的出世，房屋由八间拆成三间，这片农田里，留下她一家人的深深足迹，种下了她家的希望。她父母凭着这片土地，由三间茅屋，又变成四房三间带杂屋的土砖瓦房，又凭借几年里种荷养鱼栽桂花，她家盖上了一栋别致精美的三层别墅，她父亲的农用拖拉机早已换成小轿车，三个女儿都盘成大学生。

　　眼前的小谭，大学毕业分到省城一家大企业工作，家里怎么样，仅凭她三四十岁年龄，看上去却只有一二十岁样子，还有身后这辆算也高档的小车，完全可以判断她过的是城市里的优渥生活。二十多年前的小谭，那有点腼腆羞涩的女孩子模样，我至今还清晰地记得，尤其是在校园见到我，总是怯生生地对我打声招呼，然后像触犯什么戒律，落荒逃脱，那个胆小的黄毛丫头，如今竟然这般华贵脱俗，亭亭玉立，优雅大方，不见儿时候半点踪影，找不到丁点校园里见我的那副模样。

她上前握住我的双手，亲热地嘘长问短。

我又想起那位写荷描荷的女子，她笔下的莲荷，清淡典雅，如同眼前这位女子，文字里透出的儒雅，漫画出一个乡村由一个时代走向另一个时代的完美变迁。

富足的乡邻，农忙农闲都一样优雅。那时污泥般色彩的家乡，现时全都换成色彩斑斓。

昔日家乡于眼前景象，如同梦幻般展现我眼前。

那一池荷花，好似画家妙笔下精美的杰作。

美丽的房子

翻开泛黄的旧报纸，掀抹尘封的记忆。那份家乡的党报，如今已是历史文化遗产的迹印。

在清点家里实物，无意间，一张历经多年的家乡党报《望城报》呈现眼前。如同在穿越时空隧道，遇上久违的老友，那般亲切，那般友好，那般美好，一股脑奔涌而来。不说我曾经许多次于家乡党报上发表文字；不说家乡的党报在征订道路上，曾留下过我多少辛勤汗水和足迹；不说我与家乡党报结缘出一批笔友，……在报纸停办后，我与几位曾经在《望城报》撰文或工作过的文友邂逅于同一个协会里，聊侃昔日的情境……最让我惊意的是眼前这份泛黄的《望城报》，那一篇曾经写老家的一位老干部李书记的事迹报道，文题为《这里最美的房子是学校》，文章以纪实的笔触，向我们展示一位乡镇干部，为了办好家乡的学校，奔波于上上下下，筹集资金，不辞辛劳的动人事迹，为了打造家乡校舍建设，他舍弃了调离升迁机会，舍弃了赚钱发财机会，舍弃了举家进城机会……有一次，他为了到省城去呈交一份报告，那还是一个自行车代步为主的时代，他为了赶时间，踏上那辆骑了十几年，陪他跑过上万里的凤凰牌自行车，车轮滚动飞行于一条乡级泥土公路上，躬身弯腰的背影，诠释着他的执着，他的坚毅，他的信心，他的心中那份美丽蓝图。滚滚红尘里，流淌着他滴滴带着尘埃的黑汗。

八十年代，这位家乡的乡上李书记，揣着建设家乡中小学校舍改造的梦想，拿起那份花了他几个通宵，撰写成的一份凝聚他对家乡教育忧思难忘的长篇陈述报告，飞驰在扬起黄色尘土的马路上，穿越风尘雾霭，到上级层层请示签字。

泛黄的《望城报》，记录了家乡望城一天天，一月月，一年年发生的事情，记录家乡日新月异的变化万千。尤其记载了家乡那位党委书记为了建造家乡中小学校劳碌奔波的种种经历。我阅读那份旧时《望城报》的报道，又让我不禁感动，心灵深处泛起圈圈涟漪。

从我有记忆开始，老家七十年代末八十初，所有学校校舍破败不堪，修修补补几十年，仍然潜藏着倒塌的危险，当时这位乡党委李书记十分重视教育，他认为一个地方要振兴发展，关键是学校教育的发展。他看到老家校舍，经年累月，破旧不堪，有的面临倒塌的危险，他忧心忡忡。

他决心改造学校环境，拆除学校危房，改建新校舍。这是当时老家的希望工程建设。这位党的干部，没有豪言壮语，没有轰轰烈烈的壮举，他的言行，就如同他的个性一样，默默地践行，脚踏实地。"做了也不说，说了一定会做"，就这样，全乡改建校舍的批文终于下来了，他万分激动，他又马上联系乡镇企业单位，取得老家自己企业的全力支持，老家有红砖厂，有铸钢厂，望城有水泥厂，这一切，就凑合成了家乡兴建校舍的强大东风。有了家乡企业的大力援助和支持，这位实干家书记没日没夜地穿梭在各个工地，他生怕工程延期耽误了孩子们的学习，生怕施工时偷工减料，造成豆腐渣工程，贻害子孙，他要亲自到现场监督，尽力保证校舍洪水冲不垮，地震震不倒，这是他对教育百年大计的默默坚守与承诺。

一诺千金行万事，蓝图绘制代相传。老家各中小学校新校舍拔地而生，20世纪八九十年代，堪称老家房舍中的颗颗明珠，绽放出绚丽夺目的异彩。那时候，走进老家的土地，只要你到一所学校，你就会发现学校的房子远比周围民居房屋靓丽，高档，老家人为家乡有漂亮的学校感到自豪，李书记的大手笔，给家乡描绘出炫灿夺目的一笔。

《望城报》第一个来访，用专版题为《最美的房子是学校》的重磅报道，有一段日子，前来参观学习者络绎不绝，当时我也为之自豪了好一阵子。九八特大洪灾，有的学校被肆虐的洪水不断冲击，校舍岿然不动，洪水退后，眼前还是完好无损的校舍，即便周围坍塌一片，唯有学校坚如磐石。冰灾雪灾，21世纪历经几次大的自然灾害考验，学校房屋仍然巍然屹立。四川地震后，全国各所学校，特别是中小学校，接受校舍质量检测大排查，专家来到老家的中学那栋教学楼，他们将二楼的一面墙壁粉刷物用力敲开，露出里面的红砖，专家用仪器测量它的坚固度，测试一组数据，记得当时是说可以抗七八级地震。那一块敲开的毛坯，一直裸露几个春冬，当时有人纳闷：这块敲开的裸露，总留在那里不粉刷，是什么用意？执政者说：我们想让更多的后来者看看，我们老一辈对公共设施建设服务高标准用心的态度。

20世纪八九十年代，老家最美的房子是学校，它不仅仅是外形大气美观，它的内在质量更是值得后一辈人称颂。

如今，我老家的学校，还是一样美丽。跟随时代，学校也在改变，而不曾变的，是校舍的老房子，在那个年代，砌房子就前瞻几十年，以至于到现在，校舍还是那样高端大气，历经几次装修，越发显得与众不同，即便现代建筑不断创新，我还是喜欢老家学校的校舍。

石乡麻石石乡山

麻潭山上采石岩，五百年才一寸长。

丁字湾人凭打器，资生我富与钱粮。

这是家乡一位画家用神奇的画笔，描画我家乡麻潭石山后，即兴而书一首表达当时心境的诗。

这位大画家路过我家乡的山——丁字麻潭山，不由驻足，在山脚仰望山巅，思忖良久。回去后，他灵感大发，当晚铺开高档画纸，点墨挥毫，三两下就绘出一幅构图。然后坐在画桌旁，用精妙的神笔，细腻而生动地将脑海里呈现出的那座山的画面描画得出神入化，神韵精当，风骨永存。

当这幅气势恢宏的大作完美收官之后，我有幸欣赏到了这幅壮美的《麻潭山》画卷，画卷上挥写了他自己题字创作:《无尽藏》石长草木长，天地无尽藏。采石复打石，资我千年粮。一首短短的小诗，解读出一座古老神秘石山默默立足于天地间无数年蕴藏的精髓。我不禁感叹画家创作的神奇灵感。

家乡的麻潭山，一座大自然用麻石堆砌成的石山。孩提时，老家的大人们有一种特别的计时方法，也许现在很少有人提起它，谁知道是什么方法吗？可能猜不着吧。一天中，有三个时间段，可以不用看时钟，都会准确知道到了什么时刻，这种方法就是听丁字湾麻潭山脚下的炮声：吃早饭的时候，早晨七点半到八点，吃中饭的时候，中午十一点半到十二点，吃晚饭的时候，傍晚五点半到六点，麻潭山脚准时放炮炸麻石。从我有记忆时起，七八十年代，乃至九十年代中后期，老家丁字父老乡亲，每天三餐饭的钟点，都是凭借丁字湾的炮声估算记钟点。

儿时的我，不懂为什么丁字湾总是打炮，慢慢懂事了，我好奇地问大人，大人们都说：这是丁字湾在炸麻石呢。炸麻石，我当时还是不理解炸麻石是做什么，还要在每餐饭点炸，有人又解释说：就是开采麻石，具体就是开采麻潭山上的麻石。在吃饭的时候炸麻石，是为了减少危险，这几个时间段，路上行人不多，都在家吃饭，打炮时，一般就不会伤到人。我听说开采麻石要打炮，就想象用炮炸麻石的情景。"麻潭山上的麻石，五百年长一寸"，这是老家妇孺皆知的一句关于麻潭山麻石的俗语。

我从开始读书时起，便有点注意琢磨语言深藏的意味了。我一直在想，麻潭山的麻石，它五百年才长一寸，长得这么慢，如果长期开采，会不会终有一天，麻石突然没有了，消失了？

带着一种忧患，听着声声炮响，在我心灵深处激荡起对麻石之乡忧患的情感。

在任何地方，只要看到一块麻石，我会不由得在心里嘀咕：这是不是我家乡麻潭山的麻石呢？

那是1998年，一个永久难忘之年。我家乡丁字镇遭到一场百年难遇的特大洪水灾害，家乡最大的堤垸——翻身垸，为了泄洪，保护省会长沙不被水淹没，保护更多生命财产的安全，翻身堤岸被迫炸开，涨得快要漫过堤岸的湘江好似找到了吐水出口，全都猛地挤到缺口，以一泻千里之势，奔腾飞流，不到半天时间，整个翻身垸成了一望无际的浑浊汪洋。我老家父老，居住在翻身垸里的许多房子，顿时淹没于污汤般的水海，当场房屋噼啪倒塌。翻身垸被水淹没成河，垸中几十户村民的房子倒了，远远望去，只见一直静立于水中的仅仅三栋房子没有被肆虐的洪水冲垮，浸倒。

十几天过去了，老家洪水慢慢退走，翻身垸内狼藉一片。坍塌的房屋各种生活用品用具全毁于泥浆的包裹里，浸湿，腐烂……房屋砖瓦墙垣成片成堆，唯有那三栋两层小楼房岿然挺立在垸子的中央和南北。

这么多房子都被洪水冲垮了，这三栋房子为什么伫立不倒？后来才知道，这三栋房子都是用麻石做的基石，牢固坚实。

家乡丁字的麻潭山麻石，是中南地区优质天然麻石最集中地，麻石又称花岗岩，在丁字麻潭山，花岗岩储存量特别丰富，已被列为中国十大石材基地之一。据资料介绍：麻石，书名花岗岩，亦名黑云母，长石，是地层深处的岩浆上升后凝成的酸性岩。其英文名称来自拉丁语，意为"粒状"。丁字湾的麻石，为中颗粒浅白色结构，耐温、耐磨、耐腐蚀，抗压度达 2040 千克每平方厘米，是一种高级建筑材料。天安门广场、武汉长江大桥、黄鹤楼、岳阳楼等地，都留下了它坚不可摧的身影。1958 年修建北京人民大会堂时，因大量使用这种麻石，北京那边从望城县调去石工 800 多名。麻潭山的麻石开采历史也很漫长，应上溯至西汉。据对我国一些古寺碑塔的取样分析研究，发现所用石料多取材于此。近年来这种石料还远销欧亚的许多国家。

"丁字湾的麻石铺天下"长沙许多人都知道的一句老话。丁字湾就是麻潭山的所在地，丁字湾的麻石全部出自麻潭山上的石头。

丁字湾是望城的一个小镇，距离长沙市区不远。早几年，有从外地过来，到丁字镇区域，沿路便可看到石山，在麻石山附近，会看到许多麻石厂。我们来到丁字湾的老镇中心，麻石雕刻的狮子、马、门楼等随处可见，石头砌的亭子，别致典雅，是人们闲聊、休憩的娱乐场所。

家乡父老乡亲，有许多人家祖祖辈辈都曾是当地有名的石匠。许多石匠都用自己雄厚的实力，努力展现他们从一名普通的石匠变成一名心灵手巧的雕刻工匠。

经历那场特大洪水的洗礼，我对家乡麻潭山的麻石有更加深厚敬意。翻身垸内用麻石建造的房子，没有被洪水吞噬，见证了麻石作为建材的价值，不光是翻身垸内的房子，那一年，全国各地洪水肆虐，丁字镇的洪水波及面更广，我所在的单位地处麻潭山脚下，背面靠着麻潭山，前面临近湘江水。单位房屋建造在很多年前开采麻潭山的麻石时，自然形成的一个大圆麻石洞里。圆洞四周是单位的天然屏障。圆洞里面套着一个开采麻石炸出的麻石水池塘，水池塘被开出一条通往湘江里的大管道，每当大雨倾盆，圆洞内石壁屏障的各处缝隙，会溢水成溪，各处小溪向这个大圆洞漫流，最终汇入洞内的小池塘里，池塘套着湘江，每当池塘水位到一定的高度，池塘里的水就会经过管道，流入湘江，与家乡母亲河会合。家乡水淹那年，湘江的水位漫过警戒水位很多，河水四处找出口，我们单位里的小池塘迎来湘江溢水倒流，水从套管灌进池塘，池塘越来越满，越来越满，后来水位升到最高，只能向周围溢出，湘江地势高于我们单位这个洞的地势三四米，池塘里的水直到与湘江里的水位持平后，才静流而止。这个洞里的全部建筑和财产都淹没在三四米深的水里。

我以单位为家，单位被水淹没，我家也被浑水吞噬。老家那边炸堤泄洪，被洪水泛滥家园，我工作的单位也被洪水侵袭，我们成了无家可归的灾民，把家搬至麻潭山脚下的一所小学校舍安住。洪水也淹没了家乡丁字湾镇的大街小巷，供电供水交通全部断绝。我与住在翻身垸老家的父母，还有放在父母身边带着，不到四岁的女儿，洪水相隔，交通中断，音讯全无。

此时此刻的我，对父母孩子的思念与日俱增。为了要看我的老家，父母和孩子，我每天从麻潭山脚下攀岩到麻潭山腰，望着老家的方向，呼唤父母，呼唤我的宝贝孩子。我记得，我站在麻潭山腰一块坚实的麻石上，双手抓住山壁裸露的条形石块，踮起脚尖，眺望老家那一片汪洋洪水中的家乡，只能望见家乡的那一团黑影，那是我老家在翻身垸内唯一的一块"宝岛"，一个高地，我知道我老家的房子应该不会倒塌，它有麻石作墙基，不会像混凝土砌成的墙脚那样，经不住水的浸泡。洪水泛滥的那一年，我住在麻潭山边，好几天里，每天依靠在麻石上，我想念着老家的亲人，想念着老家父老乡亲，祈愿着哪一天洪水安然退去……

我住在麻潭山脚下的那段时间，喝的是从麻潭山顶流下的清泉，吃的是麻潭山石缝里长出的蔬菜。麻潭山脚下种植的蔬菜，浇灌的水都是麻潭山里的泉水。据当地的人讲：麻潭山上的清泉里含有丰富的人体所需矿物质，喝麻潭山上接出来的水，身体健康，延年益寿。这里的老人长寿健康，已经见证了这座山里的水的确不错。住在山脚下的那一段时间，让我更加亲近麻潭山，亲近山里的麻石。

洪水退去，混凝泥土砖瓦房屋经不住洪水的浸泡，都坍塌成一片狼藉，唯有麻石建筑的房屋全部安然无恙，丝毫无损。

家乡的麻石，你为家乡父老生活安定立下了汗马功劳。

家乡的麻潭山的麻石，漫长而坚实，它赋予了家乡人民生活的富足，代代相承，永久不绝。

那位大画家三十多年前来过丁字镇麻潭山脚下。他当时看到的麻潭山采石时，也曾想用他的画笔记录麻潭山独特的美，然而，他没有准确找到一个能道出美的主题，或许那时自己年轻，读不懂石山话语，原始的开凿，四溅起飞蹦的碎石，凿石工匠们满身花岗岩石灰，头发胡须染成了霜，汗水浸湿的衣服紧贴一身，每次扬起的石锤，手上便爆出青筋。劳动"嘿嗨"节奏，喊出了对美好生活的渴盼。

大山无言，默默地将自己无数万年经天地蕴藏的精华，托付给了这方土地上生活着的人们，他们凭着麻石起家，凭着麻石富足，凭着麻石生养一代又一代人。天地恩惠，让麻潭山脚下的人们一天天踩着麻石之路，迈向远方的富足，迈向未来的美好，迈向幸福的万里前程。

丁字人家，哪里有房子不见麻石垒砌痕迹的。麻石建造的房屋基脚，天然古朴，坚实天成，它彰显了一种麻石之乡特有风范。你再看人家用麻石做的石桌，石凳，石围墙，麻石工匠将麻石雕刻成各种各样的花形，由古老天成石头块，变成各式各样的物件形状，打扮着丁字人家。有一次，我来到一个石匠家里，这位石匠其实是我小学时的同学。它学成了麻石雕刻艺术，它家里到处是石雕工艺品。走进他家里，好似进入了麻石工艺展览馆。老同学手艺精湛，凭着麻石雕刻艺术，他一个人养活妻儿父母一家六口。还住着一栋五百平方米的大楼房。他看我造访，马上拿出他近期的麻石雕刻艺术品展示给我看。我打趣地说：你家的麻石是生活的衣食黄金啊。他说：这也是这三四十年才好起来的，四十年前，我们祖祖辈辈不也是打麻石的多，那时有几家过得好的，天天困守麻石山里，没有日夜地打石头，家家还直喊没钱用，养不活。四十后，我家还是靠打石头，又砌楼房又买车，日子越过越好，我确实感觉日子好过，要好点过。"他指着那些麻石雕刻品，眼睛漾出幸福快乐的亮光。

画家敏锐的眼光，捕捉到了描画山石的灵感。麻潭山里藏着天地精华，藏着大自然寄予人类的精神，藏着麻潭山人赖以生存的衣食黄金。

四十前，麻潭山人这样傍山而生，终年采集山石，内心里仍然找不到生存的平衡感，前行路上仍迷茫无奈，无论怎样用劲锤打块块石头，石花却也溅不出生活的万丈光芒。

四十年后，麻潭山人还是偎依在麻潭山。有一天，我再次经过麻潭山边，麻石小作坊已经不见踪影，已然成了规模宏大的麻石公司，麻石开采也不单纯依靠用炮破轰炸，现代化开采技术，让麻石头尽可能整体落地，减少碎石。冷静开采，节约利用，麻潭山的炮声不再是我童年时的计时器。

麻石滋养出了家乡人的富足，他们对家乡麻潭山的那份深情无法用言语说得出，道得明。

小镇里的大学

家乡丁字因麻石而闻名于世，家乡因麻石而富足一方。也许是麻石名扬天下，这方土地上，近十几年，由一个地道的农村，一跃变成了一座小小城镇，这座小小城镇，被有的文人称之为"望城的东方明珠"。

长沙市芙蓉北路延伸至丁字镇，这条公路，早在20世纪90年代初，接长沙市芙蓉路，打通当时的霞凝乡与丁字乡之间的一山之隔，"移山变通途"，成了今日直达湘阴的一条长湘公路。

长湘路的修筑，连通了长望湘三地，家乡河东这颗闪亮的明珠，越发显出璀璨夺目的熠熠光辉。

家乡丁字镇，有一个新开发的小镇叫"丁字新镇"，丁字新镇大部分是丁字人家被征收土地后，安置集中于一起，他们的家建成一排排高楼大厦。

而在20世纪90年代初，丁字新镇还是一片黄土高坡，这一片黄土，六七十年代是供民兵训练刀枪棍舞、打靶格斗的场所。后来这里就被称作"丁字打靶场"。

我在丁字湾麻潭山脚下的单位上班时，回老家必经丁字打靶场。那时，这里杂草丛生，黄土裸露，方圆五六里地无人烟。每当在老家吃过晚饭回丁字湾时，我就会对先生说：我们还是走河边头吧，晚边路经打靶场，那么远都没人家，真有点阴森森的。尤其打靶场旁边还有一座山，有时山里的小动物突然从树林里的灌木丛中蹿出来，在你身边拔腿闪过，你还来不及看清楚那是何物，那家伙就蹿得无影无踪，这时的你，便足实惊出一身冷汗。夜幕降临，打靶场这个地方出奇的黑，两边的高地，让一个黄土高坡也变矮了许多，走在靶场一边的那条黄泥土公路上，车子随地势的高低一起一落，随着空空洼洼不停地颠簸，从单位回老家，从老家回单位，丁字打靶场成了我念家想家的阻隔。

尤其是风霜雨雪天，这段连通老家与我单位的泥泞打靶场，更是我常回家看看必过得艰难要道。我有时傻傻地幻想着：哪一天，这个打靶场突然就变没了，变成一个繁华宝地，那该多好。这样幻想着，随着时间的推移，它居然真逐渐在变。

一天，我路过打靶场，那里热闹非凡。挖土机，推土机，大货车……许多机器的轰鸣交织一起，我对先生说：这里是不是要变了，是否可能会变成一个城镇。先生也说应该是的。不久，打靶场由原来的荒芜之地，被机器整成了一大块平地。在平地的东南方，有一群建筑工人在那里忙碌，走近看，原来是在为建一座高楼奠基脚。从此，打靶场就成了一处不休不眠之地。一天又一天，一年又一年，这个靶场由原来的一个黄土荒芜的高坡，变得越来越热闹，越来越繁荣。高楼大厦如雨后春笋般，一座变两座，后来十几座，几十座，上百座，那一片土地全都建筑了幢幢楼房，装扮着靶场，让昔日的黄土高坡变成了今天的丁字新镇。

当你坐着一辆公交车，抑或自驾一辆小轿车行驶于长湘路。当路过丁字新镇，在进入丁字新镇入口处，往前一两百米，有一个道路隔离绿化带的横切地段，这里有一尊用麻潭山上的麻石雕刻成的毛主席肖像，这尊麻石主席塑像，大约于2004年起草，2005年雕刻成功。毛主席塑像坐落于丁字新镇中轴线的中心位置，丁字新镇也随之在发生日新月异的变化。面向长湘路，在毛主席塑像的右前方，右转至一条宽敞大道，我家的房子就在一个小巧别致的小区内。因工作需要，暂时没有去住，而那里却是我家最美的安置之所。

我家新房子附近，有两所大学，新镇也因大学校区建筑纷纷拔地而起，让这座小镇越发地充满了青春活力。双休日，假期，新镇街头巷尾，只要来新镇逛逛，总会遇到三三两两凑在一起的大学生，他们穿梭在新镇各处。来自全国各地的年轻人，他们操着自己家乡的方言，让这座新兴小镇，蒙上一层异域文化融入本土文明风俗人情。

有一次，我遇到一位大学生，正用方言与她家里的亲人电话聊天，听得出，她的语气语调里，充满着对亲人的思念。父母在那头，嘱咐着孩子在远方要注意的一切，温暖的亲情，让孩子噙满思念泪水的双眼，闪烁着幸福快乐的光芒。看到外地来我们新镇求学的孩子，远离父母，他们以我的家乡新镇为家，他们和我的孩子一般大小，不禁对那些青少孩子们产生莫名的怜爱。

当漫步于新镇，遇到那些大学生，我主动找他们聊天，用母亲般的语气，给他们母亲般关爱与告诫，那些年轻大学生们，都乐意于我对他们的唠叨，我有时问他们：我像妈妈那样唠叨你们，你们不反感我吗？他们话语一致地说："阿姨，我们远离父母，有您这样的长辈，这么热情地关爱我们，我们要感激您还来不及，怎么会嫌弃您的唠叨。"

听孩子们说，在家里，听父母唠叨的时候，觉得有点不耐烦，可到外面求学，离开家久了的时候，就想念爸爸妈妈，甚至想念他们的唠叨。没想到，我在这座小镇，还能被这群年轻人认可，听到他们真实的心声。作为教育人，我的职业会驱使我去随时随地做点公益的教育。我在小镇附近的大学，也用我的母爱，温暖过一些年轻人因远离父母而一时有点失落的心，我觉得这也是我的快乐。

无论何时，无论何地，心里念想不变的是家乡亲家乡情。家乡一路漫步走到今天，由昔日之贫穷，昔日之荒芜，迈向今天之繁华。它如同一幅画卷，由过去年代的黑白，魔幻般变成今天绚丽多姿的彩色。家乡小镇，几所大学落成，让具有麻石特色的丁字新镇，更加焕发出青春的活力和耀眼夺目的光彩。

东西飞架一桥

滚滚湘江北上，遥遥东西相隔。家乡望城，分布于江西江东两岸。我家住在湘江江东，与江西的望城隔江相望。

一江相隔，东西望城隔千里。老话说："隔河如隔千里。"江的西面是望城政治经济文化中心，江东人需要办理什么事情，只要牵涉到某部门协助管理，一定得到江的西面办理相关手续。

江东面的人到江的西面，苦于湘江之隔，只能坐轮划子船横渡湘江。遇上风雨雷电天，坐轮划子船过湘江，真有"风雨飘摇，终难及岸"的感觉。"阴风怒号，浊浪排空，……"当年范仲淹的《岳阳楼记》，以滔天气魄的文字，记下了八百里洞庭，"若夫淫雨霏霏，连月不开，阴风怒号，浊浪排空，日星隐耀，山岳潜行，商旅不行……"范公的文字，诠释出于大风大浪中的江河，给人直感到的惊心动魄，千百年来人们记忆深怀。每当有重要事情，一定得从江东面赶往江西面办理，这种时候，不管天晴下雨，不管风雷闪电，冰天雪地，江东面的人都得在湘江江面横渡，乘风破浪，力挽狂澜，赶赴湘江对岸，去完成使命。

十四岁那年，我考上高中，被分到望城县城里的高中学府就读。父母说：这样很好，哥哥正好快要从学校毕业，分配到望城县单位上班，你到那边读书，可以常去哥哥那里，望城那边还有爸妈原先的同事朋友调过去了，你也可以常去他们家走走。不知父母是担心我不敢过河，还是想让我离家更远，也许可以出去拓宽视野吧。我从小不是父母身边待着，就是外祖父母带着，没有离开过家的襁褓。那年九月的一天，父母帮我收拾打点好行装，告诉我："以后，你就要到江的对面去求学。隔江就不像走陆路，再怎么走，总会走到家，一江之隔，只能搭船，不然怎么会有隔江如隔千里的说法，隔着江，与家的距离就如同隔了千里远。你去望城读书，就是到千里外的地方去读书了，你要学会照顾自己，在望城那边，安安全全好好学习就好。"……临行前，爸妈对我说了一大堆嘱咐的话。我那时懵懂，不懂父母的担忧，更不能完全理解"隔江如隔千里"的意思。我就那样，随父亲送我一起，来到了望城县城这个陌生的地方。

当时不是坐横渡轮划子船。爸爸说："轮划子太小，在水上轻飘，一个大浪翻过来，划子飘摇得很厉害，很不安全，告诉你怎么搭大轮船去。"爸爸用当年我家最时髦的"永久牌"自行车，拖着我求学的所有行李，和我步行至四五里外的霞凝港，这也是当年望城县河东的一个小集镇。这个集镇，临着湘江靠南一点方向，对面是的河西的回龙洲，也就是当年望城的谷山公社地盘处。我们到了霞凝港，这里有一个轮渡码头，轮渡码头边停靠着两种趸船：一条叫作轮渡，一条叫作湘航。从这里乘大轮船去河西县城，实际上走了很多回程路。如遇上晴空万里无云的天气，东西两岸的人可以相互一眼望见对岸的房子和人们在对岸的活动情形，只因隔着湘江水，东西两岸的人们交流就只能靠轮划子渡水，而彼此来到对岸。我求学的高中学府在离望城老政府中心不远的地方，既不是霞凝港对岸，亦不是丁字湾的对岸，可去学校，必须先过河，搭大轮船，只是走水路，轮船从湘江北上，在河西这边停靠，轮船从湘江南下，就在河东这边靠岸。第一次和父亲乘船北上来高中学府求学，乘坐在大客轮里，在客轮边的甲板上，迎着河风，看江水被那只轮船航行时搅得翻滚的水浪。记得那时我的心确实有点怅然，我不知去学校的路这么麻烦，到码头要走四五里陆路，乘船要走二十多里水路，上岸还得走五六里陆路。我第一次觉得，家离学校真的好远好远。看着很少离开过我的父亲，听着船行中水的"哗哗"声，老家的房子一排排往身后移动，老家离我越来越远，老家的影子越来越模糊。我不知道学校在江西边的哪个位置，我只知道，以后的几年，我都会与这样的客轮相会于湘江水上，运载我从老家到学校，从学校到老家，它会把我从十四五岁载运到十七八岁。

船已行至望城轮渡码头，我和父亲拖着我求学的行装，离船上岸。走了大约一个小时，终于来到了从未谋过面的高中学府。当年，说这里是县城，我的印象里，不过是多了几栋大楼房，有几个工厂集中在这个地方而已。县城于我儿时经常住在省城的亲姨家相比，有很大的不同。这里只有一条南北两地的主干道是硬化了路面的，如果进入某条小街去，你会看到大多是石板路面，有的石板是麻石做的，我也记不起是不是我们丁字麻潭山上采来的麻石，应该多半是吧。我那时不太在意于这些方面的研究，只注重自己从哪里来，怎么回到哪里去。

走了一截街道，在一个分叉路口，我和父亲判定是通往学府的路。这条路，就如同我们老家的乡村公路，两边杂草丛生，靠右边方向，还可以看到农田水坝，我们沿着这条路走了十几分钟，终于看到了一所中学，来到学校门口，见到了早已报到好了的一群学生，父亲亲切地询问那些和我年龄相仿的同学如何办理入学手续。

我只记得我当年就这样跟着父亲来到了县城读高中。校园被围墙圈着，里面也是黄泥土地，只是均匀地铺上了细砂子。父亲帮我办好了一切入学手续，开好了床铺，又千叮咛万嘱咐地和我说了一大堆话，才依依不舍地离开我回家去了。我看着父亲离开时的背影，如同当年朱自清看着父亲的背影那样，眼睛里噙满了眼泪，目送父亲出校门，直到他走得老远，无影无踪了，我才回过头来，环视这个陌生的学校。当天夜里，我躲在被子里流泪，我想家了，我想爸爸妈妈，想江东那边熟悉的一切。可是，爸爸说了，到了望城，你如果想随时回家是不行的，因为隔着一条江，再走路，必须过江，只能在有轮船或轮划子搭时，才能回家来。我越想越觉得家离我很遥远，越觉得更加想家。我整整一个晚上，没有人来哄我，安慰我。才来就学第一天，老师同学都很陌生，莫名的孤独感直涌心头。

毕竟我还不到十五岁，离开家，隔着江，举目无亲，无助的我，只想着有一天，如果能够有一座桥横架在湘江东西两岸，那该多好，我就可以任意东西，像那些住在江西边的同学一样，想什么时候回家就可以什么时候回去。他们的父母随时可以来学校看他们。而我却不可能享受这样的自由。

三年的求学时光，虽然有我的同学伴着我一起学习生活，可我一直在念家想家中任时光匆匆，我盼望着三年早点过去，我要回到江东老家去，不想湘江再成了我回家的隔断。

求学第二年冬天，那是个严冬，大雪过早地莅临人间，还不等学校放寒假，雪就下了三天三夜，地上积雪有一两尺深。湘江已冻结，江面千帆静止。学校见大严寒天气，学生在校不好抗寒，便通知家长提前放假。家长们接到通知，陆续有家长来学校接孩子。住江西面的大多数同学都走路回家去了，而我却只能呆呆傻傻地看着同学们陆续回家，我却不能回家。

江水冻结，轮船不能航行。学校又不能待，放假了，学校没有饭吃，宿管老师也不管寝室，我怎么能这样待在学校。可家又回不去，我只好去投靠爸妈的朋友家。幸亏爸爸妈妈的朋友在江西面工作，在哥哥还没有分配来望城的时段，我常去爸妈的朋友家度过不能回家的节假日。

雪停了，天还是雾气沉沉，据说湘江里的冰在融化，轮船可以开动了。我急忙拿起我的假期行李，与爸妈的朋友家辞别，一路风行似的赶往望城轮渡码头。江面尽管蒙蒙雾气笼罩，也能朦胧地看到江东那边老家的房屋。江面宽阔，视力尽管穷尽对岸，脚下却不能涉水横过湘江。

一声长笛，轮船从湘江之北缓缓驶过来，靠近趸船，箱急切地走进船舱，心早已飞到了家里。

一别多日的父母不知是否都在家里等我回来，我心里默念着。又一声长笛，轮船缓缓离开趸船，离开了江西岸边，朝着南面方向航行。一个多小时后，我终于被轮船渡到了江的东面。出了船舱，我想像当时真的像小鸟那样飞身上岸，奔跑着直往家里赶。而在那个严寒的冬天，我妈妈动了大手术，从她身上切除了一个很大的肿瘤，刀口将近一尺长。我到家门口时，只有父亲出来迎接了我，零妈卧在床上。虚弱的身体，不能起床来迎接她一直牵挂着的孩子回家。我看着妈妈病态的模样，想到自己那几天格外想家的心里，明白亲人之间真有心灵感应的奇妙意识。如果不是隔着江，我会在想念家里的时候，就立马回家和爸妈团聚。

我读高中的第二年，哥哥真的被学校分配至家乡望城。据说哥哥的毕业成绩，表现综合评价前三强，可让他自由选择单位，哥哥没有选择留在省城，而是选择了回家乡望城工作。这一回来，就在家乡县城定居了三十多年。哥哥为家乡望城，打拼三十多年，见证着望城日新月异的变迁，他没有半点想离开家乡的想法。那时我也听说过，有好几次，省城有单位招聘，哥哥是望城第一批公考上的干部，且当年有人给我看到，榜上公考考里第一名的哥，没有丁点显声露色，他不喜言谈的个性，造就着他只能默默无闻。隔着湘江的哥哥，逢年过节回家，总是成了零母最美的期盼，因工作时间限定，加之隔着一江滔滔水流，回家就不那么容易。

每次回家，父亲和我们聊天时，就会谈及：哪一天，湘江望城段东西两岸要是建一座桥该多好。说到这句老生常谈的话语时，哥与父亲总会相视一笑无语，那一笑里，我猜测可能包含着他们的渴望。

其实在县城单位工作几十年的哥哥，早已知道望城段湘江东西两岸有建桥的规划，只是当时还没有得到正式批示，哥哥不能将还没有落实的事情随便讲出来。

父亲在期盼中等待着在望城工作的儿子能从一座代表亲情

的桥上横过江面，缩短回家的路程。还没有等到那年的腊月，快要过年的时候，父亲却等不及儿子从东西两岸的桥上回家，他就急匆匆地离开了我们。哥哥从接到电话，听说父亲突然脑出血病危，还在上班的他急忙请假，单位派车送哥哥到汽渡码头，可是汽渡因天气不好，能见度太低，停止开放。哥哥他们只好绕行走省城那头的湘江东西跨江桥赶回来，绕行在路上需要两三个小时，父亲从发病到离世，仅仅只有两个小时。哥哥与父亲没有见上最后一面，成了一辈子的遗憾，就因为这一江之隔。

有一天，一位同事说："现在去望城就近了，从丁字新镇出发，只要十多分钟就可以到达望城县城。现在的拦河大坝大桥已经全线通车了！湘江东西两岸已经连成了一个整体。"

我听到这个消息，高兴得几乎想跳起来。念了三十多年，盼了三十多年的东西两岸北段横跨桥终于落成，家乡望城再也不会有因为隔江如隔千里之忧了。

有了拦河大坝桥，江东江西人交往更加密切。每当乘车横过拦河大坝桥，透过车窗，看看那拦河坝建筑的壮观景象，内心总会升腾起一股莫名的激动！

"一桥飞架南北，天堑变通途"，看着拦河坝大桥，让我想起了毛泽东在《水调歌头·游泳》里描写的武汉长江大桥的一句气魄雄浑的句子。当我看到家乡的拦河坝大桥，我用"一桥东西飞架，江面变通途"来形容这座令望城人民骄傲的大桥！

异想天开路

"无限风光在险峰"，没有去过西藏的人，不可能体会海拔五千米高原上极美风景。

一首《天路》，歌唱家韩红的歌喉演绎祖国西疆无限壮美，听过韩红这首《天路》，总会被她清脆悦耳的歌声带到神奇美妙的遐想之中。那歌词没有人为的夸张，去过西藏的人，就会感受到它是将现实真实地再现出来，没有太刻意的想象和创造，它就是美丽西疆高原的写实：清晨我站在青青的牧场，看到神鹰披着那霞光，像一片祥云飞过蓝天，为藏家儿女带来吉祥。黄昏我站在高高的山岗，盼望铁路修到我家乡，一条条巨龙翻山越岭，为雪域高原送来安康。那是一条神奇的天路耶喂，把人间的温暖送到边疆，从此山不在高，路不在漫长，各族儿女欢聚一堂，黄昏我站在高高地山岗，盼望铁路修到我家乡，一条条巨龙翻山越岭，为雪域高原送来安康，那是一条神奇的天路耶喂，带我们走近人间天堂，青稞酒酥油茶，会更加香甜，幸福的歌声传遍四方。

因为"天路"，因为这歌词，因为有很多人带着天路的美丽遐想，去了西藏。回来时，他们激动地描绘西藏的神奇，带动多少有梦想的人们也去亲近天路，亲近祖国西部那片神奇的土地。

不同的人，有不同的感受，正如不同的人，阅读同一篇作品一样，和"一千个读者就有一千个哈姆莱特"是同样的道理，允许人们有他们独特的眼光，独立的见解，独到的视角和解读。

歌词中天路是美丽的，我心中的天路更加神奇。

我心中的天路，不是去西藏的那条天路，它是我家乡的一条神奇的路。

几十年前，我的家乡不像今天这样高楼林立，柏油路四通八达，路面清洁干净，满目茵茵绿色，……一片繁荣昌盛之景。而自从我的家乡修建了一条通往南北天边的神奇之路，家乡从此变得越来越精致，越来漂亮。

家乡的"天路"不像西藏的天路，它没有道路通天上高原的意思，西藏的天路，是通向高原那一片美景之地的路，那条天路，是让天堂高原联结人间，让人间去天堂走走，让天堂里的人能下到人间看看，里面的人走出来，外面的人走进去。它本来是想用这种方式，去改变那天堂里的人类过于原始的气息。然而，我看到的那天堂，只是自然界的美景装扮出来的神奇，那里面的人，没有太多地被文明同化，没有接受太多文明的洗礼，他们仍然固守着自己一味陈旧的生存模式。

有人从天堂那边回来，除了讲述天堂里神美的景致，更多的感受是：还是我们的家乡好。我们的家乡，不是高原，与天没有那么接近，清晨和黄昏没有《天路》歌词里的意境那么美，可我们的家乡，一切都在进化：人在不断被文明进化，环境在被文明进化，物质在被文明进化……家乡的天路，是通向文明，通向繁荣富强的一条康庄大道。家乡修筑了一条长湘大路之后，家乡丁字镇就成了一个富裕美丽的小城镇。

道路通，万事兴，一点都不夸张。

湘路南北延，四方路通天。家乡的长湘路，南通达省会长沙，北延至湘阴县城，这条路如同家乡的一条主动脉，它将丁字镇的政治，经济，文化，交通等传递到祖国各地，大江南北，让全国各地了解丁字，也让丁字随这条主动脉流动，流到四面八方，带着丁字的繁荣，流向地球各个角落。长湘路上，车流如潮，从早到晚的碌碌忙忙，让这个石乡之镇，石乡之都，越来越强大，越来越美丽。

从深圳打工回来的家乡人说：丁字镇今天的样子，真有点深圳的模样和味道。长湘路修成，是打通一条山脉，与长沙市区主干道接轨，开始时是一条泥巴乡村公路通向省城。不到几年，看到它变成了四车道单行水泥路，又不到几年，它竟有了八车道双向线，几年一变样，泥土路，水泥路，柏油路，路的两旁还有霓虹灯亮化这条宽阔的柏油路，家乡人原先从深圳回来，觉得家乡到处灰蒙蒙的，邋遢而不亮眼，现在回来，觉得家乡靓丽一新。作为家乡人谈自己的家乡，言语里不会有什么故意夸张，他们了解家乡的过去，看到眼前的景象，能感慨得如此惊讶，全是现实打动得他们真情流露。

家乡的长湘路，也是一条"天路"，是通向美丽天堂的路。它让家乡人们从此过上了天堂般的生活。

家乡的人们有了充足的钱粮，生活富足美好。新建的小镇，公园里，绿化环绕，人们使用健身器材，动作自如，熟练；广场上，广场舞、街舞舞动的男女老少，扭动灵活的身姿，舞出曼妙的动作；健身场，各种健身球类，在每一个健美的动作里，彰显他们训练有素的身手；游泳馆，一片欢乐的海洋，大人小孩水里在自由穿梭，美人鱼般地活跃出水中的热闹；溜冰场，每个脚下溜动的姿态，都能带给我们视觉享受；练歌房，人们不单纯追求敞开嗓门喊出自由无趣的乐音，追求歌唱的高度和艺术，请来艺术家协会的声乐教授，专门教练唱歌技巧；闲庭散步的人们，悠闲自在的神情里透射出他们对生活的满足和惬意……这条神奇的长湘路，带给了家乡人们真正的福利和快乐。

我又不由得联想到西藏的天路，那条天路，让西藏那片神奇的土地，在人们心目中留下美好记忆。

然而，生活在那片土地上的人们，并没有因外界的影响而改变他们陈旧的固守。从西藏归来的人感叹：还是自己家乡好！大自然赐予人类再多美好，如果人类不会用心感受，一味用野蛮对待美好，美又能带给人类多少意义和价值。在那一片土地上的人们，他们固执的心态，掩藏着他们陈腐的思想。他们一味信奉神灵，一切由神灵主宰命运，他们相信天堂地狱，用野蛮诠释着美好。有一天，蓝天白云下的那一片绿茵茵的草地上，围着一群本土人，那些都是当地土生土长的人们。男人裸露左肩，女人身穿着白色衣裙，他们在那里祷告，祈求神灵赐福，仪式虔诚隆重，外面去的人不知道那是在做什么，好奇地凑过去，原来他们那群人正围着一具亡故尸首。亡故的人躺在一块板子上，脸被蒙着一块象征当地人特色的方布。中间跪着几个人在为这个灵魂升天的人振振有词地念着什么。

突然，中间有一个人拿着一把刀，走近躺在地上的尸首面前，举起刀，向那具尸体砍去。看到这场面，外面进来的人心里蹦蹦直跳，他们问身边一个当地年轻男子：这是做什么。男子用不太标准的普通话说：天葬啊！语气里还带着为这具魂灵自豪。

有个人举起手机，想拍下这奇怪的一幕，马上被人群中的一个当地的大高个子男子呵斥：不准拍，删掉！"那场面，匪夷所思。这种固守着无数年的陈旧风俗，该是一种对亡故之魂的多大侮损与不敬啊！可是那个神奇的土地上，那条天路处的美丽洁净之地，却有着大自然里这样的灵长动物，在将一具他们认为最高尚的魂灵之躯剁成肉泥，然后撒上青稞，吸引老鹰来到这里，吃掉这个最洁净的灵魂附着躯体，这个灵长类动物里高尚灵魂的躯体，被老鹰吞食之后，就代表他的魂灵升上了最高境地，这就是这个神奇的地方以最高礼节，对待一个最高尚的灵魂的安葬。外来的所有人都无法改变这群人类认定的最好的安葬。从那条神奇的天路归来的人都说：那个特别值得游览的地方，那种原始的生活模式，没有被现代文明同化。而我们的家乡，每条通向文明发达的天路，让家乡在迈向更加繁荣富强的境地。我们对人类最高的尊重，就是不断文明化，加快文明化进程。

有人说，天路那边奇闻颇多，那里的灵长类生活很奇特，人要方便时，就在光天化日之下，随便找一个自己认为安全之地，就可以解决内急。这种生活的原始，让美丽的高原风景，也蒙上一种让人难以接受的困惑。从那条天路上去，看到了自然的奇美奇景，更看到了人类生存的另一种景象。

人类的福气，靠人类自身尊重自己的生存状态，创造美好生活，尊重人类的文明。那些在一种野蛮群体中去走过一趟的人们，无不感叹自己生在福中要知福。

勤劳智慧的家乡人们，让《天路》的美妙旋律演绎出更加绚丽的色彩，让美妙的音律永远飘荡在家乡的上空，让生活越来越美好。

丁字墨香

墨香飘逸丁字浓，书法文人家乡情。书堂山欧阳询书法文化园，最初归属丁字镇，早几年被划到另一个文化底蕴深厚的区域，当时丁字人听到这个消息，心中的确涌出怅惘与失落。

丁字文化，本以书法艺术成了家乡最有特色的亮点，也成了家乡人们内心的崇拜和骄傲，当它为规范望城文化集中区域，欧阳询文化园被活生生地从丁字躯体剥离出去，失落感油然而生也是人之常情。失落过后，我们幡然醒悟，这是小家之于大家的奉献，丁字是望城家乡的小家，望城是丁字小家之大家，小家必然要服从于大家，奉献于大家。

值得欣慰的是，书法这种文化精神早已根植于丁字人心中。

当你走进丁字人家，你会发现很多家庭墙壁上都悬挂着大人小孩的毛笔字、中国画。丁字人自从过上了红火的小康日子，他们除了用欢愉表达内心的满足和愉悦，还用富足的精神文化来充实美好生活。

有一次，我路过村里一户农家，热情的家乡人见到我，招呼我进家里坐坐。盛情难却，我也不会讲客气，就进入了乡邻人家。这哪是过去的农民家庭，分明就是书香读书之家：家里有专门的书房、健身房，书房里有一张大大的实木条形桌子，桌子上摆着一大堆书，走近看看，原来都是书法绘画书刊。女主人端来飘着芝麻豆子老姜香味的热茶，爽朗的话语里带着殷勤的客气，她见我翻看那些书法绘画书，忙做解释说：他们一家大小都在学书法，练书法，同时也画点点中国画，并饶有兴趣地聊起他们家练字绘画的一些故事给我听，言语里满是书法和中国画的专业术语，我听了觉得她已经不单纯是农村家庭主妇，显然是一名书墨气息浓厚的才女。

再看她书写的那些楷书、行书、隶书、草书的练习书法纸，足已达到了一定的层次。想想我也在练书法，还有个手不离笔的职业，我的书法和她一个村妇相比，完全不在一个档次上，心里直感到很惭愧。她还告诉我，他们一家人都喜欢书法，尤其是他公公婆婆还有小孩，都是"书痴"，对练书法已到了痴迷的程度。每天必练，一练就是两三个小时，雷都打不动。难怪书房设计这么大，还这么气派，书法成了这户人家生活中的重要部分。他们练习书法，不为别的，传承中华书法传统文化，是大而言之，其实简单点说，就是修身养性，愉悦身心，充实生活。他们一家练习书法，开始时是为了鼓励小孩子学习书法，孩子们有时懒惰，不太主动练习，爷爷奶奶为了给下一代做榜样，就和孩子们一道学习书法，一家人就这样全都成了书法爱好者。

这是丁字书法之乡人家的典型代表。书法文化的传播，也来自丁字有很多书法爱好者、书法家，他们对书法执着研究，超凡造诣，已远近闻名。

家乡丁字人，传承了欧阳询书法文化精髓，他们学书法，练书法，培养小孩掌握中国书法，已成了家乡业余文化的一道靓丽风景。家乡的书法爱好者队伍还在不断庞大，书法大师的作品被频频送出去参加区市省国家级比赛，甚至随欧阳询书法声名远播海内外，同时获得了很多高级奖项和殊荣。

我被家乡书法艺术氛围所感染，成了一名书法爱好者。仅仅还只是有了点点爱好。业余空闲，我拿起毛笔，书写大中小楷，行书草书隶书样样都练，有时乐此不疲。只要没有工作生活和其他重要的学习任务，我就会练习起书法来。

可能不太懂中国书法的人，对中华书法没有多少感受，我从一些书法的著述里，了解到：书法能塑造良好的人格。名家有言："书以人传。"书法家作品的风格高下，最终是书家个人情性、品格的自然流露。宋代黄庭坚说："学书须胸中有道义，又广之以圣哲之学，书乃可贵。"在被称为"天下第二行书"的颜真卿《祭侄文稿》的书作中，记述颜真卿为就义于安史之乱的侄子颜季明所挥泪写下的流芳千古的祭文。我们可以从那跌宕跳跃的线条和文字内容中，感受颜真卿在听到侄子被叛军杀害时悲愤难抑的心情。有一次，皇帝问当朝书法名家柳公权如何学习书法，柳公权回答："心正则笔正。"为我们留下了"笔谏"的千古美名。学习书法，不断研习古代碑帖，心仪古人风范，对个人的人格塑造，起到潜移默化的教育作用，中国书法传承意义莫过如此。

家乡的书法，让家乡丰盈了的文化底蕴和内涵，让家乡浸润于墨香，熏染于墨香。

有一位外地文人来到家乡望城，正好我们汇聚于档案馆诗联家协会，交谈中，我听他与在座的许多文人前辈不无赞美的口吻对我们在座的人说：望城的人文特色让人仰慕，它既是精神文明和道德文化的高地，也是诗词书法文化的高地。尤其代表望城书法最高水准的书法名家，都在河东明珠之地——丁字镇。老丁字镇的时候，更是集中，欧阳询书法，早已让丁字人的书法艺术笼上了一层文化的厚重感。

　　我听了颇感自豪。家乡的年轻书法家沈先生，已经早在好几年前就加入了中国书法家协会，据说加入中国书法家协会很不简单，它要求一个书法家的造诣达到至高境界，得到国内外权威书法家不断论证，认可才能进入这个高难高雅的圈子。年轻的沈先生，由于从小受他从事教育工作的姑姑对他书法的传授和熏陶，他在能握笔写字的年龄，就开始迈向书法这个神圣的艺术殿堂。沈先生和我家是同事关系，又和我的孩子是师生关系，我们既是同行战友，又是朋友，他的书法境界步步提升，从他那里，我看到了家乡人身上的那股学习传统文化，传承传统文化的精神和韧性。沈先生的大师级书法、中国画的艺术，为家乡传统文化——中华书画文化传承添上了非常靓丽夺目的光彩。

　　飘逸着墨香的家乡丁字，带着家乡书画文化，正迈向更高更灿烂的舞台。

靖港古镇八大碗

闺蜜燕子来电话，邀我去古镇靖港，可把我乐翻了，正愁不知如何打发这得来不易的悠闲周末。连续三个周末加班，已几乎忘却了休闲的滋味，第四周也只有周六可以全休一日，想想明日还得加班，今日的放松确实不可多得。

一路上我们还接了大伟芝和兰草大师。进入古镇，转过几道巷子，来到古镇主街道。

每次应闺蜜燕子之邀一道外出，无论我怎样缠着问她：我们这是去哪儿？燕子总会冲你用她那神秘而经典的莞尔一笑，后面准会给你留下一串长长的省略号，你再缠着问她，她就用特别的柔声细语说一句：到了你就知道了。

没办法，谁叫她是作家，悬念是写作人常用的手法嘛，读着那些省略号，如同读一篇悬念迭起的散文，她让你在一路峰回路转的期待中度过颠簸的枯燥，至少我和兰草大师的看法不约而同地一致。伟姐是靖港古镇通，只要让她了解丁点信息，她会立马敏感到是去何处。只知道燕子仅发了个图片给她，她心里便有数，不用燕子多说一个字，她都知道燕子是要去靖港的什么地方。

靖港古镇并不大，可每次我去，都只在主街道走一趟，从南往北走到尽头，又从北至南走到街尾，就这么来回穿过一次，就算游完靖港，没有弯进主街道两旁的任何一道支巷去过。这次随伟姐向导，总算看到那往里延伸的支道巷子里，还有许多不为人知的美景，而我们却只能匆匆路过，伟姐还是带我们来到了主街道。燕子和伟姐没入到熙熙攘攘的游人中，她们衣着的古典中式服装，为这古镇古朴的风格又平添了更为和谐而靓丽的色调，无论人群怎样淹没她俩，那两道美丽风景线总能散发出光芒，满街的目光不断地聚焦于这两道风景线。

走在靖港这条古街，我们仿佛穿越了时空，一下子由现代变身古代之感，眼前方店面挑着的那些中国红的布旗招牌，在轻风微拂中摇曳飘飘，它们仿佛在向每位来古镇参观游览者招手致意。我不禁放慢脚步，拿出手机，打开镜头，将古镇这道风景通通摄入，也将燕子和伟姐都摄进了这座古典小镇的风景里。

在一处拥满了招牌旗街道稍宽处，伟姐停住了脚步，她转身回头对我们说：这就是肖总的八大碗店。伟姐动作优雅的手一挥，示意已经到达我们的目的地。

这道街有几家店面是布旗招牌，还兼有店门额匾招牌，上面写着的都是"靖港八大碗"，伟姐引领我们踏上有台阶的这家"靖港八大碗"。原来这家"靖港八大碗"就是燕子特邀我们要来的地方。

这家"靖港八大碗"与街对面那家靖港八大碗正对门庭，只是我们进的这家地势略高，门面也显得更为高端大气。从里屋出来了一位中等个子，身上还略微散发书卷气的中年男士，见我们的到来，非常热情地走向我们，他就是这家的店主人肖大师。

他请我们随意选择个地方就座，我们坐到大店靠里面的一角，围坐一个圆桌。还没等我们放下手包，热情的女服务员用一个木制长方形托盘端来热气腾腾一盘茶，考究的蓝花陶瓷无柄小茶杯，升腾袅袅的热气，散发着老姜豆子芝麻茶特有的浓香，一股久违的家乡旧时光醇香味扑鼻而来，我起身站立，双手从那褐色木制托盘里端起一杯，鼻子凑近杯口，让悠然飘出的热气，将那浓浓的茶香轻徐徐送入鼻孔，沁入心脾，心底泛起几分陶醉。坐下来轻轻抿一口香茶，这时，我感受到了"唇齿留香"的含义。

茶香绕齿未绝，一盆耳饺又上桌。没等我回过神，坐一旁的伟姐顺手拿过我的碗，已在帮我往我碗里装耳饺了。接过碗来，用小勺子盛一个耳饺塞进口中，软香而溜滑，且微辣柔和着纯纯鲜味，似乎夹杂着点点的甜，品咸度，不多也不少，适度，合中，这种口感的饺耳，不知隔了多少年没有遇到过，一碗饺耳，做得如此美味，我终于知道闺蜜燕子何从大老远都要带我们来到这里了。

这戏才拉开序幕，精彩还在后头。

神奇的陶都
——魅力 "千年陶都" 铜官窑印象纪实

那是一个百宝遍地的古色之城；那是一个让人魂牵梦绕的百宝圣地；那是一个百看不厌的彩陶王国……"南青北白长沙彩"的中华陶瓷"三派鼎立"，让中华陶瓷的魅力风姿，绰约美妙地雄居于世界陶瓷金字塔之巅，尤以长沙铜官窑陶瓷更为出色，她那美丽的色彩，招揽无数喜陶爱陶人，为之倾倒，为之折服。只要走访一次铜官，那美丽的彩陶世界，都会让你如聆听一段悠扬尚美之乐曲，"余音绕梁，三日不绝"，又犹如梦里寻它千百度，牵引着你再访于此，三访于此，甚至多访于此，也许你都不会心生厌倦。这就是家乡的魅力圣地，千年百宝陶都——铜官窑！

一、记忆中的陶街

铜官窑，我记忆中的童话世界。由此上溯至十三四岁那年，五月端阳节，正值周末，学校放假，我独自去了外婆家。儿时，外婆家是我生长的仙境，是成长的乐园。从十个月大，父母忙于工作，不便带我，把我送到外婆家，由外公外婆带着。和我的表姐妹们一起生活，一起成长。外婆家成了我童年最美丽的记忆。长到读书年龄，我只能离开这个充满欢乐与温馨的家园，离开了表姐妹们欢声笑语簇拥的幸福宝地。

　　每当假日，我最想去的地方就是外婆家。只要我出现在表姐妹们期盼我到来的视野里，就会远远地听到她们近似欢呼的喊声：来了！来了！到了对门山亘上了！

　　听到表姐妹们熟悉的闹声，叫声，我心里别提有多么美滋滋的。那声声欢笑，欢叫，传达出的是表姐妹们对我天使般的欢迎，神圣般的上宾礼待。在外婆家，姐妹们为了让我愉快，让我开心，她们都要拿出珍藏一年都舍不得看舍不得用的玩具给我先看看，先尝试，拿出外婆家自己做得最特别的风味食品佳肴来款待我……每当有空余时间到外婆家去，也是为了去感受那种幸福的萦绕，那也成了我梦寐里多姿多彩的浪漫色调。

　　端午这一天，表姐大早就叫醒我：快起床，我们今天去铜官镇看赛龙舟！我一听，从床上一个鲤鱼打挺，翻身起来，做完一切准备，吃了早饭，在大人们千叮咛万嘱咐声中，我和表姐欢天喜地地踏上了去铜官镇的征程。

　　表姐只大我几岁，我却觉得表姐大我一轮。她显得比我老道成熟许多，从外婆家至铜官镇，沿路十几里，且那时的路，几乎都是小泥土路，还有很多是田间小路。这些小路，到处分叉，如同图纸上走迷宫，一旦走错一条路，就会绕到另外一个方向去，与我们要去的地方甚至背道而行，再要绕出来，不知要走多远的冤枉路。表姐气定神闲，每个交叉路口，她都能准确判定出要走哪条道。那时的田埂小路，又窄又不平坦，我高一脚矮一脚地走那些凹凸不平的小路，心里总是觉得那路好难走，我走走停停，表姐走在我前面，没有听到我走路引起的急促喘息声，估计我又落下很远了，便停下来，回头看我，见我离她太远，她就站在那里等我，等到我走近她身后，她又开始继续向前走……经过一个多小时艰难行走，我终于看到了铜官镇一排排楼房。旧时的铜官镇，在我儿时的心目中，却也那么繁华。尤其又是沉浸在热闹的端午节里，那热闹的喧嚣，令乡下孩子仿佛看到了一个童话般的世界。

那一天，来看赛龙舟的人山人海，都挤在铜官镇西边的堤岸上。我和表姐好不容易挤到人群当中一个空隙地，为了不被人群挤散走丢，我们姐妹俩手牵手，两手紧紧地拽在一起。人群不时推拥着，挤来挤去的人们，都在为自己找到一个合适的位置，不停地舒动身子。我们本来站好的位置，又被人遮挡了我们看龙舟的视线。我和表姐商量，干脆不看赛龙舟，不如去逛逛铜官街。

记忆中，那次和表姐逛铜官街，已过去了三十多年。那天的情形，真的模糊得几乎只剩下些许影子。我好像记得，表姐带我尽看那些漂亮的衣服店和首饰店。走过路过了一些铜官陶瓷店，眼睛似乎有意无意地瞥见了一些铜官窑里烧制的老式坛坛罐罐，还有外婆家用的铜官陶瓷杯子，铜官陶瓷菜钵子，饭钵子，铜官窑罐子，铜官窑腌菜坛子……外婆家铜官陶瓷器用具真的有好多。那时，我不知道外婆家怎么那么喜欢铜官陶瓷器，我也没有问过为什么，只觉得那是理所当然的事情，铜官陶瓷器，不光只是外婆家里多，就是我自己家里，饭碗菜碗茶杯腌菜坛子，也都是铜官陶瓷做的。在我的印象里，铜官陶瓷器是我们家生活不可少的必需品，更是外婆家生活中不可或缺的日用品元素。而表姐一点都没有在意陶瓷店里的陈设，她径直地直奔服装店看新衣服。我跟在表姐后面走，她到哪里，我就跟到哪里。那时，我仿佛是一个无思想无灵魂的木头人。

以致铜官于我记忆深处，并没有留下多少印记。表姐那次到底买了衣服或首饰没有，我也没有印象。不过，我还是记得那一眼瞥见的铜官陶瓷。铜官陶瓷器伴着我生活，伴着我成长。它在我的生活里，太多太熟悉太普遍，让我无意中数着它也能如数家珍。和表姐去铜官的那一次，虽然没有太多留意铜官的陶瓷，但还是我记忆最深刻的一次。后来，我因工作需要，去那里监过考；我被同学邀请，去那里吃过寿酒；我被朋友邀约，去那里联系招生；陪学生去铜官窑做过参观……，这几次去铜官，我都没有留下什么印记，只是到了要去的目的地完成要做的事情，就返回。铜官这个千年陶都古镇，也没有因其童话般的繁荣而留存太多记忆。

二、访陶都

一日，阳光正好。好姐妹燕子又邀约我去家乡最美丽之地——铜官窑。听到此事，不觉欣喜，孩童般稚气溢于言表，雀跃似的喜悦，简直活脱出少女般模样。燕子刚新买一辆红色越野，别瞧她一身古典脱俗的美淑女样，驾车技术不亚于驱车驾技高超的须眉。为了选择一条到达铜官的捷径，我们走了一条新开的路，走到快要上另一条分叉路时，越野车身太大，通过那道上分叉路口时，车子被卡住了。燕子一点也没有着慌，她很镇定地下车视察地形，然后上车调整车位，再将方向盘向右一甩，车子不多不少地出了交叉口，朝右前方缓缓行驶，很顺利地通过了这个关卡。行驶一段小有颠簸的路面，正式走上了现在命名的铜官窑沿河路。渐渐地，美丽的铜官古老建筑一一呈现于眼前。

现在的铜官，一反儿时记忆中的千年陶都姿态。儿时所见铜官的繁华，是节日里的人气兴旺演绎出一种节日氛围，如今所见铜官的昌盛，是遐迩名闻的古铜官窑历史遗迹，已恢复了古文明的铜官镇，它成了家乡的一块百宝圣地。

美丽的燕子驾轻就熟地驱使她的红色越野，放慢车速，边走边透过车窗，留意那假日里铜官路上的风景。沿江岸，一长线车流静默在阳光下，人们走出车门，拿出手机，正在抓拍一个个精彩镜头。

燕子的老家就在铜官，她有点家事要处理，我们不宜久久逗留于此处眼前的景致，先去处理好事情，待闲时再来观赏铜官窑的美丽风景。我们一路前行，一路看看正在兴建中的开发地和新开辟的道路。这些新的楼盘和新的道路建成后，铜官的繁荣景象将会更上高档次。

我们处理完事情，约我的校友，文学艺术爱好者，在铜官工作的大师，我们请他当向导。正值休息日，大师有点空闲，他答应可以一起去看看铜官窑，尤其是那只即将运往香港，去参加吉尼斯颁奖仪式的铜官窑特制的世界第一大陶瓷碗，暂时还关在世界最大的单体窑烧制洞里，再过两日，就会运走他乡，大师告诉我们，可以趁此次游铜官窑，顺便去一睹那只已闻名全球的，创吉尼斯纪录的大陶瓷碗的姿容。

正要驱车闲逛铜官窑大陶瓷碗作坊，燕子接到伟芝姐的电话，我们也邀伟芝姐一道游铜官窑。我们约定地点，驱车汇合。燕子和伟芝姐都穿着风格一致的中式古典优雅服装，这两大美女，在我眼里，简直就是望城留守中国传统古典服饰的代言人。她们的气质身材脸蛋，与这中国传统经典服装的搭配，成了穿越时空的古典女子，此时她们已然成了一道古典式美丽风景线。

燕子和伟芝姐两大美女，走在复古建筑风格的铜官街头，映衬着这古老的街头风景，令铜官街顿时多了一抹应景的色彩。大师迅步前行，走到我们前面几米处，拿出手机对着我们拍下闪光一瞬，将复古建筑风与古典美女气质风合拍于镜头里，合照于频频回眸欲想多看看几眼古典美女的人群中。我们边走边东瞧西看那些店铺。吃的，穿的，用的，装饰的……应有尽有。

大师毕竟是大忙人，他计划带我们去看大陶碗"NO.碗"；逛安徽整体搬迁来的古雕大木屋；画陶器，然后顺便看看陶艺工人制陶器现场。游完这些景点，大师便要撤退，让我们自由游玩。

参观大陶碗

在大师的带领下，我们来到了"世界第一"大陶碗制作坊。厂长见画家大师的到来，十分热情，听了我们的来意，二话没说，就指引我们来到大陶碗所在坊。从一大门进入，首先映入眼帘的是一只尚未烧制的，早就听说大碗高一米二八，口径两米六八的大碗，我们一见到这只大碗，就直惊呼，以为这就是我们梦寐以求想要见的天下第一的大陶碗了。大碗制作负责人笑着说：这个不是。啊，不是，难道还有比这更大的一只吗？负责人又笑着说：不是，还有一只和这只一样大，这只是备用的，我们当时考虑怕一次性难以烧成功，就做了两只同样的大碗，没有想到我们一次性就烧制成功，烧制的那只还在特制的单体窑洞里，正等待过两天（2018年1月8日），由专家们派车来运往香港参加吉尼斯纪录仪式和拍卖仪式。哦，原来是这样。

负责人请几个工人为我们打开窑炉。窑炉大门缓缓敞开，工人们分立两旁，为我们提供最佳参观位置。我们站在窑炉底下仰望那只世界第一大陶碗，它巍巍屹立于大大的窑炉里，碗外面涂上了酱色陶釉，大碗朝窑洞门处碗边赫然写着"NO.碗"，里面涂的白色陶釉。这只大碗威风凛凛般屹立着，有似如傲视这些矮在它底下观瞻它的人们。我多想去和这只凝聚着家乡陶瓷艺人心血的大陶碗合个影，可又不敢冒昧提出要求。负责人真是善解人意，他知道来亲自看到这只大碗的人，不留点纪念，不免有点遗憾，他提议，可以爬到窑炉里，站在大碗旁，和大碗一起合影留念。这个提议一出，别提乐坏了我们，画家大师作为"护花使者"，他把我们一个个护送上了窑炉，最后，他纵身一跃，便上窑炉来。我们分立于大碗两旁，请作坊负责人帮助我们用手机拍下我们和大碗的合照。我们站在这只大碗旁，人简直就成大碗旁边的几个小不点。

这么大的陶瓷碗制作烧制，需要怎样的工艺技术才能做到既有审美功能，又有实用价值的大酒碗。尤其是制作这样一个大的酒碗需要多长时间？多少人制作呢？那天，陶艺大师黄银春正好在大碗烧制窑洞工场。据陶艺大师黄银春介绍：他们从2017年6月份就开始制作了，取用8个人同时制作。由于酒碗太大，前面历经了8次失败，每次失败，他们没有气馁，没有放弃，立马就开始寻找失败的原因，他们从烧制陶瓷的各种工艺要诀中寻找方法和突破口，几个技术员一起研究，科学而精准地计算数据，一遍又一遍核对，一遍又一遍校正，没日没夜地干，废寝忘食地去做非常细致的工作，尽管如此用心实践，尝试，失败的事情总还是接踵而至，要么是泥料湿度不够，没有做成功，要么是泥坯干了就开裂了，还有的是在烧制过程中开裂的……不管怎样历经挫折，他们都坚持着那份信念，没有停止执着前行的脚步。

而这种执着的后面，始终有望城区政府对铜官窑陶瓷业的大力支持和百盘关注，这是铜官窑陶瓷工艺人最大的精神力量和精神支柱。

每次的失败，政府都会派人到作坊里去做调研，进行行之有效的安抚工作，鼓励工作人员继续努力，不要怕失败，不要怕困难，政府就是坚强的后盾，只要有信心，就一定会成功的！

有各级政府的大力支持，特别是望城区政府给予铜官窑陶瓷艺人最大最有效的鼓励，世界最大酒碗的制作艺人们不负厚望，他们夜以继日地工作，以饱满的热情，继续攻克各类难关，迎难而上，功夫不负有心人，最终，能吃苦，有耐性，敢拼搏的铜官窑人，他们用心血和智慧，成功地烧制成了这个世界上最大的陶瓷酒碗！

"制作这个酒碗，从材料的选配和制作，都必须十分讲究。拉坯时，八个人需要密切分工配合。泥坯完工后，光上釉就用了50斤！"黄银春说。用于烧陶瓷酒碗的窑炉也是特制的，是世界上最大的单体窑炉，内径就有3米多，这个窑炉整整烧了五天，才把这个酒碗给烧制了出来。

大碗烧制成功后，等窑炉冷却下来，陶瓷工艺大师黄银春站在自己亲手打造的作品前面竖起大拇指，为大陶瓷碗"点赞"，为自己的团队点赞，为家乡望城大陶瓷的宏伟事业蓬勃向上发展点赞！

当大酒碗烧制成功后，有媒体记者去采访大师黄银春，他告诉大家：制作这个世界最大的陶瓷酒碗，其实他们的想法很简单，就是想更好地宣传咱们望城的铜官窑，让全世界都来了解铜官窑灿烂辉煌的历史文化！朴实的语言里蕴含着大国百姓的爱国情怀。

铜官窑大瓷酒碗的烧制，又一次证明了铜官窑的陶瓷工艺引领的世界陶瓷工艺的先进水平。这里，我们不仅要给陶瓷工艺大师黄银春及他的团队喝彩！更要给大望城的千年陶瓷艺术文化喝彩！"黑石号"的打捞，用历史证明的铜官窑陶瓷的辉煌实力，大酒碗的烧制，又一次证明铜官窑陶瓷的魅力让世人惊叹折服！

望城的铜官古镇，位于长沙市望城区北境的湘江东岸，距省会长沙仅30公里，铜官镇西隔湘江一水，与靖港镇、新康乡对面相望。早在2100多年前的西汉，铜官一带就有陶器生产；"铜官窑"就已成了唐朝至五代时期的有名古窑之一，也是全国五大陶都之一。

望城区的铜官窑，是世界釉下多彩陶瓷的发源地，享有"千年陶都"的美誉，也是中国唐代海上陶瓷之路的重要支点，见证了"一带一路"的历史变迁。

留存至今的铜官古镇，是传统文化不可多得的活化石，同时也是中国文化主要的传承荟萃所在，铜官保留了旧时代的生活痕迹，细品那些古意盎然老瓷器，抚摸着旧物件，我们仿佛穿越时空回到了老时光，于另一个时间和空间里感受那样一份悠闲、一份安逸，追寻那一份繁华与一份宁静……

崭新而又古老的铜官窑，你的魅力和智慧，已成了望城人民最大的骄傲！大陶瓷碗"NO.碗"的制作，更给我们带来了中华古文明传承的自信！

逛大雕花木屋

尽兴参观完"NO.碗"世界第一大陶碗，我们回到车里，画家大师又带我们来到一座千年大木雕屋。来到铜官街尽头的郭亮小学校址处，一座古老的木雕古屋便赫然呈现于眼前。

这座千年木雕屋，据说为一位古玩爱好的老板花重金，于安徽民族村拆迁时买下来，再整体搬迁至这里。当我听说是从那么遥远的地方整体搬迁一座巨大的古老木雕建筑，于是满心的好奇。本来只想求问画家大师是怎么做到的，可又怕大师笑我幼稚，这么肤浅的问题都要问。也就忍住了没问。还是待到实地考察，也许就会一目了然。

一路驱车，不到几分钟，我们便到了木屋。

走进木屋，顿时，我们被眼前这栋木雕大房屋所震撼。房屋木板呈黑褐色，房屋东南向，正面瞧去，屋顶飞檐上翘，雕刻讲究得体。正面木墙上刷了一层白色粉漆，黑褐色屋檩与白墙相得益彰，将整个房屋建筑映衬得更加耀眼夺目，让黑褐色少了点暗沉色调。走正门进入木屋内，哇，里面好大。两进四合院呈左右分布，房屋建造尚未完工，还有不少木板堆积那里，我终于明白，所谓整体搬迁，就是将木屋由原来建筑地，先将它一块一块拆下，再将木块一块一块用车子从安徽运到铜官，然后按照原来的建筑方式，将木块一片一片又钉拢来，恢复原来的建筑模样，这么大的一座屋子，里三层外三层，还有上下两层楼，每间屋子又各个不同，各具风格，各有特色。楼道走廊，并有雕刻精美的花瓶式柱子，柱子打磨光滑细腻，用手触摸，一点都不打手，非常舒服。由此观之，古代雕刻艺术家对工艺的要求有何等之高！再看那雕花窗子，花纹精细，每个刻纹都凝聚着雕刻艺术家倾注了心血智慧和汗水。花纹走向灵活多变，绝没有死板的痕迹。是飞禽，便仿佛跃跃欲飞；是走兽，又觉得栩栩如生；是花卉，看它们充满生机……每件雕刻都精致无比，也难怪说它是被用重金买下来的，有能力拥有它，真是很值得不过了，更是为保存一件完美的古代传统工艺品做出伟大的贡献。

我们从木屋的楼上走到楼下，再穿过廊子过道，将整座屋子转了一圈。我们没有按照方位行走，哪儿方便就走哪儿，只感觉这座房子各个房间设置，都能显示出房屋设计者的匠心独运，既体现建筑的豪华气派，又有宜居的舒适温馨。

尤其是那些休闲屋子，适合于琴棋书画的优雅环境。而这座房子建造于铜官这个宝地，坐落在大街的尽头，既能让人阅尽繁华后得片刻宁静，又能使人独处私室避喧嚣。还有更大的好处，这座房子，能尽情收藏更多的铜官窑的宝物：身处铜官街的木雕古屋，会尽享铜官街古老古朴古文明，铜官窑出产的每一件精品，尽可以近水楼台先得月，在千年陶都里随手可得古陶制品，收藏于这古雕木屋里来。古老的雕刻艺术建筑，配上铜官窑出产的精品陶瓷宝物，会让这座建筑呈现出熠熠华光。

　　那一次的参观了解到，这座雕刻艺术木屋，里面还有很多地方没有完善，屋子内也没有捡拾整齐，屋子外部也是正待整理，我们看到的不完善的面貌，也让我们惊叹不已，待到哪天，所有设施装配齐全，我相信，这座古老的雕刻艺术木屋，会让家乡铜官街更添灿烂辉煌的一笔。

　　疫情解封，我和一友来到铜官，径直朝雕花木屋走来，我远远看到完全修复一新的木屋，只可惜疫情原因，木屋锁门闭户，只有那只大藏獒睡姿悠闲地守在围墙铁门口。

　　画陶器

　　从古老雕花木屋出来，再回望一眼这座雄伟壮观的木屋古建筑，敬仰之情油然而生。带着这种美好感觉，我们姐妹几个又随画家大师走在铜官街头。画家大师说：现在就带着你们去"画陶"吧。

　　燕子饶有兴致地应答着，表示很高兴赞同这个决定。我不知道燕子怎么对"画陶"那么感兴趣，我也不知道画陶器是怎么做的，我只能带着一头雾水，跟着他们一起寻找陶器店。画家大师除了是一名优秀的公安，更是一名优秀的丹青能手，还是一名诗文书法爱好者。尤其是他的绘画功底颇为深厚。科班艺术专业出身的大师，造就出他能绘画很多出色的作品，每每用心作画，他的作品，在我这个还能懂点点艺术，也比较喜欢鉴赏美的人眼里，觉得他已经堪称很有造诣了，可大师一点也不满足，艺术的境界太高深莫测，他也太过于懂行，因而要求更高，他能看到的不足，我们不懂行的人却看不到。每当他将自己练习画作品拍照发给我们看时，我十分叹服每幅画的美好，可大师还是觉得没有达到他想象的要求，只是在我这个善于发现美的人品评下，能带给他人更加向前进的动力。大师绘画功底深厚，在铜官画陶器已成了铜官陶器店里的抢手人物。他业余义务为古老铜官陶器画陶，仅仅为了让自己的艺术能实现它应有的价值。只是听大师说过画陶，我却从来没有亲眼见过谁画陶，这次可要一饱眼福了。

终于找到一家店铺，这家店主人见大师的到来，颇是热情，可见大师来店很勤。店主人和我们相邀茶座前，一杯又一杯工夫茶奉至手中，主人待客之道，也是他们对大师表示最真诚的礼待，也为我们几位的到来表示特别欢迎。我们聊侃了许多关于画陶的话题，不管怎么说起画陶，我都不懂，怎么画的实践情形，才是我想了解的。大师请店主人拿一个陶罐出来给燕子画，燕子神色镇定地表示应允。

原来，燕子早就来铜官陶器店画过陶，难怪刚才一说起画陶，她会那么开心。店主人拿来颜料和毛笔，以及给颜料配色的碟子。燕子拿着这个陶罐，把玩它，转动着它，一边看看，一边默神自己将要画什么。这位美女作家，除了文字美艳，功底深厚，书法绘画她也都有一手，是一位全能型的才美女。你瞧，她开始运笔，调色。大师在一旁稍做些建议，这次，大师是专为燕子作家找到这一处画陶店的，想让燕子又一次展示自己画陶的技艺。我和伟芝姐姐在一旁专注地看燕子画，还不时地拍下她画陶时的模样。燕子"九笔画柿子"的绝活，让一旁绘画行家师都佩服不已，我在一旁更是赞叹连连。不一会儿，陶罐上画出好几个红红柿子，一只原本普通的陶罐顿时变得辉艳无比，素色朴实的普通陶罐，经燕子画笔点缀，成了一只艳丽好看的花陶罐。陶罐画好了，这还不是它最后的工序，最后还得上釉，烧制，才能成了一只成品陶瓷器。画陶工艺，让陶器蔚然增色，让绘画艺术伴随陶器走进千家万户，迎来更多人既用陶器，又赏艺术，更饱眼福。

制陶作坊

燕子作家画笔生辉，令一只美丽的陶罐神奇般地诞生在燕子手下。画陶的体验，更增添了我对陶艺新的探奇之意趣。大师见我们几个女将对陶艺如此颇有兴趣，便提议去制陶作坊看看陶器的制作。

我们来到一个制陶作坊，制陶作坊屋子约莫五六十平方米。一位年轻的陶艺小伙正在专注地制作陶瓷花瓶。我们走近这个制陶模具，模具在电力驱动下，不停地转动轴承，小伙左手在一个装着土灰色泥巴的盆子里信手抠上一团泥巴，这泥吧就是传说中的铜官陶泥吧。只见小伙"啪"地将陶泥搭在正转动的磨具上，再用双手在泥土上做着捧它之状，润湿的淘泥随着机器的转动，再伴着陶艺工小伙用手不断捏搓，不到半分钟，花瓶雏形已初步形成，继续让泥团多转动几下，花瓶形状越来越精致，越来越漂亮，估计到了制作预定高度，小伙右手拿起机器旁边的一根特制的量尺，从花瓶口伸进瓶内，量一下花瓶高度，刚好合适，停下机器，取下制成的泥坯花瓶，起身将这只刚刚制好的花瓶放到存放处，他又回到模具机器旁，开始下一只的制作。和刚才一样，小伙信手抠一团陶泥，用同样的方式做另一只同样形状的花瓶。就在小伙信手抠陶泥的这动作中，我们看到，小伙抠起的淘泥大小几乎一样。不一会，又一只陶土花瓶从小伙灵巧的手中诞生。每一只形状大小一模一样，小伙娴熟的动作，制作的技艺，让在场观赏的我们叹服不已。"没有金刚钻，揽不了瓷器活"，原来就是这个道理。陶艺工匠的娴熟技艺，都是经过了无数次的操练，经过了失败与成功的无数次交替，才练习成今天这么娴熟精准的技艺。

我们站在这里看着小伙连续制作了四五只花瓶，他都是那么精确地估算同一高度，同一大小，就凭他的手感，每一团陶泥的大小都捏拿得非常恰到好处。不管我们在一旁怎么说话，怎么议论，怎么前后左右地和小伙合影，拍视频，小伙一直都那么专注地做他手里的活，一点都没有分神，旁若无人地埋头工作。这副劳动者的工作状态，让人心生敬佩。

恬意游

参观陶瓷制作坊，我真正看到了一件件陶艺品，最初怎么由一团一点都不起眼泥巴制作成的，经过多道工序的不断打磨，精心炼制，才有了铜官窑里的百宝珍品进入我们的视野。

我们出了这个小小陶制品工艺作坊，大师的向导计划已完成，虽然休息日，可公安工作不分忙闲，他事务繁忙，不能继续随我们游走铜官街。

目送走大师，我们姐妹几个自由参观游览铜官街。三十多年前，我随表姐穿过这条古道长街，走得有点急促匆忙，对古街道没有留下多少记忆，唯独让我记得深刻的，还是那一眼瞥见的坛坛罐罐。铜官出产的陶瓷杯子，高高矮矮的一只只，酱黄釉色，有的围着杯口往下一厘米处，画上一条黑色或蓝黑色条纹，这也许就是那时我眼中见得最多的经典颜色和式样。也有其他色彩的釉吧，也许我们家和外婆家里都没有，我就只记得我见得最多的那种酱黄色了。大人们喜欢用铜官杯子泡茶，据说是铜官杯子结实，不容易摔碎，小孩子用铜官杯子喝茶，不担心它掉在地上打烂，尤其是那时，大多数人家里都是泥巴地，铜官杯子要是掉到泥巴地上，保管安然无恙。我小时候经常不小心将铜官杯子掉到地上，几乎没有摔烂铜官杯子的历史，这是我对铜官陶瓷最有记忆的事。正是这种弥足珍贵的记忆牵动着我，总是去想象铜官窑里出产的陶瓷，还会有怎样喜乐人心的宝物。

铜官杯子，铜官腌菜坛子，铜官菜钵子，铜官饭钵子……许多铜官陶瓷器，在我儿时眼中是呈现很多的生活用品的具体物像，也是那些物像，让我脑海里有着抹不掉的铜官情结。

听说有一年，无意中从海里打捞出若干年前运送铜官窑出产的陶瓷器品出海的"黑石号"之事风靡全球，铜官窑从此名噪四方，闻名遐迩。千年沉船黑石号上5万余件瓷器来自铜官窑。

一千多年前，涛生云灭的湘江边，各色瓷器成品堆积如山。江口停泊的货船上，满是工人在忙碌搬运，一个瓷器的世界工厂在此尽显繁华。满载着"大唐制造"的瓷器船队，从长沙石渚湖出发，沿"海上陶瓷之路"乘风破浪，抵达多个遥远的国度。

"古岸陶为器，高林尽一焚。焰红湘浦口，烟烛洞庭云。迥野煤乱飞，遥空爆竹闻。地形穿凿势，恐到祝融坟。"唐湘籍诗人李群玉《石渚》诗，为人们展开了一幅湘江岸边石渚湖旁长沙铜官窑制瓷的生动画卷。

湖南丰富了海上丝绸之路。习近平总书记在"一带一路"国际合作高峰论坛开幕式上讲到，在印度尼西亚发现的千年沉船"黑石号"见证了古代丝绸之路的历史。"黑石号"到底是一艘什么样的船呢？

据资料介绍：1998年，德国打捞公司在印尼勿里洞岛海域一块黑色大礁岩附近照现了一艘唐代沉船，名为"黑石"号。船只的结构为阿拉伯商船，照载着经由东南亚运往西亚、北非的中国货物。这艘沉船上装载约6万多件中国瓷器，其中长沙铜官窑瓷器就有5.6万多件，其数量之巨，品相之精冒艺术之美，举世皆惊。对"黑石号"的打捞始于1998年9月的至1999年6月基本完成，从2000年开始对打捞文物进行整理。因为出自长沙铜官窑瓷碗上，带有唐代宝历二年（826年）铭文，结合其他器物考证，沉船的年代被确认为9世纪上半叶。

"黑石号"出土的文物为人们提供了中世纪时，中国海上贸易的主要商品、客户群体、商品特色、主要集块地等块要历史信息。同时也让世人了解到远在1000多年前的唐代，长沙铜官窑的瓷器就大批量远销海外。

长沙铜翼窑是我国历史上最早以烧造多彩瓷器和釉下冒彩陶瓷为主的窑场，它的兴起，改变了自隋唐以来陶瓷以青、白釉色为主的生产格局，渐成"南青北白长沙彩"鼎立之势。长沙铜官窑是第一座将书画艺术与制瓷工艺相结合的瓷窑，笔锋飘洒写意，大唐风韵流转；同时亦"洋"味十足，异域风情琳琅满目，丰富了海上丝绸之路。

数年前开发了铜官窑，让古老的铜官窑恢复了它历史的光耀，铜官窑陶瓷从此以其绚丽多彩的风姿，装扮出五彩斑斓的美好生活。美丽的传说，七冒的神话，在本土文学家笔下，给古老的铜官窑蒙上一层神秘而感人的色彩。读过一篇篇铜官窑冒诗文，游览于铜官街头巷尾，诗文让脑海里的意境穿越时空，仿佛置身于几千年前古老的铜官窑的情境，尤其几年前，家乡政府打造特色景区的构想，将铜官窑全面开发成一座古典精美的中国老城风格。

走进铜官街，你会觉得回到了古代的铜官街。进入每个店铺，里面的陈设，一律都是仿古样式：门，窗，店铺货柜，座椅板凳，茶几窗棂……无不透射出古色古香的意味。

那铜官窑陶瓷店挨家挨户都有，走进陶瓷店里，仿佛进入一个陶瓷的美丽世界。各种色彩的频瓷器，装满了整个店铺，琳琅满目，各式各样的器物，那颜色，那形状，绝不是三十多年前所见到的单调冒样，鲜艳透底，美态绝伦。

探访柴窑店

铜官里每日里浸泡于热闹繁华的喧嚣里。我们漫步铜官街头节处，左右顾盼，留神着每家店铺里各具特点里零份，每家开铺商主，都是铜官窑陶的世家传承人。

铜官窑陶千形万态，艳丽多彩，完全不是我儿时记忆中铜官陶瓷的那副单调古板的模样，更觉得它的工艺，随着时代的进步，它也在传承的基础上，不断发扬光大。行走一气，来到一家装潢别致的店铺门前，燕子驻足门口，仰望牌匾招牌，再跨过古建筑大门特有的高高门槛，径直往里走。我们跟着也进入做做。一位年箱美丽的女子从里屋出来，笑盈盈地和我们热情打招呼。

美女趁休息日，替父亲守店。据她告诉我们：她除了有一份工作，她的业余爱好就是和父亲一起，研究铜官柴窑烧制工艺。我纳闷，既然祖祖辈辈传承下了烧制技术，只要按照传承的方法，一步不错地去做就可以了，为什么还要搞研究开发？

柴窑店美女笑着跟我说，祖祖辈辈传承的技术固然要继承，然而毕竟还是有它的落后之处，继承并不意味着不要发展，在原有古老的技法上加以改进，改进到人们真正特别喜欢铜官陶瓷，更适合现代人的需要，这是我们继承的意义。国家对铜官窑的开发，倾注了大量的人力物力财力，让我们在国家这么优惠宽松的政策环境中保留我们传统的铜官陶瓷技术与文化，我们也不能一味地吃老本，也要为国家做出贡献。

柴窑店美女的一番话，让我对铜官窑的发展前景更加信心倍增。

我们在店里环顾着，参观店里陈设在货架上的各种柴窑陶瓷器。我本来对陶瓷的鉴赏只是个门外汉，只懂得看上去顺我的眼，我就认为它是精品陶瓷器具。

美女见我作古正经地仔细观看货架上每个物件，她便煞有介事地充当我的解说员。

美女饶有兴致地解说起柴窑的起源。毕竟是趁着对铜官窑陶瓷的兴趣而来，对那些来源，传说等等，有没有特别真实地考证，我也没有做过深入探究，我只觉得眼见为实。眼前这位美女带我到一套特别精致的柴窑前面，她说：这套柴窑套罐，陶碗，陶杯，是他们店里的镇店之宝，是最上乘的柴窑制品。

随着她的介绍，我仔细去观赏每幅作品的品相，的确是精致至极。光凭我的眼睛看，我还是看不出柴窑到底有什么特点，有何历史渊源，美女毕竟是此店老板的后代，她对铜官窑陶瓷了解通透，解说如背经书，我忙录音。她说：柴窑是五代周显德初年所烧，出自当时的北地河南郑县。那里本来就适合做陶器，又因为当时世宗姓柴，故名。当时亦称御窑，从宋朝开始便叫柴窑。其瓷青如天，明如镜，薄如纸，声如磬，滋润细媚有细纹，制精色异。为古来诸窑之冠，但底部大多多粗黄土色。你看这些柴窑器物，都是非常的薄，拿起来对着看，有透明感，这些细细的纹路，都是手制时，精心雕画出来的，而这些好似流黄的釉色，都是天然而成，在烧制过程中，它的黄色随着温度的升降，任意流动，它本身流成什么样子，就形成什么样子，绝不会有人工的控制，如果自然烧成了精美的陶瓷器皿，那就成了一件难得的上乘柴窑陶瓷器。你看这些，它们都是独一无二的天然烧制成的精品陶瓷，无数次烧制中，都难得一次烧成精美作品的概率。

传说：唐氏《肆考》说，柴窑起于汴，相传在设计这个瓷器的时候，世宗要求道："雨过天青云破处，这般颜色作将来。"今论窑器者，一定会提到"柴汝官哥定"这几个窑。然而柴窑已经消失很久了。即使得到了残器碎片，制为冠饰、绦环、玩具，亦足珍贵。世传柴瓷片，"宝莹射目，光可却矢。宝莹则有之，却矢未必然，盖难得而重言之也。"

她见我倾听她的解说如痴如醉，便更来兴致。我从她的介绍中了解到，真正的精品柴窑几乎不可能存在，据她说古论今话柴窑可以看出：其实今人从没见过柴窑实物传世，也没发现窑址。

她说：我们店里的柴窑陶瓷精品的确达到了古代柴窑质量

介绍的烧制特点，是非常难得的铜官窑陶瓷之上品中的精华。铜官窑陶瓷的传承和发展，除了所有普通陶瓷都必须潜心研究，并且传承和发展以外，柴窑精品制作，更是我们追求的更高境界，我们不会辜负党和政府对我们的期望……美女越说越有劲，理论内涵上升到了政治的高度，多么富有高雅志趣的年轻人！

我相信，铜官窑陶瓷业有这样的后代传承，一定会有"长江后浪推前浪"之发展态势，铜官窑的辉煌永盛不绝！

铜官窑陶瓷器不光美观实用，尤其据科学鉴定，铜官陶瓷的制陶泥含有丰富的微量元素，据专家测定分析，淘泥中硒元素含量比较高。硒元素是人体所需要的重要元素，如果人体更多一点摄猎硒元素，有助于提高人体免疫力，它可以比较有效地预防人体毒素累积，以提升人体抗病尤其抗癌的能力。

在古代，外国人热忱崇尚于买铜官窑陶瓷器，也许其中的许多原因，就在于他们在用陶瓷器的生活实践中已证实，用铜官窑陶瓷，感受到它对人体健康有益，铜官窑陶瓷大量出口，我们也不难看出，自古以来，世界各地对铜官窑陶瓷情有独钟。

陶瓷里的传说

记得望城籍中国作家的小说《泥美人》里，十分生动传神地描述了关于铜官窑艺人的精彩故事。小说的魅力，牵动着无数读者，去领略，去探奇，去观访铜官窑。

作家精美的小说情节，来源于铜官窑美丽的传说。

读过作家的小说，来到古镇铜官，伫立铜官街头，我的脑海里也自然演绎出那个神美故事：一位陶瓷商人带着一位日本女子来到铜官窑，日本女子父母是中日合璧的后代，她来到铜官窑，在铜官窑陶瓷世界里畅游，深深地爱上了铜官窑的陶瓷，她从父母那里了解到了中国铜官窑陶瓷的神奇与美丽，在铜官窑到处游逛，她来到一位陶瓷艺人摊前，看到陶瓷艺人捏陶的精彩场面，不禁驻足摊前，恳求陶瓷艺人捏一个自己的陶瓷人像给她。日本女子长得甜美漂亮，贤淑中不乏灵性，陶瓷艺人觉得女子懂事又可爱，答应了她的请求。陶瓷艺人用自己灵巧的手，对着眼前这位女子的模样，开始捏泥，女子面带微笑地坐在艺人的前面，任陶瓷艺人参照她的模样，捏着自己的形象，艺人的手艺精湛，手法技巧高超，经他的手捏出的泥人，形态栩栩如生，活灵活现。此时，他用捏陶手艺，将眼前这位日本女子捏得如同真人，惊得女子目瞪口呆。这位美丽的日本女子情不自禁地喊出一句："マイガーッド（我的天哪）！"陶瓷艺人一听，手一抖，将捏好泥美人愤然摔到地上。

在一旁陪这个日本女子的中国商人见陶瓷艺人如此愤怒的模样，惊慌失措地看着艺人，他不知陶瓷艺人为何会对这个女子突然发这么大的火，难道是日本女子因赞叹陶瓷艺人的手艺时发出声音惊扰了艺人，让艺人愤然？还是陶瓷艺人突然心生无名之火而愤怒？他慌忙靠近艺人，想要这位陶瓷艺人说说他发怒而摔掉已捏成形的泥美人的原因。

坐在陶瓷艺人前面的这位日本女子见陶瓷艺人因她用日语说了一句"我的天哪"，引起陶瓷艺人发怒，女子颇为尴尬地起身，搓着双手，几乎有点颤颤巍巍地走近带她来铜官窑的这位商人身旁，十分惶恐地低着头，像一位小孩因犯了大错而被受罚，胆怯地躲在能庇护她的人身旁，祈求得到保护。商人用右手轻轻地挽着这位受到陶瓷艺人摔烂泥美人的惊吓的日本女子肩旁，像母鸡护着小鸡那样虔诚的保护着她。

然后商人小心而轻声地问陶瓷艺人发怒的原因，陶瓷艺人脸色惨白而阴沉地对着商人说：我绝不让日本人带走我们中国的一粒泥土！

商人这才明白，陶瓷艺人听到日本女子用日语发出：マイガードッ（我的天哪）的赞叹，听出是日本口音，他判断这位女子是日本人，他用陶艺拒绝为日本人捏陶瓷人像，践行他朴素的爱国意识。

作家以文学笔法，将这个传奇故事，以小说体裁，十分传神地刻画出一位陶瓷艺人的爱国主义情怀。拜读作家笔下的那位陶瓷艺人形象，比传说故事有更深的趣味性，艺术性和感染力，由此更能感怀铜官窑陶瓷艺人用他们精湛绝伦的艺术，为国争得过无尽的荣耀，也以他们的方式，保守着国家的尊严，在此让我体会到铜官窑陶瓷的人文精神和人文魅力！

陶瓷菜坛子

铜官窑的菜坛子，我最熟悉。我老家一间存储室，菜坛子几乎摆了半间房子。大大小小的菜坛子，都是用来腌制蔬菜存放的容器。

腌菜是家乡留存蔬菜的一种习俗。自古以来，人们根据蔬菜的季节性，将旺季吃不完的蔬菜，想办法保存，我们的祖先时代没有冰箱，也没有大棚种菜，每个季节的蔬菜就只供每个季节吃，在一个季节的尾声，另一个季节将要开始，这个承前启后的衔接阶段，蔬菜慢慢步入青黄不接的时候，上一个季节蔬菜结束它的生命期，下一个季节开始它生命萌芽期，这时候，我们便没有蔬菜吃。我们的祖先发明了腌制蔬菜的方法，将蔬菜通过处理，再加入食盐，密封至陶瓷坛子里，在陶瓷坛里密封过的蔬菜，可以做成餐桌上的美味，各种蔬菜能做出各种不同的腌菜味道。

坛子菜已然成了我们家乡一道舌尖上的特色了。

家乡父老，为了做出美味的特色坛子菜，对陶瓷腌菜坛子选择便十分讲究，而铜官窑出产的菜坛子，自古就是家乡父老用来做菜首选。

父母退休回家，住在家乡的老房子，依山傍水而居。庭院内橘树满园，每当春暖花开季节，橘树花香四溢，引来蝶舞蜂飞，那种别样的农家屋场，真是居家养身的好住处。父母双双同出同归，出入家里的橘园菜园，一园青菜，满园好橘，成了我父母晚年生活的一首诗，一幅画。

老屋里的有一间偏房，这间房子有半间的菜坛子，腌制了各种蔬菜。记得那时，父亲每天日出而作，日落而归，在老家的几分地做成的菜园子里，耕耘着他双手开出来的十几块菜地，种上了各种各样的蔬菜。

春夏秋冬四季的蔬菜，各个品种繁多，各个长势茂盛。我最喜欢夏秋季节的蔬菜，这两季蔬菜里，父亲的种的辣椒、黄瓜、豆角、红茄子、红薯等，我都特别喜欢吃。父亲种菜的劲头和兴致也源于自己的家人的喜好，他知道我们喜欢吃什么菜，就种什么菜。父亲从选种播种勤耕收获，每个环节都做得非常用心。

有一次我下班回家去探望父母，路过老家的菜园，一眼瞥见菜园里父亲的躬身于一块菜地旁，我远远地唤了他一声，父亲听见了的招呼，慢慢直起身子，回应我，他说他在捉菜虫子。

父亲种菜，一般不用农药化肥，正宗的原生态种植，连驱虫子都是有手捉。为了家人的健康，父亲不惜花费大量的休息时间，将满园子蔬菜种得春色不断，生机盎然，每季的蔬菜都能大丰收。蔬菜大都吃不完，

八九十年代，老家周围有些企事业单位，那些单位的员工和父亲都很熟，毕竟父亲在外工作一辈子，他们见父亲的蔬菜原生态种植，是十足的放心菜，便都到我们家菜园子里摘些菜去吃，父亲也乐意，他觉得能让更多的人吃到他的菜，又夸他的菜种得好，他很开心。不管怎么吃，似乎都不能将父亲一园子的菜吃尽，父亲只好和母亲一道将吃不完的蔬菜做成坛子菜，按照老祖宗的传统方式储存蔬菜。

铜官窑的菜坛子，是父母最崇尚的菜坛子，他们喜欢它经济耐用，储存蔬菜又有特别有老家坛子菜的风味，用这种菜坛子，只要用心做好每个环节，坛子菜都不会坏掉。我记得最清楚的是，那年初秋，父亲做了一坛子青辣椒，父亲在那年冬天去世了，后来所有的菜坛子几乎都送给附近的亲戚朋友，唯独一只菜坛子没有给出去。十年后，老屋检修，哥哥请了人到老房子去看看房子的情况，母亲随着一道，母亲又去那间偏房，见那个菜坛子还在，她揭开坛子盖，里面一股熟悉的气味飘然而出。闻得出是坛子辣椒。这坛子辣椒还是十年前父亲和母亲一起做的，只是坛檐用泥浆封了，直到十年后的那天揭开菜坛子，那坛子辣椒依然还是味道纯正，没有走味，绝没有半点夸张。我们也觉得太神奇了，母亲说：这就是铜官窑的腌菜坛子

的好处。

真没有想到铜官窑的菜坛子竟还有如此神奇的一面。

父母用勤劳的双手，创设着退休后"世外桃源"般的生活，铜官窑的菜坛子腌菜，也成了他们创造美好生活的一部分。家乡劳作无闲时的父老乡亲，每当青黄不接季节，缺少下饭菜，自己家事情繁多，没有来得及做腌菜，就到我家来，父母将自己腌的那些腌菜这家送一把，那家送一袋，送出了家乡父老的欢笑，也送出家乡父老的亲情。

陶都铜官窑，它是家乡的美丽宝藏。"千山泥土千山宝，遍地陶瓷遍地金"的铜官，它的辉煌历史就是一部著名的陶瓷史。陶瓷记录了历史的变迁，见证了历史的发展。千年不熄的窑火，是铜官古镇弥足珍贵的非物质文化遗产。

如今美丽的陶都正以豪迈的雄姿态，向更美的未来进发。

二、家乡时光

窗前一棵枇杷树

　　一阵轻风拂过，大树摇曳生姿。微阳照到树上，树影婆娑，透过窗口，光与影一同洒向我的卧房。

　　窗前是棵枇杷树，枝叶繁茂。从夏到秋，由秋走过冬，枇杷树的枝干一直举着一枝绿伞，尽管秋风残酷扫荡，院内各种落叶飘然纷呈，枇杷树叶却坚实地紧紧粘着树枝，好似笃定着一颗虔诚的心，绝不随意离开它们饱经风霜的树枝。

　　看着窗前这棵枇杷树，一年又一年。春来，万物复苏，枇杷树更是溢满葱茏，它威风凛凛地挺立在那儿，任凭风霜雨雪，酷暑严寒，它从来不萎靡，有时几片叶子黄了，它也不会飘飘扬扬落地，它厚重阔大的叶片，分量十足，一般的风，吹不起它，它凭自身重量，垂地而落，就落在树根部不远，等环卫保洁员清扫，它不像小树叶那样轻飘飘，遇到点点风，就到处乱飞。

　　每当上下班，我都得从我窗前这棵枇杷树边走过。春末夏初季节，枇杷树的果子一簇簇，一球球，挂满枝头。我知道，枇杷果子未成熟时，是青酸涩的，挂果不久，等上一定时间，它便成熟了。立夏过后，枇杷果子慢慢地黄了，浅浅的黄颜色。枇杷果子黄了，就是成熟了。看着满树的枇杷果子，从树巅，到旁枝，枇杷挂得树枝都驮弯了。路过枇杷近旁的人，几乎都会驻足树下，顺手捏上一枝，用力拖到自己面前，两只手配合着去摘枇杷果，他们摘上了一抓果子，便一边走，一边剥枇杷果皮，将剥好皮的果子塞进嘴里，顿时嘴里溢满了酸甜味，再柔齿轻嚼，用牙齿将果肉剥出来，三四粒果核滑滑的散在嘴里，待到枇杷肉完全剥离核，吐出来。一粒刚吃完，下一粒又剥好了，这样不断地往嘴里送，吃完手中的枇杷，人也走到了目的地。

我家老房屋院子里，也种了好多好多树，可唯独不见种枇杷。父亲最喜欢将院落打理得如同一座绿色城堡。父亲说：房子被绿色植物包围，空气清新。早晨，初升的太阳照射到绿色植物上，绿色植物便会通过光合作用，释放氧气，空气里的灰尘，经一夜的沉淀，至第二日清晨，整座房子，被新鲜空气包围，感觉神清气爽。每天吸纳这样好的空气，住在这么好的环境里，身体自然会好的。父亲关爱家人，疼爱孩子，周围十里八村都知道。父母退休后，没有随儿女居住，他们退回家中，回归过日出而作，日落而归的农家小日子，老家院子打理得清清澈澈，繁华满屋。我和哥哥的孩子小的时候，都放在父母身边带着，让孩子们跟着我父母亲享受绿色家园的美景。

有一次，侄儿不小心患了感冒，还伴着咳嗽，好多时日竟然不见好转。母亲是学药剂学的，她读中专曾用过的教科书《本草纲目》里载："枇杷叶味苦，性平。"有泻肺降火、清热化痰、和胃降气的作用。枇杷叶最大的特点是"下气"。枇杷叶配单方可以治疗咳嗽。父亲便到处寻访枇杷树，终于，在本村人家找到了枇杷树，他从枇杷树枝尖头采摘一大把嫩葱葱的枇杷叶抱回家，小心地堆放到大圆桌上，然后自言自语地说：一院子的树，怎么就没栽一棵枇杷树呢？我大孙子有点咳嗽，还要到别人家去摘枇杷叶。母亲说：现在栽还不迟。父亲便趁有空时，到处去找枇杷树秧。终于，找到了一棵枇杷秧子，父亲将枇杷秧种在橘园边的一小席空地里。

父母亲精心培植这棵枇杷树，枇杷树在父母的照料下，和他们的孙子一同成长着，成长着。枇杷慢慢长大，侄儿和我的孩子也慢慢长大了。自从栽了枇杷树后，侄儿也没有再那么严重地咳嗽。有一年，冬天特别冷，冰雪成灾，满橘园的橘树被冰雪全冻成了残枝败叶，有一棵橘树枝杈垂在枇杷树巅上，整棵枇杷树都被那棵橘树枝压在下面，冰雪天延续了近一个月，枇杷树就这么被重压着。冰灾的那一年，已是父亲永远离开我们的第四年，母亲搬离老家随我一起住，老家院子没有去常常打理，被橘树枝压坏了的那棵才一米高不到的枇杷树，和满园橘子树一起烂掉，成了院子其他还在生长的植物的肥料。每当回老家房子院落，我都会跑到那种过枇杷树的地方，去寻找那棵枇杷树的踪迹，一年又一年，那棵树的影子，随年载的延长，越来越看不到它曾经的影子了。只是，我永远记得那一小席之地，曾经有过一棵小枇杷树的生长，茂盛，繁华。它伴随侄儿和我的孩子度过了他们在祖父母身边最美好最温暖和最快乐的时光，我永远记得那棵枇杷树，它是我侄儿和我孩子的祖父母对孙儿们寄予无限疼爱的象征。

也许是我对枇杷树有过深刻的眷恋，也许是一种机缘，让我有弥补心中的那份莫名遗憾机会。搬到新单位的宿舍住，正好我的房子前有一棵枝繁叶茂的大枇杷树。

枇杷果熟了，茂密的树叶缝隙间，夹杂着一团团，一串串的黄色枇杷果。清风徐来，树枝摇动，浅黄色的枇杷果从树枝上掉下几颗，蹦蹦跳跳地散落到树下那一方水泥地上，邻居家两三岁小孩见到这情景，笑着、拍着手去追逐那颗滚落远处的枇杷果，小孩跑到那颗枇杷果前，伸出小手，罩着枇杷果，再将手指一抓，"捉"住了那颗枇杷，小孩哈哈地笑了，欣喜万分，跑到妈妈面前，将抓枇杷果的小手摊开，一颗浅黄色的枇杷果躺在孩子白嫩嫩的小掌心上。妈妈从孩子手里捏过那颗枇杷，帮他剥皮，去核，然后将果肉送入小孩嘴里，孩子噘着嘴嚼着，脸上怪异百出，涎水从上下两片抿着的小嘴唇逢里淌出来。"乖乖，有那么酸吗？酸就吐出来哦！"孩子摇着小脑袋，边嚼着边跑开，自个玩去了。

孩子小的时候，总粘着父母，父母是孩子头上的天。孩子大了，他们离开父母去求学去工作，父母眼巴巴地盼着孩子回来。有一位获得诺贝尔文学奖的作家，拿奖那天，欣喜地将获这个世界级大奖的盛事打电话告诉母亲，向让母亲分享他成功的喜悦。母亲在电话那头十分平静地说：获奖了是好事，我只想知道你什么时候回家来看我。作家对母亲如此淡定于他获诺奖的事情，感到有点意外，他以为父母一辈子就只钟情于孩子的成功，只要孩子给予荣誉和物质上的享受。然而，当父母老了的时候，他们对亲情的期盼更甚于其他任何之事。如同这棵枇杷树的成长，无论怎样，它的枝叶根果，在没有外界环境改变它的情况下，它们总会坚守于大树干身旁，只要树根在，它就会枝繁叶茂，果实累累。窗前这棵枇杷树与老家的那棵不同，它没有其他树的干扰，没有被冰雪残害，它周围的树木没有垂下残枝，它得到了更宽松的环境，仰视它的繁华，品味它的果实，享受夏日荫蔽的清凉，它也挡住过冬日狂卷的朔风。

也许栽种这棵枇杷树的人，只想它成了这里的一道风景，然而，它却奉献给人的是它拥有的所有。老家的那棵枇杷树，是父亲栽种它用来采摘枇杷叶做药用之需，父亲离世后，没有得到照料，冰雪和周遭环境让它将应有的繁华湮灭。

人长大后，要找到适合的环境，正如追逐那颗枇杷果的小孩，尽情专注于那一个目标，也还是不忘记是从枇杷树上摘下来的枇杷，要坚实华丽地生活，无论周围的残枝怎样扑倒过来，不要被它掩盖掉你生命应有的一切，将累累果实敬奉给那些真爱你的人。

老屋里的时光

散步时路过人家房屋，看到人家屋前一棵枝繁叶茂的橘树，不禁停下脚步，在橘树前观瞻，一股酸酸的味道从心底深处生发，泛起，脑海里不时呈现老屋的影子。

老屋，我儿时的家园，也是我的温馨乐园。它的容貌随时间逝去，慢慢变得不那么清晰，老屋的影子，随老父亲的离世，渐渐和我拉开了距离，而且越来越大，以至于现在，如果不是触景，我很少去回想，它已然被时光磨平轮廓，模糊了清晰。

见到这户人家屋前的橘树，它勾起了我对老屋的回想。老屋前坪，在未改建窑砖房屋前，在以堂屋正中画线延伸为对称轴，它的左右两边各有一间正房，正房前的台阶下靠近厢房与正房屋檐交接处，形成一个直角，在这个直角下面的坪，各栽种了一棵橘树，这两棵橘树，是父亲在房屋南边的自留山地种满橘树后剩下的两棵，父亲觉得这剩下的这两棵橘树扔掉怪可惜的，不如把它栽在屋子前坪的直角屋檐下，那儿地面潮湿，家里的生活废水常常倒在屋角空里，橘树栽在这样的地方，可算种进了"宝地"。

老家的橘树是我十岁那年种的，父亲说送给我十岁的生日礼物，就是种一片橘树。随着我的年龄增长，橘树也在长大，等我上中学时，橘树也长到一人多高了，有的橘树慢慢在开花，房屋前坪的橘树长得更快。每天清早，打开厢房门，第一眼看到的就是橘树，呼吸到的空气里也充满了橘香味道，走出房门，凑近橘树，那种橘香味吸进鼻孔，顿觉神清气爽，本来还有点的惺忪睡意，被这橘树散发的清香驱除干净。"这两棵橘树，我要把它当风景树来养。"我对父亲说。父亲笑着说："你想怎么样就怎么样，本来就是为你十岁生日种的，种橘树吉祥如意，只要你吉祥如意就好。"

我回屋拿来父亲买的那把修枝剪，来给橘树修剪枝丫。我将橘树旁逸斜出的枝丫一枝枝小心剪掉，原来散开的形状变成了一个有点像圆的球形，我这样折腾着两棵橘树，橘树还是随着岁月不断地向上生长，那个球形树的模样在渐渐变大，到了成熟的时候，它的小小枝丫里竟生出点点大的小花蕾，慢慢地，花蕾长大了，每个小花蕾绽开了笑脸，露出白色的小花瓣，站到前坪中间，观看房前的两棵橘树，那繁茂的树枝间点缀着朵朵白色小橘花，绿色与白色点点相间，好似两盆碎花衬绿的盆花摆在屋檐前，将整个屋子打扮得生机盎然。

尤其橘树花盛放的季节，橘香笼满老屋，老屋浸泡在这种香气里，在家里住久了，我也便成了香人。那一次，假期满了，我从老家回单位去，有位同事对我说："你身上喷了什么香水，怎么这么香。"我说我没有喷香水，同事还不信，要我扯起衣服闻闻，我真的闻不到，后来我联想到老家那满屋子浓郁的橘花香气，我整个人都被橘花香染香了。过几天，我又回到老家，房前的两棵橘树上的小白花全变成了一粒粒的绿坨坨，小黄豆那么大一粒，屋子南边栽的大片橘树，每棵树都挂满了小橘粒。

满园橘树满园橘，我欣喜地在每棵橘树旁瞧瞧看看。金秋季节，园子里的橘子黄灿灿的，那时，老家周围没有多少人家像我们家那样成片地种橘树，我们家橘树结的果子吃不完。父亲除了把橘子送给周围邻居亲戚朋友吃以外，剩下的要把它卖了。

我联系老家那所学校。父亲将橘子用统一大小纤维袋装好，花钱租辆小货车，将几千斤橘子送到我联系的那所学校。父亲为了感恩买我们家橘子的人，他特意将每袋橘子多称了五斤进去。

橘子送到那所学校，买橘子的人将每袋橘子都过称重新称一遍。"你们家送来的每袋橘子都少了两斤。"有位熟人告诉我，我迅疾将这个消息告诉父亲，父亲说："那不可能，我每袋的确多称了五斤橘子给他们，我感谢他们买我的橘子。"我了解我的父亲，他一辈子从来没有骗过人，也从来不占人便宜。

我亲自跑到那所学校去了解情况。我托人找到那把称橘子的秤，再去找一把秤称同一样东西作对比，发现两把秤称的重量不一样，称橘子的那把秤比另一把秤总是少七斤，这把秤是从那个收废品的人家借的，我明白了一切。可我没有点穿这件事，那个收废品的是个单身，家境薄弱，我知道他靠这把秤赚钱，用它收废品可以，用它称橘子，让我父亲因此白白受人误会。父亲说："只要我冒做亏心事，误会就误会也算了，莫把收废品的秤废掉了，他不容易。他能靠劳力在赚钱，不要别人救济，让他多收点算了。"我也默认了父亲的想法，只要父亲想得开就好。

父亲离世，母亲一直伴我住在一起，老家的大门被一把大锁锁上了，满园的橘树被冰灾冻成的枯枝。房屋改建后，北头厢房前的那棵橘树移栽到橘园最南端的围墙边上，没有躲过冰灾劫难。南头厢房前的那棵依旧在，冰灾也没有冻倒它，因为有老屋的遮挡，它始终坚守在房屋前坪那块地里，守着空在那儿的老屋，守着堂屋正墙上父亲的微笑。

枇杷树被砍掉了

午卧房间，窗前传来一阵轰鸣，浓烈的柴油烟味闯入卧室，弥漫整个屋子。

轰鸣声响了好一阵，又听得树干摇曳的沙沙声。轰鸣声终于消停。有人过来问："这枇杷树蛮好的，怎么要把它划掉？"

"有老同志说枇杷树结枇杷果，熟透烂掉落满一地，那段时间这一片尽是烂掉的枇杷果脏，还有腐烂的臭味，再加上把树下的花树苗荫得没有阳光照进来，花苗总栽不活。"

"枇杷叶四季常青，它还是一位治咳嗽的中药，长得这么好枇杷树真的糟蹋砍掉了……"

窗前的对话，语气里不无惋惜。原来树的摇曳声和柴油机轰鸣声是在砍划我窗前的那棵枇杷树。我的心猛地一沉，居然还萌生莫名的失落，我快步走至窗前，透过纱窗，看到枇杷树枝干树叶落满一地，划树师傅正在整理树枝，那根枇杷树主干直直地卧躺在花坛边，树兜这头搭在花坛水泥砌成的围框边沿，树顶的那一截伸至路的中间。看到这棵枇杷树干光溜溜地躺倒在那儿，莫名的失落感又一次向我心头袭来。

我走出卧室，绕过客厅，转进母亲的房间，快步走到阳台，打开阳台上的玻璃窗，再一次看看那倒满一地树枝树叶树干的枇杷树，我心生忿满地对着窗子说："枇杷树好好的，为什么要砍掉，我去年还为这棵枇杷树写了一篇《我窗前的枇杷树》感动了好些人，幸好写了，可以作纪念了，唉。"

再细看那枇杷树正待放花儿开呢，它们的花蕾一团团簇拥着，有的蕾团里已经开了几朵枇杷花，浅黄色儿近白颜色，花蕾已带着些许枇杷果形，花蕾外皮浅棕色，毛茸茸的皮裹着花瓣，蕾皮绽开一条缝，露出里面包裹着的花瓣，透过缝隙，可以看到花瓣的颜色，那一丝丝点点的白色，真让人迫不及待地想它快点绽开，可它却是那么从容自若，在里面尽情地孕育着，一点都不为了张扬而少去那份淡定的孕育。这让我联想到我河东那边房子窗前的茶花，茶花从蕾苞到开放，要孕育好几个月，它的花蕾结实，由细小如米粒开始萌发，到含苞欲放，积淀足够的养料，直到花蕾长到比蚕豆还大，它才在花蕾开合的地方，露出点点花瓣的边沿。终于露出来了，看到它们层层叠叠的花瓣挤在花蕾开口的地方，它们还是那么慢慢悠悠地，等到吸饱养料，花瓣才渐渐张开，再去数他们的花瓣片数，层层叠叠，不知到底有多少瓣，整个花朵雍实厚重，整棵树，到处是花蕾，它们从来不凑到一齐开，而是这儿冒出一朵，那儿冒出一束，由于漫长的孕育，一朵茶花开放后，好几天或半个月都不凋谢。枇杷花也是这样，它们的花团紧紧地偎依在一起。冬的来临，寒风凛冽，吹拂在树枝上，枇杷花静静地开在树丫枝间。它在初冬开始开花，吸吮大自然冬季的寒气，到第二年五六月份才结枇杷果，这个漫长的过程，让枇杷吸足了天地的灵气。它的叶片、果实和根都是极好的中药，据中药书介绍：枇杷可以治肺燥咳嗽，治肺癌热性咳嗽、咳脓痰与咳血，治胃癌哕逆不止、饮食不入，治胃癌肺转移呕哕、咳嗽、自汗，枇杷叶煎水治咳嗽，黄疸，还防治流感，枇杷根煎水服用治糖尿病，治黄疸……

枇杷树给人们带来这么多好处，我对它尤其有好感。我喜欢茶花长时间盛放带来的富贵喜庆，我更钟情于枇杷给予我们对生命的呵护。它不光只是自己生命状态坚实，它给我们带来更多的是奉献。

砍掉那棵枇杷树后，那块长方形花坛显得亮堂了许多，我的房间也亮堂了，那些长在枇杷树下的汝桢树，栀子花树，绣球花，玫瑰花，月季花……还有一些不知名的花卉，都显露了出来，它们没有枇杷树的遮掩，都显现于天宇之下，身形更显露，面对寒冬，它们也会像枇杷树那样巍然屹立，盛放花朵吗？

一个花坛，只有各种各样品种的花卉和谐融合一起，才能有四季如春的美景。我怀念那棵高大挺拔的枇杷树！

清明苦株豆腐

又是一年逢清明，艳阳晴日，我和闺蜜又去了她的老家。在我们准备离开她老家的时候，闺蜜的母亲塞给我一个方便袋，说是他们这里的土产——苦株豆腐。方便袋是白色的，隐约可见袋子里面装着黑黑的几坨。我双手接过来那袋子，感觉袋子也蛮有分量。闺蜜母亲说：这几坨苦株豆腐，吃的时候，每餐切两坨用油慢慢煎着，再放点豆豉，大蒜，干椒等调料，味道蛮好……

我谢过之后，把它当宝贝似的收在我的手提袋里。回家后，我打开那个装着苦株豆腐的袋子，四坨不太规则的黑色立方体呈现了出来。说它黑色，其实也不太准确，准确地说应该是褐色，用手触摸下它的外表，感觉有点像豆腐干似的硬，表皮比豆腐干显得粗糙，有点像一层硬壳似的包裹着立体的黑坨。

这样几坨看似丑陋的黑坨，我似乎怎么也想象不出它有怎样的好味道。因为是闺蜜母亲送给我的，出于对老人家的礼貌，我先将它好好地珍藏在冰箱里。

女儿回来了。"妈妈，我只能在家待一晚，你想搞什么特别的东西给我吃，就在明天早上吃吧。"这已是我们家的习惯，有什么特色的好吃的营养的，都会在一家人到齐了才拿出来吃，女儿习惯了我们家的习惯，每次回来，就知道家里会搞点惊喜让她在要离开家的时候拿出来，以致让她恋恋不舍。这次搞点什么好吃的让女儿觉得新鲜的东西呢？哦，我记起来了，苦株豆腐。

回溯时光，女儿爱吃的东西实在太多，这都是她父亲惯的。从小培养了她一张好吃的嘴，告诉她哪些东西有营养，应该怎么吃，对身体健康有哪些好处；哪些菜怎么做，怎么放调料，放调料有什么讲究；哪些东西适合什么季节吃；女孩该多吃点什么，少吃什么，不该吃什么……女儿在她父亲耳需目染的熏陶下，养成了对吃格外讲究，也对吃有点挑剔的追求。加之我的父母，女儿的外祖父母，对孙辈们分外疼爱，在女儿和我侄儿很小的时候，放在他们身边带着，生怕孙子孙女儿没吃好，生怕他们乱吃东西，也不断灌输吃东西的讲究，女儿在这种吃食的教育下，对吃有着比一般同龄人更加的讲究。

家里习惯了总为女儿准备好她喜欢的吃的。自从女儿不满十三岁时考到省城去念高中开始，每当女儿回家之日，便是我们家的"节日"之时。女儿要回家了，她提前三天，甚至更早就打电话回来，我们家便开始筹划准备买什么东西回家来做给女儿吃。女儿最喜欢吃的，首当其冲的就是牛肉和大鳙鱼头，还有醋熘土豆丝这几样菜，我做不出她爱吃的味道，她只喜欢吃她父亲做的。说实话，她父亲做的这几道菜，的确比我做得要好吃很多。我也观察过他做菜的过程，他做菜很认真，每道程序都很讲究，从刀功到火候到油盐酱醋等佐料的把控，都不会含糊。而我，怕油盐太重，尤其是炒菜时，怕油溅到我身上，还怕油烟熏到我脸上，我的心思并不在如何让菜的味道更好，而在乎只要饭菜熟了，厨房没有太多的油烟，热油没有烫到我脸上手上和身上。女儿总会在我做的满满一桌子菜前，撅起小嘴，皱着眉头，一副毫无食欲的表情。

我家冰箱最不缺的就是牛肉。我为了牛肉容易做熟又容易咬得动，总把牛肉先用高压锅压炖二三十分钟，捞出，冷却，用保鲜袋装好，置于冰箱冷冻柜里，到要吃的时候取出来，解冻，再切成块。我做菜缺乏耐性，切煮熟的牛肉，切出的牛肉又大又厚。这种用盐水和各种香料煮熟的牛肉，回锅切块炒，放红椒抑或青辣椒大蒜等调料，应该味道很鲜美，被我用文火慢煎，少油少盐少调料这么做出来，女儿原本最爱吃的主打菜，变成了后来见我做的大块煎牛肉，就倒了胃口。侄儿在我家也吃过，开始几次，他倒不反感，可能因为对牛肉情有独钟，后来，他见了我做的大块"牛排"也是退避三舍。我算在厨艺界已无立身之地了，仅仅能做一点维持生存的饭菜，应付度日，做美食注定不与我结缘。

女儿现在已长大了，难得有空回家一趟，有时回家看看我们，又要急急忙忙赶回去做她自己的事情。为女儿做点什么新鲜又好吃的来抓住她的胃呢？有了！不是有苦株豆腐吗，女儿好像没有吃过这种菜吧？我问女儿：你吃过苦株豆腐吗？"什么苦株豆腐，是什么样的。"好了，你也有没吃过的东西呀！不是读高中的时候，长沙湘春路旁边那个好吃一条街，都被你吃遍了吗？那里也有被你落下没吃过的食物呀。"不是落下没有吃过，应该是那里没有卖过这种豆腐吧？还是真的我没有注意到它呢。"那好，你没吃过苦株豆腐，今天妈就做给你尝新鲜。

我从冰箱里拿出白色方便袋，取出两坨褐色不规则立方体出来，放到清水盆里。在清水盆里轻轻将两坨苦株豆腐六面洗抹几遍，放到干净的砧板上，用菜刀小心地将它们切成小块薄片。两坨豆腐切散开，堆成一大碟子。然后准备好蒜蓉、黄干椒、豆豉等。这次得把这个菜做好，油盐火候都不能马虎。一切准备就绪。开始做了，将洗刷干净的炒锅烧热，倒入适量真茶油，待油烧开，再慢慢地轻轻地将苦株豆腐片倒入炒锅，用锅铲轻轻翻动每片豆腐，让每片豆腐充分与热油接触。约两三分钟后，豆腐片变柔软了，再将火调小，将豆腐片出锅。又倒入适量茶油，将准备好的调料倒入锅中，翻炒，然后将炒好的豆腐片倒进佐料里混合，再翻炒，整个厨房，浓香四溢。关火，出锅，装进白底印花大瓷碟中，一道色香味俱全的苦株豆腐做好了。女儿一边整理行装，一边在感叹：肯定好吃，老远就闻到了浓浓的香味，这种香味，还是第一次闻过。听女儿未吃就已大赞，我心里也非常满足。

饭菜全部上桌，女儿是家里坐上嘉宾。她举箸便夹片苦株豆腐，轻轻送入嘴里。眼前的女儿，不知何时变得如此优雅，吃食不如从前那般心急火燎，也不狼吞虎咽，一片小小的苦株豆腐，入口，在口里细嚼慢咽，仔细品味，好似美食家在鉴品大厨的美食作品。我轻声细语地问女儿：味道如何？"嗯，味道真的好，好吃。"这下，我终于松了口气。久违了女儿对我做的饭菜的肯定，现在乍一听，有点小小兴奋和激动。好吃，就多吃点，你在外面，难得吃到这种地道的土产。再怎么说，女儿也不像小时候那样，逢好吃的喜欢吃的就大口大口接连不断地吃，长大了的女儿，做什么都显得稳重，节制，注重形象了。

"妈妈，苦株豆腐是不是苦株做的？"是的，你见过苦株吗？"当然见过，小时候在百科知识大全的植物篇里看了，了解一点点，真正仅仅知道点点，没有见识过真正的苦珠树，苦株籽更没看到过实物。"哪有一个人什么都见识过的，每个人都很多懂的和很多不懂的。尽管你读了这么多的书，也有那么多的见识，还会有看似很普通的事物你都没见识过。

我倒是见苦珠树。在小的时候，我们老家后面有座小山，这座山比我们家的房屋地基都低几厘米，山里有好多树种，其中就有几棵苦珠树。苦株果实，生食有很重的苦味，小的时候我生吃过，但不太喜欢吃，那时我也不知道苦株可以做苦株豆腐。

苦株豆腐带着苦株的独特香味，柔滑爽口，入口微微有点涩，但回味却很甜。能开胃提高食欲，还有清热解毒之功效，是乡间不可多得的一道美味。我们老家以北的乡村，喜欢用苦株做豆腐。那边乡民吃得不想吃，我们这边却很少吃，甚至没吃过。说起苦株豆腐，原先在一本书里看到过：清代著名植物学家吴其濬在其巨著《植物名实图考》曾经记载："余过章贡间，闻舆人之诵曰：苦楮豆腐，配盐幽菽。皆俗所嗜尚者。得其腐而烹之，至舌而涩，至咽而豍，津津焉有味回于齿颊。"章贡间泛指江西大地，应无疑问，这里面比较难理解的是"配盐幽菽"，经查资料得知，它是指"豆豉"，意思是说：苦株豆腐和豆豉都是江西人所喜欢的，而苦株豆腐的味道尤其特别，其叙述和我们感受的完全一致。我们湖南人称江西人为"江西老表"，说起这些，有它的历史渊源，这吃苦株豆腐的习俗是否传自江西，我们也可以去查资料了解……

一餐早饭，因围绕苦株豆腐说开，也因这大碟苦株豆腐的美食，让这餐早饭吃得有滋有味。

早

每当我清晨出门，遇到熟悉的路人，热情的陌生人，他们都向我微笑着打招呼，并口里道声"早"。

早，其实就是一个很平常的字眼，然而，用在很适宜很恰当之处，听起它来让人觉得很有色泽，很有褒义感。清晨出门，有人对你说"早啊"，你会有一种被称赞的愉悦，精神也为之抖擞，脚步更快地去赶早锻炼锻炼，赶早吃好早点，赶早去上班，赶早……一切赶早，你抢在了时间前面。

记得二十四花信中梅花是最早的报春使者。

一个冬日，有人去鲁迅先生的三味书屋，还没进门，就闻到一阵阵香气，便以为是三味书屋的"三味"香。其实三味书屋的"三味"乃"稻粱、肴馔、醯醢"，是说读经味如稻粱，读史味如肴馔，读诸子之书味如醯醢，这是读书人对品读后感悟的一些比喻，与这扑鼻而来的香味毫无关联。造访三味书屋者寻着馨香飘溢的方向走去，走到一幽静地，眼前赫然出现一树蜡梅正凌寒绽放，造访者不由得感叹道："早！"

的确很早，二十四花信中，梅花是第一信使，开得最早，它不畏严冬，傲霜斗雪。寒冬腊月，北风肃杀，朔气袭人，梅花却以它骄人的姿态，折射出生命娇美之异彩，给冬天披上春的暖意，给严寒带来春的气息，春的芳香，春的美丽。这是梅花早到的奉献，这也是早带给人们的快乐，带给人们的希望，这更是"早"的精神。

"早"的精神，是一种催人奋进的力量。曾有人说起鲁迅先生，讲到了他上学时候的一件事。有一次，鲁迅先生因为照顾正生病卧床的父亲，他一早起床，要给父亲忙上忙下，忙完便匆匆赶去上学。有一天，他照顾完父亲所有的事情，跑着去上学，结果还是迟到了。当时十分严厉的寿镜吾先生见鲁迅上课迟到了，便很生气地对他说："下次不准迟到。"鲁迅先生听到老师严厉的声音，对自己迟到心里很自责和懊悔，他便利用课余，用小刀在他的课桌上端端正正地刻了个"早"字，以便时时告诫自己以后要早到校，再也不能迟到。从此，鲁迅先生上学一直早早到校。

正是因为忠诚于早，鲁迅先生严于律己，努力修身，已然成了万世人师之楷模，也因忠诚于早，使多少有志之士在他精神的感召下奋发有为，实现了自己崇高的理想。

早，它彰显着一种毅力，一种意志的力量。

每天早晨，当第一缕阳光洒向大地，美丽的校园便开始睁开惺忪的睡眼，早起的人们，要趁早去完成他们的事情：有的跑步，有的舞剑，有的做早操，……清早校园各角落，莘莘学子，他们正趁早在背诵一篇篇经典诗文："学不可以已，青，取之于蓝而青于蓝……"是的，学习不能停止，趁时光还早，抓紧时间，勤奋努力，"只有不断努力攀登的人，才有希望达到光辉的顶点"。晨光越来越明，越来越亮，这些赶早的人们，青睐于晨光带来的希望，这些早起的人们，他们成了这大地上最早的一道道靓丽无比的风景。

梅花赶早，它带来百花凋残后春的信息，它给冷冻于冬的万物带来清香，带来美丽；早，它是鲁迅先生刻在座位上最有魅力的警示语；早，它是成才的学子们珍惜时间的绝美的励志；早，它是一天中美好时光的开始！

橘 香

老屋的金秋，它从我们的橘园子里走来。记得有一首古诗叫《庭橘》：明发览群物，万木何阴森。凝霜渐渐水，庭橘似悬金。女伴争攀摘，摘窥碍叶深。并生怜共蒂，相示感同心。骨刺红罗被，香黏翠羽簪。擎来玉盘里，全胜在幽林。这首诗就是在写我们家老屋的橘园。

十多年前，每逢十月国庆节，我们哥妹两家不约而同地回到老屋，因为我们惦记着父母亲，也惦记着老屋那满园子的橘香。

打从橘树开花起，父亲便从不闲着，他要给橘园那三四十棵橘树剪枝透气，还得到每棵树下勘察有没有"巨头肉虫"。

巨头肉虫趴在橘树枝上，模样像一辆微型小火车，头有身子的两三倍那么大，头上顶着两个触角，一对黑色眼睛，正面对着巨头肉虫看，它粉嫩的淡绿色长条形身子完全被它的大头遮挡掉了，看不见；从侧面观察，最大的巨头肉虫足有三四寸长，它扯直全身，卧在一枝树干上，每当看到这样的绿色巨头肉虫，我就大声呼叫父亲，巨头肉虫再大，在人类的面前，它其实也很渺小，然而我每每看到这肉虫，全身就会紧缩，汗毛孔发怵，身子像被电麻了似的，父亲听到我站在那棵橘树前呼叫他，他不用猜都知道是我看到巨头肉虫了，他手持大剪枝钳，急匆匆地跑到我站的那棵橘树前，眼睛像雷达一样，在那棵树上仔细扫射，终于看到我发现的那条大巨头肉虫，父亲两只手握住剪枝钳，钳住巨头肉虫的大头，再用力一扯，将紧紧抓附在橘树枝上的大巨头肉虫扯下来，我不敢继续看下去了，父亲说那次我发现的大巨头肉虫是"大虫王"，是他捉巨头肉虫以来看到的最大的一条。整个橘园父亲从不打农药除虫，橘树上所有的害虫都是父亲一条一条捉掉的。老屋的橘园被父亲一手打造成了纯绿色橘园。

　　我十岁那年，父亲将橘园开发出来。从那年起，那一片橘树伴着我一道成长。起初，橘树都齐我的膝盖以下，父亲精心培植着它们。"等橘树长到一米高，再让它们挂果，每棵树每年只要求它挂二十个左右的果子，等它们的主干长得更粗壮更结实了，我就不限制它挂果。"父亲说。

　　开始的那两三年，我家橘园所有橘树在一米左右，树上结的果子都不多，父亲为了控制每棵橘树的结果量，在橘树开花结果的时候，他便将那些多余的橘花一朵一朵摘下来，每棵树只留下二三十朵橘花。橘园三四十棵橘树结的果全部加起来还只有几箩筐。这几箩筐的橘子又大又甜，橘子皮金灿灿的，这一个个大大的橘子，都是父母亲利用下班时间，拿着大剪刀，两人一同钻入橘园子里，猫着腰，蹲着地一个一个地从橘树枝上剪下来的。每一个橘子都留一小截枝，还带两三片绿叶，他们将一个个金黄色的橘子按一定的方式摆放在箩筐里，从筐底一直堆砌上来，堆砌得漂亮又整齐，两人用手一人抓起一截箩筐边，小心翼翼地抬起箩筐弯着腰，避开橘树交错的枝叶，走出橘园。

父亲在世的时间时候，老屋整个一大片房前屋后的空中都飘逸着橘香。橘树四季常青，橘叶新陈代谢过程中，不会将满树的叶子落尽，再换新叶，它们新老交替过程很从容，很淡定，一如父母摘橘子那样，顺着它的季节，顺着它的规律，静待它们慢慢长大。

　　橘树的果子大，熟了便会换一身金黄的颜色，而它的花却不大，花骨朵比一般的蚕豆还要小一点，花骨朵在每年开春就开始孕育，最先是东一朵西一个地挂在树枝上，随着春季的推延，橘花花蕾越来越多，花骨朵慢慢涨大，绿色花骨渐渐露出点点白色，从花蒂部的瓣缝挤出来，好似要诏告天下，橘花瓣要开了，它们再慢慢地往外挤，缓缓往外露，却又不紧不慢，先是只让人看到一点点的白颜色，它似乎在暗示橘花是白颜色花瓣，不管花是否绽放，它们的芳香早已从花蒂子的缝隙里透了出来。那橘花的清香，伴着橘叶本有的香味，让老家成年都浸在了橘味的气息里，这种大自然特有的气息，让每个走过路过的人都会情不自禁地感叹一声：这人家屋子的庭院真香啊！

　　橘香成了老屋的一张名片。无论离家多远，只要想到老屋，想到家里的父母，就会不由自主地想到橘香。

　　老屋的橘园抒写着老屋的故事，金秋泡了在老屋的橘香里。

惊蛰晨练

清晨五点，闹铃乐音的轻柔旋律缓缓奏响，仿佛从遥远空旷的地方袅袅传来，又如远方飘过来的阵阵清香，让还未醒的睡梦中人，闻着了香味，渐渐地，渐渐地苏醒。

意识已被这袅娜般悦耳的音律植入了催醒的音符，在整个大脑里激荡起翻腾的浪花，脑子越来越清醒，越来越清醒。此时此刻，双眼才猛然睁开，朦胧地看清楚了房间里那些熟悉的东西，知道天已经蒙蒙亮了。

闹铃设置清晨五点。暑夏，晨光早早亲临大地。其实这里早起的人们说，夏晨，四点多天已开亮，只是朦朦胧胧一点点不清晰的亮光，几乎看不清楚大地上的任何景物。五点过后，大地才正式苏醒，晨的光亮已让大地变得清亮透彻，我们老一辈说，这个时分是二十四节气中的惊蛰，惊蛰也是二十四节气之一，而每天的凌晨五点，又是惊蛰时分，惊蛰之时，是早晨最好的时光，人的精气神在这个点最旺盛，最充沛，这个点起床，出户吸纳大自然之气，会让人一整天神清气爽。

据查阅资料：惊蛰，古称"启蛰"，是二十四节气中的第三个节气，更是干支历卯月的起始。时间点在公历3月5–6日之间，太阳到达黄经345°时。《月令七十二候集解》："二月节……万物出乎震，震为雷，故曰惊蛰，是蛰虫惊而出走矣。"
翻译：万物生于震，震为雷，所以说惊蛰，这是冬眠动物受惊而逃走了。

这时天气转暖，渐有春雷，动物入冬藏伏土中，不饮不食，称为"蛰"，而"惊蛰"即上天以打雷惊醒蛰居动物的日子。这时中国大部分地区进入春耕季节。

以上典故是将二十四节气浓缩为一天来比喻。而有人称早晨五点为"惊蛰时分"，其实就是说五点的时候亦如同惊蛰的节气一般，人们能在这个时间点自然而然睡醒来，就如同动物冬眠醒来时一样。也就是说在五点惊蛰时分，人体的阳气要生起来，就像完成春天的播种一样。

一年分四季，而一天也是一年的浓缩。凌晨三点到上午九点为日春，九点到十足点为日夏，十五点到二十一点为日秋，二十一点到凌晨三点为日冬。

人们将二十四节气分布在一天之内。三点立春，四点雨水，五点惊蛰。惊蛰，"众蛰各潜骇，草木纵横舒"，"蛰"为冬眠的动物，"惊蛰"即意味着蛰伏的动物在这个节气惊醒，包括狗、熊、蛇、青蛙、虫子等动物，不会有人挨家挨户地去叫醒它们，动物们能自然感觉到天地之间阳气的变化，它们都自然醒了。

人是灵长类高级动物，生存规律和动物其实是一样的。但是人们过多地自我削弱了对自然的感知度，敏感的人早五点左右会醒来，不醒也睡得不那么沉了；不敏感的人，还是呼呼大睡。到五点的时候，必须醒了，而且醒了以后也必须起来活动，一动，人的阳气就生起来了，这对人的身体以及养生是大有裨益的，因为中医讲究阴阳调和。

我们的祖先在养身这方面确实有所造诣。不光是注重研究吃的养身，更重要的是将大自然与人的生存规律有机融合，研究出人与自然相谐合一的规律，人们如果能够真正顺任自然规律去生存生活，与自然和谐共律，人的生命也会遵循自然规律而延续。

晨起五点，惊蛰气爽。我的意志力让我克服了我的惰性，很难早起的我，在这种传统养身理念的熏染下，开始逐渐变得勤勉了许多，五点起床也开始成了我的生活习惯。

起床后，我简单地操持点点家务，约五点二十分，便出户锻炼。我锻炼的主打方式便是行走。

来到空旷的足球场，这里已不再寂静，早有人语声，更早的人们已在这里健步飞走。我和晨练的人们彼此都不熟悉，便可只顾走自己的路。渐渐地，场上所有的人都不谈笑了，都一个劲地行走，这种热闹而又宁静的环境，正适合我。

足球场周围有三车道宽左右的跑道，我选择最外围那道行走，这条跑道走一圈，道距最长。我快速疾走，在塑胶跑道行走，鞋与地面摩擦没有太大的声音，走路时，如果不是拖鞋与脚掌踏出的"踢踏"声，如果不是行走发出的呼吸声，如果不是三五成群的几个熟人一起边走边聊的谈笑声，如果不是天空划过的飞鸟"叽啾"几声……你会觉得，在这里行走，很安静，却又很热闹，没有行走快步扬起的尘埃，没有鞋子擦地的沙沙声响，没有挤挤挨挨行人拥挤偶尔的碰撞，你可以尽情享受行走中大摇大摆的自由，边走边伸展舒适的双臂，活动全身每一块肌肉，还可以抬眼看看天空，看看清晨的天空云彩的幻化无穷。眨眼间，云彩形状变幻出无数的模样，当你看到那一大块美轮美奂的云系，正要拿出手机，调整焦距，拍下闪光而精彩一瞬时，来不及了，那美丽的瞬间早已变化了，又变成了别的模样，难怪"天有不测风云"。天空的云，瞬息万变，让你时刻琢磨不定，除非你将镜头不停地拍摄，才会让你抓住你想要的那一瞬间的精彩。

为什么要去盯着那难以琢磨的云彩，它们虚幻无暇，变幻莫测，即便是美，它的美也只是一个瞬间。脚下的路才是实实在在的，踏踏实实地行走，晨光会越来越亮，越来越清晰，前路一片光明。

家乡的报纸

回眸二十多年前，我与《望城报》结缘。记得那时，望城报是我们家乡的党报，而且规定每家每户都要订一份《望城报》。我父母都在外面工作，且都十分关心时政，我们家每年都订阅了报刊。

《望城报》是我们家必订报刊之一。家里订了《望城报》，闲暇时间，家里人随手拿起阅读。有时看到报纸上有熟人写的文章，感觉既亲切又羡慕。那时候，谁能将自己写的文章变成铅字，刊登上报，必然是一件很荣耀的事情。我业余时间也时不时喜欢写点文字投到报社，抒发一下个人的思想感慨。

我从小被我的语文老师赏识，学科中语文学得最好。由于喜欢语文，也甚喜阅读，积累了一定的文字功底，文思还算敏捷，时不时有点写作想法。有一天心血来潮，想写写东西，给家乡的报纸《望城报》投稿。我第一次试着写小小说，说是试着，其实在读中学的时候就已写过，只不过那时写什么都没有当一回事，写了看一遍，便搓成一团，扔掉了。中学时，尽管写了不少篇章，也没有留一字半稿存下，不过还算是练了笔。尤其参加工作后，我还在撰写各种体裁的文章。

第一次写小小说是投给《女子文学》。小小说《迟到》是在

《望城报》刊发。这篇是我嫂子提供的素材。记得有一天，她和我们一起坐着闲聊，聊及家庭父母打麻将的一些趣事，有一件事我至今还记得特别清晰：有一家庭，父母都特别喜欢打麻将，当然白天做事，没空，主要在晚上双双出去打，就让不到十岁的儿子留在家里，儿子的学习什么的，他们已都无心去管。晚上打牌一般都要超过十二点才能收场，由于晚上睡得晚，早晨起床就没有那么容易醒来，以至于十岁的儿子早晨总是不能得到父母的悉心照顾。这对夫妇还规定，晚上打牌谁输了，谁第二天早晨给孩子做早餐，照顾孩子上学，这样，每天晚上要么一个赢一个输，要么两个都输，孩子每天都还勉强天天吃到了父母做的早餐，勉强被照顾上学。可那天晚上，孩子的父母打牌都赢了，他们都没有起床做早餐。孩子就睡得自然醒，自己在家里随便弄点吃，就去上学，可想而知，那天孩子迟到了。当时我听了后，觉得这个故事很有趣，便构思了一篇小小说《迟到》，我用小说的方式，讲述一个家庭因为父母沉迷于打麻将而致使孩子得不到应有的照顾，从一个侧面反思打麻将这种成人娱乐游戏，给孩子的教育带来的负面影响。我将小说写出来，自己认真修改，然后誊正，郑重其事地用信封装好，封好，写下望城报社地址，那篇一千多字的小小说，乘上了邮递员的专用自行车，辗转四五天时间，由几个邮局不断传递，终于抵达《望城报》社。我也不知道当时编辑收到我的稿件后有些什么评价，不出一个月，那篇小小说《迟到》见报了。见报刊的文章，首先寄给作者两到四份样刊，再过几天就收到报社寄来的稿费。

我写作生涯中的又一笔稿费，区区三十多元，在20世纪

90年代初，还是一笔可观的数目。《望城报》给的第一笔稿费，我都有点舍不得用，我对父母亲说：这几十元钱一定要存着。父母亲十分支持我的想法，他们真的帮我存到了银行里。它已不只是三十几元钱，它成了我写作的精神力量，当我再继续创作时，只要想到我还有那几十元稿费，我立刻便有了动力。

后来我继续坚持写作。在好几种报纸杂志投稿，都有所收获。其中《望城报》社投的次数最多，给予我的鼓励也最大。我记不清向《望城报》投了多少次稿，我只知道我的文章被许多读者肯定时，那种认可带来的惬意，至今想来都有点怀念和感动。据说那篇小小说《迟到》，在当时霞凝区政府那边的老街居民中争相传送，都说那篇小小说触动了不少孩子的家长，他们看了小小说后，都在思考自己对孩子的教育，尤其是喜欢玩麻将的家长，觉得这篇小说给予了他们一针镇醒剂，让他们从沉迷麻将的歧途上折了回来，知道孩子的事才是家庭的大事。我听说自己一篇小小的文学作品，能带给社会如此好的反响，心里的那份滋味，别提有多美。我又继续努力做我"爬格子"生涯。

我的青春年代，社会还没有现在这么发展进步，写文章是靠一支笔，在纸上一个字一个字地写。首先打初稿，然后修改一遍两遍，甚至五遍六遍，有时誊了又改，改了又誊，写一篇能够被报刊采用的文章真是很不容易。我坚持一段时间写作，是《望城报》给予我最大的鼓励。记得《猫鼠共食瓶油》这篇杂文，写的是当时执法与违法者之间的微妙关系，采用含蓄的笔法，起到敲山震虎之功效，这篇文章，当时反响也很大，我还记得有人专门告诉我说：因为这篇文章的刊出，有的执法单位开会时，特意将此章在会上宣读，以文章作为导语，引出执法过程中确实存在的许多纰漏，对照情况，提出整顿措施。这篇文章的反响，又一次让我得到了写作的鼓舞。

更让我难忘的是，有一次，家乡的一位退休老教师拿着一份《望城报》来找我。当时我感到很惊诧，我不知道他为什么要找我，还拿一份《望城报》。这位老教师是家乡教育界前辈，他是一位德高望重的老教师，他退休后，仍然十分关心家乡的教育，他常常从自己的退休金里拿出一笔数目不少的钱，去资助一些贫困学生上学。老教师身上这种精神让我很受感动，我便以此素材，创作了一篇小小说《楚林杯发奖仪式》，小说主人公的原型就是这位老教师，而且主人公的名字也取用了老教师的真名李楚林，只是小说创作中，有的情节和内容做了虚构，将人物形象典型化了。老教师读到了这篇写着他真实姓名的小说，心里既高兴又有点小小意见，于是便找到了创作这篇小小说的我，说我把小说中的楚林老师写得太老了，他还没有那么老。当然老人家的话里不无打趣与赞赏。我明白了老教师拿着《望城报》专门来找我的原因，后来又听说，他老人家那次来找我，其真实的意图是想感谢我，感谢我为他做宣传。他虽然并不想宣传自己，他是想通过小说的形式，宣传退休老人虽退休在家，但应发挥余热，为社会，为子孙后代做点力所能及之事，帮助社会发展进步作出力所能及的奉献。

前一阵，我清点家里的书刊报纸，偶然间，我又看到了几张20世纪90年代的报纸，其中就有三张《望城报》。看到二十年前，自己在《望城报》上发表的文章，让我仿佛又回到了二十多年前，那是青春韶华光彩熠熠的时光，在那充满激情情的岁月，当年自己踌躇满志，意气风发，对未来充满美好憧憬。

我用青春的华光，照耀我的理想我的梦，我用拙笔去谱写人生美丽篇章。我与家乡的《望城报》有深厚之缘，我用满腔热血，挥写时代风貌，展现时代发展，叙写时代精神，传颂时代振奋的强音，讴歌时代的伟大进步……用我的文字，记录着家乡人情风物，让家乡的人们透过文字，看到自己家乡蓬勃向前发展，豪情满怀，信心倍增。

腊月初八

一年里，中国节中最受重视的是春节，也就是农历过年。一年的功夫，所有劳作，仿佛都为了这"年"。

家乡的年味从腊月初八开始。腊月初八，家乡人们煮腊八粥吃腊八粥。腊月初八喝腊八粥，全国各地都有吃腊八粥的习俗。我家乡也是这样，老家的腊八粥既承袭传统习俗，又有创新。创新就是在配料上剔除了统一模式，更加崇尚养身旨意，各家按自己的爱的口味，配出八种粥料。我家住农村，父母一直在外工作，每逢腊月初八，父亲便从凌晨四点起床开始忙碌。儿时的老家，土砖瓦房，锅盆饭灶并没有因为父母在外工作而与老家有何不同。父亲所有忙活，一切都遵循乡村老家的规矩，与乡邻乡亲同规同俗。也难怪，老家父老特别敬重父亲，亲近父亲。父亲只要下班，就忙里忙外，菜园子里的菜，比天天在家种地的人家都种得多，种得有式样：青青白菜点点红，辣椒萝卜满洋葱。父亲种菜园摸快，除草施肥不懈怠。父亲最爱种黄豆，黑豆，芸豆，绿豆，……每年，这些豆类收成特别好。

有一次，我在家帮父亲一起锤老豆苗，收豆子，和父亲聊天，我问父亲怎么这么喜欢种豆，父亲微笑着说：腊月初八，你吃的腊八粥是什么煮的？我说：黑豆、黄豆、芸豆……还有什么我也不清楚呀，煮得黑乎乎的，我哪知道粥里放了些什么呀。父亲说：主要是豆类，豆类吃了很营养，腊月初八吃粥，增福又增寿。哦，我知道了，父亲这么喜欢种豆，原来就是为了腊月初八这顿腊八"八宝粥"。在老家，吃父亲亲手煮的腊八粥，纯绿色原始生态口味，那种悠悠浓郁的清香，飘溢着父爱，飘荡着乡情，飘忽着怀念父爱的记忆。

时过境迁，一晃几十年，父亲在我正值茂盛芳华，却飘然仙游。父亲的离去，我家好几年都不曾煮腊八粥吃，不是不想吃，真是不愿吃，不愿在煮着腊八粥时，泪水泉涌而出；不愿在吃着腊八粥时，怀想着父亲的身影倒映在腊八粥表面那层薄薄的粥膜里的模样；更不愿在喝着八宝粥时，耳边总回响起父亲那对家人的声声慈爱的嘱托……父亲是众多哥弟姐妹中最小的，父亲很懂事，也深得祖父的宠爱，在哥弟姐妹中，父亲也是受教育最多的一个。祖父那一代，我们的家族很兴旺，家族里出了很多读书人，有的谋上高职位，有的是学术权威。父亲懂得祖父心愿，尽管后来时势纷争，世道混乱，可父亲永远不会忘记祖父对他的训导：积极上进，报效国家！无论何时何地，无论从事何种工作，父亲从来都保持一颗阳光心态，家国情怀始终深深扎根于他的心底。满墙的荣誉奖状、满盒子的荣誉证书勋章，全都浸透父亲对工作的激情和爱，也给儿女们树立了最珍贵的榜样。父亲心里装着的是他的坚定信念和我们这个几口之家，唯独很少有他自己。八宝粥里的各种豆子，是父亲用心血和汗水浇灌出来的，寄予了父亲对家人全部的爱。父亲永远离开这个家的每年腊八节这天，成了我们心里障着的一份不解之愁，因为父亲说过，吃腊八粥是增福又增寿的，父亲遵循着这种美好念想，每年从年头忙到年尾，准备着腊月初八这天的腊八粥，这么一种执念，已熬了几十年，可怎么没熬出父亲的长寿？我也将些许的不满撒在这八宝粥上。母亲知道了我的心思，便告诉我一个真相：你父亲喜欢熬粥给儿孙家人们喝，自己很少喝，他胃不好，不太能多吃豆类食物。我吃着这些，守着这些，却不曾了解父亲的这些事。

　　老家那八宝粥的浓香离我已越来越遥远。父亲已不在，哥哥也一直工作在外。母亲退休后，忙着帮我和哥哥带大两个孩子，累了多年，身体每况愈下，我不放心母亲一个人单独住居，就把母亲接到身边。老家便已成了我对腊八粥的一个悠远的梦。

　　我已不知老家还是否沿袭吃腊八粥，我的记忆里，父亲熬的腊八粥最好吃。

　　其实吃腊八粥的传统，包蕴着浓浓的中华文化家乡情。

　　我国佛教真传来自印度，据说腊八粥传自印度佛教。佛教的创始者释迦牟尼本是古印度北部迦毗罗卫国（今尼泊尔境内）净饭王的儿子，他见众生受生老病死等痛苦折磨，又不满当时婆罗门的神权统治，舍弃王位，出家修道。初无收获，后经六年苦行，于腊月八日，在菩提树下悟道成佛。在这六年苦行中，每日仅食一麻一米。后人不忘他所受的苦难，于每年腊月初八吃粥以做纪念。"腊八"就成了"佛祖成道纪念日"。"腊八"是佛教的盛大节日。解放以前各地佛寺作浴佛会，举行诵经，并效仿释迦牟尼成道前，牧女献乳糜的传说故事，用香谷、果实等煮粥供佛称"腊八粥"。并将腊八粥赠送给门徒及善男信女们，以后便在民间相沿成俗。

据说有的寺院于腊月初八以前由僧人手持钵盂，沿街化缘，将收集来的米、栗、枣、果仁等材料煮成腊八粥散发给穷人。传说吃了以后可以得到佛祖的保佑，穷人都把它叫作"佛粥"。南宋陆游诗云："今朝佛粥更相馈，反觉江村节物新。"据说杭州名刹天宁寺内有储藏剩饭的"栈饭楼"平时寺僧每日把剩饭晒干，积一年的余粮，到腊月初八煮成腊八粥分赠信徒，称为"福寿粥""福德粥"，意思是说吃了以后可以增福增寿。

可见当时各寺僧爱惜粮食之美德。腊八粥在古时是用红小豆、糯米煮成，后来材料逐渐增多。南宋人周密著《武林旧事》说："用胡桃、松子、乳蕈、柿蕈、柿栗之类做粥，谓之'腊八粥'"。所用材料各有不同，多用糯米、红豆、枣子、栗子、花生、白果、莲子、百合等煮成甜粥。也有加入桂圆、蜜饯等同煮的。冬季吃一碗热气腾腾的腊八粥，既可口有营养，确实能增福增寿。腊八粥熬好之后，要先敬神祭祖。之后要赠送亲友，一定要在中午之前送出去。最后才是全家人食用。吃剩的腊八粥，保存着吃了几天还有剩下来的，却是好兆头，取其"年年有余"的意义。如果把粥送给穷苦的人吃，那更是为自己积德。

腊八粥传统习俗渊源深长，又承蒙蕴含厚重之传统文化，其食之营养好吃。如今追求生活品质的人们乐于吃腊八粥，家乡的腊八粥又成了传统流行之习俗，给传统年味增色增彩。

清扫日

腊八过后，农历十二月上旬已快结束。至腊月中旬，家乡有清扫迎新年的习俗。

家乡清扫迎新年，传统习俗是腊月十八,二十四,二十八这三个时日。在老家，这三个日子，家家户户开始忙碌新年，张罗新年。记得在老家，腊月十八开始，各家各户洗床单，洗被子，擦门窗，打扬尘……

打扬尘是农村过年迎新清扫中有难度的事。九十年代前，老家是地道的乡村，土砖瓦房柴火灶，房屋檩檐扬尘吊。农村房子结构简陋，老家房子卧室里有竹篾织垫子，用几根木头或圆竹子做楼檩，将竹垫子铺上去，这样便算着天花板了，每逢遇到极端气候，大风呼啸，这个竹子天花板某处当风的地方，被风揭开又合拢，合拢又揭开，大风大雨伴随雷电的夜晚，我都不敢安睡，担心房子随时会倒塌下来，我也随时做好了冲出去的准备。可历经几十年的土砖瓦房，也经历了无数次大风大雨大雷电，它还依旧那么安然无恙地立在原地。

土砖房子尽管修缮非常精致，那该漏风雨的地方还是照样漏，灰尘从各个洞口，缝隙钻进来，铺房屋里的床铺蚊帐上、衣柜顶上、碗柜顶上、桌子上，……凡能积尘之处，都会铺上厚厚一层。被风雨冲坏了的蜘蛛网，沾满灰尘，直直地吊在楼顶上，吊上一年，直到腊月清扫，打扬尘了，这些吊着沾满灰尘的蜘蛛网终于被无情的扫帚扫掉了，积满灰尘，尘垢的门窗，清扫过后，才露出本来面目。那时的老房屋，只有到了过年的边上，才全新的还原成本来模样。

尘封一年的那些不太用的家具器具，这时候才显得格外光鲜闪亮。这也就是那个时候老家特有的过年方式吧。

我家老屋，过年大清扫，一般选在腊月二十四。腊月二十四是我们南方称作的小年。小年这天，多数单位可以放一天假。父母在外工作，过小年可以名正言顺地回到家里张罗过年的事情。父母每年都选择腊月二十四做迎新年清扫。在伴着父母过年的几十年时光，都是这么过的。

有一年，哥哥要把老家房子改造一下，老家的土砖房子换成了窑砖瓦房，房子是父亲亲自监督砌成的。换了新房子后，父母本已退休在家，清扫迎新年却还是没有变，仍然是腊月二十四日这天。父亲全副武装：用大毛巾裹住头部，颈部用绳子系好，再戴上一顶用过几十年的草帽，拿一根长长的竹竿，竹竿尖上系一把新棕扫帚，用它将全屋子的天花板扫过遍，扫完全屋子，扬尘也没有那时土砖房子一个窗格子那么多灰尘扬尘，房子密封程度高，大风大雨大雷电再也没有那么害怕过，只是腊月二十四清扫除依然不变，直到父亲走后。

我生命的年轮到了第三个本命年，这一年的腊月二十四日，天空灰暗，还飘洒着蒙蒙细雨，那一天，是我一生中留下的最难忘而又最难过的记忆。那一天本是父亲永不变更的过年繁忙日，却居然换成了父亲离开这个世界后，他入山埋葬的日子。我记得，那一年腊月二十四日，父亲的寿房被一群人抬出我们老家围墙大门，鞭炮声煮粥一样地响，响彻了方圆几十里，持续近个把小时。最爱热闹的父亲，不管怎么样，他都要把年过得热热闹闹。父亲过年最讲究热闹的方式就是燃放烟花鞭炮爆竹。老家这方圆十里的老熟人都知道：我们老家过年有个最爱放烟花鞭炮爆竹的人，那人就是那位满叔哆。我父亲排行老满，人称满叔哆。我那老顽童父亲，在他老人家永远离开老屋的那天，正值腊月二十四，我永远也不会忘记，那天我们老家那一大块地方都能听到鞭炮烟花爆竹响天震动。而从那一年腊月二十四日起，父亲再也不做过年的扬尘清扫除了。可父亲过年清扫除时的那身装扮，那可敬可爱的顽童模样，永远定格在我的记忆深处。

过年清扫迎新年是家乡自古以来的习俗。如今，父辈们老的老了，走的走了，他们坚守着的这份执着，似乎慢慢也没有太多的人严格按照三个固定的日子去做迎新年最隆重的清扫，现如今，人们讲究生活舒适品质，清扫不再仅仅为了迎接新年，家里天天都会清扫得窗明几净，地面一尘不染。逢年过节前夕，人家都会做一次彻底大扫除。选期择日的清扫，图的就是方便自己，方便生活，方便幸福快乐地过好每一天。

即便清扫习俗不再那么有传统的味道，可我仍然记得老家这个传统，每年腊月的三天迎新年清扫，我都会选择腊月二十四日，这一天，我亲自把家里做一次全面的清扫除。

杀年猪

腊月二十四是我们南方的小年。老家的人家正式开始步入浓浓的年味里。

这天，家家户户都会置办一桌丰盛的小年饭菜。老家称腊月二十四是小孩子过新年。在这一天，大人们无论多么忙碌，都会为自家孩子准备几个他们最喜欢吃的菜。有的人家，在这一天，将过年的压岁钱早早拿给孩子，然后说上大堆吉利吉祥的祝福语，以暗示小孩一生的好福气好运气。

在老家，这一天的热闹不仅仅如此，最要紧的事还有杀年猪。我老家在湖南望城的湘江东岸边，号称湘南鱼米之乡，这里因湘江水的滋润，土肥地沃，水稻粮食年年丰收，造福这方父老，不管大自然用怎的动静的光顾，老家从来都处安泰福旺之中，无论从祖辈，还是个人亲身体验，我都能觉得，家乡望城湘水的东南一带老家，因受湘水的恩泽，父老乡亲的生活一直红红火火。腊月二十四日一大早，老家四面八方都传来鞭炮声，一阵鞭炮过后，紧接着宰猪的叫声。听家乡的一老者说：杀年猪呀，在过去，是一年到头，辛苦了一整年，过年时要吃好，过好，也是慰劳一下自己，再则，中国人最重视过农历年，农历年叫春节，它是承前启后，辞旧迎新的节日，是下一年的起头，为了来年图个好彩头，我们家乡的春节习俗就喜欢用杀年猪来表示喜庆，表达重视，也趁腊月二十四这天，杀头猪祭祀财神爷，灶神爷，还有家里请的护佑保吉祥安康的菩萨……总之，它的意义很多，各家有各家做法，便有各家自成的规矩，不过大的方向是一致的。这在我们家乡习俗历史流传已是很漫长了，只怕自从有过年的历史开始就有了这个风俗吧。老者漫谈杀年猪风俗，说起来一套一套的，像背书一样熟练。可见这风俗在老一辈心目中已扎下了很深很深的根。

记得有一年腊月，母亲去老家乡邻家里喝喜酒。自从母亲被接到我身边住，老家已是她回家的一个客居地了，她每次回老家，总受到乡邻乡亲十分热情地迎接款待。尤其父老那一辈健在的老人，见母亲回家来，每家每户都接母亲去吃饭，有的还留她住上一晚两晚，这样，回老家已然成了母亲向往的一种幸福念想。每当老家有什么重大喜宴，母亲只要听说了，就要我安排她回老家一趟。带上洗漱用品，拿一两样换洗衣物，帮母亲备好礼金，有时还买几样邻居老人爱吃的零食，让母亲去送给邻居老人享用。我陪同母亲来到老家，最大的堂哥哥家是母亲去老家的驿站，在堂哥哥家歇脚待上一晚，第二天去邻居家喝喜酒。那一次是腊月十八，下午，我父母的老邻里好友来到母亲身边，告诉她腊月二十四杀年猪，留母亲到他们家过完小年再回我家。那天，我也在老家喝喜酒，一直陪在母亲身边，邻居叔叔婶婶的热情，深深刻印于我的心里，我的心里，也早已把他们当成了我的亲人。我同意母亲这次在老家多住这一段时间，趁母亲身体尚得健安，与老家乡邻同乐小年，其实也是一种难得的幸福与享受。

眨眼，小年便到。邻居叔婶打电话邀我也到他们家吃小年饭，说是杀了头年猪。我接到电话，雀跃般地飞到了老家，来到叔婶家时，年猪早已杀好了，猪肉也砍成了两竹箩筐，其他内脏什么的，都装满了两大竹篮子。房屋顶上，炊烟缭绕，这时候，厨房里已在准备一餐丰盛的猪肉全席，肉香四溢，袅袅炊烟里混着的肉香包裹了这幢古朴的农家房子，浓香里夹杂着杀年猪所用的香烛味，鞭炮的硝烟味，饭菜的各种香，全都浓缩到一起，香味里飘荡着满屋子的人语声，欢笑声，小孩子们追追闹闹嬉戏声，交织成一首"小年欢喜"交响乐。

餐桌上，我们举杯畅饮邻居老叔婶自己亲手酿制的为新年准备米酒，共同祝愿人人福寿绵延，长长长久久！

那一次，在老家过小年，是父亲走后的多年里过得最愉快的一次，也是小年年味最浓厚的一次，那绿色生态的年猪肉，又香又甜，至今回味它，觉得唇齿留香。

除夕日

一阵悠长的鞭炮声过后，夜幕徐徐降临。准备了一个腊月的"年"，终于"千呼万唤始出来"，如同一位羞羞答答害怕见人的琵琶女，在人们隆重的欢迎礼节中粉墨登场了。

除夕的到来，人们一个腊月的所有准备，终于露出庐山真面目。这腊月的最后一天，是每个炎黄子孙都知道的中国年最热闹醉人的时刻，它叫除夕。

除夕是农历一年到头的终结。也是我们每个中国人非常看重的日子。

为了这一天，全国人民都在准备家人的团圆，全国人民都在祝福国泰民安，全国人民都一齐朝着家的方向，奔赴一场最隆重的盛宴，老家人称它团圆饭。

为了这场盛宴，无论是在天涯海角，还是全球各角落远方的华裔，都会尽量赶回自己老家，即便是特殊单位特殊工作不能赶回来吃团圆饭，人们也会在这一天，对着家的方向祝福。包含浓厚深情的中国年传统的习俗，从古至今，一直沿袭，经久未衰。

为了让中国年过得开心快乐，各个地方都有自己的风俗，竭尽全力美化它，丰富它的内容和内涵。

我的老家在除夕这天，大人们比以往起得早。一早起来，有的家庭设立了神龛，第一件事就在自己家的神龛子前做祷告。人们拿出早已做备好的最好的果品点心放在神龛子面前，由一家之主点燃三支红色蜡烛，再烧燃三支香，然后插进神龛面前的灰钵子里，面对神龛，双手合一，靠近它拜三拜，口里念念有词，说了许多心里话，话语内容随主人心愿而定。说老实话，我不太会这些虔诚的许愿，只是一直真诚地告诉自己：只要心中有善，也便是敬重我们的传统节日。一切的仪式，无非就是内心外化的形式，即便没有形式，你按心中美好祈愿去做任何事情，美好的一切即会如愿。这是我面对生活的一种简单方式，世界本是多姿多彩的，每个人的形式加起来，才构成了这个世界的五彩缤纷。看着老家父老乡亲，除夕一早有的就敬拜年，我心底里腾升起对"年"的敬重，老家父老把对年的美好祈愿有所寄托，这种神圣的仪式感，也是中国年风俗博大精深的体现。

神年仪式结束，每家每户开始忙团圆饭菜。老家团圆饭的时间分早中晚三餐任选。早晨办团圆饭的，除夕日起得特别早。蒸、煮、煎、熬、炒，各种方式方法将一桌香味诱人的团圆饭菜做好了，这时已是上午八九点钟，家里的女主人将一切准备好，男主人从里屋搬出大盘鞭，待一家人全部围坐餐桌，男主人点燃鞭炮的引线，小火星沿着引线"吱吱"地游上盘鞭边沿，第一颗鞭炮引线点燃了，鞭炮里面的硝磺被火星点着，释放巨大的热能，将裹紧的硝磺颗粒层层硬壳冲破，炸开，一颗颗鞭炮炸开的连锁反应，全部爆发，发出震天动地的声响，鞭炮声爆发越响，标志着团圆饭越热闹吉祥，父老乡亲常常以大年三十前这几天的几个关键节点鞭炮声音的响亮程度，来预测来年的生活是否红火。

老家对除夕这天的鞭炮质量尤其要求很高。哪一家商店过年鞭炮进得好，质量过得硬，大家都会跑到那家商店去买鞭炮，那家的生意会因为好的鞭炮带来一年的生意兴隆。

我们家的团圆饭不选择早晨。父母单位放假一般都从腊月三十才开始，团圆饭没有那么早准备，我们家团圆饭要么是中午，要么在晚上，这个灵活变动的原因，也因我和哥哥长大成家后才这样变化着。

团圆饭前后，还要做一件重要的事情，就是贴春联。贴春联可以说是全国各地城乡春节都有的通俗。说起贴春联，我心里一直隐藏着一个秘密：还是在求学的时候，有一年，我帮父亲一起贴春联，我看到春联上的毛笔字写得好，我便悄悄凑近父亲耳边说：总有一天，我要自己来写春联。父亲一听，笑着竖起大拇指，说只要我有这个决心，一定可以做到。可那时只有心中的三分热度，却一直没有去认真对待，不光这样，后来根本就没有去练字，我对父亲许下的这个自己写春联的心愿，一直暗暗地藏在心里。直到前年，我来到八角楼，与许多书法绘画艺术家接触交流，学习练习写毛笔字，终于让我多年前的一个愿望实现了，那天晚上，我在八角楼我第一次为自己写了两幅春联，我终于可以告诉天堂里的父亲，他女儿那年许下自己写春联的愿望已经实现了，自己用毛笔书写春联，也是在为弘扬中华传统文化贡献一份力量。

天已墨色，热闹的除夕之夜，在此起彼伏的烟花鞭炮声中，正雍容华贵地缓缓阔步走来。

冬阳里

冬天，如果遇到十五度以上的天，那便一定是一个温情的冬日，倘若在冬日里十几度的气温，又有和煦的阳光，树枝只微微摇曳，这样的冬日一定是温暖的，我且好好享用这个冬日，遇见这最美的时光。

艳阳朗照，登台展歌。

"遇见美好的自己"，常听人讲这句话。这句话很通俗，我却从来没有细细揣摩过它真实的含义，直到这个艳阳高照的冬日，我参加了单位组织的合唱。

为了庆祝新中国成立七十周年，全国上下都以最饱满的热情歌颂祖国。我们单位也组织了一个合唱团，我是其中一员。我认真学唱了两首经典颂歌，参与着学唱练唱。在那些特别日子里的点点滴滴，让我的生活充满了激情，我亲身体验到了一个歌者的风范。到了我这个年龄，还能保持着这样的一种热情，能去上台表演，那一刻，我真有点佩服自己。参加一个这样的合唱，不像平日没事的时候，自己随便哼哼几句歌词，唱出歌的旋律，满足内心的愉悦就够了，参加合唱时，都必须是真刀实枪的练习，还要从头学习唱歌的基本功。

我喜欢唱歌，却不太懂歌唱艺术的基本技巧。我很努力地跟着合唱团队一起学习，我不断地练习学到的一些唱歌方法。教我们唱歌的同事都是学音乐的，她们不厌其烦地教我们技巧，使出浑身解数，把最容易接受的方法教给了我们。一段时间的认真学习和练习，我觉得自己脱胎换骨，从发声到唱法到背歌词到音准，我都从中得到了很好的训练。

我知道怎么好好表现，上台已有了自信。我遇到了美好的自己：上台前化妆，让我能很好地修饰我自己。为了舞台效果，我的嘴巴涂得很红，眉毛画得很浓，面部搽得很白，睫毛拉得很长，眼睛变得很有神……我对着镜子看看自己，美美地看着镜子里的自己，觉得自己变得真好看，我真正遇到了美好的自己，我的心里别提有多美。

我和团队穿着扫到脚背上的玫红色长裙，身形挺拔，意气昂扬地走上那个神圣的舞台。

这一刻我心里特别自信，我听到有人在喊我，认识我的人都在喊我，我知道他们在为我加油，也在侧面肯定我，我听到有人说我"好美"这个词时，我内心是喜悦的。遇到美好的自己，自己的欢自己。尤其是那些熟人，他们都主动打招呼，都说：啊，好美啊！

我真有点要飘飘然了，我特别喜欢听这句话。

轻轻漫步

　　晴冬，午阳极暖。出门走一走，去感受温暖的阳光。

　　踏着轻快的步子，走在街道两旁。因为有阳光，街头行人来回穿梭，店铺门前，老人们围坐一团，聊谈家事国事天下事，也有下象棋，下围棋，下军棋……一份悠闲，一份自在，享受着一份冬阳的温暖。我独自漫步，任凭阳光舔舐，忽阴忽照。阳光穿过街边一排法国梧桐树枝叶的缝隙，洒落斑驳的影子，让午时的街道好似平添几分妩媚的韵味。

　　暖阳陪伴着我继续前行，不知不觉来到八角楼门口。八角楼是老人事局的房子，后来人事局搬至别处，八角楼腾空了，现在成了湖湘文化研究和望城作协办公的地方。两年前，我拿着一叠我早些年发表过作品的报刊书籍来到八角楼一楼的作协，申请加入望城作协。作协主席审查了我发表的大叠作品，认为合格，当即批准我加入了望城作协，从此我成了望城作协的第六十七名会员。我成了作协会员后，让我重拾起青少年时期的文学梦。年轻的时候，我比较喜欢用文字表达我想表达思想，想写我想写的事物，那时候，我看到什么事情，在心里生发出一些想法，我就把它们用文字记录下来，我把我写的文字一遍又一遍地修改，把它们工工整整地誊正，一个字一个字地写在正方形小格子的里面，然后从单位上找来报纸杂志，从报纸杂志上寻找到它们的编辑部地址，我把誊好的文章装进信封，写上报纸杂志编辑部地址，贴上足够的邮票，跑到邮局，投到邮箱。

一次两次三次，投了许多次，终于有一天，我收到一家杂志社寄来的样书，还有一张白色的汇款条，我高兴得跳起来，一只手拿着那两本样书，一只手拿着汇款条，直往家里跑，我只想把消息告诉家人。那年，正是暑假，我住在家里，我没事就往大队部去，到大队广播室的窗台上去看有没有我的邮件。那天从大队部的广播室窗台上收到一个长长的信封，里面封着那两本杂志，后来又从大队报刊管理员手里拿到汇款条，心里那种兴奋，不知要用什么词形容才好。

回到家，父亲母亲正好都在家，我把杂志从长信封里慢慢拿出来，要父亲看书里的目录，父亲一看目录里有我的名字，高兴地对我竖起大拇指，母亲听到我和父亲说说笑笑，也凑过来，从父亲手里拿过杂志，从目录看到有我的名字，从名字后面找到页次，翻到刊登了我文章的那一页，仔细地读着。我从父母脸上也读出他们的高兴和自豪。

那次以后，我对写作更来劲了。我经常写经常投稿，投了好多次，有时候很久很久都没能被采用，心里难免有点失落。可我的写作兴趣还是没有削掉，功夫不负有心人，后来有的文章发表在县市省国家级报刊上。结婚生孩子后，我的心思更多地放在了孩子身上，我对写作慢慢放下了。

信息时代，让我有了自己的邮箱、空间，我喜欢在我的空间写写自己的生活，经常写作教学随笔，也发表了些文字。直到我加入作协，我又将手中的笔又捡起来。

天井遇兰

　　冬阳随我到了八角楼的天井。作协工作人员和我一起交流文学。

　　我的文字里，经常写到兰花，因为作协天井里种的大多数是兰花。作协的天井里还有好些株兰花苗，作协主席见我来了，马上将那些散落的兰花送给了我一些，兰花都没有开花，与它们相遇，我似乎闻到了幽兰花香。

　　闺蜜上周又去山中采兰。从她照片里看到她采兰的美丽模样，有点羡慕她。她爱兰，虽不能说她很懂兰，至少可以从她对兰草栽种法当中，领略到她对兰情有独钟。

　　她从山中采到好多株兰草，自己买来兰草花土花肥，她的兰草花盆也与众不同，低调雅致，和兰草风格相合。兰草被她抓到手中，如同捧着宝贝一样，她会细心地帮它整理草叶和草根，看着她抚弄着每一株兰草，我的心也随之对兰草产生怜爱之意，凑过身去细细慢品。

　　闺蜜见我对兰草越来越感兴趣，不禁问我是否愿意种兰，我说想试试。她要我从那小堆兰草里选些苗回家种，并发给我网址，告诉我在网上购买种兰的特制土壤。我从兰草堆里选了十几棵兰草苗，用塑料袋装好，准备带回家种植于家里那个绿色花盆里。

那堆兰草被我们选得还剩下十几棵，闺蜜从那个楼梯间处寻到来一个白色瓷花盆，提来购买的兰草土壤，把那些剩下的兰草种在这个白色花盆里。她将花盆底层铺些泡沫，再把兰草放入花盆，让兰草根在花盆底部伸展开，一手抓住兰草苗腰部，一手将种兰的特制土壤抓进花盆。一层层将花盆周围塞满兰草土，兰草种好了。闺蜜说，看我如何给兰草浇水。她将花盆搬到水龙头那里，手握喷头，对准花盆冲水，她说要让水充分灌进花盆里，水再从花盆底部的眼里流出去，直到见清水从花盆底部流出来，这样才算一盆兰草栽好了。

栽兰的讲究，决定兰草将来的长势，我已不知一次被普及到兰草栽种知识。种兰正如养人，什么样的环境便培养什么样的人，什么样的种植方法，就培养出什么样的兰草。

我将兰草带回家，搬来那个绿色陶瓷花盆，我将兰草放入花盆，就在房子附近的花坛取来泥土倒入花盆，我想看看普通泥土栽种的普通兰草会长成什么样子。泥土铺好后，再用莲蓬头对着兰草花盆冲水，直到花盆底部有水流出。

兰草栽好了，我把它搬到阳台上，静待兰草花开。

烛光里的爱

"妈妈我想对您说，话到嘴边又咽下，妈妈我想对您笑，眼里却点点泪花，妈妈，烛光里的妈妈，您的黑发泛起了霜花，妈妈，烛光里的妈妈，您的脸颊印着这多牵挂。妈妈，烛光里的妈妈，您的腰身倦得不再挺拔，妈妈，烛光里的妈妈，您的眼睛为何失去了光华，妈妈呀，女儿已长大，不愿牵着您的衣襟走过春秋冬夏．妈妈相信我，女儿自有女儿的报答"。

——题记

《烛光里的妈妈》，一首母亲的赞歌，唱出了多少爱母之情的孩子感动的泪。每当放一曲毛阿敏的原唱，那抒情的歌喉，动情的声调，总让我不由得潸然泪下。"……您的黑发泛起霜花……您的脸颊印着多少牵挂……"童年的记忆里，妈妈的模样我已模糊，只记得妈妈那时好高大，而且白胖白胖，那时的妈妈，脸上总爱绽放笑容，以至于很多和爸爸妈妈要好的人，都称妈妈为"胖大姐"。人家老远见到我妈妈，就只唤"胖大姐"，妈妈习惯了人家这样的称呼，也就笑吟吟地应着。

一晃，几十年过去，妈妈由胖大姐已成了瘦骨嶙峋的老人，而且背已佝偻，走路蹒跚。那年一年冬天，也是一个出奇寒冷的冬。腊月将尽，只等十日就将过年，爸爸妈妈一直沿袭传统风俗，特别重视一年到头，年的热闹，成了爸妈重要的仪式。爸爸总在年尾的十天内开始置办年货，他跑上跑下，忙里忙外。腊月二十日，爸爸一早就在村里各户人家打听鱼塘打鱼的事，他得知包鱼塘家里要干塘，准备打过年鱼了，他很高兴，一直守候着鱼塘抽干那一塘里的水，直到下午两点，终于可以捞鱼了，爸爸等着准备选一条全家人都能吃又都爱吃的大鲢鱼。腊月水边透骨寒，爸爸为了等到心仪的大鲢鱼，忍着刺骨的寒风吹打着全身，血压高的爸爸，本不应该待在冻得直打寒噤的冷风中，寒气会让全身血液周流障碍，更加重血压上升。腊月二十日下午，天也阴沉，还细雨灰蒙，两点半左右，爸爸突然感觉后脑勺很痛，伴着心里极其难受，十一年前一场大病，延续五年后，痊愈，正过着还算满意的日子，没想到又被高血压缠身。

　　头痛伴着心里难受的症状，让爸爸只能去卧床休息。可没想到，那一次卧床，爸爸就再也没有醒来。爸爸从发病到离世，前后不到两个小时，救护车还在半路上，小诊所的医生才刚刚迈出我家大门。我听到爸爸离世，如同晴天霹雳，让我一时难以接受。爸爸身前疼爱我，让所有了解我的人都觉得我是父母眼中的一块宝。其实我也知道，父母离不开我对他们悉心关爱和照料。从小，我有点任性，也许是自己有太多的想法，没有用准确方式表达，有时用耍性子的方式，让人有点不理解。只有爸爸妈妈，无论我怎样的任性，他们都能耐心地哄我平静，没有冷漠和背后切磋，也不会无辜地去猜测我，在父母心里，孩子永远都是他们心中的一块宝。父亲是一个家的天，父亲离去，家里的天塌了。

原先那种回家的感觉一去不复返，没有了父亲，老家的房子大门紧闭，母亲身体羸弱，父母一向相濡以沫，白头偕老，父亲一走，母亲变得沉默寡言，孤苦伶仃，她的身体不允许她一个人守着这栋老屋，只有我心里知道母亲的苦楚。身体里有疾患的老人内心是很脆弱的，加上父亲的突然不在，母亲心里一下子失去了依靠，本来老两口相互照应着，扶持着过日子，一个走了，另一个会特别的难过。老家的房子，单家脱屋，前不着人家房子，后靠一座不言之青山，清寂的房屋，如果连一个说话的人都没，住在里面，一天到晚只有清冷相伴。母亲虽不言说，作为女儿的我，知道她一个人住着是不行的，我只能决定把母亲接到我家里住。

父亲的不在的好长一段时间，母亲终日里没有了言笑。只有我知道母亲心里的不适应，有时早上起来，一看母亲住的那间房子，空空如也，母亲又早起去锻炼身体了，锻炼是一个方面，其实真正的原因是母亲每晚失眠。后来，母亲高大胖硕的身体渐渐矮了，也逐渐瘦了。我能做到给母亲的只有陪伴，然而我不能代替父亲在她心里的依靠。有人说我母亲有依赖心理，我不否认她对父亲的依赖，我知道一个女人能有依赖自己丈夫的心里，那她一定是认可她心目中那个人是真正的大丈夫。母亲从小体质就不是很强壮，这是人本身一种个体差异，以致母亲在后来的人生中，因为身体的原因，吃过了很多的苦。可母亲天生有一种从心底里透射出的坚毅，在人生的道路上，她一直坚强前行。时光匆匆，十几年弹指一挥间。母亲恍然间，由高大挺直白胖丰满的体型，逐渐变成佝偻矮小的模样。她几乎天天在我眼前晃来晃去，几乎天天和我同坐一张桌子吃饭，几乎天天一起同看中央电视台晚七点新闻联播……可我竟然没有留意到母亲老成这样。我真想有一种神力，将母亲靓丽的容颜永远留驻，可我却不可能有这样的力量，我只能眼睁睁地看着母亲一天天变老，变老……

树欲静而风不止，人欲孝而亲不待。

人生道路如说漫长，放于时间之长河，它仅仅形同沧海一粟。不知不觉，伴着母亲十多年，我说母亲已老我亦芳华流逝，感触再过若干年后，我又成了母亲这般年龄，我的明天就是母亲的现在，到那时，我是否会比母亲现在的模样显得年轻？是否会如母亲一样伴着孩子一起度过余生？是否如母亲一样经历世事变迁后还如此淡然？抑或会如母亲一样有此长寿……我不敢想象将来，将来我在母亲这个年龄，母亲大有可能作古，我的生活天地也完全不是眼前一样了。有时我设想未来，真有点迷惘惆怅。当回过神来，我又窃喜，因为我历经人生七彩生活，我还在前行，母亲仍在。又是一年母亲节，阳光绚丽，祥和照耀。我约了家人一道陪母亲，我亲自下厨，做了一顿我平生手艺最好的饭菜，一家人虽没有全部到齐，但气氛仍然令母亲高兴。

陪伴是最长情的告白。看得出，母亲喜悦溢于言表。母亲一辈子对儿女从不提要求，随遇而安，在她的字典里，只要儿女健康安全，贫穷富贵她都不在乎。她如我人生长河中的定海神针，无论生活的大海如何波涛汹涌，她都能沉着淡定，任波涛翻滚，经她身边冲过，她屹立而岿然不动。有谁能真正读懂母亲。母亲如同一部内含丰富百科全书，她的心里装着生活的点点滴滴。"家有一老，如同一宝"。人到中年，有老母亲在身边，你会感觉更加踏实。母亲已高龄，我也知道后面的路会有点难走，但我不会害怕，因为母亲已给了我生活的勇气和力量。

趁节日气氛尚好，阳光朗朗，母亲的头发又长长了，我用二十多年为家人理发操练的手艺，又为母亲理了发。母亲年岁虽高，头发仍只半白，从后面看，还看不到多少白发，心里得到丝丝安慰，这是母亲老去的身形中仅存的一点点不曾显老的地方。

我耐心地帮母亲剪掉寸多头发，用我特有的方式，将母亲的头发修整至我看上去还满意的效果，不管我怎么剪，母亲从来都很满意，我每次剪完，她都会说很多次"谢谢"。母亲就是在这样一种极其简单的满意中得到幸福和快乐！帮母亲理完发，我放毛阿敏的原唱视频《烛光里的妈妈》给母亲听……阳光依然明亮而灿烂，我牵起母亲的手，陪着她走在阳光下。

三、味美人生

紫薯清香

我喜欢吃红薯出了名。

单位大门对面的湘妹那天回娘家，她从娘屋里拖些蔬菜回家，她记得我喜欢吃红薯，把她娘家的一颗最大的红薯拖来要送给我。

湘妹打电话来，说要我去她小店里拿红薯，我抓起那辆小拖车就往外走。"快点来，在落雨，怕打湿了红薯，我这里好多东西堆满一地，冒的地方插脚。"湘妹催我，我加快脚步。来到湘妹的小店前，湘妹正忙不赢，真不好意思打扰她。她见我来了，忙从小店的旮旯弯里，左一袋右一袋往外抓，我接过三只方便袋，一只袋子装了个长南瓜，一只袋子装了一兜黄芽菜，一只袋子装了个红薯——足足四五斤重的大红薯。我把这几个袋子全都装进我的小拖车，拖着它，撑着那把红色勾把子雨伞回家。

我将红薯从袋子里拿出来，摆在地上。红薯躺在地上，像是卧着的一头小猪仔，红薯的身上还沾着一层暗灰田泥土，泥土已干透了，成了一坨坨的颗粒，看来红薯已经挖出来好几天了。这么大个的红薯，真的很少见，它长得又大又结实，连它的皮都像是承受不住它的个大，已胀得裂开了缝，红薯身上留下了一条深深的裂痕，裂缝被遮盖了一层泥土，裂缝的痕迹隐隐约约地有点看见。

这么大个的红薯要从土里挖出来，可真的不容易。想起我父亲那时也在老家自留地里种红薯，父亲种红薯有一套经验，等到红薯藤子长到一米多长，他就到地里去拔茎。小时候，每当我放学回家，父亲也就在那个准点下班到家。父亲一下班就先到菜园里去给蔬菜松土，浇水，施肥，扯草，还要给那大块红薯地的红薯藤子抹茎，有时候我跟着父亲去菜园里看父亲干这些菜园里的活。我不懂给红薯抹茎是什么意思。

有一天，父亲把我牵到红薯地边，他蹲下身子，用左手牵起一根红薯藤，右手拿着一把剪刀，将一根红薯藤分叉的地方侧生出来的红薯藤剪下来，我问父亲为什么要剪掉那根侧长的茎，父亲说："红薯藤长多了茎，它吸收的养料会分散到每一根藤上去，红薯就得不到充足的养料，红薯便不会长得很大，抹掉侧茎，让主茎去长，红薯就会长得又大又甜。"父亲不是菜农，他只是边上班边种菜，父亲做什么事都那么认真，他种菜会对各种菜的习性都有研究，他只要在家，每天必到菜园里去，一年四季皆是如此。我们家菜地里每季菜都长势茂盛，尤其父亲种出来的红薯都是个大身肥。

我成家后，父亲还一直在坚持种菜。有一年，父亲种的红薯又是大丰收，他挖好几筐红薯，摊在老家堂屋里西南角的地上，我回去了，父亲从大大的红薯堆扒里面最大的几个，用双手一个一个地搬出来，装进蛇皮袋子里，提起袋子掂量掂量下分量，五六个红薯，足有二三十斤重。我和先生将一袋子红薯抬到嘉陵摩托车的后架上，用橡皮筋绑带捆紧实，拖到我们的家，我像捡宝贝一样，把红薯装在一个干净的方便袋里面，扎紧袋口，置于案板底下的柜子里。过了几天，我去拿红薯出来准备刨皮切红薯块当点心吃，打开袋子，一股浓烈的烂红薯气味直冲我的鼻眼，再一看方便袋里，傻眼了，袋子里的几颗堆挤在一起的大个红薯全腐烂了，本来干了的红薯皮上有一层湿印。我怎么那么蠢，我竟然把红薯放在塑料方便袋里，还将袋子口给封上了，新鲜红薯焖在塑料袋里面不透气，它里面的水分没有排出塑料袋，红薯就等于浸泡在潮湿的环境里，湿气让红薯产生了细菌，红薯感染上细菌，全部腐烂了，几十斤大红薯，因为我的无知，储藏不当，全烂掉了。

看着那袋腐烂了的红薯，我的心里阵阵酸楚。父亲辛辛苦苦种的红薯，自己都舍不得吃，总是要把儿女喜欢地留下来，欢欢喜喜地赠送给儿女，他对儿女的疼爱全寄托在这里面了，而我却不懂珍惜，不会储存，让它腐烂掉，我真的悔恨自己的无知。

看着地上这颗硕大的红薯，我仿佛又看到父亲俯身弓背地在菜地边抹红薯藤茎的情景。

切紫薯

　　那个硕大的紫薯勾起了我对往事的回忆。我不会把湘妹给我的大红薯收捡起来放在那儿存着不吃，更不会扎紧塑料袋搁在不通风的地方，我把塑料袋口敞开，就放在厨房的案板边上。

　　双休日到了，闲着没事的我，总想做点平时很少吃的东西。来到厨房，一眼瞧见地上敞着口的塑料袋，低头看看塑料袋里躺着的那颗硕大的红薯，这么大的个子，怎么吃才好。

　　我想象着各种吃红薯方式，蒸的、烧的、炒的、煮的，似乎都吃过了，唯独有一种方式的还冒尝试过，那就是煮粥吃。

　　以前听人介绍过红薯煮粥，我既冒呷过，更冒做过，我想尝试下做红薯粥。我弯身从地上搬起那个大红薯，把它置于水槽里，打开龙头，让水对着大红薯冲，红薯身上沾满了干泥土，紧黏在红薯皮上，用水冲了好久，冲到水的那块地方的皮，泥土仍然粘得牢牢的，用手边擦边冲水，还是擦不干净，只好拿来支牙刷，一边冲水一边刷，总算刷动了那些紧紧粘在红薯皮上的泥土，渐渐的，红薯身上的颜色越来越艳，说它红薯，其实是紫薯，红薯的全身都是紫色的，与我上次买的那些红薯的颜色迥然不同，它的皮完全是紫罗兰一样的色调，手挨在红薯皮上，手一下子就被红薯的紫色染紫了，倘若将红薯弄破点皮，那紫颜色连同薯汁液一起就出来，流到我的手上，我的手被紫薯全染紫了。

我还是第一次见过这么大个的紫薯。平时见到的紫薯都是小个子的，我以为紫薯只有小个，没有大个的，没想到我的见识太狭窄了。

紫薯洗干净后，我取来多功能刨子，先将紫薯皮刨干净。我的多功能刨子可是很好用的削皮刀，我一刨下去，紫薯皮竟然仅削下一点点薄皮，感觉这颗大紫薯特别坚硬，刨子削下去，不像那些泡松的红薯皮那么容易刨，我只好用很大的劲下刨子，真的要用大气力刨，才能刨得出大块的皮来。紫薯洗干净后，紫薯身上的那道绽开的裂缝也显现出它的真面貌，那裂缝不深，边缘向里卷入，形成一条浅浅的槽，刨子只用刨四下，就把那条裂缝刨得和它周围的地方一样平了。

紫薯整个皮都被刨干净，再把它在水龙头下冲洗一遍，然后拿到砧板上，取下菜刀切紫薯，当第一刀切下，用力太小了，紫薯竟然没有一次性切开，再用力往下按，才切下一块薯饼，切面蹦蹦地迸出好多白色薯浆液，白色的小点点零星地布满了紫薯的切面。紫薯肉特别紧扎，再切块紫色的薄薯片，放进嘴里咬一口，粉中带微微的甜，又粉又糯，但口感没有平时呷的红薯那么蹦脆的，嚼劲倒是很足，越嚼越觉得充口皆是紫薯的粉味。

我将整个紫薯都切成了块，全部放入那个大升数的电热高压锅里，那么深的内胆竟装了大半锅，再把淘好的一小杯白米掺到紫薯里，放了大半锅水，合上锅盖。

紫薯粥

一切都准备好了，打开电源。

大约四十分钟过去了，紫薯粥熟了。揭开锅盖，一股浓浓的紫薯香气直扑过来，我暗暗咽着口水，从筷篮子里取出筷子，将半锅浓色的紫薯用筷子搅拌开来，我用筷子在锅里旋转，从顺时针方向不断转圈，不知转了多少圈，锅里的紫薯与白米饭充分融合在一起，完全分不清哪是米饭，哪是紫薯。一锅子全是紫颜色，跟紫罗兰的紫色尤其接近。紫薯气味扑扑地直往鼻眼钻来，它与我吃过的普通红薯气味稍微有点不一样，那气味里带着嫩草那样的香。

我想起儿时，在老家的村子里，老家房屋周围的邻居挨得很近，我常常跑到邻居家找同伴玩。有一天，我到了谢婶家里去玩，还没到她家屋里，就闻到一股浓浓的香味，是那种柴火煮饭的香，在饭香里夹着红薯的香味。走进谢婶家，谢婶正坐在灶脚下放火。那时候，老家的柴火灶大多是两个锅的连体灶，有的灶房大，柴火灶也打得大，有的三口锅连体，靠墙壁那口锅最大，中间的中等大，最外边上的这口最小，那口最大的锅通常是用来煮猪稍的，猪稍就是猪食，猪稍一煮就是一大锅，里面放些碎米，米糠，还有青饲料。青饲料有的是红薯藤，有的是白菜的边叶，有的是主人从野外采的野菜，把这些青饲料混合在米和糠一起煮，那种气味一闻就知道是猪食，这是给大肉猪煮的饲料，如果家里喂了母猪，母猪下了崽子，那些猪崽子满月后，就得吃食料了，猪崽子太小了，嚼不动硬食料，主人便煮米糠饭给小猪吃，如果遇上红薯出土季节，小猪的食料里就煮些红薯，这种小猪吃的红薯米糠食料用柴火煮出来特别香。

我那次到谢婶家，她正好在煮猪崽子的饲料，那饲料里面有红薯米糠的气味，我每次碰到谢婶他们家煮猪崽子饲料，我就站在他们的灶台边，故意放肆地闻那猪饲料锅里飘出来的香味，我站在那儿流连不肯走，同伴一窝蜂地跑过来说："啊耶，哈哈哈哈，你一个人站在这里等猪崽子稍呷吗？"听到伙伴们开玩笑地打趣我，我脸上一阵发热，跑去追打她们，伙伴们一窝蜂地跑开了。还莫不承认，那时候，我真的是想尝尝，这有什么害羞的。不过小时候再馋，当然也不会真正去吃那猪崽子的饲料，有那种想吃冲动的，应该不止我，我还只是想揭开锅看看，看里面猪崽子的食料是什么样子，我知道煮的是猪吃的饲料，小时候真的觉得那小猪崽吃的饲料好香。

有一天，我突然想煮一次红薯粥吃，可大人们都是先将红薯切成大坨，和米一起煮，饭和红薯煮熟后，再把饭盛出来一部分，留一部分和红薯和在一起，用锅铲用劲地擂，饭和红薯擂溶后，再冲些开水，用锅铲在锅里旋转着搅，大人们都把这个称之为红薯粥，他们一直没有理解我要吃的红薯粥，就是把红薯和米一次性煮成粥。直到现在，我才第一次吃到我自己煮的正宗的红薯粥。我想煮红薯粥吃的愿望竟然延至现在，已过去三四十年了。

　　那时大人们不用红薯直接煮粥，可能是怕把红薯粥和猪食料混淆了吧，是不是这个原因，我不清楚，不过我真不忌讳这些，我向来喜欢土生土长的东西，从来不嫌弃泥土气息。尤其是紫薯粥里的那份嫩草味，我喜欢。

品薯粥

　　粥熬好了，一大锅子的全紫色的粥，真有点不太相信这就是我小时候心心念念想要喝的红薯粥。

　　小时候喝的红薯粥大多是淡黄色的红薯和米饭擂成的粥，后来有一种红心红薯，那种红薯的薯心是红颜色的，外面那一层是浅淡的黄色，它也没有像这种紫薯这么均匀的紫色，除了只有薯皮带点白的紫色，再往里面一点，就全部都是紫颜色的。紫色紫得艳丽，紫得可爱，紫得无可挑剔。切紫薯时无论是横切，还是竖切，都只看到紫薯全身都是紫色的。

　　可能因为它太紫了，那煮出来的粥，全部都是紫色。我有点感觉它不是一碗紫薯粥，简直觉得它是一碗紫色的颜料。如果真的拿它去做颜料，我想它肯定可以绘出一片纯紫色的图案来，那绘出的图案肯定会紫得特别的均匀，特别的明艳。如果没有人告诉你，那碗里是紫薯粥，你肯定会不相信那是可以吃的一碗粉糯香甜的紫薯粥。

　　紫薯粥是紫薯和少量的白米合煮在一起而成的。在煮粥时，比平时煮饭放多一些水，在高压锅里压煮三四十分钟，等紫薯和米都煮得刚好烂糊糊的，再用筷子或勺子在锅里搅拌，让煮烂了的紫薯和米饭充分融合到一起，紫薯里有米饭，米饭里有紫薯，它们相互渗透，互相融合，把各自搅成一体，紫薯的粉和署浆与米饭里的米浆相互融合，紫薯的紫色将白米染成紫色，白米的糊浆正好将紫薯黏稠在一起，让紫薯粥有了米浆的软溜和柔滑，紫薯酥酥的粉又让白米溜滑的糊浆多了一种饱满的厚重感，还有紫薯里那特有的清香，那种香和白米里的香相互渗透，合成紫薯粥独特香味。

给我八十多岁高龄的老母亲盛上一碗热腾腾的，香喷喷的，软酥酥的紫薯粥送到她手中，她乐得合不拢嘴，她说她活到这个岁数，才第一次尝到紫得这么厉害的紫薯粥。她用筷子轻轻地挑一小坨送入嘴里，然后含着它细细品味，品味完了说："嗯，味道真正好，像煮熟的鸡鸭蛋黄呷在口里那样粉粉的口感，粉中又带点甜味，还有米粥里的又黏又软，确实蛮好呷的。"母亲这么高龄，味觉还是蛮灵敏，把紫薯粥品评得很到位。

我也觉得紫薯粥味道的确很好，口感非常纯正。我一下子吃完了两饭碗，真还想吃第三碗，只是我的胃实在充不下了。

在我的生活里似乎一直少不了粥，我喜欢煮粥喝。我经常用豆类煮粥，各种米煮粥，煮粥喝让我的生活过得有滋有味。闲着没事的时候，我将家里准备的十几种粥料，搭配出不同味道的粥，让粥的形式多样化，也让粥的味道更加丰富。

说到粥，也让我想起记忆犹新的海鲜虾粥。那有一年，我去了深圳，在那里想起当时在深圳工作的表妹，便打电话约她出来，表妹见我和我的先生千里迢迢来深圳，我们觉得在深圳见面很难得，表妹一定要请我们的客，要请我们吃海鲜全宴。我实在吃不惯外地饭菜的口味，一再推辞不要她请客，表妹还是非得请我们吃一餐，我们觉得盛情难却，就将海鲜全宴改成鲜虾粥。我一听请我们吃粥，便没有再推脱。我们来到海边一家海鲜粥馆，表妹将点来的海鲜粥端上桌子，我们点的鲜虾粥以白米为主料，粥里面混合着一坨坨虾仁，虾仁和白米混合出来的鲜香味，让我至今难忘。当时我跟表妹说："鲜虾粥是我吃过的粥中最好吃的粥，再也没有什么粥能比得上鲜虾粥的味道了。"后来我也确实冒吃到一种比那次吃的鲜虾粥更好吃的粥了。

直到我煮了紫薯粥，我虽不能说紫薯粥赛过了鲜虾粥鲜味，至少可以说，我煮的紫薯粥可以和那次吃的鲜虾粥媲美，它们各有各的特点，鲜虾的鲜美和紫薯粥的清香、甜糯和粉酥，让我的品粥的境界提升到了更高的层次。

墙壁孔里挖蜜蜂

童年生活五彩斑斓，如同天上的繁星数不清，有时想起来，禁不住地偷偷发笑。

父母因各有一份工作，白天都不在家。读书放假，父母不放心我一个人待在家里，要带我到他们单位去。我不乐意去父母的单位，那些大人们见到同事的孩子，总爱拿着开乐心，叫到身边问这问那，我不喜欢回答他们那些无趣的问题，成天躲在父母单位分给他们的宿舍里不出来。尤其是在父亲的单位做行政，同事关系很融洽，每次去，叔叔伯伯们都买零食给我。父亲私背里告诫我，不要随便接他人买给我的东西。

有一次，父亲的同事见我又来单位，忙从口袋里掏出两张一元的红纸币给我，叮嘱我自己去买零食吃，我万分推脱，他逗我说是父亲要他转交给我的。天真傻气的我信以为真，接过纸币，蹦蹦跳跳跑到单位靠东边的卫生院过去，翻过一道斜坡，来到供销社，买一包小花片，一包薄荷糖，一包兰花豆，还剩八分钱。我拿着一大捧零食，手里还拽着八分钱纸币，唱着那时流行的儿歌，欢天喜地回父亲的单位。父亲正好在四处找我，见我抱着大堆零食回来，眼睛直直地看着我下台阶，走在那条凹凸不平的羊肠小路上，乖乖地来到他身边。我看到父亲脸上显出几分严肃，心里也明白了几分。他问我：哪里来的钱去买零食？我将同事伯伯给我钱的事情告诉了他。父亲说：傻女儿，爸爸要给你钱，就会直接给，怎么还要交给伯伯再转给你呢？伯伯是怕你不接他的钱，逗你的，要学会动脑筋。伯伯是爸爸的同事，这么逗你一下你就信了？这次就算了，以后就要学会开动脑筋了，听见么？我小时候父亲很宠我，可原则问题上，父亲对我特别严格，哪怕一件极其微小的错事，父亲都会做大文章来教育我一番。对我的哥哥，父亲更加严格，他认为男孩子要严格管教，路才不会走偏。父亲不是教育家，但他为人忠诚、耿直、诚信、善良等美好的人格，深深地影响着我。

以后学校放假，我不肯去父亲单位，也不去母亲单位，我就在家里待着。全队上下左右邻舍都和我家很友好。母亲在外面工作，那年代的计划物资，单位对职工有点补贴，父亲的单位也如此，那年代家住农村，父母在外工作的家庭比单纯在家耕种谋生的人家显得要宽裕些，父母总是尽自己的能力，将家里节省下来要计划的粮票、布票、油票等什么的去接济邻里，邻里也对我和哥哥格外看重。我要一个人待在家，父亲心里有数，也还放心。

放长假了，父母也让我在家里待着。队里的同伴们得知我假期在家不用去父母单位，全都涌至我家来玩，我们玩遍了童年时的各种游戏。玩累了，一屁股坐在屋檐下黄土修筑的台基上，有的伙伴顺手拿一根小棍子戳屋檐坑里湿润的黑泥土；有的在抠黄台基上的碎石子；有的在捡屋檐后面土围墙里长出来的杂木树掉下的黄树籽往远处扔……大家显得有点没事的无聊。

蜜蜂却在那边嗡嗡不休，我循声看去，好几只蜜蜂围在一处墙面飞来飞去地打旋转。我喜欢蜜蜂，蜂蜜很甜，母亲放假回家，有时还带一瓶瓶蜂蜜回来给我们泡水当糖水喝，母亲说：喝点蜂蜜，少吃点糖。我小时候喜欢吃甜的，经常偷偷地把母亲装糖的瓷坛盖子揭开，用勺子舀白糖吃，正舀着，听到脚步声，手一抖，一勺子白糖洒了一柜板子，有时又忘了盖瓷坛盖子就关柜门子走了，母亲知道我常偷偷地吃白糖，她怕我吃多了糖对身体健康有影响，又戒不了我喜爱甜味，便买回那些比糖贵得多的蜂蜜给我代替吃糖。就这样，我对蜂蜜情有独钟，对蜜蜂也有了特别的好感。

我看到蜜蜂在那边的土墙壁上忙碌着，我好奇地走过去，蹑手蹑脚地凑近它们，一怕打扰它们，二怕它们蜇人。我看到蜜蜂正往墙壁上的一个洞眼里钻，后面的好几只也都往里钻。还剩下最后一只没有进洞，我继续凑近去看，哇，那小洞里塞满了蜜蜂，我顿时特别兴奋，用神秘的声调喊同伴们过来看，同伴们见我蹑手蹑脚，诡异的模样，也放慢脚步，轻轻凑过来，她们说：拿个瓶子挖蜜蜂玩。

"挖蜜蜂，真新鲜！"我惊讶地喊出声来。同伴伸出右手食指做出"嘘"的动作，我会意地压低声音："好，开始行动！"我回屋拿来一个咖啡色玻璃瓶子，同伴帮我取来一根筷子粗的竹枝，我左手拿瓶子，将瓶口罩住蜜蜂洞眼，将瓶子向左偏点点，露出一条缝，再用右手将竹枝伸进墙壁洞里，伸到大约五六厘米深，轻轻搅动竹枝杆，洞里的蜜蜂被一骨碌地赶了出来，全都往我罩住洞口的瓶子里钻，一壁洞的蜜蜂全都成了我的"囊中之物"。我们"活捉"了半瓶子蜜蜂，便将瓶子盖好。

同伴尖叫地喊一声：莫盖紧了，蜜蜂会憋死的！"俺晓得！"我盖好瓶盖没有拧紧，又回家找来一块纱布，取掉瓶子盖，将纱布封住瓶口。

我举着蜜蜂瓶子，同伴们都围住我。我们观察瓶子里的蜜蜂在狭小暗光里的活动，它们纷纷往瓶子壁这边挤，攀沿着玻璃瓶壁，沿上去，又滑下来，又沿上去，不断地争着去攀沿，有的坚持住攀爬，爬到了瓶口，在瓶口纱布里层那面用脚上的刺勾住纱布的小孔，倒悬在瓶口。再看瓶子里的蜜蜂，全都撒满瓶子，瓶底的几只没有爬到瓶壁上，它们是最先挖出壁洞的，它们被压在最底层，它们还是在不停地挣扎，努力试着往瓶壁上爬。

看着这群被我逮捉的蜜蜂，小时的我只觉得看它们在瓶子里活动的状态，找到了一时之乐趣。联想到一篇《童趣》的文言古文，正是写孩童时观看蚊帐里被烟熏的蚊子和草丛里鞭笞癞蛤蟆的趣事，童年的世界，总是生发些奇思妙想。

后来读杨朔的散文《荔枝蜜》，对蜜蜂有了更深入的了解，对蜜蜂产生了无限的敬意。尤其读过一些关于赞美蜜蜂的诗：腰肢何纤纤，惯向花底潜。勤劳成蜜后，辛苦为人甜。不论平地与山尖，无限风光尽被占。采得百花成蜜后，为谁辛苦为谁甜？游飏下晴空，寻芳到菊丛。带声来蕊上，连影在香中。去住沾馀雾，高低顺过风。终惭异蝴蝶，不与梦魂通。……

理解这些诗句的意味之后，更觉得儿时在土墙壁洞里"挖蜜蜂"的事有点懵懂幼稚可笑，那么可爱的蜜蜂，竟然被我捉弄得在瓶子里拼命挣扎，这不是愚昧无知吗？我想：有知识又懂事的人，绝对会善待蜜蜂的。

买红薯

南方的初冬，如果是晴天，即是不冷不热。吃完晚饭，习惯去户外走走，有时顺便买点吃的回家。

来到外面，晚风袭来，拂面轻过。与夏季傍晚相比，街头少了很多路人。昼夜温差大，白天二十多度，入夜便降至十三四度，人们不再热闹于街头坐聊，只有广场舞大妈们仍旧不减热情，这样的温度，更好跳广场舞了。我喜独自漫步，自由徜徉，可以任意遐想。"想干什么就干什么，不想干什么就不干什么。"记得蒋子丹老师说过的话，这样才是真正的自由，我且受用这样的自由吧。

沿街头从西往东行走。这条街大多数是小门小店，只有义乌商城比较豪迈气派，门面前有广场，进义乌，先得迈过十级台阶，上了广场，行走三四十米，才到达店门口，正是这个过程比较繁复，每当经过义乌前，我都懒得去跨那几级台阶，走那几十米广场，它不如街边的门店那么顺便，进店不用抬脚，直接一侧身就走进了店子，店门口没有障碍，以致进小店的人比进义乌商城的人要多。

傍晚，我只走走看看，不太想进店内。来到十字路口，十字路口朝北延伸的那条街，通往文缘商贸城，那里如同湘春路里的"好吃一条街",夜幕降临,夜宵店的桌子快摆到街中心去了,在这条街走走逛逛,总感觉挨挨挤挤,一点都不通畅,水果摊一条线,店员老板只要看到路人,都冲你打招呼:"诶,老板,看要点什么水果,都是刚到的货哦,新鲜得没说的,随便挑些回去噻,打麻将一炮的钱还不要……"我又不打麻将,独只要去与打麻将相比,不这么比,我可能还会看看你的货,见到自己的欢吃的,顺便也买点,你要拿打麻将来激发我,我倒是不买。我在心里嘀咕着,任凭叫卖声从我耳边穿过,我径直朝那边街走去。

老板见我根本不搭理,竟上前来扯我的衣袖:"诶,美女,带点新鲜红枣回去吃噻,美容又养颜,才进的货,真的好甜,不信你呷一粒试试。"我听她叫美女,有点别扭,都是一套的奉承话,商家做推销,只要是见女的,就称美女,见男的就叫帅哥。刚开始时兴称美女那阵子,我倒是蛮喜欢听,被人家称美女,心里竟还生几分得意,以为人家真的是在夸你,后来,我在一家商店看到那老板见一个不修边幅,邋里邋遢的女子,举止粗俗,满口脏痞话,在公共场所还打骂同她一起来逛街的孩子,店老板为了稳住她在店里做生意,她不停地招呼她:"美女,你先歇歇气吧……"那女子听老板喊她美女,她先愣了一下,随口便说:"美的个鬼咧,老子一世人从来冒美过!"她倒是蛮有自知之明,也还挺直爽,只是口白聊天,实在不敢恭维她那份直接和实在,还有她那副模样。从此以后,我再也不相信"美女"一词是对女子的褒奖,甚至有点不喜欢别人随便称我美女。这些店子的老板当然不了解我的心思,每过一家店,都会听到这个称呼,我只当一阵风在我耳边吹过。

街道夜行人渐渐增多，并不因初冬的到来而减少夜宵的火热，何况今夜温度刚好，舒适宜人，我也想多逗留些时间。

出街口，见一辆中型货车停靠街边，车厢塞得满满的，走近看，是一车红薯。这么一大车红薯，从哪儿来的，街基边坐着一男子，闲在那儿发呆，他身体的右边躺着一台天平秤，看来这个男子是在这里贩卖红薯。我走近男子，问车厢里的红薯是不是要卖的，他立马起身，并说要卖。我问多少钱一斤，他说两块。我就着路灯光，细察红薯大小不是很均匀，红薯的表皮倒是光滑，红薯皮全是紫红色，他见我了解仔细，对我说："这是开封来的红薯，相对湖南来说，这个属北方的红薯，北方气候相对干燥，红薯一般存放时间比较长，这是刚刚挖出来的，从现在开始存放，可以放到过年都不会烂。"这个卖红薯的没有强买强卖的意思，只是客观地介绍了红薯的产地和质量，也没有劝我买红薯，他说完，又坐在街边石基上。我是蛮喜欢吃红薯的，我的家人都喜欢吃，我决定买些回去。这些红薯都用纱网袋装好，每袋重量不一，可以整袋买，也可以拆袋零买，我从车厢里信手提一袋，在手里掂量掂量，可以提得起，我买了一纱网袋。路过的行人见我在买，都过来问价，我这一买，无形中帮这位开封男子打开生意，男子见我买得多，无意中又帮他招揽了生意，他把我买红薯钱的尾数抹掉了，主动少收了点钱，太客气了。

提着红薯回家，一路换了好几次手，十三斤多重，提在手里，挺费力气的。回家选个小红薯，削皮，吃一口，嗯，结实，有粉，带点点甜味，连红薯的心都是红色的。

雨里的冬至

南方，冬雨都"叮叮咚咚"没完没了地下，要不是看日历，还以为春天已至。气温十度以下，整个身子被长羽绒服裹在里面，还是感觉冷飕飕地钻风，直往身上有缝的空子里灌。

早晨不到七点，点着灯起床做早饭，就为了赶一场监考。双休日，平时是可以慵懒在热被窝里，赖到八九点再慢慢爬起来，不急不慢弄早点，不温不火地嚼着劲道的热荞麦馒头，喝一杯热气腾腾的牛奶，伴着自己最喜欢听的一段旋律，让早晨娴静于温雅的生活里。而遇上这有监考任务的双休日，我便和考生们同呼吸，和着他们赶考的节奏早早地律动。

冬日，在有雨声的早晨，还不到七点，窗外的天像是还没睡醒一样，只有点蒙蒙亮，尤其像这天冬至，天空醒得格外迟，因为太阳已移至直射南回归线上，成了冬至，这一天是一年中白昼最短日。家里的那台老年手机设置了报钟点铃声，只要整点一到，它便按时报点，它像在催促大家，也是在提醒我抓紧时间千万不能迟到。我们的监考七点半前必须赶往考点办公室，八点半开考，监考人员职责也是服务的职责，监考工作严谨而又严肃，不能出半点差池，责任意识催促着我做饭的节奏，吃饭的节奏，捡拾一切的快节奏……一大清早，我忙碌的身影在整个屋子里飘来飘去，家人们也被我奏响的晨曲催醒了瞌睡。窗外雨声嘀嗒嘀嗒，滴落在屋顶上，树叶上，万物的身上，被雨水浸润了的空气从未关严实的窗户缝里、门缝里直钻进来，从风的冷意中，我预测到这场监考，也是一场考验。

我做完了一切事情，撑着雨伞出门。门刚刚开一条缝，冷气趁机迅疾扑到我的脸上，我的颈窝里，我全身未裹严还露的每一处，我不禁寒战。离规定到岗时间只有几分钟了，时间不允许我迟疑，我用力拉开门走了出来。天越来越亮些了，雨雾迷蒙，一切总还是不那么清晰，我撑着雨伞加快速度，时间就是命令，每个监考人都赶在规定时间的前面到达目的地。考点办公室里灯光辉煌，我寒冷的身子顿时被工作的热情温热了，被人气兴旺的考点场景温热了，被所有监考人的使命感温热了。

所有事情在按部就班有序进行。等安排好了一切，时间接近八点，我们端起监考工具篮赶往工作阵地。从七点半开始到十一点半考试时间结束，连续四个小时不间断地工作，我们在用这样的方式消耗着我的休息日。

雨雾仍让大地蒙上一层薄纱，天空朦胧，大地笼在雾气里，冷湿的空气弥漫着整个空间，雨滴不舍昼夜地连续滴落。赶考的青春学子们已陆续到了窗外，趁还未进入考场，他们又拿出复习了无数遍的资料再看它几眼。我拿着那把冰冷的安检器跨出门外，提醒考生们进考室来，他们默默地望我一下，又把目光移到了复习资料上，我只好耐心地等在那儿，让寒冷的门风吹打着我的全身，等着那群怀揣梦想和志向的青年们一个一个进来。

学习到这层境界的学子们，看得出，他们都很敬畏知识，敬畏读书。他们的一举手一投足，都没有随随便便，都很虔诚认真，素质有范，书读到这个份上还想深造，他们对待一场这样的博弈，一点都不掉以轻心。所有不该带的东西，都不用过多的提示，他们自觉地放到指定位置。

　　考试开始，我做好了一切工作，站到考场的后面。

疯长水花生

冬的来临，住在北半球的我们感受到太阳公转南移直射那条南回归线，是离我们最远的时候，已至深冬时刻，寒风格外刺骨。

站在教室后边，说是监考，不如说是守护。整个考场安静得连一丝风钻进门缝发出那细小的"呼呼"声都能听得见。监考得连续站三个小时，我站了会儿坐，坐了会儿站，考场上三十个座位，里面坐了二十几名考生，有好几个缺考。最后一排有个空座位，我走近空座位旁，随手翻看座位上的思政试卷，它不是我们一般试卷一页纸张，这种试卷如同一个试题集，我数了下试卷的页数，有十三页纸，每页纸上至少有六七百字，不说做题目，就是把这十几页纸张上将近万把字的试题读完一遍都需要一定的时间。我用眼睛快速浏览着每一页试卷上的每道题，试着思考它们的答案。当我浏览到材料题时，有一道试题吸引了我，它讲的是关于"水花生"这种植物，从水花生的过度疯长对其他植物生长造成的危害，引出以用生态方式消灭这种外来入侵植物，从而达到保护自然生态环境的目的，最后总结出的结论是"一物降一物"的生存现象，然后提出试分析"一物降一物"体现了辩证唯物主义的什么原理？

我在脑子里不禁蹦出"矛盾的普遍性原理"这句话来，我试着用这个原理来分析"一物降一物"。

我知道，"一物降一物"，通俗地说，就相似于我们这地方的方言说的"一行服一行，茄子服米汤"，有矛的存在，就一定会有克制它的盾，就好比水花生的疯长一样，克制它不那样疯涨，只有找到克制它生长的天敌，就可以达到不让其泛滥成灾的目的。曾经为了除掉这种水花生植物疯长蔓延侵犯了农作物的生长环境，农业科技工作者试图用化学方式，研制出一种专门除杂草的药剂，只要在杂草上喷洒这样的除草药剂，所有的草都会在一夜之间全部枯黄死掉。然而除草剂毕竟是化学药剂，它喷洒杂草，也会将不该除掉的有些植物一并去除。这其实就是事物的矛盾性原理，如何解决这种矛盾，生物科学者寻找到了用生物的方式将这些有害于生存环境的植物消灭掉。本来这水花生是有人有意引入中国，它原产南美，20世纪30年代抗日战争期间，由日本人引种至上海郊区、浙江杭嘉湖平原作为马饲料。它的生物学特性是以茎节行营养繁殖，旱地型肉质贮藏根受刺激时可产生不定芽，生长高峰期每天可生2~4cm，花期5~10月，长而不结实，它的主要危害是阻塞航道，影响水上交通；排挤其他植物，使群落物种单一化；覆盖水面，影响鱼类生长和捕捞；危害农田作物，产量受损；在田间沟渠大量繁殖，影响农田排灌；入侵湿地、草坪，破坏景观；滋生蚊虫，危害人类健康。最厉害的是水花生可以在水中生长，也可以在陆地上生长，它的生态适应性极强。叶甲就是治理水花生的天敌。

这道题目非常有意思。

当我看完这道之后，脑子里立刻出现曾经看到的一个故事《对手》：作为性格温驯的羊，在狼的面前，羊不是狼的对手，羊是草食动物，狼是肉食动物，羊吃草来维持自己的生命，它的食物来得轻松，而狼要得到它的食物，不得不去捕食那些比自己弱势的羊。狼总是在羊群里捕食羊来充饥。被人类驯养的羊群，人类是不允许狼来侵犯羊的，如果发现有羊的天敌狼来侵犯羊，人类就会站出来保护羊，驱除狼。于是牧羊人请来猎人将狼群打的打死，赶的赶跑，羊群终于没有了狼的入侵，羊们便变得悠闲自在，吃了睡，睡了吃，没有狼来侵犯的羊群不用被狼追赶得拼命奔跑，羊群因缺少奔跑的锻炼，它们的体质慢慢变弱。有一天，羊群里有一只羊得了瘟疫，传给了第二只羊，这样不断地传播，羊群因瘟疫的蔓延扩散而死掉了好多好多的羊，比狼吃掉的羊数量要多得多。其实，生态系统本来是应该维持一种平衡的，如果没有了一种平衡，它们就会走向反面。"一物降一物"这里面也许就包含了生态平衡的原理，还包含了矛盾的普遍存在性原理。一物降服另一物，降服本身就是维护一种平衡状态，被降服的一面与降服的这一面构成一种和谐与平衡，事物便不会走向极端化状态，事物之间只要有了平衡，这个世界就会维持稳定，就会变得更美好，如果破坏了平衡状态，哪一面过多，就破坏了维持稳定的基础，强势的一面过于泛滥，它就会覆盖掉那些弱势群体，那些弱势群体在这些强势泛滥面前，它们便失去了生存空间，被挤掉生命的根基，弱势群体就只能被淘汰或是消失。正如水花生这种植物，它的生命力太过于强势，它的泛滥以致成了灾害，它一味疯长，侵占那些比它弱势的植物生长环境，吸收掉了它们的养料，让那些植物几乎无法生存下去，直到发现有一种生物叶甲是水花生的天敌，水花生终于被降服于叶甲之下。

由水花生现象，我联想了很多很多类似之事。放下强势，你可能更受尊重。

陪同家访

寒春晚家访，丹心映玉壶。料峭春寒，绵绵细雨。已至上班族的下班钟点，街头大道，车行穿梭，流动如织。车辆大都朝着家的方向匆匆行驶，要赶回家与家人共度周五的晚餐。忙碌一周的人们，周五的晚餐是醉心的美宴，因为这是一周中最可放松的时刻，第二天不必早起，亦不必担心迟到，可以和家人尽情享受生活的惬意开心快乐……

就在这个美好时刻，我应高二高三的两位班主任之邀，陪同他们驱车前往学生家去家访。我们的车辆没入茫茫车海，一眼望不到头的芙蓉北路沿线的长湘马路，学生的家在哪里？马路两旁远处，村落里的房屋挤挤挨挨地静默在雨雾中。车窗外的雨雾模糊了我们的视线，尽管刮雨器不停地擦抹被雨水模糊了的前视玻璃镜面，可能见度仍然不太高，这个时候已是下午五点多了。

仲春的雨天，傍晚总有点来得过早，天似乎黑得比较快。北面的大风也急匆匆地来这里的凑热闹，呼啸着直往车窗玻璃上猛敲猛砸，车窗承受不住这大北风的猛烈袭击，发出颤颤地抖动，大风钻过车窗玻璃的缝隙，径直地朝我们身上扑来，从领部颈部钻进脖子里，全身紧缩，寒战迭起。

"寒春好冷！"我心里默念道。有点晕车的我，颇不适应车上的热空调，原本打算一车人都与寒冷耗着，为了避免我晕车，不开空调，风实在太猛了，雨也在和我们较劲，我们只好妥协，打开空调，我强忍着这晕车之旅。

走访高二学生家

　　这一程，是走访高二的学生家。家长给同车的李老师用微信发来了他们家所在的位置图，我们开启了导航。车辆顺着导航的指挥，穿过茫茫的雨雾，淌过路面洼地，车子轮胎在水洼里滑过，溅起黄色的泥水，冲到马路侧边路面的茵茵绿草丛，路边的大片小草儿遭受着这伴着黄泥的污水从草头尖淋下去，草被泥水打得扑倒，又立马还原挺立起来，它们生长在这马路边，也许已习惯了这种泥水的袭击，洗礼，一身沾满了黄泥沙，它们还是那么蓬勃向上拔起，努力生长，长高，长大。车轮带起的泥水溅到路边的护栏柱子上，护栏柱子却是纹丝不动，泥水溅到路面另一边，柏油路面上被画出了朵朵淡黄色泥花……长湘路承受无数大小车子碾压，辗坏了路面，修了又坏，坏了又修，这一截有点空空洼洼，车子一路颠簸地行驶，车子后面留下了我们旅途跋涉走过的一串长长的痕迹。白颜色的车子，车身已被泥水洗刷成了白底黄花车，行进中，车底下一边流着泥水，车身一边沐浴在雨帘中。

　　一路颠簸的我们，一路欢快地聊侃。高三班主任张老师的教育激情，暖心的教育情怀，完全驱散了我晕车带来的心理不适，这么远的路，这么难行的雨天，模糊的前方，我们还是满心的愉悦。终于听到了导航结束。近一个小时路程，我们终于到达了家长发给的位置所在地了。

车窗外，一个中年男子撑着深色雨伞，迎着我们的车辆走过来。等他走近，他正是我们要家访的学生家长。男子一身牛仔服，剃着光头，看上去透着几分时尚，举止中亦不乏村夫的朴实。他见到我们三位，很热情地向我们打招呼，帮助指挥开车的张老师找到合适的停车位置。

我们下车，两只黄毛大狗高声狂吠，幸好都被粗大的铁链锁住，吊在屋子那边的一台柱子上了，见到我们这些陌生的来访者，它们本是要凑到我们跟前，边嗅着我们的衣裤鞋子，边大声狂吠的，可是苦于被铁链牵制，它们只能眼睁睁地看着我们随主人进屋。

住在长湘路旁的农村人家，房屋都已被统一做了外部装修，仿古门窗，透射出古色古香气派，大门扇又是不锈钢制的，看得出很坚固耐用，又不乏现代派的富丽华容。

进屋就看到了学生的书包用品等，学生放学后已到家了。我们来访，孩子没有在家等待我们，已去同伴家玩去了。家长端来茶和水果点心，边说着孩子在家的学习情况和对未来的规划，我们认真地和家长交流家校教育。家长还一边挽留我们吃晚饭，因我们计划要走访三户学生家庭，时间紧，路程远，只能婉言谢绝家长的盛情。

在促膝交谈中，我们了解到这位学生有三姐弟，他上面俩姐姐，一个已成家，另一个高中毕业一年，在外打工，家里全力以赴供这个儿子读书。据家长说，孩子除读书需要督促外，其余方面表现还过得去。我们和孩子家长交流了当前的教育理念，让家长懂得多支持孩子，鼓励孩子学习，并告诉家长职业教育的培养目标。既然选择了读职校，就应尽量沉下心思，真正地学会一技之长……家长听到我们讲的许多教育规划和教育理念，对孩子充满了信心，十分喜悦。可以感受得到，他们对这个满崽子看得很重，计划生育抓得很紧的那个年代，他们躲躲藏藏，婆家娘家都被罚款，他们心中的执念却很坚定，在那样严格的政策下，他们不顾一切地到处躲藏，家里房子拆了又建，建了又拆，折腾成穷得揭不开锅，这样一个家，这位学生家长却坚持宁可忍受如此磨难，也一定要生第三个，主要是想生个儿子。他们的念想终于如愿以偿，儿子似乎给了这个家无限的希望。在一场回望与展望的侃聊中，家长和我们有了灵魂深处的对话，为教育好下一代，共同努力。

窗外，春雨淅淅沥沥不停不息，风声似乎小了很多。我们和家长合影留念，热情的家长又冒雨从房屋前的绿油油的蔬菜地里，采回了大把白菜苔子、莴苣，硬是要我们收下，难却盛情，我们乐意地收下了这些春雨浇灌下的绿色环保农家蔬菜。

不想要老师去

伴着黄狗的热闹狂吠，我们和高二的学生家辞别。高二班主任李老师几次拨另一名学生家的电话，总是打不通。李老师知道，这名学生有点顽皮。家访前，李老师要学生发家庭位置图给他，学生没有听他的，既没有发来位置图片，又打不通电话，我们判断这孩子是不想老师走访他家。

遇到学生这样，我们商量，等双休日返校，再找学生谈心，孩子越是这样，我们越要更多地关注他，跟踪教育，不能放松。我们仨的观点达成一致，便立即口头制定教育这名学生的方案：先找他谈话，轻松愉快地和他交流，从愉快的交流中，慢慢体察他心灵深处的症结；接下来和他做知心朋友，从他课余时间地玩耍，兴趣爱好，到生活上的细节，悉心关注他的点点滴滴；多多关心他的学习，了解他喜欢的科目，不喜欢的科目；喜欢上什么课，不喜欢上什么课……这一切，我们只有一点一点地实施，我们相信再坚实的堡垒，也能攻克。

职校教育，对教师有很大的考验。从走进职校开始，我便敏感到这里的教师不容易。孩子们学习状态特殊，他们在小学和初中的几年，没有好好养成学习习惯，不能沉下心思学习。

我前几年从媒体中了解到：发明创造天才少年杨成昕的

故事：杨成昕十七八岁，轻轻年纪，发明创造就达三四十件，二十多次获得国家专利，他从小一边学习文化课，一边从文化课中获得知识，得到启示，喜欢观察，勤于动手实践。他更善于独立思考，潜心钻研，他父母尊重孩子的兴趣爱好，没有过分地将孩子桎梏于拼分数的学习活动之中，他们觉得，只要孩子是在探索未知世界的奥秘，他们就支持孩子，他们没有让孩子将过多精力用于应付竞争性的考试，孩子在既宽松，却又有目标的教育环境中自由自在地成长，他在感兴趣的知识海洋里尽情畅游，探索到了一般孩子没有机会探索的未知事物的规律，发明创造了一般人无法想象东西。高考临近，他以平时固有的学习状态应对高考，他只考了三百多分。本来他想就读高职，继续自由地发明创造，了解他的好几所高校，都破格抢着要他去高校深造，并给予他足够宽松的研究环境，提供优厚的待遇，让他能充分发挥潜能。如果单凭杨成昕的学习成绩，一般人会认为他是个后进学生，也就是通常所说的差生。可他正如著名的发明家爱迪生小时候一样，有发明创造潜质。他的家庭没有苛求他硬要考高分数，尊重了他的兴趣爱好，将他的兴趣爱好发挥到他发自内心喜爱的程度。在常人眼里，他当时的发明创造，也只不过是顽皮人地玩耍，而他正当的顽皮，家长给予充分好的引导，让他获得了人生大的成功。

　　教育其实是很神奇的，对一个人的培养，实际上是在一个身上植入许多观念理念，当这些被一个人愿意接受，就能促进一个人朝着这个方向发展，反之，如果一个人对这些教育有排斥，我们就应该好好反省，我们的教育是否出现了不适宜，不合理。

中职的孩子们，从学习成绩这块来说，他们一度滞后。职校给予了他们这个学习的平台，如果我们的教育者能用职校教育的培养方式，给予孩子们足够的信心与教育的大爱，并以我们的激情与热情去点亮他们的心灯，孩子们的成长会让我们欣喜的。

这也是我们在探讨研究如何对这名拒绝老师家访的高二孩子中，思考的很多问题。

探访病休的高三女生

雨夜在雨雾的朦胧中越发显得深沉。我们改变行程，由河东折返河西，沿湘江西岸，经乔口古镇，去望城与湘阴的交界处，访问的此地属于湘阴。

这时候，时针已指向晚七点，原本下雨天，天黑得早，其实那种黑，是雨雾蒙蒙的黑，夜幕并未真正降临。仲春晚七点过后，天空才真正地黑下来了。我们仨并没有被黑的夜色阻止，我们决心继续前行。学生家长早已用微信将他们家位置图发给了高三班主任张老师。张老师凭借导航指引的路线，驾轻就熟的行车技术，我们很顺利地到达这名学生家附近。

在我们接近学生家房屋时，这名学生全家人都已出屋来迎接我们了。我们下车和学生一家人打招呼。

走进他们家大门，里面非常整洁，房子装修也很讲究，看得出这名学生家长很热爱生活。听说老师要来家访，家长还知道我们是下班直接进行家访，在给张老师通电话时，很诚恳地告诉她一定要在他们家吃晚饭，尽管我们多次地婉言谢绝，他们还是一直在准备，也一直在等待我们前去。直到我们进了他们家，学生的爸爸才将早已准备好的蔬菜下锅。学生的妈妈因为左手摔伤，骨头断裂，治疗快两年了，这两年的家务活，全都是她爸爸做，一家人相互关心，和谐体贴，其乐融融。

坐下言谈不到十分钟，学生的爸爸妈妈就招呼我们开始用餐。满满一桌子菜，热气腾腾，整个屋子溢满菜香。家长知道我们都不喝酒，又从里屋拿出大瓶花生牛奶饮料，用一次性纸杯给我们每位倒满。我们在餐桌前与家长碰杯干杯，相互祝福。湘阴人热情，家庭氛围亲切融洽，尤其重视孩子的教育。他们有俩孩子，都是女孩，大女儿研究生快毕业了，并早已考上了正式工作单位，这个女儿中职高三了，在班上的成绩不错。近段时间，因身体常常感冒，隔三岔五地在家休息，成绩有点下滑。班主任张老师早就打算来这名学生家走访，既是关心孩子的身体，又是来给她加油鼓劲，我们在餐桌上边吃边聊。平时晚餐，我本来一贯吃得很少，家长盛情劝吃，直往我们碗里敬菜。

餐桌前，看到家长对孩子的态度和说话方式，我们感受得到家长对孩子浓浓的爱。孩子在学校的表现，与家长的教育颇有关系。文静、内敛、有目标……让孩子在学习、做人等方面与众不同。家长言谈中，说到孩子在母亲摔伤手后，她主动做家务，主动帮助母亲洗澡，主动帮母亲洗衣服……很多的主动，折射出孩子的懂事，善解人意。整洁的屋子，温馨闺房，这一切，让我们感受到这位高三的孩子有一个幸福温暖的港湾。孩子阳光的笑面，我们不用担心她的心理健康。班主任张老师详细分析了孩子的高三学习情况，勉励她在高考的最后几十天，铆足干劲，做最后冲刺，不忘初心，圆满始终。在临近高考阶段，班主任张老师对孩子每一句鼓励，都能带给孩子十足的能量。

寒春夜，雨声响。我们和学生家长围坐在火炉旁，聊着共同的话题，一同前去的高二班主任李老师举起手机，连连咔嚓，为我们留下闪光而美好的瞬间。

雨一直没有停歇，雨雾笼罩湘江堤岸边的村庄，灯光柔和而朦胧，衬托出静谧安详的夜。这好长一截路，只有我们一行三人的这辆沾满雨水和黄沙泥浆，这辆白色小车，匀速而悠闲地漫行于由湘阴通往望城的路公路上。车上的我们一刻也没有停止交谈……

去追逐那一缕阳光

是阳光就会照亮前进的路。

年轻的英语老师，刚刚应聘到这所方圆几十里有名的高级中学，学校交给她一个很难管理的班级。

这位年轻的女老师二话没说就接过了这个班级。接到这个班之后，她便私下对这个做了全面的调研，然后在第一次班级常会上，她当着全班同学的面，郑重其事地向她的学生们宣布："同学们，我刚刚接受教育你们的任务，我对你们情况一无所知，你们的过去我没有兴趣知道，我对你们的看法也完全是一张白纸，我也不想知道你们过去的样子，我只相信我眼前看到的事实：眼前的你们，在我的心里，我完全可以给予你们一个具体的分值。"她故意顿了顿，看看孩子们的反应，面前的孩子们一个个都瞪大眼睛，等着老师给予的那个分数。这位年轻的女老师面容和善，笑容可掬，略带神秘的表情，更加吸引住了孩子们强烈的好奇心。

此时此刻，孩子们正揣测着这位新来的年轻女老师葫芦里到底卖的是什么药。有个男孩按捺不住内心的急切，他站起来，激动地说："我知道，老师您肯定最多给予我们每同学的分值不超过六十分，我们班是全校有名的油渣班，您一来我们学校，您应该马上就知道了我们班级的全部信息，您也一定了解我们是些什么学生，您怎么可能会给予我们多高的分呢？……"这孩子边说边涨红着脸，旁边的同学把他拽坐下去了。

年轻的女老师仍然不动声色，微笑着看了看这个发言的学生，然后她收敛了笑容，慢条斯理地对这个学生说："请问同学，你怎么知道老师不会给予你们多高的分呢？你又不是我。"那位发言的同学腼腆地低头不言语了。

女老师突然情绪激昂地说："同学们，你们能通过层层选拔，考入这所本地有名的学府，足以证明你们完全有能力学好所有学科的知识，你们身上有非常优良的潜质，我不管你们以前是什么样子，在我的心目中，你们每个同学都是非常优秀的，我给你们每个同学打九十九分，你们对这个分数满意吗？"同学们面面相觑，有的孩子由刚才的惊讶，转而变成一脸的疑惑。女老师看透了孩子们的心思，便有郑重地对全班同学说："九十八分是你们英语科的基础分，经过一个学期的学习，在满分一百分的情况下，谁保住并超过了九十九分，我就最相信谁，都不用说什么，一切用行动告诉我。"

听到这里，教室里变得异常安静。"有勇气证明自己的，就不用说什么，没有勇气的，就主动缴械投降，告诉我，你是懦夫！有没有谁要告诉我？"教室里仍旧一片沉默的安静。

这个学期，这个班级的同学再也没有时间浪费在无聊的玩乐上了，他们要抓紧一切时间学习，他们每个孩子都在为保住自己的"九十九分"奋斗。他们不想让女老师看扁了自己，因为这群孩子原来一个个就是骄傲天使，如果连年轻女老师给予的这样一个目标都不能实现，那简直就是对自己智商和能力的亵渎，他们要证明给这个年轻女老师看，他们能行！

一晃眼，一个学期很快接近期末，学校举行全校性统一检测。成绩揭晓，这个班级这科平均九十九点八五分（满分一百分），全年级排名第一，而且其他科成绩都上升了十多个百分点。班级由原来的油渣班逆转为全优班。

这个班逆转惊动了校长。校长找到这位年轻的女老师："你是用什么魔力改变这个全校出了名的调皮捣蛋班的？"女老师彬彬有礼地笑着说："没有魔力，就是赏识加相信。在我的眼里，每个孩子都是优秀的，我就是让他们感受到了我对他们发自内心的欣赏和相信。"

校长频频点头表示非常赞赏她的教育。"当然，过程并不是说的这么简单，教育的具体过程很繁杂，只是万变不离主旨。"

是的，教育是门独特的艺术，它需要教育者用心用智用力，去帮助受教育者打开心结，释放心灵，找到真正的自信，让心思沉浸于最美的体验中，去享受教育的那一缕温暖的阳光。

新视点文集

独爱米兰

路过一处花地，鲜花盛放，好似一阵热闹声于耳边响起。眼前众多鲜花，唯有那簇绿叶黄花缀缀点点，幽静地掩映于群芳里，它没有大朵的花形，也没有艳丽无比的色彩，它就那么激情散放着它独有的模样，独特的芳香，于一簇鲜绿色叶片之间，悄悄地，淡淡地，绝不招摇，亦不惹目。倘若你越过重重叠叠的花海，走近那颗颗米粒大小的花团，必然会不由自主地止住脚步。

幽香阵阵，芬芳袅袅，如远处缥缈的乐音忽明忽隐，又如碧天里的星星，在喧闹的花海静静地释放着自己生命里的温情，让灵魂顿然舒适地默忏于这里。这簇极不显眼的，如米粒细小的花儿，就是米兰。

熟悉的花形，熟悉的香味，熟悉颜色，多年来从众花中识别已然习惯。默默无闻，阳光的下旷朗阔地，它也不因明媚艳阳的光环而四射华彩，它只映衬着那万丈之光，使其更加灿烂耀眼；在犄角旮旯里，它保持着生命鲜有的绚丽，让暗淡的光线显出明丽；在风雨中，它任凭急雨砸到它弱小的躯体，让水珠流进微粒甚小的蕊心，仍不忘释放它沁人心脾的香味。

我看着阳台上那盆养了多年的米兰，一年四季，从不懈怠。伴着我朝出暮归，一直默默地守着我。

　　每天，当天边的朝阳徐徐升起，万道霞光照射到阳台，米兰花欣喜般绽开微细笑脸，幽香淡淡，驱除我惺忪的睡意，精神饱满地迈向繁忙的征程。课堂上，我激情澎湃，诗词句章，带领孩子们一起畅游知识的海洋；课余时，孩子们围在我身旁，和我一起侃侃人生，阔谈理想；游戏中，不分师生尊长，只要有快乐，我们尽情分享；……有一次，一个女生双眸噙泪，扑向我的怀抱，她说她好迷茫，我问她遇到什么不开心的事，她说有男生暗递纸条，表示对她的喜欢，她很胆怯，不知道怎么处理这件事情，想寻求老师的帮助。孩子在我怀里瑟瑟发抖，我感觉到她内心的无助，我抱紧她，就像抱着我自己亲生的女儿，我对她说：青春期常常会发生这样的事，这是你们在长大，不要害怕，正确面对，泰然处之，不要过于放在心上，还和她说了好多私密的话，她终于平静下来。我从口袋里拿出纸巾，帮她拭泪痕，告诉她，有什么解不开的心结，只要你相信老师，老师永远是你的后盾，我们一起去面对，老师也和你一起成长。孩子开心的笑容已经告诉我，她心里的结已经解开了。

　　有一天，我在办公室正浇绿萝，置于办公桌上的手机响了，我接通电话，那边传来熟悉却又有点陌生的声音在说：老师，您在学校吗？您还记得我这个沉默寡言的学生吗？我等下就来看您。……我努力回想着那陌生却似乎有点熟悉的声音，在记忆里迅速搜寻与这个声音匹配的面孔，几十年的师者生涯，脑海里已注满了莘莘学子的面孔，我放肆让自己记忆的思维在脑海迅速翻腾，去寻索那传出声音的面孔。终于，思维穿梭后停留在了那个面孔，我知道他是我二十几年前的学生，他现在已经是国家建设的栋梁人才。他是那个百米冲刺的火箭腿，他还是数学王国里的数学王子。二十多前，他还是青涩年华，不善言谈，腼腆内敛。几次找他谈心，了解他的学习状态，他总是低头，不敢正视我的眼睛，我知道这个孩子生性是这个样子，学习成绩拔尖，体育项目中的短跑一流，常拿冠军，学生们给他取了个绰号——"火箭腿"。我是想他更好地发挥自己各方面的优势，争取在升学考试中考出自己最佳水平。这个孩子十分自觉，天生读书的料，文科过目不忘，理科一点就通。

毕业前，学校领导带领毕业班老师们分几路人马去走访了每个毕业生家庭。那天，教导主任家访回来突然对我说：你班那个火箭腿学生是你的亲戚，他是你亲表姐的外孙，你要多花些精力照看他。我确实不知道他是我侄孙，难怪他看到我就不敢正视我，原来是怕我这个年纪轻轻地姑娖驰。我只大他几岁，他却得叫我娖驰，他可能觉得这个有点不合适。性格本来腼腆，加上这层关系，他更加怕我。他数学常常考全县一二名，后来在重点高中上学，成绩又总在全年级前三。高考离清华线仅差三分，这个消息是当年教他化学的老师告诉我的。这位化学老师极其喜欢我这个侄孙子，他喜欢他学习轻松，从不要老师操心，化学成绩常常满分。高考前夕，因为他父亲工作出了点失误，第一天考试差点迟到，考试有点发挥失常，高考没有考出最好水平。后来他被武大录取，硕士毕业在一家研究院工作。得知这个大侄孙子学生要来看我，我满心欢喜。他做我学生时候，两三年和我说的话加起来还没有这次在电话里说的话多。

听到敲门声，打开看，他已站在门口：一米八左右的个子，蓄着流行发式，淡灰色体恤，牛仔裤，高鼻梁，眼睛不大不小，牙齿仍然白而整齐，胡须似乎被剃掉了，皮肤比学生时代白了很多。他看到我，脸又红了，我知道他不敢正视我，不是怕我是他的老师，他是怕叫我娭毑，这个血缘关系是无法改变的。这次他努力正眼看了我，却是透过那盆他双手捧着的米兰花的枝枝叶叶的缝隙看的，没想到，我的这位侄孙子特殊学生，还记得我很喜欢米兰。

二十多年前，一次班会上，同学们为了表示对老师的祝福，给每位参加班会的老师送一束米兰，他们用最朴素的方法，表达对敬爱的老师最深沉的祝福。那一次我被感动了，他们在米兰花束里夹了张纸条，上面写着：您的生命之所以如此绽放异彩，因为您心中有爱！这是孩子们对自己恩师最美的评价，也是最诚恳的祝福。有如此，我已经很满足了。我这样一个小小的生命释放出来的能量，在传输给一群生命，让更多的生命绽放芳香，这就是我的期冀。

我把那束米兰插在花盆里，米兰花在新的环境里竟然又生长，发芽，开花，释放清香。看着小小的米兰花有如此强大的生命力，不禁对米兰产生无限喜爱。

那小小的黄花藏在绿叶间，它不是为了争春才开花，它默默地把芳香洒进入心田，小小的黄花朴素又明朗，它不是为了赞扬才开花，悄悄地用美丽奉献大地。

有爱，生命就会开花；有爱，生命就有激情。万花丛中，我独爱米兰，它是永开不败的生命之花！

四、香笼江边

路　上

　　踏着下班的钟点，出门上街。路上行人来去匆匆，车辆川流不息。

　　我不急不缓，任人从我身边超越，任车辆从我前面滑过。吃住在单位的房子，尤其单位还管着一顿饭，可以好几天时间，都不用出来逛街。有得几天没有出门，这一出来，一双眼睛如同雷达一般，东南西北四周围全扫射。街上如我一样闲情漫步的大多是上了年纪的人，有的穿着练剑服，有的穿着瑜伽服，有的穿着运动服……他们或是去健身场，或刚从健身地回来，而我看似闲人，其实忙人，混于街头人流中，我的脑子里在想着世间百态。尤其对面看那一群老头儿，从模样气质，猜得出他们曾经可能是高级干部，可能是高级知识分子，……眼前的他们，三五成群地闲步街头，慢慢悠悠说着他们的话题，曾经在工作岗位，或许他们不问生活琐事，只顾工作，坐着专职司机开的车，游历于他们管辖范围，雄姿英发，谈笑于鸿儒之间，精神焕发，可能从来不曾想有一天，他们也会闲步街头，无所事事，和一群情趣相投的人聊着家常，过着柴米油盐酱醋茶的生活。无意中偶尔听到他们谈及一些慨叹人生的话题，聊到自己工作的时候，他们眼里的浑浊突然被神光荡涤，露出光亮，此时此刻，他们的内心应该是回到他们叱咤风云的过去，他们的脑海里只有回放激情燃烧的岁月，才让他们活力迸发，青春回放。

再看看那一辆辆开过去的车，他们匆匆行路，开得那样快还嫌慢了，他们还在加油门，到了十字路口，他们的眼睛紧紧盯着红绿灯，用时刻准备着的姿态，等待变光成绿灯，他们便像离弦的箭，极速冲过去，一下便不见踪影，他们那么快速地赶路，定是有急事，不像我和那些闲着行走的路人，漫无目的，走动只是为了身躯运动，免得闲出毛病。

多少年后，我还这样行走在路上，我会不会去注意这些，我肯定不会像极速开车人那样赶路，我只会融入那些闲聊边走的人群。人生就是这样，忙碌的时候希望闲下来，闲下来的时候，又觉得空虚，只想做点什么，我现在的状态是出于这两者之间，既没有忙碌得飞速赶路，也没有闲得脑子里只有回忆，青春的激情不能再回来，脑子里的梦想还是没有泯灭。我在为青春时期萌生的梦想在追逐，不再年轻的我，在心里提醒自己，不要自己的梦沉沦，有梦，生命的活力永远不会泯灭。

生活中需要柴米油盐酱醋茶，然而生活中不仅仅只有这些，它的丰富，是要靠自己的想象力去争取的。

路上行人朝着各个方向行走，他们的前方都有目标，目标不同，方向不一样，无论我们朝着怎样的目标行走，只要没有偏离正路，我们都会到达理想的终点，不管闲步行路还是匆匆赶路，都是人生道路上的一段路，稳稳当当，踏踏实实地行走，一定会遇到自己的欢的风景。

一路上，我边走边看，其实，不管看到什么，风景都在自己的心里。

对面马路一位轮椅老人在等待绿灯行，那位年轻帅气的小伙子站在轮椅老人后面也在等绿灯，绿灯亮了，年轻小伙子推着轮椅老人过马路，我在这边走到对面去，在斑马线中间，我和轮椅老人及年轻人相遇，我用微笑朝陌生的轮椅老人打招呼，轮椅老人脸上荡漾出快乐的笑容，我知道他那快乐的笑容不只是我的微笑带给他的，是那位年轻帅气的小伙子的关爱行为给轮椅老人带来无尽的喜悦。我也把赞许的目光投向了那位年轻的小伙子，小伙子礼貌地用表情回应了我的眼光里的称赞。

一路上，这样类似的画面不止遇到一次，很自然，很实在，很暖心。只要留意，路上有各种各样的风景摄入眼帘，正是这些风景，组成了我们绚丽多姿的生活。没事的时候，还是得在路上走走。

幽兰香风远

闲庭信步，尽品香兰。香风清醉，浮想翩翩。

　　　　　　　　　　　　　　　——题记

一缕清风拂过，淡淡幽香扑来。不禁吸气，让那香味沁透心脾，驻留心底。那香淡雅，如同妙龄女子的清秀，又如古琴里轻轻弹出缥缈的弦音，奏出美妙的曲子，飘飘悠悠，于空中回旋。

原来是一束兰草，墨绿色修长的叶子，几枝长条形叶片间，包围着一枝独秀，浅淡绿色，三叶花瓣，花瓣内侧，绿淡得几近泛白，如同这花里散发出来的幽香，淡淡的，却是那般诱人。

我似乎真有点喜欢上这极不打眼的兰草。

有一天，偶遇闺蜜朋友，她正和一位兰草大师在一席空地摆弄着一堆草，旁边立着好几只别致的花钵，还有一只纸箱在边上放着，走近他们，才看到纸箱里装满了黑色泥土，泥土里拌着白色泡沫，浅色如弹子棋大小的石子，还有一些黑褐色丝丝草。一看这些，是兰草花花泥，花泥很有特色：黑土、白石子、泡沫，再加上一种适合兰草花生长的细丝草，这些混合一起，成了兰花特有的生长土壤。兰草大师正专注地将纸箱里的白色泡沫从花泥土中选出来，分装至每个花盆里，再往花盆里抓泥土，待花盆里养花泥土填到花盆的三分之一高处，他便从地上一堆兰草中分出几株兰草，栽种于花盆里，这株墨蓝色青草，就是那极雅致的兰草花。几枝长叶间，夹着一对花蕾，花蕾瓣欲放未放，瓣与瓣之间有微微的缝隙，凑近鼻子闻闻，那花瓣缝隙里，飘飘逸出淡淡的香，没错，就是这香味，浓淡相宜，它正是兰草花独有的清香。

还没有结识这位兰草大师之前，我已常常于不经意间遇见兰草，野生的，盆栽的。仅仅遇见而已，并未刻意了解它，也只当它作为一种普通花卉而已。

而每每遇兰花大师品谈兰草，见他对兰草那种浸彻透心的钟爱，不禁让我亦对兰草产生特别的感觉。在兰草大师的议兰品兰深刻意义的语言魅力感召下，我逐渐由曾经对兰草的视而不见，进而对兰草格外注意，继而对兰草有意了解欣赏，这样的进化过程，全因仰仗兰草大师对兰草的那份精心养护的态度所打动。兰草大师以栽种兰草花为生活的一部分，他以养兰草花培养雅趣，以兰草交朋会友，尤其因兰草身上散发出的那种高雅尊贵，让喜兰爱兰人越发地珍惜它。

其实，中国人历来把兰花看作是高洁典雅的象征，并与"梅、竹、菊"并列，合称"四君子"。并通常以"兰章"喻诗文之美，以"兰交"喻友谊之真。也有借兰来表达纯洁的爱情，"气如兰兮长不改，心若兰兮终不移""寻得幽兰报知己，一枝聊赠梦潇湘"。

中国栽培兰花约有两千多年的历史。据记载：早在春秋末期，越王勾践已在浙江绍兴诸山种兰。魏晋以后，兰花已用于点缀庭院。古代人们起初是以采集野生兰花为主，至于人工栽培兰花，则从宫廷开始。魏晋以后，兰花从宫廷栽培扩大到士大夫阶层的私家园林，并用来点缀庭园，美化环境，正如曹植《秋兰被长坡》一诗中的描写。直至唐代，兰蕙的栽培才发展到一般庭院和花农培植，如唐代大诗人李白写有"幽兰香风远，蕙草流芳根"等诗句。

宋代是中国艺兰史的鼎盛时期，有关兰艺的书籍及描述众多。如宋代罗愿的《尔雅翼》有"兰之叶如莎，首春则发。花甚芳香，大抵生于森林之中，微风过之，其香蔼然达于外，故曰芝兰。江南兰只在春芳，荆楚及闽中者秋夏再芳"之说。南宋的赵时庚的《金漳兰谱》，可以说是中国保留至今最早一部研究兰花的著作，也是世界上第一部兰花专著。

原来，从古至今，竟有如此甚爱兰草者，特别是对兰花这看似极其普通的花卉做了如此慎重记录，尤见喜兰爱兰者从古至今颇盛。

兰草花如此招人青睐，不仅因它朴实无华的外表，更是因它总可在不显眼的角落里，暗暗地舒展身姿，静静地向上生长，等到那柳枝般的长条叶片拨至一定的高度，那包裹兰香的花蕾，才悄悄地从兰草心抽出花径，花径长至兰草叶高约一半的样子，花蕾才慢慢地往外生长着，生长着，生长成一长型花蕾，大致像半锥形模样，花蕾含苞待放时，花苞外层呈淡紫色，这是我看到的兰草花是这样的状态。等到它开放时，它吐露出花瓣里层，却是淡得泛白的玉绿色，这玉绿色中，有的种类，花瓣上竟有一抹紫色，那紫色如人为的用画笔涂抹上去一般，好似有人用心的设计，于每片花瓣中涂画得恰到好处，让每朵兰花释放出一种独到的美来。而那种纯粹的淡绿色兰花，却有特别的优雅，那淡绿色透露出一种厚重，不艳不俗，恰到好处。

假如你在兰花草近旁流连，你会被一阵阵清香缭绕，如幻如真般被这飘逸的香味包围，很惬意地享受这淡淡的清香。这清香，足让你神心安然，忘却俗世。难怪那位兰草大师说：兰香是花香之王，它的香，浓淡相宜，合中不俗，醒脑益智，闻着它，令人神清气爽。

这看似不起眼的花，带给我们的却是意想不到奇妙之美。也难怪有诸如之多的人钟爱兰花，更让我钦佩兰花使者的独著慧眼，从他们赏兰品兰的意趣中，我们亦读懂他们有如兰般的高雅脱俗，更似兰草般的低调。

兰香工匠情

养兰人盛赋香兰，其雅绝似兰品。他们养兰精心倾力呵护，兰草能遇上这般钟爱之人，已是颇为有幸。

品兰人自会拥有兰草秉性，懂兰，知兰，以自己应有之态，于清幽深处释放自己特有馨香。正如一种丝毫不引人注目者，他们在不经意处，将自己的光和热释放出来。那些不被人注意的工匠们，正如株株兰草，在不引人注目的环境下，在平凡的工作岗位，奋力向上，力争上游，将自己的才华化为强大的能量，奉献给自己的事业，他们却不因自己的对国家和社会的贡献大小，去博得一份荣光和赞美，只问耕耘，不问收获，在平凡的事业中默默无闻地埋头实干。

"幽兰香风远"，兰草生于幽幽密静处，而它散发出的清香，随风飘很远，它不被人注意，它留给世间的芳香，却是最美的。

不由不让我联想到，有这样一群不平凡的劳动者，他们的成功之路，不是进名牌大学、拿耀眼文凭，而是默默坚守，孜孜以求，在默默无闻的工作岗位上，追求职业技能的完美和极致。最终脱颖而出，跻身"国宝级"技工行列，成了一个领域不可或缺的人才。

许多报道：管延安以匠人之心追求技艺的极致，让海底隧道成了他实现梦想的平台；"发动机焊接第一人"高凤林，很多企业试图用高薪聘请他，甚至有人开出几倍工资加两套北京住房的诱人条件，他为国奉献的精神，令我们感动；周东红三十年来始终保持着成品率百分之百的记录，他加工的纸也成了韩美林、刘大为等著名画家及国家画院的"御用画纸"；胡双钱创造了打磨过的零件百分之百合格的惊人纪录，在中国新一代大飞机 C919 的首架样机上，有老胡亲手打磨出来的"前无古人"的很多全新零部件；孟剑锋，百万次的精雕细琢，雕刻出令人叹为观止的"丝巾"；张冬伟，焊接质量百分百的保障，外观上的完美无缺；宁允展是 CRH380A 的首席研磨师，是中国第一位从事高铁列车转向架"定位臂"研磨的工人，被同行称为"鼻祖"；顾秋亮，全中国能实现精密度达到"丝"级的只有他一个。

也许我们还不曾了解，西安城里，有着"女儿国"美称的西安纺织，有一位传奇的纺织女工——孙金艳，她因个子不高，在工作中常需踮起脚尖，人们私下里称她为"纺织芭蕾舞者"，在极其不起眼的工作岗位上，创造令人惊诧的奇迹。

再放眼大中国，聚焦中国的南方，有一个叫湖南望城的地名，这里，也是一个充满神奇魅力的人文圣地，尤其是千年陶都的铜官古陶，号称望城的千古文明。

望城是我的家乡，陶城古都的陶瓷文化源远流长，古代运陶神秘"黑石号"海船，让沉寂几十年的铜官古陶城，如今又焕发熠熠耀眼的青春。陶瓷工匠精神，在故乡这片热土，成了最经典的精神图腾。

春阳融融，百卉竞妍。带着满心惬意，走进陶城，仿若置身于陶海世界，满眼尽陶，让人眼花缭乱，精彩绝伦的彩陶王国里的艺术品令人难以想象，它是经过怎样的能工巧匠之手捏制出来的？每经过一个陶瓷手工作坊，我都会走进去悉心一睹工匠们巧手制作的每道工艺品细微过程。

进入传统工艺柴窑作坊，我看到铜官柴窑传承人刘坤伦正在做他之绝活——手把壶。刘坤伦先生是"泥人刘"掌门人刘坤庭的弟弟，他从小与哥哥一起学习泥塑，对陶瓷艺术有着自己独特的见解。柴窑艺术，正体现了一种工匠精神。"泥人刘"的传承历史经久不衰，就是要对陶艺有着浓厚的钻研兴趣与坚持不懈的恒心，此外，还要懂得专业的理论知识。工艺人刘坤伦精湛的技术工艺，正是他那种潜心钻研，力拒诱惑精神的完美昭著。尽管他技艺高超，可他从来毫无懈怠，进行专业理论知识的系统化学，理论与实践的密切结合，让铜官的柴窑在传承古代工艺积淀中再现卓著风姿。

正如棵棵幽兰，香风远送，情系家国。诸多大国工匠，他们都是幽静深处的香兰，尽将自身散发出的最美清香奉献给世人，自己却静静地处在极不显眼的地方。

雅兰故乡

　　轻轻步庭院，悠然赏雅兰。天井露天处，兰草香逸清。这一处幽静地，盆景兰草茂盛，呈现勃勃生机。

　　仲春季，春意融融，百卉娇妍。盆盆兰草，蕾苞花朵，芳华绽露，一派祥瑞和谐美景。忽而远处阵阵乐声随和风轻轻飘来，倾耳细听，是那首温暖熟悉的乐曲《学习雷锋好榜样》。望城区中心，一座高塔巍峨耸立，巅端擎举一面时钟，时钟伴着音乐声，准时向市民提醒着每个整点，无论严冬酷暑风雨昼夜，这面钟坚守在它的岗位，坚持着它报钟点的平凡小事，传递着雷锋精神的乐音，让雷锋精神在雷锋的家乡永远闪耀着它的光芒。

　　雷锋精神，是雷锋家乡永不褪色的一张至高纯粹的道德名片，是美丽家乡望城最有兰草芳香的平凡而伟大的道德标杆。正是有了雷锋精神，让家乡望城的名望远播。

　　走在望城任何一处角落，你都可能会被些细小的事情感动。那是春风轻和，暖意拂面的一天，我正步行在一条简易马路上。忽闻汽笛一声长啸，这声长啸，惊动无数双眸一齐朝那声音的方向看过去，只见一老人正蹒跚步履，想横穿通过这条马路，而老人的右边约五十米处，是一个急转弯道，弯道那边，不时会有车辆绕过弯处开过来。车辆遇弯道口都会有鸣笛减速，一般过马路的行人听到弯道那边有车辆的鸣笛，便都小心谨慎，不会贸然横过道路。而这位老人，似乎根本不顾汽车鸣叫，仍然径直从马路这边向那边缓缓走去。眼看那辆转过弯道的小轿车冲老人驶过来，等小车司机有所反应，车头离老人的距离不到一米远。

这时，一束黄光闪过我们的眼睑，朝那位老人方向放射过去，老人被黄光包裹，迅速闪到路边，那辆小轿车发出尖锐的刹车叫声，戛然驻档，尔后又将车缓缓开到马路对面靠边停下。车门打开，一位年轻小伙子下车，飞速越过马路，跑到黄光包裹的地方，他看到那位老人正被一位身穿黄色风衣的女子偎依在身边。

小伙子温声细语地问道："老人家没事吧？"

"没事。"黄衣女子替老人回答了。

小伙子口里轻轻地"嘘"了一声，似乎终于放下心了。

黄衣女子感觉老人的身子不再颤抖，就招呼老人说她该走了，她还有点事要去办。

老人追问她的名字，她回头只是莞尔一笑，便径直朝那个弯道边走去，只留下那黄颜色的光定格在每一位见到这一幕行人的眸子里。开那辆小车的小伙子在老人身边，不停地询问老人，安抚老人，抚平老人受了惊吓而存留心中的余悸。小伙子从口袋里掏出钱包，从里面捏出两张面值百元人民币，硬要塞给老人，想让老人受惊吓的心理得以安慰。

老人执意推开小伙子塞钱的手，口里还连声说："我凭么子拿你的钱，你一冒撞我，二不是你的错，是我耳聋，冒听到转弯的地方有汽车喇叭的叫声去横过马路，我还要向你赔不是才对……"

听一老一少的对话，那些温心的话语，恰似这春天般暖意盈盈。

默默奉献

"家是小的国，国是大的家"。

是每个小家汇聚成了这个大国家。在家乡望城的人们身上，都能找到雷锋精神的影子。长年都能看到，那些扶贫干部，走村串户，到有困难的家庭资助钱物；不少自发组织个人资金，去贫困山区，精准捐助山里贫困的孩子从上学到大学毕业；帮助贫困山区寻找致富之路……无数这样的凡人，他们都在自己平凡的人生路上，默默地奉献自己应有之力。

大国扶贫攻坚，成了这个时代的特殊名词。共和国之辉照亮到了每个国人心目中，家国情怀对于一个作家来说，更显得无限崇高。望城籍作家，鲁迅文学奖获得者纪红建，为了客观真实地记录下国家扶贫工作的丰硕成果，准确报告大国扶贫事业的伟大担当，让更多人了解祖国母亲对每个儿女的深切温情，纪红建老师用一个优秀作家的情感和视野，一个人孤独行走在国家精准扶贫的偏远地区，走访深山人家，翔实调查，采集信息，记录整理近百万字的访问笔记，将国家精准扶贫的艰苦卓绝之事，用准确的文字，高度凝练的笔法，精炼成一本《乡村国是》著作横空出世，受到从上到下的高度好评。

为了用文学形式表现客观现实的扶贫大业，纪红建老师默默地自费行走了大半个中国，跋山涉水，经历过常人无法想象的艰难险阻，他是用自己的血汗和生命在写作，完成了一部伟大的杰作。

功夫不负勤耕人，家乡的优秀作家纪红建用心血凝聚成的宏伟著作，报告文学作品《乡村国是》，荣获中国文学殿堂里的最高荣誉"鲁迅文学奖"。他就像一株盛开在穷乡僻壤深处的雅兰，静静地隐藏在那不为人知的角落，隐蔽着自己努力耕耘，却无声地释放着自身的芬芳，从来不去有意显露自己的声名。

大国幽兰，香飘逸远。正是这些具有幽兰精神的凡人，汇聚成了我们这个伟大民族的精神力量，也铸就了一个民族的魅力之魂。

郁金花开

　　趁春时好，且遇爽晴。与众姐妹去了家乡以北不远的洋沙湖花海湿地一游。

　　结伴而行，总能落得个热闹。出游近百人团队，就在家住不远的附近流连游玩，既没有太多的旅途劳累，又少了些许晕车的感觉。

　　两年前我就已来过这地方。那次是十月小阳春，穿着差不多厚的衣服，也是下车时感觉凉风嗖嗖，颇有寒意。不同的是，那次去，是不同行业的人组成的团队，其中认识的人只有三两个。我却仍有更多的向往与期待，我约了好长时间没有见过的同窗一起来此畅游。期待和看风景的心情同在，更觉得这个美丽的地方，更加令人神往。那次，我下车就给自己来两张自拍，从镜头里，我看到自己情绪饱满，风姿绰约。"人生的旅途不在终点如何，而在于旅途看风景的心情"。约好的同窗学友早就到了。她雍容华态，从容淡定的表情，一眼就能看到她生活得很满足，很自在。未相见时，似乎满肚子的话要说，见面后竟又好似不知从何说起。唯有同窗好友的默契，不说什么也能想到往同样喜欢的地方去。我们先在这个小镇赏风景，拍美照，说尽过去与未来，时间从我们投入的交谈中偷偷溜走。这时候，另一名受邀的同学发来信息，她已到花海。我和同窗应她之邀，便去花海汇合。步入中年，同窗真难得一见，邀约也难得这么同时抽出空闲。那一次的会约，我们玩得特别尽兴。小镇花海里，我们三个：人面花丛任徜徉，清风悠意径彷徨。没入五彩深色处，娇颜羞涩落红扬。各色花地，令眼花缭乱。镜头里，容姿百媚，娇艳妖娆。打开相册，思绪飞驰。

时隔两年，春光灿烂，重游故地。小镇依旧，景色依然，只是更添繁华。

阳历三月的尾声，农历还只在二月里，花海的花卉许多品种还只是幼苗，青青一片，花蕾的影子都没有出现。还好，那郁金花成片成片地开放了，火红色，深紫，金黄色……花苗才一尺来高，每朵花都悠然开放，整片花地，红一片，紫一片，黄一片，整个花海，只有郁金花开得整整齐齐。"多好，这么宽松的环境，不用它们争奇斗艳，不用你追我赶。"听赏花人在一旁喃喃自语，我感觉他是在说花，又似在感悟人生，说得很有意思，也颇有道理。这片花海是人工开发打造出来的，专供游人欣赏游玩，花儿都是人工培植，花匠们对每一棵花苗都用同样的技术，同样温度，同样的养料，同样的管理，花儿得到均等的待遇，均等的呵护，它们不用去追赶阳光，抢吸水分，抢吸花肥，只以安闲自在地享用花匠们颇具匠心为它们创造舒适生长的环境。

"你们看，这郁金花像假的。"

"是的，真像假花。"

真花开得像假花，那一线桃心拱门，全都是红玫瑰花编织成的。

我对身边的人说："这些玫瑰花应该都是假花吧?"

"这些花有点像真的一样。"说完，她们都用手去摸，感觉一下那拱门上的玫瑰花的真假。

一捏，就知道它是假花，这假花太像真花了。假花做得又像真花一样。人们对事物的看法就是这样，是假的时，假得像真的一样，觉得很别扭，希望假的是真的就好，看到真的，真的那么好看，又觉得它不可能会那么真的无可挑剔，怀疑它可能是假的。

"其实，假花也有好处，它很难凋谢，可以更长久地绽放它的美丽。"

如果我们期待它能够美得更长久，假花有时也能带来很多的慰藉。

记得有人说过的一个故事：有一个女孩，她得了一种很难治疗的疾病，她本人得知自己的病很难治疗，心里特别难受。她住院的病房有个窗子正对着一棵大树。那段时间，正值大树叶子凋谢的时候，她每天看着这棵树落叶的情景，心里想着自己的病难治，也和这大树落叶一样，有朝一日，自己的生命也会同这棵树叶一同掉落，她天天看着树的落叶而伤心流泪。有一天，来了一位病友，她和这位病友坦陈述了自己的心情，她说：窗外那棵树的最后一片叶子掉落之日，就是我的生命结束之时。病友听她伤心地述说了自己的心里话，就在心里暗下决心，一定要帮助她解除这种忧伤的心理。那天夜里，天突然大变，狂风骤雨，女孩知道第二天那棵树上的叶子肯定会全部落光，她不敢想象，她的生命会不会也和那棵树的最后一片叶子一同凋落。

第二天，天刚亮，女孩睁开眼睛去看窗外的那棵树，她惊讶地发现那棵树上竟然还剩下最后一片叶子没有凋落，那片树叶还那么鲜绿地，生机盎然地长在那枝枝条上，在风雨洗礼后的那片树叶绿得格外的亮。这时女孩眼里突然发出惊喜的亮光，她精神勃然大振，她觉得那片树叶就是为她留下的，它没有轻易凋落，这就是在证明自己的生命还能延续，她突然心生强烈的求生欲望。女孩经过一段时间配合医生的治疗，她那难治的病奇迹般地好转了。后来她才知道那片树叶是假的，是那位好心的病友用特制的画纸画出来的，趁夜晚不被人注意挂到树上，那位病友是一位善良的画家。正是这片假树叶挽救了女孩的生命。

有时候，善意的假，并不比那些恶劣的真坏，当我们需要好的心情的时候，当我们精神需要安逸与慰藉的时候，善意的谎言能挽救一个人的生命。

真郁金花和假玫瑰花安身在同一个地方，我们辨别紫荆花的真假时，我们也谈论这假玫瑰花的美，假玫瑰高悬桃形心的拱门上，它以美丽无比的姿态，招徕前来观郁金花的人们，当人们被成片的紫荆花看醉了眼，已辨不出真假的时候，产生了审美疲劳，假玫瑰花的出现，给人们带来了另一种美的享受。

画家笔下的绿叶是假的，于画家神来之笔的艺术美而言，它带来的美，超越真绿叶之美的意义，它不仅是艺术的创造，更是对生命的敬重、关爱与希冀。

人们对美的追求，不是短暂瞬间的停留，而是渴望美的意境能永远驻留在我们的精神世界，为了追求这种美的意境长久，才有艺术家用他们高度的智慧，去创造崇高的艺术。如果说艺术定格了美的生命，它能留住美，不让美凋零，并能给生命带来希望，画笔下的绿叶和自然界的绿叶又有什么不同。精神的愉悦，会给生命更多的体恤。

郁金花开，美在心灵，美在人间！

冰雪之恋

孕育已久的雪，终于在人们各种姿态的迎接中降临。

好几日，灰雾蒙蒙，细雨飘飞，气温由十几度，几度，零度……逐日渐下。越过零度，清晨出门，踏上街头路面，汪汪小水坑，布一层薄冰，轻踏其上，"咔嚓"一声，镜面般薄冰溅出破碎玻璃一样的炸痕，由微光放亮的明澈，顿见白色的透明。破冰之旅的缘由似乎就是这样破解的。

一个小坑之冰，倒映一日之寒。这种天气，仅仅是清晨之寒。寒气并未逼人，身体感觉还能适应。

再过一日，清晨起，七八点过后，窗外仍然是阴沉沉的，蜷缩在家一日，天又变，气温继续下降。预报显示，已是零下三度，有时变到零下四五度。南国的冬天，零下四度五度，实属不多见。

打开门窗，一眼瞧见外面已是一片银白世界。人家屋顶，电杆围墙，树木苍生，外面一切都笼上厚厚的一层白雪。雪光照彻的天下，银光耀眼，对着雪色看去，眼睛却要眯着，不然有点像太阳的强光下那样刺眼难睁。雪还在继续纷纷扬扬地往下飞泻。

现代信息社会，足不出户，也知天下事。打开智能手机，各式各样的雪景晒雪照片，视频，铺天盖地翻飞而至。尽管大地被冰雪封冻，却怎么也挡不住人们对冰雪银白天地的欣喜之爱。

照片视频传来人们冰雪大地上各种形态的嗨劲。雪花纷纷扬扬，飘飘洒洒飞落，喜雪的人们有的踏雪寻梅；有的踩雪塑雪人儿；有的寻雪塑雪禽走兽；更逗乐的还有人们塑上新郎跪地献玫瑰，给雪新郎穿上西装革履，戴上鸭嘴帽，手捧一束红玫瑰，模样虔诚地跪在地上向新娘手奉玫瑰花。而雪新娘模样高贵，雪堆堆成的婚纱长裙，布满星星般点缀着朵朵小红玫瑰花，她就那么风姿绰约般，亭亭玉立于新郎跟前。也难怪大雪喜坏了爱雪人。雪的世界，激发了人们无限的想象力，诗人诗兴勃发，各式各样的诗词歌赋，抒发因美丽的雪景而产生的对美好生活的联想想象和追求。

我也喜欢诗词歌赋，可面对美丽的雪景，总有词穷句拙已尽矣之感。我不敢用我造来的拙句表达如此多娇的美丽之景，我觉得那样辱没了雪的真纯；我不敢用拙笔描画雪的风情，我感觉会因我表达不恰切而落入太俗；我不敢用我不够圆润的歌喉唱出雪的激情，我担心我的歌声会惊坏雪花纷飞的舞姿……

然而我确乎在暴风雪到来时，抑制不住我内心的激奋，想找到一种酣畅淋漓的方式，表达内心的激动，安放我活泼跳动的心。我努力寻找释放的缺处，可怎么也没有找到合适的方式。是否也冒着严寒冲出户外，参与喜雪的人群，去放浪形骸，摆出各种姿势，用照相方式，定格自己的雪地风姿，可又觉得那已被所有浪雪之人全采纳过了，已然没有了过瘾的新意。

可我怎么也不能在如此美妙的世界里等闲而视，我总要做点什么来回报这个神奇的雪世界吧。

如此百无聊赖之际，定然会让人激发情绪。我于是奋笔疾书，挥洒成字，用伟大领袖毛泽东的诗词《沁园春雪》释放内心澎湃饱满的喜雪爱雪之情。

我展开长卷水写画布，毛笔饱蘸清水，在长卷水写画布上尽情挥洒，畅快淋漓地书写毛泽东的诗词。我时而用行书，时而用隶书，时而用楷书，时而用草书，一遍又一遍地书写这首充满豪情壮志的"咏雪"词，在不断书写这首诗词时，我仿佛看到：当年伟大领袖，在北国的一个大雪纷飞冬日，他躬身走出窑洞洞口，目光炯炯，远眺一望无际的北国原野，内心激荡，他点燃一支香烟，夹于右手食指和中指之间，左手插于腰间，略有所思地将远眺的目光缓缓收回。突然，他大踏步向前，一直向一个远远的高地走去，他登上北方这个原野，心潮澎湃，思绪荡漾，激起千层心潮浪，于是脱口而出：北国风光，千里冰封，万里雪飘，望长城内外……俱往矣，数风流人物，还看今朝。这首气势磅礴的"咏雪"词就这样完美诞出，写景，咏史，抒情融于一体，它成了一首绝代咏雪之诗，它那宏大壮阔的气势是前无古人的。而这首词竟如此让我对雪景的爱之激情，在伟人的壮美诗词中得到最酣畅的释放。

然而，我似乎对雪的吟咏余音未绝，更是意犹未尽，便想将对雪的感怀抒情散文诗随以上文字撰发对雪的激情抒发。

与冰雪结下不解之恋的，首当其冲自然是北方人。浩渺无银的荒野雪原、千姿百态的神奇冰雕、扑面而来的凛冽寒风，哪一年不与之相伴？冰雪世界中那种白得无暇、白得无边、白得耀眼，在北方人的骨子里浸透、演绎。

一方水土养一方人，定格出北方人直爽、粗犷、刚直的人格，当与北方人打交道的时候，你是否会想到冰雪的影子？

可是于南方人与冰雪是一种心驰神往的渴望。每年的冬天都翘首以盼，自不必说瑞雪兆丰年的期待。

如果春节前后没有看到冰雪的影子，这春节过的总确乎少了那么点味道。越向南边走，冰雪愈成奢望。

岁始的第一场冰雪，已然如期飘临，窗外白得无比透明。"已讶衾枕冷，复见窗户明。夜深知雪重，时闻折竹声"，一如白居易的《夜雪》描述的那般景象。琼枝玉树、冰雪满野，人们虽口中呵着气喊冷，却仍然欢动雀跃。

堆雪人，打雪仗，璇雪舞……五花八门的冰雪杰作，足以表达人们心中对冰雪的那种窃喜。

幸福和惬意，终于在一场冰雪的世界中释放！

阳光投进来

大风骤起，伴着零星细雨。暮春与夏初快要接轨，暑气似乎就提前而至。随着气温的升高，暑热逐渐向我们袭来。三十度以上的响晴，让空气里翻滚着热浪，路上的行人都往阴凉的树影里躲。

明明农历三月才过了几天，就热成这样。前几天，冬季的棉袄还时不时地拿出来御寒还刚刚好，怎么就骤然进入了夏季。瞧，道路上，大街边，随处可见尽是穿短袖超短裙子的，从穿棉袄到穿短袖超短裙，不到一两天时间，仿佛穿越了几个季节，变化显得太唐突了吧！这毫无酝酿地发作，这突然地袭击，半点也不像中原男子的儒雅，中原女子的羞涩，倒挺像泼妇般的凶悍嗔怼。

"这天气真是，一热就热得愤胀巴气的。"一位老人嗔怪着这凶巴巴的热天气。我听了老人的嗔怪话，揣摩着言语里的意味，觉得她说得很有味道，她把天气的热，用一个形容人愤怒情绪的词，来表达她对热的感受，"愤胀巴气"，这是我们这地方的口语，意思就是极不耐烦，极其愤怒的。可以感受到，这种热，就是极其难受的煎熬，难受至极。这便是我们中南这片国土宝地上常见的气候。

这种天气现象，在我写着这些文字的过程中，正在感受着这种感觉。

清晨，还不到六点，天空已泛白，房屋子里的一切都明白在了天亮之中。起床，不用开灯，可以开始做早晨一切需要做的活动。六点刚过不久，东方的霞光就已映红了半边天，那软弱地晨曦正悄悄越过窗棂，透过明玻璃，轻柔地投射到房里的桌子上、靠背椅子上和一小块铺着地砖的地面上……

"今天准是个大晴天。"母亲拄着那根很洋气的登山杖，步履缓慢地从她的卧室走进客厅。她看到老早就有阳光照射入屋子里，就总会表现出欣喜。从去年年尾，到今年年头，我们这地方经历了好长的雨季，我们已经像是被潮湿的空气泡软了全身，泡得全身都沾透了湿气，泡得整个人的皮肉都松软了，泡得膝盖关节像灌满了水，都浮肿了起来……

母亲在哥哥家那住了一个正月，她整整一个月没有下楼。天天阴雨，天天潮湿的空气，楼上也许干燥点。可不知怎么，有一天，母亲突然"啊呦"一声，直喊膝盖痛，接下来走路就一瘸一拐的，走不到一米远，就不能走了。后来，她几乎不能放手走路，她左脚一落地，她的膝盖就痛得口里发出"啊呦啊呦"声，听母亲这样的喊声，声音虽很小，也能感知到她腿脚的痛苦。母亲患上腿膝疼痛的毛病，从那一刻开始，母亲突然就不能徒手走路了。

从此，母亲每天都只能拄着拐杖一瘸一拐地走，我们请教了好几位老中医，开了许多治膝盖痛的药给母亲服用，可都不见多少好转。

我强迫母亲上医院治疗，母亲坚决不去。

"我的病我自己知道，就是个湿气太重，风湿上身，只要吃点去风湿的药就能好。"母亲倔强地说。

可哪种药管用呢？哥哥为了给母亲治好膝盖，他托人从泰国买来治风湿的特效药，刚吃几天的时候，母亲感觉膝盖痛感确实有点减轻了。可不到几天，膝盖突然又恢复了原来的疼痛。

这种药不行，又继续找，找了一种又一种，可吃了还是没有好转。我又开始劝母亲去医院治疗。

母亲说："我这膝盖痛我知道，就是风湿痛，只要对症下药，吃中了对决的药，就会慢慢好起来的。"母亲认准了自己的病。

母亲念中专时，学的是药剂学，她自身诊疗确实治好过一些小毛病。前年年底，她不小心摔倒在地，手摔得肿起很大很大，我和哥哥都要送她去医院，她执意不肯去，也是我和哥哥根据她自己说的病情，我们合起来买药给她敷，给她吃，渐渐地，那个摔伤终于就痊愈。这次，她又断定她的膝盖就是因天气连续下雨时日太长，空气里湿气太重，湿气侵入她的体内，积聚到她膝盖里，造成膝盖疼痛。我们听了她的描述，又买了一种国内号称顶级治疗膝盖关节风湿病特效药，母亲天天按时按量服药，我天天盯着她的膝盖，看着她走路的变化，三天，七天，十天……天气终于逐渐放晴，晴天日子越来越多，空气一天比一天清新干燥，母亲的脚走路没有了在地上拖起摩擦的声音，是一步一步干脆利落的走步声，听得出，母亲的腿好了很多，也看得出，母亲脸上逐渐在放晴。再观察，母亲由原先一刻也离不开拐杖，到可以半脱离拐杖走了。

天气越来越热，吃早饭，喝一碗热蒸鸡蛋，手里拿一书本书当蒲扇用，全身热得直冒热汗，真像已进入了炎炎夏日天。

"这样的天气好，我膝盖里的湿气会排得更快。"母亲时刻把自己的病与天气联系在一起。

中午，我下班回家。母亲像往日一样，听到我开门，就从她那间卧室里走出来，她手中的拐杖安好地靠在她卧室门口边的那张泰国乳胶布沙发旁，母亲放手走到了客厅中间。

母亲膝盖真的康复了。中午的阳光很白，阳光透过玻璃敞开的缝，照射到母亲卧室那边的阳台上，也投射到粉色的地面上。

母亲说:"今天阳台上的太阳晒到了膝盖。"

有阳光的天热得很，但我很喜欢。

茶香里的日子

我们一家子，都挺爱饮茶。

那一日我回河东的家里，我的家在我先生的单位，那里也是我工作过的地方，有我曾经的同事和我们家的房子。回家正好遇上先生单位聚晚餐，先生开完会回家，邀我去参加他们单位的聚餐。开始我还有点犹豫，觉得蹭饭不好意思，先生说单位就是希望带家属一同聚，他已报了我的名。餐后，同事们邀请我们俩去他们家坐坐。

共事多年，昔日友好时光恍若就在昨天，盛情难却，我们欣然应邀。

来到同事家，他们拿出一款品相极佳的绿茶，用透明的玻璃杯泡茶给我们喝。黄绿嫩芽，每片茶叶长短几乎一样，每棵芽子，两片嫩芽同在一茎短枝上分开，每棵嫩芽微微卷成小筒，似有将舒未舒之态，潜沉水底，原本特别清澈的温水，经过一段时间嫩芽茶叶的浸泡后，慢慢泛出浅浅淡淡的嫩黄绿色。我双手捧茶杯，低头，将鼻子凑近杯口边沿，温热的绿茶，热气袅袅腾腾，飘逸而出，一股茶香扑送鼻孔，轻轻吸入，沁人心脾。这种清香，闻后直醉心间。

我原本最喜品茶。小时候，我总黏在父亲身边，父亲爱喝绿茶，尤喜纯粹的绿茶，更喜是家乡本地的绿茶。父亲喝绿茶，茶叶放得特多，一个中型搪瓷缸，茶叶泡发后，舒展散开，泡发后的茶叶占了搪瓷缸的一半。一搪瓷缸茶，开水冲泡几次后，茶的味道越来越淡，淡到只剩白开水那般淡，全然没有了茶味，父亲还舍不得倒掉那半搪瓷缸的茶叶，他把搪瓷缸倒立，杯口对着嘴巴，将搪瓷缸的茶叶往口里倒，父亲口里包了一口的茶叶，因茶叶太多，包满一口的茶叶还露了些拖出口来，父亲津津有味地咀嚼着茶叶，父亲嚼茶叶时发出"嘎吱嘎吱"声特别有趣。当时的我，坐在父亲身边，看着父亲嚼茶叶时那种酣然陶醉的模样，在一旁的我，小嘴不断地吞咽唾液。

　　从那时候起，我就知道了家乡的绿茶特香。有时，父亲的搪瓷缸还剩下几片茶叶没掏干净，我趁父亲正陶醉于咀嚼茶叶时，便偷偷地把小手伸进搪瓷缸里，捏出那几片剩在搪瓷缸底的茶叶直往自己嘴里注，父亲其实也看到了，他冲我露出微微笑意，我也学父亲嚼茶叶的样子，想嚼出"嘎吱嘎吱"的声音，可不知怎么的，就是嚼不出那种美妙之音，我却因之喜欢上了喝茶，也喜欢把茶喝完后，连茶叶都嚼碎吃进肚里。

　　后来和我的先生在一起生活，我便开始换了喝"猴王牌茉莉花茶"。我先生也是个"茶缸子"，他喝茶有点像我的父亲，泡茶时，一次抓一大把茶叶，杯子里水一半茶一半。不同的是，先生不太嚼茶叶，可遇上特别鲜嫩的绿芽茶，泡到最后，他也连茶带水倒进嘴里。一向喜欢香片茶的先生，因我的父亲喜欢喝绿茶，他到我们家去，母亲也总给他泡上大杯绿茶，先生渐渐习惯了，开始喜欢喝我们家乡的绿茶。

　　有一年，父亲的单位值晚班，在家乡谭家巷子口抓逃避检疫的黑车。黑车司机为了逃脱检查，不顾父亲已经抓着他车子的把手，猛然启动发动机，父亲被甩出好几米远。检疫站的同事急忙叫来救护车，把父亲送往市医院。

父亲的肋骨被甩折三根。父亲住院期间，我的孩子不满半岁，母亲在帮我带着孩子，而我已上班。我哥和我先生利用休假时间，轮流去医院照料受伤的父亲。病床上，父亲心心念念想吃的东西就是喝茶。由于伤势比较严重，卧床的父亲不能自己翻身，哥哥和先生在照料时，都是轻轻抱起父亲帮他翻身，改换躺姿。医生说父亲伤势比同样情况的病人恢复要快，一是得益于儿子女婿精心照料，更重要的是他的骨质比一般人要好很多。无意中得知，父亲的骨质好就是因为他喜欢喝绿茶。

资料里说，绿茶是碱性饮料，可抑制人体钙质的减少，同时茶叶中的维生素 C 等成分，能提高肌体免疫力。

父亲是我爷爷奶奶最小的孩子，他和他最大的哥哥姊相差二十多岁，父亲还没有成年时，我的爷爷奶奶都已年过花甲，在父亲还小的那年代，兵荒马乱，父亲从小营养不良，体弱多病，只因爷爷奶奶传承下喝绿茶的习惯，父亲得以继承，喜爱绿茶便成了父亲养生秘诀。成年后的父亲，喝绿茶已然成了他生活的一大嗜好。

父亲伤势好转，伤药快吃完了，每天他都要我的先生给他泡一杯绿茶喝。我先生待父亲特别亲，他在医院照顾父亲，因父亲身体系了绑带，不能大幅度动弹，先生把父亲抱起来，放到合适的位置，将父亲的脚悬于床下，再把打好的一桶泡了绿茶的热水，用手提起，将父亲的脚浸泡在桶里，据说绿茶水泡脚也是极好的养身方法，因此用绿茶热水泡脚。

父亲病好回家后告诉我们，用绿茶热水泡脚洗脚是最舒服的。父亲觉得绿茶泡水洗脚舒服，哥哥和先生在后期照料父亲时，除了常常泡绿茶给他喝，还坚持帮他用绿茶水泡脚。在哥哥和先生的精心照料下，父亲的伤好得特别快。

绿茶的温暖治愈了父亲伤痛，这也让我对绿茶多了一份情结。

牵 挂

　　嫩茶重搅绿，香意袅娜情。家因茶而结缘，人因茶而交友。父亲的伤逐渐康复，暂留家中休养，没去上班。他每天坚持泡一瓷缸茶，捧一本家藏名著，边饮边看。我孩子四岁前，放在我父母家全托。我们单位离父母家很近，我和先生只要下班，就去父母家里探望一家老小。母亲知道我先生喜欢喝茶，她把每年给父亲买的两三斤上好的茶叶留一些出来，我和先生一到家，母亲便泡一杯茶端过来递给先生。父母心里，除了把那些好吃的留给我们，还会递上绿茶，这是他们表达心意的方式。

　　有时，哥哥对家里父母的牵挂也是捎上一堆绿茶。哥哥买的绿茶，全是家乡望城茶厂出产的，他拿回家送给父母，父母又从中分一部分给我们。父母知道我家"茶缸子"先生的茶消耗量大。

　　婆家还没有征收时，老房子前种了好些棵茶树。每到春茶抽芽，婆婆会把家里的茶树分三道采摘，以清明前茶为最珍贵。茶叶芽刚长出一分长的丫枝，婆婆便把这道茶小心采摘下来，用最细致的手工精心揉搓，这道茶是我们家的精品绿茶，家里茶树上所有的嫩芽全采摘下来，做成干茶叶，才不到半斤。每当节假日，我婆家哥哥弟姐妹全都回家。午饭后，婆婆便从她那东边正房的大衣橱，靠里头边的当上挂着的淡黄色棉布袋子里掏出个油纸包，油纸包里三层外三层，包上了好几层。第一次见婆婆解纸包的时候，我很好奇，不知婆婆的"葫芦里卖的什么药"，当解到最后一层时，终于露出"庐山真面目"来，几层浅咖色油纸上，一小堆细丝般的绿茶，精致地堆积在一起。

一阵微风拂过，茶香随轻风袅袅飘逸，香味充斥着我们家整个屋子。婆婆的右手五指撮拢，小心地从茶叶堆里捏一小把娇嫩的绿茶，轻轻放进左手端着的那个大白搪瓷缸子里，她把搪瓷缸放在身边的饭桌上，吩咐我去洗生姜，准备煎豆子芝麻茶喝。那时，我们全家人都喜欢喝家里那道最嫩的茶叶煎泡的姜盐豆子芝麻茶。可先生的眼睛直盯盯地看着婆婆在包着茶叶包，他的心思我最清楚，他只想从那包茶叶里抓一把细嫩的绿茶，用滚烫的开水好生泡一缸子纯茶来喝，可看到婆婆捡放茶叶时那小心翼翼的模样，先生只能欲言又止，他知道婆婆看重那包细茶叶，只有家庭里的所有成员全部到齐了，才舍得拿一点点出来品尝。要知道，全家上下这么多口人，才不到半斤嫩芽茶，不计划着吃，就吃不了几回。

家里泡嫩芽绿茶喝，成了我婆婆家生活中的一道仪式。尽管家里嫩芽绿茶这么珍贵，婆婆有时还是会从那小堆茶叶里抓两爪出来，用油纸同样包了个里三层外三层，然后趁家里其他人散开，她便悄悄塞到我手里，说："拿到你娘屋里去，给你爸爸妈妈也泡两杯喝。"真是"千里送鹅毛，礼轻仁意重"。每当我把婆婆送给父母的嫩芽茶交到他们手里，母亲像接过一件宝

新视点文集

贝一样，不停地说感谢的话，她又是捡又是藏的，她也像婆婆那样，要等到一家人全到齐了才拿出来泡茶喝。

婆婆家里的第二道茶和第三道茶就没那么捡捡藏藏了。每年上半年，婆婆家那个绿色塑料筒里，从来不缺绿茶，那里面的茶叶片，比家里采摘最早的茶叶片要大三四倍。婆婆说过，茶叶太细了，嚼起来细软又好吃，味道还很清凉，可只有那么一二十棵茶叶树，一年还摘不到几两细叶茶，茶叶片长大些，可以多摘几斤茶叶。

婆婆家的茶叶，我们基本都不带出来吃，先生喝茶都是自己买。他从"猴王牌茉莉花茶"喝到家乡的绿茶，他喝茶的嗜好从来没有改变过。

老家来了征收政策，婆婆家老房子宅地被控规，先生在婆婆的劝导下，根据当时的形势，在家里的空坪席地搞了好些建筑，家里的那一二十棵绿茶树全部被建筑物覆盖掉了，老屋的前坪也搭建了个大棚，房屋侧边和后面的山都被推开，建成了房子，假山，池澡，水塔，亭台，楼阁，花园……刚刚建起来不久，婆家老屋变成方圆几十里都闻名"豪门住宅"。从此，先生每晚以绿茶为饮，香烟为伴，平静的生活湖面从此泛起轻轻地涟漪和波澜。他为了维持原本平静的生活，想尽一切办法，可那一纸红线图总没有把老家的建筑物圈进去，原本安详福康的生活一度濒临来源拮据之境，求生曲曲折折，让家的境况不断演绎。

险境之时见仁智。先生不喜多言，引来无数猜忌。每天，只有绿茶能维持先生挺起精神的脊梁。度过漫长的四千八百多个日日夜夜，经历生活的无数沧桑和人间冷暖，尽在这漫长黑暗中不断翻转。不问缘由的亵渎，莫须有的盘询，全都潜藏着低谷里的寒凉，唯有这绿茶，能温暖被生活的霜雪冻得冰冷的躯体。

那年去武夷山，我特意去游览了"大红袍"茶园。

大红袍产地有一大片茶树，高高低低的茶树，被茶园管理得特别精致，我以为大红袍茶园所有的茶树都是真正大红袍，后来我才知道，真正的大红袍茶树仅有四株。传说在明朝年间，有一个赶考举人路过武夷时，突然生病，腹痛难忍，当时有位来自天心岩天心寺的僧人，取出采自寺旁岩石上生长的茶叶泡水给他喝，那人病痛即止，不药而愈。那举人后来考取了状元，为了答谢和尚，专程前来拜谢，并将身穿的状元袍披在那几株茶树上，该茶因而得名"大红袍"。

我听到大红袍的传说故事，更加对茶产生了好感。那年，我家正值征拆中期，家中经受将征未征的煎熬，我站在四株"大红袍"茶树悬崖下，对着茶树，心里默念着，希望家里拥有"大红袍"，为我们的生活遮风挡雨，希望片片绿茶，让先生神清气爽，不被艰难生活打败。这并非迷信，因为绿茶的确能驱赶体内淤积的毒素。我执信，只要生命长久，健康安在，风雨过后，一定能迎来绚丽的彩霞。

春到茶园

茶瓯绿泛雨前芽，满洋葱茏添嫩黄。春到茶园，满是绿色，郁郁葱葱，新绿抽成。

记得早几年，我一位黑麋峰家乡的朋友，每年过了清明节，她便托熟人送给我一大包绿茶，用一只很大的红色塑料袋装着，满满的一袋，我也不知那有多少斤。我家"茶缸子"先生每天大把大把地抓着泡茶，过了半年，那袋子茶叶还剩半袋。我问先生，这袋茶叶怎么这么经得抓，先生笑着说："你以为那袋茶叶蛮少吗？不说十斤都有八斤，他们要在黑麋峰茶园里摘差不多五十斤鲜茶，才能做出这大袋子干茶"。听先生这么一说，我从心底里感激这位朋友，她辛辛苦苦摘那么多绿茶给我，我连想当面说声谢谢都没有机会。

黑麋峰的绿茶，在家乡比较出名。家乡的黑麋峰顶，云雾缭绕，山上森林覆盖，空气新鲜。黑麋峰是家乡望城的自然保护区，后来被开发成了黑麋峰森林公园。黑麋峰的绿茶园，也成了森林公园的一大景点。我去过黑麋峰多次，第一次是先生带着我和孩子还有父亲一起去的。那一年，我在长沙参加为期四个月的骨干培训学习，结业回家，先生提议带我和我的父母孩子去黑麋峰森林公园玩，说是为我接风，也因为我的父母为我们带孩子辛苦了，先生想带父母到黑糜峰森林公园去游玩。母亲有些晕车，她不敢坐车绕盘旋山路，便没有去。父亲随我们一起来到黑糜峰，他因身体受过伤，除了肋骨骨折，还伴有胸腔积液，受伤势折腾后，身体素质差了很多，才到半山腰，父亲明显体力不支，气喘吁吁，先生绕过我们，跑到前面去找歇脚的人家，他找到了一户山里人家私人饭店。这家私人饭店的房屋收拾得整洁利落，环境还蛮舒适，我们便安顿下来歇息。这户山里人家给我们每人泡一杯绿茶。父亲品一口绿茶，感觉茶味醇正，茶色清明而不浑浊，觉得这茶质很好，父亲喝完一杯绿茶，顺便询问这茶叶的产地。这私家饭店的主人忙热情详细地介绍了他们家的茶园，还带父亲进他们的茶园参观。当时我对这茶园不怎么上心，没有随同。直到我调回老家这边上班，因工作需要，结识了黑糜峰的一位朋友，才真正去了解了黑糜峰的绿茶。当年带父亲去黑糜峰森林公园游玩，原本只是为了看看山，看看风景，放松心情，没有去体察父亲心里还念想着黑糜峰的绿茶。

直到父亲突然离开我们，我打开他放在装饰柜子上面的那个木箱，发现他把那次在黑糜峰游玩的时候，那户人家告诉他买黑糜峰山上绿茶的电话号码存放在那，我这才知道我已忽略了父亲想买黑糜峰山上绿茶的这件事，我的心猛然陷入深深的自责当中。也从那一刻开始知道，我对亲人的关爱有何等粗略。

那年寒冬，父亲走了，哥哥又工作在外，老家宅子只留下母亲一个人住。母亲生性体弱，而又年事已高，让她老人家一个人单独住难以放心，哥哥和先生商量要把母亲接出来。哥哥家早已住着老人已有十多年，母亲不方便去住，先生当场提议让母亲住在我们家。

家有一老，如同一宝。亲戚朋友经常来我们看望母亲。有一回，又一位朋友送来一包绿茶，我随手掂量分量，应该有一两斤，朋友神秘地对我说，这些茶叶是敬过佛的，要我们好好泡着吃，千万莫浪费了。母亲在一旁听进了耳，她便把茶叶放到自己的柜子里，我以为母亲是要留给自己吃，想让神灵保佑她。直到有一天，她端一杯热气腾腾的茶给我的先生，还神秘地叮嘱先生要把茶叶都嚼碎吞进肚子里，我晓得了，母亲是把敬过佛的茶泡给我先生喝。父亲和母亲对我先生一向看得重，母亲也很疼我家先生，她听朋友说他们送的绿茶敬过佛，她便天天坚持亲手泡茶给我先生喝。我开玩笑地对母亲说："你对郎崽子比对自己女儿还要好些，你住在你自己家里的时候，为了留那块最厚实的青鱼肉给郎呷，自己一口都舍不得呷，情愿留得起蛆。这敬了佛的茶叶，又悄悄捡起来，自己舍不得不吃，天天按时按应泡给郎吃……"母亲说，我先生特别喜欢喝绿茶，肩上又承受着那么多事情，要让他多呷些好茶，茶能养肝健体。

母亲对晚辈的关爱，平时从不说在嘴上，我是她女儿，她心里有什么，我都能明白。而于先生，能有我母亲这样疼他，我心里其实也踏实，我很感激我的母亲。我父母家的亲人都很看重我先生，无论我们生活有怎样的状况，富贵也好，抑或遇到生活的一时阴霾也罢，我父母这边的亲人都是用善良和关爱来包容，从来没有过质疑和排贬，更没有过责备，他们唯独希望我们一切顺利安好。我为拥有这样的亲情而感动，为有这样的亲人而心里感到很温暖。

　　"穿林雨暗茶烟绿"，曾经，在我生活漫空有点点霾雾的日子里，我的亲人如同生命绿茶，用他们瀚海之心，帮助我们，照顾我们，为我们遮挡了风雨，他们从来都坚信我们，相信我们的未来一切都越来越好，他们相信先生的善心，永远会拥有庇荫他的生命绿茶，如同武夷山那四棵生长于绝壁的"大红袍"，庇荫着有志于搏击生活风浪的赶考者。

家乡女子

茶溪亭上绿沿回，不负春光尽采归。春满人间，最醉人的
风光在乡里，在茶园。

自我懂事起，常遇见家门口的女子，忙完家务，关门落
锁。她们戴上草帽，草帽里顶着一条长巾，有的是用毛巾做
的，有的是用四方围脖做的，有的是用漂亮的旧的确良衬衣裁
缝后改成的。这些美丽的长巾从她们的草帽顶里拖出来，一直
延伸至戴草帽人的肩膀，她们的手腕挎着竹篾陀篮，穿着长衣
长裤，全身裹得严严实实。懵懂无知的我，不知道她们为何要
这般装扮，只觉得她们神秘而又有趣。我用幼小的心理猜测着
她们一定是要去做一件不为我知的秘密事情。好奇的我，百
思不得其解，我下决心一定要去探个究竟。儿时，我的生活蛮
轻松自在的，只要在家完成学校布置的作业，就可以自由玩
耍。在我儿时的年代，小孩子的休息日，除了做作业，还可以
待在家里看几本连环画，或是听听收音机里播放的长篇小说连
播。文学对我的熏染，可能就是连环画和收音机里播报的作品
开始的。犹记得，《水浒传》《西游记》《平凡的世界》等等，播
音员用极具有磁性的声音和极其具有表现力方式，把作品中的
内容演绎得让人如同看到作品里的情景一样。谭谈老师的《山

道弯弯》，我第一次的接触，也是从收音机里获得的。小说演绎了一个采矿工人生活的起起落落，那个年代，矿工家庭生活真的不易。至今我还记得小说里面的主人公二猛和他的妻子。二猛的妻子每天傍晚沿着一条弯弯曲曲的山路去迎接在矿上工作一天的丈夫归家，天天重复地等待，她心里的那些焦虑和纠结的描写，让人永远不会忘怀。那时的我，还不到十二岁，我对山充满着神秘的好奇心理。小小的我，虽住在农村，因父母都有份工作，我儿时的日子，和一个队里的同龄人相比，显得有丝丝的优越性。我的课余时间，没有同龄伙伴那么忙碌，她们放学、假日，都得帮家里扯猪草，到队里去出工赚工分，而我，除了做完学校布置的那点点家庭作业，就是到队里人家去溜达，这里看看，那里瞧瞧，整一个没有事做的自由小孩。邻居们早已习惯了我这么无事悠闲到处玩，到他们家都待我特别热情，还泡新做的绿茶要我尝尝她们的手艺，那时的我，哪知道品评什么绿茶的优劣，我只觉得新茶叶的泡茶，泡出来的水，绿得清淡，有一股新茶特色的清香，有的还有一种好闻的烟熏味道。邻居家姐姐阿姨问我新茶好不好喝，我肯定回答："很好喝!"邻居们就喜欢听我这句话，她们听到我清脆的童音赞美她们做的茶好喝，脸上的笑容仿佛成了一朵朵盛开灿烂的茶花。我一直觉得我老家的邻居们都对我很亲热。

有一次，我正从家里溜了出来，看到队里的姐姐阿姨们又是那样裹得严严实实的打扮，我决心悄悄跟在姐姐阿姨们背后，随她们到哪里，我就跟她们到哪里。

我跟着她们走过塘基，越过水港桥，来到通往丁字人民公社的那条主道，在公社围墙门口，主道分叉，姐姐阿姨们都走右侧的一条煤渣铺成路面的小路，七弯八转地走过去，终于来到了路的尽头，原来姐姐阿姨们是来公社后面的茶山。来到山下，放眼望去，一大片茶林展现眼前，这里漫山都是茶树。一陇一陇的茶树，从山下的山勘边，到离山路约两米高开始，向半山腰延伸，一路数上去，有几十排茶树林，又像一级级的阶梯。这是我孩提时代第一次近距离地接触大山。我家住在家乡的一个平原，周围有树林茂密的小山，那只是因为种了许多树，便称之为山，它们甚至没有人家的屋场地基高，有的也只是个小丘。家乡高一点的山，我都是远距离看到的，那山的模样，在我心里，只有一些影子。《水浒传》《山道弯弯》里的高山，我只从读的文字中想象过，我小时候对山的印象真的有点与众不同。我听读《平凡的世界》，我领略到是作品里面的人物，为了生活，连学都上不起，哪里像我一样，还有时间向往近距离看山的闲情，那时，我也仅仅了解了作品的一点点皮毛。我跟着姐姐阿姨们爬上山腰，姐姐阿姨她们才发现我像跟屁虫一样，随她们来到了茶山，她们看到我跟来了，又是气又是笑的，我并不知道她们心里想的是什么。她们招呼我不要乱跑，她们说等她们把摘的茶叶装满她们的陀篮子，就带我回家。

我也学她们的模样，摘着茶叶树尖上刚刚抽绿的嫩芽，只是我没有戴草帽，衣服裤子也没有裹严实，茶树丛里，长着许多野草，有些丝毛草已从树缝里钻出来，我的小手臂挨到丝毛草，它那锯齿般的草边把我的手臂画出一痕痕血杠，我隐约觉得有点点刺痛，后来我专拣没有丝毛草的茶树摘，这里摘几下，那里摘几下，姐姐阿姨们采了快一篮子茶叶，我才采到一口袋。在那群姐姐阿姨们中，有一位是我家屋后面的邻居嫂子金辉姐，她娘家是望城河西的，嫁到我们河东来。我老家大人们都说河西妹子勤快，随做什么事都比河东的妹子强。我终于见识了金辉姐摘茶叶的速度，她能两只手同时采摘。她把陀篮用麻绳系好，挎在腰间，腾出两只手，在茶树尖上不停地跳动，如同弹古筝的琴师，双手弹奏琴弦那样，有时柔媚，有时激越，有时舒缓，有时极速，她把摘茶的节奏，拿捏得如同在弹奏着美妙的曲子。

我当时并不知道和古筝联想在一起，直到我送孩子去琴师家学古筝，琴师为了吸引孩子对弹古筝的兴趣，她当场演奏一曲《高山流水》，她右手勾、托、劈、挑，而左手则用按、滑、揉、颤。外行的我，只看到琴师两只手同时在那片琴弦上不断跳动，美妙的旋律演绎出动听的乐音，真如同从高山上流淌出来的水声，空灵悦耳，当我看到琴师双手并用地跳跃时，我的脑海里浮现出儿时我看到河西出生的邻居金辉姐采茶的情景，她双手同时并采，速度快得如同古筝上弹奏乐曲那样惊人。

从小到大，绿茶在我的心里打上了深深的烙印。尤其是我的家乡望城，到处有绿茶基地。我老家村里也有茶园，家家户户的房前屋后都零星地栽种了茶树，即便是我们家，父母都在外工作，我们家的房子建在祖业之地，从爷爷奶奶以前的祖祖辈辈起，祖地上就有种绿茶的习惯。父亲说过，无论家境富有还是清贫，只要有土地，就能保证起码的生活条件，生活可以自给自足。我们家的祖山在"长家冲子"，就是原先我们家族的那座大庙背后的那座大山，山里有参天大树，也有一片绿茶林。由于世事变迁，祖宗留下的一些东西，没有很好地保护，就被毁坏了，拆掉了。我曾经和父亲尽情地谈论过我们家老祖宗，他们那些繁荣、起落与沧桑，一切都被时间荡然无存。父亲因经历过一些运动时期的生活，他谨言慎行，从来不公开我们家祖辈的荣光，祖祖辈辈里的那些文人武将更不想让我们知道和了解，生怕招来家庭的变故，他教育我们唯有勤劳和勤奋才是根本，父亲自己一辈子保留着这种朴实的优良传统。他虽工作在外，却从来不因有工资养家糊口而不做农事。父母有工作，我们家菜园地里菁菁绿色，自留山上茶树葱茏。那个年代，父亲母亲工作都很忙碌，没有时间采茶，家里的茶树有的长成了高大的灌木，屋子前面有条行人小路，路边也有我们家的茶树，每当茶树嫩芽抽成，常常被队里走这条小路的勤快人将那些嫩芽茶叶摘去，做成了她们家里上好鲜嫩的绿茶。

母亲看我

  母爱意浓浓，茶香味悠悠。在疲劳倦怠的时候，总会想到泡一杯浓浓的绿茶，既能解渴，又能提神。儿时，我每晚做功课的时候，母亲操持完家务，她便要到房间里来看看，她要看看我是否在看书做作业。母亲来我的房间时，手里会端着一杯泡好的绿茶。她轻轻地推开房门，只将门掩开点看看房间里的我，见我在专注地看书，她蹑手蹑脚地进来，将正冒腾腾热气的绿茶杯轻轻地置于我的书桌上，在我的身边小站会儿，一言不发地看我正在学习的状态，然后又悄悄转身走出我的房门，她的身背后会拖着一股浓浓的绿茶香味离开我的房间。

  自从母亲由区食品站调回老家这边工作后，她可以天天晚上都回家住。从此，母亲便每晚都来我住的房间看我一次，每晚都会泡杯绿茶送到我房间给我喝。母亲是学中医药剂学专业毕业的，她毕业后先分配在霞凝区政府办协助征兵工作，后来又被组织安排到商业性单位食品公司工作。为了工作的需要，母亲自己主动自学了会计学。母亲天生对数字敏感，她自学的会计，在考证时竟得了九十七分。她用算盘打加减乘除法，双手并用，速度又快又准。母亲的理性思维比感性思维可能要强些，她生性不喜欢念叨，尤其不喜欢用唠叨的方式教育儿女，她把对儿女的爱，都转换成行动来表现。我记得，母亲关心和鼓励我学习的方法之一，就是用送杯绿茶到我房间的方式来表达，然后又默默地走开，她所有要说的话，全部都融进那杯绿茶里了。我已记不清母亲曾对我说过些什么，我只记得她端给我的每一杯绿茶清香四溢。

袅袅茶烟绿，拳拳母情柔。母亲个性柔和，温润如玉，如茶。我从小到大，很少看到母亲对我和我老哥哥发过脾气，即便是我们哥哥妹俩小时候都那么贪玩。有一次，我们放学玩得天都煞黑了，才匆匆从外面跑回家，家里已经点灯，黄润的煤油灯下，照映出母亲那嗔怒的样子，我和哥哥都知道自己错了，我揣测母亲是不会太狠地责罚我们的，母亲的脾气我们都一清二楚，尽管如此，当我们看到母亲一脸的怒色，我们哥哥妹俩都很知趣，在母亲面前把头埋下，不作声。母亲只要见到她两个孩儿都平安归家，可怜兮兮地站在那儿低头认错，她脸上的表情便立刻会转怒为和。母亲见我们哥哥妹俩一身玩得黑汗水流，她心疼得直问我们玩累了没有，她用充满怜爱的语气询问我们在外面玩些什么。母亲的教育方式比较独特，让知错的我毫无戒备，把什么事都一骨碌地说给她听，母亲在倾听我们的话语中，了解了我们的一切，在以后的日子里，母亲根据她对孩子的了解，有针对性地教育我们什么该做，什么不该做。

仲夏的太阳，一天晒得到天黑，我整个身体都被热气包裹了。母亲怕我们在外玩没有喝水，在我们回家前，她早已泡好了一大陶罐子绿茶，母亲喜欢用家乡常见的那种铜官窑土罐子泡绿茶，她把绿茶早早泡在那里，等我们一回家就能喝上不冷不热的绿茶解渴。父亲告诉我们，母亲见我们天黑了还不回家，她到队里的长塘基上来回跑了十几躺，她不断喊我们的名字，都快把嗓门喊哑了，却不见我们的回音，她心里着急，嘴里不说。她下班回家，一直和父亲一起忙着做饭，捡拾家务，忙完又出去找我们两哥哥妹。那次我们两哥哥妹放学，把书包往家里一放，就和伙伴们到翻身垸子中间的坝基上去看队里的社员们捉黄鳝，钓鲫鱼，因为我老哥哥听他的同伴说，这几天天气原因，垸子那边的水坝里有不少鲫鱼在逗水，他的伙伴邀我哥哥去看大人们钓鱼捉黄鳝，被我听到了，我硬是跟在哥哥的后面，一起去了。我们在大垸的水坝埂上嬉闹，扯巴根子草，刮掉表皮上的泥土，放到嘴里嚼，甜甜的味道，一直淌至心底；我们在水边捉蚱蜢，捉蜻蜓，把蚱蜢和蜻蜓放到一起，让他们的脚相互粘在一起逗乐；我把手伸到水田里去抓那些前脚撑地，后脚趴跪，昂起没有颈项的头的青蛙，……把它们捉了又放，放了又捉，玩得过瘾，其实我并没有看大人们钓鱼捉黄鳝，我只顾自己和垸子里那些我能驾驭的小动物们一起做游戏，我忘记了父母在家正着急地等我们回家。直到那些大人们收工，我才跟他们一起回家。

小时候，父母亲最不放心我们放学后出去玩耍而不按时回家。我长大了终于彻底明白，他们是担心我们在外面玩水，怕不小心掉进水里，还担心我们遇到其他危险。我明白了母亲的那种担心，是母亲对孩子最深沉的牵挂。俗话说"养崽才报父母恩"，确实的，当自己有了孩子，才真正切身体会到母亲对孩子爱的炽烈与厚重。母亲十月怀胎，她把孩子当成了自己生命中的一部分，孩子的一切，就是母亲身体上的一切。尽管孩子不会这么看待母亲，母亲对孩子的这份爱怜的心是永远不会变的，如同她泡给我们喝的绿茶一样醇香绵延。

绿茶也是我们家一直以来的常备饮料。只要我们从外面回家去，母亲会立马端来一大杯子绿茶递到我们手里，我接过母亲端来的绿茶，一口气把一杯子绿茶"咕噜咕噜"喝得精光。母亲一边喊我们慢点喝，一边说每天要多喝些水，水是生命的养料。母亲因自己的欢喝绿茶，她也给我们普及了喝绿茶的好处。如今，我对绿茶好的印象，也是儿时被母亲不断熏陶而成的。母亲不光在我小时候给予我喝绿茶的教育，我成家后，她把喝绿茶的养身理念也传递给了我们一家。

母亲总是在我们最需要她的时候，给我们送来最止渴的绿茶。

秀美茶乡

　　晚鼎烹茶绿，清香逸园馨。格塘是我家乡望城的一个有名的富裕宝地，那里山清水秀，也是绿茶之乡。

　　春风十里，葳蕤满域。一个春阳明媚的日子，我们几个好友相约，一起去格堂茶园踏春。

　　车行一路颠簸，车子往东再转而往北。最开始我还不知我的姐妹们要到哪里去，我只管随行，方向全由她们来定。车子入沿江道，进乡村路，来到一处僻静的树林里，入林中，一群房舍被绿林深掩，我们找到这群建筑的总大门，我还没来得及看清门楼两边对联写的内容，车子一晃就过去了。进入房群，里面很朗阔，有四方地坪，有亭台轩榭，装饰雅致脱俗。我从燕子的车上下来，走出停车的巷子。志坚姐和伟芝姐她们已在一栋有台阶的房屋门口下在等着我们。

　　虽只阳春三月，却也阳光炽烈。在太阳底下，穿春秋服都很热，幸亏我是春夏装混搭穿。脱了春装，里面穿一条改装版的短袖连衣旗袍裙，雪纺料，因为有点透，裙有三层，夏天穿它竟然也还不热。上台阶，进大厅，里面可是寒意袭身，我缩回去，问燕子要车钥匙，从车里拿了风衣穿，才上大厅。

　　大厅周围墙壁上，挂满了绿茶的宣传图片。哦，原来这里就是格塘的茶园。可怎么没有看见一棵茶树呢？一位叫梦菲的年轻漂亮的茶室姑娘出来招呼我们，引我们进入这间与大厅并排一体的大房子，里面摆了个长条大桌，这与我看到过的好多茶桌相似，只是比那些茶桌大上好几倍，木料坚实古朴而又典雅。优雅的茶室姑娘梦菲坐于泡茶的位置，她把一个个圆柱形透明玻璃杯洗好，整齐地排成一线，从桌旁的那张低矮厚重的实木柜子里拿出茶叶袋，用茶勺舀一勺勺茶叶分装到六个茶杯，整个泡茶流程，她把每一步都做得精致到位，哪怕杯子的边沿沾到一滴水，她都会拿专用毛巾擦拭干净，然后右手轻握杯身，左手拇指和中指点扣杯底，起身将一杯杯嫩绿清澈的茶水送与茶桌周围的客人面前，她动作优雅娴熟，神闲气定，令我原本因好奇而心生浮躁的情绪，在泡茶姑娘的宁静递茶中，顿然安适下来。

环顾室内，各种与茶有关的彩画装饰墙壁。在我座位后面的一线壁墙，一长排玻璃门的红木茶柜，摆满了各种精美雅致的茶叶盒子。有一淡黄底色的格塘绿茶盒子上，用毛体书法写着"向雷锋同志学习"，于众多品牌中，这个牌子显得格外不与众同。有位前来看茶的老者询问这款绿茶的品质，茶导师介绍这款茶是格堂茶园中最具特色之绿茶。

手捧一杯格堂绿茶，我的脑海里又浮现出那晚在同事家喝的绿茶。那晚的绿茶，叶子比这个更细，颜色更加浅淡，柔嫩的淡绿色，淡到如果不细品，便觉不出它的茶味，它的细而柔的嫩，嫩得如同刚出生婴儿柔软的肌肤，只有细心品味，才能感知它的香，它的纯，它的质，而至于那晚，我一杯接一杯地喝它，以为它很淡然，不会让我心生醉意，不曾想，那一晚，因我的确喝得太多，把我的头都喝大了，感觉头脑里面空灵得无法裹住我的睡虫，无法让睡虫安歇。我平躺着，脑子里却清醒着。先生同时和我一起喝茶，他却没有我那么大的反应，也许是我不适应喝晚茶，先生每晚必泡杯绿茶，即便百事缠身，他也从未离开过绿茶伴身。而无事时，他手捧书卷，亦茶亦阅，有绿茶，香烟亦少抽了许多。而我竟然不敌这么嫩的绿茶浸润。

在格堂茶园内的茶室里，我与一同来的姐妹，一起再品绿茶，满屋茶味熏香，听茶故事，聊谈茶艺。右手握杯，左手轻点杯底，托起茶杯，送至嘴边，茶气飘然曼妙，于杯口腾腾袅袅升起，悠然漫溢，那茶香气息飘拂于我的脸上，滋润脸上每寸肌肤。我轻啜一口，茶水是烫热的，而嫩茶叶却带着点清凉，细嚼入口的每一片绿叶，虽嚼不出父亲嚼茶的"嘎吱嘎吱"声，但茶叶的清凉味道直达心底，和那晚喝的绿茶一样，我把茶水喝干，连同茶叶都嚼碎吞下去。

茶喝已尽兴尽情，起身要去茶园。梦菲引我们去茶园采茶，她从屋里拿出采茶叶的竹篾陀篮，给我们一人发一个。

茶园在茶室后山。沿麻石铺成的梯级，爬至一处高地，眼睛往前一看，一大片茶树尽收眼中。与我儿时在家乡公社后面的茶林相比，这里的茶园整整齐齐，捡拾得干干净净，一笼笼绿茶树枝修剪得绝无旁逸斜出，像是一条条绿色长龙，也像是一道道漂亮的绿化带。茶林地里，有采茶女正专注采茶，她们是格堂茶场请来的采茶工。格堂属于望城家乡的河西这边，河西女子采茶都是双手并用，每个采茶女都是我儿时见过的金辉姐一样，她们双手采茶如同在古筝琴弦上弹琴奏乐，看到这些河西女子采茶样子，又勾起了我童年时的梦。

我们相约的几个姐妹走进茶笼的巷子里，摆着各种摘茶姿势，志坚姐姐背着大背包，原来她早有打算，她拿出长焦照相机，在我们采茶时，不断抓拍我们采茶时的模样。儿时和队里的女子一起采茶，哪有人来拍采茶照，为了生活，谁都没有把生计活来当娱乐活动享受，而今，我们来参看茶园，茶园既是采茶基地，也是我们娱乐休闲时的美丽背景，我们和为生计采茶人一同做着采茶事，也在茶地里摆着各种优雅姿态，让镜头定格我们独特的采茶样式。

绿茶地里，因采茶的人劳作而美丽，也因我们这些体验采茶劳动情趣的人们而变得更加生机盎然。

我在想，如果我老家的那片茶园还在，我相信也会有这样一群人去那里采茶，释放悠闲情怀，让昔日艰苦的劳动生活，演绎出今天充满幸福与欢愉的劳作，让绿茶清香氤氲出更美的生活图画与色调。

乡女采茶

河西妹子会采茶，双手并举快如麻。老家大人们都说：河西女子特别会摘茶叶，她们不但摘得快，而且还能双手同时摘。

直到现在，我还一直在脑海里回放河西人采茶时的情景。

春季的一天，正值假日，我闲在老家无事。走出家门，不觉到了邻居金辉姐家，金辉姐正一身特殊装扮：头戴一顶草蒲帽，帽子里拖出一条粉色头巾，头巾一直拖到两肩头，背心里以下。脸部也只露出三分之一在外头，我见金辉姐如此打扮，忙上前招呼，询问她这是要去干嘛？她那金嗓子一开声，便一阵热闹，见我来她家，连忙招呼我进她屋里坐，我知道她要出去忙，推辞不坐。

言谈中，我得知她是去山上采茶叶。这下我可兴奋了，多年来，我一直喜欢观看河西女子采茶叶的"表演"。她们其实不是在表演，是在作古正经干活为生，可她们采茶这种生活技能达到了炉火纯青的地步。我把她们为了生计地干活，看成了一种技能表演。金辉姐见我那么喜欢看她们河西人采茶叶，就答应带我一起去茶山。

春风徐来阵阵，山塘水波不兴。我们爬过一道坎，绕过一道弯，来到了家乡丁字老政府后面的那一片茶地。那时候，由丁字公社改为了丁字乡。老家还是我儿时不变的模样，没有建大学，没有征收山地，一片绿色茶林，一片生活美景。

小时候，我第一次进茶林，为了看河西女子采茶，这一次进茶林又是为了看河西姐姐采茶。金辉姐一走进茶林，立马开始摘茶叶。只见她将茶框挪到腰间，腾出双手，开始双手在茶树尖上不停地跳动，两只手同时在树尖上像鸡啄米一样，不停地啄，又像是美丽的女子弹奏古筝时，双手在琴弦上跳动出美妙的弦音，不一会儿，两只手里抓满了嫩绿绿的小青叶，再双手同时往挂在右边的茶框里一放，又开始新一轮采摘，又满满两大抓……就这样神速地采摘，不到一个时辰，一大框绿色小青叶挤满了整个茶框，放肆压都压不下。我并没闲着，用我的技巧在努力采摘，和金辉姐同时间收工，我才摘了一个不大不小的塑料袋那么点，不到金辉姐采的十分之一。

我一边采一边讨教采茶技巧，金辉姐都毫无保留地教了我，我学着她的方法去做，还是没有她那么快的动作。她笑着告诉我：这是她从小练就的绝活，没有什么特别的诀窍，就是熟能生巧，同一件事，反复做，做得多，就成了诀窍。

熟能生巧的哲学，竟被采茶姐姐脱口诠释，学问是从劳动生活中悟出来的。记得这个成语是从那一则文言故事《卖油翁》里提炼出来的，这个道理在劳动中随处可见，如今用在金辉姐采茶叶这件事情上，也真是再贴切不过了。其实许多深奥的道理，都是从生活实践中慢慢总结出来的。

老家人说，河西人勤劳，正是他们不厌其烦地认真干好每件事情，每件事情都做得熟练自如，就成了他们生存的绝活，也成了他们能干的标志。

稻香时节

稻香逸逸田垄茫，农人碌碌烈日长。收获季节，故乡老家一片繁忙。儿时，我家因父母都有份工作，便没有农家那种农事的忙碌。

不太懂事的我，闲在家里，觉得没有味，就瞒着父母，跑到邻居家，找同龄同伴玩，同伴们因要到田间帮助大人们干农活，不舍地和我辞别去了田野，我看着她们的背影，感觉阵阵失落，便不顾炎炎烈日，光着头，脱掉凉鞋，舍得白白嫩嫩的赤脚走上污泥堆成的田垄。伙伴们见我光着白皙的双脚，高一脚低一脚地在田垄上走，不时回望我，笑我不事农活的模样。我那时并不知道她们笑我不会农活，只顾图一时开心，也为了能和玩伴一起感受快乐，那些善意的"取笑"我都不放在心上。

丰收的田野，稻香四逸，稻浪翻滚。收获的农人，说说笑笑，泥浆残草，贴在它们浑身上下，头上，脸上，腿上，一身黑泥一身汗，一把污水一把犁，一幅老家农人们干农活时的图景。尽管如此，人们还是干劲十足，口渴了，他们拖着缠满污黑泥浆的腿，淌过浑浊的田间水，累得几乎要僵硬的双脚，一颠一颠地走到那水桶水壶边，倒一大杯老姜老茶叶泡出的浓茶水，咕哝咕哝，一口气喝了一大杯，还没有解渴，再来一杯，仍没过瘾，又倒一杯，直到那水完全充实他们干活时全身出汗失去的水分，他们才放下水杯，喘口气，转身又忙去了。

我在田间，有时帮我的同伴打打下手。儿时的我，甚是讨人喜欢，尽管大家忙得累得都想趴下来休息，见到我的长辈、同辈，还是那么客气地叫唤我的昵称，客气地打我招呼。有的哥哥姐姐还可惜着我在太阳底下晒黑了皮肤，催促我藏到田垄一角的灌木丛边避开烈日，有的还帮我用新打出的稻草搭成一个三角形门口的小草房，供我躲在里面遮挡阳光，可我那时就不那么服服帖帖地听从他们的安排，我在草房子里待一会儿，又出来，出来一会儿又进去。

我并不闲着，去帮他们搂一堆堆草，抱一把把稻穗。尤其是稻穗被割倒在田里，要抱给大人们放到打谷机上打下颗颗粒粒出来，搂着一把又一把，在田间里跑着送到打谷机旁，这会儿是田间收获忙碌的高峰期，也是最耗体力的时候，我见大伙儿忙得直喘粗气，在污泥里割稻，搂稻穗，踩打谷机，担谷子，捆稻草，干活时速度如同赛跑，溅一身泥浆水，浑身上下直淌污水，心里不由产生莫名的同情，觉得自己一旁闲看与他们的忙碌很不相宜，不如更加努力地帮助他们搂稻穗。

现在我已经明白，那时的我，不计报酬，不嫌脏，不嫌累，和老家农人一起在田间滚打跌爬，确实招人喜爱，尽管我一身白皙肤色，因为我并没有矫情而娇气，我的心总和我老家农人们连在了一起。

如今回老家，看到昔日那些邻居们，他们还会回忆起过往的事情，总会说起我那时不怕太阳，不怕晒，不嫌污泥，不嫌脏的小故事。

我也还时常提及儿时，伴着辉姐姐的亮嗓歌喉长大，常常听着老家人们称赞河西妹子的能干，勤劳，朴实。

五、温馨亲情

昨夜梦中惊醒

低低的呻吟，从我的卧房隔壁的房间传过来。我忙从床上爬起，跌跌撞撞地走到母亲的卧房。

母亲正下床，她要起夜，我听到她呻吟，忙过去搀扶她的手，我感觉她颤抖的身子的震动像电波一样传到了我的手上，从手的部位，又传到全身。

母亲一直呻吟，平时她从来不呻吟的，呻吟是因为她哪儿疼痛吧。我问母亲："哪里痛，跟我说吧。"母亲不回答我，她径直地朝厕所方向走。我也只好搀扶她朝厕所方向去。厕所怎么变得不一样了，它像一张床，母亲示意我把她扶到那张床上，她躺下去，似乎在那里上厕所。一会儿，她艰难地挣扎着要起来，我见她起来十分艰难，便用右手顶住她的后背，左手抓住她的左手，用力才把她扶起来。她坐了起来，双脚下床，我又搀扶她走回卧房去。才走到客厅，她的身子突然向右侧一沉，口里吐出一大把涎痰，她的身子忽然又软又沉。"妈，你怎么啦？"母亲没有回答我，我大声喊："妈，妈，妈～！"母亲仍然没有搭理我。不好，母亲真的生病了，她瘫痪了，我的头突然蒙了……

像是有什么东西猛地砸我一下，我的身子一震，震醒过来。我睁开眼，房间里只有微微的光，那是从窗帘缝隙里透进房间的路灯光。我的意识清醒了，原来是一场梦。

卧房静悄悄的，客厅静悄悄的，母亲那边房间也没有传出呼吸声。这个世界安静极了，连夜间鸣叫的虫声都禁止了，夜，静得出奇。一种莫名的感觉涌向我的心头，我得起床去看看，看看母亲怎么样。可我又没有起来，我平躺在床上，眼睛睁大，直盯盯地看着天花板。我的脑子里回放起刚才的梦境。那梦境仿佛放电影似的，在我脑海里播映。母亲瘫痪的模样也在我大脑里回环演绎，我的心一阵阵发紧，我不敢想象，如果母亲真如梦境中那样病倒，我平静的生活之湖，必将激起涟漪，我再不能这么安逸地工作学习和生活了。我心里默默地想象着一种可怕的生活情景。

梦中醒来的我已不可入眠。我在想自己为何会做这样的噩梦，有人说：日有所思，夜有所梦。可我日里并没有想母亲病的事，我的执念里，只想着母亲一定得健康长寿。我曾和母亲的亲侄女儿们开玩笑地说："母亲从跨入古稀之年开始，我就已经背着母亲在工地上打工。"她们一时不懂我的意思。"我住我所在工作单位的房子，母亲随我在单位宿舍里住，住房条件，按现在富裕程度，我只能算住在工地上的工棚里一般。你们说是不是像背着母亲在工地上打工，我没有给母亲优越的住房条件，没有给母亲精致的生活，唯一有的就是天天能相互看得见对方。"她们都笑了。有时我还跟母亲闹点小别扭，我妈在七十五六岁的时候，脊椎就逐渐下弯，现在弯成了接近九十度，我一切的努力和付出，都被那根突出的脊椎抹掉了它光亮和色彩。不管我怎样努力，我无法阻止母亲脊椎的弯曲，母亲弯曲的背影，似乎否定着我对她所有的关爱和照顾，其实这是她自己不敌老去的自然规律。

我像教学生那样，常常在母亲面前教她如何挺直脊梁。可是母亲只能偏着头看我一眼，不说什么，仍旧弯曲着脊椎，从我身边矮矮地走过，看着那脊椎骨突出很高的背影，酸楚的感觉常常掠过我心头。

看到别的老人，八九十岁还那么健朗，我心里特别羡慕。我有时心里责备自己没有照顾好母亲，没有让母亲过上舒心的日子，母亲才长成这个样子。每当我将自责诉说给真心对我好的朋友和真心关爱我的亲人们听，他们都说，人老了的样子有多种多样，母亲背脊弯曲总比瘫痪不能动的要好很多。每当想到那些点点滴滴都得要人照顾的老人，我又觉得母亲还算很好。

有一天，我看到一位文友在天山那边传来照片，他母亲的背影挺直，自己骑着一辆老人电动车到车站接她四五十岁的儿子回家，我想象着那个背影的脊椎有多坚强，她还能扛起接儿子的重任，还有另一张照片，那位母亲满面笑容，这是她面对儿子的镜头在笑，笑得像一朵绽开得灿烂无比的花朵，她的笑容，和我的母亲很相似，那是母亲见到儿女时，发自内心满足的笑。

母亲既希望儿女离开她在外工作，母亲也希望能常常见到儿女。她不希望给儿女带来负担，当她老得很多事做不好时，她又想儿女帮她一把，可她这种想法也不会轻易说出来，她怕耽误了儿女的"正事"。母亲常常因为这些想法，在电话里总会说:"你放心咯,我很好,你只管搞你的,莫担心我,我晓得照顾自己。"而脊椎弯曲后的母亲,她举起衣叉,却取不下我帮她晒到阳台那根晾衣棍上的衣架,她无法取到挂在一米多高墙壁上的袋子,无法插一米多高的插座,无法扯到一米多高纸袋子里面的卷纸……她身边需要人照顾,她腹部留着一尺多长的刀疤,身体虚弱的母亲,在不想拖累儿女的矛盾中,做着各种选择。

　　看到那逐渐弯曲的背影,我决心带着母亲走进"工地"。

　　……

忆想外婆

　　母亲的母亲，我的亲外婆，在母亲忙于工作的时候，她帮母亲带我俩哥妹。外婆带着我吃，带着我睡。外婆说："带细伢子，夜里最难熬，一怕细人子盖多了，蒙住呼吸，窒息了不得了，二怕打开被窝凉了胸口得伤寒……"

　　在一个冬天的夜里，八十多岁的外婆帮我一起看护我的孩子时，说起了她老人家带我小时的事情。小时候，我身子弱，三天两头夜里发高烧，有时半夜我吞咽唾液的声音连续不断，外婆就能判断我又凉了胸口，便马上从床上爬起来，就着晚上带小孩不灭的煤油灯的微光，从床上下地，端着煤油灯，到卧房隔壁的厨房去打温水，她老人家为了夜里可能要多次起床，长期和衣而睡。打来一盆水，放到床铺下边的踏板上，揭开背上的衣服，和外公一起在我背上扯痧，幼小的我哪里受得起扯痧的痛，哭叫声钻出窗逢，在夜空中回响飘荡，钻进附近的人家。第二天，邻人家的舅舅阿姨们都心疼地问我外婆："昨晚小外孙女儿尖叫地哭，又扯痧啦？"外婆在邻居问她时，将晚上给我幼嫩的背部扯痧那一幕情景，告知给邻居，后来听外婆家邻居们说，外婆带我的晚上，几乎不曾睡过几次踏实觉，她的右手臂弯被我枕瘪了，我是枕着母亲的臂弯长大。

那一年夏天，正是荷叶满塘的季节，我站在荷塘边看着一朵朵荷花偎依在荷叶边，娇柔的姿态，像是尽情享受母亲呵护与疼爱，令我不由得想起冰心的《荷叶母亲》。回老家的路上，母亲正在老屋北边的巷子口张望，接近她时，我看到了母亲一脸的焦虑，我疾步走上去，问母亲发生了什么事，母亲说："你外婆中风了，卧床不起，生活已经不能自理了，你舅舅打电话来要我和你小姨去轮流照顾。"

听到外婆病倒的消息，我的脑子"嗡嗡"作响，顿感一阵眩晕，我左手一把抓住母亲的左手臂，右手搭在母亲的肩上，我将母亲裹拥起来。我感应得到母亲的心和我的心在同一频率快速波动。

外婆病倒的消息，在我的世界里如同一声炸雷。那一年，母亲正替我带我的孩子。我们先把孩子接到单位上，一边带孩子，一边上班。我们两点一线的平静生活因为孩子在一起而完全被打乱。那时所在的工作地，没有像样的幼儿园，婆母一直带着大姑娘的孩子，也忙得不能抽身。所幸我和夫君同一单位，我们轮流看护孩子。

半个月后，暑假来临，母亲在外婆那边来电话说："外婆瘫痪在床，舅母的类风湿病也很严重，完全需要一个专人护理外婆。"我知道母亲的意思，她准备留在外婆身边照顾外婆，可母亲也已经六十岁了，长时间照顾瘫痪的外婆，肯定吃不消，我和母亲商量，正值我有假，决定由我来顶替一段时间照料外婆。

那年暑假的守候

　　我从事教育工作，每年都有寒暑假。那年，近两个月的暑期生活开始了，我没有征求谁的同意，拨冗家里琐事，请我先生驱使嘉陵摩托车，直奔书堂车桥的南竹山外婆家。

　　我能感应到外婆那双渴盼的眼睛。外婆中风已经不能自由走动，她期盼她的儿孙们都去看看她，与其是说儿孙们看她，不如说是她要看看儿孙们。原先，每次去外婆家，还只到外婆家对面山坳里，就能听到外婆那爽朗的笑声，外婆爱笑，十里八村熟悉她的人都知道，她的笑声纯粹，不含任何牵强，发自心底的那份对生活的热情，对生活的爱；她从不遮掩压抑，啥时候高兴，啥时候就用朗朗的笑声释放着心里的快乐，从不会因为担心其他而憋住她的欢笑。也因为外婆的笑里不带任何杂质，邻里乡亲都特别亲近她。爱笑的外婆还是村里的寿星老人，八九十岁了，精神气色都特别好，要不是她老人家硬要去她家对面神岭村子，去看她七十几岁的侄儿，不小心被狗撞倒在地，她晚上起床就不会因为脚伤走路时疼痛而摔倒，以致中风。外婆开朗的性格，是她身体一向健康的良药，她活到近九十岁，只进过一次卫生院，那是她后颈部生了个对口疮，已经溃烂流脓，她在卫生院动了手术，当天手术，当天出院，出院在家休养几天，等伤疤结痂，就带着她那爽朗的笑声，做她该做的事。外婆中风的这次生病，是在我二三十岁年纪的时候，在我的记忆里，没有看到外婆生过大病住过院。

我上学前，一直是由外婆带大。外婆的臂弯里刻满了我从十个月大到六岁的印记，我童年的记忆里，也充斥着外婆无数叮嘱的乐音和她夜间起床端着煤油灯在卧房晃动的身影。儿时的我，体质很弱，父亲说过，父亲把我抱在手里，只有小猫崽那样的重量，一只手抱着我可以抱半天，不用换手都不感觉累，可见那时我有多瘦弱，那时外婆带着我又有多担心。可外婆从来不会因为担心而不带我，她为了我的父母能安心工作，她心甘情愿地扛起带我的重担。在我们家，我觉得外婆就相当于今天这样的家庭里请的带小孩的保姆。

一个初冬的早晨，阳光轻柔地照射整栋房屋，把冬的寒气驱赶出每间屋子。外婆见太阳出来了，连忙将屋里的棉衣被子鞋子都拿出来晒太阳。幼小不懂事的我，一刻也不让外婆省心，外婆走到哪里，我就跟到哪里，外婆到厨房去拿椅子到外面坐，我也跟到厨房，我看到厨房案板上有杯子，才刚刚一案板高的我，伸手就去拿杯子，见杯子里无水，信手就将杯子旁边的热水瓶一拖，想要倒水，我那么一点点大，那么一点点高，怎么拿得动热水瓶。那一拖，将热水瓶拖倒，热水瓶的塞子掉下，热水瓶里的热开水冲了出来，罩着我的头部冲过来，热开水从我的头顶直冲到脚跟，刹那间，我的头上，身上，全被开水烫出许多水泡。我尖叫的哭声，吓得外婆慌了神，在我身边团团转，我们家顿时西河水战，像天塌下了一样，所幸是早晨，我的父母还没有去上班，正从菜园里回来，在替外婆准备中午的小菜。他们见我被开水烫成一个全脑袋都挂满水泡怪模样，一时间也吓得全身直打战，哆嗦着站在那里不知道抬步走路了。这时，过路邻居们见到我的模样，都大喊大叫起来，直喊我的父母赶快去搞些狗油来帮我抹水泡，疗伤。

父亲僵着身子站在那儿说："无缘无故，哪里会有狗油啊！"

"快上我家去，把我家那条黄狗打掉，割肉煎油！快，不要再耽误了，再拖延时间就冒得好疗效了！"邻居家王伯伯当机立断，要父亲去他家打狗，然后煎熬出一大碗狗油，父亲又跑到邻居喂了鹅的人家，抓起白鹅那长长的颈项，在鹅的羽翅上拔几根鹅毛拿回家，在热水里洗干净，甩干，在冷却好的狗油碗里蘸些狗油，然后将蘸有狗油的鹅毛在我烫伤的各处轻轻涂抹。据说狗油是治一般烫伤的神药。

有人看到我现在的样子，根本就不敢相信我有过一次惊心动魄的烫伤经历。那一次烫伤，幸亏开水并不很烫，是先天晚上烧的，只因我那时年幼，皮肤经不起太热的开水。我长大后，听了解我烫伤经过的大人说起我烫伤的过程，都说我运气好，一是搭帮水不是当天烧的，二是搭帮邻居伯伯舍得打狗熬狗油，三是我的外婆三天三晚没有合眼睡觉。我烫成那样，外婆比我的眼泪流得更多，她天天一边流泪一边替我抹狗油，抹烫伤药，喂消炎药，眼睛一刻都不离开我，天天抱着我，还生怕我用头去撞痒，用手去抓那些发痒的伤口。

"哦得了洛，一个漂漂亮亮的细妹子，烫得满脸是水泡，两个耳朵像吊着耳环一样。"人人个个见了我都会发出相同的感叹。外婆听了，只晓得默默掉眼泪，也不会说出话来。

我烫伤的那一段时间，外婆瘦了至少二十斤，突然之间老去了二十岁，头发白了一大半，外婆最标志性的笑声沉默好久。烫伤疤在我身上持续了近一年，外婆一步不离地看护我近一年，我养胖了，外婆却累得皮包骨头。伤疤的颜色，随着时间的推移而逐渐淡去，脸上渐渐恢复正常的模样，外婆的脸也渐渐绽开了点点微微的笑意，但那笑里没有发声，她的声音笑不出来，因为那一次的担心，让外婆忘记了自己，心里只有我的存在，眼里也只有我的烫伤，在她老人家关注的目光下，在她老人家日夜不停地呵护治疗下，我的烫伤一点痕迹都不留，疤痕全都荡然无存。我已还原了我的本色，外婆也才渐渐还原她的笑。

在我的成长中，外婆的付出是除父母以外再也不会任何人可以相比的。我还有什么理由不去照顾我中风了的外婆。那一天，先生送我到外婆家，我疾步走至外婆床边，我见到外婆歪斜着嘴躺在床上，眼睛睁得很大地看着我，浑浊的眼眸里，漾着泪花，我的泪珠子再也控制不住地直往下掉。我侧身坐在外婆的床沿上，用右手伸进外婆的后颈项，左手抓着外婆的左手，将她慢慢扶起来，半坐半躺着，外婆说话已口齿不清了，我从她那模糊的话语中，分辨着她要表达的意思，我知道她要告诉我她是怎么摔倒，又怎么一个人在幽暗的灯光下挣扎着爬起来的情景，当她感知到自己身体的右边完全不听使唤的时候，她才大声叫喊起来，她的叫喊声惊动了隔了一间堂屋的舅舅舅母，他们听到呼喊声，忙起床，也是跌跌撞撞地赶过来，因为舅舅舅母也已经快七十岁的人了，舅母类风湿关节炎多年，身体不是很好，外婆为了不让他们过多地担心她，总是尽量将能做的事情自己去做，能帮的事尽量去帮他们，一个老人能活成这样，已经很不一般了，直到摔跤后，她还在自己挣扎起来，不想麻烦人。

外婆见到我，终于忍不住掉泪。她本来想用伴随她一辈子的笑声迎接我，可是，她老人家到底还是没有忍住，她要将一辈子忍住的那些眼泪全部释放出来，在她一手带大的外孙女面前，她可以毫无顾忌地表达一下对生命的无比眷念，而又无法遏住感伤。

那个暑假，我陪伴外婆照料外婆近一个月，直到我小姨腾出工来接手照料。我帮外婆接大小便，帮外婆洗澡擦身，洗衣服，帮舅母打扫房屋卫生……

外婆的病拖延了近十个月，在外婆生命的弥留之际，她在昏迷中喊着她儿女子孙们的名字，而我没有在她老人家生命结束的最后那一天守候在她身边，她离开的那天下午，一直叫着我的名字，我知道外婆是盼我去送她一程，她记得我陪伴她，帮她洗澡洗头发的时光。

直到现在，只要提起我的外婆，我的脑海里就会呈现外婆慈祥的模样，她的模样，成了所有外婆群像中的标准样貌，我想，只要是外婆，保准是我的外婆那样善良，慈爱，那就是外婆。

母亲帮我带孩子

一个晴朗的下午,太阳就像外婆爽朗的笑声那样朗照大地,阳光照在外婆住的那间房子的窗口上,悄悄探进外婆的卧室。

外婆弥留之际,喊着我的名字,这是表妹含泪告诉我的,直到喊累了,她才闭上双目,静静地睡去,围在她床边的儿孙们见她老人家安详地睡着了,便都散到房子里的座椅上坐下,静静地陪着外婆。

太阳光似乎也知趣,像是怕打扰到外婆的睡眠,悄悄地退出房间,贴着窗壁,慢慢地往外退,一直退到阶基中间。正在这时候,外婆脸上突然现出微微的笑意,陪在房间的人都悄声说:"看得出,老人家对一切都很满意,她才这么安详地睡着了,睡着了还在笑。"外婆带着微笑,头忽然向左侧偏去,那笑容定格成了永恒。

外婆含着笑走了,离开了她深爱的亲人,留恋不舍的人世,屋子里所有的人都无声地下跪在她的床边,看着她那慈祥的面容,默默地看着她老人家,每个人脸上的泪水无声地挂在双颊,又滚落在地,浸湿了地面……

一切按外婆家那边的风俗,在一大队邻里亲人的护送下,外婆回归青山和外公合在了一个地洞里。

母亲从外婆那边回来了。我六十岁的母亲，面对她八十多岁的母亲的离世，她一直用沉默告诉所有的人她对老母亲的怀念，她对老母亲的不舍。有时候我看到母亲无缘无故地红了眼圈，不好直接问母亲，我知道母亲又在想念她的老母，她只有独自一人的时候想母亲，才能尽心尽情地想，才能想得透彻，她们母女之间的情感和事情，才会在独想的时候迸发出来。还好，母亲身边有丈夫和儿孙们，她并不孤单。我理解母亲的失母之痛。我失去外婆的那种心里的难受，足以让我好长时间无法从中走出来，我记得外婆带我的时光里的点点滴滴，就是那些点点滴滴，让我永远不能忘怀她，怀念着她，何况外婆是母亲的母亲。母亲把失母之痛深深埋在心底，她没有用眼泪去诉说一切，她只是用好长一段时间的沉默，在心里怀念她的母亲。因为心里的痛，母亲和我都不愿随便提及外婆的事，那一段时间只要提起外婆，我们便会好一阵默默地流泪，那种痛的怀念挥之不去，唯有让时间冲淡这一切。

母亲帮我带孩子，就像我的外婆带我时的那样，精心地为她的外孙女儿做着一切。孩子晚上尿床，一晚上要给孩子把几次尿，母亲不曾好好睡过一次踏实觉。我的孩子在我母亲的悉心呵护下，长得健康活泼又可爱。

母亲帮我带孩子的那几年，父亲的右颈靠近耳朵的地方长了个肿块，开始的时候，那隆起的肿块不太大，父亲根本没有注意。那日，父亲从菜园回来，他打了一盆洗脸水，端到房屋阶基的水泥案板上洗脸，我站在案板旁边正在看房屋前那棵橘树上的橘子，转头看向父亲，发现父亲的右耳朵下隆起一个肿，我伸出左手的食指，在那个肿上摁一下，感觉硬硬的，"爸，你右耳朵下面长了个坨，你不知道吗？"父亲听我一说，右手下意识地去抹那个隆起的肿块，"是的，我还冒注意过，不知什么时候生出来，不痛不痒，冒的感觉，所以就不知道长了这么个东西。"我心里一紧，有一种不好的感觉涌上心头。以前听人说，凡身上长的包疖，如果不痛不痒，反而不是好事，那种包疖有可能会是大病的征兆。这种感觉让我心里一下子慌起来。"爸爸，你务必在三天之内去医院体检，查查看那个隆起的是什么东西。"可能父亲心里也很紧张，他对我的强硬态度没有反感，而且表现很主动。第二天他便上地方上的名医那里就诊，地方名医没有直接说出父亲的病症，只是建议他上大医院去确诊。

父亲敏感到自己可能病得不轻，他话里有明显的沮丧语气。我安慰父亲说："医生的话，都会留一手，不可全信，你自己要有三分判断，自己最清楚自己的身体。"父亲需要精神支柱支撑他去大医院确诊。

在机关上班的老哥哥听说父亲生病了，立即赶回来。那时家里的交通工具只有一辆单车，哥哥单位倒是有公车，哥哥为了让父亲心里沾点虚荣，提高他的情绪和对病情的信心，便请单位的车送父亲去医院。父亲坐着儿子单位派的车，一高兴，忘了自己是个病人，压抑一向的情绪忽然激昂起来，在大医院的每项检查，他都十分配合，检查过程顺利完成。哥哥翻看父亲的病历，发现病历上有个 Ca，并在这个英文名字后面打个"？"号，当时，我们都不懂那个英文名字是什么的意思，而是后面那个问号又给予了我们无限想象的空间，它至少在一个绝症的阴影里透射了一丝曙光，没有让我们震惊到无法回神的地步。

地方名医拿着父亲的病历，认真地给父亲解读着那里面医生用的特有书法陈述出的父亲的检查结果。从地方名医的解读中可以判断，父亲的病还是有几分救赎的可能。父亲听了医生们的病历解读，觉得自己的病还有救，精神显得好了很多。

后来我才知道，这些全都是我先生和哥哥他们合计的。他们和地方医生商量好，告诉医生们统一口径，如果父亲拿着病历去请教他们解读，就一定得往好里说，不能告诉他，他的病不好治，有时候精神治疗比药物治疗更重要。果然如此，父亲对治疗他的病满怀信心。

母亲读中专时是学药剂学的，她用手摁父亲耳朵下那个隆起的包块，她感觉那包块很坚硬，用力去推挤，都推不动，她从中医药书里面找到的依据是：包块坚硬，推挤不动，不痛不痒，乃无名肿毒。早期的中医药书中严重的肿块就是无名肿毒。母亲说，她那时读的中医药书里，只看到过无名肿毒，无名肿毒在中医里算是很严重的肿毒病症，可能和癌症差不了很多。……母亲一边带我的孩子，一边帮父亲查中医药书籍。有时哥哥的孩子在幼儿园放假时也回来了，父母亲一起带着俩孙子，一边看医药书，还一边自己配方捡药。母亲心里明白，要用中医治好父亲右耳下那个肿块，是一件十分不容易的事情，母亲更明白，如果让父亲去住院治疗，一向节约的父亲绝不会去花这样的钱。但如果不治疗，父亲的那个肿块会在不到一年时间足以置父亲于死地。母亲为了不让父亲背上心理负担，她从中医药书上得到的理论去帮助父亲解除心里阴影，她要父亲再去中医院看病，中医治疗比较保守，不会让父亲被严重的病情吓到。父亲信了母亲的建议，他只身乘上去省城的轮船，找到了中医院，在中医院教授那里开了二十几位药组成的药方，一次性抓回了三十服药，中医教授告诉父亲，以三十服药为一疗程，吃完一疗程，再去服药单，再吃第二个疗程，以此类推，直至那个肿块软化为止。

母亲学的是中医，她十分认可中医治疗。从此，母亲和父亲又一边带俩孙子女，一边煎汤熬药，母亲为了让中药的药性全熬出来，她一直坚持用木头劈成一块一块，放进火炉里，再用打火机点燃，用蒲扇在火炉边上的出灰口扇风，让木头燃烧成一簇火苗，升腾出炉子一尺多高，再将药罐放到火炉上，让腾出炉子的火苗舔舐药罐底周围。母亲说："这样的火，就是武火，煎药先用武火将水烧开，持续半个小时左右，再用文火熬，文火就是火力较小的火。"母亲每天这样精心地替父亲熬药，每服药熬三遍，再将三遍熬出的药汤兑在一起，混乱摇匀，然后指导父亲分上午，中午，晚上三次喝下去。

母亲每天早晨四点准时起床，三道药熬完，才到上午九点左右，这样就好让父亲按照最好的吃药方式服药。每当母亲熬药时，父亲就在屋里专心致志地带孙子孙女儿，择菜，煮饭……一家老小其乐融融，一点儿不觉得父亲是个病人。

熬的日子

荷塘荷花艳丽，荷叶茂盛。每每路过荷塘，我总要在塘基边徜徉。夏日荷塘边，散步的人群和我一样，流连于此，观盛放莲花，品早熟的莲子，探荷叶下朵朵待放的莲蕾，从单位到母亲家看孩子，经常路过这片荷塘。

母亲帮我带孩子，我放心，也能安心，一如荷叶呵护它的莲花那样，莲花总在荷叶下边安享着那份温暖的怜爱。孩子在母亲那儿，我回家自然很勤。尤其父亲已生病，母亲要替父亲煎汤熬药，还要和父亲一起带我的孩子，我能感受得到母亲的劳累。为了熬药，母亲坚持了整整一个月早起，父亲坚持吃完了第一疗程的中药。中药的药性柔而缓慢，吃多了，有的药有一定凉性，吃下去胃不好受，父亲服中药以来，经常出现腹泻症状，母亲因为学过中医药理，她能随时帮助父亲调整药性。我佩服母亲，她学的是中医药剂学，可她上过班的工作单位全都是做会计事务，她的会计学是后来自学的，她自学会计后，从事单位的会计工作。

那一年，她去县城学习几个月，是去学会计方面的知识，考会计证。父亲的单位也在那个时候派他去学习行政管理，哥哥在县属中学上高中，只有我在社办中学读初中，家里只剩我一个人。父亲亲自到外婆家，接外婆外公到我们家来照顾我。母亲学成归来，她把会计证放在书桌上：红色的塑料封面，封面上写着"会计证"几个烫金正楷字，我伸手拿起那本会计证，翻开看里面的内容，我看到里面用钢笔填上了蓝黑的字迹，其中有一个格子里面写的是阿拉伯数字"97"，那是母亲会计证的考试分数。满分一百分，母亲居然只扣了三分。那时，我在心里已经很佩服母亲了，我觉得母亲很厉害。母亲却很淡然，她不在任何人面前表现出她身上能干的一面，她只是默默无闻地工作，在家里，她默默地做家务，在我们面前，她从来没有多余话，从来不起高腔，更不要说唠叨了。

我记得母亲的珠算也很厉害，她在算盘上算几位数的除法，除不尽的数字，可以算到小数点后面的六七位数上去，而且速度特别快，准确率非常高，经她用算盘打过的数字乘除，错误率几乎为零。

母亲是当时单位会计队伍里的骨干，可她一点也不张扬。"做会计，账面有一分钱不平衡都不行，如果出现不平账，就证明账目出了问题。"我有时候听到母亲和同事说起会计方面的话题，母亲话里，强调最多是精益求精，这里面也彰显了她那种高度负责的态度。我没有看到母亲工作的现场，可我从她每年拿回来的荣誉证书和奖状，就可以感受到母亲的工作情况。她对待工作岗位就像对家庭一样珍视，她的每一本账簿，在审核之后，就让父亲帮她捆绑好，用油皮纸封严实，为了防潮，父亲在我们家竹篾楼层上铺几块木板，把母亲的账簿放到我们家卧房楼上的木板上，母亲说："公家的账簿至少要保存十五年，不能让账簿损坏了。"父母亲把公家的账簿看得比我们家任何一样东西都珍贵。

有一年冬天，母亲去上班，她突然感到肚子隐隐作痛，可她还是坚持坐在办公室做账，快到年底了，会计工作，年底是一年中最忙的时候，母亲还有一个账本的账没有完结，她连续加班加点赶进度。肚子的疼痛越来越严重，她左手摁着腹部，右手不停地写算，不停地用算盘计算每个报账数字，肚子已痛得她满头是汗，她还在坚持要把最后的几个数字算完，当她做完最后一页账目，汗水已浸透她的衣服。有同事进她办公室来，见母亲脸色惨白，大汗不止，知道她生病了，连忙把单位的货车司机叫过来，要他们先去我父亲的单位接来我父亲。父亲见母亲那痛苦模样，便请求母亲单位的司机开车送母亲去卫生院看病，卫生院的主治医生替母亲把脉，急切地说："趁有车在，快送省城大医院救人。"当机立断，他们就把母亲送到了湘雅附属二医院，附属二医院接待母亲救治的实习医生误诊了母亲的病情，母亲腹痛一直在持续。小姨得到消息，她立马请求调他们单位的中巴车，将母亲送到市第一医院。

医院立即集合了医院几名主治医生会诊，确定母亲腹部卵巢内有个大囊肿，必须立刻动手术，生命已经危在旦夕。手术后，医生说："如果迟送医院半个小时，那个大囊肿就会破裂，生命就很难保住。"母亲身上的那道一尺多长的刀疤就是取这个囊肿留下的。

真是大难不死，母亲手术后，单位领导同事倍加关切。在父亲和外婆的精心照料下，母亲身体恢复较快。那个年代医疗条件相对落后，手术失血过多是没有办法控制的，母亲的体质变得虚弱了很多，母亲对工作仍然没有过丝毫懈怠，直至退休。退休后过了两年舒坦的日子，父亲右耳下的肿块，又成了母亲心里悬起的一块石头。

面对生活中的风浪，母亲从来不会退却，更不会妥协，她坚持帮父亲熬药，让父亲按医生的治疗方案治病，父亲右耳下的肿块渐渐地在软化。母亲的坚持，也终于让一家人看到了希望，她更加坚定信心。

软坚散结

晨曦悄然让房屋披上金色的薄纱，母亲从起床到吃早饭，已忙碌了两个多小时。

这是母亲在帮父亲煎熬第一百零五副中药的第二道药汤了。母亲一直守候在火炉旁边，添柴，扇风，药罐蒸汽从盖的缝隙钻出来，飘飘悠悠向空中散开，整个屋子里散发着中药香味。母亲让药香味包裹在里面。"每服药煎熬三道，每道煎熬至少两小时，从凌晨四点，到上午九点多，三个多月，天天这样熬，从冒间断过一次……"母亲一边打着蒲扇，一边说着熬药的经历。

"你看见吗？你爸右耳下那个肿块软化了很多了，这些中药都是软坚散结的，也是解热毒的药，身体里的胞疡肿块都是热毒累积所致，中药的解毒达到有效量，那些热毒就开始散开，通过胃肠道排泄体外，就达到去毒效果，中医是靠药物在体内攻毒，解散，排出，比西医手术切掉病灶去毒要慢些，但只要胞疡散掉了，就可以将病根治，中医可以治本……"我不太懂中医，六十多岁的母亲，做的是会计工作，她对自己学过的中医理论还是了记于心，工作的扎实和她为人处世的认真负责一样的出色。

母亲将药的第三道熬煮完武火，在用文火熬药，时针已指向八点。父亲的病，只是一个胞疖肿块，长在右耳朵以下的颈项部位，但不影响他做任何家务活。只是他在心里祈愿着那病不是绝症就放心了，一百多服药吃完后，那个病灶果然软化了许多，不像原先那么坚不可摧。可又出现新的问题，原先不红不肿的肿块，让药物催化得又红又肿，摸上去还有点热，红肿让父亲的脖子变得又粗又大。父亲又开始变沉默了，他每天对着镜子看自己红肿的大脖子，饭量也减少了许多，身子看着越来越瘦。母亲开始翻阅那本家里最权威的古中医药书《本草纲目》，母亲查到：红肿热乃炎症的表现。母亲看到父亲肿大的脖子，心里又急却又喜，她知道病灶红肿比不红不肿不痛要好一点，至少不是太严重的病，心里那块石头可以算落了下来，只是病灶肿大，看上去很吓人。

母亲开始研究那位教授开出的药单，她发现药单里面好些软坚散结的药，软坚散结以外的药就是清热解毒的药物，还有一大包药引，药引是一种灰色掺白色的粉子，母亲对药引这类药没有太大的把握，白色的可能是石膏粉，灰色的粉末有点悬，不知是什么药名。母亲查遍了家里所有药书，药书里面没有看到对药粉的记载，"这个教授的药不能再复方子了，它里面冒得消炎药，再吃下去会出问题了，这个红肿是并发症中的炎症。"母亲又开始分析药物性质，自己配方采草药煎熬给父亲喝。

转眼到了第二年春天。阳春三月，万物勃勃生机。母亲已经帮父亲配了好几十副中药，父亲的脖子终于消了肿，母亲的脸上像春天般洋溢着希望的快乐。只是父亲右耳下的那块病灶没有完全消逝，软化了的病灶还是隆起着。父亲听我先生说老家那边有个叫"王八烂"的人，他治胞疖特别厉害，据说有个外省的女子，患了一种皮肤病，全身溃烂，发出恶臭气，没有人敢靠近她。那位女子四处寻医问药，不知从哪里打听到"王八烂"，她怀着试试看的心理，千里迢迢乘车坐船，找到了"王八烂"，她让"王八烂"看了她的病情，"王八烂"收了这个病人，给她贴了他自己特制的膏药，膏药贴到烂处，那位女子本来溃烂的皮肤烂得更加厉害，女子吓得不敢继续再治疗了，"王八烂"说："你的皮肤溃烂，是一种皮肤病菌感染所致，我可以帮你把你这个疑难病症根除掉。"那位女子听"王八烂"语气里带着把握十足的坚定，她决定留下来治病，在王医生住的附近租了房子，安心住下来治疗她拖了二十多年的皮肤溃烂病。

经过王医生半年多时间的治疗，那女子的皮肤溃烂开始结痂，再过一个多月，她皮肤上的痂掉了，露出新长出来的皮肤，那女子见自己几十年的皮肤溃烂病被王医生治好了，她十分感激王医生，给王医生送一幅锦旗，上面写着：妙手神医。"王八烂"的神医名声也因此更神了。"王八烂"姓王，他在哥哥弟中排行第八，他医治病人的药，一般都是膏药，只要是长在皮肤上的胞疖溃烂之类的病，贴上他制出来的膏药，最开始的疗效是溃烂，药力直达病毒底部，病毒延伸到哪里，药效就追到哪里，没有病毒的地方，即使沾到了药，皮肤也不会烂，等到药物将病毒全部一网打尽，烂掉所有病毒，溃烂处就开始长新肉，长新皮，直到结痂，脱痂，慢慢就好了，几乎都是药到病除。父亲得知"王八烂"的神奇，他决心去王神医"王八烂"那里求治。

拜访"王八烂"

阳光正好。父亲骑着那辆弯杠"飞鸽"牌自行车，行走十几里路，来到了"王八烂"家。

进门，父亲见他家有好几位病人正排队求医。

父亲将自行车停在房屋前坪的一棵硕大的樟树下。一条黄犬从那间侧房里蹿出来，父亲以为是冲着他来的，黄犬站住，抬头，眼睛直盯盯地看着父亲。父亲被黄犬盯得全身泛起鸡皮疙瘩，他将身子蹲下，黄犬突然"唰"地撒腿跑开了。遇到狗就做下蹲的姿势，狗就会逃跑，父亲也把这一招教予了我，"路上遇到狗，不要慌，狗一般不会随便咬人，如果是随便咬人的狗，可能是疯狗，也可能是狗以为你要伤害他，疯狗夹着尾巴，笔直往前冲，不要挡它的道，一般的狗，也不要理它，它如果靠近你，看着你，你就做一个蹲下的姿势，狗会逃跑。"父亲教我抵御路途遇狗防止狗咬的方法。"王八烂"医生家的黄犬见到父亲，叫都没叫一声，它习惯了家里来人。

"你莫怕洛，王医生家的狗从来不咬人，他家天天有来问诊的人，狗也习以为常，懒得开口叫。"从王医生屋里走出一个男子，见父亲蹲身吓跑狗，告诉父亲那只狗的习性。

父亲向那位男子打下招呼，便向王医生的堂屋走去。堂屋里还有三位病人在排队候诊，父亲在第三位病人的后面一张椅子上坐下，他耐心等着王医生给每位患者看病，王医生不厌其烦地向患者讲着如何敷药吃药。

轮到给父亲看病。王医生用手摁了摁父亲右耳下那个隆起的肿块，又捏了捏，询问父亲平时的生活习惯。父亲从来不吃带凉性的茶，他的胃一向不好，只要遇到寒凉食物，他的胃就会难受，伴随着腹泻，父亲害怕这种难受的感觉，他逢凉性饮食不沾。我知道胃肠道不适的痛苦。

有一段时间，就是我孩子出生坐月子的时候，我每天晚上要带孩子，孩子每晚醒来三四次，我怕吵醒了他人，每天晚上只要孩子哭，我就起床，也许是晚上没睡觉，加上孩子吃奶，我每晚饿着肚子带孩子，后来慢慢地开始饿肚子便胃痛，再过一段时间，每晚到凌晨四点，我的胃准时痛，一痛就延续半个小时，等半个小时过去，渐渐地疼痛消失。

满月后，我回了娘家，母亲见我每晚胃痛，心里十分担心，她知道我父亲有胃痛的毛病，她怕我拖久了，就会像我父亲一样，长年发胃痛，以致不能吃寒凉食物，母亲早在二十多年前，就从中医药书里寻找治疗胃病的药方，配了许多药方，也从民间特别厉害的郎中那里寻医问诊，始终没有得到治疗父亲胃病的良方，父亲的胃病便一直拖着，母亲一直也没有放弃为父亲找药方。母亲见我也生胃病，更加注重了配药方。她从一本民间偏方中查到一位看似十分普通的药，就是狗肝冲鸡蛋：将狗肝焙枯，研磨成粉末，再将鸡蛋打入狗肝粉末里，用筷子搅拌均匀，然后用一百度滚烫的开水冲下去，放点白糖，再搅拌，用盖子盖上，等稍微凉一点，一次性直接喝完一碗，这样每天喝一次，连续吃一个月，书上说可以将普通的胃痛病治愈。母亲试着给我做了这副偏方，我连续吃一个月，我的胃痛病居然真的被那个偏方治好了。

母亲也将这个偏方给了父亲，父亲的胃病时间拖得太长，成了顽疾，药效没有那么明显，还是有点发胃痛病，父亲也一直不肯吃清热解毒的凉药。母亲从中医的角度常常劝父亲适当吃点凉茶，"体内热毒长期淤积不排出体外，身体就会出问题。"母亲说得确实有道理。王医生看了父亲的右耳下的包块，也是说父亲不该怕胃痛就什么凉茶都不吃，吃凉茶，有腹泻现象，恰恰是将热毒通过肠道排出体外，是在帮助身体排毒，父亲一直没有让身体清除毒素，以致身体出现这样的病症，只是还好，包块长在体外，看得见，长在体内，就危险了。

王医生询问完父亲的生活习惯，沉默片刻，说："你颈部这个硬块，捏起来周围还是比较规则，我针对你这个肿块，给你配几张膏药贴上去试试看，如果我这膏药贴上，过三天揭开看，包块发烂的皮肤下面如果流出来的是白色脓液，就不是大问题，包块就是一般的肿瘤，如果发烂的地方流出来的是血水，那就不要再贴了，也不要再找我了。"父亲知道王医生说的是用他配的膏药贴在病灶上来判断病的性质。

父亲从"王八烂"家里回来，他把王医生告诉他的治疗方案全部告诉了我们。

倾心照料

其实，父亲可能始终都不晓得，他右耳下那个隆包，成了我们全家心情忧喜的阴晴表。

父亲自己也希望自己的病尽早痊愈。父亲特别珍视这个家，他舍不离开这个家。我的印象里，父亲对生活充满激情情，从来不说丧气话，很少有过消极情绪。他对工作认真，积极向上，对家人关爱体贴有加。我到了上学的年龄，父亲把我从外婆家接回来，和我哥哥一起进学校读书，因母亲的工作单位离家较远，又要上早班，母亲没有天天在家住，父亲的单位离家稍微近点，他不用住单位，父亲每天从单位下班回家照顾我们哥妹俩的衣食住行。

父亲丝毫不要大男子主义，却有着大男子的包容担当和责任感。他在家，家务事里里外外他都做。父亲的饭菜做得很好吃，尤其记得父亲做醉肉蒸豆豉，那种特殊浓浓的香味，别提有多引人食欲。先把肉剁碎，放点豆豉，洒点点精盐拌匀，用一个大的赶碗盛装，然后置于蒸锅。蒸锅里放寸半高的水，正好将蒸菜架没入水里，将赶碗放置蒸架上，盖上锅盖，将蒸锅放到燃得腾起蓝色火苗的煤火炉子上，等到蒸锅里的水烧开了，锅边周围冒出"噗噗"的蒸汽，这时候将火稍微关小一点，让蒸锅在火上继续蒸，蒸到一定时候，蒸熟了，父亲便将锅端离火炉，放在炉子旁边的地上……父亲蒸肉的全过程我认真看过好多次。父亲那样蒸出来的肉，是他做出来的独特风味，我永远都记那味道，我照着做却又做不出那个味道，那奥秘只有父亲知道。

还有，父亲炒的青菜，青得油光放亮，咸淡适中，清香中带点油香的味，让人吃一口便停不住筷子。辣椒炒肉也是父亲的拿手好菜，父亲煎的鱼，又鲜又疏，一点也不腥，做的汤鱼，不但鱼肉好吃，汤更好喝。父亲在家除了做的饭菜好吃，还要洗衣服洗被褥。

农历春节到来前，有一天，父亲蒙住头部，再戴顶草帽打扬尘，只看见他头上包得只露出两只眼睛。他举起长尾扫把，将屋子墙壁，楼上楼下全扫个遍，全屋子经过父亲打扫后，显得更加亮堂起来，过年还差半个月，家里面早已让父亲忙出了浓浓的年味。洗被子更是父亲的事，母亲的单位要到大年三十才放假，家里面筹备过年的事，几乎由父亲一人来弄好。父亲从没有觉得家务事一定得女性做，父亲是这样的顾家，母亲也涂得个没多少家务活干的清闲。

父亲在单位做行政却有做行政的样子，同事有什么需要帮忙，他一定会毫不犹豫地给予力所能及的帮助。他还有与生俱来的绝活：一是能从微细得只有米粒大小的鱼苗中辨认出鱼的种类和雌雄，还是在生产集体所有制的年代，每个区或者公社，都会有专门的农场和渔场，里面要有专业的技术骨干，父亲就是水产业技师。父亲年轻的时候，相当于我们现在称呼的"青年才俊"。父亲十八岁时，就是青年先锋队的队长，他一个人一天能插完一亩三分田，而且是插的是三三寸。在我们老家，插水稻秧苗分三三寸和四六寸。三三寸是插得密的那种，四六寸是插得稍微稀疏的，三三寸插秧比四六费时得多，用的秧苗也多，这一般是插那些产量低的稻种，秧苗不太发兜，插密一点，可以提高田亩的产量。

闲暇时，父亲有时还会给我们上些农业水产业的课，但凡我能够懂得一点点农业上的事，都得益于父亲平时的教诲，他给我们哥妹俩讲农业知识，还总会说："名以食为天，农业生产是人类生存的根本，不要以为农业是与田地水土打交道的，又脏又累，如果生活离开了这些，人类生存就没根了……"不要看父亲小时候因家庭原因，没有上更高一级学校学习的机会，可他后天好学上进，从生活中学习，喜欢看书，从书本中学习，他懂得的天文地理化学和文学知识并不比现在一个普通的大学生少，而他天生的智慧和善良的做人原则，又是书本中所不能及的。

父亲爱工作胜过爱自己的生命。他为了集体利益，他可以不分昼夜地劳作。像一天能插一亩三分田的插秧速度；像他能从米粒大小的鱼苗中分离出鱼的种类和雌雄；像他得了严重的关节炎，不能做水下工作，组织上把他调到畜牧站工作，他能在全县好几百人参加的考试中，考上县州粮和国家粮，录入正式编制；他自学高中化学和数学，他居然能从几百上名考生中脱颖而出，这是父亲极不招摇的天赋。

有时，在回忆父亲一生的时候，我从父亲平凡的人生中搜索他的特点，我发现父亲的平凡里，其实透露着他有很多让人钦佩的东西。"你父亲没有别的本事，就只有一个特点：很单纯。他从不与人斤斤计较，从不当着人一套，背着人一套，从不记仇……"母亲说父亲的单纯，其实就是父亲的正直，无私，老实，奉献的本性。而他只是个普通人，不可能用大气的赞美词语来评价他。

父亲生了病，母亲时刻在照顾他，她每天都翻药书看。听说夏枯草配鱼腥草、苍耳、蒲公英等能治父亲的病，方圆十几里，都留下母亲采草药的身影。为了有更多时间煎药，母亲凌晨四点就走路到上十里外的大堤边扯夏枯草，因为屋子周围的夏枯草都被母亲扯光了。

膏药贴上之后

父亲的病不是没有原因的。父亲是我爷爷奶奶的满崽，爷爷奶奶四十老几养了我父亲。我父亲出生于20世纪30年代末期。20世纪三四十年代，我们国家的情况我不说几乎都能知道，可在那个极其苦难的年代，爷爷奶奶他们上面好多代人，都是仕宦书香门第，是那个年代富甲一方的人家，而国家遭遇苦难，民不聊生，爷爷奶奶撑不住一个家的希望，就只能让其衰落。

爷爷奶奶一共养了十二个孩子，包括父亲在内一起成活下来并都活过六七十岁的只有五个。父亲是个落巴子崽，没吃没穿的年代，能活命就是命大的了。父亲因出生最末一个，与最大的相差二十几岁。父亲从小身体较弱，爷爷奶奶勉强把他拉扯大，父亲刚刚满十八岁的时候，爷爷奶奶便相继去世，父亲上面的哥哥姐大他太多，他们都自己拖家带口，没有能力帮衬父亲，父亲只能靠自己经营自己的人生。五六十年代，国家刚刚脱离旧中国的黑暗，一穷二白，父亲在这样时期失去双亲，他只能独自一人生活，自己打拼，自己创业，自己白手起家，直到遇见了我的母亲。

母亲从长沙农校毕业，首先分配到区综合场，和父亲在同一个单位，他们相识相爱成家。由于工作的需要，母亲被调到当时的区委办工作，那时候，我还只有嗷嗷待哺的那么大小，母亲经常带我到单位，边上班边带我，单位的事情实在太多了，母亲便请外婆来家里带我，那时，哥哥也才三四岁，本已放在外婆家里带着，为了带我，外婆又带着老哥哥来到我们家。我才十个月大，便隔了母乳，又由外婆带回了外婆家，我们哥哥妹上学前，都是在外婆带大的。

父亲能遇到我的母亲，也算是他有福，我们哥哥妹俩上学前，由外婆外公为我们操心劳力，父母可以全身心投入工作，父亲自从有了我们哥哥妹俩，他浑身充满力量。听外婆他们说，我老哥哥出生时，离过农历年只有十多天，父亲为了庆祝自己的得贵子，他买来好多封万子鞭，让鞭炮响了好长时间，到了除夕那天，父亲买的鞭炮更多，一个除夕夜，我们家的鞭炮响得最久，最响亮，父亲的父母陪他的时间不是很长，可爷爷奶奶对儿女的那份重视却都传给了父亲。邻里乡亲都知道父亲十分看重儿女，也在这十里八方出了名了。

我从小是被父母亲宠着长大的。我在父亲的心里尤其看得很重，我还蛮小的时候，他带我去他单位，要么是把我背在他背上，要么是肩在他的肩头上。记得有一次，我在父亲的单位玩了一整天，父亲干完事，已经到了晚饭时间，我心心念念地想着父亲单位上周四娭毑蒸的小钵子饭，萝卜酸菜汤，还有我小时候爱吃的红烧肉。为了赖在那里吃晚饭，我粘着周四娭毑身边不肯走，父亲怕在我们家带我的外婆望我们回家吃晚饭，硬想拉我回家，我一把抓着四娭毑的衣服边不松手，四娭毑也十分疼我，她慈爱地抱起我，对父亲说："就让她在各里呷晚饭洛，细人子想呷新花样，钵子饭她喜欢呷，让她呷，红烧肉，蒸南瓜，酸菜汤，她说她哈喜欢呷。"我喜欢吃么子菜，四娭毑都了解了。父亲拗不过我，只好留下来带我在他单位上呷了这餐晚饭。

吃完饭回家。路上已铺洒银光。父亲牵着我边走边念：月亮走我也走，我和月亮粑粑搂，一把爬得对门口，对门大姐会梳头，梳的狮子滚绣球……走着走着，我走不动了，父亲立马蹲下身子，我习惯地抬起右脚，父亲用右手抓住我的右脚，左手反过来抓住我的左脚，把我肩上了肩膀。父亲慢慢立起身子，我把手抓一把父亲头顶上的头发，父亲还说要我抓紧点别松手，好让我坐在肩上更安全。父亲肩着我，踏着月色，操左转，走大马路，这是弯了个很大的弯。带着我走，父亲一般都要走大路，走大路比插小路要多走两三四里路，父亲也乐意，他从来都是一股子干劲，浑身充满了生活激情。一路上，父亲还逗着我说："你叫什么名字啊？"不等我回答，他自己又说："你叫千金万金半吨吧？"我小时候，父亲常用一些昵称来逗我，叫我"千金万金半吨"，是父亲在表达自己对我这个他心目中宠爱的女儿的极其大的溺爱，父亲对家的钟爱，对儿女的宠爱，在一般农村中是很少见的。只是我们家比较特殊，我们家是农村里的半边户，一家人住在农村里，父母却都不是作田的人，交钱给生产队，生产队再折成工分，再由工分换算成分得的粮食，分得的粮食一部分担回家，一部分让队里替我们家上交公粮。

也许父母对儿女的爱和付出是要对等的吧，父母对我的爱和付出，我都在他们生病或老了时，在不断地奉还给他们，不断地为他们付出。父亲右耳下的包块要贴膏药，几乎都是我帮着他贴，我的单位离家近，是我帮他揭开膏药，看里面灌浓的颜色。"王八烂"那里拿的膏药，我帮他贴上，等三天，王医生说了，等三天揭开看时，如果发现浓液是白色的，证明包块是良性的，如果包块被膏药吸出的是血水，那就证明是恶性的。那三天的等待，我是从煎熬中度过的。当第三天到来时，父亲说："妹伢子诶，帮我揭开膏药看看。"语气里分明听得出几分颤抖，我知道父亲和我们全家人一样，都很紧张，都担心揭开看时，怕看到的是血水。

我怀着忐忑的心情，来到父亲身边，帮他搬来椅子，请他坐下。我站在他身子右侧，先镇定自己的慌乱心绪，然后伸出双手，左手摁住父亲右颈部，右手轻轻捏点点膏药边，慢慢扯，慢慢揭，当接到中心部位，我终于看到里面浓液了，"是白色!"我几乎惊喜地叫出声来。

父亲猛地转过头来，朝我笑了，他笑得那么舒心。

后　记

又闻那书香

那也是一个春暖花开的日子，邮递员把一份邮件递给我。我接过邮件，用手掂量了一下，感觉分量不轻。

这不是一封普通的邮件，这个信封比一般普通的平信要重很多，也大了很多。我迫不及待地想打开邮件，想知道里面到底是什么。从邮件大小和式样，再加上用手捏，我判断这是书，再看看那邮戳，河北石家庄，邮寄地址是河北石家庄市《女子文学》编辑部。一个书本大的信封，里面是什么书呀？我举起信封，对着光透视信封里面，实在是一点也看不清，我只好迅疾把信封拆开，抽出里面的那本书，"怎样踏上作家之路"几个黑体字映入我的眼帘。

这本书呈现我眼前，白色底子的封面，书名写在封面的左上方，分两行，第一行是"怎样踏上"，第二行在"样"字的下方起笔，写的是"作家之路"，再于这几个字的下面用粉墨绿色画一横线，在封面的右下方，离右面边沿约一点五厘米，和离封面下方约两厘米，与封面左边沿相距约四厘米，与封面上边沿相隔约六厘米的地方，点缀着一块粉墨绿色，这块绿色中，用简笔画画了六棵蘑菇似的树，这块粉墨绿色上还有两道白色的正 S 形，S 没有太大弯度，看得出，这两道白色曲线，是粉墨绿色上的两条路，是封面上方用黑色正楷写的"怎样踏上作家之路"的一个映景。正封面上方和左右两边用粉墨绿色画约一厘米的边框，那块粉墨绿色的正下方有一行三号字正楷写的"中国文联出版社"。底封面左上方用五号字写着"封面设计：程延林"。底封面的右边沿约两厘米宽的粉墨绿色，右下角用小五号字标明：社科新书目：145-181，第二行是统一书号：10355-576，再一杠粗横线下面写着定价：2.00元。

　　这就是20世纪八九十年代的那本《怎样踏上作家之路》的书型和书价的大致情形。那个年代，我能收到一个杂志社编辑老师送给我的书，心里感觉莫大荣幸，亦颇兴奋。可看到那个标题，心里却是不安。《怎样走上作家之路》，我从来没有想过自己要当作家。当收到《女子文学》的主编李桂芳老师从遥远的河北石家庄市寄来赠送给我的这本书时，我的内心开始翻腾，我真有点受宠若惊，我不敢相信，居然有一个不曾谋面的文学大作家兼编辑老师会这么肯定我，她在这本书里夹了张纸条，在纸条上用她娟秀的字体撰上了几句简短的话，至今我一直深记心底：小余，你好！你写的文字，我一字一句仔细地阅读过了，在清新且有朝气的文字里，流露出了你对生活的热爱，对大自然的喜爱，你有一定的写作基础，如果增加了生活阅历，相信你在写作之路上一定能走下去。坚持写作，你将收获不一样的人生。

　　当年还不到十七岁的我，看到编辑老师这些充满鼓励的话语，我心里比喝了蜜还甜。如今，我也在以"写作者"的身份从事一定的业余创作，累积了一定数量的文字，记录了生活琐事和一些人生经历，而"作家"这个词离我还很遥远很遥远，这个称号于我，是很不符实的，因为我只是爱好文字，喜欢文学。

那时起至今，已过去几十年了。我在自家书柜子的最上面那层书堆里，我的目光和那本被时光浸染薄薄一层泛黄的书封触碰，我心里掠过一丝惊喜，书的脊背封上那一句"怎样踏上作家之路"，把我的思绪迁至过去几十年的遥远时光。我从书丛里抽出那本已经经历岁月侵蚀的书，小心翼翼地捧在手里，捧着它，觉得沉甸甸的，思绪翻飞。那时，年轻的我，接到这本包含特殊意义的书籍，既感觉到前辈作家寄予小辈写作者的殷殷期望，又感觉那种对我肯定的背后，有一股强大的鼓舞力量在涌动，让我心中燃起了走文学之路的梦想。

我有时用日记体的形式，真实地记录着我生活中每天发生的事，抒发心中的感想。在那个信息没有今天这么发达的年代，每个文字都只能用笔一笔一画地写，写完初稿，在初稿里面不断完善，不断修改，修改到自己认为还比较可以时，再用方格子纸誊正。一篇稿件，从写到寄出去，要消耗很多的精力与时间。一边工作，一边家庭，一边相夫教子，一边写作，这样的充实与忙碌，有时还是感觉精力应付不过来，能够放下的事情，便在忙碌中自然而然地放下了。

于人生的繁忙中，我竟然把写作差点丢掉了。在我青春的年代，我周围的人爱好文字写作的人不太多，写作氛围不够浓厚，我拿起笔与又放下它，毫无感觉，因为这一切，别人也不知道。虽然没有全心致力于文字写作，但偶尔还是会拿起笔来，书写心中突然迸发的一些想法，用自己特有的感受，把自己所见所闻所感记录下来。可能是记得多了，自然而然地，形成了写文字的习惯。有一段时间，我喜欢写点教育教学随笔，契合我工作的需要。于是，我没有过多地关注于文学，甚至逐渐遗忘了曾经的热忱。《怎样踏上作家之路》这本"中国作家大伽谈写作"的书，被搁置在一个极不显眼的角落。岁月悄悄地从一处缝隙钻到书页，侵蚀了它的容颜，每页纸都有订书针装订的锈迹，锈迹浸染到它周边的纸张，每颗订书针旁边都有一片黄色的锈痕。一看便知这本书已经上了年月，历经潮湿，风蚀，订书针才会生这么浓重的锈迹。

因许多缘由，我的创作耽误了一段时间，以前的文稿和近些年的文稿，我做过整理，分别有《惊生绝妍》《往事随风》《平凡日子》《暗察》《漫夜婴啼》《荣杉综文》等，我原本只想把它们默默珍藏，全不做成纸质本集，且仅做自己茶余饭后的消遣。直至遇见望城作家协会，我才重拾此梦。

我要特别感谢望城作家协会，特别感谢家乡的中国作家邓建华、纪红建、余海燕等老师的精心指导和帮助；感谢著名作家刘亮程、王跃文、叶梦、谢宗玉、蒋子丹、俞胜等老师赠言鼓励；感谢毛泽东文学院所有老师的谆谆教授，让我的文学之梦越来越接近现实；还要特别感谢我的先生和我的女儿他们默默地肯定与支持；特别感谢我的老母亲及哥哥姊妹；特别感谢我的同学、朋友、同事、学生等对我的无尽鼓舞与鞭策；感谢望城区委宣传部和望城文联，让我常常获得锻炼的机会；感谢望城诗词协会，让我的文字趋于走向诗词化的凝练；感谢所有刊登过我作品的报纸杂志社，让我在迷茫中看到了光明……感谢生命中所有的遇见，让我置身于一个丰富多彩的世界，给我源源不断地输送写作的源泉。

打开书，翻看着书里的每一个页面，一阵阵"书香"扑面，这是存留几十年的书香气息，是时光浸泡过后的书香味，那陈年油墨的气味，还夹杂着经年累月后纸张发烂的味道，可里面的文字依然清晰。

江岩茶

江岩茶，读到这三个字时，很容易与我家乡著名的茶饮料"姜盐茶"谐音联系在一起。这种生活里的巧合经常会有，就是这种巧合，让生活变得多姿多彩，富有情趣。

这里的"江岩茶"，江，是家乡的湘江。湘江是家乡的母亲河，它如同一位温婉贤淑的母亲，用她甘甜的湘水乳汁，喂养两岸苍生，湘江两岸的苍生在母亲河的滋养下，生机盎然，欣欣向荣。

家乡的这条湘江，南来北往，一年四季，江水不断滚滚前行。它载着两岸人民的生活，载着两岸生灵的希望，经久流淌。干旱的季节，她是茫茫苍生的生存希望。家乡两岸的父老乡亲，依靠着这条江水，灌溉农田，蓄养水生，净化它成了生活饮用的水源，它是家乡两岸人民不可缺少的生命源泉。

有一年，家乡遭遇百年难遇的大旱，湘江水也缩到了江的中心，江里连船只都不能航行。我老家的农田干得开坼，政府为了让庄稼不毁，多次进行人工降雨，可那也无济于事，最后，有人提议，从湘江里引水上岸，拯救农作物。经过多方商议，协调，论证，认为只有此法可行。湘江水虽然已经干得不能行走大船，但它的底子不会干涸，它有长江的呵护，有洞庭湖的援助，有山泉的暗涌，它有永远不绝的源头。后来，在家乡的湘江堤岸上，架起一座高压抽水泵，一条巨龙型长管道延伸至江心，巨龙张开大嘴，大口大口地吞咽江水，江水随大型管道，输送至家乡缺水多日的农田。农田喝到这汩汩乳汁般的江水，那奄奄一息的庄稼顿时长起了精神。江水来到久旱的农田，农田里到处"吱吱"作响，好似农作物生长时拔节的声音。有好几位老农跑到湘江堤岸上，面对湘江跪下身子，向湘江叩头拜谢，他们感谢湘江母亲河的恩赐，救活了他们辛辛苦苦种植的庄稼。我亲眼看到这感人的一幕，从那时开始，我更加热爱家乡这条美丽的大江。

在湘江东岸，那座盛产麻石的麻潭山更是我魂牵梦绕的地方。麻潭山上的麻石，让家乡父老乡亲依靠它发家致富，装扮生活，美化生活。麻潭山上的巨蟒传说，让麻潭山增添了无限神秘的趣味，这是家乡人们表达对麻潭山麻石的敬畏和依赖的方式，巨蟒的头在麻潭山上，尾巴伸进江里，麻潭山和湘江从此有了更加密切的联系。麻石是花岗岩的别称，许多年来，麻石是故乡生活富足的重要保障。

生活离不开柴米油盐酱醋茶。那天在同事芳芳的家里，芳芳拿出家里最好的茶叶泡茶。她婆婆更加客气，觉得开水冲泡茶叶味道过于单调，她又用姜盐豆子芝麻煎茶，我喝了一杯又一杯，在姜盐茶里品尝着家乡的幸福，家乡的美味。家乡人好客，泡茶煎茶是不可缺少的待客之道。家乡有不少名茶，我所熟悉的有黑麋峰云雾茶，乌山贡茶，格堂绿茶……还有许许多多不太出名的茶，遍布家乡每家每户的山间土坎，房前屋后，家乡的茶文化、茶文明源远流长。

湘江，花岗岩，茶，这是组成我家乡特色的几种元素，它们已经嵌入家乡的骨髓，流淌于家乡的血液，植根于家乡的灵魂深处，它亦是我笔下最多的字符，只要拿起笔，我的脑海里便马上就蹦出这几个字：江，岩，茶。

　　谁愿捧读此书，一如手捧一杯豆子芝麻茶，它的鲜香，甘醇，是我家乡特有的土乡风味；它朴实，恬淡，自然的味道，让你真正体味一番回归自然的亲切。

湘水岸　后记

NA XIE WEN ZI
DAI ZHE WO
DE
TI WEN

那些文字
带着我
的
体温

潘大林——

著

团结出版社
UNITY PRESS

图书在版编目（ＣＩＰ）数据

那些文字带着我的体温 / 潘大林著 . -- 北京 : 团结
出版社 , 2023.5

（新视点文集）

ISBN 978-7-5126-9393-7

Ⅰ . ①那… Ⅱ . ①潘… Ⅲ . ①散文集－中国－当代
Ⅳ . ① I267

中国版本图书馆 CIP 数据核字（2022）第 072105 号

出　版：团结出版社
　　　　（北京市东城区东皇城根南街 84 号　邮编：100006）
电　话：（010）65228880　65244790（出版社）
　　　　（010）65238766　85113874　65133603（发行部）
　　　　（010）65133603（邮购）
网　址：http://www.tjpress.com
E-mai：zb65244790@vip.163.com
　　　　tjcbsfxb@163.com（发行部邮购）
经　销：全国新华书店
印　装：三河市华东印刷有限公司

开　本：145mm×210mm　　32 开
印　张：61.125
字　数：1265 千字
版　次：2023 年 5 月　　第 1 版
印　次：2023 年 9 月　　第 1 次印刷

书　号：978-7-5126-9393-7
总定价：400.00 元（全七册）

体温淌过纸上

——序潘大林老师《那些文字带着我的体温》

徐　强

　　潘大林老师的这本文集，包含三部分内容：一是"阅读随想"，主要是读书随笔，也有一两篇观画心得。古人说"诗是无形画，画是有形诗"(郭熙《林泉高致》)，文字和图画，都是可以"阅读"的。其次是他为别人的作品集或者画展写的序言，以及他为自己的作品集和他主编的图书写的后记，名为"序前跋后"。再次则是"他人评说"，收录了专家学者和文友们为他的作品写的一些评论。要而言之，这三部分内容都和书本或者读书有关。

　　捷克作家博胡米尔·赫拉巴尔有一部小说，题为《过于喧嚣的孤独》。用"过于喧嚣"来修饰无声无息地"孤独"，无疑是一种典型的通感手法，让人真切地感受到了孤独的深沉与悲凉。要想消除孤独感，交流是最好的办法，而书本正好为交流搭建了恰如其分的桥梁，至少对于喜欢读书的人们来说是如此。通过书本来交流，既避免了面对面的拘谨和局促，又能收到面对面攀谈的效果，因此说，这是"恰如其分"的。

　　潘老师是勤奋写书的人，也是酷爱读书的人，正如他自己所说的那样，"读书人未必写书，但写书的肯定都是读书人"（《读书断想》）。他家里的藏书之多，在圈子里是出了名的，完全可以用恒河沙数、汗牛充栋这一类惊人的词语来形容。他虽然多次搬家、多次把书送人或者捐赠给公益机构，但每次都是过不了多久，又会一摞一摞地买回来往家里搬，兴致勃勃，乐此不疲。读书和写作，已经成为他日常生活中的必需，犹如阳光、空气和水一样不可或缺，这同时也为认识或者不认识他的人打开了一扇了解他的所思所想、所爱所憎的交流的窗口。他的阅读随想学养足、视野广、境界高、文采美，笔触时而像涓涓细流蜿蜒逶迤，时而又像滔滔江河一泻千里，予人裨益，启人心智。这些文字带着的体温，是尼采所说的"血液"的温度，或者鲁迅所说的"血管"的温度。

每本书通常都有前言、后记，也就是序和跋。这里单说"序"。白化文老先生在《柳如是诗词评注》的序言中写道："似乎是英国大文豪狄更斯说过，序，常常地被写，可是很少有人去读。读者想读的还是书中的本文呐。"其实倒也未必，要看写序的人是谁，以及序文的质量。一篇引人入胜的序言，是美女的面纱，是华屋的照壁，也是心灵的门扉。潘老师久负盛名，索序者众，自不待言。他向来又为人宽厚，待人以诚，凡是有所请求者，多不忍心拒绝，于是便有了这本集子里数量可观的序言。其中有为长者作的序，有为同辈作的序，也有为后起之秀作的序，每一篇都写得很认真，言之有物，笔端含情，绝非草草了事，聊以塞责，更不是曾国藩所揶揄的"米汤大全"。这些带着体温的文字，蕴含着潘老师对长辈的尊敬、对同道的欣赏、对后辈的期许，也饱含着他对桂东南这片沃土的热爱与眷恋之情。

潘老师生于桂东南，长于桂东南，桂东南是他笔下挥之不去的乡愁，也是他寄托情感的乡梓。莫老说得好："潘大林的心灵之树，是植根于桂东南这片热土，而成长，而开花，而结果的。我们生活在这片热土上的人，理应首先发现其美，格外地爱惜，并加以宣传推广。"（莫之棪《说些我过去说过的意见》）事实上，作为桂东南地区风情浓郁、特色鲜明、具有标杆意义的文学文本，潘老师的作品一直在被人学习、研究、解读、诠释与传播，其中既有高校的教授、文艺评论领域的专家学者，也有作家、文学爱好者以及在校大学生。这些带着体温的"他人评说"的文字，既是对一位40多年来笔耕不辍的桂东南本土作家的景仰，也是在向一个曾经交织着泪水和汗水、光荣与梦想，如今正在逐渐远去、徒留念想的峥嵘年代虔诚地致敬。

在美国作家杰克·伦敦《野性的呼唤》中，巨犬巴克与群狼通过"鼻子碰鼻子"，打破彼此的隔阂，融为了一体。我们则通过体温在纸上的相互传递，完成了和潘老师的交流，在文学的殿堂之中，静静地聆听着嘤鸣之声的迷人的呼唤。纸上的交流没有喧嚣，没有过于喧嚣，更没有过于喧嚣的孤独，有的只是人与人之间刚好合适的温度。体温淌过纸上，暖意存留心间。

是为序。

2021 年 8 月 29 日，于贵港求知斋

目 录

◎ 序前跋后

阅读随想

表弟和他的书

我和表弟是同一时代的人，年龄相差三岁。多年前我读初中的时候，他还在读小学。我们这代人的少年时代，没钱买书也无书可买，要看书就只能靠借。

《水浒传》《西游记》这些古典名著，我和表弟看的就是从村上人那里借来的。轮流着看完了，我和他还比赛着回忆书中的人物，背出《水浒传》中一百零八将的名字和外号，有不一致地再翻书查证，看看豹子头是林冲还是武松，看看到底是他错了还是我错了。

结果当然是互有胜负。

书实在太少，为了弥补这个缺陷，后来我们便自己"编书"。我把平日读书看到的寓言故事，逐一抄录起来。没有空白的本子和纸张，就将父辈那些蜡纸刻印的文件资料翻折，用线装订起来，在封面上写上《寓言故事集》字样。再后来，我外出读书，将这项工作移交给了表弟——今天看来，那其实只是少年的笔墨游戏，如果勉强算是编书，那大概就是我们编书地开始了。

直到多年之后，我回老家，在杂物堆里还可以看那两册粗制滥造的"书"，拂拭着封面上厚厚的尘埃，我仿佛又回到了遥远的岁月之中，一时怃然。

表弟如今已是暨南大学的教授，眼前这本《乾隆时期自况性长篇小说研究》(中国社会科学出版社出版) 论著，便是他博士后的成果。回首往事，似乎多年前我们对于古典小说的阅读和论争，成了冥冥之中他走向古典文学研究的一点因缘。

表弟祖上为容州珊萃望族，新桂系三巨头之一的黄绍竑就出自那里。也正因如此，他的命运比常人便多了许多坎坷艰难，还在襁褓之中，他那大学毕业的父亲为强大的政治风云所逐，被迫返乡，病逝在水库工地上。姑姑带他回到我们家，此后二十年，在非常的社会环境中，对表弟这沉重的身世之痛，姑姑一直讳莫如深。

但少年不识愁滋味的我们，却没想得那么多，我们一起读书，一起玩耍，一起上山打柴，一起下河摸鱼捉虾，几乎形影不离，情同兄弟。童年的世界尽管无忧无虑，但命运的达摩克利斯之剑，依然高悬在表弟的头顶之上。他初中毕业，成绩优秀，连续两年想上高中念书，却为村里的贫下中农管委会一再封杀——而那些有幸上了高中的贫下中农子弟，后来倒没有几个考上大学的，想来那倒是令人十分遗憾的事。

于是，表弟只好回村参加劳动。我那时已外出读书，暑假回家，看到表弟从田里回来，一条短裤，一件背心，头上一顶破竹笠，肩上一条大毛巾，满身的泥水汗渍，十足的农民打扮。尽管如此，他一直读书不辍，床头上仍然摆着《儒林外史》《二十年目睹之怪现状》等小说。

我看到了一个少年的落魄和困顿，也看到了他的不甘与无奈，心中一阵酸楚，差点就要落下泪来——这情景一直如刀刻斧斫一般，在我心底留下了深深的印痕。

后来，直到初中毕业的第三个年头，他终于获准上了高中。再后来，他参加了七七年的高考，成了恢复高考后的首届大学生。此后，他先当中学教师，然后考上硕士，当大学教师，再上博士、博士后，潜心于古典文学尤其是明清小说研究，这本洋洋36万字的专著《乾隆时期自况性长篇小说研究》，便是他多年心血的结晶。

这本论著，研究对象是乾隆时期的自况性长篇小说，涉及了《儒林外史》《红楼梦》《绿野仙踪》《野叟曝言》等作品，这些作品无疑已代表了该时代最高的文学成就。为了完成这部著作，表弟前后花了长达八年时间，许多研究是在从事繁重的教学工作之余进行的。全书的一些章节公开发表之后，还进行了多次修改和补充，表弟那种质朴谨慎、好学深思、锲而不舍、精益求精的精神，得到了他的导师和朋友们一致的称许。

回想少年时有一天，我和他到七八里外的杨梅圩去赶集，回来时我手提着一个俗称"十斤谷箪"的竹筐，里面装满了东西，沉甸甸的，我只好不停地交替着换手，他有点不耐烦地说这点东西也不重，何必老换手？我说你说不重就来试试吧。他说试试就试试，我肯定不用换手。他拿过竹筐，用臂弯挎起来。结果真的没换手，一直将竹筐提到家里。等他将竹筐放下来我才看到，他的臂弯上已被勒出了一道深深的紫黑色的印痕。我除了感到钦佩和痛惜，一时无话可说了。

表弟从小就有的刚强意志和刻苦毅力，大概便是当今天下熙熙、人心浮躁的商品社会之中，使他能够在学术上有所成就的重要因素。他虽然生在红旗下，但成长在读书无用、白卷英雄大行其道的"文革"之中，又深受家庭出身的牵累，诸多"先天"不足只能靠"后天"的努力去弥补，其间那种异于常人的打拼搏击，实非亲历者所能体会得到。孟子所谓："故天将降大任于是人也，必先苦其心志，劳其筋骨，饿其体肤，空乏其身，行拂乱其所为，所以动心忍性，曾益其所不能。"大概也就是这个意思了。

　　由于本人学力所限，对于表弟这部专著论述的范畴和所达到的成就，我无力作出什么评判，在此权且偷懒一下，引用他的博士生导师、华东师大郭豫适教授在为该书所作序言《一部有创见的古代小说论著》中的评价："本书有关自况性长篇小说研究的实例，对加强古代文学理论形态和批评实践的研究，总结、传承古代文论的丰富经验，激活和发挥其在文艺批评中的作用，颇具借鉴和启发的意义。"

　　表弟王进驹，现为暨南大学硕士研究生导师，中国红楼梦学会理事。屈指算来，他也已到知命之年了。

唤起天趣　留住乡愁

——读梁思奇《我的动物故事》

广西作家梁思奇生于 20 世纪 60 年代，多年来一直在文学领域默默耕耘，他的散文随笔杂文，常见诸报刊，也在网络上赢得了很高的人气。六年前，他撰写的自传体长篇纪实《生于六十年代》，由东方出版社出版，获得好评并于 2015 年斩获第七届广西文艺创作"铜鼓奖"。《生于六十年代》以其"私人化"的叙事和戏谑的回望，时不时激起我们"含泪的笑"，呈现了文学个性化的感染力。最近又读到他的新作《我的动物故事》（广西师大出版社 2020 年 6 月出版），仍然一如既往地呈现着具有鲜明个人风格的言说特色。所也是他童年时期与之"厮混"的众多小动物的故事。

我的家乡和梁思奇的家乡，直线距离不到五十公里，从生存环境、民居风貌到方言礼俗，几近一致，读他这本动物故事，仿佛也唤醒了我那些被岁月尘封的记忆。

回想起我们大抵相仿的少年时代，那乡间生活是艰难的，一天两粥一饭、每月能吃上一两次肉，就已是我们真心向往的好日子了。但乡间少年的生活又是如此的丰富多彩——山间还飞翔着五彩的山鸡，你装上活扣子，一般都不会空手而归；水里游动着各种各样的鱼，抽空去捞上几缴（一种简易的渔具），饭桌上就会有一份香喷喷的美食。我同样去钓过'蛤咩'——那种拇指头大小的小青蛙，不同的是，思奇钓回家去喂鸡，我除了喂鸭子，还喂猪——猪是杂食动物，有了蛤咩这种肉食，猪会更快长膘，如果家里养有两头猪，按照当时"购一留一"政策，卖一头给国家，自家就可以留下一头，年终便有机会大快朵颐了。

然而我却又想，本书读来如此亲切，并不仅仅因为我们生活在同一地域，有过相近的生活经验。或许，更因为我们望着愈来愈远的乡土中国，望着愈来愈远的乡间纯朴，望着愈来愈远的山川草木鸣虫走兽，望着愈来愈远而每个人都无法找回的无赖童真，总在期待某种精神的抚慰与心灵的栖息吧？文学，在人类越来越豪迈的文明的进程中，在每一个人都无法规避的成长与衰老中，能为我们留存下那点淳朴，那点活泼，那点纯真，这就是文学的魅力所在？

作者异于常人的细致观察力，使他的动物故事讲得兴味盎然。比如对于蜘蛛，我从来就没在意他们到底是几条腿，但梁思奇注意到了："蜘蛛长相奇特，样子像昆虫，又不像蜻蜓、蝗虫那样长着翅膀，也不像昆虫一般有六条腿，反而像螃蟹是八条腿，但又不会横着走路。""造物主赋予没有翅膀、不能横行霸道的蜘蛛织网的本领，使那些能飞会跳的'飞将军'成为它的美餐。我有一次上山时甚至发现有个蜘蛛网粘着好多鸟毛，它像个赤裸裸的凶杀现场"——类似的描写，使我想起法国作家法布尔的《昆虫记》，如果说《昆虫记》偏重于动物学意义的理性描画，那么思奇的动物故事则更重于自己的生命体验，重于对小动物的"人文关怀"，重于对故土的鲈莼之思和对故人远逝的浩然之叹。

作者的语言风趣幽默，又富于哲理，他写为贪吃诱饵而致命的伯劳："举凡凶猛的鸟兽都有很强的'山头意识'，认为'我的地盘我作主'，但没想到会因此惹来'杀身之祸'，因此做人千万不能学它。"他写屎壳郎："不知道是否觉得自己整天与粪便打交道，因为工作肮脏不好意思弄得花枝招展……它抱定'做一天屎壳郎滚一天粪'的念头，兢兢业业，孜孜不倦，生命不息，滚粪不止。"他写蜻蜓，"爱美之心，人皆有之，所以美丽的东西总是很容易成为玩物，不管是花、鸟还是一些别的动物。"他写泥鳅"身子很滑，'吃软不吃硬'，抓得越紧越容易滑脱，这一点跟婚姻有点相似，因此捉泥鳅最好是连稀泥一起捧起来。"看到这些文字，读者自会觉得甚惬我心而莞尔一笑。

旁征博引、涉笔成趣。将历史故事、民间传说、诗词歌赋林林总总熔于一炉，却又不是"掉书袋""炫才学"，而是有所发现，有所感悟。作为一个读者，我惊叹作者博闻强记积累深厚，也赞赏他自持己论自信满满。书中对每一种哪怕细如蚊蚋的动物，无不探究它如何与人类长期共存的历史，并由此更深刻地审视应该如何面对大自然的现状和未来。比如在《蝼蛄曾是儿时宠》中，作者在谈及韩愈诗"廉纤晚雨不能晴，池岸草间蚯蚓鸣"对蚯蚓发声的误会，他便放开写去："同样上当的还有与他同时代的顾况和宋代的舒岳祥，一个说'夜夜空阶响，唯余蚯蚓吟'，一个说'蝼蛄擘地走，蚯蚓上阶鸣'，诗人诗兴一发，就不分青红皂白，但搞'自然科学'的也并不比诗人聪明。古代著名科学家李时珍在《本草纲目》中说：'蚯蚓雨则先出，晴则夜鸣'；另一位'科学实验大师'葛洪认为'蚓无口而扬声'，他也许以为蚯蚓能像《天龙八部》中四大恶人之首的段延庆会腹语吧。其实，《礼记·月令》中早就有言，'蝼蝈鸣，蚯蚓出'，蚯蚓与蝼蛄混居一起，叫的是蝼蛄，不是蚯蚓。"——短短一段话，尽呈"熔铸百家"又"独发机杼"的风采。

一部好作品的诞生，总和写作者的人生轨迹、个性养成息息相关。梁思奇能把《我的动物故事》写得如此有趣，得益于自幼对动物的浓厚兴趣和细心观察，也得益于他对古人所说"于学无所不窥"这一境界的认同和博览群书的积累。如果更为深入地了解作家个性形成的历程，不难发现他自幼得益于那当小学教师却富有学识的父亲的引导和点拨，得益于祖母的宠爱与宽容。作为乡村教师的孩子，与乡下生活紧密相连，却又没有农家孩子打柴干活的负担，闲暇时候，他出入于荒野草丛，奔走在山坡地头，饶有兴味地探寻着大自然的奥秘，大自然也以其瑰丽与丰富回馈他，日积月累，多年之后便有了这本《我的动物故事》——一本童年记忆的书，一本厚积薄发的书，一本引人入胜而又启迪思考的书。

作者在书中，谈到鲁迅的散文名篇《从百草园到三味书屋》，想起鲁迅小时候在园子里与那些虫子玩耍的情形，想起百草园周围短短的泥墙根，带给小时候的鲁迅无穷的趣味。作者叹道："其实每个人何尝没有一个自己的百草园？只是年齿渐长，烦心事稠，每个人都会不到那里去了！"

或许，这正可揭示作家时时回望"梦中蟋蟀"的动因？作为个人，这种回望之梦何其美妙。作为文学，对于日渐与大自然隔绝、闻不到泥土味、不解天籁和天趣为何物的"后浪"，也是值得分享的吧？

（原载 2020 年 8 月 5 日《文艺报》）

平常人的好故事
——读李洪波散文随笔集《好的故事》

　　记不起是什么时候认识洪波的了，之所以不记得，实在是因为他太平常的缘故，平常得跟一个普普通通的小学教师没有什么两样——无论是长相穿着，还是言谈举止。我这样说的本意没有丝毫的不敬，相反，因为我也曾经执过几日教鞭，对所有当教师的人都有一种引为同道的情结。我只是想说，洪波不是那种张扬踔厉、锋芒毕露的人，他只能以那种腼腆的"随风潜入夜，润物细无声"的方式，让你在长时间的接触中，慢慢地感觉到他的存'在，感受到他的热诚，感受到他的温文尔雅，感受到他的影响与才情。

　　作为教师的洪波，他的众多学生中，出了一个很知名的女作家林白，他虽然只教过她两年小学的算术，但他的多才多艺给她留下了很深的印象。作为作家的洪波，他以众多优美热情的诗篇和短小精致的散文随笔，向读者展示了他那艰难漫长而成绩卓著的文学之路，确立了他在桂东南文坛上突出的地位。作为文友的洪波，他在长期的县市文联工作中，发现，培养了为数不少的青年作者，为发展地方的文学事业做出了积极的奉献，赢得了文友的赞誉和拥戴。

我一直以为，在中国从事写作的人群中，最令人钦佩的，不是那些才情横溢、著作等身的大作家，而是长期身处基层、在艰难环境中坚持不懈地勤奋笔耕的地方作家，他们人微言轻，身处边鄙，信息不是那么通畅，也缺乏有相当水准文友的过从砥砺，日常事务繁重，更要经常做大量配合中心的工作。写作时间本来不多，好不容易写出一篇东西，还要过五关、斩六将，投省一级报刊，能发出来已难如登天。投全国级报刊，要发出来就更比登天还难！即使偶尔能刊出，也很少有人加以青眼，更少有人激励鼓吹，他们的成就因此常常明珠暗置，文学价值难以为世人所识。而那些省城、京城里的大作家们，身处政治经济文化中心，与那些动辄影响全省乃至全国的报刊编辑称兄道弟，或者干脆自己就手握发稿大权，作品一出，等于登高一呼，四方响应，哪怕只是极平常的文字，也会有人炒作一番，无论是褒是贬，都会使其声誉日隆。相比之下，前者要取得哪怕只是极微小的成功，都要比后者付出更多的艰难困苦和更多的拼搏努力。

洪波便是这些地方作家中的一员。他起步很早，19岁就在《羊城晚报》发表作品，我却是在读了他的诗作《泥捏的恋人》之后，才开始领略到他的才情。《好的故事》这本集子，收集了洪波多年来所写的数十篇散文随笔，大都以平常人平常事着笔，行文雍容纡徐、绰约多姿，展示了一个作家注目社会、关心俗世并从中挖掘普通人真善美品格的情怀。在作家那些不温不火、不紧不慢却又十分节俭的字里行间，他的父母、师长，他的童年、婚恋，他的故土往事和闻见感怀，都活灵活现地展示在我们面前，让人感受到爱的引导和美的熏陶，领略到作家风趣幽默的另一面，也领略了作家善于见微知著、于平淡中见精神的风格。

像《尴尬的婚照》一文，写一对非常年代里欲拍结婚照的恋人，在相机镜头面前既想有所亲热的表示，却碍于当时的社会风气，又不得不服从摄影师的摆布的尴尬，全文虽然不过七八百字，却形象生动地描画出了在非常年代那种被非常政治所扭曲了得非常人生，既有苦涩的微笑，又有耐人寻味的思索。而在《好的故事》这篇也是数百字的小文章里，从停电而想到小时候与同学游勾漏洞、一个他素所爱慕的女生由于惊怕而把柔软的小手托付给他的往事，仅仅是一个天真无邪的小细节，就已令人浮想联翩，令人想起了对美的向往和由此而应负的种种不畏艰难、不避险阻的义务和责任——这种少年时期就已具备了的由此及彼、由表及里、天马行空、无所不至的想象力，正是一个成功的作家不可或缺的天赋。

集子中还有一篇因我而起的文章，那就是与我一篇随笔同题的《如果你嫁给作家》，我那篇游戏文字原意只想道尽当作家之妻的艰辛与无奈（北京女作家张洁读后觉得意犹未尽，也写了一篇《如果你娶个作家》，说的则是当女作家丈夫的难堪），在认真执着、坦率热诚的洪波兄看来，则觉得我未免说了太多作家的不是和当作家妻子的难处，因而先给我写来一封措辞委婉的"抗议信"，继而又在报上发了这篇翻案文章，力陈当作家内人的好处，拳拳之心和知足常乐、视文学为生命的底蕴，令人不得不服。如果因此确有女子爱上作家，心甘情愿作贤内助，得此艳福的作家弟兄当感谢洪波兄的竭力呼号。假若有女子看了我的文字而对作家弟兄厌烦恐惧乃至婚恋告吹，其不可饶恕之罪就当然在我了。

（原载《文艺报》，《好的故事》，国际文化出版公司出版）

地方历史的民间记忆
——读陈肖人《我这把生锈大刀》

　　肖人先生是我的文学前辈，亦师亦友交往了近三十年。他的为人为文，他的人格魅力和文学品味，都有许多令人称道的地方，在此，我只谈谈对他年届七旬推出的长篇新作《我这把生锈大刀》(人民文学出版社 2010 年 1 月出版) 的粗浅印象。

　　近年我完整地看完的长篇小说不多，但肖人的这部小说，我却一口气看完了。这并非说他这部小说取得了多么高的艺术成就，我只想说，这部小说是广西现代六十年地方历史的一种民间记忆，它为我们提供了许多鲜活的生活场景和细节，形象地再现了八桂大地上普通老百姓的生存与灾难、挣扎与奋斗、无奈与迷惘、追求与梦想。

　　以马克思主义的文学观看来，文学作品是社会现实的反映，一部小说是否真切地再现了当时的生活场景，是否塑造了属于那个时代的人物形象，是否生动地表现了当时人们的生存状况和心路历程，自然就成了衡量它是否成功的重要标志之一。

　　恩格斯就是从这个角度，对巴尔扎克的《人间喜剧》给予高度评价的："我从这里，甚至在经济细节方面(如革命以后动产和不动产的重新分配)所学列的东西,也要比从当时所有职业的历史学家、经济学家、统计学家那里学到的全部东西还要多。"(恩格斯:《致玛·哈克奈斯》,《马克思恩格斯全集》第37卷第42页。)关于这一点,巴尔扎克自己也曾这样说过:"人们开始了解,在较大的程度上把我看作一个历史家比看作小说家更为恰当。"

肖人同志属于生在旧社会、长在红旗下的这一代,既是20世纪后60年的亲历者,也是见证人,他的生活历程、教育背景与社会经验,大致相似于他小说中的主角磨士长。有这段历练的作家,无疑深爱着现实主义文学传统的影响和熏陶。他的这部小说,就是以现实主义的写作框架,完整地展现了广西新中国成立前后六十年的生活场景:从新中国成立前的跑日本鬼,到新中国成立后的清匪反霸、反右斗争、大炼钢铁、三年经济困难、四清运动、"文化革命"、对越自卫反击战、改革开放等一系列重大历史事件,穿插了高考、刘三姐会演、大学生分配、恋爱结婚、逃亡海南、经营香厂、参加校庆、筹建宗祠等情节,既生动地塑造了主人公这个人物,也形象地激活了广西六十年当代史的民间记忆。

这种记忆,是以个人的视角进行的。作为一个生活在最底层的小人物,磨士长就像一片漂浮在历史长河中的落叶,根本无法左右自己的方向和行程,也无法从更高处来审视时代和社会的种种变数,只能被动地随波逐流。但他秉承着时代赋予的特点:有时理想高张、热血沸腾,有时唉声叹气、感怀时运,有时挺身而出、乐于相助,有时又万般无奈、低头认命。但他天性淳良,工作勤奋,认认真真、踏踏实实地过完了说不上是精彩也不能说是窝囊的既普通、又特殊的一生。

这种记忆，是以细节描写展开的。这些细节是那个时代所独具的：八分钱一碗素粉，两毛钱一碗肉粉，八毛钱一斤猪肉。小球藻、双蒸饭。墙缝里的房门钥匙。过去年代的高考录取方式，捉老鼠佐餐等等，既让那个年代的过来人感到熟悉亲切，也给后来者提供了许多认识历史的精确细节。

这种记忆，是以地方色彩点染的。那些真实具体的地名、河流、矿山、学校，那些风趣幽默、略带咸味的山歌、那些驰名远近、令人垂涎的地方小吃、那些至今犹存的民间礼俗、那些读着哑然失笑的鲜活生动的方言口语（如"大队不知那位狗屌干部说没有／我哥如此下毒草手整我，我顿时头发表都是气／这些公家的事，蛇进屎窟他都懒拉出来"等等），都使得这部作品深具鲜明的地域色彩。

小说中有这么一段话："土佬有土佬的心性、土佬有土佬的活法，土佬有土佬的滋味。"我以为。这既是主人公的一段自我表白，也是小说作者肖人先生的一种心迹。

人是分阶层的，作家也是分层次的。有世界性作家，有全国性作家，也有地方性作家，这是个金字塔的存在，他们都有各自的读者群，我们既不能以世界性作家的巨大成就来否定地方性作家的努力，也不能以地方性作家的鲜明特质来否定世界性作家的深远影响。而地方性作家无疑是作家队伍中最庞大的一群，他们的受众相对较少，但他们在地方文化的建设和传承中所发挥的作用，却是不可低估的。

多年来，我一直爱以种地来比喻写作，一个农民的能力有大小，有的可以种上十亩八亩甚至百亩千亩，有的就只种自己的一亩三分地，他在这片土地上流下了辛勤的汗水，享受了耕耘的乐趣，收获了丰稔的喜悦，既自食其力，又奉献于世、有益于人。从这个角度来看，《生锈大刀》无疑就是很成功的了。

此情可待成追忆

——读韦其麟《纪念与回忆》

　　其麟老是我素来敬仰的前辈，曾担任广西区文联主席，我和他有过一些接触。他是中国作家协会的副主席，资深作家，早在读大学时就以长诗《百鸟衣》名世，对他我唯有仰望的份。他为人朴实谦和，退休之后写了几本书，每本都给我寄来，我浏览一过，觉得写得都很不错，真有一种雨过天晴、水落石出的平和与宁静，有一种大家的雍容与丰赡。

　　最近他给我寄来了新著、广西政府参事文史馆员丛书的《纪念与回忆》，这是一本回忆录，除了写作者本人的人生经历，更写了诸多文艺界的前辈人物，从他的老师刘绶松、程千帆教授，到广西本地的陆地、胡明树、莎红等十数人，可以说，这是一本很好的文史资料，它保留了许多主要是本土的文化史料，刻画了众多文化人的形象。

　　在这些回忆录中，作者固然要评价许多人的道德文章，但其中他最欣赏的是做人，做一个好人。他写到吴三才，以莎红的口说："好人，好人，是个好人。"他写到《广西文学》前主编李宝靖，以莎红的口说："好人哪，好人哪！"即使对不同的作家，他的基本的评价都离不开做人之本。这实在是对经历过反右、"文革"等非常时期的人的一条最基本评价。在那种情况下，首先强调的要如何做人，一个真正的好人，在那样恶劣的人生环境中，必然是坚守自己的信念，求洁身自好，不人云亦云，不溜须拍马，不曲意逢迎，不祸害亲朋，不落井下石，然后才能说如何搞文学、搞艺术。

作者本人也正是以此来要求自己的，尽管他被下放到最基层，到贵县平天山林场长时间从事强体力劳动，但他不怨天尤人，不责怪同类，更不卖身求荣，而是扎扎实实、脚踏实地，从一个普通工人做起，于艰难中完成了自己人性的救赎。

书中写到的许多人，都是我相熟的前辈，作为一个后学，我尊敬他们、从他们的教诲中获益。但我不知道他们的过去，韦老的书，成了我了解这些前辈的一个窗口，通过他的描述，我看到了他们以往的日子。我看到了我的同乡、诗人海雁先生，其麟先生笔下这样写他："他是那么谦和、厚道、朴实、真诚，连说话也是低声细语的，透露出一种善意和亲切。和他在一起，我感受到一种温暖、一种友爱、一种关怀。……我默默地欣幸地想，我和一个高尚纯洁的灵魂相遇了。""他写得那么勤奋，而且写得那么好，他的诗热情优美，诗意浓郁，我是很钦佩而且羡慕他的。而他是一个与娇气器气绝缘的人，从不在会议上夸夸其谈，有所得意；从不在大庭广众之间装模作样，有所炫耀。在公共场合，他甚至有点腼腆寡言。"——像这样热情洋溢的赞颂，在其麟先生的其他文稿中并不多见，由此可见海雁是个怎样的人。而就是这样一位深为郭沫若先生所赏识的新中国广西第一代诗人，却在"文革"中被遣送回老家容县，惨死于"群众专政"的暴力之下，结局令人惋惜、令人喟叹，也令人怅恨、令人沉思，以致作者在文末发出了直逼人心的感慨："我不知道，置海雁于死地的杀害者，以什么名义下那样的狠心和毒手。我总认为，凡有一颗人心者，无论以什么名义，都不应残害善良的人的，更不会以虐杀善良者而获得自己的得意和欢悦。"

书中的许多人都经历了"文革"，在那场史无前例的运动中，他们都遭遇了不同的命运，与海雁相比，他们显然都幸运多了。比如广西文学界的"大哥大"陆地先生，在"文革"中很是通脱洞达、淡定从容，他说自己第一次被批斗还感到有点害怕，但多了也就无所谓了，游斗结束归来，就注意街上哪里有狗肉卖，有就买回去，以一种"冷静头脑，热烈心肠"的态度看待人生。说到有的人利用了陆地的豁达大度为自己谋利，有一位画家"文革"前就从陆地那里骗取了不少好处，"文革"中却落井下石，将从陆老获得的关怀反诬是对其的毒害，甚至组织了对陆老的大游斗。——这些往事，实在是对文革历史的极好总结，也是对人性优点和弱点的极好褒贬和扬弃。

此书的文字平和练达，娓娓道来，写了人物的命运浮沉，也写了他们的个性特点，写了坦诚勤奋的苗延秀，写了耿介多才的秦似，写了随性幽默的吴三才，写了谦和平实的李宝靖，写了率直热情的黄福林，这些都是我所熟识和敬重的长者。从其麟老的文字中，我看到了他们复活的音容笑貌和道德文章。福林老早年打过游击，为人耿直，他曾专门为我的小说写过一篇评论，当时找不到地方发表，就给我寄了一份原稿，现在想起来，那对我这个后学该是一次怎样的鼓励和扶持啊，待我要找起那篇原稿来，却怎么也找不到了。

（《纪念与回忆》，2012年6月广西师大出版社出版）

得其所哉是为诗
——读莫乃兴诗选

　　唐基南同志从容县来，带来他编定的莫乃兴老人诗选一百首见示。莫是个普普通通的乡村教师，高寿八十有八，为人师表数十年，所教学生难以计数，于不久前辞世。"一个老人的逝世，等于毁灭了一座图书馆。"——我接过老人的诗作时，心中不禁想起了非洲这句沉甸甸的谚语。

　　人生的追求诸多，但不外可分两大类：一曰物质，一曰精神。数千年的人类文明史，也不外是二者瓜瓞绵绵的延续。就个人而言，无论是物质欲望的难以满足，或是过多物质重压导致的厌倦，还是本来就淡泊于物质的索求，都容易殊途同归地走向精神家园。

　　莫乃兴老人的诗，无疑是属于淡泊明志、宁静致远这样的精神寄托的。他一生诗作据说不下数千首，可惜七十年代前写得多已毁弃，现唐基南同志选出的一百首，就几乎都是八十年代以后的新作。这些作品尽管没有太多纵横捭阖的才情和咳珠唾玉的艺术个性，但它们朴实无华、通俗易懂，于学究式的拘谨圆熟中显露出一颗返老还童、返璞归真的野叟诗心：

　　"春入贱庚八二龄，此生何幸享升平。

心情畅似云中鹤，诗兴狂如海里鲸。"

"东篱把酒醉西风，引吭高歌百虑空。

诗兴又随秋风起，人人笑我老来红。"

"琴书伴我如良友，心事劳人愧此生。"

"书贪记事频开卷，乐作逢场还惜身。"

"无聊学作诗与画，闲与曾孙共游戏。"……

读着这些诗，我眼前不禁浮现出那么一幅景象：夕阳西下，秋菊正黄，在翠竹掩映的农家小院，一个鹤发童颜的老者正笑盈盈地坐在篱笆旁的石凳上，红润的脸上带着几分笑意，膝上搁着一只呀呀作响胡琴，几个穿裆裤的孩子正在他身前身后追逐嬉戏……

千百年来，从陶渊明、谢灵运直到袁子才、郑板桥，他们一脉相承地追求的，不正是这么一种人生境界么？

其实，莫乃兴在近九十年的人生旅程中，不是没有过三灾六难，不是没有困顿烦恼，他经历过三个朝代，18岁当教师，54岁划为"右派"，赶出教师队伍，蒙冤忍辱20年。然而，他欣幸于家国重兴，诗中很少提及他的惨痛磨难："三朝阅历几沧桑，岁月平添两鬓霜。欣观河山添锦绣，乐看家国倍辉煌。"即使是讽喻之作，也表现得比较含蓄委婉："如丝如锦复如绵，偶作微阴落槛前。大地生灵枯欲死，不成霖雨枉遮天（咏复云）。"遇到老朋友来访，他笔下便充满了令人嗟叹的故人深情：

"幸蒙枉驾过寒家，荒村僻野待客差。

未许瓮头同醉酒，只从篱畔共吟花。

屋梁落月思殊切，风雨连床息最佳。

屈指知交寥落起，凭君相与享年华。"

我与莫乃兴这位老人素昧平生，但读其诗如见其人。他虽然不是那种叱咤风云、显赫一方的英雄豪杰，但他那种"进将所学能酬世，退事樵渔唱晚秋"的人生境界和拿得起、放得下，只求有所献于社会，不斤不计较于个人荣辱得失的人格力量，依然我受到感动，便写这篇小文，是为纪念。

（1992.10）

故园美味入梦来
——读肖孟《舌尖上的乡愁》

肖孟是个文心炽热、矢志恒久的人，他不抽烟、不喝酒，多年来在繁忙的行政工作之余，尽量不参加那些不必要的应酬，潜心读书写作。十数年间，他已出版著作9种，其真诚为文之态，比许多有作家之称的人还来得热切。这不，一不小心，他又一本新著出来了，《舌尖上的乡愁》，便是他的新书。

打开目录，我似乎看到许多美食一一摆列在我眼前，新鲜热辣。香气四溢。我闻到了从童年就开始稔熟的气息，浓郁的乡思一时间澎湃而起，不能自已。

我和肖孟是老乡，按官场习惯，我本应称呼他的官位以示尊重，但那样做，似乎显得见外，缺少了我们之间那份乡情，于是在这里，我还是不揣冒昧，直呼其名，显得更亲切些。他自己也常以兄辈称我，中国乡村的传统伦理和人们相互间的情感因素，便尽现于这一来一往的称谓之上。

这本书，写了40多种美食，但都不是皇家官府或城里人家所享用的那些山八珍、水八珍，而是桂东南乡下泥腿子们都可吃到的日常食品，有山间菜肴，有野味河鲜，有时令小吃，也有故土特产，一般都难见之于酬宾宴客的酒席上，只有在合适的节令里，在乡间的私人小厨中，才偶尔能觅到它们的身影。细看全书，我发自内心地敬佩作者的用心，他提到的那些食品，我基本都享用过，只是在一番狼吞虎咽、大快朵颐之后，没有加以细致的观察和详尽的了解罢了。肖孟却能，从这个意义上说，他不但是个食客，更是个心细如丝的美食家，他不但观察到食品的形状、色泽、香味和口感，还详尽地了解到食品的制作过程和其中所蕴含的历史源头、使用秘技和文化意义，由此再引发出深厚而浓郁的故土故人之思，正如作者在《簸箕炊》一文中所慨叹的："这可能是一种先入为主的记忆，因为有时我们吃的不仅是一种食物，更是一种习惯；我们品的不仅是一种味道，更是一种乡愁。只有妈妈做的味道，才是最好的味道，所以，儿时的味道，是永远也找不回来的味道。"

在刚刚过去的节令夏至里，我们桂东南许多人都享用过荔枝狗肉，这些乡间常见的美食，前些年曾掀起过一番波及全球的美食风浪，时过境迁，肖孟笔下的描写是这样的波澜不惊："流行的吃法是把荔枝肉剥下来，泡在米酒里，美其曰'荔枝酒'，然后跟狗肉一起吃，真正是大块吃肉，大口喝酒，把荔枝的鲜甜，米酒的甘醇、狗肉的浓香混合在一起，组成了人情的味道。人们边喝边吃，划拳猜码，豪气冲天。'仗义每多屠狗辈'，无意之中，又添了几许江湖的味道。"——像这样浪漫写意的"人情大餐"，恐怕不是什么'爱狗人士'所能制止得了的。

同是从乡下出来的人，我们也上树捉过鸟，下河摸过鱼，因而对肖孟书中描写的许多场景都十分熟悉，比如河蚬，我们也都知道那是一种最无反抗能力和脱逃手段的美味，但我却不知道它们对生存环境有那么多的讲究，肖孟注意到了："河蚬对水质的要求非常严格，在稍有污染的水域都难以生存。即使在洁净的水域里，贝壳的颜色也全因沙泥的比例不同而发生变化。在纯洁干净的沙子里，河蚬的颜色是棕黄色的，如果沙子里杂有泥土，颜色就变成了黄绿色，而在淤泥为主的环境中，颜色就变成了黑褐色。它们有点像陆地上的变色龙，调整着自己贝壳的组成元素来适应外界环境的变化。"——哈哈，这种随着不同环境而变换颜色的河蚬，我还是从肖孟的笔下才知道，这玩意儿也实在是太神奇了，真想马上去实地验证一下！

那年冬天下乡，住在某公社教育组里，窗外北风呼呼，冷雨飘飘，人们整天缩手缩脚的，干活都打不起精神来。为了御寒，教育组的厨师那天天一亮，给大家端上了好大一锅热气腾腾、香气四溢的淡菜粥，打起来呷一口，粥水顺着食道滑进寒冷的身体中，一股浓郁的阳光海洋味和泥土姜葱味，顿时将身体内的寒意驱散得一干二净，整个人便神清气爽、精神饱满起来，干活的效率马上提高了。当时我曾询问厨师那粥的制作之法，厨师也曾详细作答，但时过境迁，岁月磨洗，我基本已不复记起。当我读到肖孟写下的《淡菜》篇，才终于知道了淡菜粥原来这样"炼"成的："母亲用热水把干淡菜泡开，沥干后剁碎，用姜、糖、酒腌制后，再用大火炒熟炒香。她还会买上一两根猪骨头，熬成骨头汤后。放进大米煮粥，米快熟时，放进炒香的淡菜，再煮一会，就有一大锅肉香浓郁的淡菜粥给我们享用了。"——这段文字，介绍了淡菜粥的制作过程，字里行间洋溢着那份浓浓的粥香味，更萦绕着一往情深的母爱，可谓深得我心！正如作者所言："这是一种伟大而平凡的爱，大部分的时间，是体现在柴米油盐间的琐碎细腻，舌尖上的味道，点点滴滴，全是母亲的恩泽。"

其实，人的口味总是千差万别的，你自己喜欢的美食，不喜欢的人会轻易给出差评甚至恶评。我们容县人喜欢的一道菜肴是苦瓜，甚至将端午节做成了苦瓜节。苦瓜的苦是吃后有余甘的苦，家乡人甚至将"一不怕苦二不怕死"的豪言壮语，戏言为"吃苦瓜不怕苦，吃大肠不怕'屎'"。到外地工作，我才知道，外面的苦瓜都是青色的，但我老家苦瓜是白色的，我一直觉得，只有我家乡那种白玉苦瓜，才是真正的苦瓜中的极品，那味道，也许只有我们家乡人才能深微体察。正如肖孟在《苦瓜》一文中所说："一直怀念母亲苦瓜酿给我们带来苦尽甘来的味觉感受，更怀念苦味背后蕴涵着的人生哲理和亲情，故乡的味道，母爱的味道，才下舌尖，又上心头。"

都说小吃是最后的乡愁，因为味觉里牵连着你童年绵长的回忆和长辈深情的关爱，那份久违了的味道一旦进入你的味蕾，就会马上唤醒沉睡在你心底的念想，哪怕它辣得别的人根本受不了，哪怕它酸得牙根欲断，那怕它苦得令人皱头皱面，哪怕别人千方百计躲避它，但它就是你的味道，是你一直心心念念、纵令远在万里之外的异国他乡，闻到它也会勃然而起的美食！

我国古代美食大师，那位历经磨难却又初心不改的食神苏东坡有一首很有名的诗："竹外桃花三两枝，春江水暖鸭先知。蒌蒿满地芦芽短，正是河豚欲上时。"在诗中，别人读到的是春天到来的气息，我读到的却是多种美食开始上桌了，新养成的鸭子固然肥美，但那鲜嫩的河豚，才更是食客们最为钟情的滋味，只可惜我们家乡似乎没有河豚，要不，肖孟也会将它写进书里来的！

温暖的棋局

——读龙志小说《棋王的棋局》

　　我不是评论家，无法对龙志的小说做全面的论述，这里只想就他去年发表在《广西文学》11 月号上的《棋王的棋局》这个短篇谈点印象。

　　这是一篇描写底层人性温暖的小说，背景放在并不太温暖的"文革"后期岁月里，时间定位应该是在 20 世纪的 70 年代末，也就是改革开放之前。如果放在广西，可能还要更后一点，大概在八十年代初，因为广西改革的春风比其他省区来得更晚一些，一晚就是好些年。

　　在哪样的年代里，尽管"阶级斗争"的那根弦仍然绷着，但已更多只是停留在报纸上，普通人已不再打打杀杀，而更专注于自己油盐酱醋这样的日常生活，无非想让自己的日子过得更舒服一点、更随意一点。"人生三件宝：医生司机猪肉佬"，那时社会上流行这样的口头禅，就是那种生活追求的写照。

　　《棋局》中写的就是那个时候的那些人：圩镇上自诩的"棋王"李克毛、赤脚医生老雅、饮食店的韦阿姨、复退军人的食品站长黄大军、农村寡妇桂月、插队知青出身的公社党委副书记张集，还有一些不署名的如学校的老师等人物。在这一万三千余字的不长的篇幅里，这六个有名有姓的人物充分展现了自己的欲望和个性。

在那样的日子里，人们活在贫困、慵懒、低调、无所事事而无事找事这样的生存状态中。他们妒忌手中有点特权、日子比自己过得好的人，渴望自己的生活能向好的方向转变，同情并且乐于帮助过得不如自己的人。小说由此构成了人物的关系链：李克毛儿子在部队当官，他在家里免费为人阉鸡取卵天天喝小酒，日子过得潇遥自在，可惜鳏居多年。他的阉鸡影响了食品站的生意，让黄大军深怀不满。黄大军掌控猪肉供应刀把，故意有肉不卖给李克毛和学校老师。黄大军的儿子在学校读书，被老师赶出了校门。老雅想为克毛做媒人，将寡妇桂月介绍给李克毛。桂月的孩子在中学念书，由于家境困难，张集要与学校联系帮他减免费用。而心直口快的韦阿姨，有心想招李克毛的儿子为婿。

作者用比较流畅圆熟的小说语言，在这几个人物之间展开了一连串的误会冲突，凸现了他们各自的个性，看似针锋相对，剑拔弩张，最后却以一个皆大欢喜的结局落幕。

这样的小说，应该说从赵树理的《小二黑结婚》以来，一直都有人写。我这样说并没有看低这篇小说的意思，我倒觉得：现实生活就是这样的平淡无奇，"天下本无事，做出文章来"，小说家就是要从这样平凡的日常生活中写出故事、写出人物、写出自己对人生的感悟，还要让人从小说里读出趣味、读出美感、读出思考来。

在这里，我读出了千百年来中国人万古如斯的生存方式如何在现代社会里的延续。他们不乏改变社会现状、抵抗不平现象的愿望，但他们更多也只是在自己可能做到的范围内行事，亦即所谓"随心所欲，不逾矩"。他们所信奉的是儒学的核心：仁，仁者爱人。尽管他们根本不懂儒学不懂仁是什么，但他们的所作所为，充分体现了这一点。这话放在这篇小说里也许显得有点大，但它确实是绝大多数国人为人处世的底线，是集体无意识的一种积淀，也是中国文化的独特魅力所在。在这条底线之上，他们重视自我、反抗特权、同情弱小，他们也有金刚怒目、奋起抗争的时候，但那往往是忍到极致、数百年才有一次的非常之举。他们更多时候，是用自己有限的行动或者手段，力图维护这个社会的公平稳定与和谐安乐，他们便在其中自得其乐，唱着小曲，喝着小酒，做一些无伤大雅的事。掀天揭地与他们无关，世界革命与他们无关，奋发振兴与他们无关，大富大贵也与他们无关，但他们怀着充满同情的爱意，活在当下，活在身边，活在自足的世界里。如果确实到了不愿做奴隶的时候，他们也会挺身而出——但一般情况下，他们宁愿像冬日下蜷缩挤拥在墙角里晒太阳的猫，不失时机而完全充分地享受着那份温暖和惬意。

　　这种温暖的生活和反映这种温暖生活的小说，在西方现代主义文学那里是看不到的，在他们那里，看到的只是他人即地狱，是弱肉强食，是尔虞我诈，是以邻为壑，是事不关己、漠不关心，即使关己、也不关心的荒谬。在加缪的《局外人》那里，面对死去的母亲，连儿子也成了的若无其事、心无所动的局外人，这样的小说如果放在中国文化这个大背景下，是难以想象的。

　　棋局是残酷的，是你死我活的，当然也有和棋，你吃不了我，我也赢不了你，既皆大欢喜，也各留遗憾。下棋者也都想赢别人，但生活却不一定要赢别人，共存着，互相温暖着，那就够了。这就是我从龙志的小《棋局》中读到的那么一层意思。

小说对人物的关系、个性都拿捏得比较到位，但有个细节好像不够准确：棋王阉三只鸡，说要个把钟头，事实上，如果真是行家里手，恐怕最多十来分钟就够了，真要花上这么多时间，这人就肯定不是行家里手。当然，这点小缺陷，并不影响这篇小说的成功，或者还可以看成是棋王别有用意的拖延。

以上算是读后感，误读了是我自己的事，权当一家之言。

（原载《麒麟》）

愿乞新意写春山
—— 读画家苏华聪的画

今春节，在广西玉林市举办的迎春书画展上，画家苏华聪的一组四幅堪称巨大的国画人物，在观众中引起了强烈的反响。这是四个矿工的头像，每个均有三米高、两米宽，老少不一，神情各异，那种黑炭般的脸庞下，透露着人生的困苦和艰辛，透露着矿工的淳朴憨厚和乐观顽强，更透露着画家目光向下的关切和悲悯。这是社会最底层建设者的画像，正是这些普通劳动者，从大地深处挖出了无尽的矿藏，为国家建设添砖加瓦，为民族腾飞贡献了自己的力量。苏华聪这种面向基层、面向现实、面向普通劳动者的艺术探索，赢得了艺术界的充分肯定。

在中国当代艺术史上，工农兵一度是各个艺术体裁的主要表现对象，但承载着宏大叙事的过度的乐观，反而成了一种有失真实的虚饰。新时期以来，艺术品位的多样化和商品经济的影响，又导致了大量作品对现实生活的漠视和疏离，许多作品流于程式化的重复摹写，少了直逼人心的艺术感染力。

苏华聪在恢复高考后第二年考上广西艺术学院油画专业，四年的大学本科学习，打下了较坚实的专业基础。他早期

《悦》《播》《哺》《晨》等系列民族风情油画，曾入选第三届全国新人新作展，带着明显的借鉴法国画家米勒风格的印痕。此后他创作了《夜别慈母》《秦氏好古》《李家庄轶事》等连环画，均入选全国美术作品展，获得了好评。此后在多年的艺术探索中，他潜心于中国画和书法的研习创作，开创了一片属于他自己的艺术天地。

近年来，随着城市建设的急剧发展，许多地方的老城区均被夷为平地，许多承载着深厚人文底蕴的景观不复存在。苏华聪的老家就在玉林城区中的州珮古村，因与州城毗邻而得名，有着丰富的历史传承，有"进士村"之称。苏华聪眼看那些历尽沧桑、陪伴过一代又一代人的遗迹，日渐毁于现代建设的浪潮之中，他深感痛心，为了保留住那份美好的记忆，他长时间行走在古村之中，写生作画，将一个个景观描画下来，推出了古村州珮的系列国画，一经展出，便在当地引起了很大反响。这组作品，展现了一个画家强烈的社会责任和人文意识，因而深受各界好评。作为中国美术家协会会员和广西美术家协会理事的苏华聪本人，也一再被评为广西区和玉林市的先进工作者，赢得了许多荣誉。

作为文学艺术家，无论是白居易的"文章合为时而著，歌诗合为事而作"，还是鲁迅的"愿乞画家新意匠，只研朱墨作春山"，都应该是他们创作的座右铭。真正成功的文艺作品，也总是时代精神和现实生活的真切反映，苏华聪近年的创作实践，就再次证明了这一点。

格律诗哪能这样译？

——读《中国十八省府》

译事难，译诗尤难——这已是翻译界的共识。

一首好诗，从一种语言转译成另一种语言，所遵循的标准，大的方面仍然脱不了几道先生百年前提出的"信、达、雅"三字，但这三字说来容易，要真正做到却难上加难。现在留学容易，译家多有留洋经历，多年游学外域，浸淫其中，外语不谓不稔熟，但有的人出国前自身汉语尚未弄通、学成归国即为译事，由外译中的文字便容易忽略汉语自身的规律和韵致，令人读罢如骨鲠在喉，不敢不吐。

《中国十八省府》一书，列为国家清史编纂委员会"编译丛刊"之一，编者初衷，在于"要把清史放到世界历史的范畴中去分析、研究和评价，既要着眼中国历史的发展，又要联系世界历史发展的进程，而且还要放眼世界，博采众长，搜集积累世界各国人士关于清代中国的大量记载，吸取外国清史研究的有益成果，为我所用。"（《中国十八省府》前言）

该书的作者为美国威廉·埃德加·盖洛著（译者为沈弘、郝田虎、姜文涛，山东画报出版社出版），盖洛为美国著名旅行家，上一世纪初曾多次来华旅行考察，著有《中国长城》《中国五岳》等多部著作，其中保留有大量近代中国的历史资料，能将这些书翻译过来，看看当年盖洛眼里的神州模样，于国人不失为一件好事。

我于外语是门外汉，也无缘看到盖洛的原著，对书中其他章节内容无法置评，唯对第二部分第三章第二节《珍奇的安庆宝塔》中所引汉诗的翻译，自觉颇有值得商榷之处。

白话诗出现之前，中国的诗歌除歌行体外，其余几乎全是格律诗（就连歌行体、竹枝词之类作品，也是要讲究字数和押韵的）。盖洛所引的诗作，几乎可以肯定就是格律诗。书中此节的译诗有十数首之多，《大江两岸喧闹声》一首只有五句，大概或者当时就已佚缺，或者盖洛抄漏，或者译者少译一句。另一首写登塔的长诗有十六行，应该算是古风。我仅从下面几首题壁绝句的翻译，就不难看出译者对格律诗的外行——

江河山峦延万里，诗情满怀生百思。

无事能搅白日梦，耳边骤然响铜钟。

稍懂格律诗的人不难看出，这首诗原应是七绝或者五绝，作者将其译成七言，这本无可厚非，但译诗只考虑了字数的整齐，却没考虑押韵和平仄。一二句押"支"韵，三四句又变成"庚"韵。一二句"平平平平仄仄仄，平平仄平平仄平"，根本不顾平仄律的基本要求。"诗情满怀""能搅白日梦"之类现代词语入诗，更是全然没了古意。

按照译诗大意，余意以为不妨译成五绝：

江山眺万里，诗意自满胸。

回首惊清梦，山间响暮钟。

另一首落款为"洞庭湖人"的诗：

环顾四壁皆诗文，良莠参差均痴语。

老夫不才来题词，凡夫俗子共本性。

问题与上首如出一辙，且二、四句末字不押韵，其中"夫"字的重复出现，则是格律诗的大忌。这首诗也不妨试译为：

诗文环四壁，良莠复参差。

老朽聊题句，原来性更痴。

第三首的毛病则是集上两首毛病的大成了：

千年古刹禅院中，参天古树阴盖下。

隐士悠闲卧树旁，无忧无虑度光阴。

似乎也可以这样译出——

千秋古寺中，巨木倍葱茏。

林下归隐者，悠然卧慵懒。

以下还有多首律诗，译法均与格律诗所去甚远。而一首名为《迎江寺》的对联，上下联除了字数相等，就基本没考虑太多对联的要求：

面对青山思三千前世云路缀峰平地起浪我乘观音之船前来登临观看大圆满；

江心晶莹听八百梵音皓月当空繁霜盖钟欲解命运谜团告慰些许别离苦海人。

美国诗人弗洛斯特有句名言："诗就是翻译中丧失的东西"，诚哉斯言！笔者试译固然尚未妥帖，惟提供比照参考而已。现在的文学博士也曾十数载寒窗，手提高学位文凭，但不懂得中国古典诗歌起码格律的，恐怕还大有人在。如果回到上一世纪的翻译界，这样的译诗大概就不会出现：即使译著不懂，校者也会懂；即使校者不懂，编辑也还会懂。现在文化的命已被

"革"多年，"大雅久不做"，似乎不好太过苛求于译者。倒是我为译者计，如若不谙格律，大可以现代白话诗的形式译出，庶几避免贻笑于方家。仓央嘉错爱情诗的翻译，无论是以自由诗译的《在那东山顶上》，还是以格律诗译的《不负如来不负卿》，都是很好的例子，但《中国十八省府》中的诗联译成这个样子，就颇令人遗憾了。

重修清史，是我国一项意义深远、工程浩大的项目。以当代治史人才的德识才学，写出来的清史能否超越得了前清那批旧学根基还算扎实、史事还算稔熟、学问还算淹洽的遗老遗少所修的《清史稿》，就实在不得而知了。

（《中国十八省府》，出东画报出版社出版）

看山还是山
——读徐裕颂的中国画

看山是山，看山不是山，看山还是山——此乃参禅三境界，为唐代禅宗大师青原行思提出，颇得正、反、合之认识规律，素为学画者奉为圭臬。

裕颂者，荷城人，年已过四望五，界非山还是山之际，为人生颇为尴尬之龄。

年轻虽一无所有，却百无禁忌。青春意气，挥斥方遒，普天之下，唯我独尊。脑袋掉下碗大个疤，自古英雄出少年。学画者古今中外、天上人间，无所不敢下笔，无所不试表现，然一切尚无定论，成功还在远处，惟时间方能证明。

人届老年，成败皆定。成事者业绩在身，气壮神闲，若泰山北斗，睥睨下界。无成者已失雄心，自甘委顿，如阡陌草芥，安享余年。

壮年者恍处十字路口，人生过半，身兼毁誉。上有长者压迫，下有幼者追赶。学艺者若把持不稳，便易误入歧途，或作追名逐利之徒，或成抱残守缺之匠，岁月如流，终至一事无成。

裕颂虽处中午，然学画多年，自有一份心得在。早年进广大，师从陈玉圃，看清初四王之作，但觉满纸书卷气，心中大为折服，遂临写揣摩，细心领会，立志追慕前贤，以期能有所成。

大学毕业，为求生存，深入民间，设计装修，十年胼手胝足，赢来一把钞票，亦赢来深刻体验。人生之酸甜苦辣，世态之真伪炎凉，为其打开更多感悟之目。期间自然不忘铺纸作画，不忘艺术思考，更知金钱非已目的，绘画方是真爱。

裕颂重返画苑，数年里描摹古代大师佳作，师从北京画院邓家德。游学京华，增广见闻，于传统之中悟出己意。三年前供职广西画院，每年均有作品入选广西美展并获奖。首年画鸡，次年画鸭，三年画山石。虽是传统题材，然构图、用墨、设色，均有新意在，故能为评委青睐。画鸡分前中后三层，前景用浓墨画出，中景龟背竹设色写意，后景用篱笆分隔，有淡墨群鸡穿行其间，与前景紧密呼应，一派和谐之象。画鸭为群鸭戏水，开放性构图，自后往前逶迤而来，神情安闲，姿态各异又浑然一体，深蕴时代精神。

国画《石破天惊》，2014年入选全国美展。所画为英山石，裕颂屡往粤地写生，作画之际，可谓成"石"在胸。画中巨石形状伟岸而不空疏，姿态偾张而不拥挤，墨色纷披而不芜杂。嶙峋众石，有深居昏暗者，有奋勇向阳者，有昂然高举者，有相互支撑者，有偃仰挣扎者，有极力反抗者，恰寓人之艰苦奋斗、顽强不屈之情……观其技法似古已有之，然其笔墨又确为画者所独具。能如此承继传统、推陈出新，已渐臻"看山还是山"之境。画者穷年累月之煞费苦心，笔下山水花鸟人物之全面尝试，求新求变求境界之诸多探索，观者自可忖度矣！

一本耿耿于怀的书
——我与《战斗的青春》

有一本书我一直耿耿于怀。

它是父亲去世后，留下来不多几本藏书中的一本。

父亲是个只有小学学历的乡镇基层干部，现在看来，连普九的要求还没达到，但在 20 世纪 50 年代初期，就算是个小知识分子了。

他喜欢读书，尤其是读小说，能写一笔苍劲有力的硬笔隶书。

它留下来的书中，有好几本就是那个年代里最流行的长篇小说:《战斗的青春》《敌后武工队》《野火春风斗古城》等。

我说的是《战斗的青春》。

小说为雪克所作，写的是抗日战争期间华北游击区武装斗争的故事，主人公有区委书记许凤、游击队长李铁等。它其中写了暴烈的战争、写了柔美的爱情、写了残酷的压迫与顽强的反抗、写了大义凛然的正气和奸诈狡猾的邪恶，写了英勇无畏的搏斗和坚强不屈的牺牲……这些元素，完全可以满足当时还是个求知若渴的少年的我的审美需求。就在乡下老家那座老房子的小阁楼上，室内一灯如豆，窗外风雨交加，我屏退了所有的外界信息，让自己漫游在小说中，不时地为主人公的命运而担忧，为敌人的凶残而愤恨，为百姓的生灵涂炭而痛心，为李铁的勇敢而激赏，为许风的从容取义而惋惜，为胜利的最终光临而欣幸慨叹。

就在这种文学氛围的浸淫之下，我的灵魂似乎也变得圣洁高尚起来。我甚至确信：要是当时也是国难当头、身陷强敌，我一定也会慷慨与义、从容牺牲。今天看来，那种红色经典对青年一代人生观和价值观的影响，确实是非常巨大的，也是不可或缺的。

就是这本《战斗的青春》，我看过之后，又借给了村里喜欢看书的年轻人，以致在再三的传阅中，它散页了，封面脱落了，我看着散落的书页，就像看到一件自己挚爱的东西被打碎了，心痛得不行。我只好自己重新装订，但全书太厚了，我没有专门的工具，无法将它们钉成一册，只好分作三本，另外两本没有封面，就自己制作，用半透明的纸将原封面描画下来，涂上颜色，再自己标以上、中、下册字样。摊开一看，还像模像样的，这让我心中大为欣慰。别人再来借书，我就可以一本一本地借，还了一本再借一本，以此来保证全书不至于有借不还。即使这样，在我外出参加工作之后，这本书终于还是散佚了。我曾经多次回老家翻箱倒柜，试图找回这凝聚着自己心血的书，但总是没有结果，我又多次询问家里和可能借了这本书的村人，都毫无结果。我内心颇为失望，但我并不遗憾，因为我仍能感觉到它依然存在，哪怕它作为书的形态已经不见了，但它就像那些随风而逝的蒲公英的种子，飘飘扬扬，尽管了无印痕，但它们已深深地扎根在人心的土地上，待到适当季节，就会面朝蓝天，绽放出大片大片灿烂的华彩。

时至今日，即使事过四十多年，我还清晰地记得那本书封面的木刻图画：一位飒爽英姿的女游击战士（应该就是小说的主人公许凤），一手挥起手枪，一手指向前方，身后是跟着冲锋陷阵的游击战士，一副勇往直前、势不可挡的磅礴气势。我曾经与一位自己颇为敬重的作家朋友谈起这本书以及那些相类的红色文学经典，谈起它们对我们那一代人精神上的影响。那位朋友却不屑地说：那算文学吗？那是书砖罢了！

我一时沉默无语。

我完全理解这位朋友的不屑，但我无法赞同他。文学观念在新时期以来确实发生了天翻地覆的变化，理想主义、英雄情结、革命历史被一再解构得几乎体无完肤，而普世价值、终极关怀、底层叙事等等成了写作的大潮。但我始终认为：人是社会的、也是历史的动物。面对过去国难当头、强敌横行的历史，昂扬正气、慷慨悲歌的描写就应是文学的题中之义，也是处于迷惘躁动时期的青少年最合适不过的励志读物。尽管在今天许多文学评论家眼里，《战斗的青春》作者雪克的文学成就远没有张爱玲大，但如果这个评论家有十来岁的儿女，我想他更会愿意让自己的儿女读雪克的《战斗的青春》，而不是读张爱玲的《色戒》。更何况自新时期以来，某些一发表就有跨世纪或者惊世骇俗之誉的新作，稍过数年便销声匿迹于茫茫书海之中，绝少有人再翻起，而那些如泥土般质朴的红色书砖，却一直在反复重印，长销不衰，至于它们是不是真正意义的"文学作品"，那倒成了一个伪命题了。

（原载《南国早报》2008年11月30日，后收进《春华秋实》一书）

给灵魂找个家

——读周大新长篇小说《安魂》

　　一个供职于解放军原总后勤部的二十九岁的硕士生，正当英气勃发的青春年华，人生的鲜花次第为他盛开，却因为突患不治之症，离开了这个世界。他是独生子女，作为他的父母情何以堪啊！周大新的长篇小说《安魂》，写的就是这样的一个真实故事。

　　大新是我国新时期的著名作家，曾先后荣获全国优秀小说奖、茅盾文学奖、冯牧文学奖等多种奖项，有不少作品被改编成电影、电视剧和戏剧，由其小说《香魂塘畔的香油坊》改编的电影《香魂女》，获得了1993年度柏林国际电影节大奖——"金熊奖"。

　　《安魂》是妻子含泪看完后向我推荐的，这是一部泣血之作，写的是大新自己与他病逝的儿子周宁的对话，前半部分写全家人与病魔的搏斗终至失败，在婉转低回、一泣三叹中，不乏顽强的拼搏和英勇的抗争。后半部写的是儿子升入天堂之后的种种见闻，在匪夷所思的幻景生活中，不乏真实的现世针砭和轮回报应的警策。

　　小说通过大量的"闪回"，叙写了儿子周宁短暂而不乏光泽的一生：从小与父亲分隔两地，长期生活在外公外婆的庇护之下，与父亲的感情既深厚又陌生，父亲只看到了他的乐观好动，他的体育天分和他的勤奋学习，却忽视了他最需要的感情饥渴，在他自由恋爱的时候，父辈却以强大的理由，生硬地阻断了他的初恋，以致给自己也留下了沉痛的遗憾。此后，周宁也曾再爱，只是爱人已远非初恋的简单坚执，相反，在他病重而需要安慰之际，她决绝地离他而去，尽管此举无可指摘，但仍给人留下了深深的遗憾。在这部分的描写中，我们看到了病魔的强大和执拗，循序渐进，不可逆转，尽管也会给人一段看似美好的回光返照，让周宁在手术之后似乎逐渐好转起来，但最终还是强行地从医护人员手中夺走了他的生命。对于年近六旬的父母来说，那该是多么恐怖的过程和多么残忍的打击啊！为了安抚父辈，作品通过周宁的口，说了这么一段话："一个人一生要尝受什么，不管是好东西还是坏东西，不管是幸福快乐还是不幸苦痛，可能都有一个定数，这个定数不是由他本人决定的，而是由一个隐身的掌管者分配的，这个掌管者根据每个人付出与获得的总体情况，来确定分配幸福快乐和不幸痛苦的比例。因此，不论你得到了什么，都请接受吧，抱怨没有意义。"

这段话尽管近于佛教的报应说，但作者正是基于这一点，写出了小说的下半部，对生活做了更宽广的拓展和更详尽的展示。周宁的灵魂升上天国，经历了一段漫长的洗礼，在甄域接受身份甄别，在那里看到许多新升天的亡灵：一位肝癌死者因为目睹厂长强奸女工而没有施救，多次殴打第二任妻子至其自杀，成了重秽之魂。一个女人因为匿名发帖致一女同事的男友离去，还阻挠丈夫周末看望婆婆，致老人尝尽孤独之苦，属轻秽之魂。一个因为认为拆迁费不合理而自焚抗议的人，属有冤之魂。一个亿万富翁因他的纸厂严重污染水源，且弄虚作假欺骗公众，造成许多孩子因此患病而致辞世，属有罪之魂。一个经常与妻子吵架且数次殴妻的人，一日从火灾中救出了邻家的孩子，自己伤重不治，属仁爱微瑕之魂。一个纪检监察高官因贪腐敛财，于双规惊吓中自杀，属贪婪有罪之魂。一私开煤窑的老板，数次借故掩盖塌方死人事实，还用炸药炸死举报人全家，被执行死刑，死前还不思悔改，叫嚣二十年后又是一条好汉，属凶恶重罪之魂。一个三个月大的女婴因高烧辞世，属洁净之魂……

这些经过甄别的灵魂，后来被分送到各个不同的区域，有阴暗而可怕的惩域，像和珅这样的贪官，被关闭在一个小小的石坑中不停地数钱。生前驾车碾死一名少女而逃逸的人，被关在一间玻璃屋里，终日倾听女孩被碾时的惨叫和她母亲的痛哭。那个纸厂老板，每天均要三次喝下那些被污染得臭味难闻的脏水……

小说关于天界的叙述，有点近于但丁的《神曲》，但《神曲》具有很强的神学和宗教的色彩，而《安魂》则更多是对现世的观照和警醒。周宁的灵魂最后来到学城，被安排用记录仪去记录亡灵的忏悔，从中展现了更多的现世生活图景。而在采访伏尔泰、达尔文、魏源、爱因斯坦、袁世凯等著名人物的过程中，更融入了作家对人、对社会、对国家、对科学等重大问题的深入思考，给读者以独特的启迪。因而这部虽然因为死亡而写的小说，却大大超越了死亡，为更多生者安妥自己的灵魂提供了可资思考的蓝本。

今年6月5日,《安魂》被授予第三届"慈溪·《人民文学》长篇小说双年奖",授奖词是这样评价的:"小说是当代人面对生与死的重要启示录,这使它得以走出狭窄的个人视野,以无比的豁达将特别的温暖灌注到读者心灵深处。在现代以来的中国小说史中,此类题材的长篇小说《安魂》应该还是第一部,具有卓尔不群的气质。"

十五年前的夏天,我们全家到北戴河创作之家度假,路过北京,得到鲁院老同学大新兄的热情接待,安排我们住在原总后勤部招待所,请我们全家吃饭,他妻子和儿子周宁也来了。那时周宁刚上大学一年级,正是意气风发、天纵英才的年华。我们两家一起合影,照片上大家都微笑着,对未来充满了期待和信心。只是命运这个难测之手,残忍地给了大新一个惨痛的悲剧。所幸大新并没有屈从于悲剧,而是以丧子之痛切入现实生活,为人们奉献了这部优秀的小说,一部警醒尘世、洗涤灵魂的《安魂》。

(《安魂》,周大新著)

穿越蛮荒的爱

——读陈渠珍奇书《艽野尘梦》

20世纪之初的清朝末年，阶级矛盾、民族矛盾一触即发。

一位藏族年仅十五六岁的小姑娘，因为土官的随手一指，便嫁与了三十出头、已有妻小的汉族军官陈渠珍。其时，西藏达赖喇嘛正与英军勾结，欲谋叛国，大清四川总督赵尔丰派手下协统（相当于旅长）钟颖率部进藏平叛，陈在钟颖手下任队官（连长）。

此前，陈渠珍看过不少关于西藏的书，知道此一去，山长水远，艰难险阻，前程未卜，便以"眷属浮寓成都，留无依，归无资，送无人，力辞不就"，但经他人力劝，且协统大人"复馈多金，优给月廪，预感其诚，遂行。"

进藏不止一日，路上叠经战斗，九死一生，陈渠珍晋升为官带（营长）。一日，到一藏族土官家喝酒，主人热情地叫来几个姑娘表演马术，"引马至河干，一望平原数里，细草台毡。地上每三四十步，立球竿一，竿高尺许。乘马女子，皆束丝带，袒右臂，鞭策疾驰，其行如飞，每至立竿处，则俯身拔之，以拔竿多少定输赢。中一女年约十五六，貌虽中姿，而矫健敏捷，连拔五竿，余皆拔一二竿而已。"陈渠珍连夸女子厉害，连男子也比不上她。土官看到他这样说，立马奉承：如果你喜欢，把她送给你怎样？陈渠珍当时以为一时戏言，只是笑笑，不置可否。数日之后，土官竟将那女子装饰齐整，靓衣明眸，送至军营，陈渠珍只好顺水推舟地接受下来。那女子名叫西原，是士官第巴舅舅的侄女，她的终生就这样被土官一言指定了。

时光到了辛亥年（1911年），武昌起义爆发，消息传至西藏，士兵哗变，陈渠珍因情况不明，便偷偷联络湖南老乡士兵，集合了115人和120余头驼牛，要长途跋涉走回内地。他们入藏之时，走的是川藏线，一路上艰难险阻，且返程还有人藏川军阻拦，难以走出，便决定选择青藏线，估计最多也就两月行程——百年之后，我们自驾西藏行走的也是基本相同的线路，但一路上已是柏油马路，汽车风驰电掣，来回也就20天，从西藏到青海更是只用了三四天——这段路他们足足走了七个月，一路上饥饿、寒冷、病痛和偶尔的战斗，使整支队伍大量减员，历尽千辛万苦走到西安，就只剩下七个人了，生存率仅有百分之六！

一路上，由于前路不清、方向不明，他们一再陷入危险的境地。陈渠珍并不贪财，将所有六千藏币全部分给士兵，只带着一路上别人所送名贵药材麝香170两，也就5公斤左右，欲上路时，为他的护兵半夜拿走。后来，这些麝香为番人、川军、藏人反复掠夺，数十人为此付出了生命，印证了陈渠珍"多财贾祸"的判断。

曾到一大喇嘛寺投宿，由于互相间的不了解，他们申辩再三，才得到三间小层，只准留宿一夜，四周数百番兵持枪环伺，昼夜不懈。他们也不敢安睡，只能彻夜戒备，天亮赶紧离去。才行十来里地，却又有番兵千余骑，分两边断断续续一直跟着。他们遂先发制人，打死三百多番兵，才算解了围，猜想对方估计他们是叛兵，劫夺了活佛的财物，所以才有所图。

进入酱通沙漠之后，人烟日渐罕见，粮食逐日减少，天气也越来越冷。偶见帐篷，士兵便想借宿，当地人不允，士兵便强行进入，当地人怒而挺刀，士兵发枪相击，"毙其一，余始逃去，余闻枪声，止之无及矣。"一支陷入绝境的旧军队，其实也就跟土匪差不多了。他们因饿极而不惜剥食同伴的尸体，又由于五十年没走过这条路、加上风沙弥漫，作为向导的喇嘛也认不得路了，士兵便对他拳打脚踢，大声责骂。陈渠珍虽同情喇嘛，却无法阻止士兵们的恶行，只能徒叹奈何。干粮日尽，死亡每天都在发生，偶有野牛可供猎杀，却非长久之计。一天，饥饿实在太甚，士兵便密谋想杀了随行的一藏族少年来充饥，被陈渠珍制止。后来，向导喇嘛终因畏惧士兵虐待，冒着葬身野狼腹中的危险，半夜遁去。队伍走到通天河边，全队仅剩下三十来人了。

他们遇到一队带有骆驼的蒙古喇嘛，极为热情，送了两顶帐房、两头骆驼和糌粑、白糖等物给他们，一起同路，相谈甚欢。没想士兵起了歹念，想劫杀喇嘛，与陈渠珍商量，陈渠珍说这些喇嘛对我们有再生之恩，我们却负心劫杀，鬼神都难容啊！士兵退去，陈汇珍恐生变故，半夜手持短刀，拥被而坐。天亮起行，以为没有事了，但刚刚走出三四里地，几个士兵突然向喇嘛开枪，击毙三人，其余早有防备的喇嘛一面开枪还击，一面骑上骆驼逃逸，其余的骆驼也跟着跑了，转眼没了踪影，行凶的士兵有六人受伤，遭到了报应。陈渠珍"详询受伤之人，皆昨夜主张暴烈之人，天网恢恢，真疏而不漏矣！"

与那些几乎无恶不作的士兵相比，藏族少女西原却显示了良善仁爱、沉稳成熟的一面。为疗救饥饿，她出去晨猎，独自打到一头野骡，表现出顽强的生存技巧。看到丈夫的坐骑不行，她以所乘黑骡换给丈夫，自己改乘劣马，在冰天雪地的绝境中凸现出无私的情怀。当丈夫绝望之际，她好言安慰鼓励：冬尽春来，天气和暖，一路上死亡虽众，但我们还活着，说明老天终不绝我们，积极乐观的人生态度一直贯穿始终。回到西安，西原染上天花，病势日重，丈夫终日出门应酬，她每日守候在客栈门后，等着丈夫夜归，唯恐无人应门。临死前她哽咽着说："万里从君，相期终始，不图病入膏肓，中道永诀。然君幸获济，我死亦瞑目矣！"对丈夫忠贞不渝的感情溢于言表，以致二十年之后，陈渠珍动笔写《艽野尘梦》这本书时，对这段仅维系了一年左右、却经历过死亡考验的感情经历仍心心念念、难以释怀！

其实，这段动人的故事只是《艽野尘梦》中的一段，书中还有很多其他内容，正如校注者陈继光所述："掩卷冥思，藏区险峻优美的自然风景，古老淳朴的民俗风情，复杂险恶的官场环境，身陷绝境的人性异化，绝地逃生的生存智慧，藏汉人民的深厚情谊，感人至深的爱情绝唱，历历在目。陈渠珍谱写的，不仅是一段令人难以置信的个人传奇，更是一曲反映历史更迭的时代交响。'但觉人奇、事奇、文奇，既奇且实而复娓娓动人，一切为康藏诸游记最。'诚也！"

作者陈渠珍，是个饱读诗书、深明大义的军人，后来成为统治湘西数十年之久的湘西王，与熊希龄、沈从文并称"凤凰三杰"。沈从文曾在其帐下担任文书，贺龙亦是其旧交。新中国成立后，因与解放军和平交接，成为全国政协委员，受到毛泽东接见。他这本《芜野尘梦》，文笔绝不亚于许多作家，其中许多描写，往往寥寥数笔即跃然纸上："天忽晴霁，沿途风清日暖，细草如茵，两岸高山直耸，山巅积雪，横如匹练。有时出岫白云与摩天积雪共为一色，凝眸远望，奇趣横生，几忘塞外行军之苦。"——书中类似美文，不胜枚举，令人击节赞叹！

新视点文集

书艺原在文化中
——读《启功谈艺录》

　　启功先生是我国当代著名的书画家、书画鉴定家、古文字学家和诗人，其诗、书、画堪称三绝，曾为中国书协主席、政协常委。其家世更是显赫，他是雍正皇帝的九世孙，原姓爱新觉罗氏，但他一生都远避这个姓氏，因为他生于1912年，自称是民国公民，与封建王朝全然无涉。

　　《启功谈艺录》一书，是启功先生的研究生张志和所著，张志和将自己在启功先生身边问学十余年的所见所闻和所思所想细心记录下来，然后配以许多珍贵的图片资料，写成此书。书一刊出，便广受欢迎，被全国报纸阅读文化年会推荐为2007年上半年的"十本好书"之一，并且一版再版。

　　此书之所以受到追捧，我以为原因有三：一是读者对启功先生个人品格的尊崇，二是对启功先生艺术作品的喜爱，三是读者对作者认真细致、娓娓道来却又生动活泼的叙写风格的认可。

　　以前到北京，到潘家园等文化市场转悠，看到地摊上到处都摆着署名"启功"的字幅，字都写得不错，价格也很便宜，数十元百来元一张，一想就明白了：那些字其实都是赝品。同样卖着的，还有标着舒同、刘炳森等书家名字的。在皇城底下，这种"盗版"的情况怎能那么普遍？后来听说了启功的故事，才知道那实乃启功先生的"纵容"所致。据说当时他来到潘家园一家书画店，看到里面有他一幅作品出售，他走近一看，才发现自己从没写过这样一幅作品，那显然是赝品。身边有人问他："这是您写的吗？"他笑着说："比我写得好。"但过了一会儿，他又改口："这是我写的。"后来他才告诉朋友："人家用我的名字写字，是看得起我，这些假字都是些穷困之人因生活所迫，寻到一种谋生手段，我不能砸他们的饭碗。"确实，那些字幅的价钱，低到你一看就知道不可能是真品，买字的人只是喜欢，便明知赝品也买，如此而已。

启功的书法以"二王的用笔，欧柳的结体"，最后融汇成了自己的"启体"，外柔内刚，自然洒脱，清隽儒雅而妩媚华美——现在电脑字体中就有他这种"启体"。他戏称自己的书体是"大字报体"，"文化大革命"是他"书法水平进步最快的时期。"因为那时他靠边站，帮红卫兵抄写大字报，专志于此，心无旁骛，反而能挥洒自如，取得了长足的进步。

其实，启功幼年时，曾师承齐白石、溥心畬等名家，不止在书法，就是在古典文学、书画鉴赏等方面，都有很高的造诣，因其学识渊博精深，27岁即受聘为故宫博物院书画鉴定专门委员会的委员。《启功谈艺录》中就写到经常有人拿书画作品让他鉴定，他既不拒绝，也不妄从，是就说是，非就说非，从不为取悦什么人而违心说话。为了保证鉴定的公正性，他为自己定下了书画鉴定的七条忌讳：一、皇威，二、挟贵，三、挟长，四、护短，五、尊贤，六、远害，七、容众。可以看出，前三条是出自社会权威的压力，后四条是源于鉴定者的私心，于一般人而言，都是极难避免的。

关于启功先生的雅韵诗情、匠心独运、认真精微、博闻强记和远见卓识，书中都有很多例子。比如说他一再向学生传授的关于汉字结构中的黄金分割法；他说赵孟頫字体"赵字既有柳味、且高妙在他用行书笔法写楷，而写行书有楷书意味则不乱"；他认为"写字是为了传情达意，是工具，但写得好就是艺术"；他说"哪怕写文章、牌匾也要考虑平仄变化，因为书法的内容是给人看的，要让人念得上口"，比如"游云惊龙"四字全是平声，就不好；他认为唐怀素集王羲之的《圣教序》，其中的"正""旷"等字，就肯定不是王羲之写的，因为羲之的祖上有名叫"正""旷"的，他肯定要避讳；他说"岁"字上部原为"止"头，但人们觉得不吉利，就改成了"山"头，王羲之的《兰亭序》中"群"字本为上下结构，但王羲之觉得"君"不能与"羊"并列，便改成了上下结构；他认为清朝蘅塘退士选编的《唐诗三百首》中有两首有问题，一是沈佺期的《独不见》最后两句，"谁知含愁独不见，使妾明月照流黄。"平仄不合，应为"谁为含愁独不见，遂教明月照流黄。"一是王之涣的《出塞》中"黄河远上白云间"句，应为"黄沙远上白云间"，如果有河水，就会有杨柳，就会有绿色，就不用"怨杨柳"了。他说《三国演义》中"关云长水淹七军"等节，多次出现的"骁将伍佰"不是人名，而是官职名，是明朝的说书人自己搞糊涂了；他认为"文章可以越改越好，诗却不能多改，诗会越改越糟，因为诗歌如果完全符合逻辑便没有诗味了……"

启功66岁生日时为自己拟过一个墓志铭："中学生，副教授。博不精，专不透。名虽扬，实不够。高不成，低不就。瘫趋左，派曾右。面微圆，皮欠厚，妻已亡，并无后。丧犹新，病照旧。六十六，非不寿。八宝山，渐相凑。计平生，谥曰陋。身与名，一齐臭。"这段话虽是戏言，却真切地刻画出了启功先生的外在形象。读罢《谈艺录》，一个学识淹洽、风趣幽默。平淡随和、诲人不倦的老头子形象，就更生动地站立起来了。

（《启功谈艺录》，中国社会科学院出版社出版）

愿如秋叶之静美

——读《死亡如此多情》

　　这一本关于死亡的书，集中了全中国最顶尖医院的上百位医生，写下了他们对于濒死病人的救助、观察和思考，这对于活着的人如何认识死亡，无疑有着积极的意义。诚如中国政协第十二届副主席、中华科协主席韩启德先生在序言中所说："我们每个人总有一天要面临死亡，把死想透想明白了，活着的时候就多了一份自由和洒脱，而当死亡来临时，则能坦然、从容和淡定，'生如夏花之璀璨，死如秋叶之静美'，这该多好！"

　　然而，以往也正是由于人们忌谈死亡，对死亡所知实在甚少，因而大多数人面对死亡之际，恐惧惊怖、痛哭流涕，有太多的不舍不甘、太强的求生欲望，直至死神决然地将他们带走，他们仍然紧攥着医生的手，久久不忍松开……

　　其实这都是可以理解的，医生所能做的，唯有严格遵循医学操守，全力地尽着自己的所能，无奈地望着病人依依不舍的目光潜黯淡下去，很多病人其实都是这样离场的。一个八十岁的韩国病人，是个亿万富翁，他的肺脏、肝脏、肾脏等多个器官开始衰竭，全身插满了各种管子，在美国住院一天超过

15000美元，治疗总费用数以百万计，但他的妻子总是对医生说："请尽一切努力，不必考虑费用问题。"在医生都不持乐观态度的情况下，仍然坚持要换肾（这个肾脏本来可以去救治更需要的患者）。医生秉持的当然是只有10%的希望，就必然付出100%的努力，结果自然是残酷的，再多的金钱还是敌不过死神的力量。医生心中没有一丝喜悦，他思考："在医疗科技高度发展的现在，在医生可以凭借各种仪器和药物显著延长病人生命的今天，我们是不是有时候也应该停下脚步想一想，对病人（尤其是那些临终病人）来说，什么样的医疗救治才是最恰当的？"——面对这个问题，恐怕即使是万能的上帝，对着千差万别的病人，也会无法给出一个确切而适用的答案。

有的病人则是清醒的，一位老人是医院的直属领导，他一进医院，显然已经预感到自己命之将终，便将嘴巴附在主治医生耳边，小声吩咐："让我走吧……"这个近于要求安乐死的愿望，最后还是落空了，他全身被插满了管子，在痛苦中离开了这个世界，让无法执行他遗愿的医生永远抱憾在心。而另一个医生则大胆些，面对一个序惯性多功能衰竭、昏迷、没有意识、瞳孔散大、全身水肿、已经脑死亡、只能靠呼吸机维持的十一岁的小男孩，医生在周围无人的情况下，悄悄拔掉了呼吸机，五分钟后就一切都终结了。面对这个案例，纪录者认为，"让死者走得更有尊严，痛苦更少一点，是活人应该尽的一项义务。"但他又觉得，要是在现场的是他，就不会关掉呼吸机。

人的命运千差万别，即使在ICU（重症监护病房）里，这种差别也依然存在。两位病人，一位八十岁的老人来自农村，虽有医保，但仍无法支付高额的抢救费用。一位七十岁的老人来自城里，儿子开着一家小公司，医疗费不成问题。前者的病情一天天好转，但家属却因承担不起医疗费，要求撤掉呼吸机，病人病情很快恶化，隔天离世。后者病情虽然严重，但在 ICU 治疗了两个月，病情大为减轻，直到可以撤掉呼吸机。这两个病例的鲜明对比，引发了医生的思考："让我们感到遗憾和不满的是患者家属的态度，如此强硬地命令我们在他们母亲神智很清醒的情况下结束她的生命，让我们感到十分措手不及，也很于心不忍。如果我国能够增加对低收入人群的医疗补助，或患者能提早立下遗嘱，可支配自己的资产用于治疗，不依赖家属，那么医生就能全力抢救患者，避免这种惨剧的发生。"

生存，还是死亡，这确是个问题——莎士比亚这惊天动地的一问，问出了不知多少的生存大义和天地良心。书中整理者喟然长叹："无论是对于放弃老伴儿的老太太，还是放弃母亲的儿子，作为旁观者的我们，在情感上似乎都有指摘他们的'道义'"，"但在理智上，正如一位医生曾经跟我说，在 ICU 这样往往生死攸关的地方，若是对没有医疗价值的病人说'Yes'，就是对一些本来可以挽救的生命说'No'。其实，这种说法又何尝不适用于急诊以及其他多数的医疗科室？"

书中有更多的死亡拷问，有更多的大爱亲情，有更多的生离别，也有更多的人文关怀。这些案例，令我们这些终日奔波于尘世的芸芸众生，对临终能有那么深情的一瞥，然后掩卷长思。诚如韩启德先生序言所说："这是一本描写生、死、情的好书，希望我们的医疗工作者都来读一读，更加懂得病人，对医学是'人的医学'有更深的理解。希望我们的病人们都来读一读，更加懂得疾病，理解医者。希望大家都来读一读这本书，更加懂得生和死，更加珍惜生命，热爱生活，过好每一天。"

（《死亡如此多情》，中信出版社出版）

新视点文集

数千年未有之大变局

——读蒋廷黻《中国近代史》

　　这是一本十余万字的薄薄的小书，成书至今已七十多年了，是我国第一本写中国近代史的专著。该书作者蒋廷黻，于1911年赴美国留学，曾获哥伦比亚大学博士学位，在美国游学十二年后返国，为我国著名的历史学家和外交家，曾长期任国民党政府驻联合国代表和驻美大使。

　　我首读这本小书，本以为会有一些阅读上的障碍，因为它毕竟是七十余年前的著作，且对于史料浩繁的中国近代而言，十来万字毕竟是太少了，少得令人怀疑是否有挂一漏万、言难及义之失。读后我才发现，自己的担心完全是多余的。

　　对于像我这样非史学专业的人而言，这确是一本很好的近代史入门书，它讲述了从1840年到1926年这八十多年间中国倍受压迫欺凌的历史。即使对于专业学者而言，这在当时也是一本开先河的专著，既有高屋建瓴的恢宏，又有洞烛幽微的精致，其中那些切中肯綮结论，为后来的研究者奠定了立论的基调。

　　1840年的鸦片战争是中国近代史的开端，但为何会有鸦片战争，作者作了久远的回顾和延伸，回顾到了此前近五十年前（1792年）的乾隆五十七年，英国全权特使马夏尔尼来华，那是一个很特别的外交事件，当时中国正处康乾盛世，如果处理得当，中国自此打开门户，与世界各国交好，学习先进的科学文化知识，庶几可平安迈进近代化行列。但一直以天朝上国自居的清王朝，都以为外国尽是越南、琉球这样的蛮夷，以为他们的国君都是些儿皇帝，来华只有朝觐进贡的份，绝对不能容忍以平等待之，因而对马夏尔尼拒绝行跪拜礼很是不满，对英国要派驻大使、加开通商口岸、公开关税等要求都一口回绝了。到了嘉庆朝，英国又每两次派遣使者来华，得到的待遇更连乾隆朝还不如。"英国有了这两次的失败，知道和平交涉的路走不通。"因而鸦片战争不得不发生了。"中西的关系是特别的，在鸦片战争以前，我们不肯给外国以平等待遇。在以后，他们不肯给我们平等待遇。"

马夏尔尼事件，在上一世纪末的中国学界，又被广泛地拿出来讨论了一次，这对于国人如何认清祖国在世界上的地位和自己的文化短长、加快改革开放的步伐和程度，起到了积极的推动作用——而这种思想的滥觞，应该说早在七十年前蒋廷黻时代就开始了。

现在我们都知道，国家间的交往，以平等互利为原则，是双赢的事业。如果交往无法以和平方式进行，那就只有战争了。战争虽然让双方都受损，但赢者会得到更多他们想要的东西。中国近代史上的一系列战争，无论是英法联军入侵，还是八国联军入侵，还是中日甲午之战，结果不外都是令国人耻辱的开放通商和割地赔款，那当然是非常残酷的。在这些血腥的教训中，一些国人忧虑起来、一些国人愤慨起来，一些国人清醒来，于是有了太平天国、有了洋务运动、有了戊戌变法、有了义和团灭洋、有了辛亥革命——即使是被称为爱国运动的义和团，那些所谓"刀枪不入"的义民背后，最先得到的却是守旧派慈禧太后等人的支持，因为他们也不想自己封闭的封建专制国家受到别人的染指，不想自己丰厚的利益受到削弱，至于自己是否有能力抵抗，国家和百姓是否能从抵抗中得到好处，他们根本想都没想过。

"我们本可以转祸为福，只要我们大胆地接受西洋文化，以我们的人力物力，倘若接受了科学机械和民族精神，我们可以与别国并驾齐驱，在国际生活之中，取得极光荣的地位。"但历史没有假设，"主战的剿夷派和主和的抚夷派，在战争之后，正如在战争之前，均未图振作。"国家大势就在两派的争斗和倾轧之中，不断走向窳败，直至矛盾蜂起、内外交困，终于使清王朝的国祚断送在二十世纪的曙光之中。

本来，太平天国也给中国带来的一个发展的机遇，洪秀全"提倡男女平权，但他的宫廷充满了妃妾，太平天国的王侯亦皆多蓄妻妾。他的诏书中有田亩制度，其根本思想类似原始共产主义：'有田同耕，有饭同食，有衣同穿，有钱同使。'但是他的均田主义虽有详细的规定，并未实行。……我们可以说洪秀全对于宗教革命和种族革命是十分积极的，对于社会革命则甚消极。……他的运动当然是个民间运动，反映当时的民间疾苦和迷信，以及潜伏于民间的种族观念。"这段立论断今天看来，依然是十分中肯的。

面对日渐紧迫的国难，知识分子也在思考。胡林翼在安庆曾有过这样的经历："驰至江滨，忽见二洋船鼓轮西上，疾如奔马。文忠（胡）变色不语，勒马回营，中途呕血，几至堕马。阎单初尚书向在文忠幕府，每与文忠论及洋务，文忠辄摇手闭目，神色不悦者久之，曰：此非吾辈所能知也。"面对犀利的洋器，除非是麻木不仁或者愚昧自大者，知识分子当然更会倍受冲击，有人便思考而图振作了，李鸿章就是其中一个代表。

李鸿章曾在给曾国藩的信中写道："鸿章尝往英法提督兵权，见其大炮之精纯，子药之细巧，器械之鲜明，队伍之雄整，实非中国之所能及。"他在致恭亲王的信中也说过："中国士大夫沉浸于章句小楷之积习，武夫悍卒又多粗蠢不加细心，以致用非所学，学非所用。无事则斥外国之利器为奇技淫巧，以为不必学；有事则惊外国之利器为变怪神奇，以为不能学，不知洋人视火器为身心性命之学者已数百年，一旦豁然贯通，参阴阳而配造化，实有指挥如意、从心所欲之快。"信中还充分肯定了日本的明治维新，认为中国"欲自强则莫如学习外国利器，欲学习外国利器则莫如觅制器之器，师其法而不必尽用其人。"——作者将李鸿章这封信，视为"中国十九世纪最大政治家最具历史价值的一篇文章，我们应该再三诵读。"

往事如烟，中国近代史沉浸在百余年的风尘之中，让后人回味反刍而再三喟叹。作者在"李鸿章引狼入室"一节中认为："国际的关系不比私人间的关系，是不讲理、不论情的，国家都是自私自利的，利害相同就结合为友、为联盟；利害冲突就成为对敌。"此语放到今天"只有永恒的利益，没有永恒的友谊"的国际大势之中，应该也还是有普遍意义的。

（《中国近代史》，蒋廷黻著，武汉出版社2012年再版）

穿越两个甲子的痛

——读师永刚、张凡《首败，甲午年的中日决战》

　　120 年前的甲午年九月 15 日，中日两国爆发了一场规模空前的大海战，当时经过多年洋务运动的励精图治，经过一番卧薪尝胆式的努力探求，好不容易组建起来、有着两艘七千吨级铁甲巨舰、号称亚洲第一的中国北洋舰队，却于五小时之内败于日本舰队之手，不但当时举国沸腾，骂声一片，就在后来一百多年间，对此役的诘问依然此起彼伏，实因此没关系重大，如果战胜了，或者日本不敢小觑中国而再引起后来诸多的矛盾冲突和铁血纠纷。战败了，则为此后中日关系的诸多变数埋下了久远的伏笔。当然，或许也由于战败才激发了国人的爱国热情，激发了哲人的沉痛思考，激发了志士仕人的奋发图变和改良革命，引来了新世纪的一线希望，那更是当时的人所难以预料得到的了。

　　关于此役，坊间有许多著作，翔实记载了事件的开端、发展、高潮、结局和作者的思索评述。今年为纪念甲午海战 120 周年，更形成了一股有关甲午图书的出版热潮，已陆续见到的专著就有：海军战史专家陈悦的《甲午海战》，甲午战争史专家戚其章的《甲午战争史》，还有宗泽亚的《清日战争》、许华的《再见甲午》，刘声东、张铁柱的《甲午殇思》，师永刚、张凡的《首败，甲午年的中日决战》，丁一平等的《喋血沉思》，马幼垣等人的《甲午一百二十年祭》，金满楼的《重读甲午》，祝勇的《悲情李鸿章》，月影长河的《决战甲午》等等，其中有的是文学作品，但更多的还是研究性的著作。这些图书从不同角度对一百二十年前那场大海战做了回顾和挖掘，有的侧重于军事，有的侧重于社会，有的侧重于人文，有的偏重于海战本身，有的偏重于前因分析，有的偏重于后果影响。不管角度如何，有一点却是共同的：就是总结失败教训，激励同胞勿忘国耻，提醒世人注意日本军国主义的狼子野心。

师永刚作为香港凤凰周刊的主编，曾成功策划过诸如《解密凤凰》《读者传奇》以及介绍蒋介石、蒋经国、格瓦拉、三毛等名人的图书。他主持的图书视角独特，观点鲜明，往往能从大处着眼，抓住现象看本质，揭示出问题的真相。《首败》一书，以甲午海战为坐标，分成战前、战中、战后三大部分。第一部分从战前中国的官场政治模式，分析了皇帝、大臣、士林和女人当国等现象，对比于日本励精图治的明治维新，从中得出了清国的甲午海战必败的必然趋势。《首败》一书的护封里，印着日本近现代化的精神教父福泽瑜吉在《脱亚论》中的一段话："作为当今之策，我国不应犹豫，与其坐等邻国的开明，共同振兴亚洲，不如脱离其行列，而与西洋文明共进退。对待中国、朝鲜的方法，也不必因其为邻国而特别予以同情，只要模仿西洋人对他们的态度方式对付即可。"——仅从福泽这段话，我们就不难理解当时日本维新图强的思想动力，那就是为谋求富国强兵、抗衡西方，就应不惜以邻国、以朝鲜、中国为鱼肉，后来日本的发展，恰恰印证了福泽的这个设想。

第二部分是对于海战的描述，先从三年一度的北洋水师大阅兵开始，这次大阅兵持续了十天时间，英、法、俄、日等各国均有兵船观看。阅兵场面宏大，景象壮观，炮击中"怒雷震地，沙土蔽天"，成了北洋水师全盛期一次最为出彩的集体亮相，既赢得了外国人的赞扬，也看得光绪皇帝的老子醇亲王频频点头，当即赏赐13000两银子给北洋将士。作为海军大臣的李鸿章却心中有数，他在校阅报告中忧心忡忡地说："西洋各国以舟师纵横海上，船式日新月异……即日本蕞尔小邦，亦能节省经费，岁添巨舰。中国自十四年（1888年）北洋水师开办以来，迄今未添一船，仅能就现在有大小二十余舰勤加训练，窃虑后难以为继。"——海战中，李鸿章的忧虑终于成了惨重的败迹，他于春帆楼和日本首相伊藤博文一番谈判之后，又以自挨一枪的代价，签下了近代史中国丧权辱国最为惨痛的《马关条约》；给日本赔付两亿两白银，外加割让台湾、澎湖列岛和辽东半岛。

第三部分为"甲午后的中国"，中国终于认识到日本的强大、认识到除了向西洋学习、更便捷者莫若取法东洋了。因为中日同文同种，且距离很近，无论文化背景、人文素质和国家政体等因素，均有相近相似之处，能将"明治维新"整个拷贝下来，岂不方便快捷之极？于是留日的中国学生日渐增加，以致从1905年起每年多达8000余人，出现了章太炎、陈天华、邹容、黄兴、蔡锷、蒋介石、陈独秀、李大钊、鲁迅、周作人、周恩来、郭沫若、郁达夫等一长串对中国近现代史影响巨大的人物。

甲午年于中国而言，确是个失败的年代，其间的主政者受到了后人诸多诟病。尤其对于李鸿章，后人在他身上贴上了诸如"卖国贼""YES 大臣"等标签，如今我们擦去历史的风尘，方能相对平静理智地面对那段历史。我以为对他的评价，还是他的同代人说得更为准确、贴切一些。翻译大家严复在李氏死后为他写了一挽联："使平生尽用其谋，其成功或不止此；设晚节无以自见，则士论又当何如。"盖棺定论，善哉斯言！

国人学日语的往事

——从《大日本史》说起

三年前到日本，在大阪逛心斋桥的中尾书店。

一进店中，四周是高大的书墙，上面的书五花八门，书目基本都能看懂，拿下来一看，有不少竟就是中文书。

其中有两册线装古籍《大日本史》（是否真古籍，不得而知），标明治期（1880年）木版印刷，宋体字直排，每页九行，样式古朴。虽非完璧，但我非日本史研究者，仅为娱目而已，加上书价不贵，每本500日元，相当人民币40元，与国内同类古籍书价相比，已是很便宜的了，我便买下来。

《大日本史》由源光团修纂，仿中国史书体例，以地道的古汉语写就，读来竟没有什么障碍。比如卷一百六十之列传第八十七，为源赖政列传："赖政天资颖敏，有武略，尤精射，工和歌。"其为护天王而献身一节：读来令人动容："足利忠纲等三百骑乱流而济，大军踵至，战平等院前。赖政与二子连射敌军，以仁王得间南走，赖政亦从。适有飞矢中赖政膝，兼纲亦战死，赖政乃告王曰：事已至此，大王宜速赴奈良，藉众徒之力以济事，臣自此永诀。王呜咽而去，赖政回辔射敌却之。矢竭，乃入平等院钓殿，脱甲端坐，谓左右曰，身仕六朝，龄垂八旬，官爵已逾祖先，武略不耻等伦。今为天下倡义，殒命留名，武夫所愿也。汝辈能捍御，我将从容就死。乃赋和歌曰：宅毛礼岐能，波奈佐久古斗毛，加利志珥，美能奈流波底曾。阿波礼奈利计流。言毕，伏刀而死，年七十七。"

——除和歌令人摸不着头脑之外，其余的叙述，我们都可理解，无非颂扬赖政那种忠诚勇敢的武士道精神。

都说日本与中国同文同种，同种不好说，同文于此略见一斑。

日本的书面语令中国人读不懂，却是这百年内的事。当年梁启超先生赴日本，于行船的一周时间内，在船上学会了日语，上岸即能披阅日本报章杂志，与日本人笔谈。这除了他天资聪颖，敏悟异常之外，其中一个很大原因，就是因为当时日语与汉语的书面语所差无几，许多名词动词形容词都是一样的，只不过读音和语法有区别而已。梁任公称自己读日文的方法为"和文汉读法"，将日语倒钩过来读就通了，譬如"姑娘的喜欢"，倒过来就成了"喜欢姑娘"，以此类推，他就靠这一招，基本上在日本能通行无阻。

到了鲁迅和周作人兄弟留学日本的时候，也就十来年之后，因外来词语的大量涌入，许多名词来不及消化，只能靠片假名标注读音，就令初到日本的中国人有点摸不着北了。周作人回忆说："我学日本语已有好几年，但是一直总没有好好地学习，原因自然一半是因为懒惰，一半也有别的原因。我始终同鲁迅在一处居住，有什么对外的需要，都由他去办了，简直用不着我来说话，所以开头这几年，我只要学得会看书看报，也就够了，而且那时的日本文，的确也还容易了解。……后来逐渐发生变化，汉字减少，假名 (字母) 增多，不再是可以 '跟学' 的文，而是需要用耳朵来听的话了。"(周作人《学日本语(续)》)

就这样，日语与汉语的差别越走越远，直到今天一般人无翻译就难以理喻的地步。其实不只是日本，越南、朝鲜、韩国等国的文字，走的也是那么个过程。越南、朝鲜这些"同志加兄弟"在"去中国化"的道路上走得更快更远，早就改用了拼音文字。韩国直到八十年代初，文字还和日语差不多，汉字和韩文并用，一边看一边揣摩，大概也能猜个八九不离十。数十年后的今天，你再看韩文，也就纯然是另一国的文字了。

从未谋面的先生

——纪念王力先生 120 周年诞辰

我有一位从未谋面的先生，他给我的教益，要比一些曾经给我当面授过课的先生还多。他像沙漠中的一股清泉，源源不断地给我浇灌，让我从蒙昧的枯竭中成长起来，斗胆前行，成为一个终生的文字工作者。

这位先生，就是王力。

最早给我教益的，是先生主编的大学教材《古代汉语》，我虽然没有机会上大学，后来只上过大专函授，讲授的古代汉语仅仅是些皮毛。我从图书馆里借来他编的《古代汉语》，仔细加以研读。那时因为书少，许多章节只好抄写下来以备查考。后来这套书重版了，自己就买了一套放在案头，经常得以浏览。此书对古代汉语从文选引入常用词，再讲解语法，可谓步步为营，条分缕析，让人从中获益良多。自己后来还能读点古籍什么的，全靠此书给打下的基础。此书出版六十年来，一直是书店的常销书，也是大学的通用教材，全世界要学习古代汉语的人，大概都会读过它，都是他的"学生"。

《中国古代文化常识》，是王力先生主编的一本让大众认识中国古代文化常识的简明读本，全面介绍了天文、地理、宗法、礼俗、科举、职官直到衣饰、饮食等方面的文化知识，出版五十多年来长销不衰。我手头这本北京联合出版社2014年的版本，五年间就印刷了16次。这本面向大众的普及读物，足以让当代许多号称国学大师的人低首汗颜。

王力先生是语言学大师，如同他自己所言："语言学是介于科学与文学之间的学问，所以难怪语言学者常常走到文学上去。"他也走过到文学之路上，成就首先表现在他的诗歌。记得改革开放之初，"文革"中的许多冤假错案渐次平反，先生写了一首痛挽田汉的七绝："血肉长城义勇军，乾坤剩骨傲嶙峋，才高鬼妒含冤死，千古伤心文化人。"曾经传颂一时，由于结句的不凡，我顺藤摸瓜，找到了田汉写于抗战期间的另一首诗："爷有新诗不救贫，贵阳珠米桂如薪。杀人无力求人懒，千古伤心文化人。"仅结尾这一句，使我折服于旧体诗的力量，自己也学着写起来。写诗过程中，给我最大教益的主要就是王力的《诗词格律》。写旧体诗不但要押韵，还要讲究对仗，调和平仄，对一个初学者而言，如果不谙这些东西而贸然去写，不但酿成错误，还会将此恶习带到以后的写作中去，并自以为是而贻误终身。读了先生的《诗词格律》，使我避免了许多笑话。

王力先生的随笔，也曾给我以启迪。他的随笔（他称之为小品文），多写于抗战期间的西南联大时期，每月有两三篇之多，自言是为了在艰难的生存环境中挣些稿费，改善生活，"两钱儿能供日用"。这些短文，后来收集在《龙虫并雕斋琐语》一书中。这些文章都是短文，信手而为，涉笔成趣，先生那丰富的学识、善良的天性、幽默的笔调和疾恶如仇的本色，不难从风趣的文字中看出，令人在忍俊不禁之余，体会到大学者那份担忧天下的苦心。比如，在《食》中他写道："假使我们吃不饱，为的是给前方士兵吃饱，倒也处之泰然。但是听说士兵们比我们吃得更坏；比我们吃得更好的，除了某几种人外，乃是垄断者谷仓里的大老鼠和过分得利者家里的小狼狗。"又比如他《战时的物价》中抱怨："只是公务员的加薪和物价的飞涨好比龟兔竞走，这龟乃是从容不迫的龟，那兔却是不肯睡觉的兔，所以每次加薪都不免令人有杯水车薪样式之感了。"——这些文字都是发表在《中央日报》上的，今天读来，不免让人为他后怕。20世纪的90年代，受到他这些随笔的影响，我也写了一些类似的"准风月谈"，但自己学识浅薄，能学到他的，仅是皮毛罢了！

先生是泰山北斗式的大家，在他跟前，我一直有高山仰止的感觉。他的导师是赵元任，一个精通文理、兼擅科学和艺术的不世之才。王力先生秉承师训，努力学习，刻苦钻研，终于成为一代文科通才。30年前，我到博白参加文学活动，瞻仰了王力先生的故居，一看之下，大失所望，只见门庭败落，墙倾楫摧，一条牛安卧于大厅中间。回来后，我便写了《雨访王力故居》一文，发表于1990年10月10日的《羊城晚报》上，远在北京的王力先生夫人夏蔚霞看到了，给我写来一信，感谢我对故居的造访，说先生生前已将故居捐出，她现在是无能为力了。（博白县文联主席梁丰先生看到我的文章，专门复印了呈给县领导，但因当时财政拮据，一直不得其果。他并不灰心，与当时的教育局局长商量，教育局局长也觉事情重大，斗胆下文，让全县中小学师生每人捐款一元，这一元钱于个人是个小数，但地阔扫泥尘，终于汇聚起一笔款项，专门用于王力故居的修整——补记）。后来县里经济日渐好转，对王力先生的故居重视起来，将故居按原样重建一新，还展示了许多珍贵的文物，体现了地方政府对一代大师应有的尊重。我专门又去参观一次，回来写下《十四箱书和一个大学者》，对先生的勤学苦读精神表示了我的敬佩。

今年是王力先生120周年诞辰，编辑约我写一篇文章以示纪念。本来，我觉得自己与先生无任何过从，不宜写这类文字，但想到先生著作曾经给过我的莫大帮助，便感到很有必要表示一下自己的感激之情，故不揣冒昧，成此小文，以表达我对这位从未谋面却又给我教益良多的师长的永远纪念！

（原载《红豆》2021年第2期）

那些文字带着我的体温　阅读随想

永远的感激

——《广西文学》诞辰七十周年纪念

　　时光飞逝，转瞬间《广西文学》就到了七旬晋一的大庆。回想十年前，它创刊六十周年之际，我曾写了一首诗，以表示自己的感激之情和祝贺之意：

　　文苑耕耘六十年，嫣红姹紫育芳妍。

　　为人作嫁少成老，鼓浪淘沙苦亦甜。

　　我学雕虫蒙指引，君曾斧凿正方圆。

　　岁逢花甲当同庆，更待春来艳满园。

　　确实，对广西文学界之言，《广西文学》的成就是十分巨大的，许多作家都是在它的帮助之下，燃起了走上文学道路的初心，又在它的鼓励之下，坚定了写作的信念，直至成就了自己的文学追求。对广西本地作家而言，也许他的代表作不是刊发在《广西文学》上，但他早期那些牙牙学语的习作，应该都得到过这份家乡刊物的扶持。所以毫不夸张地说，如果没有《广西文学》，广西的文学事业真不知要走到哪一步，如同平日文友的戏言：广西文学史肯定要重写了。

　　我如今已进入花甲之年，作为《广西文学》忠实的读者和作者，与它有着四十多年交情。我开始接触《广西文学》，是

20世纪70年代中期的事了，在学校那堆"文革"中被革命小将们丢弃的旧书刊里，我看到了当年的《红水河》，那是《广西文学》的前身。看到那些区内最早的文学成果，熟悉了陆地、苗延秀、包玉堂等人的大名。只是没想到，多年之后，自己公开发表的第一篇小说，就在《广西文学》上。

1979年的7月，二十郎当的我还在县体校给学生们教语文，课余写些教学参考文章，同时也学着写小说。上一年底，党的十一届三中全会刚刚开过，伤痕文学正如火如荼地出现在全国各级报刊上。乘着思想解放的大潮，我也写了些类似的习作，其中有一篇写音乐家命运波折的小说《春江花月》，刊发在《广西文学》的7月号上。县里文化界的人都吃惊不小，因为数十年来，本县还是第一次有人能在省刊发表万余字的作品，一次拿到了70元稿酬，差不多相当于自己这个中专毕业生两个月的工资了！

尽管今天看来，当年反映"文革"的作品，更多的还只是展示苦难，缺少真正意义上的反思，但对于人们认识"文革"错误、推动改革开放还是起到了巨的大作用。几乎与此同时，我发表在家乡刊物《金田》上的另一篇小说《贫协组长》，根据生活原型，熔铸了自己的思考，塑造出一个终生追求进步、获得奖状无数、却又仍然与富裕无缘的贫协组长形象，赢来了众多读者的称誉。

次年底，《广西文学》组织一次青年作者的采风活动，我幸运地受邀参加，此生得以第二次来到省城。参加那次采风的，是当时正活跃在文坛上的新锐作者，有蒋锡元、彭匈、王志梧等，那时他们正当盛年，英气勃勃，工作在广西各地，后来日渐成了文艺界的翘楚，也成为我终生的良师益友。他们热情地带着我这个不谙世事的小弟，开着善意的玩笑，到北海和涠洲岛去痛玩一番。我第一次看到波澜壮阔的大海，心情激动自不待言。其时北海还没开发，漫长的沙滩上长满了大片木麻黄，给人满目苍凉之感。傍晚的海风劲吹脸上，我怅望着落日下漫长的海岸线，无论如何也想象不到日后这里繁荣的模样。

此后，我与《广西文学》结下了不解之缘。1984年下半年，我参加了广西作协举办的第四期文学讲习班，经常聆听作家和编辑的讲课，得以与《广西文学》的老师们近距离的接触，受教于他们的耳提面命，听他们指导如何修改稿件，与他们畅谈文学与人生，从中感受到那股浓烈的既严厉又慈祥的师长之爱。我还与蒋锡元、罗传洲、范浩鸣等编辑成了无话不谈的好友。

1987年下半年，我到北京鲁迅文学院进修。而上一年，我祖母去世，回乡参加她的葬礼，所见所闻，所思所想，我写下了中篇小说《南方的葬礼》，自我感觉有一定的突破，便兴冲冲地带稿进京，乘便交给了《中国作家》的编辑。编辑看后很高兴，告诉我通过了一审二审。进修回来，我一直期待着好消息，但一年之后，编辑来信说稿件最后没能通过终审，也没说什么原因，这让我很是沮丧。失望之中想到了《广西文学》，想到它一贯来对自己的扶持和帮助。便将稿件发给它。《广西文学》像一位不计前嫌的父辈，欣然接纳了外出流浪归来的孩子，于1988年11月号发表了拙作，引来一时好评。中国作协创研部的林为进等评论家还为小说写了评论。四年之后，小说获得了第二届广西区人民政府颁发的铜鼓奖。

此后，《广西文学》的编辑不论长辈同辈还是晚辈，都成了我的良师益友，都给了我以热情的帮助，在这里，我记下他们的名字，向他们致以一个普通作者的崇高敬意！

他们是：李宝靖、张辛、梁发源、李竑、潘荣才、叶宗翰、田丁、蒋锡元、罗传洲、杨克、严风华、覃瑞强、范浩鸣、冯艳冰、韦露、吴小刚……他们以自己的文学才思，汇成了一条强有力的发条，在一点一点地推动着广西文学事业向前，从昨天走到今天，又从今天走向明天……

（原载《广西文学》2021 年 2 月号）

那些文字带着我的体温　阅读随想

序前跋后

同出师门的人

——序陈表胜小说集《天涯旅伴》

　　我与阿表（朋友们都这样称呼陈表胜）虽是容县老乡，但直到85年才有第一次握手的机会。那年夏天，《金田》杂志在桂平开笔会，从北京上海等地请了陆星儿、陈可雄、张守仁等几位作家、编辑来讲课。当时，玉林地区稍有名气的青年才俊几乎都去听课了，容县的作者就住在大礼堂后面。因为忙于讲课接待的事，我和老乡们只是匆匆见了一面，其中就包括阿表。在昏黄的灯光下，他只给了我一个粗略的印象：二十出头，威猛壮实，带着近视眼镜，一副粗中有细模样。

　　后来，我有空到容县去，在登高岭那个山头的看守所里找到他，他当然不是犯人，而是看守犯人的干警。我在他那间卧室兼书房里，看到了叠床盈壁的古今中外文学名著，听他慷慨激昂地背诵起苏东坡的《赤壁赋》，知道他很是读过一些书的，遂不以一般舞枪弄棒的粗人视之。

　　说起来，我们还有一点缘分：我高中里的语文老师何如之先生，后来调到阿表所在的自良乡，也教过他的语文，我们的作文，先后都得到过何老师的赞赏。如之师的素质颇高，讲课时又十分投入，业余还经常为县文化馆写点东西。记得他当年讲忆苦思甜的《两块银圆》那一课，声情并茂，涕泪俱下，给我留下了很深的印象。同出师门，按说阿表应该叫我师兄，但他在公开场合，对我却一直不怀好意地谬称老师，按眼下社会的价值取向，这显然深有贬义。

尽管如此，我依然没敢看轻他的作品。

他警校毕业后，曾到乡下派出所待过一段时间，独自主持全乡洋洋数万之众的治安，既是官，又是兵，抓过小偷，翻过死尸，审过妓女，追过逃犯。一次，为了追查某罪犯一枝黑枪的来历，他和一个同伴到海南，从东线到西线，把所有的风景点都追了个遍。另一次到福建追某个逃犯，也七弯八拐地追到了庐山顶上（这如同眼下某些到深圳考察的领导，"顺道"就会考察到香港、澳门乃至新、马、泰一样，不足为怪）。有了这些经历，他的作品一出手就有点分量，处女作《天涯旅伴》在《金田》1986年第1期发表后，当年获得了《金田》笔耕奖。后来发表的《疑案，追踪到海南》(收入小说集改名为《海南追踪》)，洋洋4万余言，有着曲折的故事情节、鲜明的人物个性、浓烈的环境氛围和流畅生动的语气，使人不得不一口气看下去。这篇案情小说尽管可称为通俗作品，但其中充溢着的阳刚之气和清新明快的叙述语言，使它区别于一般庸俗的警匪小说，因而也获得了《金田》笔耕奖。他改行调到文化部门之后，参加下乡工作队，从中又捕捉住新的生活感受，在《广西文学》上推出了三万余言的中篇小说《震荡》，对现实生活作了更深层次的剖析，颇为引人注目。

阿表的最大长处，在于善于设计情节和结构故事，使人物个性在尖锐的矛盾冲突中得到凸现和升华，作者的才气，也就体现在这种合乎小说传统"操典"的"戴着镣铐的舞蹈"之中，与现在某些青年作者对情节的轻视形成了鲜明的对照。我始终认为，故事情节过去是、现在是、将来也还会是小说的基本要素之一，虽有作家做过"散文小说""诗化小说"等种种试验，但那都不过是小说这株大树上的某些细小枝丫，大树的根基主干，依然是故事情节，离开了它，小说就不会再是小说，而是另外一个"东西"了。

阿表是个散淡的人，因为散淡，往往可获得比较超然的心态和冷静的视觉来观照社会生活。他的随笔《人到三十》，那种正话反说的春秋笔法，令人不难看出他对现实、对人生的诸多感慨。这篇文章发表后，从不少读者的来信中，可看出大家对他那种坦率诚恳、风趣幽默的喜爱。也正因为他散淡，创作便显得懒散无谓，偶一为之，这对一个正当黄金年龄的作者来说，无疑是很可惜的事。

至少，我是这样认为的。

（《天涯旅伴》，小说集，广西民族出版社出版）

一花一世界
——序谷子小说集《苦旅》

　　十年前，《金田》杂志发表了一位 17 岁的大学生的处女作，作者本来已学一年工科，因为喜欢文学，坚决要求转到中文系读一年级，为此，他必须在大学里比一般本科生要多熬一年。

　　他，便是笔名谷子的梁思奇。

　　在这人欲横流、文学越来越掉价的今天，我不知道这位生于桂东南一个乡村教师家庭的年轻人，是否后悔过当年改行的选择，我只知道这么些年来，他以自己的毅力和执着，在文学这条坎坷之路上留下了虽不很多、却是稳健沉实的一串脚印。还在 23 岁那年，他就加入了作家协会，成为当时最年轻的会员之一。直到结集出版小说集的今天，他也还不到 30 岁。

　　三十而立，在古人眼里，不外是立功、立德、立言。能出版一本自己的作品专集，大概也可算是立言了。谷子未满三十而立，可见要比常人更早熟一些。

　　这在他的作品中不难找到印证。

　　还在他 20 岁以前发表的《魂兮》《淡淡的番桃花》《与你同行》等小说中，就已经表现了与常人不一般的思考，尽管这些作品仍不脱稚嫩之气，对笔下的人物仍着重于道德评价，但他们对于小人物自下而上悲剧的关注，细腻清爽的语言和不拘泥结局的开放性结构，都显示出了他潜在的创作少力。他的《与你同行》，还获得了《广西文学》的大学生征文优秀作品奖。

他真正比较成熟的小说，最早的还有《走出心之垒》。记得他在大学毕业前一年多，就已把这稿子寄给我，尽管我认为写得很不错，但当时《青年文学》上刚好发了一篇相类题材的小说，我只好把稿子奉还给他。当他毕业后再次把稿件交来，我审读时再次被小说中对小人物无法摆脱厄运阴影的思索所打动，便决定还是把它编发，才终于免了遗珠之憾。

自此，谷子的创作很快达到一个新的高度。那段时间他勤奋地读书，努力地写作，他的一篇关于美国作家冯尼格小说的读后感，在《世界文学》举办的征文活动中还得奖。

他陆续发表在全国各级报刊上的作品，越来越突出地表现了对当代社会中作为现代人"类"的困窘、尴尬、挣扎、痛苦、愤懑而又无奈的命运的形而上的思索，体现了现代作家所共有的那种顽强地向哲学认同的趋向，因而达到了一定的深度。

诚然，谷子的这种创作趋向并没有以牺牲敏锐的艺术直觉作代价，相反，他对笔下的人物形象刻画符更加细致逼真、更加生动可感了。

《出入》里，"我"在回家奔丧，参加祖父葬礼的整个过程中，以一种漠然的心态，展现了也同样漠然的形形色色众生：从领导、车站售票员、恋人、父母、道公乃至与祖父共同生活了近70年的祖母，使人强烈地感受到冥冥之中，似乎有一只无法躲避的大手，轻而易举地就把人的命运抛进了荒谬无情的轮回之中。这使人想起了法国加缪的名作《局外人》，当年物质文明重负之下所引起的加缪对人荒谬的生存状态的困惑，半个世纪后随着现代化轰隆隆的脚步，同样在谷子的心中引起了无从回避的回响，所不同的是，谷子还带着某些无法舍弃的东方价值观念，使他的思索在传统与现实的冲突中表现得更为尖锐、更为痛苦、更为中国化也更为可信。

在《苦旅》中，刚踏入人生之旅不久的大学生在现实生活中所经历的人生观念充满痛苦的嬗变，也同样体现了一个失去家园、无所归依的精神流浪者的困惑。

《船上的寓言》等小小说，构思别致，视角独特，都显示了相当圆熟的驾驭小说语言的技巧。

我总以为，能把小说做到这个份上，在谷子的同龄人中，在广西至少还不是太多的。只是由于他的作品所表现的，既非金戈铁马、轰轰烈烈之类题材，又没有标新立异、哗众取宠的文采，因而一直没能引起评论界的注目，这显然就不奇怪了。

一花一世界，一树一菩提。不管他人如何看待，只是埋头走自己的路，过十年再一回头，大概就可以说是不愧对当初热恋文学的那份真诚了。

谷子以为如何呢？

（1993.2）

其人其文说达桓

——序张达桓小说集《沉重的河》

　　渡船，长篙，皂荚树。老人，黑狗，酒葫芦。清悠悠的河湾，水灵灵的女子，万古如斯的月亮，泥土般朴实的民俗风情……读张达桓的小说，就像在欣赏一幅幅年深月久的古画：泛黄灰暗的宣纸，精描细绘的山水人物，因为水渍虫啮，墨色斑驳模糊，有的线条虽已不连贯，但画面的气韵犹存，令人于把玩揣摩之际，深深地浸润在一股凄美的古风和浓浓的沧桑感慨之中。

　　张达桓是早熟的，15岁开始发表作品，25岁加入了广西作家协会（那是我刚开始练习写小说的年纪）。初次认识他，那宽阔的前额，自然卷曲的头发，挺直的鼻梁，给我留下了很深的印象，凭直觉意识到：俄国那也是15岁就开始发表诗作的风华绝代大诗人普希金（鲁迅早年曾译为"普式庚"的），很像他！

　　达桓少年出道，起点不凡，写得虽然不多，但出手的稿件几乎弹无虚发，从全国性的《散文》《民族文学》《青年文学》《清明》这些大杂志到区内的《广西文学》《三月三》和《金田》等报刊，都留下了他的印记。我最早读到他的作品，是发表在

1987年9月号《民族文学》上的《红瓜子白瓜子》，读着这个古朴、凄婉、含蓄而又弥漫着浓郁的地方风情的故事，读着诸如"从家到黄泥岭，要走过一段竹林子，那地方很少有人去，即便是在白天里，如果没有太阳，也阴森森的怕人。坟一坨一坨的，像垒在木托盘里的木薯馍馍，幽幽的风吹来，竹儿便你，我挨你，咿咿呀呀的直叫唤，像是谁捏着嗓子叫人。姐姐奶奶对他说过，要是有人叫你，千万别吭声，吭了，怕是叫你去呢"这样精致圆熟的语言，我很自然地想起鲁迅先生的《药》，想起沈从文先生的湘西风情小说，一时难以相信《红瓜子白瓜子》会是出自一位才21岁的青年作者之手。——后来，这篇作品获得了玉林地区1984至1990年度文学奖一等奖，评委们对它的激赏证明了绝非仅仅是我对它偏爱。

达桓几乎每篇作品都一改再改，精雕细刻，有的甚至发表之后还要再作大段大段的增删，这种推敲功夫，在同代人中已很少有。像他的《捉兵的年岁》，于安徽的大型文学丛刊《清明》上刊出后，他还很认真地修改了其中的人物、故事和结尾，易名为《沉重的河》，刊发在另一个杂志上——他这样做，当然绝对不是为了几个毫不起眼的稿费，而完全是出于对自己创作的认真和负责。

他的小说《最后的风景》，讲述的则是一个结构严谨、色调冷酷的故事：祖宗三代农民，尽管生活在完全不同的历史时期，富足也罢，贫困也罢，守着乡土也罢，外出打工也罢，到头来都栽倒在了赌博上，摆脱不掉近于宿命的轮回的惩罚。如果我们只从劝诫的意义上理解这篇小说，那就未免太辜负了作者的一片苦心，它试图表现出人对命运的顽强抗争以及欲望对人的无情折磨，至于更深层次的意义，那就只能由读者见仁见智地从作品中去寻找了。

达桓很有才情，但并不滥用，相反，他对完美有着一种近于苛刻的追求。他的作品里，天上的星星"很善"，某人用眼睛"拿"了别人一眼，江里的水很"驯"……从这类遣词造句的雕琢中，不难看出他的匠心。我和他曾在《金田》编辑部共事过，那时，他还是光棍一条，房间里一床、一桌、一椅、一书橱，外加一堆空酒瓶。桌是茶玻桌，椅是白藤椅，书橱也是新式的，在当时已算上了点档次。买书则喜精装本，摆上去显得十分的大气。练字则铁划银钩，一丝不苟。平日他吃过饭，便于收录机柔美的音乐声中翻阅自己喜欢的书刊或是埋头读稿写稿，一副超然物外、自得其乐的样子。一次，我与他到容县出差，在商店中看到一台配有成个人高喇叭的似是先锋之类的卡座音响，便痴痴地听了老半天，喃喃地说："将来发了财，什么都可以不要，就先买一台音响……"

七年之后的现在，他不但有了全套进口的高档激光音响，还有了老婆、儿子和房子。他的笔下，不再仅仅限于古老的祠堂和渡口，也开始写到了滚滚红尘里的芸芸众生，写到了现代都市中的书生、老板、打工仔。他去年发表在《青年文学》上的《九月》，就很有别于他以往的小说，为读者展现了一个新的艺术视觉。

再过七年，他肯定还会拥有更多更完美的东西，但愿其中包括有他第二本、第三本乃至更多本的作品专集……

（1995.7.25）

（《沉重的河》，小说集，广西民族出版社出版）

北流江畔素心人

——序覃富鑫《北流文史大观园》

星移斗转，沧海桑田，倏忽间余从文已三十余载，相始终之文朋诗友，于今已寥若晨星，富鑫师乃其中之一。可知为文乃淘汰率极高之行当，彼时趋之若鹜，此时风流云散，皆因写作与稻粱之谋、仕进之途、家国之政，均无太大益处，人们前恭后倨，始而奉若神明，终而弃如弊履，揆诸人之趋利天性，得其宜也。然富鑫师不改初衷，以皓首穷经之志，为韦编三绝之事，虽无助世道，却有益人心，余读其文，慕其事，钦其志，嘉其行，遂成此序。

富鑫师北流人，早年就读桂林之广西师院，彼时师院乃岭南文科重镇，执教者有冯振、林焕平、钟文典、秦似、彭泽陶、贺祥麟、刘泰隆诸贤，均为学界翘楚，数十年间出其门者，已遍布大江南北，尽为社会中坚矣。

富鑫师曾执教北流高中，门下多有贤者，杂文家徐强是也。从教之余，喜写杂文。杂文之杂，无所不包，天上地下，古今中外，时政新闻，文史人物，皆可点染笔端，或褒或贬，或笑或骂，形似散漫而暗藏机锋，故鲁迅称之为匕首投枪，形制虽小却威力不弱，谈人论事，常有切中七寸之功。非常时期，杂文家则极易因文获罪，典型者如聂绀弩、秦似、三家村诸先达。富鑫师"文革"中倍受冲击，饱遭磨难，是否与杂文有关，余生也晚，未及亲见，然以常理度之，当不谬也。

覃姓上西下早，故富鑫师笔名西哥，从教之际人忙事琐，未尽其才。退休后专事著述，恰如鱼返渊薮，自得其乐。十数年间，厚积薄发，出书凡十数种，有《覃富鑫文集》四卷行世。所著均为乡党所重，每出一书，不日售罄，盖因所著所录、所歌所叹，均历史遗事，地方掌故，娓娓道来，如数家珍。先人之嘉言懿行，故园之山川形胜，前朝之异事奇闻，乡人朝濡暮染，娴熟于心，既有书著录，必欲先睹而后快。富鑫师退休著书，老有所为，实乃得其所哉。文字之道，他人往往视为畏途，诚如惠施观鱼，惟同道中人方知其乐、乐其乐、醉其乐。钱钟书尝谓："大抵学问是荒江野老屋中二三素心人商量培养之事，朝市之显学，必成俗学。"善哉斯言！余以为素心人，乃质朴淳笃，意无旁骛，一箪食、一瓢饮亦不改其乐者。如是观之，富鑫师诚圭江岸边对竹居里素心人也。作为同道中人，窃以为富鑫师醉心写作之时，固有一字未妥心不安之忧，亦有蓦然回首阑珊处之喜，其间得失甘苦，实不足为外人道。古往今来，有千古伤心文化人之说，所谓伤心者，不外无尺寸之权，无缚鸡之力，无饶富之财，无华丽之居，惟自恃诗书满腹，舞文弄墨，纪述往事，品评人物，自养其昂藏"独立"之气。一旦风云变幻，便易陷入锋镝，身罹祸患。然古今骚人墨客，前赴后继，不绝于途者，何也？盖文章千古事，得失寸心知耳。以方志观之，千年以降，往来达官贵人富豪巨贾不知凡几，然为后人所重者终属寥寥，惟落魄文人反而传诸久远。此事虽迂腐，近乎鲁迅笔下阿Q，其理却必然，时代精神终靠文笔显现。今富鑫师又一新书写成，嘱余写序，余为后学，不便坚辞，遂不揣冒昧，成此小文，并拟一联，权当富鑫师新书贺词：

退而不休著书立说；

暇以好整对竹饮茶。

（《北流文史大观园》，线装书局2011年11月北京第1版）

前贤永是后人师
——序邓定旭《容县名人传记》

"祖德峤山并峙，孙枝秀水长流。"

这是一首在容县不少家庭厅堂中间的祖宗神位两侧可以见到的对联，它以容县的都峤山和绣江入联，立足于现在，也回顾过去，更放眼未来，既写出了对先辈功德地追慕称颂，也道出了对后人殷切绵长的寄望，因而别具一种深厚的文化意味。

诚然，与大汉文化的发祥地黄河长江流域相比，容县不能算是开发得很早的地方，当孔夫子在制定礼乐，编纂《春秋》、删削《诗经》，在长江流域楚地的屈原写出《离骚》《天问》的时候，容县尚属于被中原人称之为南蛮骆越之地的一部分，这显然是在任何时候都有可能存在的强势文化对弱势文化、主流文明对支流文明的某种忽视。到了唐代，这种情况尽管有了很大改观，尽管当时的容州曾经为风流天子唐玄宗送去了一个绝代佳人杨玉环（此事宁信其有），尽管当时容管经略使的辖区一度达到十四个州、纵横上千里，尽管当时容州的州城比一千多年后的县城还要宽广，但它依然无法像中原那些州县一样频繁地进入历史的视野，原因无它，就因为它当时无法提供更多像杨玉环那样能够进得入历史视野的人物。

人毕竟是万物之灵，因而只有人杰才能说明地灵。一片从未开发过的"不知有汉，遑论魏晋"的蛮荒之地，是很难承受得起"人杰地灵"这样的赞誉的。

值得庆幸的是，在中国现代历史上，容县终于产生了一大批真正可以称之为"人杰"的人物。这些人，大多起步于这个世纪之初，那正是中国历史上最黑暗的年代之一，一批容县的热血青年为了追求进步、理想与光明，他们奋袂而起，驰骋沙场，不错抛头颅洒热血，历经了辛亥革命、北伐战争、十四年抗战等一系列重大事件，为推翻封建王朝，抗击外国侵略者，追求民族的独立和自由，以自己的聪明与才智、热血与汗水，为中国近现代历史的发展做出了不可磨灭的贡献。他们当中，有桂系三巨头之一、才智与胆识过人、最终能走与共产党合作道路的黄绍竑，有于动荡之秋主政广西长达19年，为八桂社会的发展做出了历史性贡献的黄旭初，有一度叱咤风云、身经百战、官授上将军衔的何柱国、叶琪、罗奇等人，还有桂东南起义的领导者之一、年轻的共产党人吴家宜……

中国历来有后朝为前朝修史的优良传统，在政治清明、经济发展、人民安居乐业的今天，历史也终于发展到了可以"不以成败论英雄"的宽容年代。作为现在的容县人，我们有责任把先辈们的事迹记录下来，传诸后人，让他们那种强烈的爱国爱乡、追求知识、勤劳质朴、开拓拼搏、团结互助、造福社会的精神品质，在今天得到进一步的继承和传扬，使容县人能为历史的进步、社会的发展、祖国的统一富强和桑梓的繁荣兴旺，做出更大的具有历史意义的贡献。

正是基于这一点，邓定旭同志十多年来，在各种资料和民间口碑里梳耙整理，编出了这本以民国人物为主、兼及以前各朝的《容县名人传》，入传者达300余人，从封建时代的21位进士、167位举人（其中有两位还是我的叔祖）到民国时期的38个将军以及历代众多的州县官吏、豪杰俊彦、文人雅士，大概把容县历史上有所成就者基本囊括其中了，这无疑是一件很有意义的工作，定旭能以一种"板凳甘坐十年冷，文章不写半句空"的精神，矢志不渝，埋头苦干，日积月累，终有所成，为我们拿出了这份实堪咀嚼回味的精神食粮，不但使许多容县先辈的事迹不至湮没无闻，更可让他们的嘉言懿行、精神风范和优良品质得到保存和昭彰，先辈有知，也应会对此深表嘉许。

定旭嘱我为此书写一小序，自己深感学识浅陋，难以负此重托，但无论于乡情还是私谊我都不便坚辞，且弘扬先辈优良传统也属责无旁贷，乃于诚惶诚恐之中写下这篇小序，并附上小诗一首，是为共勉：

十年辛苦自心知，一日书成两鬓丝。

着意文章非易得，系魂桑梓总难移。

峤山暮雨实堪叹，秀水朝云更可期。

时势英雄迭代出，前贤永是后人师。

（1998.9.22）

（邓定旭主编《容县名人传记》，漓江出版社出版）

行走在朝圣路上

——序陈前总诗集《河流上的事情》

诗无达诂——这是董仲舒老先生的千古名言，大意是：诗是无法说得清楚的。

我不写诗，于诗是门外汉，前总小友让我为他的诗集作序。为人作序就是代人作嫁，要将新娘打扮得漂漂亮亮、楚楚动人，然后风风光光地送出去。自己本来不会打扮，还要去打扮别人，这实在是个难题。所幸我与前总结识已有好些年，对于他的为人为诗多少有些了解，因而斗胆答应下来，借周末写下这篇小文，不敢企望能将他的诗作说清楚，唯求写出一个我心目中的前总，如此而已。

认识前总，是在我们共同的母校，现在的玉林师院。我应邀回学校去为文学社的学弟学妹们作讲座，谈谈自己写作的心得。前总是文学社的头儿，为我前前后后张罗，当时我在讲台上信口开河说了些什么废话，自己已不复记得，事后前总写了一篇文字，从中让我看到了他异乎常人的敏锐和细心，这正是一个诗人所应具备的东西。

此后我们常有接触，尽管各自的工作范围大相径庭，但共同的桂东南生活背景、相似地从农村入城的人生经历、一致的文学爱好，使我们坐到一起，就有着谈不完的话题。他年轻敏感、质朴热诚，他眼观六路、耳听八方，他慷慨激昂、童言无忌，很容易就会使人受到感染。我们从他的诗，不难看到他为人的影子。我似乎感觉到，在黑色的背景下他是一束火热的光，而在白色的墙壁前他就成了一个深色的灵魂："走过来又走过去 / 歌谣阵阵　尘烟滚滚 / 我的黑色灵魂行走在朝圣路上 / 头顶上没有飞鸟回旋"（《黑色灵魂行走在朝圣路上》）

痛苦地快乐着——这是一个悖论。诗人，或者说所有的人，生存就是一个悖论。同代人还在田里流汗，或者在流水线上挣扎，前总却已有了稳定的工作，有一份丰厚的月收入，并且因为工作需要，终日出入银座商厦之间，饱餍佳肴美酒，与富豪巨贾、达官贵人周旋，是个令人羡慕的成功人士。但这无法麻醉他灵魂的痛苦或者激愤、纠结或者忧伤，也不妨碍他目光向下、回望往昔、悲悯世人、同情弱小。

因为他是个诗人，是个清醒的歌者。

布鲁克斯在《清醒的瓮——诗歌结构研究》中指出："诗歌语言是悖论的语言。悖论是一种诡辩难当、巧妙机智的语言。"其实何止是语言，悖论甚至充满了诗人的一生：灵的高扬与肉的沉沦、勇猛的前行与怯懦的回眸、清醒的呐喊与迷惘的嗫嚅、诗意的寻觅和尘俗的人生。

前总像所有乡下孩子一样，渴望进城，渴望过上吃饱穿暖、富足体面的生活，而当这一切成为现实之后，他依然忘记不了乡下的一切：美好的背景、艰难的生存、虽极力挣扎却仍难如愿的人生。

他赞美："南方的河流谷物堆涌，浩浩荡荡 / 河流上的歌声来自少女心灵的最深处"(《河流上的事情》)。他惋惜："一个老农用尽身上的钱／怀抱着一个女人的微笑／穿过绵延百里山岗河流／将其轻轻扣在墙上"(《站在墙上的微笑》)。他在《家族志》中，写高血压的父亲携着两麻袋干木薯赶墟，写第一次看见母亲那补丁累累的内裤，写外公坐在高高八角树上伟大的样子，写苦命的小弟给我出了道难题，写没结婚的妹妹是美丽的妹妹，直到最后写奶奶踏雨远去。即使他壮游四方、浪迹天下，他依然无法忘怀自己的父老乡亲："到了长城，他看见平天岭，平天岭上的玉米、阳光和雾／到了故宫，他看见年迈的父母正在为客人点灯倒茶／到了长安街，他看见了年过七旬的祖母／正在石板路上彳亍慢行"(《进城记》)。——这些赤裸裸毫不掩饰地叹息，道出了他心中淳朴的沉重和敏锐的哀伤。

如若以为前总的诗只是机械地反映现实，那就错了。诗人既是诗坛的朝圣者，就会像西藏磕长头的信徒，每一下深而重的顶礼膜拜，都会在灵魂里留下难以磨灭的印记。他通过一些细枝末节，精确地记录下心灵的悸动：或哀或怨，或嗔或喜，或沉思，或迷惘，或感奋，或忧伤。他写《我所认识的次瓦》："有什么不可以的，我们有手，有脚，有青春和梦想／我的次瓦兄弟，昂首挺胸走在阳光来来往往的路上。"他写《平凡生活》："她笑着瞧瞧四下没人飞快拧了我一把／她说：平凡生活真好！"他写《梦中和一个人打架》："是生活导演了梦／还是梦诱惑了生活／梦中和一个人打架／没有什么原因／甚至不清楚这人是谁／他揣了我一拳／我还了他一脚"。他写《幸福》："这就是幸福／多一点不是／少一点也不是"。他写《空寂寂的屋顶上一个人在抽烟》："和悠然作对的永远是悠然，他一只手插着裤袋／和安静作对的永远是安静，他轻轻地踱着步子／和高贵作对的永远是高贵，我的目光和地面成80度"。他写《您注意到了挡风玻璃上那些缓慢上升的水珠了吗》："她们爬起又跌下／她们一个跌下，又一个、两个、三个……／爬起／她们和驾车人一起飞翔"——这一情景，我也注意地观察过，但我根本没想到这也可以写成诗。前总的这些诗，虽然我无法进行精确的解读，但可以感觉得到他机智的禅意和丰瞻的诗情。

中国是个诗歌的国度，据说现在写诗的人，远远多于读诗的人。这又是一个悖论：没人读诗，那会写诗？多归多，真正写得像点样子的诗人，却实在不太多。诗歌固然可以是青春的证明，是才气的象征，也可以是求爱的砝码，但真正的好诗，却是那些不计利害、孜孜以求的"朝圣者"写出来的。这支队伍不会太大，北流的"漆"是其中的佼佼者，前总正是他们中的一员。他们行走在向诗坛朝圣的路上，时间都在十年以上。十年树木，百年树人，他们就像一棵棵幼苗，经过多年的奋力抗争，如今已长成枝繁叶茂、高峻挺拔的大树。

济慈在他第一本诗集首页上的《献诗》写道："不过，倒还有诗歌这种乐趣／遗留下来，点缀平凡的岁月／我欣幸，在这时代，在林荫里／固然没有牧神，我尚能感觉／葱茏的恬美，因为我还能以／这束贫乏的献礼，给你喜悦。"

前总的这部诗集是给诗友和读者的献礼，但愿它带给大家的，也有一种恒久的感动和会心的喜悦。

（《河流上的事情》，黄河传媒出版集团2011年6月
  第1版）

让语言绽放你的美丽

——序琬琦诗集《远处的波浪》

五月间，我专门去寻访据说是大唐美人杨贵妃的故里杨外村。初夏时分，阳光灿烂，沙田柚花正在盛开，漫山遍野的洁白，铺天盖地的馨香，群蜂嗡嗡，彩蝶飞扬，此情此景，使人迷醉，更令人遐想：这真该是一个孕育美丽、盛产美丽的地方！

传说中的贵妃故里就在我的家乡容县，属桂东南的丘陵地带，有八山一水一分田之说，山清水秀、四季如春。大概由于山水的钟灵毓秀，刚强的山成就了刚强的男人，于现代中国史上走出了一批金戈铁马的传奇英豪。秀美的水则成就了秀美的女子，以唐代的杨玉环、现代的封凤子为代表，她们以自己的美丽，一个折服了大唐天子唐玄宗，一个折服了美国友人沙搏里。即使到了今天，容县美女出现的概率也远比它处为高，这应该也是有目共睹的事实。

诚然，这美丽不仅指她们的姿容，更指她们的锦心绣口、聪慧多才。杨玉环的诗，封凤子的文，都是传世华章。文脉所承，直到如今，容县还活跃着一群文苑佳丽，琬琦便是她们中的佼佼者。

说是佼佼者，是因为她刚过而立之年，便已在各级报刊发表了大量诗作，相继荣获了2004年《广西文学》的青年文学奖、2006年《诗刊》的"周庄同题诗"大赛一等奖等奖项。说起这组获奖的诗，背后还有一段不太寻常的经历：她到到达周庄，天色已晚，在一家名叫三毛的茶楼喝茶。老板建议她在晚上和天亮之前进入周庄，可省却买门票。琬琦就这样两次逃票进入周庄，写下了组诗《周庄月色》，其中分"月里周庄、月上周庄、月下周庄"三首——这是我、恐怕也是很多读者最喜欢的琬琦的诗作之一。这印证了杜工部"行万里路，读万卷书"的论断：诗人在行走之间，无数鲜活的风景扑面而来，无数灵动的诗意脱口而出，好诗便这样产生了。琬琦写下了那个既喧闹又宁静、既古老又现代、既繁华又凄美的江南水乡："周庄在月亮里／我们在周庄里""一座摇动的小城／一艘不动的小船""月光带来坐船的人／月光带走坐船的人"，在这回环往复、一唱三叹中，我们看到了三十年代新诗那种精致、唯美、戴望舒式的诗情画意。

　　我历来以为，一首诗的诗意是个整体，只能从整体上去把握。有时我们明知一首诗很好，却无法准确地言说好在什么地方，恰如人心的痒处，可以搔得到，却总不能搔得了。而欲"搔了"的大卸八块的解析，就往往成了对诗意的最大伤害。因而在这里，我并不想对琬琦的诗作什么文本分析，倒想省事地引述一些诗友们对她诗作的整体评价："琬琦的诗温和而轻柔，她恪守传统美德，以美化的生活细节来表现'家里的女子'也就是一位母亲、妻子的日常忙碌。"（杨克）"作为一名女性，琬琦把女人特有的温柔、灵动、细腻在诗歌中发挥到了极致（致）。她的诗歌语言优美，意境脱俗，手法多样，取材角度广。"（江玉郎）"她的诗歌，不仅融进了她的灵感、她的激情、她的真实的感受、她的技艺，还融进了她的整个人。"（吉小吉）……

　　如同所有的女诗人一样，细腻精致、敏感温暖，是琬琦早期诗作的特点，她写身边的花草虫鱼，有柚花、桐花、蜜蜂和枯叶蝶；她写日常的生活细节，有洗头、扫地、抽烟、晾衣服；她写四季的节气变换和春风秋雨，她写四方的行走和所有触动她心事的所见所闻。她写家乡的柚花："一朵花，就是一个天堂／安坐在绿叶织成的帐幔里／像丝竹飘摇／像美梦弥漫／甜蜜顺着山路弯弯／被一河流水带走／被一缕白云带走"。写夜空的流萤："仿佛夜空高处／也有一只明亮的眼睛／看我们成群结队地打着夜灯"。写天上的雷电："打一个电话通知云朵／把暗处的伤翻出来／通知闪电，把刀片准备好／通知雷声，腾出内心的空"。写死过两次的春茶："春茶绿了。这是灾难的开始：／打开。合上。蜷缩。挣扎／怀抱一脉凝固的火香／然后在一盏清水中苏醒／再一次打开自己／然后，更彻底地死去"甚至反复地咏叹玻璃："我彻底原谅了玻璃死不悔改的坚硬／原谅了他即使碎成齑粉／仍旧固守的尖锐"。读着这些诗句，我们仿佛总能看到一双明亮而冷静的眼睛在注视着你，让你心底不时地被感染、被迷幻、被刺痛、被警醒。是的，与许多女诗人不同的是，琬琦的目光显得更尖利也更深邃，文字显得更感性也更多姿。她以自己灵动的语言、鲜活的比喻和丰富的色彩，营造了一个琬琦的诗歌世界，绽放出一份属于她自己的美丽。

　　但她后期的诗风有了很大的变化，显得不再那么单纯和唯美，她认为自己是与生活达成了某种和解，在我看来这种和解却牺牲了不少诗情画意。她显然不满足于自己早期单纯的喜怒哀乐，试图对人生走向更为深刻的哲学解释。好诗当然会渗透着哲思，但哲思未必就是诗。中国许多流传千古的诗篇并非因为深刻而是因为单纯，王维的《山居秋暝》、李白的《静夜思》、白居易的《赋得古原草送别》就是。尽管探索的精神永远值得肯定，但也并非每个探索都会走成功，最合适的途径，应该是扬长避短、适于自身、得其所哉的。正如有的女子浓妆艳抹更光彩夺目，有人素面朝天却也楚楚动人。因而，我个人更愿意看到的，还是以清丽温润的诗风描摹人情世态的琬琦，但时光不再、情移境迁，那大概也仅是一厢情愿而已。

这本诗集，无疑是琬琦多年写诗的一个总结，其中我们不难看出，她的诗作集中在1997到2007年的十年间，十年世事如棋，十年风云变幻，十年老了人心，十年换了诗情。琬琦的才华其实远远不止在诗歌方面，她写过不少小说、散文、随笔和影评，字里行间，不难看出她眼界的开阔甚至庞杂、目光的锐利甚至尖刻、心绪的多思甚至迷惘，这大概正是失落青春的困惑和走向成熟的必然吧。以琬琦的语言天赋和文学才情，再加上坚持不懈的努力，我完全有理由相信：她的创作肯定会向世人绽放出更加缤纷的美丽！

（《远去的波浪》，黄河传媒出版集团2011年6月第1版）

大屋间的行走
——序梁枢明《容县将军故居》

　　近代是什么概念？如果从现行的中国历史分期，那就是从 1911 年上溯至鸦片战争时期。但如果以世纪分期，以我们现在所处的世纪为现代的话，那么，20 世纪就是近代了。枢明先生这本书的原名是《容县近代建筑》，时间上所指的大概就是后者。

　　"20 世纪"，从字面上看，那确实是很有过去式的陈年旧事的味道，尽管它的尾离开我们只有不过短短的几年，但它的头离开我们却已有百年之遥了。

　　家乡人将那些规模比较大的建筑叫大屋，虽然有点俗，却俗得贴切，俗得质朴，俗得形神一致。所以我愿意将梁枢明这本书称之为"大屋间的行走"，这是一次建筑之旅，也是一次历史之旅、地理之旅、文化之旅、社会之旅，更是一次精神之旅。

　　随着 20 世纪岁月的硝烟逐渐散去，人们的神经已慢慢从紧张的阶级斗争氛围中松弛下来，拉开了时间距离，远离了政治上的恩怨纷争，再回过头去审视上一世纪的那些人和事，我们终于发现：容县的那段历史，确实应该说是波澜壮阔、人才辈出、将星闪烁、青史留名的历史。

而曾经养育过这些人的那些大屋，有的是钟鸣鼎食、功名煊赫的贵胄世族，有的是书香门第、礼乐传家的文化大户，有的是繁华虽去、威仪仍在的落寞豪宅，有的则是崛起行伍然后称雄一方的草莽寒门。

我们仿佛看到：他们的主人就从这些大屋里气宇轩昂地走出来，走出了容县，走向了中国历史。尽管带着这样那样的时代局限，但他们都尽自己的最大努力，写下了大写的惊世骇俗的"人"字，把人生的意义发挥到了极致，写就了容县史上前无古人的灿烂篇章。

20世纪初，正是中国政治最为黑暗、社会最不稳定、人民灾难深重的历史转折时期，容县那时一大批英姿勃发的年轻人，抱着读书报国、从军报国的宏大愿望走出家门，走上了中国政治舞台，出现了数十位将军、数百位县处以上官员，其中获民国上将衔九人、中将衔十一人，高军衔的人数之多，简直到了不可思议的地步！孙中山领导的辛亥革命有他们刚毅的身影，国共两党领导的北伐战争有他们挺进的英姿，八年艰苦全面抗战中有他们血写的光荣，共产党的革命队伍中也有他们高举的拳头。他们中的大多数成了与蒋家王朝抗衡一方的新桂系的中坚，只是在解放战争的民族命运大决战中，也有他们去意彷徨的徘徊甚至错误的抉择。被人誉为"党的创新理论的楷模"的近代史专家方永刚先生在《蒋介石：从溪口到慈湖》一书中，曾这样评价蒋介石："一个凭借自信和勇气，凭借权谋和激情，凭借意志响彻整个中国和世界的名字；一个曾在中国翻天覆地，掀起滔天巨浪，令世人敬畏和诅咒的名字；一个在历史的空间震古烁今、空前绝后的名字。"——这段话如果在特定的语境范围内移赠予容县近代史上的那些军政要人，我想也同样是适用的。

在我的老家杨梅镇，就有何柱国上将，他曾在日本陆军士官学校学习骑兵战术，回来后在东北军旗下当上了骑兵军的军长，抗战中立下赫赫战功。还有在抗战胜利后担任了安庆受降官的苏祖馨上将和参加过推翻清王朝的武昌起义的李毅中将等一大批军政要人。从一个叫石岭的村子走出去的著名诗人封鹤君和著名戏剧家封凤子父女，则在文化领域里演绎了另一种人生故事。而就在与我老家相邻的村子里，甚至还有着当今人们耳熟能详的香港演艺界明星刘嘉玲的祖居！

回想着这些风云人物的传奇人生，徜徉在"台痕上阶绿，草色入帘青"的大屋小巷中，体会着"仰天长啸出门去，我辈岂是蓬蒿人"的豪壮，咀嚼着"男儿何不带吴钩，收取关山五十州"胸怀，抒发着"滚滚长江东逝水，浪花淘尽英雄"感慨，谁的心会不为此情此景、此人此事所动呢？

枢明先生的这本书，在融汇丰富资料的基础上，自己也付出了大量艰辛的田野作业，采集了许多第一手材料，拍摄了许多容县名人旧居的照片，再以自己的视角和笔墨，为那些有兴趣访旧怀古、了解名人、探索历史的人，准备了一个可以"按图索骥"的导游文本，我就从中看到了不少虽离我老家很近、但却一直无缘亲往一探的景观。

我对容县的近代历史所知甚少，要为此书写序实在有点诚惶诚恐，但我还是很乐意向大家推荐它——这本颇具阅读价值的书。

（《容县将军故居》，中国文联出版社2008年1月第1版）

和你一起走来

——序王志明文学论文集《文学·时空·比较》

我有不少当教授的朋友，但能以兄弟相称的，仅有志明兄，并且一称就是三十年。后来他虽荣任要职，但每与我通电话，依然开口必呼兄弟，真情厚谊，一如既往。

志明兄是贵港人，大学毕业即到玉林工作；我是玉林人，多年之后却到了贵港。命运的阴差阳错，并没影响我们始终如一的兄弟情分。想当年我还在玉林办刊物，怀揣对文学的一腔热情，像追求爱情般追求文学，写稿、约稿、编稿、办班、办笔会、开讲座，一心只想当作家或者帮助别人当作家，组织拟任命我为某官，吓得我连夜提水果去找领导婉言谢绝，唯恐误了自己的文学前程。后来身边经济大潮滚滚而起，写作之途反而每况愈下，日渐边缘，许多文学青年或下海经商、或当官从政，纷纷弃笔袖手。即使如此，我仍放言：哪怕最后只有我一个，也要守住文学这块阵地。语言中有几分豪壮，也有几分苍凉。

就在那恰如四面楚歌之际，重围外杀来一员猛将与我并肩而战，写了论文为我呐喊助威，使我知道并自己非单枪匹马，顿时信心大增，愈加努力，写作便得以持续至今。那员猛将，便是志明。志明宅心仁厚，好做雪中送炭之事。他当时还只是玉林师专（现玉林师院前身）的一名普通教员，繁重的教学之余，在研究鲁郭茅巴之际，很早就关注到桂东南本土文学写作的意义和价值，对本地的主要作家作品分别写了评论在报刊发表，对重大创作活动也作了评点、梳理和肯定，表现出了难得的热情和远见。多年之后，玉林师范学院开设了相类的地方文化研究课题，我尽管不像内情，但估计肯定得到了与已担任副院长的志明兄的大力支持。

我一直以为，玉林师范学院和它的前身玉林师专，既是桂东南最大的人才库，也应该是地方的文化库和思想库。该校数以万计的毕业生工作在桂东南众多的党政机关、教育文化单位和各行各业，有的还担任重要的领导职务，是地方经济社会发展和文化教育事业的顶梁柱，学校的社会功能早已远远超出一般的师范院校，因而学校在大力培养人才的同时，还应为地方文化事业的积累、传承和弘扬，做出学术上的努力。其实志明很早就将此视为责任，不但身体力行，还将一批老师引领到其中，组成了相关的团队，多年之后，陆续有了一些研究成果，令人欣慰，也让人敬佩。

清华大学校长梅贻琦有一段关于大学的名言："所谓大学者，非有大楼之谓也，有大师之谓也。"玉林师院虽然还没有什么大师，但秉承了现代教育理念的师资群体，有着"独立之人格、自由之思想"的学术追求，不仅仅传道授业解惑，还能以博爱以心从教、以恒久之志治学、以普世之怀度人。志明就曾亲自向我推荐他的毕业生，为他们寻找合适的工作，扶助他们走好人生之路。正因他的古道热肠，使得许多学生即使在毕业多年之后，还和他保持着密切的联系。他不但是学生的老师，更是慈和的长者和热心的朋友。看到他和学生们一起纵情喝酒、打牌、说笑话、侃人生，我总感到有几分羡慕和妒忌：原来教授也可这样当，原来当教授这么好玩！

想当年我们聚会的时候，更多是在家里随便做几个菜，然后是醉翁之意不在酒，在于放言天地之间，纵论世界大事，臧否古今人物。我到志明家，他会亲自下厨，做上最拿手的生姜焖鸭，吃得大家连呼美味、饱嗝连连——我到贵港工作之后，才知道其实那是他老家港南一带的特色菜，他实在是得了其中的真传。

现在志明兄将他多年的学术成果编成了这本专著，其中主要篇幅在于对文学时空艺术的探索，对小说、散文和鲁迅等作家作品的时空表现艺术，做了比较系统深入的研究，应该说这是一个很有新意和深度的课题。古代章回小说中的套语"说时迟那时快"，其实就隐含着实际时间和心理时间的差异。书中还收录了不少桂东南地方作家作品研究的文字，尽管时过境迁，语境不再，但志明的那份真挚、热情、智性和勤奋，却依然充溢在字里行间。

林语堂曾将朋友分为四大类：高雅而有趣、高雅而无趣、低俗而有趣、低俗而无趣，志明兄无疑是朋友中的第一类。基于相类的志趣和相近的个性，我和志明不管光阴荏苒，日居月诸，友情依然如酒，越久越醇。如若真可穿越时空，我想我们肯定还会是好朋友——无论此处，还是彼处；无论这辈子，还是下辈子。

(2011.10.22·贵港)

(《文学·时空·比较》一书，西南交通大学出版社出版)

真诚的挚爱
——序谭桂铭歌曲选集《我的家在大江边》

由贵港市群众艺术馆编的《我的家在大江边——谭桂铭歌曲选集》，终于定稿并由广西人民出版社出版发行，作为老朋友和儿女亲家，我为桂铭多年持之不懈的努力而结出的丰硕成果感到由衷的高兴。

桂铭和我一样，都是五十年代生人，这一代人，人生尽管有太多的缺失和遗憾，但他们从不灰心自馁，一直在积极努力地充实着自己，也努力地改变着世界。桂铭1974年考入广西艺术学院音乐系作曲专业，师从我国著名音乐教育家徐月初、李延林等教授。在老师的悉心指导下，他大学期间就有《放排歌》等两首歌曲作品代表广西艺术学院参加全国专业文艺团体会演，并由艺术学院演唱队到桂林、柳州等地巡回演出，均获较好评价。此后，他在四十年的工作中，用创作描绘现实，用音乐展现美丽，用乐曲抒发心声，最终成了广西知名的作曲家。

我和桂铭的合作，始于2010年，市里组织区内一批知名词作家举行"魅力荷城"歌曲创作活动，我此前虽也写过一两首歌词，但毕竟兴趣不在这一方面。在桂铭的鼓励之下，我一气写了几首歌词，其中就有《我的家在大江边》。后来，这首歌曲经多位歌手不断传唱，改编成合唱曲参加区里的比赛，在《歌海》杂志发表，市电台在"荷城歌坛"栏目滚动播出，获得了市里的文艺创作荷花奖，一家传媒公司还拍出了MTV，影响就越来越大了。这首歌旋律优美，具有浓郁的地域特色和较强的艺术感染力，因而颇受听众欢迎。由此我切身感受到，一首好歌的影响并不亚于一篇好小说。

这本《我的家在大江边——谭桂铭歌曲选集》，选取了桂铭多年来创作积累的118件歌曲作品，作品题材丰富，曲调多样，旋律优美，色彩纷纭。由于作者长期生活、工作在西江沿岸，对西江（桂东南）一带的山歌、小调、戏曲的特点、神韵和气质有着深刻的体味，因此，他创作的乐曲里散发着桂东南民间音乐特有的泥土芬芳。梳理这些作品，我认为主要可归纳为下列四个方面：

一、宽广深厚的家乡情怀。翻开歌集你会发现，讴歌家乡秀丽风光、赞美荷城、抒写贵港乡土风情的作品就有35首之多，如《荷花恋》《美在东湖》《难忘西山美》《平南是个好地方》等，充分体现了作者对家乡那一份真挚深厚的爱。一个作者能如此认真执着写自己身边熟悉的东西，并且让这些东西贯穿于一生的创作之中，这一点确是难能可贵的。

二、丰富的创作题材。集中还有不少歌颂党、歌颂祖国、歌颂社会主义建设伟大成就的作品，如《恋着祖国》《精彩中国》等；有的作品以普通劳动者为主人公，艺术地反映他们的生活情趣和喜怒哀乐，如《放排歌》《鸭姑娘》《小镇女人》《农家姑娘模特队》等。此外还有表现农民工等人物生活的，如

《炸油条的外来妹》等，把勤恳朴实、默默无闻、毕生奉献的劳动者，请到了歌曲之中，乐于做人民心声的"代言人"。

三、多样的艺术风格。桂铭歌曲的音乐动机有取材于乡村民间小调的，有取材于西江一带（桂东南）水上民歌的，如《我的家在大江边》《平南是个好地方》《湖边》《采茶谣》等；有通俗曲风的，如《我想为你唱首歌》《边走边唱》《人人都拥有自己的世界》等；有进行曲风的，如《中强之歌》等；同时，也有岭南一带民间小调委婉抒情曲风的，如《荷花赞》《古郡新城》等。这些作品的曲调或亲切、或清新，富有情感；或明快、或跳跃，充满青春活力；或传统、或时尚、或传统与时尚兼具，彰显出光鲜明亮的地域特色和时代风采。

四、优美动听的旋律。音乐是听觉艺术，听觉艺术讲究的是一要好听，二要有特点。选集的歌曲中均可看到作者在这方面的探索与追求。如歌曲《我的家在大江边》，曲调以流传于西江一带的民谣小调的音乐元素发展而成，歌曲开头由甜美、纯真的童声轻声唱出引子，象征着西江黄金水道建设犹如初春的嫩芽，正在萌发出勃勃生机，接着，女声独唱以中速甜美、纯净舒缓的旋律，把浔郁大地秀美风光用音乐的形式娓娓道来，使人置身于西江两岸那美丽如画的景色之中。又如歌曲《美在东湖》，曲调优美、抒情而明朗，歌曲开头的男声伴唱"东湖美，东湖美，东湖美美在水连天"，既是引子，又兼作段落的过门，最后再成为全曲的收束句。这样的创作构思，既有新鲜感，又给人以无比的愉悦，使人意犹未尽，思绪沉浸于东湖的美景之中。

诗言志，歌咏言。歌曲，始终是人民表达思想、抒发情感的一种重要的艺术样式，也是振奋民族精神、陶冶道德情操、引导人们追求真善美的一种重要途径。

这本歌曲集，是作者既往创作成果的小结、也是来日的起点，相信作者会以更加真诚的挚爱，更加热烈的情怀，一如既往地秉持对音乐创作的执着追求，为新时代、为新生活、也为新荷城奉献出更多更好的音乐作品。

（2015.8.15·于荷城）

明白人李一军
——序《李一军诗文精选》

李一军是个明白人。

他明白自己什么时候该干什么。

他在插队当农民的时候明白，知识总会是有用的，于是他认真读书，读来读去，读出了丰厚的知识根底。

他在当工人的时候明白，人的命运是可以改变的，因而他开始写作，写来写去，他当上了电台的编辑。

他在当编辑的时候明白，人生不仅可以做好一件事，还可以做好两件、三件乃至更多的事，因而他一再努力，写出了诗集、杂文集、新闻论著，当上了电台老总、评上了在县级新闻单位很难评上的新闻系列高级编辑职称。

这样做需要一种心无旁骛、唯此为大的敬业精神，需要一种淡泊宁静、宠辱不惊的境界，需要一种举一反三、触类旁通的悟性，需要一种刻苦勤奋、皓首穷经的意志，需要一种深挖细掘、持之以恒的毅力。

很多人有比一军更敏锐的聪明智慧，有比他更高的学历文凭，有比他更深的社会背景，有比他有更左右逢源的机遇，也有比他更豪迈的雄心壮志，但到头来成就却没有他大，原因恐怕就在于他们没有一军上述的这些精神、境界、悟性、意志和毅力。

这本《李一军诗文精选》，收集的多是作者近年来的作品，涵盖了诗歌、歌词、小说、散文、随笔、剧本、报告文学、消息、通讯、评论、演讲词、业务报告、审读意见等方方面面，不难看出作者涉猎面之宽、表现力之强，许多作品能以小见大，反映了现实生活的形形色色，折射出时代发展的必然，从中可以感受到作者对社会的密切关注、对自己所从事工作的热爱、对语言艺术创作的执着和对从身边小事到国计民生的广泛思考。这种关注、热爱、执着和思考，正是一个正直的文化人的良知所在、责任所在、毅力所在和才气所在。只是以我的专业视野和知识水平所限，实在难以对他所有的这些作品作出恰如其分的评价。

我作为一军的文友，先睹为快地浏览了他的这部书稿。他的文学作品大多短小精悍，有一斑窥豹、一叶知秋的艺术敏感，行文清新明快、生动活泼，但求有益世道人心，不做无病呻吟，在文学追求十分多样化的今天，他的这种写作，既是一种创作特色的探索，也是一种文化精神的坚守。钦佩之余，我觉得他的长处和遗憾，同样辩证地体现在其中：写实性作品以一颗赤子之心密切关注现实、叙写生活，但有时略显直白；抒情性作品激情澎湃、气韵充盈，但有时空灵不足；评论性作品多有真知灼见，但有时限于篇幅，往往展开不够，深度仍可进一步挖掘……

诚然，一部作品或者一本书，最好的裁判还是读者。我在这篇小小的序言中很难客观真切地道出它的全部底蕴。我想说的只是：这是一军兄付诸长期努力的心血之作，也是他多年从事新闻文艺写作的经验总结，更是一颗爱真爱善爱美之心在阳光下开出的一簇绚丽的鲜花。

一军是明白人，他这本书也是一本明白的书，喜欢读书的读者如果能够从中明白更多世事道理、明白更多为文做人的真谛，从中得到更多欣赏的愉悦，则读者幸甚、一军幸甚，作为作序者的我也幸甚幸甚！

因为，我向读者介绍的一位明白人以及他写的一本智慧的书。

（2005年冬日于荷城）

（《李一军诗文精选》，中国文史出版社2006年4月第1版）

一语成书见辛勤
——序肖孟《古镇大安》

　　肖孟兄又一本新著即将付梓，政务之余，作品不断，足见他的用心良苦和勤奋努力。

　　这本《古镇大安》，说起来还多少与我有关：肖孟兄与我喝茶闲聊时，谈起他想写些关于平南大安镇的文章。大安是西江沿岸的著名大镇，有着众多的自然景观、人文景观和深厚的历史文化底蕴，被国家文化和旅游部定为"民间文化之乡"，面对如此一个乡镇，如果是只写一些文章，未免太可惜了，因而我撺掇他：何不为大安专门写一本书？

　　我之所以这样说，是有充分的理由的，因为肖孟兄曾任大安镇党委书记，无论从宏观到微观，他对此镇都有相当深入的了解，加上他长期醉心于社会经济研究、醉心于舞文弄墨，刊行过多本专著，有很好的文字表达能力，写关于大安专著的合适人选，几乎非他莫属。

　　我此言一出，他倒没有马上表态，我见他公务繁忙，也就以为此事不过说说而已，遂点到为止。没想数月之后，肖孟兄跟我说写大安的书稿已初具规模，正在进一步修改，待基本定稿，还要让我再帮他写一篇序。他这么一说，着实让我吃惊不小，如今书稿摆到我面前，细读之后，心中更是不得不敬佩肖孟兄的用心和勤奋。

俗话说，小小麻雀，五脏俱全。有着数千年农耕传统的中国，一个小小的村镇往往就是一面镜子，解剖起来，中国社会的一切优点与缺陷、问题与症结、根源与流向、黯淡与辉煌，几乎都可以从中找到遗传的基因。因而许多社会学家都致力于村镇研究，并且硕果累。最早并且最具影响力的关于村镇的专著，无疑得数费孝通先生的《江村经济》一书，这是七十多年前作者留学英国时用英文写就的博士论文，一经问世，便成经典之作，一版再版，至今仍然是中外许多大学社会学系的必读书。由此滥觞，其后佳作时现。近年国内推出梁鸿的《中国在梁庄》、熊培云的《一个村庄里的中国》等颇具影响的书，就是其中的佼佼者。如果说费孝通先生的著作关注的是农村的经济状况，着重的是学理分析，是严谨的学术论著，那么后二者关注的则是农村农民的生存困惑，着重的是底层叙事，是文学色彩的沉思。

而乡镇与一般的乡村相比则又有所不同：乡镇是中国最基层的行政单位，起着上传下达的政治功能，既以农业经济为根基，又承载着现代工商业的因子，既有散落的民居村落，又有共聚的墟镇集市，既有七站八所的行政机关，又有以血缘为纽带的姓氏宗族，既有现代影剧院等娱乐方式，又有地摊式的民间文化样式……

肖孟兄的这本《古镇大安》写的就是一个镇，并且是一个古镇，因而与上面提到的那些专著相比，它有着自己鲜明的特点。它更偏重于古镇的古，偏重于文化历史的遗存，仅从全书的篇目，就不难看出端倪：从古镇的印迹、风情、蟋会、味道，到名人、街民、轶事、新貌，它把古镇的历史娓娓道来，从传说为乞丐助造的大安桥，到自治区级文物保护单位列圣宫；从粤商集聚的粤东会馆，到青砖黛瓦的古代民居；从源自道光年间的消防节，到盛极一时地唱粤曲、挂花灯、牛歌戏、赛龙舟、抢花炮等民间演艺；从鲜美异常的腊味、蒜香浓郁的辣椒酱、到挂名象山的桂林米粉、韵味醇厚的大安烟叶；从精于芪黄之术的一方名医、世代书香的名士，到扶危济困的名绅和进士出身的名师……说起名师朱方辉，我与他多少还有点因缘：前年在编选《贵港历代诗选》的时候，曾到武林朱方辉故里去寻访，意外得到其族人所赠的一册《朱方辉诗选》，不禁大喜过望。从书中得知，朱方辉曾于清末（1907年）任桂林优级师范学堂（广西师大的前身）教习，他任教之际，正是我祖父在该校读书之时，因而我祖父极有可能就是他的学生。朱方辉有一首诗吟咏前师范学堂校舍里的古椿树，表达了他对百年树人的期许："十年树木百年人，自古奇才世所珍。纵阅沧桑经几度，依然枝干茂千春。风雷冲击神灵护，燕雀争栖造物瞋。天意故教成大器，南华莫笑枉轮困。"

读完肖孟书稿，我既为作者深入细致的田野考察感到由衷的敬佩，为大安丰富多彩的文化遗存感到高兴，为生活在这种浓郁文化氛围中的大安人感到幸运，也为大安镇有肖孟这样热心为它作传的人感到欣慰。放眼书海，各种书籍可谓汗牛充栋，但真正以散文笔调为一个乡镇立传的书不会太多。文化遗存是一个地方的精神血脉所在，是民间历久弥新的深远记忆，仅仅基于这一点，肖孟兄的这本《古镇大安》，就会是一本很有价值的书，是能让人记住、能让大安人永远珍视的书。

（2012年中秋节前）

那些文字带着我的体温　序前跋后

在桥上与你相遇

——序肖孟《名镇桥圩》

这是我第三次为肖孟先生的书写序。

尽管我推辞再三，却怎么也推不掉，只好再拿次顺从了他的意愿。这倒不是他的书不值得写序，相反，他的这本《名镇桥圩》对于近十万人的桥圩镇，无疑是一本开先河的书，自有其存在价值和认识意义，我之所以拒绝，主要还是因为自己才疏学浅，实难担当写序者的责任。加上写序是一件苦事，人家厚厚一本书，你起码要披阅一次，找到自己感兴趣的着眼点，再写出那么千把字来。

说起来，肖孟先生是刚刚完成《大安古镇》一书，就开始着手准备《名镇桥圩》的写作的。他曾在港南区工作多年，对桥圩镇有着浓厚的感情、深刻的认知和坚定的责任感，因而是不二的作者人选。但开始的时候他也表达了自己的担心，说与大安相比，桥圩现存的人文历史遗迹和相关史料要少得多，搜集起素材来有相当的难度，但他表示一定要先下去跑一跑，看一看，问一问，想一想，再决定写不写。

现在，这本十数万字的书稿已摆到了我的面前，对于他的毅力和用心，我真是无话可说了，唯有表示深深的敬佩，如果每个想做事的人，都能有这么一种认定目标、锲而不舍的精神，天下就没有什么事是做不成的了。

既然说桥圩是名镇，作者就在书中围绕著名镇大做文章，全书共分成名镇之源、之基、之本、之韵、之华、之英、之魂、之传八大部分，铺排开桥圩镇的历史渊源、特产名物、民风民俗、名人传记、文化风情、宗族姓氏、传说故事等方方面面，立体地塑造起一个名镇的形象。

关于名镇的"名"，除了传扬在外的名气之外，作者还对桥圩一名的来源，做了脚踏实地的悉心探讨，走访了当地的故老乡亲，从猪天江两边的旧圩和新圩，到联结猪天江的桥，到圩边的都灵庙，到一桥跨两县的集市，到圩上的店铺、商行、补锅匠和各种各样的人，顺着作者娓娓道来的叙述，我们眼前不禁浮现出数百年前桥圩的活色生香、数百年间桥圩的历史和沿革，旷日持久的利益争讼与乡村士绅的协调和解……

我虽然无数次到过桥圩，但也还是第一次从作者的笔下详尽地了解到了这个名镇的历史。记得三十多年前，为了一个同事的外调，我第一次来到桥圩，当时感觉最大的特点就是人多，人们穿行在狭窄的街道上，男人脸上洋溢着红通通的酒晕，女人嘴角上紧抿着刚毅的神情，孩子脸上飞动着欢乐的笑意。后来到贵港工作，一再到桥圩采访，才终于明白，桥圩之所以能成为广西的名镇，人多本来就是它的一大优势。我结交的那些桥圩朋友，殷勤朴实、古道热肠、积极创业和乐于助人，更给我留下了深刻印象，让我对"桥圩好契弟"这句民间习语有了更好的认识。

桥圩的桥，本为沟通联系、方便往来而建，人们据桥而市，集市而镇，由点到面，积沙成塔，最后形成一个名震八桂的大镇，成为许多人魂牵梦绕、不舍不弃的家乡，这个漫长的历史，体现了人类内心巨大的认同感和凝聚力，也体现了他们不舍不弃、念念于兹、克勤克俭、爱家爱乡的故土情怀，这正是一个村之所以成为一个村，一个镇之所以成为一个镇，直到一个县、一个省乃至一个国家的根本成因。那种相同的文化背景、相似的生活习俗、相通的土语方言和想念的乡亲情怀，是什么力量也分割不了的。

作为一位地方领导，对自己曾经工作过的地方满怀着一份赤子般的感情，不畏千辛万苦，到处奔走采访，搜集各种资料，询问乡亲父老，然后再启动自己的思绪，伏案挥毫，将自己的所见所闻、所思所想变成文字，记下一个乡镇的过去和现在，目的是为它留下一份珍贵的记录，然后传承下去，这种精神确实令人感动。这种努力，在当前建设文化大国的大背景之下，更有着非同寻常的社会学、民俗学的意义。

凭着这一点，我这篇序就不得不写了。

（2014.2.12·于贵港）

（《名镇桥圩》，广西人民出版社出版）

茶到淡时更从容

——序肖孟散文随笔集《人生如茶》

三十多年前，容县自良的乡下。寒冷的冬夜，一个插队知青坐在昏黄的油灯下，手里捧着一本小说，专注而投入，神态时而忧郁，时而安详，时而兴奋，时而忧伤。从那时开始，文学的种子开始播进了这位知青的心田，他暗下决心，将来有机会上大学，就进中文系，争取当个作家，将自己心中的所爱所恨、所思所想写出来。

恢复高考之后，这位知青一心报考大学中文系，却为哲学系所录取，以后的人生道路，就完全不是他个人所能左右得了的：党校教员、乡镇干部、县区领导，一路走来，如今他已身处地市领导岗位，走过了他始料不及的引人瞩目的别样人生。

然而，他心中一直没能放下那份对写作的眷恋，哪怕工作再忙，时间再紧，他都一直手不释卷，阅读、思考、写作、出书，多年之后，他已出版了多本个人专著，有工作体会的《风雨十年创业路》，有问题思考的《"三农问题"调查研究》，有谈狐鬼神怪、品人生正道、悟古今哲理的读书随笔《草堂劝诫录》，有经济论文集《投石问路》，眼下这本《人生如茶》，是他的散文随笔集。

他叫肖孟，是我的上级，按说他的书稿应该请那些硕彦宿儒或达官贵人来作序，但或许他更看重我们是老乡和文友的情分，坚持让我写一篇小序。我读了书稿，掩卷之余，一个重操守、慎言行、广交友、善思辨、勤动笔的地方官员形象，在眼前立起来了。从集中不难看出，他兴趣广泛、视野开阔、角度独特、心思缜密、文字流畅。不难想见，当他人更多地周旋在牌桌舞场之际，显然正是他独对孤灯、执笔凝思之时。

茶和咖啡是东西方的两大物质成果，也是两大文化体系。宋代陆羽的《茶经》就是茶文化的集大成者。肖孟这本书以茶为名，并不限于专门论茶，而是谈茶论事，娓娓道来，不但叙述了许多关于茶的故事，传递了广博的茶道知识，也回忆了许多人生际遇，记述了四方的萍踪游迹，展现出一副开放、诚挚、多思、睿智的心胸。其中关于制茶、品茶、藏茶、斗茶等等许多兴味盎然的往事，多为作者所亲历。令我难以想象的是，这些冲淡平和而又富于哲理趣味的文字，竟是出自一个多年在基层摸爬滚打、在官场折冲樽俎的党政官员之手。看来沉重的公务和繁忙的应酬，并没能屏蔽他对人情世态深入细致的观察，也没有消减他对文字表现始终如一的热忱。看看这段文字吧："会品茶的人，才懂得茶味绝不仅仅是苦涩的，他们追求的，正是茶味中苦后回甘、苦中有甘的韵味。试想，品茶之后，当一种淡淡的苦涩过后，那种留在舌尖上、口齿间的香醇、甘甜的滋味，就可令人回味无穷。而当那种甘美的韵味直沁心田，味散六腑时，那种醺醺然的奇妙感觉，真正是达到了'茶香入心亦醉人'的境界了。茶如是，人生亦如是。当你经历了无数次失败和挫折才获得成功的时候，当你饱尝生离死别的滋味，开始享受天伦之乐的时候；当你历尽磨难，终于领悟人生'真谛'的时候；当你受尽误解和委屈，得到别人的理解和体谅的时候……不同样也是那种苦中有甘，苦尽甘来的感受吗？"——这些充满着人生体验和感悟文字，显然不是那些心智粗粝、疏于思考的人所能写得出来的。

宋代大词人苏东坡是个快乐的天使，当官能上能下，交友九流三教，喜好五花八门，成就博大精深。他非常会享受生活，即使深陷社会的最底层，也能找到一份属于自己的欢悦，那种"成则欣然，败亦可喜"的豁达姿态，为许多文人雅士所追慕。他一生十分喜欢品茶论茶，肖孟的书稿中有一篇，就是专门介绍苏东坡品茶论人的，作者赞叹苏东坡："是茶陪伴了他的一生，借助品茶，他成了'无处不超然'的茶人，成了茶的千古知音。对于宦海沉浮，对于生老病死，苏东坡早已释然，'休对故人思故国，且将新火试新茶，诗酒趁年华。'没有茶的滋润和感受，恐怕苏东坡很难经得起如此大起大落的考验。"这确是深中肯綮之论。我记得苏东坡还写过一首茶词《行香子》："绮席才终，欢意犹浓，酒阑时、高兴无穷，共夸君赐，初拆臣封，看分香饼，黄金缕，密云龙。斗赢一水，攻敌千盅，觉凉生、两腋清风，暂留红袖，少却纱笼，放笙歌散，庭馆静，略从容。"——酒后所品的茶，是皇上所赐的极品，包装精美，有美女将茶泡开，一时清香如风，情景颇似现今的诸多茶馆。苏大学士的真意在最后三句：曲终人散，万籁俱寂，茶已由浓转淡，人也意兴阑珊。那就是人生啊：曾经的奋力搏击，曾经的荣华富贵，曾经的烈火烹油，曾经的酒绿灯红，精彩过后，一切归于平淡，善始善终，从从容容。这使我想起了乾隆皇帝：作为万乘之尊、身处权力顶端的人，皇帝从来就少有退休让位的，往往都要到寿终正寝才将权力转到别人手上。自称为"十全老人"的乾隆帝在年老时却能主动退休，将皇位传给了儿子嘉庆，一位大臣表示惋惜说："国不可一日无君。"乾隆笑道："君不可一日无茶。"——这个顾左右而言它的回答，实在很是微妙，也是个茶喻人生的好段子。

肖孟的《人生如茶》，堪称深谙茶和人生的"个中三昧"，谨此为序。

（2012年元旦后八日）

（《人生如茶》，广西人民出版 2012 年 7 月第 1 版）

为追梦者呐喊

——《新桂文库》总序

人活着，都会做梦。

写作就是读书人的梦，出书更是读书人的一个大梦。

更深人静，他们铺开一张纸，犹如展开一片宽阔的草原，思绪就会随着手下的笔，骑上汗血宝马，在草原上狂放地奔驰。他们写下自己的人生拼搏、自己的心灵悸动、自己的喜悦和愤懑、关注和冥想、追忆和拷问、痛苦和呐喊……

我们面前的"新桂文库"，就是这样的书，一套五本，犹如一束五色花，虽不灿烂炫目，却也各呈缤纷。丛书作者的年龄、职业、地位、写作的侧重和文学的成就都大相径庭，使这套书便有了五味杂陈的滋味，但有一点却是相似的，就是作者们对写作的热爱。长期对文字的痴迷，累积多年，便有了厚厚的一大本，有了成书出版的欲望。

他们选择出版自己的著作，一不为名，二不为利，更多只是为了留一份心路历程的记录。

这有他们的文字为证：

"编印此书不是想给读者什么启示，而是保存资料，方便查找。同时，也想给子孙留下一点东西，让他们知道有那么一

个前辈爱好文艺，喜欢舞文弄墨。"（莫珍英《艺苑漫笔》前言）

"事先声明，我出书与成名成家无关，只想为自己不羁的青春做个小结罢了。我没打算签名售书的，只想在秋雨孤灯下，在适合读书的日子里，随手从书柜里抽出一本印有自己名字的书，泡上一杯好茶，慢慢品茗。要是遇到投缘的朋友，我可能还会偶尔拿出一两本来送人。"（曾昶《寂寞小河》代序）

"好与坏，都是成长的必须，岁月的馈赠。把这些青春感悟的点滴化为铅字再付诸墨香小册，是我为自己日渐远离的青春做的一个纪念。印记是它的意义所在。"（肖洁萍《纯白经年》后记）

"当过去的不再值得回眸，现在的不值得珍惜，未来的不知归途，索性做一次完整的印刷，或许能找回一些答案。"（老亮《微笑作坊》代后记）

"世道是沉重的，人心在沦陷，文坛充满混乱和不洁，人际交往待价而沽，只有文字中残留的温暖和零零星星的友情让人眷恋不已。"（高作苦《大地苍茫》代后记）

引述这些文字，当然无法表述他们全部真实的心思，写作之人即使有名利之想，也属正常。张爱玲为名而写，"出名要趁早"，终于赢得大名。巴尔扎克为利而写，为了还债，还是写出了伟大的作品。但对更多普通作者而言，本原的写作冲动确实还是为了一己之心：所见所闻、所思所想，不诉诸文字，便如骨鲠在喉，不吐不快——即便吐了也仍然不快，那就唯有再写下去，写来写去，便成了书。

其实，写作不过是一种社会分工，与人的心灵喜好有关，却与高尚或者卑下无涉。有人追慕物质，有人追慕金钱，有人追慕权力，有人追慕美色，有人追慕林泉的隐逸，有人追慕都市的繁华，有人追慕富豪的挥霍，有人追慕军人的威武，有人追慕思想者的高蹈，有人追慕流浪者的洒脱，有人追慕写作出书，有稿费要写，没有稿费也写，出名要写，不出名也写，便毫不奇怪了。

在这套丛书中，我们还是可以读到一些令人眼睛一亮的文字，温暖的如老亮的《瓜农》：

"我们走过去／对他开的价格表示最大的异议／所有的西瓜同时惨叫了一声／接着，诚实被定位在秤砣上／我们明目张胆／在小范围的争执里／一刀劈下去／沉默的西瓜为他带来了幸福／鲜红地流了一地"

尖锐的如高诉苦的《瘸腿的父亲》：

"每一寸消逝的光阴／都将父亲推向生命的出口／我在收复父亲的失地／我儿子在捡拾我的战利品／时光通道的尽头／谁都没有胜利可言"

婉约的如肖洁萍"纸中城邦"小辑中的：《我是那一位彼岸的烟火女子》《与金牛座女子相逢》《纪念这一场倾城之恋》《不做文学的独舞女子》《隔纸读爱玲》《念你如花美眷，似水流年》《关注生命的细节》《美文与美女无关》……

这些文字，显然还没到惊心动魄、过目难忘或者微言大义、字字珠玑的地步，但它们带着作者的体温呼吸和音容笑貌，带着他们的喜怒哀乐和爱恨情仇，带着他们成熟或者不成熟的文采、深刻或者不深刻的思考，汇集成了眼下的这套书，圆了他们的一个梦想。

一个梦的结束，预示着另一个梦的开始。

热爱文字表达的人，永远都会是文字的追梦人。罗大佑在他的名曲《追梦人》中这样唱道：

　　让流浪的足迹在荒漠里写下永久的回忆

　　飘去飘来的笔迹是深藏激情你的心语

　　前尘后世轮回中谁在宿命里徘徊

　　痴情笑我凡俗的人世终难解的关怀

　　这些追梦人，追的就是这样充满激情的心语，就是这样人世难解的凡俗关怀。

　　新年伊始，成此文字，为追梦者呐喊，是为序。

（2010.1.5·于贵港）

讴歌森林

——序陈如义钢笔画《生命长歌》

如果说草原是大地的皮肤、江河是大地的血脉、城市是大地的心脏，那么森林就是大地的肺叶，无论是皮肤、血脉、心脏还是肺叶，对生命来说都十分重要、缺一不可。无数生命的奇迹和美丽的景观就在森林的荫庇之中，无论是卑微的苔藓，还是挺拔的嘉木，无论是飞禽走兽，还是飞瀑流泉，所有这一切，森林都给予了宽厚和温暖的庇护。没有森林，就很难想象大地和人类会变成什么样子。因而敬畏和保护森林，做森林的热情歌者，成了许多艺术家自觉的追求。

陈如义正是这样一个歌者，他用手中的钢笔，画了一幅又一幅关于森林的长卷，长达数十米，画上的每个细节，都靠小小的钢笔尖一笔一笔去刻画，就在笔尖和墨水点点滴滴的消耗中，连片的森林景色慢慢呈现出来，而时间却在逝去，画者也在老去——老去的是人的容颜，不老的却是人的精魂，尤其是追求艺术的精魂。

随着钢笔画长卷的渐次展开，草地上微风吹拂，就像乐曲舒缓而宁静的前奏。然后顺着山势的起伏，茂密的灌木、摇曳的野花渐次出现。鲜花是森林的精灵，它们以自己缤纷的色彩，激活了森林的单调和宁静。随着纵深的展开，到了婆娑的阔叶树和高大伟岸的乔木，犹如乐曲经过低吟浅唱、回环往复的铺垫之后，进入到热烈高亢的华彩乐段，阳光透过半空的叶隙洒落地上，密林深处抹上了一层亮色，恰如无数铿锵的音符，叮叮当当撒落地上，热烈而响亮、灵动而饱满。就这样，数十米的长卷，一个个景点在观众面前缓缓展开，时而繁花似锦，时而落叶摇金，时而巨木嵯峨，时而枝杈交错，时而山石峋嶙，时而流水潺潺。一步一景，一景一换，给观者以穿越森林般的体验和欣悦。

钢笔画是一个如大熊猫般珍稀的小画种，尽管工具简单，但技巧烦复，耗时费事，加之色调单纯，难现效果，因而知音甚稀。从事这一艺术样式创作的人更是少之又少，画者很难从中获得什么实际利益，它的精神价值恐怕要远大于实际价值。如义数十年如一日，沉醉在钢笔画、钢笔风景画，尤其是森林风景画的创作之中，那份浑然忘我、锲而不舍的追求，令人钦佩。他的画作，显然从俄罗斯的希施金和列维坦等巡回展览画派的风景画中汲取了有益的营养，再结合钢笔画的技巧和本土森林的特点，作了许多有益的尝试。其作品曾到各地展出，并为媒体广泛推介。就一个画家而言，已成的作品永远只是新的起点，大自然永远是艺术的源泉，愿如义在今后的创作中能更上层楼，以他的画笔带给我们更多讴歌森林、讴歌自然的惊喜。

（2012.3）

一个赶路的人
——序黄传友作品集《我在路上》

"我是个赶路的人，却不知路在何方；我常站在高山喊，可回音总那么凄凉。可我还是不肯放弃，我坚信：那朵百合一定会在午夜悄悄开放。"——这是传友老师的作品《我是谁》中的一段话，迷茫、焦虑、伤感，却又不屈不挠、坚定顽强。这是一个喜欢文学、热爱写作的中学教师的心声，也几乎是每一个有所追求的年轻人必定经历的心路历程。

传友在从事教学之余，一直坚持业余写作，日复一日，月复一月，多年之后，终于结集出版了眼前的这本作品集《我在路上》，可谓成果不菲。我浏览着他的文字，只强烈地感觉到了四个字：难能可贵！

他写个性泼辣的祖母，写因为她对母亲的成见和误会，导致了我对她的怨恨和报复，直到祖母逝世，我才充分认识到她对自己的深爱与厚望，才发现自己心底深埋着的遗憾。行文先抑后扬，情感从误会、抱怨，到理解、体谅而追悔，因而感染力也超出了一般的赞颂性悼念文章。

他写父爱，写在外念书的儿子因为家庭困难，他在学校尽管一再节衣缩食、省吃俭用，父亲的汇款也依然无法满足他最低的生活需求，他便误解了父亲，给父亲寄回了一封充满怨恨的信，后来他才从哥哥那里得知：父亲牺牲了自己的尊严、东乞西求才借来的那点钱寄给他，知道无法满足儿子的要求，自己已深感无能自责而涕泪横流了……

他写以诚动人带好后进班的体会，写母校日新月异的变化，写在如花的年纪里早夭的亡友，写生残志不残的捡垃圾的小男孩，写对复杂世情的观察，写对艰难人世的体会，写对人性光华的赞美，写阅读大家名著的感悟，写出了亲情、友情、诗情和悲悯之情。悲悯之情是一种博大的爱，它可以体现在一个伟大人物的身上，也可以存在于一个普普通通的小人物心中。心存悲悯，才会心存良善、眼含仁爱，同情他人，热爱工作，拥抱社会，开拓人生。

一个中学教师，工作繁忙，在传道授业解惑之余，还有许多事务性工作要做，真正属于自己支配的时间不会太多，从事写作，就需要有一种持之以恒、水滴石穿的恒心和毅力。一些热爱写作的为人师表者，就在其中默默地耕耘着，在文苑中点染出了一片绚丽的天空。

中国现代文学史上，许多作家都曾经在中学当过教师，仅从浙江上虞春晖中学走出来的著名作家，就有夏丏尊、朱自清、朱光潜、丰子恺等人。同样有过中学教师经历的，还可以开出国学大师郭绍虞、钱穆、大作家叶圣陶、刘心武等一长串名字来。中学教师生活在社会的底层，与普通大众有着最密切的联系，或者他们自己就是普通大众的一员，感受着普通人的喜怒哀乐和爱恨情仇，偶有所感，即以自己的笔记录下来，表达出来，写得多了，写得好了，为社会所公认，就成了大家。

当然，并不是每个中学教师都要写作，都要成为作家，但一个从事语文教学的老师，只要不为写作耽误教学，喜欢写作绝对是一件好事而非坏事。俗话说：百闻不如一见，百见不如一做。毛泽东说：实践出真知。又说：你要知道梨子的味道，就要亲口吃一吃。理论与实践是认识论里两个不同的层面，只空有理论，没有实践，理论永远都是空中楼阁，永远都是灰色的。

一个语文教师，教学生如何写作，教篇章结构，教遣词造句，教起承转合，教开门见山，教烘云托月，教凤头猪肚豹尾，自己却从来不动手，没真正体会或体会不深"其中三昧"，恐怕就很难说对学生的写作会有一针见血、鞭辟入里的批评指导。

传友老师身体力行，多年写作中艰难备尝，甘苦自知，其中的体会心得，运用在他的教学中，让他的学生从中受到教益，仅此一层，就值得充分嘉许了。当然，从文学的角度来看，他的作品还显得稚嫩轻浅，更多的还只是一般性的叙事抒情，离真正文学意义上的成功还有距离。值他的作品集出版之际，写上这篇小文，权当祝贺的同时，更希望他这个"在路上"的写作者，能一直坚持走下去，多读多思多写，走出一条结满丰硕成果的宽广大道来！

与梦相伴

——序李旭文作品集《醉在那道风景里》

　　二十多年前，我应一位任师范校长的朋友之邀，到他所在的学校去做文学讲座，地点就在学校礼堂，会场坐了五百多人。这让我有点发怵，一是没在这么多人面前讲过课，二是尽管当时文学还是许多青年人的梦想，但听众毕竟只是一般的爱好者，我的话题是否能让他们感兴趣，心中实在没底。所幸自始终，同学们都很给我面子，不但听完了我的胡说八道，还提了不少问题，给了不少鼓励的掌声。那讲座到底讲了些什么，至今我已无从记起。只记得最后我曾这样说：文学只与自己的梦有关，肯定不是现实生活的必须，但只要你喜欢它，它就会给你的心灵以丰厚的回报，让你更敏感、更智慧、更丰富、更充实、更宽容、更善良，也更多情。

　　李旭文就是当年众多听众中的一个——这是多年之后她跟我提起，我才知道的。当年学校毕业后，她回到老家的一间乡村学校去当了老师，如果按正常的人生轨迹，她极有可能会一辈子从事这个教书育人的职业，甚至连学校都会很难调动一次。但现在，她已在县里的宣传部门工作了多年，以手中那支为她自己所珍惜、也为领导所倚重的笔，写下了不少文字，其中一部分就编成了这个集子。

文学的梦想，改变了她的人生轨迹，她因此成了广西作家协会的一分子。

每个业有所成的人，光彩的背后都会有许多难为人道的艰辛。尤其作为一个职业女性，旭文肯定比常人付出了更多的努力和更多的汗水。肯定是在单位忙完一天的工作，再回到家里忙完了所有家务，把孩子送进梦乡之后，她才能屏息一切杂念和干扰，铺开雪白的稿纸，或者打开电脑，让如泉的思绪从笔尖或指尖流出，记录下那份自己对生活的感受和对写作的挚爱。

她写诗歌，写散文，写随笔，写小说，写评论，也写新闻报道。她写家乡的硕彦大儒，写忠于职守的司机，写乐于奉献的普通党员，写善良仁慈的母亲，写相爱而无法相亲的男女，写开裁剪摊子的残疾女郎，写家乡的山光水色，写容州的风土人情，写中秋的诗思，写居家的日子，写品茶之乐，写赏兰之趣，写家乡天翻地覆的变化，写外出旅游观景的心得，写的都是自己熟悉的人、事、物，信手拈来，涉笔成趣，虽不到妙手天成的境界，但也明丽流畅，如路边的野草繁花，没有国色天香的富丽，却具自然质朴的淡雅。

她写家乡的酿柚皮、枸杞菜、洗头的茶麸，让同为容县人的读者，一下就从这些描写中感受到了强烈的家乡气息。即使是那些写绣球、紫砂壶、小熏炉这些小物件的篇什，也都体现了作者艺术触角的细致敏锐和谋篇布局的良苦用心。她在散文《靖西，你的绣球抛给谁》中，让小小的绣球激发了自己超越时空的思绪，从绣球精巧的工艺，延伸到靖西的风光、壮族的风俗和历史，让人看到了她那种从容不迫的行文和扎实开阔的眼界。在《一粒纽扣》中，写一位姑娘因为善良和细心，求职以一个小小的细节感动了主事者，从中展现了作者那份温暖而细腻的女性触觉。严格来说，这个集子中的文章，并非都是文学作品，但不管是何种体裁，都凝聚着作者辛勤付出的心血和汗水。

我历来认为，文学创作并非就比其他行业更高明或者更高尚，它主要地还是一种社会分工，任何一种分工，都会有其让人自重的理由或自贱的借口。如何看待，更多地与人们自己的心灵喜好有关。有人不喜欢文学，人生不会因此有什么缺失，但拥有文学理想的人，却会赋予自己更多一点责任感和使命感。文学是一具社会的高倍显微镜，它将人世的悲欢离合放大，让人从中看到自己虽然经历过感受过却忽略了或者淡忘了的记忆，在引起读者共鸣之际，作者的一己之乐成了众人之乐，一己之悲成了众人之悲。李白以黄金结客、貂裘换酒的豪放成了我们心慕的目标，杜甫对世上疮痍、民间疾苦的悲悯成了我们的钦佩的情怀，曹雪芹的满纸荒唐、一把辛酸的世态成了我们阅人的范本，鲁迅横眉冷对、绝不宽恕的尖锐成了我们批判社会的利器。文学也是手术刀，它准确地解剖开人的精神世界，向世人展示出英雄侠士的傲岸风骨，铺排开才子佳人的温婉柔肠，刻画出宵小奸恶的阴黑心肝，描画出庸常众生的良善皮相。生花妙笔真可使日月生辉，山河增色，使忠直者更加高贵，使污秽者更加肮脏，千百年历史风雨冲刷，多么富丽堂皇的物质成果，都会随着时间的消逝而灰飞烟灭，留传下来并能历久常新的，往往就只剩下那些书写在脆薄的纸上的前贤妙文、锦绣文章。

诚然，我们绝大多数的作家作者很难做这一点，但他们在追逐文学梦想、追慕前人精神高峰的过程中，让自己的心灵世界也得到了愉快的翱翔。正是在这个意义上，这些也许是物质匮乏者的人，在以文学这种形式安妥自己灵魂的过程中，就被人诩为"精神贵族"，不管这称呼是褒是贬，他们都在所不计，依然一往情深，乐此不疲。

文学创作，靠的是心灵敏锐的感受力和语言丰富的表现力，这是一份日复一日、永不懈怠的坚持，读书、观察、感受、思考、笔耕，让自己的文字更绚丽一点、更精致一点、更浑厚一点，更洒脱一点，更尖锐一点，更深刻一点，也更动人一点，那就离真正意义上的文学境界更近一点了。

愿文学之梦与旭文永远相伴，愿她在这条既山花摇曳也荆棘丛生的写作道路上走得更远，更远……

（《醉在那道风景里》，中国文联出版社 2008 年 12 月第 1 版）

我看今人写近体
——序李万里《逸谷野民集》

今人写近体诗，豪言壮语多，歌舞升平多，陈词滥调多，西施效颦多，强说愁病多，矫揉造作多，却真情实感少，性灵神韵少，别出心裁少，文采风流少，原因无它，在于作者多为功成名就、志得意满之人，处境安闲，待遇优渥，无生计之忧，无切肤之痛，无论性之情，无激愤之慨，亦无旧学根底，城府愈深而块垒难现，辞藻愈砌而理屈词穷，偶尔附庸风雅，也只是"为赋新词强说愁"，自己尚不感动，更遑论他人？

逸谷野民者，李君万里也，无党无派，无职无权，无部门无单位，真正一介布衣、民间诗人，以双手自讨生活，以冷眼俯瞰人生，以心灵披阅俗尘，以文字袒露感慨。敏而好学，勤且多思，虽艰难而行不改志，纵劳累却手不释卷，膏油继晷，兀兀穷年，偶有所感，即诉诸诗，日积月累，终成此集，其中不乏清词警句、真知灼见，诸如"孤贫开口仍关国，文弱逢人好说兵""零落文章悲覆瓿，劫灰世路叹多歧""看山看水仍有幸，射名射利本无由""莫使闲身成落拓，珍藏秋月共春风"等等，读之令人心动，过目不忘。余虽不擅此道，但喜诵读，承蒙万里先生惠赐诗集，吟咏再三，有感于今之世，诗词之学日

渐式微，万里尚能乐此不疲，且终有所成，心折其诚，逐成此
记，以脱颖之望，厚寄于作者焉。

那些文字带着我的体温　序前跋后

老去犹思献大同

——序李承仑诗文集

  李公承仑，年八十有二，犹精神矍铄、耳聪目明且终日劳碌，搜集文字素材，编辑时空杂志，重印前人作品，累积文化遗存。所作皆食利者不屑、食禄者不齿，清谈者不为。多年以降，公与同好日复一日，坚持不懈，所成累累在目，虽非鸿篇巨制、高头讲章，却也荟萃各家、蔚然可观。

  公少年即雅好诗文，每有所获，欣喜异常。十九岁弃笔从戎，身处军旅仍手不释卷。转业地方，供职农机部门，时值改革开放，百废待兴，玉林文人雅士倡办《万花楼》诗刊，公随家金师勠力其事，诗来赋往，字斟句酌，一办多年。其时余编《金田》杂志，公有闲暇，即来与路丹、梦庚诸先生聚，谈诗论词，臧否骚坛，眉飞色舞。余不谙其道，惟静候于侧，端茶续水，莫敢置喙。

  某年，端午诗会，骚人墨客聚于公园水榭，有晏立熹、李家金、苏洽熙、梁文通、蒋海池、周贤鉴诸老，乃玉林诗书画界前辈。众抚琴案板，低吟浅唱，有以玉林方言吟诵《琵琶行》《长恨歌》者，扬若春风马蹄，抑若夕阳秋草，顿若石落台阶，挫若锯穿巨木，吟者摇头晃脑，听者击节凝神，皆作沉醉之状。其时熏风乍起，满座清凉，恍若竹林之咆哮、兰亭之雅集。时公值盛年，以后学叨陪，台前幕后，跑动甚勤。吾辈懵懂少年，更恭敬随侍，欣然忘我，大有童子何知、欣逢胜饯、胜地不常、盛筵难再之叹。今追念昔日韵事，虽历历在目，然终如天际云霓，流风散去即永远不再矣！

今公以自著诗文集见示，并嘱余作序。集中诗文，有讴歌故土风物者，有与友酬酢唱和者，有吟诵祖国山河者，有阐发玉林精神者。七绝《天门关》云："天门关踞郁林州，剑气书声篆古楼；遍览时空山孕水，几多韵趣写南流。"诗言志，后二句实为公晚年之所思所想、所求所成。

诗文之好，本为精神之事，乡间老财有语：文章吵耳，有谷得钱，吵耳者，多余之谓也。然好者自好，恶者自恶，事稼穑者得稻米，事渔樵者得日用，事诗文者得精神，"平生爱好诗书易，老去犹思献大同"，于公而言，除此之外，其余又何足道哉！

（2012.7.26·于贵港）

用成功擦亮名字

——序梁智华《与名人面对面》

梁智华，不认识其人的，大概会因名将其想象成一个姑娘，尤其是在读他写下的那些温婉多情的诗篇之际。

其实，他是个堂堂七尺男子汉，有着壮实得近乎粗硕的身材，但躯体的发福，并不影响他发挥满脑子的才情。

他是个坚定果断的行动者，是个热情奔放的诗人，是个聪明多产的作家，更是个勤奋执着的新闻工作者。近年来，就靠着他自己不懈的努力，编著出版了多部推介玉林的书籍和画册，内容宏富，印刷精美，形式多样。而与此同时，他还成功地组织了多次跨地域的媒体联合行动，让大家在考察采风中吃喝玩乐一通之后，捧出了一批批新闻或文学作品，让一位位作者从中脱颖而出，收到了良好的社会效果。

现在，他又将厚厚的这本《与名人面对面》奉献到了读者跟前。在此，我不想复述他在书中写了些什么，因为他这些作品都在报纸上发表过，留心的读者显然已了然于胸，而不再用我来饶舌了。

关于名人，词典上的解释是"著名的人物"，而这些人为什么会声名卓著，不外或因执掌政局，一言九鼎；或因发家兴业，富甲一方；或因慈悲为怀，惠及百姓；或因无私奉献，德劭望重；或因涉及大事，惊动世人；或因长于某技，行高于众；或因标新立异，特立独行，或因著书立说，诗文远播……凡此种种，无不体现他们不同凡响、不落凡俗的意志、胆识、毅力、见地、才情、努力甚至牺牲，换言之，是他们以超乎常人的心血和汗水，将自己的名字擦得锃亮，闪烁在世人面前。

智华兄的这本书，写的就是这样的人，其中，有身负重任的领导，有驾机起义的老前辈，有为国捐躯的英雄，有各行各业的精英，也有像我们自己这样的普通劳动者，作者写了他们的奋斗历程，写了他们喜怒哀乐，他们的劳苦艰辛和他们的聪明才智，更写了他们的顽强拼搏，让我们从中看到了他们的成长过程，在满足我们了解他们既相似又不同于常人生活的同时反观自己，得到激励和自省。作品所写的大多数人都是玉林本地人，对本地读者而言，无疑能够激发他们强烈的自豪感、认同感和使命感，因而有着独特的励志作用：向名人学习，树立正确的人生观和价值观，终生追求，持之以恒，努力学习，积极拼搏，一步一个脚印，不断走向成功——这就是名人存在的只于普通人的意义。由此可见，名人往往就是旗帜，是灯火，是向导，是标杆，是榜样，是激励，是鼓舞，当然，也意味着奉献和责任。

在不断写作这类作品的过程中，作者梁智华的文字成就得到了《玉林日报》广大读者的承认，他的名字也因为长期认真的写作而被擦亮，自己也成了地方文坛上的名人。

其实名人也都来自普通人，只不过在自己人生的奋斗历程中，他们付出了比别人更多的心力和汗水，关键时刻还抓住了命运送到眼前的稍纵即逝、一去不回的机遇。卡莱尔有这样一段以做陶来比喻成功的名言："一个怠惰而不想转动的人，即使遇到最宽厚的命运，也正像那个最勤奋但是手中无旋盘的陶工那样，是不会捏烧成器的。这时即使命运在他身上怎样不惜浓颜丽色，怎样彩釉镶金，他仍不免是滥坯一块，它够不上一个盘子。不，它只不过是凹凸不一、胡揣乱捏、弯弯曲曲、歪歪扭扭、边角欹斜、没有规格的滥坯一块而已——虽彩釉其外，器皿之耻也！这点希望怠惰的人能够三思。"

是的，每个人都可以成为名人，只要你有坚定的意志、独特的才华、足够的勤奋和持久的恒心，不畏艰难，勇往直前，道路就会越走越宽，越走越亮。

（2008.6.5）

让写作滋养心灵

——序吴菲作品集

　　我毫不怀疑写作对于一个语文老师的巨大教益，我坚信切身的体验可以更好地帮助教师向学生传授写作技巧，可以丰富语文教师的人文修养，可以充实和滋养自己的心灵。因而我认为：中学语文教师不一定要成为作家，但应该是个写作爱好者。

　　在中国文坛上，由中学教师而成为文学大家的一直不乏其人，从夏丏尊、朱自清、朱光潜、丰子恺、叶圣陶直到当代的刘心武，我们可以看到一长串闪光的名字。他们的写作，大大丰富了我国的文学库藏，为我国的文学发展作出了杰出的贡献。

　　当然，鼓励语文教师写作，并非要他们都成为写作的专门家。《新语文学习》2006年第二期曾有一篇文章：《语文教师应努力成为"作家"》，文中的"作家"就加了引号，只是强调写作对于一个语文教师巨大的实践性意义。文中引述上海市教委发布的二期课改标准，其中给语文教师立下了硬性规定：任教一至五年级的教师每学期写作量不少于5000字，任教六至九年级的教师每学期写作量不少于10000字，任教高中阶段的教师每学期写作量不少于15000字。若按此规定，初中语文教师每月至少得写一篇2000字的东西。有了这样的量的写作训练，对于一个语文教师的写作教学，无疑会有很大的帮助。

真正喜欢写作的人，自然不用什么规定，他也会写作，因为他从写作中寻找到了乐趣，从谋篇布局、遣词造句之中，他让自己的感情得到了释放，让心灵得到了陶冶，让技巧得到了锻炼，如果能够公开发表，就更是让自己的才华得到了社会的认可。何况，坚持写作，理应比沉迷棋牌、游戏、网聊、应酬、酒肉等更具有形而上的意义，尤其在文化多元、文学边缘、物欲横流、灯红酒绿的今天，理应得到人们更多的尊重和肯定。

吴菲是个中学语文教师，多年来一直坚持业余写作，创作了大量的诗歌、小说、散文等作品，作为一个女性，肩担繁重的教学任务，课余还要相夫课子，操心柴米油盐，晚上批改完一大堆学生作业，才能从难得的闲暇中拿起笔来，让自己的灵感自由放飞，写下些许文字。她的作品，尽管还没有文学大家的生动丰富和博大精深，但也犹如春天大地一隅的无名的小花，在散发着淡淡的馨香。吴菲的作品，秉承了中国古典文学的传统，字里行间，不难看到她对古诗文的熟稔和化用。她以自己的视角从日常生活小事入手，寻找着她认为具有文学意义的发现，从中展现着自己的感慨与才情。尽管这些发现普遍性多于特殊性，但她写作的意义也许并不在作品本身，而如同许多中学语文学教师的写作一样，更在于享受写作这一过程：思考并快乐着，并将其中的经验教训应用在自己的教学中，其他都可以忽略不计。

作为同乡文友，谨以此作为吴菲作品集小序，权当诚挚的祝贺！

（2012年三·八节）

守护心底的乡愁

——序杨旭乐《话说怀城》

　　读完杨旭乐的这本《话说怀城》，我长长地吐了一口气，眼前浮现出一片暗褐色的形象：夕阳下，郁江边，晚霞铺锦，樯帆片片。船家的烟火升起，从江面上弥漫开来。无数客人自客船走上码头，拿着或扛着大包小包的行李，沿着石级一步步走上江岸。前面那古老的城门旁，一株巨大的榕树下，一座硕大的渡口碑刻旁，有一白发飘拂的老者，拄着拐棍，以手遮额，向着江边焦急张望。一年轻的客人看到老者，顿时激动起来，顾不得提箱的沉重，连忙加快脚步冲上去……

　　这应该是一个世纪前许多贵县人经常目睹的场景：江波、墙帆、客船、石级、城门、榕树、碑刻，还有那令人牵肠挂肚的父老……这是那个时代一个江城日落时分应有的画面，朴素、温馨、唯美，却又贫穷、落后、迟滞。

　　百年之后，这一切都发生了巨大的变化，帆樯没有了，客船没有，石级没有了，榕树没有了，老者也不见了，余下的，只有古老的城墙、断成半截的碑刻，还有那片已变得混浊的江水。当然，还有庞大的新城区，数十幢高层建筑像山一般巍峨，宽阔的广场上人流涌动，广场舞在明亮的霓虹灯下欢快跳起，小树林里如潮的歌声悠然唱响，高歌着和谐小康的新生活……

今天，当我们吃饱喝足、夜深人静之际，偶一回望往事，遥想前人，追忆我们的前辈，他们多年前生活在怎么样的场景里？假如我们生活在当时，会怎样渡过自己的一生？在同一片时空里的我们，会有同样的喜怒哀乐和爱恨情仇吗？

其实，这种想象是最没有来由，又是最萦绕于心的。这也是上苍赋予我们这些既是物质、更是精神的人的一种本能，有别于其他万物本质不同的一种禀赋！

二十年前到贵港工作，我就知道贵港是一座拥有两千年历史的古郡，闲暇时光，我也喜欢到城曲乡隅到处转悠，听故老耆宿闲谈昨日故事，翻阅字迹模糊的旧志故纸，捡看年代难考的残碑断砖，写了一本约略介绍这方水土这方人的小书《风雨荷城》。但自觉对这方土地仍然很陌生，就像面对一个年事很高、城府很深的老人，你越了解他，越觉得他还有许多东西没有向你显露出来。有的东西虽然听人提起，但真想"验明正身"，又往往查无实据，陷于一种"就讲就有，就要就冇"的窘境。

后来，我看到了旭乐在网上连载的关于贵港的文史随笔，看到他对于这片土地上那些历史地理、风物掌故的挖掘与追寻，我惊叹于他在这方面所下功夫之多、之深、之广泛、之具体，更佩服于他那种不分远近、有路必至、甚至无路亦至的劲头。他在寻访过程中，既重视地方史志的考订追溯，也重视故老相传的口碑传说，即使是断简残篇，只要于史有据，也尽量一一收录。他甚至订正了一些志书在名称、史事、记录方面的谬误，为人提供了一个可资信服的现代文本。

从他娓娓道来的叙述中，我们知道了怀城的前世今生，知道了怀城三驿的确切沿革，知道了伏波南征的风云际会，知道了南山铁钟的真实来历，知道了五山巡检司的戎马生涯，知道了神人冯三界的仙踪履迹，知道了本土壮族的山歌传承，知道了贵港客家的来龙去脉，知道了中国铁道兵司令部曾驻扎于东湖新村的历史……读完这本书，你尽管会觉得文字有些重复疲沓，少些动人的文学色彩，但从那些朴实的文字中，我们还是收获了感动，为作者数年于兹的艰巨劳动而心存感激。

随着老一辈人逐渐淡出历史，对贵港本土历史文化有兴趣而又有所研究的人，是越来越少了，杨旭乐可谓其中年轻且用心较多的一位。但愿以他这本书为开端，会有越来越多的年轻人加入贵港文史研究的队伍中来，为我们守护住那份深埋心底的乡愁，守住我们对千年怀城永远的展望！

（2016.6.10·于贵港）

（《话说怀城》，漓江出版社 2017 年 12 月出版）

执着而坚韧的成长

——序周朝宁作品集

这是我拖得时间最长的一篇序，在此必须首先向作者本人致歉。

朝宁约我写这篇序，已有好些年了，作品就放在我的办公桌边，伸手可及，但我一直没写成，不是不想写，而是一直找不到写这篇文字的由头。

朝宁从九十年代初开始写作，迄今已有二十多年，那时代出生的孩子，都已长大成人。二十多年间，一个作者走的是一条怎样的写作之路呢？翻开朝宁的作品集，我看到了其中的轨迹，看到了漫长而艰难、执着而坚韧、痛苦而幸福、徘徊而升华的精神之旅，读着他的文稿，我也在反观自己，在他写出这么多作品的时间里，我都在干些什么了？

他的作品范围广泛，有散文、杂文、诗歌、游记、随笔，他像一个细心的旅人，信步从山长水远中走来，不计较有多快的速度、有多高的目标、有多远的行程，他只想着一路看看风景，采下路边的奇花异卉，或者拾起一两颗别样的石头，他认准了自己的选择，知道目标在那里，知道自己始终会走到底的。

早期作为练笔，他写过一些随大流的文字，歌颂春天，歌颂绿叶，歌颂菊花，歌颂玻璃，歌颂焊花，歌颂泥土，歌颂江水，歌颂齿轮、砂轮和车轮，带着初学者的腼腆和羞怯，表述着自己最早的心灵感动。随着时间的推移，我们看到他开始涉笔于痛苦，认为"尝过痛苦，才能真正理解他的的痛苦，并懂得减少世人的痛苦"。开始涉笔于牵挂：认定"世界因为了有牵挂，才温馨，才亲切，才有春天般的生机和活力，人们才觉得生活是多么美好"。他从残荷看到了生命的规律："有辉煌就要有凋零，这是自然的规律，只要我们顺应生命顺应自然，坦然地接受生命的不可逆，每一个阶段都自有它的美，都存在着美的风骨"。他认准了执着的个性："只要汗水连同热血与爱心，注入执着的铧犁，到金风送爽、五谷飘香的季节，每一个耕耘者都会收获大地公平而优厚的报酬。"

　　他用文字记录下自己走过的足迹，从身边的南山、平天山，到远方的下枧河、黄鹤楼、武汉东湖直至九寨沟、吐鲁番、避暑山庄和青藏高原等等名山大川。他欣赏着山川的美景，辨析着历史的印痕，感叹着自然的伟大，收获着自身的感悟。他宣布"我们不需要自卑和自弃，既然是大自然的孩子，就不比一棵树低，不比一颗星暗，自有天赋之权挺立于斯"。他确认"在感受神奇的大千世界的时候，你不经意间已成了饱学之士"。他呼吁"给心灵一个小小的空间，一份宁静，才不会被种种挫折和焦虑所淹没，才不会让生活失衡而脱轨"。他相信"只要我们小心地呵护和善待我们所处的这个世界，就会发现，我们的生活是多么温馨幸福、绚丽多彩"！

　　随着阅世的增长、书籍的熏陶和笔墨的濡染，一个作者就这样逐渐成长起来了。如今的他，身任市志办的负责人，每次参加相关的史志类会议，都会听到他的发言，层次清晰，见解独特，论据充分，既不哗众取宠，也不回避问题，显现了一定的学识积累和术业素养。我曾写过一篇关于廉石的文字，因陆绩的传记采自《三国志》，其中谓陆绩为吴地人，就将东汉末年的陆绩写成了三国中吴国的人，朝宁看到这一谬误，诚恳地给我指出来，让我从中受教。近年来，他在地方史志上下了不小的功夫，在编纂《贵港年鉴》的同时，写了大量关于贵港当地文化历史的文章，连载于《贵港工作》上，为广大读者所称道。

在漫长的这些年里，壮年之士逐渐老去，总角孩童长大成人，城市在变，变得越来越漂亮；世道在变，变得越来越实在。人们从贫穷而温饱而小康，物质生活日渐丰富，但有的人的精神生活却越来越萎靡，饱食终日，无所用心，空守大志，贬斥世风，臧否他人，唯自己不愿付出些小实在而长久的努力。

与那些人相比，朝宁这些年的执着和坚韧，就是很值得称道的了。

（2014.3.28·于荷城）

桂南风物笔底来

——序周利理《玉林旅游文化研究》

美丽的自然风光、深厚的人文底蕴，历来是人们渴望游历观赏的对象。南朝的"山中宰相"陶弘景《与谢中书书》那段美文："山水之美，古来共谈。高峰入云，清流见底。两岸石壁，五色交辉；青林翠竹，四时俱备。晓雾将歇，猿鸟乱鸣；夕日欲颓，沈鳞竞跃。实是欲界之仙都！"寥寥数十字，便写出了山水的美丽和自然风光对心灵的巨大冲击，千百年后，读来依然令人怦然心动。

登临高峻雄奇的名山大川，令人眼界顿感开阔，胸臆也为之舒张；探索风云际会的历史胜迹，则宛若穿越时空，与豪杰把酒论剑；扬帆出海，劈波斩浪，自有一番笑傲江湖的豪壮；深壑履险，艰险备尝，则别有一种洞烛幽微的感慨。

这就是旅游，旅游的经验无疑是十分有益的阅历，如果你写作，那就更是。

懂得"会当凌绝顶，一览众山小"的杜甫，就有"行万里路，读万卷书"的豪迈抱负，并借此成就了一代诗圣。而明代的徐霞客，在其一生54年间，在数百年前崎岖不平的路上行走34年，走遍大半个中国，走成了伟大的旅行家，走得两腿都坏了，身染沉疴才终于停止，完成了一桩前所未有的壮举，为后人留下一部伟大的文化地理专著。

《徐霞客游记》是汗水和心血的结晶，是没有影像资料之前风光形胜的真实记录，是以文字描绘点染的山水长卷，也是后来无数旅行者的行动指南。

中国确实很需要这样的一部书，因而就出现了这样的一部书。

中国的各个地方也需要类似这样的书，但往往还没有这样的书，或者正在出现这样的书。

利理这本《玉林旅游文化研究》，就是这样的一部地方旅游文化专著，也可说是有关玉林旅游的一部开拓性的书，此前可能有过这样那样的相关文章，但将玉林本地旅游资源全面而系统地梳理一遍，把地域文化的历史源流和各种样式的自然景观、人文景观作一次深入细致的阐释，应该还是破天荒的头一回，仅从这一点上看——且不说它目前已能达到怎样的高度——已是难能可贵、深有意义的了。

周利理曾经长期从事导游工作，在为客人走进本地风景名胜的导游过程中，看到某些导游因为手头资料的奇缺，面对某处景观或者信口开河，或者干脆完全失语，她便痛切地感到：玉林很需要、也必须有这样一本书。这么些年来，这个念头一直盘旋在她的脑海里，她从事大学旅游专业的教学之后，更加感受到了编撰这本书的重要性和紧迫性。

于是，她独力承担了这个重任，利用一切机会，游走于桂南大地的山水村落间，查看尽可能找到的史志资料，然后综合归纳、条分缕析，再设章架构、埋头笔耕。我不知道她在路上花了多少时间，也不知道她在电脑前耗了多少日夜，但我想象得出，要完成眼前这本近二十万字的著作，肯定要付出许多别人难以想象的劳苦和艰辛。鲁迅在谈及自己的写作时，曾经这样慨叹：我哪有什么天才啊？我是把别人喝咖啡的时间都用在写作上了！（大意）

翻阅利理的这本书，我更强烈地感受到了利理的努力和付出，全书并不是简单的资料堆砌，而是经过作者分析、思辨、整合、升华，做成了一份独特的文化餐点，再奉献到读者面前。其中一些地方名胜，就连我这个土生土长的玉林人，也还是第一次从文字上了解到，顿生得便要前往一看的念头。

全书视野比较开阔，架构相对阔大，既有自然风物，也有人文胜迹，既有历史遗存，也有现代成果，既有物质文明，也有精神积淀。作者在行文时，则既有学理的冷静，也有感性的体察，譬如她看古代桂南两大美女绿珠和杨玉环，笔下就有现代女性的视角、也有一方水土一方人的感悟：

绿珠和杨玉环追求性灵的自由，与家乡的青山绿水不无关系。郭沫若先生在论述屈原时曾说："屈原是长在巫峡附近的人，他的气魄的宏伟、端直而又委婉，他的文辞的雄浑，奇特而又清丽，恐怕也是受了些山水的影响。"陈传康先生认为，绍兴之所以出了秋瑾、徐锡麟、鲁迅等秉性刚烈之人，同那里的古代采石坑所留下的陡崖有关。事实证明，地貌对生活于其环境的人的思维、性格会产生一定的影响，玉林地区雨量充沛，植被丰富，发育有发达的岩溶地貌，生长于此的玉林人养成了外柔内刚、聪慧灵敏、忍耐勤劳的性格特征。

"刚则易折"，这是中国人几乎家喻户晓的处世智慧，许多须眉男子在大是大非面前或者在生死攸关的时刻都选择了明哲保身，甚至是见风使舵，而绿珠和杨玉环却"宁为玉碎，不做瓦全。"显示了在玉林这片古老而灵气的土地上孕育出来的骄傲、独立、自由的高贵人格，她们的风骨是后人书写不尽的素材。我不能穿越时空，去瞻仰她们的绝代风华，但却为和她们同生于这片土地而欣然。

这些充满着文采和性灵的文字，给人以深切和鲜活的感悟，也正是由于这样的文字，让人觉得前面理论性的表述显得过分沉重和繁复——那作为学术著作也许是必要的，但如果作为普通读者的导游指南，则就不太适宜。理利想写的是一本兼具文化研究和旅行向导功能的书，这显然是一种两难的挑战，能写成现在这样已属不易了。

如果徐霞客先生没有对祖国江河形胜发自内心的热爱，他就不会如此痴迷于行走而写出了传颂千古的《徐霞客游记》。如果利理没有对桂南风物的深切喜欢，也不会如此醉心于地方文化地理的挖掘和梳理而写出这本开拓性的书。

（《玉林旅游文化研究》，广西人民出版社2010年10月第1版）

下里巴人的雅梦

——序梁政儒诗文集

天堂山为云开大山支脉，坐落容县北流交界，蜿蜒数十公里。

地处天堂山下的灵山，为容县东南一镇，虽非西天乐土、佛教圣地，但也是个山清水秀、民风淳朴的好地方。

我小时候，先父在灵山任职，偶尔带我到灵山去，灵山那时还称公社。公社办公楼是一座当地富绅的大宅，四周群山环抱，屋前河水清澈，河滩遍布巨石，形若卧牛。待夕阳西下，晚霞如火，河水流金泛银，波光潋滟，人们纷纷到河中洗浴浣衣，一时欢声笑语，热闹非常。暮色渐上，纵无星月之夜，当地很早就有的灵山电站开闸发电，黑暗中便闪起无数亮光，与明明灭灭的流萤相辉映，山野间宛若繁星闪烁，令人浮想联翩。

这样的地方，合该是出文人骚客的。

我所认识的，便有周昶旦、梁柱栋等老先生。昶旦先生长期教书育人，任容县中学校长多年，可谓桃李遍天下。他的《六茶山房诗文集》，影响了许多学生后辈。虽然作古多年，仍令人缅怀至今。黄宏规先生的挽联便高度概括了他一生的业绩：

"德隆桑梓，望重峤山，有文章十帙，桃李三千，缅怀一代宗师，福寿全归应莫憾；星殒长空，云愁秀水，念教育多年，提携半世，翘首九天仙鹤，生徒请益哭无门。"

柱栋先生为周校长甥辈，现也年届耄耋，离休返乡多年，一直笔耕不辍。三十年前我曾为他写生，他欣然题诗，中有"吾今能入画，足感觉深恩"之句，令人忍俊不禁之余，深感其诚。去年孟夏，我到天堂山麓去拜访他，但见他精神矍铄，劳作不辍，每间屋舍均张贴着他自己撰写的对联，清新可喜，颇见功力。有一联是"种瓜得瓜种豆得豆，有酒饮酒有茶饮茶"，足见其超然物外的豁达洒脱和自然淡定。一首《都峤山踏青》的诗，读来更是青苍满纸、富有禅机：

"八点螺峰秀，一湾溪水清。

诗禅参化妙，佛理本明诚。

淡淡烟笼树，徐徐风透楹。

大容森浑穆，俯仰不胜情。"

凭借着秀美的自然风光和淳厚的人文环境，灵山人纷纷拿起笔来，作诗词歌赋，咏山水华章，成立自己的诗社，编辑出版诗文作品。这在乡镇一级是少有的文化现象，且绝大多数诗社成员为普通农民，梁政儒就是其中之一。

他无疑属于中国大地上最基层的写作者，日出而作，日入而息，劳作之余，温饱之外，目有所见，心有所思，即援笔以记，写山川妩媚，写生计淹蹇，写人情过往，写行走见闻，写家乡企业，写身边老板……他的《忆昔》诗，写的便是自己在困顿生活中不倦的精神追求：

"性格疏枉若小颠，平生仰慕酒中仙。

三根芹菜无油煮，半卷离骚伴我眠。

几句巴人圆雅梦，一张破被御寒天。

每常忆昔穷光景，振奋精神再者鞭。"

朋友有画像赠，他以诗酬答，诗中化用了前人佳句：

"蒙君厚爱赠丹青，墨调绣江水画成。

翠竹几丛添雅趣，红梅一片鸟嘤鸣。

人于宝镜浮光里，舟在群山头上行。

遥想当年王勃句，落霞孤鹜彩云生。"

他的写作不求闻达，不攀公卿，与名无涉，与利无缘，只为了自己心底的那一份愉悦或者愤怒、清爽或者郁闷、感激或者怀想。他揣着对文字的痴迷和对写作的热爱，努力多年之后，终于聚毛成裘，编成了他的这本小书。

除了写诗，他还写散文、随笔、通讯、对联、回文诗、宝塔诗、葫芦诗，尝试举凡他能学得到的文体，古代的或现代的，格律的或自由的，咏事咏物或写景抒情的，其中不乏可圈可点的清词丽句，从中可见一个农民写作者的心志高远和勤奋认真。不成熟之处自然也不难看到：旧体诗俗语过滥而雅意不足，格律生涩而粘对失调，诗意浅白而韵味欠醇，为写而写少了率真性情，这与他的教育经历、身份地位和写作环境显然有着直接的关系，因此我便有理由不苛求反而寄厚望于他，愿他百尺竿头，更进一步，不断超越自我，做一个言辞见志、歌哭随心的真正意义上的民间诗人。是为序。

(2010.6)

让故事插上翅膀
——序梁柱生《容州夜话》

我老家在容县杨梅镇红石村，和柱生是同县同镇同村的老乡，一个数千人的山村，居然走出了两个靠文字混饭吃的人，颇有点令人称奇。他说之所以从文，是因为受到了我的影响，这实在是太抬举我了，何况从文是辛苦活，让他跟着受穷受累，我于心总是不安。

在老家的时候，尽管我们两家相距不过千米左右，尽管我母亲和他母亲是世交，尽管我弟弟和柱生是同学，但我和柱生并不相识，或许因为我们之间年龄差距太大了。梁姓在容县是第一大姓，有五六万人，潘姓则排第十一位，人数仅为梁姓的五分之一。而在我们村中，梁姓却是小姓，两百余人吧，潘姓是大姓，成十倍于梁姓。为此，梁姓的孩子们出入总抱作一团，象捆扎好的些禾，紧紧凑在一起，且勇猛好斗，打架往往不败。我在村里读小学的时候，因自己个子小，举凡同学间打球打架之类"体力活"，我都敬而远之，不敢涉足。有一次却不知为什么，我与梁姓同学打架了，被他们打得哇哇大哭，落荒而逃。

多年之后，柱生将这本《容州夜话》交来，嘱我作序。集中选的都是他写作的故事，发表在全国各大股市刊物上。许多故事的背景，被他安置到容州这个地方。容州是容县的过去，是个古州，在唐代就已活色生香，名震天下，著名诗人元结曾到容州当官，写有《让容州表》《再让容州表》名世。新中国成立前，这里出了百余位少将以上的军官，其中上将有8位、中将有15位之多，成为全国的民国将军第一县，更让这里更名重一时。有着这样的背景的地方，是可以写出很多故事来的。

我惊奇于柱生的博学多闻，他笔下的故事，内容丰富，题材广泛，人物众多，情节离奇，构思巧妙。看了这些故事，我深为柱生的丰富的想象能力所动，知道这些故事其实都是他脑子的产物，并非真是容州所有，他只不过借容州这块地方落脚，如此而已。这些故事，弘扬的都是爱国善良、无私正直、勤劳诚信、谦逊朴实的品格，人物个性尽管比较简单，却有一股凛然正气逼人而来。因而这些故事能刊发在各个故事报刊的显要位置，深受读者喜爱。

中国的故事作为小说的滥觞，可谓由来已久，从世说新语到唐宋传奇，再到三言两拍，无一不是以故事开始，且广泛流布于中国民间。现在《故事会》等杂志发行量达百万以上，远超一般小说刊物，可见故事生命力的强大。四川的摆龙门阵，就是讲故事。柱生大学毕业后长期在四川工作，或许是受到摆龙门阵的影响，一直以写故事为业余爱好，一写就是二十多年，写出了令人钦慕的成绩。他的故事，像插上了飞翔的翅膀，遨游在时人的阅读空间里，经久不衰，实在难能可贵、可喜可贺！

故事者，故去了的事，也就是过去的事。写故事大概是一种回味过往，激活当下，检点世情，抚慰人心的勾当，让故事具有传奇甚至离奇的色彩，应该是故事作者的追求之一，但如果故事太过离奇，则会离俗世太远，作用可能适得其反。如果柱生能让故事在离奇中多一点尘俗之念和平常之心，让故事插上更具人性化的翅膀，相信他的故事会更具备直击人心的力量。

心平气静写丹青
——序梁志勇山水画展

当今社会，人心浮躁，从政者惟望转眼身登龙图阁，经商者期待吹糠见米发大财，个个惧后，人人争先，唯恐迟则不逮，就连文艺界也难免此病，无论画画还是写文章，均希望三五年即大见成效，一朝名满天下，利逐浪高。

当然也有例外者，志勇兄即是其中之一。

志勇学画，迄今已三十余载。1987年毕业于广西艺术学院，努力以古人为师，心慕手追范宽、黄公望、沈周等大师，所临画作，卷帙成堆；又以造化为师，多次出入太行、燕山等名山大川，写生手卷，盈盈在案；再潜心文化典籍，勤奋读书，以富学养。虽如此仍未满足，先后多次赴京，于荣宝斋画院深造，师承宋雨桂、唐辉等国画大家，耳濡目染，眼界渐宽，画作亦水涨船高，渐生雅意。

志勇之画，走的是文人画之路。画的山水，自是他本人领悟出来的山水，所画太行，山形高峻，巍然耸立，春树繁润，流泉曲折，溪谷有隐约人家，似有谈笑可闻。所画南山，近处虬松盘曲，中景山寺掩映，远方群峰连绵，似藏一派深碧。数量众多的扇面册页，均精描细画，咫尺之间，似见无尽绵远，令人浮想联翩。纵观志勇所画，其中透露出来的宁静淡远之气，便是他独特的艺术追求，正是如今许多绘画者所欠缺的。

同志勇作一画须时几何，答曰一两月不等。此语令我深思，在如今喧嚣的人世中，想不到还有人愿意如此耗时费力、潜心作画，简直是无视于世上的灯红酒绿与纸醉金迷了。其实，志勇所走的路，几乎是每个艺术大家都曾走过的。张大千当年在敦煌，就曾自我闭关，以苦行僧般的毅力，临画数以千计，才终于成就大名。宁静地面对现实的热闹与诱惑，坚定而义无反顾地走自己的艺术道路，所谓"淡泊明志，宁静致远"，所谓"静能生悟，悟能生变"，所谓"万物静观皆自得"，即此之谓也。这也正如观堂先生所言：只有经历过"昨夜西风凋碧树，独上高楼，望断天涯路。""衣带渐宽终不悔，为伊消得人憔悴"的沉潜努力，才能最后走到"蓦然回首，那人却在，灯火阑珊处"的最佳境界。

这次志勇的个人画展，只是他艺术征途中一个小小的驿站，驻足和回望，是为了得到众多师友们的鼓励和鞭策，是为了更好的前瞻和进发。从艺路上，从来没有最好，永远只有更好，相信在下一次，他会给大家带来更大的成就，让大家感受到更多的惊喜。

让大爱永远流传

——序高瞻主编《百善孝为先》

　　一个六岁的小孩到某个大官家去做客，大官赏给他几只橘子，他舍不得吃，藏了起来，没想在告别时橘子滚出来，大官问他为什么不吃橘子，他不慌不忙地回答，说他母亲病了，他要将这几只橘子带回家去给母亲尝尝。大官大为惊寄，觉得这个娃仔小小年纪就懂得孝敬母亲，长大了肯定会是个了不起的人才。

　　事情的发展，果然如大官所料，二十多年后，这个孩子成了郁林郡的太守，勤政爱民，廉洁奉公，成为千百年来从政者的一个突出楷模——这就是郁林太守陆绩年少时怀橘示孝的故事，后来入选到中国传统道德教材《二十四孝故事》之中。

　　忠与孝，无疑是中国传统文化中最为关键的两个核心词。忠、孝之下，便是仁、义、礼、智、信。忠、孝是其中最为基本的根柢，忠是立国之本，孝是立家之基，一个人立于世上，必先孝敬亲人，才能忠于国家。忠是大孝，孝为小忠，俗话说"百善孝为先"，按照修身、齐家、治国、平天下的价值取向，一个对长辈不孝，无法修身齐家的人，便很难做到尽忠于国、做到治国平天下。

翻开中国历史，无数的硕彦俊杰，无数的志士仁人，无不是大孝于亲的人，也正是由于有着这种一脉相承的传统观念，中华民族和中华文化才能世代相传于世、才能连绵数千年。中国传统教材"二十四孝故事"，是我国历朝历代所倡导的道德标本，尽管一些故事随着历史的发展，已为时代所场弃，但大孝于亲的核心理念，至今仍未过时，仍值得我们加以继承和传场。

自从纳入华夏版图之后，浔郁大地就一直沐浴着中华文化的阳光雨露，弘扬着优秀的孝道传统，产生了许多可歌可泣的人物和故事。曾到贵港大地担任郁林太守的陆绩，他童年之时怀橘孝亲的故事，就让贵港人衷心敬仰，追慕不已，以至宋代贵港又出现了梁诏这样的大孝子，让苏东坡大学士也深为敬佩，手书"薰风"二字题其读书处以示褒扬。

新时期以来，贵港大地更是涌现了许多悉心孝亲的楷模，为了宣传他们的事迹，弘扬孝道精神，贵港市委宣传部从 2011 年开始，每年于敬老节之际，评选出十名"百孝之子"，并举行文艺晚会，宣传和褒奖他们的大孝敬亲精神。晚会上讲起他们的孝行故事，都会引起观众的强烈共鸣。六年下来，全市共评选出百孝之子六十名——这六十位百孝之子，只不过是全市涌现的越来越大孝之人的突出代表。他们的出现，除了他们身上的优秀品质，除了传统道德的熏陶，除了纯朴家风的承继，除了社会主义新道德的日渐高涨，还有着地方党委政府的大力呼吁和弘扬，有着社会各界的热心支持和推助。这些百孝之子，以仁爱之念、克已之行和敬老之心，年复一年地践行着大孝之道。他们孝敬的人，有自己的父母，有自己的亲属，有自己的乡邻，有的虽然与自己没有丝毫瓜葛，但他们都能从大爱出发，老其老以及人之老，将人比已，由己及人，虔诚孝敬，孜孜不倦，照顾老人们的生活起居，关注他们的身体健康，带他们去看病抓药，为他们揉肩捶背，帮他们缝补浆洗，与他们促膝谈心，无微不至地贻养他们的天年。这些虽然都是日常小事，但年复一年的长期坚持，就成了足以惊天地、泣鬼神的大爱之行。

为了宣传百孝之子的孝道精神，弘扬他们的大爱之行，在市委宣传部的大力支持下，主编者组织采写了全市历年评选出来的百孝之子的先进事迹，编成了《百善孝为先》这本书，交由出版社公开出版。将百孝之子的善行写入书中，公诸当代，传诸后世，让后来者跟有目标，学有榜样，让大爱在浔郁大地上永远流传，实在是一项功德无量、值得称道的善举。习近平总书记在十九大报告中指出："中国特色社会主义文化，源自中华民族五千多年文明历史所孕育的中华优秀传统文化"。孝道文化，是优秀的中华传统文化之一，也是建设中国特色社会主义文化的重要组成部分。读完全书，意犹未尽，特向读者郑重推荐，是为小序。

敬惜你的文字

——序《李卓章作品集》

　　"敬惜字纸"，为民间一句俗语，意在劝诫世人要敬重和爱惜书面文字，这表现了在文化还未普及、识字人不多、纸张不易获取的情况下，国人对文化传承的尊重和珍视。我们在一些著作的自序中，经常读到作者自署"敝帚自珍"的字眼，其中意思跟"敬惜字纸"差不多，只是敬惜的不是别人的，而是自己的字纸而已。

　　现在，卓章兄将多年来写下的文字，包括小说、文学评论、新闻报道、调研报告、理论文章等等，编成这本集子，披览之下，才深深感到，作为卓章的老朋友，其实我对他的了解还是很不够的。我只知道他在读大学时是一位热爱写作的文学青年，拙作《南方的葬礼》于上一世纪八十年代末发表时，他曾写过评论发表在报刊上，其时我还没有认识他。后来，时间的洪流将我们冲到一起，我们经常见面、吃饭、聊天、打牌，尽管我看着他从一位青年文员一路走来，最后成为主管一个城市新闻出版工作的主官，但我确实不知道他写过那么多东西，我惊奇于他的有心、细心和耐心，惊奇于他对社会、经济、民生的关注，惊奇于他对自己文字的敬惜。他虽然无法实现青年时期的文学梦，却用另外一种方式，实现了自己的人生价值。

从他身上，我看到了命运的丰富性和不确定性，看到了他对自己的成功把握。面对纷繁复杂的仕途，文学确实不应是人生唯一的选择。当编辑多年，我看到不少想"搞文学"却"被文学搞"了的人，因为痴迷文学、偶有所成而忘乎所以，有的人抱着只在一棵树上吊死、不撞南墙不回头、撞了南墙也不回头的决心，焚膏继晷，兀兀穷年，到头来作家当不成，反而误了自己的许多大事，误了成家立业，误了娶妻生子，误了升官发财，误了壮游天下。其实百事有缘，文学也是一种缘，有的人生来就不适宜干这一行。有的人虽然适于干这一行，但如果干其他行当，会有更大的成就。有的人此时此地适于这一行，彼时彼地却更适于干点别样的事。文学就像女人，你喜欢她，她却不一定喜欢你，你可以永远地衷情她、凝视她、欣赏她、呵护她，但不一定非要她成为你的老婆不可。

卓章显然深谙此道，以他的文字基础和对文学的热爱，他若在写作这条路上走下去，肯定会有不俗的成绩。但人生如萍，世事难料，大学毕业后卓章进了政府机关，虽终日与文字为伍，但接触的却已是理性多于感性、刻板多于鲜活、数字多于想象的文字了。卓章将自己对文学的热爱和痴迷，移情到不断变换的工作中，干一行爱一行，干一行出一行的成绩。人生多变，岗位常新，他不但没有改变对写作的喜欢，反而利用自己的文字特长，为他人作嫁，为时代记录，为领导参谋，为社会思考，将工作的经验和人生的感悟记录下来，日积月累，终成此书。我虽然无法对他众多的工作作外行评议，但可以肯定的是：他对自己文字的珍惜，就是对自己的珍惜，一是对自己人生道路的回顾，二是对自己劳动成果的总结，三是对自己荣誉的珍重。常怀此念的人，会是一个认真的人，一个细致的人，一个诚恳的人，一个自重的人，一个值得与之为友的人。

（2013.1.6）

云开山下的文字因缘
——序雷达《容州故事》

　　五十多年前的夏夜，在云开山余脉下的一个小村子里，我和弟妹们在屋厅前的灰沙地坪上铺开草席，然后躺在草席上，数厌了天上的星星和头顶飞过的流萤，便开始听一位叔婆给我们讲故事。叔婆受过几天私塾的教育，认得几个字，记忆力又出奇地好。她说了梁山伯祝英台，主人公对爱情的那份矢志追求和凄美结局，令人钦佩和同情。她说了陈世美不认妻，说到铁面包公让人架起铡刀，将负心汉铡于刀下，令人又大快其心。她甚至说了同年代的柳州婆子，进城去找儿子，却为不孝的儿媳抛弃街头，最后为他人接去抚养，她将身上所带的数万元悉数给了养子，演绎了一段令人唏嘘的故事……

　　这些民间故事和传说，是我所接受的最早的文学养分——如果能算是文学的话，帮助我完成了自己最初始的审美观念和价值判断的构建。

　　与我有同样经历的，当然还有着大量的人，其中我的同乡雷达就是一个。他也出生云开山下，属黎村镇，与我们的杨梅镇紧密相邻。云开大山是两广交界绵延200余公里的山脉，千峰耸峙、万壑纵横，其间可谓虎卧龙藏，山岭中点缀着无数村落民居，我和雷达就生长在其中的两个村子里。这里数以千万计的民众说着相通的粤语方言，居住着相类的砖头房子，穿戴着一致的衣帽服饰，遵循着相似的民风民俗，流传着相近的故事传说——这些故事传说，给了青少年一代以猛烈的精神撞击，在我们心灵上留下终生难以磨灭的印记。只是，其中绝大多数人就像我一样，对那些故事听过也就听过了，从没想到要将他们记录下来，有朝一日变成一本可资传承的书。

与众不同的雷达却做到了，他将这些故事传说、唱本歌谣加以搜集，再精心编辑整理，最终形成眼下的这本《容州故事》，为过去的年代留下一份原始的心灵教材，为云开大山的民间文学留下一份私人记录。起先，我还担心这些故事是否会与八十年代容县有关方面编印的三套集成（《容县民间故事集成》《容县民间歌谣集成》《容县民间谚语集成》）相雷同，读完雷达的书稿，我发现自己的担心完全是多余的，因为这些故事是雷达亲耳听闻、亲自搜集、亲手整理出来的。他没有轻易地仅凭童年记忆中的故事下笔，而是一次又一次聆听了一位同村长辈的叙述，认真笔录下来，再加上修改润色，最后形成了自己的文本。这些故事尽管五彩纷呈，情节跌宕起伏，人物各具特色，但雷达这个笔录整理的过程，却无疑是单调寂寞、枯透乏味的，这需要一种精神来支撑，这就是他那份对民间文化的尊重、对民间文学的热爱和对笔下故事、人物、文本的痴迷。

从我国文学发展史来看，根植于人民之中的民间文学，往往是历朝历代文学发展的源头，就像《诗经》是中国诗歌之源，民间话本是中国小说之源，地方戏曲是昆曲京剧之源一样，这些带着浓郁的泥土芬芳的文学样式，往往是劳动大众所创造所传承的。因而，无论它们是多么的粗糙、多么的浅白，多么的不成熟，我们都没有理由轻看它们。它们包孕着我们最基本的价值观念和审美诉求，体现着民众的集体性、创造性、传承性、变异性、生活性和人民性，寄寓着一代又一代传承者的思想、感情、想象和艺术天分，具有顽强的生命力。

雷达本是个政史男，毕业于苏州大学，学这个专业的人，大多走上了领导岗位。雷达出于对文学的热爱，珍惜于生命赋予他的文字因缘，走上了一条漫长而艰苦的写作之路，并以此作为安妥自己灵魂的一种方式。多年来，他在繁重的工作之余，写下大量的文字，付出了常人难以想象的劳苦和辛勤：每天繁重的工作之后，在寂寞的灯光之下，在别人喝酒打牌的时间里，他打开电脑，将自己的所爱所恨、所思所想通过键盘输入，日复一日，月复一月，年复一年，终于取得了可观的成绩，出版了数本文化地理类著作，成了作家协会中的一员。眼前的这本集子，就是他最新的一个劳动成果。

作为同乡同道，先睹为快，聊为数语，权当小序。

（2017 年国庆节·贵港）

历史的回声

——《容县王氏名人诗词鉴赏》代序

本人老家容县历史悠久、人文荟萃，早在千年之前的唐代，就为多情天子唐玄宗送上了千古尤物杨玉环，一位美丽聪明、才气横溢的妃子。为了证实这段历史，容县的邹汉其、陈松主编、区小明编著的《岭南容州说杨妃》一书，将历代有关杨贵妃的历史资料汇集成两巨册，凡八十余万言，极尽钩沉稽古、旁征博引之能事，为人们了解杨贵妃的来龙去脉，提供了一分厚重的佐证。

杨贵妃多才多艺，不但能歌善舞，还才气过人，写过文学作品，只因年代久远，大都风流云散，仅有一首《赠张云容舞》在《全唐诗》中传了下来：

"罗袖动香香不已，红蕖袅袅秋烟里。

轻云岭上乍摇风，嫩柳池边初拂水。"

从现存的历史看，这无疑是容县人所写最早的文学作品。

乾隆版《梧州府志》中曾这样介绍容县："唐立五管而客居其一，岭表之间推为巨镇。天宝时领十四州，上元时领十三州，宋复置容州，犹隶十属总辖，尊严非复岩昌阴石之旧也。明始降为县……志称人重廉耻，士尚学问，宦游者慕清节，林居者耻干谒，于今验之，益信！"——其中对容县人格的描述：人重廉耻，士尚学问，宦游者慕清节，林居者耻干谒，意谓人们普遍看重廉耻，士人崇尚学问，当官地追慕清名，不贪赃枉法，隐居者耻于乞求拜见别人。现在数百年过去，容县人也依然秉承着这些美德。

数百年来，在"士尚学问"方面，容县确实一直有人以此自恃，闭门读书，潜心写作，给后人留下了不少传颂一时的佳作，王氏一族，就是其中的佼佼者。

王姓是我国排名最前的姓氏之一，人口众多，达9000余万，只是容县的王氏较少，据李明杰《容县姓氏源流》一书所载，只有4200余人。人虽不多，却崇文重教，历朝历代多有文名，真正体现了他们氏族中那首对联：辅国有先声，宋相元藩明督抚；传家无别业，唐诗晋字汉文章。联中后句显然指汉代王粲、晋代王羲之父子、唐代王勃、王维等，都是名传千古的大贤。

容县自有史记载以来，王氏一门中能文善诗者甚多，且有诗文留传至今，比如元代的王念九、明代的王惟道、王惟舆、王贵德，清代的王维新等。他们的作品，感时伤怀，叙写性情，记录了他们那一时期的时代流云、乡间风月和自己的心情履迹，有着独特的叙事风格和审美体验，既为清代的况周颐、郑献甫等名流巨擘青眼所加，也为现代人所看重，被众多专家学者深入研究和评论。

其中我不得不提到一人，那就是韦湘秋先生。先生是桂平中沙人，他的家族为当地大户，民国初年建了一幢规模宏大的尚德堂，富丽堂皇，实乃大容山下一种鸣鼎食之家，先后走出了一批革命家和艺术家，先生即其中佼佼者。上一世纪八十年代初，先生在玉林地区文化局副局长任上兼任《金田》主编，把我调进《金田》编辑部。那时《金田》杂志敢爱敢恨，刊发了一批为改革开放鼓与呼的作品，受到了读者的喜爱。不久，他调到南宁师院（现南宁师大前身）图书馆任党支部书记。这个调动对他这个爱书之人来说，实在是个最好的安排。此后他一直安于这个位置，潜心读书写作，对广西的地方历史文化和文人创作做一番深入研究，筚路蓝缕，孜孜不倦，先后写出了《广西历代诗踪》《广西历代词评》《历代广西状元评传》等一系列著作，于八桂大地开了以专著评价本地文人创作的先声，肯定会在广西文化发展史上留下浓重的一笔。

眼下雷达先生辑录的这本《千秋听赏音——容县王氏名人诗词鉴赏》，收集了众多论者评介容县王氏诗词创作的文章，其中就有韦湘先生的文字。这类辑录工作，无论对容县王氏诗词的鉴赏还是传承，肯定有着承先启后、以开未来的意义。这些研究者，无论是大专院校里的学者教授，还是社会上的文史爱好者，显然对王氏诗词创作都有着共同的喜好，雷达先生的辑录，使得这些喜好第一次集中展现出来，显示了多年来这方面研究的成果，于容县的历史文化研究实在有着重大的学习与借鉴意义。

集中，郑献甫论王贵德："先生当明之末造，崇祯时官既不能达，永明时事又不可违，遂以孤臣作完人，卒于家，抑郁之气，危苦之心，每乘吟咏而露者，如故家陈设，瓦当石鼎，皆非世匠所撰。又如高士营构，蓬门花径，亦非世俗所到。"谢明仁评价王贵德的诗歌："一扫公安派和竟陵派创作的不良习气，充溢着忧时爱民之情和抑郁危苦之志。"黄碟红评价黄维新的诗歌："涉及的题材领域是比较广泛丰富的，他写下了大量描绘祖国秀丽河山、田园风物的诗篇，数量之多、质量之高，堪称广西清代杰出的山水田园诗人。"梁扬评王维新的散曲："在内容上既全面继承了言情、写景、咏怀等传统题材而能别开生面，变出新意，又能大胆创新，对传统耕织题材进行深度发掘，在村学里塾教育板块做足文章，对清代散曲题材内容进行了全面新的开拓。"徐秋明评价王维新的词论及创作："较多地受到了婉约派词的影响，并发展了婉约派的词论，尤其他对词的特征及运用方法分析得很细致，如'词忌纤，惟词不厌'的观点，比前人论述得更具体。"……

如果王氏诗人知道有那么多后人对他们的创作作出如此积极的评价，实在应当含笑于九泉了。

只为都峤是家乡

——《都峤山漫记》序

新视点文集

世界上有许多名头很响的大山，几乎无人不知、无人不晓，加上达官贵人的交口称赞、名人雅士的诗赋颂扬、老幼妇孺的口口相传，便成就了是人都想前往一游的效应，如今趁着旅游业的兴盛，那些名山更是门庭若市、车水马龙，成为地方上难得的摇钱树。

我老家容县有一座山叫都峤山，属道教第二十洞天，按说也算有点身份，但在过去的千百年间，由于地处边鄙，交通不便，登临者寥寥可数，只有像苏东坡、李纲、徐霞客这些素喜与山水为友的外人，才勉力前往攀登一番，留下些许寂寞的故事与传说。

在外人眼里如此冷清的都峤山，却一直牵绊着故乡人对它的热爱。他们年复一年、日复一日地登临它，亲近它，描摹它，赞美它，顽强地维护着它在自己心目中的"神山"地位。在文旅事业日益发达的今天，又拿出巨资建设它，打造它，恍似将一位朴素淡雅的村姑，打造成了一个珠光宝气、顾盼生姿的明星，期待着有更多的人能来一睹她的风采。

来看都峤山的人，其实并非只满足于一睹她的芳容，他们更想知道她背后的故事，一位天姿国色的佳人，背后肯定是有许多故事的，只是这些故事都埋藏在浩瀚的古籍堆之间，传递于牧竖闲翁的口舌里，流播在某些好事者的残篇断简之间。

美不美，家乡水；亲不亲，故乡人。

钟守枰是我的老乡，1980年生人，长大在都峤山一侧，正值年轻健旺之龄。因为从小手在抖峤山脚下，对那里的一石一山、一草一木，都有着异乎常人的热爱。虽然常年在外地工作，但在工作之余，他一直醉心于搜集关于都峤山的文献记录、民间传说和游人杂记等等资料。多年之后，他将这些资料作分门别类的编辑整理，编成了这本《都峤山漫记》的书，其中既有都峤山的概况，有它的历史记录，有它的人文传说，有它的地貌分析，有古往今来描述都峤山的诗词歌赋，还有千百年来围绕这座山所发生的大事记……

总之，这是一本关于都峤山的全面记载，虽然编排不是那么谨严，收录尚有挂一漏万之憾，但它却是开先河的一本书，后人要研究都峤山，也许它会成为一个绕不开的存在。

是为序，为了故乡，为了故乡人，也为了都峤山。

（2021.4.20）

回眸与祝愿

——序《杨梅中学五十年校庆纪念册》

五十个春来秋往，五十番花落花开，五十载硕果丰收，五十年沧桑感慨！

我们的母校杨梅中学，一个普通而又不平凡的农村中学，在艰难的条件下走过了半个世纪的办学历程。成千上万的莘莘学子，在这个梦开始的地方完成了中学学业，然后走向更高一级学府，或者投身于各行各业，在漫长的岁月里成就了一番自己的事业，为祖国的繁荣富强和社会的发展兴旺，做出了自己的奉献。

而今，当我们从四面八方回到母校，为她的五十华诞祝福的时候，那份难忘的记忆，就像拭去了岁月风尘的珍珠，闪烁出夺目的光彩。

我三十多年前在杨梅中学（那是还叫杨梅高中）学习的时候，正处于"文革"中的多事之秋。幸运的是，我们那几届学生，遇上了那个年头县里最好的一批老师，他们中有的原来就在杨梅中学任教，有的则是从容县高中或容县中学下派的老师，其中有英语老师周彩兴，语文老师叶肇芳、刘志深、何如芝，物理老师覃耀文，数学老师封智涛、梁惠仪，化学老师李文治、丘启芳等。他们都受过良好的教育，又从教多年，有着扎实的知识基础和业务功底。尽管因为这样那样的原因，他们在文革前期或多或少受到过一些不公正的待遇，但重新回到自己挚爱的教育岗位上，就很快有了出色的发挥，让我们这些刚刚经历了两年多文革动乱，深知道学习机会来之不易的如饥似渴、嗷嗷待哺的学生，有了一段拼命吸吮知识乳汁的机会。

我们专心地聆听老师讲授的每一节功课，尽管那些课程，都带着严重的阶级斗争的烙印，但老师们的认真和诚恳，使我们坚信：知识无论什么时候都会有用，只有掌握丰富的知识才能把握住自己将来的命运。我们积极地参加每一次劳动，在校园里种下一年四季都食用不尽的蔬菜，改善了生活。我们自己测量学校周围的地形，挖掘灌溉的水渠，初步享受到了运用知识的乐趣。我们编演文艺节目，让沉闷单调的校园生活增添了些许鲜活的亮色。我们编排墙报，将自己的所见所闻、所思所想形成了稚嫩的文字，腼腆地出现在大家面前……

如今多年过去，我们尽管走过了漫长地充满了鲜花和荆棘的道路，经历了太多的艰难困苦和人世悲欢、太多的失意落寞和成功喜悦，但我们还是忘不了母校给所给予的那份关爱，忘不了老师所给予的那份感动。语文老师叶肇芳在我的一篇作文上曾有这样的评语：标题妙而醒目，叙事翔实生动，有故事，有细节，有义理，有感情，再加努力，当会更上层楼！——我知道这只是老师热情有加的鼓励，但它却一直激励着我奋勇前行，以致在写作的路上越走越远，写出了些许成绩。

前些年，叶老师就住在我工作的城市里，我多次前往看望已是耄耋之龄的她，得知她是无锡国专的学生，国学大师饶宗颐先生曾是她的老师。无锡国专为中国文史界培养出了一大批泰山北斗式的学界精英，学校在抗战期间曾南迁到北流山围村。今年七月，中央电视台在纪念香港回归的节目中，曾专门介绍了年高九十的饶宗颐教授，但向学生奉献出了她所有知识的叶老师，却已在前年走完了她的人生旅程。

知识，就这样地代代流传、薪火相传。

学校，就这样地提供了一个薪火相传的园地。

老师，就这样地以他们的仁爱和学识，悉心哺育着学生成长。

回首往昔，岁月牵绊着母校对我们深情的关爱。注目今天，母校师生的每一分努力，都在描绘着学校色彩斑斓的新一页。展望未来，前路上更充满着机会和挑战。作为一个农村中学，杨梅中学为周边乡镇的农家子弟提供了一个就近接受中学教育的好地方。同学们在春天里淌下的每一滴汗水，都会在秋天里得到一份丰厚的回报。而作为农家学子的我们，尽管缺少了某些城里孩子才能拥有的优势，但我们不会怨天尤人，因为我们坚信：只有学习、学习、再学习，努力、努力、再努力，自己的命运之舟才会挂得起丰厚的船帆，才会驶出杨梅河这片小天地，驶出容县，驶向全国和世界，驶出天高地迥、波澜壮阔的好前程！

这本纪念册，是我们母校五十年历程的一个总结，是杨梅中学师生共同努力的成果，是历届全体校友心血的结晶。相信再过五十年，当杨梅中学迎来它百年校庆的时候，将会有更加灿烂辉煌的成果出现在人们的眼前。

（2008.10）

诗意的寻求

——林之源诗集序

诗意，历来是中国文人评价文艺作品的一个重要标准，无论是诗、是音乐、是绘画、是书法、是舞蹈、还是雕塑。按照《现代汉语词典》的解释，诗意就是"像诗里表达的那样给人以美感的意境"。

它是玄奥的："庄生晓梦迷蝴蝶，望帝春心托杜鹃"，如羚羊挂角，香象渡河；又是具体的："绿树天边合，青山郭外斜"，如翠屏罗列，直逼眼前。既是沉重的，范宽的《溪山行旅图》，巨岳横空，烟树满纸，山路悠悠，游踪隐秘；又是轻灵的，白石老人的《蛙声十里出山泉》，不见成蛙，唯有数粒蝌蚪在水中尽情嬉戏。因而古往今来，中国文人画匠以诗为衡斗，为尺度、为心结、为武器，杜工部"一字不安，尽日踟蹰"，为的是叙写诗意；贾岛的"月宿池边鸟，僧敲月下门"，为的是追求诗意；郭熙的"林泉高致"，为的是画出诗意；苦瓜和尚"搜尽奇峰打草稿"，为的是铺陈诗意，就连谢赫绘画六法中第一条的"气韵生动"，所说的其实也是一种诗意。

当代有的画家丹青满纸，景物无穷，但唯独缺少一份生动地流淌于其间的东西，那其实就是诗意。诗意既玄又不玄，明白者自在心胸，手到擒来，作品便充满生气；不明白者虽皓首穷经，却胶柱鼓瑟，方凿圆枘。之所以如此，在于这些画家只以画画为目的，画山画水画人物，却绝少涉猎其他艺术样式，眼界不宽，视野有限，读书不多，所识肤浅，虽终日手不释笔，却难成大器。

之源先生作画、作书、作印、作文、亦作诗，足迹遍布大江南北，画作涉及人物、山水、花鸟、风景，又曾多年隐居桂北山中，吟诗、作画、学书，尤其醉心研读中国传统典籍，得意处引颈而颂，倒背如流。十年磨剑，终有所成，近年复出江湖，实令世人刮目相看。其画作已为世人激赏，不必赘言，其诗作也累积成帙，韦编在目。

余观之源先生诗，虽尚不能与某些专事诗歌者比肩，然摹形状物、遣词造句，均自有所得，其间秉承了从王维、李白、陶渊明以降，直至苏东坡、倪云林、董其昌等人追求道法、神妙、率真、性情的传统，率意而为，既有昂首瞻天的大气（《登天脊》：孤勇登天脊，浮云足底生。神风扶大壑，散落数峰横），也有傲视寻常的孤高（《梅》：虬枝花怒放，铁骨气神闲。为抵寒风苦，冰天绽笑颜）；既有自甘淡泊的悠游（《山野乐》：不是牧牛翁，亦非姜太公。灯前茶一盏，梦入笠蓑中），也有隐迹山中的自得（《山居自问》：神山奇树一溪水，四季野花随处飞。我又何求归去处？抬头天道对烟微）；既有对友人深沉的关切（《忆君》：云水云山两不分，桃花渡上再思君。关山前路万千里，可记家山一段云），也有对凡·高作品的不喜（《评凡·高作品》：梵氏作图不丈夫，画人画物尽糊涂。浅深颠倒无求美，假意阴阳丑态粗）……作者这一百多首诗，记录了日常生活的方方面面，更体现了其用文字追求诗意、追求功夫在画外的良苦用心。

古往今来的大艺术家，往往都是文化的通才，以自己充满诗意的眼睛观察着社会，观察着万事万物，再将体会到的诗意表现在自己各种各样的作品之中。白石先生自谓诗第一、书第二、印第三、画第四，他的话虽不尽可信，但也表现了他对自己刻意追求诗意的自信。他的那首辛辣地讽刺贪官污吏的《不倒翁》，就是一道绝妙好诗：

"乌纱白扇俨然官，不倒原来泥半团；

将汝忽然来打碎，通身何处有心肝？"

从中不难看出，白石老人的诗歌成就，足以让现在许多专事诗歌者汗颜。由此也可断言，作为一个真正的艺术家，诗意应该是他终生追求的目标之一，不管他从事的是绘画，是书法，还是其他的艺术样式。

之源所走的"诗路"，应该说大方向是对的，品读其诗集之余，我期待着他有更多、更好、更纯正、也更诗意的作品出现！

（2014.5.27）

午后那抹静静的阳光

——金果自传散文集《梦伴青春飞翔》代序

上一世纪八十年代初期，于现代中国而言，真是一个狂飙突进的年代！人们所有压抑着的苦闷、不满、抗争和才华，就像地下积聚了很久的岩浆，突然找到一个突破口，猛然间铺天盖地喷发出来，在碧空中炸开无数绚丽的花朵，成就了无数传奇。

中国的改革开放是这样开始的，中国的当代文学创作也是这样开始的。1983 年 12 月，《广西文学》和《金田》杂志召开了玉林作者笔会，会期长达 8 天，参加笔会的有中国作家协会广西分会的吴三才和杨克，有《广西文学》编辑李岘，有来自玉林地区 8 个县市的数十位作者。玉林是当时广西文学创作的重镇，来会老者一共 50 多人，其中有广西农民作家三杰的黄飞卿、莫之樑和钟场莆，有玉林当地活跃着的中青年作者，可谓囊括了玉林的一时才俊。当时全国上下正在清除精神污染，会议的主旨虽说要清除精神污染，但大家热情高涨，似乎没怎么受清污之类观念的影响，反而充分肯定了玉林地区的文学创作成绩，肯定了《金田》杂志在繁荣当地创作的突出贡献。

从那次笔会开始，我认识了金果和一批青年作者，当时我在《金田》杂志忝列编辑之职，参加会议青年组活动，此前曾刊发过许多人的作品，但与金果等人还是第一次见面。在大会上，吴三才、李竑等同志先后讲课，让我们这些初出茅庐的愣头青开始认识到社会进程的艰难和文学创作的复杂多面。

其实，我和金果接触并不多，她那娴静朴实的外表之下，似乎隐藏着深沉的生活历练，但不轻易表露出来。此后，她在《金田》上发表了一些作品，我们还有过一些接触，只是一直没有更多的深谈。直到多年之后，她从南宁给我电话，想请我为她的一本书写序，当时我已调到贵港报社工作，终日应付于各种繁心之事，加上对她了解得实在不多，没敢贸然答应，只好婉言回绝。

日前，金果再次请我作序，还把她的书稿提前发了过来。阅读之下，她的过往逐一展现在我眼前，让我看到了一个青春女子的成长历程。15岁至30岁，一段多么美好的年华啊，就像田里的一把秧苗，扎根、散叶、分蘖、开花、结穗，头上的烈日风雨，根本不能阻挡她热烈的生长，她终于长成了自己想要的样子！

原来，金果是个不认命的倔强女子，她因为家庭成分是地主，尽管父亲是战争年代走来的老革命，但她在青春期里，仍然无法一开始就如愿以偿。她要读高中、要参加篮球队、要参加文艺队、要入团、要学开拖拉机等等正当的愿望，都被一只无形的手生硬地挡住了。最后，只是由于她出众的才华、不屈的个性和顽强的争取，难题才又一一化解，使她成了那个年代里的佼佼者。特别幸运的是，她在那错误的年代里，都碰到了对的人，她发自内心地感激他们："这世间事，一切都可以理喻。一个怎样的时代，就有怎样的人和事，无法挣扎，无法抑制，也不能超脱。但是，在时代潮流的河床里，也会有些人和事，逆着时代河道的夹缝奔腾流淌。伯乐就是如此。"（——《遇到伯乐》）

她的多才多艺，并非源于自藏诸艺的书香门第，而是源于她自己的喜欢和好学。她为了学小提琴，领到第一个月的工资41元，就不惜全部拿出来，还倒贴进一元钱，骑单车到40公里外的玉林城，买回了那把自己心仪已久的小提琴，尽管那时她还根本不懂拉琴，但她有决心有毅力去学好它。

即使是婚姻这样的人生大事，她也能独具慧眼，不顾别人异样的目光，选择了自己的心中所爱，义无反顾，勇往直前，将幸福留给自己，把谜样的猜测留给别人。

从金果身上，我们看到了上一世纪五六十年代生人的整整一代人生，即使人生有那么多的不堪，他们仍然有着自己顽强的追求，就像磐石下的一株小草，向大自然展现着自己的那抹生命的本真之色。作为同样上过两年制农村初、高中、也曾因出身被拒入团、参加过学校文艺队、参加过学农劳动、拥有过青春文学梦的我，与金果有太多相似的地方了，读完她的书稿，我再也无法拒绝为她作序。即使她的书不是文学的鸿篇巨制、珠玉文章，但作为同一时代的印记，她在自己退休之年将成长的心路历程和盘托出，展现于午后静静的阳光之下，任人观赏，给后人以思考、启迪和力量……

（2021.2.26）

他人评说

三朵馨香的小花

——简评潘大林的三篇小小说

周　宏

　　潘大林同志最近发表的三篇短小说《分柑子》(1981年9月7日《羊城晚报》)《拈阄记》(1981年9月3日《广西日报》)和《福生卖猪花》(1981年7月29日《南宁晚报》),内容清新,构思精巧,篇幅短小,颇具特色,是小说园地中三朵馨香的小花。

　　这三篇小小说热情洋溢地歌颂了党的三中全会后出现新人物、新思想和新风尚,也批判了落后的人物和不正之风,每篇小说都塑造了一两个性格鲜明的人物。

　　有人说,短小说很难塑造出性格鲜明的人物形象,的确,这是有很大难度的,但是,只要在短小说中着力刻划一两个主要人物,并且不是面面俱到,而是集中笔墨刻画主要人物的主要特征,是可以做到这一点的。《分柑子》就只是撷取星期天在县委大院分柑子这个很普通的的生活场景,通过人们的神态、议论、行动,以白描的笔法勾勒出两个不同性格的形象又颇为丰满的人物:作为农村妇女的那位新来县委书记的妻子,看不惯人们争先恐后乱哄哄的场面,主动维持秩序,协助分好柑子,被人误解,她仍然笑盈盈,不介意,受人恶意讥责,她也只是涨红着脸，不予辩解。她做这一切时，是显得那样质朴、自然，丝毫没有因丈夫是县委书记而自觉高贵的思想，而那位丈夫在县委当科长管分房子、用汽车、发戏票的女人，则是一副泼辣辣的，爱占便宜，"以小人之心度君子之腹"，一张脸阴晴变化，一张嘴瞎嚷乱叫，分明是一个鄙薄自私的势利小人，她与前者，形成多么鲜明的对照。一场生活小事，不是带出了两个富于个性的人物么？

《拈阄记》中，写木匠七哥受极左思想侵害而心有余悸的特点，从他想要单车，却又因手中无钱而不敢拈阄子，到拈中了心中更加害怕，直到决心主动出让。通过这些别具匠心的细枝末节，深入地剖视了一个人的内心世界。《福生买猪花》中的福生，则主要把握住他既受自私自利思想的熏陶，又有善良单纯一面的思想特征，着重描写他头一次做"昧心事"后，觉得周身不自在，犹如惊弓之鸟的内心矛盾和慌不择路地没命奔跑的行为，刻画出另一种农民的典型。

当前，有的同志写短篇小说，动辄一二万字，少则也有七八千字。有的可以说是中篇的压缩，骨架大而血肉少，有的则是硬把一个极其简单的速写材料拼命拉长，滋味少而水分多。潘大林这三篇小小说，每篇都不满二千字，内容凝练，故事集中，人物也有个性，并写出一定思想深度。为什么能做到如此呢？主要是严于选材，深于开掘，在尺幅之内，工于构思，精于刻画，根据人物性格发展的逻辑，较为巧妙地设置悬念，安排风个小波澜，层层推进，完整地叙述了一个情节简单而又诙谐有趣的小故事。

（原载《广西日报》1981 年 12 月 9 日）

在探索的道路上
——谈青年作者潘大林的小说创作

艾　平

　　在我所接触的青年业余作者群里，潘大林是勤奋的探索者之一。他从 1979 年提笔写文学作品以来，已经发表了六十余篇小说、散文、诗歌和文艺评论了。他的小说，不仅被《广西文学》《作品》《文学报》《丑小鸭》《羊城晚报》等报刊采用，还在其他八省的地市刊物上发表。其中，《桑叶青青》《贫协组长》《豆腐西施》《分柑子》《云开山惊梦》等小说还获了奖。纵观这些小说的题材、构思、情节和人物，我发现，潘大林对小说创作的追求和探索，有着他自己的特点。

　　其一，在题材上，不逐浪头赶时髦，而是踏实地在自己从小生长的农村生活和青年生活中挖掘，努力发现和探测那鼓舞人奋进的新意，没有东一瓢西一勺，跟着报刊或某些佳作的足音转。

　　其二，把写每一篇小说，都看作是从事文学创作的基本功训练，不仅立意上力求深些，对现实生活追求深广的概括力，在人物塑造上尤为下苦功。

　　其三，注意表现生活中的美。他的小说所反映出来的生活矛盾，几乎每篇都有着美与丑对立的形象。虽然作者并不公开表明褒贬态度，但仍可使读者在艺术享受的同时，获得如何对待生活的真知和对社会主义高尚美德追求的力量。

如果说，从一两篇作品中很难判断一个青年作者创作上的进步，那么，我们从潘大林几十篇作品的量和质中，则完全可以看到他几年来在文学创作道路上，坚持着写自己熟悉的生活，精心刻画自己笔下的人物，始终不忘创造社会主义美好的社会责任感。我想，把他这种创作道路上探索的成果展示出来，加以研究，是必要的，会有可取之处的。

写人，是小说创作的基本功

初学写作的作者，最大的毛病往往是在生活中找故事写，写来写去，把生动的故事写得干干巴巴，只剩下教育人的字句，缺少了动人的感情。看来，潘大林很快地就跨越了这一关。

这里，试析《分柑子》《他呀，他……》和《心之淬》等短篇小说，来看看作者在人物塑造上所下的功夫吧！

《分柑子》写的只不过是县委大院内部卖柑子，干部家属都来抢着买的极平常的故事。然而，作者选材时，却把眼光放在大院"长"们的夫人中，看他们如何行动。而在"长"们的夫人中，又突出地选取了富有实权的舌尖嘴快的行政科长的夫人和新书记夫人的表现来写，这就使极平常的生活无意中上升为有某种含义的典型环境。按着，小说又细腻地铺陈了有实权的科长夫人与新书记夫人谁能抢先挑买的气势，就预示了一场戏剧性的矛盾冲突的发生，而在这矛盾冲突中，作者就自然而然地表达了提倡什么、反对什么的创作立意。当写到新书记夫人让别人排好队，而自己却选拣出好柑子三十斤时，从容不迫地写了科长老婆的"愤愤不平""义愤填膺"，当众大嚷"假君子，真小人"，"这才是明目张胆的不正之风"的不可一世的神态举止。于时，笔一转，提示了那三十斤柑子是慰问抢险负伤住了医院的电站民工的真相之后，小说也戛然收了尾，矛盾冲突解决得合情合理，对两个人物褒贬的分寸感也恰到好处。我们从小说对买柑子的人们的表情。动作、话语和情绪的描绘，丝毫感觉不到作者是在叙述故事，而是在字字句句或直叙、或烘托、或对话、或动作，似都在刻画人物。读罢小说，如亲临其境，看到了科长老婆始于神气十足，而后自我讽刺的丑态，也看到了书记夫人那"笑容可掬"、情理兼具的形态和一心为公、毫不自私的优良品质。

如果，我们在小说《分柑子》里，看到了在写人上的选材精当，在矛盾发展中突出人物性格以及注意褒贬分寸的长处，那再来看《他呀，他……》，则会看到作者选定最佳角度，采用层层递进，量变促质变的手段，较成功地塑造了一位一心扑在工作上的汽车司机的新人形象。这新人的事迹是司机的老婆从自己小家庭生活的角度讲出来的。一个家庭妇女讲出来的话，虽然有些怨气（如，她说："我嫁给他，是撞到三世衰神啦！""嫁给你这个实心木头呀，真是倒霉透啦！"）可句句充满着夫妻间恩恩爱爱的情趣。故事的情节看似断断续续，却段结系在一心为公的这条主线上。按一般构思，写模范司机往往把"安全行驶六十万公里"啦，"年年超额完成任务"啦，"节油三万余公升"啦，作为主要内容来写，可这篇小说却把这些一笔带过，着意写出了在自己老婆眼光中的模范司机的形象，这就使作品更富有生活气息，增强了真实性。

对此，也是潘大林刻画人物经常运用的艺术手段。他运用对比，并不是一对一、二对二的数量上的较量，而是艺术形象上的相映对照。说高，高在何处？说低，又低在哪里？都能从人物的思想境界中体现出来。小说《心之淬》，不仅把锻淬菜刀利刃的功夫喻比培养青年一代有其深意，就是表达泉师傅坚持"七锻七淬"讲求质量和徒弟偷工搞"冒牌货"不同的思想品质，也是以不同的思想境界展现出来的。正如鲁迅先生所说，短篇小说如大伽蓝中的"一雕阑一画础，虽然细小，所得却更为分明，再以此推及全体，感受遂愈加切实"。(《近代世界短篇小说集》小引)那么，靠什么使读者获得"更为分明"的"感受"，并能"以此推及"呢？根本的因素在于小说是否提供了借以对比的形象和较鲜明的对比度。

文学是人学，小说更重在写人。为什么有些青年作者的小说给人的感觉不深，或似一个人物表演着尴尬的独角戏，或次要人物喧宾夺主，而主要人物无形无神，恐怕主要原因还是在写人的基本功还缺乏训练，从这个意义上来讲，潘大林的小说创作实践，有着有益的启示。

美，只有在生活中才能发现

党的十一届三中全会以来，农村发生的巨大的变化，人们的思想和精神面貌也焕然一新。这，为文学创作提供了丰富的题材资源，现在的问题，是我们作者的开掘，还有待于透过物丰钱多的表层，进入到人的思想境界去发现美，只有发现了生活的真实美，才能创作出美的艺术形象。潘大林生在农村，长在农村，近年虽因工作变动离开了农村，而他的几篇反映农村新变化的小说，包括含有一定的历史厚实度的获奖小说《贫协组长》在内，无一不透露着农民内心世界那种朴实、纯正的美的心灵。

《桑叶青青》把农民对实行生产责任制、大搞承包专业户积极拥护的情景写的是那么炽热、浓厚，河滩上那片桑树，虽然"棵棵皮裂根露，病多虫恶，枝纤叶瘦"，可仍然抢着承包。包了豆腐坊的牛大嫂，包了一口鱼塘的蚕师二叔公和十八岁的二妹都表示要让这片老树"长新芽"。小说的矛盾，就这样在积极向上的承包桑林的气氛中展开了。高中毕业生二妹从二叔公手中抢来这片桑林，她不怕辛苦，凭着科学知识，终于把桑林整治得根深叶茂，蚕也养得健康壮大，这下可气悔了蚕师二叔公。农村形势的好转，人们的心地也变得善良了。二叔公病了，鱼塘无人喂食，二妹把蚕粪担了去；蚕病了，二叔公主动配了药帮助喷洒防治。一年承包的结果，换来了无私的情谊，也换来了第二年共同"种桑兼养鱼"的承包，这不正是如今农村生活美、人更美的真实写照吗？

当然，农村会有不怎么美的思想和行为存在，但作为一个作者，应该看到那些不怎么美的东西已经或正在被美的高尚情操改造、融化着。《关于牛的情话》的金生，就是只顾自己责任田适时播种，把三家合养的耕牛无理先用的利己主义者。然而，他在阿爸那种"手心是肉，手背也是肉"的大公无私的思想、帮了这个又帮那个的行动的感化下，不能不感到惭愧、内疚，流出了"两行发亮的眼泪"。这篇小说的实践，告诉了我们一个道理，文学作品要真实地反映我们丰富的社会生活，首先应该"把高尚的、美好的东西发掘出来，赞美它，歌颂它，使更多的人在这种榜样面前感奋起来，仿效它，学习它"(胡耀邦《在剧本创作座谈会上的讲话》)。潘大林创作的反映现实生活的小说，很少接触到比较重大的社会矛盾，使人难以通过作品看到社会发展的脉络，这固然是不可忽视的缺陷，但他能敏锐地发现生活中的美，并把反映社会生活与创造美的形象紧密地结合起来，让美成为开在生活土壤上的花朵，这也确实是文学创作上可贵的探索。看来，这些生活日常事，是微不足道的，可把它们同整个的社会风气联系起来看，却有着比较强的社会意义。

美与丑的辩证关系要摆正

别林斯基在评价作品时，说过这么一段话：有些作品的显著特色"在于毫无假借的直率，生活表现得赤裸裸到令人害羞的程度，把全部可怕的丑恶和全部庄严的美揭发出来，好像用解剖刀切开一样。"我们国家正处在新旧交替、新来旧去的历史进程，人们的思想、感情和道德风尚也必然经历一场新战胜旧的斗争过程，特别是青年一代，处处面临着分辨美与丑、善与恶、是与非界限的实践，这是现实生活的时代特征，也是文学反映社会生活不可回避的现实。要求作家用文学这个"解剖刀"把美与丑、善与恶、是与非正确地分割开来，使读者提高分辨能力，从中获得效法美的自觉性和改造、消灭丑与恶的力量，应该说这是不为苛求的。

我们看到，潘大林在文学创作上正在努力这样做，他的反映青年生活的不少小说，几乎都含有赞颂和鞭挞的两种成分。

它的鞭挞对象，因为是来自现实生活的存在，所以显得真切有力；它的赞颂目标，正是人民所肯定的东西，因而也很少有空虚或廉价之感。尤其是让美与丑、是与非共存于一个特定的艺术环境之中，来体现没有丑就没有美，美终于战胜了丑的生活真谛，就使作品具有了较深刻的教育意义和艺术价值。作者笔下的青年人物形象，有工人、农民、学生、演员、社会青年和文学青年，但他着重表现的是青年人的理想、追求和道德、爱情，当然也是青年生活中不可缺少的内容。不过，作者不长于编织爱情上的悲欢离合，即使写到爱情，也总是置于从属理想追求的位置。那么，这些小说是凭什么吸引读者并获得好评的呢？我想，除了艺术上的特色，作者能准确把握、处理美与丑的辩证关系是个主要的原因。

《校友》的褒贬，作者是通过名教授王亮的耳闻目睹来完成的。西北大学研究生写有一篇研究模糊数学的论文，其新颖大胆的立论深为教授击节称赏。谁想到，这位未见过面的得意门生竟然与他在火车上不期而遇，教授是"多么想一步跨上前去，紧紧抱着他大喊一声'高翔'啊"，可是，教授却极力控制住自己，没有这样做，为什么？原来教授在火车上亲眼看到高翔身上沾染了对科学工作者来说是一种最为危险的玩世不恭、喜欢空谈的坏习气，教授还要在这方面尽到他应尽的一份责任。一个研究生在学业上取得优异成绩，写出了"引起国内外数学界注意"的论文，这当然是好的，是人们所赞佩的。但人无完人，美与丑共存于高翔一身，这正反映了当今青年一代思想面貌的典型特征。作者在塑造高翔这一思想特征时，并不因其美的方面突出，而隐去其丑的一面，也并不因其丑的一面

"危险"，而让教授否定掉其科研成果，而明确地预示这"危险"的、丑的东西，必然得到克服和纠正，从而转向美的途径。这也正是从事物发现变化的辩证观点，揭示了人的本质。

《豆腐西施》中的美，作者是全部赋予了容貌似西施、思想又奋发向上的知青李红梅。李红梅作为市委副书记的遗女，若找组织安排个合适的工作，应该说不为违例，然而她不，她决心与知青合办了豆腐店，宁愿自己百般劳累，走街串巷，也要让更多的人吃上豆腐。她是美，是人生理想追求的美，正如她自己所说："只要热爱沸腾的生活，在哪里都可以播下理想的种子，都可以开出绚丽的青春花朵。"那么，这种美的对立面——施用权势，托亲靠友从后门为子女寻找出一个"铁饭碗"的不正之风，作者虽然没有描绘出一个具体的丑的形象，然而作为一种侵蚀人体的毒瘤，却将其"可怕的丑恶"暴露无遗，李红梅那美好的心灵，在小说所揭露的"全部可怕的丑恶"环境里"闪闪地发亮"，在这亮光辉映下，那为子女的工作而玩弄权术的人和作为，就更加显得"自私、卑鄙"——这就是文学创作上形象地运用辩证法的作用。

社会生活是复杂的，美与丑的表现在实际生活里有时也存在表里不一、言行不一的情况。文学，作为一面镜子，就应把它分辨得一清二楚。《他，是一个丑角》，就是一篇通过舞台上所扮演的角色与实际生活的角色的不同，揭示看人看事不能看"表演"而要看实践的好作品。《十五贯》中娄阿鼠贪馋奸猾相，固然令人憎恶，然而不能因为演员扮演娄阿鼠神形逼真，而有损于他那正直热心的心肠；那个扮演熊友兰的演员，尽管在舞台上"白净俊俏""仪表堂堂"，也决不会取替实际生活中他那

"情网可撒，恋人成打"的道道地地的丑角的角色。

我在这里肯定潘大林创作中摆正美与丑的辩证关系的艺术特色，这不是个人的偏爱，也不是说文艺的任务等于歌颂加暴露，而是说，一个青年作者在创作实践中，时刻不忘"我们经常强调的文艺作品的思想意义的积极的社会效果"（胡耀邦语）的态度，确实是难能可贵的。

艺术美，才能陶冶人的情操

《大山的儿子》（《丑小鸭》今年第一期）是潘大林根据自己深入六万林场，翻山越岭，跋涉老林，采访扎根林区二十年的护林员的事迹和生活写成的。我们看到，作者为了歌颂护林员实现营造针叶、阔叶混交林的美的理想和美的实践，在小说中不仅保持着他在创作中所追求的用简洁、优美的语言叙事、写人、状物的艺术特点，而对作品诗意的追求则更加大胆执着，显示了作者学习和继承中国古典文学界和外国文学优良传统的用心。诗，在人类生活的每个角落里都存在着。生活，是诗酿成的。文学反映生活，也不可能不去捕捉渗透在生活中的诗意。由此，可以说，真实是文学作品的生命，那诗意就是文学作品的灵魂。

《大山的儿子》这个文题虽俗但有诗意，和小说所反映的护林员的生活内容相吻合；"大山"也有了继承人，变成有感情有生命的了。这无形中缩短了读者与深山老林的距离，增强了读者对作品中的主人公的亲切爱抚感。

"大山的儿子"——赵大福，在阴森森的林海里的幽深的山谷中成长着，不，他是在优越的社会主义国度里同大自然的斗争中成长着。二十年前，他与同班同学莫愁、小林怀着美好的理想来到白云山林场，然而艰苦又乏味的生活，使两个同伴通过不正当的办法走了。理想的实现落到了他一人的肩上，他情愿甘心作了"山的儿子"，和护林老人独臂张及其女儿一起，在森林涛声中播种，育苗，种树，巡山……奋斗了整整二十年，二十个春秋！经历了多少次暴风骤雨，多少次电闪雷鸣，又多少次与野兽虫蛇的搏斗，才实现了针叶，阔叶混交林的营造。独臂张在一次扑救山火中牺牲了，赵大福就与其女儿石榴结成伴侣，组成大山之中与林木共生的家庭。这篇小说，其奇特的护林生活，其猛士般的人物性格，其独特的气候和地理环境，似都是作者充满诗的激情写出来的，不仅揭示的主题具有人生乐在奋斗的诗意，发人深省，在艺术上也把爱与恨、苦与乐表现得色鲜味浓、引人入胜。

作品的诗意，还表现在用文字描绘的一幅幅画面上，给人一种文中有画，画中有诗的美感："远山像一头凶猛的饿兽，张开锯齿般的獠牙，咬住了火红的夕阳。夕阳呻吟着，鲜血染红了残云，也染红了山林。晚风立中林涛唱起了沉重的挽歌……"这段文字似画，也似诗。远山，夕阳，残云，山林，晚风，林涛这些自然景物，都被作者赋予了生机，既苍凉、悲壮，又交织着美感与恐惧，读者的心简直被这深山暮色的画面震慑得欲动而难动了。小说对山间小路的几段描写：似都与人物心境的变化紧密相连，如："山路，在顽强地向前延伸，有时，眼看它蓦然沉下青冥浩荡的山谷，不久却又见它吃力地抬起头来，攀上另一面更高的陡坡，有时，它伸到一道峭壁跟前，似乎该到此止步了，但猛转弯，又绕上了更险峻的前程。"人们若把这弯弯山路的艰险，和主人公赵大福追求理想的人生之路联系起来思索，该有多么深刻的启示啊！山路本身性格的审美意向与人的意志、感情的趋向珠联一体，共同展现了一种顽强向上的精神。从这个意义上来说，这篇小说艺术上的特点，应该是似抒悲情，实谱赞歌，谱写了一曲社会主义建设之歌。

历史在发展，社会在变革。我国人民在"四化"的大道上奋勇前进。人民生活的变化，也必然改变着文艺创作题材和主题的变化。我们所冀望于潘大林同志的，择其主要的来说，应该是加强马克思主义理论的学习，进一步提高认识和评价生活的能力，找到反映生活上与时代脉搏跳动的差距，做个走在生活前列的作者；刻画人物性格，既要坚持思想特征的注入，又要注重人物感情的浓度，充分发挥文学以情感染人的作用。美，是应该追求的，但美的领域时时处处无不深含着社会内容，只有伴社会生活、历史变革的美，才得以永生。总之，文学创作上的探索和发现，其核心问题不在形式，而是思想。对于我们青年作者，步步都应在坚持美学的和历史的，思想的和艺术的相统一的创作道路上，不断地有所发现和创新。这，虽然是难能之径，但却是走向成功之途。要知道，文学创作本来就是艰难的工作，是人为之功，非夭才之业，若没有高的要求，是难以成就的。正如作家孙犁所讲："凡能创造美的艺术家，其学习起点必高"，"如起点甚卑，则易同流合污矣。"

（作者原名王敏之，广西区文联文研室主任，此文原载《广西文艺评论》1981年第1期）

倾斜梦魇

——潘大林近期创作印象

张　东

在强调拉美文学、西方文学的热情引入，在推崇一维结构向多元复合的趋向，在崇尚原始主义倾向、大自然崇拜、浪漫主复归、淡化趋势以及寻根、嬗变、幽默……的文学新浪潮背景之下，潘大林实在是个并不"先锋"的人物.读者会惊讶于他主题一以贯之的来自过去，会惊讶于他近期的创作无一例外都套上了悲剧的光环。翻开他近期的创作目录:《冥火》(《春风》1989.3)《故乡人二题》(《小说家》1989.5)《兵佬——故乡人之三》(《广西文学》1989.9)(以上均为短篇小说) 以及一个中篇:《穿过丘陵》(《清明》1990.1)。

摆在我面前的，似乎有三个潘大林，潘大林似乎关注的是历史的与可能的人生，他的近期作品，完全回避了当代社会现实，并寻找了一种细腻温柔的格调，安心来寻找自己记忆深处哪怕是最细微的情感波动，执意于被人所陌生了的审美细节，强化地域性风土人情的审美价值，将审美的触角直捣生活的先验部分。他似乎是在笨拙地实录过去生活的原态，似乎先天具有的审美底蕴的样子，都透露出他那种大巧若拙的狡黠。人们往往最容易忽略这类作家在创作过程中的苦闷与窘迫，而我却隐约觉得：这是一个心地很善却也很苦的人。因为他关心的总是历史，总是已经逝去了的某一段人生，记忆梦魇总在撕扯着他的心灵，他忏悔，所以记忆梦魇发生了倾斜……也许潘大林的遭遇、经历以及由之而产生的性格与意志，总与他生长的环境有些格格不入吧？因为他的笔调深蕴着的，似乎总是一种近于偏执的内心的诚实与真诚；那个来自灵魂深处梦魇在强制着他的写作机制。在他侧重于叙述一个个观念性故事的同时，又让他着力于表现生活记忆中的审美情感，并借助了道德的力量催化了自己的审美感受。

所以他的近期小说，无论其题材、主题、技巧、方式怎样，都是一些悲剧故事——生命的悲剧故事。于是，在这一点上，我找到了使潘大林统一起来的楔子，不再陷进谜一般的困惑。

潘大林的小说，从一开头，便奠定了他的气质：

"夜，沉寂，沉寂.沉寂得吓人……一群被尘世遗忘已久的精灵发疯地荡来涌去，冷飕飕的夜风送过来令人毛骨悚然的声响。"（《冥火》）

"上溯着时间的河流，我走向黯然失色的记忆，走向平淡无奇的少年时代，走向那一段仅仅属于个人心灵的历史"（《穿趁丘陵》）

格调一律是因为内心的真实而形成的低沉，在这种三言两语便把读者引入的格调中，一个个生命的悲剧便张开一双真真切切的翅膀缓缓飞入视野。

《冥火》揭示的是一段对历史与现实二律背反之后的刻骨铭心的"无奈感"。故事紧紧围绕着"我"(爷爷)，过去的土匪现在的贵客白脸与被土匪残杀的阿茹而展开，然而展开得异常的艰难和心酸，历史似乎给"爷爷"演了一出荒诞剧：昔日残杀美好如云的姑娘阿茹的土匪白脸，如今却以大富翁"大救星"的身份还乡，企图酬谢当年"我"的不杀之恩。而背景却是：我终身的懊悔（因为我没有杀以后又未能杀土匪白脸），我终身的仇恨（因为土匪没有人性地残杀了阿茹）。当年的战友对历史的健忘，山头上阿茹的烈士墓。现实以其功利和健忘而显示了它的扭曲，沧桑过后的历史也因为健忘的现实而被浸透得更加辛酸，只有"爷书"，这最下层人的心灵才是一部永恒的历史——

这作者悲怆的呼告。

"爷爷"数十年如一日的仇恨并没有一丝虚妄，因为他的爱到了极致，他的恨也悠久而遥远，所以这种无法让现实生活统一起来的心灵的二建背反便造成了"爷爷"陈大自始至终的自责和自罚，只有本质善良的人才会这样在一个悲剧发生之后，总把寻找过失的目光投注在自己身上。然而时代变化得这样猝然，爷爷心中的历史沉积又是如此之深。这一切交叠的结果便是一种痛苦的无奈：爷爷只好又："缓缓退回来，蹲下河边，双手又运起了金斗。身外的一切，无论是历史还是现实，无论仇敌还是亲友，无论是报复的怒火还是宽恕的遗恨，都一下被推到了清虚虚的远方。他所需要的，似乎只是沉醉在这淘金之中……余下的时光，大概他仍打算这么淘走"。

冥火成了历史缘起的引发机制；匕首却成为历史与现实、仇恨与怀念的连结点，由于作者在气质上的浓郁的历史＊无奈感"，在揭示"爷爷"因为历史的遗根也因为历史的遗爱而生存得很沉重的时候，我们发现，"爷爷"的复仇心理以及以后看似并不豁达的复仇行径却并不狭隘，当爷爷终于两眼喷火向着已经成为 * 现实的贵客的白脸击他蕴积了整整一生的一拳的时候，历史和现实便在这一刻发生了艰难而痛苦的弥合，爷爷那亘古的爱和恨便灿烂成一段人生——一段人心中的历史，《冥火》是一个悲剧，同时也悲得有些壮观。

《故乡人二题》揭示的是一个残疾主题，然而悲剧的视角却显示了作者一种同审美习惯的背叛：我们在分析残疾小说的时候，习惯性地将造成悲剧的根源完全归结于社会，如对史铁生的系列残疾小说，然而《故乡人二题》中，我们会诧异地发现，作者想从自己的经验生活中总结的，是这样一种根源：造成悲剧的往往来自残疾人本身，哑姑是个除了哑以外"其他什么都不缺"的姑娘，而且她十分美好，她带来的总是"甘甜和欢悦"。她的心理过于健全，因此她向往着美好的生活和爱情。她的这种向往超越了本身的残疾，也超越了她本身对"新生活"中苦难的适应心理——她几乎是完全赤裸着去拥抱未知的新生活，因此她在与黑蛇结婚后的第一天便逃回家，后来对难产中腹痛的难忍，她采取了自杀的了结方式。悲剧源自健全的心理和美好的向往，便也悲得震撼人心。而驼伯是完全不健全的，因为生理的残疾同时也导致了他心灵上的残疾。他那一连串肮脏的恶作剧，以及他偷看哑姑洗澡的丑恶行为，无不让人为潘大林毫不留情的刻画而惊讶，同时也因为他提供的新的视角而产生耳目一新之感。这样，读者总是在为残疾人愤愤不平的审美习惯中，调换了思考的方向。哑姑和驼伯是截然不同的两类残疾人，然而却都同样地遭受了悲剧命运的归附，这并列起来的结构处理，显示了作者在哲学思考上达到的一定的层次，初步形成了自己的小说哲学.

潘大林在《冥火》中所极力表现的历史反观的高度，在《故乡人二题》中对残疾主题新的视角，均说明潘大林具备了一定的敏锐力和沧桑感——他的小说呈现出一种实录的美和悲剧的自觉。当然，在故事结构上，潘大林又显示出对小说的故事完整性与严谨的过分看重，常常造成悲剧审美力的削弱;《驼伯》的结尾与小说气质极不相弥，不能不说是一个败笔。悲剧力量来自美奸人生被撕碎的程度，而不应囿于故事的完整。

如果说潘大林在真诚地从记忆梦魇中精心挑选一件件的经历来忠实地营构小说的时候，出于某种不自觉，并没有极力回避先验中所自然涣散的悲剧气氛，那么，在中篇小说《穿过丘陵》所体现出来的回避的自觉便可以认为是他创作上的一次尝试。

潘大林在选拣记忆王国中的块块断片去组织自己的小说世界，这本身已经是一种创作上的回避（也可以相反地理解为一种机智的发掘），如今，他在叙述《穿过丘酸》中一个个悲剧时，采用的却是更为优美、更为舒缓、轻淡的笔调，这几乎跟小说的内容形成一种"讽刺"。

"夜露很重，赤裸的脚板穿行在长满青草的田埂上，感受到一阵阵惬意的柔软和冰凉。凝重的露珠不断地从路旁禾苗的叶尖上滚下来，发出阵阵清脆的迸裂声。"

"西斜的月亮，在河面上投下了一个莹光闪闪的倒影，恰如一块正在磨洗着的白玉。"

"星星宛若燃尽的蜡烛，稍一摇曳，便次第熄灭，月亮则成了冰糖般极薄极薄的一片。"

"初夏的朝阳犹如一个洗尽铅华的少妇在林间漫步，脸庞丰腴而苍白，温婉得有点凄清。"

这些近乎散文的优美轻松超脱的语言叙述的则是阿财的惨死、表叔的气绝以及自始至终那个艰难岁月中生存的艰难。作者在一次次地以优美的景象、朴素的民俗强制性地将读者的审美重心从悲剧发展主线上偏移开去，之后又让暂时转入轻松的零心理状态的读者以猝不及防的方式再次接受悲剧的心理轰击。如此反复直至进入高湖。这样，在造成读者审美张力松弛的情况下，提供了一个心理弹性空白，从而欲扬先抑地强化了悲剧力量。《穿过丘陵》揭示的是那个疯狂岁月中，人的生存意志极端的顽强. 悲剧的感染源恰恰在于：艰难的下层人民为了艰难的生存所付出的巨大代价。

无论叙述还是描写，潘大林都很少调侃. 很少揶揄，甚至没有幽默。他只要执着的真诚，只要对自己经验生活中的那份忠实，并选择了直接的方法去显示这种真诚和忠实。他极其认真地提炼着他所能供给的性格、本能、个人经验，并开始恪守着他似乎业已形成的地域性审美特征和纤细的叙述风格，在气质上追求历史的厚度和悲剧的现实意义，寻求既是属于历史的也是属于现实的可能的人生。我觉得，潘大林似乎总想忏悔着什么。

（原载《南方文坛》1990年第3期）

谁说“南方没有小说”
——评潘大林的《南方的葬礼》

何浩深

青年作家潘大林的近作《南方的葬礼荣获了广西首届青年文学奖，这是他继《大山的儿子》(见《丑小鸭》月刊)、《翠鸟》(见《广西文学》) 之后在小说创作上新的突破。

一、一篇近乎史诗式的佳作

一个八十七岁的老祖母死了，一支长长的送葬队伍，似一股有力的溪流，撞击着桂南的山村，冲出了历史文化的积淀……

跳师公、繁杂的送葬仪式和对“七仙姑”的记述，是楚文化与百越文化的历史积淀，“一把米”双的滑头，贪婪、委琐和愚顽，是近代游盲文化与半，封建半殖民地商业文化的历史积淀，而他身上的“极左意识”又是“四人帮”的法西斯文化的积淀，“用来”的书呆子气、逆来顺受，“阿妈”的守寡是儒家文化的历史积诧；“阿爸”的热诚、勤恳、忠诚 (有时有点近于愚忠) 是儒家文化和新民主主义文化的历史积淀，“弟弟”的刻苦勤奋和“弓其”的顽强是炎黄子孙“盘古开天”“女娲补天”“精卫填海”的传统历史文化的积淀，而“弓其”的‘铁须苻炉——有进没出——吝啬的性格又有着类似资本主义上升时期资本的原始积累阶段的文化积淀……

过去一段时间，有些作家为了寻根为了挖掘历史文化的积淀，把笔触伸向虚无缥缈的远古蛮荒，又由于他们对古代不熟悉，而又急于要出新，所以运用了晦涩难懂凌乱的意象和象征，但依旧不见成功。尽管某些人有"哥儿、姐儿们"奇崛的热情无比的新名词形容词"大轰炸"式的吹捧，但正如潘大林所说的"没人予以太多承认"。

就像鲁迅在"阿Q"身上挖出了封建愚民文化的历史积淀，又像阿诚从"棋王"身上找到了道家文化的历史积淀一样，潘大林在《南方的葬礼》的送葬者的身上找出了各种历史文化的积淀。作者并不像在刻意挖掘；但却通篇搅起了这种积淀，正如老子说过的"大音希声""大象无形"，"听之不闻其声，视之不见其形"而无处不在，达到了"天籁"的境界（见《天运》篇）。如果用句绘画学上的术语来说，叫作"散点透视"或"游动透视"，先居高临下如飞翔于高空，后站立在山顶，而山前山后，前后左右，千里来龙万里去脉一览无余矣，别人"踏破铁鞋无觅处"，他却"得来全不费功夫"，"看似寻常却奇崛，成如容易却艰难。"

真正有出息有慧眼的文艺家必须明白：根，就在自己的脚下！成功，就在于发现。请在你立足的土地上好好地开挖吧！

二、对文学传统手法的继承：

潘大林这篇小说，没有很强的故事情节悬念因果报应等，但却照顾的中国读者的欣赏习惯，"化西"为中用，而不西化，不像某些拙劣的"效颦东施"，大搞风马牛不相及的大拼盘，而是在围绕葬礼这条主线上，刻画了"脚下这片土地上，一代一代人的痛苦、欢乐，搏击、沉浮，劫难、幸运、垂死、新生……"，去反映"不论其文明进程是多么的缓慢，但毕竟在前进"，既是对"老祖母"的葬礼，也是对愚昧和落后的缓慢葬礼，这更是一种象征，"空潭写春，古镜照神……流水今日，明月前身"，借用司空图的话，就是"如蓝田日暖，良玉生烟，可望而不可置于眉睫之前"。

三、这篇小说可贵之处就是：

真！真，是文学艺术的起码要求，真为"真、善、美"之首，若假，必出"大、空"，而善、美何来？

潘大林这篇小说有多处敢正视历史，作真实的描绘。例如，对清代容州那段"农民起义"的评价是那么中肯，用不可辩驳的历史事实指出：并不是过去所有的"农民起义"所有"反官府"的人都是至善的，"远非某些历史学家评价的那么高尚美好"，不能成为社会发展的动力。其中，某些人由于纲领不是出于发展生产力，若加上素质卑劣，品德低下，胸怀狭隘，就会充满匪气、贵贱皆戮、杀人如麻，嗜酷刑以为乐，这是远远不值得膜拜顶礼的。——文学的一个功能是认识作用，教读者正确地认识世界。人不敢言作者先敢言之，需要第一个"吃螃蟹"的勇气，起到拨乱反正的作用。这篇小说对一些历史真实的描写，无疑是澄清思想浑浊的一块白矾！让读者脑子复杂一点，不再当糊涂虫。

（《南方的葬礼》，刊于《广西文学》1988年11期）

沉重的人生和悲悯的拯救

——评潘大林小说集《岁月无声》

黄伟林（广西师范大学教授）

潘大林的小说集《岁月无声》，表现的都是桂东南农村的农民生活，为我们讲述了一个个沉重的故事，展现了一个个沉重的人生，也展现了一番番拯。

《岁月无声》写的是兴建水库的故事。按传统写法，可能会抒写建设者的豪情以及兴建水库的意义，其思路就像小说中播音员的解说，回避生活的矛盾，展示乐观的精神。潘大林没有这样做。他就像小说中那位党支书苏子木，30年后重游旧地，极力捕捉的是他那个曾不得不为建设水库作出了巨大牺牲的家族的某些信息。在潘大林的笔下，我们看到的是这样一幅惊心动魄的图画：兴建水库，必须搬迁，为守住家园，民兵营长阿伟组织自卫队，意欲抗拒政府的决策。从大局出发，苏子木向公社做了汇报。阿伟等数十个村民被荷枪实弹的公安干警逮捕，判刑数年。而苏子木因此事不仅被长期孤立，还在5年后被刑满释放的阿伟烧毁了住宅，最后无奈离开了与他血肉相连、休戚与共的苏氏家族。

《坍塌》写的是淘金的故事。虽然不像《岁月无声》那样场面大、时间长，但仍然有一种撼人心魄的力量。大贵、二贵为了改变贫穷的命运，挖洞淘金，在极其恶劣和毫无安全设施的环境里用最原始的手段向大自然索取财富，终因塌陷事故，大贵死于非命，重复了他父亲的老路。

《树魂》显示的不仅有关于人的命运的悲剧，而且有关于自然的命运的悲剧。孤独的看林人因为出身的缘故，被无辜陷害，在牢狱中度过了自己的青春。出狱后的他远离人群，用自己的双手营造了一个绿色世界，但在骤然激起且被愚昧左右的物欲面前，这个绿色世界短时间内毁灭殆尽。生命已经与树木融为一体的守林人在这一重创面前终于枯寂。

如此这类沉重的故事，在潘大林的小说里随处可见，俯拾即是。这体现了潘大林小说创作直面人生、直面现实的态度，他没有回避，没有矫饰，以极其朴素的文字，对极其沉重的乡村生活作了忠实的描绘。

与沉重的故事相关，潘大林的小说为我们塑造了一系列深沉的人物。

《岁月无声》中的村支书苏子木，在大局利益和家族利益的两难困境中作出了艰难的选择，欠下了家族一份终生无法偿还的情感之债。他没有因为这种选择捞取任何个人好处，反而担当了并不应该由他担当的沉重道义，忍辱负重，孤立自守。

《兵佬》中的主人公兵佬，为革命出生入死，战功赫赫，荣获许多奖章，并曾经用自己的身体掩护了一位面临机枪扫射的首长，留下一身伤痕。但直到离开人世，他的这些事迹都不被村民知晓，在村民眼里，他不过是一个贪杯的懒汉。

当然，这些人物的深沉个性并非天生固有，凭空而来。潘大林的小说对这种深沉性格的原因也有所触及。《树魂》中的守林人之所以离群索居，固然因为出身土匪造成的压抑，同时也因为与水秀相爱导致水秀惨死的悲剧。《炼石》中的土狗，少年时代成绩优异，天赋极好，却因家庭变故被迫中断学业，小小年纪挑起了养育弟妹的重担，可以说，土狗深沉的性格来自对命运不公的无奈，如此这类人生中影响深刻的事件往往是造成人物深沉性格的有利因素。比如《坍塌》中的二贵，哥哥的死亡对他无疑是一种重创，必将促使他重新看待自己的人生；又比如《驼伯》中的"我"，我对驼伯造成的灾难性后果在其心灵里埋下了懊悔的种子。可以想象，在人物成长的历程中，这些人生创伤会伴随着岁月的流逝造就人物深沉的个性。

值得注意的是，潘大林在讲述沉重的故事、塑造深沉的性格时，并不是一种纯然客观的态度，而是显示了一种悲悯的情怀。

《哑姑》中的哑姑不乏善良，有些作家写这类人物，很容易侧重于他们的心灵之美。相比之下，潘大林似无如此矫情，他写的是哑姑对美好人生的心理向往和现实破灭。在这里，潘大林并没有把哑姑的悲剧归结于社会，他只是写出一个残疾女子不可避免的残疾人生，并在叙写过程中渗透了自己的悲悯之情。在我看来，这种敢于正视人生的悲悯才是真实有力的悲悯。

这种悲悯在《好叔》中也有体现。好叔既无大智大勇，也无大奸大恶，在挫折不断的人生途中，他谈不上顽强，但也付出了努力。他的命运既不是作为人类超越现实之力的证明，也不是作为人性缺陷的例证，而仅仅作为一种人生事实显示命运本身，而这种命运，激发的只能是悲悯之情。

悲悯不仅仅是一种心理，它也常常转化为行为，拯救的行为。在潘大林的小说中，拯救之力的来源不是外在的，像"文革"时代的解放军医疗队，这种形式在潘大林笔下带有某种矫饰的色彩，潘大林小说中显示的拯救意识更多来自内在，是一种自救。一种看清了自身人生境况而努力改变的自救。《炼石》中的"我"幸运地走上了一条自救的途径，土狗虽然遭遇不可抗拒的挫折，但他通过对"我"的关怀也表达了这种自救的抱负。《四兄》中的四兄，有发家致富的才能，也有离开土地的机会，但他终于留下，不仅是出于对故乡土地和村里乡亲的情感眷恋，更是出于那种自救的责任。

的确，潘大林的小说为我们提供了一种弥足珍贵的乡村经验。这种经验不同于浪漫主义的乌托邦，那是一种自恋的虚构；也不同于现代主义的荒原，那是一种病态的夸大。潘大林提供的是一种常态乡村经验。唯其常态，所以触目惊心。沉重的故事撼人心魄，深沉的性格令人肃然，而流贯其间的悲悯和拯救情怀则凝聚成一种令人振作的力量。

八桂韵味的寻求
——读潘大林《南方的葬礼》所想

林为进（中国作协创联部）

我与潘大林虽同属桂南客家仔，又都先后上了"文学"这艘既美丽又繁杂的船，可相识却是近一两年的事情。他瘦小的身躯似蕴藏着极富裕的精力，虽只在中国作协内我们那间拥挤阴暗的办公室见过一面，但他留给我的印象是颇为深刻的。由此我开始注意到他的创作，这两年陆续读过他的一些作品，而以《南方的葬礼》（见《广西文学》1988年第12期），给我较多的阅读愉快。

新时期以来文学的发展，以及之所以得到人们较多赞扬和肯定，除了文学已经初步从"政治工具论"的桎梏突围而出外，文化意识的觉醒，无疑也是一个十分重要的因素。所谓文化，既有大文化的规定性与阶段性，也带上了由地域、种族而出现的差别性、特殊性。从世界范围来说，有东西方文化的差别，就国内来说，也会由环境的不同而产生地域文化的特殊性。前两年文坛上有"湘军""晋军""鲁军"之说，除了某些省份群体创作力量较强这一缘故外，某些作家的创作地域文化特色比较浓郁，无疑也是一处重要的因素，譬如贾平凹的作品，就见出了十分鲜明独特的"商州文化"的色彩，由特殊而现出艺术的魅力，并为普遍所接受，大概正是一个永恒的美学原则和规律。而"桂军"之所以没能在全国文坛中树立起自己的形象，虽然有起点低、群体创作力量不够强的原因，但少了一点特殊性，也就是少了点"八桂韵味"，尤其是一个特别明显的弱点。作为一个八桂子弟、文学队伍中的一员，我为此常常扼腕叹息，深表遗憾。应该说，"八桂韵味"不仅存在，而且是相当浓郁的。我们是一个多民族聚居的区域，又是普通话、白话、客家话交叉使用和并存的地区，在大文化一致的基础上，存在着不同的小文化体系。因而，必然会由复杂而产生丰富。闭塞的山区、开阔的沿海，北方文化的移入，原生文化的固守，如此的交织，无疑是一块极富裕的文学矿藏。不过，长时期以来我们似乎总是跟着文坛表面的移动而移动，缺少真正属于"八桂韵味"的创作。虽然其中的不少作品写的都是广西发生的事或可能存在的事，但却没有一种不论事在何处都能使人感到"八桂的历史"与内在现实的神韵，也就是缺少一种从地域文化之特殊性出发和表现的视角，甚至还没有出现真正触及地域文化。"百越境界"的提出，曾令人兴奋过一阵子，应该说是一个文化意识觉醒的开端，可惜没有在创作上拿出实力雄厚的作品。也许是还停留在试探的阶段，并没有真正进入文化的氛围。而由别人的探索，我们可以看出，"寻根文学"之路之所以没有愈拓愈宽，大概是尚缺少由寻古而返今、从而做到历史与现实相交汇、交融、贯通吧。

大林的《南方的葬礼》，他自己比较满意，也得到一些朋友的称赞，我想正是因为他既从文化的视觉入手，又试图表现现实生活的内容。因而作品给人的观感，不是那么虚而存在实的一面。不论是桂南八音的铿锵，还是哭丧的长韵，不论是房头姓氏人际关系的叙述，还是红白喜事中"柜头"主持人的描写，都可以见出客家人由历史贯穿到现实人生中的一些习俗特点。我读过写广东、江西、福建客家人的小说，但看到潘大林写桂南客家人生活的小说，尤感亲切，大概也是一种故乡的情愫。接受信息的熟悉感在作用于吧。无疑是写出一地方特色的。而由"阿爸""一把米""阿婆""洪仓""十兄"这些人物的命运际遇，又紧扣着现实人生的内容。不论你是客家人、还是北方老乡，总离不开社会大环境的影响和制约，人的命运总会受到现实的摆布。说穿了文化并不是一种孤立的存在，为表现文化而寻找文化将会陷入另一种形式主义的泥沼。文化就在现实之中，文化在一定程度上决定了现实，但反过来现实又在扬弃创造着文化。看来大林已经意识到了这一点，但似乎又仅仅是意识到。文化并不只是一种习俗，或者说习俗仅是一种外部的表现形式，它的核心应该是似若无形地对人的生命意识、思维方式、行为举止的影响和制约。

这位，我们来看潘大林这篇作品时，不难发现他只是在介绍桂南客家文化，还没有真正进入创造浸透着文化遗传、并由这种文化遗传所制约而决定他们个别特殊性人生意识与行为规范的客家人的自由境界。因而我们所看到的作品中的人物，还只是一些平板式的角色，尚缺少鲜活的灵魂。由此，使得韵味感不够浓郁，艺术的动态性也有所欠缺了。当然，从文体上看，大林在这篇作品的创作中也有意识地加强了自由度，摆脱了"小说＝故事"那种传统文化的束缚，可放在大一点的范围看，仍是和人家差了那么一拍半拍。可见真正的创新和突破，还是在于找到属于自己的东西，不论题材、手法、还是语言与叙述方式，都得突现出"我"的色彩感。

客观地说，我们八桂文坛上的作家并不比别人缺少勤奋与刻苦的努力，少的只是寻找和发现真正属于自己的东西之眼光。少的只是从"流行色"的遮掩中走出的自信和勇气。莫言能够在山东高密的红高粱地中找到他的魂，扎西达娃能在西藏的荒原峡谷中觅见他的梦，我们八桂文坛上的作家，也一定能在桂东、桂西、桂南、桂北的大山矮岭、湖泊江河、蕉林桂树丛中寻找到自己的色彩和神韵。大林不是寻找"八桂韵味"的第一人，更不可能是最后一个人。可以相信，在持之以恒的寻找中，"桂军"终有一日会使国内外文坛刮目相看。八桂山水美，文坛亦秀奇。无疑。这正是我们八桂子弟中舞文弄墨者所愿意为之奋斗的。

（原载《南方文坛》1989 年第 2 期）

潘大林小说创作的新历程

欧　文

这似乎是缪斯女神的玩笑，文坛的堡垒对每一个要求进入其中的人要求的总是认同或追随其对政治或社会潮流的献身，或者站对某个艺术流派的附和。最终，当他好不容易到达那个左右逢源、八面来风的境界，他突然发现已全然地失去了自己。

也许，我们都需要那感悟的一刻，以使自己臻于完美。

文学追求自身价值的失而复得，导致了几年前寻根文学的出式，那时的寻根派作家们，急忙忙如幡悟的妓娼，陡然把从良的希望脊托于文明的始源。也许，寻根文学作为一个集体有意识或集体无意识，并未渗入潘大林的创作思想之中，他的自我回归走的是一条既独特又寻常的道路；他的转折点是短篇小说《翠鸟》。

一、对精神世界的关注

有趣的是，《翠鸟》(《广西文学》一九八五年第九期) 写的也正是一个被环境认为是异己的人，徒然地追求认同的悲剧。小说的主人公，一个二，三十年代中国南方村镇的孤女和一个外国的传教士的不幸结合的结果，在现实生活中并没有受到更多的歧视或迫害.他的悲剧根源的浅表层次在于他与环境的相异。最深层次则在于他追求社会的认同以获得平等的人格。他的栗发、高鼻、蓝眼睛无疑是一种美，但在当时的中国社会这个特定环境，这种美成了耻辱的象征，作为一种美的载体，一种生于斯长于斯的乡民，主人公自己显然也不能超越这样的社会意识，悲剧是二重性的——社会的不认同与自己身上的不确认。

《翠鸟》的时间跨度是很大的，由主人公的诞生写到晚年，他写的是一个命定的孤独者的命运，也写出了一个由被放逐走向自我放逐者的悲剧的抗争，小说的结尾是无奈的暖色：

"幸好，他没有眼睛，看不见了，这对于他来说，未尝不是好事，因为这样，他便少了许多烦恼，那个美丽的精灵，便能在他心中活着，直到永远，永远……"

主人公有了最终的彻悟，他以往的不幸生活和苦苦挣扎因此被赋予了一种价值。他不再盲目而痛苦地追求认同，他确立了自我的独立人格，也接受了自己作为一个被放逐者的命运。于是，他不再咒骂自己曾拥有过的美，相反，那被自己亲手毁灭的美成了他"心灵上的圣物"，他的"某个美好的幻梦"，这种美的象征就是"翠鸟"，"翠鸟"永存于主人公的心中，由此，作者写出了一种美的得而复失、失而复得的循环，揭示了人的自身价值的获得，一个心灵由痛苦走向和谐平静的历程。

二、对自我的关注

上帝造人的时候，先用稀泥做成人的形状，这时的人还是无生命的土坯一块。上帝将麦秸秆插入人的鼻孔，吹入自己的呼吸。于是人有了神的灵气，被赋予了灵魂，成了"活生生的人"。

对于小说中的人物，作家无疑就是这样的一位上帝，潘大林深深懂得，要成为一位好的上帝，首先在于作家作为创作主体的自我确认，于是，就有了后来的《南方的葬礼》(《广西文学》一九八五年第九期)，《穿过丘陵》(《清明》一九九〇年第一期)，《故乡人二题》(《小说家》一九八九年第五期) 等一系列描写作家故乡的风土人情、历史变迁的作品，在这些作品中，我们看到一个游离出当代社会潮流，追求文学本体价值的作家对自我人格立足点的追寻。这里，我们再也看不到以往潘大林作品中所描写的每天都呈现在我们眼前的种种社会表象，再也听不到一九八二年或者一九八四的真诚或虚伪的喧嚣的反映。

《南方的葬礼》以一种雄浑的气魄，悲壮而滑稽的色彩，描写出生存在一个闭塞的南方乡村的潘氏家族，历史的源来不及时代的变革给这个家族带来的种种影响，写出了一个氏族求生存、求发展的苦苦奋斗及为此付出的代价。在这篇小说中，我们欣喜地看到由于作家成功地摆脱主题、形式上的创作成规及政治意念的束缚，自我创造并有效地发现挥了一种空前的创作自由。这首先是一种心灵的、精神上的创作自由，这样一种自我解放使作家不再瞻前顾后，敢于真正地正面人生，从而超越了以往他深陷其中的伪现实主义的泥潭。这是《南方的葬礼》之所以取得成功的真正奥秘所在。

小说笔下人物是繁多的，他们由于参与了"我祖母"的葬礼而一个个带着自身的历史走到作家的笔下，他们是真正的行走在这一片大地上的人，既欢笑也呻吟，既幸福也怨恨，浑浑噩噩地历尽人间沧桑。这是一批在昨天与今天的历史变幻中耗尽了精力、才智与思想意识而注定无法踏入明天的门槛的人。他们是虚伪与才智、真诚与痴愚的混合，是时代的错误与自身的缺陷的牺牲品，他们代表着作家难以推却的一份遗产，他们在筹备着"我祖母"的葬礼的时候，也在为自己唱着挽歌，这就是南方的葬礼。

与《南方的葬礼》的博大恢宏相比，《穿过丘陵》是沉湎于往昔生活的低吟浅唱，整篇小说弥漫着一股令人又向往又感伤的怀旧情绪。它写的是在"文革"时期的某一个美丽的月夜，"我"和表叔到一个邻省的圩镇买米的故事。揭示了一个特定的历史时期，人们遭受的创伤，说明了人的命运总依附于一定的社会条件这样一个道理。

《穿过丘陇》在艺术上是一个巨大的成功，这个成功在于作家蓄意制造出的一个自然与社会的巨大反差。作家不吝笔墨，大段大段地写月亮、星星、小河，古老的碾坊，山岗，这万古如斯、美得难以言喻的大自然与社会的谬误。小说的结尾是暗色的，人物的不幸命运及精神磨难令人黯然神伤，这是对艺术的顺应。

从这几篇小说的总体艺术效果来看，潘大林是一个缅怀者，也更是一个观察者、批判者，当我们阅读作家的这几篇泥土味颇浓的小说的时候，我们很自然也联想到另一位抒写桂东南风格的作家黄飞卿，应该说黄飞卿对这一片土地的描情状物，要比潘大林更写真，更抒情甚至是更成功得多，但是黄飞卿所描写的生活是静止的或被人为地推动着极不自然地前进着的，并给人一种陶醉其中无从自拔地感觉，而缺乏潘大林作品那种时间、空间、意识、历史与现实的超越，或许这就是一个歌者与一个探索者的区别吧。

三、对形式的关注及其得失

一个成熟的作家的含义是两方面的：深邃的思想与完美的艺术表现形式。

《翠鸟》作为作家艺术观的专折是成功的，而作为艺术形式的探索则不甚理想。着这里，我们看到了作家对形式的焦虑和关注而产生的尴尬，他很想在创柞手法上挣脱陈套，然而由于习惯于长期从事的写实手法，一朝弃绝而无所适从，由于未能选择更理想的角度而采用了直接叙述的方式，小说采用的时空错置，人称转换等技法未能达到应有的效果，反而留下了生硬的斧凿痕迹。

《南方的葬礼》是一篇因为作家下决心不再"作小说"而成功的小说，放下了"小说作法"之类的包袱，作家不再束手束脚，自我画地为牢，从而自如地发挥了语言娴熟、长于叙事的优势，如行云流水，把一篇"自由体"小说做得畅快淋漓，表现出前所未有的超脱和潇洒，真正到达了"无技巧即最高技巧"的艺术境界。

（原载《广西作家》1990 年第 2 期）

《南方的葬礼》：故园回望中的文化乡愁

韩颖琦

　　去国离乡的知识分子很容易产生一种文化乡愁，这种文化乡愁中往往夹杂着复杂的情感，一方面时空的阻隔让他们对故园乡土有着难以割舍的依恋和怀想；另一方面，这种文化乡愁又常常与"哀其不幸，怒其不争"的怨怒和忧虑相连，他们对乡土传统文化中的负面因素表现出强烈的忧患意识和渴望现状改变的责任感。潘大林就是这样的作家，他的创作先后荣获广西区人民政府文艺创作"铜鼓奖"、中国作家协会、中华文学基金会"庄重文文学奖"等奖项，其小说代表作《南方的葬礼》就表达了这种复杂而深沉的文化乡愁体验。

一

　　"乡愁"（nostalgia），是怀念家乡时所流露的既甜蜜又苦涩的心情，这是每一个背井离乡的人都会产生的情感体验。"文化乡愁"（Cultural nostalgia）则是人类在对世界大同的单向进步主义和未来乐观主义这一社会理想的追寻中所产生的、难以消除的精神情结，在全球化语境中，"文化乡愁"与"现代心态"是当今全球化进程中人们所表现出来的既相互伴生、又相互抵悟的两种典型心态或情绪。[万俊人:《全球化中的现代性心态与文化乡愁》,《科学中国人》2002年第1期。] 在全球化与现代化的推动下，空间被压缩，时间被幻化。现代人越来越远离自然，因为现代性本身就是对自然状态的征服和历史性超越，被钢筋水泥围困的现代人从心底里生发出一种逃离都市的心态，回归自然成了他们普遍的向往和追求。对于像潘大林这样地从乡村走出来的文人来说，这种对昔日家乡田园风光的依恋和怀想就更为强烈。因此我们看到，在《南方的葬礼》"我"回乡奔丧的途中，"我"的眼睛始终被窗外家乡的山水、草木、物产和农舍所牵引：

偌大的白石村遥遥在望。这里是桂南的丘陵地带，山峦起伏，河水纵横。但山不很高，水不很深，终年是绿幽幽的。河水年复一年切割着山，山间便有了些坡地、盆地、台地、有了肥沃的泥土，有了人家，有了禾稻、木薯、芭蕉、荔枝、龙眼、沙田柚……东面的山叫太乙，南面的山叫天堂，西面的山叫铜鼓，都是耐人寻味的名字。北面无山，网开一面，让河水哗哗淌出，逶迤而去，汇进杨梅江，再注进绣江，流向西江。[《广西当代作家丛书·潘大林卷》第11页，漓江出版社2002年版。]

然而这种乡愁一旦落实到具体的时间和空间中，带给人的却常常是深深地失望和失落，就像小说中"我"回到家中的那一刻所感受到的那样：

前面就是我们的家，周围原先长着许多果树，有芒果、黄皮、木菠萝、番石榴，大多是阿公当年从南洋带回的树种，后来却被我们这些儿孙陆续砍去，只留下门前两株黄皮树，从而使庭院显得冷落而简洁。[《广西当代作家丛书·潘大林卷》第13、14页，漓江出版社2002年版。]

想象中的故园总是被蒙上一层温馨和谐的理想化色彩，而现实的故园却往往给以一种物是人非的悲凉感和失落感，罗伯森对全球化的"文化研究"（Cultural studies）表明，全球化过程中出现的这种"文化乡愁"具有某种"家的意识形态"（the ideology of home）的性质，它指的是现代人在追求全球价值认同的过程中情不自禁地产生一种"无根失据""无家可归"的怀旧情绪和"思乡病"。它与我们这个时代越来越浓厚的历史失却感和文化（传统）认同缺乏症紧密联系在一起。［万俊人：《全球化中的现代性心态与文化乡愁》，《科学中国人》2002 年第 1 期。］这种历史失却感和文化传统认同的匮乏感，是潘大林创作《南方的葬礼》的深层心理动因。也许在创作之初它还深藏于作家的潜意识之中，但这种潜意识一旦被唤醒，对乡土传统文化地追根溯源和理性反思就会变成作家主观能动的追求，这也就是我们为什么在《南方的葬礼》中经常会遭遇作家大段大段议论性干预的原因。

二

《南方的葬礼》中的文化乡愁体验主要表现在对家族渊源的追溯和对传统习俗的扬弃上。

首先是对家族渊源的追溯。"我"对潘氏家族历史的追流溯源显示出作家为家族立传写史的愿望，这是一种家族自豪感与归属感的表现。小说写"我"接到了祖母病危的电话后，便匆匆踏上了归乡的旅程。一路上"我"梳理着潘氏家族的脉络，从一千六百多年前的晋代开始，潘氏家族出现了第一个响当当的人物潘岳，因为年代久远，家族谱系已不可查考，因此在民间流传着另一个更为普遍的说法，即潘氏家族的祖先是北宋的潘美，即后来出现在小说戏曲中的潘仁美。祖母是潘氏家族第三十五世孙媳，也许正是祖母的到来，使潘氏家族更加繁衍壮大。

在潘氏家族中，祖母是"我"最熟悉和敬仰的人物，她是这个家族延续至今的精神凝聚力之所在，她的形象是在"我"断断续续的追忆中得以完整丰满的。对祖母的描写是从少女时代开始的，小说写那时的祖母十七八岁，丰满婀娜，健壮活泼，伶牙俐齿，爽快大方，眉宇间透着天不怕地不怕的倔强，人称辣椒嘴杨二姐。在与祖父的第一次偶遇中祖母就唱了一首响亮而泼辣的山歌，并因此成就了祖父祖母的姻缘。祖母顽强的生命力和强大的繁衍能力使潘氏家族不断壮大，她先后生下七个孩子，养大了四男一女，膝下有三十多个儿孙，分布在各行各业。祖母一生坎坷，"我"阿爸在四十岁早逝，让祖母经历了白发人送黑发人的悲痛，是她对"我"母亲说的那一句简单的话语"我们好好过吧"，给了这个残缺的家庭以希望和力量，是祖母的坚韧支撑起整个家庭。也因此，八十七岁的祖母虽然年事已高，但"我"仍然很难想象祖母有一天会倒下。

在"我"眼里，祖母是潘氏家族的精神纽带，如果没有了祖母，庞大的家族就将如同一盘散沙很难聚拢了。然而令"我"感到痛心疾首的是，家族中还存在着一些面目不堪的人，对于家族中的那些败类和不肖子孙，作家并没有刻意回避，这一方面表现出小说为家族追根溯源和树碑立传的客观态度和理性精神，同时也蕴含着对家族渐趋衰落的无法挽回的遗憾和痛惜，而这正是《南方的葬礼》对乡土文化进行理性反思的文化自觉的体现。

对外号"一把米"的酒鬼叔祖吉英的描述就是这种文化自觉的表现。"一把米"年轻时去过南洋，曾染上鸦片烟瘾和花柳病，回乡后继续过着吐云吐雾、游手好闲的日子，后因偷窃做过两年牢，出狱后虽曾发誓脱胎换骨重新做人，但没有子嗣的压力让他有了一个荒唐的想法，怂恿并默认老婆与他人偷情，最后老婆与别人跑了，"偷鸡不成蚀把米"的他也因此有了"一把米"的绰号。因劣迹太多，"一把米"是族中最被人看不起的人物，小说写他的劣迹是有渊源的，早在太平天国起义时，"我"老祖宗曾有过一次"不识时务、不知好歹"的抵抗义军行为，其中开门纳敌的祸乱的罪魁祸首正是"一把米"的曾祖。这段出现在《容州府志》上的记载不仅加强了对"一把米"不堪形象的塑造；而且通过这一事件反映出作家的历史观：

这段历史，至少告诉了书本上不肯告诉我的一个道理：农民起义，远非某些史学家评价的那么高尚美好。然而，我们常常很少看到或者故意忽略这一点。当然，我绝对没有偏袒两位举人老祖宗的意思，也许他们真是罪有应得，死有余辜。但那千余众手无寸铁的妇孺老幼呢？前些年，我攀上铜鼓上，站在九曲洞中，面对着曾经染透祖先鲜血的泥土，就这样迷惘过。至少一把米曾祖那种易反易复的叛逆，大概最偏袒的历史学家也不会给予太多好评。[《广西当代作家丛书·潘大林卷》第23页，漓江出版社2002年版。]

如果说祖母和"一把米"是家族中两个比较极端的人物，他们处于人格品行高低的两级，那么"我"弟弟形象的塑造则弥补了家族成员构成类型的不足。弟弟质朴与狡黠共存、坚韧中又不乏固执和愚昧的个性是那些让"我"爱恨交加的父老乡亲们群像的集中代表，具有普遍意义。小说中"我"弟弟的形象是通过他在祖母丧礼上的表现和"我"的回忆来共同完成的。在丧礼上，按照老规矩，孝子什么也不用干，唯一要做的就是长跪灵前守孝，可是当主事者派不出人来去县城买棺木时，弟弟不顾他人的反对站了出来，说了一句"丢那妈，都火烧眉毛了，顾不得那么多啦！"就拖着病体走了。

这是弟弟第一次出场，简单的一句话，将弟弟焦灼的心态、直爽而不拘礼俗的个性展露出来。随后"我"怀着心痛和感激之情回忆起弟弟多次死里逃生的经历，从这些磨难中看出弟弟顽强坚韧的生命力。小说写弟弟的语言不多，但都十分鲜活，如弟弟经常习惯性地出鼻血，但他不但不想办法止血，反而连喷鼻子，喷得鲜血四溅，边喷边骂道："我叫你流！我叫你流！流够没有？丢那妈！""丢那妈"是弟弟的口头语，弟弟曾有过一次舍身救人的义举，事后当"我"问起他的感想时，他淡淡地说，"丢那妈，哪来得及想什么？不这样，大家都得压死。"弟弟就是这样一位朴实憨直的地地道道的农民，做得多，说得少，他深深地扎根于脚下的土地，而且和他脚下的土地一样，沉默厚重踏实。但是对于弟弟愚昧固执的一面，小说也没有回避，弟弟有六个孩子，当"我"谴责他不该生那么多时，小说写弟弟又是淡然地一笑，说"怕乜？每餐多加一勺水就得了。"弟弟的狭隘正说明了他是一位货真价实的农民，而非有些文学作品中被刻意美化的拔高的农民。

《南方的葬礼》的文化乡愁体验还表现在对传统习俗的扬弃上。传统习俗在小说中主要指丧葬礼仪和生育繁殖。丧葬礼仪是人生的最后一次庄严而重大的仪式，历来受到各国各民族的尊重和重视，由于东西方文化的差异，和西方人重视生命过程相比，中国人更重视逝去后的葬礼，因此中国有讲究厚葬的传统，虽然这一习俗随着全球化和现代化进程的加快已经有了很大变化，但由于农耕时代思维模式的根深蒂固和传统文化的长期熏陶，这一变化的速度远远赶不上现代化进程的脚步。尤其在相对封闭的区域，传统习俗仍然大行其道，这对传统文化的传承虽然有着积极的不可抹杀的贡献，但同时，那些传统习俗中的痼疾也因此被保留下来，而这些又恰恰是和现代化相矛盾和抵触的。《南方的葬礼》给我们全程展示了具有地域和民族特色的桂东南丧葬习俗，并对这一习俗中的负面因素进行了反思和批判。

除了前面提到的对长跪守灵这一刻板习俗的反对，小说主要对出殡仪式的怪诞和繁复进行了嘲讽和批判。师公队在这一丧葬习俗中是不可或缺的主角，但师公队的种种表现让"我"深感无奈和反感：

师公念念有词，众徒随声迎和，宛若多声部的合唱。唱词含混不清，一句也没法听懂，更显得高深莫测、诡异非常。想到我阿婆那圣洁而疲惫的亡灵，要借助这些蓬头垢面、妖模鬼样的人引向天国，我心底不由阵阵发冷。[《广西当代作家丛书·潘大林卷》第 32 页，漓江出版社 2002 年版。]

这些被怪诞仪式操纵下的人仿佛是马戏团的动物，由驯兽员领着，做各种滑稽的反反复复的规定动作，直到他们被折腾得筋疲力尽，还不罢休。仪式一套接一套，虽然明知这是假戏，但众目睽睽，就不得不假戏真做，装扮出十二万分的虔诚和哀痛。还有那场没有半点悲哀色彩的丧筵："阳光灿烂地照在筵席上，没有半点哀伤色彩。人们奋力与米酒饭菜作战，气氛热烈宽松，直到一个个酒足饭饱，面红耳赤，饱嗝连连，喷嚏响亮，杯盘狼藉的桌面才逐渐冷落下来。"[《广西当代作家丛书·潘大林卷》第40页，漓江出版社2002年版。]在作家看来，对于老规矩中一些刻板愚蠢的做法应该适当地纠正或废除，因为新时代应该行新例，谁孝与不孝，婆祖心里最清楚，不必见在这一时半日，这不是逝者真正需要的，因为这些仪式更像是一场表演，而这场表演无疑与孝顺和尊重无关，只是活人演给活人看的一场虚假的戏而已。

在丧礼中引起"我"关注的还有一群十三四岁的孩子，他们参加到这场又唱又跳的荒唐仪式中，为了赚取几块钱就要唱上一个晚上，他们声音嘶哑、头发散乱、眼眶发黑、脸上沾满肮脏汗泥的样子让"我"十分心痛，他们本该是正在上学的孩子，却早早地品尝了人间的生死悲观，并为生存开始了艰难的挣扎。望着葬礼上那些"尺高寸矮"的父老乡亲，目睹了他们贫困艰难的生存现状，对他们那些违抗计划生育政策所实施的各种几乎疯狂的举动，"我"感到了一种难言的悲哀和焦虑。

实际上，这种焦虑的反思心态从"我"追溯家族渊源时就已经开始了，在对家乡"铜鼓"来历的介绍中，"我"对家乡的爱在自豪的同时也充满理性和批判精神，因为据考证"铜鼓"的出现证实了"我"祖先是这块富庶土地的外来者和侵入者，对于这一事实，虽然一方面可以证明家族曾经的强大和彪悍，但作家也分析说，"这原是极不公平的，但历史既已过去，人们也就承认了这个事实。"而且对于潘氏人口在百家姓中排名靠后的情况，"我"并未感到悲哀，因为"我"已迫切地感受到了人满为患的灾难。面对家乡人满为患的落后现状，作家再也不能平静，借助"我"之口抒发他了"哀其不幸，怒其不争"的忧愤心态：对于此，"我"始终怀有一份爱恨交加的复杂情感：

我这些父老乡亲，想不透的理，就是拿钢钎撬他的脑壳也未必开窍；但自己认准的理，就是刀架在脖子上也不会低头。关键时刻，他们不会像有文化的人写出什么多余的话，只会冷冷一笑："有种的，只管砍来！"褒扬的，可以说这是对某种信念的忠诚；贬斥的，又可以说这是愚蠢的冥顽。这就是我的乡亲！［《广西当代作家丛书·潘大林卷》第35页，漓江出版社2002年版。］

另外，对于花重金重修祖坟的做法、对于仍保留至今的第二次葬的习俗，小说进行了理性的反思和批判。前年族人在墓地上上演的那出震动一方的惨剧仍历历在目，然而"我"的族人在一遍遍讲述那段七死八伤的血案时所表现出来的冷漠和几乎兽性的亢奋，让"我"在胆战心寒的同时陡然生出一种悲哀和愤怒，"我"惊讶地发现，面对暴力和死亡，这些族人除了冷漠和亢奋之外，从他们身上找不到任何愧疚、怜悯和自省的情感。郁积在"我"胸中的郁闷之气始终得不到疏解，下面一连串痛心疾首的呐喊便情不自禁地爆发了：

这就是我的族人！这就是我的族人？这就是我的族人！！！［《广西当代作家丛书·潘大林卷》第41页，漓江出版社2002年版。］

这里同样一句感叹"这就是我的族人"，小说使用了三种不同的标点符号，第一句是单个感叹号，表达了对族人冥顽愚蠢行为的无奈和感叹；第二句是问号，表达出不愿意相信和接受残酷现实的矛盾复杂心态；第三句三个感叹号连用表达的感情更复杂，里面有对族人种种愚昧野蛮行径不得不接受的无奈和痛惜，更有"哀其不幸、怒其不争"的愤怒与焦虑。正是这种对传统文化"爱之深、责之切"的复杂情感，使作家在对故园深情的回望中，在敬畏、眷恋与批判中完成了这一次文化乡愁之旅。《南方的葬礼》所蕴含的深沉的文化乡愁体验之所以能引起读者共鸣，因为这种情绪是与全球化"现代心态"相伴而生的现代人和现代社会的普遍心理症候之一。[万俊人：《全球化中的现代性心态与文化乡愁》，《科学中国人》2002年第1期。]和那些固守狭隘的地域观念来回望的故园的做法相比，《南方的葬礼》的可贵之处在于小说显示出一种自省和宽容的文化心态。

三

尽管"我"的归乡之旅始终笼罩着一层悲伤与忧虑的氛围，这其中既包含着对祖母逝去的沉痛，更重要也是更本质上的，则是对传统乡土文化痼疾的焦虑，但小说最终并没有陷入悲观和绝望的情绪中不能自拔，在结尾作家以优美灵动的散文笔法，让我们在桂南山歌的悠扬声中，感受到了春意的萌动：

夕阳将铜鼓山巨大而沉重的阴影投下。背对着夕阳，我们从阴影里奋力走出来，每个人身上都染着一层红色的光彩。山道两旁，是生机勃勃、苍翠欲滴的亚热带植物群落。山下明镜般的水田夹杂着一方方绿毛毯般的新秧，新式的拖拉机和疲劳的老水牛同时在田里耕耘。在这平静的画面中，突然穿出一支桂南山歌，深沉，激越，热烈，舒缓，清晰，含糊，兴奋，怅惘，冷若冰霜而又春情涌动……[《广西当代作家丛书·潘大林卷》第42页，漓江出版社2002年版。]

在这里，新式的拖拉机和疲劳的老水牛同时耕耘着，这意味着新的现代性的元素已经渗透进传统文化中，作家相信传统和现代的冲撞与交汇必将撞击出新的生机勃勃的火花，一种全新的既传统又现代的先进文化正在孕育滋生。这段景物描写把作家对于未来的希冀和对家乡的祝福表露无遗。

在叙事中加入议论和抒情，以表达作家强烈的爱憎情感，这是《南方的葬礼》在写作技法上的一个显著特点，也是潘大林小说的一贯特点。在小说中我们随处可见议论和抒情的语句和段落，它们或长或短，有时候出现在小说开头，有时候出现在小说结尾，有时候又随意地散落在文中，如作家对家乡的复杂感情就有一段十分集中的坦陈：

这地方，我从童年、少年、青年而渐至中年，不知走了多少次，每一次离家，每一次归家，都要经过这里，都使我对脚下的这片渗透血，渗透泪，渗透汗水，渗透着生命的原汁，渗透着富裕与贫困，渗透着厚实的痛苦和浓烈的欢欣，渗透着无边的绝望和无边的希望的土地，有一层新的认识。使你爱它、恨它、哭它、笑它、亲近它、疏远它、渴望它、离弃它、讴歌它、诅咒它、拥抱它、逃避他……深深地陷入一个无法解脱的情感怪圈中去。是的，祖先中已有无数代人在这里开拓搏击，顽强地走完自己生命的旅程，儿孙中还将有无数代人在这里冷冷清清而又轰轰烈烈地活下去，不论其文明进程是多么地缓慢，但毕竟在前进。[《广西当代作家丛书·潘大林卷》第27、28页，漓江出版社2002年版。]

与那些以无动于衷的"零度叙事"为感情表达方式的小说相比，潘大林小说的感情是浓烈而外露的。"在情感问题上，小说家们无疑应当保持镇定、保持克制、不要随意地对某一种情感倾斜，要尽可能使小说保持一种宁静而高雅的风气，但这绝不意味着零度写作才是唯一的选择。"[曹文轩：《小说门》第217页，作家出版社2003年版。]《南方的葬礼》无论是小说情节的安排、人物形象的塑造，还是环境场景的铺排，都始终围绕着"感动"这一中心词来展开。要感动别人首先要感动自己，很多小说家都曾谈到过他们创作中那种澎湃难抑的激情，甚至有些作家在写作中完全进入到一种无我的境地，他们会跟着小说中人物命运的起伏而欢笑甚至是痛哭，从潘大林小说的字里行间我们感受到了这样的激情和震颤。

虽然潘大林曾经不无遗憾地表达，从20世纪90年中期开始，他基本远离了曾经带给他莫大荣誉和心灵慰藉的小说领域，但从他后续的一系列散文随笔中我们依然能感受到潘大林的文学激情。繁忙的工作和曾经病痛的身体并没有让他对文学的挚爱有丝毫的减弱，他的一系列舒展大气的文化散文的出现就是例证。从潘大林散文感性与知性融合、浓厚的乡土气息中蕴含着一份文化的雅致与从容的风格中，我们分明又看到了他小说品格的影子，而他早期小说创作中那种枝蔓丛生、没有紧凑连贯故事线索的散文笔法，也似乎早已预示了他日后以散文为主的创作转型路向。无论是哪种题材，"文学的职能在于为人类社会的存在提供和创造一个良好的人性基础。而这一'基础'中理所当然地包含一个最重要的因素：悲悯情怀"，然而"进入这个具有强烈现代性的时代之后，人们遗忘与反叛历史的心理日益加重，在每时每刻去亲近新东西的同时，将过去的一旦几乎都要废弃掉了。悲悯情怀就正在被废弃掉。"［曹文轩：《小说门》第 214 页，作家出版社 2003 年版。］令人欣慰的是，阅读潘大林的小说和散文，我们都不难感受到这种宝贵的、令人感动的悲悯情怀。

还原真实历史塑造鲜活形象
——潘大林长篇历史小说《黑旗旋风》的启示

韩颖琦

　　《黑旗旋风》是广西作家潘大林先生的最新长篇历史小说，2014 年 12 月由漓江出版社出版。小说的主人公刘永福是广西钦州人，清末黑旗军将领，率部参加中法战争，屡次挫败侵略者。为家乡名人用小说立传，体现出潘大林先生浓厚而深切的家乡情结，以及为家乡文化事业繁荣做贡献的责任感，这是这部小说的第一个价值与意义。然而小说提供给我们的远不止于此，单纯从写作技术的层面看，这无疑是一部成功的历史小说。历史的真实性是历史小说的基础和最本质的特征，同时小说的文学性又具有一定的虚构性，如何在真实性与虚构性之间找到一种有效的链接，让小说在尊重客观事实的基础上，又具有鲜活生动的文学性，这无疑是历史小说成功的最要标志。在这方面，《黑旗旋风》为我们提供了一个很好的示范。

　　关于历史小说的真实观，尽管有许多作家做过成功的探讨，但在坚守历史真实原则的基础上，如何把握好史实和虚构的尺度，用适当的虚构来生动地再现历史，仍是一个永远都值得探讨的问题。

《黑旗旋风》截取了刘永福一生中从 17 岁到 48 岁这三十年间的主要经历与事迹。作为和我们有一段时空距离的历史人物来说，他留给我们的生平资料是不完备的。虽然我们可以根据相关资料大致勾勒出他的生平事迹，但如何从这些线条式的罗列中，还原和再现一个完整的、鲜活生动的、丰满的人物形象，则需要作家在尊重事实的基础上，发挥丰富的想象力。

刘永福从 13 岁就开始在船上做水手，15 岁时已练就一身好武艺，成为一名熟练的水手，被船主雇为"滩师"（即引航师傅）。传记中刘永福出场时，17 岁，是一名熟练的滩师。基于这一事实，作家给我们展示了一个相当具有文学性的开场场面，其文学性主要表现在景物描写和人物出场方式这两个方面。首先，传记开篇用超过一页的篇幅细致描绘了桂西南最大的一条河流，宛如一位风姿绰约的少女，曲折蛇形在群山环抱之间。很快，笔锋一转，一场暴雨过后，美丽娴静的少女转眼变成一位"被狂风暴雨惹怒了的泼妇"，"水声浩浩，浊浪涛涛，以一种居心叵测的险恶冲刷着沿途带下的一切。原先隐约可见地走船航道，现在都看不见了，江面上只有一个个翻卷着的漩涡，在狞厉而疯狂地撕扯着它们所能抓住的一切。"这一大段景物描写突出了环境的莫测和险恶，为下文展现刘永福危难之际拔刀相助的壮举做好了铺垫；同时设置悬念，渲染了紧张的气氛，引发读者浓厚的阅读兴趣。其次，作家对于刘永福的出场采用了武侠小说惯用的开场方式："岸边的高崖上突然出现一个黑色人影，那人戴着一顶竹笠，穿着一袭棕榈树皮做的蓑衣，从山路上飞奔过来，借助那股奔跑之势，高高地凌空跃起，像一只巨大的黑鹰，稳稳落在船头上。那人二话没说，从胖船工手里抢过竹篙，探下深潭某个地方，狠命一点，船头突然像得到了什么法力牵引，一下溜出了漩涡，当船头就要撞上岸边石壁的一刹那，那人用竹篙一点，穿透擦着岩壁轻轻一转，又顺势驶出了深潭。"一场瞬间即将到来的巨大危机就这样被一位天外飞侠化解掉了。未见其人，已见其形，即感其势，英雄的神秘与勇武跃然纸上。

作家丰富的想象力还表现在刘永福与两位女性的感情关系上。作为一名抗击外敌的民族英雄，传记为我们还原了刘永福建功立业的辉煌功绩。同时，作为一个活生生的人，传记也力求呈现出英雄人物细腻柔情的另一面。据史料记载，刘永福只有一位妻子，且对她十分敬重。和丈夫一样，妻子黄美兰同样是一位充满传奇色彩的女性，她不仅聪明贤惠，是丈夫生活中的良伴，而且随夫习武，出谋划策，堪称女中豪杰。在传记中，作家着重刻画了黄美兰忠诚善良、识大体的品质，这种品质主要表现在她对待黑妞的态度上，黑妞是一位大胆而执着地崇拜并爱慕着刘永福的姑娘。面对夫妻之外的情感，刘永福发乎情止乎礼，虽然这段插曲并无可考的史实做支撑，但完全符合中国传统的伦理道德规范。"英雄＋美人"是中国传统小说常见的叙事模式，传记对这一模式的沿用，为英雄形象增添了人性化因素，既专情又多情，不但无损于英雄形象，反而会增添读者阅读的兴趣。同时也很好地缓解了英雄叙事中紧张的节奏与气氛。

如何在数量众多、内容繁杂的材料中间合理地选取那些更有利于人物形象塑造的材料，既符合历史事实，又能充分展示人物鲜活生动的个性，这对每一位历史小说的作家都是一个不小的考验。克罗齐曾经说，"史料本身并不会说话，使得史料呈现出意义来的只能是历史学家的精神，他的精神世界越丰富和越具有创造性，他所揭示的历史的意义就越深刻。"历史小说作家同样需要这种激活历史资料的能力，作家对于材料的取舍，既体现了他对传主的理解和阐释，同时也是作家个人创作思想和人生态度的体现。刘永福在20岁时投到天地会首领吴凌云部下的小旗头郑三的队伍中。刘永福从郑三那里开始了他在刀尖上舔血的日子，后来又投了吴三、王士林的队伍，对于这中间的具体遭遇，传记一笔带过，没有过多的描述，可见作家对于材料的取舍是有自己的一番考虑的。通读传记后会发现，作家重点选取了两个最重要的时间节点，分前后两个部分，前半部分重点讲述了刘永福人生中的第一个重大转折；后半部分则重点刻画了刘永福事业的顶峰期。

在小说的前半部分，作家用一段细致入微的心理描写刻画了刘永福从一名普通的农民成长为英雄的心路历程。在第七章"人是这样杀掉的"里面，作家细致地描绘出第一次看杀人和第一次亲手杀人后矛盾复杂的内心感受。第一次看杀人，刘永福害怕得呕吐；第一次杀人后，刘永福出现了一系列激烈的反应，他先是丢开手中的长矛，全身痉挛地大叫"我杀人啦！我杀人啦！"然后一边跑一边不停地念叨"不是我杀他的，是他自己倒到我枪尖上的，不是我杀的。我为什么要杀他？他跟我没仇啊"，甚至在睡梦中，刘永福依然在重复着和清兵的搏斗，被杀的小清兵像传说中的吸血鬼，紧紧卡住他的脖子向他索命……就这样，刘永福渐渐克服了杀人的恐惧感，甚至到后来，有了主动杀人的勇气，并能从杀人中体会到一丝快感。传记这样总结刘永福的转变，"从郑三身上，逐渐耳濡目染了行走江湖所不可或缺的义气、决断、刚勇和坚韧"。经过了这样的心理历程，刘永福逐渐适应了这种打打杀杀的生活，最终可以脸不变色心不跳地从容应对血腥的杀戮，成长为一名越战越勇的英雄。

在小说的后半部分，集中书写了刘永福在越南的抗法壮举。在越南建立和稳固自己地盘的过程中，刘永福义气、谋略和坚韧的品质得以更充分地展现。从第十二章"大王的地盘我的家"开始，传记记录了刘永福以身作则、军纪严明、带领黑旗军逐渐站稳脚跟的经历，以及在罗池大捷、纸桥大捷等战役中抗击法国侵略军的事迹。正如传记所描述的那样，作为一名出身贫苦低贱的农民，刘永福从踏上这条充满危险旅途的那一刻起，恐怕想象不到，有朝一日他竟当上了位居从二品的地方督抚大员，同时也因协助云南清军剿匪有功得到了清政府的赏赐。刘永福的命运和他率领的黑旗军将士的命运，与中越两国的历史就这样紧密地联系在了一起。在第二十一章"祭旗只为出征"里，作家用不少笔墨渲染了祭旗时的壮观场面，其中刘永福的战前动员更是精彩中的精彩，极具号召力和感染力。刘永福动情地回顾了黑旗军从成立那天起，所走过的艰难而辉煌的历程，其中有对牺牲弟兄们的怀念与愧疚，更有对抗击外侵，保家卫国誓言的誓死捍卫，"我们现在既是中国人，又是安南兵，打进河内去，赶跑法国老番，保家卫国，使我们义不容辞的责任。今天，我们在这里誓师，就是要豁出去，打他个丢盔弃甲、屁滚尿流，杀他个心惊胆战、人仰马翻！"这一番演讲极有力地调动了军队的士气，也将大战来临前紧张兴奋的气氛渲染得淋漓尽致。

　　相比之下，对于两军交战的血腥场面，小说着墨不多，而是侧重描写交战前双方的筹划与谋略，以及各自指挥官的心理。作为刘永福的对手，无论是安邺，还是李威利，传记对他们都有相当篇幅的描写，其中对安邺的描写尤其精彩。据史实记载：1873 年 12 月 21 日，刘永福率黑旗军攻入越南，在河内城外设下埋伏，结果大败法军，并将安邺阵毙，最后迫使法国同意退出越南，并于次年签订了《西贡条约》，承认越南在法国保护下的独立。传记没有将安邺仅仅作为战败的对手，而是细致地描绘了他多情、专断、急躁、张扬的个性，尤其是他在写给未婚妻的信中，更是向我们提供了很多有用的信息，这些信息从侧面展示了黑旗军在敌军眼中的形象：一是组织松散，号令不严；而是装备极差，没有新式枪械；三是缺乏训练，战不得法；四是没有信仰，乌合之众。这四点描述虽然表现了安邺的得意忘形，犯了轻敌的大忌，为他战败埋下了伏笔；同时也让我们看到，黑旗军在有着诸多内忧的不利条件下，其取胜所依靠的顽强意志力和谋略。在情书的结尾，安邺这样写道："与这样的对手对阵，我们无异于鹰侵鸡群、虎入羊圈，胜败结果可想而知，我甚至为没有足够强大的敌人而深感遗憾和羞愧，那就权当一次郊外行猎好了。不管怎样说，这也是一次我为法兰西建功立业的机会，你就安静地等候我凯旋的消息吧！"情书生动有趣地描绘出敌军指挥官年轻气盛、得意扬扬的情态，同时为传记增添了浓厚的文学色彩。

　　当然，历史小说最重要的是还原真实的历史人物，并客观公允地做出评价。刘永福原是反清的义军将领，后接受朝廷招安抗击侵略者。最初刘永福是如何走上反抗之路的呢？传记开始即通过他和老船工的对话，通过对家乡和童年经历的回忆，让我们看到了人物成长的背景，动荡的社会现实，穷困潦倒的窘境，官逼民反不得不反，这是外因。当时像刘永福一样的很多贫苦农民为了有口饭吃聚在一起，虽然打着反清复明的旗号，但实际上他们并没有十分明确的政治目的。内因是刘永福的侠义中略带鲁莽的性格使然，在刘永福归家的途中，所到之处，曾多次救人于危难，正如传记中所写的那样，"听人说到侠义两字，犹如干草堆上落下了火星，刘二心中有一股豪气勃然而起，有人做事，有时凭的就是这股豪气，不管前因，不问后果，甚至无暇顾及是对还是错。"外因内因共同促使刘永福投身农民起义，彻底走上反抗压迫的抗争之路，最终成为一名为中越两国的抗法斗争做出重大贡献的民族英雄。

对于刘永福成就的这一番为世人所瞩目的丰功伟业，小说在第四章中以"穷人孩子的将军梦"为题，做出了客观的评价："人生在世，有许多机缘是无法说得清楚的"，作家先是把其归于机缘，而不是像有些资料中陈述的那样，归于某种天命神授。在《刘永福历史草》中，记录了刘永福在熟睡中听见有人唤他"黑虎将军"的经历，虽然刘永福在晚年的时候也常对人提及这个梦，但在作家看来，"做梦这种事，旁人当然无法为他证实或者证伪。他自己言之凿凿，再三述说，加上他已位居将军之尊，成功者所说的即使是谎言，也不会有人去求全责备，就像古代那些帝王将相说自己年轻时那些天命神授的故事一样。"另外，对于有些投机论观点的持有者，如"在许多饱读诗书、权倾一时的达官贵人看来，他更像是一个投机者，像个一贫如洗的店小二，在为别人做生意的同事，也在经营自己的业务，结果越做越大，越做越强，最后独树一帜，成为令人侧目的一方霸主"，作家也提出了自己的见解，"是的，在历史的大潮中，这个曾经的小滩师，本来就没有更大的能力和野心改变历史走向，他只是指挥着自己的人生之舟，顺着波翻浪滚、危机四伏的河道，东躲西避，冲波逆折，闯出了一条跌宕豪雄的立功报国之路，这实在太令常人跌破眼镜了"，并进一步认为，"时势造英雄，刘二这个英雄，只能产生于大清末年那个饥寒交迫、兵荒马乱的特定年代，而不是过去，也不会是将来。"应该说，这一番评价是基于刘永福出身寒微、从未受过教育，也没有接受过军事训练等背景得出的，是客观公允的，符合人物性格和成长的逻辑，符合生活和历史发展的本质。

总之，潘大林先生的《黑旗旋风》以史实为依据，以艺术为手段，正面描写与侧面描写相结合，通过环境、心理和行动等细节描写来全方位地展现人物性格，为我们还原了一个可感可触的、鲜活丰富的人物形象，既为广西的近代历史描绘了一幅波澜壮阔的画卷，又为历史小说的书写做出了很好的示范。

裂变中的守成与奔突

——重论潘大林小说的文学价值

王志明　郑立峰

意大利小说家伊塔洛·卡尔维诺在其《美国讲稿》中有这样描述他自己创作的困境：当我开始写作时，表现我们的时代曾是每一位现代作家必须履行的责任。我满腔热情地尽力使自己投身到推动 21 世纪历史前进的艰苦奋斗中去，献身于集体的与个人的事业，努力在激荡的外部世界那时而悲怆时而荒诞的景象与我内心追求冒险的写作愿望之间进行协调。……然而我很快发现，这二者之间总有差距。[伊塔洛·卡尔维诺《美国讲稿》，《卡尔维诺文集》，南京：译林出版社，2001 年版，第318 页。]卡尔维诺所指出的这种矛盾即是：表现外部世界景象的历史责任与内心追求写作愿望之间的矛盾。这种矛盾在中国现当代文学的作家那里也存在，潘大林先生就是这样一位作家。中国新时期以来，广泛而深刻的社会变革极大地冲击着日常生活领域，对历史责任感的承担成为潘大林强烈的自我意识，而对于艺术本身无限可能性的追求，则是他内心另一种强烈的使命感。作为一个当代作家去反映时代，并进而承担反思社会的责任，与作为一个小说家去创造想象的世界，现实内心的写作愿望，是一个悖论性哲学伦理存在。

重读潘大林的文学作品，我们往往能感受到他的文化力量，特别是桂东南的民族民俗的文化呈现。《南方的葬礼》《冥火》《穿过丘陵》等等小说展示的：从婚丧嫁娶到求神拜佛，从生儿育女到逢年过节，从人物的衣着打扮到行为方式，从农舍的布局到自然景观，都是地地道道桂东南的文化特色，这是作家对文学本土化的自觉认知。

一、"百越境界"的文化守成

早在20世纪的80年代，广西作家就对文学本土化就有了自觉的认知。当时，杨克、梅帅之等青年作家就明确提出过"百越境界"的文学写作理念："当我们把目光投向荒莽险峻的大山，云遮雾掩的山寨，当我们沿着历史的遗迹，追踪巡山狩猎、刀耕火种的民族的过去，我们发现，生活在广西的十二个兄弟民族，有着比较共同的、与中原文化有所差异的文化渊源。""离开百越文化传统以及由此产生的审美意识与心理结构（即把虚幻境界与真实生活作为一个整体来理解）来反映广西各少数民族的历史和现实生活是难以想象的。理解这一前提，对我们探索形成新的自成一种风格的文学现象有着重要意义。"[梅帅元、杨克《百越境界——花山文化与我们的创作》，《广西文学》1985年第3期。]这是一个富有激情和理性的宣言。也是源于"马尔克斯热"的影响。王蒙曾经说过："这位作家的影响太大了，我们一些作家对马尔克斯极为佩服……许多作家作品都能看到马尔克斯影响的痕迹。"[王蒙《关于九十年代小说》，《中国小说学会第三届年会论文集》，百花文艺出版社，

1998年版。] 这位获得诺贝尔文学奖的杰出的拉美魔幻现实主义作家，在其《百年孤独》里，淋漓尽致地展示了拉丁美洲的本土民族文化，获得了世人的认同。这无疑成了中国的作家们可寻的文化道路。

我们以为，潘大林先生也是在这种文化语境里获得的文化认同。在《南方的葬礼》里，他有好几段关于"潘姓"文化考察的叙述："说起我们家族的历史，据我所知，潘氏祖先最能引以为自豪且知名度最高的，大概要推一千六百多年前晋代那个小白脸潘岳字安仁的了。……眼下写小说的我，据说便是潘美的后代子孙，排三十七世，当然不会是嫡系。至于哪一世从河北迁江西，哪一世从江西迁广东，哪一世从粤沿西江入桂，哪一世再搬到桂南的铜鼓山下定居，这些长途跋涉历尽千辛万苦的悲壮经历，眼下已无法稽考，传下来的只是些零星的故事。"[潘大林《广西当代作家丛书潘大林卷》漓江出版社2002版，第3—4页。]"东面的山叫太乙，南面的山叫天堂，西面的山叫铜鼓，都是耐人寻味的名字。北面无山，网开一面，让河水哗哗淌出，逶迤而去，汇进杨梅江，再注进绣江，流向西江。前些年，村里有两兄弟在铜鼓山上挖红薯，挖出了个大铜鼓，抬到县文管所去，拿回了五百元奖金。村里人这才知道，这铜鼓山原来是有来历的。按古书《食货志》注'民有业，辟土植谷曰农。'出了这个铜鼓，证实了最早在这地方'辟土植谷'的，并非我们家族的祖先，而是另外一些以铜鼓为圣物的民族的远祖。我们祖先沿着西江而上，把那些弱小的民族一直往西北的大山里赶，自己则占据了他们开垦出来的大片土地，定居下来。"[潘大林《广西当代作家丛书潘大林卷》漓江出版社2002

版，第11页。〕接着，还讲述了"潘姓"的族人一个神奇的"传说"：关于"龙脉"的故事。说是当时，"潘姓"族人想"康复大汉江山"，在龙头山点下龙脉，当权者听说后万分惊恐，即刻号令官兵挖龙脉，但龙脉竟自动合拢。几次回合，龙脉均自动合拢。几番周折，某一校尉发现了幽冥鬼魅在作怪，请来了师公，破除了"龙脉"。破除"龙脉"的方法是民间的一谚语"天不怕，地不怕，就怕月经裙"中的"月经带"，在风雨交加的晚上，雷把龙脉给劈了。这颇有湘南"巫气"味的文化传说，无疑给这个小说负载了独特的多彩斑斓"南蛮之夷"的世情风俗。《山色苍茫》里的容根去算命，盲人算命的推理也颇具粤东民间的文化意味的，盲人举起十根皱巴巴的手指，长长的指甲里充塞着黑色的污垢，手指在飞快地掐算，口中念念有词："木为植物，离土则不生。你幼年如出土之苗，日子艰难。你生来就只能是种田的命。"〔潘大林《广西当代作家丛书潘大林卷》漓江出版社2002版，第81页。〕《冥火》虽然没有涉及的民间传说，但是其中的描述，大多是南粤的特色：在他的笔下巫风犹存，瘴气弥漫、毒雾缠绕，色彩斑斓，形状离奇古怪的高大亚热带植物；新鲜丰盈的杨梅河上行驶的船；空气中飘盈着气闷的太阳气味的雨气和松脂的芬芳，如此等等，"百越境界"地域风情尽显其中。这一显著的特征不愧是潘大林文学的一个独特的印记。

越过"百越境界"的地域风情和民俗这种文学的显在层面潜入文学的隐在层面，我们可以看到潘大林对本土化立场坚守的文化心态。他这种文化守成，是表现在他对自我边缘的生命体验的坚执与书写上的。理论上说，地域生活对作家创作影响至关重要的。"实际上，作家在其幼年至青少年时期，更多地受到的是所在地域文化的潜在影响，他尔后产生的明确的乡邦文化意识，即直接发孕于这种潜在影响。"[陈方竞:《地缘：文化之链》,《社会科学战线》1995 年第 3 期。] 在诸多的边缘人的生命体验中，对弱势的边缘文化的怨羡交织的生命体验是潘大林最突出的心灵反映。所谓一方水土养一方人，文学也是如此。文学的生命植根于具体的土地之上。潘大林将自己对本土的生命体验投射到文学文本上时，其人文背景、心理品格、人性样貌、生存样态等也就无不打上了"百越境界"的印记。文学在某种意义上说，就是一方水土造化的结果。这是坚守"百越境界"文学理念的缘由与意义所在，也是潘大林小说在广西新时期文学史中的意义。

二、文化寻根的奔突

从表层上看来，潘大林的文学作品是对"百越境界"的文化守成，透过表象潜入到文学的深层体察，我们发现：其实潘大林的内心有一股奔突涌动力量，这股力量是：身为作家的使命感，寻求写作的无限可能性的先锋体验。

这种"先锋性"的体验，实质的诱因是 20 世纪 80 年代的"马尔克斯热"。当年梅帅元、杨克提出"百越境界"的鲜明创作主张时，进一步阐释了："百越境界"的目的是"寻找创作新路"。"借助百越文化传统、审美形态和把握世界的方式来创造一种境界，即所谓'百越境界'"，"'百越境界'不是一种创作方法，而是一种共同的审美趋向。它可以借助各种创作方法来达到"[梅帅元、杨克《广西日报》上发表了《再谈"百越境界"》1985年11月12日。]。作为这个时代的作家的潘大林知道：历史责任感的承担和对于艺术本身无限可能性的双重追求，成了他内心渴求。然而，"内心的渴求与外部的历史担当"是有距离的。"历史文化的追随"与创作心灵的驱使，杂糅与混沌，相离和融合，总是"浓情"化不开。

　　身为南方的作家，在文化自信上往往因地缘的缘故削弱了自身的信心。"'南方没有小说。'文坛有人这样感叹。""南方没有小说成了严酷的事实。南方没有小说却有作家，而且是一大批作家，这也是事实。我便是个'作家'，当然，只能算是末流的。""此话实在令南方写小说的人沮丧，沮丧得不但不想再提笔写东西，而且还想撒泡尿淹死了自己"，[潘大林《广西当代作家丛书潘大林卷》漓江出版社2002版，第1—2页。]这一自泄的语句，道出了"南方之地"的作家的共同的心声。这种文化心态是一种普遍的现象。于是，很多南方的作家尝试脱离或者抛弃原有的固定的思维模式，以"出走"的方式或者是"文化旅行"的方式来救赎自己的文学。20世纪的90年代凭借《一个人的战争》在主流文坛站稳位置的林白，在其小说集《寂静与芬芳·序言》中也曾这样描述过一个边缘人在文化旅行中对边缘与中心文化的思考与认知：一个生长在偏远南方省份的某个小镇上的女人，从小就想逃离她的小镇，永不再回来。17岁那年她离开了家，开始向北迁移，路途一次比一次遥远，城市一个比一个繁华，最后到达了北方的京城。在京城里她对自己的小镇闭口不谈，对那些初次谋面的人谎称自己是越南人，成功地淡忘了家乡，直到某个夜晚，当夹带着浓烈太阳气味的雨气潜入室内，进入身体，穿透她的五脏时，"她忽然明白，她的故乡并没有消遁，它藏在她的体内，与她一体。"东西在他的创作谈《走出南方》里，进一步回答了穿越南方的心灵的书写：

福克纳的文字使我坚定了做南方人的信心。……但是无论是沈从文或者福克纳，他们都不是用南方的风景去打动读者。拨开他们像荒草一样的文字，你会看见一种被称为人性的东西慢慢地浮出来，抓住我们的心灵，使北方和南方一起感动。这就是为什么沈从文写湘西却能漂洋过海，福克纳写约克纳帕塔县却能在中国找到市场。心灵就像水，水与水相连。过去的远方的一次心动，也许会在我们的今天，我们的这个地方产生最强烈的回响。这种回响，使我慢慢地从南方的地域脱离出来，更多地去关照人们的心理活动。这已经没有南北之分，就像随着空调机普遍的使用，无论是北方或者南方，我们时常都处在一种恒温之中。

（东西《时代的孤儿》第31—33页）

鬼子在《瓦城上空的麦田》里写主人公日思夜想"麦田"，也是南方北方的穿越，以南方来想象北方，众所周知的常识是，南方是种植水稻的，"麦田"是北方的植物。这是一个较有意味的话题。关于这种先锋体验，其实潘大林先生早在80年代就开始试验了，只是没有被关注罢了。在《南方的葬礼》里，他说："是的，南方没有小说。该轮到我们自己反省了。我们的小说，常常因为太像小说反而不是小说。我们很懂得制作小说，知道一开头必得来点'一声狗吠打破了夜空的宁静'之类悬之又悬的悬念。知道故事情节必须顺着开端、发展、高潮的路子而走向喜庆的或悲惨的结局。知道必要时还得来点'春天到了，金樱花了；姑娘大了，该出嫁了'之类民族的或地方的特色。""我知道自己写的这东西绝不是小说，虽然为了投读者所好而冠之以小说。也许别人看了更加会因此而再次断言'南方没有小说'。这没关系，因为这玩意儿确实不是小说，我已放下屠刀，立刻成佛，不想再为做小说而冥思苦索、绞尽脑汁了。"[潘大林《广西当代作家丛书潘大林卷》漓江出版社2002版，第2页。]乍一看这是一个非常态的一个"非态"小说伦理，放置在一个小说的开头，确实有点"不论不类"。其实，这是作家内心追求冒险的写作的尝试。这是一种全新的审美特质，它既表现为对主流文学审美价值的抗诉和叛逆，又呈现新的异质与异趣，是对主流文学审美价值的承接与沟通的先锋体验。但是，潘大林先生此种文学价值在当时没有被主流文坛看到，在所谓的主流文学那里，潘大林先生此种文学观念是"陌生化"的，是"边缘之流"的。没有被主流文学认同的失落感，造成了作家放弃了这股涌动奔突的写作欲望。今天，当我们从地理文学理论层面上来体察潘大林作品的审美意味时，或许会找到一些缘故和意义。一方面"边缘"话语权的弱势。"边缘"通常与封闭、贫乏、落后相关联，是中心地区生发地缘优越感甚而滋生地缘歧视的源泉；"边缘"容易催生习故安常的文化惰性，导致自给自足、自产自销、自生自灭的文化怪圈。广西地处岭南，在历史上素被贬抑为"南蛮之地"。这里自然条件恶劣，峰丛林立，石山连绵，耕地贫瘠稀少，交通关山阻隔，极为不便；经济贫困落后，有数十个国家级的贫困县，数百个国家级的特困屯，贫困人口特别的多。这种边缘的位置，不但意味着边缘人的生存处境十分险恶，物质生活十分困窘。而生存的困窘又恶性循环地制造了愚昧，生产着落后；同时还意味着边缘人将会不断地遭受来自中心文化的冷落、漠视甚至歧视。另一方面是"边缘异质的审美意味"忽视。边缘也有自身独特而辉煌的地理、种族、政治、经济、文化的优势：北有南岭，东和南面有大海作其天然屏障，森林密布，万木争荣，阳光充足，降水丰富，植被丰富等良好的地理环境；所隶属的"海洋文化"（或叫"水"文化、"舟楫文化"）培养了南越人独特的务实、世俗和创业的文化精神；并且边地因为远离政治与商业中心，疏离了意识形态和物欲的强势控制，能保留相对淳朴、本真的状态，呈现出更为原始的野性和活力。正是这些优势使南越人天然地对强势的中心汉文化采取抗诉的姿态。边缘在抗诉与挑战中心时获得了自己的力量。这种抗诉与挑战的文化姿态孕育了潘大林文学那种叛逆的异质美学。

三、敬畏生命

放弃，收获的是另一种结果。

当潘大林先生满腔热情地尽力使自己投身到集体的与个人的事业时，激荡的外部世界影响了他的选择：为"表现我们的时代""表现我们的民族"而写作。这是现当代作家必须履行的责任，也是知识分子的担当。

重阅潘大林先生后来的小说，一个非常显著的特点就是注重民间人物的故事，回归小说的本源。这是作家对小说艺术的理解和对小说叙事新自觉的追求。他在《作家应为民族文化的守望者》说道："我们要在自己的创作中作民族化的追求和努力，无论是谋篇布局、叙事抒情、表达方式、语言习惯，都有民族气派和地域特点追求的自觉。"［潘大林.作家应为民族文化的守望者［N］.广西日报。］关于民族文化和民间叙事，莫言也曾经说过："真正的民间写作，作为老百姓的写作，也就是写自我的自我写作。"［莫言《文学创作的民间资源》.当代作家评论，2002年第1期］潘大林先生经过"文化奔突"的洗礼之后，找到了指涉"自我"的写作方向。这里的"自我"包括个人化的生命体验和民族共同的生命体验。这种"自我"的指涉，是一种生命意识——敬畏生命［敬畏生命是法国伦理学家施韦泽的人道主义的重要学说，阿尔贝特·爱因斯坦说："在20世纪西方世界，施韦泽是唯一能与甘地相比的具有国际性道德影响的人物。"］。

施韦泽的敬畏生命伦理学的两个基本原则是：肯定世界和人生、伦理。所谓肯定世界和人生，是一种对待社会生活的乐观主义的态度，类似中国儒家传统的积极"入世"精神。它要求个人承担起对一切生命的责任，为现实人的最高价值而努力。所谓伦理是一种客观的、普遍的道德准则，它要求敬畏自身和自身之外的生命意识。这里的关键在于，生命是伦理的基础，伦理比无私更高；无论为己为人，都不能成为伤害和毁灭生命的理由。［「法」阿尔贝特·施韦泽 敬畏生命〔M〕〈陈泽环译〉上海社会科学院出版社2003.9:7］施韦泽的哲学观念是研究关于个人、社会、民族、人类和文化等基本问题的，提供的是乐观主义和伦理的文化信念，他采取的是笛卡尔式的反思自我意识的方法："人的意识的根本状态是：'我是要求生存的生命，我在要求生存的生命之中'。有思想的人体验到必须像敬畏自己的生命意志一样敬畏所有的生命意志。他在自己的生命

中体验到其他生命。"〔「法」阿尔贝特·施韦泽 敬畏生命〔M〕
〈陈泽环译〉上海社会科学院出版社 2003.9:9〕

　　这一哲学观念，在《冥火》体现得特别明显。陈大是《冥
火》里的主人公。作家采用的是全知回忆式的叙事手法来简述
关于施韦泽式的生命伦理。陈大是山区清匪反霸游击队里的一
员，在某次战斗中身负重伤。他深深喜欢的小卫生员阿茹，在
他命在垂危时，阿茹那双小手始终没有离开过他的身躯，"顺
从地安憩在他的大手中，传导给他某种神奇的力量……"，"终
于又一次帮助他战胜了凶狠蛮横的死神，使他那高大的身躯仍
能活跃在游击队里，一次又一次创立着战功……""于是，一
切都挽救了，一切都弥补了，灵与肉又奇迹般复归一体。"〔潘
大林《广西当代作家丛书·潘大林卷》〔M〕.桂林：漓江出版社，
2002.10:235〕，这是一次生命的高峰体验，在生死之中体验到
另一生者的生命意识——人间的善良和关爱！然而，更有意
味的是，阿茹被土匪裸杀，陈大、阿芒捉到了土匪，完全可以
为阿茹报仇的时候，却手下留情了，放走了国民党少将的儿
子——李文琪。事过多年，李文琪返乡捐赠助建学校。这一故
事情节的设计堪称人性考量的经典。从革命性法理上来看，陈
大、阿芒本应该把土匪执行枪决的任务的。但生命之中歇斯底
里的"人本善"拒绝了这一血腥"革命"行为。敬畏生命的理
由是：以生命为基础，无论为己为人，都不能以毁灭生命为理
由。这是普世性人道主义在作祟。正如施韦泽说的："善是保
存和促进生命，恶是阻碍和毁灭生命。如果我们摆脱自己的偏
见，抛弃我们对其他生命的疏远性，与我们周围的生命休戚与
共，那么我们就是道德的。只有这样，我们才是真正的人；只

有这样，我们才会有一种特殊的、不会失去的、不断发展的和方向明确的德性。"［「法」阿尔贝特·施韦泽 敬畏生命〔M〕〈陈泽环译〉上海社会科学院出版社 2003.9:19］潘大林追求的是这样的一种崇高的道德理想，或者是提出一个生命的在道德和法理之间存在的"悖论"——死的高尚还是生的欺辱？作家认为：生活中充满了痛苦，但与叔本华的悲观主义的灭绝生命意识不同，他乐观的生命意识要求现实所有生命的最高的价值，而不是个人的仇恨和情绪冲动。这和施韦泽的生命意识是一样的：个人决定在道德生活中具有决定性的意义——自由不是绝对化的。

那些文字带着我的体温　他人评说

穿越时空的守望

——评贵港城市传记《风雨荷城》

陈敢（广西师范学院文学院教授）

这里的"穿越时空"，不仅是指通常意义的历时性的时空跨度更重要的是指利用现实历史材料建立起来并与现实或历史不同的非现实世界。毕竟"传记文学是介乎文、史之间的一个独特艺术类型，它结合了史学和文学特性而独立存在。"（李祥年《传记文学概论》）深悟此道的作家潘大林，尊重历史而不囿于历史，穿越千年的文化巡礼，融入自己的理想与审美评价，其间有着鲜活生命的涌动，甚至有合理的想象和虚构。那抹不去的一种思念、惦记，在淡泊中有种丝丝入扣的旨趣；那萦绕梦中挥之不去的记忆，于恬淡自然中写出明亮的乡土意境，折射出历史的厚重、岁月的沧桑和瑰丽的文化光晕，抒发了作者对于往昔人文遗韵的追怀和对风雨荷城的深沉爱恋。

《风雨荷城》（潘大林著，广西师大出版社2010年版）凡五章，依旧制按历史沿革、地理志、人物志、风物志逐次写来。大多数的城市传记是纵式的结构，按时间先后罗列史料，即编年体、流水账式的传记。或多为山水风物的机械复制，照相式地再现，或冷峻的叙述中缺乏情怀和寄托，与历史本体没有审美距离，缺乏文化底蕴，如同导游图，只有旅游价值。而《风雨荷城》则不同，以人文情怀作为全书的主线和切入角度，通过对"怀橘示孝""勤于政事，奉公洁廉"的郡守陆绩由衷赞美，通过对不愿摧眉折腰事权贵的状元梁嵩的讴歌，通过对横戈原不为封侯的大明柱石袁崇焕的感佩，彰显出崇尚先贤、敬佩人杰的精神取向，构筑了一个坚实庞大、千秋怅望的精神家园。与时下物欲横流、士人文化品格萎缩变形，甚至为了金钱私欲而出卖灵魂的人文环境形成鲜明的对比。在历史与现实的相互观照中，将历史人物的显达与衰落，将乡土风情和人文地理寄寓政治风云和时代变迁之中，使人们从中了然贵港这座古城的历史沿革和深厚的文化底蕴，从中倾听两千年郁江迥长回声和现代性的诉求。

一座城市如同一个人，有其独特的生命形态、生命轨迹和灵魂。作者的匠心和慧眼，体现在了布山文物、罗泊湾文物、浔郁平原、南山寺和西山这几个文化符号上。在作者看来，布山、罗泊湾的考古证明，今天的贵港有过与秦越文化、洱海文化比肩的悠久灿烂的文化。"这种文化作为百越文化的组成部分，既与中原文化、楚文化保持了密切的联系，又与邻近的石寨山文化，句町文化一样，以自己独特的风格特色为祖国南国艺术增添了新的光彩。"

贵港地处广西最大的平原——浔郁平原，郁江"是一条连接大西南和珠三角的黄金水道"，自古以来，"既是人流物流周转集散的通衢，也是各种政治势力相互争夺的要地"。这独特的地理位置，形成了贵港人开放兼容、博采众长的地域文化品格。本来"桂林""贵州"原指称贵港，但随着时代变迁，贵港人无私地把这些美称送给别人，真正体现莲荷高洁无私的情怀。故贵港又称荷城，真是名副其实。

历史学与传记文学有着明确区分，分属于不同的学科。我们发现，历史学家撰写的城市传记，所着眼的是对某一特定时代社会的政治制度、经济状况、文化艺术、宗教观念、习惯风俗、道德伦理等多方面的综合表现。而真正优秀的传记文学作家，需有史家的眼光和作家的才华，从这个意义上说，传记作家比一般的作家要求更高，毕竟他们的创作受制于基本史实，以历史真实性原则置于最为首要的地位，并将其视为进行价值判断的基础。可以说，是戴着镣铐跳舞。实际上与其他作家相比较，传记作家在个人学识、人格修养、历史责任感、综合能力等要求更高。

《风雨荷城》属于"评传"式的城市传记。在这部篇幅短小，仅有六万多字的小书里，简约凝练的文字，异常老到的笔法，极显功力，充分体现其德、学、胆、识以及过人才气，从而使《风雨荷城》具有鲜明的学术性特点，为后人对荷城作深入研究提供可资借鉴的成果。

书中将荷城定位为广西最古老的城市，通过对布山文物、罗泊湾文物的考证，辅之以著名史学家钟文典主编的《广西通史》为证，水到渠成地得出结论，富有学理，令人信服。

对太平天国运动及其历史人物的评述，也恰如其分，不乏真知灼见。他认为："客观而论，太平天国起义尽管是历史发展的必然，虽然是一座非建不可的大厦，但它却从设计蓝图、地基打造到建筑施工整个过程都充满着错误和过失。它的总设计师尽管从西方宗教那里借来了人人平等的思想，却又一开始就定下了从天王到圣兵的众多森严等级；尽管它想打碎原有的清王朝封建体制，但它试图建立的也依然是一个家天下的封建王朝；尽管它的出发点是想让所有的劳动大众都能分享到天国胜利的成果，但事实上高高在上的统治中枢过的也还是荒淫无耻的生活，而普通劳动大众却无法从中得到更多的实惠；尽管义军北上的锋芒一度直指清王朝的心脏，但它却没有更广阔更坚实的后方向前线提供切实有力的支持……"。如此全面精当地总结太平天国之所以失败的原因，一语中的，令人叹服。

对袁崇焕、石达开等历史人物的描写剖析，能把笔触深入到历史背景和文化心态之中，富有激情和哲理，令人深长思之，感慨殊深。尤其对石达开壮志未酬、英雄末路的叹息和悲慨，力透纸背，读之令人怆然泪下。

作者对佛教道教教也有自己的研究和感悟，使他笔下的南山、西山和白石山写得出神入化，各尽其妙。他写南山寺以貌取神，抓住其四绝，依次写来。谈到其中引起争议的"不老松"，贵港人认为"福如东海长流水，寿比南山不老松"中的"不老松"，指的就是他们南山寺上的不老松。全国各地很多地方也有南山，也有不老松。相类的还有"桃花源"之争，有湖南常德版本、安徽版本和辽宁版本等。大林认为"这种很有意思的文化共生互生现象，在千百年流传迁衍的过程中，已成为各地所共有的文化遗产，已为各个地方所认同，如果要过分地强调它属地的唯一性和排他性，反而是徒劳的，也是不科学的。"诚哉斯言！

在《风雨荷城》的字里行间，分明地感到作者对佛教圣地西山情有独钟。这不仅因为它"石奇、泉甘、林秀、茶香、佛圣"，而是因为西山是作者心灵化神圣化的象征物，是作者心灵的感召物。作者认为，"是西山容纳了佛教，也是佛教成就了西山"。作者对佛有着自己的参悟："佛在山上，信众礼佛，顺山前台阶拾级而登，头顶上庙宇雄伟，佛殿中宝相庄严，高山仰止，景行行止，仰止弥高，信之愈深，人更加觉得佛的伟大和自己的渺小，便生出深深的敬畏和信仰，自己的心灵也得到了洗礼。"

大林以写小说名世，但在历史学、宗教学上有着过人的才识和敏锐的史家目光，其涉猎之广、力度之深，并非是一般人所能及。他"在叙说、评估之中，僵死的历史符号常常被激活了，代之而来的是光鲜的生命质感"（孙郁《百年若梦》，广西师范大学出版社，2006年版）

因此，我读《风雨荷城》没感到丝毫的枯燥乏味，相反，一股奔流其中的情感激流深深地感染了我。书中那些硕大头颅、不羁灵魂所彰显的超拔人格，高山仰止，静水流深，那蔑视权贵，视钱财为粪土而退出江湖、归隐山林的独行者，他们渐行渐远的悠长身影，在今天已成绝响。

赵白生在其《传记文学理论》（北京大学出版社2003年版）中十分强调传记作家的主体性，充分肯定传记文学作品中的虚构和想象。他指出："传记文学的写作离不开事实，但传记作家所处理的事实显然不同于历史学家、社会学家和心理学家所处理的事实。"这里的"不同"，指的就是具有鲜明的文学风格。李祥年认为："一部优秀的人物传记作品必须也必然体现着鲜明的文学风格。"

《风雨荷城》以诗一般的语言、诗一般的激情，透出生命的昂扬之力，泛起生命不息的光泽而征服读者。它就像一首抒情诗，语言清新凝练、鲜活灵动，含混而美丽。同时，此书还以其自然流畅、文采飞扬而具有一种散文美。完全可以说，此书是由一篇篇情文并茂、富有激情和哲思的文化散文连缀而成，重史料而不囿于史料，还原历史，直抵本体而熔铸主体精神，在迷乱的历史丛林中穿行，以过人的眼光识见，予以现代阐释。

作者笔下达开水库的秋天，是那样的富有诗情画意："秋日，如果你来到水库里，乘上了一艘机船，随着发动机的开动，小船便分开两道清波，向着湖心驶去。湖中间，不时地有杂树生花的小岛从眼前晃过，偶尔还有几只野鸭贴着水面低低地飞行。天上万里晴空、一碧如洗，正是一年里最好的郊游登临季节。"

作者笔下的西山之晨，更使人只觉身是梦，"直疑走入仙界来"："一觉醒来，窗外夜雨初晴，林间雨露滴沥，晨光曦微，凉风拂面，花香鸟语，令人气爽神清。信步出门，于阵阵松涛之间，隐约听到古寺里传出的诵经之声，只教你不知今夕何夕、今年何年，更不知身处人间天上抑或是天上人间。"

作者笔下的白石山，同样栩栩如生，逼真传神，摄人魂魄，令人神往："由此往上，就到了白石山最高处的景点会仙岩，头上凌空绝顶，一棵松树挂壁而立，青天之上，白云朵朵，有一只鹰定定地悬在高空，一动不动。矗立峰巅，令人真有摩天揽月、飘飘欲仙之感。"

以上信手拈来的几处写景文字，文辞优美，诗意盎然。作者融情于景，情景交融，这样的文字，使《风雨荷城》成了一部优秀的城市传记，它将史学的缜密严谨和文学的鲜活灵动熔为一炉，必将在地方文学史上留下光辉的一页。

血雨刀山飘扬激荡的黑旗
——评潘大林的长篇小说《黑旗旋风》

陈 敢

刘永福及其黑旗军诞生于中国近代波谲云诡的历史时期。此时的大清帝国内外交困正在走向衰亡。潘大林的长篇历史小说《黑旗旋风》，用鲜活灵动摇曳多姿的笔法，真切生动地描写了刘永福及其黑旗军草莽成长的艰苦岁月和铁血征战的传奇人生。小说展示了中国近代及邻国安南社会生活的广阔画面，既是一部血雨刀山的近代战争史，也是一部多姿多彩的风俗史。小说结构开合自如张弛有度，情节跌宕起伏引人入胜，人物刻画活灵活现形神兼备。作者在那些常人熟焉不察的平凡生活与寻常琐事里发掘动人诗意与丰沛的社会内容，将个人命运与时代变迁结合在一起，写人与时代、人与自我、人与人之间的种种错综复杂的关系，描绘出一系列个性鲜明形态各异的英雄群像。这其中有气吞万里如虎的黑旗旋风刘永福，有知恩图报以命相随骁勇善战的杨著恩，有勇猛过人却狡黠圆滑的吴凤典，有智勇双全明察秋毫的军师王者佐，有坚如磐石又柔情似水的黑妞、春兰姐妹等等。对这些英雄人物的刻画，作者并非平均用力平分秋色，而是结合人物的特点有所侧重，随形立肖展示人物的生命轨迹生命图景及其人格魅力。

在书中浓墨重彩写得最为成功的人物形象自然是主人公刘永福。在他的身上集中体现了儒家修身齐家治国平天下的精神品格，他短暂而光辉的一生，充满传奇色彩，掀开了中国近代史光辉灿烂的一页。小说主要描写了他人生中最重要的几个阶段：身怀绝技的滩师——到处躲避官军追剿的草寇——揭竿而起的黑旗军——长驻安南抗法的雄威大将军。通过这些人生阅历，我们能够全面深入地了解刘永福如何从一个懵懂青涩的少年在刀光剑影炮火硝烟中成长为叱咤风云威震四方的一代枭雄，成为彪炳史册抗法的民族英雄。

刘永福的一生忠厚质朴，慈悲为怀，义薄云天，为人带兵都无可厚非，堪称楷模。

少年刘永福本要赶回家看望病重的母亲，但偶遇"洪流中的夜航船"遇险将倾，他冒着生命危险毫不犹豫地伸出援手，救人于危难之中，显露出少年英雄的本色。小说开篇就让人物在一个特定的险恶环境出场，可谓先声夺人，一下子就抓住读者的心。正是这次夜航的巧遇，引出一段没有爱情的爱情牧歌，缠绵悱恻与凄美动人。当昔日的白妹长大成人，跋山涉水在异国他乡找到刘永福时，刘永福已经成家，无法再接受她的爱情而婉言拒绝。尽管他十分喜欢怜爱白妹，为她的美丽和真情所感动，情感的波涛汹涌漫过心堤，而且爱妻也劝他纳白妹为小，但刘永福最终不为所动，以超人的意志克制自己斩断情丝，把那真诚的爱深深地埋在心底，只把白妹作为自己的妹妹来看待。他不像万历首辅张居正晚节不保，缠绵于爱将戚继光所赠的胡姬，最后落得遭人非议，家户尽抄，爵封皆夺，祸连八旬老母，罪及子孙。也不像晚清三杰之一的曾国藩，经不住诱惑耐不住寂寞而纳春桃为小。因此，这段乱世情缘，一方面令人感慨悲伤，毕竟落花有意而流水无情，有情人并未能成为眷属。另一方面也折射出刘永福这位草莽英雄超拔的人格魅力。

归乡探母途中遇着恩"卖身葬父"，刘永福慷慨解囊，毫不犹豫地拿出做滩师几年所有积蓄的一半——两块银圆给著恩的奶奶。从此结下一段兄弟情缘，此外，交还郑晚的沙金，厚待义子刘成良，帮唐彪葬父并为成为叛徒的唐彪留全尸，优待俘虏等，都体现了刘永福慈悲为怀义重如山的精神品格。

最能显示刘永福英雄本色和雄才大略的是在安南的抗法战争。令人感到诧异的是，冯子材和刘永福两位抗法的民族英雄都是钦州老乡。只不过冯子材在镇南关重创法寇，而刘永福则在异国的土地上抗法，两次大败法寇，取得纸桥大捷，沉重打击了法国侵略者的嚣张气焰。从而使曾经被官军剿杀穷途末路的黑旗军声名远播，成为义勇之师，并"为大清所接受，为安南所器重，为百姓所欢迎"。历史将永远铭记这一切。

王者佐是引导辅佐刘永福一步步向人生更高的境界挺进的军师，也是刘永福的生死之交。他如同红尘异客，超越世俗遗世独立的智者，有远大眼光和深刻洞察力。每逢刘永福身陷绝境时，都是他帮助化险为夷，绝处逢生。或者挺身而出以命相搏，刀下救人，或者点拨迷津茅塞顿开，从而使刘永福一次又一次涉险而行，并在一次次血与火的洗礼中逐步成为成熟稳健的统帅，成为黑骑旋风。如在刘永福被官匪逼得走投无路时他通过诗歌指路安南，与黄旗军火拼时，刘永福心慈不忍杀死对手，他劝刘永福下决心杀死黄崇英，以免后患。此外，力阻发兵救刘成良，力阻发兵为杨著恩复仇等等，都显得沉稳刚毅具有先见之明。否则，刘永福及其黑旗军将会陷入灭顶之灾，全军覆没。从这个意义上说，没有王者佐就没有刘永福的传奇人生。难怪刘永福感慨地说，拥有学识渊博的王者佐才能如虎添翼。

令人扼腕叹息的是刘永福的爱将杨著恩，他铁血忠勇，义无反顾地追随刘永福长年辗转征战，战功卓著，威名赫赫。只可惜因为轻敌冒进，在与法寇作战时，客死异国他乡。美兰深爱着他，他深爱着黑妞，黑妞深爱着刘永福，这就不可避免悲剧的发生。实际上人生有许多遗憾，并非所有的有情人都能成为眷属。相反，人世间的情缘往往是相爱不能聚首，结合偏谱悲歌。尽管杨著恩渴望着能与自己心爱的黑妞结合，但造化弄人，直至战死沙场都未能如愿，不禁使人感到悲慨和遗憾。

小说对女性的刻画着墨不多，但在有限的篇幅里，黑妞和春兰姐妹的形象光彩照人，呼之欲出。春兰携妹飞越千山万里寻夫，最终在异国他乡与刘永福喜结良缘。美兰暗恋杨著恩却未能共进洞房而委身于吴凤典，令人感到有些惋惜和莫名的惆怅。

最令人敬仰令人叹息的是黑妞这一人物形象，她身世悲苦，命运多舛，家庭败落之后她带着两姐妹一行三人翻越千山万水，最终在烽火连天的安南找到她心爱的义哥，她满心欢喜，本以为从此可以与自己的心上人共度良宵长相厮守。谁知到她仰慕的义哥早已心有所属，与春兰结婚生子，断然拒绝了她的爱。尽管如此，她隐忍着深哀剧痛，不离不弃，和另外两位姐妹成了黑旗女兵，在枪林弹雨中穿行抢救伤员，为黑旗军演唱鼓舞士气的曲目等等。充分展示其性格光辉的是她两次在火线上救人的壮举。一次是抢救杨著恩，为他取出身上的子弹，表现出过人的胆识和刚毅，一次是与法军酣战时她冲向战斗激烈的战场，果敢地用柔弱的身躯掩护刘义，使刘义幸免于难，逃过一劫，躲过敌人飞来炸弹的袭击，自己却受了重伤。她之所以能够这样做，不仅因为刘义是她的恩人，在风高浪急险象环生夜航的船上救了她们父女俩，不仅因为刘义是她敬仰爱戴的人，更因为她清醒深刻地意识到刘义"这时候的黑旗，早已不只是他个人的黑旗，也不是黑旗兄弟的黑旗，而是安南的黑旗，是中华上国的黑旗了。"正因为这样，她明知到刘永福有了家室，却依然爱得那么坚定那么执着那么痴迷，为他赴汤蹈火，勇于献身。如此看来，黑姐对刘永福的爱，已经超越儿女私情而具有家国情怀。这是一种超越爱情亲情的人间大爱，折射出作为女中豪杰的人格光辉，给读者留下难以磨灭的印象。她率性本真，敢爱敢恨，大胆地去追求自由幸福爱情的果敢行为，具有冲破封建樊篱的刚毅意绪和启蒙现代性的诉求，这在她同时代的女性当中是绝无仅有的。在她的身上实际上体现了五四新女性的精神品格。

当刘永福得知杨著恩为黑姐而神魂颠倒梦中直呼其名时，他在一个月白风清的中秋月夜试图做月老撮合他们，谁知非但未能如愿，反而引起黑姐的恼怒，她"幽怨地说：义哥啊，枉你是个人人敬重的大英雄，对于男女之情，我不客气地说，你是个一窍不通的大傻瓜！大活人不是死东西，能由着这你喜欢说给谁就给谁吗？"接着她进一步说"我心中有了你，就绝对容不下别的男人了，你难道不懂吗？"这掷地有声的话语，道出爱的真谛，表达了黑妞对爱情的专一忠贞执着，这在不谈爱情匆匆闪婚的当下，无疑是平地惊雷，在喧嚣浮躁的精神狂野里引起阵阵爆响。像一些大都市的土豪征婚，年轻女子冲着钱如飞蛾扑火，到头来有的无缘与征婚者见上一面。江苏卫视非诚勿扰中，男嘉宾牵手的大多不是心动女生，爱情的定夺往往在转瞬之间逆转，这完全玷污了爱情的圣洁，也从根本上颠覆解构爱情的永恒神话，这是值得我们深思的。

二

中国古代的传记文学始终没成为一种独立的文类而受到人们的关注与重视，而且在北宋之前，篇幅都较为短小。苏轼的《司马温公形状》近万字，可谓鸿篇巨制。近现代的传记文学一度兴盛、蔚为大观。严复、梁启超、章太炎、蔡元培、胡适、郭沫若、巴金等都加入了创作的行列，留下大量作品。与此同时，传记文学理论的探索随之跟进。胡适是我国最早提出和使用传记文学名称的人，从20世纪20年代初到50年代来一直都在提倡传记文学，并以创建传记文学理论和努力创作两方面的实绩奠定了其在中国现代传记文学发展史上的重要地位。朱东润同样是在传记文学的理论与创作都有重大建树的学者。他治学古今通融，兼并中西，不仅创作了《张居正大传》等重要作品，而且在传记文学理论有许多不同于时人的独到见解，形成独特而相对完备的体系，为中国现代传记文学的理论建构做出了重要的贡献。他把传记文学改称为传叙文学，强调传记文学的史学、文学双重属性，强调从人格立论，强调私生活的描写等等。郁达夫、茅盾、鲁迅、郭沫若等极力强调传记文学的文学属性，并身体力行创作了明显突破史传樊篱的作品，引起了人们的关注与重视，从而使传记文学的史鉴功能与艺术魅力完美融合，宏大叙事与个人化生活化的叙写统一，即人们常说的"史传合一"。我以为，潘大林的《黑旗旋风》虽然不是严格意义上的传记文学，但它作为历史小说，却将史料性、文学性与学术性完美融合在一起。大大深化了对战争的深思和人性的挖掘。

从史鉴功能上看，作者承古开新，尊史而不囿于史，尊史而不妄今。往往采用虚实结合的笔法，沿着过往生命的来路，在返回历史情境中驰骋诗思，张开想象的翅膀，拓展艺术的时空，并把艺术的笔触深探入历史深处和人物的心灵世界，从而把握历史本质的深层质动和历史人物的文化心志。换言之，小说将历史真实和艺术真实有机结合起来。强调的是划时代人物的历史视角，强调的是宏大的历史叙述。如刻画刘永福时，围绕他成长的时代社会背景，与他密切相关的历史人物和历史事件等等都是忠于事实的，是不以人的意志为转移的，作为严肃的现实主义的作家，就必须进行接近本体的还原，而绝不允许胡编乱造"戏说历史"。这样就能通过个人命运的悲欢离合展现出一幅幅恢宏壮丽的社会历史画卷，将个人命运与时代变迁结合在一起，通过一个人的成长史折射时代的波光。此外，安南州县的历史沿革，山川风物的描写，法商红河通商的历史事件，大败法寇的"纸桥大捷"等等，均为忠于史实的"春秋笔法"。但小说中有些富有传奇色彩的描写虽然是作者虚构的，但也是符合艺术真实的，就连其中写到刘永福出道前山中的梦境，写伴随着他左右的黑虎，写刘永福葬母时的天气骤变，时人称之为天葬，写刘永福揭竿祭旗的神奇天象等等，都是《刘永福历史草》中本来就有所本的，加上作家富有想象力的传奇之笔，塑造成了超现实的"第二自然"，增强了作品的神秘感和趣味性。此外，写法国军官安邺的异国情缘，显然有些夸张，充满诗意和浪漫色彩。在异国他乡的战地荒野，他每天坚持给远在法兰西的妻子写信，一方面体现了爱情的神奇力量，另一方面极具反讽意味。透过安邺的悲惨结局我们得到启迪，在侵略别国的土地上，无法拥有爱情和享受爱情的温馨甜蜜。只有在和平的环境中，爱，才能盈盈地漾开。

三

从艺术审美的角度上看，小说语言凝练，文笔优美流畅，富有诗情画意。如开篇对桂西南最大的一条河流的描写：

平静的时候，她就是个美丽娴静、风姿绰约的少女，皓齿明眸，顾盼生辉。江水从西向东安闲地流过大地，两岸青山相夹，绿竹送迎，白云蓝天倒映水中，一叶小舟从水中穿过，宛若在画中穿行。客人支开船窗，可以看到岸上田畴里劳作的人、放牧的牛、五彩缤纷的繁花、随风摇曳的野草。一支牧笛在原野上奏响，一群大雁从上空掠过，充满了诗情画意。

但眼下是盛夏的入夜时分，一场暴雨刚住，从桂西南的山山弄弄里流出来的洪水，争先恐后注入眼前这条江里，江水陡然上涨，很快就变成一个被狂风暴雨惹怒了的泼妇，水声浩浩，浊浪滔滔，以一种居心叵测的险恶冲刷着沿途带下的一切。原先隐约可见地走船航道，现在都看不见了，江面上只有一个个翻卷着的漩涡，在狞厉而疯狂地撕扯着它们所能抓住的一切。

这两幅画面通过形象贴切的比喻和拟人化手法把江河写活了。"平静的时候，她就是个美丽娴静，风姿绰约的少女"，盛夏山洪暴发时候"很快变成一个狂风暴雨惹怒了的泼妇"。这一静一动之间的变化，形成鲜明对比和强烈审美反差，既渲染气氛烘托环境，又为刘永福异常人生的出场做了充分铺垫，奠定了小说波澜起伏、宠辱不惊的人生基调。这两段描写融情入景，文采飞扬，诗意充盈，自然流畅，优美动人，充满了诗情画意。小说中类似这样的描写随处可见，这里就不一一进行分析。

小说中有大量桂西南的山歌民谣，或抨击时弊，反映民生疾苦，如王者佐的《苦农行》，或赞美英雄弘扬正气，或谈情逗趣表达爱意和仰慕之情，或抒发情怀表达鲲鹏之志。这些山歌语言质朴，音韵铿锵，具有一种乡野之美。透过这些诗歌，我们从中可以了解当时的时代政治、经济、文化等的方方面面，可以窥见一个个高昂硕大的头颅。正可谓以诗明志，以诗证史，这样的写法与《陈寅恪最后的二十年》的写法相同。此外，这些山歌几乎全部运用桂西南的方言、口语，明白畅晓，具有鲜明的地域文化特色，从而使小说平添诗味诗趣，增强了艺术的感染力。

潘大林的《黑旗旋风——刘永福传奇》并没有像熊召政的长篇历史小说《张居正》那样完全采用古典小说章回体的写法，但其中古典小说的神韵历历皆然。而且两部作品叙事语言的风格完全一致，小说语言文白相间，自然圆融，音韵铿锵，典雅精工，具有古汉语的美质，与所描写的时代融为一体，形成浓郁的历史氛围，给人以审美的享受。潘大林有自己的生活场，活在自己的语言世界里，他在小说中建构的只属于自己的语言城池，有着八桂大地文学生态特征的文学气场和小说天地，标志着他是一位具有鲜明艺术风格的成熟作家，奠定了他在广西小说界的重要地位。

在小说中，我们还看到有多篇作者或者引用，或者自撰的战书、文告、祭文等文体，这些文体行文典雅，语言铿锵，气度恢宏，出手不凡，很自然使人想起《三国演义》中书信往来、斗智斗勇的才情和文采，这些文字具有高度概括力、谨严的论辩性、尖锐锋利的战斗性以及高屋建瓴的磅礴气势。具有"下笔纵横恣肆，排山倒海"的"韩潮苏海"审美风范，显示了作者深厚的旧学根基，这并非是当下走红的80后，90后作家所能企及的。

福克纳曾说他的创作无倾向性，是感情零度的写作，我以为是个伪命题。真正优秀的作家，未必像浪漫主义诗人那样直抒胸臆，但不管怎样深藏自己的观点，都必须在写作中融进自己的审美理想与审美评价，都具有思想情感的倾向性。传奇文学或历史小说的写作同样是这样。这样就需要作家有学养、有胆识、有独到的见解。而且对历史人物、历史事件的评价，不能随意武断地下结论，毕竟历史有其本体，有其真实的唯一性。再说历史往往有许多假象，或者是由于遗忘造成的谬误，或者是有意的进行篡改，这在"文革"前的中共党史、国史和抗日战争史等普遍存在。比如说，抗战时国民党完全不抗日，战争一爆发蒋介石就躲进峨眉山，抗战胜利后他就下山摘桃子，但事实上并非如此。可在当时，我们这一代人都完全被愚弄被蒙蔽被欺骗而深信不疑。因此，无论是作家还是历史学者，在进行创作或研究时，必须拂去历史蒙尘，揭示事物本质，这就得在史海钩沉，披沙拣金，这就得尊重历史，具有历史的眼光和审美判断，才能有所发现。我以为，潘大林对中国近代史烂熟于心，有着自己的历史评价和审美评价。他在《风雨荷城》中对太平天国的评价及其失败原因的总结，论从史出，经得起历史的检验。同样，这部小说对刘永福及其黑旗军的评价，中肯客观恰如其分，令人信服。小说中王其章这样评价："这些年，不管是大清天朝还是安南阮氏朝廷，虽然一直内外交困、灾难深重，但毕竟总揽国家中枢，所聚人气还没全散，尤其一旦外敌当前，登高而呼，总能聚起众多国人之心。而盘、何、黄、李之流，更多地只为一己之私，或者鱼肉百姓，或者勾结外敌，自然民心丧失、失道寡助，最终走上身败名裂之途。而渊亭你和你的黑旗军却能审时度势，顺应民心，内征叛徒，外拒法寇，为安南绥靖一方，为大清巩固边防，深得各方拥护，方能成就今天的事业，作为兄长，我也为你深感骄傲呢！"

这样的评价不仅能从中国近代历史的整体格局上把握，视野宏阔，洞察力强，又能结合刘永福及其黑旗军的具体情况进行客观评价，体现出作者过人的洞见和相当高的学术水平。此外，指出法国人趁道光以来"国事日蹇，列强侵逼"，"想乘机侵占安南作殖民地，并利用安南作跳板，进而觊觎中国云南，狼子野心是路人皆知了的，所谓传教经商，不过是掩人耳目的幌子罢了。"这些不可辩驳的独到见解，深刻犀利，力透纸背，直达人心，令人振聋发聩，不啻为醒世恒言。

（原载《南方文坛》2015年第5期，作者为广西师范学院文学院教授，硕士生导师）

灵魂中的诗性精神
—— 读潘大林散文随笔集《最后一片枫叶》

陈　莉

　　潘大林的散文随笔集《最后一片枫叶》以开阔的人生视野和丰富的文化底蕴为依托，怀忆往昔、追思故人、感慨人生、洞察自我。贯穿字里行间的是作家对社会、对人生形而上的思索，作者将自己生命意识和心灵体验投射其中。作品不仅给读者以美的艺术享受，还彰显出一种诗性精神的追求，体现的是作家内在生命世界的能动性、丰富性和创造性，洋溢的是一种直逼事物本质的诗性智慧。因此在潘大林散文的灵魂深处张扬着一种诗性精神，这使得他的创作具有一种穿透性和超越性。

　　《最后一片枫叶》收入了作者所作散文 70 余篇，分为三部分："放言与沉思""家园与怀想""阅读与聆听"。有对生活中某些场景细节的撷取，有对年少往事的回忆，有对故土亲情的缅怀，有对现代社会弊病的洞察和忧虑，有对自我的大胆剖析，还有海内外旅行履痕的记录，有欣赏美术、音乐等艺术作品的心得体会，有谈创作经验与生活的关系，也有对大家、文友的作品评论等等。题材各异，篇幅不一，看似参差不齐，实则如一支支灵动精致的乐曲，从演奏家的手底流泻而出，汇成一部多声部音韵回旋、激越昂扬的乐章。这些篇章是作者生活片段的展示，是作者内心世界、内在灵魂的袒露，所有篇章都贯穿着作者对人生的体悟，对世界的感受与思考，作者丰盈充沛的人生阅历使得作品具有相当广阔的生活宽度，更具有一定的精神向度，不断引领着读者走向深度的精神空间，从而放射出奇异的艺术光彩。

阅读潘大林的散文，仿佛在与一位温和而宽厚、睿智而幽默的长者品茗闲聊，听他回忆年少往事、感怀故土亲情、讲述人生体验。跟着他自由的心灵和诗性的笔触穿梭在时空轨迹中，浏览时代的斑驳痕迹，体会人生的林林总总。

翻开这本集子，首先映入眼帘的是一组充满哲理意味、具有思辨色彩的文章：《乌鸦》《渴望精致》《我们明天还信什么？》《好人未必都平安》《当官的好处》《呼唤崇高》《智慧之辩》等等，例如《乌鸦》一文，作者以乌鸦为题，抒写乌鸦给人的不良感受以及人类对乌鸦的态度。当乌鸦被满怀敌意的人类驱赶消失的时候，作者深刻地反思人类对乌鸦的种种不友善做法，文章的哲思层层递进，充满了自我批判精神："我不知道它们是彻底的灭绝还是远走高飞了，面对这片寂寞的土地，我突然感到，当年我们向它们开枪，到头来受伤的却是我们自己。如今，我们无论是喜悦还是悲哀，都不会再有一只乌鸦来烦扰、提醒、劝诫、预警或者干脆就是诅咒你。你那人到中年已变得愈加宽大的心室，需要充填的原来远远不止是报喜庆贺、恭维安慰之类甜言蜜语。何况，当年我们又有谁能理解多少乌鸦在我们生活中的真正意义？其实又何止是乌鸦，正日渐退出我们这个以人类为主宰的世界的，还该有多少被我们一直视为仇敌的毒蛇猛兽、虎豹豺狼等等异类？它们或许本来就是上帝给我们派来的朋友呢！人类实在是太聪明、太高贵、太强大、太自以为是、也太不费厄泼赖了，全凭自己的利害好恶，把那些看着不顺眼的族类，都统统蒙上大奸大恶的'妖魔化'罪名，然后残酷斗争、无情打击，必欲尽诛之而后快。总有一天，当地球上只剩下我们孤零零的人类，寂寞地面对着鲜红的太阳升起落下之际，我们该是多么渴望有一只鸟儿——哪怕是一只长相丑陋、声音喑哑、行动诡秘的乌鸦，出现在我们的阳台上，偷偷地啄食我们费尽心机种起的那盆红草莓……"这种自省是对生命的感悟和对人类命运的关注，是对生命存在意义的探讨，是一种精神智慧的扩充和延伸。

　　在《好人未必都平安》中作者则喟叹："活在世上，做人难，做好人更难，古往今来，莫不如是。好人虽难平安，但许多人还是选择了做好人，选择了无数的磨难和悲剧。这无疑是一种完善的人格理想，更是一种发自内心的自觉或不自觉的精神追求。"感叹之中传达人生体悟和展示心路历程，矢志不渝地坚守自己的人生理想。在他平实动人和冷静睿智的叙述中，你会看到一个性情谦和练达、人格旷达淡定的人，这是潘大林人格修养和艺术修养的集中体现。

　　"家园与怀想"中一系列文章如《过年》《杨梅纪事》《秋日还乡》等可以见出潘大林早年生活的流痕和他所经历的时代历史风雨，《与死神擦肩而过》更是把作者经历了生死磨难的人生况味传达出来。作为一个中年人，潘大林经历了人生风雨的吹打磨炼，变得更深沉、更成熟，更旷达，思想更为深邃，洞察世事更为透彻。他在咀嚼和品味生活的艰辛困苦中不忘热情地拥抱生活、赞誉生活。潘大林在他的散文创作中将自己丰富的生活阅历、深沉的人生体验，上升为独特的审美阅历，以把握大千世界并对生活做出富有思辨性的评价，使人领悟人生的真谛，从而达到大彻大悟的境地。

充满思想机锋和语言亮度的文字在潘大林的散文中比比皆是："智慧的缺陷，恰恰在智慧本身。"(《智慧之辩》)"幸福往往就在我们伸手可及的身边，我们却总是视而不见，反而执迷不悟、历尽艰辛地到那渺茫的未来中去寻找它，这真是一种悲哀。"(《幸福也是毛毛雨》)"人们选择了崇高，往往也就选择了悲剧。在美学范畴中，他们恰恰是一对孪生兄弟。让更多的人选择崇高，坦然地面对悲剧，那么，世界就依然有望。"(《呼唤崇高》)"人不可能没有信仰，思想一旦出现真空，迷信往往就成了最合适的填充剂，也往往是一种最有效的劝善力量"；"是果就要发芽，是花就要开放，是树就要挺立，是草就要为春天缀上一点新绿。即使结局终归腐土，成为别人生存的养分，他们也无怨无悔，因为他们毕竟顽强地生存过。也许，这就是生命的全部真谛。"(《秋日还乡》)

这种丰富、笃定、内省、蕴藉的语言使得文章具有高尚的道德感、责任感和使命感。由于阅读的广博和思考的审慎使得潘大林散文呈现出一种智慧性的诗性光芒。关乎人类生存和生命走向，关乎内心品质重建的可能和困惑都在他的叙述中折射出来。我们随处可以感受到文学、音乐、历史、哲学、美术诸领域给予他的思想营养，最能显示潘大林个性气质和艺术品位的文章集中在第三部分"阅读与聆听"：《读书之乐》《读书随想》《文章妙手自天成》《愉快的阅读》《昔日是非身后评》《感激孔泽尔——听乐手记之一》《永远的祖国颂——听乐手记之四》《种好自己的地》《揪心的总是那份情缘》等等。这部分文章体现了作者潘大林知识丰富且学养深厚，思想深刻而富于智慧，在每一篇文字里都具有深厚的文化底蕴与理性沉思，以思想智慧见长，引人思考启人心智。

在这三组文章中，文字独特的沉静内敛和从容自如品格尤为明显，这正是最先拨动我们内心的那根弦，作者通过这样的文字营造的是那种可以打动人心、催生事物本质的美好境界。每一篇文章读起来都行云流水、自然天成，读者在阅读中不知不觉地剔除了所有精神羁绊和外力障碍，直指本心，能够抵达这种境界靠的就是潘大林散文灵魂中诗性精神的牵引，它是源自心灵深处的某种追问和探寻，这种精神性探求与质询使得潘大林散文具有一种穿透性和超越性，这就是散文诗性精神的显现。

潘大林散文灵魂的诗性精神不仅表现为一种散文的独特美质和独立的品格，还体现在作者对诗性艺术形式的探求上，这包括散文中诗性叙述、诗性意象、诗性意境和诗性语言等层面的构建。

散文是一种最见性情的文学样式，写自己的事，写自己的心，写真实的事，写真实的情，是散文最突出的特点之一，因此散文贵在向读者袒露真心境，展露真性情。作者因生活本相而有了感受，读者因作者的所感而会心。仅有真情真事的抒写还成不了散文佳构，如果作者没有才情四溢、挥毫自如的文字，没有炉火纯青化于无形的艺术技巧，也写不出优秀的散文作品。

潘大林的散文擅长用他天马行空的想象力和洒脱不羁的浪漫情怀进行诗性叙述，例如"阳光明媚，天高云淡，暖风轻轻，流泉叮咚，一大片绿草和野花在你面前逶迤铺开，她们随风偃仰、沐日而歌……"（《甜美与纯净——听乐手记之三》），在《永远的祖国颂——听乐手记之四》中作者更是运用大段大段的想象性描写，将诗情的语言、诗性的意象，打造出情与景交汇、意与象相通的诗性意境来。作者注重审美意象与意境的创造，在文章《最后一片枫叶》中表现尤为明显，无论是祖母的形象还是回村路上情境抑或是枫树枝丫、叶片的描摹刻画都充满诗情画意，描写刻画以审美情趣取胜，意蕴深厚意味绵长。文章因而营造出诗意的境界，洗净铅华，无杂质尘垢，清新空灵，充满诗的灵趣，别有一番扣人心弦的艺术魅力，获得感动生命、直抵人心的力量。

在《长街风景》中作者凭借其丰厚的学养与文学底蕴，以个性化的书写向读者展现了一幅幅色彩斑斓的世俗画卷，他的文字空灵、鲜活、准确，充盈着生命的呼吸和自我的体温，他的描写生动形象，阅读中你会感受到风情浓郁的生活气息扑面而来，行云流水间便荟萃了长街的众生相，氤氲着浓郁的地域文化色彩。

《过年》中作者带着欣赏的眼光来描写"肥肉"："白白净净的猪皮下，是半透明的脂肪层，那石榴颗粒状的油囊，在阳光下闪着珍珠般的光泽，令人产生诸多美妙的遐想。"文中对煎炸猪肉和煮熟肥肉的摹写更是生动细致，令人读来不禁垂涎三尺。

《秋日还乡》是作者抒写重回故乡的见闻观感的篇什，处处浸透着他对故乡不离不弃的深厚情意。一个人无论走多远、飞多高，故乡都是他永远的精神家园，都是他灵魂安栖的不二所在。那些与故乡有关的人和事牵扯着他，还有抹不去的记忆紧紧相随，作者时而描景，时而抒情，时而叙事，时而绘人，时而现实，时而玄想，或感物而造端，或凭空而构象，丰富的想象和深情的叙述，传递出作者对家园故土的脉脉情意，也传达出作者对人和自然的深层思考。

潘大林散文的语言都是经过精心提炼的，他的每一篇散文中的语言都体现了作家用心推敲、细细考究的锤炼火候。潘大林散文语言的突出特点是整齐凝练而又富于变化，富有节奏感和音乐。阅读起来常常让人感到文章中荡漾着一种婉曲回环的韵律美。作者把他从生活中体悟出来的那些情感和道理，以典雅优美、机智风趣的语言娓娓道来，使得这些文字如同一泓清澈的流泉，饮后让人感到惬意熨帖；如同品味陈年佳酿一般，滋润肺腑且益人省思。

在语言文字的处理上，作者有着高超的驾驭语言的能力，收拢聚合，气象万千，变化无穷，收放自如。在句型的选择和组合上，作者根据感情的需要而选择语言的表达方式。如果是要表达倾泻而下的激情则采用排山倒海的赋体句式，用短句表达强烈的节奏。例如在《呼唤崇高》中："其实，崇高所要求人们做的并不多，并不都是慷慨激昂的舍生取义，不都是对远大理想的终生求索，不都是卧薪尝胆的忍辱负重。更多的时候，它只是一种善良的情怀，是坦荡的心胸，是真诚的赐予，是忘我的境界，是无私的帮助，更是良知，是气度，是节操，是精神，是权贵的平民意识，是市井的绅士风度，是理性的光晕和人格力量。崇高与地位无关，与性格无关，与信仰无关，与财富无关。"这段话里句式的变化极有规律，节奏感强。同中有异，异中有同。每一句话里都运用排比，内容上有正反，肯定中再递进，通过句式来增强气势，独具匠心地运用赋体句式体现作者高超的驾驭语言文字的功力。相反，如果作者的心情散淡，则以散句为主，骈散结合，多用长句以体现节奏的缓慢。例如在《山幽水碧探紫荆》中记述了作者游水库所见情景："清晨，浓雾弥漫。坐在水库的渡船上，望着提篙开棹的船工，再回望朦朦胧胧地倒影水中的堤岸、竹篱、野花和汲水的农妇，使人宛若置身于'湖光秋色两相和，潭面无风镜未磨'的江南水乡之中。……"这段文字清丽隽永，节奏舒缓，营造着悠远的意境，给人以美的享受。在《感谢孔泽尔——听乐手记之一》中描写作者聆听乐曲的审美享受且引发的想象，语言的节奏契合内容而舒缓、悠扬："美国西部宽阔的大牧场，夕阳西下，牛群在安闲地吃草，牛们互相问候的应答此起彼伏，远处的木头房子里，开始升起缕缕炊烟。几个身穿劲头脑戴毡帽的牛仔，骑着高头大马出现了。马匹喷着响鼻，落日余晖为牧人和马都涂上了一层釉彩般的暗红。刀刻斧削的皱纹写在牛仔略显疲惫的脸上，然而，他们目光里却充满了刚强自信和开拓精神。……"又如在《幸福也是毛毛雨》中写什么是幸福："暑天里，我们躺在大树下，享受着一片浓荫和习习凉风，是一种幸福。黑夜中，我们泡一杯浓茶，在窗外阵阵淅淅沥沥的小雨声中随意翻读一本自己喜欢的书，是一种幸福……"这种长短句式的结合，使得他的散文语言显示出摇曳多姿的韵律美。

潘大林还善用比喻，以增加文章的生动性和趣味性。厚重的内涵与笔下的功夫完美结合造就了潘大林散文的韵味，营造了意蕴深远的审美空间留给读者去回味，去创造，去补充，经得起读者反复地品味和咀嚼，而且是愈品愈嚼就愈觉其余韵无穷。

总之，潘大林散文是叙述、诗意与哲思的融合，字字句句都是他人生历程诸种况味的结晶体，灵魂深处的诗性精神将其思想流程为诗意叙述与诗意语言所承载，因此读来酣畅而不艰涩，有回声而不沉闷，实属散文中的美文佳构。

（原载《南方文坛》）

叠加、偏离与拓展

——《边城》与《穿过丘陵》的比较

卢萃宁（玉林师范学院）

　　《穿过丘陵》是潘大林众多作品之中极为普通的一个中篇，在阅读的过程中，我们可以或明或暗或隐或现地看到沈从文《边城》中的影子：故事、场景、人物、语言等等。

　　推断作者是刻意模仿《边城》无疑仅仅是一种毫无根据的推测，因为就我们所能找到的公开资料来看，这样的证据并不存在，或许这是一种异曲同工殊途同归，但我们却完全可以说《穿过丘陵》里的诸多因素是与《边城》既有叠加和偏离，又有着向外拓展的成分的。

一、散文色彩的强化与小说色彩的弱化

　　两部作品虽然都是归类于小说，但也都有一个共同的地方，即是都刻意淡化了小说的文体特征而强化其散文的文体特征，其主要表现在：

　　1.情节的简单化。

　　《边城》全书5万多字，与此篇幅相类的很多作品往往多是把故事写得跌宕起伏荡气回肠，而《边城》带给读者的更多

的是风土人情而非故事本身，在作品中，故事是为了展现风土人情而展开的，是处于一个从属而非焦点的位置，其故事相当简单，写一个名为"茶峒"的小山城里靠摆渡为生的老船夫与其孙女翠翠日复一日给人摆渡的故事，再在单调的摆渡生涯中穿插了一种淡淡的爱情——严格地说，甚至还不能称之为"爱情"，因为男女主角甚至没有直接触及这个话题，《边城》的故事几乎可以说就像是流经渡口的小溪一样，其故事的开始是云遮雾罩的，故事的发展也几乎是波澜不兴，而故事以"这个人也许永远不回来了，也许'明天'回来!"结尾，同样体现了一种意味深长的朦胧；而《穿过丘陵》的情节也并不追求达到让读者欲罢不能的阅读效果，整个作品近3万字，写的是小时候的"我"跟表叔在"文革"期间步行到两省交界的一个小镇私下里买米的故事，整个故事相当完整，有开头，有过程，也有一点小小的高潮，有结尾，在这方面，既与《边城》有叠加，也有偏离。

2.不侧重对人物性格的刻画。

常规来说，多数文学批评家评判一部小说是否成功的一个主要标准就是看作品是否塑造了栩栩如生呼之欲出的人物形象，亦即是被普遍奉为圭臬的"典型环境中的典型人物"学说，从这个角度出发，他们认为中国的小说史其实就是小说的人物形象表演史，异曲同工的是，《边城》与《穿过丘陵》都不太注意人物形象的塑造，虽然很多人也会说到《边城》里的翠翠与其爷爷刻画得也较为成功，但是，如果我们深究下去，我们同样可以发现作品里的人物其实也不过是构成地方风土人情的一个组成部分，也就是说，沈从文并不是以刻画人物为旨归，人物是为展现地方风土人情服务的,(再深入下去,我们甚至还可以发现,不光是人物,《边城》里面的黄狗也是有性格的,是"这一个"而不是"那一个"狗!)如此惊人地相似,《穿过丘陵》里面的人物形象也是模糊朦胧的,读者只能知道"我"是一个早当家的农村少年,而这个少年的脾气、爱好、典型细节是较欠明晰甚至是缺乏的,至于其他出场的人物,如表叔、金伯、八叔、表婶、米贩等等,则更为隐约难辨,我们提及这一点并不是就这两部作品艺术品位的高下进行评判,因为我们也认为人物形象刻画也只能是评判作品艺术品位的一个标准而非全部标准,比方说,我们就不能认为翠翠的形象不如郭靖的鲜明就判定《边城》的艺术品位落后于《射雕英雄传》一样,提及这一点,我们只是说明这两部作品的共通之处。

3.行云流水般的叙事节奏,使两部作品也让人产生似曾相识的感觉。

两部作品对传统小说的叙事都刻意进行了收敛,而代之以对描写手段的强化,如《边城》在写翠翠遇到后来心仪的二老之前,就花了近8000字的笔墨来进行人物描写、景物描写与场景描写,这些描写的手法就仿佛是传统上的国画技法:东画两笔,西画两笔,体现出一种随意与散漫,但只有在画家最后加上其点睛之笔之后,我们才能察觉这种随意与散漫是必不可少的,其背后则体现了画家构图上的过人之处,在《边城》里面,如果没有前面这些描写作铺垫,人物的性格与故事的展开就缺少了合乎逻辑的寄托;《穿过丘陵》同样也毫不吝啬地在描写上挥洒笔墨,很多场景写得很美,如其开头部分所写的黎明前的村落、田野、天空,中间部分的水坝、山峡,后面部分的月食、小圩落等等，都是一幅幅如在眼前的景物照片，充分地体现了一个作家对文字的驾驭能力；而从另外一个角度来说，如此刻意地大力度的描写也必然会冲淡叙事所占的比重，因而，两部作品的叙事节奏都显得相当的节制，极少大起大落柳暗花明，读者对于情节的演变基本上是可以预测的。

二、浓厚的地域文化特征

在文学史上，《边城》总是与湘西联系在一起的，一提到《边城》，我们就必定会想到湘西，反之亦然，这主要是得益于沈从文对湘西元素在其作品中的艺术展现，比方说，在人物上有以老船夫为典型的湘西人特有的质朴、安分、勤劳以及农民式的精明，以翠翠为代表的纯洁、柔善，以顺顺为代表的义气、洒脱，以大老二老为代表的彪悍与精干，甚至是娼妓，也能重义轻利守信自约……，在景物方面则有以大片石作底的小溪、带着铁环的渡船、一半在陆一半在水的吊脚楼、小篷船、颜色深翠的细竹、挂着长长幡信的小庙、随意晾晒的紫花布衣裤、黄泥墙、乌黑瓦、檀木活车、红辣椒丝装饰的鲤鱼豆腐、插着大把红筷子的大竹筒、六浆白木船、用生牛皮蒙好绘有朱红太极图的高脚鼓、狮子龙灯、粽粑叶斗篷、装钱的褡裢、装酒的葫芦、水碾坝里的小小鱼梁、竹雀杜鹃与黄鸟、装货用的油篓子、啭着歌喉的草莺、粗麻布蚊帐、挡浪用的茅束、喜欢在溪面上飞来飞去的红蜻蜓、像浮在空气里的游鱼……，在风俗习惯上，《边城》同样用传神的笔锋描绘了湘西特有的迎亲送女、端午节赛船、元宵节舞龙耍狮、还愿迎神的歌谣、相对自由的婚俗、入规入距的绕棺丧礼……等等，这些元素经由作家巧妙地穿插在作品之中后，就组合成了一幅具有浓厚地方特色的湘西风情画卷。

与此相对照，文学史上能体现桂东南地域特色的作品是极为少见的，令人欣喜的是，潘大林的《穿过丘陵》让人减少了些许类似的遗憾，由于不侧重于对人物性格的刻画与淡化了叙事元素，使得作家能有更多的精力放到了对桂东南地方风情的描绘上面，桂东南特有的水碾、油榨、稔子、香蕉、李子、番薯、木薯、南瓜、冬瓜、木棉、老松、榕树、苦楝树、黑榄树、笋干、木耳、苦瓜、蕹菜、丝瓜、瓦钵、竹编的捞斗、捞沙、粥摊、小巧玲珑的凉亭、大青石作的石凳、方形神龛、粗瓷大碗、高低错落的籬竹、滑溜的卵石、充饥的豆腐渣、山鸡、鹧鸪、金红的鲤鱼、墨绿的鲩鱼、背鳍尖利的车带鱼、头上长刺的塘角鱼、碗口粗的鳖等景物，采茶小调、木偶戏、祭鬼赎魂、"天皇皇，地皇皇，我家有个读书郎"的桂东南民调、以苦作乐的"颠倒歌"、月食赶天狗、牛市上的讨价还价等特有的民俗，再加上特定时期的反革命分子、反共救国军、破四旧、红卫兵、公购粮双超粮、生产队、工分、红薯饭、大队支书、批斗、贫下中农法庭、公社革委会、民兵、诵读语录、学唱样板戏、粮食黑市等用语，组合成一台活生生的地方风情大戏，活灵活现地呈现在读者面前，从丰富中国的文学场景角度而言，扮演了难以替代的角色。

三、平实而精当的语言

两部作品的语言整体上来说都是相当的精准生动的，在《边城》中，沈从文在《题记》中说明自己从小就浸淫于湘西的环境，所以，他对湘西群众的语言反映几乎就是未经雕琢的原生态式的呈现，而这种貌似随意拈用的语言却又起到了"大道至简，大音稀声"的境界，如作品中第一次对翠翠出场的描绘：

（翠翠）为人天真活泼，处处俨然如一只小兽物。人又那么乖，如山头黄麂一样，从不想到残忍事情，从不发愁，从不动气。平时在渡船上遇陌生人对她有所注意时，便把光光的眼睛瞅着那陌生人，作成随时皆可举步逃入深山的神气，但明白了人无机心后，就又从从容容地在水边玩耍了。

这样的人物描写几乎可以跟《红楼梦》中林黛玉的出场相媲美，事实上，他们也有共通的地方，如都没有具体的展示人物的相貌、身材，从而给读者的再创造留下了极为空旷的想象空间。

像这种富于蕴藉力的语言在《边城》中俯拾皆是，如"终日大门敞开着，常有穿青羽缎马褂的船主与毛手毛脚的水手进出""随从川军来湘流落后的妇人，穿了假洋绸的衣服，印花标布的裤子，把眉毛扯得成一条细线，大大的发髻上敷了香味极浓俗的油类"的妓女、甚至是一句简单到平淡凡常的语言"狗，狗，你狂什么？还有事情做，你就跑呀！"都可以让我们推知当时翠翠嗔恼的神态。

《穿过丘陵》在语言方面同样也有不少可圈可点的地方，这同样是应该得益于作者生于斯长于斯的生活经历，与《边城》不同的是，潘大林的语言除了平实而准确之外，还带上了更多的桂东南地方色彩，如描写油炸的一段尤其精彩：

收花生的季节，碾坊里还会开上一条油榨，油榨是用合抱粗、丈多长的一截巨木挖成，通体浸透了油脂，散发着琥珀色的光泽。屋角里架起一口大铁锅，农友们送来的花生仁，先要磨碎，然后放在铁锅里蒸得浓香满屋，再装上篾箍，包成油饼，放进榨槽，一头塞垫木、楔子，几条精壮汉子，全身脱得只剩一条裤衩，轮流掌起数十斤重的大木槌，凭着刚喝过两口的酒力，嗨的一声喊，木槌就高高举过头顶，又重重落在楔子上，咚的一下，震得碾坊也微微颤动。榨槽下的脐眼里，就有一股清亮的油液激射而出，滋滋地流进槽下的油坛里，满屋子弥漫着浓浓的油香。

这一段文字，作者揉合了视觉、听觉、味觉等手段，通过全景、近景、特写的片段组合，用平实朴素的语言立体化呈现出一幅栩栩如生的桂东南农工劳作图，让人感触良深。

"牛角圩也真像个牛角那么短，只有一条略做弯曲、圩头拉尿也能流到圩尾的小街""上游夹岸的山峰，连着河边高低错落的簕竹，像两队互相追逐的野兽，耸动着脊梁向下游跑来"，类似这样的文字，让人惊叹平平常常的语言居然有着这样生动的表现力，"八叔，吃了未曾？""很久未见，都去什么地方发财了？""担米呗！"等语言既富于桂东南特色又很好地兼顾了普通公众的阅读理解，充分地体现了作家深厚的语言表达功底。

当然，整体来看，《穿过丘陵》与《边城》在语言上的造诣还是有着一定差距的，《边城》中的语言极好地衬合了特定的人或特定的情节、景物，几无可以更易的可能，而在《穿过丘陵》中，个别地方我们还是感觉到了一定的粗糙与过度的雕琢，如米贩子马脸的话"今晚……真有点玄……"，如果我们将其中的"玄"变更为"古怪"，可能就更符合一个农村米贩的角色，"溟濛的天色"中的"溟濛"一词，又让人觉得与行文风格稍有偏离的感觉，让我们感觉到了作家在语言使用方面向沈从文、老舍与赵树理等名家靠拢的努力与局部的无奈。

四、《穿过丘陵》难能可贵的创新

将这两部作品进行对比，我们除了产生似曾相识的感觉之外，另一个极为重要的感觉就是创新，由于这样的创新，大大地提升了作品的存在价值。

1.叙述角度的不同，是两部作品的最大区别

如果仅仅是作为一种表现技巧，无论是什么样的叙述角度，都不存在高下之分，事实上，每一写作技巧都有着其不可替代的作用，都有着其必然的优点与不足，《边城》中的第三人称叙述，有利于跳出个人的所历所感而展现更为阔大的空间，也有利于进入人物的内心世界，而《穿过丘陵》的第一人称叙述则使整个情节显得更为真实可信，同时也更有利于在语言的选择时候赋予更多的主观情感色彩，如"天青得像一口巨大的铁锅，淡红色的月亮犹如烤煎到恰好熟透的面饼，在天宇间散发着诱人的香味"就活生生地把"我"长年饥饿的艰苦生活带了出来，言简而意丰。

2.象征意象的反复使用，增加了作品的内在意蕴

《边城》中的象征是朦胧少见的，最为突出的也就是翠翠屋后的白塔，作品中以其在暴雨中倒塌来表示老船夫的死去，而后又再以其重建象征了旧的生活秩序依然还会毫无改变继续；而在《穿过丘陵》中，象征意象可以说是贯穿始终的，如题目中的"丘陵"实际上指的就是作者人生中一段苦难的岁月，阿财的死去则表示着正直与善良在那样的非正常的岁月遭到扼

杀，作者写到水碾的时候，同样也赋予河水一定的象征意义：

河水万般无奈，只好顺着水渠，流到水碾那儿，去推动那轮巨大的水车，再散散漫漫地流向大片大片的田野里。也有不甘奴役的水流，从堤坝隙缝争先恐后逆出，哗啦啦溅进河里，得意地唱着歌，一去不返。

3. 布局技巧的不同，使《穿过丘陵》更为注重个人主观色彩的表达

阅读《边城》，我们感觉到好像是听一位老人抽着烟斗或水烟筒平静地讲述一段故事，老人饱经沧桑，所以，他在讲述故事的时候已经游离在整个故事之外，无喜无怒、无动于色，情感相对内敛；而《穿过丘陵》给人的感觉则是坐在观众席上欣赏一出戏剧，作者不时以旁白的方式对观众进行情感上的浸染，如序幕时，作者先是以深沉的声音诵读英国诗人克里斯蒂娜·罗塞蒂的诗句："倘若你愿意，你可以想起；倘若你愿意，你可以忘记……"，然后音乐缓慢、柔和的响起，正像作者在开头所写：

一支从小就深入髓的儿歌，像一缕淡蓝色的云彩，轻轻地从我心中飘起——

月亮饼，饼油，

哥担水，妹梳头

……

在这样如诉如泣的音乐中，大幕徐徐拉开，灯光慢慢变亮，故事正式开始，而在故事的表演当中，作家饱含感情地以旁白的方式介入到故事中去，从而让整个故事带上了浓厚的感情色彩，如文章中的一段：

这时，我更加相信了平日老人的告诫，觉得山野间的一草一木、一山一石，无不隐藏着一个个或善或恶、或美或丑的精灵，在看不见的地方窥视着你，监督着你，让你循规蹈矩，检点言行，稍一不慎，就会招致无情的惩罚；而那些敬畏神明、修心行好的人，则终会得到报偿。

再比如：

没有往事，便没有痛苦，这确是莫大的幸福……

作家不断地以这样的方式介入到故事当中，不断地提醒观众不要入戏太深，以避免过于注意故事本身而忽略了故事所蕴含的本质意义，可谓用心良苦。

故事完结，灯光慢慢变暗，音乐慢慢消退，大幕徐徐拉上，作家又适时地出现，把观众又从故事带回到现实当中，伴随着的是作家饱含感情的旁白：

多年之后的一个暮春，我坐在宁静的书房里，听着窗外淅淅沥沥的雨声，拿起笔记录着二十多年前那段杂乱无章而又平淡无奇的生活……

从上面的分析我们可以看到，《穿过丘陵》整体上来看是达到了一定的艺术高度的，在艺术地表现特色桂东南地方特色方面起到了极为重要的作用，当然，作品的细小不足我们也特别地予以点明，假以时日，我们完全有理由相信作家会奉上能让公众更为欣喜的作品，让我们拭目以待。

凝望与遥想

——潘大林散文创作论

魏继洲（广西民族大学）

　　五四时期现代散文以"挣扎和战斗"[①]踏上了自身的现代性之旅，社会生活从此使写作者无论如何都无法回避，尽管通达生活的途径有所不同。关于新的散文规范是存在分歧的，一些分歧此后亦长期悬而未决。个人与社会、心灵与现实之间的游移，使现代散文创作或沉潜，或超脱；或服膺生活化的艺术，或醉心艺术化的生活。但是不管写作者的艺术追求多么与众不同，不管他们自我标榜沉潜还是超脱，散文创作终究要殊途同归于对生活的审视，因为剥去散文创作繁丽的外表，我们会发现它终究要还原为个体生命面对现实的抗争与流转，或者心灵张力的潮起与潮落。换句话说，所谓散文创作的个性化不在是否以社会生活为对象，而在审视生活与抒写生活之间能否显出个人气质。在中国现代散文发展的历史长河中，潘大林先生也许微不足道，但是他有面对生活的思考，也有关于生活的言说，他以家园书写突入生活，并循此途径对生活锤打、分解，发酵、提取，加色、加香，致力于拷问生活的本色。

一、寻找逝去的家园

作为一种文化意象，家园是许多作家文学梦想启航的地方，更有一些人甚至不惜穷尽一生的精力去抒写与诠释它，其原因当然要归结到个体生命之与家园的那种复杂而难以言表的精神关联。对于家园，年少无知之时我们心安理得地依赖它，长大成人之后却注定要反叛它、离弃它，当年纪渐老则开始日甚一日地想念它，这种想念甚至无关乎一个人是否曾经远走他乡。潘大林先生说自己是个地域性作家——剔除其中自谦的成分——他所构建的散文世界确是具有一种鲜明的家园意识，家园在他的笔下有时作为一个对象整体被追怀，有时则被凸显为一些场景、一些旧物、一些人事或某种感念。他有许多的文字是关于故乡的，家园在他的笔下首先被具体化为哺育自我生命的那一片热土。在《秋日还乡》中家园即是念兹在兹、欲去还留的出生地。每个人的故乡都是难以忘怀的，因为它在养育我们成长的同时又以一种近乎强迫的方式充实了我们的少年记忆，无论那些曾经烙印在脑海中的和故乡有关的细节是惨痛还是美好，已经模糊还是依然清晰。潘大林先生关于故乡的少年记忆似乎并不美好："我的故乡，是桂东南云开大山余脉中的一个小村子。说是小，是指地域上的，群山环抱中的一河两岸，黑瓦黄墙，屋宇错落，站在稍高处，即可将千百户农家一览无余。"故乡有山却不巍峨，有土地却十分贫瘠，有文化却缺乏特色，有亲人乡党，却无不平凡如蝼蚁，庸碌地生，默默地死。尤其是故乡有少年，而那时的少年却和意气风发、风度翩翩全无干系："我生来个子矮小，体质孱弱，从骨子里害怕繁重的体力劳动，但我却不得不拼命地干着所有的农活。"少年最大的愿望就是有朝一日能离开故乡，"成为每天上班八小时，每餐都能吃上大米饭，每周加一两次肥猪肉，看一两回电影的城里人。"秋日还乡所勾连的思绪是复杂的，有"胡马依北风，越鸟巢南枝"强烈渴望，有"儿童相见不相识，笑问客从何处来"的失落与怅惘，但是也正是这块贫瘠的土地和这群平凡的人们让已经长大的少年领悟了些许生命的真谛：生存的过程就是一切，正如果的发芽，花的开放，树的挺立。

　　一切都在变。《没有电的日子》感念那个已经消逝在记忆深处的故乡。那个曾经生活了十八年的小村庄追随着社会的进步在变化，那些曾经肆意流贯于树林、河流、田畴、黑夜之间的宁静已成遥远的记忆，那个本来如一幅幅水墨画般淡雅、悠远、明净、单纯的故乡已经一去不复返。但是我对故乡的感知、体验也在变，所有曾经萦绕心怀的惨痛感可以说都被过滤掉了。"没有电的日子"留给我的是许多美好的回忆，那些日子没有电，没有现代工业文明入侵，但是有番石榴飘香，有流萤在夜空自由飞过，有快乐的游鱼和像游鱼一样快乐的少年，他们打柴、捉鱼、放牛、嬉闹、打架，在这些专属农村少年的游戏中发展自由的天性。过去那些曾经深深刺痛身心的饥饿、贫困、无奈，以及所有的苦涩的感伤都已经微不足道了。《梦中家园》更是对故乡的一种想象性观照。潘大林先生的故乡在西江支流绣江上游的杨梅河边，那个小镇与远在湘西的凤凰古城相隔千山万水，但是文章却将二者并置。究其目的乃是换一种方式体验故乡小镇古朴凄美的流风遗韵，经由曾经相似的文化情境深入心灵深处为自我的灵魂寻求一处安放之地。凤凰古城虽然无关乎故乡，但是凤凰大规模商业开发的天际间所透漏出来的几抹瑰丽的晚霞，却让我得以想象性地窥见故乡小镇街道两边骑楼式的房子、临江一面类似吊脚楼的建筑、河里走着的小篷船、船上岸上忧郁的歌谣、一代又一代人用脚板磨得溜光发亮的青色卵石街道……当所有这一切在故乡已成浔江旧事，凤凰之行对于寻找梦中家园就是不可或缺的。文章是在写梦想，也是在写家园，是借梦想与现实的错位对接来展示那个专属于我的记忆深处的家园。

潘大林先生的家园其内涵和外延是有些变化的，他的散文创作和个人行踪存在对应关系。他生于广西容县，以后则长期在玉林、贵港等地工作，只是他的足迹此间已同时延伸到了桂东南、国内乃至海外。如《苏俄风情一小城》中的满洲里、《北纬53度》中的漠河、《"邂逅"普希金》中的莫斯科阿尔巴特街、《一个人的百态人生》中的挪威维格兰雕塑公园、《最后的"恶之花"》中的缅甸佤邦，等等。随着个人阅世的深入，他的家园的外延一变而推及足迹所至之处，走到哪里散文的笔触也就伸向哪里，家园的内涵也不再拘泥于那一抹游子的乡愁，而是一种更为广博的人文情怀的呈现。《风雨荷城》是广西城市传奇丛书之一种。在书中他穿行于两千年的历史云烟探寻贵港——这个许多年前曾经叫作"布山"的古郡——的前世今生，以富于想象力的文笔展现这一块富有传奇色彩的土地，通过一部城市进化的传奇历史呈现了深植于这一块丰饶的文化沃土之中的人文精神。这里有余音袅袅的秦风汉韵，有代代相传的文脉弦歌，有挥刀跃马的侠士英豪，有傲立南天的妖娆风物，有令人迷醉的民族风情。如果说贵港是一部两千年积淀而成的文化大书，而它之所以经历漫长岁月的磨砺仍然不绝如缕，正是因为贯穿其间是坚韧，是血性，是担当，是自强不息……《粤西之东》是潘大林先生关于"粤西之东"的文化地理随笔。走笔至此，他已把涵盖了梧州、贺州、玉林、贵港的广阔地域尽收自己的创作视野。这是一片为大桂山、云开大山、六万大山、大瑶山、大容山围抱呵护的土地，这是一片为左江、右江、郁江、漓江、西江灌溉滋养的土地。这里是舜帝驾崩的苍梧之野，这里有水神龙母护佑一方、施惠于民，这里养育了雄踞南天、心怀悲悯的士燮太守，这里见证了一代名吏陆绩的为官清廉，这里有梧州骑楼、黄姚古镇、姑婆山色穿越漫长的岁月而历久弥新的迷人风姿……从潘大林先生的桂东叙事中，我们看到的是活着的历史与生动的现实，是历史与现实在交互碰撞中投向当代生活的耀眼光芒，是一个行走于这一片神奇的土地的民族文化守望者的使命感与责任心。

远走并不是目的，潘大林先生认为散文创作的要旨在于接近，接近俗世、自然、林泉、故土、寂寞、宁静、亲情、友谊……总而言之，接近由以构成社会生活的一切细节，从而实现对生命活动真相的一种如实摹画。他是通过与家园一次又一次的心灵交流完成这种接近的。

二、让交流成为可触摸的

如果家园——那些无可挽回的岁月的陈迹——仅仅是一种纯客观的实在，人们去接近它的情感动力就不会强大与持久，甚至可能如过眼云烟般把它忘掉。潘大林先生对家园念念不忘，永无止息，其原因正在于那是他过去的生命冲动对象化的结果，是他曾经经受过的所有得意与失意、欢乐与忧伤永远在场的证明。在这块土地上他送走了许多本来属于自己的青葱岁月，也像智者、诗人一样体验过"儿童对着星光感悟的一瞬"。②因为接近，所以具体。潘大林先生的家园的主体是人，他的家园书写则是对亲情、友情，以及基于思乡的怀古之幽情的持久而专注的品位。

每个人在成长过程中都会遭遇一些让自己印象至深的人物或者事件，小到改变生活习惯，大到影响自己确立人生方向。对于潘大林先生来说，亲情显然对他的人格形成产生过重要影响，这一点在他的为数众多的亲情书写中已有鲜明体现。《父辈的光荣》是对已逝的父亲的怀念。文章十分简短，主体部分也只是和父亲有关的一些早年记忆的片段，如：1）父亲在相邻的公社当干部。平时难得回家，写信喜欢抄录小故事——包括雷锋和焦裕禄的——讲读书做人的道理。2）父亲有很多农民朋友。在回单位的路上，跟田里劳作的朋友打呼，有时则直接下田接过犁耙犁上几道。3）父亲生病了。他经常用手按着肝部，朋友关心他，他总是嘿嘿一笑："没事没事，大不了跟焦裕禄去。"4）父亲遗留的笔记本。在父亲遗留的笔记本的扉页上，有他抄录的保尔·柯察金的那段关于不因虚度年华而悔恨的名言。即使为数不多的记忆碎片，通过简单梳理也足以相对完整地理解父亲了。父亲属于那个已经远去的年代，那个以保尔·柯察金为精神偶像的年代，那个因理想主义光芒的闪耀而让当下的我们感到陌生的年代。但是，在文中当我逐渐告别年轻、幼稚，一种对父辈的重新认识正突破代沟，穿越金钱至上、实用主义、功利主义的重重壁障呼啸而来，父辈也许卑微，可是他们勤恳踏实、谦虚谨慎、朴素诚实……《也说父亲的藏书》《一本让我耿耿于怀的书》以藏书为关键再次使两个时代、两代人形成关联。父亲的藏书颇有一些杂乱，其中有《党的好干部焦裕禄》《四清运动通讯》，有《把一切献给党》《敌后武工队》《战斗中的青春》《朝阳花》，也有《马、恩、列、斯论共产主义》《马、恩、列、斯思想方法论》，以及卡斯特罗的《历史将宣判我无罪》，等等。书中多少都留下了父亲阅读的痕迹，如《战斗中的青春》的扉页就有父亲的题签："共产党人是富贵不能淫，威武不能屈，贫贱不能移的硬骨头。"正是父亲的这些藏书充实了我在最渴望读书的年纪里对知识最初的想象，可以说为我打开了认识历史、社会和人生的第一扇窗口。这些藏书当然难免那个年代独具的政治意识形态色彩，而在文中我没有似乎也没有打算把这一点掩饰起来。阅读父亲的藏书从某种意义上说就是与父亲超越时空的交流，恰恰是这些富有时代特色的藏书与父亲留下的为数不多的话语，它们以一种不加任何粉饰的方式照亮了那曾经埋藏在我的记忆深处的"父辈的光荣"，把我与父辈的心灵交流提升到了世界观与文学启蒙的层面上。除此之外，潘大林先生的亲情书写还有《青果随风而坠》中的妻子、《我家有女初长成》中的女儿、《一个农民的挽歌》的大弟、《又一个好人去了》中的五叔、《趟不过的河》中的八婆、《头上自有一方天》中的妹夫，等等。为什么家园让人魂牵梦萦，因为那里永住着我们的亲人，无论他们活着还是已经死去，他们给我们带来了许多温暖。在潘大林先生构建的散文世界里，有一种想念是无法用语言去准确复述的。

在潘大林先生的散文中朋友、同事或师长同样占有重要位置。《远去的背影》的叙事将周宏、路丹、李竑三个文坛前辈并置在一起。其中周宏亲手发表我的第一篇小说，这对当年那个名不见经传文学爱好者无疑是巨大的鼓励，以后又有幸成为同事一起编刊物、编节目、写小说、办笔会，则进一步耳濡目染了他的为人与处事。路丹主持期刊一向秉持敢爱敢恨，推陈出新的宗旨，外表看上去是个慈祥的长者，其实他却是一个昂藏的战士。李玐多年以前即蜚声八桂文坛，后来听他讲小说习作课，特别是心怀忐忑地听他介绍自己的作品被期刊采用的个中曲折，同样于有意无意地点滴之间增强了自己文学创作的信心。人与人之间本来互不关联，一些奇妙的缘由却使彼此发生了关联且无法分离，周宏、路丹、李玐最终成为我所敬仰的师长也是如此，究其缘由固然是因为他们曾经作为我文学创作之路的向导，职业生涯中的引路人，同样重要的是因为他们性格中的坚韧、敏锐与耿介。《铜州三人行》则把笔锋转向了文学同道。铜州即今天的广西北流，三人分别是身居广西北流的朱山坡、徐强与覃富鑫。所谓同师为"朋"，同志为"友"是说交友之道在于志趣相投。朱山坡致力于小说写作，以"关注底层，透视苦难"为个人的文学理想。徐强擅长杂文，不但学识渊洽、目光敏锐，而且尤为擅长在一些生活琐事之间发掘事关家国的微言大义。覃富鑫以杂文和随笔，写地方风土人情，记录了许多几近湮灭的旧闻轶事，堪称难得的现代史料。在广西北流这远离文坛主流的一隅，他们选择了寂寞与坚守，选择了以写作作为自己的生活方式，这一选择本身就是一道独特的文化风景。我们中国人历来讲究物以类聚，人以群分，在这熙来攘往的大千世界上，潘大林先生选择了一种相聚，事实上也是选择了一种映照自我人生理想的方式。

潘大林先生还有许多散文是对桂东南人文流脉的梳理与追叙。《横戈原不为封侯》由桂东南的人文遗存上溯到明朝抗清名将袁崇焕，而叙事重心则是袁崇焕和他的宁远城。袁崇焕祖籍广东东莞，生于广西平南，后因故移籍广西藤县，但他成为文章叙事的重心则主要是因为他抗清戍边展现出的男儿血性，事实上袁崇焕和宁远城也的确成了当年所向披靡的清军忘不了的痛。袁崇焕的命运是庸才误国所导致的一个悲剧，但是，正如文中所说他的一心报国、矢志戍边的情怀，他的忠肝义胆、智勇双全的人格力量已成为后人的一笔巨大的精神财富。19世纪中叶太平天国运动兴起于广西桂平金田村，一群主要由广西子弟组成的农民军向腐朽的清王朝发起了大胆的挑战，从而为中国历史留下了浓墨重彩的一笔。潘大林先生在他的多篇文章中均有提及此事，《犀牛潭畔作军营》《那个封王的大男孩》《王侯将相宁有种乎？》《孰能辨我是忠奸》等都是。面对这一充满争议的历史事件，潘大林先生试图对这场运动和置身其中的历史人物进行某种剥离，他将这场运动的历史定性暂时悬置，转而关注闪耀在这些历史人物身上的人性光辉，如石达开手执权柄仍能不失内心的良善，李秀成英雄末路反而不在意忠奸之名分，即便在清军守将吴江身上，他注意到的也是那种精忠家国、竭尽职责的人格操守。在文中，一方面他为这群毫无权势背景、没有政治经验、没经过战争训练的年轻人，凭着一股以天下为己任、拯救民众于水火之中的巨大热情，不惜抛头颅、洒热血追求平等幸福的美好社会的刚烈强暴而感动，另一方面，他也为他们缺乏更好的信仰蓝本作引导，没有多少近现代的民主体制意识，只能在中国历史上已重复过很多次的改朝换代中轮回而遗憾。历史早已消逝在久远的过去，北京广渠门内固然有幸保留了袁崇焕孤独的墓碑，金田犀牛潭畔却已只有大片疯长的荒草，真实的历史不过是一堆残砖断瓦。但是潘大林先生仍然选择了历史，选择了在流逝中追寻永恒的价值，因为他相信历史乃是现实的一部分，在历史的深处总有一些激励后人奋发有为的精神资源，总有一些东西能为现实提供参照。

周作人说："美文的条件，同一切文学作品一样，只是真实简明便好"。③细读潘大林先生的散文，我们能够强烈感受到一种扑面而来的真实气息。对真实性的追求贯穿了他的家园书写的全过程。他为读者呈现了一个看得见的家园，它处于社会变迁之巨手的牵引之下，既躁动又平静，既进步又停滞。家园的画面每天都有新的添加，与此同时一些无可奈何的流失也在不断发生着。他为自己苦苦追寻着那个看不见的家园，在那里他曾经习得了思考人生的原逻辑，如今他要努力维系那些仍然潜藏在思维深层的关于世界的直觉或前关联。尽管那个家园已在时间的流逝中不可逆转地改变，但是在他看来那里"与权势无关、与名利无关、与贫富无关、与毁誉无关、只与我们的心灵诉求有关"，④那里有一种自由的文学精神在驰骋，那里有推动他投身文学创作的生生不息的原动力。一个作家的笔下也许少不了虚构，而虚构的终点却是真实。潘大林先生在虚构与写实的相辅相成中，在整体与局部的相映成趣中创造了一种真实的家园景观。这当然是需要勇气的，特别是在我们当下的文化生活中，当日常生活的审美化已成为一种潮流，生活与艺术的界限已变得越来越不清晰，艺术已成为生活的拟像从而显得比生活更真实，生活的本相在消费文化的推波助澜下已如符号般虚幻的时候。

三、给情感以形式

散文作为一种艺术自是毋庸置疑，许多年来我们一直无法超越的困境是其形式因深具自由品性而难以在轻易之间予以把握。任何写作都是为了表达，有感郁结于心则需抒之发之而后快，一些写作者则因此选择了散文。苏珊·朗格曾经花费了不少笔墨探讨情感与形式的关系问题，她认为："艺术，是人类情感的符号形式的创造。"⑤我们把一些文字称之为散文固然因其引导我们触摸到了某些深邃的思考或某种强烈的情绪，更重要却是它在表述中创造了一种"有意味的形式，即一种情感的描绘性表现，它反映着难于言表从而无法确认的感觉形式"。⑥潘大林先生一方面以诚恳之心沉潜于生活，既不浮光掠影，也无矫情伪饰，另一方面则致力于把对生活的感知转化为一种可感知的物质存在，他在努力创造一种有意味的情感表达。

潘大林先生笔下多呈现生活的本来面目，这使他的许多散文都带着生活给人的痛感。他展示人与生活的紧张关系，展示平凡人一方面创造了生活，另一方面又为生活所驱使的悲凉与无奈。这样的生活也许缺乏亮色，更与崇高、壮丽之类无缘，但是对此他义无反顾地选择了敞开。他的散文是向叙事对象敞开的，他不排斥生活中任何的卑微、琐碎、不如意，他似乎也无意于在散文中强为表现"完美"的生活。他的散文在抒情上也是向读者敞开的，他把从生活感知到的一切向读者如实道来，包括他的愤激、他的不满。当然他也从不讳言自己对于生活的希望与信心，即便这生活在他看来是如此布满了残缺与遗憾。《一个农民的挽歌》直面那些仍然处于结构性贫困之中的农民的惨淡生活。文章的主线是早逝的大弟，"大跃进"年代出生的大弟堪称生不逢时，问题是生活已经推进到了20世纪末叶，却依然承受着包括教育、医疗、用电、生产、生活资料等各种各样的艰难困苦，每一方面都需要日复一日紧张得无以复加的拼搏。文中说：当我有机会仔细审视大弟的时候，一个刚过四十的人，就已经头发焦黄，面容憔悴，恰似如刀的岁月在他脸上刻上了无数苦难的印记。大弟以及像大弟一样的普通的农民，他们渺小得就像路旁的石子或者小草，但是他们老实本分，谨言慎行，上敬国法，不畏鬼神，他们以无知无识的农民特有的沉默与坚忍融入并捍卫了一个和谐的社会。《与死神擦肩而过》则是命运给自己的折磨与眷顾。身上被确诊的肿瘤乃是死神已临近的确证，躺在医院的病床上我仿佛听到了死神的脚步，听到死神正鼓起腮帮吹灭属于我那支摇曳不定的生命之烛的呼气的声音。漫长的治疗与康复是一种煎熬，但是一种力量的介入却使饱受病痛折磨的我不再孤独，那是来自母亲、妻子、女儿、同事、朋友以及医护人员的关爱与温暖，尤其是妻子，她用坚强与毅力书写着爱，它鼓舞我活下去，让我在一种极不希望遇到的场景中真正读懂了"相依为命"。情感的力量是可以塑造一个人的，至少它影响了作者与死神过招的感受："我尽管知道自己总有一天会失败，但我现在至少还活着，更何况我手中还可以持有一柄精神的利剑，那就是海明威在《老人与海》中的那句名言：人可以被毁灭，但决不会被打败。"

潘大林先生文学创作的主要方向是小说，散文创作近乎闲暇时间的余事，这种心态有意无意之间反而使他接近了散文的文体特质，使他加深了对散文自由品格的理解并成功地运用于创作实践。贯穿了他的散文创作的是随性，但是自由言说并非抛弃一切准则，他在散文创作中遵循的准则叫作随物赋形。具体地说，他依据生活的本相量体裁衣，以情感的流动引导散文的外在形式发生变化，这使他的散文的叙事与抒情有时平静内敛，有时汪洋恣肆。《音乐弥漫的小城》是莫扎特故乡萨尔兹堡纪游。文章以小城可以用耳朵去倾听的美丽为叙述中枢从容不迫地娓娓道来，从小城古色古香的小提琴一样的布局，到来自音乐天国的使者一般的吹长笛的老人；从嘹亮的小号声冲破层层阻隔，在小城里奔突，恰如一只不羁的灵魂，到为音乐所包围的莫扎特的一生，那不羁的灵魂像飞翔的云雀，一直渴望突破桎梏……忧郁的单簧管、热情的风笛、奔放的手风琴，以及各种各样的乐器在萨尔兹堡——莫扎特的故乡一显身手。小城容纳了他们，他们使小城变成了一座音乐之城。《最后一片枫叶》则是一首献给故乡人的赞美诗。外祖是祖母的母亲，当我第一次看见她的时候，她蜷曲地坐在一截圆木上，低矮、瘦小、微驼、羸弱。她昏暗的双眸已然分辨不清我的祖母——她的女儿。她的凹陷的眼窝就像深不可测的深渊，深深地掩埋住了过去岁月里所拥有的一切：青春、美丽、爱情以及数不清的艰难困苦。但是，当外祖抓住我的手轻轻摸娑，透过她脸上的一丝笑意，我仿佛看到了她内心的欣悦和满足。外祖已经老了，衰老得如同村头枫树上那最后一片生命之火已经燃到极致艳红的叶子。在文中汉语文学传统的铺张此刻复活了，语言开始与外祖卑微的生命一同燃烧，它们在寂寞中燃烧，在燃烧中澄明，在澄明中升腾起一种绚烂与华美。我"分明看见那最后一片枫叶，就在我头顶不远的枝丫上，猩红如血，在阳光和蓝天的映衬下，显得出奇的艳丽鲜亮，透过它那些玲珑剔透的叶脉，分明可以看到有一股顽强的生命汁液在哗啦啦地流淌，那声音更鼓荡得你满腔的热血也沸腾起来。"这时候有一种小草对大地般的依恋在我心中油然而生。我们从潘大林先生的散文中可以看到：情感收放自如，有淡雅，有浓烈；篇幅长短不拘，有短章，有巨制；语言从心所欲，有单纯，有繁丽。他无意于叙事的复杂与抒情的晦涩，却在社会生活与散文创作之间达成了某种动态的统一。

在潘大林先生构建的散文世界里，我们似乎触摸到了生活的质感。它是坚硬，是温暖；是质朴，是华美。

（原载《广西民族大学学报》2017年第4期）

······················

注释：

①鲁迅：《小品文的危机》，《鲁迅全集》（第4卷），北京：人民文学出版社，1981，第575页

②王小波：《我的精神家园》，《王小波全集》（第8卷），南京：译林出版社，2012，第235页

③周作人：《美文》，《晨报》（第七版），1921年6月8日

④潘大林：《让写作成为我们的必须》，《梦中家园》，桂林：漓江出版社，2014，第155页

⑤⑥〔美〕苏珊·朗格：《情感与形式》，北京：中国社会科学出版社，1986，第51、50页

痛并快乐着

——浅议潘大林散文集《最后一片枫叶》

黄卓任

    玩文学无疑是痛苦的。玩文学者之痛苦，源于玩文学，源于被文学所玩。毫无疑问，潘大林是醉心于玩文学者，但又无可置疑，他同时又被文学玩得亦苦亦乐。读他的作品，你就发现他的一喜一悲、一笑一颦、一嘻一怒、一溜屐痕、一段时空的生活场景、甚至一个晚上睡不着觉的心理活动和精神表现，都在作品里展现出来，就知道他有时活得很开心，有时活得不那么开心甚至很沉重；有时飘飘然超凡脱俗，有时"悚悚然"近乎窒息。但不管怎么说，他心甘情愿沐浴着与玩文学俱来的痛苦，他的生活、情感和他的许多作品都痛并快活着，因为他的生活和性情已经"离俗世更近"，"离寂寞更近"，"离沧桑更近"，"离愤慨更近，离呐喊更近，离血泪更近，离悲愤更近，也离欢悦更近"。读着他的作品，如同目睹他于"夜阑人静，万籁俱寂"之时，"泡上一杯淡茶，独坐灯下"，"打开电脑，把自己的喜怒哀乐通过键盘一点一点地敲进去"——这就是他的玩文学生涯，自得其苦而又自得其乐。

    痛之所在，源于生活，投影在作品中，便是一段痛苦的社

会生活场景，便是一段历史之痛

我们的生活如同中药铺里的陈列品，多为草根木梗，酸甜苦辣咸五味杂陈，其中能酿造出生活和人生之"痛"的就有酸苦辣咸四味。在我们的现实生活中，由于能引发快活的因素实在太少，故真正快活的时光，就像西方圣诞老人的节日赐予，次数和分量都太过稀缺。在大林的散文集《最后一片枫叶》中，抒写或涉及生活和情感之痛的篇章几乎占到二分之一。痛苦的情怀，涌动于追忆往昔、缅怀故人、实录生活、状写景物、咏叹名人、感慨人生的字里行间。

诚然，能感觉到痛苦，说明你的生活意识还很清醒，活得还有理性。作为一个浸润于实际生活和文学生涯几十年的作家，潘大林是经历了很多痛苦又很善于发现痛苦的，即如感叹幸福"伸手可及"的篇章《幸福也是毛毛雨》，读后掩卷，你会发现，作者所说之"毛毛雨"般的幸福，其实充其量也只是一种区别于痛苦和失落的微量的精神慰藉，是阿Q式的自我愉悦，因为这种"痛快并不完全等同于幸福"，诚如一个行将就木的耄耋老人于除夕的呼吁朔风中望眼欲穿几乎失望之际，突然看见多年不见踪影的儿子挈妇将雏归来，竟然幸福得老泪纵横。这种洋溢着无限辛酸的"幸福"，实在令人唏嘘，说到底只是一种无奈至极的感觉转换，是痛苦之极的衍生物。

在某种意义上说，对痛苦的抒写乃是对生活本质的精准诠释。在大林的这本集子中，生活之痛，情感之痛，俯拾皆是。《最后一片枫叶》中的"连一个简单的姓氏都没能留下"的外祖，《父辈的光荣》中"没过上几天好日子"的父亲，《又一个好人去了》中"像蜡烛般为人民的保险事业燃出了最后的一缕光亮"的好人五叔，《一个农民的挽歌》中"贫贱交如何足计"的大弟，《杨梅纪事》《与死神擦肩而过》《病牙记》《过年》《秋日还乡》《趟不过的河》等篇什中的饱受贫困、劳作、疾病煎熬的"我"，《词人终古泣天涯》中"在空寂的荒漠中顶着凛冽的寒风踽踽独行"的陈寅恪，以及其他篇章中的惊世名人和父老乡亲等人，都无一不为痛苦所纠缠，也都很令作者心痛；此外，还有故乡之痛、历史之痛、现实之痛、感情之痛、思想之痛、动物之痛等等。诚然，生活的痛苦是远远多于愉悦的，痛感是对生活最敏锐的感触。因而，要描写生活，就不可能不面对诸多痛苦。凡真正活在现实中的作家，其作品就不能不凸现痛苦。中国现当代作家中，如贾平凹、路遥、莫言、张贤亮、陈忠实、高晓声之辈，都是善于发现痛苦并书写痛苦的高手。大林的散文，"敢于直面惨淡的人生，敢于正视淋漓的鲜血"（鲁迅语），即使遐思驰骋万里，也与生活实际不离不弃，于娓娓道来的漫谈随笔之中，于经意或不经意间揭示了生活、人生、世态、事物的真谛：伴随着人生的，更多的是痛苦（这种痛苦基本没有任何美学意义）；不少人倾其一生努力奋斗所收获的，往往是意想不到的痛苦；在竭尽无限情愫终于追求到手的，却是一辈子挥之不去的痛苦；在社会历史的演变过程中，会产生不可逆料的阵痛；芸芸众生与天、与地、与人奋斗的结果，是聊以自慰为"乐"的痛苦……无数的人和事，都切切实实被生活玩了，能不痛苦吗？！大林散文中对痛苦的述说，"深埋着对人世深刻的洞察、批判和反讽，因而具有一种直刺人心的哲学意味"（荣光启《阅读潘大林或潘大林散文论》），这就使他的作品很贴近读者，使读者产生强烈共鸣。

文学作品最实在的意义在于告诉读者什么，让读者知道什么、明白什么，至于读者能否通过阅读文学作品获得情感意识的满足甚至顿悟，达到某方面的自我完善；作品传世是否能掀起惊天巨澜，等等，恐怕不是作者的初衷。因为没有几个玩文学者会自觉充任杏坛支帐传道解惑的教师爷角色，不喜欢自己的作品附庸于社会流俗或时代风雅，更不忍心自己的文学性灵被某种权谋和需要糟蹋。在这个意义上说，大林的散文可贵之处便在于"离俗世更近""离亲情更近""离血泪更近""离悲愤更近"，而"不故作高深，不故弄玄虚"。他说："一个人生长于某个地方，那就是一段回避不了、也无从选择的情缘，不管你在那里收获过的是幸运还是痛苦，也不管你是爱它还是恨它，它都会像梦魇般追随着你，纠缠着你，直至终生。"纠缠于俗世，纠缠于生活，纠缠于痛苦，他便有了实感，动了真情，笔底所流淌出来的，便是洋溢着他的人格和性灵的文字。正因如此，他那些如数家珍而又见情见性的述说，对于读者便如泣如诉，它所形成的震撼力和穿透力，直达心灵深处，令你痛苦，使你涕泣，引你深思，促你醒悟。

深切的体悟和深邃的哲理寓于浅淡的述说中，点穿了世情，揭示了生活真谛《最后一片枫叶》中那些叙说故乡、亲朋和作者本人的故事告诉了读者，生活的磨砺、沧桑的历练和世情的折腾在作者心灵烙下的印痕多么深刻，乃至不时隐隐作痛。从"一个身材单薄、衣衫褴褛的少年，肩挑着远远超出自己体重的一担金灿灿的爱国粮，跟随在同一生产队的大人之后，吱吱扭扭，一步三摇地走在弯弯曲曲的村道上"到"一个如今已在城里安闲地生活了二十多个年头却依然十分迷恋稀粥的乡下人"，嬗变得是生活的时空和皮囊，不变的是"乡下人"的情怀。异常艰难痛苦的少年经历和改头换面的身份"涅槃"，期间的风霜雨雪把一颗过早地被生活的辛辣灼伤的稚嫩之心打磨出光亮："好好读书，争取有朝一日能'打'进城里去！"

事实果真如此，作者"打"进了城里，并且后来大有作为、出人头地、声名远播。于是，作者悟出来了，"命运把这一切强加到我头上，我无法回避，就只好咬着牙认了"，"其实每个人的命运何尝不是如此？我们所能做的，唯有拼尽全力干出个人样来！"忘了是哪位名人说过这么一句话：我们的命运由我们自己掌握。本人实在不敢苟同！而大林在《昔日是非身后评》一文中所说的"我深深感到了人对自身命运的不可把握，感到了个人在庞大的制度系统面前的无可奈何"却令我深为折服。"不可把握"是活生生的现实和痛苦，"无可奈何"则揭示了产生这种现实和痛苦的原因。这也许算不上很深刻的道理，但确确实实是作者通览世态后的顿悟，其批判性深刻而具理性。

不为说事而说事，总要归结出一点道理来，这是大林散文的一大特色。谈到幸福也是毛毛雨，他说："幸福往往就在我们伸手可及的身边，我们却总是视而不见，反而执迷不悟、历尽艰辛地到那渺茫的未来中去寻找它，这真是一种悲哀。"给那些总觉得自己与幸福无缘的人以启迪和思考。在叙说了电脑与烦恼相约而来的趣事之后，他说："人生的许多乐趣，往往就在于过程本身，那是不能用量化的数字来表述的。"这感悟和余光中的"钓胜于鱼"之高论实在有异曲同工之妙。在《秋日还乡》中，他说："在土地面前，每个人都是平等的，不管高贵还是卑贱，不管谦谦君子还是市井无赖，不管声名煊赫者还是默默无闻的人，土地都一视同仁地接纳他们，让他们在温厚宽容的怀抱中重新归于泥土。"把各色人等的生命最后都零落成泥的归宿最直白地一语道破，令愚者诺诺称是，令智者张口结舌。在《怀念乌鸦》中，他揭示了一个可能很不为一般人所接受的道理：人类需要有异类甚至丑恶的朋友。这让人想起了雨果《巴黎圣母院》中的卡西莫多，他外表丑陋得不能再丑陋，但他却有着一颗美丽的心灵，有着对美丽女子真挚的爱；尽管他也有着残忍的一面，但那是人们对他的不友好使他学会了憎恨。他应该就是一个类乎乌鸦的"丑恶的朋友"吧。

这些哲理的光华对读者心灵的烛照何其深邃和透亮！

所谓"世事洞明皆学问"，此言得之矣！《最后一片枫叶》对生活、社会、世态的观照是严肃而客观的，而由此所归结的哲理往往匪夷所思，深入研读历史和现实的，深刻剖析生活中最一般化的场景，揭示出生活的内涵和本质，归结出规律性的道理，这就很需要独具慧眼，才能产生独到的体悟，凝练出充满哲理的真知灼见。但作者的体悟却并不囿于对人生的感悟和喟叹，它有着更为博大深远的视角，如《长街风景》的结语："我从这些恒动的风景里，看到了春的绚丽和冬的苍凉，看到了生的欢愉和死的无奈，更看到了我们这个民族在充满喧哗与骚动中缓慢却是顽强地走向繁荣的艰辛。"从驳杂的生活风景的白描中引发高远的瞻望，可见作者的生活体悟和归结的哲理所显现的超越性和积极意义何其鲜明！

睿智和哲思孕育了丰富而灵动的精神内涵，使文章气韵充盈，撼人心魄体悟和哲思糅合而成的性灵，凸现于潘大林的散文作品之中。读他的散文，感觉其文思潮涌，文笔纵横，行文潇洒，思考和分析独秉个性，如品香茗，如饮琼浆，感觉很惬意很过瘾。那娓娓的叙说，挥洒自如，不拘一格，有如行云流水，爽然顺畅，闲逸优雅。他的叙说，时而驰骋千里，时而缓步徐行，时而逸兴遄飞，时而思绪纠结。但不管轻盈还是沉重，字里行间所透射出来的睿智，常常令人称绝。在《好人未必都平安》中他如是说："好人未必都平安，道理很简单：好人总是很单纯，也很善良，因而在这个弱肉强食的世界上，总是活得十分艰难，并且结局常常是悲剧。"这番见地，就和"好人一生平安"的通俗思维彻底唱了反调。这不是故意标新立异排斥大众心理，细读全文后就知道作者的观点很理性，但为了不让人失望，作者于篇末还是不忘给好人和期待好人一生平安的人一缕温馨的慰藉："正因为有了好人，这个冷酷的世界才出现一丝暖色，才使人在一次又一次的磨难和悲剧中，感受到了爱的伟大和善的光荣。""违反常规"的哲思已经让人吃惊，而充满思辨的论证又让人心悦诚服，最后的感言可真的让人看到了"一丝暖色"。在《你注定平庸》一文中，通篇流溢着作者的睿智，滔滔不绝的论辩之后，顺理成章地献出一贴膏药："唯一能聊以自慰的，便只有一个可以代替'平庸'且使人人欣然可以领受的字眼：平凡。"借此，很多人是真的可以聊以自慰啦。不料，最后一句："当然，你依然十分平庸。"行文戛然而止，让平庸者目瞪口呆，顿时大彻大悟。作者的睿智，还体现在高超的思辨艺术上，在《呼唤崇高》一文中，作者先从反面铺叙"非崇高"之诸现象，特别点出"当年"那些一度被高置于"崇高"牌位而鼓动人们顶礼膜拜的伪崇高行为，然后对崇高和非崇高的世相进行切中肯綮的剖析，进而通过比较崇高之"步履维艰"和卑劣之"通行无阻"，最后导出结论："人们选择了崇高，往往也就选择了悲剧。"作者的哲思深邃邈远，论辩严谨深刻，令人叹服。高超的思辨艺术，在这本集子中随处可见，如《说大师》《智慧之辩》《幸福也是毛毛雨》《再生已无缘》《等待并不都美丽》等等篇章，都是一气呵成、长于思辨、无懈可击而又让人赏心悦目的艺术佳构。因此，读大林的散文，常于精彩之处，顿觉眼前一亮，获得心灵启迪所产生的愉悦，弥漫于胸臆。

我们发现，引发作者进行深层思考和思辨的，几乎都是流行于平常生活中的世态、世情和观念意识，其中不少已经成为约定俗成的定论和"铁律"，要发现并揭示其更深层次的含义或赋予其另外层面上的意义，就要重新加以论定，这就必须具备过人的睿智、异乎常人的眼光和不循常规的思考和辨析，才能使见解另辟蹊径、持之有故、言之成理。见地异于众论，已经难能可贵，思辨的顺畅、严密和美感更见功力。《幸福也是毛毛雨》的思辨以正论为主，谈笑风生，轻盈洒脱。《再生已无缘》的思辨却是正反对应、曲折回环、跌宕起伏。其他各篇的哲思和论辩也各具特色。因此，大林散文之"散"不仅仅在于视野开阔，精骛八极，内容驳杂，驾轻就熟，还在于思考和分析的着眼点异乎寻常，更在于思辨的切入点和纵深度独具匠心，既有宏观博览，又有洞幽烛微，思辨过程开合自如、游刃有余、严谨周密。

因此可以说，大林的睿智和哲思是造就了其散文杰构的重要支撑点。

生活之痛是一种苦楚，但何尝不是一种快活？因为生活之痛苦不但磨砺了人的筋骨皮，更重要的是把人的心灵打磨出光泽，使人大彻大悟，能以积极向上的态度面对苦难，应对纷纭芜杂的社会。对于曾经被"狗日的"公粮重担压得"吱吱扭扭、一步三摇"的作者本人来说，交完公粮后能喝上一碗稀粥，就是很畅快的享受，就是"幸福的毛毛雨"。这种嚼着苦泪微笑的畅快，确实来之不易，只有历尽千般苦痛的人才能体会得到。在这个意义上说，对生活、对社会的体悟实在是一种弥足珍贵的愉悦。这种历尽艰辛的体悟，在《最后一片枫叶》的很多篇章中可以触摸得到。作者的体悟在其后来的生活特别是玩文学的生涯中起着至关重要的自勉作用。在《秋日还乡》一文中，作者对人生的追求与幻灭生发了一番感慨之后，迸发出了积蓄于内心深处已久的呼喊："作为恒河沙砾般的个体，他们尽管渺小得如同蝼蚁般没什么两样，但他们借助于类的力量，顽强地使自己的智慧之火洞烛幽微，穿透古今，绵绵不绝地燃亮过去、现在和未来，反过来又给了自己的追求以无穷无尽的精神力量……"窃以为这段话至关重要，它的光亮普照着这本集子的所有篇章，由此可以洞见作者把生活之苦痛转化为人生之乐趣、把玩文学之痛楚异化为笔墨生涯之欢悦的思想根源。再看《秋日还乡》篇末两段："秋日正暖，落霞满天。斑驳的夕照中，一株枯瘦的老松树无声地落下几只干燥的松果。就在那片焦黄的败草中，来年温暖的春雨洒过，蓬勃地崛起的，又将是几棵生趣盎然的新苗。"这既是对眼前景物的白描，又是对生命和人生的思考——老去并幻灭的是过去、是苦痛，绽放的是新生、是希望。"是果就要发芽，是花就要开放，是树就要挺立，是草就要为春天缀上一点新绿。即使结局终归腐土，成为别人生存的养分，他们也无怨无悔，因为他们毕竟顽强地生存过。"这是作者对生命的歌讴和呐喊，对眼前生存现实的充分肯定和对明天生命发展的崇高展望。这种肯定和展望是作者欢悦情怀的淋漓尽致的抒写，从中可以窥见一个玩文学者散文结构式的心态：闲云野鹤般洒脱放达，责任意识很强烈炽热。这种强烈的责任意识正如同作者所表白的："写作犹如种地，是为了填饱精神上的'肚子'——填自己的，也填别人的。"

生活阅历是浸润于痛苦之中的，但洋溢于字里行间的生活体悟和文化哲思是洋溢着愉悦的。可以说，粗粝的生活锻造出了大林诗化的性灵和诗化的散文。这便是我读大林散文集《最后一片枫叶》所获得的感悟。本文所谈所议或有失偏颇，或挂一漏万，或肤浅愚陋，以致贻笑大方。于此，谨请各位方家指正！

真挚而大气的美

——潘大林散文欣赏

丁 速

　　最近，我品读了知名作家潘大林先生近十年创作的散文作品，惊喜于他作品的真挚、大气的美质。这种散文的美质，在他的作品集《风雨荷城》中延绎到了一种新的艺术高度，他将自己丰富的人生体验、人格品质、博大情怀与理性精神融和起来，给读者以历史、现实与明亮的思考和启迪。

　　真情是散文最富有生命力的因素。他的真情是从血液中生发出来的，彰显出真情的纯美。20世纪90年代，潘大林是以小说享誉广西文坛的，他的小说先后获广西区人民政府颁发的文艺创作"铜鼓奖"和中国作家协会、中华文学基金会主办的"庄重文文学奖"。正是得益于他小说创作的丰富经验和深厚功底，他常常以小说中耐人寻味的场景和画龙点睛的刻画，强化了散文的情致美，有一种叩击心灵的美学力量。如"那最后的一片枫叶，就在我头顶的枝丫上，猩红如血，在阳光和蓝天的映衬下，显得出奇的艳丽鲜亮，透过它那些玲珑剔透的叶脉，分明可以看到有一股顽强的生命汁液在哗啦啦地流淌，那声音，更鼓荡得你满腔的热血沸腾起来。"

潘大林的小事件、小题材散文，往往是理性思考的真知灼见，体现一种批判或褒扬的向度和精神，完成了"小我"思绪向生活和人生领悟的过度，实现了大度的理性思考和精神升华。他的散文集《最后一片枫叶》写的大多是小事件的，但是可以从中读到生活的理念和自信，以及对生活、人生把握的深邃洞察力。他这种哲思和对生活的认知态度，彰扬的是大气的人格美，给予读者许多有益的启示，让心灵得到一次净化。比如《怀念乌鸦》《与死神擦肩而过》《幸福也是毛毛雨》《一个农民的挽歌》《渴望精致》等篇章，以个性化的理解来解读社会和人生，特别是《与死神擦肩而过》一文，对人生与生命的大彻大悟，体现作者对人生、人世、社会和自然的深刻而独到的理性感悟以及一种哲思美。

我认为，行文随意舒展的品质，以及宽阔而大气的艺术场景，是潘大林散文的一大艺术特色。散文家李广田在 20 世纪 40 年代说过："因为写散文成了习惯，习惯既久，就容易失之于不能展开，不能壮大，不能表现宽阔的场面，不能处理繁复的事件，这种短处以受于诗人的散文影响为较多，而小说家的散文则是比较可免于这种影响。"大林的散文作品，以其开放、外向的思维和精练的描写与叙述，常常创造出场景的厚实感和时空的宏阔感。他的《秋日还乡》《最后一片枫叶》《杨梅纪事》等散文作品，是表现时空纵深的审美新质的代表作。

著作颇丰的潘大林先生，除出版多部小说集外，他先后出版了《牧野之风》《天国一柱李秀成》《最后一片枫叶》《风雨荷城》等散文类作品集。他去年出版的《风雨荷城》(广西师范大学出版社 2010 年 1 月版)，是广西城市传记丛书的贵港卷，其散文的抒情特质更为明显，抒情性更为强烈。我总觉得，该作品集构思的大气、题材的大气和思想的大气，迸发出智慧火花和思想的光泽，呈现一种启人心智的理趣美和感动心灵的艺术美。

贵港市又称荷城，是一座古郡新城，秦汉时代已是广西的政治经济文化的中心。据志书记载，秦始皇三十三年（公元前214年），设桂林郡，郡治布山在今天贵港市城区东面。多位皇帝为贵港南山寺赐御书，或题写匾额，或题写诗词，给贵港蒙上了一层神秘的面纱，也增添了几分灵气。这种深厚而大气的历史文化渊源，一直以各种形式延续到了今天。作品集《风雨荷城》集中体现了大文化的一种品质，以及无私奉献、奋发进取的时代精神。我认为，这也是《风雨荷城》的灵与魂。该作品集全书分为秦风汉韵两千年、文脉弦歌代代传、挥刀跃马壮英豪、妖娆风物傲南天、此间桂妙可流连等五章，构思精妙，匠心独具，着眼大文化和地域特色，从布山历史文化、历史人物、自然风光、风土人情、城市建设和经济建设等方面的细处入手，以作家的智慧深入挖掘贵港2200多年的历史人文资源，展示荷城风采，凸现人文精神。

该作品集的大气，主要体现在作者求真精神的气度，以及题材的大气和思想深邃而昂扬。此外，散文语言的朴实、简练，且畅达而富有张力的特色，增强了作品的大气美。我是1989年认识潘大林先生的，他当时任《金田》文学杂志副主编，我称他为老师，他也是我的朋友，亦师亦友的交往了多年。大林在20世纪90年代中期任《金田》文学杂志主编时，到县级贵港市挂任副市长。贵港市升格为地级市后，他担任了贵港日报社的主要领导。这种生活和工作的经历，使他对贵港怀有一份真切感受和深厚的情感。这种感情是明智而理性的，也是冷静而富有阳光色彩的。因而潘大林对贵港这片热土有了一种发自内心的敬意，对贵港历史有了一份浓厚兴趣，对桂林郡治布山所在地问题有着史学家一样的求真精神。由于贵县最早的一部志书《怀泽志》(宋代) 和康熙《贵县志》毁于战乱，加之一些志书对郡治布山标注不准确，引起了布山所在地长期争议的历史问题。他翻阅了《贵港市志》(广西人民出版社1993年10月版)、光绪《贵县志》、民国《贵县志》和《广西通史》《汉书·地理志》等大量的历史文献和资料，并且目睹了广西最大规模的贵港市 (原贵县) 罗泊湾古汉墓群大量出土文物的事实，得出了理性的判断和结论，还历史的一个真实。在作品集开头两篇《广西最古老的城市——曾经的八桂行政中心》《一波三折的考古发现——罗泊湾曾震惊世人》中，用文学语言回答了桂林郡治布山在贵港市的史实。

《一波三折的考古发现——罗泊湾曾震惊世人》一文，语言生动形象，并带有一种扣人悬念，是对贵港市罗泊湾汉墓群挖掘过程的印象抒写、白描和夹叙夹议，回答了读者的疑问。如文章开头：

岭南诸郡尽管从秦朝开始就纳入了中央版图，尽管到了汉代，这里又设置了郁林郡，但是由于山高水远，交通不便，以中原文化为中心的中国历史，对这里的描述一直都是粗线的，一种扑朔迷离的氛围，一直笼罩在他们的周围，以致它们就像浓雾中的远山、面纱后的少女，让人无法看清它们的真实容颜。

通过一系列扣人心弦、富有力度的叙述、议论和抒情，将贵港市出土文物多达一万余件，其中许多珍贵的文物，从多方面填补了广西地方历史的空白的重大事件，生动形象地呈现给了读者。例如：

这些了不起的考古发现，又令大家兴奋起来。随后在清理那些随葬的漆器时，在多件漆器上均发现烙有"布山"字样，有些铜器上则有"布"字铭文，这显然是"布山"的省文。根据秦汉漆器烙印制作地名的惯例，贵港显然就是古布山郡的所在地。广西地方史上一个长期存疑的地理沿革问题，终于得到了充分的物证：布山是秦代桂林郡、汉代郁林郡的郡治。因而可以推定：古桂林就在现在的贵县（贵港市）！

作为广西城市传记丛书之《风雨荷城》的开头篇章，求真求实的大气，就体现在作者以自身深厚的文化素养，对贵港历史的深入挖掘，弘扬一种强烈的社会责任感。这种责任感，足可以令不少贵港本土文化人对布山知之甚少，甚至一无所知而深感汗颜！文本不仅是人们了解和认知广西古代历史的文献，而且还是传记写作的一个范本。

从作品集《风雨荷城》的题材和中心思想方面看，选取的是贵港市社会、经济、文化的大题材，视野宽广，立意高远。以"布山"这个贵港一段辉煌历史作为起点和高度，延伸到历史文化名人、壮烈的英豪和柔情女杰、佛教圣地和人文风光，再到贵港食文化和民俗风情，最后展望日新月异、迅速崛起的新贵港。题材的大气，体现了雄壮美、厚重美、深邃美和激越美，展示了贵港奋力前行的英姿，及其拥有八桂最广阔的胸怀和一种无私奉献精神，深刻地揭示了社会在曲折中向前发展的必然趋势。

在阅读潘大林作品的过程中，我感觉到潘大林散文创作艺术成就和文本意义是大于小说创作的。这种"大"不是散文写作比小说多，而是在于其散文写作的艺术创新和文本的示范性。我从2003年出版的散文集《最后一片枫叶》中看出到，他散文创作有一种明显的艺术嬗变，在弥补了前期散文创作一些不足的同时，形成了他散文的大气品位和风格，并且在《风雨荷城》中得到了进一步提升。

作为广西作家协会副主席的潘大林，以他的创作实力与探索，以及不断推出新作，无疑给转型时期的中国文坛注入了一股春风。我以为，潘大林的散文创作和散文探索实践，收获是丰硕的，意义也是深远的。从他作品的文本意义上来看，本身就具有一种导向功能。然而，潘大林散文创作现象和散文艺术特色，目前还没有引起文学界和评论家应有的关注。我想，在散文创作中秉承小说艺术表现手法的优势，应当成为他散文创作的一种方向。

有容乃大，木秀于林

——《大林作品·梦中家园》序

徐　强

　　卡西尔说，我们应当把人定义为"符号的动物（animal symbolicum）"。在我的人生轨迹中，大林兄就是一个符号，一个时光无法磨灭的符号。

　　在所谓"文化热"的余荫之下，20世纪80年代末90年代初，文学还是一个令人向往的江湖，"文学爱好者"也还没有像今天这样，被某些人当作是"神经病"的同义词。那时候，文学就像苹果手机和苹果笔记本电脑，是可以拿出来炫耀的。那时候的文学江湖，传说着一个人物。他的名字叫潘大林。他在玉林编《金田》杂志。

　　记不清某年某月某日了，总之是20多年前，好像是一个周末吧，学校不用上课，我在北流坐上了前往玉林的班车。我要去寻找传说中的潘大林。或许是玉林城的巷子布局太复杂了，或许是念中学的我智商还不足以在蜿蜒曲折的小巷迷宫中准确地找到《金田》杂志编辑部，我的这次江湖之旅，最终成了糨糊。直白地说，就是我没有见到潘大林。《世说新语》中有个"王徽之雪夜访戴逵"的故事，说的是王徽之有一天喝酒喝高了，突然想起好朋友戴逵，于是半夜三更冒着大雪跑去看他，天亮才走到朋友家门口，却连门都不敲，突然又掉头回去了。有人觉得很奇怪，问王徽之："你都没和戴逵见面，怎么就回去了？"王徽之答道："吾本乘兴而行，兴尽而返，何必见戴！"我没有王徽之这么洒脱，我的目的就是要见潘大林，结果未遂，乘兴而行，扫兴而归。在别人眼里，这只是一件鸡毛蒜皮般的事，但对我来说，却是大林兄在我脑海中留下符号的开始，所以至今不忘。

　　转眼间，20多年过去了。大林兄和我先后来到贵港。在这座因为荷花与莲藕而闻名的小城，我实现了和他见面的夙愿。从那时起到现在，也已将近20年了。有一段时间，他在报社的办公室，正好在我的办公室的楼上，因此，他是我的名副其实的"顶头"上司；他在创作上所取得的成就，早已蜚声文坛，举凡与文学有关的人和事，我得以随时请益，亲聆教诲，因此，他是我敬重的长辈和老师；工作之余，我常常尾随着他蹭饭局，每逢节日，他怕我冷清，总是热情地邀请我去家里吃饭，把盏之间，相言甚欢，这时，我和他又成了胸无芥蒂的朋友。哈耶克说，社会秩序绝不是人为"计划"的结果，而是由分散的个人按照自己的意愿去行动，从而"自生自发"（spontaneously）地形成的。我不知道，哈耶克的这一颇为自负的洞见，用来解释社会秩序的形成，是否精当无误，但我和大林兄之间的会面，却是恰好如此。当我像无头苍蝇一样在玉林城的小巷中兜兜转转的时候，真的很难想象，20多年以后，我和大林兄在一个对于我和他来说都是异乡的地方，会有一场仿佛冥冥中早有安排实则根本无法预见的相遇。或许是对文学的共同爱好，成全了我和他的相聚。除此之外，我找不出更好的理由。

与大林兄从相识、相友到相知，我学习到了不少东西。如果要用他的名字做一个文字游戏，来概括他带给我的启迪，我觉得就是："有容乃大，木秀于林。"在我的印象中，他是一个襟怀宽广的人，真诚、坦率、温和、乐观，与人为善，成人之美，不摆架子，不强人所难，不沾沾自喜，不轻易动怒，不纠缠于枝节，对人对事极为包容，有一种儒雅而又恢宏的器宇。在读书和写作上，他同样海纳百川，气象万千：政治、经济、文学、历史、哲学、书法、美术、音乐……什么书他都读；小说、散文、随笔、杂文、歌词、报告文学、影视脚本、近体诗现代诗……样样体裁他都拿手。收在这本集子里的，就有各种体裁的文章，大林兄自谦为"拉拉杂杂"，实则每一种文学样式，他都有极强的驾驭能力，非一般人所能及。

刘向说："孔雀爱羽，虎豹爱爪。"（《说苑·杂言》）大林兄之所以能在文学上成为枝繁叶茂的"大林"，除了天赋、品格、悟性等因素之外，和他数十年如一日的敬业与勤奋是分不开的。我印象最深的是，他的长篇历史小说《黑旗！黑旗！》在《南国早报》连载的时候，每一期他都会把样报剪下来，贴在笔记本上，一有空闲，就拿出来反复审读，不时用笔修改、润饰，这种对文字精益求精的态度，既是对读者负责，也是对自己负责，就像鸟儿爱惜羽毛一样。"文"字的本义，是装饰和美化人体的花纹，因此，文学最基本的要求就是"文"要美，要讲究艺术。语言没有艺术，便谈不上文学。大林兄的文字，珠圆玉润，朗朗上口，极富感染力，这是他经过长期锤炼之后修成的道行，堪为圭臬。

大林兄有一篇游记题为《梦中家园》，写的是湘西古城凤凰，他把这篇游记的题目，作为这本集子的书名。其实，确切地说，文学才是他真正的梦中家园，是他的精神可以自由驰骋的领地。我想，对于文学爱好者而言，也是如此。至少，作为文学爱好者的我，是这么认为的。辛波斯卡曾经苦苦追问："那么是否真有这么一个／由我统治、唯我独尊的世界？／真有让我以符号的锁链捆住的时间？／真有永远听命于我的存在？"答案便是写作："除非我发号施令，这里永不会有事情发生。／没有叶子会违背我的意愿飘落，／没有草叶敢在蹄的句点下自行弯身。"(《写作的喜悦》)人的自由与尊严，在日益纷扰的俗世中处处受挫，唯有写作，源自心灵深处的个人化写作，可以让人的头颅高高昂起。如果说追求自由和有尊严的写作是一种"神经病"，那我宁愿病入膏肓——正如"拜金族"口口声声宣扬的那样，如果有钱也是一种错，那我宁愿一错再错。

没有大林兄的引领和奖掖，我对于人生的体察，不会有现在这么通透的感悟。假设可以坐上威尔斯笔下的时间机器，穿越时空，回到过去，回到20多年前，我相信我还是会以同样的方式去寻找文学的江湖，寻找江湖中传说的潘大林。我衷心希望有更多的人与大林兄相遇，和他的作品相遇，因为，这是好的。

（2013.10.21·于贵港求知斋）

（《大林作品·梦中家园》，2014年3月漓江出版社出版）

遇见熟悉的陌生

——以中篇小说《穿过丘陵》为例浅谈潘大林小说

陈谊军

潘大林老师又出书了。这次，摆在我案头上的是他的"大林文集小说卷"《穿过丘陵》。厚厚的书页，就像他走过的人生道路。65年的春秋轮回，那么长的岁月里，留下了许多可敬可缅怀可回味或者难以言状的感慨，可幸的是，它们作为一种文字得以保存了部分的记忆。特别是作小说的题材，使时代的记忆印记更加接近现实生活。对潘大林小说的研究是个大课题，目前我所能做仅是通过中篇小说《穿过丘陵》，结合自己的实际，浅谈一些体会。

一是时代印记明显。与网络小说有明显的区别，从传统小说而言，时代印记是作家必然携带的基因。《穿过丘陵》带着明显的时代印记，就小说故事本身而言，换成现在这个时代，根本就不可能发生如此困难的买米、贩米事件——这就是小说所介绍的这个故事的时代意义所在：仅发生于特定时期的故事，有其时代背景，这是时代阶段的独一无二性。除了"米事件"，其涉及的政治运动等，也交代了特殊年代下的不一样的人性。而人性就是小说要触及的真正的对象，这是对一个作家运用思想、视觉、文字等综合能力水平的考验。就这一点而言，贯穿《穿过丘陵》全篇却用墨不多的时代背景，就留下了很大的思量空间，值得读者给予更多的关注。

二是接近地气。《穿过丘陵》整篇的语言固然有对自然景物以及个人思想变化的铺垫式描写，但整体而言，还是接近地气的，能够给读者在阅读上有一定的代入感。比如在临出门前，买米的钱如何带着安全？作家写道："母亲用了两枚扣针，将它们严严实实地别在我身上"，我"感到了一种即将成为男子汉的自豪"。又如，小说中说到弟弟被鳖所咬后与雷公响才松口所涉及的民间坊言等，这些就很接近地气，是我小时候被同样"蒙蔽"的"小花絮"。再如，在走山路过程中，看到石壁的红纸"天皇皇，地皇皇，我家有个夜哭郎……"，也勾起了我小时候在上学路上看到的类似情景。凡此种种，使读者阅读过程中回到熟悉的生活中去。

三是故事性强。如果仅为熟悉，则很难使小说的水平得到读者的认可。小说的重要作用还要以故事取胜，以"陌生"却又令人信服的情节取胜。在《穿过丘陵》中，不乏一个个看似零散却又贯穿通篇的故事，而且这些故事对人物的刻画以及对小说的深化起到了很好的作用。比如我的表叔在小说中唱了一次"十难歌"，草根人物对生活的理解却又无形中诠释了整篇小说的主题。故事性强的还有一个"人物"，确切地说是通人性的"狗"，可以说，用墨较多的"阿财"（小说中"我"家的自来狗），而阿财的"一生"，似乎让读者读出了"人"面对世事的无奈和悲壮。读到"牛七"杀"狗"那一节，看似平淡的一个场景及过程，却由于作家在之前做足了狗通人性、"苟且不易"等的文章，使读者难禁悲从心头来——这是记录了人的一生，还是"狗"的一生呢？

四是情感丰富。《穿过丘陵》对于情感的刻画是丰富与真实的。特别是表叔与表婶的见面、对话，深夜约会等故事，活现了特殊年代下两个底层人物的爱情，一言一举动，一件小事一个细节，如小说中出现了多次的表婶拧表叔的手这样的镜头。表叔的人物刻画固然成功，表婶的刻画也是很到位的。如表婶对受了额伤的我，"放点奶水就会好的"，这个故事点及情感的释放，符合了整篇民间风俗故事的承接，使读者觉得自然与亲切。又如，表婶带着我和表叔过岗哨点的一段，展现了表婶镇定自若、机智灵醒的形象，这样的形象设计以行动为落脚点，将表婶应对危机的情感巧妙地表现出来。当然，这一段里面还有一个细节较为吸引读者，并留下了想象的空间：民兵连长晃动着竹竿般的瘦腿追过来，通过一张条子，黑着脸说："这是验放证，带上它，路上会方便些。"说罢，他昂然地回头走了——这段话用墨不多，却也是给读者一种"陌生"人性的体验，使复杂的人生呈现了一定的深度。

五是教益意义深远。小说与教益意义密切相关。《穿过丘陵》固然讲述的大故事是时代里不可复制的悲欢，但在大结构下有许多接地气的"小教益"，于无声中增强了小说的阅读量。如过金牛峡时关于穷兄弟的传说——贪心的弟弟为了独点金牛起了歹心杀害哥哥，最终自己受到老天的惩处：被坍塌的巨石活活压死。这样的故事很通俗，却又恰到好处地出现在该出现的情节中。又如，老歌王八叔（摆渡老人）唱的民歌，里面唱到"马骑县官路上过，轿抬轿夫去游游"等，以民间视角进行了世事的形象解读等。再如，"精贩子朱富昌"（大胡子）的遭遇等。

六是容量可拓展。《穿过丘陵》本是在沉重的背景下讲故事，作家却给我们来了一次"陌生"的结局——虽然显得不太容易接受，使《穿过丘陵》这个中篇的分量更重，意义更加值得肯定。如"阿财"逃过了很多劫难，却死于了大队的治保主任牛七手上，如表叔与表婶有那么美好的爱情故事和难以言状的恩爱，却在"米"事件的两个月后，当新禾开镰、榄子上市时，从高高的黑榄树上摔下来而气绝身亡。这些容量可拓展的阅读余味，或者说悲剧性的收尾，起到了意想不到的冲击作用。

以上为我以中篇小说《穿过丘陵》为例浅谈潘大林小说的体会。最后还有一条关于小说阅读的建议：多读身边作家特别是名作家的作品，他们的作品也更多地记录了我们的身边故事，让我们更容易认识自己、认识生活，更准确地发现丑和恶，善与美，更客观地去探看可能的未来。

（2020.7.24. 星期五）

传播正能量的力作

——读潘大林《沸腾的大藤峡》

宋显仁

大藤峡注定是让人关注的地方。从明洪武四年（1371 年）开始到天启七年（1627 年），前后两百多年间此起彼伏、前仆后继的瑶民起义就发生在这里。

大藤峡瑶民起义毫无疑问成了大明十数位皇帝最头痛的事。那旷日持久的压迫和反抗的拉锯战，使大藤峡瑶民起义成了世界历史上持续时间最长的农民起义，也成了恩格斯所说的，"哪里有压迫哪里就有反抗"这句话的最好诠释，列宁和毛泽东等人都曾引用过这句话。1974 年春，对中国历史十分精通的毛泽东还曾亲笔写下了"大藤峡"三个字，这就让人对大藤峡产生了更多的联想。

2014 年 11 月 15 日，大藤峡水利枢纽工程全面开工建设，此项投资额达到 300 多亿元人民币的浩大工程，使得大藤峡再次让世人瞩目！而关注大藤峡、并在建设工地日夜来回穿梭的人中，就有一位中等身材、目光睿智的人，这个胸前挂着照相机，手上拿着采访本的大忙人就是潘大林。作为一个名作家，潘大林受邀撰写大藤峡水利工程建设的纪实文学，他从中看到了一段足以光耀千古的历史进程，他要记录这段历史，记录大藤峡当地人的欢呼雀跃，记录艰苦异常的征地拆迁协奏曲，记录激动人心的机械轰鸣推进的进行曲，记录那些对国家重点工程的宽宏体谅和全力的支援……他记录的是为浩大工程付出的智慧和心血、激情和汗水，是经历过太多苦难的大藤峡这一方水土上的人们那豪迈的追梦历程。

摆在我面前的这本《沸腾的大藤峡》由广西人民出版社新鲜出炉，还带着浓浓的书香，该书由时任桂平市市长、大藤峡水利枢纽工程桂平市库坝区征地拆迁移民安置工作指挥部指挥长潘汉胜作序，全书共十八章加两个附录，计23万字，中间还配了很多幅彩色图片，更让人身临其境。

在《沸腾的大藤峡》这本书里，我们可以看到那沉浮在历史波涛中的大藤；可以看到生活在大藤峡地区的瑶民们曾经的血泪交飞；看到所谓的官逼民反、民反官更逼的百姓与王朝之间翻来覆去的斗争史；看到那些在斗争中涌现出来的足以垂耀千古的名字背后的故事，百姓方面有草莽英雄侯大苟、侯公丁等，朝廷方面有"维护稳定的功臣"韩雍、陈金、王阳明、沈希仪等。大藤峡以其险峻雄奇，成就了瑶民起义，而持久的瑶民起义反过来又为大藤峡增添了许多可歌可泣的神奇故事，这些当然也诠释着"一将功成万骨枯"的名句。

在《沸腾的大藤峡》里，我们可以看到百余载流宕的宏大构想。早在一个半世纪前的晚清同治年间，桂平人周溯贤就有了大藤峡之梦。而孙中山在他的《建国方略》中提出了"改良西江"、建设西江水利枢纽的设想；还有，苏联水电工程专家提出的大藤峡水库水位高程74米——那是淹没柳州、来宾等地的设想。而最终，在无数热情的双手共同推动下，合适的构想终于浮出了水面并付诸实施。

在《沸腾的大藤峡》里，我们可以看到那些勇于奉献的忙碌身影，那些战斗在库坝区移民安置第一线的普普通通的党员干部，他们是罗中南、王德健、李德群、甘记凤、熊燕霞、陆兴明、杨辉、张佩芝、张云林……一百五十多位同志，他们无论是在高温酷暑的盛夏，还是在寒风刺骨的冬天，他们无数次穿越于田野里、村道上和密林间，为村民清点作物竹木，丈量屋宅土地，计算补偿款项，将百姓当亲人，心为百姓着想，汗为百姓而流，他们将全心全意为人民服务的宗旨完全落实到征地拆迁工作之中。

当然，在《沸腾的大藤峡》里，我们也可以看到大山里普通老百姓的现实守望；我们也可以听到山区群众发自心灵深处的回声；可以感悟到山区几代人与大藤峡的深切情缘；还可以感悟到乡亲们的留恋与牺牲，那些朴实的乡亲们，他们祖祖辈辈生于斯、长于斯，他们含辛茹苦建起了房屋，他们亲手种下的竹木庄稼，都只能含泪舍弃了，因为他们知道，个人利益必须服从国家利益；他们也会预想到九年后高峡出平湖的胜景；他们也懂得，工程造福的不仅仅是他们大藤峡这一带的老百姓，而将造福于珠江流域的民众，工程开启的是珠江—西江经济带建设的新篇章。潘大林记下了这一切，他记下的何尝不是国人内心深处难以割舍的乡土情结。

滔滔珠江，源远流长，其中激情的大藤峡，那雄奇险峻的山水是大自然的馈赠，那曾经的大藤峡瑶民起义是历史的必然，这些都可以为优秀作品的产生提供丰富的精神内涵。而浩大的大藤峡水利枢纽工程的建设，又为这一独具魅力的文化宝藏注入了新的活力。潘大林正是以他文学的目光深情地凝视着这片土地，以他饱满情感的笔墨动情地描绘了这里的山水。

优秀的作品总是来源于火热生活。作为一个成熟的作家，潘大林正是扎根人民、扎根生活的躬行者，他从前年底开始着手写这本书，为此，他前前后后到大藤峡现场采访了两个多月，足迹遍及了大藤峡的各个村落，曾因劳累而受了风寒，以致两度住院，但他收获了辛劳的同时，更收获了感动。我们从这本书中，看到了大藤峡憨厚朴实的村民们那种不忍不舍又不得已的目光，听到了村民们那饱含着情感的诉说，也看到了工作队员们不畏艰难、不辞劳苦、深入农户、耐心劝导的无私奉献，更感受到移民们尽管不舍，但最终仍是将国家利益至于个人利益之上的那种崇高的牺牲。潘大林收获的是生活丰厚的回赠，他为此而书写，他知道他要写的是传播正能量的作品，那是有温度的作品，那是真正来源于火热生活的作品。

有意思的是，2015年是潘大林退休的第一年，也是他"最为繁忙的一年，主要忙的，其中就是这本书——《沸腾的大藤峡》"。大藤峡主体工程建设期为9年，可刚开工建设，潘大林的笔端就及时涉猎其中，并以真实的叙事为沸腾的大藤峡工程建设留下了最初的吉光片羽，他这种与时代同步，积极传播正能量，为浩大工程留下难忘印记的人，一定是幸福和快乐着的人。

（2016.2.6）

说些我过去说过的意见
——在潘大林作品研讨会上的书面发言

莫之棪

我由于年老衰退，特别是耳聋了，许多有意义活动，不得不谢而请免了。但我又很大这研讨会上说些心里话，便写了这个书面发言。

首先，我内心由衷地感激市理论家协会主办这个研讨会。至少在广西，市级理论家协会并不活跃，有名无实者并不罕见。文联是受冷落的部门，表现在谁若被平调甚至是提拔到文联任职，当事人及其亲朋好友，都不会由衷地认为可喜可贺。我有位朋友，年轻时创作颇有成绩，后来任了一个部门的副职，就不再创作了。我问他为何？他说："我暂时不写。说实在话，我有了这位置，须提防被调到文联，等到我不可能被到文联时再写。"果然，到他差不多得退休了，又发表作品了。可见文联下属的理论家协会，是冷落之中再冷落的团体。市理论家协会，是经费自筹的群众性组织。所以能办成这件事很不容易。我作为文学创作队伍中的一名老民兵，对此确实感激不已。

再者，是想说些我过去说过的意见。

我觉得，自新中国建立至今，始终未离开桂东南（即原玉林地区）这片热土的作家中，潘大林是成绩最好、水平最高者。所以，对于本市的作家、诗人而言，所谓对潘大林作品研讨，内心应该是由衷地向潘大林学习，认真地研读他的作品。

我说我们需由衷地学习潘大林，当然包括我在内。否则这"由衷"就是假货。目前媒体不断地揭露作假的大事件。最近，温总理再三提倡"讲真话"，还忧心忡忡地说："近年来相继发生'毒奶粉'、'瘦肉精'、'地沟油'、'彩色馒头'等事件，这些恶性的食品安全事件足以表明，诚信的缺失、道德的滑坡已经到了何等严重的地步。"《红楼梦》中有句名言"假作真时真亦假"。因为假话太多，真话也会被怀疑。所以我这发言就得多摆事，即谈些过去我说过的意见，而不是现在对潘大林的作品分析，或赞扬或批评。

我与潘大林的年龄相当于一代人之差。也就是，他步入文坛与成长，我都看见。1975年，广西人民出版社为了出版故事集，而到玉林组稿，办改稿班。我是改稿班的重点作者，稿子又已获通过，出版社的编辑同志让我协助读稿初选，提出修改意见。其中好的稿子，编辑稍为处理就可用了，次一点的稿子须提出修改方案后，由编辑定夺是否需请作者到玉林修改。潘大林当时有一篇稿子，我认为可以请他到玉林改好，但编辑认为欠故事性，未接纳我的建议。我便跟容县送稿来的周宏同志谈了我的修改意见，并指出：从作者行文可见是个有才情有培养前途的作者；这稿子改好后，可以作为小说投稿。当时潘大林是刚21岁的青年教师。1954年，《广西文艺》从《大众报》转载了我一题叙事性童谣，潘大林正好是这一年出世的。我当年说他有"才情"，实际是行文中可见的想象力佳，即有艺术天赋。后来，他确实进步快，从容县师范调到县文化馆，不久又调到《金田》编辑部。调《金田》之前，主编李玉荣曾征询过我，我也是给他作了"有培养前途"的评价，提供李主编参考。

我真正对他的创作有点钦佩，是读了他的小说《南方的葬礼》和散文《牧野之风》。还为后者写了篇短评。我这稿子仅828字篇幅，《大众报》在1991年1月30日刊出时又删剩500多字。当时我觉得被删掉的文字有点可惜，便在剪贴页的空白处恢复而保存之，今录原稿录于此，其中楷体部分是被删掉的：

识风可贵

——散文《牧野之风》读后感

"等闲识得东风面，万紫千红总是春。"孩提时，一位叔祖给我讲解这两句诗："放眼万紫千红的景象，连寻常人也认得无影无踪的东风的面目，它总是给人间带来美好的春天。"成人后，虽读到一些对这两句诗的不同的注释，但我仍觉得叔祖的理解有他的道理。

最近，读了潘大林的散文《牧野之风》(见本报去年12月15日)，思绪马上产生联想：在万紫千红的春天，确实连寻常人也会识得东风的面目及其可爱之处。但如果在充满寒意的冬天，偶尔吹一两阵东风，恐怕人们就不容易认识它的真面目与内涵了。潘大林之文可贵之处，就在于他无须通过万紫千红的景象去认识东风。

凡是从五十年代前期过来的人，都会常常回忆和称赞那时期的社会风气。若把那时期的社会风气比作春天的话，那么，可以说现在的社会风气还没有恢复到那个春天的水平。同时，有些年轻人对于那个时期的风气是不以为然的，他们常常用调侃的口吻谈论那时期的老实人，甚至嘲讽雷锋的行为。潘大林也是年轻人，五十年代还不谙事，也未体味过那春天的温暖与可爱。但他却从一位与他共事多年的老编辑身上，概括那一代人的共性："勤勤恳恳，任劳任怨，埋头苦干，克己奉公"，赞颂这位老编辑"埋头奉献的一生"，"悄然无声地融进我们伟大的事业中"，这就是作家应有的识风能力。这种能力在青年作家队伍中尤其可贵，值得赞扬！

这篇散文在艺术上也有许多可取可取之处，结构自然匀称，行文朴素动人，手法简练。比如用一套"翻得封面脱落、书面发黄"的马恩文选，一句"活得好好的，为什么要自杀"的反问，就概括出老编辑牧野风在受冤的20多年中的人生态度和对信仰的忠诚；以小轮船上的人们对牧野风的熟悉与敬重，衬托出他平时对乡亲们的服务精神。作者仅用千余字的篇幅，真实地概括了一位老编辑的大半生，准确地展现了他高尚的精神世界，并具有强烈的感人力量，堪称精品。

美中不足处是，文章的开头声明"不是赞美，不是歌颂"，这跟后来流露出的情感有勃，纯属"虚晃一枪"，有造作之嫌。

至于文章的意趣，可以像本文前面所谈那两句诗，尽由读者去体味。

现在需说几句那些当年被删去的文字，确实值得可惜。去年底至今春，《文艺报》辟"文学理想与审美表达"专题讨论，我一篇不漏地读了这专题讨论的41篇文章。这些文章几乎一致地指出，自20世纪90年代始，我们的文学开始"理想缺失"。当时的文坛，"谁若再将'理想主义'与'诗'和'小说'关联起来，那会被当作观念滞后、不懂文学的落伍者，就要受到'先锋主义'和'新潮文学'推崇者的嘲笑。"{引自《文艺报》2010年9月20日第2版的是《文学的理想与审美表达》}。这段引文，不是正好与我原稿被删去了的一个意思吗？可见当年我从散文《牧野之风》，已看出潘大林对这股思潮是清醒的，他坚持从现实生活中寻觅美，从美的心灵汲取营养，不断地涵养自己的心灵。我将此看作是一个作者能抓到了根本。并钦佩他能从牧野风这样的人的身上，发现内在的美以及能充分表达这美能力。

牧野风是老编辑陀梦庚的笔名。陀先生是我的老朋友。也就是潘大林降世那年，我在《大众报》举办的山歌比赛中，知道陀梦庚名字，两年后在"广西壮族自治区青年文艺作者会议"上与他相识。他是为人很低调那种人，形象又极像一位矮小的农伯，给人的印象，简直有点萎靡。若用现今游行语形容，这种人在年轻人中是断无"粉丝"的。而从《牧野之风》一文中，我发现潘大林可说是陀梦庚的"粉丝"，字里行间，流露出他对陀梦庚由衷的敬佩。一位才情横溢，踌躇满志的青年作家，却在情感与品格景仰一位很低调、极老实的人。那时候，我自问自答，让我写老朋友老陀，我写不出像《牧野之风》这样精练而感人的文章来。也就是说，我深感自己对生活中的美的发现能力及将所发现的美的表达能力，是不如潘大林了。故以"可贵"为题而赞之。

1997年，潘大林罹大病动了大手术后，疗养其间，在市报发表了6篇读书随笔。我觉得那6篇随笔，更体现作者的理想倾向（美学家称为审美倾向），以及才情、才学、才德、才能的全面成熟。便写了篇读后感，刊于是年11月13日《贵港市报》

上，拙文也表达了我由衷地既欣且佩。文中有这样的一段："文章在叙事之中，自然而然地流露出作者对伟人毛泽东、学人陈寅恪和诗人聂鲁达的深深敬羡。我们可以从这里知道作者对完美的人格和高品位文学的追求。比如：他对于《毛泽东散文作品分析》一书的编者认为，毛泽东的散文反映了作者'所独傲几代的文体、语感、性格习惯及其一切综合修养'的论断，有'英雄所见略同'之感，便毫不犹豫买了该书回来，迫不及待地读。他觉得《陈寅恪最后20年》一书的作者，'让一个坚持真理、崇尚自由、终身呵护文化甚于自己生命的老人，终于像一颗珍珠般闪烁出迷人的光彩。'他敬智利当代诗人聂鲁达'过人的才华、充沛的感情、丰富的阅历、广博的知识、灵动的智慧"，他认为这位智利共产党员、诺贝尔文学奖获得者的"诗歌、精神和信仰是抢不走的、捣不毁的，因为它们已经成为人类共同的财产。'这样的字里行间，清晰地反映出潘大林的内在追求。"拙文还有这几句："我早已认为潘大林是我们桂东南的文学创作队伍中的中坚分子和希望所在。我读了他这6篇随笔后，在深感自己不如的同时，也对他未来的文学成就辉煌，更具信心。"当时，我心中还有些更敬佩的言辞，怕说出来会吓坏他的亲朋好友，而不敢说。他患的那个病，动了手术后，须经5年时间方可断定已根除。然而，他在如此境况下写的这几篇随笔中，竟连笔底潜流，也像接近大海的江河，毫无悲欢或惊恐的情绪；而是很淡定地继续向往那广阔无际、深厚难测、湛蓝明净精神大海。这般感受，也许是由于我也曾有过死里逃生的经历，因而特殊地敏感。而且，我以切身体经验而相信，一个人对于理想的自信心，无论在生理上还是在事业上，都可称之为"底气"，便情不自禁以"我深有理由相信，潘大林凭良好的底气，生命可享百岁，文笔当誉千秋"为拙文的结句，且以《底气好》为题目。

再一年多后，我又在文章中说，我为了取友之长补己之短，"便找来了覃富鑫、钟扬莆和潘大林诸文兄的散文集认真地读。这一读，确实使我见点门路，覃兄的学养，钟兄的激情，潘兄的智慧，都令人艳羡。也就是说，我发现了我在这些方面跟他们有差距，得好好地学、赶。"（见刊于1999年2月3日《玉林日报》的拙文《本地姜也辣》）这里，我深感智慧不及潘大林。"智慧"，我指的是：以天赋、学养与历练合成的心智精华。最高层次的智慧，是美好得能吸引人一代接一代人如醉如痴地追求，却又永远是若近若远，若即的理想境界，如儒家的"仁者"和"世界大同"，道家的"上善若水"和"自然境界"，佛家的"大慈大悲"和"天堂"，马克思的"科学共产主义"等等。在文学作品中，这智慧之最作者的人格魅力，也就是作者的理想倾向、为人品格的吸引力。

上述我对潘大林的作品的钦羡之言，"可贵"是20年前说的，"底气好"是14年前说的，最迟的"智慧"之钦，也已经是12年前说的了。这就是客观事实。比如我撰写《识风可贵》之前，曾任地区文化局副局长，《金田》杂志是领导分工时，分给我负责的单位之一。而这副局长之职，是我诚恳地一再请求，才得以免去的，我还有必要用违心话去讨好当时《金田》的一位编辑吗？其余赞羡之词的由衷，只要大家稍为一想则可信。

赞羡潘大林，是我的文学观所驱使。我认为文学创作，首先是需有益于自己的心灵完善，可作为自己的养心品。这样，即使不能发表出来，这写作也不是徒劳之举。若能面世，则首先要对于现世有益，也就是党所强调地把社会效益放在第一位。对于理论家们所强调的长远目的，我认为吾辈只可在有益于现世这前提下，稍而兼顾。若大家都侧重于为未来而写作，不顾当前，肯定是智力的大浪费。因为岁月老人对于任何时期的作品，都是淘汰其大多数，保留极少数的。我觉得潘大林的作品，与我这写作观相同，或者说相近。但他的成绩比我大，作品的品位比我的高，所以我就由衷地赞羡。

还须说明的是，文学创作上向别人学习，不是临摹，更不是复制，而是复杂的、微妙的、千差万别的心灵活动的过程。也就是说，越是你喜欢与崇拜的作家，你越是要提防自己在艺术上重复他，雷同他。所以那些一流大作家，我们总觉得他是独一无二的。即使是专门研究他的专家指出他承袭了某人，我们也还觉得似是似非。如果我们都能看出他是承袭了某人，他至少也是二流作家了。我提出我们应该由衷地向潘大林学习，是说我们得承认自己目前不及他，这是客观事实，由衷地承认这事实，才能认真地深入地研读他的作品，并对于他的长处，以自己的独创性去吸收、消化与运用。这样，才有可能创作出具有自己特色的好作品来。

现在回过头来，再说我对于市理论家协会主办这研讨会由衷地感激。这也是须用我过去说所的话来证实的。在 2006 年本市"迎春文学座谈会"上，我做了题为《关于有利于出作品出人才的良好氛围》的发言。这发言，市报除了在报道中摘录外，还全文刊于当年 3 月 27 日报上。今录有关部分如下：

一个地方要想出作品、出人才，首先要有一个有利于出作品、出人才的社会氛围。这种氛围的形成，就宏观、和长远而言，主要是靠这地方源远流长的文化积淀。若就近期而言，我以为需要下面几个因素：

首先，这地方的党政领导需具文化远见。像我市从前年起，设立由市政府颁发的文艺创作"荷花奖"，去年市委、市政府又支持出版了"荷花精粹文丛"一套10册，决策这些举措的党政领导人，就是具有文化远见。

其次，我们文人要自重，要注意人格的修养，使我们的行为在社会有良好的影响，受到自己周围的人所尊敬，信得过我们的作品，爱读我们的作品，认为文学写作是高尚的有益的行为。

其三，这地方文坛不仅重视目前的成绩，也要珍惜过去的成绩。比如老作家黄飞卿，他是一位很值得贵港市乃至桂东南引以为荣的作家……（省略）谈及要重视目前的成绩，潘大林是一位目前贵港市最有成绩的、也是值得贵港市乃至桂东南引以为荣的作家。他已出版小说集《南方的葬礼》小小说集《风雨梨花渡》和散文集《最后一片枫叶》《我家有女初长成》等著作。是连续两届广西作家协会副主席（指当时，现在是连续三届了），拿过自治区政府颁发的文学创作"铜鼓奖"，全国性的"庄重文文学奖"，被自治区评为"德艺双馨"作家。我觉得我们市应该为他举办个作品研讨会。这不但对他的进步有帮助，而且对我市整个文学队伍是个促进，还可以提高贵港市的知名度。黄飞卿的作品研讨会是20世纪七十年代末由贵县委牵头，自治区文化局、地区文化局参加共同举办的，我的作品研讨会是 1990 年由我县县委牵头，地区文联、广西作家协会参加共同举办的。我觉得现在开潘大林的作品研讨会正是时候。他已是成熟的中年作家，若得到研讨会的帮助，他的创作会更上一层楼的。这也属于营造出作品、出人才的好氛围的措施。

但是，当年我这出自公心的建议，未得到有关领导重视。5 年过去了，今天毕竟有了个自筹经费的协会主办了这研讨会，所以我感激。这感激还在于，让我有机会、有地方发表这个书面发言。再次强调我过去的建议，是出自公心，是对于我市的文化道德建设有益的。希望得到市委、市政府重视，联合自治区文联或作协，再主办个规格一点，能请名家与会的潘大林作品研讨会。这研讨会，规格应当不低于当年黄飞卿和莫名的作品研讨会的会。

潘大林是桂东南（即原玉林地区）新中国成立以来第二代作家中的代表人物。他的作品是这地区的一笔精神财富。其最可贵之处是，步入文坛 30 多年来，作品始终是有理想倾向的。即使在上述《文艺报》指出文学理想曾被嘲笑的岁月中，潘大林的创作也未放弃理想。而且，他坚持文学理想的散文创作，在描写的真实，语言的灿烂，结构的巧妙，想象的丰富，修辞的优美，这些文学要素方面，一点也不比那些放弃文学理想的作品逊色。其中有些篇什，精致到简直可作为中学生作文的范例。

我曾将文学作品比喻为作者心灵之树开的花结的果。潘大林的心灵之树，是植根在于桂东南这片热土，而成长，而开花，而结果的。我们生活在这片热土上的人，理应首先发现其美，格外地爱惜，并加以宣传推广。潘大林这心灵之树，又是惠受了党的阳光雨露，因而长得高秀，而开了丽花，而结成硕果的。我觉得党也应知其美，并加以宣传。比如，除了主办好研讨会外，如果发现有乐意为贵港、玉林乡亲做好事的经济能人，可介绍他捐资印潘大林的散文集，送给各中学，并在学生中提倡作为假期读物，这对于学生的德育、智育特别是增强自信心与励志方面，都会见效。我可以自称为教育业余爱好者，在这方面，可说是有点经验人。同时，我对于潘大林的创作总体所作的评价，也自信不会离谱。1995年，陕西省作协青年作家张志敏因公事到我县，我跟他谈及《白鹿原》应是拿茅盾文学奖的作品，他很吃惊，说他在西安尚未闻过对此著这么的高评价。我便请他将我的评价转告作者陈忠实。他回去后，来信说，陈忠实很感谢，并寄来了陈忠实书赠我的书法。后来1998年《白鹿原》果然获第四届茅盾文学奖。

我也注意到近来党中央强调要贯彻《关于开展清理和规范庆典、研讨会、论坛活动工作的实施意见》，我未能读到这文件全文，但我估计我的建议不属于违章之列。现在世界各国都将文化看作"软实力"，党中央历来强调物质文明建设与精神文明建设两手都要硬，最近温总理指出："当前文化建设特别是道德文化建设，同经济发展相比仍然是一条短腿。"本市是一个拥有500多万人口的市，这数字，比亚洲的科威特、新加坡和欧洲的爱尔兰、卢森堡等许多国家的人口数字大。我们研讨这么大的人群中，当代作家的最优秀者，一点也不过分。同时，新中国成立以来，我们大致上已见三代作家，潘大林属第二代，有承前启后的意义。比如将研讨会命名为"潘大林作品暨桂东南文学战略研讨会"，或以此为主题，就会觉得这研讨会很重要了，而且是一项有前瞻意义的举措。

在此，我又说几句关于"桂东南文化之称"。我很希望玉、贵两市能成立个"文化联谊会"。两市分家，经济、地域都好分，但文化像连体婴那样难分，举两个简单的例子，比如"廉石"又名"郁林石"，原出自贵港，今地名却在玉林；在玉林有《金田》文学杂志，此名胜地却在桂平。如果有这个联谊会联结，让我们两市人保留"文化一体观"，同时也让外界作为"一体观"，共同利用开发古文化资源，文化发展战略也适当地共同部署，合力奋斗，更有优势。若继续硬分下去，无论那一方利用与开发类似上述"连体"文化，都会让人觉得有点名不正言不顺，而且将来会产生不少矛盾。文化人才的两市交叉现象亦共见，若不作一体观，也会带来今后研究之不便。

就这些吧，如有谬处，请大家批评指正。

（写于 2011.4.22 至 29）

后 记

窗外又见秋风落叶，余身转眼已到望七之龄。

从上一世纪八十年代起，我用文字表达自己的喜怒哀乐和所思所想，于今已耗去四十多年。人们的写作，在追求共时性效果的同时，也希望历时性存在，但绝大多数人的写作，实在是无法求之不朽的，他们仍然忘乎所以地孜孜以求，不外乎娱己娱他，取悦于自己的内心世界，也取悦于有同样感受的人，哪怕所写的东西总有一天会随风而逝。仍然乐此不疲，矢志前行。

这其实是一种宿命，无论你的国际如何远大，你的能力如何超凡，最后你都要接受时间的考验，大多数人都会逐渐遁入深邃的历史黑洞之中，不复再见。于绝大多数人而言，你毕竟生存过、感动过、写作过、激励过某些你的同代人，这就够了！

我这本小书，收录三部分文字，一部分是读书随笔，因为平日喜欢读书，读到触动自己内心的书，往往不禁为之写下一些随笔。一部分是为文友们的著作所写的肯定和介绍的序言。其中一些文友只是初学者，为他们写序，完全有点不得已的味道，因为他们的文字，并非真正能够感动自己，但他们那种勤奋好学的精神，那份孜孜以求的努力，那股热切企求的目光，都令人难以拒绝。对于他们的写作，我知道过分的赞美和过分的责切，都是不合实际的，唯有顾左右而言他，说点鼓励的话。一部分是别人所写关于我创作的评论，从上一世纪八十年代直到今天，我的写作都得到了一些朋友的关注和鞭策，我尽管未必都赞同他们的观点，但我衷心感谢他们的热切批评，正是有了他们这些激励，我才有勇气一直走到今天。

本书编成，徐强兄不弃拙作之浅陋，为之作序，那份殷切之情，令人感动，特为致谢！

这就是我要为这本小书所说的话，是为后记。

作者，2021.9.30